60 ANOS
TRADIÇÃO EM
COMPARTILHAR
CONHECIMENTO

CLÁSSICOS ZAHAR
em EDIÇÃO COMENTADA E ILUSTRADA

O morro dos ventos uivantes
Emily Brontë

Sherlock Holmes (9 vols.)*
A terra da bruma
Arthur Conan Doyle

As aventuras de Robin Hood*
O conde de Monte Cristo*
A mulher da gargantilha de veludo e outras histórias de terror
Os três mosqueteiros*
Alexandre Dumas

O corcunda de Notre Dame*
Victor Hugo

Os livros da selva
Rudyard Kipling

Os Maias*
Eça de Queirós

Frankenstein
Mary Shelley

Drácula*
Bram Stoker

20 mil léguas submarinas*
A ilha misteriosa*
Viagem ao centro da Terra
A volta ao mundo em 80 dias
Jules Verne

O homem invisível
H.G. Wells

A besta humana
Émile Zola

* Títulos disponíveis também em edição bolso de luxo
Veja a lista completa da coleção no site zahar.com.br/classicoszahar

Alexandre Dumas

VINTE ANOS DEPOIS

EDIÇÃO COMENTADA
E ILUSTRADA

Tradução, apresentação e notas:
Jorge Bastos

Copyright da tradução e notas © 2017, Jorge Bastos

Copyright desta edição © 2017:
Jorge Zahar Editor Ltda.
rua Marquês de S. Vicente 99 — 1º | 22451-041 Rio de Janeiro, RJ
tel (21) 2529-4750 | fax (21) 2529-4787
editora@zahar.com.br | www.zahar.com.br

Todos os direitos reservados.
A reprodução não autorizada desta publicação, no todo
ou em parte, constitui violação de direitos autorais. (Lei 9.610/98)

Grafia atualizada respeitando o novo Acordo Ortográfico da Língua Portuguesa

Ilustrações: diversos artistas para a edição de 1846 de *Vingt ans après*
(Paris, J.-B. Fellens e L.-P. Dufour)

Preparação: Ana Lima Cecílio
Revisão: Carolina Menegassi Leocadio, Carolina Sampaio
Projeto gráfico e composição: Mari Taboada
Capa: Rafael Nobre

CIP-Brasil. Catalogação na publicação
Sindicato Nacional dos Editores de Livros, RJ

D92v
Dumas, Alexandre, 1802-1870
Vinte anos depois: edição comentada e ilustrada/Alexandre Dumas; tradução, apresentação e notas Jorge Bastos. — 1.ed. — Rio de Janeiro: Zahar, 2017.

il. (Clássicos Zahar)

Tradução de: Vingt ans après
Apresentação, notas e cronologia
ISBN 978-85-378-1687-5

1. Romance francês. I. Bastos, Jorge. II. Título. III. Série.

CDD: 843
17-42239
CDU: 821.133.1-3

Sumário

*Apresentação:
Eu tenho um plano...*, JORGE BASTOS   9

1. O fantasma de Richelieu   21
2. Uma ronda noturna   33
3. Dois antigos inimigos   43
4. Ana da Áustria aos quarenta e seis anos   56
5. Gascão e italiano   67
6. D'Artagnan aos quarenta anos   73
7. D'Artagnan sem saber o que fazer, mas socorrido por um antigo conhecido nosso   80
8. As diferentes reações que uma moeda de meia pistola pode gerar num irmão leigo e num menino de coro   88
9. Como d'Artagnan, procurando Aramis ao longe, descobriu-o na garupa de Planchet   95
10. O padre d'Herblay   102
11. Gato e rato   111
12. O sr. Porthos du Vallon de Bracieux de Pierrefonds   121
13. Como d'Artagnan descobriu, encontrando Porthos, que riqueza não traz felicidade   127
14. Quando se demonstra que Porthos podia estar insatisfeito com a situação que tinha, mas Mousqueton se considerava bem contente com a sua   135
15. Duas cabecinhas de anjo   141
16. O castelo de Bragelonne   149

17. A diplomacia de Athos   158
18. O sr. de Beaufort   167
19. As diversões do sr. duque de Beaufort na torre de Vincennes   174
20. Grimaud assume suas funções   184
21. O que havia dentro das tortas do sucessor do velho Marteau   195
22. Uma aventura de Marie Michon   204
23. O abade Scarron   217
24. Saint-Denis   232
25. Um dos quarenta meios de evasão do sr. de Beaufort   241
26. D'Artagnan chega em boa hora   250
27. Estrada afora   259
28. O encontro   265
29. O personagem Broussel   273
30. Quatro velhos amigos se preparam para um encontro   281
31. A praça Royale   289
32. A balsa do rio Oise   294
33. Escaramuça   302
34. O monge   308
35. A absolvição   317
36. Grimaud fala   323
37. A véspera da batalha   328
38. Um jantar dos velhos tempos   338
39. A carta de Carlos I   346
40. A carta de Cromwell   353
41. Mazarino e a sra. Henriqueta   360
42. Como os infelizes às vezes confundem acaso e Providência   366
43. O tio e o sobrinho   373
44. Paternidade   378
45. Mais uma rainha pede socorro   386
46. Uma prova de que a primeira reação é sempre a melhor   397
47. O *te-déum* da vitória de Lens   404
48. O mendigo da Saint-Eustache   419
49. A torre de Saint-Jacques-la-Boucherie   428
50. A insurreição   434

51. A insurreição cresce 441
52. A infelicidade ajuda a memória 453
53. A audiência 459
54. A fuga 466
55. A carruagem do sr. coadjutor 477
56. Como d'Artagnan e Porthos ganharam um duzentos e dezenove e o outro duzentos e quinze luíses vendendo palha 489
57. Chegam notícias de Aramis 497
58. O escocês, perjuro da fé, vende por um tostão o seu rei 506
59. O vingador 514
60. Oliver Cromwell 523
61. Os fidalgos 529
62. Jesus Senhor 534
63. Uma prova de que, mesmo nas mais difíceis situações, os grandes corações nunca perdem o ânimo, nem os bons estômagos o apetite 541
64. Brinde à Majestade decaída 548
65. D'Artagnan arma um plano 556
66. A partida de lansquenê 566
67. Londres 572
68. O processo 578
69. White Hall 588
70. Os operários 596
71. *Remember* 603
72. O mascarado 610
73. A casa de Cromwell 618
74. A conversa 625
75. A faluca *Relâmpago* 634
76. O vinho do Porto 644
77. O vinho do Porto (*continuação*) 653
78. *Fatality* 658
79. De como Mousqueton, depois de quase ser assado, quase foi comido 665
80. A volta 673
81. Os embaixadores 681
82. Os três auxiliares do generalíssimo 689
83. O combate de Charenton 701

84. A estrada para a Picardia   710
85. O reconhecimento de Ana da Áustria   717
86. A realeza do sr. de Mazarino   723
87. Precauções   728
88. O espírito e o braço   733
89. O espírito e o braço (*continuação*)   737
90. O braço e o espírito   742
91. O braço e o espírito (*continuação*)   745
92. As masmorras do sr. de Mazarino   752
93. Conferências   757
94. De como começam a achar que finalmente Porthos será barão e d'Artagnan, capitão   762
95. Como uma pena e uma ameaça são mais eficientes que a espada e a lealdade   769
96. Como uma pena e uma ameaça são mais eficientes que a espada e a lealdade (*continuação*)   775
97. Onde se prova que aos reis é às vezes mais difícil entrar na capital do seu reino do que dela sair   781
98. Onde se prova que aos reis é às vezes mais difícil entrar na capital do seu reino do que dela sair (*continuação*)   787

Conclusão   791

Cronologia: Vida e obra de Alexandre Dumas   793

APRESENTAÇÃO

Eu tenho um plano...

O final de *Os três mosqueteiros* fez os leitores perderem de vista os seus heróis, que, por sua vez, se despediam uns dos outros, deixando claro que consideravam concluída aquela etapa das respectivas vidas. Estavam então no inverno de 1628-29, e apenas d'Artagnan, promovido a tenente, se manteve na corporação. *Vinte anos depois* retoma a ação do romance após esse limbo nebuloso e estéril, que sequer aos quatro amigos interessou esmiuçar quando voltaram a se ver, em 1648. O leitor pode estranhar tal falta de curiosidade, mas amigos de verdade se conhecem bem demais para que pequenos detalhes da vida pessoal (casamento, filhos, ocupação) venham interferir, e a conversa é retomada como se ontem mesmo tivesse se interrompido.

É bem verdade, por outro lado, que o tempo da obra não é o mesmo do autor, sobretudo sendo ele Alexandre Dumas. Assim, antes mesmo de terminada a publicação em folhetim de *Os três mosqueteiros*, entre março e julho de 1844, o cotidiano parisiense *Le Siècle* já anunciava a sua continuação. E de fato, passados poucos meses e no auge do sucesso dos quatro espadachins, *Vinte anos depois* debutou no mesmo jornal, a partir de 21 de janeiro do ano seguinte, quase simultaneamente — e não por acaso — ao início da vendagem em livro da primeira parte da série.

As duas epopeias, mais do que se completarem, se promoviam, lucrativa e reciprocamente. Lembremos que duas qualidades do escritor Alexandre Dumas, quase inseparáveis do seu talento literário, foram a visão comercial e o senso de oportunidade. Este último, aliás, em certo momento do romance é metaforizado pelo autor como uma deusa com "apenas um tufo de cabelos [na cabeça] pelo qual [deve] ser agarrada". Já sua visão comercial era sem dúvida formidável, só que ainda insuficiente diante da prodigalidade com que o ganho se dissipava.

Que divertida e movimentada autobiografia/autoficção não se poderia incluir nessa obra monumental, caso já fosse moda o autor se olhar mais explicitamente no espelho... Não sendo esse o caso, você, leitor, pode buscar mais informações no detalhado texto de apresentação de Rodrigo Lacerda para *Os três mosqueteiros* (Zahar, 2011, trad. André Telles e Rodrigo Lacerda), principalmente no que se refere à vida do escritor e à gênese dos quatro personagens principais — que são verídicos, mas, como frequentemente acontece, menos "imortais" que os do romance.

Somente por falta de espaço esses dados não são repetidos aqui, mas é importante dizer: a leitura de *Vinte anos depois* independe da leitura de *Os três mosqueteiros*. Ainda assim, apesar dessa autonomia, quase como *private jokes*, Alexandre Dumas cuidou de "amarrar" solidamente as duas sequências de aventuras — como faria depois em *O visconde de Bragelonne*, que completa a trilogia —, e diversas referências, habilmente inseridas no segundo volume, refrescam lembranças deixadas pelo primeiro, ou simplesmente despertam a curiosidade.

Alter ego

Nascido em 1802, Dumas tinha 42 anos incompletos quando publicou *Os três mosqueteiros*, ou seja, mais ou menos a mesma idade de d'Artagnan no presente romance, e com isso provavelmente aqui se sente mais à vontade na pele do seu herói, que se mostra meio nostálgico de si mesmo e daquela indefectível camaradagem juvenil. Criador e criatura parecem longe da busca da aventura pela aventura e do "um por todos, todos por um". Em determinado trecho do romance, o próprio mosqueteiro, para tranquilizar seu (ex-)criado, tenso com um grupo visivelmente mal-intencionado de cavaleiros, suspira: "Tenho a dizer, Planchet, que infelizmente está longe a época em que príncipes queriam me assassinar. Que época boa! Pode então ficar tranquilo, aquela gente nada quer conosco."

Ressuscitar os quatro mosqueteiros

Os inseparáveis companheiros se dispersaram não se sabe por onde, levando suas vidas longe da corporação mosqueteira, e ele mesmo, d'Artagnan, apenas pela obrigação do próprio sustento manteve a farda, a serviço de um rei ainda criança (Luís XIV, com dez anos de idade), de uma rainha regente distante e enfraquecida (além de ingrata) e de um cardeal ministro que não chega aos pés do seu antecessor, o grande Richelieu, principal inimigo do quarteto de heróis no primeiro apanhado das aventuras.

Diga-se, é mesmo estranho ver d'Artagnan a serviço do cardeal Mazarino, unanimemente descrito como vilão, ou seja, sem as qualidades "fidalgas" que tanto enchiam a boca dos quatro amigos no esplendor dos anos dourados. Para o tenente, os vinte anos em questão perversamente se passaram como uma ressaca "burguesa", com características antônimas às da fidalguia acima referida; e, como se isso não bastasse, ele parte numa cruzada, tentando resgatar para esse joão-ninguém (e mão de vaca) italiano que é o novo cardeal a lendária completude da antiga parceria mosqueteira.

Tem início, por parte de d'Artagnan, uma caça a pistas porventura deixadas pelos amigos. Já desesperançado, um incidente casual o leva à trilha certa. "Casual" em termos de vida prosaica e cotidiana, não no universo em que transitam semideuses, claro. Pois o d'Artagnan que ressurge em *Vinte anos depois* aos poucos volta a ser o herói que conhecemos.

Tão exímio quanto os seus protagonistas com a espada é Alexandre Dumas com o romance histórico — e um incidente, nada menos que o início da guerra civil que abala a França de 1648 a 1652, a Fronda, literalmente arromba a janela do quarto de pensão em que mora o tenente: d'Artagnan encontra o seu antigo lacaio, que sabe onde encontrar o antigo lacaio de Aramis, que diz não saber onde encontrar seu antigo patrão...

Uma espécie de nostálgica e desiludida viagem se esboça, começando pelo padre d'Herblay, que conhecíamos como Aramis. Uma viagem um tanto melancólica em comparação às antigas cavalgadas, uma viagem em que o herói inclusive "lucubra", sentindo-se, diz ele, como a lebre em sua toca, numa fábula de La Fontaine... Pouco a pouco, porém, vão se acrescentando alguns ingredientes estranhos àquilo que mais ou menos se anunciava como viagem iniciática, feita apenas para exorcizar o romantismo do passado, nos introduzindo em aventuras menos trepidantes e mais de acordo com a meia-idade dos nossos cavalheiros.

Depois do jesuíta d'Herblay, é a vez do sr. du Vallon de Bracieux de Pierrefonds, o pomposo nome com que passou a se titular Porthos, um rico proprietário rural que continua plebeu e gostaria de ser barão. E então chegamos ao conde de La Fère, vulgo Athos, que espantosamente escapou da provável decrepitude em que todos o imaginavam, dada sua antiga propensão ao alcoolismo.

Apesar de cordial, a excursão termina com uma flagrante divisão dos quatro inseparáveis, que se veem em dois times: d'Artagnan/Porthos × Aramis/Athos, em evidente rota de colisão política e quase chegando às vias de fato. Com o desencanto que todos nós, homens ordinários, acumulamos em vinte anos de vida, tudo leva a crer que as contingências e os interesses pessoais se sobreporão a qualquer heroísmo. Além disso, seguindo caminhos próprios e distintos, eles inevitavelmente perderam a afinidade absoluta que tinham naqueles poucos anos em que se passa o primeiro romance. De qualquer forma, na insipidez existencial das duas décadas seguintes, todos eles aprenderam que sem os outros três são homens comuns, apenas com uma ou outra lembrança que às vezes se intromete, teimando em dizer que já foram pessoas extraordinárias, personagens épicas. Para d'Artagnan – e ele tentará convencer disso o ministro Mazarino – trata-se de uma aritmética mística, em que um vale por dois, dois valem por dez, e quatro valem por cem.

História com H e com h

Em *Vinte anos depois*, a História tem um papel ainda mais preponderante que no romance anterior, e não há escritor que mais à vontade se sinta em moldá-la a seus interesses ficcionais que Alexandre Dumas. Por isso o passado — afinal, é difícil sustentar qualquer grandeza na contemporaneidade. Mesmo no que diz respeito aos cavalos, pois "já não valem os de antigamente", como bem observa o inabalável Porthos, vendo seu enésimo quadrúpede espumar, babar e, esgotado, expectorar sangue pelas ventas.

Os leitores de 1844-1845, diga-se, não estavam tão distantes ainda do imaginário galante e fantasioso da cavalaria (que, lembremos, deu aquelas estranhas ideias a Dom Quixote, proverbialmente descrito como "enlouquecido pela leitura de romances de cavalaria"), ou dos combates descritos por Tasso e Ariosto, algumas vezes relembrados por Dumas. Acrescente-se ainda que essa mesma geração de leitores, que sofregamente acompanhava os folhetins capa e espada, crescera à sombra do passadismo bonapartista, cujos esplendores se mantinham vivos o bastante para referendar, pouco depois, em 1852, o "pequeno Napoleão", o sobrinho aventureiro do "grande Napoleão", e o seu burguês Segundo Império.

Mas há sempre uns espíritos de porco nessa boa nostalgia do passado mais ou menos recente, e o pragmático primeiro-ministro Mazarino, terra a terra demais para sequer encarnar um bom adversário, diz à rainha: "Esses atrevidos que trazem para a nossa época tradições do outro reinado só aborrecem."

Lembremos entretanto que, nas tensões internas entre esses mesmos "atrevidos", Athos é frequentemente acusado pelos três outros de pertencer a uma moralidade já antiga, honrada e nobre, mas às vezes irritante, até mesmo para fidalgos moralistas... Não temos, com Alexandre Dumas, nenhum saudosismo seiscentista irrestrito, mas um irônico diálogo com a sua época — não o século XIX, especificamente, mas a contemporaneidade.

A cozinha do escritor

A receita para o folhetim histórico do grande *chef* Dumas (que se gabava de ser esmerado cozinheiro) parece simples: heróis quase totalmente inventados têm um decisivo papel secreto, ignorado pela História, que serve de pano de fundo e garante veracidade, uma vez que, todos sabem, aquilo de fato aconteceu. Acrescente-se a isso o charme do figurino de época, com camisas bufantes, gibões e bigodes retorcidos para os personagens masculinos (que, observe-se *en passant*, estão em esmagadora maioria neste segundo volume da série). Mas tal reforço é faca de dois gumes, pois o romancista, por mais habilidoso, tem que afinal se curvar à História.

A astuciosa e incansável criatividade de d'Artagnan pode lampejar e ele dizer "tenho um plano", quando tudo parece irremediavelmente perdido. Esse aguardado lampejo é sempre, na verdade, o "abre-te sésamo" para a aventura mosqueteira. Só num ou noutro caso, quando não há outro jeito, o implacável destino se impõe. É muita injustiça, em *Vinte anos depois*, os planos para salvar o rei inglês Carlos I não terem dado certo, apenas por sua decapitação ter sido tão massacrantemente confirmada pelos livros de história. Quando coisas assim acontecem, felizmente nem mesmo Porthos se revolta, pois são todos cristãos, e é preciso se inclinar à vontade divina, que escreve certo por linhas tortas.

De fato, reis, rainhas, duques etc., estatuados que foram pelos livros didáticos, são personagens pouco maleáveis para o romancista, que pode no máximo explorar um ou outro traço (sovinice/generosidade, beleza/feiura, coragem/covardia, inaptidão no uso do vernáculo/aptidão para o uso de meias palavras...). O mesmo se passa com as grandes batalhas e os eventos importantes; mas com relação a isso, e buscando dar ritmo à ação, Alexandre Dumas ainda consegue eventualmente trapacear um pouco nas datas e acelera o tempo, concentrando nuns poucos e dinâmicos dias episódios enfadonhamente espalhados por dois ou três anos. É, realmente, um mestre.

Um inventor da profissão

E foi esse mesmo mestre o criador do primeiro romance-folhetim, *A condessa de Salisbury*, publicado no jornal *La Presse* entre 15 de julho e 11 de setembro de 1836, seguido de perto por Balzac, com *A solteirona*, a partir de 23 de outubro, no mesmo jornal. É curioso notar que esses dois monstros sagrados da história do romance chegaram ao truque do folhetim pelas mãos da deusa Necessidade, sempre pressionados por questões financeiras.

Em todo caso, inaugurava-se ali um recurso que se tornou muito usado ao longo do século XIX, o da parceria entre a literatura e a imprensa: inúmeros romances estreavam nos jornais e só depois eram lançados em livro. *Le Siècle*, é claro que não apenas pelos folhetins (foi o início da veiculação publicitária, diminuindo o preço de venda, e do uso do telégrafo, agilizando as notícias), nos anos 1840 chegou a uma tiragem diária de 35 mil exemplares, bem mais que o dobro do que conseguia vender na década anterior, ultrapassando o concorrente *La Presse*, que se manteve na casa dos 20 mil exemplares.

No afã de produzir, sabe-se que o profissional Dumas inaugurou também a (maldosamente) chamada "fábrica de romances", com o uso de colaboradores que faziam para ele parte da pesquisa e, vez ou outra, davam uma primeira demão ao texto. Graças ao inovador artifício, em apenas dois anos — 1844/1845 — ele conseguiu entregar *Os três mosqueteiros* e *Vinte anos depois* (ao *Le Siècle*), *O conde de Monte Cristo* (ao *Journal des Débats*), *A rainha Margot* (ao *La Presse*), *O cavaleiro de Maison-Rouge* (ao *La Démocratie Pacifique*) e *Uma filha do Regente* (ao *Commerce*). Por si só a façanha já seria hercúlea, ainda mais em se tratando dos clássicos que conhecemos. A "invenção" de Dumas, essa espécie de colaboração técnica, hoje em dia corriqueira, na época rendeu processos judiciais, que se concluíram favoravelmente ao escritor e, de certa forma, estabeleceram bases para o nascente direito autoral.

O *staff* da fábrica de romances na verdade se limitava ao autor e a um colaborador (para a série dos mosqueteiros, *Monte Cristo* e diversos outros títulos desse período foi Auguste Maquet, um jovem literato com formação universitária de historiador). Ou seja, bem aquém de um "núcleo" de telenovelas ou mesmo de uma equipe de produção editorial de hoje. Não existiam o "continuísta" nem os revisores técnico e estilístico. Donde algumas derrapadas gritantes para o leitor de agora, mas que não pareciam chocar o público de então (tanto que nem sequer eram corrigidas no momento da publicação em livro), fascinado sobretudo pela trama que o nosso genial protorroteirista era capaz de urdir no dia a dia.

Ainda em 1844, como se quisesse calar seus detratores, que o acusavam de violentar a História, Dumas publicou (sem a ajuda de colaboradores) *Luís XIV e o seu século*, livro de não ficção que em nada disfarçava o senso crítico. Era o rumo que dava à disciplina Jules Michelet, considerado o "pai" da historiografia francesa. Pouco mais velho (nasceu em 1798) que o escritor, Michelet era seu declarado admirador (e não, por exemplo, de Balzac). Com uma narrativa apaixonada, ele partia de fontes e documentos de época — foi por muitos anos chefe da divisão histórica dos Arquivos Nacionais de Paris — para chegar a uma "ressurreição da vida integral", deixando de focar exclusivamente na Corte para aclarar também o povo e a ascendente burguesia.

Rumo à "nova história"

E é essa nova sensibilidade, erudita e social, que direciona Dumas. Nesse sentido, o período de guerra civil em que transcorre *Vinte anos depois* é exemplar. Desde o início do século XV e até o esplendor absolutista de Luís XIV, que teria dito, ou em todo caso poderia dizer, "o Estado sou eu", assistia-se a uma queda de braço entre a alta nobreza de espada — duques, príncipes etc. — e o rei, ou seja, entre a autonomia feudatária e o poder soberano centralizado. A disputa fora encaminhada de maneira decisiva por Luís XIII, uma personalidade fraca mas firmemente assessorada por um ministro todo-poderoso, o cardeal de Richelieu.

Em 1642-43, porém, ministro e rei morreram, um logo depois do outro, num espaço de poucos meses. Subiu ao trono um menino de quatro anos, e sua mãe, Ana da Áustria, foi declarada rainha regente, tendo como ministro um italiano, às pressas naturalizado francês, o também cardeal Mazarino, escolhido por Richelieu como seu sucessor. Reconhecendo propício o momento, duques, príncipes etc. voltaram a conspirar, mas a assim denominada Cabala dos Importantes, que pretendia matar o novo ministro antes mesmo que ele "esquentasse o assento", foi prontamente sufocada. Isso resultou em prisão para um neto do grande Henrique IV, o duque de Beaufort; em exílio para uma duquesa também de sangue real, a sra. de Chevreuse; e em fortíssimo preço patrimonial para um duque da mais alta nobreza, o sr. de Elbeuf, que assim evitou prisão e exílio. São todos eles personagens vivos e atuantes em *Vinte anos depois*.

Esse quadro interno tem como pano de fundo externo a famigerada Guerra dos Trinta Anos, de dimensão europeia, mas naquele momento travada principalmente entre Espanha e França (apesar de serem ambos países católicos e o conflito, em princípio, ser uma "guerra de religião"). As batalhas mais recentes vinham ocorrendo em solo francês, na região nordeste (junto aos Países Baixos, então sob o domínio da Coroa espanhola). Do ponto de vista rural, os prejuízos eram calamitosos, as violências campeavam, o custo em vidas humanas era enorme e a vitória, incerta. A França, sem o aporte de ouro que tinha a Espanha com suas colônias do Novo Mundo, se via obrigada a uma crescente cobrança de taxas. Ou seja, em 1648, quando a Fronda explode em Paris (e tem início o romance), o povo, a burguesia e a maior parte da nobreza estavam unidos no descontentamento e viam, como causador de todos os males, o ministro Mazarino.

Ainda externamente à França, e do outro lado do canal da Mancha — mas com vizinhança muito influente —, a Inglaterra se encontrava em plena e declarada guerra civil, iniciada também por confronto entre o rei Carlos I e o Parlamento. Na verdade, a essa altura a situação já estava definida e começava, em 1648-49, um curto e único período de pouco mais de dez anos em que a ilha britânica seria governada por uma espécie de República, tendo o puritano (uma então recente facção rigorista do calvinismo) Oliver Cromwell como seu líder maior.

Espichando ou encurtando um pouco as datas, Alexandre Dumas envia também à Inglaterra as duplas Athos/Aramis e Porthos/d'Artagnan, para lutar em campos evidentemente opostos. Após alguns contratempos, a aritmética mística engendrada pelo lema "um por todos" finalmente se restabelece — e por muito pouco os quatro não provocam uma tremenda reviravolta na História, pois chegamos, nós leitores, a torcer para que Dumas de repente se revolte e rompa a golilha (nome infeliz daquela argola de ferro que prendia o escravo ao pelourinho) histórica que o aprisiona.

Povo, burguesia e realeza

Voltando a Paris e à Fronda, tudo começou como uma rebeldia, dentro do Parlamento, contra medidas que prejudicavam as finanças de seus membros. Diferentemente do que se entende hoje por esse tipo de tribunal, o daquela época reunia representantes que haviam comprado seus cargos, vitalícios e hereditários, em conformidade com a lei, tendo por função discutir as decisões administrativas reais. Estas, tendo em vista os custos da guerra contra a Espanha, recaíam de forma brutal e quase exclusiva sobre o povo e a burguesia. Mas um dado novo, naquela época, era a crescente conscientização popular da sua força, como fiel da balança no jogo político, e o Parlamento — inevitavelmente mais próximo que a Corte daquela massa anônima, até então ignorada — não deixou de perceber a novidade, apesar de não haver ainda o imperativo democrático de agradar ao maior número para se eleger.

Alguns daqueles "homens togados" (advogados eram os membros mais atuantes, vistos com desprezo por seus semelhantes "de espada", nobres) começavam a gozar de grande prestígio nas ruas, e quando dois deles foram presos, os conselheiros Broussel e Blancmesnil, a rebeldia burguesa virou insurreição popular, que logo tomaria ares de guerra civil. Ao defender os magistrados, a massa pública instintivamente percebia estar defendendo a si mesma.

O próprio Athos, por sua vez, o mais *vieux jeu* dos quatro amigos, em dois momentos nos oferece uma clara explicação da visão contrária. A seu "pupilo" (na verdade filho natural) Raoul de Bragelonne, ele diz: "O rei é apenas um ser humano, a realeza é o espírito de Deus." E a Aramis: "Os reis só podem ser fortes com o apoio da nobreza e a nobreza só pode ser grande se houver um rei. Sustentando as monarquias, sustentamos a nós próprios."

Menos profunda, mas dentro do mesmo raciocínio, Ana da Áustria, a rainha regente, parecia completamente cega às mudanças que ocorriam fora das grades do seu palácio. Imbuída da convicção do direito divino, no auge da crise que em certo momento a obrigou a engolir o orgulho diante da turba, ela sinceramente se espantou: "Santo Deus, para onde está indo a realeza?"

E, é verdade, era essa a questão efervescente, pois, no afã de dominar a alta nobreza, no último século os reis haviam desacreditado o "sangue azul", e a massa produtiva não deixara de perceber. "É um ano ruim para os reis", dizem tanto a rainha inglesa decaída e exilada em Paris, Henriqueta, vendo seu trono londrino desabar, quanto o coadjutor Gondy, um dos principais articuladores da revolta "frondista", à própria rainha francesa.

Fontes

Vale relembrar aqui a documentação "micheletiana" utilizada por Dumas para o colorido de época, junto com o material mais tradicional e didático sobre as histórias da França e da Inglaterra na primeira metade do século XVII, além das obras, sobretudo biográficas, de referência. As fontes mais interessantes — e mais flagrantes — são as muitas *Memórias* de homens e mulheres que viveram naquele período e das quais o autor tira descrições de personagens, anedotas, cançonetas divertidas e pequenos detalhes da vida cotidiana que nos transportam para aquele ambiente sem que, no entanto, o narrador tente se passar por um contemporâneo de d'Artagnan & cia.

Muito dessa bibliografia mais específica é inclusive citado de forma textual pelo autor, com o orgulho de quem pode e sabe muito bem criar a partir de informações laboriosamente colhidas em biblioteca. Merecem ser mencionadas as *Memórias* do cardeal de Retz, que tem papel muito ativo na Fronda e no romance, como coadjutor do arcebispo de Paris. Também as *Memórias* de Pierre LaPorte, camareiro do jovem Luís XIV; as da sra. de Motteville, dama de companhia da rainha regente; as de Henri de Loménie, conhecido como "jovem Brienne"; as da princesa palatina, Élisabeth-Charlotte da Baviera, considerada uma das maiores fofoqueiras da época; além, é claro, daquelas apócrifas do próprio d'Artagnan e do conde de Rochefort (outro personagem muito presente), ambas escritas por Gatien de Courtilz de Sandras, ainda no final do século XVII. Juntam-se a todo esse material as cartas trocadas por Mazarino e Ana da Áustria e, verdadeiro manancial, o livro *Historietas*, de Tallemant des Réaux.

Casa de ferreiro, espeto de pau

A historiografia estava sendo sacudida numa direção menos institucionalista, que desembocaria, um século depois, na chamada "história das mentalidades" ou "nova história". Ela pouco a pouco abandonava a visão puramente cronológica, focada apenas nos grandes eventos, vividos por grandes personalidades. Entretanto, o próprio Michelet, que fez do povo o protagonista da História da França, foi posteriormente muito criticado por sua abordagem lírica e romântica, para não dizer romanesca. Mas trouxe sem dúvida uma grande inovação.

Dumas, por sua vez, rebaixou bastante o pedestal em que se encontravam os "grandes", mas inevitavelmente acompanhava a sua época, preso a alguns preconceitos sociais e "de sangue". Há a escusa de seus personagens, no caso, se situarem duzentos anos antes, anteriores à Revolução de 1789, mas perpassa ainda algum deslumbre, um insistente sentimento de casta por parte do narrador.

De fato, ideias herdadas de linhagem, raça, gênero, junto com certas atitudes que as acompanham, devem ser relevadas e colocadas na conta das convicções características da época. Não é aconselhável ler um romancista daquela geração com exigências do politicamente correto de hoje. Por exemplo, exagerando esse tipo de cobrança, poderíamos ressaltar que mesmo quem nunca tenha propriamente lido a trilogia mosqueteira sabe quem são d'Artagnan, Athos, Porthos e Aramis, mas, por culpa do seu criador, que não acrescentou ao título do volume inicial "*e os seus respectivos criados*", quase nunca são lembrados os nomes de Planchet, Grimaud, Mousqueton e Bazin. No entanto, santo Deus!, são personagens não só importantíssimos na trama, com suas características específicas, mas que se incluem perfeitamente no "um por todos" emblemático da série. Eles são constantes, solidários, despretensiosos (dessa última virtude somos obrigados, é verdade, a excluir Bazin) e tão dedicados a seus amos que o escritor às vezes omite a presença deles e diz, por exemplo, "os dois homens..." embora eles sejam quatro (dois fidalgos e dois criados). Mas, como foi dito, são deslizes pelos quais devemos culpar mais o século, e não o escritor.

Em todo caso, são esses acompanhantes às vezes invisíveis, os "lacaios", que acrescentam à receita do nosso mestre-cuca os imprescindíveis condimentos humanos — nada heroicos, mas heróis assim mesmo: valentes, briosos e sempre engraçados — para o formidável romance que temos em mãos. A trilogia dos mosqueteiros se mantém, no panteão da literatura, muito além do "instrutivo e divertido" com que a falsa modéstia e a personalidade de Alexandre Dumas provocativamente classificavam a obra.

JORGE BASTOS

◇◇

Jorge Bastos é tradutor, responsável por mais de sessenta traduções publicadas, de obras de autores como Voltaire, Victor Hugo, Alexandre Dumas, Raymond Aron, Michel Serres, Elie Wiesel, Marguerite Duras e Amin Maalouf. Foi livreiro e editor, e é autor de *Atrás dos cantos* e *O deserto e as tentações de santo Antão*.

Vinte anos depois

1. O fantasma de Richelieu[1]

Num cômodo que já conhecemos do Palácio Cardinalício,[2] um homem estava sentado a uma mesa com quinas de cobre, abarrotada de papéis soltos e livros, a cabeça apoiada entre as mãos.

Às suas costas, as chamas ardiam numa ampla lareira, fazendo a lenha em brasa desabar às vezes dos pesados suportes dourados que a sustentavam. O fulgor das labaredas iluminava por trás o magnífico traje do meditativo personagem, a quem o brilho das inúmeras velas de um candelabro iluminava pela frente.

Diante daquela samarra[3] vermelha ricamente rendada, daquele rosto pálido, cabisbaixo e absorto, diante da solidão do gabinete, do silêncio das antecâmaras e dos passos cadenciados da guarda no corredor, seria de se pensar que a sombra do cardeal de Richelieu ainda habitava aquele escritório que fora seu.

Infelizmente, era mesmo apenas a sombra daquele grande homem. A França enfraquecida, a autoridade do rei vilipendiada, os grandes no-

---

1. Armand Jean du Plessis de Richelieu (1585-1642), cardeal, duque e primeiro-ministro da França, sob Luís XIII, de 1628 até a sua morte. Grande estadista, buscou a concentração absolutista do poder nas mãos do rei e a hegemonia francesa na Europa. É o principal inimigo interno dos quatro heróis em *Os três mosqueteiros*, que reconhecem o talento político do "grande cardeal" e terminam por se conciliar com ele, no final do romance.

2. Trata-se do antigo escritório de Richelieu, descrito em *Os três mosqueteiros*, cap. 14, no palácio que o cardeal mandara construir para lhe servir de residência, com obras e expansões que só terminaram em 1636. Em 1639 Richelieu doou a propriedade à Coroa e, em 1643, a rainha Ana da Áustria (ver nota 75) tornou-a residência real, em detrimento do Louvre. O palácio passou, então, a se chamar Palais Royal. Atualmente sedia o Conselho de Estado, o Conselho constitucional, o Ministério da Cultura e a Comédie Française, com belo e amplo jardim aberto ao público.

3. Espécie de túnica ou bata usada pelos sacerdotes cristãos.

mes senhoriais voltando a ser fortes e contestadores, o inimigo no interior das fronteiras: tudo comprovava que Richelieu não se encontrava mais ali.

Mas o que melhor demonstrava não ser do velho cardeal aquela samarra vermelha era o isolamento, que mais parecia, como foi dito, o de um fantasma do que o de um ser vivo. Chamavam também a atenção a ausência de cortesãos nos corredores desertos, os pátios povoados de guardas, o escárnio popular vindo da rua e atravessando os vidros daquele cômodo sacudido pelo sopro de toda uma cidade amotinada contra o ministro. A tudo isso se acrescentavam estampidos distantes e regulares de tiros, felizmente disparados sem direção nem consequência, apenas para mostrar aos guardas, aos suíços,[4] aos mosqueteiros e aos soldados postados ao redor do Palais Royal — pois até o próprio Palácio Cardinalício havia mudado de nome — que também o povo dispunha de armas.

Esse fantasma de Richelieu era Mazarino.[5]

E Mazarino estava só, se sentindo enfraquecido.

— Estrangeiro! — ele murmurou. — Italiano! A grande acusação que se faz! Com apenas essa palavra assassinaram, enforcaram e trucidaram Concini.[6] E se eu deixar vão me assassinar, enforcar e trucidar também, mesmo sem que eu tenha causado mal nenhum além de pressionar um pouco. Bobalhões! Então não percebem que o inimigo não é o italiano que se expressa mal em francês e sim uma gente com talento para o belo fraseado, com pura e perfeita dicção parisiense? Isso mesmo — continuava o ministro com um fino sorriso que agora parecia estranho em seus lábios exangues. — Isso mesmo, é o que dizem os boatos, é precária a sorte dos favoritos. Mas se sabem disso, devem saber também que não sou um favorito qualquer! O conde de

---

4. A guarda suíça, hoje em dia limitada ao Vaticano como guarda pontifical, era formada por mercenários suíços, sendo empregada por diversas cortes europeias. Na França, ela foi instituída pelo rei Carlos IX, em 1573, e durou até 1792, quando foi massacrada defendendo Luís XVI.

5. Giulio Raimondo Mazarino (1602-61), de origem romana e plebeia, teve uma ascensão social das mais extraordinárias. Pensou em fazer carreira artística, mas desistiu por necessidade econômica, passando a se dedicar à política. Formou-se em direito canônico e se destacou por ações diplomáticas como núncio do papa Urbano VIII, chamando a atenção de Richelieu, que fez dele seu herdeiro político. Em 1639 ele se naturalizou francês e pouco a pouco afrancesou o seu nome para Jules Mazarin, tornando-se cardeal sem nunca, na verdade, ter sido padre. À morte de Richelieu, foi nomeado primeiro-ministro, conseguindo, graças à sua habilidade, o apoio da rainha-mãe (sendo o futuro Luís XIV ainda criança), ainda que ela fosse inimiga de Richelieu. Nascido pobre, ao morrer Mazarino era dono da maior fortuna do séc.XVII.

6. O florentino Concino Concini, marquês de Ancre e marechal da França (1575-1617), teve grande influência política junto à regente Maria de Médici, angariando a antipatia do jovem Luís XIII e de parte da nobreza. Foi assassinado em Paris, por ordem do rei, e seu corpo foi deixado ao povo, que o despedaçou.

Esse fantasma de Richelieu era Mazarino.

Essex[7] tinha um esplêndido anel de diamantes, oferecido pela amante real, enquanto a mim coube um anel simples, com uma inscrição em código e uma data, mas abençoado na capela do Palais Royal.[8] Nem por isso conseguirão me destruir como pretendem. Então não veem que com esse eterno grito de "Abaixo Mazarino!" estão na verdade dando vivas ao sr. de Beaufort,[9] ao sr. Príncipe,[10] ou ainda ao Parlamento?[11] No entanto, o sr. de Beaufort está preso em Vincennes,[12] o sr. Príncipe vai, mais cedo ou mais tarde, se juntar a ele, e o Parlamento...

Nesse momento o sorriso do cardeal assumiu uma expressão de ódio que era estranha na placidez do seu rosto.

— Bem, com o Parlamento veremos o que fazer. Temos Orléans e Montargis.[13] Ah! Não será imediato, mas esses mesmos que gritam "Abaixo Mazarino!" ainda vão gritar "Abaixo essa gente". Um de cada vez. Richelieu, que todos odiavam quando estava vivo e de quem continuam falando depois de morto, caiu mais baixo que eu. Foi afastado várias vezes e mais vezes ainda achou que seria demitido. A rainha não me afastará e se eu for obrigado a

---

7. Robert Devereux, conde de Essex (1565-1601), foi amante de Elisabeth I da Inglaterra. Caiu em desgraça em 1600 e foi decapitado.

8. Sabe-se que Mazarino, que não estava preso a nenhuma ordem religiosa que lhe impedisse o matrimônio, se casou com Ana da Áustria. Ver *Mémoires*, La Porte, e o diário da princesa palatina. (Nota do Autor) [À época, falava-se muito de uma ligação amorosa entre o ministro e a rainha, sem que nunca tenha havido provas concretas. A tese do casamento secreto tem pouca sustentação histórica. Sobre as fontes citadas pelo autor, ver a Apresentação a este volume.]

9. François de Bourbon-Vendôme, duque de Beaufort (1616-69). Foi preso em 2 de setembro de 1643 por participação no complô denominado Cabala dos Importantes e fugiu espetacularmente no dia de Pentecostes de 1648, 31 de maio. Era uma grande força da oposição a Mazarino, graças a sua alta linhagem (era neto do rei Henrique IV) e grande estima por parte da população.

10. O título "Monsieur le Prince" designava especificamente o primeiro príncipe na linhagem sucessória. Era, na época, Luís II de Bourbon-Condé (1621-1686), herói da Guerra dos Trinta Anos, cognominado "o grande Condé". O sr. Príncipe se manteve fiel à Corte no período da Fronda Parlamentar (ver nota seguinte), aderindo em seguida à chamada Fronda dos Príncipes, e teve que fugir da França, em 1650.

11. No chamado Antigo Regime (que vigorou até a Revolução Francesa), o Parlamento tinha como função tornar legais, do ponto de vista jurídico, as decisões do rei, de modo que podia, então, ser um entrave ao poder absoluto. Foi no Parlamento de Paris que teve início a Fronda (1648-49, ver também nota 40), buscando maior controle sobre as finanças do reino. O parlamento francês era composto de magistrados que obtinham seus cargos, vitalícios e frequentemente hereditários, através de ofícios reais (em geral comprados).

12. O castelo fortificado de Vincennes, a leste de Paris, começou a ser erguido no séc.XIV. Foi residência real e sua torre, com 52 metros de altura, transformada em prisão para pessoas de altíssima linhagem, podendo alojar até quatorze presos.

13. Cidades relativamente próximas de Paris, no vale do Loire, para as quais Mazarino ameaçava transferir o Parlamento, quebrando sua influência sobre a população.

fazer concessões ao povo ela me apoiará. Se eu tiver que fugir, me acompanhará. E aí quero ver o que farão os rebeldes sem rainha e sem rei. Ah! Quem me dera não ser estrangeiro; se fosse francês, se tivesse um título de nobreza...
E voltou a cair em devaneios.

De fato, a situação era difícil e o dia que chegava ao fim a havia complicado ainda mais. Levado por sórdida avareza, Mazarino esmagava o povo com impostos — deixando-lhe apenas a alma, como disse o advogado geral Talon,[14] e isso por não poder leiloá-la —, esse mesmo povo ao qual se pedia paciência, alegando as vitórias conseguidas, mas que via não serem os louros alimento que encha a barriga.[15] Esse povo, enfim, há bastante tempo manifestava descontentamento.

Mas não somente o povo, pois quando é só ele a reclamar a Corte não ouve, distante que está, dele separada pelas classes burguesa e nobre. Mazarino, entretanto, cometera a imprudência de investir contra os magistrados! Havia vendido doze licenças de oficial de petição e, como os já existentes haviam pagado alto preço pelas suas, e a entrada desses recém-promovidos as desvalorizava, eles se reuniram e juraram por tudo que é sagrado não aceitar aquela decisão e resistir a todas as perseguições da Corte. Fizeram inclusive um pacto, prevendo a possibilidade de um deles perder a licença, com os demais então se cotizando para um reembolso compensatório.[16]

Eis o que havia acontecido, dos dois lados.

Em 7 de janeiro, cerca de setecentos ou oitocentos comerciantes de Paris se amotinaram contra uma nova taxa que pesaria sobre a classe. Elegeram em seguida dez representantes para uma entrevista com o duque de Orléans,[17] que em ocasiões assim sempre procurava parecer popular. O duque os recebeu e foi informado da decisão de não pagamento do novo imposto. Se preciso fosse, os comerciantes estavam dispostos a se defender da cobrança real, até mesmo à mão armada. O duque os ouviu com toda complacência, demonstrou otimismo, prometeu levar as reivindicações à rainha e se despediu dos delegados com a habitual frase dos príncipes: "Veremos o que se pode fazer."

Os oficiais de petição, por sua vez, foram até Mazarino e um deles, porta-voz do grupo, falou com tanta firmeza e arrojo que o cardeal ficou bem sur-

---

14. Omer Talon (1595-1652), no Parlamento de Paris desde 1613, gozava de grande popularidade e foi considerado o parlamentar mais eloquente do século. De início favorável a Ana da Áustria, tornou-se em seguida feroz opositor a Mazarino.

15. Sra. de Motteville. (Nota do Autor) [Ou seja, tirado de *Mémoires*, da sra. de Motteville, aia de Ana da Áustria.]

16. Em janeiro de 1648 foram instituídas novas taxas e criados os doze novos títulos de oficial de petição. O Parlamento deu início a uma resistência ainda tímida, mas que se agravaria em seguida, quando Mazarino resolveu cortar privilégios fiscais dos parlamentares.

17. Gastão de Orléans (1608-60), irmão mais moço de Luís XIII. Conspirou contra o irmão e Richelieu, em seguida contra Ana da Áustria e Mazarino.

preso, encerrando a entrevista como o duque de Orléans e dizendo que veria o que se podia fazer.[18]

Para ver o que se podia fazer, então, foi reunido o Conselho e mandado chamar o superintendente das finanças, d'Émery.

O tal d'Émery era detestado pelo povo, para começar por ser superintendente das finanças, e todo superintendente das finanças deve ser detestado. Mas é preciso acrescentar que o personagem em questão fazia jus a tanto ódio.

Era filho de um banqueiro de Lyon, chamado Particelli, que passou a se chamar d'Émery depois de cair em bancarrota.[19] Mas o cardeal de Richelieu o considerava um grande talento financeiro e da maneira mais elogiosa o apresentou ao rei Luís XIII como sr. d'Émery, sugerindo que fosse nomeado intendente das finanças.

— Ótimo! — respondeu o rei. — Foi bom ter me falado do sr. d'Émery para esse cargo, para o qual se espera um homem honesto. Ouvi dizer que tentaria me empurrar um patife chamado Particelli, era o que eu temia.

— Sire![20] — respondeu o cardeal. — Que Vossa Majestade se tranquilize, o Particelli a que se refere foi enforcado.[21]

— Melhor assim! — exclamou o rei. — Não à toa sou chamado de Luís o Justo.

E assinou a nomeação do sr. d'Émery.

Esse mesmo d'Émery em seguida se tornou superintendente das finanças.

Ele foi então chamado, da parte do ministro, mas chegou lívido e assustado, dizendo que, naquele dia mesmo, o filho acabava de escapar de uma tentativa de assassinado na praça do Palácio: a multidão o havia reconhecido e criticava o luxo em que vivia a sua mulher, que tinha um apartamento todo em veludo vermelho, com passamanes de ouro. Era a filha de Nicolas Le Camus, secretário em 1617, que havia chegado a Paris com vinte libras e, mesmo guardando para si uma renda de quarenta mil libras, pouco tempo antes repartira entre os filhos uma fortuna de nove milhões.

O jovem d'Émery por pouco não fora estrangulado, pois um dos revoltosos ameaçava torcer-lhe o pescoço até que devolvesse o ouro devorado. O Conselho nada pôde resolver naquele dia, visto o superintendente estar abalado demais para poder trabalhar.

---

18. O porta-voz em questão se chamava Gomin, segundo a sra. de Motteville, de quem Dumas transcreve quase literalmente a passagem.

19. Nem por isso o advogado geral Omer Talon deixava de chamá-lo sempre sr. Particelle, seguindo o hábito daquele tempo de afrancesar os nomes estrangeiros. (Nota do Autor)

20. Tratamento que se dava ao reis da França.

21. Uma das fontes do autor, as *Mémoires* do cardeal de Retz, diz que Particelli chegou a ser condenado à forca, mas a justiça de Lyon, em 9 de abril de 1620, se refere apenas a uma sentença obrigando o culpado a se apresentar em público segurando um cartaz com os dizeres "Banqueiro Fraudulento".

No dia seguinte, o primeiro presidente Mathieu Molé,[22] cuja coragem nesse tipo de coisa se igualava, segundo o cardeal de Retz, à do sr. duque de Beaufort e à do sr. príncipe de Condé,[23] ou seja, os dois homens considerados os mais corajosos da França, no dia seguinte, dizíamos, o primeiro presidente foi, por sua vez, atacado: em represália aos males que lhe eram impostos, a turba o ameaçou fisicamente. Porém, com sua calma habitual e sem se alterar, o primeiro presidente respondeu aos agitadores que, caso não obedecessem aos desígnios do rei, patíbulos seriam erguidos em praças públicas e neles seriam enforcados os mais ruidosos. Estes últimos, exatamente, responderam ser até bom que se erguessem forcas, pois serviriam para os maus juízes, que compravam os favores da Corte às custas da miséria do povo.

E isso não parou por aí: no dia 11, indo a rainha à missa na catedral de Notre-Dame, como de praxe aos sábados, foi perseguida por mais de duzentas mulheres que, aos gritos, pediam justiça. Na verdade, não tinham má intenção alguma e queriam apenas se pôr de joelhos, esperando comover Sua Majestade. Mas a guarda as impediu e a rainha continuou o seu caminho altiva e orgulhosa, sem ouvir os clamores.

Na tarde desse mesmo dia, o Conselho novamente se reuniu, confirmando a necessidade de se sustentar a autoridade real. Como consequência, convocou-se o Parlamento para o dia seguinte.

Na noite desse dia é que tem início essa nova história aqui narrada. O rei, então com dez anos de idade, acabava de sair de uma varíola e, a pretexto de agradecer a Nossa Senhora o restabelecimento da saúde real, a guarda, os suíços e os mosqueteiros foram colocados de prontidão e distribuídos em torno do Palais Royal, ao longo do rio Sena e na ponte Neuf.[24] Terminada a missa, ele foi ao Parlamento e, num trono de justiça[25] improvisado, não só manteve seus éditos passados, mas ainda outorgou cinco ou seis, cada um mais nefasto que o outro, segundo o cardeal de Retz. Tanto assim que o primeiro presidente, que, como vimos, vinha até então se posicionando a favor da Corte, veementemente se opôs àquela maneira de se trazer o rei ao palácio, de surpresa, para constranger a liberdade dos sufrágios.

---

22. Mathieu Molé (1584-1656) era presidente do Tribunal de Paris desde 1641 e durante as revoltas de 1648 teve um papel conciliador entre o poder real e a população.

23. Ver notas 9 e 10.

24. A ponte Neuf era bem recente, terminada no início do séc.XVII, e é a única ponte da época que resistiu até hoje. As outras pontes que havia então em Paris (pont au Change, pont Saint-Michel, pont aux Meuniers, pont Notre-Dame e Petit-Pont) eram rudimentares, de madeira em grande parte, cobertas de moradias insalubres, ligando a ilha de la Cité às margens esquerda e direita do Sena.

25. No original, *lit de justice*, literalmente "leito de justiça", era um assento especial que o rei ocupava nas sessões solenes do Parlamento. O nome vinha de uma tradição datando de Luís IX, que ministrava justiça a querelantes estendido sobre tapetes.

Porém os que mais claramente se opuseram aos novos impostos foram o presidente Blancmesnil e o conselheiro Broussel.²⁶

Despachados os éditos, o rei voltou ao Palais Royal. Muitos populares se encontravam em seu caminho. Sabia-se que ele vinha do Parlamento, mas como não se conhecia o teor das decisões tomadas, se favoráveis ao povo ou para oprimi-lo ainda mais, grito nenhum de alegria ecoou à sua passagem, felicitando-o por ter recuperado a saúde. Todos os rostos, pelo contrário, se mostravam abatidos e preocupados, com alguns até assumindo ares ameaçadores.

Mesmo depois de seu retorno, as tropas continuaram a postos: temia-se o início de uma rebelião quando se soubesse o resultado da sessão parlamentar. De fato, assim que se espalhou a notícia de que o rei havia aumentado os impostos, em vez de amenizá-los, grupos se formaram aos brados de "Abaixo Mazarino! Viva Broussel! Viva Blancmesnil!", já que os dois últimos haviam falado a favor do povo. E este não deixava de lhes ser grato, mesmo que sua eloquência tivesse fracassado.

Procurou-se dissipar esse início de tumulto e calar os gritos, mas como sempre acontece em casos assim, os grupos aumentaram e os gritos redobraram. Os guardas do rei e os suíços acabavam de receber ordem não só de se manterem firmes, mas também de estender patrulhas às ruas Saint-Denis e Saint-Martin, onde os tais agrupamentos populares pareciam mais importantes e agitados, quando foi anunciado no Palais Royal o preboste dos comerciantes.²⁷

Ele foi logo recebido: vinha dizer que se não interrompessem de imediato aquelas demonstrações hostis, em duas horas Paris inteira estaria de armas em punho.

Deliberava-se sobre o que fazer, quando Comminges,²⁸ tenente da guarda, entrou com o uniforme todo rasgado e o rosto sujo de sangue. Vendo-o assim, a rainha deu um grito e perguntou o que havia acontecido.

E o que havia acontecido foi que, com a presença da guarda, os ânimos populares se alvoroçaram. Sinos tocaram a rebate. Comminges não hesitou, prendeu um suspeito que parecia ser um dos principais agitadores e, para dar exemplo, mandou que o enforcassem na Croix-du-Trahoir.²⁹ Os soldados o

---

26. René Potier de Blancmesnil (?-1680), presidente da câmara de petições do Parlamento. Pierre Broussel (1575-1654), cognominado "pai do povo", era conselheiro do Parlamento desde a época do rei Luís XIII. Ambos seriam presos em 26 de agosto de 1648, causando ampla oposição popular, que forçou a sua libertação.

27. Na antiga magistratura francesa, era o representante oficial dos comerciantes frente à administração municipal de Paris.

28. Gaston-Jean-Baptiste de Comminges (1613-70). Foi, mais tarde, embaixador francês em Lisboa e Londres.

29. Na época, e até 1698, local de execuções capitais, num dos pontos mais movimentados de Paris, na esquina das ruas Arbre-Sec e Saint-Honoré.

levaram para a execução, mas na área do mercado aberto foram atacados a pedradas e a golpes de alabarda. O condenado aproveitou a oportunidade para escapar, tomou a rua dos Lombardos e entrou numa casa, que não demorou a ter sua porta arrombada.

Foi inútil esta última violência, pois o fugitivo não foi encontrado. Comminges deixou alguns homens no local e, com o restante do destacamento, voltou ao Palais Royal para contar à rainha o acontecido. Durante todo o percurso, foi perseguido por gritos e ameaças, com vários dos seus subordinados feridos a paus, lanças e alabardas. Ele mesmo recebeu uma pedrada, que lhe abriu o supercílio.

O relato confirmava a opinião do preboste dos comerciantes de que não haveria como enfrentar uma revolta mais séria. O cardeal fez circular entre a população a notícia de que as tropas tinham sido postadas ao longo do rio e na ponte Neuf apenas por causa da cerimônia, mas já seriam retiradas. De fato, por volta das quatro horas da tarde elas tomaram a direção do Palais Royal. Um posto avançado foi deixado na barreira dos Sargentos, outro nos Quinze-Vingt e um terceiro na colina Saint-Roch.[30] Os pátios e andares térreos do Palais Royal ficaram cheios de suíços e de mosqueteiros, à espera.

Era essa a situação geral, no momento em que nossos leitores foram levados ao gabinete do cardeal Mazarino, aquele mesmo que antes fora do cardeal de Richelieu. Vimos com qual estado de espírito ele ouvia os clamores do povo e os estampidos de fuzis que ecoavam até ali.

Ele bruscamente ergueu a cabeça, agitado como alguém que acaba de tomar uma decisão, cravou os olhos num enorme relógio que já ia soar dez horas e, pegando um apito de cobre em cima da mesa, sempre ao alcance da mão, soprou forte duas vezes.

Uma porta escondida na tapeçaria da parede se abriu sem fazer barulho e um homem vestido de negro entrou em silêncio, postando-se de pé atrás da poltrona.

— Bernouin — disse o cardeal, sem nem mesmo se voltar, pois sabia ser o seu camareiro que estava ali, atendendo ao duplo chamado do apito —, quem são os mosqueteiros de guarda no palácio?

---

30. Havia em Paris várias barreiras de controle intramuros, além daquelas nas portas de entrada da cidade. "Sargento", na época, era uma espécie de oficial de justiça, e a barreira se situava na rua Saint-Honoré, na altura do atual nº 149. O hospital Quinze-Vingts, fundado pelo rei Luís IX para os cegos, ia da rua Saint-Honoré à rua Saint-Nicaise e tinha esse nome por comportar trezentos leitos (15 × 20). Saint-Roch era uma colina fortificada por um bastião à época de Francisco I, onde atualmente se situa o cruzamento da avenida de l'Opéra com as ruas Thérèse e Pyramides; a colina foi aplanada entre 1667 e 1677.

— Os mosqueteiros negros,[31] monsenhor.
— De qual companhia?
— Companhia Tréville.
— Algum oficial dessa companhia se encontra na antecâmara?
— O tenente d'Artagnan.
— Ele é bom, imagino.
— É sim.
— Traga uma roupa de mosqueteiro e me ajude a vesti-la.

O criado saiu tão silenciosamente quanto havia entrado e voltou pouco depois, com o traje pedido.

Soturno e pensativo, o cardeal começou e despir os trajes cerimoniais usados para assistir à sessão do Parlamento, pondo no lugar a túnica militar em que aliás ele se sentia à vontade, graças às suas antigas campanhas na Itália.[32] Já vestido, ele disse:

— Chame d'Artagnan.

O criado dessa vez saiu pela porta central, mas sempre silencioso e mudo. Podia ser comparado a uma sombra.

Sozinho, o cardeal se admirou, com certa satisfação, no espelho. Era ainda moço, apenas quarenta e seis anos, proporções elegantes, somente um pouco abaixo da média, em altura. Tinha a pele firme e bonita, o olhar cheio de ardor, o nariz forte, sem no entanto destoar, com testa larga e majestosa. Os cabelos castanhos encaracolavam um pouco e a barba, mais escura e sempre bem realçada a ferro quente, conferia-lhe boa aparência. Atravessou a tiracolo o boldrié, olhou satisfeito as mãos, que eram bonitas e tratadas com todo cuidado. Em seguida, deixando de lado as luvas de camurça do uniforme, calçou simples luvas de seda.

Nesse momento a porta se abriu.
— O sr. d'Artagnan — anunciou o camareiro.
Um oficial entrou.

Era um homem de trinta e nove ou quarenta anos, compleição miúda, mas forte, elegante, olhos vivos e inteligentes, barba escura e cabelos já começando a ficar grisalhos, como acontece quando achamos — sobretudo os de tez morena — a vida muito boa ou muito ruim.

D'Artagnan deu quatro passos no gabinete, lembrando-se, pois estivera ali uma vez, no tempo do cardeal de Richelieu.[33] Percebendo não haver nin-

---

31. Somente em 1664, depois da morte de Mazarino, a companhia dos mosqueteiros foi dividida em "mosqueteiros cinza" e "mosqueteiros negros". A bem da verdade histórica, a companhia tinha sido dissolvida em 1646 e recriada apenas em 1657. Ver também nota 532.

32. Em 1626, Mazarino era capitão e comandou uma companhia do exército pontifical, sob o papa Urbano VIII.

33. Ver *Os três mosqueteiros*, cap. 40.

guém senão um mosqueteiro da sua companhia, fixou os olhos nessa pessoa e só então reconheceu o cardeal.

Manteve-se de pé em pose respeitosa, mas digna, como se deve comportar um homem de boa condição que frequentemente na vida teve oportunidade de estar na presença de grandes senhores.

O cardeal o observava com seu olhar, que era mais perspicaz do que profundo, examinando-o com atenção. Após alguns segundos de silêncio, ele afinal perguntou:

— É o tenente d'Artagnan?

— Eu mesmo, monsenhor.

Mazarino continuava a fitar aquele rosto inteligente, com traços cuja excessiva mobilidade os anos e a experiência haviam podido conter, mas o tenente enfrentava o exame como alguém que, em outros tempos, já havia sido observado por olhos bem mais penetrantes que aqueles cuja investigação devia agora tolerar.

— Cavalheiro — disse o cardeal —, preciso que me acompanhe... ou melhor, eu o acompanharei.

— Estou à disposição de monsenhor — respondeu d'Artagnan.

— Gostaria de pessoalmente inspecionar os postos em volta do Palais Royal. Julga haver algum perigo?

— Perigo, monsenhor? — espantou-se d'Artagnan. — Qual?

— Dizem que o povo está em alvoroço.

— O uniforme dos mosqueteiros do rei é muito respeitado, monsenhor, e mesmo que não fosse, eu e mais três companheiros podemos pôr em fuga uma centena de arruaceiros.

— Não viu o que aconteceu a Comminges?

— O sr. de Comminges está na guarda e não nos mosqueteiros — respondeu d'Artagnan.

— Isso significa — completou o cardeal com um sorriso — que os mosqueteiros são melhores soldados que os guardas?

— A cada um o amor-próprio do seu uniforme, monsenhor.

— Isso quer dizer que sou uma exceção — continuou sorrindo o cardeal —, pois bem vê que deixei o meu para tomar o seu.

— Quanta modéstia, monsenhor! Tivesse eu o de Vossa Eminência, me contentaria com ele e nunca procuraria outro.

— Pode ser, mas para sair esta noite talvez não fosse o mais seguro. Bernouin, meu chapéu.

O camareiro entrou, trazendo o chapéu de abas largas do uniforme. O cardeal o colocou de maneira bem elegante e se voltou para d'Artagnan.

— Têm cavalos já prontos na estrebaria, não é?

— Temos sim, monsenhor.

— Pois então, vamos.

— Quantos homens devo chamar?

— O senhor disse que quatro mosqueteiros põem em fuga uma centena de arruaceiros. Como podemos encontrar duzentos, chame oito.

— Quando monsenhor quiser.

— Sigo-o. Ou melhor — corrigiu o cardeal —, vamos por aqui. Ilumine o caminho, Bernouin.

O criado pegou uma vela, o cardeal uma pequena chave dourada na sua escrivaninha e, depois de abrir a porta de uma escada secreta, chegaram ao pátio do Palais Royal.

2. Uma ronda noturna

Dez minutos mais tarde, a pequena tropa saía pela rua dos Bons-Enfants, por trás da sala de espetáculos que o cardeal de Richelieu mandara construir para a encenação de *Mirame* e que seu sucessor, com gosto mais musical que literário, recentemente cedera para a apresentação das primeiras óperas montadas na França.[34]

O aspecto da cidade evidenciava a iminência de uma grande agitação. Inúmeros grupos percorriam as ruas e, apesar do que dissera d'Artagnan, acompanhavam com ares de atrevido escárnio a passagem dos militares, mostrando que os burgueses haviam deixado de lado a habitual mansidão, assumindo postura mais belicosa. De vez em quando, o som de alguma algazarra vinha da área do Halles.[35] Tiros de fuzil pipocavam para os lados da rua Saint-Denis e eventualmente, sem que se soubesse por quê, algum sino começava a bater, ao sabor do capricho popular.

D'Artagnan continuava seu caminho com a tranquilidade de quem de forma alguma se impressiona com semelhantes ninharias. Quando algum grupo parava no meio da rua, ele deixava seu cavalo seguir em frente, como se nada houvesse. Fossem rebeldes ou não, quem estava ali devia imaginar que tipo de homem tinha diante de si. E todas as vezes o grupo se abria para dar passagem à patrulha. O cardeal invejava toda aquela calma, atribuindo-a ao hábito do perigo, mas nem por isso deixava de reconhecer, no oficial sob cujas ordens ele temporariamente se colocara, a espécie de consideração com relação ao que a elementar prudência exige da mais afoita coragem.

---

34. *Mirame, tragédia em cinco atos*, de autoria de Jean Desmarets de Saint-Sorlin. Richelieu adorava seus versos, e muitos estudiosos acreditam que ele tenha interferido na composição. Mazarino foi responsável pela apresentação, em 2 de março de 1647, de *Orfeo*, de Luigi de Rossi, primeira ópera italiana a ser montada em Paris.

35. Bairro eminentemente popular, no centro de Paris, que se originou no grande mercado de víveres (*halle*) da cidade.

Quando se aproximaram do posto da barreira dos Sargentos, a sentinela gritou: "Quem vem lá?" D'Artagnan pediu ao cardeal a senha e respondeu: *Luís e Rocroy*.³⁶

Feito, com essas palavras, o reconhecimento, d'Artagnan perguntou se não era o sr. de Comminges que comandava o posto.

A sentinela apontou então para um oficial que, de pé, conversava com um cavaleiro, tendo a mão apoiada no pescoço do animal. Era aquele por quem d'Artagnan havia perguntado.

— É o sr. de Comminges — disse d'Artagnan ao cardeal, que conduziu o seu cavalo na direção deles.

Por discrição, o mosqueteiro recuou, mas pela maneira como os dois oficiais, o que estava a pé e o que estava a cavalo, tiraram seus chapéus, confirmou-se que haviam reconhecido Sua Eminência.

— Parabéns, Guitaut³⁷ — disse o cardeal ao cavaleiro —, em que pesem os seus sessenta e quatro anos, vejo que continua o mesmo, atento e diligente. O que conversava com esse jovem?

— Monsenhor — Comminges respondeu —, eu o fazia notar que vivemos uma época bastante singular e que este dia de hoje se assemelha muito àqueles da Liga,³⁸ de que tanto ouvi falar quando era moço. Ima-

---

36. Ou seja, o nome do rei e o da importante batalha vencida pela França em 19 de maio de 1643.

37. François de Comminges, conde de Guitaut (1581-1663), capitão da guarda do rei. Era tio do tenente Comminges (ver nota 28).

38. A Liga Católica foi uma ampla confederação das forças católicas para combater os protestantes, no séc.XVI. Na França, ela recrudesceu quando o duque Henri de Guise tomou

gine que, nas ruas Saint-Denis e Saint-Martin, simplesmente se falava em se levantarem barricadas.

— E o que Comminges respondia a isso, meu caro Guitaut?

— Monsenhor — tomou a iniciativa o próprio Comminges —, respondi que, para uma reedição da Liga, falta algo que me parece bem essencial: um duque de Guise. Aliás, as coisas nunca se repetem iguais.

— Uma Liga não, mas farão uma Fronda, é o que dizem — continuou Guitaut.

— E o que vem a ser uma Fronda? — perguntou Mazarino.

— É o nome que dão ao partido deles, monsenhor.

— De onde vem o nome?

— Parece que, há alguns dias, o conselheiro Bachaumont[39] comentou no palácio que todos esses agitadores parecem meninos que brincam com fundas[40] e atiradeiras nos fossos de Paris e se dispersam assim que veem um oficial do prebostado,[41] voltando a se juntar logo que ele passa. Pegaram a palavra solta no ar, como fizeram os maltrapilhos de Bruxelas,[42] e passaram a se chamar frondistas. Desde então, tudo se remete à Fronda: os pães, os chapéus, as luvas, os casacos, os leques. Prestem atenção, ouçam.

Naquele momento, uma janela tinha sido aberta e um homem, apoiado no parapeito, começou a cantar:

Um vento de Fronda
Se levantou na manhã;
Acho que rugindo
Contra Mazarino.
Um vento de Fronda
Se levantou na manhã![43]

---

a sua frente, em 1584, com forte apoio financeiro da Espanha. A "Liga" manteve grande instabilidade social em Paris por vários anos e obrigou os reis Henrique III e Henrique IV a uma série de acordos.

39. François Le Coigneux de Bachaumont (1624-1702) era conselheiro do Parlamento e foi um poeta de certo sucesso, celebrando os prazeres e a indolência.

40. Como substantivo comum, *fronde* significa funda, uma espécie de atiradeira. Com maiúscula, Fronda designa a revolta que deu início à guerra civil que abalou a França de 1648 a 1653 (gerando inclusive o verbo "frondar"). Por derivação, a palavra passou, mesmo em português, a ter o sentido de "revolta popular". Pode também significar um simples ataque ou crítica satírica a algo em geral respeitado.

41. O prebostado, entre outras coisas, fazia o policiamento das ruas.

42. No séc.XVI, tanto calvinistas como católicos dos Países Baixos eram chamados de "maltrapilhos" (*guit* em holandês, *gueux* em francês) pelos espanhóis que dominavam a região, e passaram a se autodenominar assim, com orgulho.

43. Eis uma "mazarinada", como eram chamados os versinhos populares contra o ministro.

— Que insolente! — murmurou Guitaut.

— Monsenhor — pediu Comminges, lembrando o mau bocado por que passara e querendo que pagassem com sangue a pedrada que havia recebido —, posso mandar uma bala no engraçadinho, para que não desafine tanto da próxima vez?

E ele levou a mão às cartucheiras da montaria do seu tio.

— De jeito nenhum! — reagiu Mazarino. — *Diavolo!*,[44] meu amigo, estragaria tudo. Vai tudo muito bem, pelo contrário! Conheço esses franceses como se os tivesse gerado, do primeiro ao último: cantam e vão pagar. Durante a Liga a que se referia Guitaut ainda há pouco, só durante a missa havia cantorias e tudo foi mal. Vamos, Guitaut, venha conosco ver se no Quinze-Vingts a guarda se passa tão bem quanto na barreira dos Sargentos.

Com um aceno a Comminges, ele voltou até onde havia ficado d'Artagnan, que reassumiu a frente da pequena tropa, seguido de perto por Guitaut e pelo cardeal, o resto da escolta vindo atrás.

"É claro", murmurou Comminges, vendo-os se afastar, "ser pago é tudo que ele quer."

Retomaram a rua Saint-Honoré, o tempo todo precisando deslocar os grupos que se formavam, comentando os éditos do dia e lamentando o jovem rei que, sem ter consciência disso, arruinava o seu povo. A culpa era toda de Mazarino, falava-se em buscar apoio com o duque de Orléans ou com o sr. Príncipe. Blancmesnil e Broussel eram aclamados.

D'Artagnan passava por toda essa gente, despreocupado como se ele e o seu cavalo fossem de ferro. Mazarino e Guitaut conversavam baixinho e os demais mosqueteiros, que tinham acabado reconhecendo o cardeal, seguiam em silêncio.

Chegaram assim à rua Saint-Thomas-du-Louvre, onde ficava o posto Quinze-Vingts. Guitaut chamou um oficial subalterno, que veio prestar informações.

— E então? — perguntou.

— Tudo vai bem por aqui, meu capitão — disse o oficial. — Mas acho que algo está acontecendo naquele palacete.

E ele apontou para uma magnífica residência, situada no exato local onde depois se ergueu o Vaudeville.[45]

— Mas é a residência Rambouillet[46] — espantou-se Guitaut.

---

44. Em italiano no original: "Diabo!"

45. O Teatro do Vaudeville foi construído em 1792, mas destruído por um incêndio em 1838. Uma peça de Dumas, *La Cour du roi Pétaud*, foi apresentada nessa sala, em 1829.

46. Era na época a moradia de Catherine de Vivonne, marquesa de Rambouillet, que manteve um salão literário famoso de 1608 até a sua morte, em 1665.

— Pode ser a residência Rambouillet, não sei, mas vi entrar ali muita gente de má aparência.

— Ora! — disse Guitaut caindo na risada. — São poetas!

— Calma, Guitaut! — disse Mazarino. — Não zombe deles! Saiba que fui poeta na juventude e fazia versos no gênero do sr. de Benserade.[47]

— O senhor?

— Eu mesmo. Quer que recite alguns?

— Tanto faz, monsenhor. Não sei italiano.

— Mas sabe francês, não é?, meu bom e bravo Guitaut — continuou Mazarino, colocando a mão em seu ombro em sinal de amizade —, e cumprirá qualquer ordem que lhe seja dada nessa língua, não é?

— Com certeza, monsenhor, e já fiz isso, desde que a ordem venha da rainha.

— É claro! — disse Mazarino apertando os lábios. — Sei o quanto é dedicado a ela.

— Sou capitão de sua guarda há mais de vinte anos.

— Continuemos, sr. d'Artagnan — retomou o cardeal. — Está tudo bem por aqui.

D'Artagnan voltou a assumir a frente da coluna sem nenhum comentário, com a obediência passiva que é a marca do velho soldado.

Encaminharam-se para a colina Saint-Roch, onde ficava o terceiro posto, passando pelas ruas Richelieu e Villedo. Era o posto mais isolado, quase encostado no muro da cidade,[48] que era pouco povoada naquele trecho.

— Quem comanda esse posto? — perguntou o cardeal.

— Villequier[49] — respondeu Guitaut.

— Diabo! — praguejou Mazarino. — Fale o senhor com ele. Sabe que estamos estremecidos desde que encarreguei o senhor de prender o duque de Beaufort. Como capitão dos guardas do rei, ele achava ter prioridade.

— Sei disso perfeitamente e cem vezes me expliquei com ele, mostrando que o rei, que na época tinha apenas quatro anos, não podia ter dado a ordem.

— Mas eu poderia, Guitaut, e dei preferência ao senhor.

Sem responder, o oficial fez seu cavalo avançar e, identificando-se à sentinela, mandou que chamassem o sr. de Villequier.

---

47. Isaac de Benserade (1612-91) foi um poeta de grande sucesso, representante típico do estilo precioso em poesia. Richelieu e o próprio Mazarino o protegeram.

48. Como todas as cidades importantes na época, Paris era protegida por muralhas fortificadas, que foram sendo substituídas por outras à medida que a cidade crescia. À época da Fronda, vigorava a muralha erguida sob Luís XIII e que mais expandira a cidade à margem direita do rio Sena, abrangendo as Tuileries e o atual bairro da Bolsa, e indo até a Bastilha.

49. Antoine d'Aumont de Rochebaron, marquês de Villequier (1601-69).

Ele veio.

— Ah, é você, Guitaut! — foi dizendo o recém-chegado, com o mau humor de sempre. — Que diabos faz aqui?

— Vim saber se há alguma novidade neste setor.

— E o que poderia haver? Grita-se "Viva o rei!" e "Abaixo Mazarino!". Não chega a ser novidade. Já estamos acostumados há algum tempo.

— E você participa do coro? — brincou o outro.

— Por Deus, às vezes tenho até vontade! Acho que eles têm razão, Guitaut. Sem reclamar, daria cinco anos do meu salário, ficaria sem receber, para que o rei tivesse cinco anos a mais.

— É mesmo? E o que aconteceria, se o rei tivesse cinco anos a mais?

— O que aconteceria é que ele daria pessoalmente as ordens e eu obedeceria com mais prazer ao neto de Henrique IV[50] que ao filho de Pietro Mazarino.[51] Pelo rei, diabos, até morro, mas por Mazarino, como quase aconteceu hoje com o seu sobrinho, paraíso nenhum me consolaria, por melhor que fosse a minha colocação nele.

— Folgo em saber, sr. de Villequier — Mazarino entrou na conversa. — Fique tranquilo, transmitirei ao rei a sua dedicação.

Em seguida, dirigindo-se à escolta:

— Muito bem, cavalheiros, podemos voltar. Está tudo em ordem.

— Vejam só! — exclamou Villequier. — Mazarino em pessoa! Ótimo, há muito tempo tinha vontade de dizer cara a cara o que penso. Deu-me a oportunidade, Guitaut, e, mesmo que as suas intenções não tenham sido as melhores com relação a mim, agradeço.

Virando as costas, ele voltou ao corpo de guarda, assobiando um refrão da Fronda.

Mazarino, enquanto isso, voltava a ficar pensativo. O que havia ouvido de Comminges, de Guitaut e de Villequier confirmava a sua impressão de que, se as manifestações se agravassem, ninguém além da rainha estaria do seu lado. E Sua Majestade tão frequentemente já havia abandonado os amigos que o seu apoio por vezes parecia ao ministro, apesar dos cuidados que tomava, bastante incerto e precário.

---

50. Henrique de Bourbon (1553-1610), rei de Navarra, de origem protestante, subiu também ao trono da França em 1589, mas sendo forçado a se converter ao catolicismo, em época de violenta tensão entre as duas religiões. Foi cognominado Luís o Grande, em duas décadas de reinado que inauguraram um perído de hegemonia política e cultural da França. Assassinado por um fanático católico, François Ravaillac, foi postumamente cultuado por toda a França.

51. Pai do cardeal Mazarino, naturalmente. Pietro Mazarino (1576-1654) foi intendente a serviço da poderosa família Colonna, de Roma. Casado com Ortensia Bufalini, teve quatro filhas e dois filhos.

Ao longo de toda aquela expedição noturna, ou seja, por mais ou menos uma hora, enquanto sucessivamente analisava Comminges, Guitaut e Villequier, o cardeal havia sobretudo observado um homem. Um homem que se mantinha impassível diante da ameaça popular e cuja expressão não se alterara nem um pouco com as graças que ele, Mazarino, havia feito ou das quais tinha sido vítima. Parecia um ser à parte, talhado para situações como aquela em que se encontravam e, mais ainda, aquelas em que logo se encontrariam.

Para ele, aliás, o nome d'Artagnan não soava totalmente estranho. Mesmo tendo vindo para a França somente em 1634 ou 1635, isto é, sete ou oito anos depois dos acontecimentos que anteriormente narramos,[52] o cardeal tinha a impressão de haver ouvido aquele nome ser pronunciado como o de alguém que, em circunstâncias de que ele não se lembrava quais, tinha se sobressaído como modelo de coragem, destreza e lealdade.

Esse pensamento ganhou tal importância em seu espírito que se tornou absolutamente necessário um esclarecimento, mas sem que as informações viessem do próprio d'Artagnan. Pelo pouco que dissera o tenente dos mosqueteiros, o cardeal identificara a sua origem gascã[53] e, sabia ele, italianos e gascões se conhecem bem demais, são parecidos demais para que se possa confiar no que dizem de si mesmos. Quando chegaram então aos muros que protegem o jardim do Palais Royal, o cardeal foi bater numa portinha discreta situada mais ou menos onde hoje se encontra o café de Foy.[54] Antes, tendo agradecido d'Artagnan e pedido que o esperasse no pátio do Palais Royal, ele fez um gesto a Guitaut para que o seguisse. Os dois desceram dos seus cavalos, entregaram as rédeas ao criado que abrira a porta e desapareceram no jardim.

— Meu caro Guitaut — começou o cardeal, se apoiando no braço do velho capitão da guarda —, ainda há pouco me disse que há vinte anos está a serviço da rainha?

— Perfeitamente — respondeu Guitaut.

— Diga então, meu amigo, pois notei que além da coragem, da qual ninguém duvida, e de uma fidelidade a toda prova, o senhor tem uma admirável memória.

— Notou, monsenhor? — rebateu o capitão da guarda. — Com os diabos! Que erro, o meu.

— Como assim?

---

52. Em *Os três mosqueteiros*.

53. A Gasconha é uma região do sudoeste da França, junto dos montes Pirineus. Dumas sempre lembra essa origem gascã de d'Artagnan querendo realçar a astúcia, para não dizer "esperteza", do herói.

54. O café ocupava sete arcadas da galeria Montpensier e foi muito frequentado por artistas nos anos 1814-30, ou seja, no período de restauração da dinastia Bourbon no poder.

— Sabe-se que uma das primeiras qualidades do cortesão é a de saber esquecer.

— O senhor não é um cortesão, Guitaut, é um bravo soldado, um desses capitães como temos poucos, vindos dos tempos do rei Henrique IV. Infelizmente, em breve não restará mais nenhum.

— Caramba, monsenhor! Chamou-me até aqui para estudar o meu perfil?

— Não se assuste — riu Mazarino. — Chamei-o para perguntar se observou nosso tenente dos mosqueteiros.

— O sr. d'Artagnan?

— Ele mesmo.

— Não preciso observá-lo, monsenhor, há muito tempo o conheço.

— Que tipo de homem ele é?

— Ora! — reagiu Guitaut, surpreso com a pergunta. — É um gascão!

— Disso eu sei, o que queria perguntar é se o considera um homem em quem se possa confiar.

— O sr. de Tréville[55] o tem em alta estima. E, como sabe, o sr. de Tréville é um dos grandes amigos da rainha.

— Gostaria de saber se é alguém que já passou por provas.

— Se a pergunta é em termos de bravura militar, posso dizer que sim. No cerco de La Rochelle, no desfiladeiro de Suse e em Perpignan,[56] ouvi dizer que fez mais do que apenas cumprir o dever.

— Como sabe, Guitaut, um pobre ministro como nós muitas vezes precisa de homens que estejam além da simples bravura. Que sejam hábeis. O sr. d'Artagnan não esteve envolvido, na época do cardeal, em alguma intriga em que, no dizer público, tenha se saído bem pela astúcia?

— Monsenhor, nesse sentido — disse com todo cuidado Guitaut, vendo que o cardeal procurava fazê-lo falar —, eu seria forçado a repetir a Vossa Eminência apenas o que ela mesma já sabe pelo dizer público. Pessoalmente, nunca me envolvi em intrigas, e se porventura recebi confidências a respeito de intrigas alheias, não sendo meu o segredo, monsenhor há de entender que prefira guardá-lo para quem em mim confiou.

Mazarino balançou a cabeça, como quem se lamenta:

— Ah! Com certeza há ministros mais felizes, que sabem tudo que querem saber.

— Provavelmente por não colocarem os indivíduos na mesma balança, procurando os homens de guerra para a guerra e os intrigantes para a intriga. De algum intrigante da época a que se refere, monsenhor obterá o que quiser, pagando o preço, é claro.

---

55. Jean-Armand du Peyrer (1598-1672), conde de Tréville, capitão dos mosqueteiros, que de certa forma apadrinhou o ingresso de d'Artagnan na corporação.

56. O cerco de La Rochelle é um dos clímax de *Os três mosqueteiros*. A tomada do desfiladeiro de Suse aconteceu em 1629 e a tomada da cidade de Perpignan, em 1642.

— Por Deus! — reagiu Mazarino, com uma careta que lhe escapava sempre que se falava em dinheiro da maneira como Guitaut fizera. — Pagaremos... se não houver outro jeito.

— Monsenhor está falando sério? Pede que eu indique alguém que esteve envolvido em cabalas daquela época?

— *Per Baccho!*[57] — explodiu Mazarino, que começava já a se impacientar. — É o que há uma hora peço a esse cabeça-dura que é o senhor!

— Há alguém que responde a essa característica, se todavia ele quiser falar.

— Disso me encarrego eu.

— Ah, monsenhor! Nem sempre é tão fácil fazer as pessoas dizerem o que não querem.

— Bah! Com paciência chega-se lá. Pois então, essa pessoa é...

— O conde de Rochefort.

— O conde de Rochefort!

— Infelizmente ele está sumido há quatro ou cinco anos, não sei por onde anda.

— Pois eu sei, Guitaut — disse Mazarino.

— Por que se lamentava então Vossa Eminência de nada saber?

— E acha — atalhou Mazarino — que Rochefort...

— Era a alma danada do cardeal,[58] monsenhor. Mas aviso que isso vai lhe custar caro, o cardeal era generoso com seus colaboradores.

— Sei disso, Guitaut. Foi um grande homem, mas tinha esse defeito. Obrigado, capitão, ainda esta noite procurarei seguir o seu conselho.

Os dois chegavam, nesse momento, ao pátio do Palais Royal e o cardeal se despediu de seu acompanhante com um aceno. Percebendo mais adiante outro oficial, que andava de um lado para outro, foi até ele.

Era d'Artagnan que, obedecendo ao que fora determinado, o esperava.

— Venha comigo, sr. d'Artagnan — disse Mazarino com sua voz mais doce —, tenho uma ordem a lhe dar.

D'Artagnan fez uma mesura, seguiu o cardeal pela escada secreta e, pouco depois, estava no gabinete de onde haviam saído. O cardeal se sentou à escrivaninha, pegou uma folha de papel e escreveu algumas linhas.

De pé e impassível, d'Artagnan esperou sem impaciência nem qualquer curiosidade: tornara-se um autômato militar que agia, ou melhor, obedecia mecanicamente.

---

57. Em italiano no original: "Por Baco!" Na mitologia romana, Baco é o deus do vinho, das festas, do prazer, correspondendo a Dionísio na grega.

58. É como o conde de Rochefort é sempre descrito em *Os três mosqueteiros*. De início inimigo de d'Artagnan, os dois tornaram-se camaradas depois de duelarem três vezes, sendo o conde ferido em todas elas.

O cardeal dobrou a carta e lacrou-a com seu selo.

— Sr. d'Artagnan, leve esta carta à Bastilha[59] e traga a pessoa nela mencionada. Pegue um carro, uma escolta e tome todo cuidado com o prisioneiro.

D'Artagnan guardou a carta, levou a mão ao chapéu, girou nos calcanhares como faria o mais adestrado sargento instrutor, saiu, e logo em seguida já se ouvia lá fora seu comando, com voz breve e monótona:

— Quatro homens de escolta, um carro, meu cavalo.

Cinco minutos depois, as rodas do coche e as ferraduras dos cavalos ressoavam no calçamento do pátio.

---

59. Na fortaleza da Bastilha (cuja tomada serviu de marco inicial para a Revolução de 1789) eram encarcerados, essencialmente, presos políticos.

3. Dois antigos inimigos

D'Artagnan chegou à Bastilha quando soavam oito horas e meia.

Mandou que o anunciassem ao governador da fortaleza e este, ao saber que ele trazia uma ordem do ministro, foi encontrá-lo no portão de entrada.

O governador da Bastilha era então o sr. du Tremblay, irmão do famoso capuchinho Joseph, o temível acólito de Richelieu, chamado Eminência Parda.[60]

Nos doze longos anos em que o marechal de Bassompierre esteve na Bastilha, os companheiros de infortúnio calculavam, em seus sonhos de liberdade: sairei em tal ou tal época. Bassompierre dizia: no que me concerne, senhores, sairei quando o sr. du Tremblay sair. O que significava dizer que, à morte do cardeal, o sr. du Tremblay perderia o seu lugar na Bastilha e ele, Bassompierre, recuperaria o seu, na Corte.[61]

A previsão, de fato, quase se concretizou, mas não da forma como pensou Bassompierre. Morto o cardeal, contra todas as expectativas tudo continuou como antes: o sr. du Tremblay não saiu e o marechal por pouco também não.

Du Tremblay continuava sendo então governador da Bastilha quando d'Artagnan lá se apresentou, cumprindo ordem do ministro. Recebeu-o muito polidamente e, como ia se pôr à mesa, convidou o visitante a acompanhá-lo na ceia.

— Seria um prazer — respondeu o mosqueteiro —, mas, se não me engano, consta no envelope da carta a indicação *com toda urgência*.

---

60. Charles Le Clerc du Tremblay (1584-1671) foi governador da Bastilha até a tomada de Paris pela Fronda, em 1648. François Leclerc du Tremblay (1577-1638), conhecido como Padre Joseph, era confidente e conselheiro de Richelieu; sua influência foi grande até 1635 e talvez sucedesse ao cardeal como ministro, se lhe houvesse sobrevivido.

61. François de Bestein, ou de Bassompierre (1579-1646), marechal da França, embaixador extraordinário na Espanha, Suíça e Inglaterra.

— Tem razão — concordou du Tremblay. — Ei, major! Mande vir o número 256.

Quem entrava na Bastilha deixava de ser uma pessoa e se tornava um número.

D'Artagnan sentiu um calafrio ao ouvir o barulho das chaves, preferiu não apear, olhando as grades, as janelas reforçadas, as muralhas enormes que até então só havia visto do outro lado dos fossos e que, uns vinte anos antes, já o tinham assustado.[62]

Um sino tocou.

— Vou deixá-lo — disse o sr. du Tremblay —, estou sendo chamado para assinar a saída do prisioneiro. Até a próxima, sr. d'Artagnan.

"Que o diabo me carregue se isso acontecer!", murmurou o visitante, acompanhando a imprecação com o seu mais amável sorriso. "Só ficar cinco minutos nesse pátio já me deixou mal. Prefiro morrer na miséria, o que provavelmente vai acontecer, do que chegar a dez mil libras de renda como governador da Bastilha."

Mal terminou esse monólogo, já surgia o prisioneiro. Ao vê-lo, d'Artagnan teve uma reação de surpresa, logo controlada. O prisioneiro subiu no coche sem parecer tê-lo reconhecido.

— Companheiros — disse d'Artagnan a seus quatro auxiliares —, pediram-me extrema vigilância com o prisioneiro. Como a carruagem não tem fechaduras nas portas, vou com ele. Sr. de Lillebonne, faça a gentileza de levar meu cavalo pela rédea.

— Às suas ordens, tenente.

D'Artagnan desmontou, entregou as rédeas ao mosqueteiro e subiu no coche ao lado do preso. Com uma voz em que era impossível notar qualquer emoção, comandou:

— Para o Palais Royal, ao trote.

Assim que o carro se moveu, aproveitando o escuro que fazia sob as arcadas que atravessavam, d'Artagnan abraçou o prisioneiro.

— Rochefort! Você! É mesmo você! Não me enganei!

— D'Artagnan! — exclamou por sua vez Rochefort, muito surpreso.

— Meu pobre amigo! — continuou d'Artagnan. — Não tendo mais notícias suas há quatro ou cinco anos, achei que tivesse morrido.

— Por Deus — respondeu o outro —, não há tanta diferença entre um morto e um enterrado vivo. E é como me encontro, ou quase.

— E por qual crime foi mandado à Bastilha?

— Quer que lhe diga a verdade?

— Sim, claro.

---

62. Ver *Os três mosqueteiros*, cap. 67: chamado por Richelieu, d'Artagnan pensa que "o tédio da Bastilha lhe será poupado", ou seja, que será imediatamente morto.

— Pois bem, não sei.
— Deixou de confiar em mim, Rochefort?
— Não, palavra! Mas é impossível que a verdadeira causa seja aquela de que me acusam.
— Qual causa?
— Ladrão noturno.
— Você, ladrão? Está brincando?
— Entendo seu espanto. Isso exige explicação, não é?
— Com certeza.
— Pois conto o que aconteceu: certa noite, depois de uma bebedeira no cabaré do Reinard, nas Tuileries, com o duque de Harcourt, Fontrailles, de Rieux e outros mais, o duque propôs que fôssemos à ponte Neuf nos divertir com aquelas brincadeiras, você sabe, que o duque de Orléans inventou.[63]
— Na sua idade, Rochefort, estava louco?
— Não, só bêbado. No entanto, como isso ainda me pareceu pouco, propus ao cavaleiro de Rieux que fôssemos espectadores, em vez de participantes, e, para assistir de camarote, subimos no cavalo de bronze.[64] Dito e feito. Usando as esporas como estribos, em pouco tempo estávamos na garupa, confortavelmente instalados e com ótima visão. Quatro ou cinco capas já haviam sido roubadas com inigualável perícia, sem que vítima nenhuma se atrevesse a dar um pio, quando não sei qual idiota, menos paciente, resolveu pedir socorro e gritou: "Guardas!", chamando a atenção de uma patrulha de arqueiros. O duque de Harcourt, Fontrailles e os outros fugiram. De Rieux quis fazer o mesmo. Tentei convencê-lo de que não nos veriam, ali onde estávamos. Ele não me deu ouvidos e começou a descer da maneira como havíamos subido, mas quebrou a espora, caiu, fraturou uma perna e, em vez de ficar calado, começou a gritar como um condenado à forca. Eu quis então fugir, mas já era tarde: caí nos braços dos arqueiros, que me levaram ao Châtelet,[65] onde dormi tranquilo, certo de que no dia seguinte estaria na rua. O dia seguinte passou, depois outro e, no oitavo, escrevi ao cardeal. Pouco depois vieram me

---

63. O estabelecimento, Le Jardin de Renard, era muito conhecido, situado mais ou menos onde hoje fica a praça da Concorde. Os três amigos citados são fidalgos que tiveram existência histórica, mas sem maior notoriedade. Gastão de Orléans (ver nota 17) era bastante boêmio, mas não foram encontradas referências sobre a brincadeira em questão.

64. O "cavalo de bronze" era uma obra do escultor Jean de Boulogne, ou Giambologna (1529-1608), levada incompleta à ponte em 1614 — sem o cavaleiro, o rei Henrique IV, só acrescentado em 1635. Foi destruída durante a Revolução, e a que se vê no mesmo local ainda hoje é obra de François-Frédéric Lemot (1771-1827).

65. A fortaleza do Châtelet era a sede da polícia, para onde os presos eram levados de imediato, e depois julgados e eventualmente encaminhados a presídios mais definitivos. Era considerado o edifício mais sinistro da capital e foi demolido no início do séc.XIX, abrindo lugar para a atual praça do Châtelet.

buscar e fui levado para a Bastilha, onde estou há cinco anos. Acha que é por ter cometido o sacrilégio de montar na garupa de Henrique IV?

— Não, tem toda razão, meu caro, não pode ser por isso, mas provavelmente já vai saber o motivo.

— É verdade, esqueci de perguntar: para onde está me levando?

— Ao cardeal.

— O que ele quer comigo?

— Não faço ideia, já que nem sabia a quem fui buscar.

— Não acredito. Você, favorito da Corte?

— Favorito? Eu? — exclamou d'Artagnan. — Ah, meu pobre conde! Sou um filho da Gasconha, mais ainda do que quando o vi, pela primeira vez, em Meung, se lembra? Lá se vão quase vinte e dois anos, como o tempo passa![66]

Um profundo suspiro terminou a frase.

— Mas veio num posto de comando.

— Por estar, por acaso, na antecâmara e o cardeal então se dirigiu a mim, como faria com qualquer outro que estivesse lá. Continuo tenente dos mosqueteiros. Se contar bem, acho que há vinte e um anos, mais ou menos.

— Em todo caso não passou por nenhuma desgraça, já é muito.

— E por qual desgraça poderia passar? Como se diz em não sei qual verso latino, que esqueci, ou melhor, que nunca soube muito bem: "O raio não cai nos vales".[67] E sou um vale, meu querido Rochefort, e dos mais rasos.

— Mazarino, então, continua Mazarino?

— Mais Mazarino que nunca, meu amigo. Dizem que é casado com a rainha.

— Casado?

— Se não for marido, amante ele é, com certeza.

— Resistir a um Buckingham[68] e ceder a um Mazarino!

— Vá entender as mulheres! — continuou filosoficamente d'Artagnan.

— As mulheres podemos entender, mas as rainhas...

— Ora, nesse sentido, as rainhas são duplamente mulheres.

— E o sr. de Beaufort? Continua preso?

— Continua. Por quê?

— Bom, achei que, como gostava de mim, poderia me ajudar.

— Está provavelmente mais perto da liberdade do que ele. É mais fácil você poder ajudá-lo.

---

66. Ver *Os três mosqueteiros*, cap. 1.

67. "*Feriunt summos/ fulgura montis*" (Horácio, *Odes*, livro II, v.11-12).

68. Ver *Os três mosqueteiros*, cap. 12. Georges Villiers, duque de Buckingham (1592-1628), de família renomada na Inglaterra e com amplo poder e fortuna, cortejou a rainha Ana da Áustria (ver nota 75), o que lhe valeu a expulsão da França, por ordens do rei Luís XIII e de Richelieu. Ver também nota 93.

— A guerra, então...
— Virá.
— Com a Espanha?[69]
— Não, com Paris.
— Como assim?
— Não ouve esses tiros?
— Ouço. São o quê?
— São os burgueses que treinam, esperando a hora.
— E acha possível fazer alguma coisa com os burgueses?
— Com certeza, estão animados. E se tiverem alguém que junte todos os grupos num só...
— Que pena não estar livre.
— Ora, não se desespere! Se Mazarino mandou buscá-lo é porque precisa de você. E se ele precisa de você, parabéns. Há anos ninguém mais precisa de mim; e pode ver como estou.
— Isso mesmo, continue se lamentando!
— Ouça, Rochefort. Um pacto...
— Qual?
— Somos bons amigos.
— E como! Tenho as marcas da sua amizade: três cicatrizes de espada!
— Pois bem. Se voltar a cair nas boas graças do cardeal, não se esqueça de mim.
— Promessa de Rochefort, mas a recíproca também vale.
— Combinado. Aperte aqui.
— Resumindo, na primeira oportunidade que tiver de falar de mim...
— Farei isso. E você?
— O mesmo.
— E, aliás, os seus amigos? Incluímos também no pacto?
— Quais amigos?
— Athos, Porthos e Aramis. Esqueceu-se deles?
— Praticamente.
— Por onde andam?
— Não sei dizer.
— É mesmo?
— Deus do céu! É verdade; nos separamos, como bem sabe. Mas estão vivos, de vez em quando tenho notícias de forma indireta. Mas em qual lugar do mundo se encontram, que o diabo me carregue se eu sei. Palavra de honra! É você o único amigo que me resta, Rochefort.

---

69. Por disputa de hegemonia na Europa, a Espanha era a grande inimiga da França, mas a guerra acontecia sobretudo na região de Flandres, abrangendo o noroeste da França atual e os Países Baixos, então sob domínio espanhol.

— E o ilustre... como se chamava aquele rapaz que tornei sargento no regimento do Piemonte?

— Planchet?[70]

— Isso. E o ilustre Planchet, o que aconteceu com ele?

— Casou-se com a dona de uma confeitaria da rua dos Lombardos. Ele sempre apreciou o lado doce da vida. Tornou-se um burguês parisiense e é bem possível que, nesse momento, esteja em plena rebelião. O danado será representante de classe[71] antes que me nomeiem capitão.

— Vamos, meu amigo, ânimo! É quando estamos no ponto mais baixo da roda que ela gira e nos ergue. Quem sabe a sua sorte muda esta noite.

— Amém! — disse d'Artagnan, mandando parar a carruagem.

— O que está fazendo? — perguntou Rochefort.

— O que estou fazendo é que chegamos e não quero que me vejam sair do seu carro. Nós não nos conhecemos.

— É verdade. Até mais.

— Até mais. Lembre-se da promessa.

E d'Artagnan voltou a montar em seu cavalo e tomar a frente da escolta. Cinco minutos depois, chegavam ao pátio do Palais Royal.

O oficial conduziu o prisioneiro pela escada principal e o fez atravessar a antecâmara e o corredor. Chegando à porta do gabinete de Mazarino, ele já se preparava para pedir que os anunciassem, quando Rochefort pôs a mão em seu ombro.

— D'Artagnan — disse o conde com um sorriso —, quer que lhe confesse algo em que pensei durante todo o caminho, vendo os grupos de burgueses pelos quais passávamos e que olhavam furiosos para você e para os seus quatro homens?

— Diga.

— É que bastaria gritar por socorro, você e a sua escolta seriam feitos em pedaços, eu estaria livre.

— Por que não fez isso?

— Como poderia? A amizade que temos! Se fosse outro que me conduzisse, provavelmente...

D'Artagnan baixou a cabeça.

"Será que Rochefort se tornou melhor pessoa do que eu?", ele se perguntou.

E pediu que os anunciassem ao ministro.

— Mande entrar o sr. de Rochefort — ordenou a voz impaciente de Mazarino, assim que ouviu os dois nomes — e peça ao sr. d'Artagnan que espere, ainda não o liberei.

---

70. Em *Os três mosqueteiros*, era o fiel criado de d'Artagnan, nomeado sargento no final do livro (ver o Epílogo).

71. No original *échevin*, que era um representante de classe, eleito por seus pares, na França do Antigo Regime.

Tais palavras deixaram d'Artagnan satisfeito. Como ele dissera, há muito tempo não era solicitado e a insistência de Mazarino com relação a ele parecia um bom presságio.

Para Rochefort, no entanto, o efeito foi o de pô-lo ainda mais na defensiva. Entrou no gabinete e encontrou o ministro sentado à mesa com seus trajes habituais, isto é, vestido de *monsignore*, quer dizer, mais ou menos como os padres daquela época, exceto pelas meias e pela capa, de cor roxa.

As portas foram fechadas. Rochefort olhou para o cardeal pelo canto dos olhos e viu que ele também o olhava.

Mazarino parecia o mesmo, bem penteado, cabelos bem cacheados, bem perfumado e, graças a esses cuidados, não aparentava a idade que tinha. Não se podia dizer o mesmo de Rochefort; os cinco anos de prisão haviam envelhecido bastante o digno amigo do sr. de Richelieu. Os cabelos, que eram pretos, ficaram completamente brancos, o bronzeado da pele cedeu lugar a uma total palidez, que acentuava a aparência de esgotamento físico. Vendo-o, Mazarino balançou imperceptivelmente a cabeça, como quem diz: eis um homem que não parece mais servir para muita coisa.

Após um silêncio, é verdade que bastante demorado, mas que pareceu um século a Rochefort, Mazarino tirou de um maço de papéis uma carta já aberta e disse, mostrando-a ao fidalgo:

— Encontrei uma carta sua em que pleiteia a sua liberdade, sr. de Rochefort. Está preso?

A pergunta fez um calafrio percorrer Rochefort de cima a baixo.

— Achei que Vossa Eminência soubesse disso melhor que qualquer outra pessoa.

— Eu? De forma alguma! Temos ainda na Bastilha uma quantidade de prisioneiros que lá estão desde o tempo do sr. de Richelieu e dos quais nem sequer sei o nome.

— Ah, não é o meu caso, monsenhor! E Vossa Eminência sabe o meu nome, pois foi quem me mandou do Châtelet para a Bastilha.

— Acha mesmo?

— Tenho certeza.

— Pode ser, lembro-me vagamente. Não recusou, na época, fazer uma viagem a Bruxelas, para a rainha?

— Ah! — exclamou Rochefort. — É essa, então, a verdadeira causa? Há cinco anos procuro e, idiota que sou, não encontrava!

— Não estou dizendo que tenha sido essa a causa da sua detenção. Que fique claro, apenas fiz a pergunta: não se negou a ir a Bruxelas a serviço da rainha, tendo consentido ir a serviço do falecido cardeal?

— Mas foi justamente por ter estado lá a serviço do falecido cardeal que eu não podia aceitar o pedido da rainha. Fui a Bruxelas numa circunstância terrível, por ocasião da conspiração de Chalais. Devia descobrir uma correspondência entre Chalais e o arquiduque.[72] Já nesse momento, quando fui reconhecido, por pouco não fui trucidado. Como poderia voltar? Estaria causando a perda da rainha, em vez de servi-la.

— Veja só como as melhores intenções podem ser mal interpretadas, meu caro sr. de Rochefort. A rainha viu na sua recusa uma pura e simples recusa. Sua Majestade, a rainha, tinha muitas queixas do senhor à época do falecido cardeal!

Rochefort sorriu com desprezo.

— Justamente por ter servido bem ao sr. cardeal de Richelieu contra a rainha, que, depois de sua morte, monsenhor deveria compreender que eu o serviria bem contra todo mundo.

— No que me concerne, sr. de Rochefort, não sou como o sr. de Richelieu, que visava o poder absoluto. Sou um simples ministro que não necessita de servidores, sendo eu servidor da rainha. E Sua Majestade é muito suscetível; soube da sua recusa e tomou-a como uma declaração de guerra. Vendo no senhor um homem superior e, consequentemente, perigoso, querido sr. de Rochefort, ela ordenou que eu me encarregasse do senhor. Por isso se encontra na Bastilha.

— Tenho então a impressão, monsenhor, uma vez que me encontro na Bastilha por erro...

— Claro, claro — cortou Mazarino. — Tudo, evidentemente, pode se arranjar. O senhor é alguém capaz de compreender certos interesses e, uma vez compreendidos, levá-los adiante.

— Era esta a opinião do sr. cardeal de Richelieu e minha admiração por esse grande homem cresce ainda mais, ouvindo monsenhor dizer que é também a sua.

— É verdade — retomou Mazarino. — O cardeal era muito político e é o que estabelece a sua grande superioridade sobre mim, que sou um homem simples e direto. É o que me prejudica, tenho uma maneira franca de agir que é bem francesa.

Rochefort mordeu os lábios para não sorrir.

— Chego então ao que interessa. Preciso de bons amigos, de servidores fiéis. Quando digo "preciso", isso significa "a rainha precisa". Tudo que faço é seguir as ordens da rainha. Isso ficou claro? Não é como na época do cardeal de Richelieu, que agia de acordo com seus caprichos próprios. Não serei nunca um grande homem como ele. Mas, por outro lado, sr. de Rochefort, sou boa pessoa e espero poder dar provas disso ao senhor.

---

72. Henri de Talleyrand-Périgord (1599-1626), conde de Chalais, foi executado por chefiar uma conspiração contra Richelieu, sob influência da duquesa de Chevreuse (ver nota 81). O arquiduque é o futuro imperador Ferdinando III de Habsburgo (1608-57), do Sacro Império Romano-Germânico.

Rochefort conhecia bem aquele tom aveludado, do qual, de vez em quando, escapava um assobio que parecia o de uma víbora.

— Quero muito acreditar, monsenhor, mesmo que, pessoalmente, nada tenha usufruído dessa qualidade a que se refere Vossa Eminência. Não vos esqueceis, monsenhor — insistiu Rochefort, vendo o gesto que o ministro procurava reprimir —, não vos esqueceis que há cinco anos estou na Bastilha e ver as coisas através das grades de uma prisão é algo que falseia muito as ideias das pessoas.

— Ah, sr. de Rochefort, como eu já disse, nada tive a ver com a sua prisão. A rainha... Rancores femininos, e de princesa, o que quer? Mas é coisa que vem e passa rápido, depois não se pensa mais nisso...

— Entendo que ela não pense mais nisso, monsenhor, pois passou esses cinco anos no Palais Royal, entre festas e cortesãos, mas para quem os passou na Bastilha...

— Santo Deus, meu caro sr. de Rochefort! Acha que estar no Palais Royal seja divertido? Em absoluto, acredite. Tivemos também grandes incômodos, garanto. Mas não vamos mais falar de tudo isso. Jogo sempre com as cartas na mesa. Quer estar conosco, sr. de Rochefort?

— É tudo que peço, monsenhor, espero que acredite, só que não estou mais ciente de coisa alguma. Na Bastilha, falamos de política apenas com soldados e carcereiros, e não podeis imaginar como gente assim sabe muito pouco do que se passa. Continuo na época do sr. de Bassompierre... Ele continua sendo um dos 17?[73]

— Ele morreu, foi uma grande perda. Era alguém realmente dedicado à rainha; e pessoas assim são raras.

— Ora, posso imaginar! Quando aparecem, são mandadas para a Bastilha.

— O problema — disse Mazarino — é como provar a dedicação.

— Pela ação — disse Rochefort.

— É, pode ser, pela ação — continuou o ministro, refletindo. — Mas onde encontrar homens de ação?

Rochefort meneou a cabeça.

— Sempre há, monsenhor é que procura mal.

— Procuro mal? O que quer dizer, caro sr. de Rochefort? Por favor, me ensine. Deve ter aprendido muita coisa na companhia do falecido cardeal. Era tão grande homem!

— Monsenhor não levaria a mal se ouvisse algo parecido com uma lição de moral?

— Eu? De forma alguma! Como deve saber, sou alguém a quem se pode dizer tudo. Procuro fazer com que gostem de mim, e não que me temam.

---

73. "Os 17 cavalheiros mais elegantes da corte de Luís XIII", ideia que Dumas desenvolve no cap. III do romance *Luís XIV e o seu século*.

— Ótimo, monsenhor, há na minha cela um provérbio escrito na parede, com uma ponta de prego.

— Qual provérbio? — quis saber Mazarino.

— O seguinte, monsenhor: *Tal amo...*

— Conheço: *tal criado*.

— Não: *tal servidor*. Uma pequena alteração que pessoas dedicadas, como as de que falei ainda há pouco, criaram para satisfação pessoal.

— E o que significa o provérbio?

— Significa que o sr. de Richelieu soube encontrar servidores dedicados, às dúzias.

— Ele, que era alvo de todos os punhais? Que passou a vida se protegendo dos golpes que recebia?

— Mas, no final das contas, se protegeu. E note que eram golpes bem desferidos. Por ter bons inimigos, procurou ter também bons amigos.

— E é exatamente o que peço!

— Conheci pessoas — continuou Rochefort, achando ser hora de manter a palavra dada a d'Artagnan —, conheci pessoas que, pela habilidade, cem vezes driblaram a perspicácia do cardeal. Pela bravura, bateram guardas e espiões; pessoas que, sem dinheiro, sem apoio, sem crédito, conservaram a coroa numa cabeça coroada e fizeram o cardeal reconhecer seu erro.

— Mas essas pessoas a que se refere — disse Mazarino, satisfeito por ver que Rochefort chegava ao que ele queria — não eram dedicadas ao cardeal, já que lutavam contra ele.

— De fato, e teriam sido mais bem recompensadas, mas tiveram a infelicidade de se dedicar a essa mesma rainha para a qual ainda há pouco monsenhor pedia servidores.

— E como sabe de todas essas coisas?

— Sei porque, naquele tempo, essas pessoas eram minhas inimigas. Lutavam contra mim, que procurei lhes causar todo o mal que podia e fui pago na mesma moeda. Digo isso porque uma delas, que fui obrigado a mais diretamente enfrentar, me feriu com a espada há mais ou menos sete anos. Foi o terceiro ferimento, da mesma mão... mas também o final de uma antiga rixa.

— Quem me dera — suspirou Mazarino com o admirável fingimento de que era capaz — conhecer pessoas assim.

— Ora, monsenhor, tem uma delas à sua porta há mais de seis anos e há seis anos a considera com descaso.

— De quem está falando?

— Do sr. d'Artagnan.

— Aquele gascão! — exclamou Mazarino com uma surpresa perfeitamente encenada.

— Esse gascão salvou uma rainha e obrigou o sr. de Richelieu a reconhecer que, em matéria de habilidade, perícia e até política, ele era apenas um aprendiz.

— Não diga!
— É como tenho a honra de dizer a Vossa Eminência.
— Conte-me um pouco disso tudo, meu querido sr. de Rochefort.
— Seria difícil, monsenhor — disse o fidalgo sorrindo.
— Ele mesmo, nesse caso, me contará.
— Não creio, monsenhor.
— Por quê?
— Porque o segredo não é dele. O segredo, como disse, é de uma grande rainha.
— E foi sozinho que ele cumpriu a façanha?
— Não, monsenhor, ele tinha três amigos, três bravos que o ajudavam, homens como aqueles que Vossa Eminência procura.
— Esses quatro homens, então, eram unidos; foi o que disse?
— Como se fossem um só, como se quatro corações batessem num só peito. A partir disso, o que não fizeram, os quatro!
— Meu caro sr. de Rochefort; está, na verdade, atiçando minha curiosidade a um ponto que não sei descrever. Não pode mesmo me contar essa história?
— Não, mas posso contar um conto, um verdadeiro conto de fadas. Vale a pena, monsenhor.
— Por favor, sr. de Rochefort, gosto muito de contos.
— Se é o que quer, monsenhor — Rochefort ganhou tempo, tentando ver alguma segunda intenção naquela expressão fina e dissimulada.
— Com certeza.
— Pois é o seguinte! Era uma vez uma rainha... uma rainha poderosa, rainha de um dos maiores reinos do mundo e a quem o mais importante ministro queria muito mal, por lhe ter, antes, querido muito bem. Que monsenhor nem tente adivinhar os nomes, não conseguirá! Tudo isso se passou muito tempo antes de monsenhor vir ao reino em que reinava aquela rainha. Um dia veio à Corte um embaixador tão destemido, rico e elegante que todas as mulheres ficaram loucas por ele, inclusive a própria rainha. Como lembrança, provavelmente pela maneira como o embaixador havia tratado os assuntos de Estado, teve a soberana a imprudência de dar a ele certa joia, tão notável que não poderia ser substituída. Como tal preciosidade vinha do rei, o ministro a que nos referimos o convenceu a exigir da esposa que ela a exibisse no próximo baile. Desnecessário dizer, monsenhor, que o ministro sabia, com toda segurança, que a joia fora dada ao embaixador, que já se encontrava longe, do outro lado do mar. A grande rainha estava perdida! Perdida como estaria a última das suas súditas, pois caía do alto da sua grandeza.
— Sem dúvida — concordou Mazarino.
— Prossigo, monsenhor! Quatro homens se incumbiram de salvá-la. Não eram príncipes, não eram duques, não tinham poder e nem sequer eram ri-

cos. Apenas quatro soldados com grande coração, bons braços e espada leal. Puseram-se a caminho. O ministro soube disso e postou no trajeto pessoas que os impedissem de chegar ao destino. Três foram deixados fora de combate por agressores em grande número e um só chegou ao porto, matou ou feriu os que queriam impedi-lo, atravessou o mar e trouxe de volta a joia à grande rainha, que pôde assim ostentá-la no ombro no dia previsto, o que quase provocou a queda do ministro. O que monsenhor acha disso?

— É magnífico! — disse Mazarino em devaneio.

— Poderia contar dez outros contos iguais.

O cardeal não respondia mais, estava pensativo.

Cinco ou dez minutos se passaram.

— Mais alguma coisa que monsenhor queira saber? — perguntou Rochefort.

— Sim. O sr. d'Artagnan era um desses quatro homens, não é?

— Foi quem liderou toda a aventura.

— E os outros, quem eram?

— Monsenhor, permiti-me deixar que o próprio sr. d'Artagnan responda. Eram seus amigos, não meus. Seria o único a ter alguma influência sobre eles, na verdade nem conheço seus nomes verdadeiros.

— Não confia em mim, sr. de Rochefort. Pois bem, quero ser franco até o fim. Preciso do senhor, dele, de todos!

— Comecemos por mim, já que monsenhor mandou me buscar e trouxe até aqui, depois passamos a eles. Não estranheis a minha curiosidade: depois de cinco anos na prisão, as pessoas gostam de saber para onde serão enviadas.

— O senhor terá um cargo de confiança, irá a Vincennes, onde o sr. de Beaufort está preso, e o vigiará. E então, o que acha?

— Que é impossível aceitar a proposta — balançou a cabeça Rochefort, desapontado.

— Como assim, impossível? Por que impossível?

— Porque o sr. de Beaufort é meu amigo e me considera como tal: esqueceu, monsenhor, que foi quem respondeu por mim perante a rainha?

— Mas depois disso o sr. de Beaufort se tornou inimigo do Estado.

— É possível, monsenhor, mas como não sou rei nem rainha nem ministro, não é meu inimigo. Vejo-me obrigado a recusar a oferta.

— É o que chama fidelidade? Meus parabéns! Sua fidelidade não o leva longe.

— Além do mais, monsenhor há de concordar, deixar a Bastilha para ser trancado em Vincennes me faria apenas trocar de prisão — continuou Rochefort.

— Diga logo que é do mesmo partido que o sr. de Beaufort, estará agindo de maneira mais franca.

— Monsenhor, fiquei tanto tempo em isolamento que o meu partido é um só: o partido do ar livre. Empregai-me em qualquer outra tarefa, enviai-me em missão, de forma ativa, em campos abertos, se possível!

— Meu caro sr. de Rochefort — disse Mazarino, voltando a seus ares irônicos —, o seu querer o leva a desatinos: acha-se ainda um rapazote, já que o espírito continua o mesmo, mas faltariam forças. Acredite: repouso é tudo de que precisa agora. Ei! Alguém!

— Monsenhor nada resolve a meu respeito?

— Pelo contrário, já resolvi.

Bernouin entrou.

— Chame o meirinho — disse ele, acrescentando em voz baixa: — e fique perto de mim.

O meirinho entrou. Mazarino escreveu algumas palavras, que foram repassadas ao funcionário, e fez um sinal com a cabeça:

— Adeus, sr. de Rochefort!

Rochefort se inclinou respeitosamente.

— Vejo, monsenhor, que me levam de volta à Bastilha.

— O senhor é inteligente.

— Volto para lá, monsenhor, mas repito: é um erro não saber me utilizar.

— Utilizar o senhor? Amigo dos meus inimigos?

— O que quer Vossa Eminência? Precisaria ter me tornado inimigo dos seus inimigos!

— Acredita ser o único, sr. de Rochefort? Posso achar outros que valham o mesmo.

— Assim espero, monsenhor.

— Muito bem, vamos com isso! Aliás, é inútil continuar me escrevendo, sr. de Rochefort, suas cartas vão se perder.

"Tirei as castanhas do fogo",[74] disse para si mesmo Rochefort, indo embora. "Só se d'Artagnan tiver se tornado alguém bem difícil não ficará satisfeito quando eu contar como o elogiei. Mas para onde, diabos, estão me levando?"

De fato, conduziam Rochefort pela escada menor, sem passar pela antecâmara, onde d'Artagnan esperava. No pátio, ele viu a carruagem e os quatro homens da escolta, mas em vão procurou o amigo e pensou:

"Ah, ah! Isso muda bastante as coisas! E se houver ainda tanta gente do povo nas ruas, vou provar a Mazarino que ainda posso servir, graças a Deus, para algo além da guarda de um prisioneiro."

Saltou para dentro do coche lépido como se tivesse apenas vinte e cinco anos.

---

74. A expressão *"tirer les marrons du feu avec la patte du chat"* ["tirar as castanhas do fogo com a pata do gato"] se tornou popular a partir de "O macaco e o gato", de La Fontaine (*Fábulas*, livro IX, XVIII). Significava "assumir algo arriscado ou perigoso para ajudar outra pessoa" (provavelmente por ser usada de forma abreviada, passou depois a significar quase o contrário: "puxar a brasa para a sua sardinha").

4. Ana da Áustria[75] aos quarenta e seis anos

Na companhia apenas de Bernouin, Mazarino permaneceu pensativo por algum tempo. Sabia bastante e, no entanto, não ainda o bastante. O cardeal trapaceava em jogos, é um detalhe que Brienne nos revelou: ele chamava isso de garantir suas vantagens.[76] Resolveu só começar a partida com d'Artagnan quando conhecesse bem todas as cartas do adversário.

— Monsenhor tem alguma ordem a dar? — perguntou Bernouin.

— Na verdade, sim — respondeu Mazarino. — Ilumine o caminho, vou até a rainha.

Bernouin pegou um castiçal e seguiu na frente.

Havia uma passagem secreta que ia do apartamento e do gabinete de Mazarino ao apartamento da rainha. Era esse corredor que o cardeal tomava para, a qualquer momento, ir ver Ana da Áustria.[77]

Ao chegar ao quarto de dormir em que a passagem desembocava, Bernouin encontrou a sra. Beauvais.[78] Ela e Bernouin eram os confidentes íntimos daqueles amores outonais. A sra. Beauvais se encarre-

---

75. Ana da Áustria (1601-66), infanta da Espanha e de Portugal, arquiduquesa da Áustria, princesa da Borgonha e dos Países Baixos, foi rainha da França de 1615 a 1643, como esposa de Luís XIII, e depois regente até a subida ao trono de seu primogênito Luís XIV, em 1651. Teve o reinado e a regência marcados por forte hostilidade, primeiro pela demora (23 anos) em dar ao país um herdeiro à coroa, mas também por sua ascendência espanhola, numa época marcada pela Guerra dos Trinta Anos, que opunha França e Espanha.

76. Louis-Henri de Loménie de Brienne (1635-98), conhecido como "jovem Brienne", autor de um livro de memórias (*Mémoires*).

77. O caminho usado pelo cardeal para ir ver a rainha ainda existe no Palais Royal. *Mémoires* da princesa palatina, p.331. (Nota do Autor) ["Princesa palatina" é como era chamada Isabel Carlota do Palatinado (1652-1722), nora de Ana da Áustria e casada com Filipe, irmão mais novo de Luís XIV.]

78. Catherine Bellier (1614-89), camareira da rainha.

gou então de anunciar a visita a Ana da Áustria, que estava em sua pequena capela com o jovem Luís XIV.

Sentada numa ampla poltrona, com o cotovelo apoiado numa mesa e a cabeça na mão, a rainha observava o menino real, que, deitado no tapete, folheava um livro de grande formato, sobre batalhas. Ana da Áustria sabia se entediar majestosamente; podia permanecer horas a fio, retirada em seu quarto ou no oratório, sem ler nem rezar.

Já o livro com que se distraía o rei era um Quinto Cúrcio,[79] ilustrado com gravuras representando os altos feitos de Alexandre.

A sra. de Beauvais apareceu à porta da capela e anunciou o cardeal de Mazarino.

O menino se apoiou num joelho, com um ar irritado, olhando para a mãe:

— Como ele entra assim, sem marcar audiência?

Ana enrubesceu um pouco.

— É importante que um primeiro-ministro possa, nos tempos que atravessamos, vir a qualquer momento prestar contas à rainha, sem despertar curiosidade ou comentários na Corte — ela respondeu.

— Não é o que fazia o sr. de Richelieu, tenho a impressão — observou, implacável, o menino.

— Como pode se lembrar do que fazia o sr. de Richelieu? Era criança demais.

— Não me lembro, mas perguntei e me disseram.

— E quem lhe disse isso? — insistiu Ana da Áustria, tentando disfarçar um gesto de impaciência.

— Sei que nunca devo dizer o nome das pessoas que respondem às minhas perguntas, pois ficaria sem saber de mais nada.

Foi nesse momento que Mazarino entrou. O rei então se ergueu, fechou o livro e foi deixá-lo em cima mesa, ficando de pé para assim obrigar Mazarino a também se manter de pé.

Com seus olhos inteligentes, o ministro acompanhou toda a cena, procurando adivinhar qual teria sido a anterior.

Inclinou-se respeitosamente diante da rainha e fez uma profunda reverência na direção do rei, que respondeu com um simples gesto de saudação, bastante displicente. Um olhar de censura da mãe fez o jovem Luís XIV se lembrar de que não devia expressar os sentimentos de ódio que sempre teve por aquele homem e ele então retribuiu com um sorriso o cumprimento feito.

Ana da Áustria tentava adivinhar na expressão de Mazarino a causa da visita inesperada, pois ele normalmente só vinha a seus aposentos depois de todo mundo se retirar.

---

79. Trata-se de *História de Alexandre Magno da Macedônia*, que foi muito usado como livro escolar até o séc.XVIII, de autoria de Quinto Cúrcio Rufo, senador e historiador romano que viveu na primeira metade do séc.I.

O ministro fez um sinal quase imperceptível com a cabeça e então a rainha disse à sra. Beauvais:

— É hora de o rei ir se deitar, chame La Porte.[80]

Duas ou três vezes a rainha já tinha dito ao jovem Luís ser tarde e a cada vez o filho havia afetuosamente insistido em ficar. Naquele momento, porém, ele não mais insistiu e apenas franziu os lábios, um tanto pálido.

Logo em seguida, La Porte entrou.

O menino foi direto até ele, sem beijar a mãe.

— E então, Luís — chamou-lhe a atenção Ana —, não me beija para se despedir?

— Achei que estivesse zangada comigo, senhora, já que me manda embora.

— Não o estou mandando embora, mas acaba de sair de uma varíola, ainda não está totalmente recuperado e não quero que se canse.

— Hoje de manhã me fez a ir ao palácio para assinar éditos que desagradaram ao povo e não achou que me cansasse.

— Sire — interpôs-se La Porte, tentando quebrar a tensão —, a quem Vossa Majestade quer que eu dê o castiçal?

— A quem quiser, La Porte — respondeu o menino, acrescentando em voz alta —, contanto que não seja Mancini.

O jovem Mancini era um sobrinho do cardeal, que o havia colocado junto ao rei como acompanhante e a quem Luís XIV transferira parte do ódio que tinha pelo ministro.

O rei afinal saiu sem beijar a mãe e sem cumprimentar o cardeal.

— Ufa! — suspirou Mazarino. — Com alegria constato que a educação dada a Sua Majestade lhe ensina a detestar a dissimulação.

— Por que diz isso? — perguntou a rainha, quase tímida.

— Parece-me não ser necessário comentar a saída do rei. É verdade, Sua Majestade não se dá ao trabalho de esconder a pouca estima que tem por mim. O que não impede, diga-se, que eu continue totalmente dedicado a seu serviço, como ao de Vossa Alteza.

— Peço desculpas por ele, cardeal — disse a rainha —, é um menino e não percebe ainda tudo que deve ao senhor.

Mazarino sorriu e a rainha continuou:

— Mas imagino que tenha vindo por algum motivo importante, o que houve?

O ministro se sentou, ou melhor dizendo, desabou numa cadeira bastante larga, com um ar melancólico:

---

80. Pierre La Porte foi homem de confiança de Ana da Áustria, que o nomeou primeiro camareiro do rei em 1645. Vários detalhes dessa cena se inspiram em suas memórias, *Mémoires de P. La Porte*.

— O que está havendo é que, segundo todas as probabilidades, seremos forçados a nos separar, a menos que a senhora chegue ao extremo de querer ir comigo para a Itália.

— Por que isso? — perguntou a rainha.

— Porque, como diz a ópera *Thisbé*, "O mundo inteiro conspira em separar nossas chamas".[81]

— Não está falando sério, senhor! — disse a rainha, tentando voltar a uma atitude mais digna.

— Infelizmente sim! Mais sério, impossível. Deveria inclusive estar chorando, acredite. Teria por que, pois observe que disse "O mundo inteiro conspira em separar nossas chamas". E como a senhora faz parte desse "mundo inteiro", creio que também a senhora me abandona.

— Cardeal!

— Ora, por Deus! Não a vi sorrir outro dia, com todo prazer, ao sr. duque de Orléans, ou melhor, ao que ele dizia?

— E o que ele dizia?

— Vou repetir: "Esse seu Mazarino é uma pedra atrapalhando, basta empurrá-la e tudo estará bem."

— E o que queria que eu fizesse?

— Ora, é a senhora a rainha, me parece!

— Belo reinado, à mercê do grande borra-papéis do Palais Royal ou do grande fidalguete do reino!

— Tem, no entanto, força suficiente para afastar quem lhe desagrada.

— Quer dizer a quem *lhe* desagrada! — respondeu a rainha.

— A mim?

— Exatamente. Quem mandou embora a sra. de Chevreuse,[82] por doze anos já perseguida no reinado anterior?

— Uma intrigante, que pretendia, contra mim, continuar as cabalas que havia começado contra o sr. de Richelieu!

— Quem mandou embora a sra. de Hautefort,[83] amiga tão perfeita que rejeitou as boas graças do rei para manter as minhas?

— Uma carola que toda noite, ajudando-a a se despir, repetia que perderia a alma por amar um padre, como se fôssemos padre só por sermos cardeal.

---

81. Não há ópera com esse nome que Mazarino pudesse, cronologicamente, conhecer, e mesmo em obras posteriores, em nenhuma que seja mais conhecida encontra-se o verso citado. O tema, tirado da mitologia grega, é o de dois amantes infelizes, Píramo e Tisbe.

82. Marie Aimée de Rohan, duquesa de Chevreuse (1600-79), célebre por sua beleza. Foi muito amiga de Ana da Áustria quando esta ainda era a jovem rainha consorte e participou de todos os complôs contra Richelieu, sendo exilada. Já no início da regência de Ana da Áustria retornou a Paris, participou do complô Cabala dos Importantes, contra Mazarino, e foi novamente exilada. Voltou à cidade no princípio de 1649 e teve ativa participação na Fronda (ver nota 40).

83. Marie de Hautefort (1616-91) foi dama de honra de Maria de Médici (ver nota 84) e de Ana da Áustria. O rei Luís XIII foi apaixonado por ela.

— E o sr. de Beaufort, quem fez com que fosse preso?
— Um agitador que simplesmente falava em me assassinar!
— Há de concordar, então, cardeal — continuou a rainha —, que seus inimigos são os meus.
— Não basta, senhora. Seria preciso que os seus amigos também fossem amigos meus.
A rainha balançou a cabeça:
— Amigos, caro senhor!... Infelizmente não tenho mais.
— Como não, em plena bonança, quando tinha na adversidade?
— Porque, na bonança, me esqueci deles. Fiz como a rainha Maria de Médici, que, na volta do primeiro exílio, desprezou todos que haviam sofrido por ela e, proscrita pela segunda vez, morreu em Colônia, abandonada por todos, inclusive pelo filho, pois todos tinham passado a desprezá-la.[84]
— Bem... — ponderou Mazarino. — Não se pode ainda reparar o mal? Procure entre os amigos mais antigos.
— O que está querendo dizer?
— Nada além do que estou de fato dizendo: procure.
— Infelizmente, por mais que olhe ao meu redor, não tenho mais influência sobre ninguém. Monsieur,[85] como sempre, é manipulado por seu favorito: ontem era Choisy, hoje La Rivière, amanhã um outro.[86] O sr. Príncipe é manipulado pelo coadjutor,[87] que é manipulado pela sra. de Guéménée.[88]
— Não foi aos amigos de agora que me referi, senhora, mas aos de antigamente.
— Amigos de antigamente?
— Exato, os amigos de antigamente, que a ajudaram a lutar contra o duque de Richelieu e até vencê-lo.

---

84. Maria de Médici (1575-1642) foi exilada em 1617 no castelo de Blois por Luís XIII, seu filho, que tomou o poder. Perdoada em 1620, foi a mentora da ascensão política de Richelieu, mas acabou rompendo com ele e foi novamente exilada em 1630. No ano seguinte fugiu, primeiro para Bruxelas, depois para a Inglaterra, indo finalmente, em 1641, para Colônia, na Alemanha.

85. O título designava o irmão caçula do rei, no caso o duque Gastão de Orléans (que passou a Grand Monsieur depois da entronização de Luís XIV, a qual transferiu o título de Monsieur a seu próprio irmão, o duque de Anjou).

86. Jean II de Choisy (?-1660), conselheiro de Estado e chanceler de Gastão de Orléans. Louis Barbier de La Rivière (1593-1670), padre, conselheiro e amigo de Gastão de Orléans.

87. Jean-François Paul de Gondi, futuro cardeal de Retz (1613-79), teve ativa participação na rebelião da Fronda (ver nota 40). Começou sua carreira em 1643 como coadjutor do arcebispo de Paris, que era seu tio. Tornou-se bispo no ano seguinte e era muito popular pela eloquência dos seus sermões, pela generosidade das suas esmolas e pela amizade com os poderosos que se opunham a Mazarino.

88. Anne de Rohan (1606-85), prima e cunhada da duquesa de Chevreuse (ver nota 82), teve uma vida com muitos amores e participou de várias intrigas políticas. Era de fato amante do coadjutor.

"Onde ele está querendo chegar?", perguntava-se a rainha, olhando preocupada o cardeal.

— Isso mesmo — continuou o ministro —, em certas ocasiões, com esse espírito poderoso e sutil que a caracteriza, Vossa Majestade soube, graças ao apoio de amigos, se defender dos ataques daquele adversário.

— Apenas sofri muito, foi sobretudo isso, nada mais.

— Acredito — disse Mazarino —, como sofrem as mulheres que se vingam. Mas vamos aos fatos! Conheceis o sr. de Rochefort?

— Nunca foi meu amigo, muito pelo contrário. Um inimigo dos mais implacáveis, um dos mais fiéis servidores do sr. cardeal. Achei que soubesse disso.

— Tanto sei — respondeu Mazarino —, que o fizemos ser preso na Bastilha.

— Ele saiu? — assustou-se a rainha.

— Não, continua lá. Na verdade, mencionei-o apenas para chegar a outro nome. Conhece o sr. d'Artagnan? — continuou o ministro, olhando de frente a rainha, que sentiu o golpe:

"Gastão deve ter cometido uma indiscrição",[89] ela pensou.

Em seguida, em voz alta:

— D'Artagnan! Espere, sim, o nome me é familiar. Um mosqueteiro que amava uma de minhas serventes; pobre criatura, morreu envenenada no meu lugar.

— Só isso? — insistiu Mazarino.

— É impressão minha ou estou passando por um interrogatório?

— Com respostas, em todo caso — observou Mazarino com seu eterno sorriso e voz suave —, que sempre vêm ao sabor da vossa fantasia.

— Exponha claramente o que quer, ministro, que da mesma forma responderei — completou a rainha, já com uma ponta de impaciência.

— Pois bem, senhora! — continuou Mazarino, se inclinando. — Gostaria que me désseis indicações de alguns dos vossos amigos, como vos ofereço o pouco de aptidão e de talento com que o céu me brindou. As circunstâncias são graves e será preciso agir energicamente.

— Ainda? — espantou-se a rainha. — Eu acreditava que tudo isso estivesse terminado com o sr. de Beaufort.[90]

— Ainda! A senhora assistiu apenas à torrente que queria tudo derrubar e não deu atenção à água parada. Há, no entanto, um provérbio francês sobre a água parada.[91]

— Conclua — disse a rainha.

---

89. Gastão de Orléans (ver nota 17).

90. Ver nota 9.

91. "*Il faut se méfier de l'eau qui dort*", "deve-se tomar cuidado com água parada", ou seja, deve-se tomar cuidado com indivíduos calmos, que podem ser perigosos.

— Pois bem! Diariamente sou obrigado a suportar as afrontas de vossos príncipes e do vosso círculo titulado, títeres que não veem quem manuseia os fios. Sob a minha paciente sisudez, não imaginam o riso de um homem irritado, que jurou a si mesmo que, um dia, seria o mais forte. Prendemos o sr. de Beaufort, é verdade, mas era o menos perigoso de todos. Há ainda o sr. Príncipe...

— O vencedor de Rocroy?[92] Pensa mesmo nisso?

— Sim, senhora, e com muita frequência. Mas *patienza*, como dizemos na Itália. E depois do sr. de Condé, há o sr. duque de Orléans.

— O que está dizendo? O primeiro príncipe de sangue, tio do rei!

— Não o primeiro príncipe de sangue, não o tio do rei, mas o covarde conspirador que, no outro reinado, levado por uma personalidade extravagante e fantasiosa, corroído por miserável tédio, devorado por rasa ambição, invejoso de tudo que o supera em matéria de lealdade e de coragem, irritado por nada ser, graças à sua nulidade, se tornou polo de atração para todos os boatos nocivos. É a alma de todas as cabalas, incentivou boas pessoas a tolamente acreditar na palavra de um homem de sangue real, mas que os renegou quando subiram ao cadafalso! Repito: não o primeiro príncipe de sangue, não o tio do rei, mas o assassino de Chalais, de Montmorency e de Cinq-Mars,[93] que tenta agora fazer o mesmo jogo, imaginando poder ganhar a partida, sendo outro o adversário, tendo à sua frente, em vez de um homem que ameaça, um homem que sorri. Mas se engana. Errou ao tentar causar a perdição do sr. de Richelieu e não é do meu interesse deixar perto da rainha esse fermento de discórdia que, por vinte anos, obrigou o falecido cardeal a irritar o rei.

Enrubescida, Ana escondeu o rosto atrás das duas mãos.

— Não procuro de forma alguma humilhar Vossa Majestade — continuou Mazarino, voltando a um tom mais suave, mas, ao mesmo tempo, estranhamente firme. — Procuro fazer com que respeitem a rainha e respeitem o seu ministro, pois sou apenas isso, aos olhos de todos. Vossa Majestade sabe que não sou, como muitos dizem, um fantoche vindo da Itália. Mas é preciso que todos igualmente saibam.

— E o que devo fazer? — perguntou Ana, abatida sob a voz dominadora.

---

92. A importante batalha, contra os espanhóis, ocorreu em 19 de maio de 1643. Foi vencida pelos franceses, sob o comando de Luís de Bourbon, ou sr. Príncipe.

93. Sobre Chalais, ver nota 72. Henri II de Montmorency (1595-1632) foi decapitado por ordem do rei por crime de lesa-majestade. Henri Coiffier de Ruzé d'Effiat (1620-42), marquês de Cinq-Mars, igualmente conspirou contra Richelieu e foi condenado à morte. Gastão de Orléans apoiou vários complôs contra Richelieu, sendo sempre poupado.

— Deveis procurar lembrar o nome daqueles homens fiéis e dedicados que atravessaram o mar, apesar do sr. de Richelieu, deixando traços do próprio sangue ao longo do caminho, para trazer a Vossa Majestade certa joia dada ao sr. de Buckingham.

Ana se levantou, majestosa e irritada, como se uma mola de aço a impulsionasse e, olhando o cardeal com a altivez e a dignidade que a tornaram tão prestigiosa na juventude, exclamou:

— Está me insultando, cardeal!

— O que quero — continuou Mazarino, terminando o raciocínio que a reação da rainha tinha interrompido — é que façais pelo marido o que haveis feito pelo amante.

— Ainda essa calúnia! — exclamou a rainha. — No entanto, imaginei-a morta e enterrada, pois, até o momento, era evitada. E eis que também traz isso à tona. Melhor assim! Falaremos disso e será pela última vez, está entendendo bem?

— Senhora! — surpreendeu-se Mazarino. — Não estou pedindo para saber de tudo.

— Mas eu quero! Então ouça. De fato houve, naquele tempo, quatro almas dedicadas e leais, quatro espadachins fiéis que me salvaram mais do que a vida, salvaram-me a honra.

— Então admitis!

— Será que apenas os culpados têm a honra em jogo, cardeal? Não se pode desonrar alguém, sobretudo uma mulher, pelas simples aparências? É verdade, as aparências estavam contra mim e eu ficaria desonrada. No entanto, juro, não era culpada. Juro...

A rainha procurou algo indiscutivelmente sagrado pelo qual pudesse jurar e, tirando de um armário disfarçado na tapeçaria um estojo de pau-rosa, incrustado de prata, colocou-o no altar:

— Juro sobre essas santas relíquias que amei o sr. de Buckingham, mas o sr. de Buckingham não foi meu amante!

— E que relíquias são essas sobre as quais é feito o juramento, senhora? — perguntou sorrindo Mazarino. — Pois sendo romano, sou bastante incrédulo: há relíquias e relíquias.

A rainha sacou uma pequena chave de ouro que estava presa ao seu pescoço e entregou-a ao cardeal.

— Abra, por favor, e veja o senhor mesmo.

Surpreso, Mazarino aceitou a chave e abriu o estojo, em que havia apenas uma faca carcomida de ferrugem e duas cartas, uma delas manchada de sangue.

— O que é? — ele perguntou.

— O que é? — repetiu Ana da Áustria em atitude de rainha e estendendo sobre o estojo aberto o braço, que continuava perfeitamente belo apesar dos anos. — Vou dizer o que é. Essas cartas são as duas únicas que escrevi a ele.

Essa faca é aquela com que Felton o feriu.[94] Por favor, leia as cartas e verá que não menti.

Apesar da autorização, por um impulso natural Mazarino, em vez de ler as cartas, pegou a faca que Buckingham, morrendo, arrancou do próprio corpo e enviou por La Porte à rainha.[95] A lâmina estava corroída, pois o sangue se tornara ferrugem. Depois de examiná-la por um instante, durante o qual a rainha ficou tão branca quanto a toalha do altar sobre o qual ela se apoiava, o ministro colocou de volta o objeto no estojo, com um tremor involuntário.

— Não é preciso, senhora. Creio no vosso juramento.

— De forma alguma, leia! — disse a rainha, estreitando as sobrancelhas. — Leia, é uma ordem. Que tudo se termine aqui, como disse, e que não voltemos mais ao assunto. Acha — ela acrescentou com um sorriso — que vou me dispor a abrir esse relicário a cada acusação futura que me fizer?

O tom enérgico fez com que Mazarino obedecesse quase automaticamente e lesse as duas cartas. A primeira pedia a Buckingham as agulhetas e era aquela que d'Artagnan se encarregara de entregar, conseguindo ainda chegar a tempo. A outra era a que La Porte havia levado ao duque, prevenindo-o de que seria assassinado, e que chegou tarde demais.

— Entendo, senhora, e não há o que se acrescentar a isto.

— Sim, cardeal — disse a rainha fechando o estojo e apoiando a mão em cima. — Há, sim, algo a se acrescentar. Sempre fui ingrata com relação àqueles homens que me salvaram e fizeram tudo que podiam para salvar também a ele. Nada ofereci ao bravo d'Artagnan, de quem me falou ainda há pouco, além da minha mão, para que a beijasse, e esse diamante.

A rainha estendeu a sua bela mão ao cardeal, mostrando uma pedra admirável que cintilava num anel.

— Ele o vendeu, tudo indica, num momento de dificuldade. Vendeu-o para me salvar uma segunda vez, pois foi para enviar um mensageiro ao duque e preveni-lo do assassinato.

— D'Artagnan então sabia?

— Sabia de tudo. Ignoro como. Em todo caso, vendeu-o ao sr. des Essarts,[96] no dedo de quem o reconheci e comprei-o de volta. Mas esse diamante é dele, cardeal, entregue-o da minha parte. E já que tem a felicidade de ter a seu lado semelhante homem, procure utilizá-lo.

---

94. John Felton (1595-1628), puritano fanático que em 23 de agosto de 1628 atacou o duque de Buckingham, que acabou morrendo.

95. La Porte serviu de intermediário, em 1628, entre o duque e a rainha, como ele conta em suas memórias, mas sem qualquer menção à faca.

96. Era o capitão da companhia de guardas quando d'Artagnan, em *Os três mosqueteiros*, chegou a Paris, e sob o comando de quem ele serviu, antes de entrar para o corpo de mosqueteiros.

Surpreso, Mazarino abriu o estojo, em que havia apenas uma faca carcomida de ferrugem e duas cartas, uma delas manchada de sangue.

— Obrigado, senhora! Farei bom proveito do conselho.

— Tem mais alguma coisa a pedir? — perguntou então a rainha, parecendo abalada pela emoção.

— Nada, senhora — respondeu o cardeal com sua voz mais afetuosa —, além de implorar que perdoeis minhas injustas desconfianças. Meu amor é tanto que mesmo do passado tenho ciúmes.

Um sorriso de indefinível expressão passou pelos lábios da rainha.

— Se não houver então mais perguntas, por favor me deixe. Deve entender que depois de tal cena eu precise estar só.

Mazarino se inclinou.

— Retiro-me, senhora. Permitireis que eu volte?

— Amanhã. Preciso no mínimo desse tempo para me recompor.

O cardeal tomou sua mão, beijou-a galantemente e se foi.

Mal ele saiu, a rainha passou para o apartamento do filho e perguntou a La Porte se o rei estava deitado. O camareiro mostrou com a mão o menino que dormia.

Ana da Áustria subiu os degraus da cama, aproximou os lábios da testa franzida do filho e carinhosamente a beijou. Em seguida se retirou da mesma forma silenciosa, se contentando em dizer:

— Tente, querido La Porte, fazer com que o rei não olhe tão feio para o sr. cardeal, a quem ele e eu devemos tanto.

5. Gascão e italiano

Enquanto isso, o cardeal havia voltado a seu gabinete, pela porta guardada por Bernouin, a quem perguntou se algo de novo havia acontecido ou se chegara alguma notícia das ruas. Diante da negativa, fez sinal para que ele se retirasse.

Sozinho, o ministro foi abrir a porta do corredor e depois a da antecâmara. D'Artagnan, cansado, dormia sobre um banco.

— Sr. d'Artagnan! — chamou ele com voz suave.

D'Artagnan não se moveu.

— Sr. d'Artagnan! — insistiu mais forte.

D'Artagnan não acordava.

O cardeal foi até ele e tocou em seu ombro com a ponta dos dedos.

Dessa vez d'Artagnan teve um sobressalto e se levantou assustado, numa postura de soldado.

— Aqui! Quem me chama?

— Eu — disse Mazarino estampando um sorriso.

— Que Vossa Eminência me perdoe, estava tão cansado...

— Não é preciso se desculpar, tenente, pois estava cansado a meu serviço.

D'Artagnan notou o tom amável do ministro e pensou: "Puxa! Será mesmo verdadeiro o provérbio que diz que o bem acontece enquanto a gente dorme?"

— Venha comigo, por favor — pediu Mazarino.

"Veja só, Rochefort manteve mesmo a promessa", continuou falando consigo mesmo o mosqueteiro. "Mas por onde será que passou?"

Olhou por todos os cantos do gabinete, mas nem sombra de Rochefort.

— Sr. d'Artagnan — começou Mazarino, sentando-se e acomodando-se numa poltrona —, sempre tive a impressão de que é um corajoso e galhardo mosqueteiro.

"Sou mesmo, mas ele levou um bocado de tempo para dizer", continuou em pensamentos d'Artagnan, sem nem por isso deixar de fazer uma reverência indo quase até o chão para responder ao cumprimento.

— Pois é hora de aproveitarmos esses seus talentos e valor! — continuou o ministro.

Os olhos do oficial se iluminaram de alegria, mas quase imediatamente perderam o brilho, pois nada indicava ainda quais eram as intenções de Mazarino.

— Que monsenhor ordene, estarei pronto a obedecer.

— Sr. d'Artagnan, o senhor cumpriu, no reinado anterior, certas proezas…

— Bondade de Vossa Eminência… É verdade, com razoável sucesso estive na guerra.

— Não me refiro a proezas desse tipo, pois, apesar de terem chamado a atenção, se perderam entre tantas outras.

D'Artagnan procurou se mostrar surpreso.

— Então — disse Mazarino —, nada tem a responder?

— Estou esperando que monsenhor diga a quais proezas se refere.

— Refiro-me à aventura… Ora! Sabe muito bem o que quero dizer.

— Infelizmente não, monsenhor — respondeu d'Artagnan realmente surpreso.

— É discreto, melhor assim. Refiro-me a uma aventura da rainha, a certas agulhetas, à viagem que fez com três amigos seus.

"Ha, ha!", pensou o gascão. "Uma armadilha? Melhor ficar de bico calado!"

Ele então deu a toda a sua atitude marcas de espanto que deixariam com inveja Mondori e Bellerose, que eram os dois melhores atores da época.[97]

— Bravíssimo! — aplaudiu Mazarino rindo. — Muito bem! Já me haviam dito que é a pessoa certa para o que eu preciso. Vejamos então, o que faria por mim?

— Tudo que Vossa Eminência ordenar — prontificou-se d'Artagnan.

— Faria por mim o que fez por certa rainha, tempos atrás?

"Ele realmente quer me fazer falar", pensou ainda d'Artagnan. "Deixemos que continue. Não é mais finório que Richelieu!… Com os diabos!…"

— Por certa rainha, monsenhor? Não entendo.

— Não entende que preciso do senhor e dos seus três amigos?

— Quais amigos, monsenhor?

— Seus amigos de antigamente.

— Antigamente, monsenhor, eu não tinha três amigos, tinha cinquenta. Aos vinte anos, chamamos todo mundo de amigo.

---

97. Guillaume Desgilberts (1594-1653), conhecido como Mondory, e Pierre Le Messier (1592-1670), conhecido como Bellerose.

— Ótimo, meu caro oficial. A discrição é uma bela coisa, mas pode hoje se arrepender de ter sido discreto demais.

— Monsenhor, Pitágoras obrigava seus discípulos a cinco anos de silêncio para que aprendessem a se calar.[98]

— E o senhor o mantém há vinte. Quinze anos a mais que um filósofo pitagórico, o que me parece suficiente. Fale agora, pois a própria rainha o libera da promessa.

— A rainha!? — exclamou d'Artagnan com um espanto que, naquele momento, era totalmente sincero.

— Exato, a rainha! E para provar que falo em seu nome, posso lhe mostrar esse diamante, que ela comprou de volta do sr. des Essarts e disse que o senhor deve conhecer.

E Mazarino estendeu a mão na direção do oficial, que suspirou, identificando o anel que a rainha lhe dera na noite do baile da Prefeitura.[99]

— Com certeza! É o diamante que pertenceu à rainha.

— Fica claro, então, que falo em seu nome. Assim sendo, responda-me sem toda essa encenação. Já disse e volto a repetir, sua fortuna pode depender disso.

— Acredite, monsenhor! Preciso muito de alguma fortuna. Fiquei esquecido por tanto tempo!

— Precisamos de apenas oito dias para reparar isso. O senhor já está aqui, mas onde estão os seus amigos?

— Não faço ideia, monsenhor.

— Como? Não faz ideia?

— Não faço ideia. Há muito tempo nos separamos, pois os três largaram o serviço.

— Mas onde os encontrará?

— Onde estiverem. Encarrego-me disso.

— Ótimo! Quais são as suas condições?

— Dinheiro, monsenhor, tanto quanto nossas ações necessitarem. Lembro-me bem das dificuldades que passamos por falta de dinheiro. Sem esse diamante, que fui obrigado a vender, teríamos ficado no caminho.

— Diabos! Dinheiro! Sempre dinheiro! O senhor não facilita as coisas! Sabe que não há dinheiro nos cofres do rei?

— Monsenhor pode então fazer como eu e vender os diamantes da Coroa. Vossa Eminência não deve achar que eu esteja procurando negociar, grandes obras não se fazem com pequenos recursos.

---

98. No verbete "Pitágoras" da *Biographie universelle Michaud*, muito consultada por Dumas, consta que os discípulos deviam fazer voto de silêncio por dois, três ou cinco anos.

99. Ver *Os três Mosqueteiros*, cap. 22.

— Bom! Veremos como satisfazê-lo.

"Richelieu já teria me dado quinhentas pistolas[100] de adiantamento", pensou d'Artagnan.

— Estará, então, comigo?

— Se meus amigos aceitarem.

— Mas caso não aceitem, posso contar com o senhor?

— Nunca consegui coisa alguma sozinho — disse d'Artagnan balançando a cabeça.

— Vá então procurá-los.

— O que digo a eles para que se decidam?

— Conhece-os melhor do que eu. Prometa de acordo com as características de cada um.

— Prometer o quê?

— Que voltem a servir como serviram à rainha e meu reconhecimento será magnífico.

— E o que faremos?

— De tudo, pois parecem poder fazer de tudo.

— Monsenhor, quando confiamos nas pessoas e queremos que confiem em nós, liberamos melhores informações do que Vossa Eminência vem fazendo.

— Fique tranquilo, pois quando chegar o momento de agir, saberá de tudo.

— E até lá?

— Aguarde e procure seus amigos.

— Monsenhor, é possível que não estejam em Paris. É inclusive bem provável e vou ter que viajar. Sou apenas tenente dos mosqueteiros, muito pobre, e as viagens custam caro.

— Minha intenção — disse Mazarino — é que não chame atenção com ostentações. Meus projetos exigem algum mistério e não admitiriam grandes aparatos.

— Mesmo assim, monsenhor, não posso viajar com o que ganho, pois meu salário está atrasado dois meses. Não posso viajar contando com minhas economias, uma vez que em vinte e dois anos de serviço acumulei apenas dívidas.

Mazarino se manteve pensativo por um tempo, como se um grande combate se travasse em seu interior. Em seguida, dirigindo-se a um armário trancado com tripla fechadura, tirou dele um saco e o sopesou na mão duas ou três vezes, antes de passá-lo a d'Artagnan:

---

100. Antiga moeda de ouro que se confundia com o dobrão espanhol, valendo dez libras (que eram de prata) e com a metade do valor do luís, também de ouro e cunhado na França. Já o escudo, com 3,45 gramas de ouro, valia três libras. O de prata valia apenas ¼ do escudo de ouro.

— Fique com isso — suspirou ele. — Basta para a viagem.

"Se forem dobrões espanhóis ou, pelo menos, escudos de ouro", pensou d'Artagnan, "podemos fazer negócio."

Ele cumprimentou o cardeal e enfiou o saco em seu bolso maior.

— Pois então, estamos combinados — respondeu o cardeal. — O senhor parte em viagem...

— Sim, monsenhor.

— Escreva-me diariamente, dando notícia das negociações.

— Não deixarei de fazer isso, monsenhor.

— Ótimo. Para terminar, quais os nomes dos seus amigos?

— O nome dos meus amigos? — repetiu d'Artagnan, com alguma hesitação.

— Isso. Enquanto procura do seu lado, procurarei também e, quem sabe, descubro alguma coisa.

— Sr. conde de La Fère, aliás Athos, sr. du Vallon, conhecido como Porthos, e sr. cavaleiro d'Herblay, atualmente padre d'Herblay, vulgo Aramis.

O cardeal sorriu:

— Filhos caçulas que se alistaram como mosqueteiros com pseudônimos, para não comprometer o nome de família. Boas espadas mas bolsas vazias, é comum.[101]

— Se for a vontade de Deus que essas espadas passem para o serviço de Vossa Eminência — disse d'Artagnan — ouso esperar que seja a vez da bolsa de monsenhor ficar mais vazia e a deles cheia. Com esses três homens e eu, Vossa Eminência vai poder revirar a França inteira e até a Europa, se assim quiser.

— Esses gascões — riu Mazarino — são quase tão bons em fanfarronada quanto os italianos.

— Mas, que eu saiba — completou d'Artagnan, sorrindo com o mesmo sorriso que o cardeal —, são melhores na estocada.

E d'Artagnan se foi, depois de pedir e ser concedida no mesmo instante uma autorização para se ausentar do serviço, assinada pelo próprio Mazarino.

Assim que se viu do lado de fora, ele se aproximou de um lampião do pátio para examinar logo o interior do saco.

— Escudos de prata! — exclamou com desprezo. — Era de se imaginar. Ah, Mazarino, Mazarino! Não tem confiança em mim! Que seja! Mas isso vai te trazer desgraça!

Enquanto isso, o cardeal esfregava as mãos:

---

101. Tradicionalmente, nas famílias, os títulos nobiliárquicos e as propriedades eram herança do primogênito do sexo masculino. Os filhos seguintes tinham apenas o nome e eram encaminhados para as carreiras militar ou religiosa. As filhas tinham seus casamentos, ou inclusão em algum convento, negociados mediante dotes e titularizações.

— Cem pistolas, cem pistolas! Por cem pistolas, obtive um segredo pelo qual o sr. de Richelieu teria pagado vinte mil escudos. Sem contar esse diamante — disse, lançando olhares de cobiça ao anel que havia guardado, em vez de dar a d'Artagnan —, um diamante que vale no mínimo dez mil libras.

O cardeal então foi para o seu quarto, satisfeito com a noite em que conseguira tão polpudo lucro. Guardou o anel num estojo enfeitado com brilhantes de todo tipo, pois gostava de pedras preciosas, e chamou Bernouin para ajudá-lo a se despir, sem mais se preocupar com os sons das ruas, que vinham em rajadas até os vidros das janelas, e com os disparos que ecoavam ainda em Paris, mesmo já sendo mais de onze horas da noite.

Nesse meio-tempo, d'Artagnan se encaminhava para a rua Tiquetonne,[102] onde morava, no hotel La Chevrette.

Em poucas palavras, vamos contar como d'Artagnan escolheu tal moradia.

---

102. A rua fica bem no centro de Paris, a dez minutos a pé do Palais Royal. A pensão de fato existiu, e seu nome significa literalmente "A cabrinha".

6. D'Artagnan aos quarenta anos

Desde que deixamos d'Artagnan na rua dos Coveiros, nº 12,[103] em nosso romance *Os três mosqueteiros*, infelizmente muitas coisas se passaram e, sobretudo, muitos anos.

E não que d'Artagnan tenha se omitido dos acontecimentos, mas os acontecimentos se omitiram de d'Artagnan. Com os amigos por perto, ele se mantinha na poesia da juventude, pois tinha uma dessas personalidades finas e engenhosas que assimilam com facilidade as qualidades alheias. Athos contribuía com a grandeza, Porthos com a verve, Aramis com a elegância. Continuasse d'Artagnan a conviver com os três companheiros, teria se tornado um homem realmente superior. Athos foi o primeiro a se afastar, se retirando na pequena propriedade que havia herdado, nas proximidades da cidade de Blois. Porthos o segundo, para se casar com sua promotora.[104] Aramis, por último, para abraçar em definitivo a religião e tornar-se padre. A partir desse momento, d'Artagnan, que parecia ter confundido a própria vida com a dos amigos, se viu isolado e enfraquecido, desanimado a seguir uma carreira em que ele sentia só poder se tornar alguma coisa se cada um dos companheiros lhe cedesse, digamos, um pouco do fluido elétrico que haviam recebido do céu.

Assim sendo, depois de se tornar tenente dos mosqueteiros, d'Artagnan se sentiu cada vez mais isolado. Não vinha de um berço suficientemente dourado, como Athos, para que as famílias importantes lhe abrissem as portas. Não era suficientemente vaidoso, como Porthos, para fingir que frequentava a alta sociedade. Nem contava com

---

103. A numeração dos imóveis nas ruas de Paris teve início em 1507, mas se generalizou somente no final do séc.XVIII. A rua dos Coveiros (des Fossoyeurs) se chama agora Servandoni.

104. Viúva de um promotor, já cinquentona à época de *Os três mosqueteiros*.

suficiente fidalguia natural, como Aramis, para se manter em sua própria elegância, extraída de si mesmo. Por algum tempo, a encantadora lembrança da sra. Bonacieux[105] imprimiu certa poesia no espírito do jovem tenente, mas como sói acontecer com todas as coisas desse nosso mundo, também essa lembrança efêmera pouco a pouco se apagou. A vida de caserna é fatal, mesmo nas organizações aristocráticas. Das duas tendências opostas que compunham a personalidade de d'Artagnan, a material pouco a pouco foi ganhando espaço e suavemente, sem que ele próprio percebesse, sempre em quartéis, sempre em campanha, sempre a cavalo, se tornou (não sei como se dizia naquele tempo) o que hoje se designa como um verdadeiro "homem de tropa".[106]

Nem por isso d'Artagnan perdeu seu requinte original, de forma alguma. Pelo contrário, essa qualidade talvez se tenha até desenvolvido, ou pelo menos parecia duas vezes maior sob uma crosta um tanto grosseira. Mas tal requinte passara a se aplicar às pequenas e não às grandes coisas da vida: o bem-estar material, o bem-estar como entendem os soldados, isto é, um bom teto, uma boa mesa, uma boa "patroa".

E ele havia encontrado tudo isso, há seis anos, na rua Tiquetonne, na casa que ostentava em sua placa externa o nome La Chevrette.

Nos primeiros tempos de estadia ali, a dona do estabelecimento, uma bela e jovial flamenga de vinte e cinco ou vinte e seis anos, ficou singularmente interessada por ele, e após alguns amores, sempre dificultados por um marido incômodo, a quem umas dez vezes d'Artagnan imaginou atravessar o corpo com a espada, esse tal marido desapareceu certa manhã para sempre, depois de vender furtivamente um estoque de vinho, levando dinheiro e joias. Acreditou-se que tinha morrido. Principalmente a esposa, contente com a ideia de ser viúva e passando a propagandear a sua morte. Resumindo, após três anos de uma relação que d'Artagnan de modo algum queria romper, achando a cada ano mais agradáveis a moradia e a amante, pois uma coisa reforçava a outra, a moça teve a exorbitante ideia de se tornar novamente esposa, propondo a d'Artagnan que se casassem.

— Ai! Seria bigamia, minha querida! — ele explicou. — Vamos, nem pense nisso!

— Meu marido morreu, tenho certeza.

— Era um cabeça-dura, capaz de voltar só para nos mandar à forca.

---

105. Jovem senhora (casada com o senhorio de d'Artagnan à rua dos Coveiros e por quem ele era apaixonado) criminosamente envenenada (no lugar da rainha, a quem servia como acompanhante) vinte anos antes.

106. No original *troupier*, que é como eram chamados (os dicionários franceses acusam o uso da palavra, nesse sentido, a partir de 1821) os militares profissionais, que levavam a vida em casernas.

— Se por acaso voltar, você o mata, sendo tão corajoso e adestrado!
— Com os diabos, querida! É uma outra maneira de ser enforcado.
— Então rejeita meu pedido?
— Muito! Com toda convicção!

A bela albergueira ficou desolada. Ela bem que gostaria de tornar o sr. d'Artagnan não só seu marido, mas também seu deus: era tão belo homem, com tão garboso bigode!

Por volta do quarto ano dessa relação houve a expedição à região da Franche-Comté, a consecutiva convocação e o oficial se preparou para partir. Foram imensos pesares, lágrimas intermináveis e promessas solenes de fidelidade. Tudo isso por parte da albergueira, entenda-se. D'Artagnan era orgulhoso demais para prometer o que fosse e se empenhou apenas em dizer que faria o possível para acrescentar ainda mais glória a seu nome.

Nesse quesito, é conhecida a coragem de d'Artagnan, que admiravelmente se arriscou, comandando ataques à frente da sua companhia. Recebeu no peito uma bala que o deixou estirado no campo de batalha. Foi visto cair do cavalo e não se levantar. Achou-se então que tinha morrido e todos que esperavam sucedê-lo em seu posto espalharam a notícia. Acredita-se facilmente no que se quer e, bom, no exército, desde os generais de divisão que esperam a morte do general de exército até os soldados que esperam a morte dos cabos, todo mundo deseja a morte de alguém.

Mas d'Artagnan não era homem de deixar que o matassem tão facilmente. Depois de ficar durante a parte quente do dia desmaiado no campo de batalha, o frescor da noite o fez voltar a si. Chegou a uma aldeia, bateu à porta da casa mais bonita e foi recebido como sempre são, e em todo lugar, os franceses, mesmo feridos: tratado com mimos e cuidados médicos. Curado, mais em forma do que nunca, numa bela manhã ele retomou o caminho da França, e uma vez na França, a estrada de Paris e, uma vez em Paris, a direção da rua Tiquetonne.

Mas encontrou, estendido em seu quarto, um traje completo de homem e uma espada encostada na parede.

"Ele deve ter voltado. Não sei se é pena ou se não é melhor assim!"

O recém-chegado, é claro, pensou logo no marido.

Procurou indícios que esclarecessem a situação: novo servente, nova servente. A patroa tinha saído para passear.

— Sozinha? — perguntou d'Artagnan.
— Com o patrão.
— O patrão, então, voltou?
— Provavelmente — respondeu com ingenuidade a servente.

"Se tivesse algum dinheiro comigo iria embora, como não é o caso preciso ficar e seguir os conselhos da minha albergueira, até descobrir quais são os projetos conjugais desse importuno que está de volta", disse para si mesmo d'Artagnan.

Terminava esse monólogo, que comprova o fato de nada ser mais natural, nas grandes situações, do que o monólogo interior, quando a criada, que estava na porta, exclamou:

— Ah! É justamente a patroa, chegando com o patrão!

D'Artagnan olhou e de fato viu, ainda longe, na esquina da rua Montmartre, a albergueira, que se aproximava, pendurada no braço de um enorme suíço que vinha pela calçada, cheio de pompa e gingando. Essa maneira de andar o fez se lembrar de Porthos, mas apesar da boa lembrança do seu antigo amigo, ele pensou:

"O patrão, esse aí? Hum... só se ficou bem mais forte!"

Sentou-se então na sala, num lugar em que pudesse imediatamente ser visto. De fato, assim que entrou, a dona da casa deu um gritinho de surpresa.

Achando ter sido devidamente reconhecido, d'Artagnan se levantou, foi até ela e beijou-a com carinho.

O suíço olhava espantado para a companheira, que ficara bem pálida.

— Ah, é o senhor!? O que quer? — ela perguntou, confusa.

— O amigo é seu primo? Seu irmão? — perguntou o mosqueteiro sem absolutamente fugir do papel que representava.

Sem esperar resposta, abraçou o helvético, que aceitou com frieza aquela demonstração e perguntou a ela:

— Quem é esse homem?

Engasgada, a albergueira não conseguia responder.

— Quem é o suíço? — perguntou d'Artagnan.

— O cavalheiro vai se casar comigo — respondeu a jovem, entre dois espasmos.

— Seu marido então morreu mesmo?

— O *gue dem* com isso?[107] — respondeu por ela o suíço.

— *Denho buito* — devolveu d'Artagnan. — Uma vez que não pode desposar essa dama sem meu *conzentimento* e eu...

— O *zenhor...?*

— Não dou — concluiu o mosqueteiro.

O suíço ficou vermelho como se fosse estourar. Trajava o seu belo uniforme dourado e d'Artagnan estava abrigado numa espécie de capa cinzenta. O homem media seis pés de altura, se sentia em casa e olhava o outro, que não passava dos cinco pés, como um intruso.

— Não acha melhor *zair* daqui? — sugeriu o suíço, batendo com força o pé no chão, como alguém que começa a se irritar.

— Eu? De forma alguma! — respondeu d'Artagnan.

---

107. Todo o diálogo entre o suíço e o francês é anasalado, com d'Artagnan às vezes imitando, por zombaria, o sotaque.

— É só tirar ele pela força — disse um rapazote que trabalhava ali e não conseguia entender aquele sujeito menor querendo disputar o lugar com outro bem maior.

— Você — disse d'Artagnan, a quem a raiva já eriçava os cabelos, agarrando o garoto pela orelha — vai começar ficando aqui sem se mexer ou arranco fora isto que estou segurando. Quanto ao ilustre descendente de Guilherme Tell,[108] vai empacotar a roupa que está no meu quarto incomodando e partir rápido para procurar outra hospedaria.

O suíço deu uma gargalhada:

— Eu, *bardir*? E *bur guê*?

— Ótimo! Vejo que entende bem o francês. Venha então dar uma volta comigo que explico o resto.

A albergueira, que sabia da perícia de d'Artagnan com a espada, começou a chorar e se descabelar.

Ele se virou para a bela em pranto:

— Ou então basta que a senhora o mande embora.

— *Pah!* — exclamou o suíço, que tinha levado certo tempo para entender o que o rival propunha. — *Pah!* Que doido, me *brobor* dar uma volta com ele!

— Sou tenente dos mosqueteiros de Sua Majestade — disse d'Artagnan. — Seu superior em tudo, mas não é do que se trata aqui, e sim de permissão de alojamento, o senhor conhece a praxe. Venha buscar essa sua autorização e quem voltar fica com o quarto.

D'Artagnan levou o suíço, apesar das lamúrias da anfitriã, que, no fundo, sentia o coração fraquejar pelo antigo amor, mas bem que gostaria de dar uma lição àquele atrevido mosqueteiro, que cometera a afronta de recusar a sua mão.

Os dois adversários se dirigiram direto para os fossos Montmartre[109] e já estava escuro quando chegaram. D'Artagnan polidamente pediu ao suíço que lhe cedesse o quarto e não voltasse mais. A recusa foi feita com um sinal da cabeça e o desembainhar da espada.

— Vai então dormir aqui. É um péssimo lugar, mas não é culpa minha, foi o senhor que quis.

Dizendo isso, sacou também a espada e se puseram, os dois, em guarda.

O mosqueteiro teve pela frente um pulso firme, mas sua agilidade se sobrepunha a qualquer força. A lâmina do germânico nunca encontrava a do adversário. Ele recebeu dois ferimentos sem sequer perceber, por causa do frio, mas, subitamente, a perda de sangue e a fraqueza que isso acarreta o forçaram a se sentar.

---

108. Herói lendário suíço que teria vivido no séc.XIV e foi obrigado por um tirano a acertar, com um tiro de besta, uma maçã colocada na cabeça do seu próprio filho.

109. Eram os fossos que acompanhavam as muralhas anteriores da cidade, erguidas à época de Carlos V e demolidas em 1634.

— *Você, bela Madeleine, pôde perceber a distância que há entre um suíço e um fidalgo.*

— Ah, ah! Eu não disse? O que ganhou com essa teimosia? Felizmente em quinze dias vai estar novo em folha. Fique aqui e eu mando as suas coisas pelo rapazote. Até a próxima. A propósito, busque um teto na rua Montorgueil, na Pensão do Gato Emaranhado. Se a dona ainda for a mesma, a comida é sempre boa. Cuide-se.

E voltou todo alegre ao hotel. Realmente enviou as roupas do suíço, que o servente encontrou no mesmo lugar, ainda arrasado por tudo que havia acontecido.

O garoto, a albergueira e a casa inteira se desdobraram em atenções pelo recém-chegado, como se fosse um Hércules que voltava à terra para retomar os seus doze trabalhos.[110]

Mas assim que se viu a sós com a sua anfitriã, disse a ela:

— Você, bela Madeleine, pôde perceber a distância que há entre um suíço e um fidalgo. Mas o seu comportamento foi o de uma dona de cabaré. E deve se lamentar por isso, pois perde minha estima e companhia. Fiz o suíço ir embora apenas para humilhá-la, já que não vou ficar aqui. Não me hospedo num lugar que desprezo. Ei, garoto! Leve minha sacola para o Muid d'Amour, na rua de Bourdonnais. Adeus.

Isso tudo foi dito, ao que parece, com um tom majestoso e, ao mesmo tempo, compassivo. A dona da pensão se jogou a seus pés, pediu perdão, impedindo-o com terna violência de ir embora. O que mais dizer? O espeto na cozinha girava, o fogão estalava de calor, a bela Madeleine chorava. A fome, o frio e o amor invadiram juntos d'Artagnan e ele perdoou. Já que perdoou, ficou.

Foi como d'Artagnan continuou morando na rua Tiquetonne, no hotel La Chevrette.

---

110. Na mitologia grega, Hércules, conhecido pela força física, precisou executar uma série de doze tarefas e servir por doze anos a um inimigo seu, para pagar uma penitência, recuperar a honra e ainda se tornar imortal.

7. D'Artagnan sem saber o que fazer, mas socorrido por um antigo conhecido nosso

D'Artagnan então seguia pensativo para casa, gostando muito de ter no bolso o saco de moedas do cardeal Mazarino, mas pensando ainda naquele bonito diamante que já tinha sido seu e que, por um instante, ele viu brilhar no dedo do primeiro-ministro.

"Se por acaso aquele diamante voltasse às minhas mãos", especulava, "eu o transformaria na mesma hora em dinheiro, compraria algumas propriedades ao redor do castelo do meu pai, que é uma bela morada mas que conta apenas com um quintal, cuja área chega no máximo ao tamanho do cemitério dos Inocentes.[111] Lá eu esperaria, na minha magnificência, que alguma rica herdeira, encantada com a minha boa aparência, quisesse casar comigo. Daí teria três filhos: o primeiro será um grande senhor, como Athos, o segundo um belo soldado, como Porthos, e o terceiro um simpático padre como Aramis. Puxa! Seria infinitamente melhor do que a vida que levo, mas infelizmente o sr. de Mazarino é um biltre que não vai abrir mão do seu diamante."

O que diria d'Artagnan se soubesse que o diamante em questão tinha sido entregue a Mazarino, pela rainha, para que o devolvesse a ele?

Chegando à rua Tiquetonne, notou que estava tumultuada, com um aglomerado de gente perto do seu hotel.

"Oh, oh!", ele pensou. "Será que o La Chevrette está pegando fogo? Ou, quem sabe, o marido da bela Madeleine voltou de verdade?"

Nem uma coisa nem outra: chegando mais perto, ele viu não ser diante do seu hotel, mas da casa ao lado, a confusão. Muita gritaria, pessoas lá dentro correndo com tochas acesas e, à luz das chamas, ele identificou uniformes.

---

111. O cemitério dos Inocentes ocupava uma área com cerca de 500 metros quadrados, mais ou menos onde se situa hoje o Centro Pompidou.

Perguntou o que estava acontecendo e soube que um burguês havia atacado, com uns vinte camaradas, um coche escoltado por guardas do sr. cardeal. Um reforço, porém, havia chegado e os burgueses correram em debandada. O chefe deles tinha se refugiado naquela casa, que estava então sendo revistada.

Numa situação assim, vendo os uniformes, o jovem d'Artagnan teria corrido para ajudar os soldados contra os burgueses. Mas ele não se deixava mais levar por tais entusiasmos. Aliás, as cem pistolas do cardeal no seu bolso o aconselhavam também a não se aventurar numa multidão.

Entrou no hotel sem se colocar maiores questões.

Em outros tempos ele queria tudo saber e agora sempre o que sabia já lhe parecia suficiente.

A bela Madeleine não o esperava, pois ele tinha dito que passaria a noite no Louvre. Ela ficou então muito feliz com a surpresa, que vinha em boa hora, pois o tumulto na rua a assustava, sem ter mais um suíço que a protegesse.

Para puxar conversa, quis contar o que havia acontecido, mas d'Artagnan pediu que mandasse a ceia para o seu quarto, juntando uma garrafa de um bom e velho vinho da Borgonha.

A bela Madeleine estava acostumada a obedecer militarmente, isto é, ao primeiro sinal. Como d'Artagnan se dignara a falar, foi obedecido ainda mais rapidamente.

Ele pegou a chave, uma vela e subiu aos seus aposentos. Para não prejudicar os negócios hoteleiros, o hóspede se contentara em ficar no quarto andar. O respeito que temos pela verdade nos faz inclusive acrescentar que esses cômodos ficavam logo acima da calha e abaixo do telhado.

Era a sua tenda de Aquiles.[112] D'Artagnan se recolhia ali quando queria punir, com sua ausência, a bela Madeleine.

Sua primeira preocupação foi a de trancar, numa velha secretária que tinha uma fechadura nova, o saco de moedas, que não precisou de nenhum exame demorado para confirmar a soma que continha. Logo em seguida a ceia e o vinho foram trazidos pelo servente, ele fechou a porta e se pôs à mesa.

Não para pensar, como se pode achar, mas d'Artagnan acreditava que só fazemos bem as coisas quando as fazemos uma de cada vez. Estava com fome, comeu, e depois de comer se deitou. Ele não se incluía também entre os que acham que a noite é boa conselheira: à noite, d'Artagnan dormia. Pela manhã, em contrapartida, bem-disposto e esperto, tinha suas melhores inspirações. Há muito tempo não precisava pensar pela manhã, mas sempre dormia à noite.

---

112. No canto I da *Odisseia*, de Homero, Aquiles se fecha na sua tenda, deixando de participar dos combates, descontente com o comandante geral das forças gregas, Agamemnon.

Despertou então ao alvorecer, saltou da cama e, com determinação bem militar, caminhou pelo quarto a refletir.

E se lembrou: "Em 43, mais ou menos uns seis meses antes da morte do falecido cardeal, recebi uma carta de Athos. De onde foi? Deixe-me ver... Ah! do cerco de Besançon, lembrei... Estava entrincheirado. O que ele dizia? Que estava morando numa pequena propriedade, isso mesmo, uma pequena propriedade. Onde? Na hora em que eu ia descobrir, um vento mais forte levou a carta. Em outras épocas eu teria ido atrás dela, apesar de ter sido soprada numa direção bem desprotegida. A juventude tem esse defeito... nos faz falta quando não somos mais jovens. Deixei a carta levar o endereço de Athos aos espanhóis, que em nada se interessavam por isso e poderiam muito bem tê-la devolvido. Bobagem, então, pensar em Athos. Vejamos Porthos.

"Recebi uma carta dele, me convidando para uma grande caçada em suas terras, por volta do mês de setembro de 1646. Infelizmente, como nessa época eu estava em Béarn, por causa da morte de meu pai, a carta foi encaminhada para lá e eu já tinha ido embora quando chegou. Ela porém continuou me seguindo e foi para Montmédy, onde também nos desencontramos e ela não me foi entregue. Só fui tê-la afinal no mês de abril, mas como já era abril de 1647 e o convite era para setembro de 1646, não pude aceitá-lo. Vou procurar essa carta, deve estar junto dos meus títulos de propriedade."

D'Artagnan abriu um bauzinho antigo jogado num canto do quarto, cheio de pergaminhos relativos à terra Artagnan, que há duzentos anos havia saído da sua família.[113] Deu um grito de alegria: acabava de reconhecer as letras graúdas de Porthos, seguidas, mais abaixo, de algumas linhas miudinhas e inábeis, traçadas pela mão enrugada da sua digna esposa.

Como sabia seu conteúdo, ele nem se deu ao trabalho de reler a carta, foi direto ao endereço, que era: castelo du Vallon.

Porthos esquecera de dar qualquer outra informação. Do alto do seu orgulho, achava que todo mundo devia saber onde se encontrava o castelo ao qual dera o seu nome.

"Diabos! O vaidoso de sempre! O ideal seria começar por ele, que não deve estar precisando de dinheiro, já que herdou oito mil libras do sr. de Coquenard."[114] E continuou: "Não conto então com o melhor, Athos já deve estar abestalhado de tanto beber e Aramis mergulhado em suas práticas devotas."

---

113. Artagnan era uma senhoria no condado de Bigorre, pertencente à família Montesquiou, na qual nasceu a mãe do d'Artagnan histórico (c.1611-73), mas nunca chegou a ser propriedade dos seus ancestrais.

114. Ver *Os três mosqueteiros*, cap. 32. Coquenard era um promotor de justiça do Châtêlet e Porthos se casou com a sua viúva.

D'Artagnan deu mais uma olhada na carta e viu um post-scriptum com a seguinte frase: "Ao mesmo tempo escrevo ao nosso digno amigo Aramis, em seu convento."

"Em seu convento! Ótimo, mas qual? Há duzentos em Paris e três mil na França. Além disso, pode também ter trocado pela terceira vez de nome, ao se enfiar no convento. Se pelo menos eu conhecesse teologia melhor do que conheço e me lembrasse sobre o que discutia tão entusiasmado, em Crèvecoeur, com o cura de Montdidier e o superior dos jesuítas,[115] saberia qual doutrina preferia, podendo deduzir a qual santo se devotou. Posso pedir um salvo-conduto ao cardeal, para ter entrada em todos os conventos possíveis, mesmo nos de religiosas... Já é uma ideia e quem sabe o encontro na situação de Aquiles...[116] Não, estaria me mostrando incompetente logo de início, comprometendo a boa impressão que o cardeal tem de mim. Os poderosos só demonstram reconhecimento quando fazemos o impossível por eles. 'Possível fosse, faria eu mesmo', é o que pensam. E os poderosos sempre têm razão. Mas espere aí! Recebi também uma carta dele, e tanto é verdade que, inclusive, pedia que lhe fizesse um pequeno favor, que fiz, tenho certeza. Mas onde pode estar agora essa carta?"

D'Artagnan pensou um pouco e foi até o armário em que estavam pendurados seus uniformes antigos. Procurou o gibão de 1648 e, sendo realmente um sujeito organizado, o encontrou no seu gancho. Revistou o bolso e achou um papel: justamente a carta de Aramis.

Dizia o seguinte:

Caro d'Artagnan,
Tive uma desavença com certo fidalgo que fixou encontro esta noite, na praça Royale.[117] Como sou um homem de Igreja e o caso pode me prejudicar se eu apelar a algum amigo menos confiável, escrevo para pedir que seja o meu segundo.

Entre pela rua Neuve-Sainte-Catherine e sob o segundo lampião à direita estará o seu adversário. Estarei com o meu sob o terceiro.

Com meus cumprimentos,

ARAMIS

Nem sequer se despedia. D'Artagnan tentou reconstituir o acontecido. Tinha ido ao local indicado, encontrou o adversário, de quem, aliás, nunca

---

115. Ver *Os três mosqueteiros*, cap. 26, "A tese de Aramis".
116. Querendo proteger Aquiles para que não fosse à guerra de Troia, sua mãe o enviou à corte do rei Licomedes, na ilha de Esquiro, onde ele afinal foi encontrado, disfarçado com roupas femininas.
117. A atual praça des Vosges, frequentemente escolhida, na época, como palco para duelos.

soube o nome, feriu-o no braço e foi ao encontro de Aramis, que já vinha também em sua direção, tendo igualmente terminado a sua parte. Ao se encontrarem, ele disse:

— Pronto. Acho que matei o insolente. Meu caro amigo, você bem sabe que, se precisar de mim, estarei à disposição.

Dito isso, o religioso lhe estendeu a mão e em seguida desapareceu sob as arcadas.

Ele continuava então sem saber como encontrar Aramis, Athos ou Porthos e a coisa começava a se tornar bem embaraçosa, quando teve a impressão de ouvir o barulho de um vidro se quebrando em seu quarto. Imediatamente se preocupou com o saco de dinheiro na secretária e correu para lá. Não se enganara: ao mesmo tempo em que entrou pela porta, um homem entrava pela janela.

— Ah, miserável! — ele gritou, imaginando ser um ladrão e já de espada em punho.

— Meu senhor — exclamou o homem —, em nome de Deus, guarde a espada e não me mate sem antes me ouvir! Não sou um ladrão, longe disso! Um honesto burguês, comerciante estabelecido com porta que dá para a rua. Meu nome... Ei! mas é o sr. d'Artagnan!

— E você, Planchet! — exclamou o oficial.

— Para servi-lo, tenente — disse Planchet no auge da alegria. — Se eu ainda puder.

— Quem sabe? Mas que diabos está fazendo a andar pelos telhados às sete horas da manhã, em pleno mês de janeiro?

— Tenente, é preciso que saiba... Não, talvez seja melhor que não saiba.

— Saber o quê? — intrigou-se d'Artagnan. — Mas para começar ponha uma toalha no lugar do vidro quebrado e puxe a cortina. Planchet obedeceu e, assim que acabou, d'Artagnan insistiu:

— E então?

— Tenente, antes de mais nada — começou o prudente Planchet —, como estão as suas relações com o sr. de Rochefort?

— Ótimas. E como! Imagine que é agora um dos meus melhores amigos!

— Que bom.

— Mas o que têm em comum Rochefort e essa sua maneira de entrar no meu quarto?

— Bem... é o que estou... Mas é preciso, antes, que saiba que o sr. de Rochefort está...

Planchet hesitava.

— Continue! Sei muito bem, está na Bastilha — disse d'Artagnan.

— É esse o problema — respondeu Planchet —, estava.

— Como assim, estava? Teve a felicidade de escapar?

— Bom — pareceu ficar mais aliviado Planchet —, se diz ser uma felicidade, está tudo bem. Preciso então contar que ontem, tudo indica, mandaram buscar o sr. de Rochefort na Bastilha.

— E eu não sei!? Eu é que fui buscá-lo!

— Mas não foi o senhor que o levou de volta, ainda bem para ele. Pois se o tivesse reconhecido na escolta eu não teria... acredite, sempre tive um respeito enorme pelo senhor.

— Termine com isso, animal! Diga logo, o que aconteceu?

— Vou dizer! O que aconteceu foi que o carro transportando o sr. de Rochefort passou na rua da Ferronnerie por um grupo de gente do povo que foi brutalmente empurrado pelos soldados. Algumas pessoas reclamaram, o prisioneiro achou ser uma boa ocasião e se identificou, dizendo quem era e pedindo ajuda. Eu estava por lá, reconheci o conde de Rochefort e lembrei ter sido ele quem me tornou sargento do regimento de Piemonte. Gritei para as pessoas em volta que era um prisioneiro, amigo do sr. duque de Beaufort. Houve um motim, os cavalos foram parados, a escolta atacada. Enquanto isso, abri a portinhola do carro, o sr. de Rochefort pulou para a rua e desapareceu na multidão. Só que nesse momento passava uma patrulha, ela se juntou aos guardas e todos avançaram contra nós. Perseguido, bati em retirada para os lados da rua Tiquetonne e me escondi na casa ao lado desta aqui. Ela foi cercada, revirada, mas sem resultado, eu tinha encontrado no quinto andar uma pessoa solidária que me escondeu debaixo de dois colchões. Fiquei ali quase sem me mexer até o amanhecer e, achando que talvez voltassem mais tarde a fazer perquisições, me aventurei pelas calhas, primeiro buscando uma entrada e depois uma saída num prédio qualquer que não estivesse sendo vigiado. Foi isso e, juro, vai ser muito ruim para mim se a história o desagradar.

— De modo algum, pelo contrário — tranquilizou-o d'Artagnan. — Fico bem contente de saber Rochefort em liberdade. Mas você sabe que, se cair nas mãos do pessoal do rei, será enforcado sem misericórdia?

— E como não? — disse Planchet. — É o que me apavora e é por isso que fiquei tão contente de encontrá-lo, pois se aceitar me esconder, ninguém fará isso melhor.

— Tem razão, farei isso com prazer, mesmo que esteja simplesmente arriscando meu posto, se descobrirem que dei asilo a um rebelde.

— O senhor sabe que eu poria minha vida em risco pela sua.

— Pode inclusive dizer que já fez isso, Planchet. Esqueço apenas as coisas que é preciso esquecer, mas disso vou sempre me lembrar. Sente-se aí e coma tranquilo, pois vejo que olha de maneira bem significativa o que sobrou da minha ceia.

— É verdade, tenente. À mesa da vizinha faltavam coisas mais suculentas e desde ontem tudo que comi foi um pouco de pão e geleia. Não recuso doces quando vêm na hora certa, mas acabei achando a refeição um tanto leve.

— Pobre rapaz! Vamos lá, recupere as forças!
— O senhor me salva duas vezes a vida.

E Planchet se acomodou à mesa e começou a devorar o que tinha pela frente, como nos bons dias da rua dos Coveiros.

D'Artagnan voltou a andar de um lado para outro. Procurava o melhor partido a tirar de Planchet nas circunstâncias em que se encontravam. Este último, enquanto isso, recobrava como podia as horas perdidas.

Afinal deu esse tipo de suspiro satisfeito dos esfomeados, indicando que depois daquela boa e consistente entrada, faria uma pequena pausa.

— Bom — aproveitou d'Artagnan, achando ter chegado a hora de começar o interrogatório —, vamos pela ordem. Sabe por onde anda Athos?
— Não.
— Droga! Sabe por onde anda Porthos?
— Também não.
— Droga, droga!
— E Aramis?
— Menos ainda.
— Droga, droga, droga!
— Mas sei — acrescentou Planchet fingindo-se de inocente —, sei onde encontrar Bazin.[118]
— Como? Sabe onde está Bazin?
— Sei sim.
— Onde?
— Na Notre-Dame.
— Na catedral? Fazendo o quê?
— É irmão leigo.
— Bazin, irmão leigo em Notre-Dame! Tem certeza?
— Plena. Já o vi e falei com ele.
— Ele deve saber como encontrar o antigo patrão.
— Sem dúvida alguma.

D'Artagnan pensou e depois pegou a capa e a espada, se preparando para sair.

— Vai embora assim? — perguntou Planchet assustado. — Lembre-se de que é minha última esperança.
— Ninguém vai procurá-lo aqui — tranquilizou-o d'Artagnan.
— E se vierem? — indagou o prudente Planchet. — As pessoas da casa, que não me viram entrar, vão dizer que sou um ladrão.
— É verdade — concordou d'Artagnan. — Fala algum dialeto regional?
— Muito mais do que isso, falo uma língua, o flamengo.

---

118. Em *Os três mosqueteiros*, o criado de Aramis.

— Com os diabos! E onde aprendeu?
— Na região de Artois, estive dois anos por lá, durante a guerra. Ouça: *Goeden morgen, mijnbeer! Ik ben begeerig te weeten gezondheitsomstand.*
— O que quer dizer?
— Olá, meu amigo! Quero muito saber como está de saúde.
— E ainda diz que isso é uma língua! Não faz mal, vai dar tudo certo.

D'Artagnan foi até a porta, chamou um servente e pediu que dissesse à bela Madeleine de vir até o quarto.

— O que vai fazer, tenente? Confiar nosso segredo a uma mulher?
— Não se preocupe, nela podemos.

Nesse momento entrou a albergueira. Vinha contente, esperando encontrar d'Artagnan sozinho e, ao ver Planchet, deu um passo atrás, espantada.

— Querida albergueira — disse d'Artagnan —, apresento-lhe o seu irmão que acaba de chegar de Flandres e que tomo a meu serviço por alguns dias.
— Meu irmão! — estranhou a moça, compreendendo cada vez menos.
— Diga então bom-dia à sua irmã, *Master Peter*.[119]
— *Welkom, zuster!* — disse Planchet.
— *Goeden dag, broer!* — respondeu surpresa a albergueira.
— Vou explicar — disse d'Artagnan. — O cavalheiro é seu irmão. Você talvez não o conheça, mas eu sim. Ele acaba de chegar de Amsterdã. Vista-o enquanto vou estar fora e quando eu voltar, dentro de uma hora, você o apresenta a mim e, por recomendação sua, apesar de ele não falar uma palavra de francês, mas não podendo eu recusar qualquer coisa que me peça, tomo-o a meu serviço. Entendido?
— Na verdade, mais ou menos intuo o que quer, mas isso basta — respondeu Madeleine.
— A senhora, minha bela albergueira, é uma pessoa preciosa; tem toda minha confiança.

Dito isso e fazendo um sinal de despedida a Planchet, d'Artagnan saiu para ir a Notre-Dame.

---

119. Em holandês, "mestre Pedro"; e em seguida "Bem-vinda, irmã" e "Bom dia, irmão".

8. *As diferentes reações que uma moeda de meia pistola pode gerar num irmão leigo e num menino de coro*

D'Artagnan tomou a ponte Neuf satisfeito por ter encontrado Planchet. Parecendo prestar um favor ao digno rapaz, na prática ele é que estava conseguindo ajuda. Nada podia lhe ser tão útil, naquele momento, quanto dispor de um criado corajoso e inteligente. É verdade que Planchet provavelmente não ficaria por muito tempo a seu serviço, mas quando recuperasse a sua posição social na rua dos Lombardos estaria devendo um favor ao mosqueteiro, que, escondendo-o, havia salvado a sua vida, ou quase isso. Em todo caso, era boa coisa ter relações na burguesia, naquele momento em que ela parecia disposta a entrar em guerra contra a Corte. Era um ponto de referência no campo inimigo e, para uma inteligência sutil como a de d'Artagnan, são pequenas coisas assim que levam às grandes.

Foi com tal disposição de espírito, feliz com o acaso e consigo mesmo, que ele chegou à catedral. Subiu os degraus, entrou na igreja e perguntou a um sacristão que varria uma capela se ele conhecia o sr. Bazin.

— O irmão leigo?
— Ele mesmo.
— Está ali, ajudando a missa na capela da Virgem.

D'Artagnan vibrou de alegria, pois não acreditava muito que fosse encontrar Bazin, apesar da informação de Planchet. Só agora, tendo na mão uma ponta da meada, tinha certeza de chegar à outra.

Foi então se ajoelhar diante da capela, para não perder seu alvo de vista. Felizmente era uma missa curta, não devendo demorar. Ele já não se lembrava mais de nenhuma oração e não tivera o cuidado de pegar um missal, então aproveitou o tempo livre para examinar Bazin.

Este, pode-se dizer, envergava seus paramentos com distinção e beatitude. Era visível que havia chegado, ou estava muito perto disso, ao apogeu das suas ambições, e o turíbulo de prata nas suas mãos lhe parecia tão venerável quanto o bastão de comando que Condé jogou — ou não jogou — nas linhas inimigas, durante a batalha de Friburgo.[120] Seu aspecto físico tinha passado por uma transformação, por assim dizer, perfeitamente análoga às vestimentas. O corpo inteiro se arredondara como o de um abade. No rosto, as partes salientes pareciam ter desaparecido. O nariz continuava ali, mas as bochechas, ao se inflarem, tinham-no puxado para si, cada uma uma metade. O queixo se incrustara na garganta. Tudo isso não se devia à gordura, mas a um inchaço, que havia também estreitado os seus olhos. Já na testa, os cabelos em corte reto, como os de um santo, cobriam-na quase até as sobrancelhas. Mas é bom lembrar, a testa de Bazin, mesmo à época em que estava completamente descoberta, nunca teve mais do que uma polegada e meia de largura.

O acólito terminava a missa ao mesmo tempo em que d'Artagnan terminava o seu exame. Pronunciou as palavras sacramentais e se retirou distribuindo a sua bênção, que cada um recebia de joelhos, para espanto de d'Artagnan.

Mas tal surpresa se desfez assim que ele reconheceu o sacerdote que oficiava a missa, que outro não era senão o próprio coadjutor, isto é, o famoso Jean-François de Gondy,[121] que, já nessa época, pressentindo o papel que teria, começava, com suas esmolas, a se tornar muito popular. E era com o intuito de reforçar essa popularidade que ele de vez em quando rezava uma daquelas missas matinais as quais apenas gente do povo frequenta.

Como todo mundo, d'Artagnan se pôs de joelhos, recebeu sua parte da bênção e fez o sinal da cruz, mas no momento em que Bazin passava de olhos elevados ao céu, caminhando com toda humildade por último, teve a bainha da batina puxada. Ele desceu o olhar e deu um pulo para trás, como se tivesse visto uma cobra.

— Sr. d'Artagnan! *Vade retro, Satanas!...*[122]

— O que é isso, meu caro Bazin? — riu o militar. — É assim que recebe um antigo amigo?

— Os verdadeiros amigos do cristão são aqueles que o ajudam no caminho da salvação e não os que dele o desvirtuam — respondeu o outro.

— Não entendo o que está insinuando, Bazin, não vejo em que fui um obstáculo para a sua salvação.

— O senhor então esquece que quase destruiu para sempre a do meu pobre patrão, que por sua causa continuou mosqueteiro, enquanto a vocação o inclinava tão ardentemente para a Igreja?

---

120. Em *O século de Luís XIV*, Voltaire diz que, nessa batalha, Condé (ver nota 10) lançou seu bastão nas fileiras inimigas e seus comandados correram para buscá-lo. A batalha, travada nos dias 3, 5 e 9 de agosto de 1644, se deu no contexto da Guerra dos Trinta Anos e nela se enfrentaram os exércitos francês e bávaro.

121. Ver nota 87.

122. Em latim no original: "Arreda-te, Satanás!" (Mateus, IV, 10).

— Meu caro Bazin — retomou d'Artagnan —, perceba, pelo local em que me encontro, que muito mudei em todo tipo de coisa: a idade traz à razão. E como não tenho dúvida de que o seu ex-patrão já está a caminho da própria salvação, vim pedir informação sobre o seu paradeiro, para que, com conselhos, me ajude a encontrar a minha.

— O que quer é trazê-lo de volta ao mundo. Felizmente ignoro onde ele se encontra, e como estamos num lugar sagrado eu não ousaria mentir.

— Como!? — exclamou d'Artagnan no extremo do desapontamento. — Não sabe onde se encontra Aramis?

— Para começar, Aramis era seu nome de perdição, pois em Aramis temos Simara, que é nome de demônio.[123] Para a sua própria felicidade, ele deixou para sempre esse nome.

— É claro — disse d'Artagnan, decidido a ser paciente até o fim —, de forma alguma é Aramis que procuro e sim o padre d'Herblay. Vamos, querido Bazin, diga onde ele está.

— Não me ouviu dizer, sr. d'Artagnan, que ignoro?

— Ouvi, com certeza, mas a isso respondo que é impossível.

— É, no entanto, a verdade. A verdade pura, a verdade do Senhor.

D'Artagnan viu que nada tiraria de Bazin. Era evidente que ele mentia, mas mentia com tanta convicção e firmeza que era de se prever que não voltaria atrás.

— Está bem, Bazin! Já que não sabe onde vive o seu ex-patrão, não falemos mais disso e nos separemos como bons amigos. Aceite essa meia pistola para beber à minha saúde.

— Não bebo, obrigado — disse ele, afastando majestosamente a mão do oficial. — Isso é coisa de laicos.

"Incorruptível! Não tenho a menor chance", convenceu-se d'Artagnan.

Distraído por essa reflexão, ele soltou a batina de Bazin, que aproveitou a liberdade para prestamente bater em retirada na direção da sacristia, na qual só se sentiu realmente em segurança depois de fechar bem a porta.

D'Artagnan continuou ali parado, pensativo e com os olhos fixos na porta que havia levantado uma barreira entre ele e Bazin. De repente sentiu lhe tocarem de leve o ombro com a ponta de um dedo.

Virou-se e ia dar expressão à surpresa, quando quem o tocava com a ponta do dedo levou este mesmo dedo aos lábios, pedindo silêncio.

— Que bom vê-lo, querido Rochefort! — ele disse então à meia-voz.

— Psiu! Ficou sabendo que estou livre?

— Soube de primeira mão.

— Por quem?

---

123. Simara é "Aramis" escrito de trás para a frente, e seria também o nome de um demônio da tradição popular da Dalmácia.

— Por Planchet.
— Como, por Planchet?
— Exatamente! Foi quem o salvou.
— Planchet!... É verdade, achei que podia ser ele. O que prova, meu amigo, que uma boa ação nunca se perde.
— E o que está fazendo aqui?
— Vim agradecer a Deus por minha feliz libertação — respondeu Rochefort.
— E mais o quê? Pois imagino que não seja só isso.
— Receber ordens do coadjutor, e ver se podemos fazer alguma coisa para irritar Mazarino.
— Cabeça dura! Vai arranjar jeito de ser mandado de novo para a Bastilha.
— Ah! Quanto a isso, estou atento, deixe comigo! É tão bom o ar livre! Quero também — continuou Rochefort enchendo os pulmões — ir passear no campo, dar um giro pelo interior.
— Não diga! Eu também!
— Sem querer ser indiscreto, posso perguntar aonde vai?
— Procurar meus amigos.
— Quais amigos?
— Os mesmos dos quais me pediu notícias ontem.
— Athos, Porthos e Aramis? Está procurando por eles?
— Estou.
— Jura?
— O que tem isso de estranho?
— Nada. Mas é engraçado. E da parte de quem os procura?
— Não adivinha?
— Adivinho.
— Infelizmente não sei onde encontrá-los.
— E não tem como ter notícias deles? Espere oito dias que posso dá-las.
— Oito dias é muito. Preciso encontrá-los em três, no máximo.
— Três dias é pouco. A França é grande.
— Mesmo assim. Lembre-se do imperativo: *preciso*. Com isso na cabeça, muitas coisas se resolvem.
— E quando vai procurá-los?
— Estou aqui fazendo isso.
— Boa sorte!
— E boa viagem!
— Quem sabe nos encontramos nas estradas.
— É pouco provável.
— Vai saber! O acaso é tão imprevisível.
— Adeus.

— Até a próxima. Aliás, se Mazarino falar a meu respeito, diga que me viu e eu mandei dizer que ele em breve verá se estou tão velho para a ação, como disse.

Rochefort se afastou com um daqueles sorrisos diabólicos que antigamente tanto incomodavam d'Artagnan, que, dessa vez, pôde olhá-lo sem aflição e também sorrindo, com a melancolia que apenas certa lembrança podia trazer a seu rosto: "Vá, demônio, não me importa o que vai fazer: não haverá uma segunda Constance[124] no mundo!"

Virando-se, d'Artagnan viu Bazin, que, já sem o traje eclesiástico, conversava com o mesmo sacristão a quem ele havia pedido informação ao entrar na igreja. Bazin parecia bastante agitado e gesticulava muito com seus bracinhos gorduchos. Muito provavelmente, podia-se de longe entender, ele pedia toda discrição se voltassem a fazer perguntas a seu respeito.

D'Artagnan aproveitou a preocupação dos dois homens de Igreja para sair sem ser visto da catedral e ir se emboscar na esquina da rua de Canettes. Bazin não poderia sair sem que ele o visse.

Bastaram cinco minutos nesse posto de observação e Bazin surgiu no adro em frente à igreja. Olhou para todos os lados, certificou-se de não estar sendo vigiado, mas não notou nosso oficial, de quem apenas a cabeça aparecia atrás da quina de uma casa, a cinquenta passos dali. Tranquilizado pelas aparências, ele enveredou pela rua Notre-Dame. D'Artagnan deixou o esconderijo e chegou bem a tempo de vê-lo dobrar na rua da Juiverie e entrar, já na rua da Calandre, numa casa de honesta aparência. Não teve dúvida, era aquela a moradia do digno irmão leigo.

Ele nem pensou em ir se informar no próprio edifício, pois o porteiro, caso houvesse algum, já teria sido prevenido. E à falta de porteiro, com quem falaria?

Entrou num pequeno cabaré na esquina das ruas Saint-Éloi e Callandre. Pediu um copo de hipocrás,[125] bebida que exigia boa meia hora de preparo, dando-lhe tempo para vigiar Bazin sem chamar atenção.

Notou ali no bar um garoto de doze a quinze anos, com ar bem esperto, e achou tê-lo visto vinte minutos antes como menino do coro. Puxou conversa e como o aprendiz de subdiácono não tinha o que esconder, d'Artagnan soube que o rapazote exercia, das seis às nove horas da manhã, a profissão de menino de coro, e das nove à meia-noite a de menino de cabaré.

Enquanto conversava com o garoto, trouxeram um cavalo já com sela e arreios até a porta da casa de Bazin, que pouco depois desceu.

— Lá vai o nosso irmão leigo pegar a estrada! — comentou o garoto.

---

124. Constance Bonacieux (ver nota 105) foi sequestrada por Rochefort, a mando de Richelieu.

125. Bebida feita à base de vinho aromatizado com ervas.

— E para onde vai desse jeito? — perguntou d'Artagnan.
— Vai saber! Não faço ideia.
— Tem meia pistola se conseguir descobrir.
— Para mim? — ele se surpreendeu, com os olhos brilhando de alegria. — Se eu descobrir aonde vai Bazin? Não é difícil. Está falando sério?
— Estou, palavra de mosqueteiro. Está aqui a meia pistola.
E d'Artagnan mostrou a moeda corruptora, mas sem entregá-la.
— Vou perguntar a ele.
— É exatamente a maneira de nada descobrir — disse d'Artagnan. — Espere que ele se vá e depois, enfim!, se vire, informe-se. É problema seu, a meia pistola está aqui.
A moeda voltou ao bolso.
— Entendi! — disse o menino com o sorriso sonso que só têm os moleques de Paris. — Não seja por isso, vamos esperar!
Não foi por muito tempo. Cinco minutos depois Bazin partiu ao trote, apressando o passo do cavalo com batidas de um guarda-chuva.
Sempre foi hábito de Bazin usar um guarda-chuva como açoite.
Assim que ele virou a esquina da rua da Juiverie, o garoto partiu como um cão galgo ao seu encalço.
D'Artagnan retomou o lugar em que se sentara ao entrar, perfeitamente seguro de que em dez minutos teria a informação que queria.
De fato, antes mesmo disso, o menino estava de volta.
— E então? — perguntou d'Artagnan.
— E então? Sei o que pediu.
— Aonde ele foi?
— A meia pistola continua sendo minha?
— Claro que sim! Diga.
— Posso vê-la? E pegar para saber se não é falsa?
— Aqui está.
— Por favor, burguês — dirigiu-se o menino ao homem que estava no balcão —, o cavalheiro pede que troque essa moeda.
O burguês em questão fez a troca, ficou com a meia pistola e deu o equivalente em moedas menores.
O menino guardou as moedas no bolso.
— Bom, para onde ele foi? — insistiu d'Artagnan, que acompanhara rindo a manobra do garoto.
— Foi a Noisy.
— Como sabe disso?
— Ora, muito simples! Não precisa ser tão esperto. Reconheci o cavalo do açougueiro, que às vezes o aluga ao sr. Bazin. Imaginei que o açougueiro não alugaria o animal sem saber para onde iria, mesmo sem achar o sr. Bazin capaz de exigir muito da montaria.

— E ele então disse que o sr. Bazin...
— Foi a Noisy. Parece que faz isso sempre, duas ou três vezes por semana.
— Você conhece Noisy?
— Muito, é onde mora minha ama de leite.
— Há um convento em Noisy?
— Dos grandes! Um convento de jesuítas.
— Ótimo! — festejou d'Artagnan. — Nenhuma dúvida.
— Satisfeito, então?
— Perfeitamente. Como se chama?
— Friquet.

D'Artagnan pegou com que anotar o nome do garoto e o endereço do cabaré.

— Diga, sr. oficial — perguntou o menino —, vou ter ainda outras meias pistolas a ganhar?

— É possível — disse o mosqueteiro.

Sabendo o que queria saber, ele pagou o copo de hipocrás, que não havia bebido, e animado retomou o caminho da rua Tiquetonne.

9. Como d'Artagnan, procurando Aramis ao longe, descobriu-o na garupa de Planchet

Chegando ao hotel, d'Artagnan viu um homem sentado junto à lareira: era Planchet, mas um Planchet tão metamorfoseado, graças às roupas velhas que o marido de Madeleine havia deixado ao fugir, que mal se podia reconhecer. Ela o apresentou de modo a que todos os empregados vissem e Planchet dirigiu ao oficial uma bela frase em flamengo, recebeu de resposta algumas palavras em língua nenhuma e tudo ficou acertado. O irmão de Madeleine entrava para o serviço de d'Artagnan.

O plano de d'Artagnan estava perfeitamente estabelecido: não queria chegar a Noisy durante o dia, com medo de ser reconhecido. Tinha então bastante tempo disponível pela frente, já que Noisy ficava a apenas três ou quatro léguas de Paris, seguindo a estrada de Meaux.

Começou fazendo um almoço substancial, o que pode ser um mau início para quem vai agir com a cabeça, mas é excelente precaução para quem vai agir com o corpo. Em seguida trocou de roupa, temendo que o gibão de tenente dos mosqueteiros causasse desconfiança. Depois escolheu a mais forte e sólida de suas três espadas, só utilizada nos dias especiais. Para terminar, por volta das duas horas pediu que selassem dois cavalos e, seguido de Planchet, deixou Paris pela barreira de la Villette. Na casa ao lado do hotel La Chevrette, continuavam, ainda mais ativas, as perquisições em busca do foragido.

A uma légua e meia da cidade, d'Artagnan percebeu que, por impaciência, acabara ainda saindo cedo demais e decidiu fazer uma pausa para que os animais descansassem. O albergue estava cheio de indivíduos de maus bofes que pareciam prestes a tentar alguma ação noturna. Um sujeito, abrigado numa capa, apareceu à porta e, vendo o desconhecido, fez um gesto e dois dos homens que bebiam foram falar com ele lá fora.

D'Artagnan, enquanto isso, como quem não quer nada, puxou conversa com a dona do estabelecimento, elogiou o vinho, que era um horrível Montreuil,[126] e fez algumas perguntas sobre Noisy, descobrindo que o vilarejo contava com apenas dois imóveis de maior importância: um pertencia ao sr. arcebispo de Paris,[127] no qual, naqueles dias, se hospedava uma sobrinha sua, a sra. duquesa de Longueville;[128] o outro era um convento jesuíta que, como de hábito, era propriedade dessa digna ordem. Não havia como se enganar.

Às quatro horas, d'Artagnan voltou à estrada, avançando ao passo, pois só queria chegar já ao anoitecer. Quem cavalga assim tão lentamente num dia de inverno, em tempo cinzento e por uma paisagem sem grandes acidentes, nada melhor tem a fazer do que imitar, como diz La Fontaine, a lebre na sua toca: lucubrar.[129] E d'Artagnan então lucubrava, fazendo o mesmo Planchet. Só que, conforme veremos, lucubrações diferentes.

Uma só palavra dita pela dona do albergue direcionara os pensamentos de d'Artagnan: o nome da sra. de Longueville.

De fato, a sra. de Longueville tinha tudo para alimentar lucubrações: era uma das mais importantes damas do reino e uma das mais belas mulheres da Corte. Casada com o velho duque de Longueville, a quem não amava, comentava-se que tinha sido amante de Coligny, que em nome dela havia sido morto em duelo com o duque de Guise, na praça Royale.[130] Falou-se também da amizade, um tanto carinhosa demais, entre ela e o príncipe de Condé, seu irmão, o que sempre escandalizava as almas mais recatadas da Corte. Para terminar, cochichava-se agora a respeito do verdadeiro e profundo ódio que se sobrepôs àquela amizade, e a duquesa de Longueville passara, diziam ainda os boatos, a uma ligação política com o príncipe de Marcillac, primogênito do velho duque de La Rochefoucauld, que ela estaria transformando em inimigo do sr. príncipe de Condé, seu irmão.

Era em coisas assim que pensava d'Artagnan. Lembrava-se de frequentemente ter visto passar, quando estava no Louvre, esplêndida e deslumbrante, a bela sra. de Longueville. Lembrou-se de Aramis, que, sendo apenas o que ele mesmo, d'Artagnan, era, tinha sido amante da sra. de Chevreuse, que foi,

---

126. O vinho de Montreuil-sous-bois, nas vizinhanças de Paris, era conhecido pela forte acidez.

127. Jean-François de Gondi, primeiro arcebispo de Paris, tio do futuro cardeal de Retz, seu coadjutor.

128. Geneviève-Anne de Bourbon, duquesa de Longueville (1619-79), irmã dos príncipes de Condé e de Conti. Foi célebre por seus amores e intrigas à época da Fronda. Era amante, nesse período, do duque de la Rochefoucauld, príncipe de Marcillac.

129. Jean de La Fontaine, "A lebre e as rãs", versos 1 e 2: "Uma lebre em sua toca lucubrava/ (Pois o que fazer numa toca senão lucubrar?)" (*Fábulas*, livro II, XIV).

130. O duelo, ocorrido em 12 de dezembro de 1643, foi muito comentado, envolvendo Maurice de Coligny (1618-44) e Henri II de Guise (1614-64). Coligny morreu em consequência do ferimento recebido, defendendo a honra da duquesa, que teria sido ofendida.

na Corte anterior, o que a sra. de Longueville era na atual. Perguntava-se por que há no mundo pessoas que chegam a tudo que querem, seja no plano da ambição ou do amor, enquanto outras permanecem, por destino, má sorte ou algum problema natural, no meio do caminho de todas as suas esperanças.

Via-se obrigado a, talvez para sempre, se incluir entre esses últimos, apesar de toda a sua fineza e destreza. Foi quando Planchet se aproximou e disse:

— Aposto que está pensando o mesmo que eu.

— Não tenho tanta certeza assim — respondeu com um sorriso o sonhador. — Em que estava pensando?

— Naqueles mal-encarados que bebiam no albergue em que paramos.

— O sempre prudente Planchet.

— Em mim, é instintivo.

— Ótimo! E o que diz seu instinto nas atuais circunstâncias?

— O instinto me diz que aquelas pessoas se reuniram no albergue com más intenções. E estava num canto escuro da estrebaria, pensando no que o instinto me dizia, quando um homem encoberto por uma capa entrou com dois outros.

— Ah! — fez d'Artagnan, pois o que dizia Planchet correspondia ao que havia observado. — E depois?

— Um deles disse: "Ele já deve estar em Noisy ou chegar essa noite, reconheci seu criado." E o homem da capa perguntou: "Tem certeza?"; "Tenho sim, meu príncipe", ele respondeu.

— Príncipe? — interrompeu d'Artagnan.

— Exatamente, "príncipe". Mas ouça o resto:

"— Sejamos claros, se ele estiver, o que devemos fazer?, perguntou o outro mal-encarado.

"— O que fazer?, respondeu o príncipe.

"— Sim, pois não é alguém que se deixe pegar assim tão fácil. Vai usar a espada.

"— Pois façam o mesmo, mas tentem pegá-lo vivo. Têm cordas para amarrá-lo e um pano para amordaçar?

"— Temos tudo isso.

"— Fiquem atentos, pois ele provavelmente vai estar disfarçado de cavaleiro.

"— Ah! Pode deixar, monsenhor, fique tranquilo.

"— De qualquer forma, vou estar por lá e os guiarei.

"— O senhor garante que a justiça…

"— Garanto tudo, afirmou o príncipe.

"— Combinado, faremos tudo que pudermos." Terminada essa conversa, eles saíram da estrebaria.

— Bom — emendou d'Artagnan. — E o que temos com isso? Fazem coisas assim todo dia.

— Não acha que se referiam a nós?
— A nós? E por quê?
— Não vê? Um deles disse: "Reconheci seu criado". Podia muito bem estar falando de mim.
— E...?
— "Deve estar em Noisy ou chegar essa noite", disse o outro. Podia muito bem estar falando do senhor.
— E...?
— E o príncipe disse: "Prestem atenção pois ele provavelmente vai estar disfarçado de cavaleiro". O que tira toda dúvida, pois o senhor está vestido como cavaleiro e não como oficial dos mosqueteiros. O que então me diz disso?
— Tenho a dizer, Planchet, que infelizmente está longe a época em que príncipes queriam me assassinar — lamentou-se d'Artagnan com um suspiro.
— Que época boa! Pode então ficar tranquilo, aquela gente nada quer conosco.
— Tem certeza?
— Absoluta.
— Está bem. Não falemos mais nisso.

E Planchet voltou a seu lugar, seguindo os passos de d'Artagnan, com a sublime confiança que quinze anos de separação não haviam alterado.

Fizeram assim mais uma légua, aproximadamente.

Passada essa légua, Planchet voltou a se aproximar:
— Tenente — ele chamou.
— Sim?
— Olhando para aqueles lados, o senhor não vê algo como umas sombras, passando em plena noite? E ouça com atenção, não são cavalos?
— É impossível, a terra está molhada de chuva. Mas tem razão, acho que vejo alguma coisa.

E ele parou para prestar atenção.
— Não se ouvem os passos dos cavalos, mas um relincho sim.

Com efeito, o som acabava de atravessar o espaço e a escuridão, chegando até o ouvido de d'Artagnan.
— São aqueles sujeitos que vão fazer o que combinaram, mas isso não nos concerne. Vamos continuar nosso caminho.

Retomaram a estrada.

Meia hora depois, chegaram às primeiras habitações de Noisy, por volta de oito e meia ou nove horas da noite.

Como é normal nesses pequenos povoados, todo mundo já estava deitado e luz alguma brilhava no vilarejo.

D'Artagnan e Planchet continuaram em frente.

Dos dois lados do caminho se recortava, contra o cinza escuro do céu, o rendado mais escuro ainda dos telhados das casas. De vez em quando um cão vigilante latia por trás de uma porta ou algum gato assustado fugia às pressas do meio da rua, para se proteger num monte de lenha miúda, onde se viam brilhar como rubis seus olhos desconfiados. Eram os únicos seres vivos que pareciam habitar o vilarejo.

Mais ou menos no meio do burgo, dominando a praça principal, elevava-se uma massa escura, isolada entre duas ruelas e com enormes tílias na fachada, estendendo seus braços descarnados. D'Artagnan examinou-a com atenção.

— Deve ser o palacete do arcebispo — ele disse a Planchet. — Onde se encontra a bela sra. de Longueville. E o convento? Onde estará?

— No final do vilarejo. Eu o conheço.

— Pois vá a galope até lá, enquanto aperto a correia na barriga do meu cavalo, e volte para me dizer se viu luz em alguma janela dos jesuítas.

Planchet obedeceu e se afastou no escuro, enquanto d'Artagnan apeou e começou a ajustar a correia que prendia a sela.

Cinco minutos depois, Planchet voltou.

— Há uma só janela iluminada, na fachada que dá para o campo.

— Hum! — ruminou d'Artagnan. — Fosse eu frondista, bateria aqui, certo de encontrar abrigo. Fosse monge, bateria lá, certo de garantir a ceia. Não sendo uma coisa nem outra, nem palacete nem convento: é bem possível que durmamos mesmo é no chão duro, morrendo de sede e de fome.

— Tem razão — concordou Planchet —, como o famoso asno de Buridan.[131] Enquanto isso, quer que eu bata numa das portas?

— Psiu! A única janela iluminada acaba de ficar às escuras.

— Está ouvindo, tenente? — perguntou Planchet.

— É mesmo, que barulho é esse?

Era como um furacão que se aproximasse. No mesmo instante, duas tropas de cavaleiros, com cerca de dez homens cada, desembocaram pelas duas ruelas laterais à casa, fechando qualquer saída e cercando d'Artagnan e Planchet.

— Caramba! — exclamou o mosqueteiro, desembainhando a espada e se protegendo atrás do cavalo, com Planchet fazendo a mesma manobra. — Será que você estava certo e é a nós, realmente, que querem?

— Lá está ele, pegamos! — disseram os que chegavam, se lançando de espada em punho contra d'Artagnan.

— Não deixem que escape — disse uma voz mais alta.

— Não escapará, monsenhor, pode deixar.

D'Artagnan viu ser o momento de participar da conversa.

---

131. O filósofo Jean Buridan (1292-1363) dizia que um asno morre de fome e de sede se for deixado entre a manjedoura com aveia e o tanque com água, por não se decidir por onde começar.

— Calma aí, senhores! — disse com seu sotaque gascão. — O que é isso, o que querem comigo?

— Já vai saber! — urraram os que estavam à sua volta.

— Parem, parem! — gritou o cavaleiro a quem tinham chamado monsenhor. — Parem, não é a voz dele.

— O que está acontecendo, cavalheiros? — continuou d'Artagnan. — Uma epidemia de raiva em Noisy? Tomem cuidado, o primeiro a se colocar ao alcance da minha espada, e ela é bem comprida, será estripado.

O chefe do grupo se aproximou.

— O que faz aqui? — ele perguntou, com voz de quem está acostumado a comandar.

— E o senhor? — devolveu d'Artagnan.

— Seja educado, ou receberá uma lição. Não vou me identificar, mas que se mantenha o respeito pela posição social.

— Não se identifica por armar emboscadas — acusou d'Artagnan. — Eu, que tranquilamente viajo com meu criado, não tenho motivo para esconder meu nome.

— Basta! Paremos com isso. Como se chama?

— Direi meu nome para que saiba onde me encontrar, senhor, monsenhor ou príncipe, como preferir ser chamado — disse nosso gascão, que não queria dar a impressão de ceder a uma ameaça. — Conhece um sr. d'Artagnan?

— O tenente dos mosqueteiros do rei? — perguntou o outro.

— Exatamente.

— Conheço sim.

— Pois então deve ter ouvido dizer que tem o punho firme e a lâmina afiada?

— É o senhor o tenente d'Artagnan?

— Em pessoa.

— Está aqui, então, para a proteção *dele*?

— *Dele?*... Quem é esse *ele*?

— Aquele que estamos procurando.

— Tudo indica — continuou d'Artagnan — que, sem me dar conta e achando apenas estar vindo a Noisy, me embrenhei numa rede de enigmas.

— Chega! Responda! — o cavaleiro voltou a usar o mesmo tom arrogante. — A quem está esperando aqui, debaixo dessas janelas? Veio a Noisy para a defesa dele?

— Não estou esperando coisa alguma e não estou aqui para defender ninguém, além de mim — respondeu d'Artagnan já perdendo a paciência. — Mas aviso que me defendo com muito vigor, é bom que saiba.

— Tudo bem, vá embora daqui e deixe conosco a praça.

— Ir embora daqui? — respondeu d'Artagnan, a quem tal ordem contrariava muito os projetos. — Não é tão fácil, estou caindo de cansaço e meu cavalo também. A não ser que o cavalheiro se disponha a me oferecer ceia e leito não muito longe daqui.

— Patife!

— Ei! — reagiu d'Artagnan. — Veja como fala, por favor, pois se disser outra vez algo assim, pode ser marquês, duque, príncipe ou rei, vou fazê-lo engolir o que disse, ouviu bem?

— Calma — disse o outro —, sem dúvida é mesmo um gascão que fala. Ou seja, não é quem procuramos. Não temos mais o que fazer por hoje. Vamos embora. Voltaremos a nos encontrar, sr. d'Artagnan — ele completou, aumentando o tom da voz.

— Espero, mas não na mesma situação desigual — respondeu o gascão com ironia —, talvez esteja desacompanhado e seja durante o dia.

— Veremos, veremos! — disse a voz. — Vamos embora, senhores!

Murmurando reclamações, a tropa desapareceu nas trevas, na direção de Paris.

D'Artagnan e Planchet continuaram por algum tempo na defensiva, mas como o tropel foi se afastando cada vez mais, guardaram as espadas em suas respectivas bainhas.

— Viu só, seu ingênuo? — disse tranquilamente d'Artagnan a Planchet. — Não era a nós que procuravam.

— A quem será? — perguntou Planchet.

— Vai saber! Não faço ideia. E nem mé interessa. O que interessa é entrar no convento dos jesuítas. Então, em sela!, e vamos bater lá. Seja como for, diabos, não vão nos comer vivos!

D'Artagnan montou. Planchet acabava de fazer o mesmo quando um peso inesperado caiu na garupa do seu cavalo, que se assustou.

— Tenente! — gritou Planchet. — Tem um homem atrás de mim!

D'Artagnan se virou e viu, de fato, duas formas humanas em cima do cavalo de Planchet.

— É então o diabo que nos persegue! — ele exclamou, puxando de novo a espada e se preparando para atacar o recém-chegado.

— Não, meu caro d'Artagnan, não é o diabo, sou eu, Aramis. A galope, Planchet, e no final do vilarejo tome a esquerda.

E Planchet, com Aramis na garupa, partiu a galope, seguido por d'Artagnan, que começava a achar estar em algum sonho fantástico e incoerente.

10. *O padre d'Herblay*

No final do vilarejo, Planchet virou à esquerda como Aramis dissera e parou sob a janela iluminada. Aramis desmontou e bateu palmas três vezes. Imediatamente a janela foi aberta e uma escada de corda desceu.

— Caro amigo — falou Aramis —, se aceitar subir, será um prazer recebê-lo.

— Impressionante, é sempre assim a recepção?

— Depois das nove da noite, por Deus!, só assim. A regra do convento é das mais severas.

— Desculpe, caro amigo, ouvi direito? Por Deus?

— Se ouviu — respondeu rindo o religioso —, é bem possível que eu tenha mesmo praguejado assim. Não imagina, meu caro, os maus modos que se adquirem nesses malditos conventos e o comportamento duvidoso que tem toda essa gente de Igreja com que sou forçado a conviver! Não vai subir?

— Vá na frente que eu o sigo.

— Como dizia o falecido cardeal ao falecido rei: "Para iluminar o seu caminho, Sire."

Aramis subiu com agilidade a corda e rapidamente chegou à janela.

D'Artagnan fez o mesmo, de forma mais lenta. Via-se que o amigo estava mais habituado com aquela maneira de entrar em casa do que ele.

— Queira desculpar — disse Aramis, vendo o esforço que precisou fazer d'Artagnan —, se soubesse que teria a honra da sua visita, teria preparado a escada do jardineiro. Para mim, essa é suficiente.

— Tenente — chamou Planchet, vendo que a escalada havia terminado. — A corda serviu ao sr. Aramis, no final das contas ao senhor também e, se for preciso, pode servir para mim. Mas os dois cavalos não vão conseguir.

— Leve-os àquele galpão, meu amigo — disse Aramis, apontando para uma espécie de construção que se erguia mais adiante, no terreno plano. Vai encontrar palha e aveia para eles.

— Mas... e para mim?

— Volte para cá, bata palmas três vezes e lhe passaremos víveres. Não se preocupe, diabos! Ninguém morre de fome aqui, pode ir!

A escada foi suspensa e a janela, fechada.

D'Artagnan examinava o cômodo.

Nunca havia visto decoração mais bélica e, ao mesmo tempo, tão elegante. Por todo lugar, troféus e armas de todo tipo estavam expostos aos olhos e às mãos. Quatro grandes telas representavam, em seus trajes de batalha, os cardeais de Lorraine, de Richelieu e de La Valette, assim como o arcebispo de Bordeaux.[132] Nada ali nos fazia pensar numa cela de frade: paredes forradas com tecido adamascado, tapetes de Alençon[133] e — bastante chamativa — a cama, que mais parecia a de uma cortesã, com enfeites de renda na colcha, do que a de um homem que fizera votos de ganhar o céu através da abstinência e da penitência.

— Está observando a minha toca — disse Aramis. — Ah, meu amigo! O que quer? Moro como um cartuxo.[134] Parece estar procurando alguma coisa.

— Por quem lançou a corda. Não vejo ninguém e, no entanto, ela não desceu por conta própria.

— Não, foi Bazin.

— Ah, ah! — zombou d'Artagnan.

— E o sr. Bazin — continuou Aramis — é um rapaz com boa formação. Vendo que eu não voltava sozinho, por discrição se retirou. Mas sente-se e tratemos de conversar, meu amigo.

Uma confortável poltrona foi empurrada até d'Artagnan, que nela se acomodou, se apoiando nos cotovelos.

— Antes de mais nada, você janta comigo, não é? — quis confirmar Aramis.

— Se me convidar, será um grande prazer. E confesso, a estrada me abriu um apetite dos diabos.

— Ah, pobre amigo! Ficará decepcionado, eu não o esperava.

---

132. Assim como Richelieu (ver nota 1), os cardeais Nicolas-François de Lorraine (1609-70) e Luís de Nogaret de La Valette d'Épernon (1593-1639) e o arcebispo Henri d'Escoubleau de Sourdis (1593-1645) foram institucionalmente homens da Igreja, mas participaram com entusiasmo da carreira militar. Diferentemente dos três cardeais, o arcebispo se dedicou à Marinha e participou de grandes batalhas navais sob Luís XIII.

133. Cidade da Normandia, na verdade mais conhecida por suas rendas.

134. Frade da ordem fundada por são Bruno em 1066, de grande austeridade.

— Está me ameaçando com a omelete de Crèvecoeur e teóbramas,[135] é isso? Não é como antigamente você chamava o espinafre?

— Esperemos — disse Aramis — que com as ajudas de Deus e de Bazin encontremos coisa melhor na despensa dos bons irmãos jesuítas.

E chamou:

— Bazin, meu amigo, venha um pouco até aqui.

A porta se abriu e Bazin apareceu, mas ao ver d'Artagnan não conteve uma exclamação que mais parecia um grito de desespero.

— Meu querido Bazin — disse d'Artagnan —, estou impressionado com a admirável facilidade com que mente, mesmo numa igreja.

— Senhor — justificou-se o irmão leigo —, aprendi com os dignos jesuítas ser permitido mentir, quando a mentira é por uma boa causa.

— Está tudo bem, Bazin, d'Artagnan morre de fome e eu também. Sirva-nos a ceia da melhor maneira que puder e, sobretudo, traga-nos um bom vinho.

Bazin se inclinou em sinal de obediência, deu um profundo suspiro e saiu.

— Agora que estamos só nós, caro Aramis — começou d'Artagnan, que finalmente parou de examinar a moradia e se firmou no morador, passando para as roupas o exame que começara pelos móveis —, de onde, diabos!, estava vindo quando caiu na garupa de Planchet?

— Ora, que pergunta! Você viu, do céu!

— Do céu! — repetiu d'Artagnan balançando a cabeça. — Parece-me tão pouco provável vir de lá como ir para lá.

— Meu amigo — disse Aramis com uma soberba que d'Artagnan nunca tinha visto nele, no tempo em que era mosqueteiro —, caso não viesse do céu, saía no mínimo do paraíso: os dois se assemelham muito.

— Os estudiosos gostarão de saber, pois até hoje não vinham conseguindo se entender com relação ao paraíso. Uns o imaginam no monte Ararat, outros entre os rios Tigre e Eufrates. Tudo indica que procuram longe e ele está aqui, bem perto de nós, em Noisy-le-Sec, no local em que se situa o palacete do sr. arcebispo de Paris. E dele não se sai pela porta e sim pela janela, não se desce pelos degraus de mármore de um peristilo e sim pelos galhos de uma tília. Tive a impressão também de que o anjo guardião de espada flamejante deixou de lado o nome celeste de Gabriel, adotando o de príncipe de Marcillac, bem mais terrestre.

Aramis caiu na gargalhada.

---

135. Ver *Os três mosqueteiros*, caps. 23 e 26. A omelete era de *tetragônia*, uma espécie de espinafre, chamado espinafre de verão. Vinte anos depois, d'Artagnan "se confunde" e diz "teóbrama", que é o nome erudito do cacau.

— *Continua o bom companheiro de sempre, meu amigo.*

— Continua o bom companheiro de sempre, meu amigo. Não perdeu seu inteligente humor gascão. É verdade, há um pouco disso tudo que está dizendo, mas não vá achar que seja pela sra. de Longueville que estou apaixonado.

— Ufa! Ainda bem! Tendo estado por tanto tempo apaixonado pela sra. de Chevreuse, não entregaria o seu coração à sua mais mortal inimiga.

— Tem toda razão — disse Aramis à vontade —, realmente a amei no passado. E justiça seja feita, ela nos ajudou bastante. Mas fazer o quê? Precisou deixar a França. Foi um duro adversário, aquele cardeal tinhoso! — continuou Aramis, dando uma olhada no retrato do antigo ministro. — Dera ordem para que a prendessem e levassem ao castelo de Loches.[136] Teria sido decapitada, como foram Chalais, Montmorency e Cinq-Mars.[137] Precisou fugir vestida de homem, com sua camareira, aquela boa Ketty. Inclusive ouvi dizer que passou por uma estranha aventura em não sei qual vilarejo, com não sei qual vigário a quem pediu hospitalidade e que, tendo só o próprio quarto e achando se tratar de um cavaleiro, ofereceu a metade da sua cama. Diga-se que as roupas masculinas também caíam incrivelmente bem na querida Marie.[138] Que eu saiba, uma única mulher as envergou com tanta perfeição, fizeram até uma trovinha a respeito: "*Laboissière, me diga...*" Você conhece?

— Não. Cante para mim.

E Aramis cantou, com o tom mais jocoso:

Laboissière, me diga
Não fico bem de homem?
— Você cavalga, santo Deus!,
Melhor que qualquer um de nós.
E entre os alabardas,
Ela está,
No regimento dos guardas,
Como um cadete.

— Perfeito! — aplaudiu d'Artagnan. — Continua cantando maravilhosamente, caro Aramis. Vejo que a missa não estragou a sua voz.

— Caro amigo, deve se lembrar... Quando era mosqueteiro, montava guarda o menos que pudesse. Agora que sou frade, rezo missas o menos que posso. Mas voltemos à pobre duquesa.

— Qual delas? A de Chevreuse ou a de Longueville?

---

136. O castelo-forte de Loches, no vale do rio Loire, foi construído na primeira metade do séc.XI. A partir do séc.XV e até 1926 foi utilizado como prisão.

137. Ver nota 93.

138. Em *Os três mosqueteiros*, Marie Michon era o nome da sra. de Chevreuse em suas operações clandestinas, fazendo-se passar por simples costureira.

— Já disse, nada há entre a de Longueville e eu. Algum flerte, no máximo. Falava da duquesa de Chevreuse. Chegou a vê-la depois que voltou de Bruxelas, após a morte do rei?

— Vi sim, continuava muito bonita.

— É verdade, também a vi nessa época. E dei excelentes conselhos, que ela não seguiu. Cansei de repetir que Mazarino é amante da rainha e ela não quis acreditar, dizendo conhecer Ana da Áustria, orgulhosa demais para amar semelhante patife. Nesse meio-tempo, entrou na cabala do duque de Beaufort, o nosso patife prendeu o duque e exilou a sra. de Chevreuse.

— Sabe que teve permissão para voltar?

— Sei. E que voltou... Vai fazer ainda alguma bobagem.

— Quem sabe dessa vez siga seus conselhos.

— Só que dessa vez, meu amigo, não a revi. Está muito mudada.

— Não é como você, meu caro, que continua igual. A mesma bonita cabeleira negra, porte elegante, mãos delicadas que se tornaram admiráveis mãos de prelado.

— É bem verdade, cuido bastante de mim. Mas saiba, amigo, que estou ficando velho: vou fazer trinta e sete anos.

— Já que voltamos a nos ver, meu amigo, vamos combinar — disse d'Artagnan com um sorriso — ser essa a idade que temos daqui para a frente.

— O que quer dizer?

— Bem... Antigamente era eu o mais moço, com dois ou três anos a menos que você, e, salvo erro, tenho quarenta anos já completados.

— É mesmo? Então eu é que me engano, pois sempre foi ótimo em matemática. Assim sendo, passo a ter quarenta e três anos, pelas suas contas. Diacho, diacho, meu amigo! Não repita isso no palacete de Rambouillet,[139] me prejudicaria.

— Não se preocupe, não o frequento.

— Droga! — praguejou Aramis. — O que está fazendo Bazin, aquele animal? Bazin! Pressa com isso! Estamos morrendo de fome e de sede!

Bazin entrava naquele momento e ergueu as mãos, mostrando as duas garrafas que trazia.

— Até que enfim! Aprontou tudo?

— Tudo, agora mesmo; precisei de algum tempo para subir todas as...

— Por achar que está sempre com a samarra de irmão leigo — interrompeu Aramis — e passar o tempo lendo o breviário. Mas se de tanto polir essas peças da capela se esquecer de como se lustra minha espada, acendo um fogo com todas essas suas imagens santas e asso-o.

Escandalizado, Bazin fez o sinal da cruz com a garrafa que tinha na mão.

---

139. Ver nota 46.

Já d'Artagnan, mais surpreso do que nunca com o tom e as maneiras do irmão d'Herblay, tão contrastantes com as do mosqueteiro Aramis, olhava de olhos arregalados o amigo.

Bazin cobriu rapidamente a mesa com uma toalha adamascada e em cima arranjou tantas iguarias douradas, perfumadas, suculentas que d'Artagnan ficou boquiaberto.

— Estava esperando alguém? — ele perguntou.

— Bem... — explicou Aramis. — Tenho sempre uma reserva, caso aconteça. Além disso, soube que me procuraria.

— Por quem?

— Ora, pelo fiel Bazin, que o tomou pelo diabo e veio correndo me prevenir do perigo que ameaça a minha alma, ter contato com tão má companhia quanto a de um oficial dos mosqueteiros.

— Ai, senhor!... — gemeu Bazin de mãos juntas e expressão suplicante.

— Vamos, nada de hipocrisia! Sabe muito bem que não gosto disso. Faria melhor abrindo a janela e fazendo descer um pão, um frango e uma garrafa de vinho ao seu amigo Planchet, que há uma hora se mata a bater palmas.

Planchet, é verdade, depois de dar palha e aveia para os cavalos, tinha voltado para debaixo da janela e repetira já duas ou três vezes o sinal.

Bazin obedeceu e amarrou na ponta de uma corda as vitualhas, descendo-as até Planchet, que mais não pedia e se retirou no galpão.

— À mesa — convidou Aramis.

Os dois amigos se acomodaram, com o frade a desossar frangos, perdizes e presunto com mestria gastronômica.

— Valha-me Deus! — disse d'Artagnan. — Como se alimenta bem!

— É verdade, nada mau. Tenho dispensa de Roma para os dias magros, dada pelo sr. coadjutor, tendo em vista meus problemas de saúde. Além disso, peguei a meu serviço o ex-cozinheiro de Lafollone,[140] sabe quem é? Um amigo antigo do cardeal, famoso apreciador da boa mesa que tinha como oração, encerrando o jantar: "Meu Deus, conceda-me a graça de bem digerir tudo que tão bem comi."

— O que não impediu que morresse de indigestão — riu d'Artagnan.

— De fato — concluiu Aramis com um gesto de resignação. — Do destino ninguém escapa!

— Por favor, me desculpe a pergunta que vou fazer — retomou d'Artagnan.

— Sem rodeios, sabe muito bem que entre nós nada se pode considerar indiscrição.

— Ficou rico?

---

140. La Folène é descrito pelo autor Émile Roca, em *Le grand siècle intime, le règne de Richelieu*, apenas como um glutão, cuja principal função era polidamente livrar dos importunos o cardeal de Richelieu.

— Deus do céu, não! Conto com umas doze mil libras por ano e uma pequena renda de uns mil escudos que o sr. Príncipe conseguiu para mim.

— E de onde vêm essas doze mil libras? — quis saber d'Artagnan. — Dos seus poemas?

— Não, desisti da poesia. A não ser, de vez em quando, para compor uma canção de bebedeira, um soneto galante ou um epigrama inocente. Escrevo sermões, meu amigo.

— Como assim, sermões?

— Ah! Sermões formidáveis, imagine! É o que dizem, pelo menos.

— E faz a pregação?

— Vendo-os.

— Para quem?

— Ora, para colegas que se dizem grandes oradores!

— É mesmo? E não ficou tentado em guardar para si mesmo essa glória?

— Na verdade sim, amigo, mas o temperamento fala muito alto. Se estou no púlpito e uma mulher interessante olha para mim, também olho para ela. Se ela sorrir, também sorrio. E tudo desanda, em vez de falar dos tormentos do inferno, falo das alegrias do paraíso. Por exemplo, isso aconteceu na igreja São Luís, no Marais...[141] Um cavaleiro riu na minha cara e parei o que fazia para dizer que ele era um idiota. O povaréu saiu para pegar pedras, mas consegui revirar tão bem o estado de espírito do público que ele é que foi lapidado. É bem verdade que, no dia seguinte, o insolente me procurou, achando que teria pela frente um pároco como outro qualquer.

— E em que deu a visita? — perguntou d'Artagnan, que se dobrava de rir.

— Deu que marcamos encontro para o dia seguinte na praça Royale! Mas, diabos, você conhece o restante da história.

— Seria, por acaso, o impertinente contra o qual o secundei?

— Ele mesmo. E você viu no que deu.

— Morreu?

— Não procurei saber. Em todo caso, absolvi-o *in articulo mortis*.[142] Matar o corpo, sem matar a alma, já basta.

Um gesto de desespero de Bazin mostrava que ele talvez até aprovasse aquela moral, mas não concordava com o tom utilizado.

— Bazin, meu amigo, você não sabe, mas posso vê-lo pelo espelho e já proibi, de uma vez por todas, gestos de aprovação ou de reprovação. Faça-me então o favor de nos servir o xerez e se retirar ao seu quarto. Aliás, meu amigo tem algo secreto a me dizer. Não é, d'Artagnan?

---

141. A igreja Saint-Paul-Saint-Louis, no bairro do Marais, em Paris. Foi inaugurada com uma missa do cardeal de Richelieu, em 9 de maio de 1641.

142. Em latim no original: "na hora da morte".

O visitante concordou com um movimento da cabeça e Bazin deixou a sala, depois de colocar o vinho pedido em cima da mesa.

A sós, os dois amigos continuaram em silêncio, um frente ao outro. Aramis parecia simplesmente entregue ao trabalho digestivo e d'Artagnan preparava seu preâmbulo. Cada um arriscava uma espiada de soslaio, enquanto o outro não estava olhando.

Aramis foi o primeiro a romper o silêncio.

11. *Gato e rato*

— Em que está pensando, d'Artagnan? E o que causou esse sorriso?
— Estou pensando, meu amigo, em como, quando era mosqueteiro, você o tempo todo queria ser frade e agora que é frade me dá a impressão de querer muito ser mosqueteiro.
— É verdade — riu Aramis. — O homem, como sabe, é um estranho animal, feito de contrastes. Desde que sou frade, sonho com batalhas.
— Pode-se ver isso na decoração: veem-se armas brancas de todo tipo e para os mais variados gostos. Ainda as maneja bem?
— Tão bem quanto você antigamente, ou talvez até melhor. É o que faço o dia inteiro.
— E com quem?
— Com um excelente mestre de armas que temos aqui.
— Como assim, aqui?
— Neste convento mesmo. Encontra-se de tudo num convento jesuíta.
— Teria então matado o sr. de Marcillac, se ele tivesse vindo sozinho e não à frente de vinte homens?
— Sem a menor dúvida. E mesmo à frente dos seus vinte homens, se eu pudesse sacar a espada sem ser reconhecido.
"Deus do céu", pensou d'Artagnan, "parece que se tornou mais gascão do que eu."
Mas, em voz alta, continuou:
— Pois então vamos lá! Estava me perguntando por que o procurei?
— Não, não perguntei — disse Aramis com sua finura —, mas esperava que dissesse.
— Pois foi apenas para lhe dar um meio de matar, quando quiser, o sr. de Marcillac, por mais príncipe que ele seja.

— Ora, ora, ora! Não me parece má ideia.
— Que pode servi-lo, meu amigo. Veja só: com sua renda de mil escudos e as doze mil libras que ganha vendendo sermões, está rico? Diga com franqueza.
— Rico? Quem sou eu!? Miserável como Jó![143] Se revirar meus bolsos e minhas gavetas, acho que não vai encontrar cem pistolas.
"Diabos! Cem pistolas e ele chama isso ser miserável como Jó! Se tivesse sempre comigo quantia assim, me acharia rico como Creso",[144] disse para si d'Artagnan e continuou em voz alta:
— É ambicioso?
— Como Encélado.[145]
— Pois bem, amigo, tenho algo que pode torná-lo rico, poderoso e livre para fazer o que bem entender.
A sombra de uma nuvem cobriu o rosto de Aramis, tão rápida quanto a que paira no mês de agosto sobre os trigais. Porém, por mais rápida que tenha sido, não passou despercebida.
— Prossiga.
— Outra pergunta, antes. Preocupa-se com política?
Uma faísca brilhou nos olhos de Aramis, tão rápida quanto a sombra de ainda há pouco e, mais uma vez, não o bastante para que d'Artagnan não percebesse.
— Não — respondeu o frade.
— Então o que vou propor vai interessá-lo, já que ninguém o dirige, além de Deus — disse rindo o gascão.
— É bem possível.
— Às vezes pensa, caro Aramis, naqueles belos dias da nossa juventude, que passávamos rindo, bebendo e lutando?
— Claro, certamente, e várias vezes com saudade. Era o tempo feliz, *delectabile tempus!*[146]

---

143. Personagem daquele que é considerado o livro mais antigo da Bíblia, o Livro de Jó, teve a infelicidade de se tornar objeto de uma aposta entre Deus e Satanás. Próspero e irrepreensível, foi levado à mais extrema miséria, sempre aceita com paciência, e acabou, graças a isso, recuperando o que perdera.

144. Creso (560-46 a.C.), último rei da Lídia, era famoso por sua riqueza. Pressionado militarmente pelo avanço do rei Ciro II, da Pérsia, perguntou ao oráculo de Delfos se deveria ou não contra-atacar. Uma interpretação precipitada do oráculo ambíguo o levou à ruína.

145. Na mitologia grega, um dos gigantes, filhos de Gaia, a Terra. Encélado e o irmão, Tifão, ainda mais gigantesco, tentaram destronar o todo-poderoso Zeus. Foram aprisionados no monte Etna, onde estão até hoje e de vez em quando externam a sua fúria.

146. Em latim no original: "deleitável tempo", com o tom virgiliano das *Geórgicas*, de 29 a.C.: *Sed fugit interea fugit irreparabile tempus* ("Mas ele foge, irreversivelmente o tempo foge", livro 3, v.284). A expressão torna a aparecer pouco adiante.

— Pois veja só, meu amigo, aqueles belos dias podem voltar! Recebi a missão de encontrar os companheiros e comecei por você, que era a alma do nosso grupo.

Aramis fez um gesto de agradecimento, mais polido do que afetuoso.

— Voltar à política! — murmurou ele parecendo afundar na poltrona e com uma voz que foi se apagando. — Ah, querido amigo! Como pode ver, tenho uma rotina tranquila. Fomos pagos com ingratidão pelos poderosos. Sabe disso tanto quanto eu.

— É verdade. Mas quem sabe os poderosos se arrependam da ingratidão.

— Se assim fosse, eu veria de outro modo. É claro, para cada pecado, o seu perdão. Mas num ponto você tem razão: se tivéssemos vontade de voltar a nos meter nos negócios de Estado, este me parece ser o bom momento.

— Como sabe, já que não se interessa por política?

— Deus do céu! Mesmo sem me interessar pessoalmente, vivo num mundo em que muitas pessoas tratam disso. Cultivando a poesia e fazendo amor, acabei me relacionando com o sr. Sarazin, que é ligado ao sr. de Conti; o sr. Voiture, ligado ao coadjutor; e com o sr. Bois-Robert, que, desde que deixou de estar ligado ao cardeal de Richelieu, não está mais ligado a ninguém ou está ligado a todo mundo, como preferir.[147] De forma que não posso ignorar completamente a movimentação política.

— Imagino — assentiu d'Artagnan.

— Aliás, ouça o que vou dizer apenas como observação de um cenobita, de alguém que pura e simplesmente repete como um eco o que ouve. Eu ouvi dizer que, nesse momento, o cardeal Mazarino está bem inquieto com o andamento das coisas. Tudo indica que não consegue, para as suas ordens, o respeito que se tinha pelas do nosso antigo bicho-papão, o falecido cardeal, de quem temos aqui o retrato, pois, apesar de tudo que dissemos dele, é preciso reconhecer, meu amigo, que foi um grande homem.

— Não serei eu a negar, meu caro, foi quem me promoveu a tenente.

— De início, fui totalmente favorável ao cardeal: nunca as pessoas gostam de um ministro, foi o que achei, mas com o talento que parecia ter, ele acabaria triunfando sobre os inimigos e se impondo, o que me parece ainda mais importante do que ser querido.

D'Artagnan concordou a cabeça, querendo mostrar que plenamente aprovava a duvidosa máxima.

---

147. Jean-François Sarrasin (1614-54), poeta e escritor, foi secretário, a partir de 1648, do príncipe de Conti. Vincent Voiture (1598-1648), poeta, foi ligado a Richelieu e era amigo do coadjutor Gondi. François Le Métel de Boisrobert (1589-1662) foi poeta e dramaturgo, favorito de Richelieu, e tinha fama de ser uma das raras pessoas capazes de fazer rir o cardeal; foi um dos primeiros membros da Academia Francesa de Letras, em 1627.

— Era então o meu sentimento inicial — continuou Aramis —, mas como sou bastante ignorante nessas matérias e pelo fato também de a humildade da minha vocação impedir que eu me refira ao exclusivo julgamento pessoal, procurei me informar. Pois bem, caro amigo…

— Pois bem…?

— Pois bem! Foi preciso mortificar meu orgulho e aceitar que me enganara.

— Não diga.

— Digo. Informei-me e eis o que responderam diversas pessoas, dos mais diversos gostos e ambições: o sr. de Mazarino está longe da genialidade que pressupus.

— Bah! — exclamou d'Artagnan.

— Um medíocre, que foi empregado do cardeal Bentivoglio[148] e progrediu pela intriga. Um reles oportunista. Não tem nome e só pode trilhar, aqui na França, um caminho sectário. Vai acumular muito dinheiro, dilapidar bastante os recursos do rei, reservar para si mesmo as pensões que o falecido cardeal distribuía, mas nunca conseguirá governar pela lei do mais forte, do maior ou do mais honrado. Esse ministro, além disso, parece não ter nobreza em suas maneiras nem no coração. Uma espécie de bufão, de Pulcinella, de Pantalão.[149] Você o conhece? Eu não.

— Bem… Há certa verdade no que diz.

— Enche-me de orgulho, amigo. Visto que graças à mera e prosaica perspicácia de que sou dotado, consigo estar de acordo com alguém como você, que vive na Corte.

— Mas referiu-se a ele como indivíduo, e não à sua política e aos seus recursos.

— É verdade! Ele tem a seu favor a rainha.

— Não é pouca coisa, tenho impressão.

— Mas não o rei.

— Uma criança!

— Uma criança que atingirá a maioridade em quatro anos.[150]

— Estamos no presente.

---

148. Guido Bentivoglio (1577-1644) foi quem, em 1626, apresentou Mazarino ao poderoso Francesco Barberini, ministro (e também sobrinho) do papa Urbano VIII, dando início à sua fulgurante carreira.

149. Pulcinella, personagem da comédia napolitana, de origem bem popular, debochado e brincalhão. Pantalão era um comerciante avaro e libidinoso, da comédia veneziana. Ambos se incluem na chamada *Commedia dell'arte*, surgida na Itália no séc.XV, mas que se desenvolveu posteriormente na França.

150. A maioridade dos reis era proclamada, na França, a partir dos treze anos. A de Luís XIV se deu em 7 de setembro de 1651.

— Concordo, mas não tem futuro. E, mesmo no presente, não tem a seu favor nem o Parlamento nem o povo, ou seja, o dinheiro. Assim como também não conta com a nobreza nem com os príncipes, ou seja, a espada.

D'Artagnan coçou uma orelha, obrigado a aceitar que o argumento não apenas se sustentava, mas era total e justamente exato.

— Pode ver, meu amigo, continuo com minha mera e prosaica perspicácia. Talvez esteja cometendo erro em falar com tanta franqueza, pois parece se inclinar para o lado de Mazarino.

— Eu? — reagiu d'Artagnan. — Eu? De forma alguma!

— Referiu-se a uma "missão".

— Referi-me? Engano meu. Na verdade, pensei como você: "As coisas estão se complicando." E o que proponho é lançar a pluma ao vento e segui-la aonde for, retomando a vida aventurosa. Éramos quatro valorosos cavaleiros, quatro corações solidariamente unidos; unamos de novo, não os corações, que nunca se separaram, mas nossos destino e coragem. A ocasião é propícia para a conquista de algo mais importante que um diamante.

— Tem toda razão, d'Artagnan, tem sempre razão. Prova disso é que tive a mesma ideia, só que, sem contar com a mesma ágil e fértil imaginação, precisei que ela me fosse sugerida. Todo mundo, hoje em dia, precisa de auxiliares. Fizeram-me uma proposta, a partir da lembrança de nossas famosas proezas de antigamente, e francamente confesso que o coadjutor me fez falar.

— O sr. de Gondy, que é inimigo do cardeal! — exclamou d'Artagnan.

— Não. Que é amigo do rei — corrigiu Aramis. — Amigo do rei, entenda! Trata-se, com isso, de servir ao rei, como deve fazer a nobreza.

— Mas o rei está com o sr. de Mazarino, meu amigo!

— Não por gosto. Nas aparências, mas não de coração. E é justamente o ardil que os inimigos do rei preparam para a pobre criança.

— Com os diabos! É simplesmente a guerra civil que você está propondo, querido Aramis.

— A guerra pelo rei.

— Mas o rei vai estar à frente do mesmo exército em que vai estar Mazarino.

— Seu coração, porém, vai estar com o exército comandado pelo sr. de Beaufort.

— O sr. de Beaufort? Ele está preso em Vincennes.

— Eu disse Beaufort? Pode ser o sr. de Beaufort ou outro. O sr. de Beaufort ou o sr. Príncipe.

— O sr. Príncipe vai estar com o exército, é totalmente ligado ao cardeal.

— Nem tanto — disse Aramis. — Vêm justamente tendo algumas rusgas. De qualquer forma, se não for o sr. Príncipe, o sr. de Gondy...

— O sr. de Gondy vai ser cardeal, já se pediu para ele o barrete.

— E não há cardeais belicosos? Aqui mesmo, veja: quatro cardeais que, à frente das tropas, valiam pelos srs. de Guébriant e de Gassion.[151]

— Um general corcunda![152]

— Com a couraça não se vê a corcunda. De qualquer forma, é bom lembrar que Alexandre mancava e Aníbal era vesgo.

— Vê com bons olhos esse partido?

— Vejo nele a proteção de príncipes poderosos.

— Com a proscrição do governo.

— Anulada pelos parlamentos e motins.

— Tudo isso pode acontecer, como você diz, se conseguirem separar o rei de sua mãe.

— Talvez isso se faça.

— Nunca! — reagiu d'Artagnan, dessa vez com convicção. — Lembre-se, Aramis, pois conhece Ana da Áustria tanto quanto eu. O filho, para ela, representa a segurança. É o que lhe garante o respeito, a fortuna, a vida. Acha que se esqueceria disso? Seria mais fácil ela passar, com o rei, para o lado dos príncipes, abandonando Mazarino. Mas há razões poderosas para que não o abandone, você sabe melhor do que ninguém.

— Pode ser que esteja certo — concordou Aramis pensativo. — Não me comprometerei, é mais seguro.

— Com eles, mas... e comigo?

— Com ninguém. Sou padre. Para que me meter em política? Não leio nenhum breviário, tenho uma pequena clientela de frades preguiçosos e de mulheres encantadoras. Quando mais tudo se complicar, menos minhas escapadas chamarão atenção. Tudo vai estar ótimo se eu não me meter. Está resolvido, vou é ficar no meu canto.

— Pois veja, meu amigo, essa sua filosofia me conquistou, palavra de honra. Não sei qual miserável mosca da ambição me picou. Bem ou mal, tenho um cargo que me sustenta e, além disso, quando o caro sr. de Tréville morrer, pois já está ficando velho, posso me tornar capitão. Para um filho caçula da Gasconha, é como ser marechal, e sinto que me afeiçoo aos encantos do pão modesto, mas cotidiano. Em vez de partir atrás de aventuras, nada disso, aceitarei o convite de Porthos para ir caçar nas suas terras. Você sabe que Porthos tem terras, não sabe?

— Como não? Claro que sei! Duas léguas de bosques, brejos e vales. Tem montanhas e planícies, pleiteando ainda direitos feudais contra o bispo de Noyon.

---

151. Jean-Baptiste Budes de Guébriant (1602-43) foi um ativo militar durante a Guerra dos Trinta Anos. Jean de Gassion (1609-47) foi nomeado marechal aos 34 anos. Eram, ambos, condes.

152. Exagero de Dumas: o coadjutor é descrito por seus contemporâneos como pequeno e "malfeito de corpo".

"Já estou chegando ao que queria, Porthos está na região da Picardia", pensou d'Artagnan e continuou, em voz alta:
— E reassumiu o nome du Vallon?
— Ao qual acrescentou de Bracieux, uma terra que já foi baronia, o que não é pouco!
— Quer dizer que Porthos será barão?
— Provavelmente. Mas o que há de melhor nisso é a baronesa Porthos.
Os dois amigos caíram na risada.
— Quer dizer então que não quer passar para o lado Mazarino?
— Nem você para o lado dos príncipes?
— Não. Não passemos, então, para o lado de ninguém e continuemos amigos, sem ser cardinalistas nem frondistas.
— Exato — concordou Aramis. — Sejamos mosqueteiros.
— Mesmo de batina — zombou d'Artagnan.
— Sobretudo de batina! — riu Aramis. — É o que faz o charme.
— Então vou indo — despediu-se d'Artagnan.
— Não vou insistir para que fique, visto não ter uma cama a oferecer e seria indigno propor a metade do galpão de Planchet.
— São apenas três léguas até Paris, os cavalos descansaram e em menos de uma hora posso estar em casa.
D'Artagnan serviu um último copo de vinho.
— Aos tempos antigos! — disse.
— Aos tempos antigos! — brindou Aramis. — Infelizmente no passado... *fugit irreparabile tempus...*
— Quem sabe? Talvez voltem. Em todo caso, se precisar de mim, rua Tiquetonne, hotel La Chevrette.
— E eu neste convento jesuíta, das seis da manhã às oito da noite pela porta da frente e das oito da noite às seis da manhã pela janela.
— Adeus, amigo.
— Ei! Não é assim que me despeço, vou acompanhá-lo.
E pegou capa e espada.
"Quer ter certeza de que estou indo embora", pensou d'Artagnan.
Aramis deu um assobio, chamando Bazin, mas Bazin dormia na antecâmara, entre os restos da sua ceia, precisando ser sacudido pela orelha para acordar.
Bazin estendeu os braços, esfregou os olhos e tentou voltar a dormir.
— Vamos, vamos, mestre dorminhoco, rápido, a escada.
— Está na janela — respondeu ele, bocejando a ponto de quase torcer o maxilar.
— A outra, do jardineiro. Não viu que foi difícil para d'Artagnan subir e mais complicado ainda será descer?
D'Artagnan ia dizer que poderia perfeitamente descer, quando teve uma intuição, que o fez ficar calado.

Bazin deu um suspiro que saiu do fundo da alma e saiu em busca da escada. Pouco depois, uma boa e confiável escada de madeira estava encostada debaixo da janela.

— Isso sim é uma escada — observou d'Artagnan. — Até uma mulher seria capaz de subir.

O olhar penetrante de Aramis pareceu vasculhar o cérebro do amigo em profundidade, mas este último sustentou a devassa com ares admiravelmente ingênuos.

Inclusive, tinha já o pé no primeiro degrau da escada e começava a descer.

Rapidamente chegou lá embaixo. Bazin permaneceu na janela.

— Fique aí — disse para ele Aramis. — Não demoro.

Os dois se dirigiram ao galpão. Mal se aproximaram, Planchet saiu, segurando as rédeas dos dois cavalos.

— Isso sim — disse Aramis — é um ajudante ativo e vigilante. Não é como o preguiçoso do Bazin, imprestável desde que entrou para a Igreja. Siga-nos, Planchet, e assim podemos ir conversando até a saída do vilarejo.

E os dois amigos de fato atravessaram todo o povoado, abordando os assuntos mais variados e depois, já nas últimas casas:

— Até a próxima, caro amigo — se despediu Aramis —, continue sua carreira. A fortuna lhe sorri, não deixe que escape. Lembre-se que é uma cortesã, trate-a então como tal. Do meu lado, vou me manter na humildade e na minha preguiça natural. Bom retorno.

— Está então decidido, Aramis — quis confirmar d'Artagnan —, o que propus de jeito nenhum o interessa?

— Pelo contrário, me interessaria muito, se eu fosse alguém como todo mundo, mas, repito, sou uma confusão de contrastes: o que detesto hoje posso adorar amanhã e vice-versa. Não consigo me decidir como você, que tem as ideias bem fixadas.

"Como mente, o sonso", disse para si mesmo d'Artagnan. "Na verdade, é o único de nós que sabe escolher um alvo e se dirigir a ele, custe o que custar."

— Adeus então, amigo — continuou Aramis —, e obrigado por suas excelentes intenções, mas, mais ainda, pelas boas lembranças que despertou.

Abraçaram-se. Planchet já estava montado. D'Artagnan se pôs em sela e, mais uma vez, apertou a mão do jesuíta. Os cavalos tomaram a direção de Paris.

Aramis continuou de pé, no meio da rua, até que desaparecessem de vista.

D'Artagnan, porém, após umas duzentas passadas parou, desmontou, entregou as rédeas do animal a Planchet e tirou duas pistolas das cartucheiras da sela, enfiando-as na cinta.

— Houve alguma coisa, patrão? — assustou-se Planchet.

— Sim. Mas por mais fino que seja Aramis, ele não vai me passar para trás. Não saia daqui, mas me espere ali, na beira do caminho.

Dizendo isso, ele desceu a encosta do outro lado da estrada e partiu apressado na direção do vilarejo. Na verdade, havia notado um espaço baldio entre a casa em que se encontrava a sra. de Longueville e o convento jesuíta, fechado apenas por uma cerca viva.

Talvez um pouco antes fosse mais difícil localizar a tal sebe, mas a lua acabava de surgir e, mesmo que de vez em quando ficasse encoberta por nuvens, iluminava o suficiente para que ele encontrasse o caminho.

Lá chegando, procurou se esconder. Passando pela casa diante da qual se passou a cena que narramos, ele havia notado que a mesma janela novamente se iluminara e se convenceu de que Aramis não voltara ao convento e que quando voltasse, não estaria só.

De fato, após alguns instantes pôde distinguir passos que se aproximavam e algo como o som de vozes falando baixinho.

Chegando à sebe, os passos se interromperam.

D'Artagnan apoiou um dos joelhos no chão, no ponto em que a cerca era mais espessa e o escondia bem.

Para sua grande surpresa, viu dois homens aparecerem, mas o espanto logo se desfez ao ouvir vibrar uma voz suave e harmoniosa: um daqueles dois homens era uma mulher disfarçada.

— Não se preocupe, René[153] — dizia a voz feminina —, isso não acontecerá mais. Descobri uma espécie de subterrâneo passando sob a rua e teremos apenas que erguer uma das lajes diante da porta, para ter uma saída.

— Juro, princesa — disse outra voz, que d'Artagnan reconheceu como sendo a de Aramis —, que se nossa reputação não dependesse dessas precauções ou fosse somente a minha vida que estivesse em risco...

— Bem sei que é corajoso e aventureiro, tanto quanto um homem do mundo. Mas não pertence só a mim e sim a todo o nosso partido. Seja então prudente e cuidadoso.

— Sempre obedeço, senhora, quando a ordem é dada por voz tão doce.

E ele beijou com carinho a sua mão.

— Ai! — exclamou o indivíduo da "voz tão doce".

— O que foi? — perguntou Aramis.

— Não viu? O vento fez voar o meu chapéu.

Aramis se lançou atrás do fugitivo e d'Artagnan aproveitou a ocasião para se colocar num ponto em que a sebe o deixasse ver melhor o estranho indivíduo. Nesse exato momento, a lua, talvez tão curiosa quanto o mosqueteiro, escapou da nuvem que a encobria e, graças a essa indiscreta luminosi-

---

153. É o único momento em que Aramis é chamado pelo prenome.

dade, ele reconheceu os grandes olhos azuis, os cabelos dourados e o nobre rosto da duquesa de Longueville.

Aramis voltou rindo, com um chapéu na cabeça e outro na mão, e os dois continuaram o caminho na direção do convento jesuíta.

— Ótimo! — disse d'Artagnan pondo-se de pé e batendo a poeira do joelho. — Agora estou bem informado. É conspirador e amante da sra. de Longueville.

12. O sr. Porthos du Vallon de Bracieux de Pierrefonds

Graças às informações conseguidas com Aramis, d'Artagnan, sabendo que Porthos por nascimento se chamava du Vallon, acrescentou o nome da sua terra, de Bracieux, cuja disputa inclusive havia gerado um processo seu contra o bispo de Noyon.

Era então pelos arredores de Noyon que se encontraria a propriedade, ou seja, nos limites entre as regiões de Île-de-France e Picardia.

O itinerário foi rapidamente estabelecido: iria até a cidade de Dammartin, de onde partiam duas estradas, uma para Soissons e outra para Compiègne. Lá ele se informaria sobre Bracieux e, dependendo da resposta, seguiria em frente ou tomaria a esquerda.

Planchet, que não se sentia ainda seguro quanto à sua situação em Paris, declarou que seguiria d'Artagnan até o fim do mundo, fosse ele em frente ou tomasse a esquerda. O único pedido foi que o ex-patrão partisse no final do dia, pois achava que a noite oferecia maiores garantias. D'Artagnan se ofereceu para ir avisar à sua mulher e deixá-la mais sossegada, mas com muita sagacidade Planchet respondeu ter certeza de que a mulher não estaria morrendo de preocupação por não saber onde andava o marido e, por outro lado, conhecendo a língua solta da esposa, morreria ele de preocupação caso ela soubesse do seu paradeiro.

Tais argumentos pareceram tão convincentes que d'Artagnan não mais insistiu e, por volta das oito da noite, no momento em que a bruma começava a descer mais pesada sobre as ruas, ele e Planchet partiram do hotel La Chevrette e deixaram a capital pela porta Saint-Denis.

À meia-noite os dois viajantes já estavam em Dammartin.

Era tarde demais para procurar informações. O dono do albergue Cygne de la Croix[154] já se recolhera para dormir e d'Artagnan preferiu deixar a investigação para o dia seguinte.

---

154. Brincadeira de Dumas com o nome do albergue que literalmente se traduz como "Cisne da Cruz" mas por homofonia se entende "Sinal da Cruz".

Logo pela manhã, ele chamou o estalajadeiro. Era um desses normandos espertos que nunca dizem sim nem não, com medo de se comprometerem com uma resposta direta. Mas a partir da informação ambígua, d'Artagnan entendeu que devia seguir em linha reta e voltou à estrada. Às nove da manhã chegou em Nanteuil e parou para uma refeição.

O dono do estabelecimento, ali, era um bom e franco picardo que, reconhecendo em Planchet um compatriota, sem rodeios deu as informações desejadas. As terras de Bracieux ficavam a poucas léguas de Villers-Cotterêts.

D'Artagnan conhecia a cidade,[155] pois duas ou três vezes acompanhara a Corte ao castelo de Villers-Cotterêts, que era uma das residências do rei. Tomou então essa direção e procurou o hotel em que ficara das outras vezes, isto é, o Dauphin d'Or.

Obteve novas e satisfatórias informações. Soube que a terra de Bracieux ficava a quatro léguas da cidade, mas não era onde se devia procurar Porthos. Ele de fato tivera problemas com o bispo de Noyon, com relação à propriedade de Pierrefonds, limítrofe da sua e, cansado dos confrontos judiciais que escapavam da sua compreensão, acabara, enfim, comprando Pierrefonds. Com isso, acrescentara mais este sobrenome a seus títulos. Chamava-se agora du Vallon de Bracieux de Pierrefonds e morava na nova propriedade. À falta de outras alcunhas, era evidente que Porthos projetava ser um marquês de Carabás.[156]

Seria preciso esperar mais um dia: os cavalos haviam percorrido dez léguas e estavam cansados. Poderiam ter pego outros, de aluguel, mas havia uma extensa floresta a ser atravessada e Planchet, como se sabe, não apreciava florestas à noite.[157]

E outra coisa que Planchet evitava era pegar a estrada de barriga vazia. De forma que, ao acordar, d'Artagnan encontrou o desjejum servido. Não havia por que se queixar de tamanha atenção e ele se pôs à mesa. Nem é preciso dizer que Planchet, reassumindo sua antiga função, voltara também à antiga humildade e pouco se incomodava de comer as sobras do patrão, a exemplo das sras. de Motteville e du Fargis com aquelas de Ana da Áustria.[158]

Só partiram, então, lá pelas oito horas. Não havia como errar, deviam seguir a estrada que vai de Villers-Cotterêts a Compiègne, tomando a direita assim que saíssem do bosque.

---

155. Dumas também, pois foi onde nasceu. O castelo, aliás, fora dado por Luís XIII ao irmão, Gastão de Orléans, e deixou de ser residência real.

156. É o falso nome (e ele às vezes é conde) do dono do Gato de Botas, no conto de mesmo título, de Charles Perrault.

157. Em *Os três mosqueteiros*, cap. 24, Planchet se mostra bem inquieto com o balançar das árvores na floresta de Retz.

158. Damas de companhia da rainha, segundo as memórias da própria sra. de Motteville.

Era uma bela manhã de primavera, passarinhos cantavam nas frondosas árvores, que deixavam clareiras, atravessadas por bons raios de sol que davam a impressão de uma cortina de gaze dourada.

Em outros pontos, a luz mal conseguia penetrar pela cobertura espessa das folhas e ficava sempre à sombra o chão ao redor dos velhos carvalhos, por onde corriam assustados, às vistas dos viajantes, ágeis esquilos. Desprendia-se de toda essa ambiência matinal um perfume de ervas, de flores e de folhas, que alegrava a alma. Cansado do fétido odor de Paris, d'Artagnan dizia a si mesmo que alguém carregando três nomes enfileirados de propriedades deve se sentir bem feliz em semelhante paraíso. Balançando a cabeça, ele pensava: "Se eu fosse Porthos e d'Artagnan viesse me propor o que estou indo propor a Porthos, sei muito bem o que responderia a d'Artagnan."

Planchet, enquanto isso, em nada pensava e apenas digeria.

Nos limites do bosque, os viajantes perceberam o caminho indicado e, mais adiante, as torres de um imenso castelo feudal.

"Ai, ai, ai! Acho que esse castelo pertencia à antiga linhagem dos Orléans. Será que Porthos precisou tratar com o duque de Longueville?",[159] pensou d'Artagnan.

— Juro, patrão, isso sim é uma propriedade bem cuidada. Se pertencer mesmo ao sr. Porthos, quero dar parabéns a ele — disse Planchet.

— Infeliz! Não vá chamá-lo de Porthos e nem mesmo de du Vallon — chamou-lhe atenção d'Artagnan. — Poria tudo a perder. Ele agora se chama de Bracieux ou de Pierrefonds.

À medida que se aproximavam do castelo que tanto chamava a atenção, d'Artagnan percebeu não poder ser ali que morava o amigo: as torres, apesar de sólidas e parecendo recentes, pareciam demolidas, ou quase. Era como se um gigante as houvesse arrasado a machadadas.

Chegando à extremidade do caminho, vislumbrava-se um magnífico vale, no fundo do qual jazia tranquilo um lindo laguinho bordeado de pequenas casas esparsas, que pareciam, com seus singelos telhados de argila ou de palha, reconhecer a soberania de um belo castelo da época, aproximadamente do início do reino de Henrique IV e ostentando, no alto, cata-ventos senhoriais.

D'Artagnan não teve mais dúvida, era aquela a moradia de Porthos.

O caminho seguia em linha reta para o belo castelo que, comparado ao seu "ancestral", o castelo percebido anteriormente, seria mais ou menos como um pequeno mestre da comunidade de artesãos do sr. duque de Enghien se colocaria diante de um cavaleiro do tempo de Carlos VII, couraçado de fer-

---

[159] O duque de Longueville era Henrique II de Orléans-Longueville (1595-1663). O castelo, que na época pertencia ao marechal d'Estrées, foi desmontado justamente em 1648. A preocupação de d'Artagnan se deve ao fato de o duque e sua esposa se oporem à política de Mazarino.

D'Artagnan não teve mais dúvida, era aquela a moradia de Porthos.

ro. D'Artagnan passou ao trote e seguiu o caminho, com Planchet fazendo o mesmo e regulando o passo do seu animal.

Com mais dez minutos nesse ritmo, chegaram à entrada de uma aleia de belos choupos, espaçados a intervalos regulares, indo dar numa grade de ferro com pontas e reforços transversais dourados. No meio dessa avenida estava uma espécie de senhor, vestido de verde e dourado, como a grade, montado num belo e vigoroso cavalo. De um lado e de outro o acompanhavam dois valetes ornados com galões em todas as costuras do traje. Um bando de camponeses em volta lhe prestava respeitosas homenagens.

"Ei!", pensou consigo mesmo d'Artagnan, "será o sr. du Vallon de Bracieux de Pierrefonds? Valha-me Deus! Como ele encolheu desde que deixou de se chamar Porthos!"

— Não pode ser ele — disse Planchet, respondendo à pergunta que o amo fizera a si mesmo. — O sr. Porthos tinha quase seis pés de altura e esse mal chega aos cinco.

— De qualquer forma — arrematou d'Artagnan —, fazem muitos rapapés ao figurão.

Dizendo isso, ele apressou o trote até o belo cavalo, o considerável personagem e os valetes. À medida que se aproximava, os traços do homem de verde e dourado foram ficando mais familiares.

— Pelo Filho de Deus, patrão! — exclamou Planchet, achando também reconhecê-lo. — Será possível?

Ouvindo isso, o homem a cavalo se voltou lentamente, com nobre imponência, e os dois viajantes puderam ver brilhar em todo seu esplendor, os olhos, a cara vermelha e o sorriso eloquente de Mousqueton.[160]

Era mesmo Mousqueton. Um Mousqueton gordo a mais não poder, esbanjando boa saúde, inchado de satisfação, mas que, ao reconhecer d'Artagnan, ao contrário daquele hipócrita do Bazin, saltou do cavalo e se aproximou tirando o chapéu. Com isso, as reverências feitas a ele rapidamente se converteram na direção daquele novo sol que despontava, eclipsando o antigo.

— Sr. d'Artagnan, sr. d'Artagnan — repetia com suas enormes bochechas Mousqueton, suando de alegria. — Sr. d'Artagnan! Ai, que alegria para o meu senhor e amo du Vallon de Bracieux de Pierrefonds!

— Meu bravo Mousqueton! Está por aqui, o meu amigo?

— São terras suas, essas em que nos encontramos.

— Como você está bonito! E forte! Resplandecente! — desfiava d'Artagnan, incansável, as mudanças que a boa fortuna havia produzido no famélico criado dos tempos passados.

— É verdade, com a graça de Deus vou passando muito bem.

— E não vai falar com o seu amigo Planchet?

— Meu amigo Planchet! É você mesmo, amigo Planchet? — gritou Mousqueton, abrindo os braços emocionado.

— Em pessoa — respondeu o sempre prudente Planchet. — Mas esperava, com medo de que tivesse ficado orgulhoso demais.

— Orgulhoso com um velho amigo? Nunca, Planchet. Não pode ter achado isso, ou não conhece direito Mousqueton.

— Fico feliz! — disse Planchet, descendo do cavalo e também abrindo os braços. — Não é como aquele canalha do Bazin, que me deixou por duas horas num galpão, fingindo nem ter me reconhecido.

E os dois se abraçaram com tal efusão que deixou impressionados os que assistiam à cena. Todos imaginaram ser Planchet algum senhor disfarçado, pois consideravam Mousqueton em alta posição social.

— Mas agora, senhores — disse Mousqueton, assim que se livrou do abraço de Planchet, que inutilmente havia tentado juntar as mãos pelas costas do amigo —, permitam-me deixá-los, pois não quero que meu amo saiba da notícia por outra pessoa. Ele não me perdoaria.

---

160. O criado de Porthos em *Os três mosqueteiros*.

— O querido amigo — disse d'Artagnan, evitando designar Porthos pelo antigo ou pelo novo nome. — Ele então não terá se esquecido de mim?

— Esquecer? Do senhor? — indignou-se Mousqueton. — Não se passa um dia que não esperemos a notícia de que foi nomeado marechal, ou assumiu o lugar do sr. de Gassion, ou do sr. de Bassompierre.

D'Artagnan deixou escapar dos lábios um daqueles raros sorrisos melancólicos que haviam sobrevivido nas profundezas do seu coração, pelo desencanto dos seus anos dourados.

— E vocês, campônios — continuou Mousqueton —, façam companhia ao sr. conde d'Artagnan da maneira mais festiva que puderem, enquanto vou prevenir monsenhor.

Montando, com a ajuda de duas almas caridosas, no robusto cavalo, enquanto Planchet, mais em forma, montava sozinho no seu, Mousqueton partiu num ligeiro galope pelo gramado da avenida, o que comprovava a força que tinha nas ancas o quadrúpede, mais ainda do que nas pernas.

— Isso sim foi boa acolhida! — alegrou-se d'Artagnan. — Mistério nenhum, nem capas nem politicagem. O riso corre solto, com lágrimas de alegria e expressões abertas. Na verdade, tenho a impressão de que a própria natureza festeja e as árvores, em vez de folhas e flores, estão cobertas de pequenas guirlandas verde e rosa.

— No que me concerne — acrescentou Planchet —, a impressão é de sentir aqui o mais saboroso perfume de um assado, com ajudantes de cozinha em fila nos vendo passar. Ai, patrão! Imagine o cozinheiro que deve ter o sr. de Pierrefonds, ele que já apreciava tanto o bom garfo, mesmo quando ainda era sr. Porthos!

— Espere aí! Está me assustando — agitou-se d'Artagnan. — Se a realidade acompanhar as aparências, estou perdido. Alguém tão satisfeito nunca vai querer deixar isso de lado e vou fracassar como já fracassei com Aramis.

13. Como d'Artagnan descobriu, encontrando Porthos, que riqueza não traz felicidade

D'Artagnan passou pela grade e se viu diante do castelo. Descia já ao chão quando uma espécie de gigante apareceu à soleira. Façamos justiça a d'Artagnan, que a despeito do sentimento egoísta viu seu coração bater de alegria ao reconhecer aquela alta estatura de aspecto marcial que, no entanto, trazia a lembrança de alguém generoso e bom.

Ele correu até Porthos, lançando-se em seus braços. Toda a criadagem, que se pusera em círculo a respeitosa distância, assistiu à cena com humilde curiosidade. Na primeira fila, Mousqueton enxugou os olhos, pois o pobre rapaz não conseguia parar de chorar de alegria desde o momento em que reconhecera d'Artagnan e Planchet.

Porthos pegou o amigo pelo braço, exclamando com uma voz que passava do barítono ao baixo:

— Ah! Que alegria revê-lo, caro d'Artagnan. Então não se esqueceu de mim?

— Esquecer? Ah, estimado du Vallon, como esquecer os mais belos dias da juventude e os amigos queridos, os perigos enfrentados juntos? E ao revê-lo, instante nenhum da nossa antiga amizade deixa de me voltar à lembrança.

— É verdade — concordou Porthos, tentando dar ao bigode a curvatura coquete que se perdera no isolamento camponês —, é verdade, fizemos poucas e boas. Demos trabalho àquele pobre cardeal.

Soltou um suspiro e d'Artagnan olhou para ele.

— Em todo caso — continuou Porthos com um tom que se acalmava —, seja bem-vindo, caro amigo. Podemos amanhã ir à caça de lebres na parte plana das minhas terras, que é belíssima, ou de cabritos monteses nos meus bosques, que não ficam atrás. Tenho quatro galgos com fama de serem os mais rápidos da região e uma matilha como não tem igual nas vinte léguas a redor.

E Porthos deu um segundo suspiro.

"Opa! Será que o garotão é menos feliz do que parece?", pensou d'Artagnan, emendando em voz alta:

— Mas antes de qualquer coisa, apresente-me à sra. du Vallon, pois me lembro de ter recebido, uma vez, atencioso convite seu, ao qual ela acrescentou algumas linhas.

Terceiro suspiro de Porthos.

— Perdi a sra. du Vallon há dois anos e, tal qual me vê, ainda não me recuperei. Foi o que me fez deixar meu castelo du Vallon, perto de Corbeil, e vir morar no meu domínio de Bracieux, mudança que me levou à compra da propriedade em que estamos. Pobre sra. du Vallon — continuou Porthos, fazendo um gesto de dor —, não era pessoa de gênio constante, mas acabara se acostumando às minhas maneiras e aceitando meus caprichos.

— Quer dizer, então, que está rico e livre?

— Infelizmente! Sou viúvo e tenho quarenta mil libras de renda. Vamos comer, aceita?

— Acho ótimo — disse d'Artagnan. — O ar matinal me abriu muito o apetite.

— É verdade — concordou Porthos —, o meu ar é excelente.

Entraram no castelo. De cima a baixo só se viam douraduras: cornijas douradas, molduras douradas, madeiras das poltronas douradas.

A mesa já posta os esperava.

— Como vê — explicou Porthos —, é este o meu dia a dia.

— Diabos! Só posso cumprimentá-lo. Nem o do rei chega perto disso.

— De fato, ouvi dizer que é muito mal alimentado pelo sr. de Mazarino. Experimente essa costeleta, caro d'Artagnan, vem dos meus carneiros.

— Tem carneiros bem macios, felicito-o por isso.

— Sim. Alimentam-se nos meus prados, que são excelentes.

— Sirva-me mais uma.

— Não. Prove essa lebre, que matei ontem, num dos meus descampados.

— Diabos! Que gosto! Formidável! São alimentadas somente ao serpão, essas suas lebres?

— E o que diz do meu vinho? — indagou Porthos. — Agradável, não é?

— Encantador.

— É, no entanto, vinho da região.

— Mesmo?

— Sim. De uma pequena encosta ao sul, ali na minha montanha. Produz vinte *muids*.[161]

— Uma verdadeira safra!

Porthos suspirou pela quinta vez, anotada por d'Artagnan, que contava os suspiros do amigo.

---

161. Antiga medida para líquidos, grãos e sal, compreendendo 268 litros para os líquidos e 872 quilos para os sólidos.

— É estranho — atalhou o visitante, curioso e querendo aprofundar o problema —, mas tenho a impressão, caro amigo, de que algo o entristece. Estaria mal, por acaso? Será que a saúde...
— É excelente, companheiro. Melhor que nunca. Posso matar um boi com um soco.
— Preocupações de família?...
— Família? Felizmente estou só no mundo.
— Mas o que, então, causa tantos suspiros?
— Meu amigo, serei franco com você: não me sinto feliz.
— Não se sente feliz? Logo você, que tem castelo, prados, montanhas e bosques? Com quarenta mil libras de renda e não se sente feliz?
— Tenho muito, é verdade, mas me sinto só, no meio de tudo isso.
— Ah, entendi! Está cercado de rústicos e se sente um pouco desambientado.

Porthos ficou ligeiramente pálido e esvaziou um enorme copo do seu vinhozinho da encosta.

— Não é assim, pelo contrário. Imagine que na vizinhança todos se dizem de sangue azul, com um título qualquer, e se remetem a Faramondo, a Carlos Magno ou, no mínimo a Hugo Capeto.[162] Como fui o último a chegar, precisei tomar as iniciativas e fiz isso. Mas, entende, meu amigo, a sra. du Vallon...

Com essas últimas palavras, Porthos pareceu engolir em seco, mas continuou:

— A sra. du Vallon vinha de uma linhagem duvidosa. Havia, em núpcias anteriores (acho, d'Artagnan, não ser novidade para você), desposado um procurador. Os vizinhos acharam isso nauseante. Foi a palavra usada, nauseante. Entende? É motivo para matar trinta mil indivíduos. Matei dois e isso fez os demais se calarem, mas não me abriram as portas. De forma que não tenho vida social, vivo só, me entedio, subo pelas paredes.

D'Artagnan sorriu. Identificara a falha na couraça e preparou o seu golpe.
— Mas o seu sangue responde por você, o casamento não desfaria isso.
— Mas não sou de nobreza histórica como os Coucy, que se contentavam de ser Sires, e os Rohan, que não queriam ser duques,[163] toda essa gente tem título de visconde ou conde, tendo prioridade com relação a mim na igreja, nas cerimônias, em todo lugar, sem que eu possa reclamar. Se eu fosse ao menos...
— Barão? É o que ia dizer? — terminou d'Artagnan a frase do amigo.

---

162. Ou seja, de linhagens antiquíssimas. Faramondo (c.370-427?) foi o lendário primeiro rei dos francos, antepassado dos merovíngios. Carlos Magno (742-814) foi rei dos francos, dos lombardos e primeiro imperador do Sacro Império Romano-Germânico. Hugo Capeto (941-96) deu início à dinastia de reis Capeto, que em 1328 perdeu o trono para os Valois.

163. O lema da divisa dos Coucy era "Rei não sou, nem duque, nem príncipe, nem sequer conde: Sire de Coucy"; o dos Rohan, "Rei não posso ser, o ducado não quero, sou Rohan".

— Ai! — pareceu se animar Porthos. — Se eu fosse barão!

"Muito bem!", pensou d'Artagnan, "é o caminho a seguir."

E continuou em voz alta:

— Pois é esse título cobiçado, caro amigo, que lhe trago.

Porthos deu um pulo que sacudiu a sala inteira. Duas ou três garrafas perderam o equilíbrio e rolaram pelo chão, se quebrando. Com o barulho, Mousqueton veio rápido e, de viés, podia-se ver Planchet de boca cheia e guardanapo na mão.

— Monsenhor[164] chamou?

Porthos fez sinal para que recolhesse os cacos de vidro.

— Foi um prazer descobrir que manteve esse bom Mousqueton.

— É o meu intendente — disse Porthos.

Acrescentando em voz mais alta:

— Fez os seus negócios próprios, o danado, pode-se ver, mas — continuou num tom mais discreto — é apegado a mim e por nada no mundo me deixaria.

"E ainda o chama de monsenhor", pensou d'Artagnan.

— Pode ir, Mouston — disse Porthos.

— Chama-o Mouston? Ah, entendi! Por abreviação: Mousqueton é comprido demais.

— E além disso — confessou Porthos —, passava um cheiro de caserna a uma légua de distância. Mas estávamos falando de negócios, quando o fulano entrou.

— Exato, mas vamos deixar isso para mais tarde, o seu pessoal pode desconfiar de alguma coisa. Pode haver espiões na região. Como deve imaginar, trata-se de um assunto sério.

— Diabos! — praguejou Porthos. — Pois então vamos fazer a digestão caminhando em meu parque...

— Acho ótimo.

E como já tinham comido o suficiente, foram dar uma volta no magnífico jardim. Fileiras de castanheiras e tílias fechavam o recinto de no mínimo trinta *arpents*.[165] Na ponta de cada quincunce bem preenchido de mata e arbustos, coelhos corriam às soltas, embrenhando-se nas relvas altas.

— Por Deus — disse d'Artagnan —, o parque corresponde bem ao restante da propriedade. Se houver tanto peixe nas suas águas quanto coelhos ali no seu mato, pode se considerar um homem feliz, meu caro Porthos, por pouco que tenha guardado o gosto pela caça e ganhado o da pesca.

— Meu amigo, a pesca deixo para Mousqueton. É um prazer de plebeu. Mas às vezes caço. Quer dizer, se fico entediado, sento-me num desses bancos

---

164. A designação "monsenhor" em geral se aplica a membros do alto clero católico, mas no Antigo Regime francês era o tratamento cerimonioso que também se usava com nobres de sangue real.

165. Antiga medida agrária francesa, medindo cada *arpent* 71,46 metros.

de mármore, mando trazer meu fuzil e Gredinet, meu cachorro preferido, e atiro nos coelhos.

— Parece muito divertido! — disse d'Artagnan.

— Pois é — disse Porthos com um suspiro. — Divertidíssimo.

D'Artagnan não os contava mais.

— Gredinet vai sozinho buscá-los e os leva por conta própria ao cozinheiro. Foi amestrado para isso.

— Ah! Que esperto cachorrinho! — disse d'Artagnan.

— Mas vamos deixar Gradinet de lado, dou ele a você, se quiser, pois começa a me cansar, e voltemos ao nosso caso.

— Com prazer. Mas quero preveni-lo, caro amigo, para que não diga que não o avisei, seria preciso mudar de vida.

— Como assim?

— Retomar os arreios, ter a espada na cinta, ir à aventura e eventualmente deixar, como no passado, um pouco de si nos caminhos. Você sabe, a vida de antigamente.

— Droga!

— Bem sei. Você se acomodou, amigo. Ganhou alguma barriga e o pulso não tem mais aquela elasticidade que tanto foi testada com os guardas do sr. cardeal.

— Não, o pulso ainda está bom, garanto — disse Porthos, estendendo uma mão que parecia um ombro de carneiro.

— Folgo em saber.

— É para a guerra, então, que iríamos?

— Exato, ela mesmo.

— E contra quem?

— Tem seguido a política, meu amigo?

— Não. Em nada me interessa.

— Está do lado de Mazarino ou dos príncipes?

— Eu? Do lado de ninguém.

— Isso quer dizer que está do lado de todos. Melhor assim, Porthos, é a posição certa para fazer negócios. Pois ouça, caro amigo, vim vê-lo da parte do cardeal.

A frase causou efeito em Porthos, como se estivessem ainda em 1640 e que se tratasse do verdadeiro cardeal.

— Caramba! E o que quer comigo Sua Eminência?

— Sua Eminência o quer a seu serviço.

— E quem falou de mim?

— Rochefort. Lembra-se dele?

— Claro que sim, como não? Foi quem nos causou muito problema naquela época e nos fez correr tanta estrada. O mesmo a quem você furou três sucessivas vezes, com a espada. Ele fez por merecer, aliás.

— Mas você sabe que ele, em seguida, ficou nosso amigo?

— Não, não sabia. Vê-se que não é alguém rancoroso!
— Engano seu, Porthos, eu é que não sou.
Porthos não compreendeu muito bem; mas, devemos lembrar, a compreensão não era o seu forte.
— Está dizendo, então, que o conde de Rochefort foi quem falou de mim ao cardeal?
— Exatamente. E depois a rainha.
— Como? A rainha?
— Para que nos sentíssemos mais confiantes, ela inclusive deu ao cardeal o famoso diamante, você sabe, aquele que vendi ao sr. des Essarts e, não me pergunte como, voltou à posse dela.
— Acho — disse Porthos com seu notório bom senso — que deveria tê-lo dado a você.
— Eu também, mas fazer o quê? Reis e rainhas têm sempre seus caprichos. Como dispõem das riquezas e das honrarias, distribuindo dinheiro e títulos, a eles nos dedicamos.
— Sei, nos dedicamos! — retrucou Porthos. — É então o seu caso, nesse momento?
— Ao rei, à rainha e ao cardeal. E garanti a eles também a sua dedicação.
— E disse que estipulou certas condições, para mim?
— Condições magníficas, caro amigo, magníficas! Para começar, você tem dinheiro, não é? Quarenta mil libras de renda, como disse.
Porthos teve um sobressalto de desconfiança.
— Bem, meu querido — ele se explicou —, o dinheiro nunca chega a ser suficiente. A sra. du Vallon deixou uma sucessão bastante complicada, não primo pela contabilidade e, com isso, acabo vivendo no dia a dia.
"Está com medo que eu tenha vindo pedir dinheiro", pensou d'Artagnan.
— Ótimo, meu amigo, melhor ainda que não esteja assim tão bem.
— Melhor ainda, como assim?
— De fato, pois Sua Eminência dará tudo que pedirmos, terras, dinheiro e títulos.
— Ah! ah! ah! — arregalou os olhos Porthos, ao ouvir essa última palavra.
— Na época do outro cardeal — continuou d'Artagnan —, não soubemos nos aproveitar da sorte, mas deveríamos. Não digo isso por você, que tem suas quarenta mil libras de renda e me parece o homem mais feliz da Terra.
Porthos suspirou.
— De qualquer forma — continuou d'Artagnan —, apesar das suas quarenta mil libras de renda, e talvez, inclusive, por causa delas, tenho a impressão de que uma pequena coroa estampada na sua carruagem[166] seria bem-vinda, não?

---

166. Cada título nobiliárquico ostentava uma pequena coroa específica, como símbolo facilmente identificável.

— Com certeza!

— Pois esta é a hora de consegui-la, meu caro. Está na ponta da sua espada. Não haverá problema entre nós: a sua meta é um título, e a minha, o dinheiro. Que eu ganhe o bastante para reconstruir Artagnan, que meus antepassados, arruinados pelas cruzadas, foram desde então deixando cair em ruínas, e comprar uns trinta *arpents* de terra ao redor. É tudo de que preciso, lá me retiraria e lá morreria tranquilo.

— E eu — disse Porthos —, tudo que quero é ser barão.

— Pois você será.

— E não pensou nos nossos outros amigos?

— Na verdade, já estive com Aramis.

— E o que ele quer? Ser bispo?

— Aramis — respondeu d'Artagnan, não querendo desencantar Porthos —, imagine, caro amigo, Aramis, que se tornou frade e jesuíta, vive como um eremita: largou tudo e só pensa na sua salvação. Nada do que ofereci o interessou.

— Que pena! Era tão espirituoso. E Athos?

— Ainda não fui vê-lo, mas irei em seguida. Sabe onde se encontra?

— Perto de Blois, numa pequena propriedade que herdou de não sei qual parente.

— Qual o nome?

— Bragelonne. Lembre-se, meu amigo, Athos tem sangue tão azul quanto um imperador e herdou uma terra com título de condado! O que vai fazer com tanto condado assim? Condado de la Fère, condado de Bragelonne?

— E, ainda por cima, sem filhos — acrescentou d'Artagnan.

— Bem... — hesitou Porthos. — Ouvi dizer que adotou um menino que se parece muito com ele.

— O nosso Athos? Que era virtuoso como um Cipião?[167] Você voltou a vê-lo alguma vez?

— Não.

— Pois irei amanhã dar notícias suas. Cá entre nós, receio encontrá-lo envelhecido e relaxado, pois tinha uma forte tendência para o vinho.

— Isso é verdade — concordou Porthos. — Ele bebia muito.

— Além disso, era o mais velho de nós.

— Pouca coisa — amenizou Porthos. — O jeitão sisudo é que o envelhecia muito.

— É possível. Então, se tivermos Athos, será ótimo. Se não, bom, será ótimo também. Nós dois juntos já valemos por doze.

— Com certeza — sorriu Porthos, com a lembrança das antigas façanhas. — Mas os quatro valeríamos por trinta e seis. E ainda mais que a empreitada será dura, pelo que disse.

---

167. Cipião Africano (236-183 a.C.), general e homem de Estado romano.

— Dura para novatos, não para nós.
— Vai ser demorada?
— Vai saber! Pode durar três ou quatro anos.
— Muita luta?
— Espero que sim.
— Ótimo, no final é até melhor! Não pode imaginar, meu amigo, como meus ossos enferrujam desde que estou aqui! Nos domingos, saindo da missa, eu às vezes cavalgo pelas terras e campos dos vizinhos, procurando briga, pois sinto precisar disso. Mas nada acontece! Seja por respeito ou por medo, o que é mais provável, espalho a forragem com a minha cachorrada, posso fazer o que quiser e vir embora. Tudo que consigo é ficar ainda mais entediado. Diga, pelo menos em Paris as pessoas ainda duelam?
— Nesse sentido, meu amigo, tudo vai bem. Não temos mais proibições nem guardas do cardeal, nada de Jussac[168] nem outros sabujos. Santo Deus! Sob um lampião de rua, num albergue, em qualquer lugar, havendo um frondista pode-se sacar a espada e pronto. O sr. de Guise matou o sr. de Coligny em plena praça Royale e nada aconteceu.
— Ah! Isso é uma boa notícia — comemorou Porthos.
— E dentro de pouco tempo — continuou d'Artagnan — teremos batalhas organizadas, com canhões e incêndios. Vamos ter muita variedade.
— Então está decidido.
— Tenho a sua palavra?
— Tem, está combinado. Lutarei a ferro e a fogo por Mazarino. Mas...
— Mas?
— Que ele me torne barão.
— Claro! — disse d'Artagnan. — Está previamente acertado. Disse e repito, posso garantir a sua baronia.

Com a promessa feita, Porthos, que jamais duvidava da palavra do amigo, retomou com ele o caminho de volta para o castelo.

---

168. Ver *Os três mosqueteiros* (cap. 5). Era o mais temível dos guardas do cardeal de Richelieu.

14. Quando se demonstra que Porthos podia estar insatisfeito com a situação que tinha, mas Mousqueton se considerava bem contente com a sua

Voltando ao castelo e enquanto Porthos se perdia em sonhos de baronia, d'Artagnan refletia sobre a miséria da nossa pobre natureza humana, sempre insatisfeita com o que tem, sempre desejando o que não tem. Estivesse no lugar de Porthos, ele se acharia o homem mais feliz do mundo, mas ao amigo, para ser feliz, faltava o quê? Cinco letras a colocar antes dos seus nomes todos e uma pequena coroa enfeitando as laterais da sua carruagem.

"Haverei de passar a vida inteira procurando, mas sem nunca ter visto o rosto de um homem completamente feliz", dizia ele, então, a si mesmo.

Era a reflexão filosófica a que se entregava, mas quis a Providência oferecer um desmentido. Porthos acabava de deixá-lo para ir dar algumas ordens ao cozinheiro e d'Artagnan viu se aproximar Mousqueton. O rosto do simpático intendente, afora uma ligeira perturbação que, como a nuvem de verão, mais arejava a fisionomia do que a turvava, parecia o de alguém perfeitamente feliz.

"É exatamente o que eu procurava", pensou d'Artagnan, "só que, é verdade, o pobre coitado não sabe ainda o que me trouxe aqui."

Mousqueton se mantinha à distância e d'Artagnan se sentou num banco, fazendo sinal para que se aproximasse.

— Sr. tenente — disse Mousqueton, aproveitando a permissão —, tenho um favor a pedir.

— Pois peça, meu amigo.

— Não me atrevo muito, com medo de que pense que a prosperidade me levou à perdição.

— Você, então, é alguém feliz, meu amigo.

— Tanto quanto é possível ser. No entanto, o senhor pode me tornar mais feliz ainda.

— Pois então fale e, se depender só de mim, é coisa feita.
— Puxa! Ela depende só do senhor.
— Estou esperando.
— O favor que peço é o de me chamar não mais Mousqueton e sim Mouston. Desde que tenho a honra de ser o intendente de monsenhor, assumi este nome, mais digno e que ajuda a manter o respeito dos que me são inferiores. O senhor bem sabe o quanto a subordinação é necessária à criadagem.

D'Artagnan sorriu. Porthos encompridava os seus nomes, Mousqueton encurtava o dele.

— O que diz? — perguntou, trêmulo, Mousqueton.
— Não vejo problema algum, caro Mouston. Fique tranquilo, não me esquecerei. Se quiser, posso também tratá-lo com um pouco menos de informalidade.
— Verdade? — exclamou Mousqueton rubro de alegria. — Se me fizer tamanho favor, terá minha eterna gratidão. Mas não estou pedindo demais?

"Pobre Mousqueton", pensou d'Artagnan, "é bem pouco em troca das tribulações que vou provocar, para esse pobre-diabo que me recebeu tão bem."

— E o senhor fica por muito tempo conosco? — continuou Mousqueton, cujo rosto, voltando à antiga serenidade, se avermelhava como uma peônia que desabrocha.

— Vou embora amanhã, meu amigo.
— Ai, meu Deus! Foi então apenas para nos dar saudade, que vieram?
— Receio que sim — respondeu d'Artagnan, em voz tão baixa que Mousqueton, que se retirava com muitos cumprimentos, nem pôde ouvir.

Um remorso remoía d'Artagnan, apesar de seu coração, a esta altura, já ter muito se endurecido.

Não lamentava levar Porthos a tomar um caminho em que comprometeria a vida e a fortuna, pois o amigo o fazia de bom grado pelo título de barão, que há quinze anos tanto desejava. A Mousqueton, porém, que nada desejava além de ser chamado de Mouston, não era cruel arrancá-lo daquela vida deliciosa em seu celeiro de abundância? A ideia o preocupava, quando Porthos reapareceu.

— À mesa! — ele chamou.
— À mesa? — estranhou d'Artagnan. — Já? Que horas são?
— Mais de uma, meu caro.
— Este lugar é um paraíso, Porthos, esquece-se do tempo. Acompanho-o, mas estou sem fome.
— Venha. Quando não para comer, pelo menos para beber. É uma máxima do nosso Athos e me dei conta de toda a sua força, desde que comecei a me entediar.

A natureza gascã de d'Artagnan sempre o conservara relativamente sóbrio e ele, por isso, não parecia tão convencido quanto o amigo sobre a veracidade do axioma de Athos. Mesmo assim, fez o que pôde para se manter à altura do anfitrião.

Mas enquanto via Porthos comer e ele bebia dentro dos seus limites, a culpa com relação a Mousqueton voltava à sua mente, com mais força ainda na medida em que este último, sem servir pessoalmente à mesa — algo que estaria abaixo da sua nova posição —, aparecia de vez em quando à porta e demonstrava a sua gratidão pelo hóspede esmerando-se na qualidade dos vinhos que mandava servir.

Quando, já na sobremesa, a um sinal do visitante, Porthos mandou que os criados se retirassem, vendo-se a sós com o amigo, d'Artagnan perguntou:

— Porthos, quem o acompanhará quando partir em missão?

— Em princípio Mouston, creio — ele respondeu com naturalidade.

Foi como um golpe que d'Artagnan recebesse. Ele já podia imaginar o amigável sorriso do intendente se transformando em expressão de dor.

— Lembre-se de que Mouston já não é mais tão jovem, meu amigo. Acrescente-se que ficou bem gordo e provavelmente perdeu o hábito do serviço ativo.

— Sei disso — aquiesceu Porthos. — Mas estou acostumado com ele que, aliás, não vai querer me deixar, gosta demais de mim.

"Ah, o cego amor-próprio!", pensou d'Artagnan.

— Mas você mesmo — lembrou Porthos — mantém no serviço o mesmo criado, esse bom, grave e inteligente... como é o nome dele mesmo?

— Planchet. É verdade, encontrei-o de novo, mas ele não é mais criado.

— É o quê?

— Bem, com as mil e seiscentas libras que ganhou no cerco de La Rochelle,[169] levando a carta a lorde de Winter, ele montou uma pequena loja na rua dos Lombardos. É confeiteiro.

— Não diga! É confeiteiro na rua dos Lombardos? E como se faz que está a seu serviço?

— Meteu-se em algumas aventuras e preferiu se ausentar de Paris.

Só então o mosqueteiro contou ao amigo como havia reencontrado Planchet.

— Caramba! — exclamou Porthos. — E se lhe tivessem dito que um dia Planchet salvaria Rochefort e você o protegeria por isso?

— Eu não teria acreditado. Mas é assim, os acontecimentos vão mudando os homens.

— Essa é a pura verdade — concordou Porthos. — O que não muda, ou muda apenas se melhorando, é o vinho. Prove este, é da Espanha, que o nosso amigo Athos tanto estimava: um xerez.

---

169. Ver *Os três mosqueteiros*, cap. 48: na verdade, mil e quatrocentas libras.

Nesse momento, o intendente foi consultar seu patrão sobre o cardápio do dia seguinte e também sobre o programa de caça projetado.

— Aliás, Mouston — aproveitou Porthos —, minhas armas estão em bom estado?

D'Artagnan começou a dar batidinhas na mesa em sinal de desconforto.

— Suas armas, monsenhor, quais armas?

— Ora, quais armas! Meus arneses!

— Quais arneses?

— Meus arneses de guerra.

— Perfeitamente, monsenhor. Creio que sim.

— Averigue isso amanhã e deixe-os em bom estado de uso. Qual é o meu melhor cavalo de corrida?

— Vulcain.

— E quanto à resistência?

— Bayard.

— Qual cavalo você prefere?

— Pessoalmente, monsenhor, o que mais gosto é Rustaud. Bom animal, com o qual me entendo perfeitamente.

— É forte, não é?

— Normando, em cruzamento com Mecklemburgo,[170] aguenta firme, noite e dia.

— Vai nos servir muito bem. Mande deixar bem preparados os três animais, lustre ou mande lustrar minhas armas. Além disso, pistolas e uma faca de caça para você.

— Vamos viajar, monsenhor? — quis saber Mousqueton, preocupado.

D'Artagnan, que até então dedilhara na mesa apenas notas soltas, engrenou uma marcha.

— Melhor que isso, Mouston! — foi a resposta de Porthos.

— Uma expedição? — aventurou-se o intendente, para quem as rosas se transformavam em lírios.

— Retomamos serviço, Mouston! — explicou o antigo mosqueteiro, tentando ainda dar ao bigode aquela curvatura marcial já perdida.

Assim que foram pronunciadas essas palavras, Mousqueton foi sacudido por um tremor que fez trepidar suas gordas bochechas marmóreas. Olhou para d'Artagnan com um ar de terna e indizível censura, que não deixou de profundamente comover o oficial. Depois pareceu vacilar e disse, com uma voz sufocada:

— Retomar serviço! Serviço nas tropas do rei?

— Sim e não. Vamos tornar a partir em campanha, atrás de todo tipo de aventura, retomar a vida de antigamente, para resumir.

---

170. Cavalo baio, excelente trotador.

Aquela última palavra, *antigamente*, atingiu Mousqueton como um raio. Aquela época tão horrível é que tornava o *hoje* tão bom.

— Deus do céu! O que estou ouvindo? — apavorou-se ele, lançando um olhar ainda mais súplice que o anterior a d'Artagnan.

— O que fazer, meu pobre Mouston? — disse d'Artagnan. — A fatalidade...

Apesar de toda a precaução do oficial a manter um tratamento e o nome ambicionado, Mousqueton não deixou de sentir a violência do golpe que, de tão terrível, o fez se retirar abalado, esquecendo de fechar a porta.

— Esse bom Mousqueton, ficou revirado de alegria — comentou Porthos, com o mesmo tom que Dom Quixote deve ter empregado para animar Sancho a selar seu burrico para uma última batalha.

De novo a sós, os dois amigos se puseram a falar do futuro e a construir mil castelos no ar. O bom vinho trazido por Mousqueton fazia d'Artagnan vislumbrar uma perspectiva reluzente de quádruplos e pistolas[171] e Porthos, o cordão azul e a capa ducal.[172] Fato é que dormiam ambos à mesa quando vieram chamá-los para que passassem às respectivas camas.

Mas já no dia seguinte Mousqueton foi mais ou menos reconfortado por d'Artagnan, que lhe disse ser improvável que a guerra se passasse fora de Paris, ou seja, não longe do castelo du Vallon, nas vizinhanças de Corbeil, do de Bracieux, perto de Meaux, e do de Pierrefonds, entre Compiègne e Villers-Cotterêts.

— Mas antigamente, que eu me lembre... — ensaiou timidamente Mousqueton.

— Entendo! Mas não se guerreia mais como antigamente. Hoje em dia tudo se passa sobretudo através de negociações diplomáticas, pergunte a Planchet.

Mousqueton foi, de fato, se informar com o antigo colega, que confirmou tudo que dissera d'Artagnan, acrescentando, porém, que nesse tipo de guerra os prisioneiros correm o risco de serem enforcados.

— Arre! — reagiu Mousqueton. — Acho que ainda prefiro o cerco de La Rochelle.

Porthos, por sua vez, depois de mandar matar um cabrito montês para o hóspede, depois de levá-lo dos seus bosques à sua montanha, da sua montanha aos seus brejos, depois de mostrar a ele seus cães de caça, sua matilha, Gredinet e tudo mais que possuía, além de mandar que fossem servidas mais três refeições das mais suntuosas, acabou pedindo instruções definitivas a d'Artagnan, que era obrigado a deixá-lo e continuar seu caminho.

---

171. Duas das muitas moedas que circulavam. O quádruplo valia duas vezes mais que a pistola.

172. Insígnias respectivamente da ordem dos cavaleiros do Espírito Santo, instituída pelo rei Henrique III, e do título nobiliárquico de duque.

— Veja bem, caro amigo — foi a resposta que teve —, preciso de quatro dias para ir daqui a Blois, um dia lá e mais três ou quatro para voltar a Paris. Vá então dentro de uma semana com todos os seus apetrechos. Procure a rua Tiquetonne e se hospede no hotel La Chevrette que estarei chegando.

— Combinado — confirmou Porthos.

— Irei só por desencargo de consciência procurar Athos — confessou d'Artagnan —, mesmo achando que deva estar bem incapacitado. Mas devemos manter os procedimentos corretos com os amigos.

— Se eu o acompanhar — propôs Porthos —, já me distrairia um pouco.

— É bem possível. E a mim também, mas não teria tempo para os seus preparativos.

— Tem razão. Então vá e tudo de bom! No que concerne a mim, estou cheio de entusiasmo.

— Ótimo! — concluiu d'Artagnan.

Separaram-se no limite das terras de Pierrefonds, pois Porthos fez questão de acompanhar até lá o companheiro.

"Já é alguma coisa", dizia para si mesmo d'Artagnan, tomando a estrada para Villers-Cotterêts, "pelo menos não vou estar sozinho. O danado do Porthos se manteve em grande forma. Se Athos for conosco, ótimo, seremos três a zombar de Aramis, esse padreco correndo atrás de oportunidades."

Em Villers-Cotterêts, ele escreveu ao cardeal:

Monsenhor, posso já oferecer a Sua Eminência um deles, que vale por vinte homens. Estou indo a Blois, pois o conde de La Fère reside no castelo de Bragelonne, nos arredores da cidade.

Depois disso, tomou o rumo de Blois, conversando com Planchet, que foi boa companhia em toda aquela longa viagem.

15. Duas cabecinhas de anjo

Era de fato uma longa estrada, mas d'Artagnan não se preocupava: sabia que os cavalos tinham se refeito nas fartas manjedouras do sr. de Bracieux. Partiu então cheio de confiança para as quatro ou cinco jornadas que deveria cumprir, seguido pelo fiel Planchet.

Como já dissemos, para combater o fastio da estrada os dois viajantes seguiam lado a lado e conversavam à vontade. D'Artagnan pouco a pouco se desfizera da posição de amo e Planchet havia abandonado completamente a roupagem de criado. Era um indivíduo solerte, e, desde que se improvisara burguês, frequentemente sentia falta das francas refeições à beira da estrada, assim como da conversa e brilhante companhia de fidalgos. Percebendo, além disso, ter algum valor pessoal, lamentava se depreciar no eterno contato com pessoas de ideias rasteiras.

Ele então logo chegou ao status de confidente, e daquele a quem ainda considerava seu amo. Há muitos anos d'Artagnan não abria o coração e o encontro levou-os, espantosamente, a se relacionarem.

Aliás, Planchet não era um companheiro de aventuras qualquer. Era alguém de bom conselho que, sem procurar o perigo, não recuava caso algo assim ocorresse, como d'Artagnan muitas vezes pudera comprovar. Acrescente-se que tinha sido soldado e as armas enobrecem o homem. Acima de tudo, Planchet podia até estar momentaneamente precisando de d'Artagnan, mas, sem sombra de dúvida, era alguém útil. Foi então quase que em pé de boa amizade que os dois chegaram à região de Blois.

Durante todo o caminho, d'Artagnan sacudia a cabeça e repetia a ideia que incessantemente o obcecava:

— Sei que minha tentativa com Athos é inútil e absurda, mas devo fazê-la em respeito ao antigo amigo, alguém que tinha em si a essência do mais nobre e generoso ser humano.

— Ah! O sr. Athos era um grande fidalgo! — concordava Planchet.

— Não é mesmo?

— Semeava o dinheiro como o céu espalha o granizo — continuou Planchet, levando a mão à espada com ares de rei. — Lembra-se, tenente, do duelo com os ingleses no terreno das Carmelitas?[173] Puxa! Ele esteve grandioso e magnífico naquele dia, dizendo ao adversário: "Exigiu que eu dissesse meu nome, cavalheiro, pior para o senhor, pois serei obrigado a matá-lo!" Eu estava perto e ouvi. São as suas exatas palavras. E a maneira como ele olhou para o adversário, tenente, quando o atingiu, como havia previsto. O inglês caiu no chão sem um suspiro. Ai, tenente! Volto a dizer, era um grande fidalgo.

— Está absolutamente certo — observou d'Artagnan. — Exato como um Evangelho, mas ele deve ter perdido essas qualidades por causa de certo defeito.

— Eu sei — concordou Planchet —, ele gostava de beber, quer dizer, bebia. Mas não bebia como todo mundo. Os olhos nada expressavam quando ele levava a bebida à boca. Na verdade, nunca um silêncio foi mais falante. A observá-lo do meu canto, eu tinha a impressão de ouvir o murmúrio: "Cumpra o seu papel, álcool! E mande embora a tristeza." E como ele sabia quebrar o pé de uma taça ou o gargalo de uma garrafa! Era o melhor nisso.

— Pois imagine o triste espetáculo que nos espera. Aquele nobre fidalgo de brioso olhar, o grandioso cavaleiro, tão brilhante em sua couraça que sempre nos espantávamos que tivesse na mão uma simples espada e não um cetro de comando, pois bem!, deve ter se transformado num velhote alquebrado de nariz vermelho e olhos lacrimejantes. Vamos encontrá-lo caído em algum gramado, de onde vai nos olhar com olhos turvos e talvez nem nos reconheça. Só Deus sabe o quanto eu gostaria de evitar esse triste espetáculo, Planchet, se não fosse tão necessário afirmar meu respeito por essa sombra ilustre do glorioso conde de La Fère, de quem tanto gostamos.

Planchet assentiu com a cabeça e nada acrescentou: os mesmos temores visivelmente também o atormentavam.

— Some-se a isso a decrepitude, pois Athos está velho. E possivelmente também na miséria, pois não deve ter cuidado dos poucos bens de que dispunha, e o triste Grimaud,[174] mais calado que nunca e mais beberrão que o patrão... É triste, Planchet, tudo isso me parte o coração.

— Tenho até a impressão de vê-lo à minha frente, com a voz pastosa e trocando as pernas — lamentou Planchet.

— E meu maior medo, confesso, é que Athos, num momento de ebriedade guerreira, aceite minha proposta. Para Porthos e para mim seria uma des-

---

173. Ver *Os três mosqueteiros*, cap. 31.

174. Em *Os três mosqueteiros*, é o criado de Athos que, sem ser mudo, é bastante lacônico.

graça e, mais que tudo, um grande mal-estar. Na sua primeira orgia, teremos que abandoná-lo, só isso. Quando acordar, vai compreender.

— Em todo caso, patrão, não vamos demorar a saber, pois acho que aquelas altas muralhas avermelhadas pelo sol poente são as de Blois.

— Provavelmente — respondeu d'Artagnan —, e aquelas torres pontudas e esculpidas que se percebem lá à esquerda, no bosque, correspondem ao que ouvi dizer de Chambord.[175]

— Vamos entrar na cidade?

— Será preciso, para nos informar.

— Já que é assim, aconselho que prove um creme de leite em potinhos de que ouvi falar, mas que infelizmente não se conservam para que possamos tê-los em Paris, só aqui podemos degustá-lo.

— Pois não deixaremos de fazer isso! Pode ficar tranquilo.

Nesse momento, uma dessas pesadas carroças puxadas a bois, levando madeira cortada das belas florestas da região até os portos do rio Loire, surgiu por um caminho todo marcado de sulcos e vindo na direção da estrada em que seguiam os dois cavaleiros. Um tropeiro a acompanhava, tendo na mão uma vara comprida, com um prego na ponta, com que ele vergastava a lenta parelha.

— Ei, amigo! — gritou Planchet ao homem.

— Em que posso servir, senhores? — perguntou o camponês, com aquela pureza de língua, característica da região e que cobriria de vergonha os citadinos puristas da praça da Sorbonne e da rua da Universidade.

— Procuramos a casa do sr. conde de La Fère — disse d'Artagnan. — É um nome conhecido, entre os senhores da região?

O camponês tirou o chapéu ao ouvir o nome e respondeu:

— Cavalheiro, essa madeira que transporto é dele. Cortei-a nas suas florestas e levo-a para o castelo.

D'Artagnan nada mais quis perguntar ao homem, não querendo ouvi-lo dizer o que ele próprio tinha dito a Planchet e disse para si mesmo:

— *Castelo!* Imagino o castelo! Athos também não resistiu e, como Porthos, obriga seus camponeses a chamá-lo de monsenhor, e de castelo a sua choça. E tinha a mão pesada, o nosso querido Athos, sobretudo quando bebia.

Os bois avançavam lentamente, com d'Artagnan e Planchet seguindo atrás da carroça, mas acabaram perdendo a paciência com aquele ritmo e ele perguntou ao tropeiro:

— O caminho é esse mesmo e podemos ir adiante, sem perigo de nos perdermos?

— Ah, por Deus! Não têm como errar! Sigam em frente, em vez de perderem tempo atrás de animais tão lentos. É apenas meia légua a percorrer e

---

[175] O castelo renascentista é um dos mais conhecidos do mundo e fica a 14 quilômetros de Blois. Sua construção teve início em 1519.

verão um castelo à direita. Só não o enxergamos daqui por causa dos choupos que o escondem. Não é ainda Bragelonne, é La Vallière. Continuem e a três tiros de mosquete mais adiante perceberão um casarão branco, coberto com placas de ardósia, sobre uma colina protegida por enormes sicômoros. É o castelo do sr. conde de La Fère.

— E essa meia légua é das compridas? — perguntou d'Artagnan. — Pois há léguas e léguas nesse nosso belo país da França.[176]

— Dez minutos de marcha, cavalheiro, para as patas finas do seu cavalo.

D'Artagnan agradeceu e partiu. Logo em seguida, a expectativa de rever aquele singular personagem que fora tão amigo e tanto havia contribuído, com seus conselhos e exemplos, para a sua educação de fidalgo fez com que ele pouco a pouco refreasse as passadas do cavalo. E assim continuou, de cabeça baixa como se sonhasse.

Também em Planchet o encontro com aquele camponês e a sua atitude geral dera matéria para graves reflexões. Nunca antes, fosse na Normandia, na Franche-Comté, no Artois ou na Picardia, regiões em que havia vivido, encontrara, nos aldeões locais, pessoas com tamanhas tranquilidade e cortesia, acrescentando-se a isso aquela maneira de falar tão apurada. Ficou tentado a achar que se tratava de alguém de fino trato que, por motivo político, como ele próprio, fora obrigado a assumir um papel que o disfarçasse.

Em pouco tempo, como havia previsto o tropeiro, surgiu às vistas dos viajantes o castelo de La Vallière e, mais ou menos um quarto de légua depois, eles se depararam com o casarão branco cercado de sicômoros, se destacando sobre o fundo de um denso maciço de árvores que a primavera salpicava com uma neve de flores.

Diante desse espetáculo, d'Artagnan, que não era de facilmente se comover, sentiu uma estranha perturbação penetrar no fundo do seu coração, de tão fortes que são, ao longo de toda a existência, as lembranças da juventude. Planchet, sem as mesmas motivações para se impressionar, alternava o olhar entre a casa e d'Artagnan, estranhando ver este último tão agitado.

O mosqueteiro deu ainda alguns passos à frente e chegou a uma grade ornamentada com o bom gosto que tanto distingue as fundições daquela época.

Por essa grade se viam pomares bem cuidados, num pátio bastante espaçoso em que aguardavam vários cavalos, seguros pelas rédeas por valetes ostentando diferentes librés, e uma carruagem atrelada a dois cavalos da região.

— Cometemos algum erro ou aquele homem nos enganou — concluiu d'Artagnan. — Não pode ser a casa de Athos. Santo Deus! Será que ele já mor-

---

176. Uma légua valia mais ou menos quatro quilômetros, mas a medida exata variava de uma região a outra.

reu e a propriedade pertence agora a alguém com o mesmo nome? Desmonte e procure se informar, Planchet, confesso não ter coragem para isso.

Planchet saltou do cavalo.

— Explique que um fidalgo de passagem se sentiria honrado de cumprimentar o sr. conde de La Fère, e só se as informações forem satisfatórias diga meu nome.

Puxando o cavalo pela rédea, Planchet se aproximou do portão, puxou o sino preso à grade e quase que imediatamente um serviçal, de cabelos brancos e postura muito ereta, apesar da idade, se apresentou e recebeu Planchet.

— Seria aqui a residência do sr. conde de La Fère? — inquiriu Planchet.

— Aqui mesmo, senhor — respondeu o homem, que não trajava libré.

— Um cavalheiro que já se retirou do serviço, não?

— Exatamente.

— E tinha um criado chamado Grimaud — continuou Planchet com sua prudência habitual e evitando ir diretamente ao que queria.

— O sr. Grimaud está ausente do castelo — respondeu ainda o serviçal, que começava a olhar Planchet de cima a baixo, pouco acostumado àquele tipo de interrogatório.

— Vejo então que é o mesmo conde de La Fère que procuramos — exclamou Planchet, radiante. — Queira então abrir, pois eu gostaria de anunciar ao sr. conde que meu amo, um fidalgo amigo seu, desejaria cumprimentá-lo.

— Por que não disse antes? — exclamou o homem, abrindo o portão. — E o seu amo, onde se encontra?

— Logo ali atrás.

A grade foi aberta, dando passagem a Planchet, que fez sinal com a mão, e d'Artagnan se encaminhou para o pátio a cavalo, com o coração batendo mais forte do que nunca.

Já bem junto à casa, Planchet ouviu uma voz vinda de uma sala em plano mais baixo, perguntando:

— E onde está o tal fidalgo, por que não o trouxe?

Essa voz chegou até d'Artagnan, despertando mil impressões, mil lembranças esquecidas. Ele desceu rápido do cavalo, enquanto Planchet, sorrindo, avançava até o dono da casa.

— Ora, eu o conheço — disse Athos, aparecendo no vão da porta.

— Conhece sim, sr. conde, conhece e eu também o conheço. Planchet, sr. conde, Planchet, o senhor se lembra?...

E mais ele não pôde dizer, de tão impressionado que estava com a aparência do dono da casa.

— Planchet!? Como é possível? E d'Artagnan também está aqui?

— Aqui mesmo, meu amigo! Cá estou, querido Athos — disse d'Artagnan com a voz presa e quase trôpego.

Ditas essas palavras, uma clara emoção se estampou também no belo rosto e calma expressão de Athos, que deu rápidas passadas na direção do amigo, sem tirar dele o olhar, e o abraçou com carinho. Recuperando-se da emoção inicial, d'Artagnan retribuiu o abraço com uma ternura que brilhava nas suas lágrimas...

Athos então pegou com as duas mãos a dele e o conduziu a um salão, onde várias pessoas estavam reunidas. Todos se levantaram.

— Apresento-lhes o sr. cavaleiro d'Artagnan — disse Athos —, tenente dos mosqueteiros de Sua Majestade, amigo sincero e um dos mais bravos e cordiais fidalgos que já conheci.

D'Artagnan recebeu os cumprimentos de hábito, retribuiu da melhor forma, integrou-se ao grupo e, enquanto a conversa interrompida um instante voltava a se generalizar, ficou observando Athos.

Estranhamente, Athos mal havia envelhecido! Os bonitos olhos que tinha, sem as escuras olheiras das orgias e das noites maldormidas, pareciam ainda maiores e banhados num fluido mais puro do que nunca. O rosto, de forma alongada, ganhara em imponência o que havia perdido de agitação febril. As mãos, ainda admiravelmente belas e inquietas, apesar da textura macia, sobressaíam sob punhos rendados, como certas mãos de Ticiano e de Van Dick. Estava mais esbelto do que antigamente; os ombros, harmoniosos e largos, pareciam indicar uma força incomum e até eles desciam com elegância e naturalmente cacheados os cabelos escuros, entre os quais pouco se misturavam ainda alguns fios brancos. A voz se mantinha jovial, como se Athos tivesse apenas vinte e cinco anos, e magníficos dentes, conservados brancos e intactos, davam um inexprimível encanto a seu sorriso.

O grupo de convidados, porém, pela imperceptível frieza que ganhou a conversação, percebeu que os dois amigos queriam muito se encontrar a sós e começou a se despedir, com toda aquela arte e cortesia antigas — levadas tão a sério pelas pessoas do "grande mundo", quando havia ainda pessoas do grande mundo.

Nesse momento, porém, um alarido de cães latindo chamou a atenção para o pátio e vários dos visitantes disseram ao mesmo tempo:

— Ah, é Raoul que está voltando.

Ao ouvir isso, Athos olhou para o amigo, parecendo querer observar que tipo de curiosidade o nome provocaria nele. Mas d'Artagnan pareceu não compreender ainda o que acontecia, sem ter se recuperado das surpresas iniciais. Foi então quase maquinalmente que se voltou, quando um belo rapazote de quinze anos, vestido com simplicidade, mas com perfeito bom gosto, entrou no salão, retirando graciosamente o chapéu ornado com longas plumas vermelhas.

Esse novo e inesperado personagem, no entanto, o impressionou. Um mundo de novas ideias veio à sua cabeça, explicando racionalmente as mudanças de Athos, que até então pareciam inexplicáveis. Uma singular semelhança entre o adulto e o adolescente desvendava o mistério daquela vida regenerada. Ele esperou, olhando e ouvindo.

— De volta, Raoul?

— De volta — respondeu o rapazinho, de forma respeitosa. — Fiz o que pediu.

— Mas o que houve, Raoul? — perguntou Athos. — Está pálido e parece agitado.

— É que acaba de acontecer algo muito ruim à nossa jovem vizinha.

— A srta. de La Vallière? — preocupou-se Athos.

— O que foi? — ergueram-se algumas vozes.

— Ela estava com sua fiel Marceline na área fechada em que os lenhadores preparam as árvores cortadas e eu, passando a cavalo, parei para vê-la. Percebendo que eu havia parado e querendo saltar de uma pilha de madeira em que havia subido, a pobre menina pisou em falso, caiu e nem conseguiu se levantar. Acho que torceu o tornozelo.

— Meu Deus! — exclamou Athos. — E a mãe, a sra. de Saint-Remy,[177] foi avisada?

— Ainda não. Ela se encontra em Blois, com a sra. duquesa de Orléans. Fiquei com medo de que os primeiros socorros não fossem dados corretamente e vim pedir conselhos.

— Mande rápido alguém a Blois, Raoul! Ou melhor, pegue seu cavalo e corra você mesmo.

Raoul se inclinou.

— E onde está Louise? — continuou o conde.

— Trouxe-a para cá e deixei-a com a mulher de Charlot, que, enquanto isso, colocou o seu pé em água gelada.

Depois dessa explicação, que deu pretexto para que se levantassem, os visitantes se despediram. Apenas o idoso duque de Barbé, que tinha uma amizade de vinte anos com a casa La Vallière, foi ver a pequena Louise, que chorava e, ao ver Raoul, enxugou os bonitos olhos e logo sorriu.

O duque, então, propôs levar a pequena Louise a Blois, em sua carruagem.

— Tem razão — concordou Athos. — Estará, assim, mais rapidamente com a mãe. E você, Raoul, deve ter agido de forma imprudente, decerto teve alguma culpa.

---

177. Françoise Le Prévôt de la Courtelaye, viúva do sr. de La Beaume Le Blanc; ela, na verdade, só se casará com Jacques Courtavel, marquês de Saint-Remy e intendente geral do duque de Orléans, em 1655. A jovem srta. de La Vallière, Louise, teria em 1648 apenas quatro anos (nasceu em 1644 e morreu em 1710). Foi a primeira amante oficial de Luís XIV e, de fato, claudicava um pouco de uma perna, o que a impedia de dançar com graça e ser boa amazona. Em 1670 ela se voltou para a religião, entrando num monastério carmelita. Escreveu um livro, *Reflexões sobre a misericórdia de Deus*, e quando morreu era considerada quase uma santa.

— Não, não, sr. conde! Garanto! — defendeu-o a menina, enquanto o rapazote empalidecia diante da ideia de talvez ter sido a causa do acidente...

— Juro que não... — procurava se justificar Raoul.

— Mesmo assim, vá a Blois — continuou Athos com mais brandura — desculpar-se, e a mim, com a sra. de Saint-Remy. Em seguida, volte.

As cores ressurgiram nas faces do rapaz e ele, depois de consultar com um olhar o conde, tomou nos braços já vigorosos a menina, cuja cabecinha dolorida e, mesmo assim, sorridente se encostou com suavidade no seu ombro. Delicadamente colocou-a no carro e depois, saltando no cavalo, elegante e ágil como um perfeito escudeiro, cumprimentou Athos e d'Artagnan, afastando-se em seguida junto à portinhola do coche, no interior do qual os seus olhos se mantinham fixos.

16. *O castelo de Bragelonne*

Durante toda aquela cena, d'Artagnan se manteve atento e quase boquiaberto, tamanha era a diferença entre o que via e suas previsões, com a surpresa deixando-o meio aparvalhado.

Athos pegou-o pelo braço, tomando a direção do jardim.

— Enquanto nos preparam a ceia — ele disse com um sorriso — imagino que gostaria, não é, caro amigo?, que eu esclarecesse um pouco esse mistério que o deixa tão pensativo.

— De fato, sr. conde — respondeu d'Artagnan, que pouco a pouco sentia o amigo recuperar a imensa superioridade aristocrática que sempre tivera.

Athos olhou para ele com seu sorriso doce.

— Para começar, meu caro d'Artagnan, não temos isso de "sr. conde". Apresentei-o como cavaleiro por causa dos convidados, mas para você, d'Artagnan, continuo sendo, assim espero, o seu amigo e companheiro Athos. Prefere a formalidade por querer manter distância?

— Deus me livre! — exclamou o gascão, numa dessas sinceras reações juvenis que raramente voltam na idade madura.

— Voltemos então aos antigos hábitos e, antes de tudo, sejamos francos. Tudo isso aqui não o espanta?

— Profundamente.

— E, confesse, o que mais o espanta sou eu, não é? — sorriu Athos.

— Confesso.

— Estou bem para os meus quarenta e nove anos, não estou? É o que esperava?

— Pelo contrário — disse d'Artagnan, que por pouco não contrariava o recente acordo de franqueza —, mal o reconheci.

— Entendo — ruborizou-se um pouco o amigo. — Tudo tem um fim, d'Artagnan, inclusive a loucura.

— E houve também uma mudança na sua fortuna, tenho a impressão. Essa casa é admirável. E é sua, imagino.

— É minha. Uma pequena herança, da época em que deixei o serviço. Mas disso você sabia.

— Mas há o parque, os cavalos e tudo mais.

Athos sorriu.

— O parque tem vinte *arpents*, meu amigo, vinte *arpents* nos quais se incluem horta e dependências domésticas. Cavalos tenho apenas dois, sem contar, é claro, o animal de tração do qual meu empregado se serve. O "tudo mais" se reduz a quatro cachorros-do-mato, dois lebréus e um cão de caça. E diga-se que toda essa matilha de luxo — acrescentou Athos com um sorriso — não é para mim.

— Entendo, é para o rapazinho, Raoul — disse d'Artagnan, olhando para o amigo com um gesto involuntário.

— Adivinhou tudo, meu amigo!

— E o jovem é um agregado, um afilhado, um parente? Como você está mudado, Athos!

— É um órfão abandonado pela mãe com um modesto cura de aldeia; assumi seu sustento e sua educação.

— Ele deve então ser muito ligado a você.

— Acho que como se eu fosse o seu pai.

— E, principalmente, grato.

— Ah, nesse ponto estamos em pé de igualdade. Mas a você eu posso inclusive dizer, d'Artagnan, devo a ele ainda mais do que ele a mim.

— Como assim? — estranhou o mosqueteiro.

— Acredite, foi ele que causou em mim a mudança que você notou! Eu ressecava como uma mísera árvore isolada e quase desenraizada, somente um amor profundo poderia me fixar de novo na vida. Uma mulher? Estava velho demais para isso. Amigos? Vocês não estavam mais por perto. Aquela criança me devolveu o que eu havia perdido. Não tinha mais ânimo para viver por mim mesmo e vivi por ela. As lições pesam demais às crianças, mais vale o exemplo. Procurei então ser exemplar, d'Artagnan. Corrigi os vícios que tinha e fingi ter virtudes que não eram minhas. De forma que, não creio estar me iludindo, Raoul será um fidalgo tão completo quanto esta nossa época ainda permite.

D'Artagnan olhava para Athos com uma crescente admiração. Os dois, naquele momento, passeavam por uma arejada alameda, bem protegida contra os raios oblíquos do sol poente. Essa luz dourada coloria o rosto de Athos, cujos olhos pareciam devolver o mesmo calor, suave e calmo, que recebiam do fim de tarde.

A imagem de Milady[178] surgiu na lembrança de d'Artagnan, que perguntou ao amigo:

---

178. A principal vilã de *Os três mosqueteiros*.

Raoul será um fidalgo tão completo quanto esta nossa época ainda permite.

— E você se sente feliz?

O olhar atento de Athos foi até o fundo do coração de d'Artagnan, parecendo ler seu pensamento.

— Tão feliz quanto pode ser, na Terra, uma criatura de Deus. Mas termine o que está pensando, amigo, pois creio haver algo mais por trás da pergunta.

— Você é terrível, Athos, não há como esconder alguma coisa da sua percepção. Pois então vou dizer! É verdade, gostaria de perguntar se, às vezes, não vêm ondas inesperadas de medo, que parecem...

— Remorsos? Termino a sua frase, amigo. Sim e não. Aquela mulher, acho que mereceu a pena imposta. Não sinto remorso porque, se a tivéssemos deixado viver, ela provavelmente teria continuado a sua obra de destruição. Isso não quer dizer que tivéssemos o direito de fazer o que fizemos; não estou convencido disso. Quem sabe todo sangue derramado sempre exija uma expiação. Ela cumpriu a sua, não é impossível que tenhamos que, igualmente, cumprir a nossa.

— Algumas vezes também já pensei nisso, Athos.

— Tinha algum filho, aquela mulher?

— Tinha.

— Alguma vez ouviu falar dele?

— Nunca.

— Deve ter vinte e três anos — calculou Athos. — Frequentemente penso nele, d'Artagnan.

— Que estranho, eu o esqueci.

Athos sorriu melancolicamente.

— E de lorde de Winter,[179] teve alguma notícia?

— Sei que tem muito prestígio junto ao rei Carlos I.[180]

— Deve então ter seguido o mesmo destino, que não é dos melhores nesse momento. Aliás, d'Artagnan, isso tem a ver com o que eu disse. Ele, por exemplo, fez correr o sangue de Strafford,[181] e sangue clama por sangue. E a rainha?

— Qual rainha?

— Henriqueta da Inglaterra,[182] filha de Henrique IV.

---

179. Em *Os três mosqueteiros*, é o cunhado de Milady (ver nota anterior). Após um início de relacionamento hostil, acaba se tornando amigo dos quatro heróis.

180. Carlos I (1600-49), da dinastia Stuart, rei da Inglaterra, Escócia e Irlanda, que naquele momento enfrentava uma guerra civil, em situação bastante desvantajosa.

181. Thomas Strafford (1593-1641), um dos protagonistas do período imediatamente anterior à guerra civil inglesa. Foi vice-rei da Irlanda e um dos mais próximos conselheiros do rei Carlos I (ver nota acima). Acusado de alta traição pelo Parlamento, por induzir o rei a subjugar as rebeliões pelas armas, foi condenado à morte e o rei foi obrigado a assinar a sua execução.

182. Henriqueta Maria da França (1609-69), filha de Henrique IV e irmã de Luís XIII, casou-se com Carlos I (ver nota 180). Fugiu para a França em 1644, com o agravamento da guerra civil na Inglaterra.

— Está no Louvre,[183] como sabe.

— Sem o menor conforto, não é? Pelo que me disseram, na época de frio mais intenso do último inverno, a filha, doente, era obrigada a passar os dias na cama, por falta de lenha. Como entender coisa assim? — revoltou-se Athos, balançando os ombros. — A filha de Henrique IV, tremendo por não ter o que pôr na lareira! Por que não pediu hospitalidade àquele de nós que estivesse mais perto, em vez de pedir a Mazarino? Nada lhe faltaria.

— Parece conhecê-la, Athos.

— Não, mas minha mãe viu-a quando era criança. Alguma vez eu lhe disse que minha mãe foi dama de honra de Maria de Médici?

— Nunca. Você não conta coisas assim, Athos.

— Deus do céu, você está vendo que não é verdade, mas é preciso que a ocasião se apresente.

— Porthos não esperaria com tanta paciência — disse d'Artagnan com um sorriso.

— São naturezas diferentes, caro amigo. Porthos tem excelentes qualidades, apesar de certa tendência à ostentação. Você o vê?

— Deixei-o há cinco dias.

E d'Artagnan então contou, com a verve do seu humor gascão, todas as magnificências de Porthos no castelo de Pierrefonds e, mesmo que o alvo continuasse sendo o amigo, disparou também duas ou três flechas na direção do excelente sr. Mouston.

— É surpreendente — observou Athos, motivado por aquela demonstração de bom humor que o fazia se lembrar dos belos dias do passado — que tenhamos formado um grupo de pessoas ainda tão ligadas umas às outras, mesmo após vinte anos de separação. A amizade lança raízes bem profundas em corações honestos, d'Artagnan. Acredite, apenas gente má renega a amizade, por não compreendê-la. E Aramis?

— Também estive com ele, mas me pareceu um tanto frio.

— Ah, esteve também com Aramis — retomou Porthos, fixando em d'Artagnan seu olhar investigatório. — Trata-se então de uma verdadeira peregrinação ao templo da Amizade, como diriam os poetas.

— De fato — concordou d'Artagnan, pouco à vontade.

— Você bem sabe, Aramis se mostra naturalmente frio, pois está sempre envolvido em intrigas com mulheres.

— E creio que no momento se encontra numa bem complicada.

Athos não respondeu.

"Ele não é curioso", pensou d'Artagnan.

Athos não somente não respondeu, mas também mudou de assunto.

---

183. O palácio do Louvre, em que hoje se situa o museu, era na época residência real. Sua construção se estendeu por mais de oitocentos anos, passando por inúmeras reformas.

— Está vendo? — disse ele, mostrando que tinham voltado às proximidades do castelo. — Em uma hora de caminhada praticamente percorremos toda a propriedade.

— Tudo é muito bonito e, principalmente, tudo faz lembrar a fidalguia do seu proprietário — respondeu d'Artagnan.

Ouviram-se nesse momento passadas de um cavalo.

— É Raoul voltando — disse Athos —, vamos ter notícias daquela pobre menina.

E, de fato, o rapaz apareceu junto à grade e entrou no pátio, coberto de poeira. Desceu do cavalo, que foi entregue a uma espécie de palafreneiro, e se aproximou para vir cumprimentar o conde e d'Artagnan.

— Raoul — disse Athos, colocando a mão no ombro do amigo —, este aqui é o cavaleiro d'Artagnan, de quem várias vezes me ouviu falar.

— Senhor — disse o rapaz com novo cumprimento, mais profundo —, o sr. conde pronuncia o seu nome sempre que precisa citar um exemplo de fidalgo intrépido e generoso.

O pequeno cumprimento não deixou de sensibilizar o visitante, que se emocionou. Estendeu a mão para Raoul, dizendo:

— Meu jovem amigo, todos os elogios que possam ser feitos a minha pessoa devem se dirigir ao sr. conde, aqui presente: foi o responsável por minha educação em todo tipo de coisa e não é culpa do mestre se o aluno foi incompetente. Terá melhor resultado com você, tenho certeza. Aprecio muito as suas maneiras, Raoul, e a sua cortesia impressiona.

Athos ficou extremamente feliz: olhou para d'Artagnan agradecido e em seguida para Raoul, com um desses estranhos sorrisos que deixam os filhos tão contentes quando os percebem.

"Agora tenho certeza", pensou d'Artagnan, para quem todo aquele mudo jogo de fisionomias não passara despercebido.

— E o acidente? Espero que não tenha tido maiores consequências.

— Nada se sabe ainda, senhor, e o médico não pôde aprofundar mais o exame, por causa do inchaço. Mas teme que algum nervo tenha sido afetado.

— E não deveria ter permanecido mais tempo com a sra. de Saint-Remy?

— Preocupei-me com a hora do seu jantar, senhor, não querendo fazê-lo esperar.

Nesse momento um menino, meio camponês, meio criado, veio avisar que a mesa estava servida na sala de jantar.

Athos conduziu o hóspede até lá, um cômodo bem simples, mas com janelas que davam, de um lado, para o jardim e, de outro, para uma estufa, onde cresciam belíssimas flores.

D'Artagnan observou o serviço: a louça era magnífica e via-se que os talheres eram antiga prataria de família. Sobre o aparador destacava-se um maravilhoso jarro de prata, que ele parou para ver.

— Ah! Um objeto divinamente bem-feito!

— É verdade — concordou Athos. — Obra de um grande artista florentino chamado Benvenuto Cellini.[184]

— E que batalha é essa, representada?

— De Marignan.[185] Nela um antepassado meu entregou a própria espada ao rei Francisco I,[186] que teve a sua quebrada. Por isso Enguerrand de la Fère, esse antepassado, foi consagrado cavaleiro de Saint-Michel.[187] Além disso, quinze anos depois, sem esquecer que havia combatido por mais de três horas com a espada do amigo Enguerrand sem que ela se partisse, o rei deu a ele de presente esse vaso e uma espada que você talvez tenha visto na minha casa, nos tempos antigos, e que igualmente é um belo exemplar de ourivesaria. Era uma época de gigantes. Somos anões, em comparação com aqueles homens. À mesa, d'Artagnan. Tratemos de jantar. E por falar nisso — dirigiu-se Athos ao pequeno criado — chame Charlot.

O menino saiu e pouco depois entrou o empregado a quem os dois viajantes tinham se dirigido ao chegar.

— Meu caro Charlot — disse Athos —, deixo a seu encargo Planchet, que serve ao sr. d'Artagnan, pelo tempo que ele permanecer aqui. É alguém que aprecia o bom vinho e você tem as chaves da adega. Por muito tempo ele dormiu no chão duro e deve então apreciar uma boa cama; cuide de tudo isso, por favor.

Charlot se inclinou e saiu.

— Também Charlot é uma boa pessoa. Está há dezoito anos a meu serviço.

— Você pensa em tudo, meu querido Athos. Agradeço por se preocupar com Planchet.

Raoul, que acompanhava toda essa conversa, arregalou os olhos ao ouvir esse nome, tentando saber se era de fato ao conde que d'Artagnan se referia.

— O nome lhe pareceu estranho, não é, Raoul? — emendou Athos com um sorriso. — Era o meu nome de guerra, numa época em que o sr. d'Artagnan,

---

184. Benvenuto Cellini (1550-71), célebre escultor e ourives italiano do Renascimento. Suas *Memórias* serviram de base para o romance *Ascanio*, de Dumas, publicado em folhetim de 31 de julho a 4 de outubro de 1843.

185. A batalha de Marignan, travada em 13 e 14 de setembro de 1515, foi uma decisiva vitória de Francisco I e seus aliados venezianos sobre os mercenários suíços que defendiam o ducado de Milão, e resultou em 16 mil mortos.

186. Francisco de Orléans (1494-1547). Durante o seu reinado resplandeceu nas artes o período do Renascimento francês e, no plano militar, diversas guerras, sobretudo contra Carlos V da Espanha, Países Baixos e Nápoles.

187. Ordem instituída por Luís XI, em 1469. A insígnia era uma corrente de ouro com uma cruz de oito pontas, em ouro e esmalte, tendo no centro a imagem do arcanjo são Miguel matando o dragão.

dois valentes amigos e eu cumprimos belas proezas em La Rochelle, sob o falecido cardeal e sob o sr. de Bassompierre,[188] que também já morreu. É uma homenagem que o meu amigo me presta, chamando-me assim, e a cada vez meu coração se enche de alegria.

— Um nome que ficou famoso — acrescentou d'Artagnan — e recebeu as honrarias do triunfo.

— Como assim? — quis saber Raoul, em sua juvenil curiosidade.

— Não faço ideia — desconversou Athos.

— Então se esqueceu do reduto Saint-Gervais, Athos, e daquela toalha transformada em bandeira?[189] Tenho melhor memória, me lembro de tudo e vou lhe contar, meu jovem amigo.

E d'Artagnan desfiou para Raoul toda a história do reduto, assim como Athos havia feito com relação ao seu antepassado.

A narrativa deu ao jovem a impressão de ouvir um daqueles feitos militares contados por Tasso ou por Ariosto,[190] dos tempos gloriosos da cavalaria.

— Só que d'Artagnan está deixando de dizer, Raoul — retomou por sua vez Athos —, que era ele uma das melhores espadas daquele tempo: pernas de ferro, punho de aço, percepção segura e olhar terrível, é o que oferecia ao adversário. Tinha dezoito anos, três a mais que você, Raoul, quando o vi em ação pela primeira vez, e contra homens experientes.

— E foi vitorioso? — perguntou o rapaz, com olhos que, durante toda essa conversa, brilhavam implorando detalhes.

— Acho que matei um! — disse d'Artagnan, sondando Athos com os olhos. — Ao outro desarmei ou feri, não me lembro mais.[191]

— Feriu! Você, realmente, era um tremendo atleta!

— Ah! E não perdi tanto a forma — empolgou-se o gascão com um risinho cheio de autossatisfação. — Há nem tanto tempo, aliás…

Um olhar de Athos o fez calar a boca.

— É bom que saiba, Raoul — aproveitou Athos a ocasião —, você que se acha bom espadachim e cuja vaidade pode fazer com que sofra um sério revés algum dia, é bom que saiba o quanto é perigoso um adversário que alie sangue-frio e agilidade. Nunca terá oportunidade mais impressionante: peça amanhã que o sr. d'Artagnan, caso não esteja cansado, lhe dê uma aula.

---

188. François de Bassompierre (1579-1646), marquês de Haroué, marechal e diplomata.

189. Ver *Os três mosqueteiros*, caps. 46 e 47.

190. Torquato Tasso (1544-95), autor de *Jerusalém libertada*, em que descreve combates entre cristãos e muçulmanos no final da primeira Cruzada. Ludovico Ariosto (1474-1533), autor de *Orlando furioso*, com descrições de batalhas de Carlos Magno.

191. Ver *Os três mosqueteiros*, cap. 5: d'Artagnan combate sucessivamente os guardas Jussac, que fica gravemente ferido, e Biscarat, ajudando Athos.

— O que é isso, meu caro Athos, você mesmo é ótimo professor, sobretudo com relação às qualidades que elogiou em mim. Veja só, hoje mesmo Planchet falou daquele famoso duelo no convento carmelita, contra lorde de Winter e seus companheiros. Ah, meu jovem! Deve haver em algum lugar a espada que eu frequentemente disse ser a primeira do reino.

— Não... perdi a mão cuidando desse menino — disse Athos.

— Há mãos que nunca se perdem, querido amigo, mas fazem muitas outras se perderem.

Raoul gostaria de prolongar a conversa noite adentro, mas Athos o fez notar que o hóspede provavelmente estaria cansado e precisando de repouso. Por delicadeza d'Artagnan tentou negar, mas o amigo insistiu para que se recolhesse ao quarto de dormir. Coube ao rapaz conduzir o visitante e como Athos previu que ele lá ficaria o tempo que pudesse, foi pessoalmente buscá-lo pouco depois, encerrando aquela boa noitada com um aperto de mão amigo e desejando boa-noite.

17. *A diplomacia de Athos*

D'Artagnan se enfiou na cama bem menos para dormir do que para estar só e fazer um balanço de tudo que havia visto e ouvido naquela noite.

Sendo boa a sua natureza e como também tivera uma instintiva simpatia por Athos ao conhecê-lo, simpatia esta que acabara se tornando sincera amizade, era um grande alívio se deparar com um homem de brilhantes inteligência e força, em vez do alcoólatra imbecilizado que se podia esperar, curtindo a bebedeira num chiqueiro qualquer. Ele aceitava então, sem maiores questionamentos, a superioridade de Athos, sem a inveja ou desapontamento que viriam à tona numa personalidade menos generosa. Resumindo a situação, viu que sentia apenas sincera e leal satisfação, concebendo as mais favoráveis expectativas para as negociações do dia seguinte.

Mas restava, no entanto, uma impressão de que Athos não havia sido franco e claro em todos os pontos. O que significava aquele rapazinho que ele dizia ter adotado e que tanto se parecia fisicamente com ele? O que significavam aquela volta à vida mundana e a sobriedade observada à mesa? E até um fato aparentemente insignificante, como a ausência de Grimaud, de quem Athos antigamente não podia se separar e cujo nome nem sequer tinha sido pronunciado, apesar das indiretas levantadas. Tudo isso preocupava d'Artagnan. Ele então não gozava mais da confiança do amigo, que talvez estivesse preso a algum encadeamento invisível ou, outra possibilidade, tivesse sido prevenido da sua provável visita.

Não pôde deixar de pensar em Rochefort e no que lhe dissera na igreja de Notre-Dame.[192] Teria vindo, em seguida, procurar Athos?

---

192. Ver o cap. 8: "Quem sabe nos encontramos nas estradas."

Não havia tempo a perder com longas especulações e ele resolveu então, já no dia seguinte, buscar uma explicação. A pouca fortuna de Athos, tão habilmente disfarçada, pressupunha uma vontade de aparecer e um resto de ambição que facilmente poderia se despertar. O vigor da inteligência e a clareza das ideias tornavam Athos alguém mais acessível ao que d'Artagnan pretendia propor. Ele poderia aderir aos planos do ministro com maior ardor, uma vez que sua inclinação natural viria acompanhada de boa dose de necessidade.

Tais ideias deixaram o mosqueteiro acordado, apesar do cansaço. Ficou armando seus planos de ataque e, mesmo sabendo ser Athos um adversário de peso, previu a ação para o dia seguinte, logo depois do almoço.

Mas pensou também, por outro lado, que em terreno tão desconhecido melhor seria avançar com prudência, observar por alguns dias o que o amigo de fato sabia, acompanhar seus novos hábitos para melhor conhecê-lo. Poderia extrair da ingenuidade de Raoul, exercitando-se com ele em esgrima ou correndo atrás de caça, algumas informações intermediárias que faltassem para juntar o Athos de antigamente ao de hoje. E não seria tão difícil, pois o professor contaria com um a priori favorável no coração e no espírito do aluno. Mas d'Artagnan, que igualmente era alguém de grande argúcia, imediatamente percebeu as cartas que daria contra si mesmo, caso alguma indiscrição ou inabilidade deixasse a descoberto, às vistas experientes de Athos, as suas manobras.

Além disso, diga-se, mesmo que tivesse apelado para a malícia contra a fineza de Aramis e a vaidade de Porthos, d'Artagnan se envergonhava de não ser direto com Athos, pessoa franca e coração leal. Tinha a impressão de que Aramis e Porthos, reconhecendo-o superior em diplomacia, o estimariam ainda mais, enquanto Athos, pelo contrário, o admiraria menos.

"Ah! Por que Grimaud, o tão silencioso Grimaud, não está aqui? Havia, no seu silêncio, tantas coisas que eu compreendia. Como era eloquente aquele silêncio!", ele pensou.

Todos os barulhos, no entanto, pouco a pouco cessaram na casa. D'Artagnan ouvira portas e janelas serem fechadas. Em seguida, depois de recíprocas respostas pelos ares, os cães também se calaram. Um rouxinol, perdido num bosquete, por algum tempo ainda solfejou em plena noite sua gama de notas, e afinal foi também dormir. Ouvia-se agora, no castelo, apenas o som de passadas regulares, bem acima de onde ele estava e que provavelmente vinham do quarto de Athos.

"Está andando de um lado para outro e pensando", disse para si mesmo d'Artagnan, "mas em quê? É o que não consigo saber. Posso adivinhar o resto, mas não isso."

Athos afinal se meteu na cama, podia-se calcular, pois inclusive esse último barulho cessou.

Juntos, o silêncio e o cansaço deram conta do visitante, que também fechou os olhos e quase imediatamente caiu no sono.

Mas d'Artagnan não era de dormir muito. Assim que o sol nascente começou a dourar as cortinas, ele pulou fora da cama e abriu as janelas. Teve a impressão de ver, através das persianas, alguém que perambulava pelo pátio, evitando fazer barulho. Habituado a não deixar passar nada do que estivesse a seu alcance sem averiguação, olhou mais atentamente sem chamar a atenção e reconheceu o gibão grená e os cabelos castanhos de Raoul.

O rapaz, pois de fato era ele, abriu a porta do estábulo, trouxe para fora o mesmo cavalo baio que já montara na véspera, selou e colocou os arreios com a rapidez e habilidade do mais hábil escudeiro e conduziu-o pela aleia direita da horta. Abriu uma portinhola lateral que dava para uma trilha, fez o animal atravessá-la e fechou-a em seguida, já do outro lado. Por cima do muro, d'Artagnan viu-o então passar como uma flecha, curvando-se sob a ramagem mais baixa e florida de bordos e acácias.

Já na véspera, ele havia registrado ser aquela a direção de Blois.

"Ah, ah!", exclamou sozinho o gascão. "Alguém que já faz das suas e não parece ter a mesma prevenção que Athos pelo belo sexo: não está indo à caça, pois não tem armas nem cachorros; não leva uma mensagem, pois sai discretamente. De quem estará se escondendo? De mim ou do pai? Pois tenho certeza de que o conde é seu pai... Diabos! Isso, pelo menos, eu vou saber, pois falarei claramente com Athos."

O dia se firmava. Todos aqueles barulhos que d'Artagnan havia visto sucessivamente sumirem na véspera começavam a despertar: o passarinho na árvore, o cachorro no estábulo, os carneiros no campo. Até as embarcações atracadas no Loire pareciam se animar, deixando a margem e descendo ao sabor das águas. O mosqueteiro continuou ali, na janela, sem querer acordar ninguém, até ouvir portas e batentes do castelo se abrirem. Deu uma última cacheada no cabelo, uma última revirada no bigode, por hábito bateu com a manga do gibão as abas moles do chapéu e desceu. Mal atravessou o último degrau da escada externa, viu Athos curvado à terra, do lado de fora, como alguém que procura uma moeda na areia.

— Olá! Bom dia, meu caro anfitrião — disse d'Artagnan.

— Bom dia, amigo. A noite foi boa?

— Excelente, Athos, como a cama, como o jantar de ontem à noite, que devia me levar diretamente ao sono, como a sua recepção ao chegarmos. Mas o que estava olhando com tanta atenção? Será que se tornou um admirador de tulipas?

— Ora, amigo, não deveria zombar de mim por isso. No campo nossos gostos mudam bastante e, sem nem percebermos, passamos a gostar de todas essas coisas que a generosidade de Deus extrai do fundo da terra e que na cidade desprezamos. Estava simplesmente olhando uns íris que plantei perto desse reservatório e foram esmagados agora de manhã cedo. Esses jardineiros são uns descuidados. Puxando o cavalo de tração para tirar água, deixaram que pisoteasse o canteiro.

D'Artagnan sorriu.

— Acha que foi isso?

E ele levou o amigo até a aleia, onde boa quantidade de marcas iguais às que esmagaram os íris se repetiam.

— Veja, Athos, tenho impressão de que são as mesmas — ele disse, com ares de não dar importância a isso.

— É verdade. E pegadas bem recentes!

— Bem recentes — repetiu d'Artagnan.

— Quem terá saído por aqui tão cedo? — preocupou-se Athos. — Será que algum cavalo escapou da estrebaria?

— Não parece ser isso, pois as passadas são bem regulares e bem calcadas na terra.

— Onde está Raoul? E como é que ainda não o vi hoje?

— Psss! — sorriu d'Artagnan e fez, com o dedo à frente dos lábios, o gesto de pedir silêncio.

— O que há?

Ele então contou o que havia visto, procurando observar, no rosto do amigo, a sua reação.

— Ah! Já adivinhei tudo — exclamou Athos com um ligeiro movimento dos ombros. — O pobre menino foi a Blois.

— Fazer o quê?

— Ora, ter notícia da pequena La Vallière. Sabe, a criança que machucou ontem o pé.

— Acha mesmo? — perguntou d'Artagnan incrédulo.

— Não somente acho, mas tenho certeza. Não notou que Raoul está apaixonado?

— Ora, e por quem? Por aquela menina de sete anos?

— Na idade de Raoul, meu amigo, o coração é tão transbordante que precisa se derramar em qualquer objeto, sonho ou realidade. E a maneira que o seu amor encontrou foi essa, no meio do caminho entre as duas coisas.

— Está falando sério? Como pode? É uma criança!

— Mas não notou? É a mais encantadora criaturinha do mundo: cabelos platinados, olhos azuis, ao mesmo tempo traquinas e lânguidos.

— E o que acha desse amor?

— Nada digo. Levo na brincadeira e ironizo, mas esses primeiros ímpetos do coração são tão imperiosos, as expansões da melancolia arrebatada, tão doces e, ao mesmo tempo, amargas, que frequentemente juntam todas as características da paixão. Por exemplo, me lembro de que, na idade de Raoul, me apaixonei por uma estátua grega que o bom rei Henrique IV deu a meu pai. Fiquei louco quando me disseram que a história de Pigmalião era somente uma fábula.[193]

— Isso vem da ociosidade. Raoul não tem o que fazer e procura onde gastar energia.

— Com certeza. Inclusive já pensei em afastá-lo daqui.

— Faria bem.

— Provavelmente, mas isso vai partir seu coração e ele vai sofrer como se fosse um verdadeiro amor. Há três ou quatro anos, e na época ele próprio era uma criança, começou a idealizar esse pequeno ídolo. Se continuar aqui, vai acabar em estado de adoração. São crianças que passam o dia juntas, falando de mil coisas sérias como se fossem namorados de vinte anos. Os pais da pequena La Vallière por um bom tempo acharam graça, mas creio que agora começam a se preocupar.

— É apenas criancice, mas Raoul precisa se distrair. Tire-o rápido daqui ou, pode acreditar, nunca fará dele um homem de verdade!

— Gostaria de mandá-lo a Paris.

— Ah! — exclamou d'Artagnan, achando ser chegado o momento de se arriscar. — Se quiser, podemos juntos fazer alguma coisa por ele.

— Ah! — foi a vez de Athos exclamar.

— Inclusive gostaria de falar com você sobre uma ideia que me veio à cabeça.

— Estou ouvindo.

— Não acha que seria hora de voltar ao serviço?

— Mas você, d'Artagnan, não continua no serviço?

— Quero dizer serviço ativo. Não fica um pouco tentado de voltar àquela vida de antigamente? Havendo uma expectativa de vantagens reais, não pensaria em retomar, comigo e com o nosso amigo Porthos, as façanhas da juventude?

— É uma proposta, isso?

— Clara e direta.

— De voltar à ativa?

— Exato.

— A favor de quem e contra quem? — perguntou de repente Athos, pregando no gascão o seu olhar claro e amigo.

— Ah, diabos! Você é rápido!

— E, mais ainda, preciso. Ouça, d'Artagnan, há uma só pessoa, ou melhor, uma causa, para quem um homem como eu possa ser útil: o rei.

— É exatamente isso — confirmou o mosqueteiro.

---

193. Na mitologia grega, o escultor Pigmalião se apaixonou por uma estátua que fizera, tentando reproduzir a mulher ideal. Com pena dele, a deusa do amor, Afrodite, deu vida à escultura, que passou a se chamar Galateia. Os dois tiveram uma filha chamada Pafos.

— Sei, mas vamos esclarecer as coisas — retomou Athos com seriedade.
— Se entender que a causa do rei é a mesma que a do sr. de Mazarino, não falamos mais a mesma língua.
— Não foi exatamente o que eu disse — confundiu-se o gascão.
— Veja, d'Artagnan, não vamos brincar de ver quem é o mais fino. A sua hesitação e os seus desvios mostram de onde vem. É uma causa que não ousa confessar em voz muito alta, um aliciamento constrangido e aos cochichos.
— Ai, meu amigo Athos!
— Sabe que não me refiro a você, que é uma pérola entre os bravos, refiro-me àquele italiano mesquinho e intrigante, um poltrão que tenta pôr na cabeça uma coroa roubada debaixo de um travesseiro, um patife que diz ser, o seu partido, o partido do rei e põe na prisão príncipes de sangue, sem ter coragem de matá-los, como fazia o nosso cardeal, o grande cardeal. Um sovina que pesa seus escudos de ouro e disfarça a raiva, com medo de tudo perder, apesar da trapaça, em manigâncias do dia seguinte. Um joão-ninguém que, pelo que dizem, maltrata a rainha. Aliás, azar o dela! Mas o velhaco não vai hesitar em nos jogar numa guerra civil, dentro de três meses, para manter suas pensões. É essa a causa que me propõe, d'Artagnan? Obrigado, mas a resposta é não!
— Deus que me perdoe! — exclamou d'Artagnan. — Está mais suscetível que antes! Os anos mais agitaram do que acalmaram o seu sangue. Quem disse que seja essa a minha causa e que eu a esteja querendo propor?
"Mas que diabos, nada de entregar nosso segredo a alguém com tanta má vontade", havia pensado o gascão.
— Não sendo isso, meu amigo, o que seria?
— Ora, nada mais simples. Você vive em terras suas e parece se sentir feliz nessa mediocridade dourada. Porthos tem provavelmente cinquenta ou sessenta mil libras de renda e Aramis dispõe de quinze duquesas em competição pelo prelado, como já competiam antes pelo mosqueteiro: continua sendo uma criança mimada pela sorte. Mas eu, o que faço nisso tudo? Carrego minhas armas e couraça há vinte anos, agarrado a esse posto estacionário, sem ir para a frente nem para trás, sem viver. Estou morto, para resumir! Bom, e quando se trata, para mim, de ressuscitar um pouco, vocês vêm dizer: é um patife! Um aventureiro! Um poltrão! Uma causa tortuosa! Ora, concordo com tudo isso! Mas proponha coisa melhor ou consiga para mim uma renda.
Athos pensou por três segundos e nesses três segundos percebeu a manha de d'Artagnan, que avançara demais e tentava voltar atrás para esconder o jogo. Claramente se deu conta de que a proposta feita era real e teria tudo exposto em detalhe, por pouco que ele tivesse dado corda.
"Bom, d'Artagnan está com Mazarino", disse ele para si mesmo, resolvendo, a partir daí, manter extrema prudência.
O visitante, por sua vez, achava melhor manter a pressão.
— Mas você, afinal, tem alguma ideia em mente? — continuou Athos.

— Claro que sim. Quis pedir conselho a vocês todos para tentar fazer alguma coisa, pois um sem os outros, seremos sempre incompletos.

— É verdade. Você mencionou Porthos. Convenceu-o a ir buscar a fortuna? Ele já possui esse tipo de fortuna.

— Sei disso, mas o homem é de tal maneira feito que sempre deseja algo mais.

— E o que deseja Porthos?

— Ser barão.

— Ah! Esqueci disso — concordou Athos, rindo.

"Esqueceu?", pensou d'Artagnan. "E como soube? Será que se corresponde com Aramis? Se isso se confirmar, tudo fica claro."

A conversa parou por aí, pois Raoul chegava nesse exato momento. Athos quis vagamente repreendê-lo, mas o rapazinho parecia tão infeliz que ele desistiu, interrompendo-se para perguntar o que ele tinha.

— Será que piorou o estado de nossa pequena vizinha? — indagou d'Artagnan.

— Ah, senhor! — respondeu Raoul, quase sem respirar por causa da dor. — A queda foi grave e, mesmo sem deformação visível, o médico teme uma claudicação permanente.

— Céus! Seria horrível! — lamentou Athos.

D'Artagnan quase deixou escapar uma brincadeira, mas vendo o quanto Athos levava a sério o acidente, se conteve.

— E o que mais me desespera, senhor, é que talvez tenha sido eu o causador da tragédia.

— Não diga isso, Raoul — reagiu Athos.

— É verdade. Não foi para ir falar comigo que ela pulou daquela pilha de madeira?

— Resta uma única solução, meu caro Raoul, terá que se casar com ela para expiar a culpa — não resistiu d'Artagnan.

— Por favor, cavaleiro — disse Raoul —, está ironizando uma dor real. Isso não é direito.

E o rapaz, que queria estar só para poder chorar à vontade, foi para seu quarto, de onde só saiu na hora do almoço.

O bom entendimento entre os dois amigos não foi abalado pela discussão daquela manhã. Os dois almoçaram com ótimo apetite, lançando olhares de vez em quando ao pobre Raoul que, ainda choroso, mal podia comer.

No final do almoço, duas cartas chegaram, que Athos leu com extrema atenção, sem poder deixar de demonstrar, várias vezes, algum abalo. Do outro lado da mesa, d'Artagnan, com seus olhos aguçados, observou-o lendo as duas cartas e jurando numa delas reconhecer, sem sombra de dúvida, a letra miúda de Aramis. A segunda parecia ser uma carta feminina, com uma escrita alongada e intrincada.

Vendo que Athos preferiria estar só, para responder as cartas ou para nelas pensar mais tranquilamente, d'Artagnan disse a Raoul:

— Vamos até a sala de armas, isso vai distraí-lo um pouco.

O rapaz olhou para Athos, que fez um sinal de assentimento.

Os dois passaram a uma sala de pé-direito baixo, com paredes cobertas de floretes, máscaras, luvas, plastrons e demais acessórios de esgrima.

— E então? — perguntou Athos, chegando quinze minutos depois.

— A mão já é a sua, meu amigo — respondeu d'Artagnan — e tivesse Raoul o mesmo sangue-frio, eu só teria elogios a fazer...

Já o rapaz se sentia bem insatisfeito. Uma ou duas vezes ele havia conseguido atingir o mosqueteiro no braço ou na coxa, mas fora vinte vezes ferido em pleno tórax.

Nesse momento entrou Charlot, trazendo uma carta urgente para d'Artagnan, que acabava de chegar por um mensageiro.

Foi a vez de Athos olhá-lo pelo canto dos olhos.

O mosqueteiro leu sem demonstrar qualquer emoção e em seguida balançou a cabeça:

— Veja como são as coisas. Você tem toda razão por não querer retomar o serviço: o sr. de Tréville está doente e a companhia descobriu que sou indispensável. De modo que minha licença acabou.

— Você deve voltar a Paris? — perguntou Athos um tanto abruptamente.

— É, não tem jeito. Mas você não irá também?

Athos ficou ligeiramente ruborizado e disse:

— Se eu for, ficarei muito contente de vê-lo.

— Ei, Planchet! — gritou d'Artagnan da porta. — Dê aveia aos cavalos que vamos embora em dez minutos!

Em seguida, voltando-se para Athos:

— Tenho sempre a impressão de faltar alguma coisa aqui e realmente me chateia ir embora sem ter visto o fiel Grimaud.

— Grimaud? É verdade. Também estranhei que não pedisse notícias dele. Emprestei-o a um amigo.

— Que compreenderá os seus sinais? — perguntou d'Artagnan.

— Assim espero — respondeu Athos.

Os dois amigos se abraçaram afetuosamente, d'Artagnan apertou a mão de Raoul, fez com que Athos prometesse visitá-lo se por acaso fosse a Paris ou escrevesse, caso não fosse, e montou em sela. Planchet, sempre pontual, já estava em seu cavalo.

— Não quer vir comigo? — ele perguntou rindo a Raoul. — Vou passar por Blois.

Raoul se virou para Athos, que o reteve com um sinal quase imperceptível.

— É melhor não, obrigado, cavaleiro, ficarei com o sr. conde.

— Sendo assim, me despeço dos dois bons amigos — disse d'Artagnan apertando mais uma vez as mãos de cada um —, e que Deus os guarde, como dizíamos no tempo do falecido cardeal.

Athos acenou, Raoul fez uma reverência e os dois visitantes partiram.

O conde os acompanhou com os olhos, mão apoiada no ombro do rapazinho, cuja altura quase se igualava à dele. Mas em pouco tempo os viajantes desapareceram atrás do muro.

— Raoul — disse o conde —, partiremos essa noite para Paris.

— Como?! — surpreendeu-se o jovem, empalidecendo.

— Vá se despedir por nós da sra. de Saint-Remy. Espero-o aqui às sete horas.

O rapaz se inclinou com uma expressão em que se misturavam dor e reconhecimento, retirando-se para ir selar o cavalo.

D'Artagnan, por sua vez, assim que se viu fora do campo de visão, sacou a carta do bolso e releu-a: "Volte imediatamente a Paris. J.M."

— O tom é bem seco — murmurou. — Se não houvesse o *post-scriptum* eu talvez nem entendesse, mas felizmente há um.

E ele releu o tal *post-scriptum*, que o fazia minimizar a secura da carta: "P.S.: Passe pelo tesoureiro do rei, em Blois. Identifique-se e apresente esta carta: receberá duzentas pistolas."

— Realmente, é o tipo de prosa que aprecio. Até que o cardeal escreve melhor do que pensei. Vamos, Planchet, vamos fazer uma visita ao sr. tesoureiro do rei e depois pegamos a estrada.

— De Paris?

— De Paris.

E os dois passaram suas montarias ao trote rápido.

18. O sr. de Beaufort

Um aparte para contar o que havia acontecido e quais eram os motivos que precipitavam a volta de d'Artagnan a Paris.

Certa noite em que Mazarino, como era seu hábito, se dirigia aos aposentos da rainha, depois da hora em que todo mundo se retirava, passou perto da sala da guarda, que tinha uma porta dando para a sua antecâmara, e ouviu um falatório. Quis saber o que diziam os soldados, se aproximou pé ante pé, como também era seu hábito, entreabriu a porta e prestou atenção.

Eis o que ouviu:

— Pois garanto a vocês que, se Coysel previu isso,[194] é tiro e queda, é como se já tivesse acontecido. Nunca o vi, mas ouvi dizer que é não só astrólogo, mas também feiticeiro.

— Calma, meu amigo, se gosta dele tome cuidado com o que diz! Vai acabar prejudicando-o.

— Como?

— Podem abrir um processo contra ele.

— E daí? Não se queimam mais os bruxos hoje em dia.

— Sei disso, mas há nem tanto tempo assim o falecido cardeal mandou queimar Urbain Grandier.[195] Sei o que digo, estive de guarda junto à fogueira e o vi ser assado.

---

194. Alguns memorialistas da época, como o cardeal de Retz (ver nota 86), a sra. de Motteville (ver nota 157) e Guy Joly, citam que a fuga, e inclusive sua data, teriam sido previstas por Coysel, misto de astrólogo e feiticeiro sobre quem não há maiores referências; seu nome também é grafado às vezes Goisel (pelo próprio Dumas, em *Louis XIV et son siècle*, e pela sra. de Motteville) ou Goifel (por Joly).

195. Cura da cidade de Loudun, envolvido num caso de possessão demoníaca e queimado vivo em 18 de agosto de 1634. Dumas incluiu o caso em sua série *Crimes célebres* (*Bibliographie de la France*) e também o transformou num drama de cinco atos, representado em seu Théâtre-Historique em 31 de março de 1850.

— Meu caro, Urbain Grandier não era bruxo, era um cientista, e isso muda tudo. Não previa o futuro, apenas sabia do passado. O que, às vezes, é bem mais grave.

Mazarino fez um gesto com a cabeça, pois concordava, mas continuou no mesmo lugar, querendo saber mais sobre a tal previsão.

— Não estou dizendo que Coysel não seja um bruxo — continuou o guarda —, o que digo é que tornar pública a previsão é o melhor meio de fazer com que ela não aconteça.

— Por quê?

— Ora, por exemplo, se duelarmos e eu avisar: "vou dar um golpe direto, vou dar um golpe de segunda", você vai naturalmente apará-los. Da mesma maneira, se Coysel disser: "antes de tal dia, tal prisioneiro vai escapar" e o cardeal ouvir, é evidente que providências serão tomadas e o prisioneiro não conseguirá escapar.

— Santo Deus! — exclamou um terceiro soldado que parecia dormir, deitado num banco e que, apesar do aparente sono, não perdia uma palavra da conversa. — Acha que as pessoas escapam do próprio destino? Se estiver escrito lá em cima que o duque de Beaufort vai escapar, precaução nenhuma do cardeal vai poder impedir.

Mazarino estremeceu. Era um italiano, ou seja, um supersticioso. Avançou célere até os guardas que, assustados, interromperam a conversa.

— O que estavam dizendo, cavalheiros? — perguntou com suas maneiras sedutoras. — Que o sr. de Beaufort escaparia, é isso?

— De forma alguma, monsenhor — disse o soldado incrédulo. — Por enquanto, não é o caso. Dizíamos apenas que ele provavelmente escapará.

— E quem disse isso?

— Vamos, Saint-Laurent, repita a história — disse o guarda, virando-se para o outro.

— Foi apenas o que ouvi da previsão de um certo Coysel e eu comentava com os colegas, monsenhor. Ele diz que por mais vigiado que esteja, o sr. de Beaufort escapará antes de Pentecostes.

— E esse Coysel é um sonhador, um louco? — perguntou ainda rindo o cardeal.

— De jeito nenhum — respondeu o guarda, perseverante em sua credulidade. — Ele já previu muitas coisas que aconteceram, como, por exemplo, que a rainha daria à luz um filho, que o sr. de Coligny seria morto no duelo contra o duque de Guise e ainda que o coadjutor será nomeado cardeal. E não é que a rainha deu à luz não apenas um primeiro filho, mas também, dois anos depois, um segundo. E o sr. de Coligny foi morto.

— Mas o coadjutor não é cardeal — disse Mazarino.

— Não, monsenhor, mas será.

Mazarino fez uma careta como quem diz: "ele não tem ainda o barrete". Em seguida acrescentou:

— Sua opinião então, meu amigo, é que o sr. de Beaufort deve escapar.

— É o que eu acho, monsenhor. E se Vossa Eminência me oferecesse agora mesmo o cargo do sr. de Chavigny,[196] governador do castelo de Vincennes, eu não aceitaria. Quer dizer, passada a festa de Pentecostes, minha resposta seria outra.

Nada é mais convincente do que uma forte convicção, que pode influenciar mesmo incréus. E, como já foi dito, Mazarino era supersticioso. Foi então muito pensativo que ele se retirou.

— Mas que sovina! — disse o guarda apoiado contra a muralha. — Fingiu não acreditar no seu feiticeiro, Saint-Laurent, só para não pagar a informação, mas não vai demorar a se aproveitar dela.

De fato, em vez de continuar o caminho para o quarto da rainha, Mazarino voltou ao seu gabinete e, tendo chamado Bernouin, mandou que no dia seguinte, logo ao amanhecer, tratassem de buscar o informante colocado junto do sr. de Beaufort e o acordassem assim que ele chegasse.

Sem saber, o guarda na antecâmara havia posto o dedo na ferida mais viva do cardeal. Há cinco anos o sr. de Beaufort estava preso, e não havia um só dia em que Mazarino, numa hora ou outra, não pensasse que ele recuperaria a liberdade. Não se podia manter preso, a vida inteira, um neto de Henrique IV, sobretudo tendo ele apenas trinta anos de idade. Qualquer, entretanto, que fosse a maneira pela qual ele escapasse, quanto ódio não teria armazenado, no cativeiro, contra quem o havia mandado para lá — rico, bravo, glorioso, amado pelas mulheres, temido pelos homens —, roubando da sua vida os melhores anos. Pois não é uma existência, viver na prisão! Enquanto isso, Mazarino redobrava a vigilância. Só que se sentia como o avaro da fábula, que não podia dormir junto do seu tesouro.[197] Muito frequentemente, à noite, ele acordava assustado, sonhando que haviam roubado dele o sr. de Beaufort. Pedia então notícias e toda vez tinha a dor de ouvir que o prisioneiro ria, bebia e cantava às maravilhas, mas tanto no riso, nas bebedeiras e nas cantorias, sempre intercalava ameaças, dizendo que Mazarino pagaria caro por toda essa distração que ele era forçado a criar para si mesmo em Vincennes.

E esse pensamento voltou a preocupar o ministro durante o sono. Às sete da manhã, então, quando Bernouin entrou no quarto para acordá-lo, a primeira coisa que ele perguntou foi:

— O que há? O sr. de Beaufort fugiu de Vincennes?

---

196. Léon Bouthillier (1608-52), conde de Chavigny. Por algum tempo foi considerado um possível sucessor de Richelieu como primeiro-ministro. Fazia parte do Conselho da rainha regente.

197. Referência a "O sapateiro e o financista", de Jean de La Fontaine (*Fábulas*, livro VIII, II).

— Não creio, monsenhor — tranquilizou Bernouin, com sua serenidade profissional que nunca se abalava. — Mas Vossa Eminência terá notícia, pois foi chamado de Vincennes o suboficial La Ramée,[198] que já está aqui, aguardando vossas ordens.

— Pois abra e mande-o entrar — ordenou Mazarino, ajeitando os travesseiros de maneira a recebê-lo sentado na cama.

Veio o suboficial. Era um homem grande e gordo, bochechudo e corado. Aparentava uma tranquilidade que já de início incomodou Mazarino.

"O sujeito parece mais um idiota", ele pensou.

O homem permanecia de pé e em silêncio, junto à porta.

— Aproxime-se! — disse Mazarino.

Ele obedeceu.

— Sabe o que andam dizendo por aqui? — continuou o cardeal.

— Não, Vossa Eminência.

— Muito bem, dizem que o sr. de Beaufort vai fugir de Vincennes, se é que já não fugiu.

O corpo inteiro do suboficial exprimiu a mais completa estupefação. Ele abriu ao mesmo tempo os olhinhos miúdos e a bocarra enorme, tentando farejar alguma brincadeira com que Sua Eminência se dignasse brindá-lo. Em seguida, sem poder, diante daquela suposição, manter a seriedade por mais tempo, deixou explodir uma gargalhada, mas de tal maneira que seus volumosos membros foram sacudidos pela hilaridade, como num acesso de violenta febre.

Mazarino viu com bons olhos essa expansão, na verdade bem pouco respeitosa, mas manteve um ar grave.

Depois de rir o quanto podia e enxugar os olhos, La Ramée achou dever afinal falar e se desculpar pela inconveniência da reação.

— Fugir, monsenhor? Fugir? Vossa Eminência não sabe onde se encontra o sr. de Beaufort?

— Sei perfeitamente que está na torre de Vincennes.

— Exato, monsenhor, num quarto cujas paredes têm sete pés de espessura, janelas com grades cruzadas, feitas com barras da grossura de um braço.

— Meu caro — disse Mazarino —, com paciência qualquer parede pode ser escavada e com a mola de um relógio serra-se uma barra de ferro.

— Mas monsenhor ignora que com ele estão oito guardas, quatro na antecâmara e quatro no quarto, propriamente. Guardas que jamais se afastam dele.

---

198. O diálogo com o personagem é reproduzido conforme narrado pela sra. de Motteville. No original, La Ramée é um *exempt*, que se traduz por "suboficial" mas que literalmente significa "isento". Tratava-se, antigamente, de quem substituía o comandante ou governador em sua ausência e era isento do serviço regular.

Há cinco anos o sr. de Beaufort estava preso, e não havia um só dia em que Mazarino não pensasse que ele recuperaria a liberdade.

— Mas ele deixa às vezes os seus cômodos, joga malha, joga pela![199]

— São diversões permitidas aos prisioneiros, monsenhor. Mas se Vossa Eminência assim quiser, podemos proibi-las.

— Não, isso não — disse Mazarino, temendo que com isso, se algum dia o prisioneiro deixasse Vincennes, cultivasse um rancor ainda maior. — Mas quero saber com quem ele joga.

— Joga com o oficial de guarda, comigo ou com algum outro prisioneiro.

— Não se aproxima muito das muralhas, durante o jogo?

— Monsenhor não conhece as muralhas? Têm sessenta pés de altura e não creio que o sr. de Beaufort já esteja assim tão cansado da vida para correr o risco de quebrar o pescoço pulando lá de cima.

— Huum... — fez o cardeal, que começava a se sentir mais seguro. — O senhor então, meu caro La Ramée, diz...

— Que a não ser que o sr. de Beaufort descubra como se transformar em passarinho, assumo toda a responsabilidade com relação a ele.

— Cuidado! Está assumindo um grande risco. O sr. de Beaufort disse aos guardas que o levaram a Vincennes ter muitas vezes pensado na possibilidade de ser preso e que já dispunha de quarenta estratagemas para fugir da prisão.

— Monsenhor, se nesses quarenta estratagemas um só fosse válido — respondeu La Ramée —, ele já o teria utilizado há muito tempo.

"Veja só, até que é menos idiota do que achei", murmurou para si mesmo Mazarino.

— Além disso, monsenhor, está se esquecendo de que o sr. de Chavigny é o governador de Vincennes, e o sr. de Chavigny está longe de ser amigo do sr. de Beaufort.

— Concordo, mas o sr. de Chavigny às vezes está ausente.

— Mas quando isso acontece, estou sempre presente.

— E quando o senhor está ausente?

— Quando isso acontece, tenho como substituto alguém que sonha ser suboficial de Sua Majestade e, posso garantir, faz boa guarda. Há três semanas está a meu serviço e tenho uma só crítica, que é a de ser excessivamente duro com o prisioneiro.

— E quem é esse cérbero?[200] — perguntou o cardeal.

— Chama-se Grimaud, monsenhor.

— E o que fazia antes vir trabalhar com você em Vincennes?

---

199. Eram jogos populares na época. A malha consistia em lançar, rente ao chão, discos de ferro que derrubassem pequenas estacas colocadas numa distância convencionada, ou ferraduras que se enroscassem nessas estacas, fixadas no chão. A pela era um jogo com uma bola de borracha, eventualmente impulsionada por um tipo de raquete.

200. Na mitologia grega, Cérbero é o cão de três cabeças que guarda o Inferno.

— Vivia no campo, pelo que me disse quem o recomendou. É meio brigão e andou se metendo em alguma confusão. Acho que gostaria muito de fugir da punição, sendo suboficial do rei.

— E quem o recomendou?

— O intendente do sr. duque de Grammont.[201]

— Acha então que podemos confiar nele?

— Como em mim mesmo, monsenhor.

— E não é de andar falando demais por aí?

— Por Deus, monsenhor! Achei até que fosse mudo. Só fala e responde por sinais. Parece que foi amestrado assim por seu patrão anterior.

— Pois diga a ele, meu caro sr. La Ramée, que se fizer boa e fiel guarda, fecharemos os olhos às escorregadelas anteriores e que poderá envergar um uniforme que o fará ser respeitado. Além disso, no bolso do uniforme haverá de encontrar algumas pistolas para que brinde pela saúde do rei.

Mazarino era eloquente em suas promessas, bem ao contrário daquele bom Grimaud, tão elogiado por La Ramée e que pouco falava, mas agia muito.

O cardeal fez ainda uma série de perguntas sobre o prisioneiro, sobre a maneira como se alimentava, vivia e dormia. As respostas eram tão satisfatórias que quando ele finalmente dispensou La Ramée, se sentia quase completamente tranquilizado.

Em seguida, já às nove horas, o ministro se levantou, se perfumou, se vestiu e foi procurar a rainha, para explicar os motivos que o haviam impedido de ir vê-la antes. Ana da Áustria, que temia o sr. de Beaufort tanto quanto o cardeal e era quase tão supersticiosa quanto ele, o fez repetir cada palavra das promessas de La Ramée e todos os elogios feitos ao seu substituto. Terminado o relatório, ela disse à meia-voz:

— Só é pena, meu amigo, não termos um Grimaud colado a cada príncipe!

— Paciência — disse Mazarino com seu sorriso italiano —, quem sabe um dia. Mas, enquanto isso...

— Enquanto isso?

— Vou tomando minhas precauções.

Foi quando escreveu a d'Artagnan para que apressasse o regresso.

---

201. Antoine III de Gramont (1604-78), marechal e conselheiro de Estado, muito próximo da Corte e casado com uma sobrinha de Richelieu.

19. *As diversões do sr. duque de Beaufort na torre de Vincennes*

O prisioneiro que tanto assustava o sr. cardeal e cuja eventual evasão perturbava o sono da Corte inteira não imaginava causar todo esse terror no Palais Royal.

Sentia-se tão admiravelmente vigiado que aceitara a inutilidade de qualquer tentativa. Sua vingança, então, se resumia a lançar imprecações e injúrias contra Mazarino. Chegara inclusive a cometer alguns versos, mas rapidamente desistiu. De fato, o sr. de Beaufort não somente não recebera do céu o dom de alinhavar rimas, como também se exprimia em prosa com a maior dificuldade. Por isso Blot, um cancionista da época, assim o descreveu:

> *Num combate ele brilha, troveja,*
> *É temido com razão;*
> *Mas pela maneira como raciocina,*
> *Se confunde com um filhote de ganso.*
> *Gastão, para compor uma arenga*
> *Tem menor dificuldade;*
> *Por que Beaufort não tem a língua?*
> *Por que Gastão não tem o braço?*[202]

Se levarmos isso em consideração, é compreensível que o prisioneiro tenha se limitado às injúrias e imprecações.

O duque de Beaufort era neto de Henrique IV e Gabrielle d'Estrées, tão generoso, bravo, orgulhoso e, sobretudo, gascão quanto o avô. Mas bem menos letrado. Foi por certo tempo, depois da morte de Luís XIII,

---

202. "Gastão" é Gastão de Orléans, irmão de Luís XIII. Todos os memorialistas da época dizem que o duque se exprimia muito mal e frequentemente confundia as palavras.

o favorito, o homem de confiança, o primeiro na Corte, mas um dia teve que ceder o lugar a Mazarino, tornando-se o segundo. Logo depois, tendo tido o mau gosto de se revoltar com essa sucessão e a imprudência de dizê-lo, a rainha mandou que aquele mesmo Guitaut, que já vimos aparecer no início dessa história e ainda teremos oportunidade de reencontrar, o prendesse e conduzisse a Vincennes. Quem diz rainha, é claro, está dizendo Mazarino. Livrou-se, assim, não apenas da pessoa e de suas pretensões, mas também do que ele, príncipe popular que era, representava. Há cinco anos, então, o duque vivia num quarto-forte nada aristocrático da torre de Vincennes.

Esse lapso de tempo que teria amadurecido as ideias de qualquer um passou pela cabeça do sr. de Beaufort sem operar a menor mudança. Qualquer um, é verdade, teria visto que se não insistisse em provocar o cardeal, desprezar os príncipes e avançar sozinho, sem outros acólitos além de alguns sonhadores inconsequentes, como diz o cardeal de Retz,[203] ele já teria conseguido, nesses cinco anos, a liberdade ou defensores. Tais considerações provavelmente nem sequer se apresentaram ao espírito do duque e a longa reclusão apenas o fixou ainda mais firmemente na teima, fazendo com que o cardeal recebesse notícias cada vez mais desagradáveis para Sua Eminência.

Depois de fracassar na poesia, o sr. de Beaufort tentou a pintura. Desenhava a carvão a imagem do cardeal e como seu talento, bastante medíocre nessa arte, não o permitia atingir boa semelhança, para que não houvesse dúvida sobre a inspiração do retrato ele escrevia embaixo: "*Ritrato dell'illustrissimo facchino Mazarini.*"[204] Avisado, o sr. de Chavigny procurou o duque e pediu que ele se dedicasse a outro passatempo ou que, pelo menos, fizesse retratos sem legendas. No dia seguinte, o cômodo estava repleto de legendas e de retratos. O duque, à semelhança de todos os prisioneiros, aliás, agia como criança, teimando em fazer coisas que lhe são proibidas.

O sr. de Chavigny soube dessa inflação de perfis — pois o desenhista não se arriscava a fazer os rostos de frente —, que havia transformado a cela em verdadeiro salão de exposições. O governador nada disse, mas esperou um dia em que o sr. de Beaufort fora jogar pela, mandou que todos os desenhos fossem lavados e o quarto repintado a têmpera.

O sr. de Beaufort agradeceu ao sr. de Chavigny, que tivera a bondade de renovar a sua área para desenhos e, dessa vez, compartimentou as paredes disponíveis, dedicando um trecho para cada etapa da vida do cardeal Mazarino.

---

203. A expressão *songe-creux* ("sonhador" no pior sentido, que "pensa vazio") de fato se encontra nas *Mémoires* do cardeal de Retz, se referindo ao círculo político do duque.

204. Em italiano, "Retrato do ilustríssimo carregador de malas Mazarino". Já em francês, o termo *faquin*, bastante parecido com *facchino*, era correntemente usado contra Mazarino e significa "indivíduo sem valor", "sanguessuga".

A primeira devia representar o ilustríssimo sanguessuga Mazarino recebendo uma saraivada de bastonadas do cardeal Bentivoglio, de quem ele fora lacaio.

A segunda, o ilustríssimo sanguessuga Mazarino representando o papel de Inácio de Loyola na tragédia de mesmo nome.[205]

A terceira, o ilustríssimo sanguessuga Mazarino roubando a pasta de primeiro-ministro do sr. de Chavigny, que já se imaginava dono da mesma.

Na quarta, enfim, o ilustríssimo sanguessuga Mazarino recusava lençóis a La Porte, camareiro de Luís XIV, dizendo ser suficiente, para um rei da França, mudar de lençóis de três em três meses.[206]

Eram grandes composições, que provavelmente estavam além do talento do prisioneiro, de forma que ele se limitara a traçar a moldura e acrescentar as inscrições.

Mas essas molduras e inscrições bastaram para despertar a suscetibilidade do sr. de Chavigny, que mandou avisar ao prisioneiro que se não desistisse do projeto pictórico perderia o acesso aos utensílios para a sua execução. O sr. de Beaufort respondeu que, retirada a sua possibilidade de construir para si uma reputação nas armas, ele havia optado pela pintura. Não podendo ser um Bayard ou um Trivulce, pretendia se tornar um Michelangelo ou um Rafael.[207]

Um dia em que o sr. de Beaufort passeava no pátio, tiraram da sua cela o necessário para que se acendesse a lareira. Sem isso, foram-se os seus carvões e, com o carvão, a cinza. Ao voltar, então, não encontrou mais com que produzir seus creions.

Ele praguejou, xingou, berrou, dizendo que tentavam matá-lo de frio e pela umidade, como morreram Puylaurens, o marechal Ornano e o grande prior de Vendôme.[208] Obteve como resposta do sr. de Chavigny bastar que desse sua palavra, garantindo desistir das suas pinturas históricas, e teria de volta lenha e tudo mais que precisasse para acender um fogo. O sr. de Beaufort se negou e ficou sem aquecimento durante todo o restante do inverno.

---

205. O verbete dedicado a Mazarino, em *Biographie universelle Michaud* (tomo 28), diz que o cardeal representou no palco esse papel, por ocasião da canonização do fundador da ordem jesuíta (1622).

206. Em suas memórias, La Porte diz ter visto o cardeal liberar a troca de somente "seis pares de lençóis em três anos inteiros".

207. O cavaleiro Bayard era Pierre Terrail (1475-1524), cuja vida deu origem ao personagem que simboliza os valores da cavalaria francesa do final da Idade Média. A família milanesa Trivulce deu à França dois marechais: Jean-Jacques e Théodore. Michelangelo (1475-1564) e Rafael (1543-20) são, evidentemente, os dois famosos pintores italianos renascentistas.

208. Antoine de Laage, duque de Puylaurens (1602-35), preso em 14 de fevereiro de 1635, morreu quatro meses depois. Jean-Baptiste d'Ornano (1581-1626), preso em 4 de maio de 1626, morreu quatro meses depois. Alexandre de Bourbon, cavaleiro de Vendôme (1598-1629), prior-mor da França, foi encarcerado em junho de 1626, morrendo na prisão.

Além disso, durante uma das saídas do prisioneiro, as suas inscrições foram raspadas, ficando o cômodo branco e nu, sem o menor sinal de arte.

O sr. de Beaufort comprou então, de um dos carcereiros, um cão chamado Pistache. Como nada impedisse que os prisioneiros tivessem um cachorro, o sr. de Chavigny autorizou a venda e o novo dono passava às vezes horas inteiras trancado na companhia do quadrúpede. Imaginava-se que aquelas horas fossem empregadas na educação de Pistache, mas não se sabia em qual direção o ensino estava sendo ministrado. Um dia, considerando Pistache estar suficientemente adestrado, o duque convidou o sr. de Chavigny e os oficiais de Vincennes para uma grande apresentação que daria em seu quarto. O público chegou. O cômodo fora iluminado com o máximo de velas que o sr. de Beaufort conseguiu. Os exercícios tiveram início.

Com um pedaço de gesso arrancado da parede, o prisioneiro havia traçado no meio do quarto uma longa linha branca, representando uma corda. Ao primeiro comando do seu amo, Pistache se colocou nessa linha, se ergueu nas patas traseiras, equilibrando nas patas dianteiras uma vareta de desempoeirar as roupas, com todas as contorções típicas dos equilibristas em corda bamba. Em seguida, tendo percorrido duas ou três vezes, para a frente e para trás, a extensão da linha, ele devolveu a vareta ao sr. de Beaufort e repetiu a façanha sem aquele apoio.

O inteligente animal foi intensamente aplaudido.

O espetáculo se dividia em três partes; terminada a primeira, começou a segunda.

Tratava-se, para começar, de dizer as horas.

O sr. de Chavigny mostrou o seu relógio a Pistache. Eram seis e meia.

Pistache ergueu e abaixou a pata seis vezes, deixando-a, na sétima, a meia altura. Impossível maior clareza e um relógio solar não teria sido mais preciso, com a desvantagem, ainda, de só anunciar as horas sob a luz do astro.

Em seguida, a tarefa passou a ser a de reconhecer, diante da plateia reunida, o melhor carcereiro de todas as prisões da França.

O cão percorreu três vezes o círculo dos convidados e foi se deitar, da forma mais respeitosa do mundo, aos pés do sr. de Chavigny, que fingiu apreciar muito a brincadeira e sorriu mostrando os dentes. Depois de rir, ele mordeu os lábios e começou a ficar tenso.

Para terminar, foi colocada a Pistache essa questão de tão difícil resposta: quem é o maior ladrão do mundo?

Dessa vez Pistache percorreu o cômodo sem parar diante de ninguém e, dirigindo-se à porta, começou a arranhá-la e a ganir.

— Vejam, cavalheiros — observou o duque —, esse interessante animal, sem encontrar aqui o que pedi, quer ir buscar lá fora. Mas não se preocupem, nem por isso vou deixá-los sem resposta. Pistache, meu amigo — continuou o príncipe —, venha até aqui.

O cão obedeceu e ele continuou:

— O maior ladrão do mundo, que se conheça, seria o sr. secretário do rei, Le Camus,[209] que chegou a Paris com vinte libras e agora possui dez milhões?

O cão balançou negativamente a cabeça.

— Seria — continuou o sr. de Beaufort — o sr. superintendente d'Émery, que deu de casamento ao filho, o sr. Thoré, trezentas mil libras de renda e um palácio, comparado ao qual o das Tuileries é um casebre e o Louvre uma choça?[210]

Novo sinal negativo do animal.

— Também não — traduziu o duque. — Bom, continuemos a procura. Seria por acaso o ilustríssimo sanguessuga Mazarini di Piscina, seria?[211]

O cão fez veemente e significativo sinal afirmativo, erguendo e abaixando a cabeça oito ou dez vezes seguidas.

— Cavalheiros, como podem ver — dirigiu-se o sr. de Beaufort aos espectadores, que dessa vez sequer se atreveram a sorrir amarelo —, o ilustríssimo sanguessuga Mazarini di Piscina é o maior ladrão do mundo conhecido. Ou, pelo menos, assim afirmou Pistache.

O duque de Beaufort aproveitou o grande silêncio que se fez e passou ao programa da terceira parte do espetáculo:

— Cavalheiros, os senhores se lembram que o duque de Guise ensinou todos os cães de Paris a darem saltos para a srta. de Pons,[212] por ele proclamada a bela das belas! Pois bem, cavalheiros, isso foi pouco, pois aqueles animais obedeciam maquinalmente, sem saber fazer a dissidência (o sr. de Beaufort queria dizer "diferença"[213]) entre aqueles para os quais deviam saltar e aqueles para os quais não deviam. Pistache mostrará aos senhores, assim como ao sr. governador, que está muito acima dos seus semelhantes. Sr. de Chavigny, tenha a bondade de me emprestar a sua bengala.

O sr. de Chavigny atendeu ao pedido.

O duque posicionou a bengala na horizontal, a um pé de altura:

---

209. Nicolas Le Camus (1568-1648), segundo Tallemant de Réaux, em suas *Historiettes*, "cognominado O Rico, conselheiro de Estado, chegou a Paris com vinte libras e acaba de dividir nove milhões entre os filhos, depois de guardar para si quarenta mil libras de renda". Sobre o superintendente d'Émery, citado logo a seguir, ver o cap.1 e as notas 19 e 21.

210. O palácio das Tuileries foi construído a partir de 1564, por iniciativa de Maria de Médici. Foi destruído pelos rebeldes da Comuna de Paris, em 1871.

211. Mazarino nasceu em Pescina, ou Piscina, na região de Abruzzo.

212. Tallemant de Réaux, em *Historiettes*, conta essa anedota, citando a senhorita em questão como amante do duque.

213. São muitas as histórias em torno das confusões do duque, por ex., "confusão" em vez de "contusão", "lúbrico" em vez de "lúgubre"...

— Pistache, meu amigo, por favor, salte pela sra. de Montbazon.[214]

Os risos foram gerais, todo mundo sabia que, quando foi preso, o sr. de Beaufort era o amante declarado da sra. de Montbazon.

Pistache não se fez de difícil e alegremente saltou por cima do obstáculo.

— Tenho a impressão — disse o sr. de Chavigny — que Pistache faz o mesmo que os seus colegas que saltavam pela srta. de Pons.

— Espere um pouco — pediu o duque. — Pistache, meu amigo, salte pela rainha.

Mais seis polegadas foram acrescentadas à altura e o cachorro respeitosamente saltou por cima.

— Pistache, meu amigo — continuou o duque aumentando a altura em mais seis polegadas —, pule pelo rei.

O cão tomou distância e, apesar da dificuldade, saltou com leveza por cima da barreira.

— E, agora, prestem muita atenção — continuou o duque, abaixando a bengala quase à altura do chão. — Pistache, meu amigo, salte pelo ilustríssimo sanguessuga Mazarini di Piscina.

O animal virou o traseiro para a bengala.

— Mas o que é isso? — estranhou o sr. de Beaufort, traçando um semicírculo da cauda à cabeça do cão e apresentando novamente a bengala. — Queira saltar, sr. Pistache.

Mas Pistache, como anteriormente, deu meia-volta e, de novo, apresentou o traseiro.

O sr. de Beaufort repetiu as mesmas ações e frase, mas dessa vez a paciência de Pistache havia chegado ao extremo e ele se lançou furioso contra a bengala, arrancando-a das suas mãos e estraçalhando-a na boca.

O duque arrancou os dois pedaços de entre os dentes do animal e, com toda seriedade, entregou-os ao sr. de Chavigny, desdobrando-se em desculpas e dando por terminado o espetáculo. Acrescentou, contudo, que se aceitassem assistir, dentro de três meses, a outra sessão, Pistache teria aprendido novos truques.

Três dias depois, Pistache apareceu envenenado.

Buscou-se o culpado, mas, como se pode imaginar, o culpado permaneceu desconhecido. O sr. de Beaufort providenciou para o animal um túmulo com o seguinte epitáfio: "Aqui jaz Pistache, um dos cães mais inteligentes que já existiram."

Nada se podia dizer contra o elogio e o sr. de Chavigny não teve como impedi-lo.

---

214. Marie d'Avaugour (1610-57), casada em 1628 com o príncipe de Guéméné, duque de Montbazon, 42 anos mais velho.

Mas o duque passou a alardear que haviam experimentado no seu cachorro a droga da qual se serviriam para ele próprio. Depois disso, começou um dia a gritar que tinha cólicas e que Mazarino o mandara envenenar.

Essa nova provocação chegou aos ouvidos do cardeal, que se assustou. A torre de Vincennes passava por ser bem pouco salubre: a sra. de Rambouillet dizia que o quarto em que morreram Puylaurens, o marechal Ornano e o grande prior de Vendôme valia o seu peso em arsênico, e a *boutade* teve grande sucesso. Ele então ordenou que o prisioneiro não ingerisse mais nada sem que antes provassem líquidos e sólidos. Foi a essa altura que o suboficial La Ramée foi designado para ficar a seu lado, como provador.

Mas o sr. de Chavigny também não havia perdoado as impertinências do duque, pelas quais o inocente Pistache já havia expiado.

O governador fora ligado ao falecido cardeal, havendo quem inclusive dissesse que era seu filho.[215] Tratava-se então de alguém bem familiarizado com tiranias e começou a devolver ao prisioneiro algumas picuinhas, retirando dele certos privilégios que haviam sido deixados, como facas de ferro e garfos de prata, trocados por facas de prata e garfos de madeira.[216] O sr. de Beaufort se queixou e foi informado de que sr. de Chavigny, tendo acabado de saber que o cardeal dissera à sra. de Vendôme que o seu filho se encontrava na torre de Vincennes à perpetuidade, temia que a desastrosa notícia levasse o prisioneiro a uma tentativa de suicídio. Quinze dias depois, ele se deparou com duas fileiras de árvores, finas como varetas, plantadas no caminho que o levava ao jogo de pela. Perguntou o que era e responderam ser para que, um dia, lhe dessem sombra. Certa manhã, enfim, o jardineiro o procurou e, como se fosse para agradá-lo, disse que contava plantar para ele algumas mudas de aspargos. Como todos sabem, pés de aspargos levam hoje quatro anos para serem produtivos e levavam cinco, naquela época em que a jardinagem não contava com técnicas tão aperfeiçoadas. Tais cortesias deixaram o sr. de Beaufort furioso.

Ele então pensou ser hora de recorrer a um dos seus quarenta estratagemas e tentou, para começar, o mais simples, que era o de subornar La Ramée. Só que La Ramée, que havia comprado por mil e quinhentos escudos o seu posto de suboficial, prezava muito essa sua posição. Assim sendo, em vez de se envolver no plano do prisioneiro, foi correndo prevenir o sr. de Chavigny, que imediatamente dispôs oito guardas no quarto do príncipe, dobrou as sentinelas e triplicou a vigilância. A partir desse momento, o duque passou a

---

215. Louis-Henri de Loménie, conde de Brienne (1635-98), em *Mémoires*, diz que "a crônica escandalosa" propagava o boato, mas com a ressalva de que Richelieu teria sido a única aventura extraconjugal da mãe do governador.

216. A razão seria que as facas de pratas não têm ponta aguçada e cortam menos bem que as de ferro.

só se movimentar como os reis do teatro, com quatro homens à frente e mais quatro atrás, sem contar com os que o seguiam ainda mais recuados.

O prisioneiro de início riu muito dessas medidas que se tornaram para ele uma distração. Ele então dizia: "Isso me distrai, me *diversifica*" (queria dizer: "me diverte", mas, como sabemos, nem sempre acertava o que queria dizer). Depois acrescentava: "Aliás, quando eu quiser escapar dessas homenagens que me prestam, tenho ainda outras trinta e nove maneiras."

Mas a distração acabou se tornando um tédio. Por fanfarronada, ele aguentou seis meses, mas no final desses seis meses, vendo que oito homens se sentavam quando ele se sentava e se levantavam quando ele se levantava, parando também quando ele parava, começou a ficar de cara feia e a contar os dias.

A nova perseguição só fez recrudescer seu ódio por Mazarino. O príncipe praguejava da manhã à noite, anunciando que faria guisados de orelhas mazarinas. Era de dar medo e o cardeal, que sabia de tudo que se passava em Vincennes, instintivamente puxava o barrete cardinalício até o pescoço.

Um dia, o sr. de Beaufort reuniu a guarda e, apesar da sua proverbial dificuldade de expressão, fez esse discurso (previamente elaborado, é verdade):

— Cavalheiros, vão os senhores aceitar que um neto do bom rei Henrique IV receba uma chuva de insultos e de *ignobílias* (ele queria dizer "ignomínias")? *Ventre-saint-gris!*,[217] como dizia meu avô. Eu quase reinei em Paris, sabem disso? Tive sob a minha guarda, por um dia inteiro, o rei e Monsieur.[218] A rainha me fazia agrados e dizia ser eu o homem mais honesto de todo o reino. Caros burgueses, levem-me para fora daqui e irei ao Louvre torcer o pescoço do tal Mazarino. Serão os senhores a minha guarda pessoal, promovidos ao oficialato, com boas pensões. *Ventre-saint-gris!* Em frente, vamos!

Por mais apaixonada que fosse, a eloquência do neto de Henrique IV não sensibilizou aqueles corações de pedra. Ninguém se mexeu e, constatando isso, o sr. de Beaufort chamou-os todos de cretinos, criando com isso inimigos implacáveis.

Às vezes, por ocasião de alguma visita do sr. de Chavigny, o que infalivelmente acontecia duas ou três vezes por semana, o duque aproveitava para ameaçar:

— O que fará, governador, se um belo dia vir surgir um exército de parisienses bem encouraçados e armados, vindo me libertar?

---

217. Interjeição com o sentido de "Caramba!", usada à época de Henrique IV. Literalmente se poderia traduzir como "Pela barriga de são Gris", mas a expressão é uma provável corruptela, para evitar a blasfêmia, de *"vendredi saint"* (Sexta-feira Santa) ou de *"ventre du Saint-Esprit"* (barriga do Espírito Santo).

218. A sra. de Motteville conta que "a rainha, nos últimos dias da doença do rei, confiou a ele (sr. de Beaufort) a guarda dos seus filhos".

— Excelentíssimo duque — respondeu o sr. de Chavigny, fazendo profunda reverência —, tenho nas muralhas vinte peças de artilharia e, nas casamatas, trinta mil tiros a disparar. Usaria meus canhões da melhor forma.

— Pode ser, mas uma vez disparados seus trinta mil tiros eles tomariam a torre e, tomada a torre, serei obrigado a deixar que o enforquem. E é possível que isso até me agrade.

O príncipe, por sua vez, cumprimentou o sr. de Chavigny com toda cortesia.

— Ora — continuou o sr. de Chavigny —, assim que o primeiro baderneiro atravessasse minhas poternas, ou pusesse os pés na minha muralha, eu me veria forçado, mesmo que a contragosto, a matar o excelentíssimo sr. duque com as minhas próprias mãos, uma vez que foi particularmente recomendado a mim, devendo eu devolvê-lo morto ou vivo.

Fez nova reverência a Sua Alteza.

— É verdade — continuou o duque —, mas como é provável que toda essa gente só venha depois de ter mais ou menos enforcado o sr. Giulio Mazarini, o governador evitaria levantar a mão contra mim e me deixaria viver, temendo ser esquartejado pelos parisienses, amarrado a quatro cavalos,[219] o que parece ser ainda mais desagradável do que a forca, há de convir.

Essas provocações podiam se prolongar por dez, quinze, até vinte minutos, mas terminavam sempre com o sr. de Chavigny se virando na direção da porta e gritando:

— Ei! La Ramée!

O suboficial atendia.

— La Ramée — continuava o sr. de Chavigny —, recomendo particular atenção com o sr. de Beaufort: trate-o com toda a consideração que se deve a seu nome e a sua posição. Por isso, não o perca nem por um instante de vista.

Em seguida se retirava, cumprimentando o sr. de Beaufort com uma cortesia irônica que transportava este último aos píncaros da irritação.

La Ramée se tornara então o comensal obrigatório do príncipe, seu eterno guardião, sombra do seu corpo. Diga-se, entretanto, que o suboficial era companhia das mais agradáveis: alegre, franco, apreciador reconhecido da boa bebida, grande jogador de pela, no fundo um bom sujeito. Para o sr. de Beaufort, ele apresentava um só defeito, o de ser incorruptível. Mas rapidamente ele se tornou para o príncipe mais uma distração do que um estorvo.

O mesmo, infelizmente, não acontecia para o próprio La Ramée, para quem a indiscutível honra de estar trancafiado com tão ilustre prisioneiro, o neto de Henrique IV, e o prazer de privar dessa intimidade não valiam a amargura de tão raramente poder visitar sua mulher e filhos.

---

219. Praticava-se o esquartejamento amarrando mãos e pés do condenado a quatro cavalos, que eram açoitados para que partissem em direções diferentes.

Pode-se, ao mesmo tempo, ser um excelente suboficial do rei, mas também bom pai e bom esposo. E o bravo La Ramée adorava a mulher e os filhos, vistos apenas de raspão do alto da muralha quando, para que tivesse esse consolo paternal e conjugal, eles vinham visitá-lo, do outro lado dos fossos. Isso realmente o chateava muito. Ele sentia que o bom humor, que considerava a causa profunda da sua boa saúde — sem ver que, pelo contrário, era provavelmente o seu resultado — não duraria muito tempo, submetido a semelhante tratamento. Tal convicção ainda mais se avolumou no seu espírito quando as relações entre o sr. de Beaufort e o sr. de Chavigny se azedaram a tal ponto que eles pararam totalmente de se ver. A partir daí, La Ramée sentiu pesar mais sobre seus ombros a responsabilidade e como, justamente pelos motivos que acabamos de explicar, ele procurava alternativas, foi muito calorosamente que recebeu a proposta feita por seu amigo, intendente do marechal de Grammont, de lhe arranjar um acólito. O suboficial imediatamente fez o pedido ao sr. de Chavigny, que de forma alguma se opôs, à condição de o tal ajudante passar por seu crivo.

Julgamos perfeitamente desnecessário descrever aos nossos leitores o aspecto físico e moral de Grimaud. Isso por esperarmos, é claro, que não tenham se esquecido por completo do primeiro volume da presente obra, guardando uma clara lembrança daquele estimável personagem, no qual transformação alguma ocorrera senão a de ter ganhado vinte anos a mais: aquisição que só o tornou ainda mais taciturno e silencioso, mesmo que, uma vez operada a transformação, Athos lhe tivesse dado a permissão para voltar a falar.

Nessa época, porém, fazia já doze ou quinze anos que Grimaud se calava, e um hábito de doze ou quinze anos torna-se uma segunda natureza.

20. *Grimaud assume suas funções*

Grimaud então se apresentou da melhor maneira na torre de Vincennes. O sr. de Chavigny se gabava de ter um olho clínico, o que se acrescentava à suspeita de que de fato fosse filho do cardeal de Richelieu, que tinha a mesma pretensão. Foi então com atenção que ele examinou o postulante ao cargo e conjecturou que suas sobrancelhas próximas, os lábios finos, o nariz adunco e as maçãs salientes eram indícios dos mais promissores. Dirigiu-lhe apenas doze palavras, às quais Grimaud respondeu com quatro.

— Julgo-o perfeitamente qualificado — disse o sr. de Chavigny. — Procure o sr. La Ramée e diga-lhe que me convém sob todos os aspectos.

Grimaud girou nos calcanhares e se dirigiu à inspeção bem mais criteriosa de La Ramée. O que o tornava tão exigente era o fato de que o sr. de Chavigny sabia poder descansar se apoiando nele, que queria descansar se apoiando em Grimaud.

Este último apresentava todos os predicados passíveis de encantar um preposto que espera poder contar com um subpreposto. As mil perguntas feitas obtiveram, cada uma, um quarto de resposta e La Ramée, fascinado com tal sobriedade, esfregou as mãos, confirmando Grimaud para o cargo.

— Qual tarefa? — perguntou Grimaud.

— É a seguinte: nunca deixar o prisioneiro sozinho, tirar dele qualquer instrumento perfurante ou cortante, impedir que faça qualquer sinal a pessoas do exterior ou que fale demais com os seus guardas.

— Só isso? — perguntou Grimaud.

— Por enquanto só. Caso surjam novas circunstâncias, receberá novas tarefas.

— Entendo.

E Grimaud penetrou então nos aposentos do duque de Beaufort, que naquele momento penteava a barba, que, assim como os cabelos, foi deixada longa, para provocar Mazarino, expondo o seu estado de miséria e má aparência. Só que alguns dias antes, do alto da torre, ele tivera a impressão de reconhecer, no fundo de uma carruagem, a bela sra. de Montbazon, de quem guardava boa lembrança e a quem não desejava causar o mesmo efeito que ao ministro. Com a esperança de revê-la é que havia pedido um pente de chumbo, que lhe fora concedido.

O pente era de chumbo porque, como todos os louros, o sr. de Beaufort tinha a barba meio ruiva e procurava escurecê-la ao penteá-la.

Ao entrar, Grimaud viu o pente que o príncipe acabava de deixar em cima da mesa e pegou-o, enquanto fazia uma reverência.

Com surpresa o duque olhou para o estranho personagem, que colocava o seu pente no bolso.

— Ei! O que vem a ser isso? — exclamou ele. — E quem é o engraçadinho?

Grimaud não respondeu, mas fez nova reverência.

— É surdo? — esbravejou o príncipe.

Grimaud fez sinal que não.

— Ordeno então que diga quem é.

— Guardião — disse Grimaud.

— Guardião? Era mesmo a figura patibular que faltava em minha coleção. Ei! La Ramée! Alguém, rápido!

Chamado, La Ramée acorreu. Contando com Grimaud, para infelicidade do príncipe, ele já se encontrava no pátio, de saída para Paris, e voltou atrás bem descontente.

— O que houve, meu príncipe? — ele perguntou.

— Quem é o sujeitinho que pega meu pente e o enfia no bolso? — quis saber o sr. de Beaufort.

— Um dos seus guardas, Excelência. Alguém com muitos méritos e que o sr. duque apreciará, como o sr. de Chavigny e eu apreciamos. Tenho certeza.

— E por que ele pegou o meu pente?

— É verdade — voltou-se La Ramée —, por que pegou o pente do sr. duque?

Grimaud tirou o pente do bolso, passou o dedo em cima e, olhando e mostrando os dentes que tinha o objeto, se limitou a dizer uma única palavra:

— Pontudo.

— Tem razão — concordou La Ramée.

— O que diz esse animal? — insurgiu-se o duque.

— Que o acesso a qualquer instrumento pontudo foi proibido pelo rei ao sr. duque.

— Era só o que faltava! Será que enlouqueceu, La Ramée? Você mesmo me deu esse pente!

— Foi um grande erro meu, senhor. Fazendo isso me coloquei em contradição com as ordens que recebi.

Furioso, o duque ficou olhando para Grimaud, que havia entregado o pente a La Ramée.

— Vejo que não vou gostar nada do sujeitinho — murmurou o príncipe.

De fato, na prisão não há sentimentos intermediários. Homens e coisas são vistos como amigos ou inimigos, estimados ou odiados. Às vezes até há razões para isso, mas, em geral, são sentimentos instintivos. Pelo motivo infinitamente simples de Grimaud ter, à primeira vista, agradado ao sr. de Chavigny e a La Ramée, suas qualidades, para o governador e para o suboficial, se tornavam um grande defeito para o prisioneiro, desagradando, também à primeira vista, ao sr. de Beaufort.

Mas Grimaud não queria, já no primeiro dia, entrar em confronto direto. Ele precisava não de uma repugnância improvisada, mas de boa e bela aversão bem estabelecida e se retirou, então, cedendo vez a quatro guardas que, tendo acabado de almoçar, podiam retomar o serviço junto ao príncipe.

Este último, por sua vez, terminava uma nova brincadeira, da qual muito esperava: havia pedido lagostins para o almoço do dia seguinte e pretendia passar algumas horas confeccionando uma pequena forca para nela pendurar o mais belo crustáceo do seu prato, bem no meio do quarto. A cor vermelha que viria com o cozimento não deixaria qualquer dúvida quanto à alusão[220] e ele assim teria o prazer de enforcar uma representação do cardeal, enquanto não o pudesse enforcar na vida real, e isso sem que pudessem censurá-lo, pois nada teria feito senão enforcar um lagostim.

O dia se passou em preparativos para a execução. As pessoas se infantilizam um bocado na prisão e o sr. de Beaufort tinha essa inclinação bastante acentuada. Durante o passeio habitual, ele partiu dois ou três gravetos, que teriam um papel em sua encenação. Depois de procurar bastante, encontrou também um caco de vidro que pareceu lhe causar grande contentamento. Ao voltar para a cela, desfiou um dos seus lenços.

Nenhum desses detalhes escapou do olho inquisitivo de Grimaud.

Na manhã do dia seguinte, a forca estava pronta e, para poder plantá-la no meio do quarto, o sr. de Beaufort enfiou no piso uma das pontas, com a ajuda do seu caco de vidro.

La Ramée via toda aquela movimentação com a curiosidade de um pai que acha ter, quem sabe, encontrado um brinquedo novo para os filhos, e os quatro guardas apresentavam esse ar desorientado que naquela época, como hoje em dia ainda, parece ser a principal característica do soldado.

Grimaud entrou no momento em que o príncipe acabava de escavacar o chão com o pedaço de vidro, mas sem ter ainda afiado o que seria a base da forca, tarefa que deixara para depois de amarrar o barbante na outra ponta.

---

220. Por ser o vermelho a cor simbólica do cardinalato. Aliás, na culinária francesa, o molho *cardinal*, feito à base de crustáceos, tem esse nome por causa da cor avermelhada.

O recém-chegado recebeu um olhar em que transparecia ainda um resto de antipatia da véspera, mas como o duque já se sentia muito satisfeito com o resultado que a sua nova invenção não deixaria de causar, não lhe deu maior atenção.

Só que ao terminar de dar um nó de marinheiro numa extremidade e um nó de forca na outra, e depois de, numa rápida olhada, ter já escolhido o lagostim mais imponente, ele se virou para pegar o caco de vidro e... o caco de vidro havia desaparecido.

— Quem pegou o meu caco de vidro? — perguntou o príncipe franzindo a testa.

Grimaud fez sinal dizendo ter sido ele.

— Como!? De novo? E por quê?

— É verdade — juntou-se La Ramée —, por que pegou o caco de vidro de Sua Alteza?

Grimaud, ainda com o pedaço de vidro na mão, passou a mão pelo fio e disse:

— Cortante.

— Ele está certo, sr. duque — disse La Ramée. — Por Deus, que precioso auxiliar conseguimos!

— Sr. Grimaud — avisou o príncipe —, para o seu próprio interesse, insistentemente peço que tome o cuidado de nunca se colocar ao alcance da minha mão.

Grimaud fez uma reverência e se recolheu ao fundo do cômodo.

— Psiu, psiu, sr. duque — disse baixinho La Ramée. — Dê-me a sua miniatura de forca que posso fixá-la com o meu canivete.

— O senhor? — riu o duque.

— Eu mesmo! Não é o que quer?

— Com certeza. Bom, é verdade, será ainda mais engraçado. Aqui está, meu caro La Ramée.

Sem entender direito a exclamação do príncipe, o suboficial afinou o pé da forca da maneira mais competente do mundo.

— Perfeito — aplaudiu o príncipe. — Faça agora um buraquinho no chão, e trarei o paciente.

La Ramée se ajoelhou no chão e fez o que fora pedido.

Nesse meio-tempo, o príncipe prendeu o lagostim no barbante.

Feito isso, plantou a forca no meio do quarto, com uma grande risada.

Também La Ramée riu com gosto, sem saber muito por quê, e os guardas fizeram coro.

Grimaud foi o único a não rir. Aproximou-se de La Ramée e, apontado para o lagostim que rodopiava na ponta da sua corda, disse:

— Cardeal!

— Enforcado por Sua Alteza, o duque de Beaufort — completou o príncipe, rindo mais alto do que nunca — e mestre Jacques-Chrysostome La Ramée, suboficial do rei.

La Ramée deu um grito de terror e correu até a forca, arrancando-a do chão e partindo em pedaços, que jogou em seguida pela janela. Ia fazer o mesmo com o lagostim, de tão descontrolado que estava, quando Grimaud tirou-o das suas mãos.

— Bom de comer — explicou, colocando-o no bolso.

O duque gostou tanto dessa última cena que quase perdoou Grimaud do papel que ele vinha cumprindo. No decorrer do dia, porém, analisando melhor a intenção do guardião, que, no fundo, lhe pareceu má, sentiu o seu ódio por ele sensivelmente aumentar.

A história do lagostim, no entanto, e para grande desespero de La Ramée, teve imensa repercussão na torre e até mesmo no exterior. O sr. de Chavigny, que do fundo do coração detestava o cardeal, cuidou de contar a anedota a dois ou três amigos bem-intencionados, que na mesma hora a espalharam.

Isso ocasionou dois ou três dias agradáveis ao sr. de Beaufort.

Ele havia notado, aliás, entre os guardas um homem com aparência bastante boa e procurava cada vez mais a sua simpatia, sobretudo por Grimaud, a cada instante, mais lhe desagradar. Certa manhã em que o príncipe estava prestes a conseguir falar mais reservadamente com o guarda em questão, Grimaud entrou, olhou o que acontecia e, aproximando-se respeitosamente dos dois, pegou o guarda pelo braço.

— O que está querendo? — perguntou brutalmente o duque.

Grimaud afastou o guarda quatro passos e apontou para a porta:

— Saia.

O homem obedeceu.

— Não é possível! — exclamou o príncipe. — O senhor é insuportável. Vou castigá-lo por isso.

Grimaud o cumprimentou respeitosamente.

— Maldito espião, vou quebrar os seus ossos — continuou o príncipe, irritadíssimo.

Grimaud fez mais uma reverência, recuando.

— Vou estrangulá-lo, maldito espião, com minhas próprias mãos.

Nova reverência e novo recuo.

— E isso agora mesmo — partiu para cima dele o príncipe, achando ser melhor acabar com aquilo já de imediato e estendendo as mãos crispadas na direção de Grimaud, que se limitou a empurrar o guarda para fora e fechar a porta.

Ao mesmo tempo, as mãos do príncipe desceram sobre seus ombros como duas garras de ferro. Em vez de gritar por socorro ou se defender, Grimaud apenas levou o dedo indicador aos lábios e disse à meia-voz, estampando o mais amigável sorriso:

A história do lagostim teve imensa repercussão na torre e até mesmo no exterior.

— Psiu!
Um gesto ou um sorriso eram coisas tão raras em Grimaud quanto uma palavra, o que fez Sua Alteza parar de imediato, espantadíssimo.
Grimaud aproveitou esse intervalo para tirar do forro do paletó um gracioso bilhete com selo aristocrático, que havia, porém, dada a longa temporada naquele esconderijo, perdido muito do seu frescor inicial. Apresentou-o ao duque sem nada dizer.
Este último, cada vez mais surpreso, largou a sua presa, pegou o bilhete e, reconhecendo a letra, perguntou:
— Da sra. de Montbazon?
Grimaud fez um sinal de confirmação com a cabeça.
O duque rasgou o envelope, passou a mão pelos olhos, ofuscados que estavam, e leu:

Meu caro duque,
Pode ter toda confiança na pessoa que lhe entregará este bilhete, pois é o criado de um fidalgo que nos apoia e nos garante a sua fidelidade absoluta, em vinte anos a seu serviço. Ele então aceitou se tornar auxiliar do suboficial e se isolar em Vincennes para preparar e facilitar a sua fuga, por nós planejada.

O momento da libertação se aproxima. Procure ainda ser paciente e se animar, lembrando que, apesar do tempo e da ausência, todos os seus próximos conservaram a amizade que sempre lhe dedicaram.

De sua ainda e sempre devotada,

Marie de Montbazon

P.S.: Assino meu nome, pois seria demasiada pretensão achar que, após cinco anos de ausência, me reconhecesse apenas pelas iniciais.

O duque ficou aturdido por um instante. O que ele há cinco anos buscava sem ter conseguido, isto é, um servidor, um ajudante, um amigo, bruscamente lhe caía do céu, no momento em que menos esperava. Com espanto olhou para Grimaud e voltou à carta, relendo-a de cima a baixo.

— Marie, minha querida Marie! — ele murmurou ao terminar. — Foi mesmo quem entrevi no fundo daquela carruagem! Pensa ainda em mim, depois de cinco anos de separação! Com os diabos! Só em *L'Astrée*[221] ouvi falar de sentimentos tão constantes.

Virando-se em seguida para Grimaud:

— E você, meu bravo, então aceita nos ajudar?

Grimaud fez um sinal afirmativo.

— E veio aqui para isso?

O mesmo sinal se repete.

— E eu que quis estrangulá-lo!

Grimaud sorriu.

— Espere um pouco — continuou o duque, procurando algo no bolso. — Espere — ele repetiu, insistindo na busca infrutífera. — Uma dedicação como essa a um neto de Henrique IV não pode ficar sem recompensa.

Os gestos do duque comprovavam as melhores intenções do mundo, mas uma das precauções em Vincennes era a de nunca deixar dinheiro com os prisioneiros.

Vendo o desapontamento do duque, Grimaud tirou do próprio bolso um saquinho cheio de ouro e o entregou:

— É o que procura? — perguntou.

O duque o abriu e quis virá-lo todo nas mãos de Grimaud, que balançou a cabeça:

— Obrigado, príncipe — ele acrescentou, dando um passo atrás —, já sou pago.

De surpresa em surpresa, o duque lhe estendeu a mão e Grimaud voltou a se aproximar, para respeitosamente beijá-la. As belas maneiras de Athos haviam contagiado Grimaud.

---

221. Romance inacabado de Honoré de Urfé, cuja publicação começou em 1607 e foi concluída por seu secretário, em 1627. O herói, Céladon, é o modelo do amante dedicado e fiel.

— E agora — perguntou o duque —, o que vamos fazer?

— São onze da manhã, às duas da tarde monsenhor deve pedir para fazer uma partida de pela com La Ramée e mandar duas ou três bolas por cima da muralha.

— E depois?

— Depois... monsenhor deve se aproximar da muralha e gritar para o homem que trabalha nos fossos que as envie de volta.

— Entendo — disse o duque.

O rosto de Grimaud deu a impressão de exprimir viva satisfação: o seu pouco uso da fala tornava difícil qualquer conversa.

Ele fez menção de se retirar.

— E então — insistiu o duque —, nada vai querer aceitar?

— Gostaria apenas de obter uma promessa de monsenhor.

— Qual? Pode dizer.

— Quando escaparmos, deve sempre, por todo lugar, permitir que eu passe à frente, pois se capturarem monsenhor, o maior risco que corre é o de voltar à sua cela, enquanto eu, se for capturado, o mínimo que pode me acontecer é ser enforcado.

— Nada mais justo — concordou o duque. — Tem minha palavra de fidalgo.

— Peço então apenas mais uma coisa: a honra de que continue a me detestar como antes.

— Tentarei.

Bateram à porta.

O duque guardou o bilhete e o saquinho de moedas no bolso. Em seguida, se enfiou na cama. Todos sabiam ser o que fazia quando se entediava. Grimaud foi abrir. Era La Ramée, que voltava do encontro de que já falamos, com o cardeal.

O suboficial olhou investigadoramente ao redor e, confirmando os mesmos sintomas de antipatia entre o prisioneiro e o seu guarda, deixou escapar um sorriso repleto de satisfação interior.

Em seguida, dirigindo-se a Grimaud:

— Muito bem, meu amigo, muito bem. Acabamos de apropriadamente falar do senhor no lugar certo e em breve, assim espero, receberá notícia que de forma alguma lhe será desagradável.

Grimaud o cumprimentou com ares que ele tentou tornar graciosos e se retirou, como de costume quando o seu superior chegava.

— E então, monsenhor? — disse La Ramée com sua risada de sempre. — Continua a implicar com esse pobre rapaz?

— Ah, finalmente, La Ramée! Santo Deus, já não é sem tempo! Fiquei na cama com o nariz virado para a parede, tentando não ceder à tentação de cumprir o que prometi e estrangular esse bandido.

— No entanto, duvido — disse La Ramée, com espirituosa alusão ao mutismo do seu subordinado — que ele tenha dito algo que fosse desagradável a Vossa Alteza.

— Tem razão, com os diabos! Um mudo do Oriente. Tudo que eu queria era a sua volta, La Ramée. Queria muito vê-lo.

— O sr. duque está sendo generoso — estufou-se de orgulho o carcereiro.

— Pois acredite! Fiquei num estado de nervos que o senhor gostará de comprovar.

— Faremos uma partida de pela? — perguntou automaticamente La Ramée.

— Se assim quiser.

— Estou às ordens de monsenhor.

— Quero dizer, meu caro La Ramée, que o senhor é uma pessoa encantadora e gostaria de eternamente viver em Vincennes para usufruir da sua companhia.

— Creio, monsenhor, não depender apenas do cardeal para que tal desejo se cumpra.

— Como assim? Viu-o recentemente?

— Ele requisitou a minha presença, essa manhã.

— É mesmo? Para falar de mim?

— De que mais poderia querer me falar? Na verdade, monsenhor é o seu pesadelo.

O duque deu um sorriso amargo.

— Ah! Por que não aceita minha proposta, La Ramée?

— Vamos, monsenhor. Não comecemos a falar disso. Não está sendo razoável, como pode ver.

— La Ramée, já disse e repito que faria a sua fortuna.

— Com o quê? Assim que saísse da prisão seus bens seriam confiscados.

— Assim que eu saísse da prisão, teria Paris a meus pés.

— Psiu! Acha que posso ouvir coisas desse tipo? Bela conversa para se ter com um oficial do rei! Vejo, monsenhor, que terei que procurar um segundo Grimaud.

— Bom, não falemos mais disso. Quer dizer que trataram da minha pessoa, o senhor e o cardeal? Deveria, La Ramée, da próxima vez que for chamado, trocar de roupa comigo. Eu iria no seu lugar e o estrangularia. Inclusive, palavra de fidalgo, fosse esta uma condição, até voltaria em seguida para a prisão.

— Estou vendo, monsenhor, ser hora de chamar Grimaud.

— Peço desculpas. E o que disse o cretino?

— O que disse Mazarino, monsenhor? — atenuou La Ramée, fino, aproveitando a rima. — Que eu o vigiasse.

— E por que motivo me vigiar?

— Porque um astrólogo previu a sua fuga.
— Ah! Um astrólogo previu isso? — agitou-se, sem querer, o duque.
— Deus do céu, isso mesmo! Esses imbecis não sabem mais o que inventar, juro, para atrapalhar a vida das pessoas honestas.
— E o que o senhor respondeu à ilustríssima Eminência?
— Que se o astrólogo em questão vendesse suas previsões em almanaque, eu não o aconselhava comprar.
— Por quê?
— Porque, para escapar, o senhor precisaria se transformar num passarinho.
— Tem razão, infelizmente. Vamos então jogar pela, La Ramée.
— Preciso que monsenhor me desculpe e me conceda meia hora.
— Por qual motivo?
— Monsenhor Mazarino, mesmo sem nascimento tão ilustre, é mais sobranceiro que Vossa Alteza e se esqueceu de me convidar a almoçar.
— Ora, quer que tragam um almoço aqui?
— De forma alguma! É preciso que monsenhor saiba, a pastelaria aqui em frente, que era do sr. Marteau...
— Sim?
— Bem... há oito dias foi vendida a um pasteleiro de Paris, ao qual os médicos, pelo que eu soube, recomendaram os ares do campo.
— E em que isso deveria me interessar?
— Só um momento, monsenhor, o que quero dizer é que o danado do novo cozinheiro tem, na sua loja, uma quantidade de coisas de dar água na boca.
— Mas que guloso!
— Santo Deus, monsenhor! Ninguém é guloso só por gostar de comer bem. Faz parte da natureza humana buscar a perfeição na pastelaria como em qualquer outra coisa. E diga-se que esse bandido de pasteleiro, monsenhor, ao me ver parado diante do seu mostruário, veio com uma fala toda doce e disse: "Sr. La Ramée, precisa me dar acesso aos prisioneiros da torre. Comprei o estabelecimento por meu antecessor garantir que fornecia ao castelo. No entanto, juro por minha honra, sr. La Ramée, há oito dias estou aqui e o sr. de Chavigny não me encomendou nem uma tortinha.

"Respondi então que provavelmente o sr. de Chavigny achava que talvez as suas tortas não fossem ótimas.

"— Minhas tortas?! Pois saiba, sr. La Ramée, que poderá pessoalmente julgar, e agora mesmo.

"— Não posso, respondi, preciso com urgência voltar ao castelo.

"— Pois faça isso, já que tem tanta pressa, mas volte em meia hora.

"— Meia hora?

"— Exatamente. Já almoçou?

"— Na verdade, não.

"— Pois aqui tem algo que o estará esperando, junto com uma garrafa de Borgonha envelhecido...

"Vossa Alteza então deve entender, como estou em jejum, gostaria, com vossa permissão..."

E La Ramée fez uma reverência.

— Se é assim vá, patife! Mas, cuidado, dou apenas meia hora.

— Posso prometer a conta do sr. duque ao sucessor do velho Marteau?

— Pode, contanto que não coloque nos meus pratos cogumelos do bosque de Vincennes. O senhor deve saber — acrescentou o príncipe — que os cogumelos do bosque de Vincennes são fatais para a minha família.[222]

La Ramée fingiu não ouvir a alusão e, cinco minutos depois de sua saída, o oficial de guarda entrou, a pretexto de protocolarmente fazer companhia ao príncipe, mas, na verdade, cumprindo as ordens do cardeal que, conforme vimos, havia recomendado não se perder de vista o prisioneiro.

Mas naqueles cinco minutos em que esteve só, o duque pôde reler o bilhete da sra. de Montbazon, lembrando que os amigos não o haviam esquecido e que tramavam a sua libertação. De que maneira? Ainda ignorava, mas acreditava conseguir, apesar do seu mutismo, fazer Grimaud falar, pois passara a ter nele plena confiança. Via agora que todo seu comportamento, inventando aquelas perseguições que tanto o irritaram, fora planejado apenas para afastar dos guardas qualquer suspeita de que pudessem entrar em entendimento.

Tanta malícia demonstrava a alta inteligência de Grimaud e sua total competência.

---

222. Na França não são raras (e antigamente eram ainda mais comuns) as mortes por ingestão de cogumelos venenosos, pois é preciso saber bem distingui-los. No caso, um dos antepassados do duque, o prior-mor de Vendôme, preso em Vincennes, morreu "acidentalmente" assim.

21. O que havia dentro das tortas do sucessor do velho Marteau

Meia hora depois, La Ramée voltava alegre e satisfeito como alguém que comeu bem e, mais ainda, bebeu bem. Tinha achado as tortas excelentes e o vinho delicioso.

O tempo estava firme, o que permitia a partida planejada. A quadra de pela de Vincennes era para jogos com raquetes longas, que se jogam em espaços abertos. Nada então mais simples, para o duque, do que seguir as indicações de Grimaud, isto é, isolar bolas nos fossos.

Até soarem as duas horas, o duque não se mostrou inábil demais, esperando o momento combinado, mas não deixou de perder as partidas começadas, para justificar sua irritação e poder agir como agem os jogadores em situação assim, cometendo erro atrás de erro.

A partir dessa hora, porém, as bolas começaram a cair lá embaixo, para grande alegria de La Ramée, que marcava quinze pontos a cada erro do príncipe.

Isso se repetiu tanto que em pouco tempo faltaram bolas. La Ramée disse que mandaria alguém buscá-las no fosso. Muito judiciosamente, o duque o fez ver que perderiam tempo com isso e, se aproximando do paredão — que, naquele ponto, como dissera o suboficial, tinha no mínimo cinquenta pés de altura —, viu um homem que trabalhava num dos mil jardinzinhos e hortas que os camponeses abriam nas beiradas do fosso.

— Ei, amigo! — gritou ele.

O homem ergueu a cabeça e o duque quase deu um grito de surpresa, pois o tal camponês ou jardineiro era Rochefort, que o príncipe imaginava preso na Bastilha.

— Estou ouvindo, o que há? — ele perguntou.

— Por favor, pode nos enviar de volta as bolas?

O jardineiro fez um sinal com a cabeça e começou a lançar as bolas, recolhidas por La Ramée e pelos guardas. Uma delas caiu aos pés do duque e como tinha sido visivelmente enviada para ele, foi imediatamente guardada no bolso.

Em seguida, depois de fazer um sinal de agradecimento ao jardineiro, ele voltou à partida.

Mas ele estava realmente num dia ruim, pois suas bolas continuaram descontroladas: iam para fora da quadra e duas ou três voltaram ao fosso. O jardineiro não estava mais ali para devolvê-las e elas foram perdidas. O duque então se declarou envergonhado por estar jogando tão mal e preferiu não continuar.

La Ramée, pelo contrário, estava felicíssimo, tendo derrotado um nobre de sangue real.

O príncipe disse querer voltar ao seu quarto e se deitar, que era o que fazia quase que o dia inteiro, desde que lhe tinham proibido os livros.

O suboficial pegou as roupas do prisioneiro, a pretexto de estarem empoeiradas demais e precisando ser escovadas. Na verdade, queria estar seguro de que seu dono não sairia da cama. Era realmente um homem precavido, o bom La Ramée.

Felizmente o príncipe tivera tempo de esconder a bola debaixo do travesseiro.

Assim que a porta foi fechada, ele rasgou com os dentes a capa externa da bola, já que não tinha mais nenhum objeto cortante. Suas facas de mesa eram agora de prata, com lâminas flexíveis e sem corte. Dentro da bola havia uma carta, dizendo o seguinte:

> Monsenhor, seus amigos agem e o momento se aproxima. Peça depois de amanhã uma torta do novo pasteleiro que comprou o estabelecimento à frente da prisão. Trata-se, na verdade, do seu antigo mordomo, Noirmont. Abra a torta apenas quando estiver sozinho e espero que goste do que encontrará nela.
> Desse seu leal servidor, na Bastilha ou qualquer outro lugar,
> CONDE DE ROCHEFORT
> P.S.: Pode confiar inteiramente em Grimaud, que é muito inteligente e dedicado à causa de Vossa Alteza.

O duque, que recuperara o direito à lareira desde que desistira da pintura, queimou a carta como já havia feito, com muita pena, com a da sra. de Montbazon. Ia fazer o mesmo com os restos da bola, mas achou que ainda poderiam ser úteis, se quisesse responder a Rochefort.

Bem guardado, em todo caso, ele estava, pois bastaram esses movimentos para que La Ramée entrasse:

— Monsenhor precisa de alguma coisa?

— Estava com frio — respondeu o duque. — Aticei o fogo para me esquentar. Bem sabe, meu amigo, que os aposentos da torre de Vincennes são famosos pelo frio. Pode-se conservar gelo sem que derreta e recolher nitrato nas paredes. Os quartos em que morreram Puylaurens, o marechal de Ornano e o meu tio, o prior-mor, nesse sentido valiam o seu peso em arsênico, como dizia a sra. de Rambouillet.

E o duque voltou a se deitar e esconder a bola debaixo do travesseiro. La Ramée deu um sorriso. Era um bom sujeito, no fundo, e acabara se apegando bastante ao ilustre prisioneiro. Na verdade, ficaria chateadíssimo se lhe acontecesse alguma desgraça. Mas eram incontestáveis as calamidades sucessivamente acontecidas e envolvendo os três personagens apontados pelo duque.

— Sua Alteza não deve de forma alguma se deixar levar por tais pensamentos. São pensamentos assim que matam, e não o nitrato das paredes.

— Ah, meu amigo! Agradeço o seu cuidado. Se eu também pudesse ir comer tortas e tomar vinho da Borgonha no estabelecimento do sucessor do velho Marteau, isso me distrairia.

— Sem dúvida, monsenhor, são tortas fantásticas e um vinho formidável.

— De qualquer forma, não é difícil ter adega e cozinha melhores que as do sr. de Chavigny.

— Pensando bem — disse La Ramée, caindo na armadilha —, nada impede que monsenhor as experimente. Aliás, já prometi que o senhor seria freguês dele.

— Tem toda razão, se tiver que ficar aqui para sempre, como o sr. de Mazarino teve a gentileza de me dar a entender, preciso criar uma distração para meus velhos dias, vou me tornar gourmet.

— Que monsenhor me permita um conselho, não espere a velhice para tal.

"Bom, todo ser humano recebe da magnificência celeste, para perder o coração e a alma, um dos sete pecados capitais; quando não recebe dois", pensou o duque de Beaufort. "Tudo indica que o do amigo La Ramée é a gula. Assim sendo, tiremos proveito."

E continuou em voz alta:

— Pois bem, meu caro La Ramée! Não é dia santo, depois de amanhã?

— É sim, monsenhor: Pentecostes.

— Não quer aproveitar o dia e me dar uma aula?

— De quê?

— De gastronomia.

— Com todo prazer, monsenhor.

— Mas façamos isso entre nós. Mandamos os guardas para a cantina do sr. de Chavigny e teremos aqui uma refeição que o senhor dirigirá.

— Hum! — pensou La Ramée.

A proposta era tentadora, mas La Ramée, apesar da avaliação inicial pouco abonadora do sr. cardeal, era alguém experiente, que conhecia todos os truques de que são capazes os prisioneiros. O próprio sr. de Beaufort dizia

O que havia dentro das tortas do sucessor do velho Marteau

ter preparado quarenta maneiras para fugir da prisão. O almoço não estaria escondendo alguma tramoia?

Pensou ainda um pouco mais e o resultado da reflexão foi que decidiu encomendar pessoalmente os pratos e o vinho, de forma a que nada estranho, em pó ou líquido, se acrescentasse à comida e à bebida.

Quanto a embriagá-lo, não poderia ser essa a intenção do duque e ele riu só de pensar nisso. Em seguida, teve uma ideia que conciliava tudo.

O duque seguia bastante preocupado esse monólogo interior de La Ramée, que sua expressão facial traía, até finalmente se iluminar satisfeito.

— E então? — perguntou o duque. — O que diz?

— Não vejo dificuldade, com uma condição.

— Qual?

— Grimaud nos servirá à mesa.

Nada poderia vir mais a calhar.

Mesmo assim, ele teve força para estampar no rosto um mau humor bem expressivo.

— Ao raio que o parta esse tal Grimaud! Vai estragar tudo!

— Direi que se mantenha às costas de Vossa Alteza. E como nunca fala, Vossa Alteza não o verá nem ouvirá, podendo, com alguma boa vontade, imaginar que ele se encontra a cem léguas de distância.

— O amigo sabe o que claramente percebo nisso tudo? É que não confia em mim.

— Depois de amanhã é Pentecostes...

— E o que eu tenho a ver com a Pentecostes? Acha que o Espírito Santo pode se apresentar sob forma de língua de fogo para abrir as portas da prisão?[223]

— Não, monsenhor, mas como já disse, um maldito adivinho previu...

— Previu o quê?

— Que o dia de Pentecostes não terminaria sem que Vossa Alteza escapasse da prisão.

— E por acaso acredita em adivinhos? Imbecil!

— Pessoalmente, tanto quanto isso — e La Ramée estalou os dedos, mostrando que nem um pouco —, mas monsenhor Giulio se preocupa. Sendo italiano, é supersticioso.

O duque deu de ombros.

— Que seja — disse o duque com paciência bastante teatral —, aceito Grimaud, para acabar com a discussão. Mas ninguém além dele. Organize tudo. Encomende a refeição que bem entender. Só faço questão de uma dessas

---

223. O Pentecostes cristão celebra a descida do Espírito Santo, em forma de língua de fogo, sobre os apóstolos.

tortas de que falou. Diga que é para mim e que o sucessor do velho Marteau se esforce ao máximo, pois terá a minha conta não só enquanto eu estiver preso, mas também quando eu sair daqui.

— Continua a acreditar que um dia sairá daqui?

— Claro! Nem que seja depois da morte de Mazarino. Tenho quinze anos a menos que ele. Mas é bem verdade, a vida em Vincennes passa mais depressa — ele acrescentou com um sorriso.

— Monsenhor! Por favor...

— Ou a morte vem mais depressa, como preferir. O resultado é o mesmo.

— Vou encomendar a refeição, monsenhor.

— E acha que poderá fazer o seu aluno progredir?

— Assim espero, monsenhor.

— Se tiver tempo — murmurou o duque.

— O que disse, monsenhor?

— Monsenhor diz que não faça economia com a bolsa do sr. cardeal, que tem a gentileza de se encarregar de nossa pensão.

La Ramée parou à porta.

— Quem monsenhor quer que lhe envie?

— Quem quiser, à exceção de Grimaud.

— O oficial da guarda, então?

— Com o jogo de xadrez.

— Direi a ele.

E La Ramée saiu.

Cinco minutos depois, o oficial da guarda entrou e o duque parecia profundamente imerso nas sublimes combinações do xeque-mate.

Que estranha coisa é o pensamento e quantas revoluções pode operar um simples sinal, uma palavra, uma esperança. O duque estava há cinco anos preso e, olhando para trás, a impressão que tinha era a de que esses cinco anos, que, no entanto, tinham transcorrido bem lentamente, eram menos demorados que os dois dias, as quarenta e oito horas que o separavam do momento marcado para a fuga.

Além disso, um detalhe sobretudo o preocupava terrivelmente: de que maneira aconteceria a evasão? Davam-lhe esperanças quanto ao resultado, mas sem dizer o que haveria na misteriosa torta. Quais amigos o estariam esperando? Restavam ainda amigos, após cinco anos de prisão? Com isso se confirmando, podia se considerar um príncipe bem privilegiado.

Mas havia algo ainda mais extraordinário pois, além dos amigos, uma mulher não o esquecera. É bem verdade que talvez não tivesse sido perfeitamente fiel, mas não o esquecera, o que já é enorme.

Tudo isso constituía assunto suficiente para as preocupações do sr. de Beaufort e, prova disso, ele cometeu erro sobre erro no xadrez, como no jogo com raquetes longas, e o oficial o derrotou naquele fim de tarde, como pouco antes o havia derrotado La Ramée.

Esses sucessivos fracassos tiveram, porém, uma vantagem, a de levar o príncipe até as vinte horas. Eram três horas ganhas: depois cairia a noite e, com ela, o sono.

Pelo menos é o que havia programado o duque, mas o sono é uma divindade das mais caprichosas e, justamente quando a evocamos, ela se subtrai. Até meia-noite ele se revirou no colchão como são Lourenço na grelha,[224] mas acabou dormindo.

Mal raiava o dia, ele acordou: sonhos incríveis. Asas haviam crescido nas suas costas e ele, muito naturalmente, havia tentado voar. De início conseguira boa sustentação, mas, a certa altura, o estranho par de membros bruscamente falhou e se despedaçou. Ele teve a nítida sensação de cair num poço sem fundo, até acordar banhado de suor e todo dolorido, como se realmente tivesse despencado das alturas.

Novamente pegou no sono e de novo errou por um emaranhado de sonhos, cada um mais insensato que o outro. Os olhos se fechavam e o seu espírito, voltado para um único objetivo, que era escapar, insistia em tentativas de fuga. Mas por outro meio: um subterrâneo que o levaria para fora dos muros de Vincennes. Enveredou por ele e Grimaud ia à sua frente, carregando uma lanterna. Pouco a pouco o túnel ia se afunilando e eles, mesmo assim, seguiam em frente. A passagem afinal se estreitou tanto que se tornou vão tentar seguir adiante: as paredes se aproximavam perigosamente e ele fazia esforços inauditos para continuar, sendo obviamente impossível. Grimaud, no entanto, continuava em frente, com a lanterna. Queria chamá-lo para que o ajudasse, pois estava sufocando, mas palavra nenhuma saía da garganta. De onde tinham vindo se aproximavam os passos de guardas que os perseguiam, implacáveis, cada vez mais perto. A fuga havia sido descoberta. Desfazia-se qualquer esperança. As paredes tinham se aliado aos inimigos, se estreitando mais, no momento em que mais ele precisava que se abrissem. Ouviu finalmente a voz de La Ramée e até podia vê-lo. O suboficial esticou o braço e desceu a mão em seu ombro, com uma gargalhada. Ele foi pego e levado para o quarto sombrio em que morreram o marechal Ornano, Puylaurens e o seu tio. Os três túmulos se destacavam no chão e um outro se escancarava, aguardando um cadáver.

Com isso, ao acordar, o duque fez tanto esforço para se manter desperto quanto fizera para dormir. Quando La Ramée entrou, o encontrou tão pálido e cansado que perguntou se não estava doente.

---

224. O mártir romano do séc.III, condenado a ser queimado vivo, foi posto sobre uma grelha com lenha ardendo embaixo. Até morrer pediu para que o revirassem, considerando já estar bem assado daquele lado.

— De fato — disse um dos guardas que havia dormido no quarto sem conseguir pegar no sono, com uma dor de dente causada pela umidade —, monsenhor teve uma noite agitada e duas ou três vezes em seus sonhos pediu socorro.

— O que foi que houve, monsenhor? — preocupou-se La Ramée.

— Tudo culpa sua, idiota! Aquelas histórias de fuga com que me encheu a cabeça ontem é que me fizeram sonhar que escapava e, na tentativa, acabava quebrando o pescoço.

La Ramée deu uma risada:

— Ah! É um aviso do céu. Espero que só mesmo em sonho monsenhor cometa imprudências assim.

— Tem toda razão, meu amigo — disse o duque, enxugando o suor que ainda brotava em sua testa, apesar de já bem desperto. — Só quero agora pensar em comer e beber.

— Psiu! — cortou La Ramée que, em seguida, a pretextos diversos, afastou pouco a pouco os guardas.

— O que houve? — perguntou o duque, quando todos se foram.

— O que houve? O seu almoço já foi encomendado.

— Ótimo! O qual o cardápio, sr. mordomo?

— Monsenhor prometeu deixar a meu encargo.

— Com uma torta?

— Acredito que sim! Alta como uma torre.

— Feita pelo sucessor do velho Marteau?

— Encomendei a ele.

— E avisou que era para mim?

— Avisei.

— E o que ele disse?

— Que faria o possível para satisfazer Vossa Alteza.

— Perfeito! — disse o duque, esfregando as mãos.

— Que coisa, monsenhor! Está se deixando levar pela gulodice! Em cinco anos, nunca o havia visto tão alegre.

O duque percebeu ter se descontrolado, mas nesse momento, como se estivesse ouvindo atrás da porta e compreendido a urgência de desviar o tema da conversa, Grimaud entrou e fez sinal a La Ramée, pedindo para falar em particular.

O suboficial foi até ele e ouviu o que foi dito em voz baixa. O duque teve então tempo de se recompor e disse:

— Já proibi que esse indivíduo entrasse sem minha permissão.

— Não foi culpa dele — tentou contemporizar La Ramée. — Eu havia pedido que viesse.

— E por qual motivo, posso ser informado? Sabe muito bem a aversão que ele me causa.

— Monsenhor se esqueceu do almoço? Combinamos que Grimaud nos serviria à mesa.

— Do almoço não me esqueci, mas desse detalhe sim.

— Mas não pode haver almoço sem isso.

— Está bem, faça à sua maneira.

— Aproxime-se, meu amigo — dirigiu-se La Ramée a Grimaud —, e ouça o que tenho a dizer.

Grimaud se aproximou com ares arredios e La Ramée continuou:

— Monsenhor teve a gentileza de me convidar para um almoço, amanhã.

Grimaud fez um sinal mostrando não ver em que a notícia poderia interessá-lo.

— Interessa sim, interessa muito, até. Pois terá a honra de nos servir. Sem contar que, por maiores que sejam nosso apetite e sede, haverá sempre alguma sobra no fundo dos pratos e das garrafas e essa sobra será sua.

Grimaud se inclinou em sinal de agradecimento.

— Mas agora, monsenhor — emendou La Ramée —, me desculpo com Vossa Alteza, mas creio que o sr. de Chavigny se ausentará por alguns dias e tem ordens a me dar.

O duque tentou uma troca de olhar com Grimaud, que mantinha os olhos impassíveis de sempre.

— Então vá, mas volte o quanto antes — disse o duque.

— Será que monsenhor vai querer uma revanche da partida de ontem?

Grimaud imperceptivelmente movimentou a cabeça de cima para baixo.

— Quero sim. Mas tome cuidado, meu caro, nada como um dia após o outro e hoje estou disposto a lhe aplicar uma surra memorável.

La Ramée saiu. Grimaud seguiu-o com os olhos, sem que o restante do corpo fizesse o menor movimento. Depois de ver a porta se fechar, rapidamente tirou do bolso um lápis, um pedaço de papel e disse:

— Escreva, monsenhor.

— O quê?

Grimaud fez um sinal com o dedo e ditou:

"Tudo pronto para amanhã. Mantenham-se preparados das sete às nove horas, com dois cavalos prontos. Desceremos pela primeira janela da galeria."

— E depois?

— Depois? — repetiu Grimaud com espanto. — Basta que assine.

— Só isso?

— E o que mais, monsenhor? — indagou Grimaud, sempre favorável à mais austera concisão.

O duque assinou.

— Monsenhor se desfez da bola?

— Qual bola?

— A que continha a carta.

— Não. Achei que podia ainda nos ser útil. Está aqui.

Ele pegou a bola debaixo do travesseiro e mostrou-a a Grimaud, que sorriu da forma mais agradável que pôde.

— E então? — continuou o duque.

— Bem, vou recosturar a bola com o papel dentro e monsenhor lança-a no fosso, quando estiver jogando pela.

— Ela não vai se perder?

— Não se preocupe, alguém vai pegá-la.

— Um jardineiro?

Grimaud fez um sinal afirmativo.

— O mesmo de ontem?

Grimaud repetiu o gesto.

— O conde de Rochefort, não é?

Grimaud repetiu o sinal pela terceira vez.

— Por favor — pediu o duque —, dê pelo menos alguns detalhes sobre como fugiremos.

— Fui proibido — explicou Grimaud —, até o momento mesmo da execução.

— Quem vai estar me esperando do outro lado do fosso?

— Não sei dizer, monsenhor.

— Mas pelo menos me diga o que haverá dentro da tal torta, se não quiser me deixar louco.

— Monsenhor encontrará dois punhais, uma corda de nós e uma "pera da aflição".[225]

— Começo a entender.

— Monsenhor pode ver que todos teremos um pouco da torta.

— Ficamos com os punhais e a corda — disse o duque.

— E La Ramée com a pera — completou Grimaud.

— Meu caro Grimaud, você não fala muito, mas quando fala, devo admitir, são palavras de ouro.

---

225. A *poire d'angoisse* era uma mordaça aperfeiçoada. Em forma de pera, era colocada na boca e, com a ajuda de um dispositivo, se dilatava forçando os maxilares ao máximo. (Nota do Autor)

22. Uma aventura de Marie Michon

Mais ou menos à mesma hora em que o duque de Beaufort e Grimaud tramavam esses planos de evasão, dois homens a cavalo entravam em Paris pela rua do faubourg Saint-Michel.[226] Eram eles o conde de La Fère e o visconde de Bragelonne.

Era a primeira vez que o rapazinho vinha a Paris e Athos, escolhendo entrar por ali, em nada ajudava a dar uma boa impressão da capital, no entanto sua antiga e querida amiga. Certamente o último vilarejo que eles atravessaram, na região de Touraine, apresentava visão mais agradável do que Paris, vista daquele lado. Diga-se então, para humilhação da cidade tão celebrada, que ela produziu medíocre impressão no jovem.

Athos mantinha um ar despreocupado e sereno.

Chegando a Saint-Médard e servindo de guia ao companheiro de viagem naquele grande labirinto, ele tomou a rua de Postes, depois a de Estrapade, depois a de Fossés-Saint-Michel e, finalmente, a de Vaugirard. Chegando à rua Férou,[227] os dois cavaleiros por ela enveredaram.

Percorrida mais ou menos a metade do seu comprimento, Athos ergueu os olhos com um sorriso e, indicando uma construção de aparência burguesa, disse ao rapaz:

— Veja, Raoul, nessa casa passei os sete anos mais doces e mais cruéis da minha vida.

---

226. A rua, que não existe mais, ficava na entrada sudoeste de Paris. Foi chamada também rua do Inferno, pois demônios habitavam um antigo castelo que havia ali e infernizavam os passantes, à noite.

227. Em *Os três mosqueteiros*, Aramis morava na rua Vaugirard, Athos na Férou e Porthos na Vieux-Colombier.

O rapaz sorriu e cumprimentou a casa, pois a devoção que tinha por seu protetor se manifestava em todos os atos da sua vida.

Para Athos, como já dissemos, Raoul era não somente o centro, mas também, com as antigas recordações da vida militar, seu único objeto de afeição — e sabemos de que maneira terna e, ao mesmo tempo, profunda, o coração de Athos era capaz de amar.

Os dois viajantes pararam na rua do Vieux-Colombier, à porta do Raposa-Verde. Athos há muito tempo conhecia o albergue, cem vezes havia estado ali com os amigos, mas nos últimos vinte anos forçosamente muitas mudanças foram feitas no estabelecimento, a começar por seus donos.

Os forasteiros entregaram seus cavalos aos empregados, e como eram animais de nobre raça, pediram que tivessem com eles todo cuidado, dessem apenas ração de palha e aveia e lavassem o peito e as patas com vinho morno. Acabavam de percorrer vinte léguas só naquele dia. Depois de terem se preocupado com as montarias, como devem fazer os verdadeiros cavaleiros, eles em seguida pediram dois quartos.

— Vá se lavar, Raoul, vou apresentá-lo a alguém — disse Athos.

— Ainda hoje?

— Dentro de meia hora.

O rapaz fez um gesto de assentimento.

Menos incansável que Athos, que parecia feito de ferro, é provável que o jovem tivesse preferido um banho naquele rio Sena, de que tanto já ouvira falar e que ele se predispusera a achar inferior ao Loire. E depois, ir para a cama. Mas não era o que o conde de La Fère havia decidido e estava fora de questão não obedecer.

— Aliás, Raoul — acrescentou Athos —, capriche, pois quero que o achem bonito.

— Espero que não esteja querendo me casar — disse o rapazinho com um sorriso. — Sabe do meu comprometimento com Louise.

Foi a vez de Athos devolver o sorriso.

— Não se preocupe. Mesmo sendo a uma mulher que quero apresentá-lo.

— É mesmo?

— E espero inclusive que também goste dela.

O rapaz demonstrou certa preocupação, mas rapidamente se tranquilizou com a descontração de Athos.

— E qual a sua idade?

— Meu caro Raoul, aprenda de uma vez por todas que esta é uma pergunta que nunca se faz. Quando se pode ler a idade de uma mulher no seu rosto, a pergunta se torna desnecessária; não sendo este o caso, estará sendo indiscreto.

— É bonita?

— Há dezesseis anos passava não só pela mais bonita, como também pela mais graciosa mulher da França.

A resposta acabou de tranquilizar por completo o visconde. Athos não poderia ter qualquer projeto para ele com a mulher que passava por ser a mais bonita e graciosa da França um ano antes da sua vinda ao mundo.

Ele se retirou então ao quarto e, com o apuro de que são tão capazes os jovens, tratou de seguir as instruções de Athos, isto é, mostrar-se o mais apresentável possível. Não era coisa tão difícil com o que a natureza já lhe havia ofertado.

Quando ele apareceu, Athos o recebeu com o mesmo sorriso paternal que antigamente ele reservava a d'Artagnan, só que agora carregado de maior ternura ainda.

Mesmo assim, lançou um olhar crítico aos pés, às mãos e aos cabelos, três sinais demonstrativos da estirpe. Os cabelos escuros estavam elegantemente repartidos conforme o uso daquela época e caíam cacheados, emoldurando o rosto moreno. Luvas de camurça acinzentada, que se harmonizavam com o chapéu de feltro, não escondiam serem, as mãos, finas e elegantes. Já as botas, da mesma cor que as luvas e o chapéu, protegiam pés que pareciam os de uma criança de dez anos.

— Bem — ele murmurou —, se ela não ficar orgulhosa, é uma pessoa realmente bem difícil de se agradar.

Eram três horas da tarde, ou seja, o momento mais conveniente para visitas. Os dois viajantes tomaram a rua de Grenelle, em seguida a rua des Rosiers, a rua de Saint-Dominique e pararam diante de uma magnífica residência, defronte do monastério dominicano, ornamentada com as armas de Luynes.[228]

— Chegamos — disse Athos, avançando com a atitude firme e segura de alguém que se sente em pleno direito de assim agir e desfazendo qualquer dúvida que pudesse ter a guarda suíça postada diante do palacete.

Subiu a escada da entrada e perguntou ao criado em libré de gala se a sra. duquesa de Chevreuse estava em casa e se poderia receber o sr. conde de La Fère.

Pouco depois o lacaio voltou e disse que a sra. duquesa de Chevreuse, mesmo sem ter a honra de conhecer o sr. conde de La Fère, se dispunha a recebê-lo.

O visitante seguiu o empregado, que o fez atravessar uma longa enfiada de aposentos e afinal parou diante da porta fechada de um quarto. Athos fez sinal ao visconde de Bragelonne para que esperasse onde estava.

O criado abriu a porta e anunciou o sr. conde de La Fère.

A sra. de Chevreuse, a quem tantas vezes nos referimos em *Os três mosqueteiros*, sem todavia ter se apresentado a ocasião de pô-la em cena, era uma

---

228. A duquesa de Chevreuse fora casada, em primeiras núpcias, com Charles d'Albert, duque de Luynes.

Ao ouvir o nome anunciado pelo lacaio, madame de Chevreuse ergueu a cabeça com curiosidade.

mulher considerada ainda muito bonita. É verdade que, mesmo tendo quarenta e quatro ou quarenta e cinco anos, aparentava no máximo trinta e oito ou trinta e nove. Tinha belos cabelos louros e os olhos, que a intriga havia tantas vezes aberto e o amor tantas vezes fechado, eram grandes, vivos e inteligentes. Vista de costas, sua silhueta de ninfa lembrava ainda a jovenzinha que saltava com Ana da Áustria aquele fosso do palácio das Tuileries que em 1623 privou a Coroa da França de um herdeiro.[229]

No mais, continuava sendo a louca criatura que imprimiu em seus amores uma tal aura de originalidade que tais aventuras se tornaram quase um motivo de orgulho para a sua descendência.

Ela se encontrava num pequeno budoar com janela que dava para o jardim. Esse cômodo, seguindo a moda introduzida pela sra. de Rambouillet ao mandar construir seu palacete, era forrado com um tipo de tecido adamascado azul, com flores rosadas e folhas douradas. Não deixava de ser uma extravagância, para uma mulher da idade da sra. de Chevreuse, receber em semelhante budoar, sobretudo da maneira como se encontrava, isto é, estirada numa espreguiçadeira, com a cabeça encostada na tapeçaria da parede.

Com um braço apoiado numa almofada, em suas mãos havia um livro entreaberto.

Ao ouvir o nome anunciado pelo lacaio, ela se endireitou um pouco e ergueu a cabeça com curiosidade.

Athos apareceu.

Trajava uma roupa de veludo violeta, com passamanes da mesma cor. As agulhetas eram de prata escurecida, capa sem qualquer bordadura de ouro e uma simples pena violeta enfeitava o chapéu de feltro escuro.

Nos pés, botas de couro preto e, no cinturão lustrado, aquela magnífica espada que Porthos tantas vezes admirara na rua Férou e Athos jamais quis emprestar. Esplêndidas rendas formavam a gola em redobre da camisa e outras cobriam também as bandas superiores das botas.

Tudo na pessoa daquele que acabava de ser anunciado, cujo nome era totalmente desconhecido para a sra. de Chevreuse, apresentava ares de tão alta fidalguia que ela se ergueu mais e, graciosamente, fez sinal para que o recém-chegado se sentasse perto dela.

Athos cumprimentou-a e obedeceu. O lacaio já se retirava, mas ele fez um sinal que o fez parar.

— Senhora — ele disse —, atrevi-me a vir sem que me conheça. Fui recompensado, pois aceitou me receber. Prossigo com meu atrevimento e peço uma entrevista de meia hora.

---

[229]. Foi na verdade em 14 de março de 1622, e no Louvre, junto ao palácio das Tuileries, que um tombo fez a rainha, que estava grávida, perder a criança.

— Tem meu assentimento, cavalheiro — respondeu a sra. de Chevreuse com seu mais encantador sorriso.

— Vou porém mais longe, senhora. Exagero em minhas ambições, bem sei! A conversa que solicito é em *tête-à-tête* e pediria não ser interrompido em momento algum.

— Não estou para ninguém — disse a duquesa de Chevreuse ao lacaio. — Pode se retirar.

O serviçal saiu.

Houve um instante de silêncio, durante o qual os dois personagens, que à primeira vista se reconheciam pela alta estirpe, mutuamente se examinaram sem maiores cerimônias.

A duquesa de Chevreuse foi quem rompeu o silêncio.

— E então, senhor? — ela perguntou sorrindo. — Não vê que aguardo com impaciência?

— E eu, senhora, com admiração.

— Por favor me desculpe, mas gostaria de saber com quem falo. É incontestavelmente um homem da Corte e, no entanto, nunca o vi na Corte. Por acaso está saindo da Bastilha?

— Não, senhora — sorriu Athos. — Mas é bem possível que esteja a caminho.

— Ah! Nesse caso, diga-me rápido quem é e vá embora — respondeu a duquesa com o tom descontraído que ela, com tanto charme, sabia usar. — Já desperto suspeitas suficientes e não preciso me comprometer ainda mais.

— Já me apresentei, senhora, conde de La Fère. É um nome que a senhora provavelmente nunca ouviu. Eu antigamente usava outro, seu conhecido, mas que a senhora provavelmente esqueceu.

— Diga-o mesmo assim, por favor.

— Antigamente — disse o conde de La Fère — eu me chamava Athos.

A sra. de Chevreuse arregalou os olhos. Era evidente, como dissera o conde, ser um nome que não se apagara totalmente da sua memória, apesar de confusamente estar misturado a antigas lembranças.

— Athos? Espere um pouco...

Ela colocou as duas mãos na fronte, como se tentasse forçar as mil recordações fugidias, despertadas por aquele nome, a se fixarem um instante, para que ela pudesse se situar naquele tropel brilhante e diáfano.

— Quer que a ajude, senhora? — propôs sorridente o interlocutor.

— Por favor — disse a duquesa, já cansada de procurar —, quero sim, será melhor.

— Esse Athos em questão tinha três amigos, jovens mosqueteiros, chamados d'Artagnan, Porthos e...

Athos parou.

— E Aramis — completou vivamente a duquesa.

— E Aramis — confirmou Athos. — Exatamente. Não se esqueceu completamente desse nome?

— Não, de forma alguma. Pobre Aramis! Era alguém encantador. Elegante, discreto e compunha bonitos versos. Acho que acabou mal — ela acrescentou.

— Pior que isso. Tornou-se padre.

— Ai! Que infelicidade! — disse a sra. de Chevreuse, brincando displicente com o leque. — Fico, na verdade, muito agradecida, senhor.

— Por que, sra. duquesa?

— Por trazer de volta essa lembrança de uma parte agradável da minha juventude.

— Permitir-me-ia, então, lembrar outra? — perguntou Athos.

— Que tem a ver com aquela?

— Mais ou menos.

— No ponto em que estamos — disse a sra. de Chevreuse —, continue. Com um homem como o senhor, posso correr riscos.

Athos fez um cumprimento e continuou:

— Aramis era ligado a uma jovem costureira de Tours.

— Uma jovem costureira de Tours?

— Sim, era prima dele, chamada Marie Michon.

— Ah, eu me lembro! — exclamou a sra. de Chevreuse. — Era a quem ele escreveu do cerco de La Rochelle, para preveni-la do complô que se tramava contra Buckingham.

— Exatamente. Permite que lhe fale um pouco dela?

A sra. de Chevreuse olhou para Athos.

— Claro, mas não para falar mal.

— Seria uma ingratidão da minha parte — disse Athos. — E considero, a ingratidão, não um defeito ou um crime, mas algo ainda pior, uma falha de caráter.

— O senhor, ingrato com relação a Marie Michon? — estranhou a duquesa, tentando decifrar alguma pista no semblante de Athos. — Como poderia? Não a conheceu pessoalmente.

— Quem sabe, senhora? Um provérbio popular diz que apenas as montanhas nunca se encontram. E muitas vezes os provérbios populares têm uma incrível veracidade.

— Continue, por favor, continue! Não faz ideia do quanto essa conversa me interessa.

— Já que me encoraja, vou continuar.

— Por favor.

— Essa prima de Aramis, Marie Michon, a jovem costureira, resumindo, apesar da modesta condição, tinha altas relações. Chamava de amiga as principais damas da Corte, e a própria rainha, por mais altiva que seja, em sua dupla qualidade de austríaca e espanhola,[230] tratava-a de irmã.

— É pena — disse a sra. de Chevreuse com um leve sorriso, acompanhado de pequeno movimento das sobrancelhas e com uma graça de que só ela era capaz —, mas as coisas mudaram muito, desde então.

— E a rainha tinha razão — continuou Athos —, pois Marie Michon era tão dedicada que se dispôs a servir de intermediária em sua relação com o irmão, rei da Espanha.

— O que hoje — lembrou a duquesa — consideram um grande crime seu.

— Tanto que o cardeal resolveu, certa manhã, mandar prender a pobre Marie Michon e enviá-la para o castelo de Loches. Felizmente isso não se deu de maneira tão discreta, a notícia vazou e tal possibilidade fora prevista: caso Marie Michon corresse qualquer risco, a rainha devia fazer com que chegasse às suas mãos um livro de horas encadernado em veludo verde.

— Exatamente! O senhor está bem informado.

— Certa manhã, o livro verde chegou, levado pelo príncipe de Marcillac.[231] Não havia tempo a perder. Felizmente, Marie Michon e uma ajudante chamada Ketty se adequaram admiravelmente a roupas masculinas. O príncipe conseguiu para Marie Michon um traje de cavaleiro e para Ketty um de criado. Equipou-as com dois excelentes cavalos e as duas fugitivas rapidamente deixaram Tours e tomaram a direção da Espanha, tremendo ao menor barulho, seguindo caminhos secundários, pois não ousavam tomar as estradas principais, buscando a hospitalidade dos moradores, quando não havia albergues.

— O incrível é que foi exatamente isso que aconteceu! — exclamou a sra. de Chevreuse, batendo as mãos. — Seria realmente curioso...

Ela parou.

— Que eu acompanhasse as fugitivas até o final da viagem? — perguntou Athos. — Não, senhora. Não abusarei assim do seu tempo. Vou apenas até uma cidadezinha do Limousin, na verdade uma aldeia entre Tulle e Angoulême, chamada Roche-l'Abeille.

A sra. de Chevreuse soltou um grito de surpresa e olhou para Athos com uma expressão que o fez sorrir.

— Espere ainda, senhora, pois o que falta contar é bem mais estranho.

— Começo a considerá-lo um feiticeiro e nada mais me surpreenderá, mas, na verdade... Bom, continue.

— O dia tinha sido longo e cansativo. Fazia frio. Era 11 de outubro. A aldeia não contava com albergue nem castelo e as casas camponesas pareceram

---

230. Ana da Áustria, filha do rei Filipe III de Espanha, era arquiduquesa da Áustria e princesa da Borgonha e dos Países Baixos.

231. Em *Mémoires*, La Rochefoucauld, príncipe de Marcillac, conta esse episódio do livro de horas, que Dumas segue com certa liberdade.

pobres e sujas a Marie Michon, que tinha maneiras bastante aristocráticas. Como a rainha, sua irmã, ela estava habituada a roupas de cama perfumadas e finas. Resolveu pedir hospitalidade no presbitério.

Athos fez uma pausa.

— Por favor, continue — pediu a duquesa. — Como disse, estou preparada para tudo.

— As duas viajantes bateram à porta. Já era tarde. Já deitado, o padre gritou que entrassem, o que elas fizeram, pois a porta não estava trancada. A confiança reina nos vilarejos. Uma lamparina brilhava no quarto em que estava deitado o religioso. Marie Michon, que parecia o mais gracioso cavaleiro do mundo, entreabriu a porta, passou a cabeça e pediu hospitalidade. "Com prazer, meu jovem cavaleiro", disse o padre, "mas terá que se contentar com o que sobrou da minha janta e com uma beirada da minha cama." As duas se consultaram por um instante. O padre as ouviu dar uma grande risada e em seguida o amo, ou melhor, a ama, se virou de novo para a cama de onde vinha a voz e disse:

"— Obrigado, sr. cura, aceito.

"— Então comam e façam o menos de barulho possível — respondeu o bom homem —, pois também perambulei o dia inteiro e gostaria de dormir bem essa noite."

A sra. de Chevreuse, visivelmente, ia da surpresa ao espanto e do espanto à estupefação. Seu rosto, olhando para Athos, ganhara uma expressão impossível de se descrever. Via-se que tentou dizer alguma coisa, mas preferiu se calar, temendo perder o que dizia o narrador.

— E depois?

— Depois? Ah! É justamente a parte mais difícil.

— Conte, conte, conte! Posso ouvir todo tipo de coisa. Aliás, nada tenho com isso, trata-se da srta. Marie Michon.

— Tem razão — disse Athos. — Pois então Marie Michon comeu com sua acompanhante e, depois disso, seguindo a recomendação feita, se despiu bem discretamente e se deitou ao lado do anfitrião, enquanto Ketty se acomodou numa poltrona.

— Pensando bem, meu caro conde, a menos que seja o próprio demônio, não vejo como pode saber de todos esses detalhes.

— Era uma formidável pessoa, nossa Marie Michon — continuou Athos —, uma dessas loucas criaturas em cuja cabeça as mais estranhas ideias se atropelam, um desses seres nascidos para nossa danação, enquanto estamos aqui na terra. Assim sendo, mal entrou na cama, lembrando-se de que o anfitrião era padre, ela achou que seria uma recordação engraçada para quando fosse velha, entre as muitas recordações engraçadas de que já dispunha, a de ter feito um padre cair em tentação.

— O senhor agora está me assustando, conde.

— E, infelizmente, o pobre sacerdote não era nenhum santo Ambrósio.[232] Ele sucumbiu. Como já disse, e torno a dizer, a tal Marie Michon era uma adorável criatura.

— Sr. conde — exclamou a duquesa, tomando as duas mãos de Athos —, diga agora mesmo como tem conhecimento de todos esses detalhes ou mando chamar um padre que o exorcize.

Athos deu uma boa risada.

— Nada mais fácil, senhora. Um cavaleiro também encarregado de uma missão importante viera, uma hora antes da senhora, pedir hospitalidade no mesmo presbitério, e isso no exato momento em que o reverendo sacerdote, chamado à cabeceira de um moribundo, deixava não só a sua casa, mas também o vilarejo por toda aquela noite. O santo homem confiou plenamente no hóspede, também um fidalgo, deixando-lhe casa, janta, cama e quarto de dormir. Foi então ao hóspede do bom sacerdote, e não a ele, propriamente, que Marie Michon pedira hospitalidade.

— E o tal cavaleiro, o hóspede, o tal fidalgo que chegou antes dela?

— Era eu, conde de La Fère — disse Athos, ficando de pé e cumprimentando respeitosamente a duquesa de Chevreuse —, este seu humilde servidor.

A duquesa permaneceu por um instante paralisada de surpresa e, de repente, deu uma gargalhada:

— Deus do céu! É realmente engraçado! E aquela louca da Marie Michon conseguiu mais do que esperava. Sente-se, meu amigo, e continue essa história: se não me engano, não chegamos ainda ao ponto mais interessante.

— Terei que me confessar culpado, senhora, pois, como disse, também viajava em missão urgente. Levantei-me ao amanhecer, me vesti sem fazer barulho e, sem também acordar meu simpático companheiro de noite, saí do quarto. No outro cômodo igualmente dormia, com a cabeça caída na poltrona, a acompanhante, de beleza digna da sua ama. Seu belo rosto chamou minha atenção. Aproximei-me e reconheci a graciosa Ketty, a quem nosso amigo Aramis havia ajudado. Foi como descobri que a curiosa viajante era...

— Marie Michon! — disse com atropelo a sra. de Chevreuse.

— Marie Michon — repetiu Athos. — Saí então da casa e me dirigi ao estábulo, onde meu cavalo já estava selado e meu criado a postos para que partíssemos.

— E nunca mais voltou ao vilarejo? — perguntou ansiosa a sra. de Chevreuse.

— Um ano depois.

— E...?

---

232. Santo Ambrósio de Milão (340-97), bispo e autor de "A bondade da morte". Levou vida ascética e distribuiu seus bens entre os pobres. Foi fervoroso defensor e teórico da virgindade de Maria e do seu papel como mãe de Deus.

— E procurei o generoso sacerdote sob cujo teto havia se passado aquela estranha aventura.

— Encontrou-o?

— Muito preocupado com algo que ele de forma alguma compreendia. Oito dias antes, havia recebido numa manta um lindo menininho de três meses e uma bolsa com moedas de ouro, assim como um bilhete com essas simples palavras: "11 de outubro de 1633".

— Era a data daquela famosa noite — acrescentou a sra. de Chevreuse.

— Exato, mas ele ficou sem entender, uma vez que tinha passado a noite em questão com um moribundo. Marie Michon também havia partido antes da sua volta.

— Imagine o senhor que Marie Michon, quando voltou à França em 1643, imediatamente mandou buscar notícias naquele vilarejo. Até então foragida, não pudera guardar a criança, mas, de volta a Paris, quis assumi-la.

— E o que disse o padre? — perguntou Athos.

— Que um cavalheiro desconhecido quisera se ocupar do menino. Disse que garantiria o seu futuro e o levou com ele.

— Foi o que aconteceu, de fato.

— Ah! Agora entendo! Era o senhor, o pai!

— Psiu! Não fale alto, por favor. Ele está aqui.

— Está aqui? — exclamou a sra. de Chevreuse se levantando rápido. — Está aqui, meu filho? O filho de Marie Michon está aqui! Quero vê-lo agora mesmo!

— Por favor, senhora, ele desconhece quem são, tanto seu pai como sua mãe.

— O senhor manteve isso em segredo, mas trouxe-o aqui, imaginando o quanto eu ficaria feliz! Ah! Muito obrigada, muito obrigada! — disse a sra. de Chevreuse segurando a mão de Athos com a intenção de beijá-la. — Obrigada! Tem realmente um nobre coração.

— Trouxe-o — disse Athos, retirando a mão —, para que a senhora, por sua vez, faça alguma coisa por ele. Até o presente cuidei da sua educação e posso garantir, assim creio, tratar-se de um perfeito fidalgo. O momento, porém, chegou em que me vejo forçado a retomar a existência errante e arriscada de alguém engajado na vida partidária. Amanhã mesmo me lanço numa atividade aventurosa, na qual posso ser morto. O rapazinho, nesse caso, teria apenas a senhora para conduzi-lo no mundo em que ele tem um lugar a ocupar.

— Ah! Tranquilize-se quanto a isso! Mesmo que, infelizmente, nesse momento eu tenha pouco crédito. Mas o que me resta a ele pertence, no que se refere a fortuna e a títulos...

— Nesse sentido, não se preocupe, senhora. Passei para ele a propriedade de Bragelonne, minha por herança e que lhe garantiu o título de visconde, além de dez mil libras de renda.

— Pelo que há de mais sagrado, cavalheiro! O senhor é um verdadeiro fidalgo! Quero muito conhecer nosso jovem visconde. Onde está?

— Aqui mesmo, na sala ao lado. Vou chamá-lo, caso queira.

Athos se dirigiu à porta, mas a sra. de Chevreuse o interrompeu:

— Ele é bonito? — perguntou.

Athos sorriu.

— Parecido com a mãe — disse e, ao mesmo tempo, abriu a porta, fazendo sinal ao jovem, que se apresentou.

A sra. de Chevreuse não pôde controlar um grito de alegria, vendo o encantador rapazinho, que superava todas as expectativas que o seu orgulho pudesse conceber.

— Aproxime-se, visconde — disse Athos. — A sra. duquesa de Chevreuse permite que lhe beije a mão.

O rapaz se adiantou, com seu encantador sorriso e, de cabeça descoberta, dobrou um joelho no chão e beijou a mão da sra. de Chevreuse.

— Sr. conde — disse ele, voltando-se para Athos —, não foi para refrear minha timidez que me anunciou a duquesa de Chevreuse e não a rainha?

— Não, visconde — atalhou a sra. de Chevreuse tomando, por sua vez, a mão do jovem e fazendo-o se sentar a seu lado, com olhos que brilhavam de prazer. — Infelizmente não sou a rainha e, se fosse, imediatamente poria à sua disposição tudo que bem merece. Mesmo assim, vejamos, sendo eu apenas o que sou — ela acrescentou, se esforçando para não aplicar os lábios na fronte tão pura do rapaz —, qual carreira desejaria seguir?

De pé, Athos olhava para ambos, com expressão de indizível felicidade.

— Mas senhora — disse Raoul com sua voz ao mesmo tempo meiga e sonora —, creio ser a carreira das armas a única digna de um fidalgo. O sr. conde, acredito, me educou com a intenção de fazer de mim um soldado. Deixou-me também esperar que me apresentaria, em Paris, a alguém podendo me recomendar ao sr. Príncipe.

— Entendo. Seria bom, para um jovem soldado, servir sob o comando de um general assim. Só que, espere... minhas relações com ele não são das melhores, nesse momento, por disputas da sra. de Montbazon, minha sogra, com a sra. de Longueville. Mas se passarmos pelo príncipe de Marcillac... Ah! Isso mesmo. Veja, conde, é o caminho! O sr. príncipe de Marcillac é um amigo de longa data. Pode recomendar nosso jovem amigo à sra. de Longueville, que lhe dará uma carta para o irmão, o sr. Príncipe, que a ama *mui carinhosamente* — a sra. de Chevreuse sublinhou bem essas duas palavras — e imediatamente fará tudo que lhe for pedido.

— Perfeito! Seria realmente ótimo — aplaudiu o conde. — Mas posso me atrever ainda a pedir a maior urgência? Tenho motivos para preferir que o visconde não esteja mais em Paris amanhã à noite.

— Deseja que se saiba do seu interesse pelo rapaz, sr. conde?

— Para o seu futuro, melhor seria que nunca se saiba que me conheceu.

— Senhor! Isso não! — exclamou o jovem.

— Bem sabe, Bragelonne, que nada faço sem meus motivos.

— De fato — respondeu o rapaz. — Conheço a sua suprema sabedoria e continuarei a obedecê-lo, como sempre fiz.

— Pois bem, conde. Deixe-o comigo — disse a duquesa. — Vou mandar chamar o príncipe de Marcillac, que por felicidade se encontra em Paris, e não o largarei até que tudo se conclua.

— Ótimo, sra. duquesa. Agradeço mil vezes. Tenho pessoalmente várias coisas a fazer e quando terminar, isto é, por volta das seis da tarde, esperarei o visconde no hotel.

— O que farão à noite?

— Iremos à casa do abade[233] Scarron, para quem tenho uma carta e onde devo encontrar um amigo.

— Entendo — disse a duquesa —, passarei também rapidamente por lá. Não vá embora antes de me ver.

Athos cumprimentou a sra. de Chevreuse e se preparou para sair.

— Ora, sr. conde — disse rindo a duquesa —, é tão cerimoniosamente assim que se despedem antigos amigos?

— Ah! — murmurou Athos, beijando-lhe a mão. — Se eu tivesse adivinhado que Marie Michon fosse tão bela criatura!

E se retirou com um suspiro.

---

233. O francês frequentemente utiliza "abade" para designar o padre católico em geral e não apenas o prelado que dirige uma abadia. No caso do abade Scarron a tradução manteve a designação por razões específicas, explicadas logo adiante no romance.

23. O abade Scarron[234]

Havia, na rua des Tournelles, uma casa que todos os carregadores de padiolas e lacaios de Paris conheciam. No entanto, não morava ali nenhum grande senhor ou importante financista. Ali não havia jantares, nunca se jogava e menos ainda se dançava.

No entanto, era um ponto de encontro da bela sociedade, que toda Paris frequentava.

Essa casa era a do pequeno Scarron.

Ria-se tanto no salão daquele espirituoso padre, eram tantas as notícias que por lá circulavam, logo comentadas, esmiuçadas e transformadas, às vezes em contos, às vezes em epigramas, que todo mundo gostava de ir passar uma hora com o pequeno Scarron, ouvir o que ele dizia e passar adiante. Muitos também ardiam de desejo de poder fazer alguma observação e, sendo ela engraçada, essa pessoa se tornava imediatamente bem-vinda.

O pequeno abade Scarron, diga-se, só era abade por possuir uma abadia, e não por pertencer a uma ordem religiosa. Em outras épocas, fora considerado o mais animado prebendeiro da cidade de Mans, onde morava. Num dia de carnaval, motivado pela convicção de ser ele a alma daquela boa cidade e querendo então simplesmente espalhar alegria, fez seu valete besuntá-lo de mel e depois, cortando um colchão de plumas, mergulhou dentro, de forma que se transformou na mais grotesca

---

234. Paul Scarron (1610-60), escritor francês. Boêmio e libertino, seguiu sem muita convicção a carreira eclesiástica. Vitimado por uma grave doença degenerativa em 1638, deixou a cidade de Mans, onde era secretário do bispo, indo morar em Paris como escritor. Tornou-se muito popular nos ambientes mais cultos, graças ao seu humor ferino. Sua obra mais conhecida é *Le roman comique*, publicada em três volumes entre 1651 e 1659, mas são inúmeros os seus poemas satíricos, peças de teatro, comédias de capa e espada etc., que muito influenciaram a literatura da época.

ave que se possa imaginar. Partiu então em visita aos amigos e amigas nesse estranho paramento. De início, por onde passava o olhavam com exclamações de surpresa e depois com vaias. Mais adiante, desocupados começaram a gritar insultos e crianças jogaram pedras. Conclusão: ele acabou sendo obrigado a fugir para escapar dos ataques. Mas a partir do momento em que fugiu, começaram a persegui-lo. Pressionado, escorraçado, atacado por todos os lados, Scarron viu uma única saída para escapar daquele cortejo: se jogar no rio. Era capaz de nadar como um peixe, mas a água estava gelada. Scarron suava em bicas e o frio causou um choque; ao chegar à outra margem, estava paralisado.[235]

Tentou-se então, por todos os meios conhecidos, devolver-lhe o controle dos membros, mas isso com tais sofrimentos que ele acabou mandando às favas todos os médicos, dizendo até preferir a doença. Foi depois disso que se mudou para Paris, onde já tinha fama de homem espirituoso. Na capital, ele encomendou a fabricação de uma cadeira que inventara e, certo dia, foi com ela visitar a rainha Ana da Áustria, a qual, encantada com o seu humor, perguntou se desejava algum título.

— Desejo sim, Vossa Majestade. Há um título que eu muito apreciaria — respondeu Scarron.
— Qual?
— O de vosso doente.

E assim, Scarron foi nomeado *doente da rainha*, com uma pensão de mil e quinhentas libras.[236]

A partir daí, sem ter mais por que se preocupar com o futuro, Scarron levou alegre vida, devorando seus fundos e rendas.

A certo momento, porém, um emissário do cardeal o informou do erro que cometia ao receber em casa o sr. coadjutor.

— Como assim? — estranhou Scarron. — Não se trata de alguém de nobre estirpe?
— Sim, claro!
— Amável?
— Incontestavelmente.
— Espirituoso?
— Infelizmente, até demais.
— E então? Por que deixar de frequentar pessoa assim?
— Porque ele pensa errado.
— Mesmo? A respeito de quê?

---

235. São várias as versões para a enfermidade do escritor. Essa, evidentemente, é a mais engraçada e que mais agradaria ao próprio Scarron. Ele foi, em todo caso, vítima, em 1638, de uma doença que paralisou suas pernas, coluna e nuca.

236. Segundo a *Biographie universelle Michaud*. A pensão foi retirada após a publicação de uma "mazarinada" (ver nota 43).

— Do cardeal.
— E o que tem isso? — continuou Scarron. — Continuo a ver o sr. Gilles Despréaux,[237] que fala mal de mim, por que não ver o sr. coadjutor, que fala mal de outra pessoa? Não faz sentido!

A conversa tinha ficado nisso e Scarron, por espírito do contra, passou a ver ainda mais o sr. de Gondy.

Na manhã, porém, do dia que nos interessa, dia também do vencimento trimestral da pensão que recebia, Scarron, como fazia sempre, enviou seu criado, devidamente credenciado, para receber a soma na Caixa de Pensões. Avisaram-no, entretanto, que "o Estado não tinha mais dinheiro para o sr. abade Scarron".

Ao receber essa notícia, Scarron tinha a seu lado o sr. duque de Longueville, que se ofereceu a dobrar a pensão que Mazarino lhe retirava. Só que o astuto enfermo preferiu não aceitar e de tal maneira se aproveitou da situação que às quatro horas da tarde Paris inteira sabia da recusa do cardeal. Era justamente uma quinta-feira, dia de recepção na casa do abade, para a qual afluiu uma multidão e uma terrível atmosfera de Fronda circulou por toda a cidade.

Athos encontrou na rua Saint-Honoré dois fidalgos que ele não conhecia, também montados a cavalo, também acompanhados por um criado e fazendo o mesmo trajeto. Um deles tirou o chapéu e disse:

— Está sabendo, cavalheiro, que o miserável Mazarino suprimiu a pensão do pobre Scarron?

— Um absurdo! — exclamou Athos, cumprimentando, por sua vez, os dois cavaleiros.

— Logo se percebe ser o senhor um verdadeiro fidalgo — acrescentou o mesmo homem que começara a conversa —, e o tal Mazarino é um flagelo.

— Infelizmente, cavalheiro, não tenho como discordar — respondeu Athos.

E se despediram todos com prolongada troca de gentilezas.

— Boa coincidência que tenhamos que ir à casa desse homem logo mais à noite — disse Athos ao visconde. — Prestaremos nossa solidariedade ao pobre abade.

— Mas quem é esse Scarron que tanto agita Paris inteira? — perguntou Raoul. — Algum ministro caído em desgraça?

— Não, de forma alguma, visconde! Um humilde fidalgo e grande espírito que o cardeal passou a perseguir por alguma trovinha contra a sua pessoa.

— Fidalgos compõem versos? — ingenuamente se surpreendeu Raoul. — Não seria contraditório?

---

237. Gilles Boileau-Despréaux (1631-69), advogado e poeta, irmão mais velho de Nicolas Boileau, que se tornou mais conhecido nos meios literários.

— Com certeza, meu caro visconde — respondeu Athos com uma risada —, quando são ruins. Mas se forem bons, isso ainda mais os ilustra. Basta ver o sr. de Rotrou.[238] Mesmo assim — continuou Athos com o tom de quem dá um salutar conselho —, creio que mais valha não tentar.

— Esse sr. Scarron... seria então um poeta?

— Exato. Guarde isso em mente, visconde. E tome todo cuidado com o que disser. Fale mais por gestos ou, melhor ainda, apenas ouça.

— É o que farei, senhor.

— Vou estar conversando muito com um fidalgo amigo meu, o padre d'Herblay, de quem já me ouviu falar.

— Lembro-me bem.

— Aproxime-se de vez em quando de nós como se fosse para dizer alguma coisa, mas nunca fale e, aliás, nem ouça. Será apenas para que ninguém mais venha se intrometer.

— Entendi, senhor. Farei exatamente o que diz.

Athos foi ainda fazer duas visitas em Paris. Mais tarde, às sete horas, os dois tomaram a direção da rua de Tournelles, que estava atravancada de carregadores de cadeirinhas, de cavalos e de criados. O conde foi abrindo passagem e entrou na casa, seguido pelo rapaz. A primeira pessoa que chamou sua atenção foi justamente Aramis, junto de uma cadeira de rodas bem ampla, com um dossel de tapeçaria, sentada na qual se mexia, irrequieta, uma pequena forma humana bastante jovem e risonha, mas um tanto descorada, sem que nem por isso os olhos deixassem de exprimir vivacidade, inteligência e graça. Era o abade Scarron, sempre contente, zombeteiro, cumprimentando as pessoas com sua saúde debilitada e se coçando com uma pequena vareta.

Em volta daquela espécie de tenda móvel, circulava uma quantidade de homens e mulheres da nobreza. O cômodo era bastante limpo e corretamente mobiliado. Cascatas de seda ornamentada com flores, que em tempos passados tiveram cores fortes, mas que agora se mostravam um tanto sem brilho, caíam de amplas janelas. A tapeçaria das paredes era modesta, mas de bom gosto. Dois serviçais educados e com visíveis boas maneiras davam conta do serviço com distinção.

Ao ver Athos, Aramis foi até ele e pegou-o pela mão para apresentá-lo a Scarron, que se alegrou e demonstrou grande respeito pelo novo convidado, saudando de maneira vivaz também o visconde. Raoul estava siderado, nem um pouco preparado para tanto apuro na arte da espirituosidade. Mesmo assim, se comportou com muita correção. Athos foi cumprimentado por mais

---

238. Jean Rotrou (1609-50) foi o grande autor teatral daquela época. Não pertencia à nobreza, mas a literatura o alçava ao mundo aristocrático. Da mesma forma, a um fidalgo de sangue, bons versos poderiam ainda mais enobrecer.

dois ou três galantes indivíduos e outros cavalheiros, com Aramis fazendo as apresentações. Pouco a pouco o tumulto da sua chegada se acalmou e as conversas se generalizaram.

Após quatro ou cinco minutos, que Raoul usou para se recuperar e familiarizar-se topograficamente com o ambiente, a porta foi aberta e um lacaio anunciou a srta. Paulet.[239]

Athos tocou com a mão o ombro do visconde.

— Preste atenção nessa mulher, Raoul. É um personagem histórico. Era à sua casa que se dirigia o rei Henrique IV, quando foi assassinado.

Raoul estremeceu. Há dias, a cada instante ele via se descortinar à sua frente algo que o fazia descobrir novos aspectos heroicos, e aquela mulher que acabava de entrar, ainda jovem e bela, havia conhecido e falado com Henrique IV.

Todos procuraram se aproximar da recém-chegada, que continuava a gozar de grande popularidade. Tinha uma bela estatura, fina e torneada, com uma floresta de cabelos dourados, iguais àqueles que Rafael apreciava e Ticiano emprestou a todas as suas Madalenas.[240] Essa cor fulva, ou talvez também a sua evidente imponência entre as mulheres, fizeram-na ser conhecida como Leoa.

Nossas belas mulheres de hoje, que aspiram a esse atributo tão *fashionable*,[241] devem ser informadas de que ele vem não da Inglaterra,[242] como talvez pensem, mas dessa sua bela e inteligente compatriota.

A srta. Paulet foi diretamente até Scarron, no murmúrio que a acompanhava desde que chegara.

— Meu querido abade! Quer dizer então que ficou pobre? — disse ela com sua voz tranquila. — Soube disso esta tarde, na casa da sra. de Rambouillet. Foi o sr. de Grasse quem nos contou.[243]

— É verdade, mas o Estado com isso ficou mais rico. É preciso saber se sacrificar pelo país — ele respondeu.

— Nosso querido cardeal vai poder encomendar mil e quinhentas libras a mais, por ano, de pomadas e perfumes — acrescentou um revoltado que Athos reconheceu ser o fidalgo pouco antes encontrado na rua Saint-Honoré.

---

239. De origem humilde, Angélique Paulet (1591-1651) foi uma cortesã muito bonita e alegre, de grande sucesso na Corte. Tocava alaúde, tinha belíssima voz e dançava muito bem.

240. Raffaello Sanzio (1483-1520), mais conhecido como Rafael, e Ticiano Vecellio (c.1480-1576), ou simplesmente Ticiano, dois dos mais conhecidos mestres do Renascimento italiano.

241. Em inglês no original: "em voga, na moda".

242. No francês do séc.XIX, usava-se *lion*, em inglês, para designar o que depois passou a se dizer *dandy*.

243. Antoine Godeau (1605-72), homem de letras e bispo de Grasse, que naquela época já começava a se tornar "a capital mundial do perfume".

— E a Musa, ela que tanto necessita da dourada mediocridade, o que dirá disso? — aparteou Aramis com sua voz suave. — Pois, afinal, "*si Virgilio puer aut tolerabile desit/ Hospitium, caderent omnes a crinibus hydri*".[244]

— Tudo bem! — disse Scarron, estendendo a mão para a srta. Paulet. — Posso não ter mais a Hidra,[245] mas pelo menos tenho a Leoa.

Tudo que Scarron dizia naquela noite parecia formidável. É um privilégio da perseguição. O sr. Ménage[246] dava pulos de entusiasmo.

A srta. Paulet assumiu seu lugar de hábito. Antes, porém, de se sentar, do alto da sua grande estatura lançou um olhar de rainha por toda a sala, fixando-se em Raoul.

Athos sorriu.

— Chamou a atenção da srta. Paulet, visconde. Vá até ela e a cumprimente. Apresente-se como de fato é, como um franco provinciano, e de forma alguma fale de Henrique IV.

Ruborizado, o visconde se aproximou da Leoa, mas foi logo confundido entre os fidalgos que se agrupavam em volta de sua cadeira.

Com isso estavam formados dois grupos bem distintos, um em torno do sr. Ménage, e outro em volta da srta. Paulet. Scarron ia de um grupo a outro, manobrando a cadeira de rodas no meio de toda aquela gente com a perícia de um marujo experiente em sua barcaça, num mar revolto.

— Quando poderemos conversar? — perguntou Athos a Aramis.

— Daqui a pouco — respondeu este último. — Vamos deixar que cheguem mais pessoas e passaremos despercebidos.

Nesse momento a porta foi aberta e o lacaio anunciou o sr. coadjutor.

Ouvindo isso, todo mundo se virou para a entrada, pois era um nome que já começava a se tornar bem famoso.

Athos fez como todos em volta. Apenas de ouvir falar conhecia o reverendo Gondy.

Viu entrar um homenzinho moreno, mal-ajambrado, míope, parecendo inábil em todo tipo de coisa, exceto na espada e na pistola. Prova disso, logo de início esbarrou numa mesa, que quase foi derrubada. Mesmo assim, havia em sua expressão bastante altivez e orgulho.

Também Scarron se voltou para ele e dirigiu a cadeira de rodas na sua direção, indo recebê-lo. Já a srta. Paulet se limitou a um aceno.

---

244. Em latim no original: "Se Virgílio não tivesse escravo e moradia, sua Hidra perderia todas as serpentes da cabeça" (Juvenal, *Sátiras*, VII, 70), significando que seus versos não teriam força. Já a menção à "dourada mediocridade" vem de *Odes* (ode VII, livro II) de Horácio (*aurea mediocritas*).

245. Na mitologia grega, a Hidra era um animal com corpo de dragão e cabeças de serpente, sendo uma delas imortal.

246. Gilles Ménage (1613-92) era gramático, autor de *Origines de la langue française*, considerado o primeiro dicionário etimológico, publicado em 1650.

— E então?! — disse o coadjutor vendo Scarron, mas somente quando este chegou bem perto. — Ao que dizem nosso abade caiu em desgraça?

Era a frase daquela noite, que já havia sido repetida cem vezes e Scarron estava em sua centésima resposta espirituosa: já não as encontrava com tanta facilidade, mas, num esforço desesperado, se salvou:

— O sr. cardeal Mazarino teve a bondade de pensar em mim — respondeu.

— Incrível! — exclamou Ménage.

— Mas como vai poder continuar a nos receber? — inquietou-se o coadjutor. — Com seus recursos em baixa, me vejo obrigado a nomeá-lo cônego em Notre-Dame.

— Não faça isso, por favor! Eu o comprometeria demais.

— Possui, então, fontes de renda que desconhecemos?

— Pegarei emprestado com a rainha.

— Mas Sua Majestade nada tem que lhe pertença com exclusividade — disse Aramis. — Não vive em regime de comunhão de bens?

O coadjutor se voltou para ele e sorriu, dizendo, com um ligeiro sinal de amigável cumplicidade:

— Peço que me desculpe, mas o prezado irmão está desatualizado. Aliás, tenho um presente a lhe dar.

— De que tipo? — perguntou Aramis.

— Uma fita para chapéu.

Todos se voltaram para o coadjutor, que tirou do bolso uma fita de seda de singular aparência.

— Ora! — exclamou Scarron. — Isso é uma fita de funda![247]

— Exato — confirmou o coadjutor. — Fazemos de tudo sob o signo da funda. Dessa mesma seda tenho um leque para a srta. Paulet. Passarei as referências do meu fornecedor de luvas para o sr. d'Herblay, pois ele as confecciona com a nossa seda. Já Scarron tem um crédito ilimitado com meu padeiro e seus pães em forma de funda são excelentes.

Aramis pegou a fita e amarrou-a em volta do chapéu.

A porta voltou a ser aberta nesse momento e o lacaio gritou forte:

— A sra. duquesa de Chevreuse!

Ao nome da sra. de Chevreuse, todos se levantaram.

Scarron rapidamente dirigiu a sua cadeira para a porta. Raoul ficou ruborizado. Athos fez sinal para Aramis, que se colocou no vão de uma janela.

Entre as saudações respeitosas que a receberam ao entrar, a duquesa distraidamente procurava alguém ou alguma coisa, até afinal perceber Raoul. Seus olhos brilharam. Em seguida pareceram em devaneios, ao notarem a

---

247. Ver nota 40.

presença de Athos e, um pouco mais adiante, Aramis, no vão da janela. Ela disfarçou com o leque sua quase imperceptível reação de surpresa.

— Aliás — disse a duquesa, como se procurasse afastar os pensamentos que involuntariamente a invadiam —, como vai o nosso pobre Voiture?[248] Tem alguma notícia, Scarron?

— O que ouço? O sr. Voiture está doente? — inquietou-se o fidalgo que havia encontrado Athos na rua Saint-Honoré. — O que houve?

— Andou numa jogatina sem ter o cuidado de mandar o criado trazer uma muda de roupa para troca — respondeu o coadjutor. — Pegou um resfriado e agora morre pouco a pouco.

— E onde foi isso?

— Bom, por Deus, lá em casa! Imagine que o coitado havia feito uma promessa solene de não mais jogar. Três dias depois, não aguentando, foi ao arcebispado para que eu suspendesse a promessa.[249] Só que, naquele momento, eu infelizmente estava muito ocupado com o bom conselheiro Broussel, nas profundezas dos meus aposentos privativos, e Voiture acabou vendo o marquês de Laigues numa mesa, à espera de um companheiro de jogo. Voiture disse que só poderia jogar se eu o liberasse da promessa e Laigues se comprometeu em meu nome, dizendo que assumiria o pecado, caso eu não o redimisse. Voiture se sentou à mesa, perdeu quatrocentos escudos, se resfriou ao ir embora e caiu de cama, não devendo mais se levantar.

— Está mesmo tão mal assim o querido Voiture? — quis saber Aramis, ainda meio oculto pela cortina da janela.

— *Hélas!* — lamentou o sr. Ménage. — Muito mal e o grande homem vai muito provavelmente nos deixar, *deseret orbem*.[250]

— Bom — observou com certa irritação a srta. Paulet. — Morrer, ele? Não é o que quer! Está rodeado de sultanas como um turco. A sra. de Saintot se apressou em ir lhe servir canjas. A Renaudot esquenta os lençóis e até mesmo nossa amiga, marquesa de Rambouillet, envia infusões.

— Parece não gostar dele, querida Partênia![251] — disse Scarron, se divertindo.

— Que injustiça, meu querido enfermo! Odeio-o tão pouco que será um prazer encomendar algumas missas para o repouso da sua alma.

---

248. Vincent Voiture (1597-1648), poeta francês morto nesse mesmo ano da narrativa, aos 51 anos de idade. De origem simples, filho de um fornecedor de vinhos, alcançou grande prestígio na Corte, sendo também um dos primeiros membros da Academia Francesa de Letras.

249. A sede do arcebispado foi construída ao mesmo tempo que a catedral, a seu lado e à beira do Sena. Foi saqueada e destruída em 1831.

250. Em latim no original: "deixará a Terra".

251. Era moda, nos salões, as pessoas se darem nomes da mitologia. *Parthénie*, nome derivado do grego antigo para "virgem", é como era chamada a srta. Paulet, segundo o *Dictionnaire des Précieuses*, de Antoine Baudeau de Somaize.

— Não à toa é chamada Leoa, minha querida — disse a sra. de Chevreuse, de onde estava. — Suas mordidas são bem fortes.

— Está sendo dura com um grande poeta, senhora — arriscou-se Raoul.

— Grande poeta? Vê-se logo, visconde, que chegou ainda há pouco do interior, como me disse, e nunca viu a pessoa em questão. Grande poeta? Mal chega aos cinco pés...

— Muito bem! Bravo! — empolgou-se um homem moreno, comprido e magro, com um orgulhoso bigode e uma espada enorme. — Muito bem, bela Paulet! Já era mesmo tempo de recolocar o pequeno Voiture em seu devido lugar. Considero-me conhecedor de poesia e em alto e bom som digo que sempre achei a dele bastante medíocre.

— E quem vem a ser esse homem? — perguntou Raoul a Athos.

— O sr. de Scudéry.[252]

— O autor de *Clélie* e de *Grand Cyrus*?

— Escritos com a irmã, que conversa com aquela bonita pessoa, logo ali, perto do sr. Scarron.

Raoul se virou e de fato viu duas recém-chegadas: uma de encantadora e frágil aparência, muito triste, enfeitada por belos cabelos negros e olhos aveludados como as folhas da violeta, em que brilham cálices de ouro.

A outra, que parecia ter a jovem sob a sua tutela, era uma figura fria, seca e amarelada, verdadeira imagem de beata ou de carola.

Raoul prometeu a si mesmo não ir embora dali sem antes ter falado com a bela mocinha de olhos aveludados que, por algum estranho jogo do espírito e mesmo sem ter qualquer semelhança notável, lembrava a pobrezinha da Louise, que fora deixada em estado tão preocupante no castelo de La Vallière. No meio de todo aquele mundo novo, a amiga lhe saíra um pouco do pensamento.

Aramis, enquanto isso, se aproximara do coadjutor, que, com expressão alegre e risonha, cochichou algumas palavras ao seu ouvido. O antigo mosqueteiro, apesar de todo autocontrole que imaginava ter, não pôde deixar de demonstrar certa reação.

— Ache graça, estamos em público — disse para ele o sr. de Retz, já se afastando para ir conversar com a sra. de Chevreuse, que tinha uma roda de pessoas à sua volta.

Aramis fingiu rir para despistar qualquer eventual curiosidade e, percebendo que Athos, por sua vez, se abrigara no vão da janela onde ele mesmo estivera antes, foi até lá, não sem no caminho fazer um comentário ou outro com algumas pessoas, sem demonstrar qualquer ansiedade.

---

252. Georges de Scudéry (1601-67) foi poeta, romancista e dramaturgo. Em parceria com a irmã Madeleine de Scudéry (1607-1701), é autor dos dois romances citados logo a seguir. É, aliás, um ligeiro anacronismo, pois foram ambos lançados após a cena narrada.

Junto à janela, começaram uma conversa animada e Raoul se aproximou deles, seguindo as recomendações recebidas.

— O padre d'Herblay está me recitando um rondel do sr. Voiture que julgo incomparável — disse Athos em voz alta.

Raoul continuou ali por mais alguns segundos e foi se juntar ao grupo da sra. de Chevreuse, do qual também tinham se aproximado as srtas. Paulet e Scudéry.

— No que me concerne — dizia o coadjutor —, permito-me não encampar inteira a opinião do sr. de Scudéry. Pelo contrário, estimo o sr. de Voiture um poeta. Só que um puro poeta, com absoluta falta de ideias políticas.

— E então? — perguntou Athos.

— Será amanhã — disse Aramis, às pressas.

— A que horas?

— Às seis.

— Onde?

— Em Saint-Mandé.

— Quem deu a informação?

— O conde de Rochefort.

Alguém se aproximou:

— Também as ideias filosóficas faltam ao pobre Voiture. Concordo com o sr. coadjutor: um puro poeta.

— Sim, é de fato prodigioso em poesia — opinou Ménage —, e a posteridade, mesmo admirando a obra, haverá de criticar a exagerada licenciosidade incorporada aos versos. Sem se dar conta, o sr. de Voiture matou a poesia.

— Matou. É a palavra certa — observou Scudéry.

— Mas suas cartas, que obra-prima! — exclamou a sra. de Chevreuse.

— É onde ele realmente se ilustra — concordou a srta. de Scudéry.

— É verdade — acrescentou a srta. Paulet —, mas só enquanto é irreverente. No gênero epistolar mais sério, ele rapidamente se torna lamentável, e quando não diz as coisas de maneira bem crua, se revela bastante inepto.

— Mas na irreverência, reconheça, é inimitável.

— Pode ser — aproveitou-se Scudéry, torcendo as pontas do bigode. — Mas acho-o forçado no cômico e vulgar na irreverência. Tomem como exemplo *Carta da carpa à truta*.[253]

— Isso sem dizer — observou Ménage — que suas maiores inspirações vinham do palacete Rambouillet. Basta ver *Zélide et Alcidalis*.[254]

— Pessoalmente — disse Aramis, juntando-se ao grupo e cumprimentando respeitosamente a sra. de Chevreuse, que retribuiu o gesto com um gra-

---

253. A mais famosa epístola de Voiture.

254. Deixada incompleta, a obra *Conclusion de l'histoire d'Alcidalis et de Zelide* só foi publicada vinte anos após a morte do autor.

cioso sorriso —, pessoalmente o acusaria de ter se comportado de maneira livre demais com grandes personalidades. Frequentemente foi atrevido com a sra. Princesa, com o sr. marechal de Albert, com o sr. de Schomberg e até com a própria rainha.

— Como assim, com a rainha? — inquietou-se Scudéry, avançando a perna direita como para se pôr em guarda. — Pelos céus! Nunca soube disso. Foi atrevido com a rainha?

— Não conhecem os versos de *Je pensais*?
— Não — disse a sra. de Chevreuse.
— Não — disse a srta. de Scudéry.
— Não — disse a srta. Paulet.
— É verdade, provavelmente a rainha os tenha comunicado a poucas pessoas. Mas minha informação vem de fonte segura.
— Lembra-se do conteúdo?
— Creio que sim.
— Conte! Por favor! — pediram todos em coro.
— É preciso começar pela situação em que o fato se deu — explicou Aramis. — O sr. de Voiture estava na carruagem da rainha, somente os dois, num passeio pela floresta de Fontainebleau. Ele fingiu estar pensativo, para despertar a curiosidade da rainha, o que não demorou a acontecer.

"— Em que está pensando, sr. de Voiture? — perguntou Sua Majestade.

"Voiture sorriu, fingiu pensar mais cinco segundos, para dar a impressão de estar improvisando, e respondeu:

> *Pensei que o destino,*
> *Após tantas injustas misérias,*
> *Fazendo justiça vos coroou*
> *Com glória, brilho e honrarias,*
> *Mas que éreis mais feliz,*
> *Quando éreis outrora,*
> *Não direi apaixonada:*
> *É porém o que pede a rima.*"

Scudéry, Ménage e a srta. Paulet deram de ombros.
— Esperem, não acabou — disse Aramis. — São três estrofes.
— O senhor quer dizer três estribilhos — emendou a srta. de Scudéry. — Isso é no máximo uma canção.

> *Pensei que o pobre Amor,*
> *Que sempre vos emprestou suas armas,*
> *Fora banido de vossa Corte,*
> *Sem flechas, arco nem encantos;*

E de que posso me utilizar,
Acreditando em vossa proximidade, Maria,
Se podeis tão mal tratar
Quem tão bem vos serviu?

— Já com relação a essa última parte — observou a sra. de Chevreuse —, não sei se está conforme às regras poéticas, mas desculpo-a pela verdade. E as sras. de Hautefort e de Sennecey concordarão comigo, sem falar do sr. de Beaufort.

— Continuemos, continuemos — pediu Scarron. — Desde a manhã de hoje, não tenho por que me preocupar, não sou mais o seu doente.

— E o último estribilho? — perguntou a srta. de Scudéry. — O último estribilho, por favor.

— Aqui está — respondeu Aramis. — E ele tem a vantagem de apresentar nomes próprios, de forma que não há como se enganar.

Pensei (nós, poetas,
extravagantemente pensamos)
Como, em vosso estado de espírito,
Agiríeis se, neste momento,
Vísseis neste lugar
Chegar o duque de Buckingham;
E quem cairia em desgraça,
Se o duque ou o padre Vincent.[255]

Terminada essa última estrofe, exclamações generalizadas censuraram a impertinência do poeta.

— Confesso — disse em voz baixa a mocinha de olhos aveludados —, infelizmente gostei muito desses versos finais.

Com isso também concordava Raoul, que então se aproximou do dono da casa e pediu, um tanto ruborizado:

— Sr. Scarron, conceder-me-ia o favor de dizer quem é a jovem que sustenta opinião própria, diante de tão ilustre grupo?

— Ah, ah!, meu jovem visconde. Talvez queira lhe propor uma aliança de ataque e defesa?

Raoul ficou ainda mais vermelho.

— Também confesso ter achado os versos bem bonitos.

— E de fato são — concordou Scarron. — Mas fale baixo, entre poetas não se dizem coisas assim.

---

255. O padre Vincent era o confessor da rainha. (Nota do Autor)

— Pessoalmente — justificou-se Raoul —, não tenho a honra de ser poeta, perguntava apenas...
— É verdade: quem é a jovem, não é?
— Exato.
— É a bela índia.
— Queira me desculpar — continuou, muito sem graça, Raoul —, isso não me esclarece muito. Vivo no interior, infelizmente...
— E isso significa que não remete tudo a Febo,[256] como se faz aqui, não é? Melhor assim, meu rapaz, melhor assim! Não procure entender, só perderia tempo. E quando chegar a entender, é provável que não se fale mais assim, espero.
— Creio então que me perdoa e aceitará dizer quem é a pessoa chamada a bela índia?
— Com prazer. É uma das pessoas mais encantadoras que existem, srta. Françoise de Aubigné.[257]
— Da família do famoso Agrippa,[258] amigo de Henrique IV?
— Sua neta. Acaba de chegar da Martinica e por isso é que a chamei de bela índia.

Raoul arregalou os olhos, que encontraram os da jovem senhorita, recebendo de volta um sorriso.

Sob aparentes elogios, continuavam a desancar Voiture.

— Sr. Scarron — aproximou-se a srta. de Aubigné, como se procurasse entrar na conversa que o dono da casa tinha com o jovem visconde —, não se admira desses amigos do pobre Voiture? Veja como o depenam a cobri-lo de louvores! Alternam-se a negar no poeta qualquer bom senso, poesia, seriedade, originalidade, senso do cômico, independência... Deus do céu! O que vão deixar a essa ilustre completude, como o chamou a srta. de Scudéry?

Scarron riu e Raoul o acompanhou. Surpreendendo-se com o efeito que causara, a bela índia baixou os olhos e retomou seus ares ingênuos.

"É uma pessoa espirituosa, realmente", pensou Raoul.

Ainda no vão da janela, Athos admirava toda essa cena, com um sorriso de pouco-caso nos lábios.

— Chame o conde de La Fère — pediu a sra. de Chevreuse ao coadjutor. — Eu preciso falar com ele.

---

256. A Febo Apolo, deus grego do canto e da poesia.

257. Trata-se da futura marquesa de Maintenon (1635-1719), amante e mais tarde esposa de Luís XIV. Casou-se em 1652 com o próprio Scarron, que a chamava "bela índia" por ter passado parte da infância e da juventude com os pais na Martinica e sempre se referir à ilha. Foi quem incentivou Luís XIV a iniciar o plantio da cana-de-açúcar na colônia caribenha.

258. Théodore Agrippa d'Aubigné (1552-1630), militar e poeta. Intransigente defensor dos protestantes, na verdade se afastou de Henrique de Navarra quando este abraçou o catolicismo para se tornar rei da França.

— E eu — foi a resposta — preciso dar a impressão de que não falo com ele. Vi-o com admiração, pois sei de suas antigas aventuras, de algumas, pelo menos, mas planejo cumprimentá-lo somente depois de amanhã, pela manhã.

— E por quê? — perguntou a sra. de Chevreuse.

— Saberá amanhã à noite — respondeu rindo o coadjutor.

— Meu caro Gondy, está sendo misterioso como o Apocalipse — disse a duquesa, que acrescentou, virando-se para o lado de Aramis: — Sr. d'Herblay, aceitaria, mais uma vez, ser meu servidor por um momento?

— Como não, duquesa? Por um momento e para sempre, basta que ordene.

— Pois chame para mim o conde de La Fère, gostaria de falar com ele.

Aramis se aproximou de Athos e trouxe-o consigo.

— Sr. conde — disse a duquesa entregando-lhe uma carta —, aqui temos o que prometi. Nosso protegido será perfeitamente recebido.

— Para ele, será uma felicidade dever alguma coisa à senhora — respondeu Athos.

— Quanto a isso, não tem por que invejá-lo, pois devo ao senhor tê-lo conhecido — devolveu a maliciosa duquesa, com um sorriso que, a Aramis e a Athos, lembrou Marie Michon.

Ela em seguida se levantou e pediu que chamassem a sua carruagem. A srta. Paulet já se fora e a srta. de Scudéry se preparava para fazer o mesmo.

— Visconde — disse Athos a Raoul —, vá com a sra. duquesa de Chevreuse. Peça que lhe conceda a graça de aceitar a sua mão para acompanhá-la ao carro e agradeça-lhe.

A bela índia se aproximou de Scarron para se despedir.

— Já vai? — ele perguntou.

— Sou uma das últimas, como pode ver. Se tiver amanhã notícias do sr. de Voiture, sobretudo se forem boas, faça o favor de fazê-las chegar a mim.

— Ah, ele agora pode até morrer! — disse Scarron.

— Como assim!? — espantou-se a jovem dos olhos aveludados.

— Com certeza, já tendo o seu panegírico.

E entre risos os dois se separaram, com a jovem voltando-se para trás, curiosa com o pobre paralítico, e o pobre paralítico a olhá-la com amor.

Pouco a pouco os grupos tornaram-se menos densos. Scarron havia procurado não demonstrar que via alguns visitantes conversarem entre si de maneira misteriosa, nem que cartas tinham chegado para muitos deles, nem que sua noitada parecia ter tido uma função oculta, distante da literatura, da qual, no entanto, tanto se falara. Mas que importância podia ter isso? Podia-se agora conspirar à vontade em sua casa: desde aquela manhã, como ele tinha dito, não era mais o doente de estimação da rainha.

Raoul, por sua vez, de fato acompanhara a duquesa até a carruagem, onde ela se acomodou e estendeu a mão para que a beijasse. Depois, por um daqueles loucos caprichos que a tornavam tão adorável e, mais ainda, perigosa, ela pegou a sua cabeça, beijou-lhe a testa e disse:

— Visconde, que meus votos e esse beijo lhe tragam felicidade!

Em seguida ela o afastou e mandou o cocheiro seguir para o palacete de Luynes. A carruagem partiu e a sra. de Chevreuse deu um último aceno da janelinha da porta, fazendo Raoul voltar ao salão bastante abalado.

Athos adivinhou o que acontecera e sorriu.

— Venha, visconde — disse então —, já é hora de partir. Amanhã irá se juntar às tropas do sr. Príncipe. Durma bem nessa sua última noite na cidade.

— Então serei soldado? — perguntou o rapaz. — Agradeço de todo coração, senhor!

— Até mais vê-lo, conde — despediu-se o padre d'Herblay. — Volto a meu convento.

— Vou-me também, reverendo — disse o coadjutor. — Tenho pregação amanhã e vinte textos a consultar ainda essa noite.

— Adeus, cavalheiros — respondeu o conde. — No que me concerne, pretendo dormir vinte e quatro horas seguidas, estou caindo de cansaço.

Os três personagens se separaram, depois de trocar um último olhar.

Scarron os acompanhava com os cantos dos olhos, pelas portas do salão.

— Nenhum deles fará o que diz — ele murmurou para si mesmo, com seu sorrisinho particular. — Mas façam o que têm a fazer, meus bravos! Quem sabe não conseguem trazer de volta a minha pensão... Têm como mover os braços, e isso importa. Eu, infelizmente, tenho apenas a língua, mas tentarei provar que também ela é capaz de alguma coisa. Ei, meu amigo! Onze horas batendo! Venha me empurrar para a cama... Na verdade, aquela srta. de Aubigné é encantadora!

Com essas palavras, o pobre paralítico sumiu no quarto de dormir. A porta se fechou depois da sua passagem e as luzes sucessivamente foram se apagando na rua de Tournelles.

24. Saint-Denis

Despontava o dia quando Athos se levantou e pediu que o ajudassem a se vestir. Era fácil notar, pela acentuada palidez e pelas marcas que a insônia deixa no rosto, que ele provavelmente passara a noite quase sem dormir. Contrariando as maneiras daquele homem, em geral tão firme e decidido, havia, naquela manhã, certa lentidão vacilante que dominava todo o seu corpo.

Eram os preparativos para a partida de Raoul e ele procurava, também, ganhar tempo. Poliu, ele próprio, uma espada retirada da sua bainha perfumada, examinou se o punho estava bem na guarda e a lâmina solidamente presa ao punho.

Em seguida, colocou um pequeno saco com moedas de ouro no fundo de uma valise que iria com o rapazinho e chamou Olivain, o criado trazido de Blois, para prepará-la à sua frente, cuidando para que nada faltasse de todas aquelas coisas necessárias a um jovem que se afasta de casa.

Só depois de passar mais ou menos uma hora nesses preparativos é que ele finalmente abriu a porta levando ao quarto do visconde e entrou sem fazer barulho.

O sol, já radiante, penetrava pela ampla janela, da qual Raoul, tendo chegado tarde na véspera, se esquecera de fechar as cortinas. O jovem ainda dormia, com a cabeça graciosamente apoiada no antebraço. Os cabelos compridos e negros cobriam pela metade o bonito rosto, umedecido por essa espécie de vapor que goteja às vezes ao longo das faces de uma criança cansada.

Athos se aproximou e se debruçou, em gesto de terna melancolia, para demoradamente olhar o rapazinho sorridente, com as pálpebras semicerradas, cujos sonhos deviam ser calmos e o sono leve, de tanto que dele cuidava, com solicitude e carinho, o seu anjo da guarda. Na presença de tão rica e pura juventude, pouco a pouco Athos se deixou levar pelos charmes do devaneio e a sua própria mocidade surgiu, trazendo uma quantidade daquelas agradáveis lembranças que mais parecem perfumes que pensamentos. Entre o passado e o presente, um abismo se abria. Mas a imaginação tem o voo do anjo e do relâmpago, atravessa mares em que por pouco não naufragamos, trevas em que nossas ilusões se perderam, precipícios que tragaram nossa felicidade. Ele se deu conta de toda a primeira parte da sua vida ter sido agitada por uma mulher e, assustado, se lembrou da influência que pode ter o amor sobre a natureza humana, tão fina e vigorosamente organizada.

A recordação de todo aquele sofrimento passado o fez prever o quanto Raoul poderia sofrer e a ternura e o profundo pesar que invadiram o seu coração contagiaram também o úmido olhar com que ele cobria o rapaz.

Nesse momento, Raoul acordou, da maneira que caracteriza certas constituições delicadas, como a dos passarinhos, sem nuvens, sem trevas e sem fadigas. Seus olhos encontraram os de Athos e ele provavelmente entendeu o que se passava no coração daquele que aguardava o seu despertar como o enamorado aguarda o despertar da amada, pois o olhar assume, por sua vez, a expressão de um amor infinito.

— Estava aqui, sr. conde? — perguntou o menino com respeito.

— Estava, Raoul. Estava aqui.

— E não me acordou?

— Quis que aproveitasse mais um pouco esse sono benéfico, meu amigo. Deve estar cansado do dia de ontem, que ainda se prolongou pela noite.

— É muita bondade sua!

Athos sorriu.

— Como se sente?

— Muito bem, senhor. Totalmente recuperado e bem-disposto.

— É que ainda está em idade de crescimento — continuou Athos, com paternal e delicada atenção de homem adulto. — Os cansaços vêm em dobro.

— Ah, sr. conde! Peço que me desculpe — envergonhou-se Raoul, diante de tanto cuidado. — Vou me vestir rápido.

Athos chamou Olivain e em dez minutos, de fato, com a pontualidade a que Athos se acostumara no serviço militar e havia transmitido ao pupilo, este último estava vestido e disse ao criado:

— Pode então preparar a minha bagagem, Olivain.

Athos interferiu:

— Já está pronta, Raoul. Controlei os preparativos e nada lhe faltará. Deve estar, assim como a de Olivain, aparelhada nos cavalos, se minhas ordens tiverem sido obedecidas.

— Todas as ordens foram seguidas à risca — apressou-se o criado a dizer — e os cavalos já aguardam.

— E eu, enquanto isso, dormia — exclamou Raoul —, tendo o senhor a bondade de se ocupar de todos esses detalhes! Tanta generosidade realmente me deixa embaraçado.

— Com isso posso esperar que goste um pouco de mim? — perguntou Athos, com um tom quase sentimental.

— Ah, sr. conde! — reagiu, com um ímpeto de ternura, Raoul, tentando, num esforço que quase o fazia sufocar, não demonstrar toda sua emoção. — Sabe Deus o quanto o amo e venero.

— Veja se não está esquecendo de nada — disfarçou Athos a comoção que também o afetava.

— De nada estou esquecendo, senhor.

Com certa hesitação, o criado se aproximou então de Athos e disse em voz baixa:

— O visconde não tem espada, sr. conde, pois recebi ordem de retirá-la, ontem à noite.

— Eu sei, Olivain. Cuidarei disso.

Raoul pareceu não prestar atenção nessa conversa. Desceu olhando o seu mentor, procurando ver se não seria já o momento do adeus, mas Athos nada demonstrava.

Chegando do lado de fora, Raoul viu três cavalos e gritou de satisfação:

— O senhor, então, me acompanhará?

— Por algum tempo — explicou Athos.

A alegria brilhou nos olhos do rapazinho, que subiu com leveza no cavalo.

Athos montou mais devagar, depois de dizer algo baixinho a Olivain, que, em vez de segui-los de imediato, voltou à hospedaria. Feliz por ter a companhia do conde, Raoul sequer notou toda essa movimentação, ou fingiu não notar.

Os dois cavaleiros tomaram a ponte Neuf e seguiram ao longo do rio pelo cais, ou melhor, pelo que à época era chamado bebedouro Pépin,[259] seguindo junto às muralhas do Châtelet. Entravam já na rua Saint-Denis quando Olivain os alcançou.

Prosseguiram em silêncio e Raoul sentia se aproximar o momento da separação. Na véspera, ao longo do dia, o conde tinha dado diferentes ordens, sobre diferentes assuntos. Além disso, seus olhares agora redobravam a afetuosidade e ele deixava esparsamente escapar uma reflexão ou um conselho, com palavras repletas de solicitude.

---

259. Eram grandes tanques para os animais beberem água, que prolongavam os que serviam para lavar roupas, chamados lavanderias Sainte-Opportune.

Depois de atravessarem o arco da porta Saint-Denis e chegando à altura de Récollets,[260] Athos prestou atenção na montaria do visconde e observou:

— Tome cuidado, Raoul. Muitas vezes lhe disse algo de que não deve se esquecer, pois constitui um grave defeito num cavaleiro. Veja como seu cavalo está cansado. Ele já espuma, enquanto o meu parece acabar de sair da estrebaria. Reter tanto o freio endurece a boca do animal e você não vai mais poder comandar as manobras com a mesma rapidez. Às vezes a sorte de um cavaleiro depende da pronta resposta de sua montaria. Lembre-se de que dentro de oito dias não estará mais num picadeiro de treino, mas num campo de batalha.

Em seguida, mudando bruscamente de assunto para não dar toda a triste importância daquela última observação, ele acrescentou:

— Veja que belo descampado para a caça de perdizes.

O rapaz registrou a lição, mas sobretudo admirou a carinhosa delicadeza com que fora dada.

E Athos continuou:

— Há alguns dias notei também que você, com a pistola, mantinha o braço esticado demais, o que prejudica a precisão. Foi por isso que, em doze disparos seus, três não atingiram o alvo.

— Já o senhor acertou as doze vezes — sorriu Raoul.

— Por não tensionar a dobra do braço e poder, assim, transferir o peso da mão para o cotovelo. Compreende o que estou querendo dizer?

— Compreendo sim. Tanto que, seguindo o conselho, já fiz o teste sozinho, com pleno sucesso.

— E veja — insistiu Athos —, também na esgrima, notei que exagera a carga contra o oponente. É um defeito da idade, bem sei, mas o movimento do corpo, no ataque, invariavelmente perturba o alinhamento da arma. Caso seu adversário seja alguém com sangue-frio, ele se esquivará do primeiro passo que der com um simples movimento ou um toque certeiro.

— Como o senhor, tantas vezes; mas nem todo mundo tem a sua perícia e coragem.

— Finalmente um ar mais fresco! — emendou Athos. — Um resquício do inverno. Aliás, se for mandado à frente de batalha, e será, pois foi recomendado a um general ainda moço, grande apreciador da pólvora, lembre-se bem de que num enfrentamento corpo a corpo, como frequentemente acontece conosco, sobretudo a cavalo, lembre-se bem de nunca ser o primeiro a atirar. Quem atira primeiro raramente acerta o adversário, pois atira com medo de se ver desarmado frente a um inimigo armado. No momento que ele atirar, faça o cavalo empinar. Duas ou três vezes essa manobra me salvou a vida.

---

260. Antigo convento franciscano, perto da atual estação Gare de l'Est e que hoje abriga um centro de residência para artistas e escritores estrangeiros.

— Farei isso, nem que seja por reconhecimento.

— Veja só! — exclamou Athos. — Não são caçadores ilegais que estão sendo presos ali adiante? Com certeza... E mais uma coisa importante, Raoul: se for ferido num ataque, cair do cavalo e ainda tiver alguma força, afaste-se da linha que o seu regimento seguir; ele pode em seguida retroceder e você ser pisoteado. De qualquer maneira, se for ferido, escreva para mim imediatamente, ou peça que alguém o faça, tenho boa experiência no assunto — acrescentou Athos sorrindo.

— Muito obrigado — respondeu o rapaz, emocionado.

— Ah! Chegamos a Saint-Denis — murmurou Athos.

De fato chegavam, naquele momento, à porta da cidade, guardada por duas sentinelas, que comentaram:

— Mais um jovem fidalgo que parece se encaminhar às tropas.

Athos se voltou para eles: tudo que, mesmo indiretamente, tivesse a ver com Raoul ganhava importância a seus olhos.

— A partir de que dizem isso? — ele perguntou.

— Da sua aparência — respondeu uma das sentinelas. — Aliás, tem a idade certa. É o segundo no dia de hoje.

— Já passou alguém como eu, essa manhã? — perguntou Raoul.

— Sem dúvida. Altivo e com bela aparelhagem. Tive a impressão de ser um jovem de alta linhagem.

— Terei um companheiro de estrada, sr. conde — apressou-se a dizer Raoul, querendo seguir em frente. — Infelizmente, ele não me fará esquecer o que perco.

— Não creio que o alcance, Raoul, pois o que ainda tenho a lhe dizer vai demorar algum tempo e o rapaz provavelmente ganhe boa dianteira.

— Como queira, senhor.

Enquanto falavam, iam atravessando ruas cheias de gente, tendo em vista a festividade do dia,[261] e chegaram, enfim, diante da velha basílica, em que se rezava a primeira missa.

— Desmontemos, Raoul — sugeriu Athos. — Você, Olivain, guarde nossos cavalos e passe-me a espada.

Athos pegou a espada e, junto com o pupilo, entrou na igreja.

Ele indicou a água benta a Raoul. Em certos corações paternos subsiste algo da carinhosa atenção que tem, por sua amada, o homem apaixonado.

O rapaz tocou na água, agradeceu e fez o sinal da cruz. Athos disse alguma coisa a um dos guardas, que se inclinou e tomou a direção do subsolo.

---

261. Estavam no dia de Pentecostes. A atual basílica de Saint-Denis data do séc.XII, situada no local de uma antiga igreja erguida onde são Denis teria sido martirizado, no séc.III. Foi tradicionalmente o altar de sagração de diversas rainhas e reis da França. Alguns deles, e outros importantes personagens históricos, têm na basílica os seus túmulos.

— Venha, Raoul — disse Athos. — Sigamos esse homem.

O guarda abriu a grade que protegia as tumbas reais e permaneceu no degrau do alto, enquanto Athos e Raoul desciam. As profundezas da escadaria sepulcral eram iluminadas por um lampião de prata que ardia à altura do último degrau e, logo abaixo dessa chama, repousava, envolto num amplo manto de veludo roxo, salpicado de flores douradas de lis, um catafalco apoiado em cavaletes de carvalho.

O jovem, já preparado por seu coração carregado de tristeza e pela grandiosidade da igreja antes atravessada, desceu a passos lentos e solenes, parando com a cabeça descoberta diante dos restos do último rei, que só se juntaria aos dos ancestrais quando seu sucessor, por sua vez, viesse assumir seu lugar. Permanecia ali o cadáver real como para dizer à arrogância humana, que às vezes tão facilmente se exalta frente ao trono: "Poeira terrestre, aqui aguardo!"

Ficaram por um momento em silêncio.

Em seguida, Athos ergueu a mão e, apontando para o caixão, discursou:

— Esta provisória sepultura é a de um homem fraco e sem grandeza, mas que, entretanto, teve um reinado repleto de imensos acontecimentos. Pois, acima desse rei, velava o espírito de outro homem, como esse lampião vela sobre o ataúde e o ilumina. Este outro era o verdadeiro rei, Raoul. O primeiro não passava de um fantasma ao qual ele emprestou alma. No entanto, tão poderosa, entre nós, é a majestade monárquica, que nem sequer lhe foi dada a homenagem de uma tumba aos pés daquele para cuja glória ele despendeu a própria vida. Esse homem, lembre-se, Raoul, mesmo tendo apequenado o rei, tornou grande a realeza. Duas coisas persistem no palácio do Louvre: o rei, que morre, e a realeza, que não morre. Aquele reinado terminou, Raoul, e o tão assustador ministro, tão temido e odiado por seu superior, desceu ao túmulo carregando com ele o rei. Provavelmente não o quis deixar sozinho, com medo de que destruísse a sua obra, pois um rei só constrói quando tem consigo Deus ou o Seu espírito. Todo mundo, no entanto, viu a morte do cardeal como uma libertação, pois somos cegos às coisas do contemporâneo. Eu mesmo tive que, às vezes, ir contra os projetos daquele grande homem. Mas ele tinha a França em suas mãos e, ora fechando-as, ora abrindo-as, a sufocava ou deixava respirar, como bem entendesse. Se não esmagou a mim e a meus amigos com a sua terrível ira, foi sem dúvida para que eu hoje pudesse dizer a você, Raoul: saiba sempre distinguir o rei da realeza. O rei é apenas um ser humano, a realeza é o espírito de Deus. Quando tiver dúvida quanto a quem deva servir, deixe de lado a aparência material, preferindo o princípio invisível, pois o princípio invisível é tudo. Só que Deus preferiu tornar esse princípio palpável, encarnando-o num homem. Tenho a impressão, Raoul, de ver o seu futuro, mas como se o visse através de uma nuvem. É melhor que o nosso, creio. Ao contrário de nós, que tivemos um ministro sem rei, você terá um rei sem ministro. Poderá, então, servir, amar e respeitar o rei. Se esse rei for um tirano, pois a onipotência causa uma vertigem que pode levar à tirania, sirva, ame e respeite a realeza, isto é, a coisa infalível, o espírito de Deus na Terra, a faísca celeste que torna a poeira tão grandiosa e sagrada que mesmo nós, fidalgos de alta estirpe, pouco somos diante desse corpo estendido no último degrau dessa escada, assim como, por sua vez, esse corpo pouco representa diante do trono do Senhor.

— Adorarei Deus — disse Raoul — e respeitarei a realeza. Servirei ao rei e tentarei, caso morra, que seja pelo rei, pela realeza ou por Deus. Entendi direito?

Athos sorriu.

— Tem um nobre caráter. Eis a sua espada.

Raoul apoiou um joelho no chão.

— Meu pai, um leal fidalgo, usou-a. Também eu, chegada a minha vez, e honrei-a quando tinha o cabo na mão e a bainha pendurada ao cinturão. Se achar que tem o braço ainda fraco para essa espada, Raoul, não se preocupe, terá com isso mais tempo para aprender a só desembainhá-la quando necessário.

— Sr. conde — disse Raoul, recebendo a espada —, devo-lhe tudo, mas essa espada, entretanto, é o presente mais precioso que me deu. Terei-a comigo, prometo, com todo meu reconhecimento.

Dizendo isso, ele aproximou os lábios da empunhadura e beijou-o com respeito.

— Muito bem, visconde. Ponha-se de pé e me abrace.

Raoul se levantou e se jogou pesadamente nos braços de Athos.

— É o momento de nos despedirmos — murmurou o conde, que sentia o próprio coração transbordar. — Vá e lembre-se sempre de mim.

— Eternamente! Eternamente! — exclamou o rapaz. — Tenho certeza! E se uma desgraça acontecer, o seu nome será o último que pronunciarei e, a sua lembrança, o meu último pensamento.

Para esconder a emoção, Athos subiu rápido os degraus, deu uma peça de ouro ao guarda dos túmulos, se curvou diante do altar e se dirigiu com passadas largas à porta principal da igreja, frente à qual Olivain aguardava com os dois outros cavalos.

— Olivain — ele chamou, indicando o boldrié de Raoul —, aperte a fivela dessa espada, que está baixa demais. Ótimo. Você acompanhará o visconde até que Grimaud os alcance. Quando ele chegar, você deixará o serviço do visconde. Ouviu isso, Raoul? Grimaud me acompanha há muito tempo, tem muita coragem e prudência. É quem o seguirá.

— Entendi, senhor.

— Vamos, a cavalo! Quero vê-lo partir.

Raoul obedeceu.

— Vá, Raoul — disse o conde. — Vá, querido visconde.

— *Raoul, saiba sempre distinguir o rei da realeza.*

— Até breve, sr. conde. Até breve, meu protetor!

Athos fez um sinal com a mão, sem se atrever mais a falar, e Raoul se afastou, de cabeça descoberta.

O velho mosqueteiro ali permaneceu sem se mover, até o rapaz desaparecer numa esquina.

O conde deixou então as rédeas do seu cavalo com um camponês e voltou a subir, lentamente, os degraus da igreja. Entrou, foi se ajoelhar no canto mais afastado e rezou.

25. Um dos quarenta meios de evasão do sr. de Beaufort

Enquanto isso, tanto para o prisioneiro de Vincennes como para os que tratavam de sua fuga, o tempo corria, só que mais lentamente. Ao contrário de muitos, que assumem com ímpeto alguma decisão perigosa e esmorecem à medida que se aproxima o momento de passar à execução, o duque de Beaufort, cuja efervescente coragem se tornara proverbial, havia acumulado uma inatividade de cinco anos e parecia querer apressar o tempo que tinha à sua frente, aguardando com impaciência o momento da ação. Afora os projetos alimentados para o futuro, a bem da verdade vagos e incertos, o duque já considerava sua fuga em si como um início de vingança que lhe enchia o coração. Para começo de conversa, a fuga seria um mau negócio para o sr. de Chavigny, que ele passara a detestar, por causa das pequenas perseguições que lhe infernizavam a vida. Pior negócio ainda para Mazarino, execrado por tantos motivos acumulados. Vê-se que, no sr. de Beaufort, o senso das proporções se mantinha entre os sentimentos despertados contra o carcereiro e o ministro, contra o subordinado e o amo.

Além disso, o duque, que conhecia tão bem o interior do Palais Royal e não ignorava as relações da rainha com o cardeal, mesmo na prisão antevia toda a movimentação dramática que se encenaria assim que a notícia fosse do gabinete do ministro ao quarto de Ana da Áustria: o sr. de Beaufort fugiu! Pensando nisso, ele sorria com calma, imaginando-se já do lado de fora, respirando o ar livre de campinas e florestas, calcando com as pernas o ventre de um cavalo vigoroso e gritando em voz alta: "Estou livre!"

É bem verdade que, voltando a si, continuava entre as quatro paredes de sempre e, a dez passos dele, La Ramée, girando os polegares, um em torno do outro, com os guardas rindo ou bebendo na antecâmara.

A única coisa a afastá-lo desse quadro, pois grande é a instabilidade da mente humana, era a figura acabrunhada de Grimaud, de início odiada para depois se tornar fonte de toda a sua esperança. Grimaud mais parecia um Antínoo.[262]

É desnecessário dizer que tudo isso não passava de um jogo da febril imaginação do prisioneiro e Grimaud continuava o mesmo de sempre. E conservava a plena confiança de seu superior La Ramée, que passara a acreditar mais nele do que em si próprio, pois, como foi dito, o suboficial, no fundo do coração, tinha muita simpatia pelo sr. de Beaufort.

E desde cedo o bom La Ramée se alegrava com a refeição que teria com o prisioneiro. Seu grande pecado se reduzia a um só: a gula. As tortas que havia provado eram boas e o vinho excelente. No entanto, o sucessor do velho Marteau prometera rechear a torta com faisão, em vez de frango, e vinho de Chambertin em vez do de Mâcon. Tudo isso ainda realçado pela presença daquele excelente príncipe que, no fundo, era tão bom e inventava brincadeiras tão engraçadas contra o sr. de Chavigny e outras, mais divertidas ainda, contra Mazarino. Todo esse conjunto transformava aquele belo Pentecostes numa das quatro grandes festividades do ano.

La Ramée, então, esperava as seis horas da tarde com tanta impaciência quanto o duque.

Cedo pela manhã ele se preocupara com todos os detalhes, sem delegar nenhum a quem quer que fosse, e fora pessoalmente visitar o sucessor do velho Marteau. Este último tinha se esmerado além de qualquer expectativa e havia mostrado uma torta monstruosamente estruturada, ornamentada com o brasão do sr. de Beaufort. A torta ainda não fora fechada mas, a seu lado, um faisão e duas perdizes já estavam preparados, tão enxertados de aromáticos e condimentos que pareciam uma bolota para espetar alfinetes. Foi com água na boca que La Ramée voltou aos aposentos do duque, esfregando as mãos.

Para cúmulo da felicidade, como dissemos, o sr. de Chavigny, apoiando-se no suboficial, partira em curta viagem naquela manhã, o que fazia de La Ramée o vice-governador do castelo.

Já Grimaud parecia mais intransigente que nunca.

No correr do dia, o sr. de Beaufort jogou com La Ramée uma partida de pela. Um sinal de Grimaud lhe indicara que prestasse atenção em tudo.

E o criado, justamente, foi andando à frente e traçando o caminho que seguiriam mais tarde. O jogo de pela seria no assim chamado pequeno pátio do castelo. Tratava-se de um espaço bastante deserto, com sentinelas apenas quando o sr. de Beaufort lá se encontrava para jogar e, dada a altura da muralha, a precaução, inclusive nesse momento, parecia desnecessária.

Três portas deviam ser abertas para se ter acesso ao pátio, cada uma com uma chave diferente.

---

262. Adolescente de grande beleza, favorito do imperador Adriano, de Roma.

Chegando ao local, Grimaud foi automaticamente se sentar numa ameia, com as pernas para fora da muralha. Era evidente ser o lugar em que se prenderia a escada de corda.

Toda essa manobra era compreensível para o duque de Beaufort, mas obviamente não para La Ramée.

Começaram a partida. O sr. de Beaufort se apresentou em plena forma, enviando as bolas onde bem entendesse e com tal precisão que pareciam ter sido colocadas ali com a mão. La Ramée foi arrasadoramente derrotado.

Quatro dos guardas os haviam seguido e recolhiam as bolas. Terminado o jogo, enquanto zombava do adversário derrotado, o duque ofereceu a eles dois luíses para que fossem beber à sua saúde com os quatro outros colegas.

Os soldados pediram autorização a La Ramée, que a concedeu, mas somente para o final do dia, pois até lá o vice-governador tinha ainda detalhes importantes com que se preocupar, além de compras a fazer. Não se devia, então, perder o prisioneiro de vista.

Mesmo que fosse o sr. de Beaufort a ter pessoalmente organizado o desenrolar daquele dia, provavelmente o teria feito de forma menos conveniente para si mesmo do que fazia o carcereiro.

As seis horas afinal soaram. O jantar estava pronto e servido, apesar de se prever passar à mesa apenas às sete horas. Num aparador, via-se a colossal torta com o brasão do duque e parecia cozida no ponto certo, a se julgar pela cor dourada que banhava a crosta.

E não ficava para trás o restante do jantar.

Todos estavam impacientes: os guardas querendo ir beber, La Ramée querendo se pôr à mesa e o sr. de Beaufort querendo fugir.

Grimaud era o único a se manter impassível. Era como se Athos o tivesse educado já prevendo aquela grande circunstância.

Em certos momentos, podia-se achar que o duque de Beaufort tinha dúvidas quanto a estar ou não sonhando e se aquela figura marmórea estava de fato do seu lado, devendo ganhar vida no momento certo.

La Ramée dispensou os guardas, lembrando que bebessem à saúde do príncipe. Depois disso trancou as portas, guardou as chaves no bolso e apontou para a mesa como se dissesse:

— Quando monsenhor quiser.

O príncipe olhou para Grimaud, que olhou para o relógio: seis horas e um quarto apenas e a fuga estava marcada para as sete. Quarenta e cinco minutos, então, de espera.

Para ganhar quinze minutos, o duque deu como pretexto querer terminar o capítulo de um livro que estava lendo. La Ramée se aproximou, olhou por cima do seu ombro o que tanto podia interessá-lo a ponto de atrasar o jantar já servido.

Era uma edição reunindo *Comentários de César*[263] que ele próprio, contrariando as prescrições do sr. de Chavigny, havia conseguido para o príncipe, três dias antes.

La Ramée prometeu a si mesmo nunca mais contrariar as regras da torre. Para fazer hora, abriu as garrafas e foi cheirar de perto as tortas.

Às seis e meia, o duque se levantou e declarou com gravidade:

— Realmente, César foi um grande homem, o maior da Antiguidade.

— É o que acha, monsenhor? — disse La Ramée.

— Sem dúvida.

— Pessoalmente — observou o suboficial —, prefiro Aníbal.[264]

— E por que tal preferência, meu amigo?

— Por ter não deixado *Comentários* — respondeu o outro com sua risada estrondosa.

O duque entendeu a alusão e tomou lugar à mesa, fazendo sinal para que o carcereiro se sentasse à sua frente.

Não foi preciso repetir o convite.

Não há imagem mais expressiva que a de um verdadeiro guloso diante de uma boa mesa. Assim, ao receber de Grimaud o prato de sopa, o corpo inteiro de La Ramée apresentava os sinais da mais completa beatitude.

O duque o observou com um sorriso.

— *Ventre-saint-gris*, La Ramée! — ele exclamou. — Sabe que se me dissessem haver na França alguém mais feliz que o senhor nesse momento, eu não acreditaria.

— E, santo Deus, teria toda razão, monsenhor. Confesso que, faminto, não imagino visão mais agradável que a de uma mesa bem servida. E se acrescentar que preside a esta mesa o neto de Henrique o Grande, entenderá, monsenhor, que tal honra ainda redobra o meu prazer.

O príncipe agradeceu com um gesto da cabeça e um imperceptível sorriso apareceu no rosto de Grimaud, que se encontrava às costas do convidado.

— Meu caro La Ramée, não conheço ninguém mais capaz de tão bem conceber um cumprimento.

— Absolutamente, monsenhor — respondeu ele com a alma transbordante de felicidade. — Digo exatamente o que penso, não houve cumprimento algum.

— Então, se sente ligado a mim? — perguntou o príncipe.

~~~~~~

263. Trata-se provavelmente de uma edição reunindo trechos do livro *Commentarii de bello Gallico*, mais conhecido como *De bello Gallico* ou *A guerra da Gália*, de Júlio César, imperador romano.

264. Aníbal Barca (248-183 a.C.), general cartaginês, considerado o maior dos táticos militares da história.

— Bem... — corrigiu La Ramée. — Ficaria inconsolável se Vossa Alteza deixasse Vincennes.

— Estranha maneira de demonstrar sua aflição. (O príncipe queria dizer afeição.)

— Ora, monsenhor! O que faria lá fora? Alguma tolice que o deixaria mal com a Corte e o levaria à Bastilha, em vez de ficar em Vincennes. O sr. de Chavigny pode não ser pessoa das mais amáveis, concordo — explicou o vice-governador, saboreando um copo de vinho da Madeira —, mas o sr. du Tremblay é bem pior.

— É verdade! — disse o duque, que se divertia com a direção que tomava a conversa e, de vez em quando, dava uma olhada no relógio, com ponteiros que avançavam em irritante lentidão.

— O que esperar do irmão de um capuchinho, criado na escola do cardeal de Richelieu?[265] Ah, monsenhor! Acreditai, foi uma felicidade a rainha, que sempre vos quis bem, pelo menos ao que ouvi dizer, vos ter enviado para cá, onde há possibilidade de caminhada, de se jogar pela, boa mesa, bons ares.

— Quer dizer, La Ramée, que me mostro ingrato por ter em algum momento querido ir embora daqui?

— Ah, monsenhor, seria o cúmulo da ingratidão! Mas Vossa Alteza jamais aventou seriamente tal possibilidade.

— Na verdade sim — continuou o duque. — E não nego, mesmo que pareça loucura, às vezes me pego pensando nisso.

— Ainda um daqueles quarenta meios, monsenhor?

— Ainda — concordou o duque.

— Monsenhor, já que estamos a trocar confidências, contai um desses quarenta meios inventados por Vossa Alteza.

— Com prazer — disse o duque. — Grimaud, passe-me a torta.

— Estou ouvindo — disse La Ramée, se esparramando melhor em sua cadeira, erguendo o copo e franzindo a pálpebra, para observar o sol através do rubi líquido ali contido.

O duque deu uma olhada no relógio. Dentro de dez minutos soariam as sete horas.

Grimaud trouxe a torta até o príncipe, que pegou a sua faca com lâmina de prata para tirar a tampa. Só que La Ramée, temendo ver aquela obra de arte destroçada, passou ao duque a sua própria faca, que tinha lâmina de ferro.

— Obrigado, amigo — disse o duque, aceitando a faca.

— E então, monsenhor, o tal meio?

— Quer que fale daquele em que mais confiava, achando que seria o primeiro a ser utilizado?

---

265. Sobre Tremblay e o irmão capuchinho, ver nota 60.

— Esse mesmo.

— Pois veja — começou o duque, abrindo a torta com uma das mãos, enquanto a outra traçava um círculo com a faca —, eu esperaria primeiro ter como guarda uma boa pessoa como o senhor.

— Ótimo! Monsenhor conseguiu. E depois?

— Sinto-me muito contente com isso.

La Ramée fez um sinal de agradecimento.

— Achei então que se um dia eu tivesse comigo uma boa pessoa como o senhor, eu tentaria fazer com que algum aliado, cujas relações comigo fossem desconhecidas, lhe indicasse um auxiliar ligado a nós e que me ajudasse a preparar a fuga.

— Muito bom, ótimo! — aprovou La Ramée. — Quanta imaginação!

— Não é mesmo? Por exemplo — continuou o príncipe —, o escudeiro de algum bravo fidalgo também inimigo de Mazarino, como deve ser qualquer bravo fidalgo.

— Psiu! Monsenhor! Nada de política!

— Dispondo de alguém assim comigo, e tendo ele habilidade suficiente para inspirar confiança a meu carcereiro, este último se apoiaria cada vez mais nele, abrindo-me, com isso, a possibilidade de ter notícias do exterior.

— Entendo. Mas como assim, notícias do exterior?

— Isso é fácil. Jogando pela, por exemplo.

— Jogando pela? — sobressaltou-se La Ramée, começando a prestar mais atenção ao que dizia o duque.

— Exato, veja só: eu mando uma bola que cai no fosso e alguém que está lá a recolhe. Essa bola tem uma carta dentro e, em vez de me devolvê-la conforme peço do alto da muralha, ele me envia outra, com outra carta dentro. Ou seja, trocamos informações e ninguém percebe.

— Com os diabos! — espantou-se La Ramée coçando uma orelha. — Foi bom ter me contado isso, monsenhor, tomarei mais cuidado com quem pega as bolas.

O duque sorriu.

— Mas tudo isso cria apenas um meio de se corresponder...

— Já é muito, não acha?

— Não o suficiente para fugir.

— Posso, por exemplo, dizer a meus amigos: "Estejam tal dia, a tal hora, do outro lado do fosso, com dois cavalos a mais."

— E daí? — perguntou La Ramée já com certa preocupação. — Só se os dois cavalos tiverem asas para subir as muralhas e vir buscá-lo.

— Ora — disse o príncipe com descontração —, não se trata de conseguir cavalos com asas para subir as muralhas e sim de ter um meio de descê-las.

— Qual?

— Uma escada de corda.

— É verdade — concordou La Ramée, tentando achar graça —, só que uma escada de corda não pode ser enviada numa bola de pela, como uma carta.

— Não, mas pode ser enviada dentro de outra coisa.

— Outra coisa? Outra coisa? Que tipo de coisa?

— Uma torta, por exemplo.

— Uma torta?

— Exato. Imagine uma situação — continuou o príncipe. — Imagine, por exemplo, que meu chefe de cozinha, Noirmont, tenha assumido o comércio do velho Marteau...

— O que tem isso? — quis saber La Ramée, começando a tremer.

— Tem que o meu carcereiro, que é guloso, vê as tais tortas, parecendo ainda melhores que as do predecessor, e me aconselha a prová-las. Eu aceito, à condição de que ele prove-as comigo. Para estar mais à vontade, os guardas todos são afastados, ficando apenas Grimaud para nos servir. E Grimaud foi enviado pelo tal amigo, é o escudeiro com quem me entendo bem e se dispõe a me apoiar em tudo. Minha fuga é marcada para as sete horas. Então, faltando uns poucos minutos para as sete...

— Poucos minutos para as sete? — repetiu La Ramée, em quem o suor começava a gotejar da testa.

— Faltando pouco para as sete — continuou o duque, juntando ação às palavras —, arranco a tampa da torta. Encontro no interior dois punhais, uma escada de corda e uma mordaça. Encosto a ponta de um dos punhais no peito de La Ramée e digo: "Meu amigo, sinto muito, mas se fizer um gesto ou gritar, morre!"

Pronunciando essa última frase, o príncipe juntara o ato às palavras. Estava de pé bem perto do carcereiro, apoiando a ponta do punhal em seu peito, com uma disposição que não deixava qualquer dúvida em quem estava sendo ameaçado.

Grimaud, enquanto isso, sempre em silêncio, tirou da torta o segundo punhal, a escada de corda e a "pera da aflição".

La Ramée olhava para cada um desses objetos, com crescente terror.

— Ah, monsenhor! — ele disse, com uma estupefação que, em outro momento, teria feito o príncipe dar uma gargalhada. — Sei que não me mataria!

— De fato, se não se opuser à minha fuga.

— Mas monsenhor, se eu vos deixar fugir, estarei arruinado.

— Posso reembolsá-lo pelo cargo perdido.

— Está mesmo decidido a deixar o castelo?

— Ora se não!

— Nada que eu possa dizer vos fará mudar de opinião?

— Quero estar livre esta noite.

— E se eu me defender, chamar ajuda, gritar?

— Por minha honra, mato-o.

O relógio soou nesse momento.

— Sete horas — disse Grimaud, que até então nada tinha dito.

— Sete horas — confirmou o duque. — Como vê, estou atrasado.

La Ramée esboçou um gesto, por desencargo de consciência.

O duque fez cara feia e o suboficial sentiu a ponta do punhal que, atravessando as roupas, estava prestes a atravessar também o peito.

— Entendi, monsenhor. Não me movo mais.

— Não tenho tempo a perder.

— Monsenhor, um último favor.

— O quê? Fale, rápido!

— Amarrai-me bem, monsenhor.

— Por quê?

— Para não dar a impressão de que fui cúmplice.

— As mãos! — disse Grimaud.

— Pela frente não, por trás!

— Mas com quê? — perguntou o duque.

— Com o vosso cinto, monsenhor — sugeriu a vítima.

O duque desafivelou o cinto e passou-o a Grimaud, que prendeu as mãos do carcereiro como ele havia pedido.

— Os pés — disse Grimaud.

La Ramée estendeu as pernas, Grimaud pegou uma toalha, rasgou-a em tiras e as amarrou bem.

— Agora minha espada — continuou La Ramée. — Amarrai, por favor a guarda da minha espada.

O duque arrancou uma das fitas do seu calção e seguiu as instruções do carcereiro.

— Para terminar, meu pobre amigo, sinto muito ter que introduzir essa pera da aflição na sua boca.

— Pelo contrário, é tudo que peço. Sem isso sofrerei um processo por não ter gritado. Bem fundo, monsenhor, bem fundo.

Grimaud se preparou para o necessário, mas a vítima fez sinal de ter ainda algo a dizer.

— Fale — ordenou o duque.

— Lembrai-vos, monsenhor, se me ocorrer um infortúnio por causa disso, lembrai-vos de que tenho mulher e quatro filhos.

— Pode ficar tranquilo. A pera, Grimaud.

Num segundo La Ramée estava amordaçado e deitado no chão, com duas ou três cadeiras jogadas para dar impressão de luta. Grimaud tirou do bolso do suboficial todas as chaves ali guardadas, abriu primeiro a porta do quarto em que se encontravam, deu duas voltas na tranca depois de saírem e rapidamente os dois fugitivos tomaram o caminho da galeria dando para o pequeno pátio interno. As três portas foram sucessivamente abertas e fechadas com a prontidão que se podia esperar da habilidade de Grimaud. Chegaram finalmente ao espaço em que se jogava pela. Estava perfeitamente deserto, sem ninguém nas janelas.

O duque correu até a muralha e viu, do outro lado do fosso, três cavaleiros e mais dois animais selados. Trocou um aceno com eles, confirmando serem de fato os amigos à sua espera que estavam ali.

Grimaud, enquanto isso, amarrava o fio condutor.

Pois não era uma escada de corda e sim um rolo de seda, com um bastão que se devia posicionar entre as pernas e que deslizaria por conta própria, pelo peso de quem se mantinha em cima, montado.

— Vá — disse o duque.

— Desço primeiro, monsenhor?

— Sem dúvida — confirmou o príncipe. — Se me pegarem, corro apenas risco de prisão. Você, se o pegarem, será enforcado.

— Acho justo.

E imediatamente ele se pôs a cavalo no bastão e começou a perigosa descida, enquanto o duque, bastante assustado, o observava. Dois terços da descida já haviam sido percorridos quando a corda se partiu e Grimaud despencou no fosso.

O duque deu um grito, mas Grimaud sequer gemeu. No entanto, devia estar gravemente ferido, pois permanecia estirado no local em que caíra.

Rápido, um dos homens à espera desceu no fosso, passou sob os braços de Grimaud a ponta de uma corda e os outros dois, que seguravam a outra ponta, içaram o ferido.

— Desça, monsenhor — disse o homem que estava no fosso. — São apenas uns quinze pés de altura e a grama amortecerá a queda.

O duque não perdeu tempo. Sua tarefa se tornara mais difícil, sem contar mais com a ajuda do bastão. Dependeria da força dos punhos, e isso a uma altura de cinquenta pés. Mas, como dissemos, ele era ágil, forte e tinha muito sangue-frio. Em menos de cinco minutos já estava na ponta da corda, a quinze pés do chão, como dissera o fidalgo que o ajudava. Largou tudo e caiu de pé, sem se machucar.

De imediato começou a escalar o barranco do fosso, no alto do qual encontrou Rochefort. Não conhecia os dois outros homens. Sem sentidos, Grimaud fora amarrado num dos cavalos.

— Senhores — disse o príncipe —, agradecerei mais tarde. Nesse momento, não podemos perder um segundo. Em frente, então! Quem está comigo, me siga!

E saltou no cavalo. Partiu a galope, enchendo de ar os pulmões e gritando, com uma expressão de alegria impossível de se descrever:

— Livre!... Livre!... Livre!...

26. D'Artagnan chega em boa hora

D'Artagnan conseguiu em Blois o dinheiro que Mazarino, em sua pressa para que ele voltasse, se decidira a pagar por serviços futuros.

De Blois a Paris seriam quatro dias para um cavaleiro qualquer. O mosqueteiro atravessou a barreira de Saint-Denis por volta das quatro horas da tarde do terceiro dia. Em outras épocas teriam sido apenas dois dias. Vimos que Athos, que partira três horas depois dele, havia chegado vinte e quatro horas antes.

Planchet, no entanto, não tinha mais o hábito desses passeios forçados e d'Artagnan o fez notar o quanto ele amolecera.

— Ei, tenente! — ele se defendeu. — Foram quarenta léguas em três dias, nada mau para um dono de confeitaria.

— Será que realmente se tornou isso, Planchet? E, agora que nos reencontramos, acha que vai conseguir voltar a essa vida vegetativa no fundo de uma loja?

— Pois note que só o senhor parece gostar dessa existência ativa. Veja o sr. Athos, quem diria ser aquele mesmo aventureiro que conhecíamos? Vive como fidalgo do campo, um verdadeiro grande senhor rural. Concorde, o que todo mundo quer é uma existência tranquila.

— Mentiroso! Lembre-se de que está se aproximando de Paris e que tem, na cidade, uma corda e uma forca à sua espera!

De fato, nessa altura da conversa os dois viajantes chegaram à barreira. Planchet baixou a aba do chapéu, lembrando-se de que passaria por ruas em que era conhecido, e d'Artagnan enroscou as pontas do bigode, achando que Porthos provavelmente o esperava na rua Tiquetonne. Preocupava-se em como fazê-lo não pensar na propriedade senhorial de Bracieux e nas cozinhas homéricas de Pierrefonds.

E logo ao virar a esquina da rua Montmartre, já pôde, de fato, ver Porthos numa das janelas do hotel La Chevrette, vestindo um magnífico gibão azul-celeste, todo bordado com fios de prata e bocejando a ponto de deslocar o maxilar. Os transeuntes olhavam com certa admiração respeitosa para aquele fidalgo tão elegante e rico, parecendo se entediar com a própria fortuna e grandeza.

Porthos também, mal d'Artagnan e Planchet despontaram na esquina, os viu.

— Ei, d'Artagnan! — ele gritou. — Até que enfim, graças a Deus!
— Olá, querido amigo!

Um pequeno grupo de desocupados rapidamente se formou em volta dos cavalos, que os criados do hotel já seguravam pelas rédeas, e dos cavaleiros, que continuavam a falar, olhando para o alto. D'Artagnan fez cara feia e Planchet dois ou três gestos irritados, dissipando o grupo que começava já a se formar, mesmo sem saber por quê.

Porthos apareceu à entrada do hotel.

— Ah, caro amigo! — ele se queixou. — Meus cavalos não estão nada bem aqui.

— Não diga! — respondeu d'Artagnan. — Fico com o coração partido por esses nobres animais.

— Pois eu também. Não fosse a dona do hotel — continuou Porthos, balançando de uma perna para outra, com seu jeitão satisfeito —, muito agradável e aceitando bem as brincadeiras, teria ido buscar hospedagem em outro lugar.

A bela Madeleine, que se aproximara durante a conversa, deu um passo atrás, mortalmente pálida ao ouvir o que dizia o novo hóspede. Achou que se repetiria a cena com o suíço, mas para sua grande surpresa, o mosqueteiro não reagiu mal e, em vez disso, riu, dizendo:

— Entendo perfeitamente, meu amigo. Os ares da rua Tiquetonne não valem os do vale de Pierrefonds, mas não se preocupe, logo estará respirando melhor.

— Quando?
— Ora, espero que muito em breve.
— Melhor assim!

À exclamação de Porthos, sucedeu um gemido baixo e profundo, partindo de um ângulo de porta. D'Artagnan, que acabava de desmontar, viu então se imprimir em relevo, na parede, a enorme barriga de Mousqueton que, todo triste, deixava escapar surdas lamentações.

— E imagino que também meu pobre sr. Mouston se sente deslocado nesse mísero hotel, não é? — perguntou d'Artagnan com aquele seu tom debochado, que tanto podia ser de comiseração quanto de ironia.

— Ele considera detestável a cozinha — adiantou Porthos.
— Ora, e por que não a assume pessoalmente, como em Chantilly?[266]

---

266. Ver *Os três mosqueteiros*, cap. 25. Chantilly pertencia ao príncipe de Condé.

— Ah, meu tenente! Não tenho aqui os lagos do sr. Príncipe para pescar aquelas bonitas carpas, nem as florestas de Sua Alteza para pegar na armadilha aquelas finas perdizes. E a adega, inspecionei-a em detalhe e, na verdade, encontrei muito pouca coisa.

— Meu pobre Mouston, eu realmente me consternaria por você, mas tenho algo bem mais urgente a fazer.

E pegando à parte Porthos, continuou:

— Amigo du Vallon, ótimo que esteja tão bem vestido, pois levo-o agora mesmo ao cardeal.

— Não diga! Verdade? — surpreendeu-se Porthos, arregalando os olhos.

— Exato, meu amigo.

— Uma apresentação?

— Isso o assusta?

— Não, mas me impressiona.

— Ah! Não se preocupe. Nada a ver com o outro cardeal, e esse não se impõe a ninguém pela grandiosidade.

— Mesmo assim, d'Artagnan, é a Corte!

— Não há mais Corte, meu amigo.

— A rainha.

— É o que eu queria dizer: não há mais rainha. Rainha? Fique tranquilo, de qualquer forma, não a veremos.

— E está dizendo que vamos direto ao Palais Royal?

— Direto. Só que, para não nos atrasarmos, vou pegar um de seus cavalos.

— Fique à vontade: estão os quatro à sua disposição.

— Por agora só preciso mesmo de um.

— Não vamos levar conosco os escudeiros?

— Sim, pegue Mousqueton, mal não pode fazer. Planchet, no entanto, tem motivos próprios para se manter longe.

— E por quê?

— Bem... Não está em bons termos com Sua Eminência.

— Mouston — disse Porthos —, prepare Vulcain e Bayard.

— E para mim, senhor, pego Rustaud?

— Não, pegue um animal de luxo, Phébus ou Superbe. É uma saída de gala.

— Ah! — respirou com alívio Mousqueton. — É apenas uma visita?

— Santo Deus! Claro, Mouston, nada mais. Mesmo assim, por via das dúvidas, coloque as pistolas nas cartucheiras, as minhas estão na sela, já carregadas.

Mouston deu um suspiro. Não via por que motivo alguém faria uma visita cerimoniosa armado até os dentes.

— Aliás — disse Porthos, olhando satisfeito o velho criado se afastar —, você tem razão, amigo, Mouston basta. Tem ótima aparência.

D'Artagnan sorriu.

— E você — continuou Porthos —, não vai se trocar?
— Não. Vou assim mesmo.
— Mas você está alagado de suor e coberto de poeira. Suas botas estão imundas.
— Isso tudo mostrará ao cardeal o quanto me apressei em cumprir suas ordens.

Mousqueton surgiu nesse momento com os três cavalos preparados. D'Artagnan montou como se há oito dias descansasse.

— Ah, Planchet, minha espada comprida... — ele pediu.
— É? Preferi ter comigo apenas a espada de Corte — disse Porthos, mostrando um espadim de festa com empunhadura toda dourada.
— Pegue a sua espada de verdade, meu amigo.
— Por quê?
— Não sei dizer, mas acho melhor. Não custa nada.
— Minha espada comprida, Mouston — pediu Porthos.
— É toda uma parafernália de guerra! — revoltou-se o criado. — Estamos partindo em campanha? Se for o caso, preciso saber para tomar as precauções necessárias.
— Conosco, Mouston, as precauções sempre são bem-vindas — disse d'Artagnan. — Não tem boa memória ou se esqueceu que não temos hábito de passar as noites em bailes e serenatas?
— Infelizmente é verdade — concordou Mousqueton, armando-se dos pés à cabeça —, eu tinha esquecido.

Partiram num trote rápido e chegaram ao Palácio Cardinalício por volta das sete e quinze da noite. Havia muita gente nas ruas, era dia de Pentecostes e todo mundo olhava com espanto aqueles dois cavaleiros passarem, um deles impecável como se acabasse de sair de um embrulho de presente, e o outro empoeirado como se viesse de um campo de batalha.

Mousqueton igualmente atraía olhares curiosos, e como o romance de Dom Quixote estava muito na moda,[267] alguns diziam ser Sancho que, tendo perdido o amo, encontrara dois em seu lugar.

Chegando à antecâmara, d'Artagnan se sentiu em terreno familiar. Eram mosqueteiros da sua companhia que, justamente, estavam de guarda. Ele mandou chamar o meirinho e mostrou a ele a carta do cardeal, mandando que se apresentasse o quanto antes. O funcionário se inclinou e desapareceu nos aposentos de Sua Eminência.

D'Artagnan se virou para Porthos e teve a impressão de notar nele um ligeiro tremor. Então sorriu e, se aproximando do seu ouvido, disse:

---

267. Os dois volumes do romance de Miguel de Cervantes tinham sido originalmente publicados na Espanha em 1605 e 1615. A primeira edição francesa data de 1615 e 1618.

— Coragem, meu amigo! Não se sinta intimidado. Acredite, já se fechou o olho da águia e temos pela frente apenas um abutre. Mantenha-se firme como no dia do reduto Saint-Gervais e não se curve demais diante desse italiano. Isso faria, até mesmo a ele, ter má impressão de você.

— Está bem — respondeu Porthos.

O meirinho voltou:

— Entrem, senhores. Sua Eminência os espera.

De fato, Mazarino estava sentado no gabinete de trabalho, ocupado em riscar o maior número possível de nomes numa lista de pensões e privilégios. Pelo canto dos olhos, viu d'Artagnan e Porthos entrarem. Porém, mesmo que saltasse de alegria com o anúncio do meirinho, não deixou que se notasse.

— Ah, é o senhor, tenente? Foi rápido, muito bem. Seja bem-vindo.

— Obrigado, monsenhor. Aqui estou às ordens de Vossa Eminência, assim como o sr. du Vallon, um dos meus antigos amigos, que disfarçava a sua nobre condição sob o nome de Porthos.

Porthos cumprimentou o cardeal.

— Um magnífico cavaleiro — disse Mazarino.

Porthos girou a cabeça para os dois lados e movimentou os ombros, cheio de dignidade.

— A melhor espada de todo o reino, monsenhor — afirmou d'Artagnan. — Muitos sabem disso e não dizem ou não podem mais dizer.

Porthos agradeceu com um gesto o elogio.

Mazarino apreciava os belos soldados quase tanto quanto Frederico da Prússia,[268] mais tarde. Admirou as mãos rápidas, os ombros largos e o olhar firme de Porthos. Teve a nítida impressão de ter à sua frente, em carne e osso, a salvação do seu ministério e do reino. Mas isso o fez se lembrar de que a antiga formação daqueles mosqueteiros era de quatro elementos.

— E os outros dois amigos? — ele perguntou.

Porthos fez menção de abrir a boca, achando ser bom momento para também dizer alguma coisa, mas d'Artagnan fez um sinal com os olhos.

— Não estavam desimpedidos de imediato e se juntarão a nós mais tarde.

Mazarino limpou a garganta.

— E o cavalheiro, mais desimpedido que os demais, aceitará retomar o serviço? — ele perguntou.

— Sim, monsenhor. Por simples dedicação, pois o sr. de Bracieux é rico.

— Rico? — interessou-se Mazarino, a quem essa simples palavra, por si só, já bastava para inspirar grande consideração.

---

268. Frederico II da Prússia (1712-86), conhecido pelas vitórias militares, reorganização moderna do exército e patronagem das artes. A comparação é irônica, pois o rei era bastante ambíguo sexualmente.

Mousqueton igualmente atraía olhares curiosos, e alguns diziam ser Sancho que, tendo perdido o amo, encontrara dois em seu lugar.

— Cinquenta mil libras de renda — especificou Porthos.

Era a primeira coisa que dizia.

— Por pura dedicação — repetiu Mazarino com seu fino sorriso. — O que quer dizer "por pura dedicação"?

— Monsenhor parece não acreditar muito nessa palavra — comentou d'Artagnan.

— E o sr. gascão acredita? — foi a vez de Mazarino perguntar, apoiando os dois cotovelos na escrivaninha e o queixo nas duas mãos.

— Pessoalmente — respondeu o mosqueteiro —, acredito na dedicação como num nome de batismo, por exemplo, ao qual deve se acrescentar um nome fundiário. Temos uma natureza mais ou menos dedicada, provavelmente, mas é sempre necessário haver alguma coisa na ponta da dedicação.

— E o seu amigo, por exemplo, o que gostaria de ter na ponta da sua dedicação?

— Bem, monsenhor, meu amigo tem três magníficas propriedades: du Vallon, em Corbeil, de Bracieux, na região de Soissonnais, e de Pierrefonds, na de Valois. E, monsenhor, ele gostaria que uma dessas três terras fosse alçada ao status de baronia.

— Só isso? — não se conteve Mazarino, com olhos que brilhavam de alegria, vendo poder recompensar a dedicação sem ter que abrir a bolsa. — Só isso? É algo que podemos resolver.

— Serei barão! — exclamou Porthos, dando um passo à frente.

— Como eu tinha dito — cortou d'Artagnan, parando-o com a mão — e monsenhor confirma.

— E o sr. d'Artagnan, o que deseja?

— Monsenhor, no mês de setembro próximo se completarão vinte anos que o sr. cardeal de Richelieu me promoveu a tenente.

— Entendo. E o senhor gostaria que o cardeal Mazarino o promova a capitão.

D'Artagnan fez uma reverência.

— Muito bem! Nada disso me parece impossível. Veremos, senhores, veremos. E agora, sr. du Vallon, qual serviço apreciaria? Na cidade? No campo?

Porthos abriu a boca para responder, mas d'Artagnan se adiantou.

— Excelência, o sr. du Vallon é como eu e aprecia o serviço extraordinário, isto é, tarefas que pareçam loucas e impossíveis.

A *gasconada* não desagradou a Mazarino, que ficou pensativo.

— No entanto, devo preveni-los de que os fiz vir pensando numa tarefa sedentária. Tenho certas preocupações. Mas o que é isso? — assustou-se Mazarino.

De fato, um forte barulho havia ocorrido na antecâmara e quase simultaneamente a porta do gabinete foi aberta. Um homem coberto de poeira se precipitou no gabinete, gritando:

— Sr. cardeal? Onde está o sr. cardeal?

Mazarino achou ser alguém que o quisesse assassinar e recuou, empurrando a poltrona. D'Artagnan e Porthos se colocaram entre o homem que entrava e o cardeal.

— O que houve, cavalheiro — recuperou-se Mazarino —, que o faz entrar aqui como se estivesse numa feira?

— Monsenhor — disse o oficial a quem se dirigia a censura —, apenas duas palavras, preciso falar rápido e em segredo. Sou o sr. de Poins, oficial da guarda em serviço na torre de Vincennes.

O militar estava tão pálido e transtornado que Mazarino, adivinhando que era portador de alguma notícia importante, fez sinal para que d'Artagnan e Porthos cedessem lugar ao mensageiro.

Os dois se retiraram a um canto do gabinete.

— Fale, oficial, fale rápido, o que houve?

— O sr. de Beaufort, monsenhor, acaba de escapar do castelo de Vincennes.

Mazarino deu um grito e, por sua vez, ficou pálido, mais ainda que o interlocutor. Desabou na poltrona, arrasado.

— Escapou! — ele repetiu. — O sr. de Beaufort escapou?

— Eu o vi descendo do alto do terraço.
— E não atirou nele?
— Estava fora de alcance.
— E o sr. de Chavigny, o que fez?
— Estava ausente no castelo.
— E La Ramée?
— Foi encontrado preso no quarto do prisioneiro, com uma mordaça na boca e um punhal ao lado.
— E o ajudante que ele havia conseguido?
— Era um cúmplice do duque e também fugiu.

Mazarino deixou escapar um gemido.

— Monsenhor — chamou d'Artagnan, dando um passo na direção do cardeal.
— O quê?
— Vossa Eminência perde um tempo precioso.
— Como assim?
— Se Vossa Eminência ordenar que partam atrás do prisioneiro, talvez ainda possam encontrá-lo. A França é grande e a fronteira mais próxima fica a sessenta léguas.
— E quem iria atrás dele? — desesperou-se Mazarino.
— Ora, eu!
— Poderia prendê-lo?
— Por que não?
— Prenderia o duque de Beaufort armado, em campo?
— Se monsenhor ordenar que eu prenda o diabo, vou agarrá-lo pelos chifres e trazê-lo.
— Eu também — disse Porthos.
— O senhor também? — espantou-se Mazarino, olhando para os dois homens. — Mas o duque não se entregará sem violento combate.
— Ora! — retrucou d'Artagnan com olhos faiscando. — Há tempos não temos uma boa briga, não é, Porthos?
— Há tempos!
— E acham que podem alcançá-lo?
— Sim, se tivermos melhores montarias que ele.
— Peguem então o que encontrarem na guarda e corram.
— É preciso uma ordem, monsenhor.
— Assino agora mesmo — disse Mazarino, pegando um papel e escrevendo algumas linhas.
— Monsenhor deve acrescentar que poderemos requisitar todos os cavalos que encontrarmos no caminho.
— Claro, claro! Serviço do rei! Peguem e partam já!
— Perfeito, monsenhor.

— Sr. du Vallon — disse Mazarino —, a sua baronia está na garupa do duque de Beaufort. Basta agarrá-lo. Quanto ao senhor, meu caro tenente, não lhe prometo nada, mas se o trouxer, morto ou vivo, pode pedir o que quiser.

— A cavalo, Porthos! — exclamou d'Artagnan puxando o amigo pela mão.

— A cavalo! — devolveu o companheiro com seu sublime sangue-frio.

Os dois desceram pela escadaria principal, convocando os guardas que encontravam pelo caminho, aos gritos de: "A cavalo! A cavalo!".

Reuniram uma dezena de homens.

D'Artagnan e Porthos saltaram sobre Vulcain e Bayard, respectivamente, e Mousqueton montou em Phébus.

— Sigam-me! — gritou um.

— Em frente! — confirmou o outro.

E calcaram as esporas nos flancos dos nobres animais, que partiram pela rua Saint-Honoré como uma furiosa tempestade.

— O que me diz disso, meu caro barão? Não prometi boa dose de exercício? Como vê, mantenho a palavra.

— Sem dúvida, meu capitão — respondeu Porthos.

Olharam para trás. Mousqueton, suando mais do que Phébus, se mantinha a devida distância. Atrás dele, galopavam os dez guardas.

Burgueses espantados saíam às suas portas e cachorros corriam latindo atrás dos cavaleiros.

Na esquina do cemitério Saint-Jean,[269] d'Artagnan atropelou um homem, mas isso era um fato sem grande importância e não atrapalhou a correria dos militares. A tropa a galope continuou então o seu caminho, como se os cavalos tivessem asas.

Só que, infelizmente, não há nesse mundo fato sem importância e logo veremos que este, precisamente, quase levou à perdição a monarquia.

---

269. O cemitério se estabeleceu dos fundos da igreja Saint-Jean-en-Grève (já desaparecida), onde hoje se situa a praça Baudoyer, durante o séc.XVI e foi extinto em 1772.

27. Estrada afora

No mesmo ritmo, eles percorreram todo o faubourg Saint-Antoine e o caminho de Vincennes. Em pouco tempo estavam fora da cidade, logo depois na floresta e logo em seguida no vilarejo.

Os cavalos pareciam se animar cada vez mais, com os focinhos que começavam a avermelhar como fornos ardentes. Com as esporas na barriga do animal, d'Artagnan ia logo à frente de Porthos. Mousqueton seguia a dois corpos e os guardas vinham depois, de acordo com a capacidade das suas montarias.

De um ponto mais alto, d'Artagnan viu um grupo de pessoas paradas do outro lado do fosso, frente à face da torre que dá para Saint-Maur. Entendeu ser por onde o prisioneiro havia fugido e também onde poderia obter informações. Em cinco minutos estava lá e os guardas foram chegando pouco a pouco.

As pessoas agrupadas no local pareciam não ter mais o que fazer, senão olhar a corda ainda dependurada e partida a vinte pés do chão. Os olhares mediam a altura e eram muitos os comentários. No alto da muralha, iam e vinham sentinelas agitadas.

Uma equipe de soldados, comandada por um sargento, afastava os burgueses do local em que o duque montara a cavalo.

D'Artagnan foi direto até ele.

— Meu oficial — disse o sargento —, não se deve parar aqui.

— Essa ordem não vale para mim — disse o mosqueteiro. — Foram ao encalço dos fugitivos?

— Certamente, meu oficial. Mas, infelizmente, eles estão bem montados.

— Quantos são?

— Quatro em bom estado e um quinto que foi carregado ferido.

— Quatro! — exclamou d'Artagnan, olhando para Porthos. — Ouviu isso, barão? São apenas quatro!

Um sorriso satisfeito iluminou o rosto de Porthos.

— E quanto tempo têm à nossa frente?

— Duas horas e quinze minutos, meu oficial.

— Duas horas e quinze minutos não é nada. Temos boas montarias, não é, Porthos?

Porthos soltou um suspiro, pensando no que aguardava os seus pobres cavalos.

— Muito bem — disse d'Artagnan —, e qual direção tomaram?

— Isso, meu oficial, fui proibido responder.

D'Artagnan tirou do bolso um papel e completou:

— Ordem do rei.

— Deve então falar com o governador.

— E onde se encontra o governador?

— No campo.

A raiva tomou todo o rosto do mosqueteiro, a testa se franziu, as têmporas ganharam cor.

— Ah, miserável! Acho que está brincando comigo — disse ele ao sargento. — Espere só.

Com uma das mãos, ele desdobrou o papel à frente do sargento e com a outra sacou da cartucheira uma pistola, armando-a.

— Ordem do rei, estou dizendo. Leia e responda! Ou estouro os seus miolos. Para que lado foram?

O sargento viu que d'Artagnan falava sério.

— Estrada do Vendômois.

— E por qual porta saíram?

— Pela porta de Saint-Maur.

— Se estiver me enganando, miserável, será enforcado amanhã!

— E o senhor, se os alcançar, não voltará para isso — murmurou o sargento.

D'Artagnan deu de ombros, fez sinal à escolta e partiu.

— Por aqui, amigos, por aqui! — ele gritou, se dirigindo à porta indicada do parque.

Agora que o duque havia escapado, o encarregado havia resolvido trancar a tal porta com todo zelo. Foi preciso forçá-lo a abrir, como já fora feito com o sargento, e isso os fez perder ainda dez minutos.

Superado esse último obstáculo, a tropa retomou, na mesma velocidade, a corrida.

Mas nem todos os cavalos podiam manter esse ritmo e alguns não conseguiram sustentá-lo por muito tempo. Três pararam após uma hora de galope e um despencou no chão.

Como d'Artagnan não olhava para trás, não percebeu, e foi preciso que Porthos, com seu tom sempre calmo, o avisasse.

— Se nós dois conseguirmos chegar já basta, pois são apenas quatro.

— É verdade — concordou o amigo, afundando a espora na barriga do cavalo.

Passadas duas horas, eles haviam percorrido doze léguas sem descanso. As patas dos animais começavam a tremer e a espuma da respiração respingava no gibão dos cavaleiros, enquanto o suor penetrava nos seus calções.

— Vamos parar um pouco para que esses pobres animais retomem algum fôlego — sugeriu Porthos.

— Que morram, pelo contrário, que morram! — respondeu d'Artagnan. — Mas vamos chegar. Vejo pegadas recentes. Passaram por aqui há menos de quinze minutos.

De fato, a lateral da estrada fora revirada pelos cascos dos cavalos. Os últimos fulgores do dia ainda permitiam que se vissem as marcas.

Continuaram, mas duas léguas mais tarde o cavalo de Mousqueton tombou.

— Pronto! — disse Porthos. — Perdi Phébus!

— O cardeal lhe dará mil pistolas por ele.

— Não é o que me preocupa.

— Então vamos! A galope!

— Se pudermos.

E, é verdade, o cavalo de d'Artagnan se recusou a seguir adiante, pois não conseguia respirar. Uma última esporeada, em vez de fazê-lo prosseguir, provocou uma queda.

— Ai, diabos! — lamentou-se Porthos. — Foi a vez de Vulcain!

— Droga! — praguejou d'Artagnan, agarrando os próprios cabelos aos tufos. — Terei que parar! Dê-me o seu cavalo, Porthos. Ei, o que está fazendo?

— Ora, caindo! — disse Porthos. — Ou melhor, Bayard é que está, e me levando junto.

D'Artagnan quis fazê-lo se levantar, enquanto Porthos se soltava como podia dos arreios, mas já escapava sangue das narinas do animal.

— Três! Não tem mais jeito!

Nesse momento, ouviu-se um relincho.

— Psiu! — fez d'Artagnan.

— O que foi?

— Ouvi um cavalo.

— O de algum dos soldados, que vem se aproximando.

— Não — disse d'Artagnan. — Na direção contrária.

— Então é outra coisa — admitiu Porthos, prestando atenção no lado que o amigo indicava.

— Patrão — disse Mousqueton, que, depois de abandonar seu cavalo na estrada, acabava de chegar a pé. — Patrão, Phébus não resistiu e...

— Não faça barulho! — cortou Porthos.

Com efeito, a brisa da noite trazia, naquele momento, um segundo relincho.

— É a uns quinhentos passos daqui, à nossa frente — disse d'Artagnan.

— É verdade — confirmou Mousqueton —, e a quinhentos passos de nós há uma cabana de caça.

— Suas pistolas, Mousqueton — disse d'Artagnan.

— Estão comigo.

— Porthos, pegue as suas nas cartucheiras.

— Já peguei.

— Bom! — continuou d'Artagnan fazendo o mesmo. — Já entendeu, Porthos?

— Não muito.

— Estamos a serviço do rei.

— E...?

— Para o serviço do rei, vamos requisitar os cavalos.

— Entendi.

— Sem fazer barulho, então, vamos lá!

Os três avançaram no escuro, como fantasmas silenciosos. Numa curva da estrada, viram brilhar uma luz entre as árvores.

— Lá está — disse d'Artagnan baixinho. — Deixe-me ir na frente e me acompanhe.

Indo de árvore em árvore, chegaram a vinte passos da casa sem que os vissem. Dali perceberam, graças a um lampião suspenso num galpão, quatro cavalos de belo porte. Um cavalariço cuidava deles e bem perto viam-se selas e arreios.

D'Artagnan se aproximou às claras, fazendo sinal aos companheiros para que se mantivessem a alguma distância.

— Quero comprar os animais — ele disse ao cavalariço, que se voltou com surpresa, mas sem responder.

— Não ouviu, espertinho? — insistiu d'Artagnan.

— Ouvi sim.

— E por que não responde?

— Porque esses cavalos não estão à venda.

— Então vou tomá-los — ameaçou d'Artagnan, pondo a mão naquele que se encontrava a seu alcance.

Porthos e Mousqueton apareceram nesse momento e fizeram o mesmo.

— Mas, senhores! — exclamou o criado. — Eles acabam de chegar de uma tirada de seis léguas e estão sem sela há apenas meia hora.

— Meia hora de descanso é suficiente — contrapôs d'Artagnan. — Ótimo, com isso já estão no ritmo.

O homem gritou por socorro. No exato momento em que d'Artagnan e os companheiros punham as selas no lombo dos animais, uma espécie de capataz surgiu, falando grosso.

— Meu amigo — disse a ele d'Artagnan. — Mais uma palavra e estouro a sua cabeça.

Junto a isso, mostrou o cano da pistola à sua cinta e voltou ao que fazia.

— Mas senhor, esses cavalos pertencem ao sr. de Montbazon — disse o capataz.

— Ótimo. Devem ser boas montarias — respondeu d'Artagnan.

— Cavalheiro — disse o capataz recuando aos poucos e tentando voltar à porta —, vou chamar meu pessoal.

— E eu o meu — devolveu d'Artagnan. — Sou tenente mosqueteiro do rei, com dez guardas que me acompanham. Não os ouve se aproximar a galope? Vamos ver o que acontecerá.

Nada se ouvia e, de qualquer forma, o capataz estava assustado demais para ouvir alguma coisa.

— Pronto, Porthos? — perguntou d'Artagnan.

— Estou pronto.

— E você, Mouston?

— Também.

— Então em sela, vamos.

Os três montaram nos cavalos.

— Ajuda! — gritou o capataz. — Homens, tragam as carabinas!

— Para a estrada! — comandou d'Artagnan. — Vamos ter fogos de artifício.

E os três partiram como se o vento os carregasse.

— Ajuda! — berrava o capataz, enquanto o palafreneiro corria à casa principal.

— Cuidado para não matarem os seus cavalos! — gritou d'Artagnan, rindo muito.

— Fogo! — respondeu o capataz.

Um clarão como o de um relâmpago iluminou o caminho. Imediatamente depois, junto com o estampido, os três cavaleiros ouviram assobiar as balas, que se perderam no espaço.

Atiram como lacaios — disse Porthos. — Atirava-se melhor no tempo do sr. de Richelieu. Lembra-se da estrada de Crèvecoeur, Mousqueton?[270]

— Nem me fale, patrão! Ainda sinto o meu lado direito, quando sento.

— Acha que estamos na pista certa, d'Artagnan? — perguntou Porthos.

— Como não? Não ouviu a confirmação?

— Qual?

— Esses cavalos pertencem ao sr. de Montbazon.

— E o que tem isso?

---

270. Em *Os três mosqueteiros*, cap. 20, Mousqueton aí leva um tiro numa nádega.

— Ora, o sr. de Montbazon é marido da sra. de Montbazon.
— E daí?
— A sra. de Montbazon é amante do sr. de Beaufort.
— Ah, entendi! Ela preparou paradas para a troca de cavalos.
— Exato.
— E estamos perseguindo o duque com os cavalos que ele acaba de deixar.
— O querido amigo realmente é dono de uma inteligência superior — concluiu d'Artagnan, à sua maneira meio cá e meio lá.
— Sou mesmo! — disse Porthos.

Cavalgaram por uma hora, as montarias estavam brancas de espuma, com sangue a escorrer das barrigas.

— Ei! Vi alguma coisa ali — disse d'Artagnan.
— Feliz você, que enxerga alguma coisa numa escuridão dessa — respondeu Porthos.
— Faíscas.
— Também vi — confirmou Mousqueton.
— Ah, ah! Será que os alcançamos?
— Bom! Um cavalo morto! — observou d'Artagnan, trazendo de volta o seu, de um desvio que ele havia feito. — Tudo indica que os deles também estão no limite do fôlego.
— Creio ouvir o barulho de uma tropa a cavalo — disse Porthos, se debruçando sobre a crina da sua montaria.
— Impossível.
— São muitos.
— Então é outra coisa.
— Mais um cavalo! — mostrou Porthos.
— Morto?
— Morrendo.
— Selado?
— Selado.
— Então são eles.
— Coragem! Estão pegos.
— São muitos — avisou Mousqueton. — Nós é que seremos pegos.
— Que nada! — disse d'Artagnan. — Vão achar que somos mais fortes, já que os perseguimos. Vão ter medo e se dispersarão.
— Com certeza — concordou Porthos.
— Ah! Viram? — exclamou d'Artagnan.
— Vi, dessa vez vi. Mais faíscas — disse Porthos.
— Em frente, vamos! — animou-se o mosqueteiro com sua voz estridente. — Em cinco minutos vamos estar rindo.

E tornaram a partir. Os cavalos, furiosos de dor e esporeados, voavam na estrada escura, e começava-se já a perceber nela uma massa mais compacta e sombria que o restante do horizonte.

28. O encontro

Por mais dez minutos correram assim.

De repente, dois pontos negros se destacaram na massa, avançaram, cresceram e, à medida que cresciam, tomaram a forma de dois cavaleiros.

— Oh! Oh! — disse d'Artagnan. — Vêm em nossa direção.

— Pior para eles — respondeu Porthos.

— Quem vem lá? — gritou uma voz rouca.

Os três cavaleiros continuaram no mesmo ritmo, sem parar nem responder. Mas ouviram o som de espadas sendo desembainhadas e o estalo do cão das pistolas sendo armadas pelos dois fantasmas negros.

— Rédea nos dentes! — disse d'Artagnan.

Porthos entendeu e ambos, com a mão esquerda, sacaram das cartucheiras as pistolas, que também armaram.

— Quem vem lá? — gritaram outra vez. — Nem um passo mais ou morrem!

— Pfff! — resmungou Porthos, quase sem ar por causa da poeira e mordendo a rédea do cavalo como este mordia o freio. — Pfff! Já vimos coisa bem pior!

Nesse instante as duas sombras barraram o caminho e pôde-se distinguir, sob a claridade das estrelas, brilharem os canos das pistolas ainda abaixadas.

— Para trás! — gritou d'Artagnan. — Ou morrerão vocês!

Dois tiros de pistola responderam à ameaça, mas os dois que chegavam vinham em tal velocidade que imediatamente se viram já quase em cima dos adversários. Um terceiro estampido soou, disparado à queima-roupa por d'Artagnan, e um dos cavaleiros caiu. Porthos, no entanto, colidiu com o seu antagonista com tanta violência que, mesmo tendo deixado a espada perder o prumo, com o choque jogou-o a dez passos do cavalo.

— Acabe o serviço, Mousqueton, acabe! — gritou Porthos, voltando ao galope até alcançar o amigo, que já retomara a perseguição.

— E então?

— Estourei a cabeça do meu — respondeu d'Artagnan. — E você?

— Somente derrubei, mas...

Ouviu-se um tiro de carabina. Era Mousqueton, que, vindo atrás, executava a ordem do seu amo.

— Vamos lá! rápido! — exclamou d'Artagnan. — Está tudo indo bem e ganhamos a primeira rodada!

— Ah! — emendou Porthos. — Jogadores novos.

É verdade, dois outros cavaleiros tinham se destacado do grupo principal e rapidamente se aproximavam para barrar de novo o caminho.

D'Artagnan nem sequer esperou que dissessem alguma coisa e gritou:

— Abram caminho! Abram caminho!

— O que querem? — perguntou alguém.

— O duque! — berraram ao mesmo tempo Porthos e d'Artagnan.

A resposta foi uma gargalhada, mas que terminou com um gemido: d'Artagnan havia atravessado com a espada o homem que ria.

Ao mesmo tempo, dois estampidos pareceram um só: eram Porthos e seu adversário que atiravam, um no outro.

D'Artagnan olhou para trás e viu Porthos já bem perto.

— Ótimo, amigo. Acho que o matou.

— Creio que acertei somente o cavalo.

— Fazer o quê? Nem sempre se acerta na mosca, mas não devemos nos queixar quando acertamos ao lado. Ei! Diabos! O que deu nesse animal?

— Está desabando — disse Porthos, freando o seu.

De fato, o cavalo de d'Artagnan havia empacado e começado a cair de joelhos. Depois bufou e se deitou.

Fora atingido no peito pela bala do primeiro adversário.

D'Artagnan praguejou de fazer estremecer o céu.

— O senhor quer um cavalo? — perguntou Mousqueton.

— Santo Deus, se não quero!

— Fique com esse — disse Mousqueton.

— Como, diabos, tem dois cavalos sobressalentes? — perguntou o mosqueteiro, saltando num deles.

— Os donos estavam mortos. Achei que podiam ser úteis e peguei.

Porthos, enquanto isso, recarregara sua pistola.

— Cuidado! — gritou d'Artagnan. — Dois outros.

— Mas que coisa! A continuar assim, isso vai durar até amanhã! — disse Porthos.

Dois outros cavaleiros se aproximavam rápidos.

— Ei, patrão! — chamou Mousqueton. — O que o senhor derrubou está se levantando.

— Por que não fez o mesmo que com o primeiro?

— Não pude, estava segurando os cavalos.

Ouviu-se um disparo, Mousqueton deu um grito de dor.

— Ai, patrão! Do outro lado, bem do outro lado! Como aquele tiro, na estrada de Amiens.

Porthos se virou como um leão e partiu contra o cavaleiro desmontado, que tentava sacar a espada. Antes porém que a desembainhasse, recebeu uma pancada tão violenta na cabeça que caiu como um boi sob o porrete do açougueiro.

Gemendo, Mousqueton escorregou do cavalo, pois o ferimento não o deixava se manter em sela.

Ao perceber os novos inimigos, d'Artagnan havia parado e recarregado a pistola. Além disso, o cavalo em que estava montado tinha uma carabina presa na sela.

— Estou aqui! — disse Porthos. — Esperamos ou atacamos?

— Atacamos — respondeu d'Artagnan.

— Atacamos — confirmou Porthos.

Calcaram as esporas nos animais.

Os inimigos estavam a apenas vinte passos.

— Em nome do rei! — gritou d'Artagnan. — Deixem-nos passar.

— O rei não tem o que fazer aqui! — devolveu uma voz sombria e vibrante que parecia sair de uma nuvem, pois o cavaleiro chegava num turbilhão de pó.

— Muito bem. Veremos se o rei não passa por todo lugar — continuou d'Artagnan.

— Venham ver — respondeu a mesma voz.

Dois tiros de pistola partiram quase ao mesmo tempo, um disparado por d'Artagnan e o outro pelo adversário de Porthos. A bala de d'Artagnan arrancou o chapéu do inimigo, a do adversário de Porthos atravessou a garganta do seu cavalo, que caiu duro, com um gemido.

— Pela última vez, aonde vão? — perguntou a mesma voz.

— Ao quinto dos infernos! — respondeu d'Artagnan.

— Então não se preocupe, já vai chegar lá.

D'Artagnan viu descer à sua frente o cano de um mosquetão. Não tinha tempo de procurar nas cartucheiras da sela, mas se lembrou de um conselho que há tempos lhe dera Athos e fez o cavalo empinar.

A bala atingiu o animal em plena barriga. O cavaleiro o sentiu desabar e, com sua maravilhosa e ágil inteligência, saltou de lado.

— Diabos! — disse a mesma voz vibrante e debochada. — Isso está se tornando um matadouro de cavalos e não um combate de homens. Espada em punho, cavalheiro, saque a espada! — ele acrescentou, saltando do cavalo.

— Com a espada, ótimo! — respondeu d'Artagnan. — Prefiro.

Com dois pulos, d'Artagnan se postou diante do adversário e sentiu a sua lâmina contra a dele. Com a habilidade de sempre, apontou a espada em terceira posição, sua guarda favorita.

Enquanto isso, ajoelhado atrás de seu cavalo, que se sacudia em convulsões de agonia, Porthos tinha uma pistola em cada mão.

Mas o combate entre d'Artagnan e o adversário tivera início, com o primeiro, como era de hábito, atacando duramente. Só que encontrou pela frente uma técnica e um pulso que o fizeram refletir. Duas vezes ele foi levado à quarta posição e deu um passo atrás. O adversário não se moveu e ele voltou a se posicionar em terceira.

Cada um dos contendores deu dois ou três golpes, sem grandes resultados. Os repetidos choques faziam faíscas escaparem das lâminas.

O mosqueteiro finalmente achou ser hora de utilizar sua finta favorita. Preparou-a com cuidado e executou-a com a rapidez do raio, desferindo o golpe com um vigor que ele achou ser irresistível.

O golpe foi defendido.

— Caramba! — ele exclamou com sotaque gascão.

Ao ouvir isso, o adversário recuou com um salto e, inclinando a cabeça descoberta, se esforçou para identificar no escuro o rosto de d'Artagnan, que, temendo uma manobra de finta, se manteve na defensiva.

Porthos, por sua vez, dizia ao seu adversário:

— Tome cuidado, tenho ainda minhas duas pistolas carregadas.

— Razão a mais para que seja o primeiro a atirar.

Porthos atirou: um relâmpago iluminou o campo de batalha.

Sob essa claridade, os dois outros combatentes deram cada qual um grito.

— Athos! — disse d'Artagnan.

— D'Artagnan! — disse Athos.

Um ergueu a arma, o outro abaixou a sua.

— Aramis! — gritou Athos. — Não atire.

— Aramis? — perguntou Porthos, largando a pistola.

Aramis recolocou a sua na cartucheira e devolveu a espada à cinta.

— Meu filho! — disse Athos, estendendo a mão a d'Artagnan.

Era como ele carinhosamente o chamava, nos tempos antigos.

— É você que está protegendo o duque? — surpreendeu d'Artagnan. — E eu que jurei levá-lo morto ou vivo! Vou ficar desonrado.

— Mate-me então — respondeu Athos, mostrando o peito —, se achar que a sua honra precisa disso.

— Ai, miséria, miséria! — lamentava-se d'Artagnan. — Uma única pessoa no mundo poderia me impedir e quis a fatalidade colocar exatamente ela no meu caminho. O que vou dizer ao cardeal?

— O senhor poderá dizer — respondeu alguém fora do campo de batalha — que ele enviou contra mim os dois únicos indivíduos capazes de derrubar quatro homens, lutar corpo a corpo e de igual para igual contra o conde de La Fère e o cavaleiro d'Herblay, só se rendendo diante de uma tropa de cinquenta soldados.

— Príncipe! — exclamaram ao mesmo tempo Athos e Aramis, com uma reação que revelava o duque de Beaufort, enquanto d'Artagnan e Porthos davam um passo atrás.

— Cinquenta cavaleiros! — murmuraram d'Artagnan e Porthos.

— Caso tenham alguma dúvida, olhem em volta, senhores — disse o duque.

Os dois fizeram isso e, de fato, estavam completamente cercados por uma tropa de homens a cavalo.

— Pelo barulho do combate — disse o duque —, achei serem uns vinte homens e voltei com todos que me acompanhavam, cansado de fugir e querendo também sacar a espada. E eram somente dois.

— Exato, monsenhor — completou Athos —, mas estava certo, são dois que valem por vinte.

— Por favor, cavalheiros, as suas espadas — pediu o duque.

— Nossas espadas? — alarmou-se d'Artagnan, erguendo a cabeça e caindo em si. — Nossas espadas, nunca!

— Nunca — repetiu Porthos.

Alguns soldados se moveram.

— Um instante, monsenhor — pediu Athos. — Duas palavras.

E ele se aproximou do príncipe, dizendo algo em voz bem baixa ao seu ouvido.

— Se é o que quer, conde — ele respondeu. — Devo-lhe favores demais para recusar seu primeiro pedido. Afastem-se, amigos — ele ordenou aos homens da sua escolta. — Os srs. d'Artagnan e du Vallon estão livres.

A ordem foi imediatamente executada, com d'Artagnan e Porthos formando o centro de um amplo círculo.

— Por favor, d'Herblay — disse Athos —, desça do cavalo e venha.

Aramis apeou e se aproximou de Porthos, enquanto Athos foi até d'Artagnan. Os quatro companheiros estavam reunidos.

— Amigos — começou Athos. — Arrependem-se ainda de não terem derramado nosso sangue?

— De modo algum — respondeu d'Artagnan. — Lamento apenas nos ver uns contra os outros, nós que sempre fomos tão unidos. Lamento que estejamos em campos contrários. Ah, nada mais vai dar certo!

— Deus do céu, não! É o fim de tudo — acrescentou Porthos.

— Ora, venham então para o nosso lado! — sugeriu Aramis.

— Não fale assim, d'Herblay — cortou Athos. — Não se fazem propostas desse tipo a pessoas como os nossos amigos. As suas consciências os levaram a abraçar o partido de Mazarino, como as nossas nos levaram para o lado dos príncipes.

— De qualquer forma, nos tornamos inimigos — disse Porthos. — Com os diabos! Quem poderia imaginar algo assim?

D'Artagnan apenas deu um suspiro.

Athos olhou para eles, tomando-lhes as mãos:

— Amigos, temos diante de nós um caso grave e meu coração sofre como se o houvessem dilacerado. É verdade, estamos separados, essa é a grande, a triste verdade, mas não nos declaramos guerra ainda. Quem sabe encontremos saídas. É indispensável um encontro para uma tentativa suprema.

— No meu entender, trata-se de uma exigência — completou Aramis.

— Aceito — disse d'Artagnan com orgulho.

Porthos fez um sinal com a cabeça, concordando.

— Vamos então escolher um ponto de encontro — continuou Athos — ao alcance de todos e tentemos confirmar definitivamente nossa posição recíproca e qual comportamento manter entre nós.

— Concordo! — disseram os três outros.

— Têm a mesma opinião que eu? — perguntou Athos.

— Totalmente.

— Muito bem! E o lugar?

— A praça Royale conviria a todos? — sugeriu d'Artagnan.

— Em Paris?

— Exato.

Athos e Aramis se olharam, Aramis fez um sinal concordando.

— Na praça Royale, combinado! — disse Athos.

— Quando?

— Amanhã à noite, se puderem.

— Já estarão de volta?

— Sim.

— A que horas?

— Às dez da noite, se estiverem de acordo.

— Perfeitamente.

— Disso sairá a paz ou a guerra — disse Athos —, mas pelo menos nossa honra estará salva, meus amigos.

— Já nossa honra de soldado, infelizmente, vai estar perdida — murmurou d'Artagnan.

— D'Artagnan — disse com gravidade Athos —, juro que me incomoda vê-lo pensar nisto enquanto, pessoalmente, penso apenas no fato de termos cruzado espadas, um contra o outro. É verdade — ele continuou, balançando a cabeça com tristeza —, a desgraça se abateu sobre nós. Vamos, Aramis.

— E nós, Porthos — finalizou d'Artagnan —, levemos nossa vergonha ao cardeal.

— Diga a ele — gritou alguém — que não estou tão velho assim para ser homem de ação.

D'Artagnan reconheceu a voz de Rochefort.

— Posso ainda fazer algo pelos senhores? — perguntou o príncipe.

— Ser testemunha de que fizemos o possível, monsenhor.

— Fiquem tranquilos, não deixarei de fazê-lo. Até mais, senhores, dentro de algum tempo nos veremos, espero, em torno de Paris ou, quem sabe, em Paris. Poderão então ter uma revanche.

Dizendo isso, o duque os cumprimentou com um gesto e partiu a galope, levando com ele toda a escolta, cuja massa desapareceu na escuridão, enquanto o som desaparecia no espaço.

D'Artagnan e Porthos se viram sozinhos na estrada, com um homem que tinha nas mãos as rédeas de dois cavalos.

Imaginaram que fosse Mousqueton e se aproximaram.

— Como?! — surpreendeu-se d'Artagnan. — É você, Grimaud?

— Grimaud! — espantou-se também Porthos.

Grimaud fez sinal, mostrando que os dois amigos não se enganavam.

— E de quem são os cavalos? — perguntou d'Artagnan.

— Quem nos deu? — perguntou Porthos.

— O sr. conde de La Fère.

— Athos, Athos — murmurou d'Artagnan —, você pensa em tudo. É um verdadeiro fidalgo.

— Puxa! — exclamou Porthos. — Achei que seria obrigado a fazer o trajeto a pé.

E montou. D'Artagnan já estava em sela.

— E você, Grimaud? Para onde vai? — perguntou d'Artagnan. — Deixou o seu amo?

— A mando dele. Vou servir ao visconde de Bragelonne, nas tropas de Flandres.

Em silêncio deram então alguns passos na direção de Paris, mas, de repente, ouviram gemidos que pareciam vir dos declives laterais da estrada.

— O que é isso? — perguntou d'Artagnan.

— Isso — respondeu Porthos —, é Mousqueton.

— Eu mesmo, patrão — disse uma voz chorosa, enquanto uma espécie de sombra se erguia à beira da estrada.

Porthos correu até o seu intendente, por quem tinha real carinho.

— Está ferido com alguma gravidade, meu caro Mouston?

— Mouston! — repetiu Grimaud, arregalando os olhos.

— Não, acho que não. Mas ferido de forma bem constrangedora.

— Não vai poder, então, montar?

— Impossível, patrão!

— Pode ir a pé?

— Vou tentar, até chegarmos à primeira casa.
— O que fazer? — perguntava-se d'Artagnan. — Precisamos voltar a Paris.
— Cuido eu de Mousqueton — disse Grimaud.
— Muitíssimo obrigado, meu bom Grimaud! — disse Porthos.

Grimaud apeou e foi dar apoio ao antigo colega, que o abraçou com lágrimas nos olhos, sem que o primeiro pudesse realmente saber se geradas pelo prazer do encontro ou pela dor do ferimento.

Já d'Artagnan e Porthos retomaram calados a estrada de Paris.

Três horas depois, foram ultrapassados por uma espécie de correio: coberto de poeira, era o mensageiro enviado pelo duque, levando ao cardeal a carta em que, como prometido, o príncipe comentava o feito de Porthos e d'Artagnan.

Mazarino passava uma noite horrível, quando recebeu a carta em que o príncipe em pessoa anunciava estar em liberdade e disposto a uma guerra mortal.

O cardeal leu, releu e, em seguida, guardou a carta:

— O que me consola, já que d'Artagnan não o prendeu, é que pelo menos, na ida, deixou fora de ação Broussel. Realmente, esse gascão é precioso, sendo útil até sem querer.

O cardeal se referia ao acidente ocorrido ainda em Paris, na esquina do cemitério Saint-Jean, em que o pedestre atropelado outro não era senão o conselheiro Broussel.

29. O personagem Broussel[271]

Só que, infelizmente para o cardeal Mazarino, que atravessava dias ruins, o pedestre em questão não ficou tão fora de ação.

Ele, é verdade, tranquilamente atravessava a rua Saint-Honoré quando o cavalo conduzindo d'Artagnan atingiu-o no ombro e derrubou-o na lama. Como foi dito, o cavaleiro sequer prestou atenção em tão insignificante ocorrência. D'Artagnan, diga-se, compartilhava da profunda e soberba indiferença com que a nobreza — e sobretudo a nobreza militar — tratava, naquele tempo, a burguesia. Mantivera-se então perfeitamente insensível à infelicidade do homenzinho vestido de preto, mesmo tendo sido o seu causador, e antes mesmo que o pobre Broussel tivesse tempo de dar um grito toda aquela tempestade de cavaleiros armados já havia desaparecido. Somente então o ferido pôde ser ouvido e posto de pé.

Pessoas acorreram para ajudar a vítima, perguntaram nome, endereço, ocupação e assim que o ouviram dizer que se chamava Broussel, era conselheiro do Parlamento e morava na rua Saint-Landry, um clamor se ergueu entre os que ali estavam, clamor terrível e ameaçador, que assustou a vítima tanto quanto o furacão que acabava de sacudir-lhe o corpo.

— Broussel! — exclamavam. — Broussel, nosso pai! Que defende nossos direitos contra Mazarino! Broussel, o amigo do povo, assassinado, arrastado pelas patas dos celerados cardinalistas! Socorro! Às armas! À morte!

Em pouco tempo, a aglomeração se tornou imensa. Um carro foi parado para nele ser colocado o humilde conselheiro, mas uma voz na multidão observou que, no estado em que se encontrava o ferido,

---

271. Este capítulo não constava da edição original do livro, de 1845, mas já no ano seguinte foi incluído numa edição ilustrada.

o balanço poderia piorar suas dores e alguns exagerados então resolveram transportá-lo nos braços, proposta aprovada com entusiasmo e unanimemente endossada. Dito e feito. O povaréu, ao mesmo tempo ameaçador e solícito, carregou-o, à imagem daquele gigante dos contos fantásticos que se zanga com tudo, sem deixar de ser carinhoso e até maternal com o anão que ele leva no colo.[272]

Broussel já havia se dado conta de gozar do afeto dos parisienses. Afinal, não vinha, há três anos, alimentando a oposição ao governo sem a secreta esperança de um dia ganhar popularidade. Tal demonstração, naquele momento, causou então muito prazer e orgulho, demonstrando o alcance de seu poder. Mas por outro lado, tal triunfo não deixava de trazer junto algumas inquietações. Além das dores que por si só já incomodavam bastante, ele a cada esquina temia ver surgir alguma tropa de guardas e de mosqueteiros que atacasse aquela multidão. Se fosse o caso, o que seria de quem, visivelmente, triunfava em toda aquela agitação?

O tempo todo ele revia o turbilhão de homens, a tempestade de cascos ferrados que, como um pé de vento, o havia jogado longe. Por tudo isso, com uma voz fraquinha, ele ia repetindo:

— Rápido, meus filhos, as dores são muitas.

E quanto mais cresciam seus gemidos, mais se avolumava a revolta.

Sem maiores problemas chegou-se à residência de Broussel. A multidão, que já invadira as ruas, atraiu o bairro inteiro em polvorosa, levando os moradores às suas portas. Na janela de uma casa com entrada bem estreita, uma velha criada gritava a plenos pulmões e uma senhora, também idosa, chorava. Com visível tensão, mesmo que expressada de maneira diferente, as duas interrogavam as pessoas, que respondiam apenas com gritaria confusa e ininteligível.

Mas quando o conselheiro surgiu à altura dessa sua moradia, carregado por oito homens, pálido e com o olhar esgazeado, a mulher e a criada, ou seja, a boa sra. Broussel e a servente, uma desmaiou e a outra, levando as mãos aos céus, atabalhoadamente desceu as escadas para ir receber o patrão. Ela gritava: "Meu Deus! Meu Deus! Se pelo menos Friquet estivesse aqui para ir chamar um médico!"

E Friquet estava por ali. Quando não está por perto um moleque de Paris?

Friquet, naturalmente, aproveitara ser dia de Pentecostes para pedir um descanso ao dono da taverna, algo que não podia ser negado, tendo sido pre-estabelecido que ele teria livres os quatro grandes dias santos do ano.[273]

---

272. Possivelmente o conto "O jovem gigante", dos irmãos Grimm.

273. São eles: Natal, Ascensão de Cristo, Assunção de Maria e Todos os Santos. Pentecostes não se incluía nessas datas principais.

E ele estava à frente do cortejo. Bem que lhe viera à cabeça a ideia de sair à procura de um médico, mas havia achado mais divertido gritar, a torto e a direito: "Mataram o sr. Broussel! O sr. Broussel, o pai do povo! Viva o sr. Broussel!", do que sair sozinho por ruas sem graça e simplesmente ir dizer a um homem vestido de preto: "Por favor, doutor, o conselheiro Broussel precisa do senhor."

O pobre menino, que tinha um papel relevante no cortejo, cometeu porém a imprudência de se agarrar às grades da janela do andar térreo, para melhor apreciar a multidão. Esse desejo foi a sua perdição: a mãe o viu e o mandou buscar um médico.

Ela em seguida tomou o conselheiro nos braços e quis carregá-lo até o andar de cima, mas antes do primeiro degrau o homenzinho se aprumou, declarando se sentir forte o bastante para subir sozinho. Além disso, pediu que Gervaise — era o nome da criada — fizesse o necessário para que toda aquela gente se retirasse, mas Gervaise não o ouvia.

— Ai, pobre patrão! Meu querido patrão!

— Está tudo bem, Gervaise — ele murmurava, tentando acalmá-la. — Tranquilize-se, não foi nada.

— Como me tranquilizar, com o senhor tendo sido triturado, esmagado, moído?

— Nada disso, nada disso — ele respondia. — Não foi nada, quase nada.

— Nada? O senhor está coberto de lama! Nada? Tem sangue no cabelo! Ai, meu Deus! Meu Deus! Meu pobre amo!

— Psiu! Não fale tão alto — pedia Broussel.

— Sangue, Deus do céu! Sangue! — continuava a gritar Gervaise.

— Um médico! Um cirurgião! Um doutor! — explodiam os pedidos na multidão. — O conselheiro Broussel está morrendo! Os mazarinianos o mataram!

— Por Deus — se afligia Broussel —, os infelizes vão acabar botando fogo na casa!

— Vá até a janela para que o vejam, patrão.

— Deus me livre, com os diabos! — reagia Broussel. — Isso de se mostrar só serve para quem é rei. Diga a eles que estou melhor, Gervaise. Diga que vou, mas é para a cama, e não à janela. Mande-os embora.

— Mas por quê? É uma homenagem que fazem, ficando aí na frente da casa.

— Ai, ai! Você não vê? — desesperava-se Broussel. — Vão conseguir é fazer com que eu seja enforcado! Pronto, agora é minha mulher que não se sente bem!

— Broussel! Broussel! — berrava a multidão. — Viva Broussel! Um médico cirurgião para Broussel!

Com tanto barulho, o que temia o conselheiro aconteceu: um pelotão de guardas começou a distribuir coronhadas de mosquetão nas pessoas ali amontoadas e que, apesar da barulheira, eram bem inofensivas. Broussel, no entanto, assim que ouviu gritarem "A guarda! Os soldados!", se enfiou na cama, vestido como estava, com medo de ser visto como instigador do tumulto.

Graças às coronhadas, a velha Gervaise, depois de Broussel três vezes repetir a ordem, conseguiu trancar a porta da rua. Mas assim que fez isso e subiu para ir ver o patrão, soaram fortes pancadas naquela mesma porta.

A sra. Broussel voltara a si e tirava os sapatos do marido já na cama, tremendo como vara verde.

— Veja quem está batendo, Gervaise, e só abra se for conhecido — mandou Broussel.

Gervaise olhou.

— É o sr. presidente Blancmesnil.

— Então pode abrir.

— E o que foi isso? — perguntou o presidente ao entrar. — O que lhe fizeram, meu caro Broussel? Ouvi dizer que quase foi assassinado?

— Fato é que, tudo indica, algo foi tramado contra a minha vida — respondeu Broussel, com uma firmeza no mínimo estoica.

— Meu pobre amigo! É verdade, escolheram começar pelo senhor, mas nossa vez também virá. Sem poder nos vencer em massa, vão procurar nos destruir um depois do outro.

— Se escapar — garantiu Broussel —, vou esmagá-los, mas sob o peso das palavras.

— Logo estará conosco — disse Blancmesnil — e os fará pagar caro a agressão.

A sra. Broussel derramava torrentes de lágrimas, Gervaise estava desesperada.

— O que está havendo? — assustou-se um belo e robusto rapagão, entrando desarvorado no quarto. — Meu pai, ferido?

— O que vê é uma vítima da tirania — disse Blancmesnil, como um verdadeiro espartano.[274]

— Ah! Ai de quem o atacou, meu pai! — ameaçou o rapaz, se voltando para a porta.

— Jacques — procurou apaziguá-lo o conselheiro, se erguendo um pouco —, em vez disso, vá procurar um médico, meu amigo.

— Estou ouvindo uma gritaria — disse a velha. — É provavelmente Friquet trazendo um. Não, é uma carruagem.

Blancmesnil olhou pela janela.

---

[274] Referência às virtudes dos antigos cidadãos de Esparta, que recebiam educação obrigatória, coletiva e organizada pelo Estado, visando principalmente forjar soldados disciplinados e eficazes, chamados *hoplitas*. Segundo o filósofo e biógrafo Plutarco, a reputação e o simples posicionamento no campo de batalha dos espartanos já apavoravam as forças adversárias.

— *Tudo indica que algo foi tramado contra a minha vida — respondeu Broussel.*

— O coadjutor!
— O sr. coadjutor! — repetiu Broussel. Deus do céu, preciso ir recebê-lo!

E o conselheiro, esquecendo os ferimentos, se Blancmesnil não o impedisse, já correria para receber o sr. de Retz.

— E o que foi isso, meu caro Broussel? — disse o coadjutor ao entrar. — O que houve? Falam de cilada, de assassinato? Olá, sr. Blancmesnil. Vindo para cá, chamei meu médico, que já está aqui.

— Ah, quantas graças não lhe devo? É verdade que fui rudemente atropelado e pisoteado pelos mosqueteiros do rei.

— Do cardeal Mazarino, o senhor quer dizer — corrigiu o coadjutor. — Mas eles haverão de pagar por tudo isso, pode ficar descansado. Não concorda, sr. Blancmesnil?

Blancmesnil assentia com uma reverência, quando a porta bruscamente foi aberta por um batedor. Um criado de libré vinha atrás e anunciou em voz alta:

— O sr. duque de Longueville.
— Como? — exclamou Broussel. — O sr. duque, aqui? Quanta honra! Ah, monsenhor!

— Vim lamentar — disse o duque — o ocorrido com nosso bravo defensor. Está ferido, meu caro conselheiro?

— Se porventura estivesse, a visita de monsenhor já me curaria.
— Apesar disso, sente dores?
— Muitas.
— Trouxe comigo um médico — disse o duque. — Permite que ele entre?
— E como não? — respondeu Broussel.

O duque fez um sinal ao criado, que trouxe um homem de negro.

— Tive a mesma ideia, meu príncipe — disse o coadjutor.

Os dois médicos trocaram olhares.

— Ah! Não o havia notado, sr. coadjutor — disse o duque. — Os amigos do povo se encontram em seu verdadeiro terreno.

— A notícia me assustou e vim correndo, mas acho que o mais urgente é que os médicos examinem nosso bravo conselheiro.

— Na frente de todos? — perguntou Broussel, bem sem graça.
— Por que não, meu amigo? É muito importante, acredite, saber como está.
— Ai, meu Deus! — exclamou a sra. Broussel. — O que será esse novo tumulto?

— Parecem aplausos — disse Blancmesnil, correndo à janela.
— O quê? — inquietou-se Broussel, empalidecendo. — O que será agora?
— A libré do sr. príncipe de Conti! — exclamou Blancmesnil. — É o sr. príncipe de Conti em pessoa!

O coadjutor e o sr. de Longueville tiveram enorme vontade de rir. Os médicos já se preparavam para examinar Broussel sob as cobertas, mas ele os fez esperar. Foi quando o príncipe de Conti entrou.

— Ah, cavalheiros! — ele disse, vendo o coadjutor. — Bem que os senhores me avisaram! Mas não me queira mal, meu caro conselheiro Broussel. Quando soube do acidente, achei que talvez precisasse de um médico e passei para chamar o meu. Como está? E que assassinato é esse, de que falam?

Broussel quis explicar alguma coisa, mas faltaram-lhe palavras, esmagado que estava sob o peso de tanta honra.

— E então, meu caro doutor, dê uma olhada — disse o príncipe de Conti ao homem de negro que o acompanhava.

— Cavalheiro — disse um dos doutores —, trata-se então de uma verdadeira junta médica.

— Como queiram — disse o príncipe. — Mas tranquilizem-me rápido quanto ao estado do nosso querido conselheiro.

Os três médicos se aproximaram da cama. Com toda força, Broussel puxou para si as cobertas, mas, apesar da sua resistência, foi despido e examinado.

Ele não tinha nada além de uma contusão no braço e outra na coxa.

Os médicos se entreolharam, sem compreender por que três dos mais doutos especialistas da faculdade de Paris tinham sido ali reunidos por semelhante ninharia.

— E então? — perguntou o coadjutor.
— E então? — perguntou o duque.
— E então? — perguntou o príncipe.
— Acreditamos que o acidente não terá consequências — disse um dos três médicos. — Vamos nos retirar a um cômodo ao lado para uma receita.

— Broussel! Notícias de Broussel! — exigia o povo. — Como está Broussel?

O coadjutor foi à janela. Fez-se imediato silêncio.

— Meus amigos — ele procurou apaziguar —, o sr. Broussel está fora de perigo. Mas os ferimentos são sérios e o repouso é necessário.

Gritos de "Viva Broussel!", "Viva o coadjutor!" imediatamente tomaram as ruas.

O sr. de Longueville ficou enciumado e foi também à janela.

— Viva o sr. de Longueville! — logo se ouviu.

— Meus amigos — disse o duque com um aceno —, retirem-se em paz. Não deem aos inimigos o pretexto da desordem.

— Muito bem, sr. duque! — disse Broussel, estirado no leito. — Isso sim é falar em bom francês.

— Foi o que ouviram, srs. parisienses — bradou o príncipe de Conti, buscando também lugar à janela para ter a sua cota de aplausos. — É o sr. Broussel que lhes pede. Ele, aliás, precisa de repouso e o barulho o incomodaria.

— Viva o príncipe de Conti! — gritou a multidão.

O príncipe cumprimentou-a.

Os três se despediram então do conselheiro e toda aquela gente, que eles haviam mandado se dispersar em nome de Broussel, os seguiu em escolta. Já se encontravam no cais do Sena e o dono da casa ainda os cumprimentava, deitado na cama.

Admiradíssima, a velha criada olhava para o patrão. O conselheiro havia crescido muito a seu ver.

— É o que ganha quem serve ao país segundo a sua consciência — observou Broussel com satisfação.

Os médicos saíram após uma hora de deliberação e receitaram banhos de água com sal nas áreas contundidas.

O dia se passou com uma procissão de carruagens. A Fronda inteira marcou presença na casa.

— Que triunfo, meu pai! — disse o jovem Broussel que, sem compreender bem o verdadeiro motivo pelo qual todas aquelas pessoas visitavam o seu pai, levava a sério a demonstração dos poderosos, dos príncipes e dos seus amigos.

— Temo porém, meu querido Jacques, ter que pagar um tanto caro esse triunfo. Posso estar enganado, mas o sr. Mazarino, a essa hora, já traçou um quadro com todas as misérias que lhe causo.

Friquet só apareceu à meia-noite, sem ter conseguido encontrar um médico.

30. *Quatro velhos amigos se preparam para um encontro*

— E então? — perguntou Porthos, sentado no pátio do hotel La Chevrette, a d'Artagnan, que, sorumbático, voltava do Palácio Cardinalício. — E então? Foi mal recebido, meu bravo amigo?

— Como não podia deixar de ser! Realmente, é um bicho bem feio, aquele homem! O que está comendo, Porthos?

— Ah, veja só! Mergulho um biscoito num xerez. Faça isso.

— Tem toda razão. Gimblou, um copo!

Aquele que atendia por nome tão harmonioso trouxe o copo solicitado e d'Artagnan se sentou ao lado do amigo.

— Como se passaram as coisas?

— Diabos! Você sabe que não havia muita escolha quanto à maneira de contar o que aconteceu. Entrei, ele me olhou de lado, dei de ombros e soltei:

"— Bom, monsenhor, não fomos muito bem.

"— Disso já sei, mas conte os detalhes.

"Você entende, Porthos, eu não podia contar os detalhes sem mencionar nossos amigos e se o fizesse eles estariam perdidos."

— Com certeza!

— Monsenhor — continuei —, eles eram cinquenta e nós somente dois.

"— Não impede que tenha havido troca de tiros, pelo que ouvi dizer.

"— É fato que de ambos os lados se queimou alguma pólvora.

"— E as espadas? Viram o dia? — ele perguntou.

"— Monsenhor quer dizer a noite — respondi.

"— Ah! — continuou o cardeal. — Não é gascão, meu caro?

"— Só quando ganho, monsenhor.

"A resposta agradou, pois ele riu.

"— Isso mostra que preciso dar cavalos melhores a meus guardas. Se pudessem tê-los acompanhado, e tivessem se comportado como o senhor e o seu amigo, teriam mantido a promessa e trazido o duque, morto ou vivo."

— Bom! Isso dá a impressão de, no final, não ter sido tão mau — observou Porthos.

— Pode ser, meu amigo! O problema é a maneira como as coisas são ditas. Caramba, que incrível! — interrompeu-se d'Artagnan. — Como esses biscoitos chupam o vinho! Uma verdadeira esponja! Gimblou, outra garrafa.

A garrafa veio com uma rapidez que mostrava o grau de consideração de d'Artagnan na casa. Ele continuou:

— Eu então já me retirava, mas ele me chamou:

"— Vocês perderam três cavalos mortos ou exauridos, não é verdade? — ele perguntou.

"— É verdade, monsenhor.

"— Quanto valiam?"

— Ora! — animou-se Porthos. — É um ótimo sinal, não?

— Mil pistolas — respondi.

— Mil pistolas? — surpreendeu-se Porthos. — Ai, ai! É muito! Por menos que ele conheça cavalos, deve ter regateado.

— Era mesmo essa a intenção do canalha, pois levou um susto e olhou para mim. Sustentei o olhar, ele entendeu e, enfiando a mão num armário, tirou notas do banco de Lyon.[275]

— Referentes a mil pistolas?

— Mil pistolas! Exatas, o safado! Nenhuma a mais.

— Está com elas?

— Aqui no bolso.

— Ora! Acho que foi bem correto — disse Porthos.

— No limite! Se pensarmos que não só acabávamos de pôr em risco nossa pele, mas havíamos também prestado um grande favor.

— Um grande favor, qual?

— Bem, parece que atropelei um conselheiro do Parlamento.

— Não diga! O homenzinho de preto que você derrubou na esquina do cemitério Saint-Jean?

— Ele mesmo! E, saiba, o homem é uma pedra no sapato. Infelizmente, o trabalho não foi bom. Parece que o sujeitinho vai voltar e de novo incomodar.

— Droga! — lamentou Porthos. — E eu que desviei meu cavalo para não terminar o serviço! Fica para uma próxima vez.

---

275. A cidade de Lyon foi o principal centro financeiro da França renascentista, predominantemente dominado por italianos de Florença. No séc.XVII, entrava em declínio, dada a concorrência da cidade de Genebra, para a qual muitas fortunas haviam emigrado em consequência das perseguições religiosas.

— Ele devia ter pagado também pelo conselheiro, o cretino!
— Bem — lembrou Porthos —, você não o eliminou...
— Mesmo assim. Fosse o sr. de Richelieu, ele diria: "Quinhentos escudos pelo conselheiro!" Bom, não se fala mais nisso. Quanto valiam os animais, Porthos?
— Ah, meu amigo! Se o pobre Mousqueton estivesse aqui, ele diria em detalhe, centavo por centavo.
— Pouco importa. Diga aproximadamente, com dez escudos a mais ou a menos.
— Vulcain e Bayard deviam custar, cada um, umas duzentas pistolas. Se acrescentarmos Phébus por cento e cinquenta, acho que fechamos a conta.
— Restam então quatrocentos e cinquenta pistolas — disse d'Artagnan satisfeito.
— Bem — pensou melhor Porthos —, há também selas e arreios.
— Droga, tem razão. Quanto tudo isso?
— Digamos cem pistolas ao todo...
— Fechado por cem pistolas. Restam ainda trezentos e cinquenta pistolas.
Porthos assentiu com a cabeça.
— Damos cinquenta pistolas à hoteleira pelas despesas — propôs d'Artagnan — e dividimos as trezentas que sobram.
— Ótimo — concordou Porthos.
— Pífio negócio! — murmurou d'Artagnan, guardando as suas notas.
— Melhor que nada — disse Porthos. — Mas me diga...
— O quê?
— Ele nada disse do meu caso?
— Sim, claro! — exclamou d'Artagnan, que temia desanimar o amigo se dissesse que o cardeal nem o mencionara. — Ele disse...
— Disse? — insistiu Porthos.
— Espere um pouco, quero repetir exatamente. Ele disse: "Já o seu amigo, diga a ele que pode dormir descansado."
— Ótimo — disse Porthos. — Isso quer claramente dizer que ele mantém o trato e serei barão.
As nove horas soaram numa igreja próxima. D'Artagnan deu um pulo.
— Ei! — lembrou Porthos. — Já são nove horas, e às dez temos o encontro na praça Royale.
— Nem me fale, Porthos — exclamou o outro com certa irritação —, prefiro não lembrar. Por isso estou tão mal desde ontem. Não irei.
— E por que não?
— É incômodo, para mim, rever as pessoas que nos impediram de cumprir nossa missão.
— No entanto, nenhum dos lados ficou em vantagem. Eu contava ainda com uma pistola carregada e vocês dois estavam frente a frente, de espadas em punho.
— Sei disso... E se esse encontro esconder algo mais?

— Ah! Você sabe muito bem que não, d'Artagnan.

É verdade, ele não imaginava Athos capaz de qualquer trapaça, mas procurava algum pretexto para não ir ao encontro.

— É preciso ir — continuou o formidável sr. de Bracieux. — Achariam que ficamos com medo. Veja só, caro amigo! Estávamos dispostos a enfrentar cinquenta inimigos na estrada, podemos muito bem enfrentar dois amigos na praça Royale.

— Eu sei, eu sei. Mas eles tomaram o partido dos príncipes sem nos dizer nada. Athos e Aramis se comportaram comigo de maneira estranha. Descobrimos a verdade ontem. Para que saber outras coisas hoje?

— Então realmente desconfia deles?

— De Aramis, desde que se tornou padre. Não pode imaginar, meu amigo, o que se passa pela cabeça dele. Estamos no caminho que o leva ao bispado. É possível até que não o incomode tanto nos ver cair.

— Bem, da parte de Aramis, pode até ser — concordou Porthos. — Não me espantaria tanto.

— O sr. de Beaufort pode também querer nos pegar.

— Bah! Estávamos nas mãos dele e fomos soltos. De qualquer forma, fiquemos atentos. Vamos armados e levando Planchet com uma carabina.

— Planchet é frondista.

— Malditas guerras civis! — lamentou Porthos. — Não se pode contar com os amigos nem com os criados. Ah, se o pobre Mousqueton estivesse aqui! É um que nunca me deixaria de lado.

— Acredito, enquanto você for rico. Ah, meu amigo! Não são as guerras civis que nos afastam, é o fato de não termos mais vinte anos, é que os leais impulsos da juventude se foram, cedendo vez ao burburinho dos interesses, ao sopro das ambições, à voz do egoísmo. Você tem razão, Porthos, vamos, mas vamos bem armados. Se não formos, vão achar que tivemos medo.

— Ei, Planchet! — chamou d'Artagnan.

Planchet apareceu.

— Mande selar os cavalos e prepare a carabina.

— Mas, antes de tudo, contra quem estamos indo?

— Não estamos indo contra ninguém. É simples medida de precaução, caso sejamos atacados.

— Soube que tentaram matar o bom conselheiro Broussel, o pai do povo?

— Não diga!

— Mas o tiro saiu pela culatra, ele foi carregado nos braços do povo até a sua casa. Que desde ontem não se esvazia. Já recebeu a visita do coadjutor, do sr. de Longueville e do príncipe de Conti. A sra. de Chevreuse e a sra. de Vendôme marcaram visita e agora, quando ele quiser...[276]

---

276. Todos os cinco frondistas notórios da alta nobreza de sangue.

— E aí? Quando ele quiser...?
Planchet cantarolou:

Um vento de Fronda
Se levantou na manhã;
Acho que rugindo
Contra Mazarino.
Um vento de Fronda
Se levantou na manhã!

— Não é de espantar — disse baixinho d'Artagnan a Porthos — que o cardeal preferisse que eu tivesse acabado de vez com seu conselheiro.
— O senhor, por favor, então compreende — continuou Planchet — que, se for para algo como isso que se tramou contra o sr. Broussel, que me permita pegar minha carabina...
— Não se preocupe. Mas com quem conseguiu todos esses detalhes?
— Ah, de fonte segura. Friquet foi quem me contou.
— Friquet? — estranhou d'Artagnan. — Já ouvi esse nome.
— É o filho da criada do sr. Broussel. Um moleque que, posso garantir, numa confusão não fica para trás.
— Ele não é menino de coro em Notre-Dame? — perguntou d'Artagnan.
— Isso mesmo. Bazin é quem o protege.
— Ah, ah! Entendi — disse d'Artagnan. — E trabalha também no balcão de um cabaré da rua da Calandre?
— É exato.
— Por que se interessa pelo pirralho? — perguntou Porthos.
— Bem... em certa ocasião, ele já me deu boas informações e pode voltar, quem sabe, a ser útil.
— A você, que quase esmagou o patrão dele?
— Como ele vai saber?
— É verdade.

Nesse mesmo momento, Athos e Aramis entravam em Paris pelo faubourg Saint-Antoine. Tinham feito uma parada de descanso no caminho e agora se apressavam para não perder o encontro. Apenas Bazin os acompanhava. Grimaud, como foi dito, tinha ficado cuidando de Mousqueton e devia, em seguida, seguir diretamente para encontrar o jovem visconde de Bragelonne, que fora se juntar à tropa na região de Flandres.
— Precisamos ir a uma hospedaria qualquer — disse Athos —, vestir roupas de cidade, deixar pistolas e espadões, desarmar Bazin.
— Nada disso, meu caro conde, e, se me permite, não só discordo, mas quero também trazê-lo ao meu ponto de vista.

— E por quê?

— Por ser a um encontro de guerra que estamos indo.

— O que está querendo dizer, Aramis?

— Que a praça Royale está na continuidade da estrada do Vendômois, só isso.

— Como assim? São nossos amigos...

— Que se tornaram nossos mais perigosos inimigos, Athos. Creia em mim, é preciso desconfiar, principalmente você.

— Ah, meu caro d'Herblay...

— Quem nos garante que d'Artagnan não nos culpou pelo fracasso e preveniu o cardeal? Quem nos garante que o cardeal não se aproveite do encontro para nos pegar?

— Como, Aramis? Acha que d'Artagnan ou Porthos cometeriam semelhante infâmia?

— Entre amigos, meu querido Athos, você tem toda razão, seria uma infâmia. Mas, entre inimigos, é uma artimanha.

Athos cruzou os braços e deixou a sua bela cabeça cair no peito.

— Não há o que fazer, Athos! Assim são os homens, e os vinte anos não duram para sempre. Ferimos profundamente, você bem sabe, o amor-próprio de d'Artagnan, que é o que dirige as suas ações. Ele se sentiu derrotado. Não o ouviu se desesperar na estrada? Já Porthos, por sua vez, talvez o baronato dependesse do sucesso daquela missão. Só que nos encontrou no caminho e não é ainda dessa vez que será barão. Vai saber se esse título não depende do encontro de hoje? É melhor nos precavermos, Athos.

— E se vierem desarmados? Que vergonha a nossa, Aramis!

— Não se preocupe com isso, amigo, estou certo do contrário. De qualquer forma, temos boa desculpa, chegamos de viagem e estamos ligados à rebelião!

— Uma desculpa para nós? Temos que pensar é na necessidade de nos desculparmos com d'Artagnan, com Porthos! Ai, Aramis! — continuou Athos balançando com tristeza a cabeça —, juro por minha alma, você acaba de me tornar o mais infeliz dos homens. Desencanta um coração que não estava totalmente morto para a amizade! Eu quase preferiria, juro, que o arrancassem do meu peito. Vá como bem entender, Aramis, no que me concerne, irei desarmado.

— Não, pois não deixarei que vá assim. Não se trata de um homem, não se trata de Athos e nem mesmo do conde de La Fère, é a todo um partido, ao qual você pertence e que conta com isso, que estará sendo traído por essa sua fraqueza.

— Que seja então como diz — respondeu Athos com tristeza.

E continuaram o caminho.

Mal chegaram, pela rua Pas-de-la-Mule, às grades da praça deserta, viram sob as arcadas, no ponto em que desemboca a rua Sainte-Catherine, três cavaleiros.

Eram d'Artagnan e Porthos, enrolados em suas capas, que acusavam a presença das espadas. Atrás deles estava Planchet, de mosquetão na coxa.

Athos e Aramis desmontaram e os dois outros os imitaram. D'Artagnan observou que os três cavalos, em vez de ficarem nas mãos de Bazin, foram amarrados nos anéis das arcadas e mandou que Planchet fizesse o mesmo.

As duas duplas então se encaminharam, seguidas pelos respectivos criados, e polidamente se cumprimentaram.

— Onde querem que conversemos, senhores? — perguntou Athos, percebendo que várias pessoas paravam e os olhavam, achando se tratar de um daqueles famosos duelos ainda vivos na memória dos parisienses, sobretudo dos que moravam na praça Royale.

— A grade já foi trancada — observou Aramis —, mas se os senhores apreciarem o frescor das árvores e um isolamento inviolável, posso pegar a chave na residência Rohan[277] e estaremos perfeitamente bem.

D'Artagnan mergulhou o olhar no escuro da praça e Porthos passou a cabeça entre dois ferros da grade, tentando sondar as trevas.

— Se preferirem outro lugar, amigos — disse Athos com seu tom nobre e persuasivo — escolham os senhores.

— A praça, se o sr. d'Herblay conseguir a chave, será o melhor lugar, creio.

Aramis se afastou, prevenindo Athos para que não ficasse sozinho ao alcance de d'Artagnan e Porthos, mas recebeu de volta um sorriso de desdém e ele, em vez disso, apenas deu um passo na direção dos antigos amigos, que permaneceram em seus lugares.

Aramis foi de fato bater à porta da residência Rohan e logo voltou, acompanhado por um homem que dizia:

— O senhor pode jurar?

— Fique com isso — disse Aramis, dando a ele um luís.

— Ah! Então não quer jurar, meu nobre! — disse o zelador, balançando a cabeça.

— Por que jurar à toa? — respondeu Aramis. — Mas afirmo que, nesse momento, esses senhores são amigos nossos.

— Sem dúvida — confirmaram com bastante frieza Athos, d'Artagnan e Porthos.

D'Artagnan ouvira a conversa e havia compreendido.

— Está vendo? — ele perguntou a Porthos.

— Vendo o quê?

— Ele não quis jurar.

— Jurar o quê?

— O homem queria que Aramis jurasse que não vamos à praça para duelar.

---

277. Trata-se do imóvel no nº 6 da atual praça des Vosges, o *hôtel* de Rohan-Guémené, construído em 1605.

— E Aramis não quis jurar?
— Não.
— Cuidado, então.

Athos não perdia de vista os dois que conversavam. Aramis abriu o portão e deu passagem para que d'Artagnan e Porthos passassem. Ao entrar, o cabo da espada de d'Artagnan esbarrou na grade e abriu a capa, deixando que se visse, realçada pelo brilho da lua, a coronha lustrosa das pistolas.

— Está vendo? — Aramis perguntou a Athos, tocando em seu ombro com uma mão e indicando, com a outra, o arsenal que d'Artagnan carregava na cintura.

— Infelizmente sim — suspirou fundo o conde, entrando na praça.

Aramis foi o último a passar e fechou a grade em seguida. Os dois criados ficaram do lado de fora, mas como se também um desconfiasse do outro, permaneceram distantes.

31. A praça Royale

Caminharam em silêncio até o centro da praça, mas como a lua acabava de sair de trás das nuvens, acharam que naquele ponto tão descoberto seriam facilmente vistos e foram para baixo das tílias, com sombra mais compacta.

Bancos se dispunham espaçadamente e os quatro visitantes pararam diante de um deles. Athos fez um sinal, d'Artagnan e Porthos se sentaram, enquanto ele e Aramis permaneceram de pé, à frente.

Após um instante de silêncio, com cada um sentindo o constrangimento de começar a explicação, foi Athos quem tomou a iniciativa:

— Senhores, este encontro comprova a força da nossa antiga amizade. Ninguém deixou de vir, ou seja, nenhum de nós tem algo a se recriminar.

— Ouça, sr. conde — disse d'Artagnan —, em vez de trocarmos cumprimentos que talvez nenhum de nós mereça, expliquemo-nos de coração aberto.

— É tudo que quero — devolveu Athos. — Sou franco, fale então com toda franqueza: tem algo a criticar a mim ou ao padre d'Herblay?

— Infelizmente sim. Quando tive a honra de ir vê-lo no castelo de Bragelonne, levei propostas claramente apresentadas. Em vez de me responder como a um amigo, quis me enganar como a uma criança. Então, essa amizade agora alardeada não se rompeu ontem pelo choque das espadas, mas por sua dissimulação no castelo.

— D'Artagnan! — exclamou Athos, com um tom paternal de crítica.

— Pediu-me franqueza e é o que estou fazendo. Perguntou o que acho, estou dizendo. Posso dizer o mesmo do reverendo sr. d'Herblay. Agi da mesma forma com o senhor, que também procurou me enganar.

— Acho-o, na verdade, bem estranho — disse Aramis. — Veio me ver para uma proposta, mas apresentou-a? Não, apenas me sondou. E eu, o que disse? Que Mazarino é um tratante e eu não me poria a seu serviço. Só isso. Por acaso disse que não serviria a ninguém mais? Pelo contrário, acredito ter dado a entender que estava do lado dos príncipes. Inclusive, se não me engano, descontraidamente brincamos sobre a forte possibilidade de que recebesse do cardeal a missão de me prender. Não estava agindo, o senhor, como um homem que já escolheu seu partido? Com certeza. Então, por que não estaríamos também ligados a um partido? Cada um guardava seu próprio segredo e não o revelou, o que prova sermos pessoas que sabem guardar segredos.

— Não os critico por isso; minha observação foi apenas pelo fato de o sr. conde de La Fère ter falado de amizade. Só por isso examino a maneira de agir dos senhores.

— E o que conclui? — perguntou Aramis com altivez.

O sangue imediatamente começou a ferver nas têmporas de d'Artagnan, que se ergueu e disse:

— Que são essas as maneiras que se aprendem com os jesuítas![278]

Vendo d'Artagnan se pôr de pé, Porthos fez o mesmo. Os quatro homens se viram frente a frente, em atitude ameaçadora.

Diante da afronta, Aramis esboçou o gesto de levar a mão à espada.

Athos impediu-o.

— D'Artagnan — ele disse —, sua vinda esta noite ainda tem muito da frustração causada por nossa aventura de ontem. Achava-o generoso o bastante para que uma amizade de vinte anos pudesse resistir a uma ferida de quinze minutos no amor-próprio. Por favor me diga, tem algo a me censurar? Se eu tiver mesmo cometido um erro, confessarei meu erro.

A voz grave e harmoniosa de Athos não perdera a influência que sempre tivera sobre d'Artagnan, enquanto a de Aramis, agora amarga e esganiçada nos momentos de mau humor, o irritava. Ele respondeu:

— Acho que o sr. conde tinha uma confidência a me fazer no castelo de Bragelonne e o senhor — ele continuou, referindo-se a Aramis — uma a me fazer no convento. Eu não teria me lançado numa aventura em que fossem barrar meu caminho. Fui discreto, mas nem por isso deviam me considerar tolo. Se fosse intenção minha aprofundar a diferença entre as pessoas que o sr. d'Herblay recebe por uma escada de corda e as que recebe por uma escada de madeira, eu o teria forçado a me falar disso.

— Em que está se metendo? — exclamou Aramis, lívido de raiva, na dúvida de ter sido espionado por d'Artagnan ao encontrar a sra. de Longueville.

— Meto-me no que me importa e finjo não ver o que não me importa, mas odeio os hipócritas e, nessa categoria, coloco mosqueteiros que bancam padres e padres que bancam mosqueteiros. E tenho aqui — acrescentou, indicando Porthos — alguém com a mesma opinião.

---

278. Em português, e mais ainda em francês, "jesuíta", no sentido figurado, significa também "intrigante", "dissimulado", "hipócrita".

Porthos, que até então nada dissera, exprimiu-se com apenas uma palavra e um gesto: disse "Sim" e levou a mão à espada.

Aramis deu um salto atrás e sacou a sua. D'Artagnan se curvou, pronto para atacar ou se defender.

Athos então estendeu a mão, com o gesto de comando de que só ele era capaz, lentamente pegou sua espada e bainha juntas, quebrou-as no joelho e jogou os dois pedaços ao lado.

Em seguida, virou-se para Aramis:

— Quebre a sua espada!

Aramis hesitou.

— É preciso — ele insistiu, e continuou, com voz mais baixa e suave: — Eu quero.

Cada vez mais pálido, mas subjugado pelo gesto, vencido pela voz, Aramis partiu com as mãos a lâmina flexível, cruzou os braços e esperou, trêmulo de raiva.

Tudo isso fez d'Artagnan e Porthos recuarem. O primeiro não sacou a espada e o segundo voltou a embainhar a sua.

— Nunca — disse Athos erguendo aos céus a mão direita —, nunca, juro perante Deus, que nos vê e ouve ao longo da solenidade desta noite, nunca minha espada tocará as suas, nunca meu olhar se carregará de animosidade nem meu coração terá uma batida de ódio contra vocês. Já vivemos, odiamos e amamos juntos. Derramamos e misturamos nosso sangue. Posso acrescentar que talvez haja entre nós um laço mais poderoso que o da amizade, talvez haja um pacto no crime. Pois os quatro, juntos, condenamos, julgamos e executamos uma pessoa que talvez não tivéssemos o direito de tirar do mundo, mesmo que ela parecesse mais pertencer ao inferno do que ao nosso mundo. D'Artagnan, sempre o amei como a um filho. Porthos, por dez anos dormimos lado a lado. Aramis é irmão de vocês como meu, pois Aramis os amou como ainda os amo, como os amarei sempre. O que pode representar o cardeal Mazarino a nós que dobramos a vontade e o coração de alguém como Richelieu? O que pode representar este ou aquele príncipe a nós que confirmamos a coroa na cabeça de uma rainha? D'Artagnan, peço desculpa por ontem termos cruzado lâmina. Aramis sente o mesmo com relação a Porthos. Odeiem-me se puderem, mas eu, posso jurar, apesar desse ódio, só consigo ter estima e amizade por vocês. Confirme o que digo, Aramis, e depois, se todos assim quiserem, separemo-nos para sempre como antigos amigos.

Houve um momento de solene silêncio, afinal interrompido por Aramis:

— Juro — ele disse, com expressão calma e olhar leal, mas com um último tremor de emoção na voz —, juro não nutrir ódio contra aqueles que foram meus amigos. Sinto muito ter pensado em cruzar espada com você, Porthos. Juro, enfim, que não só a minha lâmina não se dirigirá mais contra os senhores, mas que também, no fundo do meu mais recôndito pensamento, nunca mais haverá sombra de sentimentos hostis contra os dois amigos. Vamos embora, Athos.

Athos se preparou para se retirar.

— Ah, nada disso! Não podem ir! — exclamou d'Artagnan, arrastado por um daqueles ímpetos irresistíveis que bem demonstravam o fervor da sua natureza e a profunda retidão da sua alma. — Não podem ir, pois também tenho um juramento a fazer. Juro que darei até a última gota do meu sangue, o último farrapo do meu corpo para conservar a estima de alguém como você, Athos, e a amizade de alguém como você, Aramis.

E, dizendo isso, se jogou nos braços de Athos.

— Meu filho! — emocionou-se ele, apertando-o no peito.

— No que me concerne — disse Porthos —, nada quero jurar, mas mal consigo respirar, caramba! Se fosse preciso lutar contra vocês, acho que deixaria que me furassem de um lado a outro, pois representam tudo que amei no mundo.

E o íntegro Porthos se desmanchou em lágrimas, abraçando, por sua vez, Aramis.

— É o que eu esperava de amigos assim — empolgou-se Athos. — Já disse e vou repetir, nossos destinos estão irrevogavelmente ligados, mesmo que sigamos caminhos diferentes. Respeito a sua opinião, d'Artagnan. Respeito a sua convicção, Porthos. Mas mesmo que combatamos por causas opostas, sejamos amigos. Ministros, príncipes e reis passam como torrente; a guerra civil como um incêndio; e nós, será que permaneceremos? Tenho esse pressentimento.

— Tem razão — completou d'Artagnan —, sejamos para sempre mosqueteiros, mantendo como única bandeira aquela famosa toalha do reduto de Saint-Gervais em que o grande cardeal mandou bordar três flores de lis.[279]

— Concordo — acrescentou Aramis. — Cardinalistas ou frondistas, que importa? Pensamos uns nos outros para nos secundarmos em duelos, somos amigos confiáveis em casos delicados e alegres companheiros no prazer!

— E toda vez — decidiu Athos — que nos encontrarmos em algum combate, que baste o grito: "Praça Royale!" para a espada passar à mão esquerda e a direita se estender em sinal de amizade, mesmo que em plena carnificina!

— Fala maravilhosamente bem — disse Porthos.

— É o maior dos homens — acrescentou d'Artagnan. — Muito além de nós.

Athos sorriu com inefável alegria e disse:

— Estamos combinados, então. Vamos, companheiros, as suas mãos. São ainda um pouco cristãos?

— Como não? — exclamou d'Artagnan.

---

279. Ver *Os três mosqueteiros*, cap. 47.

— Juremos continuar unidos, sempre e apesar de tudo.

— Somos todos, nesta ocasião, para nos mantermos fiéis ao juramento — disse Aramis.

— Ah! Juro pelo que quiserem — emendou Porthos —, até por Maomé! Que o diabo me carregue se já me senti tão feliz quanto nesse momento.

E o bom Porthos enxugou os olhos ainda úmidos.

— Um de vocês tem uma cruz? — perguntou Athos.

Porthos e d'Artagnan olharam-se balançando a cabeça, como pessoas pegas desprevenidas.

Aramis sorriu e tirou do peito uma cruz de diamantes, presa a seu pescoço por uma fiada de pérolas.

— Tenho essa.

— Muito bem, juremos então sobre essa cruz que, apesar da matéria com que é feita, continua sendo uma cruz. Juremos continuar unidos, sempre e apesar de tudo. E que o compromisso valha não só para nós, mas também para os nossos descendentes! Concordam?

— Concordamos — disseram todos em uníssono.

— Ah, trapaceiro! — disse baixinho d'Artagnan, se debruçando ao ouvido de Aramis. — Fez-nos jurar sobre o crucifixo de uma frondista.

32. A balsa do rio Oise

Esperamos que o leitor não tenha se esquecido do jovem viajante que deixamos a caminho de Flandres.

Ao perder de vista o seu protetor, que ficara a segui-lo com o olhar, à frente da basílica real, Raoul apressou o trote de seu cavalo, primeiro para fugir dos dolorosos pensamentos que o invadiam, em seguida para esconder de Olivain a emoção que alterava a sua fisionomia.

Uma hora de cavalgada rápida, entretanto, logo dissipou as sombrias conjecturas que afligiam a fértil imaginação do rapaz. O prazer da liberdade, do desconhecido, prazer que tem a sua particularidade, mesmo para quem nunca a perdeu, tornou mais dourada a realidade e, mais ainda, aquele horizonte distante e azulado da vida, que chamamos futuro.

No entanto, ele logo percebeu, após várias tentativas de conversa com Olivain, que os longos dias que viriam se anunciavam bem tristes. A fala tão doce, persuasiva e interessante do conde voltava-lhe à lembrança, a propósito de cidades atravessadas, sobre as quais ninguém mais podia dar aquelas informações preciosas que forneceria Athos, o mais sábio e divertido de todos os guias.

Outra lembrança também entristecera Raoul: nas proximidades de Louvres ele havia visto, perdido por trás de uma cortina de álamos, um pequeno castelo que muito lhe lembrou o de La Vallière. Ficou ali parado por dez minutos a olhar e retomou a estrada com suspiros, sem nem sequer responder a Olivain, que respeitosamente perguntava o motivo da parada. O aspecto exterior dos objetos é um misterioso condutor, que se corresponde com as fibras da memória e as desperta, quiçá sem que nem percebamos. Uma vez estendido esse fio, como o de Ariadne ele nos conduz por um labirinto de pensamentos,[280] e nos perdemos

---

280. Na mitologia grega, Ariadne, princesa de Creta, se apaixona pelo herói Teseu e dá a ele uma espada e um novelo de lã que, desenrolado, poderia guiá-lo do labirinto depois de matar o monstruoso Minotauro.

seguindo essa sombra do passado que se chama recordação. A simples visão daquele castelo havia remetido Raoul a cinquenta léguas a oeste, fazendo-o rever sua vida, desde o momento em que se despedira da pequena Louise, até aquele em que a vira pela primeira vez. E cada bosquete de carvalho, cada cata-vento percebido no alto de um telheiro de ardósias o fazia se dar conta de que, em vez de voltar a seus amigos de infância, ele se afastava cada vez mais, tendo talvez, inclusive, deixado-os para sempre.

Com a mente e o coração pesados, ele mandou que Olivain levasse os cavalos a um pequeno albergue que se via à beira do caminho, a mais ou menos meio alcance de um tiro de mosquetão de onde estavam. Desmontou ao lado de um belo aglomerado de castanheiras em flor, nas quais zumbiam enxames de abelhas, e disse a Olivain que pedisse ao dono do albergue o envio de papel para carta e tinta, pois até uma mesa parecia já disposta ali para a escrita.

O criado obedeceu e seguiu o caminho, enquanto Raoul se sentou, cotovelos apoiados na mesa, olhares vagamente perdidos na encantadora paisagem salpicada de campos verdejantes e buquês de árvores, deixando que de vez em quando caíssem dos seus cabelos as florezinhas que esvoaçavam como neve.

O jovem ali estava há cerca de dez minutos — e há cinco perdido em devaneios — quando, no círculo que o seu olhar distraído abrangia, ele viu se mover uma figura rubicunda, de avental na cintura, pano dobrado no antebraço e gorro branco na cabeça, aproximando-se e trazendo papel, tinteiro e pena.

— Ah! — exclamou essa aparição. — Vê-se que os fidalgos têm ideias semelhantes, pois há apenas quinze minutos um jovem senhor, igualmente com boa montaria, bela aparência e mais ou menos a mesma idade, se abrigou sob essas árvores, pediu que lhe trouxessem essa mesa e cadeira, e aqui fez a sua refeição, na companhia de um homem mais idoso, que parecia ser seu acompanhante. Encomendaram uma torta da qual não deixaram migalha e uma garrafa de vinho envelhecido de Mâcon, do qual não sobrou gota. Felizmente, porém, temos ainda o mesmo vinho e outras tortas, se o cavalheiro assim quiser...

— Não, meu caro — disse Raoul sorrindo. — Agradeço muito, mas por agora preciso apenas do que pedi. Ficarei feliz se a tinta for preta e a pena boa; se for o caso, pagarei pela pena o preço do vinho e pela tinta o preço da torta.

— Pois então darei a torta e a garrafa ao seu criado — disse o estalajadeiro — e o senhor fica com a pena e a tinta.

— Como queira — respondeu Raoul, que começava o seu aprendizado a respeito dessa classe bem particular da sociedade que, à época dos assaltantes de beira de estrada, se associava a eles e, desde que foram extintos, os substituiu com lucro.

Tranquilizado com relação a seu ganho, o dono do albergue deixou na mesa o papel, a tinta e a pena, que, por acaso, era razoável, passando Raoul a escrever.

O homem continuou por ali, olhando com uma espécie de admiração involuntária aquele encantador jovem, tão sério e, ao mesmo tempo, tão doce. A beleza sempre foi, e sempre será, rainha.

— Não é um cliente como o de ainda há pouco — disse ele a Olivain, que vinha ver se Raoul não precisava de nada —, o seu jovem patrão está sem apetite.

— Há três dias ainda tinha, mas o que fazer? Perdeu-o desde anteontem.

Olivain e o estalajadeiro voltaram ao albergue, com o primeiro, como todos os criados que se sentem satisfeitos no que fazem, contando ao dono da casa tudo que achava poder dizer sobre o jovem fidalgo.

Enquanto isso, Raoul escrevia:

Senhor,
Após quatro horas de cavalgada, faço uma pausa para lhe escrever, pois a todo instante sinto falta de sua companhia, sempre prestes a virar o rosto e ouvir o que me diria. Fiquei tão abalado com a partida e tão afetado pela tristeza da separação que pouco exprimi da ternura e do reconhecimento que tenho pelo senhor. Estou certo de ser desculpado, pois tem o coração tão generoso que logo compreendeu o que se passava no meu. Por favor me escreva, senhor, pois seus conselhos são parte da minha existência e, além disso, sinto-me também um tanto preocupado, com a impressão de que se preparava para alguma expedição arriscada, sobre a qual não me atrevi a fazer perguntas, que provavelmente ficariam sem resposta. Como pode então imaginar, preciso muito ter notícias. Desde que não o tenho mais por perto, passei a temer tal possibilidade. Sempre foi para mim um apoio tão forte que agora, juro, me sinto bem só.

Igualmente agradeceria muito, senhor, se porventura tiver notícias de Blois, que me comunique o que puder a respeito de minha pequena amiga, a srta. de La Vallière, cuja saúde, como sabe, era preocupante quando partimos. Saiba, querido protetor, o quanto as lembranças do tempo passado em sua companhia são para mim preciosas e indispensáveis. Espero que também às vezes pense em mim e se minha ausência for penosa em certos momentos, fazendo-o lamentá-la, ficarei feliz de pensar que percebeu o meu afeto e dedicação, tendo eu sabido comunicá-los no período em que tive a felicidade de viver em sua companhia.

Terminada a carta, Raoul se sentiu mais calmo. Olhou com atenção para confirmar que Olivain e o estalajadeiro não o observavam e beijou o papel, mudo e tocante carinho que o coração de Athos seria capaz de pressentir ao abrir a carta.

Enquanto isso, Olivain havia bebido a sua garrafa e comido a sua torta. Também os cavalos tinham repousado. Raoul fez sinal ao estalajadeiro, deixou um escudo em cima da mesa, montou a cavalo e, na cidade de Senlis, deixou a carta no correio.

O descanso de cavaleiros e cavalos permitiu que continuassem a estrada sem parar. Em Verberie, Raoul mandou que Olivain fosse se informar sobre o jovem fidalgo que o precedia. Havia sido visto passar a menos de quarenta e cinco minutos, mas bem montado, como já se sabia, e viajando em bom ritmo.

— Vamos tentar alcançá-lo — disse Raoul a Olivain. — Ele se dirige como nós ao exército e será uma boa companhia.

Eram quatro horas da tarde quando chegaram a Compiègne. Raoul fez uma refeição com bom apetite e de novo pediu informações sobre o rapaz: tinha igualmente parado naquele mesmo Hôtel de la Cloche et de la Bouteille, que era o melhor da cidade, e continuara o caminho, dizendo que pensava pernoitar em Noyon.

— Vamos emendar até Noyon — disse Raoul.

— Permita-me — respondeu respeitosamente Olivain — observar que já cansamos demais os cavalos pela manhã. Creio ser aconselhável dormirmos aqui e partir pela manhã, bem cedo. Dezoito léguas são o suficiente para uma primeira etapa.

— O conde de La Fère deseja que eu me apresse e que tenha alcançado o sr. Príncipe na manhã do quarto dia de viagem. Vamos então até Noyon, será uma etapa como a que fizemos indo de Blois a Paris. Chegaremos às oito da noite. Os cavalos terão a noite inteira para descansar e amanhã, às cinco, retomamos a estrada.

Olivain não se atreveu a ir contra a determinação, mas seguiu murmurando:

— Isso, queime a lenha no primeiro dia. Amanhã, em vez de uma jornada de vinte léguas, fará uma de dez, depois de amanhã uma de cinco e no terceiro dia vai estar de cama. E daí será obrigado a descansar. Esses meninos são verdadeiros fanfarrões.

Vê-se que Olivain não havia frequentado a mesma escola que Planchet e Grimaud.

Raoul, na verdade, se sentia cansado, mas queria testar suas forças e, nutrido pelos princípios de Athos, com a certeza de tê-lo mil vezes ouvido falar de etapas de vinte e cinco léguas, não queria ficar aquém do seu modelo. Também d'Artagnan, aquele homem de ferro que parecia feito só de nervos e músculos, o havia enchido de admiração.

Ele seguiu, então, forçando a montaria, apesar dos senões de Olivain, e tomou um lindo atalho que levava a uma balsa para a travessia do rio, encurtando, pelas informações que ouvira, em uma légua o caminho. Do alto de uma colina, ele viu um pequeno grupo de homens a cavalo, se preparando para o embarque. Raoul não teve dúvida de se tratar do fidalgo e sua escolta. Deu um grito, mas estava ainda longe demais para que o ouvissem. Por mais cansado que estivesse o cavalo, ele partiu a galope. Um desnível do terreno o fez perder de vista os viajantes e, ao chegar a outra elevação, a embarcação já estava a caminho da outra margem.

Vendo que não chegaria a tempo para a travessia, ele parou e esperou Olivain.

Foi quando ouviu um grito que parecia vir do rio. Ele se virou nessa direção e, protegendo com a mão os olhos, ofuscados pelo sol poente, se assustou:

— O que foi isso, Olivain?

Um segundo grito soou, mais estridente que o primeiro.

— A corda que conduz a balsa se partiu e eles estão à deriva. E tem algo que se debate na água!

— Estou vendo — disse Raoul, fixando os olhos num ponto do rio que os raios do sol esplendidamente iluminavam —, um cavalo e um cavaleiro!

— Não vão conseguir — alarmou-se Olivain.

Era verdade e Raoul se deu conta da gravidade do acidente, pois um homem se afogava. Soltou as rédeas do cavalo, cravou-lhe as esporas na barriga e o animal, instigado pela dor e sentindo ter espaço livre, saltou por uma espécie de parapeito que protegia o cais e caiu no rio, espalhando muita espuma em volta.

— Ai, patrão! — exclamou Olivain. — O que está fazendo? Santo Deus!

Raoul dirigiu seu cavalo na direção do infeliz em perigo. Na verdade, era um tipo de exercício que lhe era familiar. Criado à beira do Loire, ele, por assim dizer, crescera nas suas correntezas. Cem vezes havia feito a travessia a cavalo, mil vezes a nado. Athos, prevendo o dia em que tornaria soldado o visconde, o habituara a desafios assim.

— Por favor! — continuava em desespero Olivain. — O que diria o sr. conde, se o visse?

— Ele faria o mesmo — respondeu o jovem, conduzindo com vigor o cavalo.

— Mas e eu? O que faço? — gritava Olivain, pálido e assustado, aos pulos na margem. — Como vou atravessar?

— Salte na água, covarde! — devolveu Raoul, nadando.

Em seguida, se dirigindo ao homem que se debatia vinte passos à frente:

— Coragem, amigo! Vou ajudá-lo.

Olivain avançava, recuava, fez empinar o cavalo, girar e, finalmente, mordido de vergonha, saltou como havia feito Raoul, mas repetindo: "Vou morrer, estamos perdidos!"

A balsa, enquanto isso, era rapidamente carregada pela correnteza e ouviam-se os gritos dos que estavam a bordo.

Um homem de cabelos grisalhos se jogou na água, nadando vigorosamente até o outro que se afogava, mas avançava lento, pois contra a correnteza.

Raoul prosseguia em seu esforço e visivelmente ganhava terreno, sem perder de vista seu alvo, mas cavalo e cavaleiro afundavam: do animal restava apenas o focinho fora d'água e o homem, que soltara as rédeas a se debater, estendia os braços e deixava a cabeça cair para trás. Um minuto mais e tudo desapareceria.

— Força! — insistia Raoul. — Coragem!

— Tarde demais — murmurou o outro. — Tarde demais!

E a água encobriu a sua cabeça e abafou-lhe a voz.

Raoul abandonou o cavalo, deixando que cuidasse da própria sobrevivência e, com três ou quatro braçadas, chegou onde estava o fidalgo. Imediatamente pegou o animal pela barbela, erguendo-lhe a cabeça fora d'água e ele, como se entendesse que o salvavam e respirando mais livremente, redobrou os seus esforços. Ao mesmo tempo, Raoul pegou uma das mãos do rapaz e levou-a até a crina, que foi agarrada com o furor de quem se afoga. Certo de que ele não a largaria, Raoul passou a se preocupar apenas com o cavalo, a dirigi-lo até a margem oposta, ajudando-o a cortar a correnteza e confortando-o com palavras.

De repente o animal encontrou apoio no fundo e firmou as patas na areia.

— Salvo! — exclamou o homem de cabelos grisalhos, que também conseguira se pôr de pé.

— Salvo! — murmurou de modo automático o fidalgo, largando a crina e escorregando da sela do animal com a ajuda de Raoul.

Estavam a apenas dez passos da margem e Raoul carregou até lá o jovem, que desmaiara. Deitou-o na relva, desapertou a gola e desamarrou as tiras do seu gibão.

Um minuto depois, o homem de cabelos grisalhos chegou ao mesmo local.

Olivain acabou também conseguindo chegar, depois de muita reza, e os que estavam na balsa alcançaram como puderam a margem, graças a uma vara que, por acaso, se encontrava a bordo.

Pouco a pouco, graças aos cuidados de Raoul e do homem que acompanhava o jovem cavaleiro, as cores voltaram às faces do moribundo, que abriu olhos arregalados, que finalmente se fixaram em quem o havia salvado.

— Ah! Era a quem eu procurava: sem a sua ajuda estaria morto, três vezes morto.

— Como vê, ressuscita-se — brincou Raoul. — Logo já vai estar disposto a um banho.

— Tem toda a minha gratidão, senhor! — exclamou o homem de cabelos grisalhos.

— Ah! Está aí, meu bom d'Arminges. Deve ter levado um grande susto, não é? Mas a culpa é sua: foi meu preceptor, por que não me ensinou a nadar melhor?

— Sr. conde! — lamentou-se o velho. — Houvesse ocorrido o pior, eu nem me atreveria a ir ver o marechal.

— Como tudo isso aconteceu? — perguntou Raoul.

— Da maneira mais simples — respondeu aquele que fora chamado de conde. — Já havíamos percorrido mais ou menos a terça parte do rio, quando a guia se partiu. Com os gritos e a agitação dos barqueiros, meu cavalo se assustou e pulou na água. Nado mal e tive medo de desmontar, mas em vez de ajudar eu atrapalhava, e estava a ponto de me afogar da forma mais perfeita do mundo, quando o senhor chegou no momento certo para me tirar dali. Assim sendo, caso aceite, cria-se entre nós um vínculo de vida e de morte.

— Sou seu inteiro servidor — respondeu Raoul com elegância.

— Chamo-me conde de Guiche — continuou o cavaleiro —, meu pai é o marechal de Grammont.[281] Agora que sabe quem sou, posso ter a honra de saber como se chama?

— Sou o visconde de Bragelonne — apresentou-se Raoul, ruborizando por não poder dar o nome do seu pai, como fizera o conde de Guiche.

— Visconde, a sua expressão, sua bondade e coragem já bastariam, tem toda a minha gratidão. Abracemo-nos e peço a sua amizade.

— Tem o senhor, igualmente, toda minha simpatia — disse Raoul, retribuindo o abraço. — Considere-me, por favor, um amigo dedicado.

— E para onde se dirige, sr. visconde? — perguntou de Guiche.

— Para o exército do sr. Príncipe, conde.

— Como eu! — exclamou o jovem, num ímpeto de alegria. — Que ótimo, estaremos juntos no primeiro disparo de pistola.

— É bom que se deem bem — disse o acompanhante do conde. — Sendo jovens os dois, provavelmente têm a mesma estrela e deviam se encontrar.

Os dois rapazes sorriram, com essa característica confiança juvenil.

— E agora — continuou o homem mais velho —, é preciso se trocar. Os criados, a quem dei ordens assim que deixaram a balsa, já devem ter chegado à hospedaria. Roupas secas e vinho aquecem. Vamos.

Os moços não fizeram objeção ao que se propunha; pelo contrário, acharam excelente ideia. Montaram então com recíprocos olhares de admiração: de fato, eram ambos elegantes cavaleiros, com postura esbelta e esguia, dois nobres rostos de testa ampla, olhar meigo e orgulhoso, sorriso leal e fino.

De Guiche devia ter uns dezoito anos, mas não era maior que Raoul, que tinha quinze.

Numa iniciativa espontânea deram-se as mãos e instigaram as suas montarias, fazendo lado a lado o percurso do rio ao albergue, um achando boa e risonha a vida que quase perdera, outro agradecendo a Deus por ter já vivido o suficiente para fazer alguma coisa de que o seu protetor pudesse se orgulhar.

---

281. Armand de Gramont (1637-73), conde de Guiche. Tornou-se um "favorito" de Philippe de Orléans, irmão de Luís XIV, que se casou com Henriette da Inglaterra, por quem, neste romance, o jovem de Guiche é apaixonado. Seu pai, Antoine III, duque de Gramont, tem participação ativa no comando da tropa para a qual se dirigem o conde e o visconde.

Olivain era o único a quem a bela ação do seu amo não agradava totalmente. Ele torcia as mangas e as abas do seu gibão, pensando que ter parado em Compiègne lhe teria evitado não só o acidente de que acabava de escapar, mas também da pneumonia e do reumatismo que seriam o seu resultado natural.

33. Escaramuça

A estadia em Noyon foi curta, com cada um dormindo um sono profundo. Raoul pedira que o acordassem caso Grimaud chegasse, mas ele não chegou.

Os cavalos, por sua vez, certamente apreciaram o completo repouso de oito horas e a abundante palha que receberam. O conde de Guiche foi acordado às cinco horas da manhã por Raoul, que lhe desejava bom-dia. Fizeram às pressas o desjejum e às seis horas já haviam percorrido duas léguas.

A companhia do novo amigo era das mais interessantes para Raoul, que era bom ouvinte, sendo o jovem conde prolixo narrador. Educado em Paris, onde Raoul só tinha estado uma vez, frequentando a Corte, que Raoul jamais havia visto, as traquinices de pajem, dois duelos dos quais já conseguira participar, apesar dos éditos de proibição e, mais ainda, apesar da vigilância de seu preceptor; tudo isso constituía assunto do mais alto interesse para Raoul. O visconde só havia estado na casa do sr. Scarron e citou então a Guiche as pessoas que havia visto. O conde conhecia todas: a sra. de Neuillan, a srta. d'Aubigné, a srta. de Scudéry, a srta. Paulet, a sra. de Chevreuse. Zombou de todo mundo com graça e Raoul temeu que zombasse também da sra. de Chevreuse. Seja, porém, por instinto ou por real afeto pela duquesa, ele só fez elogios a ela. Com isso, a amizade de Raoul pelo conde redobrou.

Em seguida veio o capítulo das galanterias e dos amores. Também nisso, Bragelonne tinha muito mais a ouvir do que a contar. Ouviu e teve a impressão, causada por três ou quatro aventuras suficientemente diáfanas, que o conde, como ele, escondia algum segredo no fundo do coração.

De Guiche, como dissemos, foi criado na Corte e conhecia bem suas intrigas. Era aquela Corte sobre a qual Raoul tanto ouvira o conde de La Fère falar, só que bastante mudada, desde que o próprio Athos a conhecera. Tudo então que o companheiro de viagem contava parecia novidade. E o jovem narrador, malicioso e inteligente, passou em revista a Corte inteira. Falou dos antigos amores da sra. de Longueville e Coligny, do duelo deste último na praça Royale, duelo que lhe foi fatal e ao qual a sra. de Longueville assistiu de uma janela, escondida atrás da cortina. Dos novos amores da mesma dama com o príncipe de Marcillac, ciumentíssimo, pelo que diziam, a ponto de querer matar todo mundo, até mesmo o padre d'Herblay, seu guia espiritual. Dos amores do sr. príncipe de Gales com Mademoiselle, posteriormente chamada grande Mademoiselle, tão célebre desde o seu casamento secreto com Lauzun. Nem a rainha foi poupada e o cardeal Mazarino ganhou também a sua cota de ironia.[282]

O dia se passou com a rapidez de uma só hora. O preceptor do conde, homem de sociedade e de bom gosto, ilustrado dos pés à cabeça, como o descrevia o aluno, muitas vezes fazia Raoul se lembrar de Athos pela profunda erudição, espirituosa e cáustica. No referente à graça, porém, à delicadeza e à nobreza das aparências, ninguém, é claro, podia se comparar ao conde de La Fère.

Os cavalos, menos exigidos que no dia anterior, chegaram por volta das quatro da tarde a Arras. Não estavam distantes da zona de conflito e preferiram pernoitar nessa cidade, pois os partidos pró-espanhóis às vezes aproveitavam as horas noturnas para incursões nas redondezas.

As tropas francesas se posicionavam de Pont-à-Marc a Valenciennes, vindo até Douai. Dizia-se que o sr. Príncipe se encontrava pessoalmente em Béthune.

O exército inimigo ocupava a área que ia de Cassel a Courtray e, por causa dos saques e violências que eram cometidos, os pobres moradores dessa fronteira deixavam suas habitações e procuravam refúgio nas cidades fortificadas, que ofereciam alguma proteção. Arras estava repleta de migrantes.

Falava-se de uma próxima batalha que seria decisiva, com o sr. Príncipe tendo manobrado até ali apenas na expectativa de reforços que acabavam, finalmente, de vir. Os dois rapazes se alegravam por chegarem tão a propósito.

Jantaram juntos e dormiram no mesmo quarto. Estavam na idade das amizades rápidas, tendo a impressão de se conhecerem desde o berço, parecendo impossível que viessem a se separar um dia.

---

282. Sobre a sra. de Longueville e seus amores, ver notas 128 e 130. Mademoiselle, depois grande Mademoiselle, era Anne-Marie-Louise de Orléans (1627-93), filha de Gastão de Orléans; riquíssima, independente e com forte personalidade, após várias peripécias se apaixona, aos 43 anos, por um fidalgo gascão, sem fortuna e grande sedutor, Antonin Nompar de Caumont (c.1633-1723), duque de Lauzun. Para livrá-lo de uma condenação a dez anos de prisão, ela cede à Coroa boa parte da sua fortuna e eles se casam, em 1671.

A noite foi empregada a falar de guerra. Os criados poliram as armas e os jovens deixaram as pistolas carregadas, para o caso de algum confronto. E acordaram aflitos, tendo sonhado que chegavam tarde demais para tomar parte na batalha.

Pela manhã correu o boato de que príncipe de Condé havia evacuado Béthune e se retirado em Carvin, deixando, entretanto, uma guarnição na cidade. Sem ter como confirmar a notícia, os viajantes decidiram continuar no caminho de Béthune, podendo, se fosse o caso, quebrar à direita e seguir na direção de Carvin.

O velho preceptor do conde de Guiche conhecia perfeitamente a região e propôs tomarem uma rota a meio caminho entre a estrada de Lens e a de Béthune. No vilarejo de Ablain, procurariam se informar. Indicações desse novo itinerário foram deixadas para Grimaud.

Puseram-se na estrada por volta das sete horas da manhã.

De Guiche, que era moço e impetuoso, dizia a Raoul:

— Somos três cavaleiros e três criados bem armados. O seu, além disso, parece bem voluntarioso.

— Nunca o vi em ação — respondeu Raoul — mas é bretão, o que é bom indício.

— É verdade. Tenho certeza de que se servirá do mosquetão quando necessário. Já meus dois homens são confiáveis, estiveram na guerra com meu pai. Somos seis combatentes. Se encontrarmos um pequeno grupo contrário, igual ao nosso ou até superior, não podemos fazer carga, Raoul?

— Sem dúvida, conde.

— Devagar com isso, meus rapazes! — meteu-se na conversa o preceptor. — Estão indo bem rápido, santo Deus! E a mim, não consultam? O sr. conde esquece que tenho ordem de levá-lo são e salvo até o sr. Príncipe? Uma vez lá, matem-se à vontade, se é o que querem. Enquanto não chegarmos, vou logo avisando que, como general da tropa, comando a retirada e vamos tratar de virar as costas ao primeiro penacho que eu vir.

De Guiche e Raoul se entreolharam de viés, com um sorriso. O ambiente em volta se carregava de indícios e, de vez em quando, pequenos grupos de camponeses que partiam eram vistos, empurrando à sua frente os animais que tinham e puxando em carroças, ou nos braços, seus pertences mais preciosos.

Chegaram a Ablain sem maiores incidentes. Lá se informaram e confirmou-se que, de fato, o sr. Príncipe havia deixado Béthune e se encontrava entre Cambrin e La Venthie. Retomaram a estrada, sempre deixando indicações a Grimaud e tomando um caminho que, em meia hora, os levou à margem de um riacho que desagua no Lys.

A região era muito agradável, cortada por vales verdes como esmeralda. Viam-se às vezes pequenos bosques, que a trilha que seguiam atravessava. Temendo sempre alguma emboscada, o responsável pelo conde mandava à frente dois criados como batedores. Eles e os dois rapazes formavam o corpo da tropa e Olivain, com a carabina nos joelhos e olho vigilante, cuidava da retaguarda.

Já há algum tempo, um bosque mais espesso se apresentava no horizonte e, a certa distância dele, o sr. d'Arminges repetiu as precauções de praxe, enviando adiante os dois lacaios.

Eles acabavam de desaparecer entre as árvores, os dois rapazes e o velho preceptor riam e conversavam, a mais ou menos cem passos. A praticamente a mesma distância, Olivain os seguia, quando, de repente, ouviram cinco ou seis tiros de mosquetão. O sr. d'Arminges fez sinal para que parassem, todos frearam seus cavalos e, naquele mesmo instante, viram voltar a galope os dois lacaios.

Os rapazes, querendo logo saber a causa dos disparos, partiram ao encontro deles, seguidos pelo responsável.

— Foram atacados? — perguntaram alvoroçados os dois moços.

— Não. É provável inclusive que nem nos tenham visto. Os tiros foram disparados cem passos à nossa frente, mais ou menos no ponto mais denso do bosque, e voltamos para saber com o sr. d'Arminges o que fazer.

— Minha opinião e, se necessário, minha ordem é que devemos recuar: o bosque pode esconder uma emboscada.

— Não puderam nada distinguir? — perguntou o conde.

— Acho ter visto cavaleiros vestidos de amarelo,[283] que desciam pelo leito do riacho — disse um deles.

— Então é isso — disse d'Arminges —, são espanhóis. Recuar, meus amigos, para trás!

Os dois rapazes trocaram um olhar e, nesse momento, ecoou um tiro de pistola e dois ou três gritos de socorro.

Com um último sinal, os moços confirmaram a intenção de não recuar e, tendo o responsável já virado seu cavalo, eles partiram em frente, Raoul gritando: "Siga-me, Olivain!", e o conde de Guiche: "Comigo, Urbain e Blanchet!".

Antes que d'Arminges se recuperasse da surpresa, todos já haviam desaparecido na floresta.

Enquanto esporeavam os cavalos, os dois rapazes já empunhavam suas pistolas.

Cinco minutos depois, chegaram ao local de onde parecia ter vindo o barulho. Só então contiveram os animais, avançando com cuidado.

— Psss! — pediu de Guiche. — Vejo cavaleiros.

— São três a cavalo e três que desmontaram.

— O que estão fazendo? Consegue ver?

— Consigo. Parece que revistam um homem ferido ou morto.

---

283. Era a cor do uniforme dos espanhóis.

— Um frio assassinato — disse de Guiche.

— No entanto, são soldados — observou Bragelonne.

— Sem dúvida, mas asseclas dos espanhóis, ou seja, ladrões de beira de estrada.

— Vamos! — disse Raoul.

— Vamos! — disse de Guiche.

— Cavalheiros! — exclamou o pobre d'Arminges. — Cavalheiros, pelo amor de Deus...

Mas os jovens já não ouviam. Tinham partido contentes e os gritos do responsável só serviram para despertar a atenção dos espanhóis.

Imediatamente, os três soldados que estavam a cavalo se posicionaram contra os rapazes, enquanto os três outros acabavam de saquear os viajantes — pois mais de perto pôde-se ver serem dois corpos e não apenas um, estendidos no chão.

A dez passos, de Guiche foi o primeiro a atirar e errou o alvo. Um espanhol também atirou e Raoul sentiu no braço esquerdo uma dor semelhante à de uma chicotada. A quatro passos, foi a sua vez de disparar e o inimigo, atingido em pleno peito, estendeu os braços e caiu para trás no lombo do cavalo, que mudou de rumo e o carregou.

Nesse momento, Raoul viu, como através de uma névoa, o cano de um mosquetão apontado em sua direção. Lembrou-se da recomendação de Athos: com um movimento rápido como um relâmpago, fez o cavalo empinar. O tiro partiu.

O animal deu um pulo para o lado, perdeu o apoio das patas e caiu, levando a perna de Raoul sob o seu peso.

O espanhol veio correndo, com o mosquetão seguro pelo cano, para arrebentar a cabeça do rapaz com a coronha.

Na posição em que estava o visconde, ele infelizmente não tinha como desembainhar a espada nem sacar a outra pistola da cartucheira. Viu a coronha girar acima da sua cabeça e já fechava instintivamente os olhos quando, com um salto, Guiche alcançou o espanhol, encostando-lhe a pistola na garganta.

— Renda-se! Ou é um homem morto!

A arma caiu das mãos do soldado, que se entregou na mesma hora.

Guiche chamou um dos criados, entregou-lhe o prisioneiro, dizendo que lhe estourasse os miolos se fizesse qualquer movimento para escapar, desceu do cavalo e correu até Raoul.

— Com os diabos, meu amigo! — disse Raoul com um riso, mesmo que a palidez traísse a inevitável emoção de uma primeira refrega. — Paga bem rápido as suas dívidas. Não quis ser meu devedor por muito tempo. Sem o senhor — ele acrescentou, repetindo as palavras do companheiro —, estaria morto, três vezes morto.

— Meu adversário fugiu e então pude vir ajudar. É grave o ferimento? Vejo que está todo ensanguentado.

— Acho que um arranhão no braço. Ajude-me e sair de debaixo do cavalo e nada, assim espero, impedirá que retomemos a estrada.

O sr. d'Arminges e Olivain já haviam desmontado e erguiam o cavalo, que se debatia em agonia. Raoul, que conseguiu desprender o pé do estribo e liberar a perna, num instante se pôs de pé.

— Nada quebrado? — perguntou de Guiche.

— Parece que não, graças a Deus. E os infelizes que os miseráveis assassinavam?

— Chegamos tarde demais. Eles os mataram, tudo indica, e fugiram levando o roubo. Meus dois criados ficaram com os cadáveres.

— Vamos ver se estão mesmo mortos ou se podemos dar algum socorro — sugeriu Raoul. — Olivain, herdamos dois cavalos, mas perdi o meu: fique com o melhor e deixe-me o seu.

E foram em seguida ao lugar em que tinham sido deixadas as vítimas.

34. *O monge*

Dois homens estavam estirados: um imóvel, rosto virado para o chão, furado por três balas e imerso no próprio sangue... Este, não havia dúvida, estava morto.

    O outro, encostado numa árvore pelos dois criados, de olhos voltados para o céu e mãos juntas, ardentemente rezava... uma bala havia partido o alto da sua coxa.

    Os rapazes foram primeiro até o morto e trocaram um olhar de surpresa:

— É um padre — disse Bragelonne —, veja a tonsura. Que miseráveis, ergueram a mão contra homens de Deus!

— Venha ver, senhor — chamou Urbain, velho soldado que havia participado de todas as campanhas do cardeal-duque[284] —, venha até aqui... Não há mais o que se possa fazer pelo morto, enquanto este aqui talvez possamos ainda salvar.

    O ferido sorriu com tristeza:

— Salvar-me? Não acredito, mas me ajudar a morrer, sim.

— É padre? — perguntou Raoul.

— Não.

— Pergunto porque o seu infeliz companheiro me pareceu pertencer à Igreja — explicou Raoul.

— É o cura de Béthune, senhor. Transportava para local seguro os vasos sagrados e o tesouro da paróquia. O sr. Príncipe abandonou ontem a cidade e talvez os espanhóis a ocupem amanhã mesmo. Simpatizantes do inimigo percorrem as redondezas e ninguém quis acompanhá-lo, pois era uma missão perigosa, então me ofereci.

— E os miseráveis os atacaram, atiraram num religioso!

---

284. Ou seja, Richelieu.

— Cavalheiros — disse o ferido, olhando em volta. — Não estou nada bem, mas gostaria de ser carregado até alguma casa.

— Em que o possam tratar? — perguntou de Guiche.

— Não, em que eu possa me confessar.

— Pode ser que não esteja tão gravemente ferido assim — disse Raoul.

— Não há tempo a perder, meu senhor, acredite. A bala atingiu o colo do fêmur e se alojou nos intestinos.

— É médico? — perguntou de Guiche.

— Não. Mas conheço ferimentos e o meu é mortal. Tentem então me levar a algum lugar em que eu possa ter um padre ou, se puderem trazê-lo aqui, Deus recompensará essa santa ação. É à minha alma que preciso salvar, pois o corpo já está perdido.

— Morrer quando se pratica o bem? É impossível! Deus o assistirá.

— Por todos os santos, cavalheiros! — exclamou o ferido juntando as forças que lhe restavam e querendo se levantar. — Não percamos tempo com inútil palavrório. Ajudem-me a chegar ao mais próximo vilarejo ou jurem por sua salvação que enviarão aqui o primeiro monge, cura ou padre que encontrarem. Mas, é verdade — ele acrescentou com a entonação do desespero —, é possível que nenhum queira vir, sabendo que os espanhóis andam por aqui, e morrerei sem absolvição. Deus meu! Deus meu! — e o tom aterrorizado da exclamação impressionou os dois rapazes. — Os senhores não permitirão que isso aconteça, não é? Seria uma coisa medonha!

— Fique tranquilo — garantiu de Guiche —, juro que receberá o consolo que pede. Apenas nos indique uma casa onde pedir socorro e um vilarejo onde encontrar um padre.

— Obrigado. E que Deus os recompense! Há um albergue a meia légua daqui, por esse caminho, e a mais ou menos uma légua adiante encontrarão o vilarejo de Greney. Procurem o cura. Se ele não estiver em casa prossigam até o convento dos agostinianos, que é o último prédio do vilarejo, à direita, e tragam um irmão. Monge ou padre, pouco importa, contanto que tenha recebido de nossa Santa Igreja a faculdade de absolver *in articulo mortis*!

— Sr. d'Arminges, fique com esse pobre homem e cuide para que seja transportado o mais comodamente possível. Mande que façam uma padiola com galhos de árvore e todos os nossos casacos. Dois lacaios o transportarão e o terceiro ficará pronto para substituir quem primeiro se cansar. O visconde e eu iremos em busca de um padre — propôs de Guiche.

— Façam isso, mas em nome de Deus, conde, não se exponham demais!

— Não se preocupe. Aliás, por hoje estamos a salvo, pois dizem: *Non bis in idem*.[285]

---

285. Em latim no original: "Nunca duas vezes pela mesma coisa", axioma jurídico significando não poder, um acusado, ser julgado duas vezes pelo mesmo delito.

— Aguente com coragem, meu amigo! — disse Raoul ao ferido. — Vamos conseguir o que pede.

— Que Deus os abençoe, senhores! — respondeu o moribundo, com uma gratidão impossível de se descrever.

Os dois moços partiram a galope na direção indicada, enquanto o tutor do conde de Guiche organizava a confecção da maca.

Com dez minutos de cavalgada os rapazes avistaram o albergue.

Sem nem sequer descer do cavalo, Raoul chamou o dono e o preveniu da vinda de um ferido, pedindo que preparasse desde já o necessário para os curativos, ou seja, uma cama, bandagens e panos limpos. Perguntou, além disso, se conhecia algum médico nas redondezas, cirurgião ou operador, que pudesse mandar buscar, acrescentando que se encarregaria de recompensar quem fosse enviado.

O homem, vendo dois jovens senhores luxuosamente vestidos, prometeu fazer tudo que solicitavam e os dois cavaleiros, vendo que de fato se providenciavam os preparativos, retomaram a estrada, partindo na direção de Greney.

Tinham avançado mais de uma légua e já distinguiam as primeiras moradias do vilarejo, com telhas avermelhadas que facilmente se destacavam do verde das árvores ao redor, quando perceberam, vindo na direção deles e montado num burrico, um pobre religioso que, pelo chapelão e pela batina de lã cinza, eles acharam se tratar de um frade agostiniano. O acaso parecia ter enviado o que procuravam.

Aproximaram-se então do monge.

Era um homem de vinte e dois ou vinte e três anos, mas que as práticas ascéticas haviam precocemente envelhecido. Pálido, mas não dessa palidez firme, que é bonita, mas biliosamente amarelada. Os cabelos cortados curtos, mal escapulindo do círculo que o chapéu traçava ao redor da cabeça, eram louros e sem brilho, e os olhos, azul-claros, pareciam inexpressivos.

— Senhor — dirigiu-se a ele Raoul, com sua polidez natural —, por acaso é eclesiástico?

— Por que pergunta? — respondeu o indivíduo com um tom quase descortês.

— Só para saber — disse o conde de Guiche com soberba.

O homem aplicou o calcanhar no ventre da mula e continuou seu caminho.

De Guiche cortou-lhe a frente com um pulo, atravessando-se no caminho.

— Tenha a fineza de responder! Uma pergunta foi feita com bons modos e toda pergunta merece resposta.

— Tenho liberdade, creio, para dizer quem sou ou não aos dois primeiros que aparecem, fazendo perguntas para se divertir.

Com esforço, o jovem fidalgo controlou a furiosa vontade que tinha de partir os ossos do frade e disse:

— Para começar, não somos dois quaisquer que aparecem do nada. Meu amigo é o visconde de Bragelonne e eu o conde de Guiche. E não é para nos divertir que fizemos a pergunta, pois um homem ferido e prestes a morrer espera o socorro da Igreja. Se for sacerdote, peço, em nome da caridade, que me acompanhe e socorra o moribundo. Se não for, o quadro muda de aspecto e previno-o, em nome da cortesia, que o senhor parece completamente ignorar, que o castigarei pela insolência.

A palidez do frade se tornou lividez e ele sorriu de maneira tão estranha que Raoul, o tempo todo a observá-lo, sentiu aquele sorriso lhe causar no coração o efeito de um insulto.

— É um espião espanhol ou flamengo — ele disse, levando já a mão à coronha da pistola.

Um olhar ameaçador e semelhante a um raio serviu de resposta a Raoul.

— E então, cavalheiro, o que tem a dizer? — insistiu de Guiche.

— Sou padre — respondeu o homem, e o seu rosto voltou à impassibilidade anterior.

— Nesse caso, reverendo — disse Raoul, deixando a pistola em seu coldre e dando às suas palavras um tom respeitoso, mas que não vinha do coração —, sendo homem da Igreja poderá exercer seus atributos, como explicou meu amigo: um infeliz ferido está vindo em nossa direção e deve ficar num albergue do caminho. Está sendo levado por nossos acompanhantes e pede a assistência de um ministro de Deus.

— Podem me esperar — disse o frade, aplicando os calcanhares no jumento.

— Se não vier — disse de Guiche —, saiba que temos montarias capazes de alcançar a sua e recursos para encontrá-lo onde estiver. Assim sendo, dou minha palavra, seu processo estará julgado: encontram-se por todo lugar uma árvore e uma corda.

O olho do monge voltou a soltar faíscas e ele repetiu: "Podem me esperar". Em seguida, se foi.

— Vamos segui-lo — sugeriu de Guiche —, é mais garantido.

— É o que eu ia propor — respondeu Bragelonne.

E os dois rapazes retomaram o caminho, acertando o seu ritmo pelo do frade, seguido à distância de um tiro de pistola.

Cinco minutos depois, o homem se virou para ver se estava sendo seguido.

— Fizemos bem em acompanhá-lo! — disse Raoul.

— Que horrível sujeito, esse monge! — acrescentou o conde de Guiche.

— Horrível mesmo. A expressão, principalmente. Com aqueles cabelos amarelados, olhos opacos, lábios que desaparecem assim que se movem para dizer alguma coisa...

— Tem razão — concordou de Guiche, que se impressionara menos com esses detalhes, uma vez que estivera mais falando do que observando. — Estranho personagem, mas esses monges são obrigados a práticas tão degradantes.

Os jejuns os descoram, as brutalidades da disciplina os levam à hipocrisia e de tanto chorar pelos prazeres de que abriram mão e dos quais gozamos é que os seus olhos perdem o brilho.

— No final — disse Raoul —, aquele pobre homem vai poder contar com um padre, mas, por Deus!, o penitente parece ter melhor consciência que o confessor. No que me concerne, estou acostumado a sacerdotes com outra aparência.

— Ah! Não vê? Trata-se de um desses irmãos que partem em errância pelas estradas, esperando que um dia uma graça lhes caia do céu. Em geral, são estrangeiros: escoceses, irlandeses, dinamarqueses. Já me mostraram alguns.

— Tão horríveis quanto o nosso?

— Não, mas passavelmente desagradáveis.

— Que infelicidade para o pobre moribundo, morrer nas mãos de um sacripanta assim!

— Ora! — concluiu de Guiche. — A absolvição vem não de quem a aplica, mas de Deus. Mesmo assim, vou dizer uma coisa, preferiria morrer impenitente do que tratar com semelhante confessor. Acho que concorda comigo, não concorda, visconde? Eu o vi alisar a coronha da pistola como se estivesse querendo estourar a cabeça do homem.

— É verdade. Passei por uma coisa estranha, que pode surpreendê-lo. Só de ver aquele sujeito, senti uma aversão indefinível. Alguma vez já desentocou sem querer uma serpente no caminho?

— Nunca.

— Pois a mim isso aconteceu, em nossas florestas da região do Blaisois, e me lembro que, ao ver uma, que me fixava com olhos opacos, corpo tensionado, balançando a cabeça e agitando a língua, permaneci parado, pálido e como paralisado, até o momento em que o conde de La Fère...

— O seu pai? — perguntou de Guiche.

— Meu tutor — respondeu Raoul, ficando vermelho.

— Entendo.

— Até o momento em que o conde de La Fère disse: "Vamos, Bragelonne, saque a arma." Só então fui até o réptil e cortei-o ao meio, no momento em que ele já preparava o bote, assobiando em minha direção. Pois juro que tive a mesma exata sensação diante daquele frade, quando ele disse: "Por que pergunta?", olhando para mim.

— Lamenta, então, não tê-lo cortado em pedaços como à tal serpente?

— Por Deus, quase isso! — confirmou Raoul.

Já podiam, nesse momento, ver o pequeno albergue e também, do outro lado, os acompanhantes do ferido que se aproximavam, tendo à frente o sr. d'Arminges. Dois homens carregavam o moribundo e o terceiro guiava os cavalos.

Os rapazes apressaram suas montarias.

— É o nosso ferido — disse de Guiche, passando ao lado do frade agostiniano. — Queira por favor apertar o passo, sr. monge.

Já Raoul se distanciou ao máximo do frade, sem nem sequer olhar.

Eles então foram à frente do confessor, em vez de segui-lo. Foram diretamente contar a boa notícia ao ferido, que se ergueu um pouco para olhar na direção indicada, viu o monge se aproximando num trote apressado do asno e voltou a se estender na maca, com o rosto iluminado por um raio de alegria.

— Fizemos tudo que podíamos — disseram os jovens — e como temos pressa para alcançar as tropas do sr. Príncipe, vamos retomar o caminho. O senhor nos desculpa, não é? Dizem que haverá batalha e não queremos chegar no dia seguinte.

— Vão em frente, jovens fidalgos, que Deus os abençoe pela compaixão que demonstraram — disse o ferido. — De fato, mais não poderiam fazer por mim. Só posso mesmo, mais uma vez, repetir: que o Todo-Poderoso os guarde, aos senhores e aos seus próximos.

— Meu caro tutor — disse de Guiche a d'Arminges —, seguiremos em frente e o senhor nos alcançará na estrada de Cambrin.

O estalajadeiro estava à porta, com já tudo preparado, leito, bandagens e tiras de pano. Um garoto de estrebaria tinha ido a Lens, que era a cidade mais perto, em busca de um médico.

— Bem, tudo será feito como pediu, mas não vai o senhor mesmo aguardar um pouco e cuidar do seu ferimento? — perguntou o dono do albergue a Bragelonne.

— Não se preocupe, o meu é sem gravidade e pode esperar até a próxima parada. Mas se vir passar um cavaleiro e ele perguntar por um jovem montado num alazão e acompanhado por um criado, peço que tenha a bondade de dizer que de fato me viu, mas que continuei meu caminho e penso jantar em Mazingarbe e dormir em Cambrin. Esse cavaleiro é o meu criado.

— Não é melhor e mais seguro que me diga o seu nome e o dele? — perguntou o estalajadeiro.

— Nunca é excessiva a precaução, chamo-me visconde de Bragelonne e ele Grimaud.

Nesse momento, o ferido chegava por um lado e o monge por outro. Os dois rapazes deram passagem à maca e o religioso, por sua vez, desceu da mula, dizendo que a deixassem se refazer na estrebaria, sem retirar a sela.

— Sr. monge — disse de Guiche —, cuide da confissão desse bravo cavalheiro e não se preocupe com os seus gastos e os de sua montaria; tudo está pago.

— Obrigado, meu nobre! — agradeceu o frade com um daqueles sorrisos que tanto incomodaram Bragelonne.

— Vamos, conde — cortou Raoul, que instintivamente parecia não suportar a presença do agostiniano. — Vamos, sinto-me mal aqui.

— Obrigado, mais uma vez, meus jovens e belos fidalgos — disse ainda o ferido. — Não se esqueçam de mim em suas orações!

— Não se preocupe! — respondeu de Guiche, esporeando o cavalo para alcançar Bragelonne, que já estava vinte passos adiante.

Carregada pelos dois lacaios, a maca entrava naquele momento no albergue. Os donos, pois a esposa também estava ali, esperavam nos degraus da escada. O infeliz ferido parecia sofrer dores atrozes e, no entanto, sua única preocupação era saber se o religioso o acompanhava.

Ao ver aquele homem macilento e ensanguentado, a mulher se agarrou com força no braço do marido.

— O que foi? — ele perguntou. — Não está se sentindo bem?

— Não é isso, olhe! — ela respondeu, mostrando ao marido o doente.

— É verdade, ele parece bem mal.

— Não é o que eu quero dizer — continuou, trêmula, a mulher. — Não o reconhece?

— O homem? Espere aí...

— Ah, estou vendo que sim, pois também ficou pálido.

— Tem razão! Estamos desgraçados, é o antigo carrasco de Béthune.[286]

— O antigo carrasco de Béthune! — murmurou o jovem monge com uma parada brusca e deixando clara em seu rosto a repugnância que lhe inspirava o penitente.

O sr. d'Arminges, que continuava junto à porta, percebeu a sua hesitação e disse a ele:

— Irmão, trata-se de um ser humano, mesmo sendo ou tendo sido carrasco. Preste o último serviço que ele espera do senhor e sua obra será ainda mais meritória.

O monge nada respondeu e apenas continuou, em silêncio, até o quarto de teto baixo em que os dois criados já haviam deitado, numa cama, o moribundo.

Vendo o servidor de Deus se aproximar da cabeceira, os dois lacaios se retiraram, fechando a porta e deixando a sós o monge e o homem que agonizava.

D'Arminges e Olivain os esperavam. Os quatro montaram e partiram num trote rápido pelo caminho, na extremidade do qual já haviam desaparecido Raoul e o seu companheiro.

No mesmo momento em que aqueles, por sua vez, também desapareciam, um novo viajante parava diante da entrada do albergue.

— Posso ajudar? — perguntou o patrão, ainda pálido e trêmulo com a recente descoberta.

O viajante fez o gesto de alguém que bebe e, desmontando, mostrou o cavalo, fazendo o gesto de alguém que escova.

---

286. Ver *Os três mosqueteiros*, cap. 66.

"Ai, diabos! Tudo indica que é um mudo", pensou o estalajadeiro.
— E onde vai querer beber? — ele perguntou.
— Aqui — disse o recém-chegado, mostrando uma mesa.
"Engano meu, não é completamente mudo", pensou outra vez o patrão, indo buscar uma garrafa de vinho e biscoitos, que foram colocados diante do taciturno conviva.
— O cavalheiro não deseja nada mais? — ele perguntou.
— Na verdade, sim.
— E o que deseja?
— Saber se não viu passar um jovem fidalgo de quinze anos, montado num alazão e acompanhado por um criado.
— O visconde de Bragelonne?
— Exatamente.
— É o sr. Grimaud?
O viajante fez um sinal afirmativo.
— Pois o seu jovem amo partiu daqui há quinze minutos. Jantará em Mazingarbe, pernoitando em Cambrin.
— Qual distância até Mazingarbe?
— Duas léguas e meia.
— Obrigado.
Seguro de encontrar o visconde até o final do dia, Grimaud se sentiu mais calmo, enxugou a testa e encheu um copo de vinho, bebendo-o em silêncio.
Descansou o copo na mesa e se preparava a enchê-lo pela segunda vez, quando um grito terrível pareceu vir do quarto em que estavam o monge e o moribundo. Ele prontamente se levantou:
— O que foi isso, de onde veio o grito?
— Do quarto do ferido — disse o hoteleiro.
— Qual ferido?
— O ex-carrasco de Béthune, que foi praticamente assassinado por simpatizantes espanhóis. Foi trazido para cá e se confessa com um monge agostiniano. Tudo indica que o sofrimento é grande.
— O ex-carrasco de Béthune? — murmurou Grimaud, buscando em suas lembranças. — ...Um homem de cinquenta e cinco ou sessenta anos, grande, forte, queimado de sol, cabelos e barba pretos?
— Isso mesmo, exceto pela barba, que ficou grisalha e os cabelos brancos. Conhece-o?
— Vi-o uma vez — explicou Grimaud, com a expressão se ensombrecendo ao rememorar a cena.
A dona da estalagem chegou correndo, nervosa.
— Ouviu aquilo? — perguntou ao marido.
— Ouvi — ele respondeu, olhando preocupado na direção da porta.

Um grito menos forte que o primeiro soou, seguido por um gemido longo e prolongado, fazendo com que os três personagens se entreolhassem inquietos.

— É preciso ir ver — disse Grimaud.

— Parece o grito de alguém sendo degolado — murmurou o estalajadeiro.

— Jesus Cristo! — exclamou a mulher, se benzendo.

Grimaud não era de falar muito, mas agia rápido, como sabemos. Ele correu até a porta, tentou abri-la com força, mas estava trancada por dentro.

— Abra! — gritou o dono da casa. — Sr. frade, abra imediatamente!

Nenhuma resposta.

— Abra ou derrubo a porta! — ordenou Grimaud.

O mesmo silêncio.

Ele olhou em volta, viu uma barra de ferro que acidentalmente estava por ali, correu até ela e, antes que o proprietário da casa pudesse impedir, arrombou a porta.

O quarto estava alagado de sangue que pingava do colchão, e do ferido ouviam-se apenas estertores. O confessor havia desaparecido.

— E o monge? — gritou o estalajadeiro. — Onde se meteu o monge?

Grimaud correu até uma janela aberta, que dava para o pátio, e disse:

— Deve ter fugido por aqui.

— Será? — exclamou o dono da casa. — Menino, veja se a mula do monge continua na cocheira.

— Não está! — gritou de volta o rapazote.

Grimaud fez uma careta, o estalajadeiro juntou as mãos, olhando em volta com desconfiança. Já a esposa não tinha se atrevido a entrar no quarto e continuava à porta, apavorada.

Grimaud se aproximou do ferido, olhando os traços rudes e marcados que traziam lembranças tão terríveis.

Após um instante de triste e muda contemplação, confirmou:

— Não tenho dúvida, é ele.

— Ainda está vivo? — perguntou o estalajadeiro.

Sem responder, Grimaud abriu-lhe o gibão para sentir os batimentos do coração, enquanto o hoteleiro também se aproximava. Os dois bruscamente recuaram, um com um grito e o outro empalidecendo.

A lâmina de um punhal estava enfiada até o cabo no peito esquerdo do carrasco.

— Corra para pedir socorro que fico aqui fazendo companhia — disse Grimaud.

Desnorteado, o homem saiu do quarto. A mulher já havia fugido ao ouvir o grito do marido.

35. A absolvição

Eis o que aconteceu.

Vimos que de forma alguma foi por vontade própria e sim, pelo contrário, bem a contragosto que o tal monge foi assistir ao ferido, recomendado de maneira tão estranha. Talvez tivesse tentado fugir se visse alguma possibilidade, mas o tom ameaçador dos dois fidalgos, seus acompanhantes que os aguardavam e provavelmente haviam sido instruídos, tudo isso fizera o monge afinal refletir, decidindo-se a levar até o fim seu papel de confessor, sem demonstrar muita má vontade. Uma vez no quarto, ele se aproximou da cabeceira do ferido.

O carrasco rapidamente examinou, com o olhar característico de quem está prestes a morrer e, consequentemente, não tem muito tempo a perder, o rosto daquele que o deveria consolar. Teve uma reação de surpresa e disse:

— Não é um tanto moço, meu reverendo?

— Os que envergam este hábito não têm idade — respondeu com rudeza o monge.

— Por favor, seja menos severo, reverendo, preciso de um amigo em meus instantes derradeiros.

— É grande o sofrimento? — perguntou o religioso.

— Sim, mas o da alma bem maior que o do corpo.

— Salvaremos a sua alma — disse o jovem frade. — Mas é de fato o carrasco de Béthune, como disseram as pessoas lá fora?

— Na verdade — apressou-se a dizer o ferido, provavelmente temendo que a simples menção à palavra "carrasco" afastasse dele os últimos confortos que pedia —, na verdade fui, mas não sou mais. Há quinze anos cedi meu cargo. Assisto ainda às execuções, mas não aplico mais o golpe fatal. Nunca mais!

— Então você tem horror da sua ocupação?

O carrasco deu um profundo suspiro.

— Enquanto agi em nome da lei e da justiça, isso não impedia que eu dormisse tranquilo, ao abrigo da justiça e da lei, mas desde uma terrível noite em que servi a uma vingança pessoal e ergui com ódio o gládio contra uma criatura de Deus, desde aquele dia...

O carrasco parou um momento, balançando a cabeça em desespero.

— Pode falar — encorajou o monge, sentado ao pé do ferido e começando a se interessar pela história que de maneira tão estranha se anunciava.

— Ah! — exclamou o moribundo com todo o impulso de uma dor por tanto tempo represada e que finalmente se expressaria. — Ah! Vinte anos se passaram, vinte anos em que tentei sufocar o remorso com boas ações. Procurei diluir a ferocidade natural daqueles que derramam sangue e, em toda ocasião, expus minha vida para salvar quem se encontrasse em perigo. Conservei na Terra existências humanas, em troca daquela que roubei. E não somente isso: os bens que adquiri no exercício da profissão eu distribuí entre os pobres. Tornei-me assíduo frequentador de igrejas. Pessoas que me evitavam se acostumaram com a minha presença. Todas me perdoaram, algumas inclusive me apreciam, mas creio que Deus não me perdoou, pois a lembrança daquela execução o tempo todo me atormenta e a cada noite tenho a impressão de ver se erguer à minha frente o espectro daquela mulher.

— Uma mulher! Foi então a uma mulher que assassinou!

— Também o senhor! — exclamou o carrasco. — Utiliza a palavra que ecoa em minha cabeça: assassinada! Não executei, assassinei! Sou um criminoso e não um justiceiro!

E ele fechou os olhos, com um gemido.

Provavelmente por temer que o carrasco morresse sem continuar o que contava, o monge vivamente o incentivou:

— Continue, ainda não tenho ideia feita. Quando terminar o que tem a dizer, Deus e eu julgaremos.

— Ah, reverendo! — continuou o carrasco, sem abrir os olhos, como se temesse rever alguma imagem assustadora. — É sobretudo à noite e quando atravesso algum rio que esse medo que não pude controlar cresce; tenho a impressão de que minha mão fica pesada, como se ainda carregasse o facão. A água fica da cor do sangue e todas as vozes da natureza, o ruído das árvores, o murmúrio do vento, o marulhar das águas, tudo se junta para formar um lamento desesperado e terrível que diz: "Deem passagem à justiça de Deus!"

— Delírio! — disse baixinho o monge, também balançando a cabeça.

O carrasco abriu finalmente os olhos, fez um movimento procurando se virar para onde estava o rapaz e agarrou o seu braço:

— Delírio? É o que acha? De jeito nenhum! Pois era um fim de tarde e fui eu que joguei o corpo no rio. Essas palavras que meu remorso repete, aquelas palavras, fui eu quem, no auge do meu orgulho, pronunciei: tendo sido instrumento da justiça humana, passara a crer que era também instrumento da justiça divina.

— Mas conte, afinal, como tudo se passou. Conte! — pediu o confessor.

— Era um fim de tarde, um homem veio me procurar, apresentou uma ordem escrita e eu o segui. Quatro outros senhores me aguardavam. Levaram-me encapuzado. Sempre me dei o direito de negar o que esperavam de mim, caso a execução me parecesse injusta. Percorremos cinco ou seis léguas: lúgubres, em silêncio quase total. No final, pela janela de uma casinha simples, me mostraram uma mulher sentada a uma mesa e disseram: "É a quem deve executar."

— Que horror! E o senhor obedeceu?

— Tratava-se de um monstro, padre. Pelo que me disseram, havia envenenado o segundo marido, tentado assassinar o cunhado, que era um dos que estavam ali presentes. Acabava de envenenar uma jovem rival e, antes de deixar a Inglaterra, mandara também apunhalar o favorito do rei.

— Buckingham? — espantou-se o monge.

— Exatamente, Buckingham, é como se chamava.

— Era então inglesa, a tal mulher?

— Não, francesa, mas casada na Inglaterra.

O monge ficou lívido. Enxugou a testa e foi passar a tranca na porta. O carrasco achou que estava sendo abandonado e voltou a gemer, caído na cama.

— Não se preocupe, estou aqui — disse o monge, voltando rapidamente. — Continue. Quem eram aqueles homens?

— Um era estrangeiro, creio que inglês. Os outros quatro franceses e trajavam o uniforme dos mosqueteiros.

— Como se chamavam?

— Não sei dizer. E o inglês era chamado apenas de milorde.

— A mulher era bonita?

— Jovem e bonita! Sobretudo bonita. Posso vê-la ainda, de joelhos a meus pés, rezando, com a cabeça caída para trás. Nunca entendi, depois, como pude abater uma cabeça tão bonita, tão pálida.

O monge parecia agitado por estranha emoção. Todos os seus membros tremiam. Via-se que queria fazer uma pergunta, mas não se atrevia.

Até que, após violento esforço, se decidiu:

— Como se chamava a mulher?

— Ignoro. Como disse, aparentemente se casara duas vezes: uma vez na França e outra na Inglaterra.

— E que era jovem.

— Vinte e cinco anos.

— Bela?

— Belíssima.

— Loura?

— Loura.
— Cabelos longos, não é? Indo até os ombros.
— Isso mesmo.
— Olhos admiravelmente expressivos?
— Quando ela queria. Sim, é exato.
— A voz tinha estranha suavidade.
— Como sabe?

O carrasco se apoiou num cotovelo e fixou o olhar assustado no monge, que empalideceu ainda mais.

— E você a matou! Serviu de instrumento àqueles covardes que não ousavam matá-la com as próprias mãos! Tanta juventude, beleza e fragilidade não o apiedaram! Matou aquela mulher?

— Infelizmente — continuou o carrasco. — Como disse, padre, sob a aparência celestial aquela mulher ocultava um espírito do inferno e, quando a vi, quando me lembrei do mal que fizera também a mim...

— Ao senhor? O que poderia ter feito ao senhor?

— Seduziu meu irmão, que era padre. Foi a sua perdição. Fugiu com ele do convento.

— Com o seu irmão?

— Sim. Ele foi o seu primeiro amante e ela causou a sua morte. Ai, padre, padre! Não me olhe assim. Acha-me culpado? Não me perdoará?

O monge procurou se refazer.

— Claro que sim. Perdoarei se me contar tudo.

— Ah! Tudo, tudo, tudo!

— Então, responda. Se ela seduziu o seu irmão... Foi o que disse, não foi?

— Foi.

— Se ela causou a sua morte... Não disse que ela causou a sua morte?

— Disse — confirmou o carrasco.

— Deve então saber o seu nome de solteira, não?

— Meu Deus, meu Deus! — desesperou-se o agonizante. — Acho que vou morrer. A absolvição, padre! A absolvição!

— Diga o nome! — gritou o monge. — Diga o nome e o absolverei.

— Era... Deus do céu, tenha piedade de mim! — murmurou o carrasco, despencando na cama sem cor e trêmulo como alguém realmente prestes a morrer.

— O nome! — repetiu o monge, debruçando-se sobre o moribundo como se quisesse arrancar dele o nome que não vinha. — O nome!... Diga ou não será absolvido!

O infeliz pareceu reunir todas as suas forças. Os olhos do confessor lançavam faíscas.

— Anne de Bueil.

— Anne de Bueil! — exclamou o monge, ficando de pé e erguendo as duas mãos ao céu. — Anne de Bueil! Foi o que disse, não foi?

— *O nome!* — *repetiu o monge, debruçando-se sobre o moribundo.* — *Diga ou não será absolvido!*

— Era como se chamava. Agora me absolva, pois estou morrendo.
— Absolvê-lo? — reagiu o outro, com um riso que apavorou o moribundo. — Absolvê-lo? Eu? Eu não sou padre!
— Não é padre?! Mas quem é o senhor, então?
— Vou dizer como me chamo, miserável!
— Ai, Senhor! Meu Deus!
— Sou John Francis de Winter!
— Não sei quem é!
— Espere um pouco e saberá: sou John Francis de Winter e aquela mulher...
— ...aquela mulher?
— Era minha mãe!
O carrasco deu um grito, aquele primeiro e tão terrível grito que se ouviu.
— Ah, me perdoe, me perdoe! — o ferido suplicou. — Mesmo não sendo em nome de Deus, no seu próprio nome. Se não como padre, pelo menos como filho.
— Perdoá-lo? — exasperou-se o falso monge. — Pode ser que Deus o perdoe, mas eu, nunca!

A absolvição

— Por piedade — implorou o carrasco, estendendo as mãos.

— Não há piedade para quem não teve piedade. Morra impenitente, morra em desespero, morra em danação!

E, tirando da batina um punhal, enfiou-o no peito do ferido:

— Pronto, é essa a minha absolvição!

Foi quando se ouviu o segundo grito, mais fraco que o primeiro, seguido por um longo gemido.

O carrasco, que tinha se erguido, caiu de novo na cama. Já o monge, sem recuperar o punhal, correu à janela, abriu-a, saltou entre as flores de um pequeno jardim, continuou até a estrebaria, pegou o seu asno, escapou por uma porta dos fundos, seguiu até um bosquezinho próximo, jogou fora o hábito de frade, tirou de uma valise um traje completo de cavaleiro, vestiu-o, foi a pé até a primeira posta,[287] pegou um cavalo e continuou a rédeas soltas o caminho, na direção de Paris.

---

287. Eram comuns na França então, e ainda no séc.XIX, as postas, estações para aluguel, compra e venda de montaria. Também atendiam aos correios, como pontos de substituição dos cavalos desse serviço (daí a acepção de "correio" para o francês *poste*, e daí o português "postal").

36. Grimaud fala

Apenas Grimaud tinha ficado com o carrasco. O estalajadeiro fora buscar socorro e a mulher rezava.

Após alguns instantes, o ferido abriu os olhos.

— Socorro! — ele murmurou. — Socorro! Meu Deus, meu Deus! Não encontro um amigo neste mundo que me ajude a viver ou a morrer?

Em seguida, levou a mão ao peito, encontrando o punhal.

— Ah! — ele exclamou, como quem se lembra.

E deixou o braço tombar ao lado do corpo.

— Coragem — disse Grimaud. — Já foram buscar ajuda.

— Quem é o senhor? — perguntou o ferido, fixando no seu acompanhante olhos arregalados.

— Um antigo conhecido — disse Grimaud.

— O senhor? — e via-se que o homem tentava se lembrar do rosto de quem dizia conhecê-lo. — Em quais circunstâncias já nos encontramos?

— Certa noite, há vinte anos. Meu patrão foi buscá-lo em Béthune e o levou a Armentières.

— Lembrei-me. Era um dos quatro criados.

— Isso mesmo.

— Por que está aqui?

— Vinha pela estrada e parei para que o cavalo descansasse. Soube que o carrasco de Béthune estava ferido num quarto e ouvimos dois gritos. O primeiro nos fez vir correndo e no segundo derrubamos a porta.

— E o monge? Viu o monge?

— Qual monge?

— O que estava aqui, trancado comigo.

— Não, já não estava, quando chegamos. Parece que fugiu por essa janela. Foi ele que o feriu?

— Sim.

Grimaud fez um movimento para se retirar.
— O que vai fazer? — perguntou o ferido.
— Ir atrás dele.
— Não faça isso!
— Por que não?
— Ele se vingou, fez o que devia. Agora, espero que Deus me perdoe, pois houve expiação.
— Não estou entendendo — disse Grimaud.
— Aquela mulher que os senhores me fizeram matar...
— Milady?
— É verdade, é como a chamavam...
— O que têm em comum Milady e o monge?
— Era a mãe dele.
Grimaud estremeceu e olhou o agonizante sombriamente e quase aturdido.
— Mãe dele?
— Exatamente, mãe.
— Ele conhecia então o segredo?
— Achei que era um monge e revelei em confissão.
— Miséria! — exclamou Grimaud, sentindo os cabelos molharem-se de suor à simples ideia das consequências que tal revelação poderia desencadear. — Miséria! Não citou nomes, espero?
— Como poderia, se não sei nenhum? Somente o nome de solteira da mãe, e foi como ele a reconheceu. Mas soube também que seu tio estava entre os que a julgaram.
O ferido caiu, esgotado. Querendo ajudar, Grimaud fez um gesto na direção do cabo do punhal.
— Não faça isso — disse o carrasco. — Se retirar o punhal, morro.
A mão de Grimaud ficou suspensa no ar e ele, em seguida, batendo na própria testa, disse:
— Se esse homem identificar os outros, meu patrão está perdido.
— Corra, então! — exclamou o carrasco. — Previna-o, caso ainda esteja vivo. Previna os demais. Minha morte, com certeza, não será o ponto-final dessa terrível história.
— Para onde ele seguia? — perguntou Grimaud.
— Na direção de Paris.
— Quem o trouxe aqui?
— Dois jovens fidalgos que seguiam para o exército. A um deles ouvi o outro chamar visconde de Bragelonne.
— E foi quem trouxe o monge?
— Sim.
Grimaud olhou para o alto.

— Era essa, então, a vontade de Deus? — ele perguntou.
— Tudo indica.
— Se for assim, tudo é bem assustador — murmurou Grimaud. — Aquela mulher, no entanto, merecia o destino que teve. Não é mais a sua opinião?
— Quando sentimos a proximidade da morte, os crimes dos outros nos parecem bem pequenos, comparados aos nossos — disse o carrasco, voltando a fechar os olhos, exausto.

Grimaud oscilava entre a piedade, que não o permitia abandonar aquele homem, e o temor que, pelo contrário, o fazia querer partir e, com urgência, informar o conde de La Fère. Mas ouviu um barulho no corredor e percebeu que o dono da casa chegava com o médico, finalmente encontrado.

Várias pessoas os acompanhavam, trazidas pela curiosidade, pois a notícia do estranho acontecimento começava a se espalhar.

O doutor se aproximou do moribundo, que parecia desacordado.

— Precisamos, antes de tudo, extrair o ferro do peito — ele disse, balançando a cabeça significativamente.

Grimaud se lembrou da profecia feita pelo próprio ferido e desviou o olhar.

O cirurgião abriu mais o gibão e rasgou a camisa, deixando o peito do paciente à mostra.

O punhal, como já foi dito, estava encravado até o cabo e começou a ser puxado para fora. O ferido mantinha os olhos abertos com assustadora fixidez. Retirada totalmente a lâmina, uma espuma avermelhada surgiu na boca do agonizante e, no momento em que ele respirou, um fluxo de sangue brotou do ferimento. O carrasco olhou para Grimaud de maneira singular, soltou um estertor abafado e expirou no mesmo instante.

Grimaud pegou então o punhal banhado de sangue e que causava horror a todos, fez sinal para que o dono do albergue o seguisse, pagou as despesas com uma generosidade digna de seu amo e montou em seu cavalo.

Sua vontade era ir imediatamente a Paris, mas pensou o quanto Raoul ficaria preocupado com sua demora. O rapaz estava a apenas duas léguas dali e em quinze minutos poderia ser alcançado. Ida, volta e a devida explicação nem sequer custariam uma hora. O cavalo partiu a galope e dez minutos depois parou diante do A Mula Coroada, o único albergue de Mazingarbe.

Trocadas as primeiras palavras com o estalajadeiro, Grimaud teve certeza de ter alcançado quem ele buscava.

Raoul estava à mesa com o conde de Guiche e seu tutor, mas a triste aventura daquela manhã deixara na expressão dos dois moços uma tristeza que a alegria do sr. d'Arminges, mais filósofo que eles, habituado que fora àquele tipo de espetáculo, não conseguia dissipar.

De repente a porta se abriu. Pálido, empoeirado e ainda sujo com o sangue do infeliz carrasco, Grimaud entrou.

— Grimaud, meu bom Grimaud, finalmente! Desculpem-me, cavalheiros, mas não se trata de um serviçal, é um amigo — disse Raoul, pondo-se de pé e indo até o recém-chegado. — Como deixou o sr. conde? Ele sente um pouco a minha falta? Esteve com ele desde que nos deixamos? Diga, mas tenho também o que contar. Verdade, em três dias passamos por muitas aventuras. Mas o que você tem? Está pálido! E que sangue é esse?

— É sangue, sem dúvida! — exclamou de Guiche, também se levantando. — Está ferido, meu amigo?

— Não, senhor, não é sangue meu — respondeu Grimaud.

— De quem, então? — quis saber Raoul.

— Do pobre coitado que foi deixado no albergue. Ele morreu em meus braços.

— Nos seus braços? Sabe quem era aquele homem?

— Sei.

— E o conhecia?

— Conhecia.

— Ele, então, morreu?

— Morreu.

Os dois rapazes se entreolharam.

— Não há o que fazer, meus jovens — disse d'Arminges —, é a lei da natureza e não é por ter sido carrasco que ele deixaria de nela se incluir. Na mesma hora em que vi o ferimento, temi o pior. E também ele, pois pediu um confessor.

Ouvindo isso, Grimaud empalideceu ainda mais.

— Vamos, vamos; à mesa! — emendou d'Arminges, que, como todos os homens daquela época e, mais ainda, da sua idade, não admitia que sentimentalismos interrompessem uma refeição.

— O senhor tem razão — concordou Raoul. — Grimaud, peça que o sirvam. Coma e, depois de descansar, conversaremos.

— Não posso perder tempo — disse Grimaud —, preciso partir com urgência a Paris.

— Como assim? Paris? Engano seu. É Olivain que deve partir e você ficar.

— Olivain fica e eu, pelo contrário, vou. Vim apenas dar essa informação.

— Mas por que essa mudança?

— Não posso dizer.

— Explique-se.

— Não posso explicar.

— Vamos, que brincadeira é essa?

— O sr. visconde sabe que nunca brinco.

— Mas igualmente sei que o conde de La Fère disse que você ficaria comigo e Olivain voltaria a Paris. Seguirei as ordens do sr. conde.

— Não nessas circunstâncias, senhor.

— Estará me desobedecendo?

— É preciso.

— Insiste nisso?
— Estou indo. Que tudo se passe da melhor forma para o sr. visconde.
E Grimaud fez uma saudação e se virou para a porta de saída.
Furioso, mas também preocupado, Raoul foi atrás e puxou-o pelo braço.
— Grimaud! — gritou Raoul. — Fique, é uma ordem!
— Uma ordem que fará matarem o sr. conde — disse Grimaud, com nova saudação e voltando a tomar o caminho da porta.
— Grimaud, meu caro, não pode sair dessa maneira, me deixando tão inquieto. Diga o que está acontecendo, em nome de Deus!
Trêmulo, Raoul caiu pesadamente numa poltrona.
— O segredo que pede não me pertence, senhor. Posso dizer uma única coisa. Encontrou um monge, estou certo?
— Encontrei.
Raoul e de Guiche trocaram um olhar assustado.
— Levou-o até o ferido.
— Exato.
— Teve então tempo de vê-lo?
— Com certeza.
— E o reconhecerá, caso volte a vê-lo?
— Sem dúvida, posso jurar.
— Eu também — acrescentou de Guiche.
— Pois bem, se por acaso o encontrarem — disse Grimaud —, onde quer que seja, na estrada, numa rua, numa igreja, em qualquer lugar em que ele esteja e que também estiverem, pisem nele e o esmaguem sem dó nem piedade, como se fosse uma víbora, uma serpente, qualquer réptil peçonhento. Esmaguem e só o deixem quando estiver morto. A vida de cinco homens está por um fio enquanto ele viver, creio eu.
Sem mais nada acrescentar, Grimaud aproveitou a surpresa e o terror que havia criado nos que o ouviam e saiu porta afora.
— Eu não disse, conde, que aquele monge me lembrava um réptil? — lembrou-se Raoul.
Dois minutos depois, ouviram na estrada o galope de um cavalo. Raoul correu à janela.
Era Grimaud a caminho de Paris. Ele acenou para o visconde agitando o chapéu e logo desapareceu numa curva da estrada.
A galope, Grimaud pensou em duas coisas: a primeira era que naquele ritmo o cavalo não aguentaria dez léguas. A segunda era que estava sem dinheiro.
Mas tratava-se de alguém com imaginação tão fecunda quanto escassa era a sua fala.
Na primeira estação que encontrou, ele vendeu o seu cavalo e, com o dinheiro, alugou outro.

37. A véspera da batalha

A entrada precipitada do dono do albergue na sala em que estavam obrigou Raoul a deixar suas sombrias cogitações. Ele gritava:
— Os espanhóis! Os espanhóis!

O alarme era suficientemente grave para que qualquer outra preocupação cedesse vez. Os rapazes pediram algumas informações e descobriram que o inimigo, de fato, avançava por Houdin e Béthune.

Enquanto o sr. d'Arminges dava ordens para que os cavalos, que descansavam, fossem deixados em estado de a qualquer momento partir, Raoul e de Guiche foram às janelas mais altas da casa, que dominavam toda a área em volta, e efetivamente avistaram, para os lados de Hersin e de Lens, uma tropa volumosa de infantaria e cavalaria. Não se tratava mais de um bando nômade de simpatizantes, mas de todo um exército.

Não havia, então, outra coisa a fazer senão seguir as sábias instruções do sr. d'Arminges e bater em retirada.

Eles então desceram às pressas e encontraram o tutor já a cavalo. Olivain segurava pelas rédeas as montarias dos dois rapazes e os criados do conde de Guiche mantinham entre eles o prisioneiro espanhol, montado num pangaré comprado para isso. Como precaução nunca é demais, suas mãos estavam amarradas.

O pequeno grupo tomou ao trote o rumo de Cambrin, onde se esperava encontrar o príncipe, que já não estava mais lá desde o dia anterior e se retirara em La Bassé, pois uma notícia falsa anunciara que o inimigo atravessaria o rio Lys em Estaire.

De fato, enganado por tais informações, o príncipe havia mandado as suas tropas deixarem Béthune, concentrando todas as suas forças entre Vieille-Chapelle e La Venthie. Ele mesmo, depois de um reconhecimento de toda a linha, com o marechal de Grammont, acabava de chegar e passar à mesa, interrogando os oficiais sentados a seu redor sobre os informes dos quais cada um fora encarregado. Nenhum, entretanto, apresentou observações concretas. O exército inimigo estava desaparecido havia quarenta e oito horas, parecendo ter se evaporado.

Como se sabe, nunca um exército inimigo está mais presente e, consequentemente, é mais assustador do que quando desaparece assim. O príncipe, então, se sentia pouco animado e ansioso, quando um oficial de serviço entrou, anunciando ao marechal de Grammont que alguém o queria ver.

Com um gesto, o duque de Grammont pediu licença e se retirou.

Condé o acompanhou com os olhos, que continuaram pregados na porta sem que ninguém se atrevesse a falar, com medo de incomodá-lo em suas preocupações.

Um surdo trovejar de repente ecoou. O príncipe se levantou bruscamente, estendendo a mão na direção de onde viera a explosão. Era o estrondo bem conhecido de um canhão.

Todos fizeram o mesmo.

Nesse momento, a porta se abriu.

— Monsenhor aceitaria que meu filho, o conde de Guiche, e seu companheiro de viagem, o visconde de Bragelonne, lhe deem notícia do inimigo que tanto procuramos e que eles encontraram? — perguntou o marechal de Grammont, radiante.

— Como? — respondeu com vivacidade o príncipe. — Não só aceito, mas quero muito. Peça que entrem.

O marechal fez sinal e os dois jovens se viram à frente do comandante em chefe, que não perdeu tempo:

— Falem, senhores. Antes de tudo falem e em seguida faremos os cumprimentos de praxe. O mais urgente para todos nós, agora, é saber onde se encontra e o que faz o inimigo.

Naturalmente, cabia ao conde falar, pois não somente era o mais velho dos dois rapazes, mas também tinha sido apresentado ao príncipe pelo pai. De Guiche, aliás, há muito conhecia Sua Alteza, a quem Raoul via pela primeira vez.

Foi ele então quem contou o que tinham visto a partir do albergue de Mazingarbe.

Enquanto isso, Raoul observava o jovem general já tão famoso pelas batalhas de Rocroy, de Friburgo e de Nordlingen.

Luís de Bourbon, príncipe de Condé, desde a morte do seu pai, Henrique de Bourbon, era chamado, por abreviação e de acordo com o costume da época, sr. Príncipe. Tinha apenas vinte e seis ou vinte e sete anos, olhar aquilino, *agl'occhi grifani*, como caracterizou Dante,[288] nariz curvo e longos

---

288. Em italiano no original: "olhar de grifo". Na *Divina Comédia* (*Inferno*, canto 4, verso 123), Dante Alighieri (1265-1321) descreve o imperador Júlio César "armado com um olhar de grifo".

cabelos que balançavam aos cachos. As dimensões do corpo eram medíocres, mas sólidas, tendo todas as qualidades de um grande homem de guerra, isto é, entendimento e poder de decisão rápidos, coragem fabulosa. E nem por isso deixava de ser também elegante e espirituoso, de forma que, além da revolução que vinha fazendo na arte da guerra, com uma nova visão, revolucionara igualmente os hábitos dos jovens senhores da Corte. Também em Paris, então, ele se tornara o chefe natural dos chamados "pequenos mestres", em oposição aos elegantes da geração anterior, como Bassompierre, Bellegarde e o duque de Angoulême.[289]

Às primeiras palavras do conde de Guiche, e pela direção do tiro de canhão, o príncipe tudo entendeu de imediato. O inimigo havia provavelmente atravessado o Lys em Saint-Venant e avançava contra Lens, com a clara intenção de se assenhorar da cidade e separar o exército francês da França. O estrondo que se ouvira, com detonações esparsas que dominavam as demais, era de canhões de forte calibre, que respondiam aos tiros espanhóis e lorenos.[290]

Mas que força teria essa tropa? Seria um corpo buscando produzir mero desvio de atenção ou um exército inteiro?

Essa era a última pergunta do príncipe e de Guiche não tinha como respondê-la.

No entanto, era a mais importante, aquela para a qual o príncipe gostaria de ter uma resposta exata, precisa, consistente.

Raoul procurou superar a natural timidez que, contra a sua vontade, o dominava e, se aproximando mais, disse:

— Monsenhor me permitiria arriscar sobre o assunto algumas palavras que talvez ajudem?

O príncipe se voltou para ele, envolvendo o rapaz com o olhar e sorriu, percebendo se tratar de um menino de apenas quinze anos.

— Certamente, cavalheiro, fale — disse, suavizando seu tom de voz breve e marcado, como se estivesse se dirigindo a uma mulher.

— Monsenhor poderia interrogar o prisioneiro espanhol — respondeu Raoul, ruborizando.

— Vocês têm um prisioneiro espanhol?
— Temos, monsenhor.
— É verdade, eu me esqueci — confirmou de Guiche.

---

289. François de Bassompierre (ver nota 61), Roger de Bellegarde (1562/63-1646), duque e governador da Borgonha, e Charles de Valois-Angoulême (1573-1650), filho natural do rei Carlos IX, todos incluídos entre "Os 17 cavalheiros mais elegantes da corte de Luís XIII" (ver nota 73).

290. O ducado de Lorena, para se proteger das ambições expansionistas francesas, se aliara aos espanhóis.

— No entanto, foi o sr. conde que o prendeu — disse Raoul com um sorriso.

Grato pelo elogio ao filho, o velho marechal olhou para o visconde, enquanto o príncipe concordava:

— O rapaz tem toda razão, tragam o prisioneiro.

No intervalo que se seguiu, o príncipe tomou de Guiche à parte, perguntando detalhes do aprisionamento e sobre a identidade do jovem que o acompanhava. Uma vez informado, ele se voltou para Raoul:

— Cavalheiro, sei que tem uma carta de minha irmã, sra. de Longueville, mas vejo que preferiu se autorrecomendar, dando-me boa sugestão.

— Monsenhor — respondeu Raoul voltando a enrubescer —, não quis interromper Vossa Alteza em conversa tão importante quanto a que travava com o sr. conde, mas aqui está a carta.

— Ótimo, mas entregue-a mais tarde. Já que temos o prisioneiro, passemos ao mais urgente.

De fato, estava sendo trazido o "espanhol". Era um daqueles *condottieri*[291] como ainda se viam alguns naquele tempo, vendendo o próprio sangue a quem se dispusesse a pagar e habituados à espertaza e à pilhagem. Desde que fora preso, não dissera uma única palavra, de forma que não se sabia, na verdade, a sua origem.

O príncipe olhou para ele com extrema desconfiança.

— A qual nação pertence? — perguntou o príncipe.

O prisioneiro respondeu algumas palavras em língua estrangeira.

— Ah! Parece ser hispânico. Não fala espanhol, Grammont?

— Sinto, monsenhor, pouquíssimo.

— E eu, nada — disse o príncipe rindo, e continuou, dirigindo-se aos que estavam em volta: — Algum dos senhores fala espanhol, podendo me servir de intérprete?

— Eu, monsenhor — disse Raoul.

— Ah! Fala espanhol?

— O bastante, creio, para executar as ordens de Vossa Alteza nesse momento.

Durante todo esse tempo, o prisioneiro se mantivera impassível, como se por nada no mundo compreendesse o que acontecia.

— Monsenhor pergunta qual é a sua nação — disse o rapazote no mais puro castelhano.

— *Ich bin ein Deutscher* — respondeu o homem.

---

291. Chefe de mercenários na Itália medieval. O termo passou a diversas outras línguas, inclusive o português, designando o soldado que, por seu valor pessoal, consegue alcançar altos postos no exército.

— Que diabo ele disse? — perguntou o príncipe. — E que despautério é esse?

— Está dizendo que é alemão, monsenhor — respondeu Raoul. — Mas não acredito, pois o sotaque é estranho e a pronúncia ruim.

— Quer dizer que fala também alemão? — espantou-se o príncipe.

— Falo sim, monsenhor.

— O suficiente para interrogá-lo?

— Creio que sim.

— Interrogue-o, então.

Raoul começou a fazer perguntas, mas suas conjecturas se confirmaram, com o prisioneiro não compreendendo, ou fingindo não compreender. O rapaz, por sua vez, mal decifrava o que era dito, numa mistura de flamengo e alsaciano. Entretanto, apesar dos esforços feitos pelo prisioneiro para escapar de um interrogatório em regra, Raoul acabou reconhecendo o idioma natural daquele homem:

— *Non siete Spagnuolo, non siete Tedesco, siete Italiano.*[292]

O prisioneiro mordeu os lábios.

— Ah! Isso compreendo perfeitamente. Já que é italiano, continuo o interrogatório — disse o príncipe de Condé, acrescentando com um riso: — Obrigado, visconde, a partir de agora nomeio-o meu intérprete.

O homem, entretanto, não se dispunha a mais responder em italiano do que em outras línguas, procurando apenas eludir as perguntas, dizendo nada saber sobre o volume da tropa inimiga, nem o nome de quem a comandava, nem a intenção daquele avanço.

— Entendo — disse o príncipe, percebendo as verdadeiras causas para tanta ignorância. — Esse homem foi pego roubando e assassinando; poderia ter salvado a sua pele se falasse, mas como não quer, levem-no e passem-no ao fio da espada.

O preso ficou branco. Cada um dos dois soldados que o haviam trazido pegou um braço seu, levando-o na direção da porta, enquanto o príncipe, se virando para o marechal de Grammont, parecia já ter esquecido a ordem que acabava de dar.

Vendo-se quase do lado de fora, o prisioneiro parou e os soldados, acostumados apenas a seguir as instruções dadas, tentaram forçá-lo a continuar em frente.

— Um momento! — disse em francês o homem. — Eu falo!

— Ah, ah! — exclamou o príncipe rindo. — Sabia que terminaríamos assim. É um maravilhoso segredo para desatar línguas. Rapazes, lembrem-se desse truque quando estiverem no comando.

---

292. Em italiano no original: "Não és espanhol, não és alemão, és italiano."

— Mas à condição de que Vossa Alteza jure que minha vida está salva.
— Tem minha palavra de fidalgo — respondeu o príncipe.
— Pode me interrogar, monsenhor.
— Em que trecho o exército atravessou o Lys?
— Entre Saint-Venant e Aire.
— Quem comanda?
— O conde de Fuensaldagna, o general Beck e o próprio arquiduque.[293]
— É um exército de quantos homens?
— Dezoito mil e trinta e seis canhões.
— E avança na direção...
— De Lens.
— Vejam só, senhores! — disse o príncipe, voltando-se triunfante para o marechal de Grammont e os demais oficiais.
— Sem dúvida, monsenhor adivinhou tudo que era possível ao gênio humano adivinhar — resumiu o marechal.
— Avisem Le Plessis-Bellière, Villequier e d'Erlac — comandou o príncipe.
— Avisem todas as tropas aquém do Lys, para que se preparem para marchar esta noite: amanhã, tudo indica, atacaremos o inimigo.
— Monsenhor — permitiu-se lembrar de Grammont —, mesmo reunindo toda nossa força, somaremos apenas treze mil homens.
— Meu caro marechal — respondeu o príncipe com o seu admirável e tão característico olhar —, com pequenos exércitos ganham-se grandes batalhas.
Em seguida, voltando-se na direção do prisioneiro:
— Levem-no e que seja mantido sob extrema vigilância. Sua vida depende das informações que deu: se forem falsas, executem-no.
O homem foi levado.
— Conde de Guiche — continuou o príncipe —, há muito tempo não vê o seu pai, fique com ele. Visconde — ele acrescentou, dirigindo-se a Raoul —, se não estiver cansado demais, me acompanhe.
— Até o fim do mundo, monsenhor! — exclamou Raoul, sentindo pelo jovem general, que parecia digno de sua fama, um entusiasmo até então desconhecido.
O príncipe sorriu, pois desprezava os bajuladores, mas estimava os entusiastas.
— Então vamos, meu amigo. Já demonstrou ser bom conselheiro, veremos amanhã como se comporta na ação.

---

293. Alonso Pérez de Vivero (1603-61), conde de Fuensaldaña, era na época general de infantaria, tendo feito carreira nos Países Baixos espanhóis (ironicamente, durante a Fronda se tornará aliado do príncipe Condé, agora seu principal inimigo). Jean de Beck (1588-1648), governador do ducado de Luxemburgo, morto em consequência de ferimento sofrido nessa mesma batalha de Lens. Leopoldo Guilherme de Habsburgo (1614-62), governador dos Países Baixos espanhóis; como filho caçula do imperador Ferdinando II, seguiu a carreira eclesiástica como bispo de Estrasburgo, mas se dedicou principalmente à guerra.

A véspera da batalha

— E o que faço, monsenhor? — perguntou o marechal.

— Fique para recepcionar as tropas. Virei em pessoa buscá-las ou enviarei um mensageiro para que as conduza. Vinte guardas com bons cavalos é tudo que preciso como escolta.

— É muito pouco — achou o marechal.

— O suficiente — respondeu o príncipe. — Tem um bom cavalo, sr. de Bragelonne?

— O meu foi morto essa manhã. Estou provisoriamente usando o do meu criado.

— Escolha o que melhor lhe convier na minha estrebaria. Nada de cerimônia, pegue o que preferir. Talvez precise dele hoje à noite, e amanhã, com certeza.

Raoul não esperou qualquer insistência. Sabia que com os superiores, sobretudo se forem príncipes, a suprema polidez é a imediata obediência, sem qualquer reflexão. Foi então às estrebarias, escolheu um cavalo andaluz de pelagem isabel,[294] que ele pessoalmente selou e encilhou — pois Athos havia recomendado que, nos momentos de maior necessidade, não confiasse a ninguém mais tais cuidados importantes —, e voltou ao encontro do príncipe que, naquele exato momento, montava a cavalo.

— E agora — ele disse a Raoul —, pode me dar a carta que trouxe?

Raoul entregou-a.

— Mantenha-se perto de mim, visconde.

O príncipe esporeou o cavalo, prendeu a rédea no arção da sela, como sempre fazia para estar com as mãos livres, deslacrou a carta da sra. de Longueville e partiu a galope pela estrada de Lens, acompanhado por Raoul e seguido pela pequena escolta, enquanto os mensageiros que deviam chamar as tropas partiam, por sua vez, em disparada, em direções opostas.

O príncipe lia em plena correria.

— Meu amigo — disse ele pouco depois —, fala-se aqui muito bem do senhor. Tenho apenas a acrescentar que, pelo pouco que vi e ouvi, minha impressão está muito além do que diz a carta.

Raoul fez um gesto de agradecimento.

À medida que o pequeno grupo avançava na direção de Lens, os tiros de canhão soavam mais perto. O olhar do príncipe se cravava no ponto de onde partiam os estrondos com a fixidez de um pássaro de rapina. Era como se ele tivesse o poder de atravessar a cortina de árvores que se estendia à frente e fechava o horizonte.

---

294. É como são chamados os cavalos de cor branco-amarelada, com crina e patas negras. O tom pardacento ganhou esse nome a partir de uma lenda segundo a qual a infanta Isabel, filha de Filipe II da Espanha e governadora dos Países Baixos entre 1598 e 1621, prometeu não trocar a blusa amarela que vestia até a tomada final da cidade de Ostende (o cerco durou de 1601 a 1604), último bastião daquela região ainda fora do domínio espanhol.

De vez em quando, também, suas narinas se dilatavam, como se ele se impacientasse a sentir o cheiro de pólvora, bufando como o seu cavalo.

Ouviu-se afinal o canhão tão perto que se tornou evidente estarem a no máximo uma légua do campo de batalha. De fato, numa curva do caminho, percebeu-se a aldeia de Annay.

Reinava grande confusão entre os camponeses, pois as notícias sobre a crueldade dos espanhóis se espalharam e a todos assustavam. As mulheres já haviam fugido, retirando-se na direção de Vitry, e apenas alguns homens permaneciam no povoado.

Ao verem o príncipe, vieram correndo, e um deles o reconheceu:

— Ah, monsenhor! Está vindo dar caça a esses miseráveis espanhóis e ladrões lorenos?

— É o que quero, e você poderia me servir de guia.

— Com prazer. Aonde Vossa Alteza quer que eu a leve?

— A algum ponto mais alto, de onde eu possa ver Lens e as redondezas.

— Não será difícil.

— É um bom francês? Posso confiar?

— Fui soldado e estive em Rocroy, monsenhor.

— Fique com isso — disse o príncipe, dando-lhe uma bolsinha de moedas —, por Rocroy. Quer um cavalo, ou prefere ir a pé?

— A pé, monsenhor. Sempre servi na infantaria. Aliás, levarei Vossa Alteza por trilhas que, para passar, terá que desmontar.

— Então vamos, sem perda de tempo.

O camponês partiu rápido, à frente do cavalo, e depois, a cem passos do vilarejo, tomou um pequeno atalho perdido no fundo de um vale. Avançaram todos por meia légua, protegidos pelas árvores e com os tiros de canhão soando tão perto que a cada disparo tinha-se a impressão de ouvir o zumbido do projétil. Chegaram enfim a uma trilha que seguia por um flanco de montanha. O camponês fez sinal para que o príncipe o seguisse. Ele desmontou, mandou que um dos ajudantes e Raoul fizessem o mesmo e aos demais que aguardassem ordens, mantendo-se ocultos e prontos para intervir. Depois, começou a subida.

No final de dez minutos, chegaram às ruínas de um antigo castelo, coroando o alto de uma colina, e dali se descortinava a área em volta. A apenas um quarto de légua, via-se Lens em alvoroço e, diante da cidade, todo o exército inimigo.

Com um só olhar, o príncipe englobou a extensão que ia de Lens até Vimiy e, num instante, todo o plano da batalha que no dia seguinte salvaria, pela segunda vez, a França de uma invasão se fixou em sua mente. Ele pegou um lápis, rasgou uma página do seu bloco e escreveu:

Meu caro marechal,
Em uma hora Lens estará nas mãos do inimigo. Venha me encontrar e traga junto todo o exército. Estarei em Vendin, onde juntaremos nossas forças. Amanhã retomaremos Lens e teremos derrotado o inimigo.

Em seguida, virando-se para Raoul:
— Pronto, visconde, parta a toda brida e entregue essa carta ao sr. de Grammont.

Raoul se inclinou, pegou o papel, desceu rapidamente a montanha, montou no cavalo e partiu a galope.

Quinze minutos depois, estava à frente do marechal.

Parte das tropas já havia chegado e o restante era esperado a qualquer momento.

O marechal de Grammont assumiu o comando de tudo que tinha à sua disposição, em termos de infantaria e cavalaria, tomou a estrada de Vendin e deixou ao duque de Châtillon o encargo de aguardar o restante da tropa, para guiá-lo até o mesmo destino.

A artilharia estava pronta para partir naquele mesmo momento e se pôs, inteira, em marcha.

Eram sete horas da noite quando o marechal chegou ao ponto de encontro. O príncipe o aguardava. Como previsto, Lens havia caído em poder do inimigo logo depois de Raoul ter ido embora. A suspensão dos tiros de canhão, aliás, não deixava dúvida.

Esperou-se a noite. À medida que as trevas ganhavam terreno, as tropas requisitadas pelo príncipe iam chegando. Fora dada ordem para que nenhuma fizesse soar tambores nem clarins.

Às nove horas, a escuridão era quase total, mas um último crepúsculo iluminava ainda a planície. Com o príncipe à frente, a coluna se pôs silenciosamente em marcha.

Ultrapassada Annay, o exército já vislumbrava Lens. Duas ou três casas estavam em chamas e um surdo clamor, que chegava até os soldados, indicava a agonia de uma cidade tomada de assalto.

A cada um o príncipe indicou o seu posto. O marechal de Grammont devia se encarregar do flanco esquerdo, concentrando-se no povoado de Méricourt. O duque de Châtillon compunha o centro e o príncipe, enfim, formando a ala direita, se manteria adiante de Annay.

A ordem da batalha do dia seguinte seria a mesma dessas posições assumidas na véspera. Ao acordar, cada um já estaria em seu terreno de manobra.

Toda a movimentação se fez no mais profundo silêncio e dentro da maior precisão. Às dez da noite, todos estavam em posição e às dez e meia o príncipe percorreu os postos e passou ordens para o dia seguinte.

Três recomendações foram dadas a cada comando, encarregado de fazer com que os soldados as observassem à risca. A primeira, de que os diferentes corpos se observassem em marcha, para que a cavalaria e a infantaria se mantivessem numa mesma linha, com cada qual mantendo seus intervalos próprios.

A segunda, de somente ao passo ir à carga.

A terceira, de fazer de modo a que o inimigo atirasse primeiro,

O príncipe deixou o conde de Guiche com o pai e guardou consigo Bragelonne, mas os dois jovens pediram para estar juntos aquela noite, o que lhes foi concedido.

Uma tenda foi armada para eles, junto daquela do marechal. O dia fora cansativo, mas nenhum dos dois tinha vontade de dormir.

Aliás, é algo grave e imponente, mesmo para soldados experientes, a véspera de uma batalha. Pode-se então imaginar o estado dos dois rapazes, que veriam pela primeira vez o terrível espetáculo.

À véspera de uma batalha, vêm à mente mil coisas que até então estavam esquecidas. À véspera de uma batalha, pessoas que se ignoram tornam-se amigas, amigos tornam-se irmãos.

Nem é preciso dizer que, para quem tem no coração algum sentimento amoroso, da maneira mais natural esse sentimento atinge o mais alto grau possível da exaltação.

É de se imaginar que era esse o caso dos dois jovens, pois, no final de certo tempo, cada um foi se sentar num canto da tenda, usando as próprias pernas como apoio para escrever.

Foram cartas longas, com quatro páginas cobertas sucessivamente de escrita fina e apertada. De vez em quando eles trocavam um olhar e um sorriso. Compreendiam-se sem se falar, eram duas organizações elegantes e simpáticas, feitas para se entender sem a necessidade das palavras.

Terminadas as cartas, cada um pôs a sua dentro de dois envelopes, nos quais não se podia ler o nome da pessoa a quem se destinava sem rasgar o primeiro. Ambos, em seguida, se aproximaram e trocaram suas cartas com um sorriso.

— Se me acontecer alguma desgraça — disse Bragelonne.

— Se eu for morto — disse de Guiche.

— Fique tranquilo — disseram os dois.

Em seguida, abraçaram-se como dois irmãos, enrolaram-se cada qual na sua coberta e dormiram o sono jovem e gracioso, característico dos pássaros, das flores, das crianças.

38. Um jantar dos velhos tempos

O segundo encontro dos antigos mosqueteiros não foi tão pomposo e ameaçador quanto o primeiro. Com o sempiterno e superior bom senso que lhe era próprio, Athos logo viu que a mesa seria o local mais eficiente e completo para a reunião. E quando os amigos, temendo a sua distinção e sobriedade, não se atreveram a mencionar os bons jantares de antigamente, na Pomme de Pin ou no Parpaillot,[295] ele próprio propôs que se encontrassem em volta de uma mesa qualquer, mas bem servida, em que cada um se entregasse sem reservas, de acordo com sua personalidade e seus hábitos, seguindo o bom entendimento que outrora lhes garantira a fama de inseparáveis.

A proposta agradou a todos e mais ainda a d'Artagnan, ansioso em ter de volta um pouco do bom gosto e da alegria daquelas conversas de quando eram jovens. Há muito tempo seu espírito fino e brincalhão encontrava apenas satisfações incompletas, tacanhas recompensas, como ele mesmo dizia. Porthos, prestes a se tornar barão, adorou a oportunidade para estudar, em Athos e Aramis, o tom e as maneiras das pessoas requintadas. Aramis queria ter notícias do Palais Royal por d'Artagnan e Porthos, além de manter para qualquer eventualidade amigos tão confiáveis, que no passado o secundaram em suas desavenças com espadas tão bem-dispostas e imbatíveis.

Já Athos era o único a nada esperar nem nada precisar dos outros, movido exclusivamente por um sentimento de simples grandeza e de pura amizade.

---

295. Ver *Os três mosqueteiros*, caps. 7 e 11 para a primeira, 46 e 49 para o segundo. A Pomme de Pin era um famoso cabaré, qualificado por Rabelais como uma "taberna meritória"; no séc.XVII tornou-se propriedade de Philippe Gruyn, que lá recebeu importantes artistas da época, como Racine, Molière e La Fontaine.

Combinou-se então que cada um daria um endereço exato e que, salvo contrariedade de um dos participantes, a reunião seria num conhecido restaurante da rua de la Monnaie,[296] chamado Ermitage. O encontro foi marcado para a quarta-feira seguinte, às precisas oito horas da noite.

E os quatro amigos chegaram pontualmente, vindo cada qual de um lugar. Porthos fora testar um novo cavalo, d'Artagnan acabava seu expediente de guarda no Louvre, Aramis visitara uma das suas penitentes no bairro e Athos, tendo fixado domicílio na rua Guénégaud, estava bem perto. Surpreenderam-se, então, ao se verem à porta do Ermitage, com Athos vindo pela ponte Neuf, Porthos pela rua do Roule, d'Artagnan pela des Fossés-Saint-Germain-l'Auxerrois e Aramis pela de Béthisy.

As primeiras palavras trocadas pelos quatro, justamente pela afetação da atitude de cada um, foram um tanto forçadas e a refeição claramente começou sob certa tensão. Via-se que d'Artagnan se obrigava a rir, Athos a beber, Aramis a contar histórias e Porthos a se calar. Athos se deu conta do que acontecia e pediu, como remédio mais imediato, que trouxessem quatro garrafas de vinho da Champagne.

Diante do pedido, feito com a habitual calma de Athos, viu-se a expressão do gascão se descontrair e a de Porthos se alegrar.

Aramis ficou surpreso. Sabia não só que Athos não bebia mais, mas que tinha, sobretudo pelo vinho, certa repugnância.

A surpresa então redobrou ao ver o amigo encher o próprio copo e beber com o mesmo entusiasmo de antigamente. D'Artagnan logo encheu e esvaziou o seu. Porthos e Aramis brindaram. Em pouco tempo as garrafas se esvaziaram. Era como se os convivas estivessem aflitos para deixar de lado as próprias desconfianças.

Num instante o excelente subterfúgio dissipou até a última bruma que porventura ainda restasse no fundo de algum daqueles corações. Os quatro amigos passaram a falar mais alto, sem esperar que um terminasse para o outro começar e com cada um assumindo, na mesa, a sua postura favorita. Não demorou muito e Aramis, num gesto extraordinário, afrouxou duas casas do gibão. Vendo isso, Porthos afrouxou todas, de cima a baixo, do seu.

As batalhas, as intermináveis estradas, os golpes sofridos e aplicados foram os temas iniciais da conversa. Em seguida, passaram às surdas disputas travadas contra aquele que eles agora denominavam "o grande cardeal".

— Por Deus — disse rindo Aramis —, estamos já elogiando demais os mortos. Vamos agora desancar os vivos. Tenho muita vontade de falar mal do Mazarino. Posso?

— Sempre — respondeu d'Artagnan com uma gargalhada. — Pode sempre. Conte o que tem a contar e serei o primeiro a aplaudir, se a história for boa.

---

296. A rua não existe mais e parte dela foi anexada justamente à Ghénégaud, citada logo adiante, e ao cais Conti.

— Querendo fazer aliança com certo príncipe de alta linhagem — começou Aramis —, Mazarino pediu que ele lhe enviasse a relação de tudo que queria para ter a honra do seu apoio. O príncipe, apesar de certa aversão pessoal de tratar com o ministro, fez mesmo assim uma lista e enviou. Três pretensões do príncipe contrariavam o cardeal, que então ofereceu dez mil escudos para que fossem abandonadas.

— Ai, ai, ai! — exclamaram ao mesmo tempo os três amigos. — Não chega a ser muito e, sem dúvida, não foram aceitos. O que fez o príncipe?

— Enviou cinquenta mil libras a Mazarino, pedindo que não lhe escrevesse mais, e ofereceu outras vinte mil, caso ele se comprometesse a nunca mais lhe dirigir a palavra.

— O que fez Mazarino?

— Zangou-se? — perguntou Athos.

— Mandou dar bastonadas no mensageiro? — sugeriu Porthos.

— Aceitou a soma? — arriscou d'Artagnan.

— Adivinhou — respondeu Aramis.

E todos riram tão alto que o estalajadeiro foi até eles perguntar se queriam alguma coisa, mas, na verdade, achou que estavam brigando.

A hilaridade finalmente se acalmou.

— Posso então crucificar o sr. de Beaufort? — perguntou d'Artagnan. — Gostei da brincadeira.

— Vá em frente — disse Aramis, que conhecia bem o espírito gascão, fino e ousado, do amigo, que jamais cedia uma vantagem, em terreno algum.

— Tudo bem, Athos? — pediu confirmação d'Artagnan.

— Juro, palavra de honra que riremos, se for engraçado.

— Então, é o seguinte. O sr. de Beaufort, conversando um dia com um amigo do sr. Príncipe, contou que numa das primeiras disputas entre Mazarino e o Parlamento, ele se viu em posição contrária à do sr. de Chavigny e, sabendo-o ligado ao novo cardeal, ele, que dependera do antigo em tantas coisas, o havia vergastado no melhor estilo.

"O tal amigo, que conhecia o sr. de Beaufort como alguém que com facilidade vai às vias de fato, não estranhou e contou ao sr. Príncipe o que ouvira. A história se espalhou e todos começaram a virar as costas a Chavigny, que, surpreso, começou a querer explicação para aquela repentina frieza geral. As pessoas ficavam sem graça de contar o motivo, até que alguém acabou dizendo que todos se sentiam constrangidos por ele ter se deixado vergastar pelo sr. de Beaufort, por mais príncipe que fosse.

"— E quem disse que fui vergastado pelo príncipe? — indignou-se Chavigny.

"— O próprio príncipe — respondeu o amigo.

"Buscaram-se as fontes e não foi difícil chegar à pessoa com quem o príncipe havia feito o comentário. Ela, entretanto, instada a dar a sua palavra de honra quanto à verdade, repetiu e confirmou o que ouvira.

"Em desespero por semelhante calúnia, absolutamente incompreensível, Chavigny achou melhor morrer do que suportar tal injúria. Assim sendo, enviou ao príncipe dois amigos que seriam seus padrinhos num eventual duelo, com a missão de perguntar se ele havia, de fato, dito que vergastara o sr. de Chavigny.

"— Não só disse como repito — respondeu o príncipe. — É a pura verdade.

"Uma das testemunhas de Chavigny então falou:

"— Que monsenhor me permita lembrar que agressão física a um fidalgo degrada tanto o agressor quanto a vítima. O rei Luís XIII não aceitava camareiros fidalgos para ter o direito de bater neles.

"— E o que tem isso? — estranhou o sr. de Beaufort. — Quem agrediu quem?

"— Monsenhor, que pretende ter surrado...

"— Surrado quem?

"— O sr. de Chavigny.

"— Eu?

"— Não disse ter vergastado o sr. de Chavigny, monsenhor?

"— Disse.

"— Pois ele desmente!

"— Ora essa! — indignou-se o sr. de Beaufort, com toda a altivez que bem podem imaginar. — Fiz isso e posso repetir exatamente o que disse: 'Meu caro Chavigny, é muito criticável sua atitude de dar apoio a um farsante como Mazarino.'

"— Ai, monsenhor! — exclamou a testemunha. — Entendi! O senhor quis dizer admoestar.[297]

"— Admoestar, vergastar, que diferença faz? — irritou-se o príncipe. — Não é a mesma coisa? Esses fabricantes de palavras são é bem pedantes."

Os quatro amigos riram muito do erro filológico do sr. de Beaufort, cujos deslizes lexicais começavam a se tornar proverbiais. Combinou-se então que, afastando em definitivo o espírito partidário dos encontros, d'Artagnan e Porthos poderiam zombar à vontade dos príncipes, enquanto Athos e Aramis teriam liberdade para vergastar Mazarino.

— Na verdade — disse d'Artagnan aos dois amigos —, têm mesmo razão em não gostar dele, pois ele, por sua vez, isso eu garanto, não lhes quer nada bem.

— É mesmo? — ironizou Athos. — Se o sujeitinho conhecesse meu nome, acho que eu me desbatizaria, temendo que as pessoas pudessem achar que também o conheço.

---

297. No original *gourmander* e *gourmer*, familiarmente "sovar", "surrar".

— Ele não o conhece pelo nome, mas pelo que fez. Sabe que dois membros da nobreza participaram mais intimamente da fuga do sr. de Beaufort e colocou alguém em busca, para que os encontre a qualquer preço.

— Quem?

— Eu.

— Como assim, você?

— Exato. Mandou me chamar essa manhã para saber se eu tinha alguma informação.

— Sobre os dois fidalgos?

— Isso.

— E o que você disse?

— Que até então nada sabia, mas que jantaria à noite com duas pessoas que talvez soubessem.

— É mesmo?! — explodiu Porthos com sua grande risada ganhando o rosto inteiro. — Muito bem! Não está com medo, Athos?

— Não — respondeu o conde. — A investigação de Mazarino não me preocupa.

— E o que o preocupa? — aproveitou Aramis a ocasião.

— Nada. Nada do presente, em todo caso.

— Do passado? — perguntou Porthos.

— É, com o passado é diferente — admitiu Athos num suspiro. — Com o passado e com o futuro...

— Não é pelo jovem Raoul que se preocupa? — perguntou Aramis.

— Ninguém morre logo na primeira refrega — disse d'Artagnan.

— Nem na segunda — acrescentou Aramis.

— Nem na terceira — continuou Porthos. — Aliás, quando nos matam, a gente volta. E a prova disso é que aqui estamos.

— Não — disse Athos. — Não é por Raoul exatamente que me preocupo. Ele se comportará, assim espero, com nobreza e, se for morto, bem!, será com bravura. Mas vejam, se algo lhe acontecer eu...

Athos passou a mão na testa, que empalidecera.

— Você? — insistiu Aramis.

— Bem, veria essa desgraça como uma expiação.

— Ah! — exclamou d'Artagnan. — Sei aonde quer chegar.

— Eu também — disse Aramis. — Mas não deve pensar nisso, Athos. O passado passou.

— Não entendi — disse Porthos.

— O caso d'Armentières[298] — lembrou discretamente d'Artagnan.

— O caso d'Armentières?

---

298. Em *Os três mosqueteiros*, é em Armentières que Porthos, Athos, Aramis, d'Artagnan e de Winter prendem Milady e a condenam à morte, após julgamento bastante sumário.

— Milady...
— Ah, sei! — exclamou Porthos. — Já havia esquecido.
Athos o olhou com intensidade e perguntou:
— Você esqueceu, Porthos?
— Completamente. Já faz muito tempo.
— E aquilo não pesa na sua consciência?
— Em nada.
— E para você, Aramis?
— Penso nisso, às vezes. É um caso de consciência que ainda gera reflexão.
— E você d'Artagnan?
— Confesso que quando minhas recordações se perdem naquela época terrível, lembro-me apenas do corpo gelado da pobre sra. Bonacieux. Muitas vezes lamentei a vítima — ele murmurou —, mas nunca tive remorsos pela assassina.[299]

Athos balançou a cabeça, parecendo não acreditar muito.

— Pense que se admitir a justiça divina e sua participação nas coisas desse mundo — disse Aramis —, aquela mulher foi punida pela vontade de Deus. Fomos seu instrumento, apenas isso.

— E o que faz do livre-arbítrio, Aramis?

— Como atua o juiz? Ele tem seu livre-arbítrio e condena sem medo. E o carrasco? É dono do seu braço, mas abate sem remorsos.

— O carrasco... — lembrou-se baixinho Athos.

Todos perceberam que ele se fixava em certa lembrança.

— Sei que é assustador — disse d'Artagnan —, mas quando penso que matamos ingleses, espanhóis e até franceses que nada fizeram de mal além de nos pôr em mira e não acertar, que nada cometeram de errado além de duelar conosco sem conseguir aparar o golpe com suficiente rapidez, consigo desculpar minha participação na morte daquela mulher, juro!

— Já que me forçaram a recordação — emendou Porthos —, posso rever a cena como se fosse agora: Milady estava onde você está (Athos estremeceu), eu no lugar de d'Artagnan. Tinha comigo uma espada que cortava como uma boa faca... Você se lembra dela, Aramis, pois sempre a chamava balizarde.[300] Pois bem, juro a vocês três que se não tivéssemos conosco o carrasco de Béthune... Não era de Béthune? Isso mesmo, Béthune... eu teria cortado o pescoço daquela fulana, sem pensar duas vezes. Era uma pessoa ruim.

— Mas, afinal — atalhou Aramis com o tom de filosófico descaso a que se habituara desde que era homem de Igreja, tom que deixava transparecer

---

299. Em *Os três mosqueteiros*, cap. 63, Constance Bonacieux, amada de d'Artagnan, é envenenada por Milady.

300. É o nome da espada de Ruggiero em *Orlando furioso*, de Ludovico Ariosto (ver nota 190).

bem mais ateísmo do que confiança em Deus —, para que pensar nisso tudo? O que foi feito está feito! Confessaremos aquele ato no momento supremo e, melhor que nós, Deus saberá julgar se foi crime, erro ou ação meritória. Arrependimento, é o que perguntam? Muito bem, nenhum. Por minha honra e pela cruz, só me arrependo pelo fato de que a condenada fosse mulher.

— O mais tranquilizador é que, disso tudo, não restou traço algum — disse d'Artagnan.

— Havia um filho — observou Athos.

— É verdade — lembrou-se d'Artagnan. — Vocês me disseram, mas o que terá acontecido com ele? Quando morre a serpente, não morre a ninhada? Acham que o tio, de Winter, criaria o filhote? Deve ter condenado o filho, como já havia condenado a mãe.

— Se assim for pagará pelo crime, pois a criança nada havia feito — disse Athos.

— A criança morreu, ponho minha mão no fogo! — decidiu Porthos. — Tem tanta neblina naquele país horroroso, pelo menos pelo que disse d'Artagnan...

É possível que a conclusão de Porthos trouxesse de volta a alegria àqueles rostos que, de certa forma, tinham se anuviado, mas eles ouviram o som de passadas na escada e, logo depois, alguém bateu à porta.

— Entre — disse Athos.

Era o dono do restaurante:

— Cavalheiros, um homem que parece ter muita pressa pede para falar com um dos senhores.

— Com qual de nós? — perguntaram todos.

— Com o conde de La Fère.

— Sou eu — disse Athos. — E como se chama a pessoa?

— Grimaud.

— Como? — assustou-se Athos. — Ele está aqui? O que terá acontecido a Bragelonne?

— Mande-o entrar — adiantou-se d'Artagnan. — Mande-o entrar!

Grimaud, na verdade, já subira a escada e esperava no andar. Entrou na sala e, com um gesto, pediu que o estalajadeiro se retirasse.

O homem fechou a porta, com os quatro amigos na expectativa. A agitação de Grimaud, sua palidez, o suor que lhe banhava o rosto, a poeira nas roupas eram indícios de que trazia alguma terrível e importante notícia.

— Senhores, aquela mulher tinha um filho, que se tornou adulto. A tigresa tinha um filhote, o tigre está à caça e procura os senhores. Estejam atentos! — ele disse.

Athos olhou para os amigos com um sorriso melancólico. Porthos procurou ali perto a espada, dependurada na parede. Aramis levou a mão ao cabo da faca. D'Artagnan se levantou:

— O que está dizendo, Grimaud?
— Que o filho de Milady deixou a Inglaterra, está na França, a caminho de Paris, se já não estiver aqui.
— Diabos! Tem certeza? — perguntou Porthos.
— Absoluta — confirmou Grimaud.

Um pesado silêncio se seguiu à declaração. Grimaud estava tão ofegante, tão cansado que caiu numa cadeira.

Athos encheu um copo de champanhe e passou para ele.
— Bom! E daí? — disse afinal d'Artagnan. — Estando vivo, acabaria vindo a Paris. Já vimos coisas piores! Que venha!
— Não passa de uma criança — ponderou Aramis.

Grimaud se pôs de pé:
— Uma criança? Sabem o que acaba de fazer essa criança? Disfarçado de monge, descobriu toda a história como confessor do carrasco de Béthune e, depois de tudo ouvir, como absolvição plantou-lhe no coração o punhal que tenho aqui comigo. Vejam, ainda vermelho e úmido, pois foi extraído do ferimento há nem mesmo trinta horas — ele disse, lançando na mesa a arma esquecida pelo frade no coração do carrasco.

D'Artagnan, Porthos e Aramis se puseram de pé e, numa reação automatizada, buscaram suas espadas.

Apenas Athos permaneceu em sua cadeira, calmo e meditativo:
— Disse que estava vestido de frade, Grimaud?
— Isso mesmo, monge agostiniano.
— Como ele é?
— Do meu tamanho, pelo que disse o estalajadeiro, magro, pálido, olhos claros, azuis, cabelos louros!
— E... ele não viu Raoul? — insistiu Athos.
— Pelo contrário! O próprio visconde levou o confessor ao moribundo.

Foi a vez de Athos se levantar e ir despendurar a espada.
— Quem diria, meus amigos — tentou d'Artagnan manter um tom de brincadeira —, estamos parecendo mocinhas! Nós quatro, que enfrentamos sem sombra de hesitação verdadeiros exércitos, estamos aqui tremendo por causa de um menino!
— É verdade — ponderou Athos —, mas um menino que vem em nome de Deus.

E todos deixaram às pressas o albergue.

39. *A carta de Carlos I*[301]

Será preciso, agora, que o leitor atravesse conosco o rio Sena e nos acompanhe até o portão do convento das carmelitas, na rua Saint-Jacques.

São onze horas da manhã e as caridosas irmãs acabam de rezar uma missa para o sucesso militar de Carlos I. À saída da igreja, uma mulher e uma jovem, ambas trajando negro, parecendo uma viúva e a outra, órfã, voltaram à sua cela.

A mulher se ajoelhou no genuflexório de madeira pintada e, a poucos passos dela, a mocinha, de pé e apoiada numa cadeira, começou a chorar.

A mulher provavelmente foi bonita, mas vê-se que o pranto a envelheceu. A jovem é graciosa e as lágrimas ainda mais a embelezam. A mulher parece ter quarenta anos, a menina, quatorze.

— Meu Deus! — exclamou a suplicante de joelhos. — Conservai meu marido, conservai meu filho e tomai a minha vida, tão triste e miserável.

— Meu Deus! — exclamou a mocinha. — Conservai minha mãe!

— Sua mãe nada mais pode por você neste mundo, Henriette — disse para ela a mulher aflita que rezava. — Sua mãe não tem mais marido, nem filho, nem dinheiro, nem amigos. Sua mãe, pobre criança, foi abandonada pelo universo — lamentou-se ela, jogando-se também em prantos nos braços da filha, que se aproximara.

---

301. Sobre Carlos I, ver nota 180. Desde que subiu ao trono, em 1625, o rei inglês teve crescentes choques com o Parlamento, contrário à sua concepção autoritária da monarquia, e com os grupos reformistas puritanos, que o diziam católico. Em 1642, ele parte em campanha armada contra os insubmissos, dando início a uma guerra civil que, a partir de 1645, se torna claramente desfavorável à Coroa. A situação de Carlos I, no momento dessa carta (fictícia), é desesperadora: acuado junto à fronteira da Escócia, com a mulher e uma das filhas refugiadas na França, o filho mais velho na Holanda e os dois menores presos na Torre de Londres.

— Mãe, coragem! — pediu a jovem.

— Ah! É um ano ruim para os reis, este que atravessamos — disse a mulher, encostando a cabeça no ombro da menina. — Ninguém, neste país, pensa em nós, cada um cuida dos seus próprios interesses. Enquanto seu irmão esteve conosco, eu tive algum apoio. Mas seu irmão se foi: não pode mais dar notícias nem a mim nem a seu pai. Penhorei minhas últimas joias, vendi minhas roupas e as suas para pagar os que o acompanharam e que não teriam ido sem esse sacrifício. Vivemos agora às custas das filhas do Senhor. Somos miseráveis a depender de Deus.

— Por que não apela para a rainha, sua irmã?[302] — perguntou a menina.

— Ai! A rainha, minha irmã, não é mais rainha! Outro reina em seu nome, minha filha. Um dia você compreenderá.

— E o rei, seu sobrinho? Não quer que eu fale com ele? A senhora sabe como ele gosta de mim, mãe.

— Ai! O rei, meu sobrinho, não é rei ainda, infelizmente. A ele mesmo falta o necessário, Laporte já nos repetiu isso vinte vezes.

— Então peçamos a Deus — resignou-se a mocinha, ajoelhando-se ao lado da mãe.

Essas duas mulheres que rezavam no mesmo genuflexório eram a filha e a neta de Henrique IV, a mulher e a filha de Carlos I.

Terminavam aquela dupla oração quando uma freira bateu de leve na porta da cela.

— Entre, irmã — disse a mais velha, enxugando as lágrimas e se pondo de pé.

A freira entreabriu respeitosamente a porta.

— Que Vossa Majestade me perdoe por perturbar suas meditações, mas encontra-se no locutório um senhor estrangeiro, vindo da Inglaterra, que pede a honra de vos entregar uma carta.

— Uma carta? Meu Deus! Talvez uma carta do rei! Notícias do seu pai, quem sabe? Ouviu isso, Henriette?

— Ouvi sim, senhora. É também o que espero.

— E quem é o cavalheiro, por favor?

— Um fidalgo com cerca de quarenta e cinco ou cinquenta anos.

— Como se chama? Ele disse como se chama?

— Milorde de Winter.

— Milorde de Winter! — exclamou a rainha. — Amigo do meu marido! Rápido, mande-o entrar, mande-o entrar!

E foi ela mesma buscar o mensageiro, tomando a sua mão com ansiedade.

Entrando na cela, lorde de Winter se ajoelhou e apresentou à rainha uma carta dentro de num invólucro de ouro.

---

302. Henriqueta da França e Ana da Áustria de forma alguma eram irmãs, mas reis e rainhas por direito divino se tratavam como tal.

— São três coisas que milorde nos traz e que não vemos há muito tempo: ouro, amizade sincera e uma carta do rei nosso esposo e senhor — disse a rainha.

De Winter fez nova reverência, sem nem sequer conseguir responder, tamanha a sua emoção.

— Milorde há de entender minha pressa — continuou a rainha, mostrando a carta — para saber o que temos aqui.

— Retiro-me, senhora.

— Não, fique. Leremos à sua frente. Não imagina quantas perguntas tenho a fazer.

De Winter recuou alguns passos e permaneceu de pé, em silêncio.

Mãe e filha se retiraram, por sua vez, num vão de janela e avidamente leram a seguinte carta, com a segunda apoiada no braço da primeira:

Querida esposa,
Chegamos a uma etapa decisiva. Todos os recursos que por Deus me foram legados estão aqui, concentrados nesse campo de Naseby,[303] de onde escrevo às pressas. É onde aguardo o exército de meus súditos rebeldes, contra os quais lutarei pela última vez. Se porventura vencer, eternizarei a luta; vencido estarei completamente perdido. Se for esse o caso (infelizmente, quando se chega a tal ponto, deve-se tudo esperar), tentarei chegar ao litoral da França. Mas será que vão poder — e querer — receber um rei em desgraça, trazendo tão funesto exemplo a um país já sacudido por discórdias civis? O bom senso e o afeto da senhora me servirão de guia. Meu mensageiro lhe dirá pessoalmente, senhora, o que não posso escrever, por temer algum acidente. Explicará o que espero da senhora. E transmitirá a bênção paterna a meus filhos, assim como o carinho de meu coração pela querida esposa.

Em vez de "Carlos, rei", a carta estava assinada "Carlos, ainda rei".

Essa triste leitura, da qual de Winter podia seguir as impressões no rosto da rainha, produziu, apesar de tudo, um brilho de esperança nos seus olhos.

— Que ele deixe de ser rei! — ela exclamou. — Que seja derrotado, exilado, proscrito, mas que viva! O trono se tornou, infelizmente, um posto perigoso demais, não posso querer que ele continue rei. Mas diga, milorde, qual a situação? — continuou a rainha. — Nada esconda de mim. Encontra-se, de fato, num momento assim tão extremo?

— Infelizmente, senhora! Mais ainda do que ele próprio pensa. Sua Majestade tem o coração tão generoso que não compreende o ódio, e tão leal que não vê a traição. A Inglaterra sofre de uma vertigem que, receio, só se abrandará com sangue.

---

303. No condado de Northampton, junto aos rios Avon e Nen. A batalha histórica aconteceu aí em 14 de junho de 1645 e nela as tropas do rei foram esmagadas.

— *Fique. Leremos à sua frente. Não imagina quantas perguntas tenho a fazer.*

— E lorde Montrose?[304] — quis saber a rainha. — Ouvi dizer que obteve importantes e rápidos sucessos, com batalhas ganhas em Inverlochy, em Auldearn, em Alford e em Kilsyth. Ouvi dizer que avançava rumo à fronteira para se juntar ao rei.

— É verdade, senhora, mas na fronteira ele encontrou Lesley. A vitória se cansou dele, após tanto esforço sobre-humano. Abandonou-o. Derrotado em Philiphaugh, Montrose foi obrigado a dispensar o restante do seu exército e fugir disfarçado de criado. Encontra-se em Bergen, na Noruega.

— Que Deus o proteja! Já é um consolo saber que amigos, depois de tantas vezes por nós arriscarem a vida, encontram-se em segurança. Mas agora, milorde, que vejo sem me iludir a posição do rei, que é desesperadora, diga o que tem a me dizer da parte de meu real esposo.

— É simples, senhora! O rei espera que tente descobrir quais são as disposições da Coroa francesa com relação a ele.

— Como deve saber, infelizmente o rei é ainda criança e a rainha, além de mulher, é bem fraca, deixando o sr. de Mazarino resolver tudo.

— Ele quer ter, na França, o mesmo papel que Cromwell na Inglaterra?[305]

— Longe disso. É um italiano flexível e esperto, que talvez até sonhe com o crime, mas nunca ousará cometê-lo. E bem ao contrário de Cromwell, que tem com ele as duas Câmaras,[306] Mazarino conta apenas com a rainha em sua luta contra o Parlamento.

— É uma razão a mais para que proteja um rei que os parlamentos perseguem.

A rainha balançou a cabeça com amargura:

— Na minha opinião, milorde, o cardeal nada fará ou, talvez, até se posicione contra nós. Minha presença e a de minha filha na França já são para ele um peso; a do rei seria um transtorno a mais. Milorde — acrescentou Henriqueta com um sorriso melancólico —, é triste e quase vergonhoso dizer, mas passamos o inverno no Louvre sem dinheiro, sem agasalhos, quase sem pão e muitas vezes nem saíamos da cama, por falta de lenha para aquecer.

— Que horror! — exclamou de Winter. — A filha de Henrique IV, a mulher do rei Carlos! Por que não fez apelo, senhora, àquele de nós que estivesse mais perto?

— É essa a hospitalidade que dá, à rainha, o ministro a quem o rei quer pedi-la.

---

304. James Graham (1612-50), conde e em seguida marquês de Montrose. As batalhas citadas aconteceram em 1645 e são exemplo de estratégia e habilidade militar. Ele deveria dar apoio ao rei após a batalha de Naseby, mas foi derrotado em 13 de setembro, em Philiphaugh, por um exército comandado pelo general escocês David Leslie.

305. Oliver Cromwell (1599-1658), militar e parlamentar inglês, muito religioso (converteu-se ao puritanismo em 1630), tornou-se a principal liderança política da guerra civil inglesa.

306. A dos Comuns e a dos Lordes.

— Mas ouvi falar de um casamento entre monsenhor o príncipe de Gales e a srta. de Orléans[307] — disse de Winter.

— Tive por algum tempo essa esperança. Os dois jovens se amavam, mas a rainha, que de início aprovara a aliança, mudou de opinião. E o sr. duque de Orléans, que igualmente a encorajara, proibiu a filha de voltar a pensar em tal união. Ah, milorde! — continuou a rainha, sem nem mais se preocupar em disfarçar as lágrimas. — Mais vale combater, como fez o rei, e morrer como ele provavelmente morrerá, do que viver na mendicância, como eu.

— Coragem, senhora, não vos desespereis. Os interesses da Coroa francesa, por mais abalados que se encontrem no presente momento, estão em combater a rebelião num país tão próximo. Mazarino é um homem de Estado e compreenderá tal necessidade.

— Acha isso? — perguntou a rainha, demonstrando alguma dúvida. — Mesmo com os exemplos que temos?

— Quais?

— Os Joyce, os Pride, os Cromwell.

— Um alfaiate! Um carroceiro! Um fabricante de cerveja![308] Espero, senhora, que o cardeal não se alie a gente assim.

— E ele mesmo, o que é?

— Mas está em jogo a glória do rei, da rainha...

— Esperemos que ele faça alguma coisa por essa glória. A amizade é tão eloquente, milorde, que fiquei mais confiante. Dê-me então a mão e vamos até o ministro.

— Senhora! — exclamou de Winter, fazendo uma reverência. — Tal honra me confunde.

— E se, no entanto, ele recusar — lembrou a sra. Henriqueta, interrompendo — e o rei perder a batalha?

— Sua Majestade, nesse caso, se refugiaria na Holanda, onde monsenhor o príncipe de Gales se encontra, pelo que ouvi dizer.[309]

— E Sua Majestade, em sua fuga, poderia contar com outros servidores como o senhor?

---

307. Sobre Anne-Marie-Louise de Orléans, ver nota 282. A possibilidade do casamento com o príncipe de Gales foi um dos muitos projetos matrimoniais, gerados por ambições familiares, que fracassaram.

308. George Joyce (1618-70), oficial das forças do Parlamento inglês, foi de fato alfaiate. O coronel Thomas Pride (?-1658) foi o responsável pela chamada "depuração de Pride", a expulsão de 96 membros presbiterianos do Parlamento (ver nota 421), e tinha sido carroceiro. O pai de Oliver Cromwell (ver nota 305) explorava uma pequena cervejaria ligada à sua propriedade rural.

309. O futuro Carlos II (1630-85) de fato se encontrava na Holanda. Só seria proclamado rei em 1661, após a crise política que sucedeu a morte de Cromwell, restaurando a monarquia.

— Infelizmente não, senhora — respondeu de Winter —, mas por isso vim também buscar aliados na França.

— Aliados! — duvidou a rainha abanando a cabeça.

— Senhora — rebateu de Winter —, se eu encontrar amigos que tive em outra época, posso garantir.

— Então vamos, milorde — resignou-se a rainha, com a ponta de dolorosa incerteza das pessoas que por muito tempo foram infelizes —, vamos e que Deus o ouça!

A rainha subiu no carro e de Winter, a cavalo, acompanhou-a ao lado da porta, seguido por dois lacaios.

40. *A carta de Cromwell*

No momento em que a sra. Henriqueta deixava as Carmelitas, dirigindo-se ao Palais Royal, um cavaleiro desmontava à frente desse mesmo palácio real, anunciando à guarda ter algo importante a dizer ao cardeal Mazarino.

Este último, mesmo que andasse frequentemente assustado, como mais frequentemente ainda precisasse de opiniões externas e de informações, mantinha-se bastante acessível. Assim sendo, não era na primeira porta que estava a verdadeira dificuldade para se chegar a ele, mesmo a segunda podia ser cruzada bem facilmente, mas a terceira, além de contar com a guarda e alguns funcionários, era aquela em que se postava o fiel Bernouin, cérbero que palavra alguma podia dobrar e ramo algum, mesmo que de ouro,[310] podia impressionar.

É por isso que, para qualquer um que solicitasse ou requeresse uma audiência, era na terceira porta que passaria por um interrogatório formal.

Deixando o cavalo preso à grade do pátio, o visitante subiu a escadaria principal e dirigiu-se aos guardas da primeira sala:

— O sr. cardeal Mazarino, por favor?

— Em frente — responderam os guardas sem levantar os olhos, uns atentos às cartas de um baralho, outros aos dados, todos contentes, aliás, de deixar claro que não cabia a eles preencher a função de lacaio.

O cavaleiro entrou na segunda sala, guardada por mosqueteiros e funcionários.

O visitante repetiu a pergunta.

— Tem uma carta para audiência? — perguntou um funcionário indo até o solicitante.

---

310. Ver *Eneida* (livro VI), de Virgílio: em sua descida ao mundo dos mortos, o herói Eneias deve encontrar um ramo de ouro que lhe servirá de salvo-conduto para a volta.

— Tenho uma, mas não do cardeal Mazarino.

— Entre e peça para falar com o sr. Bernouin — disse o funcionário, abrindo a porta do terceiro aposento.

Por acaso, ou por ser o seu posto habitual, Bernouin estava de pé, bem atrás da porta e, tendo ouvido tudo, se apresentou:

— É a mim que o cavalheiro procura. De quem é a carta que traz a Sua Eminência?

— Do general Oliver Cromwell. Queira repetir esse nome a Sua Eminência e vir me dizer se posso ou não ser recebido — respondeu o recém-chegado, mantendo-se, em seguida, naquela atitude sombria e altiva, particular dos puritanos.[311]

Depois de esquadrinhar de cima a baixo o rapaz de forma inquisidora, Bernouin se dirigiu ao gabinete do cardeal e transmitiu as palavras do mensageiro.

— Alguém trazendo uma carta de Oliver Cromwell? Que tipo de pessoa? — perguntou Mazarino.

— Um típico inglês, monsenhor. Cabelos entre o louro e o ruivo, mais para o ruivo do que para o louro; olhos entre o cinza e o azul, mais para o cinza que para o azul... No mais, soberba e rigidez.

— Peça-lhe a carta.

— Monsenhor pede a carta — disse Bernouin, voltando à antecâmara.

— Monsenhor não verá a carta sem ver o mensageiro — respondeu o rapaz —, mas para convencê-lo de que realmente tenho uma carta, aqui está, pode vê-la.

Bernouin olhou o selo e, constatando realmente se tratar de uma carta do general Oliver Cromwell, fez menção de voltar até onde estava Mazarino.

— Diga também — acrescentou o rapaz — que não sou um simples mensageiro e sim um enviado extraordinário.

Voltando poucos segundos depois de entrar no gabinete, Bernouin convidou, mantendo a porta aberta:

— Por favor, cavalheiro.

Mazarino havia usado essas idas e vindas de Bernouin para se recuperar da emoção que lhe causava o anúncio daquela carta e, no entanto, por mais perspicaz que fosse seu espírito, era em vão que tentava descobrir o que levara Cromwell a entrar em contato com ele.

O jovem surgiu à entrada do gabinete, chapéu numa mão e a carta na outra.

Mazarino se levantou.

---

311. O puritanismo havia surgido na Inglaterra naquele mesmo séc.XVII, como versão mais radical do protestantismo e com metas tanto religiosas como políticas. Rejeitava a Igreja romana, evidentemente, mas também a organização episcopal da Igreja anglicana.

— O senhor tem uma carta de apresentação para mim?
— Aqui está, monsenhor — disse o rapaz.
Mazarino pegou a carta, rompeu o selo e leu:

O sr. Mordaunt, um dos meus secretários, entregará essa carta de apresentação a Sua Eminência, o cardeal Mazarini, em Paris. Ele tem consigo, além disso, uma segunda carta, confidencial, para Sua Eminência.

OLIVER CROMWELL

— Muito bem, sr. Mordaunt, dê-me a segunda carta e sente-se — disse Mazarino.

O jovem tirou do bolso a outra carta e se sentou.

Entretanto, imerso em reflexões, o cardeal segurava a carta sem romper o lacre, apenas virando e revirando o envelope na mão. Preferiu, afinal, interrogar o mensageiro à sua maneira, convencido, por experiência, de que poucas pessoas conseguiam lhe esconder algo quando as interrogava e, ao mesmo tempo, observava:

— É muito moço, sr. Mordaunt, para essa rude tarefa de embaixador, na qual às vezes até os mais experientes diplomatas fracassam.

— Tenho vinte e três anos, monsenhor, mas Sua Eminência se engana ao dizer que sou moço. Tenho mais idade que o senhor, mesmo que sem a mesma sabedoria.

— Como assim? — respondeu Mazarino. — Não entendi.

— O que estou dizendo, monsenhor, é que os anos de sofrimento contam em dobro; e há vinte anos sofro.

— Ah! Compreendo… Falta-lhe fortuna… É pobre, não é?

E acrescentou para si mesmo:

"Esses revolucionários ingleses são todos uns pobretões plebeus."

— Monsenhor, eu deveria um dia ter uma fortuna de seis milhões; mas essa herança me foi tomada.

— Não é então alguém do povo? — espantou-se Mazarino.

— Se eu ostentasse meu título, seria lorde. Se ostentasse meu nome, o senhor teria ouvido um dos mais ilustres da Inglaterra.

— Como então se chama? — quis saber Mazarino.

— Sr. Mordaunt — disse o jovem, se inclinando.

Mazarino compreendeu que o enviado de Cromwell queria se manter incógnito.

Calou-se então por um instante, durante o qual olhou o rapaz com mais cuidado ainda do que fizera da primeira vez.

Ele continuava impassível.

— Que inferno esses puritanos! — praguejou baixinho Mazarino. — São esculpidos em mármore.

E continuou em voz alta:

— E não lhe restaram parentes?

— Apenas um, monsenhor.

— Ele então o ajuda?

— Apresentei-me três vezes, suplicando apoio, e três vezes fui escorraçado por lacaios.

— Santo Deus! Meu caro sr. Mordaunt — exclamou Mazarino, esperando, com uma falsa compaixão, fazer o jovem cair numa armadilha. — Santo Deus! Como me interessa o que está dizendo! Então desconhece o próprio nascimento?

— Tive conhecimento há pouco tempo.

— E até esse momento...?

— Achava ser uma criança abandonada.

— Nunca então viu a sua mãe?

— Na verdade sim, monsenhor. Ela veio três vezes à casa de minha ama de leite. Lembro-me da última dessas visitas como se fosse hoje.

— Tem boa memória — disse Mazarino.

— Tenho sim, monsenhor — disse o rapaz, com uma entonação tão particular que o cardeal sentiu um tremor percorrer as suas veias.

— E quem o criou?

— A ama de leite, que era francesa, mas me mandou embora no meu quinto ano, pois não estava mais sendo paga. Antes me deu o nome do parente, a quem minha mãe havia se referido várias vezes.

— E o que aconteceu depois?

— Eu chorava e mendigava nas estradas, até que um ministro calvinista de Kingston me deu abrigo, instruiu-me na religião e em todo tipo de coisa. Foi também quem me ajudou nas primeiras pesquisas que fiz sobre minha família.

— E essas pesquisas?

— Infrutíferas; tudo que descobri foi por obra do acaso.

— Descobriu o que aconteceu com sua mãe?

— Foi assassinada por aquele tal parente, com a ajuda de quatro amigos. E eu já sabia também que fui degradado da nobreza e espoliado dos meus bens pelo rei Carlos I.

— Ah! Entendo agora por que se colocou a serviço do sr. Cromwell. Odeia o rei.

— Exato, monsenhor, odeio!

Mazarino ficou surpreso com a expressão diabólica que acompanhou aquelas palavras: assim como em geral as feições ganham a coloração do sangue, as do rapaz ganharam a do fel e o deixaram lívido.

— Sua história é terrível, sr. Mordaunt, e me toca ao extremo, mas para a sua felicidade está a serviço de um chefe todo-poderoso. E que provavelmente o ajuda em suas buscas. Em nossa situação temos tantas informações...

— Para um bom cão de raça, monsenhor, basta uma leve pista para que ele facilmente chegue à presa.

— E esse parente a que se referiu, quer que eu fale com ele? — perguntou Mazarino, apreciando a possibilidade de ter um aliado nas proximidades de Cromwell.

— Obrigado, monsenhor, eu mesmo farei isso.

— Mas não disse que foi maltratado?

— Serei mais bem tratado da próxima vez.

— Já sabe então como comovê-lo?

— Sei como atemorizá-lo.

Mazarino olhou para o jovem, mas o brilho que luziu em seus olhos o fez baixar o rosto e, pouco à vontade para dar continuidade à conversa, abriu a carta de Cromwell.

Pouco a pouco os olhos do rapaz voltaram à sua tranquila opacidade habitual e ele caiu num estado de devaneio profundo. Depois de ler as primeiras linhas, Mazarino arriscou um olhar para ver se Mordaunt não o examinava e comprovou a sua total indiferença:

"Ele resolve então os seus negócios, usando pessoas que ao mesmo tempo resolvem os delas!", pensou o ministro, dando de ombros de forma quase imperceptível. "Vejamos o que diz a carta."

Eis a sua exata reprodução:

Para Sua Eminência
Monsenhor cardeal Mazarini.
Gostaria de saber, monsenhor, quais as suas intenções a respeito do que acontece nesse momento na Inglaterra. Os dois reinos são vizinhos demais para que a França não acompanhe com interesse o que ocorre aqui, como nós o que ocorre na França. Os ingleses quase unanimemente combatem a tirania do rei Carlos e seus seguidores. Levado pela confiança pública ao comando desse movimento, melhor do que qualquer outro posso apreciar sua natureza e suas consequências. Estou em guerra e travarei em breve, contra o rei Carlos, uma batalha decisiva. Vencerei, pois a esperança da nação e o espírito do Senhor estão comigo. Ganhada essa batalha, o rei não disporá mais de recursos na Inglaterra nem na Escócia e, se não for preso ou morto, tentará chegar à França para recrutar soldados, além de juntar armas e dinheiro. A França já deu abrigo à rainha Henriqueta, mantendo com isso, provavelmente de maneira involuntária, um foco de guerra civil inextinguível em meu país — mas a sra. Henriqueta é filha da França e tal hospitalidade se explica. Já com relação ao rei Carlos, a questão muda de aspecto: dando-lhe abrigo e socorro, a França estará reprovando os atos do povo inglês e prejudicando tão essencialmente a Inglaterra — e sobretudo a marcha do governo que ela conta obter — que semelhante atitude equivaleria a uma flagrante hostilidade...

Nesse momento, muito preocupado com o tom que ia ganhando a carta, Mazarino interrompeu a leitura e de novo olhou de viés o rapaz, que continuava perdido em pensamentos.

Prosseguiu então:

Trata-se pois de uma urgência, monsenhor, saber como a França vê a situação: os interesses desse reino e os da Inglaterra, mesmo que apontando para sentidos inversos, estão mais próximos do que parecem. A Inglaterra necessita de tranquilidade interior para dar cabo da expulsão do seu rei, a França necessita da mesma tranquilidade para consolidar o trono do seu jovem monarca. Tanto quanto nós, os senhores precisam dessa paz interna da qual nós, graças à energia de nosso governo, estamos próximos.

Suas disputas com o Parlamento, suas ruidosas dissenções com príncipes que hoje combatem a seu lado e amanhã combaterão contra, a tenacidade popular conduzida pelo coadjutor, pelo presidente Blancmesnil e pelo conselheiro Broussel, toda essa desordem, enfim, que percorre os diferentes planos do Estado, deve fazê-lo ver com preocupação qualquer eventualidade de guerra externa: pois a Inglaterra, embalada no entusiasmo das novas ideias, se aliaria à Espanha, que já considera tal aliança. Achei então, monsenhor, conhecendo a sua prudência e a posição bem particular em que os acontecimentos atualmente o deixam, achei que certamente prefere concentrar suas forças no interior do reino da França e deixar que o novo governo da Inglaterra empregue as suas em seus problemas internos. Tal neutralidade consistiria apenas em afastar o rei Carlos do território francês, sem socorrer com armas, dinheiro e tropas esse monarca totalmente estranho à França.

Minha carta é totalmente confidencial e por esse motivo a envio por alguém de minha inteira confiança. Ela precede, com uma discrição que Sua Eminência apreciará, as medidas que tomarei de acordo com o que vier a acontecer. Oliver Cromwell considerou que tais argumentos de bom senso seriam mais bem considerados por um espírito inteligente, como o de Mazarini, do que por uma rainha, provavelmente admirável em sua firmeza, mas presa demais aos vãos preconceitos do berço e do poder divino.

Despeço-me, monsenhor. Se não obtiver resposta em quinze dias, considerarei esta carta não bem recebida.

Oliver Cromwell

— Sr. Mordaunt — disse o cardeal levantando a voz como para despertar o sonhador —, minha resposta a esta carta será ainda mais satisfatória para o general Cromwell se eu estiver seguro de que se manterá secreta. Pode esperá-la em Boulogne-sur-Mer[312] e prometa-me que partirá amanhã de manhã.

---

312. Porto no litoral norte da França, em frequente ligação com a Inglaterra.

— Prometo, monsenhor, mas quantos dias terei que esperar essa resposta?

— Se não a tiver recebido em dez dias, poderá voltar à Inglaterra.

Mordaunt se inclinou.

— Mas isso não é tudo, cavalheiro — continuou Mazarino. — Suas aventuras pessoais me tocaram vivamente e, além disso, a carta do sr. Cromwell o tornam importante para mim como embaixador. Insisto, então, o que posso fazer pelo senhor?

Mordaunt pensou por um instante e, após visível hesitação, abria a boca para dizer algo, mas Bernouin entrou afobadamente, debruçou-se ao ouvido do cardeal e disse baixinho:

— Monsenhor, a rainha Henriqueta e um fidalgo inglês estão entrando no Palais Royal.

Mazarino se agitou em sua cadeira e isso de forma alguma passou despercebido pelo jovem, que reprimiu o que estava prestes a dizer.

— O senhor entendeu, não é? — tentou concluir o cardeal. — Mencionei Boulogne imaginando não fazer diferença para o senhor a cidade, mas se preferir outra, é só dizer. Facilmente pode ver que, cercado que estou de influências, das quais só escapo graças à discrição, prefiro que ignorem a sua presença em Paris.

— Retiro-me, senhor — disse Mordaunt, dando alguns passos na direção da porta pela qual tinha entrado.

— Não, não por aí, senhor, por favor! — exclamou rápido o cardeal. — Queira passar por essa galeria, a partir da qual chegará ao vestíbulo. Não quero que o vejam sair, nosso encontro deve se manter secreto.

Mordaunt seguiu Bernouin, que o fez passar para uma sala ao lado e o deixou com um funcionário, indicando uma porta de saída.

Em seguida, o fiel servidor voltou às pressas ao gabinete do ministro para trazer até ele a rainha Henriqueta, que já atravessava a galeria envidraçada.[313]

---

313. A galeria envidraçada, que contava com placas de vidro como telheiro, foi construída apenas em 1792, e considerada a precursora das galerias cobertas. Foi destruída por um incêndio no séc.XIX, dando lugar à atual galeria de Orleans.

41. Mazarino e a sra. Henriqueta

O cardeal se levantou apressado e foi receber a rainha da Inglaterra. Encontrou-a já na galeria de acesso ao seu gabinete.

Tal demonstração de respeito pela rainha, vinda sem cortejo nem pompa, devia-se ao fato de ele se sentir um tanto culpado pela avareza e falta de compaixão que vinha demonstrando.

Mas quem está em posição de pedinte sabe obrigar o rosto a assumir as expressões necessárias, e a filha de Henrique IV sorria, ao se aproximar daquele a quem detestava e desprezava.

"Ah, quanta simpatia! Será que vem pedir dinheiro?", pensou de imediato Mazarino.

Instintivamente, procurou lembrar como estava o panô que disfarçava o cofre. E girou para dentro o magnífico diamante, cujo brilho atraía os olhos para sua mão, que era alva e bonita. Só que, infelizmente, esse anel não tinha o poder daquele de Giges,[314] que deixava invisível o seu dono quando ele fazia o que Mazarino acabava de fazer.

E o ministro bem que gostaria de ficar invisível naquele momento, pois adivinhava que a sra. Henriqueta queria alguma coisa: uma rainha, tratada como ele a tratava, aparecer com um sorriso nos lábios e não uma ameaça na boca, certamente vinha pedir.

— Sr. cardeal — começou a augusta visitante —, primeiro pensei em ir falar com a rainha, minha irmã, sobre o que me trouxe aqui, mas achei que assuntos políticos interessam, antes de tudo, aos homens.

— Vossa Majestade me confunde com tão grande e elogiosa distinção.

---

314. Em *A República* (séc.IV a.C.), o filósofo grego Platão inclui uma narrativa em que um pastor, Giges, se apodera de um anel que o deixa invisível quando girado no dedo. Passa então a praticar crimes e a questão que se coloca é quanto à resistência do homem, frente ao mal, caso tenha certeza de que seus atos não serão descobertos.

"Está sendo polido demais, será que adivinhou minhas intenções?", pensou a rainha.

Já haviam, nesse ínterim, chegado ao gabinete do cardeal e ele acomodou a visitante numa poltrona, dizendo:

— Dai vossas ordens ao mais submisso dos servidores.

— Infelizmente, cardeal — respondeu a rainha —, perdi o hábito de dar ordens e ganhei os da prece e da rogativa. É nesse espírito que venho e ficarei muito feliz se atender meu pedido.

— Estou ouvindo, senhora.

— Sr. cardeal, trata-se da guerra que o rei, meu marido, trava contra súditos rebeldes. Talvez ignore as lutas que se passam na Inglaterra — disse a rainha com um sorriso triste — e em breve essas lutas serão ainda bem mais decisivas do que foram até agora.

— Ignoro-as completamente, senhora — respondeu o cardeal, juntando a essas palavras um meneio dos ombros. — É terrível, mas nossas próprias guerras absorvem o tempo e o espírito desse pobre ministro incapacitado e enfermo que sou.

— Pois saiba, sr. cardeal, que Carlos I, meu esposo, está às vésperas de uma ação decisiva. Em caso de derrota... — Mazarino esboçou uma negativa — temos que pensar em tudo — continuou a rainha. — Em caso de derrota, ele espera se retirar na França e aqui viver como simples fidalgo. O que diz disso?

O cardeal tinha ouvido sem que uma fibra do rosto traísse seus sentimentos. Enquanto isso, o sorriso que estampava se mantinha igual, fingido e doce. Obrigado a responder, perguntou com sua voz mais melíflua:

— E a senhora acha que a França, agitada e efervescente como também se encontra, seja bom paradeiro para um rei destronado? A coroa já se mostra pouco firme na cabeça do rei Luís XIV, como ele aguentaria mais esse peso?

— O peso não parece ter sido grande no que me concerne — interrompeu a rainha com um sorriso triste —, e não peço que se faça mais do que se fez por mim. Como pode ver, somos reis bem modestos.

— Com a senhora — apressou-se a dizer o cardeal, procurando evitar as explicações que se impunham —, com a senhora é outra coisa, uma filha de Henrique IV, esse grande, sublime rei...

— E isso não o impede de recusar hospitalidade a seu genro, não é? Deveria, no entanto, se lembrar de que esse mesmo grande e sublime rei, proscrito um dia como será meu marido, foi pedir socorro à Inglaterra e obteve. E diga-se que a rainha Elisabeth não era sua sobrinha.[315]

---

315. Luís XIV é sobrinho de Henriqueta. Elisabeth I (1533-1603) enviou socorro a Henrique IV, da França, durante o episódio da Liga Católica.

— *Peccato!*³¹⁶ — exclamou Mazarino, esbarrando em lógica tão simples.
— Vossa Majestade não está entendendo e julga mal minhas intenções. Provavelmente por eu não me exprimir bem em francês.
— Fale italiano, ministro. A rainha Maria de Médici, nossa mãe, nos ensinou essa língua antes de ser enviada pelo cardeal seu antecessor para morrer no exílio. Se algo restasse daquele grande e sublime rei Henrique, a quem o senhor se referia, estaria bem surpreso com essa profunda admiração por sua pessoa, junto a tão pouca compaixão por sua família.

Pesadas gotas de suor escorriam da testa de Mazarino.

— Tal admiração, pelo contrário, é tão grande e real, senhora — continuou o ministro, sem aceitar a troca de idioma proposta pela rainha —, que se o rei Carlos I, que Deus o guarde de qualquer infortúnio!, viesse para a França, eu ofereceria minha casa, minha própria casa, mas, infelizmente, seria um abrigo pouco seguro. Algum dia o povo incendiará essa casa como incendiou a do marechal de Ancre.³¹⁷ Pobre Concino Concini que, no entanto, apenas queria o bem da França!

— Claro, como o monsenhor — atalhou ironicamente a rainha.

Mazarino fingiu não entender o duplo sentido da observação que, aliás, partira dele, e continuou a lamentar o destino de Concino Concini.

— Mas afinal, monsenhor — cortou a rainha com impaciência —, que resposta me dá?

— Senhora — exclamou Mazarino, cada vez mais sensibilizado —, senhora, Vossa Majestade me permitiria dar um conselho? É claro, antes de tamanha ousadia, ponho-me aos pés de Vossa Majestade para tudo que lhe aprouver.

— Prossiga, por favor — respondeu a rainha. — O conselho de alguém tão judicioso deve certamente ser proveitoso.

— Senhora, acreditai, o rei deve se defender até o fim.

— É o que ele faz, e travará essa última batalha com recursos bem inferiores aos do inimigo. Isso prova que não pretende se render sem combate, mas, enfim, e diante da possibilidade de derrota?

— Pois nesse caso, senhora, minha opinião, e reconheço meu atrevimento em dar minha opinião a Vossa Majestade, minha opinião é a de que o rei não deve deixar seu reino. Os reis ausentes são rapidamente esquecidos; se ele atravessar para a França, sua causa estará perdida.

— Nesse caso, sendo essa a sua opinião, envie-lhe algum socorro com homens e dinheiro, pois nada mais posso por ele. Vendi, para ajudá-lo, até meu último diamante. Nada sobrou, como o senhor sabe e sabe melhor que

---

316. Em italiano no original: literalmente "Pecado!", mas é comum como exclamação, significando "Que pena!".
317. Ver nota 6.

qualquer um. Se me tivesse restado alguma joia, eu a teria vendido e comprado lenha para aquecer a mim e à minha filha, nesse inverno.

— Ah! Vossa Majestade não tem ideia de como as coisas se passam. Se um rei se apoia em socorro estrangeiro para recuperar o trono, confessa não contar mais com o amor dos seus súditos.

— Resumindo, sr. cardeal — impacientou-se ainda mais a rainha, por ter que seguir aquele espírito sutil no labirinto de palavras em que ele se perdia. — Resumindo, responda-me sim ou não: se o rei persistir em permanecer na Inglaterra, enviará algum socorro? Se ele vier para a França, oferecerá hospitalidade?

— Senhora — disse o cardeal, aparentando a maior franqueza —, vou mostrar a Vossa Majestade o quanto lhe sou leal e quão enorme é o meu desejo de dar fim a algo que tanto a afeta. Depois disso Vossa Majestade, imagino, não terá dúvida quanto ao meu empenho em servi-la.

A rainha mordia os lábios e se agitava de impaciência na poltrona.

— Muito bem, o que vai fazer? Vamos, fale.

— Vou agora mesmo consultar a rainha e, em seguida, defenderemos o projeto no Parlamento.

— Com o qual o senhor está em guerra, não é? Encarregue Broussel disso. Chega, sr. cardeal, basta! Posso entendê-lo; ou melhor, estou errada. Vá mesmo ao Parlamento, pois foi desse mesmo Parlamento, inimigo dos reis, que vieram à filha daquele grande e sublime Henrique IV, que o senhor tanto admira, os únicos auxílios que fizeram com que ela não morresse de fome e de frio nesse inverno.

Dizendo isso, a rainha pôs-se de pé com majestosa indignação.

O cardeal estendeu em sua direção as mãos juntas.

— Ai, por Deus, senhora! Como me conhece mal!

Mas já a rainha Henriqueta, sem nem mesmo se virar para quem derramava aquelas lágrimas de pura hipocrisia, atravessou o gabinete, abriu ela mesma a porta e, no meio dos muitos guardas do cardeal, dos cortesãos que se acotovelavam para lhe fazer a corte, naquele luxo da realeza rival, foi aceitar a mão que de Winter, só, isolado e de pé, lhe estendia. Pobre rainha já decaída, diante de quem todos se inclinavam ainda por etiqueta, mas que tinha apenas, na verdade, aquele único braço para se apoiar.

— Tudo bem — disse Mazarino quando se viu só —, mas foi de dar pena, um papel bem difícil esse meu. Mas nada prometi nem a um nem a outro. Hum! O tal do Cromwell é um caçador de reis, pobres dos seus ministros, se é que ele terá algum. Bernouin!

Bernouin entrou.

— Descubra se o rapaz de gibão preto e cabelos curtos, que você há pouco trouxe aqui, ainda se encontra no palácio.

Bernouin saiu. O cardeal ocupou esse tempo morto girando de volta para fora o engaste do anel, esfregando de leve o diamante e admirando a sua

— Creio tê-lo visto montar num cavalo cinza e deixar o pátio do palácio.

transparência. E como uma lágrima embaçava ainda os seus olhos, ele sacudiu a cabeça para fazê-la cair.

Bernouin entrou com Comminges, que estava de guarda.

— Monsenhor — disse Comminges —, quando acompanhei o jovem que Vossa Eminência procura, ele se aproximou da porta envidraçada da galeria e pareceu surpreso com algo que viu, talvez o quadro de Rafael, exposto em frente à porta. Ficou um pouco pensativo por um momento e desceu a escada. Creio tê-lo visto montar num cavalo cinza e deixar o pátio do palácio. Mas monsenhor não vai até a rainha?

— Por quê?

— O sr. de Guitaut, meu tio, acaba de me dizer que Sua Majestade recebeu notícias do exército.

— Ótimo, já dou um pulo lá.

Nesse mesmo instante, chegava o sr. de Villequier. Vinha exatamente chamar o cardeal, a mando da rainha.

Comminges bem havia observado e Mordaunt realmente se comportara da maneira descrita. Ao atravessar a galeria paralela à grande galeria envidraçada, ele havia percebido de Winter, aguardando a rainha terminar a sua negociação.

O rapaz ficou de fato paralisado, não por admirar o quadro de Rafael, mas fascinado como diante de uma visão terrível. Os olhos se dilataram, um calafrio percorreu todo seu corpo. Era como se quisesse atravessar o obstáculo de vidro que o separava do inimigo, pois se Comminges tivesse visto com qual expressão de ódio os olhos do jovem se fixaram em de Winter, nem por um instante teria dúvida de ser aquele fidalgo inglês seu inimigo mortal.

Mas ele conseguira se conter.

Para pensar melhor, provavelmente — pois em vez de se deixar levar pelo primeiro impulso, que fora de diretamente ir até onde se encontrava milorde de Winter, ele desceu devagar a escada, saiu do palácio de cabeça baixa, montou em seu cavalo e o fez parar na esquina da rua de Richelieu. Ali, com os olhos fixos na grade, esperou que a carruagem da rainha deixasse o pátio.

Nem foi preciso muito tempo, pois a rainha ficara no máximo quinze minutos com Mazarino, mas quinze minutos que pareceram uma eternidade para quem esperava.

O pesado carro, que era então chamado carruagem, saiu barulhento pela rua e de Winter, ainda a cavalo, se debruçou à janela para falar com Sua Majestade.

Os animais partiram ao trote e tomaram o caminho do Louvre, onde entraram. Antes de partir do convento das Carmelitas, a sra. Henriqueta dissera à filha que a esperasse no palácio em que por algum tempo haviam morado e que só abandonaram por terem a impressão de que, naqueles salões dourados, parecia ainda pior a miséria por que passavam.

Mordaunt seguiu a carruagem e, vendo-a enveredar sob a arcada escura, sem apear se colocou junto de um muro protegido pela sombra, permanecendo imóvel entre os baixos-relevos de Jean Goujon,[318] como se fosse uma estátua equestre.

Esperou, como já havia esperado no Palais Royal.

---

318. Jean Goujon (c.1510-67), escultor, foi um mestre do baixo-relevo.

42. *Como os infelizes às vezes confundem acaso e Providência*

— Então, senhora? — perguntou de Winter quando viu a rainha já distante dos seus servidores.

— Ora, foi como previsto, milorde.

— Ele recusou?

— Não foi o que eu tinha dito?

— O cardeal se recusa a receber o rei, a França recusa hospitalidade a um soberano em desgraça? É algo inédito, senhora!

— Eu não disse a França, milorde, disse o cardeal, que nem sequer é francês.

— E a rainha, não esteve com ela?

— Seria inútil — disse a sra. Henriqueta, balançando a cabeça com tristeza. — A rainha nunca dirá sim se o cardeal disse não. Não sabe que o italiano comanda tudo, tanto interna quanto externamente? E não só isso, volto ao que disse, não me surpreenderia que tenhamos chegado depois de Cromwell; ele estava pouco à vontade falando comigo e, mesmo assim, firme na recusa. Além disso, não notou certa agitação no Palais Royal, com idas e vindas de gente apressada? Será que receberam notícias, milorde?

— Não da Inglaterra, senhora. Corri tanto que tenho certeza de ninguém ter chegado antes de mim; parti há três dias, por milagre atravessei as forças puritanas,[319] troquei meu cavalo e o do meu escudeiro Tony numa posta e esses que temos agora compramos já em Paris. Aliás, tenho certeza, o rei espera a resposta de Vossa Majestade antes de assumir qualquer risco.

— Diga-lhe, milorde — retomou a rainha em desespero —, que nada posso, que sofri tanto quanto ele, mais até, obrigada que sou de

---

319. Isto é, o exército comandado por Cromwell.

comer o pão do exílio e pedir hospitalidade a falsos amigos que zombam de minhas lágrimas. E quanto à sua real pessoa, será preciso que generosamente se sacrifique e morra rei. Irei morrer a seu lado.

— Senhora! Senhora! — assustou-se de Winter. — Vossa Majestade se entrega ao desalento... Talvez nos reste uma esperança.

— Não temos amigos, milorde! No mundo inteiro, o senhor é o único! Meu Deus! Meu Deus! — exclamou a sra. Henriqueta, lançando as mãos aos céus. — Terá tomado para Si todas as almas generosas que viviam na Terra?

— Espero que não, senhora — respondeu de Winter parecendo se perder em pensamentos. — Já vos falei de quatro homens.

— E o que fazer com quatro homens?

— Quatro homens leais, quatro homens decididos a dar tudo de si podem muito, acreditai, senhora. E esses de quem falo fizeram muito, em outros tempos.

— E esses quatro homens, onde se encontram?

— Ah! Infelizmente não sei. Há quase vinte anos os perdi de vista. No entanto, em todas as ocasiões em que vi o rei em perigo, foi neles que pensei.

— E eram seus amigos, esses homens?

— Um deles teve a minha vida nas mãos e devolveu-a.[320] Não sei se permaneceu meu amigo, mas desde essa época, pelo menos, mantive-me como tal.

— E eles se encontram na França, milorde?

— Acredito que sim.

— Como se chamam? Pode ser que eu tenha ouvido falar de um deles, o que poderia facilitar a busca.

— Um se chamava cavaleiro d'Artagnan.

— Ah, milorde! Se não me engano, esse cavaleiro d'Artagnan é tenente da guarda, já ouvi o seu nome. Mas tome todo cuidado, receio que seja ligado ao cardeal.

— Se for o caso, estará completa a nossa desgraça e eu começaria a realmente achar que fomos amaldiçoados.

— Mas e os outros? — disse a rainha, que se agarrava àquela última esperança como um náufrago a uma tábua de salvação. — Os três outros, milorde?

— Do segundo, ouvi por acaso o nome, pois antes de lutarem contra nós, esses quatro cavalheiros disseram os seus nomes. O segundo se chamava conde de La Fère. Já os demais, o hábito de chamá-los pelos nomes de guerra me fez esquecer os verdadeiros.

— Mas, por Deus!, seria, no entanto, urgente encontrá-los, já que esses dignos fidalgos podem ser tão úteis ao rei.

---

320. D'Artagnan, em *Os três mosqueteiros*, cap. 31.

— Ah, podem! Eles, com certeza! Que Vossa Majestade tente se lembrar: não ouviu comentários sobre a rainha Ana da Áustria ter sido salva, certa vez, do maior perigo que pode ameaçar uma rainha?

— Ouvi sim, foi por ocasião dos seus amores com o sr. de Buckingham e a propósito de não sei quais agulhetas de diamantes.

— Exatamente, senhora. Esses quatro homens é que a salvaram. E sorriu de tristeza, vendo que desconheceis os nomes desses nobres servidores porque a própria rainha os esqueceu, quando deveria tê-los tornado grandes senhores do reino.

— Então, milorde, é preciso encontrá-los. Mas o que poderão fazer quatro homens, ou melhor, três? Pois, como disse, não podemos contar com o sr. d'Artagnan.

— Teremos uma excelente espada a menos, senhora, mas serão ao menos três, sem falar de mim. E quatro homens totalmente dedicados, protegendo o rei dos inimigos, em torno dele na batalha, aconselhando, escoltando-o na fuga, serão suficientes, não para garantir a vitória, mas para salvá-lo em caso de derrota, ajudá-lo a atravessar o mar, e, apesar do que diz Mazarino, uma vez no litoral da França, vosso real esposo encontrará abrigos e hospedagens com a mesma facilidade que o pássaro marinho durante a tempestade.

— Procure, milorde, encontre os seus nobres amigos e, nesse caso, se aceitarem ir com o senhor para a Inglaterra, cada um receberá um ducado, no dia em que voltarmos ao trono. Além disso, tanto ouro quanto o que é preciso para pavimentar o palácio de White Hall.[321] Procure-os então, milorde, suplico.

— É o que farei, senhora, e provavelmente os encontrarei, mas falta-me tempo: esquece Vossa Majestade que o rei espera aflito vossa resposta?

— Nesse caso, estamos perdidos! — exclamou a rainha com a veemência de um coração partido.

Nesse momento a porta se abriu, dando passagem à jovem Henriette. A rainha, com a sublime força do heroísmo materno, enterrou as lágrimas no fundo do coração, fazendo sinal a de Winter para que mudassem de assunto.

Tal reação, porém, por mais imediata que fosse, não escapou da percepção da jovem princesa, que ali mesmo parou e, com um suspiro, perguntou:

— Por que minha mãe chora sempre sem mim?

A rainha sorriu e, em vez de responder, dirigiu-se a de Winter:

— Veja só, pelo menos uma coisa ganhei desde que sou apenas meia rainha, meus filhos me chamam mãe e não mais senhora.

E voltando-se para a filha:

— O que deseja, Henriette?

---

321. Foi a principal residência real em Londres, de 1530 a 1698, quando foi quase totalmente destruída por um incêndio.

— Mãe, um cavaleiro acaba de chegar ao Louvre e pede para prestar suas homenagens a Vossa Majestade. Vem da frente de batalha e diz ter uma carta a ela endereçada, da parte do marechal de Grammont, creio.

— Que ótimo! — disse a rainha a de Winter. — É alguém que se mantém fiel a nós. Notou, meu querido lorde, que a penúria faz com que minha filha assuma a função do cerimonial?

— Por favor, senhora, tende piedade. Isso me deixa de coração partido.

— E quem é o cavaleiro, Henriette? — perguntou a rainha.

— Pude vê-lo da janela, senhora. É um rapaz que parece ter apenas uns dezesseis anos, chamado visconde de Bragelonne.

A rainha assentiu com um sorriso e a jovem princesa abriu a porta para Raoul.

Ele deu três passos na direção de Henriqueta, se ajoelhou e disse:

— Senhora, sou portador de uma carta para Vossa Majestade de meu amigo, o sr. conde de Guiche, que me disse ter a honra de ser um dos vossos servidores. Além da expressão dos seus respeitos, a carta traz uma notícia importante.

Ouvindo o nome do conde de Guiche, um rubor invadiu as faces da jovem princesa, enquanto a rainha olhava para ela com certa severidade:

— Disse-me que a carta era do marechal de Grammont, Henriette!

— Foi o que entendi, senhora... — balbuciou a jovem.

— A culpa é toda minha, senhora — disse Raoul. — De fato me anunciei vindo da parte do marechal de Grammont. Ele, entretanto, ferido no braço direito, não pôde escrever e o conde de Guiche o secretariou.

— Houve então batalha? — interrogou a rainha, fazendo sinal para que Raoul se levantasse.

— Houve, senhora — respondeu o rapaz, entregando a carta a de Winter, que se adiantara até ele, passando em seguida o envelope à rainha.

Com a notícia de uma nova batalha, a jovem princesa fez menção de fazer uma pergunta que provavelmente a interessava, mas seus lábios voltaram a se fechar sem nada dizer, ao mesmo tempo em que o tom enrubescido ia gradualmente desaparecendo de seu rosto.

A rainha acompanhou todos esses movimentos, que o seu coração materno não deixou de traduzir, e de novo se dirigiu a Raoul:

— Mas nada de mau aconteceu ao jovem conde de Guiche, não é? Pois ele não só é nosso servidor, como o senhor disse, mas também um amigo.

— Nada, senhora. Pelo contrário, ele obteve nesse dia uma grande glória e teve a honra de ser abraçado pelo sr. Príncipe no campo de batalha.

A jovem princesa bateu palmas, mas, envergonhada com a demonstração de alegria, se virou um pouco e se inclinou em direção a um vaso com rosas, como se quisesse comprovar o perfume.

— Vejamos o que diz o conde — decidiu-se a rainha.

— Tenho a honra de dizer a Vossa Majestade que ele escreveu em nome de seu pai.

— Sem dúvida.

Ela rompeu o lacre e leu:

Minha senhora e rainha,
Não podendo usufruir da honra de escrever pessoalmente, por conta de um ferimento que sofri na mão direita, faço-o por intermédio de meu filho, o sr. conde de Guiche, que sabeis seu servidor tanto quanto eu. Escrevo para dizer que acabamos de ganhar a batalha de Lens e tal vitória não deixará de aumentar o poder do cardeal Mazarino e da rainha, no plano da Europa. Que Vossa Majestade, se aceitar conselho meu, aproveite esse momento para insistir a favor de seu augusto esposo junto ao governo do rei. O sr. visconde de Bragelonne, que terá a honra de levar essa carta, é amigo de meu filho, de quem ele, segundo toda probabilidade, salvou a vida. É um fidalgo de inteira confiança, caso Vossa Majestade tenha alguma ordem verbal ou escrita para mim.

Tenho a honra, com todo respeito...

MARECHAL DE GRAMMONT

No momento em que foi mencionado o serviço que ele prestou ao conde, Raoul não pôde deixar de girar a cabeça na direção da jovem princesa, vendo passar em seus olhos uma expressão de infinita gratidão. Não teve, então, mais dúvida, a filha de Carlos I amava o seu amigo.

— A batalha de Lens foi ganha! — exclamou a rainha. — Felizes os franceses, que ganham batalhas! O marechal de Grammont tem razão, isso vai mudar o equilíbrio das forças, mas temo que não altere nossa situação, ou até a piore. A notícia é recente e agradeço ao sr. visconde tê-la trazido com tanta diligência. Sem isso, eu só seria informada amanhã ou mesmo depois de amanhã. A última a saber em toda Paris.

— O Louvre é o segundo palácio a receber a notícia. Ninguém ainda teve conhecimento. Jurei ao sr. conde de Guiche entregar essa carta a Vossa Majestade antes mesmo de ir beijar meu tutor.

— O seu tutor é Bragelonne como o senhor? — perguntou lorde de Winter. — Conheci, tempos atrás, um Bragelonne; estaria ainda vivo?

— Não, senhor; ele morreu. Foi de quem meu tutor, que era seu parente bem próximo, creio, herdou a terra, e com ela o nome.

— E como se chama o seu tutor, visconde? — perguntou a rainha, querendo saber mais a respeito do belo rapazote.

— Sr. conde de La Fère, senhora — respondeu Raoul com uma reverência.

De Winter deu um pulo de surpresa e a rainha olhou para ele sem reprimir a alegria.

— O conde de La Fère! — ela exclamou. — Foi isso o que disse?

Já de Winter, mal podia acreditar no que ouvia.

— O sr. conde de La Fère! — foi a sua vez de exclamar. Por favor, cavalheiro, me diga: o conde de La Fère não seria alguém que conheci como belo e destemido mosqueteiro de Luís XIII e que deve agora beirar os quarenta e sete ou quarenta e oito anos?

— Sim, senhor, é exatamente isso.

— E que se apresentava sob um nome de guerra?

— Creio que Athos. Há não muito tempo ouvi um amigo seu, o tenente d'Artagnan, chamá-lo assim.

— Não há dúvida, senhora, não há dúvida. Louvado seja Deus! E ele se encontra em Paris? — continuou de Winter, dirigindo-se a Raoul.

Mas logo em seguida virou-se de novo para a rainha:

— Volta-nos a esperança! A Providência se declara a nosso favor, pois de maneira miraculosa nos fez encontrar esse jovem fidalgo. Por favor ainda, cavalheiro, onde ele mora?

— O sr. conde de La Fère está hospedado à rua Guénégaud, no hotel Grand-Roi-Charlemagne.

— Muitíssimo obrigado. Diga ao digno amigo que não saia, irei abraçá-lo logo mais.

— Obedeço com todo prazer, se Sua Majestade permitir que eu me retire.

— Vá, sr. visconde de Bragelonne — disse a rainha. — E esteja certo de nosso afeto.

Raoul se inclinou respeitosamente diante das duas princesas, cumprimentou de Winter e saiu.

O inglês e a rainha continuaram por algum tempo a falar em voz baixa para que a jovem Henriette não os ouvisse. Era, porém, uma precaução desnecessária, pois a moça se isolara nos próprios devaneios.

Em seguida, no momento em que de Winter se despedia, a rainha acrescentou:

— Veja, milorde, guardei essa cruz de diamantes, que ganhei de minha mãe, e essa placa de são Miguel,[322] presente de meu esposo. Valem cerca de cinquenta mil libras. Jurei preferir morrer de fome a me desfazer desses bens preciosos. Mas agora que as duas joias podem ser úteis ao rei ou a seus defensores, devo tudo sacrificar por essa esperança. Pegue-as, e se precisar de dinheiro para a sua expedição, venda-as sem remorsos, milorde, venda-as. Mas se encontrar meio de conservá-las, saiba, milorde, que o terei como alguém que prestou o maior serviço que se pode prestar a uma rainha. E nos meus dias de prosperidade, aquele que me trouxer essa plaqueta e essa cruz será abençoado por mim e por meus filhos.

---

322. Ver nota 187.

— Senhora — ele respondeu —, Vossa Majestade dispõe de um súdito que lhe é leal. Corro para deixar em lugar seguro esses dois objetos que eu jamais aceitaria se restassem os recursos de minha antiga fortuna, mas tive os bens confiscados e o dinheiro líquido exaurido. Precisei também liquidar tudo de que dispunha. Dentro de uma hora irei até o conde de La Fère e amanhã Vossa Majestade terá uma resposta definitiva.

A rainha estendeu a mão a lorde de Winter, que respeitosamente a beijou e, em seguida, olhando para a filha, acrescentou:

— Milorde se encarregou de proporcionar algo a essa mocinha, da parte de seu pai.

De Winter parou surpreso, sem saber absolutamente o que a rainha queria dizer.

A jovem Henriette avançou até ele sorridente e tímida, apresentando a fronte para o beijo que o pai lhe transmitia, e disse:

— Diga a meu pai que, rei ou fugitivo, vitorioso ou derrotado, poderoso ou pobre, serei sempre a sua filha obediente e carinhosa.

— Tenho certeza, senhorita — respondeu de Winter, encostando os lábios na testa de Henriette.

Depois disso ele se foi, atravessando aqueles grandes espaços desertos e escuros, sem criadagem que o guiasse, enxugando as lágrimas que, mesmo com cinquenta anos de vida na Corte, ele não podia impedir, diante do régio infortúnio, tão digno e ao mesmo tempo tão profundo.

43. O tio e o sobrinho

O cavalo e o escudeiro do fidalgo inglês o esperavam à porta. Ele tomou então a direção do local em que se hospedara, bem pensativo e olhando de vez em quando para trás, querendo contemplar a fachada silenciosa e sombria do Louvre. Foi quando percebeu alguém que, por assim dizer, emergiu da muralha e passou a segui-lo a certa distância. Ele se lembrou de ter visto, saindo do Palais Royal, uma sombra mais ou menos semelhante.

O escudeiro de lorde de Winter, que o seguia pouco atrás, também observava o cavaleiro, com certa preocupação.

— Tony — disse de Winter, fazendo sinal para que o criado se aproximasse.

— Aqui estou, monsenhor — ele respondeu, adiantando-se até se aproximar do amo.

— Notou um homem que nos segue?

— Notei sim, milorde.

— Quem é?

— Não sei dizer, mas segue Vossa Graça desde o Palais Royal, ficou à espera no Louvre e continua a segui-la.

— Algum espião do cardeal — disse de Winter como que para si mesmo. — Vamos fingir nada ter percebido.

Esporeando forte o cavalo, eles se embrenharam então no emaranhado das ruas que levavam a seu hotel, no bairro do Marais. Tendo por tanto tempo vivido na praça Royale,[323] lorde de Winter havia naturalmente procurado se hospedar perto de sua antiga moradia.

O desconhecido pôs sua montaria a galope.

De Winter chegou ao hotel e subiu a seus aposentos, com o pensamento de que não deveria deixar de se manter atento ao espião. Lar-

---

323. Era onde morava a irmã do fidalgo inglês; ver *Os três mosqueteiros*, cap. 31.

gando, porém, as luvas e o chapéu em cima de uma mesa, viu, por um espelho à sua frente, um vulto surgir à porta do quarto.

Ele se virou e reconheceu Mordaunt.

De Winter empalideceu, de pé e imóvel, enquanto Mordaunt se mantinha à entrada, frio e ameaçador, como se fosse a estátua do Comendador.[324]

Houve um momento de glacial silêncio entre os dois.

— Cavalheiro — tomou de Winter a iniciativa —, creio já ter sido claro para que compreendesse o quanto essa perseguição me desagrada. Retire-se ou pedirei que o expulsem, como em Londres. Não sou seu tio e não o conheço.

— Engana-se, tio — replicou Mordaunt com sua voz rouca e irônica. — E não se livrará de mim como em Londres, não ousará. Quanto a negar que eu seja seu sobrinho, terá que pensar melhor, agora que soube de muita coisa que ainda ignorava há um ano.

— Pouco me interessa o que tenha descoberto! — cortou de Winter.

— Não, isso o interessa muito, meu tio. E tenho certeza de que logo concordará comigo — acrescentou o rapaz, com um sorriso que causou no interlocutor um calafrio. — Quando me apresentei em sua casa pela primeira vez, em Londres, foi para me informar dos meus bens; da segunda vez foi para perguntar o que havia manchado meu nome. Mas agora me apresento para uma pergunta bem mais terrível que as anteriores, a mesma com que Deus interpelou o primeiro assassino: "Caim, o que fez do seu irmão Abel?"[325]

E o jovem continuou:

— Milorde, o que fez de sua irmã,[326] de sua irmã que era minha mãe?

De Winter recuou diante do brilho daqueles olhos em brasa.

— Sua mãe?

— Exatamente, minha mãe, milorde — respondeu o rapaz com um gesto da cabeça.

De Winter fez um violento esforço e, mergulhando em suas recordações para reavivar a raiva, exclamou:

— Procure no inferno saber o que aconteceu com ela, infeliz, talvez o inferno tenha a resposta.

O rapaz avançou quarto adentro até se postar frente a frente com lorde de Winter e disse, cruzando os braços:

— Perguntei ao carrasco de Béthune — disse ele com uma voz surda e as faces lívidas de dor e indignação —, e ele me respondeu.

---

324. No final da peça *Don Juan*, de Molière, o protagonista tem um jantar com a estátua viva do Comendador, um desafeto seu, que termina por levá-lo para o inferno.

325. *A Bíblia*, Gênese 4:9.

326. "Irmã" por causa do estreito laço familiar. Milady fora casada com o irmão mais velho de de Winter e o envenenara (ver *Os três mosqueteiros*).

De Winter caiu numa cadeira como se um raio o houvesse fulminado e inutilmente tentou dizer alguma coisa.

— É isso, não é? — continuou o rapaz. — Com essa palavra tudo se explica, com essa chave o abismo se abre. Minha mãe havia herdado do marido e o senhor assassinou minha mãe! Meu nome garantia o bem paterno e o senhor degradou meu nome. Depois disso, ficou com minha fortuna. Não é surpreendente, então, que não me reconheça, que se recuse a me reconhecer, sendo o usurpador que deixou o sobrinho na miséria, o assassino que o deixou órfão!

Tais palavras produziram o efeito contrário ao que esperava Mordaunt: de Winter se lembrou do monstro que era Milady e se levantou, calmo e grave, contendo com um olhar severo o olhar exaltado do rapaz.

— Quer mesmo reavivar esse horrível segredo? — começou de Winter. — Que seja!... Saiba então que tipo de mulher era essa de quem quer agora me pedir contas. Alguém que, é mais do que provável, envenenou meu irmão e, para herdar meus bens, preparava-se também para me assassinar. Tenho prova disso. O que me diz?

— Digo que era a minha mãe!

— Que mandou apunhalar, por alguém que antes era justo, bom e puro, o pobre duque de Buckingham. O que diz desse crime, do qual tenho a prova?

— Era a minha mãe!

— De volta à França, ela envenenou, no convento das agostinianas de Béthune,[327] uma jovem que amava um dos seus inimigos. Esse crime o convenceria do quanto foi justo o seu castigo? Tenho provas.

— Era a minha mãe! — repetiu o rapaz, com cada vez mais força nessas exclamações.

— No final, sobrecarregada de assassinatos, de orgias, odiada por todos, ainda insolente como a pantera atiçada pelo gosto do sangue, ela sucumbiu pela ação de homens que não tinham mais esperança em sua recuperação e nunca lhe haviam causado o menor mal. Teve os juízes que seus atentados infames exigiram: e o carrasco com quem o senhor esteve, esse carrasco que tudo lhe contou, pelo que diz, se de fato tudo contou, deve ter dito o quanto se alegrou ao vingar, com a sua morte, a vergonha e o suicídio de seu irmão. Jovem pervertida, esposa adúltera, irmã desnaturada, homicida, envenenadora, execrável para todos que a conheceram, malquista em todas as nações que a receberam, morreu amaldiçoada pelo céu e pela terra. É o que era aquela mulher.

Um soluço mais forte do que o autocontrole de Mordaunt dilacerou a sua garganta e trouxe o sangue de volta às suas faces lívidas. Ele crispou os punhos e, com o rosto ensopado de suor, os cabelos eriçados como os de Hamlet,[328] ele gritou devorado pela fúria:

---

327. Em *Os três mosqueteiros*, cap. 61. O convento era das carmelitas.

328. Ver *Hamlet*, de Shakespeare, ato III, cena IV: "Teus cabelos .../ como excrescências vivas se levantam/ e estão de pé" (trad. Barbara Heliodora).

Com ódio nos olhos, punhos cerrados, Mordaunt deu um passo ameaçador na direção de de Winter.

— Cale-se! Era a minha mãe! Suas desordens, não as conheço, nem seus vícios, nem seus crimes! Tudo que sei é que eu tinha uma mãe e cinco homens, coligados contra uma mulher, mataram-na clandestinamente, soturnamente, silenciosamente. Como covardes! O que sei é que o senhor era um deles, o senhor era um deles, meu tio e, como os outros, disse, mais alto até que eles: *Ela tem que morrer!* Então quero preveni-lo, ouça bem minhas palavras e que elas fiquem gravadas em sua memória, de maneira a que nunca as esqueça: essa morte que tudo tirou de mim, essa morte que me deixou sem nome e miserável, que me tornou corrupto, mau e implacável, dela quero que me prestem contas. Primeiro o senhor e depois seus cúmplices, quando os descobrir.

Com ódio nos olhos, a boca espumando, punhos cerrados, Mordaunt deu um passo a mais, um passo terrível e ameaçador na direção de de Winter, que levou a mão à empunhadura da espada e disse, com um sorriso de quem há trinta anos convivia com a morte:

— Está querendo me assassinar, cavalheiro? Nesse caso o reconhecerei como sobrinho, é de fato filho de sua mãe.

— Não — devolveu Mordaunt, forçando todas as fibras do seu rosto, todos os músculos do seu corpo a voltarem a seu lugar e se acalmarem. — Não, não o matarei, pelo menos de imediato: se o fizesse, não descobriria os outros. Mas quando souber quem são, tome cuidado! Apunhalei o carrasco de Béthune, matei-o sem pena, sem misericórdia, e era o menos culpado do grupo.

Depois disso, o rapaz se virou e desceu a escada com calma suficiente para não chamar a atenção. No andar de baixo, passou por Tony, encostado no corrimão e esperando apenas um sinal de seu amo para agir.

Mas de Winter não esboçou gesto algum: aniquilado, titubeante, permaneceu atento, de orelhas em pé, e somente ao ouvir os passos do cavalo que se afastava é que voltou à cadeira, exclamando:

— Meu Deus! Felizmente ele só tem conhecimento de mim.

44. *Paternidade*

Enquanto essa cena terrível ocorria com lorde de Winter, Athos, sentado junto à janela de seu quarto, com um cotovelo plantado à mesa e a cabeça apoiada na mão, seguia, tanto com os olhos quanto com os ouvidos, o que Raoul contava das aventuras da viagem e os detalhes da batalha.

A bela e nobre figura do conde de La Fère exprimia uma indizível felicidade diante da narrativa daquelas primeiras emoções, tão novas e tão puras. Ele aspirava os sons da voz juvenil, já apaixonada pelos belos sentimentos, como faria ao som de uma música harmoniosa. Esquecia-se do que havia de sombrio no passado e de assustador no futuro. Era como se a volta do querido rapazote houvesse transformado os próprios temores em esperanças. Ele estava feliz, feliz como nunca antes.

— E você então esteve nessa grande batalha e dela participou, Bragelonne? — perguntava o antigo mosqueteiro.

— Exatamente, senhor.

— E foi intensa, pelo que contou.

— O sr. Príncipe, em pessoa, comandou onze ataques.

— É um grande homem de guerra, Bragelonne.

— Um herói! Não o perdi de vista nem por um instante. Ah! Que glória, senhor, chamar-se Condé... e carregar assim o seu nome!

— Calmo e brilhante, não é?

— Calmo como num desfile, brilhante como numa festa. Quando chegamos ao inimigo, estávamos ao passo, proibidos de tomar a iniciativa dos disparos, e marchamos contra os espanhóis, que se encontravam numa pequena elevação, com os mosquetes apoiados na coxa. A trinta passos deles, o príncipe se voltou para os soldados e avisou: "Filhos, vamos ser recebidos por uma boa descarga, mas depois, estejam tranquilos, acabaremos com eles." O silêncio era tamanho que todos, inclusive os inimigos, ouviram essas palavras. Depois, erguendo a espada, ele comandou: "Toquem, clarins!"

— Muito bom!... Na mesma situação, você faria o mesmo, Raoul; não é?

— Sem dúvida, senhor, pois achei tudo tão belo e grandioso. Quando chegamos a uns vinte passos, vimos todos aqueles mosquetes se posicionarem numa linha fulgurante, pois o sol os fazia brilhar. "Ao passo, rapazes, ao passo. Chegou a hora", disse o príncipe.

— Sentiu medo, Raoul?

— Não nego — ele ingenuamente respondeu. — Senti uma espécie de frio intenso no coração e, ao ouvir a ordem, "Fogo!", vinda em espanhol das fileiras inimigas, fechei os olhos e pensei no senhor.

— Verdade, Raoul? — comoveu-se Athos, apertando-lhe as mãos.

— Juro, senhor. No mesmo instante estourou uma tal detonação que era como se o inferno se escancarasse. Os que não foram mortos sentiram o calor da chama. Reabri os olhos, surpreso de estar vivo e inteiro, sem qualquer ferimento. Um terço do esquadrão estava caído no chão, mutilado e sangrando. Nesse momento, meu olhar cruzou com o do príncipe e tudo em que pensei foi que ele me observava. Esporeei o cavalo e me vi no meio das fileiras inimigas.

— E o príncipe ficou contente com a sua atuação?

— Pelo menos foi o que disse, ao me incumbir de acompanhar a Paris o sr. de Châtillon, que trouxe a notícia à rainha e entregou os estandartes apreendidos. "Vá", disse-me o príncipe, "o inimigo não se organizará nos próximos quinze dias e até lá não preciso do senhor. Vá cumprimentar a quem ama e o ama. E diga a minha irmã de Longueville que muito agradeço o presente que me deu, encaminhando-o a mim." De modo que vim — acrescentou Raoul, olhando para o conde com um sorriso de profundo amor —, pois achei que o senhor gostaria de me rever.

Athos puxou o rapaz para si e o beijou na testa como se fosse uma filha.

— Sua carreira está lançada, Raoul. Tem duques como amigo, um marechal da França como padrinho, um príncipe de sangue como capitão e num só dia, de volta, foi recebido por duas rainhas: muito bom para quem apenas começa a vida.

— Aliás — disse Raoul de repente —, na pressa de contar minhas façanhas, já ia me esquecendo de uma coisa: estava com Sua Majestade, a rainha da Inglaterra, um fidalgo que, quando pronunciei seu nome, deu um grito de surpresa e de alegria. Disse ser seu amigo, pediu o seu endereço e virá vê-lo.

— Como ele se chama?

— Não me atrevi a perguntar, mas apesar de se exprimir elegantemente, pelo sotaque achei ser inglês.

— Entendo — disse Athos.

A cabeça dele se inclinou, no esforço de buscar alguma recordação. Ao se reerguer, os olhos se espantaram com a presença de um homem que estava de pé junto à porta, que ficara entreaberta, e o olhava com carinho.

— Lorde de Winter! — exclamou o conde.

— Athos, meu amigo!

Os dois velhos camaradas permaneceram por um momento abraçados, até que o francês, segurando as duas mãos do amigo, perguntou:

— O que há, milorde? Parece tão triste quanto estou alegre.

— É verdade, meu caro, é verdade. Diria até mesmo que vê-lo aumentou meu temor.

E de Winter olhou ao redor, como se procurasse algum ponto mais discreto. Raoul entendeu que os dois amigos tinham o que conversar e se retirou discretamente.

— Pronto, estamos apenas nós — tranquilizou-o Athos —, falemos do senhor.

— Aproveitemos, porque é preciso falar de nós — respondeu lorde de Winter. — Ele está aqui.

— Quem?

— O filho de Milady.

Athos, mais uma vez surpreso com aquele nome que parecia ecoar com uma insistência fatal, hesitou por um instante, franziu levemente as sobrancelhas e disse, com um tom calmo:

— Eu sei.

— Sabe?

— Exato. Grimaud o encontrou entre Béthune e Arras, e veio o mais rápido que pôde me prevenir.

— Grimaud então o conhecia?

— Não, mas assistiu em seu leito de morte a um homem que o conheceu.

— O carrasco de Béthune! — exclamou de Winter.

— Como adivinhou? — espantou-se Athos.

— Acabo de estar com ele, que me contou tudo. Ai, meu amigo, que cena horrível! Devíamos ter eliminado o filho junto com a mãe!

Athos, como todo homem de nobre índole, não transmitia aos outros seus descontentamentos pessoais, pelo contrário, os absorvia em seu interior, repassando, em seu lugar, palavras de esperança e consolo. Era como se as dores, ao cruzarem sua alma, se transformassem em alegrias para os outros.

— Qual o problema? — ele perguntou, corrigindo pelo raciocínio o terror instintivo inicialmente sentido. — Não estamos aqui para nos defender? O rapaz se transformou em assassino profissional, em homicida a sangue-frio? Pode ter matado o carrasco de Béthune numa reação de raiva, mas seu furor terá se acalmado.

De Winter sorriu com tristeza e balançou negativamente a cabeça:

— Não lembra mais qual sangue ele tem nas veias?

— Vamos! — tentou conciliar Athos, também com um sorriso. — Esse sangue certamente perdeu a ferocidade em sua segunda geração. Inclusive, amigo, a Providência nos preveniu para que fiquemos atentos. Nada podemos fazer, além de esperar. Esperemos. Mas, como eu dizia antes, falemos de você. O que o traz a Paris?

— Alguns negócios importantes que logo explicarei. Mas ouvi dizer, da parte de Sua Majestade, a rainha da Inglaterra, que o nosso d'Artagnan está com Mazarino! Desculpe-me a franqueza, não odeio nem critico o cardeal e as opiniões dos amigos serão sempre sagradas para mim, mas por acaso também está com ele?

— D'Artagnan continua a serviço, é soldado, obedece ao poder constituído. Não é rico e precisa de seu salário de tenente para se sustentar. Milionários como milorde são raros na França.

— Infelizmente — observou de Winter — estou agora tão ou mais pobre que ele. Mas voltemos a você.

— Está querendo saber se estou ligado a Mazarino? Não, mil vezes não. Desculpe-me também a franqueza, milorde.

De Winter se levantou e abraçou Athos, dizendo:

— Obrigado, conde, obrigado por essa boa notícia. Fico feliz, com esse peso a menos. Ah, que bom! Que boa coisa! Aliás, não poderia ser de outra forma. Mas me desculpe ainda, está livre?

— O que entende por "livre"?

— Se está casado.

— Ah! Isso não — respondeu Athos com um sorriso.

— Pergunto por ter visto aquele rapazinho tão bonito, elegante e polido...

— É um jovem que eduquei e nem mesmo conhece o pai.

— Ótimo. Continua o mesmo Athos, grande e generoso.

— Vamos lá, milorde, aonde quer chegar?

— Ainda são seus amigos os srs. Porthos e Aramis?

— Acrescente d'Artagnan, milorde. Continuamos quatro amigos, leais uns aos outros como antigamente, mas em se tratando de servir ao cardeal ou combatê-lo, de estar com Mazarino ou com a Fronda, somos apenas dois.

— Aramis está com d'Artagnan?

— Não, temos a honra, Aramis e eu, de compartilhar as mesmas convicções.

— Poderia me pôr em contato com esse amigo tão encantador e atilado?

— Claro, assim que quiser.

— Ele mudou?

— Tornou-se padre, somente isso.

— É mesmo? Mas com isso deve ter precisado desistir das grandes ações.

— Pelo contrário — emendou Athos com um sorriso. — Nunca foi tão mosqueteiro quanto desde que se tornou padre. Um verdadeiro Galaor.[329] Quer que peça a Raoul para ir chamá-lo?

~~~~~~

329. Irmão do herói no romance de cavalaria *Amadis da Gaula* (1508), de Garcí Rodríguez de Montalvo.

— Obrigado, conde, talvez não o encontrássemos em casa a essa hora. Mas se acha que pode responder por ele...

— Como se fosse por mim.

— Compromete-se a trazê-lo amanhã, às dez da manhã, à ponte de entrada do Louvre?

— Ah, ah! — brincou Athos. — Um duelo?

— Isso mesmo, conde, e um belo duelo, do qual vocês participarão, espero.

— E aonde iremos, milorde?

— Encontrar Sua Majestade, a rainha da Inglaterra, que me encarregou de fazer as apresentações.

— Sua Majestade me conhece?

— Eu o conheço.

— Está sendo bastante enigmático — observou Athos. — Mas pouco importa, já que tem acesso à rainha, isso basta. E terei a honra de sua companhia para a ceia, milorde?

— Obrigado, conde. A visita daquele jovem, confesso, me tirou o apetite e provavelmente também o sono. O que será que veio fazer em Paris? Não foi para me encontrar, pois não sabia da minha vinda. Esse rapaz me assusta, conde; há nele um destino de sangue.

— O que ele faz na Inglaterra?

— É um dos mais fanáticos seguidores de Oliver Cromwell.

— Quem o levou a isso? A mãe e o pai eram católicos, se me lembro bem.

— O ódio que tem pelo rei.

— Pelo rei?

— Exato. O rei o declarou bastardo, confiscou seus bens e o proibiu de usar o nome de Winter.

— E como ele se chama agora?

— Mordaunt.

— Um puritano disfarçado de monge, viajando sozinho pelas estradas da França.

— De monge?

— Isso mesmo. Não sabia?

— Sei apenas o que ele me contou.

— Foi assim que ele, por acaso, peço que Deus me perdoe se estiver cometendo blasfêmia, confessou o carrasco de Béthune.

— Então adivinho tudo: foi enviado por Cromwell.

— A quem?

— A Mazarino. E a rainha estava certa, eles se anteciparam a nós. Tudo agora ficou claro. Tenho que ir, conde, até amanhã.

— Mas já é noite escura — disse Athos, vendo lorde de Winter abalado por uma preocupação maior do que queria deixar transparecer —, e sem nem mesmo um criado que o acompanhe.

— Tenho Tony, um bom rapaz, talvez um pouco ingênuo.
— Ei! Olivain, Grimaud, Blaisois! Peguem os mosquetes e chamem o sr. visconde.

Blaisois era o rapaz vigoroso, servindo ora como criado, ora como camponês, que rapidamente vimos no castelo de Bragelonne, anunciando que o jantar estava servido, e que Athos havia batizado com o nome da sua província natal.[330]

Cinco minutos depois de chamado, Raoul entrou e recebeu a incumbência:
— Visconde, escolte milorde até o seu hotel, sem deixar que ninguém se aproxime dele.
— Ora, conde — tentou se opor de Winter —, por quem me toma?
— Por um estrangeiro que não conhece Paris e a quem o visconde mostrará o caminho.

De Winter apertou-lhe a mão.
— Grimaud — disse Athos —, ponha-se à frente do grupo e fique atento ao monge.

Grimaud estremeceu, acenou com a cabeça e esperou o momento de partir, alisando de maneira sintomática e silenciosa a coronha do mosquete.
— Até amanhã, conde — disse de Winter.
— Até amanhã, milorde.

A pequena tropa tomou a rua Saint-Louis, com Olivain tremendo como Sósia[331] a cada reflexo de luz mais equívoco, Blaisois bastante firme por ignorar que se corresse algum risco e Tony olhando de um lado e de outro, sem poder dizer o que fosse, pois não falava francês.

De Winter e Raoul iam lado a lado, conversando.

Seguindo a ordem de Athos, Grimaud precedia o cortejo com uma tocha numa mão e o mosquete na outra e foi o primeiro a chegar à porta do hotel. Bateu com o punho e, depois que abriram, cumprimentou milorde sem uma palavra.

Mesma coisa no caminho de volta. De suspeito, os olhos penetrantes de Grimaud viram apenas uma espécie de sombra emboscada na esquina da rua Guénégaud com o cais do rio Sena. Achou ter tido a mesma impressão já na ida e esporeou seu cavalo nessa direção, mas, antes de alcançá-la, a sombra desapareceu por uma ruela que Grimaud preferiu não tomar, considerando pouco prudente a perseguição.

---

330. "Blaisois", da região de Blois.
331. Personagem da comédia *Anfitrião* (séc.III a.C.), do romano Plauto, cujas feições o deus Mercúrio toma para ajudar o deus maior Júpiter (que, por sua vez, havia assumido a aparência de Anfitrião para seduzir a esposa deste). Mas a citação se refere ao ato I, cena I da peça homônima e sobre o mesmo tema de Molière: "Quem vem lá? Ai, meu medo cresce a cada passo."

Relatou-se a Athos o sucesso da expedição e como eram já dez da noite, cada um se retirou em seu aposento próprio.

No dia seguinte, abrindo os olhos, foi o conde que, por sua vez, descobriu Raoul à sua cabeceira, todo vestido e lendo um livro recente do sr. Chapelain.[332]

— Já de pé, Raoul?

— Pois é — respondeu o rapaz, com uma leve hesitação. — Dormi mal.

— Você, Raoul, dormir mal? Algo então o preocupava?

— O senhor vai me achar um tanto apressado por deixá-lo tendo acabado de chegar, mas...

— Tinha apenas dois dias livres, Raoul?

— Pelo contrário, tenho dez, mas não é ao regimento que gostaria de voltar.

Athos sorriu.

— E a que lugar seria, visconde? A menos que seja um segredo. É quase um homem-feito, pois já debutou em seus primeiros combates e tem o direito de ir aonde bem quiser sem me dizer.

— Isso nunca! Enquanto tiver a felicidade de tê-lo como protetor, não quero o direito de me libertar de uma tão querida tutela. O que gostaria é de passar um dia em Blois. Pela maneira como está me olhando, vai rir de mim?

— Não, pelo contrário — disse Athos abafando um suspiro. — Não estou rindo, visconde. Tem vontade de ir a Blois, é muito natural!

— Tenho sua permissão? — entusiasmou-se o rapaz.

— É claro que sim, Raoul.

— Do fundo do coração, conde, não fica nem um pouco contrariado?

— De forma alguma. Por que ficaria, contra algo que lhe agrada?

— Ah, sr. conde, como é generoso! — explodiu o jovem, fazendo um gesto na direção do tutor para abraçá-lo, mas se contendo por respeito.

Athos tomou então a iniciativa de abrir para ele os braços.

— Posso então partir desde já?

— Quando quiser, Raoul.

Ele deu três passos para sair, parou e disse:

— Lembrei-me, senhor, de que devo à sra. duquesa de Chevreuse, que foi tão boa, minha apresentação ao sr. Príncipe.

— E quer ir agradecer, não é, Raoul?

— É o que acho, mas cabe ao senhor decidir.

— Vá ao palacete de Luynes, Raoul, e veja se a sra. duquesa pode recebê-lo. Noto que não se esqueceu das normas de cortesia, fico feliz com isso. Que Grimaud e Olivain o acompanhem.

---

332. Jean Chapelain (1595-1674), poeta de grande sucesso à época. Em 1648, suas obras mais recentes eram *Odes para o monsenhor duque de Anghien* (1646) e *Odes para o monsenhor de Mazarino* (1647).

— Os dois? — espantou-se Raoul.

Mas em seguida fez seus cumprimentos e saiu.

Vendo-o fechar a porta e ouvindo-o chamar com entonação alegre e vibrante os dois criados, Athos suspirou:

"Tem pressa em me deixar", ele pensou, balançando a cabeça, "mas segue a lei comum. A natureza age olhando adiante. Ele decididamente ama aquela menina, mas não será por amar outras pessoas que me amará menos."

E Athos teve que confessar haver se surpreendido com aquela partida tão rápida, mas a simples felicidade de Raoul tornava tudo mais secundário.

Às dez da manhã, os preparativos estavam feitos e enquanto Athos olhava Raoul montar em seu cavalo, um mensageiro veio cumprimentá-lo da parte da sra. de Chevreuse. Fora encarregado de dizer ao conde de La Fère que ela soubera do retorno de seu jovem protegido, assim como de seu comportamento no campo de batalha, e que gostaria muito de congratulá-lo.

— Diga à sra. duquesa que o visconde já estava em sela, a caminho do palacete de Luynes.

Em seguida, depois de dar novas recomendações a Grimaud, o conde fez sinal com a mão, indicando a Raoul que ele podia partir.

Na verdade, pensando bem, ele achou ser uma boa solução o afastamento de Raoul, naquele momento, de Paris.

45. *Mais uma rainha pede socorro*

Athos havia, desde cedo, enviado um bilhete com explicações a Aramis, pelo único criado que lhe restara. Este último, Blaisois, encontrou Bazin trajando sua batina de irmão leigo, pois era dia de serviço em Notre-Dame.

O conde dissera a Blaisois que tentasse falar com o próprio Aramis. O ingênuo e bom rapaz, preocupado em seguir à risca sua missão, pedira para falar com o padre d'Herblay e, apesar de Bazin várias vezes repetir que ele não se encontrava, Blaisois tanto fez que enfureceu o ajudante de altar. De fato, vendo Bazin vestido a caráter, Blaisois pouco ligou para suas negativas e teimou, achando que o outro teria todas as virtudes características daquele traje, isto é, paciência e caridade cristãs.

Mas Bazin, que continuava escudeiro de mosqueteiro quando o sangue lhe fervia nas ventas, agarrou um cabo de vassoura e deu boas pancadas em Blaisois, aos gritos:

— Está insultando a Igreja, meu amigo, insultando a Igreja.

Nesse momento, por causa desse tumulto inabitual, Aramis entreabriu, cauteloso, a porta de seu quarto. Bazin então respeitosamente encostou a vassoura, apoiando-a numa das suas pontas, como havia visto em Notre-Dame os guardas suíços fazerem com as alabardas. Com um olhar carregado de censura contra o cérbero, Blaisois aproveitou então para tirar do bolso a carta e entregá-la a Aramis.

— Do conde de La Fère? Ótimo — disse ele.

Que em seguida voltou ao quarto, sem nem mesmo procurar saber o motivo de todo aquele barulho.

Desiludido, Blaisois voltou ao hotel Grand-Roi-Charlemagne. Athos perguntou se a mensagem fora entregue e o rapaz contou toda a aventura.

— Seu tonto! — zombou Athos. — Não disse, logo de início, vir de minha parte?

— Não.

— E o que fez Bazin quando soube?

— Ah, sr. conde, pediu mil desculpas e me obrigou a tomar dois copos de um moscatel muito bom, em que me fez mergulhar três ou quatro biscoitos excelentes. Mesmo assim, é tremendamente brutal. Um irmão leigo! Quem diria?

"Bom, já que recebeu minha carta, Aramis virá, por mais ocupado que esteja", pensou Athos.

Com sua pontualidade habitual, às dez horas Athos estava na ponte do Louvre, onde encontrou lorde de Winter, que chegava ao mesmo tempo.

Esperaram por mais ou menos dez minutos.

O fidalgo inglês começava a achar que Aramis não viria.

— Um pouco de paciência — disse Athos, que mantinha o olhar fixado na direção da rua do Bac —, está vindo por ali um padre que esbraveja com um rapaz e cumprimenta uma mulher, deve ser Aramis.

E de fato era ele: um jovem burguês, pensando na morte da bezerra, atrapalhava o seu caminho e, com um safanão, Aramis, em quem o tal sujeito havia feito respingar lama do chão, o empurrou a dez passos de distância. Ao mesmo tempo, uma das suas penitentes passava e, como era bonita e jovem, o confessor a cumprimentou com seu mais amável sorriso.

Logo em seguida ele chegou ao ponto de encontro.

Como era de se esperar, houve grandes efusões entre ele e lorde de Winter.

— Aonde vamos? — quis saber Aramis. — Com os diabos, temos algum duelo em vista? Não estou com minha espada essa manhã, vou precisar então passar em casa.

— Não se preocupe — disse de Winter. — Trata-se de uma visita a Sua Majestade, a rainha da Inglaterra.

— Que ótimo — respondeu Aramis, logo em seguida debruçando-se para o lado de Athos e perguntando: — Por quê?

— Não faço ideia. Algum esclarecimento sobre algum caso, quem sabe?

— Será ainda com relação àquela maldita história? Se for isso, não faço tanta questão de ir, pois seria para ouvir algum sermão. E desde que passei a fazer isso do alto do meu púlpito, não gosto de recebê-los.

— Se fosse para isso — tranquilizou-o Athos — não seríamos conduzidos a Sua Majestade por lorde de Winter, que também teria que ouvir: ele estava presente.

— É verdade. Então vamos.

Já no Louvre, o fidalgo inglês foi o primeiro a entrar. Havia um só porteiro, aliás. À luz do dia, Athos, Aramis e o próprio lorde puderam constatar o horrível abandono[333] da moradia que uma mesquinha caridade concedia à

---

333. Ana da Áustria havia preferido morar no Palais Royal, de construção bem mais recente e confortável, ficando o antigo palácio ao abandono.

infeliz rainha. Salões imensos despidos de móveis, paredes maltratadas que apresentavam ainda, em alguns pontos, antigas sancas douradas que haviam resistido ao descaso, janelas que não fechavam mais e nas quais faltavam vidros. Tapete nenhum, nada de guardas nem criados, foi o que logo chamou a atenção de Athos. Sem nada dizer, ele simplesmente cutucou as costelas de Aramis com o cotovelo, chamando atenção para a miséria do lugar.

— Mazarino tem mais conforto — comentou o companheiro.

— Ele é quase rei — respondeu Athos —, e a sra. Henriqueta quase já não é mais rainha.

— Se aceitasse valorizar seus dons, meu amigo — observou Aramis —, sinceramente creio que se revelaria mais espirituoso que o pobre sr. de Voiture.

Athos sorriu.

A rainha parecia esperar com impaciência pois, ao primeiro ruído que ouviu na antessala de seu quarto, foi pessoalmente à porta para receber os cortesãos do seu infortúnio:

— Entrem e sejam bem-vindos, cavalheiros.

Eles entraram e permaneceram de pé até que Sua Majestade lhes fizesse um sinal para que sentassem. Athos foi o primeiro a obedecer, de maneira grave e calma, mas Aramis estava revoltado: o visível desrespeito à realeza o exasperava e, com os olhos, ele tomava nota de cada traço de miséria que percebia.

— É o meu luxo que examina? — perguntou a sra. Henriqueta, lançando um triste olhar ao redor.

— Que Vossa Majestade por favor me perdoe, mas não consigo disfarçar a indignação, vendo a Corte francesa tratar assim a filha de Henrique IV — ele respondeu.

— Nosso convidado não é cavaleiro? — ela perguntou a de Winter.

— É o padre d'Herblay — respondeu o lorde.

Aramis corou e disse:

— Sou padre, senhora, é verdade, mas contra meu temperamento. Jamais tive vocação para esse pequeno colarinho: um só botão prende a minha batina e estou sempre pronto a voltar a ser mosqueteiro. Esta manhã, sem saber que teria a honra de estar aqui, me vesti assim, mas nem por isso deixo de ser alguém em quem Vossa Majestade pode plenamente confiar, qualquer que seja a ordem que queira dar.

— O sr. cavaleiro d'Herblay foi um dos valorosos mosqueteiros de Sua Majestade, o rei Luís XIII, de quem vos falei, senhora... — explicou de Winter, que prosseguiu, voltando-se para Athos: — Quanto ao outro convidado, trata-se do nobre conde de La Fère, cuja alta reputação Vossa Majestade bem conhece.

— Cavalheiros — disse então a rainha —, tive à minha volta fidalgos, tesouros e exércitos que, a um simples aceno, se punham à minha disposição.

Isso provavelmente os surpreende, vendo como me encontro. E, para um projeto que deve me salvar a vida, tenho somente lorde de Winter, amigo há mais de vinte anos, além dos senhores, cavalheiros, a quem vejo pela primeira vez e que conheço apenas como compatriotas meus.

— Será o bastante, senhora — disse Athos com uma profunda reverência —, se nossas três vidas puderem garantir a de Vossa Majestade.

— Obrigada, cavalheiros; porém vejam, sou não só a mais miserável das rainhas, mas a mais infeliz das mães, a mais desesperada das esposas: meus filhos, dois deles pelo menos, o duque de York e a princesa Charlotte, estão afastados de mim, expostos às investidas de inimigos ambiciosos; meu marido, o rei, arrasta na Inglaterra uma existência tão dolorosa que seria pouco dizer que ele procura a morte como algo a se alcançar. Por favor, cavalheiros, vejam a carta que ele fez chegar a mim por lorde de Winter. Leiam.

Athos e Aramis mostraram não ser necessário.

— Leiam — insistiu a rainha.

Athos leu em voz alta a carta que já conhecemos, com a pergunta do rei Carlos sobre a possibilidade de se refugiar na França.

— E como estão as coisas? — perguntou Athos ao terminar a leitura.

— Ora! — disse a rainha. — Ele recusou.

Os dois amigos trocaram um sorriso de desprezo.

— E então, senhora — tomou a iniciativa Athos —, o que se deve fazer?

— São capazes de se solidarizar a tanto infortúnio? — perguntou emocionada a rainha.

— Já tive a honra de perguntar o que Vossa Majestade deseja que o sr. d'Herblay e eu façamos. Estamos prontos.

— Ah! o sr. conde tem realmente um nobre coração! — disse comovida, numa explosão, a rainha, enquanto lorde de Winter a olhava como quem dissesse: "Não estava certo em responder por eles?"

— E o senhor? — perguntou a rainha a Aramis.

— Só tenho a dizer, senhora, que aonde for o sr. conde, mesmo que à morte, eu o sigo sem fazer perguntas, mas em se tratando de um serviço para Vossa Majestade — ele acrescentou, olhando a rainha com a mesma graça que tinha na juventude —, tomo a frente do sr. conde.

— Assim sendo, cavalheiros, se aceitam se entregar ao serviço de uma pobre princesa que o mundo inteiro abandonou, ouçam o que podem fazer por mim. O rei está isolado com alguns fidalgos que ele, a cada dia, teme que o abandonem, entre escoceses em que não confia, mesmo sendo, ele próprio, escocês. Desde que lorde de Winter precisou deixá-lo, senhores, não vivo mais. Talvez seja pedir muito, pois de nada disponho para tanto, mas façam a travessia, juntem-se ao rei, mostrem-se amigos, guardem-no, estejam ao lado dele na batalha, mas também onde mais ele estiver, pois ciladas são diariamente armadas, ainda mais perigosas do que todos os riscos da guerra. Em troca desse sacrifício que farão por mim, senhores, prometo não uma recompensa, pois creio que a palavra os ofenderia, mas amá-los como irmã e preferi-los logo abaixo de meu marido e meus filhos. Faço o juramento diante de Deus!

E a rainha, lenta e solenemente, ergueu os olhos ao céu.

— Quando devemos partir, senhora? — perguntou Athos.

— Então aceitam? — exclamou com alegria a rainha.

— Perfeitamente, senhora. Mas Vossa Majestade vai longe demais, tenho a impressão, comprometendo-se a uma amizade tão acima dos nossos méritos. É a Deus que servimos, senhora, quando nos colocamos à disposição de um príncipe tão infortunado e uma rainha tão virtuosa. Têm nossa fidelidade de corpo e alma.

— Ah, cavalheiros! — emocionou-se a rainha quase a ponto de chorar. — É o primeiro instante de alegria e de esperança que tenho nos últimos cinco anos. Certamente é a Deus que os senhores servem, e como o meu poder é limitado demais para reconhecer tamanho sacrifício, ele os recompensará, ele que lê em meu coração o quanto sou grata a ele e aos senhores. Salvem meu marido, salvem o rei. E apesar de não se impressionarem com o ganho que podem obter na terra por essa bela ação, deixem-me a esperança de que voltarei a vê-los para agradecer-lhes pessoalmente. Enquanto isso, aqui estarei. Têm alguma recomendação para mim? Sou desde já uma amiga e como partem para se ocupar dos meus interesses, quero fazer o mesmo pelos senhores.

— Senhora — disse Athos —, nada tenho a pedir a Vossa Majestade, senão orações.

— No que me concerne — acrescentou Aramis —, estou só no mundo e tenho apenas Vossa Majestade a quem servir.

A rainha estendeu a mão, que eles beijaram. Em seguida, disse baixinho a de Winter:

— Se faltar dinheiro, milorde, não pense duas vezes, desmonte as joias que lhe dei e venda os diamantes a um judeu:[334] conseguirá cinquenta ou sessenta mil libras. Gaste-as se necessário, mas que esses nobres amigos sejam tratados como merecem, ou seja, como reis.

A rainha havia preparado duas cartas: uma que ela mesma redigira e outra escrita pela filha, princesa Henriette. Ambas para o rei Carlos. Entregou a primeira a Athos e a segunda a Aramis, para que, se por acaso se separassem, pudessem ser reconhecidos pelo rei. Depois disso, os visitantes se retiraram.

Acabando já de descer a escada, de Winter disse:

---

334. Como era chamado, genericamente, quem negociava dinheiro e pedras preciosas.

A rainha havia preparado duas cartas: uma que ela mesma redigira e outra escrita pela filha, princesa Henriette.

— Sigam o seu caminho e eu o meu, companheiros. Chamaremos menos a atenção e, hoje à noite, às nove horas da noite, nos encontramos na porta Saint-Denis. Iremos com cavalos meus tanto quanto eles aguentarem e em seguida os trocaremos na posta. Uma vez mais, obrigado, meus amigos. Em meu nome e em nome da rainha.

Os três fidalgos se apertaram as mãos. Lorde de Winter tomou a rua Saint-Honoré, enquanto Athos e Aramis continuaram a conversar.

— E então, meu caro conde, qual a sua impressão de tudo isso? — perguntou Aramis, vendo que estavam a sós.

— Ruim — respondeu Athos —, muito ruim.

— Mas demonstrou tanto entusiasmo!

— É o que sempre farei na defesa de um grande príncipe, meu caro d'Herblay. Os reis só podem ser fortes com o apoio da nobreza e a nobreza só pode ser grande se houver um rei. Sustentando as monarquias, sustentamos a nós próprios.

— Vamos é ser assassinados por lá — disse o amigo. — Detesto os ingleses, são grosseiros como todos os bebedores de cerveja.

— Acha melhor ficar aqui e ir dar uma volta na Bastilha ou na torre de Vincennes, por termos ajudado a evasão do sr. de Beaufort? Por Deus, Aramis, não temos o que lamentar. Evitamos a prisão e ainda agimos como heróis, a escolha é fácil.

— Isso é verdade. Mas para todo tipo de coisa, meu amigo, devemos começar por essa primeira questão, bem boba, concordo, mas necessária: tem algum dinheiro?

— Algo como umas cem pistolas que meu administrador enviou às vésperas da minha saída de Bragelonne, mas preciso deixar metade para Raoul: um jovem fidalgo deve ter com que viver dignamente. Ou seja, tenho mais ou menos umas cinquenta pistolas, e você?

— Se eu revirar os bolsos e procurar nas gavetas, não consigo em casa nem dez luíses. Felizmente lorde de Winter é rico.

— Está momentaneamente arruinado, é Cromwell que fica com as suas rendas.

— Nesse ponto seria bom poder contar com o barão Porthos — lembrou Aramis.

— Nesse ponto sinto falta de d'Artagnan — completou Athos.

— Uma bolsa sempre aberta!

— Que espada segura!

— Vamos aliciá-los.

— O segredo não é nosso, Aramis, não podemos incluir mais ninguém na confidência. Além disso, agindo assim, pareceríamos não confiar em nós mesmos. Lamentemos na intimidade, mas sem falar disso.

— Tem razão. O que vai fazer até a noite? Terei que adiar dois compromissos.
— Compromissos que podem ser adiados?
— Bem... terão que ser!
— E quais são?
— Primeiro uma lição no coadjutor, que encontrei ontem à noite na casa da sra. de Rambouillet e achei ter falado comigo com um tom de voz que não gostei.
— Ai! Uma briga de batinas! Um duelo entre aliados!
— Fazer o quê, meu caro? Ele aprecia a espada e eu também. Anda por becos e ruelas e eu também. A batina o incomoda e eu, tenho a impressão, estou cansado da minha. Às vezes acho ser ele Aramis e eu coadjutor, tantas são as nossas semelhanças. Essa espécie de Sósia me irrita e me deixa em segundo plano. Aliás, é um trapalhão e vai pôr a coisa a perder. Posto no seu devido lugar, tenho certeza, mais ou menos como fiz pela manhã com aquele jovem burguês que salpicou lama em mim, isso vai mudar o rumo das coisas.
— Minha opinião, meu caro Aramis — respondeu tranquilamente Athos — é que isso só mudaria o rumo do sr. de Retz. Ouça-me então e deixemos tudo como está. Os dois, aliás, não são mais donos do próprio rumo, você está com a rainha da Inglaterra e ele com a Fronda. Assim sendo, se a segunda coisa a ter que adiar não for mais importante...
— Ao contrário, é importantíssima.
— Nesse caso, resolva-a logo.
— Infelizmente não posso fazer à hora que quiser. Seria à noite, tarde da noite.
— Entendo — disse Athos com um sorriso. — À meia-noite?
— Mais ou menos.
— Que jeito? São coisas que se adiam. É só adiar, sobretudo porque terá boa desculpa, quando voltar.
— É verdade, se eu voltar.
— E se não voltar, qual importância? Pense um pouco. Não tem mais vinte anos, meu amigo.
— Infelizmente, com os diabos! Ai, quem me dera!...
— Sei. Tenho certeza de que faria boas asneiras! Mas precisamos nos separar: tenho umas duas visitas a fazer e uma carta a escrever. Venha me buscar às oito horas. Ou melhor, quer que o espere para jantar às sete?
— Ótimo. Até lá tenho vinte visitas a fazer e o mesmo número de cartas a escrever.

Despediram-se. Athos fez uma visita à sra. de Vendôme, deixou seu nome na residência da sra. de Chevreuse e escreveu a d'Artagnan a seguinte carta:

> Caro amigo, parto com Aramis para algo importante. Gostaria de me despedir pessoalmente, mas não tenho tempo. Escrevo para repetir o quanto gosto de você, não se esqueça disso.

Raoul está em Blois e não sabe de minha viagem. Cuide dele na minha ausência da melhor maneira que puder e, se por acaso não tiver notícias minhas nos próximos três meses, diga-lhe para abrir um pacote selado em nome dele, em Blois, no meu móvel de bronze, cuja chave lhe envio com esta carta.

Abrace Porthos por Aramis e por mim. Até a próxima ou, quem sabe, adeus.

E mandou a carta por Blaisois.

À hora marcada, Aramis chegou: vestido de cavaleiro e, na cinta, aquela antiga espada que ele tantas vezes sacara e, mais do que nunca, se dispunha a sacar.

— Ah, pensando melhor, acho errado partir assim, sem nem uma palavra de despedida a Porthos e a d'Artagnan — disse ele.

— Fiz isso, meu amigo. E fiz mais, abracei-os por você e por mim.

— É alguém realmente admirável, meu querido conde. E pensa em tudo.

— E então, está resolvido quanto à viagem?

— Totalmente! E, olhando mais de perto, estou até contente de me afastar de Paris nesse momento.

— Eu também. Só lamento não ter ido me despedir pessoalmente de d'Artagnan, mas o danado é tão esperto que teria logo adivinhado tudo.

No final do jantar, Blaisois chegou:

— A resposta do tenente d'Artagnan, senhor.

— Não era para esperar resposta, idiota! — esbravejou Athos.

— Não esperei e fui embora, mas ele mandou me buscar e me entregou isto.

E Blaisois apresentou um saquinho de couro bem redondo e tilintante.

Athos abriu e começou por um bilhete escrito nos seguintes termos:

Meu querido conde,
Em viagem, sobretudo podendo durar três meses, o dinheiro nunca é o suficiente. Lembro-me dos nossos tempos de vacas magras e lhe envio a metade da minha bolsa: é dinheiro que consegui arrancar do Mazarino; não o utilize então de maneira muito contrária, por favor.

Quanto à possibilidade de não voltarmos a nos ver, de forma alguma acredito; quem tem um coração como o seu — e a espada — passa por todas.

Até breve, então, e nada de adeus.

Não preciso dizer que no dia mesmo em que conheci Raoul, passei a gostar dele como se fosse filho meu, mas acredite que bem sinceramente rogo a Deus que não me torne seu pai, por mais que fosse me orgulhar de ter um filho assim.

Do seu d'Artagnan

P.S.: É óbvio que esses cinquenta luíses que envio são tanto seus quanto de Aramis, tanto de Aramis quanto seus.

Athos sorriu e uma lágrima turvou o seu belo olhar. D'Artagnan, por quem ele sempre tivera tanto carinho, mantinha a reciprocidade, por mais pró-Mazarino que se dissesse.

— Cinquenta luíses — disse Aramis, esvaziando a bolsinha em cima da mesa —, todos com a efígie de Luís XIII. E o que vai fazer com esse dinheiro, guardar ou devolver?

— Guardar, Aramis; e mesmo que não precisasse deles os guardaria. O que se oferece com generosidade deve ser aceito com igual generosidade. Pegue vinte e cinco, Aramis, e me dê os vinte e cinco restantes.

— São muito bem-vindos. Fico feliz de ver que pensa como eu. E agora, vamos?

— Quando quiser, mas não tem um escudeiro?

— Não. O imbecil do Bazin fez a besteira de se tornar irmão leigo, como sabe, e não pode deixar a catedral.

— Pois fique com Blaisois, de quem não preciso, pois tenho Grimaud.

— Ótimo.

Nesse momento Grimaud apareceu à porta.

— Tudo pronto — ele disse com seu laconismo de sempre.

— Então vamos. — Athos pôs-se de pé.

De fato, os cavalos esperavam já selados. Os dois lacaios montaram nos seus.

Na esquina do Sena, encontraram Bazin, que vinha correndo esbaforido.

— Graças a Deus, senhor, cheguei a tempo!

— O que houve?

— O sr. Porthos acaba de sair de casa e deixou isto para lhe entregar, dizendo ser urgente e devendo chegar às suas mãos antes que partisse.

— Entendo — disse Aramis, pegando a bolsinha que Bazin lhe entregava. — E o que é?

— Espere, reverendo, tem uma carta.

— Já disse que lhe quebro os ossos se me chamar de outra coisa que não seja cavaleiro. Deixe-me ver essa carta.

— Como vai ler? — perguntou Athos. — Está escuro como breu.

— Espere um pouco — disse Bazin, sacando um isqueiro a fuzil[335] e pondo fogo numa vela que era usada para acender os círios da igreja.

À luz dessa vela, Aramis pôde ler:

Meu caro d'Herblay,
Soube por d'Artagnan, que me abraçou da parte de vocês, que partem em missão que pode durar dois ou três meses. Sabendo que não gosta de pedir aos amigos, tomo a iniciativa de oferecer: duzentas pistolas das quais disponha como bem

---

335. É o antepassado do nosso atual isqueiro, um instrumento em que um sílex, ou pederneira, produz centelhas ao sofrer o atrito de uma peça de metal.

entender e me devolva quando a ocasião se apresentar. Não se preocupe comigo, se eu precisar de dinheiro, mandarei vir de um dos meus castelos. Só em Bracieux, tenho vinte mil libras em ouro. Se não envio mais é por temer que não aceite uma quantia muito elevada.

Dirijo-me a você pois, como sabe, o conde de La Fère sempre me inibe um pouco, mesmo gostando dele de todo coração. Mas é claro que o envio é, ao mesmo tempo, para ele.

Desse seu, como você bem sabe, amigo dedicado,
Du Vallon de Bracieux de Pierrefonds

— Ora, ora! E o que me diz disso? — espantou-se Aramis.

— Digo, meu caro d'Herblay, ser quase um sacrilégio pôr em dúvida a Providência, quando se tem amigos assim.

— E então?

— E então dividimos as pistolas de Porthos como dividimos os luíses de d'Artagnan.

A repartição foi feita ainda sob a claridade da vela de Bazin e os dois amigos retomaram o caminho.

Quinze minutos mais tarde, chegaram à porta Saint-Denis, onde de Winter já os esperava.

46. Uma prova de que a primeira reação é sempre a melhor

Os três fidalgos tomaram o rumo da Picardia, uma estrada que conheciam bem e que, para Athos e Aramis, relembrava algumas das suas mais pitorescas memórias da juventude.

— Se Mousqueton estivesse conosco — disse Athos chegando ao local em que tinha havido a desavença com uns sujeitos à beira da estrada —, já estaria nervoso, não se lembra, Aramis? Foi quando o atingiram com a tal bala que ficou famosa.[336]

— Teria todo direito — ponderou Aramis. — Pois também fico quando me lembro. Veja, ali mesmo, logo depois daquela árvore, tem um lugar em que achei já estar morto.

Continuaram o caminho. Pouco depois, foi a vez de Grimaud buscar na memória. Diante da hospedaria em que o patrão e ele tinham tão bem se empanturrado, ele se aproximou de Athos, indicou a janelinha de respiro da cave e suspirou:

— Salames!

Athos deu uma risada e aquela maluquice juvenil pareceu tão engraçada quanto se fosse com outra pessoa que houvesse ocorrido.

Após dois dias e uma noite de cavalgada, eles enfim chegaram, num belíssimo fim de tarde, a Boulogne, cidade totalmente construída na parte elevada do terreno, àquela hora quase deserta. O que em geral chamamos cidade baixa não existia. Boulogne gozava de uma posição estratégica formidável.

Chegando às portas da cidade, de Winter disse:

— Senhores, façamos como em Paris: vamos nos separar para evitar desconfianças. Conheço um albergue pouco frequentado, mas cujo dono tem minha total confiança. Vou passar por lá, pois deve haver

---

336. Ver nota 270 para Mousqueton. No mesmo incidente, Aramis foi atingido no ombro.

cartas para mim. Entrem vocês no primeiro hotel que virem, o Épée du Grand Henri, por exemplo. Recuperem-se um pouco e nos encontramos em duas horas no cais. Nosso barco vai estar esperando.

Assim ficou combinado e lorde de Winter continuou pela avenida externa para entrar por outra porta, enquanto os dois amigos tomaram aquela diante da qual já se encontravam. Duzentos metros adiante, encontraram o hotel indicado.

Pediram que tratassem dos cavalos, mas que os mantivessem selados. Os criados jantaram, pois já começava a ficar tarde, e os dois amos, impacientes para embarcar, disseram que os encontrassem mais tarde no cais, mas que não conversassem com mais ninguém. Subentende-se que a recomendação se dirigia apenas a Blaisois, já que para Grimaud há muito tempo era desnecessária.

Athos e Aramis tomaram a direção do porto.

Pelas roupas cobertas de poeira e certa descontração que sempre revela o homem habituado a viajar, os dois amigos atraíram a atenção de alguns passantes.

Um deles, sobretudo, se mostrou mais curioso. O indivíduo, que eles notaram antes até de serem notados, pelos mesmos motivos que os faziam não passar despercebidos, ia e vinha entediado pelas docas e assim que os viu pareceu querer puxar conversa.

Era moço e pálido, com olhos de um azul pouco firme que pareciam reagir como os do tigre, de acordo com as cores que refletiam. O seu andar, apesar da lentidão indecisa das passadas, era duro e resoluto. Estava vestido de preto e carregava uma espada comprida com bastante elegância.

No quebra-mar, Athos e Aramis pararam para olhar um bote preso a uma amarra e pronto para partir.

— É provavelmente o nosso — disse Athos.

— Também acho — respondeu Aramis —, e o veleiro de um mastro, aparelhado ali adiante, parece ser o que deve nos conduzir ao destino. Espero que de Winter não demore; nada agradável esperar aqui, não passa uma só mulher.

— Psiu! — avisou Athos. — Temos quem nos ouça.

De fato, o rapaz que por ali ia e vinha por trás deles, observando, havia parado ao ouvir o nome do inglês. Como porém não esboçou outra reação, poderia igualmente ter parado apenas por acaso.

— Cavalheiros — disse o desconhecido, cumprimentando-os com muita elegância e polidamente —, desculpem minha curiosidade, mas vejo que vêm de Paris ou, de qualquer forma, não são de Boulogne.

— De fato estamos vindo de Paris — respondeu Athos com a mesma cortesia —, o que podemos fazer pelo senhor?

— Teria a gentileza de me confirmar se é verdade ou não que o cardeal Mazarino não é mais ministro?

— Eis uma pergunta bem estranha — observou Aramis.

Voltando à pergunta, Athos respondeu:

— Ele é e não é. Meia França quer que vá embora e, com intrigas e promessas, ele se mantém graças à outra metade. Como vê, isso pode durar bastante tempo ainda.

— Ou seja — completou o jovem —, não está foragido nem preso?

— Pelo menos não até agora.

— Aceitem meus agradecimentos, senhores — despediu-se o rapaz, se afastando.

— O que dizer desse curioso? — perguntou Aramis.

— Algum provinciano que se entediava ou um espião que se informa.

— E mesmo assim respondeu a ele?

— Não tinha por que agir de outra forma. Foi bem-educado comigo e eu com ele.

— Se, no entanto, for um espião...

— O que pode fazer um espião? Não estamos mais nos tempos do cardeal de Richelieu, quando a menor desconfiança bastava para que os portos fossem fechados.

— De qualquer maneira, foi um erro responder como você respondeu — disse Aramis, seguindo com os olhos o rapaz que desaparecia por trás das dunas.

— E você esquece que cometeu imprudência bem maior, pronunciando o nome de lorde de Winter. Não vê que foi nesse momento que o rapaz procurou conversa?

— Mais um motivo para que o mandasse às favas quando fez a pergunta.

— Uma briga? — perguntou Athos.

— E desde quando uma briga o assusta?

— Brigas sempre me assustam quando estou sendo esperado em algum lugar e isso possa me impedir de chegar. Aliás, quer saber de uma coisa? Também fiquei curioso e gostaria de olhar mais de perto esse rapaz.

— E por quê?

— Vai zombar de mim, Aramis, e dizer que repito sempre a mesma coisa. Vai dizer que sou o mais assustado dos divagantes.

— Continue...

— Com quem acha que aquele jovem se parece?

— Em mais bonito ou feio? — debochou Aramis.

— Mais feio e na medida em que um homem pode se parecer com uma mulher.

— Caramba! Estou vendo. Não, não é divagação sua, tem razão: os lábios finos e para dentro, olhos que parecem sempre seguir ordens do cérebro e nunca do coração. É um bastardo qualquer de Milady.

— Está zombando, Aramis.

— Só por força do hábito, juro. Tanto quanto você, não gostaria nada de encontrar esse filhote de cobra no meu caminho.

— Ah! De Winter está chegando — disse Athos.
— Só falta agora termos que esperar os criados.
— Não será o caso, vêm a vinte passos dele. Reconheço Grimaud com sua cabeça que não balança e pernas compridas. É Tony que carrega as carabinas.
— Vamos então viajar à noite? — perguntou Aramis, dando uma olhada na direção do poente, onde o sol deixava apenas uma nuvenzinha dourada que parecia pouco a pouco se apagar, afundando no mar.
— Provavelmente.
— Droga! Já não gosto disso em dia claro e menos ainda no escuro. O barulho da água, o barulho do vento, o balanço horrível do navio; confesso até preferir o convento de Noisy.

Athos respondeu apenas com seu sorriso triste, pois, muito evidentemente, ouvia o amigo e pensava em outra coisa, mas se encaminhou ao encontro do inglês.

Aramis o seguiu, perguntando:
— O que tem nosso amigo? Parece aqueles infelizes descritos por Dante, que tiveram o pescoço deslocado por Satã e olham o tempo todo para trás.[337] O que, diabos, ele tanto procura?

Vendo-os, de Winter apertou o passo e chegou até eles com uma rapidez surpreendente.
— O que houve, milorde, que parece preocupá-lo tanto? — perguntou Athos.
— Nada, nada. Foi que passando perto das dunas, tive a impressão...

E ele novamente se virou para trás.

Athos olhou para Aramis.
— Mas vamos lá — continuou de Winter. — Vamos embora daqui, o barco nos espera, lá está ele, na âncora. Podem vê-lo? Bem que gostaria de já estar a bordo.

Voltou-se mais uma vez.
— Está se esquecendo de alguma coisa? — perguntou Aramis.
— Não. É só uma preocupação.
— Ele viu o rapaz — disse baixinho Athos a Aramis.

Tinham chegado à escada que levava ao bote. De Winter mandou que primeiro descessem os criados com as armas, os carregadores com as malas e começou, em seguida, a descer.

Nesse momento, Athos percebeu um homem que seguia o litoral em paralelo ao quebra-mar, andando apressado como se quisesse assistir, do outro lado do porto, a apenas vinte passos, ao embarque.

---

337. Na *Divina Comédia* (*Inferno*, canto XX, versos 10-16) Dante Alighieri descreve a punição dos astrólogos e dos magos.

No lusco-fusco que já se estabelecera, ele teve a impressão de reconhecer o jovem que pouco antes falara com eles.

— Ai, ai, ai! — ele pensou em voz alta. — Seria mesmo um espião ou alguém querendo impedir nosso embarque?

Mas se de fato o desconhecido tivesse mesmo tal intenção, estava atrasado para agir e Athos desceu então a escada, mas sem perdê-lo de vista. O rapaz, para cortar caminho, tinha aparecido em cima de uma comporta para o controle das águas.

"O caso é realmente conosco, mas embarquemos e, no mar, não terá como vir", ele pensou, saltando no bote.

Sob o esforço de quatro bons remadores, rapidamente então eles se afastaram.

O rapaz, no entanto, os seguiu, ou até tomou a dianteira, já que eles deviam passar entre a ponta do quebra-mar, onde um farol acabava de ser aceso, e um rochedo. De longe, pôde-se vê-lo escalar o tal rochedo, para ter uma boa visão do bote, quando ele saísse.

— Não há mais dúvida — disse Aramis a Athos. — Era realmente um espião.

— Quem? — perguntou de Winter se aproximando.

— O sujeito que nos seguiu, falou conosco e nos espera ali: veja.

De Winter se virou na direção indicada por Aramis. O farol inundava de luz o pequeno estreito que eles atravessariam e o rochedo em que os aguardava o jovem, de cabeça descoberta e braços cruzados.

— É ele! — exclamou lorde de Winter, agarrando o braço de Athos. — É ele. Tive mesmo a impressão de reconhecê-lo e não estava enganado.

— Ele quem? — perguntou Aramis.

— O filho de Milady — respondeu Athos.

— O monge! — exclamou Grimaud.

O rapaz ouviu tudo isso e parecia que ia cair lá de cima, de tão na ponta que estava do rochedo, debruçado sobre o mar:

— Eu mesmo, meu tio, o filho de Milady, o monge, o secretário e amigo de Cromwell. E sei quem você e seus comparsas são.

Havia naquele bote três homens sem dúvida corajosos e de bravura que ninguém ousaria contestar; mesmo assim, o tom e a atitude do rapaz fizeram com que um arrepio lhes corresse pela espinha.

Já Grimaud, tinha os cabelos eriçados na cabeça e o suor começou a escorrer da testa.

— Céus! — surpreendeu-se Aramis. — Ele é mesmo tudo que diz? Sobrinho, monge, além de filho de Milady?

— Infelizmente — confirmou de Winter.

— Então espere um pouco! — disse Aramis.

E ele tomou, com o sangue-frio que sempre fora característica sua nas ocasiões extremas, um dos dois mosquetões que Tony segurava, armou-o e apontou para o vulto que esbravejava de pé no rochedo como um anjo da maldição.

— Fogo! — gritou Grimaud fora de si.

Athos se lançou sobre o cano da carabina e impediu o tiro no momento em que ia ser disparado.

— Que diabos está fazendo? — enfureceu-se Aramis. — Estava na minha mira. Teria recebido uma bala em pleno peito.

— Já basta termos matado a mãe — disse surdamente Athos.

— A mãe era uma criminosa que nos atingiu a todos ou aos nossos próximos.

— Sem dúvida, mas o filho nada nos fez.

Grimaud, que se levantara para assistir ao disparo, voltou a se sentar pesadamente, batendo as mãos com desânimo.

O rapaz deu uma gargalhada.

— Ah, então são vocês. São mesmo vocês e agora sei quem são.

O riso estridente e as palavras ameaçadoras chegaram ao bote trazidos pela brisa e foram se perder nas profundezas do horizonte.

Aramis estremeceu.

— Calma — pediu Athos. — Que diabo! Deixamos de ser homens?

— Não — respondeu Aramis. — Mas o que temos pela frente é um demônio. Pergunte ao tio se seria um erro livrá-lo do querido sobrinho.

De Winter apenas suspirou.

— Tudo estaria terminado — continuou Aramis. — Tenho muito medo, Athos, que você tenha cometido uma loucura, com essa sua sabedoria.

Athos tomou a mão do lorde inglês e tentou fugir do assunto:

— Quando chegaremos à Inglaterra?

Mas essas palavras não foram ouvidas e nem houve resposta.

— Veja, Athos — insistiu Aramis —, talvez ainda haja tempo. Ele continua no mesmo lugar.

Athos se virou com dificuldade, ver aquele rapaz era claramente doloroso para ele.

De fato, o alvo continuava de pé no rochedo, com o farol criando a seu redor uma auréola de luz.

— E o que estará fazendo em Boulogne? — perguntou Athos, que, sendo a própria Razão personificada, para tudo queria sempre a causa, pouco se preocupando com o efeito.

— Veio atrás de mim, me seguiu — respondeu de Winter, que agora ouvira a voz de Athos, uma vez que a voz de Athos correspondia aos seus pensamentos.

— Para isso, meu amigo, precisaria estar informado da nossa partida. No entanto, tudo indica que estava aqui antes de nós.

*Os três amigos lançaram um último olhar ao rochedo,
onde se destacava ainda o espectro assustador que os perseguia.*

— Nesse caso não entendo nada! — balançou a cabeça o inglês, como alguém que acredita ser inútil tentar lutar contra uma força sobrenatural.

— Decididamente, Aramis, creio que foi um erro não tê-lo deixado agir — teve que admitir Athos.

— Não toque mais no assunto, me faria chorar, se eu fosse capaz disso.

Grimaud soltou um grunhido, mas tão cavernoso que mais pareceu um rugido.

Nesse momento, uma voz os chamou do veleiro. O piloto sentado ao leme respondeu e o bote encostou na embarcação maior.

Num instante, passageiros e bagagens estavam a bordo e era tudo que o capitão esperava para ganhar o largo. Assim que viu todos no convés, ordenou que se tomasse o rumo de Hastings, onde desembarcariam.

Instintivamente, os três amigos lançaram um último olhar ao rochedo, onde se destacava ainda o espectro assustador que os perseguia.

Uma voz chegou então até eles, com uma última ameaça:

— Até breve, cavalheiros, na Inglaterra!

47. O te-déum da vitória de Lens[338]

Aquela movimentação toda que a sra. Henriqueta havia notado, e cujo motivo em vão procurara descobrir, tinha sido provocada pela vitória de Lens, da qual o duque de Châtillon, que dela havia brilhantemente participado, tinha sido encarregado de informar, da parte do sr. Príncipe. Também era dele a incumbência de mandar pendurar nas arcadas da catedral de Notre-Dame os vinte e dois estandartes capturados, tanto dos lorenos quanto dos espanhóis.

De forma favorável à Corte, a notícia era decisiva no confronto com o Parlamento. Todos os impostos sumariamente criados, e contra os quais os legisladores se colocavam, eram sempre motivados pela necessidade de sustentar a dignidade da França e com a esperança incerta da derrota do inimigo. Como desde Nordlingen[339] somente reveses vinham se somando, o Parlamento se sentia fortalecido para interpelar o sr. de Mazarino quanto às vitórias sempre prometidas e sempre adiadas. Mas ali, no entanto, um grande combate fora travado e com triunfo. Triunfo completo, pois todos compreenderam ser uma dupla vitória para a Corte, vitória externa e vitória interna. De forma que não havia quem, ouvindo a notícia, não exclamasse, como fez o jovem rei:

— Ah! E os srs. parlamentares, o que dizem?

Quando isso ocorreu, a rainha estreitou em seu peito a criança real, cujos sentimentos altivos e indomáveis tão bem se harmonizavam com

---

338. Nos cultos cristãos, o *te-déum* é um ofício de ação de graças em que a música (a partir do hino latino de mesmo nome, que exalta Deus) tem importante papel. Tal missa foi de fato rezada na catedral de Notre-Dame em 26 de agosto de 1648, seis dias após a vitória.

339. Batalha travada em 1645, também conhecida como batalha de Alerheim, dentro da Guerra dos Trinta Anos, entre as forças bávaras do Sacro Império Germânico, comandadas por Franz von Mercy, que nela foi morto, e francesas, já comandadas pelo príncipe Condé.

os seus. Um conselho foi convocado naquela mesma noite, do qual participaram o marechal de La Meilleraie e os sr. de Villeroy por serem pró-Mazarino, Chavigny e Séguier por odiarem o Parlamento, além de Guitaut e Comminges por serem devotados à rainha.

Nada vazou do que foi discutido na reunião. Soube-se apenas que no domingo seguinte se cantaria um *te-déum* na Notre-Dame, em homenagem à vitória de Lens.

No dia marcado, os parisienses então acordaram alegres: era um grande evento, naquela época, um *te-déum*. Não fora feito ainda nenhum abuso desse tipo da cerimônia e ela, por isso, causava, na época, uma grande impressão. O sol, por sua vez, parecia querer participar da festa e despontara radioso, dourando as escuras torres da metrópole, já repleta de gente do povo. Mesmo as mais sombrias ruas da Cité[340] tinham ares comemorativos e ao longo do Sena viam-se imensas filas de burgueses, de artesãos, de mulheres e de crianças que se dirigiam à catedral, como um rio que subisse à sua nascente.

As lojas estavam vazias, as casas fechadas, com todos querendo ver o jovem rei e sua mãe, assim como o famoso cardeal Mazarino, tão odiado que ninguém queria se privar da sua presença.

A maior descontração, diga-se, reinava naquele povaréu; todas as opiniões se exprimiam livremente e davam um tom, por assim dizer, de rebelião, junto com os mil sinos de todas as igrejas de Paris, anunciando o *te-déum*. O policiamento da cidade era feito pela própria cidade e ameaça alguma perturbava a sinfonia da revolta generalizada ou calava as palavras daquelas bocas faladeiras.

Já a partir das oito horas da manhã, porém, o regimento dos guardas da rainha, comandado por Guitaut e tendo como segundo seu sobrinho Comminges, viera se postar, com tambores e clarins à frente, no caminho entre o Palais Royal e Notre-Dame, operação a que os parisienses assistiram com tranquilidade, sempre seduzidos por marchas militares e uniformes brilhantes.

Friquet se endomingara e, a pretexto de uma inflamação dentária que ele apropriadamente conseguira, introduzindo uma quantidade enorme de caroços de cereja num dos lados da boca, havia obtido de Bazin, seu superior direto, uma licença para o dia inteiro.

De início o irmão leigo havia recusado, pois estava de mau humor, primeiro por causa da viagem de Aramis, que se fora sem dizer para onde, e depois por ter que ajudar uma missa rezada em homenagem a uma vitória que contrariava suas opiniões. Pois, lembremos, Bazin era partidário da Fronda. Se possível fosse, então, um auxiliar como ele se omitir de semelhante solenidade, como um simples coroinha, ele certamente teria dirigido ao arcebispo o

---

340. Ilha do Sena em que se situa a catedral de Notre-Dame (e também, à época, o arcebispado). Foi onde teve início a cidade de Paris, na época romana, ainda sob o nome de Lutécia; o nome "Paris" viria a partir de um dos povos gauleses que habitavam a região, *parisii*.

mesmo pedido que Friquet acabava de lhe fazer. De início, então, ele recusou, como foi dito, mas em sua presença mesmo a inflamação de Friquet começou a aumentar de tal modo que, para manter a dignidade do coro, que ficaria comprometida com tal deformidade, o irmão leigo acabou consentindo, com muitos resmungos. Já na porta da igreja, Friquet cuspiu seu edema e enviou, na direção de Bazin, um daqueles gestos que garantem ao moleque de Paris a superioridade com relação a qualquer outro moleque do universo. Do cabaré em que também cumpria expediente, ele, é claro, já se livrara, dizendo que estaria de serviço na igreja.

De forma que estava livre e, como vimos, envergava seus mais suntuosos trajes. De mais notável no plano dos adereços, destacava-se um daqueles gorros indescritíveis que se situam entre o barrete medieval e o chapéu do tempo de Luís XIII. Sua mãe é que havia fabricado a curiosa proteção da cabeça e, por capricho ou por falta de tecido uniforme, ela se revelara muito pouco preocupada em combinar as cores na confecção do objeto. Assim sendo, aquela obra-prima da chapelaria seiscentista era amarela e verde de um lado, branca e vermelha do outro. Esse detalhe ainda mais enchia Friquet de triunfante orgulho, pois apreciava a variedade dos tons nas coisas em geral.

Deixando Bazin para trás, na igreja, ele partiu às carreiras para o Palais Royal, lá chegando no momento em que saía o regimento dos guardas. Estando ali apenas pelo prazer do espetáculo e para saborear a música, ele imediatamente assumiu a frente do deslocamento, batendo tambor com duas placas de ardósia e passando desse exercício ao do clarim, que ele imitava, é claro, com a boca, mas com um estilo que algumas vezes já lhe rendera elogios da parte de amantes da harmonia imitativa.

Essa brincadeira durou da barreira dos Sargentos até a praça de Notre-Dame, divertindo muito Friquet, mas quando o regimento estacionou e as companhias prosseguiram, penetrando até o miolo da Cité e postando-se uma delas numa ponta da rua Saint-Christophe, perto da rua Cocatrix, onde morava Broussel,[341] Friquet, lembrando-se de que nada havia comido até então, procurou ver para qual direção poderia guiar seus passos, buscando cumprir esse importante ato diário, e, depois de maduramente refletir, resolveu que a casa do conselheiro Broussel poderia muito bem arcar com o necessário para a sua refeição.

Tomou consequentemente esse rumo, chegou esbaforido diante da porta e bateu forte.

A velha criada de Broussel, mãe de Friquet, foi que atendeu:

— O que faz aqui, criatura? E por que não está na Notre-Dame?

---

341. No cap. 29, acrescentado após a primeira edição do livro, Broussel mora na rua Saint-Landry, onde de fato morava.

— Eu estava, mãe Nanette, mas vi que se passavam coisas das quais mestre Broussel deveria ser avisado e, com a permissão do sr. Bazin, o irmão leigo, lembra?, vim até aqui.

— E o que você, moleque, tem para contar?

— Preciso falar com ele mesmo.

— Não vai poder, está trabalhando.

— Eu espero — disse Friquet, pensando ser melhor assim, pois arranjaria como passar o tempo.

E escalou rápido a escada que a velha Nanette levou mais tempo para subir.

— Mas afinal, o que tanto tem a dizer ao sr. Broussel?

— Quero contar — gritou o menino com toda a força dos seus pulmões — que o regimento inteiro de guardas está vindo para cá. E como ouço por todo lugar que a Corte tem más intenções com o conselheiro, vim avisar para que tome cuidado.

Broussel ouviu a gritaria e, apreciando a demonstração de carinho, desceu ao primeiro andar, pois de fato estava ocupado em seu gabinete, no piso de cima:

— Ei, meu amigo, que problema tem o regimento de guardas? Ficou maluco, para fazer um escândalo assim? Não sabe que é praxe esse tipo de manobra, se enfileirando à passagem do rei?

Friquet fingiu se surpreender muito e, girando o seu gorro entre os dedos, respondeu:

— O senhor sabe, é claro, pois sabe tudo. Mas eu, posso jurar por Deus, não sabia e achei que estava sendo útil. Não me queira mal por isso, sr. Broussel.

— Longe disso, garoto, pelo contrário, continue com esse seu excesso de zelo. Dona Nanette, pegue aqueles damascos que a sra. de Longueville nos enviou ontem de Noisy e dê meia dúzia deles a seu filho, com um pedaço de pão macio.

— Ah, obrigado, sr. Broussel! — disse Friquet. — Obrigado mesmo, gosto muito de damascos.

O conselheiro se dirigiu então aos aposentos de sua mulher e pediu a sua refeição. Eram nove e meia e ele se pôs à janela. A rua estava completamente deserta, mas ao longe se ouvia, como o som de uma maré crescente, o imenso burburinho das ondas populares que se juntavam já, ao redor de Notre-Dame.

Esse barulho aumentou ainda mais quando d'Artagnan chegou com uma companhia de mosqueteiros para se colocar às portas da igreja e garantir a segurança. Ele havia chamado Porthos, para que aproveitasse e assistisse à cerimônia, e este último, em traje de gala, escolheu seu mais belo cavalo, colocando-se como mosqueteiro honorário, como o próprio d'Artagnan tantas vezes, em tempos passados, havia feito. Um sargento dessa companhia, antigo combatente das guerras contra a Espanha, reconheceu Porthos e espalhou a informação pelos que estavam sob suas ordens, enumerando os altos feitos daquele gigante, orgulho dos antigos mosqueteiros de Tréville. De forma que Porthos não só foi bem recebido pela companhia, mas também observado com admiração.

Às dez horas, o canhão do Louvre anunciou a saída do rei. Um movimento como o das árvores, que o vento tempestuoso curva e atormenta os cimos, percorreu o povaréu, que se agitou atrás dos mosquetes imóveis dos guardas. O rei finalmente apareceu com a rainha, numa carruagem toda dourada. Dez outras carruagens vinham atrás, com damas de honra, oficiais da casa real e membros da Corte.

— Viva o rei! — ouviu-se por todo lugar.

O jovem rei mostrou a cabeça à janela com gravidade, fez um pequeno gesto de agradecimento e até esboçou um ligeiro aceno, o que redobrou os gritos da multidão.

O cortejo avançava lentamente e levou quase meia hora para atravessar a distância que separa o Louvre da praça Notre-Dame. Lá chegando, ele pouco a pouco se instalou sob a abóbada imensa da escura catedral e o serviço divino teve início.

Nesse momento, uma carruagem com as armas de Comminges deixou a fila de veículos da Corte e lentamente foi se colocar numa ponta da rua Saint-Christophe, totalmente deserta. Ali, quatro guardas e um suboficial que a escoltavam subiram a bordo da pesada viatura e fecharam as cortinas das janelas. Em seguida, por uma fresta entreaberta, o suboficial ficou vigiando a rua Cocatrix como se esperasse alguém.

A atenção de todo mundo estava voltada para a cerimônia e nem a carruagem nem as precauções tomadas por seus ocupantes foram notadas. Somente Friquet, com seus olhos sempre à espreita, poderia se interessar por isso, enquanto saboreava seus damascos, sentado numa quina de muro de uma casa da praça Notre-Dame. Podia dali ver o rei, a rainha e o sr. de Mazarino, sem deixar de ouvir a missa como se dela estivesse participando.

Perto do fim do santo ofício, vendo que Comminges ainda esperava de pé uma confirmação da ordem que lhe fora dada ao sair do Louvre, a rainha disse a ele:

— Vá, Comminges, e que Deus o ajude!

O oficial imediatamente se pôs de pé, saiu da igreja e tomou a rua Saint-Christophe.

Vendo o garboso militar se retirar, acompanhado por dois guardas, na falta do que fazer Friquet o seguiu e bem contente, pois a cerimônia chegava ao fim e o rei já voltava à sua carruagem.

Assim que o suboficial percebeu Comminges na rua Cocatrix, ele disse alguma coisa ao cocheiro, que fez o veículo se movimentar até a porta de Broussel.

Comminges bateu nessa porta ao mesmo tempo que a carruagem chegava, com Friquet bem atrás dele, esperando que abrissem.

— O que está fazendo, engraçadinho? — perguntou Comminges.

— Esperando para entrar na casa de mestre Broussel, sr. oficial! — disse o moleque com esse tom manso que todo menino de Paris sabe usar quando necessário.

— Então é mesmo aqui que ele mora?

— É sim.

— Em qual andar?

— A casa inteira é dele.

— Mas onde ele fica, em geral?

— Quando trabalha, no segundo andar, mas para as refeições ele desce ao primeiro, onde deve estar agora, pois é meio-dia.

Nesse momento a porta foi aberta por um criado, o oficial se informou e soube que o conselheiro estava de fato em casa e de fato almoçava. Comminges subiu atrás do criado e Friquet atrás de Comminges.

Broussel estava à mesa com a família, tendo à frente a esposa, à esquerda e à direita as duas filhas e na ponta da mesa o filho, Louvières, que já vimos aparecer por ocasião do acidente ocorrido com o conselheiro, acidente, aliás, do qual ele já se tinha perfeitamente recuperado. Em plena saúde, o dono da casa saboreava os belos frutos enviados pela sra. de Longueville.

Comminges impediu o criado no momento em que ele o anunciaria e abriu pessoalmente a porta, se deparando com o quadro familiar descrito.

Vendo o oficial, Broussel se assustou, mas percebendo que este polidamente o cumprimentava, se levantou e respondeu à saudação.

Apesar, porém, da troca de amabilidades, a preocupação era visível no rosto das mulheres e, muito pálido, Louvières esperava com impaciência que o oficial se explicasse.

— Senhor — disse Comminges —, trago comigo uma ordem do rei.

— Pois não. E qual é essa ordem? — respondeu Broussel, estendendo a mão.

— Fui incumbido de levá-lo comigo — explicou Comminges, com o mesmo tom e mesma polidez. — Se aceitar o que digo, estará se poupando do trabalho de ler essa longa carta e me acompanhará.

Um raio que caísse no meio daquelas pessoas tão tranquilamente reunidas não produziria pior efeito. Broussel recuou, trêmulo. Era algo terrível, naquela época, ser preso por inimizade do rei. Louvières fez um gesto na direção da sua espada, pousada numa cadeira a um ângulo da sala, mas uma simples olhada do patriarca, que no meio de tudo aquilo não perdia a cabeça, deteve essa iniciativa intempestiva. A sra. Broussel, separada do marido pela largura da mesa, se desmanchou em lágrimas e as duas mocinhas se abraçaram ao pai.

— Conselheiro — pediu Comminges —, temos que ir, é preciso obedecer ao rei.

— Estou com a saúde debilitada, senhor, e não posso ser preso nesse estado. Peço algum tempo.

— Não é possível. A ordem é formal e deve ser prontamente executada.

— Impossível! — interferiu Louvières. — O senhor tome cuidado para não nos levar a atos extremos.

— Impossível! — repetiu uma voz estridente no fundo do cômodo.

Comminges se virou e se deparou com a velha Nanette de vassoura em punho e olhos a faiscarem revolta.

— Por favor, dona Nanette — pediu Broussel —, mantenha a calma.

— Eu?!, manter-me calma enquanto prendem meu patrão, o arrimo, o libertador, o pai do povo infeliz? Era só o que faltava... O senhor se retire! — disse ela a Comminges.

Ele sorriu e, voltando-se para Broussel, disse com mais firmeza:

— Por favor, faça a mulher se calar e me acompanhe.

— Calar-me? Quer calar a mim? — explodiu Nanette. — Vai precisar de reforço, sua ave de rapina! Vai ver só uma coisa.

E a velha Nanette correu até a janela, abriu e com uma voz que podia ser ouvida até da catedral de Notre-Dame gritou:

— Socorro! Estão prendendo meu patrão! Estão prendendo o conselheiro Broussel! Socorro!

— Cavalheiro — disse Comminges —, declare agora mesmo: vai obedecer ou se rebelar contra o rei?

— Obedeço, obedeço — respondeu Broussel, tentando se livrar dos braços das filhas e conter, pelo olhar, o filho, ainda disposto à ação.

— Nesse caso, mande a velha se calar.

— Ah! Velha? Vai ver só! — reagiu Nanette e berrou ainda mais alto, sacudindo as barras da janela. — Socorro! Socorro! Mestre Broussel está sendo preso por defender o povo. Socorro!

Comminges agarrou a criada pelas costas para arrancá-la dali, mas, no mesmo instante, uma outra voz, vinda de uma espécie de entrepiso, berrou num tom de falsete:

— Crime! Incêndio! Assassinato! Estão matando o sr. Broussel! Ele está sendo degolado!

Era Friquet. E dona Nanette, com esse reforço, retomou a gritaria ainda mais decidida, fazendo coro.

Muitos curiosos já se mostravam às janelas e pessoas da rua, atraídas à esquina, vinham correndo. Primeiro homens, depois grupos inteiros, e um verdadeiro ajuntamento se formou. Ouviam-se os gritos, via-se a carruagem, mas nada se entendia. Friquet pulou do entrepiso ao alto do coche:

— Querem prender o sr. Broussel! Tem guardas aqui dentro e o oficial está lá em cima.

A massa humana fez um som ameaçador e se aproximou dos cavalos. Os dois guardas que estavam na calçada subiram para socorrer Comminges, os que estavam dentro da viatura abriram as portas e cruzaram as lanças.

— Estão vendo? — continuava Friquet. — Estão vendo? Eu não disse?

O cocheiro se virou e deu no menino uma chicotada que o fez gritar de dor.

— Ah, cocheiro dos demônios! — reagiu Friquet. — Vai querer se meter? Espere só!

E ele voltou para o entrepiso, de onde se pôs a jogar no homem tudo que encontrava pela frente.

Apesar da demonstração hostil dos guardas, e talvez até por causa disso, o povaréu se aproximou ainda mais ameaçadoramente dos cavalos. Com as lanças em riste, os guardas fizeram os mais acalorados recuarem.

O tumulto, no entanto, crescia e na rua não cabiam mais os espectadores que chegavam por todos os lados. A massa invadia o espaço que, entre ela e a carruagem, ainda era mantido pelas lanças ameaçadoras. Pressionados por aquela muralha viva, os soldados acabariam esmagados contra as laterais das rodas e do próprio veículo. Os alertas: "Em nome do rei!", repetidos inúmeras vezes pelo suboficial, nada conseguiam contra a temível multidão, parecendo ainda mais irritá-la. Foi quando, respondendo aos "Em nome do rei", um cavaleiro abriu caminho e, vendo homens de uniforme serem ameaçados, partiu contra o povo, de espada em punho, socorrendo os guardas.

O cavaleiro era um rapazote de apenas quinze ou dezesseis anos, descorado, naquele momento, pelo sentimento de revolta por ver soldados do rei serem desrespeitados. Fincou pé junto aos guardas, encostou-se na boleia protegendo-se atrás do cavalo, sacou das cartucheiras suas pistolas, que foram deixadas à mão na cinta, e brandiu a espada como quem sabe o que faz.

Por dez minutos, o rapazote sozinho conteve o ímpeto da multidão inteira.

Comminges afinal surgiu à porta, empurrando à sua frente Broussel.

— Destruam a carruagem! — gritava o povo.

— Socorro! — gritava a velha.

— Assassinos! — gritava Friquet, lançando ainda em cima dos guardas tudo que lhe caía nas mãos.

— Em nome do rei! — gritava Comminges.

— Quem se aproximar, morre! — gritava Raoul, que, ameaçado, fez aquela espécie de gigante prestes a esmagá-lo sentir a ponta da sua espada. O brutamontes, aliás, uma vez ferido, se afastou aos berros.

O rapazote outro não era senão Raoul, que, voltando de Blois como havia prometido ao conde de La Fère, após uma ausência de cinco dias, quis dar uma olhada na cerimônia, tomando o caminho que o levasse mais diretamente a Notre-Dame. Nos arredores da rua Cocatrix, foi atraído pelo fluxo popular e pelos repetidos gritos "Em nome do rei!", que o fizeram se lembrar da recomendação de Athos de sempre servir ao soberano. Pensando então em servir ao rei, cujos guardas estavam sendo ameaçados, ele acorreu ao local do tumulto.

Comminges arremessou Broussel, por assim dizer, dentro da carruagem e entrou atrás dele. Nesse momento, ouviu-se um tiro de arcabuz, uma bala atravessou de cima para baixo o chapéu do oficial e quebrou o braço de um guarda. Comminges olhou para o alto e viu, no meio da fumaça, a silhueta ameaçadora de Louvières, na janela do segundo andar.

— Não seja por isso — disse o militar —, o senhor ainda terá notícias minhas.

— O mesmo digo eu — respondeu o rapaz — e veremos quem falará mais alto.

Friquet e Nanette continuavam com a gritaria e isso, com o barulho do disparo e o cheiro de pólvora sempre inquietante, causava um tremendo efeito.

— Morte ao oficial! Morte! — berrou a multidão.

Criou-se um rebuliço.

— Deem mais um passo — gritou Comminges, abrindo bem as cortinas das janelas para que se pudesse ver o interior do coche e espetando a espada no peito de Broussel —, um só, e mato o prisioneiro. Tenho ordem de levá-lo vivo ou morto e, nesse caso, o levarei morto.

Um grito terrível ecoou: a mulher e as filhas de Broussel estendiam mãos súplices ao povo.

Todos compreenderam que aquele oficial pálido, mas parecendo tão decidido, faria o que dizia: continuaram as ameaças, mas aos recuos.

Comminges mandou que pusessem na carruagem o guarda ferido e ordenou aos outros que a fechassem.

— Para o palácio! — gritou ao cocheiro, que estava mais morto do que vivo.

O homem aplicou o chicote nos animais, que abriram ampla passagem no meio da turba. Chegando porém à beira do Sena, foram obrigados a parar. A carruagem tombou, os cavalos ficaram presos, sufocados, esmagados pela multidão. Raoul não tivera tempo de voltar a montar e vinha a pé. Cansado de distribuir pancadas com a lateral da espada, ele começou a recorrer à ponta, o mesmo fazendo os guardas, com as lanças. Mas esse terrível e desesperado recurso irritava ainda mais as pessoas. De vez em quando, podia-se também distinguir, no meio da multidão, o brilho de um cano de mosquete ou de uma lâmina de facão. Alguns disparos foram feitos, provavelmente para o alto, mas o estampido nem por isso deixava de abalar os corações. Todo tipo de objeto continuava a cair como chuva das janelas. Ouviam-se vozes que só se ouvem em dias de insurreição, viam-se rostos que só se veem nos dias de derramamento de sangue. Gritos como "Morte aos guardas!", "No Sena o oficial!" se impunham sobre a algazarra, por maior que fosse. Raoul, com o chapéu já destroçado e o rosto ferido, sentiu estar perdendo não somente as forças, mas também a razão: o olhar vagava numa névoa avermelhada, em que se distinguia uma quantidade de braços ameaçadores, vindo em sua direção, prontos a triturá-lo assim que tropeçasse. Comminges arrancava os cabelos de raiva, dentro da carruagem capotada.

Os guardas não conseguiam mais socorrer ninguém, cada um ocupado com a própria sobrevivência. Era o fim de tudo: carruagem, cavalos, guardas, ajudantes e, quem sabe, até o prisioneiro seriam espalhados aos pedaços. Foi quando uma voz bem conhecida de Raoul se fez ouvir e uma espada imponente brilhou no ar. No mesmo instante, a multidão se abriu alvoroçada, empurrada, esmagada: um oficial dos mosqueteiros, batendo e cortando para todos os lados, chegou até Raoul e tomou-o nos braços, quando ele já estava prestes a cair.

— Com mil demônios! — gritou o recém-chegado. — Será que o mataram? Se for o caso, alguém vai pagar caro por isso!

E ele se virou com um vigor e raiva tão assustadores e carregados de ameaça que mesmo os rebeldes mais virulentos se atropelaram uns aos outros para escapar e alguns chegaram a se jogar no Sena.

— Sr. d'Artagnan — murmurou Raoul.

— Eu mesmo, diabos! Em pessoa e felizmente para o meu jovem amigo, tenho a impressão. Vamos lá. Aqui, rapazes! — ele gritou, ficando em pé nos estribos do cavalo e erguendo a espada para chamar com voz e gesto os mosqueteiros que não tinham conseguido acompanhá-lo, tamanha a rapidez com que viera. — Vamos, limpem logo tudo isso! Preparem os mosquetes! Apontar...

Ouvindo a ordem, as montanhas de gente se desmancharam tão depressa que d'Artagnan não pôde conter uma gargalhada das mais homéricas.

— Obrigado, d'Artagnan — disse Comminges, passando a metade do corpo pela porta da carruagem virada. — E obrigado, meu jovem! Qual o seu nome, para que eu informe a rainha?

Raoul já ia responder, quando d'Artagnan cochichou a seu ouvido:

— Não fale, eu mesmo respondo.

E ele disse ao oficial:

— Não perca tempo, Comminges. Saia do coche, se tiver como, e mande vir um outro.

— Como?

— Ora! O primeiro que passar pela ponte Neuf; quem estiver dentro vai ficar feliz, assim espero, de emprestar a carruagem para o serviço do rei.

— Não tenho tanta certeza.

— Rápido! Em cinco minutos toda aquela gente vai estar de volta com espadas e mosquetes. Você será morto e o prisioneiro solto. Rápido! Veja, vem vindo justamente uma carruagem por ali.

E ele cochichou novamente a Raoul, para o seu espanto:

— De forma alguma diga seu nome.

— Está bem, vou lá — disse Comminges. — Se eles voltarem, disparem.

— Não, não façam isso — interrompeu d'Artagnan —, nem se mexam! Pelo contrário, qualquer disparo nessa hora custará muito caro mais tarde.

Comminges pegou seus quatro guardas, mais quatro mosqueteiros, e correu até a carruagem. Fez os passageiros descerem e conduziu-a até a viatura tombada.

Mas quando passava Broussel do coche quebrado ao outro, o povo, vendo seu libertador, como o conselheiro era chamado, fez um vozerio inimaginável e voltou a se aproximar.

— Partam logo — disse d'Artagnan. — Levem dez mosqueteiros com vocês e fico com vinte para conter essa gente. Não percam um minuto! Dez homens para acompanhar o sr. de Comminges!

Dez mosqueteiros se separaram da tropa, se postaram em volta da nova carruagem e partiram a galope.

Com isso a gritaria dobrou de volume. Mais de dez mil homens haviam se juntado à beira do rio, atravancando a ponte Neuf e as ruas adjacentes.

Alguns tiros foram disparados. Um mosqueteiro foi ferido.

— Em frente! — ordenou d'Artagnan, irritado e mordiscando o bigode.

E com os vinte soldados que lhe restavam, ele partiu contra a multidão, que se desbaratou apavorada. Apenas um homem permaneceu onde estava, de arcabuz na mão.

— Ah! É o mesmo que já tentou assassiná-lo! Vai ver uma coisa! — disse esse homem para si mesmo, apontando a arma para d'Artagnan, que chegava em pleno galope.

O mosqueteiro se debruçou no pescoço da cavalgadura e o tiro foi disparado. A bala arrancou-lhe a pluma do chapéu.

Sem controle, o cavalo atropelou o imprudente que, sozinho, tentava conter a tempestade, jogando-o contra uma muralha.

D'Artagnan afinal freou o cavalo, enquanto a sua tropa dava prosseguimento à carga, e voltou de espada em riste contra o incauto.

— Por favor, tenente! — gritou Raoul, que reconhecera o jovem por tê-lo visto na rua Cocatrix. — Não o mate, é o filho do conselheiro.

D'Artagnan conteve o braço prestes a ferir.

— Ah!, é filho dele. Então é compreensível.

— Rendo-me! — disse Louvières, entregando ao oficial o arcabuz descarregado.

— Não faça isso, diabos! Pelo contrário, corra e rápido! Se eu o prender será enforcado.

O rapaz não se fez de rogado, passou por baixo do pescoço do cavalo e desapareceu na esquina da rua Guénégaud.

— Santo Deus! — disse d'Artagnan a Raoul. — Avisou-me bem a tempo. Sem isso ele seria um homem morto e, diabos!, quando eu descobrisse quem era me arrependeria.

— Permita-me, tenente, agradecer pelo rapaz e, em seguida, por mim, pois também estaria morto sem a sua chegada.

— Devagar, meu rapaz, devagar. Não gaste energia falando.

Em seguida, tirando de uma das bolsas da sela um frasco contendo xerez, continuou:

— Beba dois goles disso.

Raoul fez o que ele dizia e quis voltar aos agradecimentos.

— Meu amigo — interrompeu-o d'Artagnan —, falaremos disso mais tarde.

E vendo que os mosqueteiros, depois de terem limpado a beira do rio, da ponte Neuf até o cais Saint-Michel, já vinham voltando, ele ergueu a espada para que apertassem o passo.

A tropa chegou ao trote e ao mesmo tempo, do outro lado, chegavam os dez homens da escolta que d'Artagnan havia cedido a Comminges.

— E então? — dirigiu-se d'Artagnan a eles. — Aconteceu mais alguma coisa?

— Bem... — disse o sargento —, a outra carruagem também quebrou. Uma verdadeira maldição.

D'Artagnan deu de ombros.

— Pura incompetência. Quando se escolhe um carro, é preciso que ele seja forte. E o coche para uma prisão como a de Broussel tem que poder aguentar dez mil homens.

— E quais as ordens, meu tenente?

— Leve a tropa de volta ao quartel.

— Vai ficar sozinho?

— Com certeza. Acha que preciso de escolta?

— Bem...

— Vá.

Os mosqueteiros partiram e d'Artagnan ficou com Raoul.

— Sente dor em algum lugar? — ele perguntou.

— Sinto a cabeça pesada e ardendo.

— O que pode ser? — investigou d'Artagnan, erguendo o chapéu do rapaz. — Ah! Estou vendo! Uma pancada.

— É, eu me lembro. Acho que foi um vaso de flores.

— Bandidos! E essas esporas? Estava a cavalo?

— Estava, mas desmontei para ajudar o sr. de Comminges e meu cavalo foi pego. Aliás, estou vendo ele, logo ali.

Naquele exato momento, de fato, o cavalo de Raoul passava, montado por Friquet, que corria a galope, agitando o gorro de quatro cores, ao gritos:

— Broussel! Broussel!

— Ei! Ei! Pare aí, engraçadinho — gritou d'Artagnan. — Traga aqui esse cavalo.

O menino ouviu perfeitamente, mas fingiu que não e tentou continuar em frente.

Por um momento, d'Artagnan pensou em ir atrás do fujão, mas preferiu não deixar Raoul sozinho e se limitou então a pegar uma pistola na cartucheira da sela e armá-la.

Friquet tinha o olho rápido e o ouvido esperto: viu o gesto e ouviu o estalido do cão. Freou o animal na mesma hora.

— Ah! É o senhor, tenente? — ele foi dizendo, enquanto se aproximava. — Fico contente de encontrá-lo.

D'Artagnan olhou para ele com mais atenção e reconheceu o menino da rua da Calandre.

— Ah! É você, moleque. Venha até aqui.

— Eu mesmo, sr. tenente — disse Friquet, da forma mais gentil.

— Mudou de profissão? Não é mais menino de coro, não é mais servente de cabaré, virou ladrão de cavalos?

— O que é isso, sr. oficial?! Estava procurando o fidalgo a quem pertence o cavalo, um belo cavaleiro bravo como César... — ele tentou dar a impressão de somente então perceber Raoul. — Ah! Não estou enganado, é ele mesmo. O senhor não esquecerá esse menino, não é?

Raoul levou a mão ao bolso.

— O que está fazendo? — perguntou d'Artagnan.

— Vou dar um trocado para esse bom menino — respondeu o visconde, tirando uma moeda do bolso.

— Dez chutes no traseiro é tudo que ele merece — disse d'Artagnan. — Siga seu caminho, moleque! E não esqueça que sei onde encontrá-lo.

Friquet, que não esperava mais escapar tão fácil, num pulo só foi do cais onde estavam à rua Dauphine, por onde sumiu. Raoul recuperou sua montaria e partiram os dois ao passo, tomando o caminho da rua Tiquetonne, com d'Artagnan cuidando do rapaz como se fosse seu filho.

No trajeto, bem que tiveram que ouvir alguns surdos resmungos e ameaças veladas, mas o aspecto do oficial, com atitude tão marcial e a poderosa espada presa à dragona, abria sempre caminho e nenhuma tentativa mais séria se concretizou contra os dois cavaleiros.

Eles chegaram então, sem outros incidentes, ao hotel La Chevrette.

A bela Madeleine contou a d'Artagnan que Planchet estava de volta e tinha trazido com ele Mousqueton, que havia heroicamente aguentado a extração da bala e estava em tão bom estado quanto possível.

D'Artagnan disse então que chamasse Planchet, mas, feito isso, nada de Planchet: ele havia desaparecido.

— Nesse caso — consolou-se o mosqueteiro —, traga vinho!

Com vinho na mesa e estando os dois sozinhos, d'Artagnan disse a Raoul, olhando-o diretamente nos olhos:

— Está contente do que fez, não é?

— Certamente! Cumpri meu dever, defendi o rei.

— E quem lhe disse para defender o rei?
— Ora, o próprio sr. conde de La Fère.
— Claro. Deve-se defender o rei, mas não foi o que fez. Você hoje defendeu Mazarino. O que não é a mesma coisa.
— Mas sr. tenente...
— Cometeu algo grave, meu rapaz, meteu-se em coisas que não lhe concernem.
— Mas o senhor mesmo...
— Comigo é diferente. Devo obedecer às ordens do meu capitão. Já o seu capitão é o sr. Príncipe. Entenda bem isso; apenas ele. Vejam só, um insubmisso se tornando mazariniano e ajudando a prender Broussel! Pelo menos não comente isso com ninguém, ou o sr. conde de La Fère vai ficar furioso.
— Acha que o sr. conde se zangaria?
— Não somente acho, como tenho certeza. Não fosse por isso eu até lhe agradeceria, pois afinal ajudou o nosso lado. De forma que chamo a sua atenção no lugar dele e, acredite, de forma bem mais branda. Na verdade — acrescentou d'Artagnan —, estou exercendo um privilégio que o seu tutor me concedeu.
— Não estou entendendo...

D'Artagnan se levantou, foi a uma escrivaninha, pegou uma carta e entregou-a a Raoul, que, ao ler, ficou com seus belos olhos turvados.

— Meu Deus — ele exclamou, deixando visíveis as lágrimas. — O sr. conde então partiu de Paris sem me esperar?
— Há quatro dias.
— A carta dá a entender que ele corre perigo.
— Imagine, ele, correr algum perigo! Fique tranquilo, é uma viagem de negócios e o conde logo vai estar de volta. Não o incomoda, espero, ter a mim como tutor durante essa ausência, não é?
— Como poderia?! É um bravo fidalgo e o sr. conde gosta tanto do senhor!
— Bom, por Deus! Pois goste também de mim. Não vou incomodá-lo tanto, à condição de que esteja com a Fronda, meu jovem amigo, de corpo e alma!
— Mas posso continuar a ver a sra. de Chevreuse?
— Com certeza, ora! E também o sr. coadjutor, além da sra. de Longueville. Se o nosso Broussel estivesse por aqui, ele a quem você sem querer ajudou a prender, eu ainda aconselharia: vá se desculpar com o sr. Broussel e dê dois beijinhos nele.
— Obedecerei, mesmo sem compreender bem o que está dizendo.
— E não precisa. Veja só — emendou d'Artagnan, se virando para a porta que acabava de ser aberta —, aqui temos o sr. du Vallon, que chega com as roupas bem rasgadas.
— Exato, mas em compensação — disse Porthos, pingando de suor e todo sujo de poeira — rasguei a pele de muitos. Não é que os bandidos queriam

tirar minha espada?! Diacho! Que tumulto no povo! — continuou o gigante com sua aparência tranquila. — Deixei mais de vinte deles desmaiados no chão, só com o pomo da balizarde... Um gole de vinho, meu amigo.

— Ah! Vou me fiar na sua opinião — disse o gascão, enchendo o copo de Porthos até o bordo. — Beba e me diga o que acha.

Porthos engoliu tudo de uma só vez e, depois de deixar o copo em cima da mesa e lamber o bigode, perguntou:

— Sobre o quê?

— Veja — retomou d'Artagnan —, aqui temos o sr. de Bragelonne, que queria a todo custo ajudar a prender Broussel e tive a maior dificuldade para impedir que defendesse o sr. de Comminges!

— Opa! — estranhou Porthos. — E o tutor, o que diria se soubesse?

— Está vendo? — interrompeu d'Artagnan. — Esteja com a Fronda, meu amigo, e lembre-se de que substituo o sr. conde em tudo — ele completou balançando a bolsa de moedas.

Em seguida, dirigindo-se a Porthos:

— Você me acompanha?

— Onde? — perguntou o amigo, enchendo um segundo copo.

— Apresentar nossos cumprimentos ao cardeal.

Porthos bebeu o segundo copo de um trago só, com a mesma tranquilidade com que havia bebido o primeiro, pegou o chapéu que fora deixado numa cadeira e seguiu d'Artagnan.

Já Raoul, confuso com tudo que havia presenciado, foi proibido de deixar o quarto até toda aquela agitação na cidade se acalmar.

48. *O mendigo da Saint-Eustache*

D'Artagnan havia calculado bem o que fazia ao não ir diretamente ao Palais Royal: quis dar tempo a Comminges de chegar antes e assim contar ao cardeal a importante ajuda que o tenente dos mosqueteiros e seu amigo haviam prestado, pela manhã, à causa da rainha.

De forma que ele e Porthos foram admiravelmente recebidos por Mazarino, que muito os felicitou e confirmou estarem já a mais do que meio caminho daquilo que desejavam: o primeiro a capitania e o segundo o baronato.

O mosqueteiro teria preferido dinheiro em vez de elogios, pois sabia que Mazarino prometia com facilidade, mas com dificuldade sustentava o prometido. Ele julgava então as promessas do cardeal um saco furado, mas se mostrou contudo muito satisfeito, para não desencorajar Porthos.

Enquanto estavam nessa audiência, a rainha mandou chamar o cardeal, que achou ser uma boa maneira de redobrar o zelo de seus dois defensores se a rainha em pessoa os cumprimentasse. Fez então sinal para que o seguissem e ambos chamaram a sua atenção para a maneira como estavam vestidos, com roupas sujas e rasgadas. O cardeal balançou a cabeça:

— São trajes que valem mais que os da maioria dos cortesãos que estarão presentes, pois são trajes de batalha.

D'Artagnan e Porthos obedeceram.

Ana da Áustria estava cercada de fidalgos alegres e ruidosos. E tinham motivo para tanto, pois a vitória sobre os espanhóis se desdobrara em vitória sobre o povo. Broussel fora levado para fora de Paris sem resistência e devia, naquele momento, estar nas prisões de Saint-Germain.[342] Blancmesnil, preso ao mesmo tempo, mas em operação bem mais discreta e simples, estava trancafiado em Vincennes.

---

342. Castelo na comuna de Saint-Germain-en-Laye, a cerca de 20 quilômetros de Paris. Frequentemente serviu como residência real, perdendo sua importância à época de Luís XIV, que preferiu Versalhes.

Comminges se encontrava ao lado da rainha, que lhe pedia detalhes da expedição, e todos ouviam sua narrativa, quando à porta surgiram o cardeal e, logo atrás, d'Artagnan e Porthos.

— Ora, Majestade — interrompeu-se ele, indo na direção do mosqueteiro —, temos aqui alguém que, melhor que eu, pode contar tudo isso, pois foi meu salvador. Sem ele eu provavelmente já estaria nas malhas da rede de Saint-Cloud,[343] pois sem muita cerimônia falava-se em me jogar no rio. Conte, d'Artagnan.

Desde que se tornara tenente dos mosqueteiros, d'Artagnan provavelmente já estivera cem vezes no mesmo recinto que a rainha, mas ela nunca lhe havia dirigido a palavra.

— E então, tenente, vai se manter calado depois de tão importantes préstimos? — perguntou Ana da Áustria.

— O que poderia dizer, senhora, senão confirmar que minha vida se resume a servir Vossa Majestade, e só estará completa no dia em que se extinguir no cumprimento dessa tarefa?

— Tenho certeza disso, senhor, e há muito tempo. Mas estaria encantada de poder publicamente apresentar minha estima e gratidão.

— Permita-me, senhora, transferir parte desse agrado a meu amigo, antigo mosqueteiro da companhia de Tréville, como eu — disse o tenente, sublinhando essas palavras —, e que foi responsável por verdadeiras maravilhas.

— E qual o nome do cavalheiro? — perguntou a rainha.

— Com os mosqueteiros ele se chamava Porthos — a rainha estremeceu —, mas seu verdadeiro nome é cavaleiro du Vallon.

— De Bracieux de Pierrefonds — acrescentou Porthos.

— São muitos nomes para que eu me lembre de todos e prefiro então guardar apenas o primeiro — disse com graça a rainha.

Porthos agradeceu e d'Artagnan recuou dois passos.

Houve nesse momento um burburinho de surpresa na real assembleia. Mesmo tendo o sr. coadjutor se encarregado do sermão daquela manhã, todos sabiam que suas preferências tendiam para o lado da Fronda, e Mazarino, ao pedir ao arcebispo de Paris que seu sobrinho rezasse a missa, evidentemente tivera a intenção de aplicar no sr. de Retz uma das suas botinadas à italiana que sempre o alegravam tanto.

De fato, ao deixar Notre-Dame, o coadjutor havia sido informado dos acontecimentos. Mesmo que bastante engajado com os principais rebeldes, não se sentia tão preso que não pudesse voltar um pouco atrás, caso a Corte lhe oferecesse as vantagens que ambicionava e das quais a coadjutoria era apenas um meio. O sr. de Retz queria ser arcebispo no lugar de seu tio e cardeal

---

343. Redes armadas no Sena, à altura da colina de Saint-Cloud (ver nota 486), para recolher objetos e cadáveres jogados no rio.

como Mazarino. E o partido popular dificilmente poderia lhe conceder tais favores, que passavam pelo rei. Por isso resolvera ir ao palácio e cumprimentar a rainha pela batalha de Lens, determinado a agir a favor ou contra a Corte, dependendo da maneira como a sua cortesia fosse recebida.

Anunciara-se então o coadjutor. Ele entrou e toda aquela Corte triunfante redobrou de curiosidade para ouvir o que diria.

Sozinho, ele tinha mais ou menos tanto espírito quanto todos ali reunidos querendo zombar dele. De forma que seu discurso foi tão hábil que, por mais vontade que tivessem os ouvintes de ridicularizá-lo, não houve como. Concluindo, ele afirmou que punha o pequeno poder de que dispunha a serviço de Sua Majestade.

A rainha parecia saborear com prazer o discurso durante todo o tempo que ele durou, mas uma vez pronunciada aquela última frase, a única que se prestava ao achincalhe, Ana se virou e, com um olhar a seus favoritos, os fez entender que estavam liberados para ir contra o visitante. Imediatamente, os que em geral a divertiam se lançaram à crucificação. Nogent-Bautru,[344] sempre um lambe-botas, observou que feliz era a rainha, por ter o socorro da religião numa situação como aquela.

Todos caíram na risada.

O conde de Villeroy disse não saber como fora possível, por um momento, ter temido o pior, se tinham na defesa da Corte contra o Parlamento e os burgueses de Paris o sr. coadjutor, que, com um simples gesto, podia levantar um exército de padres, de suíços e de coroinhas.

O marechal de La Meilleraie acrescentou que, em caso de confronto armado, do qual participasse o sr. coadjutor, seria pena não poder reconhecê-lo de longe por um chapéu escarlate, como Henrique IV por seu penacho branco, na batalha de Ivry.

Diante do tumulto que ele podia muito bem tornar mortal para aqueles trocistas, Gondy se manteve calmo e severo. A rainha então perguntou se ele gostaria de acrescentar algo mais ao belo discurso pronunciado.

— Gostaria sim, de pedir que Vossa Alteza pense duas vezes antes de provocar a guerra civil no reino.

A rainha se virou de costas e os risos recomeçaram.

O coadjutor fez uma reverência e se retirou do palácio, lançando ao cardeal, que o observava, um desses olhares que os inimigos mortais imediatamente compreendem. E isso de forma tão veemente que penetrou até o fundo do coração de Mazarino. Sentindo ser aquilo uma declaração de guerra, o ministro pegou d'Artagnan pelo braço e disse:

---

344. Provavelmente Guillaume Bautru (1588-1665), conde de Serrant, um dos fundadores da Academia Francesa, poeta conhecido por suas sátiras e libertinagem. Seu irmão Nicolas é que era conde de Nogent, mas sem essa reputação de bufão.

— Quando for a hora, tenente, o senhor reconhecerá esse homem que acaba de sair, não é?

— Sem dúvida, monsenhor.

Mas depois, virando-se para Porthos, ele disse baixinho:

— Droga! As coisas estão desandando. Não gosto dessas brigas entre membros da Igreja.

Gondy se foi, semeando bênçãos por todo o caminho e tendo a satisfação maliciosa de fazer se ajoelharem os servidores dos seus inimigos.

— Ah! — ele murmurou atravessando o portão do palácio. — Corte ingrata, Corte infame, Corte pusilânime! Amanhã vou mostrar como se ri, mas num outro tom.

E enquanto se faziam extravagâncias de hilaridade no Palais Royal para aproveitar o bom humor da rainha, Mazarino, homem de bom senso e que, aliás, mantinha toda a ponderação do medroso, não perdia seu tempo com inócuas e perigosas brincadeiras: saiu logo depois do coadjutor para recalcular suas contas, avaliar seu ouro e mandar abrir, por trabalhadores de sua confiança, esconderijos nos muros.

De volta à sua residência, o coadjutor soube que um jovem se apresentara pouco depois de sua partida e o esperava. Perguntou como se chamava e ficou muito contente ao ouvir o nome de Louvières.

Dirigiu-se rapidamente ao escritório e, de fato, o filho de Broussel, ainda furioso e ensanguentado da luta contra os homens do rei, o aguardava. O único cuidado que tomou a caminho da sede do arcebispado foi o de deixar o arcabuz na casa de um amigo.

O coadjutor foi até ele e estendeu a mão. O rapaz olhou-o como se tentasse ler o fundo do seu coração.

— Meu caro sr. Louvières — disse ele —, por favor, creia em minha solidariedade pelo que lhe aconteceu.

— Está sendo realmente sério e posso mesmo acreditar?

— Falo do fundo do coração — assegurou de Gondy.

— Nesse caso, monsenhor, o tempo das palavras se expirou e a hora de agir chegou. Se o senhor assim quiser, meu pai em três dias se livra da prisão e o senhor em seis meses será cardeal.

O coadjutor estremeceu.

— Sejamos francos — continuou Louvières — e vamos pôr as cartas na mesa. Ninguém distribui trinta mil escudos em esmola, como o senhor fez nos últimos seis meses, por pura caridade cristã. É ambicioso e a coisa é bem simples: tem muita inteligência e sabe do próprio valor. Eu, do meu lado, odeio a Corte e, nesse momento, meu único desejo é a vingança. O senhor entra com o clero e o povo, dos quais dispõe, e garanto a burguesia e o Parlamento. Com esses quatro apoios, em oito dias Paris é nossa e o sr. coadjutor pode ter certeza de que, por medo, a Corte dará o que não daria de outro modo.

Foi a vez de o religioso observar o rapaz com seu olhar penetrante.

— Meu caro sr. Louvières, sabe que é simplesmente a guerra civil que está me propondo?

— O senhor já a prepara há bastante tempo, a ideia não deve desagradá-lo.

— De qualquer forma, compreende que algo assim exige reflexão?

— De quantas horas?

— Doze horas. Seria muito?

— É meio-dia. À meia-noite estarei de volta.

— Se eu não tiver chegado, me espere.

— Ótimo. Até meia-noite, monsenhor.

— Até meia-noite, meu caro sr. Louvières.

Uma vez sozinho, Gondy convocou todos os curas com que mantinha boas relações. Duas horas depois, tinha reunido trinta responsáveis pelas paróquias mais populosas, e consequentemente mais agitadas, de Paris.

O coadjutor contou o insulto sofrido no Palais Royal, repetindo as chacotas de Bautru, do conde de Villeroy e do marechal de La Meilleraie. Os padres perguntaram o que deviam fazer.

— Muito simples — explicou de Gondy. — São diretores de consciência, é fácil! Minem esse miserável preconceito de temor e de respeito pelos reis. Mostrem a seu rebanho que a rainha é uma tirana e insistam, tanto e tão claro para que não reste dúvida, que as desgraças da França vêm de Mazarino, seu amante e corruptor. Comecem a trabalhar ainda hoje, agora mesmo, e em três dias aguardo o resultado. Afora isso, se alguém tiver um bom conselho a dar, que fique e ouvirei com prazer.

Três párocos ficaram: o de Saint-Merri, o de Saint-Sulpice e o de Saint-Eustache.

Os demais se retiraram.

— Acham que podem me ajudar ainda mais eficientemente que os colegas? — perguntou de Gondy.

— Acreditamos que sim — eles responderam em coro.

— Comece o sr. pároco de Saint-Merri.

— Tenho na minha área, monsenhor, alguém que poderia ser muito útil.

— E quem é essa pessoa?

— Um comerciante da rua dos Lombardos, com muita influência sobre os colegas do bairro.

— Como ele se chama?

— Planchet. Causou sozinho uma rebelião há mais ou menos seis semanas, mas depois disso, como estava sendo procurado para ser enforcado, desapareceu.

— E poderá encontrá-lo?

— Creio que sim e acho que não foi preso. Como confessor da sua mulher, se ela souber onde ele se encontra, também saberei.

— Muito bem, meu amigo, procure-o e se encontrá-lo traga-o aqui.
— A que horas, monsenhor?
— Às seis horas, pode ser?
— Estaremos aqui às seis horas, monsenhor
— Vá, reverendo, e que Deus o ajude!

O padre se retirou.

— E o senhor? — perguntou Gondy dirigindo-se ao pároco de Saint-Sulpice.

— No que me concerne, monsenhor, conheço alguém que prestou grande serviço a um príncipe muito popular e daria um excelente chefe de revoltosos. Posso pô-lo à sua disposição.

— Como se chama o príncipe?
— Trata-se do sr. conde de Rochefort.
— Também o conheço, mas, infelizmente, ele não se encontra em Paris.
— Está na rua Cassette, monsenhor.
— Desde quando?
— Há três dias.
— E por que não veio me ver?
— Disseram a ele... Que monsenhor me perdoe...
— Claro que sim, fale.
— Que monsenhor estava tratando com a Corte.

Gondy mordeu os lábios.

— Foi enganado. Traga-o às oito horas, padre, e que Deus o abençoe como o abençoo!

O segundo cura se inclinou e se retirou.

— E o senhor — perguntou o coadjutor, voltando-se para o último a ficar. Tem algo tão interessante a oferecer quanto os dois colegas que partiram?

— Mais, monsenhor.

— Diabos! Cuidado, pois está se comprometendo: um me ofereceu um comerciante e o outro um conde. Vai então oferecer um príncipe?

— Tenho a oferecer um mendigo, monsenhor.

— Entendi! — exclamou o coadjutor refletindo. — Tem toda razão, padre. Alguém que agitaria toda essa legião de pobres que enchem as esquinas de Paris, fazendo-os gritar, para que a França inteira possa ouvir, que Mazarino foi quem os reduziu à mendicância.

— Tenho esse homem.

— Muito bem! E quem é?

— Um simples mendigo, como disse, monsenhor, que pede esmola distribuindo água benta nos degraus da Saint-Eustache há mais ou menos seis anos.

— E tem forte influência em seu meio? — Sabe monsenhor que a mendicância é um corpo organizado, uma espécie de associação dos que nada possuem contra os que possuem, uma associação em que cada um contribui com a sua cota e se filia a um chefe?

— É, já ouvi falar disso.

— Pois o homem de quem falo é o síndico geral.

— E o que sabe dele?

— Nada, monsenhor, a não ser que me parece atormentado por algum remorso.

— Por que acha isso?

— No dia 28 de cada mês ele me encomenda uma missa pelo repouso da alma de uma pessoa morta de morte violenta. Ontem mesmo rezei essa missa.

— E como ele se chama?

— Maillard. Mas não creio que seja seu verdadeiro nome.

— E acha que estaria em seu local de praxe a essa hora?

— Provavelmente.

— Vamos ver o seu mendigo, sr. cura. Se for como o descreve, tem razão, será um verdadeiro tesouro.

Gondy vestiu-se de cavaleiro, colocou um grande chapéu com um penacho vermelho, pendurou na cinta uma espada longa, afivelou as esporas nas botas, protegeu-se numa capa e seguiu o padre.

Os dois atravessaram todas as ruas que separam o arcebispado da igreja Saint-Eustache, observando atentos o estado de espírito do povo, que estava agitado, mas como um enxame de abelhas assustadas, sem saber para qual lado ir. Era evidente que, sem chefes para aquele povaréu, ele não passaria dos zumbidos.

Chegando à rua dos Prouvaires, o padre apontou para a frente da igreja:

— Pronto! Lá está ele.

Gondy seguiu a direção indicada e viu um pobre sentado numa cadeira e encostado numa das paredes, tendo ao lado uma pequena cumbuca e, na mão, um borrifador.

— Foi por algum privilégio que ele conseguiu o lugar? — perguntou Gondy.

— Não, monsenhor. Ele negociou com seu predecessor a distribuição de água benta.

— Negociou?

— Sim. Esses lugares se compram. Creio que este custou cem pistolas.

— O sujeito então é rico?

— Alguns mendigos morrem deixando, às vezes, vinte mil, vinte e cinco mil, trinta mil pistolas ou até mais.

— Ai! — riu-se Gondy. — Não imaginei que aplicava em tão bons rendimentos minhas esmolas.

Eles se encaminharam até a escadaria da igreja e, no momento em que pisaram no primeiro degrau, o mendigo se pôs de pé e ergueu o borrifador.

Era um homem de sessenta e seis ou sessenta e oito anos, pequeno, bastante gordo, cabelos grisalhos, olhos fulvos. Na sua expressão brigavam dois princípios opostos, uma natureza má controlada pela vontade, talvez pelo remorso.

Vendo o cavaleiro que acompanhava o padre, ele teve um ligeiro sobressalto e olhou-o com certo nervosismo.

Os dois religiosos tocaram com os dedos o borrifador e se benzeram. O coadjutor jogou uma moeda de prata no chapéu que estava no chão.

— Maillard — disse o cura —, o cavalheiro e eu viemos para conversar um instante com você.

— Comigo?! — espantou-se o mendigo. — É muita honra para um pobre distribuidor de água benta.

Havia, na voz do miserável, um toque de ironia que não pôde ser totalmente controlado e surpreendeu o coadjutor.

— Isso mesmo — continuou o padre, que parecia habituado com aquilo —, gostaríamos de perguntar sobre o que achou dos acontecimentos de hoje. E os comentários que tem ouvido das pessoas que entram e saem da igreja.

O mendigo balançou a cabeça.

— Bem lamentáveis acontecimentos, padre. Os quais, como sempre, pesam sobre o povo. Quanto ao que se comenta, todo mundo está insatisfeito, todo mundo se queixa, mas dizer "todo mundo" é como dizer "ninguém".

— Explique-se melhor, meu amigo — pediu o coadjutor.

— O que digo é que tanta gritaria, queixas e maldições causam no máximo uma tempestade com alguns relâmpagos. Só isso. O raio só vai cair quando houver um chefe a dirigi-lo.

— Meu amigo — disse Gondy —, o senhor me parece um hábil observador. Estaria disposto a entrar numa pequena guerra civil, caso tenhamos uma, e pôr à disposição desse chefe, se porventura aparecer um, seu poder pessoal e a influência que obteve sobre seus camaradas?

— Estaria sim, se essa guerra for aprovada pela Igreja e possa, com isso, me aproximar da meta que espero atingir, que é a remissão dos meus pecados.

— A Igreja não só aprova essa guerra mas também a dirigirá. Já para a sua absolvição, temos o sr. arcebispo de Paris, com grandes poderes dados pela corte de Roma, assim como o sr. coadjutor, que dispõe de indulgências plenárias. O amigo seria recomendado a ambos.

— Lembre-se, Maillard — disse o cura —, de que o recomendei ao cavalheiro, que é um senhor muito poderoso. De certa forma, sou o seu responsável.

— Nunca me esqueço e sei que o reverendo padre sempre foi generoso comigo. Da mesma maneira, na medida do que posso, procuro ser-lhe agradável.

— E acha ter tão grande poder sobre os colegas quanto me disse, ainda há pouco, o sr. padre?

— Creio que eles têm por mim certa estima — afirmou com orgulho o mendigo — e não só farão tudo que eu mandar, como também me seguirão aonde eu for.

— Acredita poder garantir cinquenta homens bem decididos, boas almas desimpedidas e animadas, com vozes capazes de derrubar os muros do Palais Royal aos gritos de "Abaixo Mazarino!", como, antigamente, foram derrubados os muros de Jericó?[345]

— Acredito inclusive poder me encarregar de tarefas mais difíceis e mais importantes.

— É mesmo!? Posso contar com o senhor para erguer à noite uma dezena de barricadas?

— Posso erguer cinquenta e, chegada a hora, defendê-las.

— Santo Deus! Fala com uma segurança que me impressiona muito. E como o sr. cura o garante...

— Garanto — confirmou o padre.

— Fique com essa sacola, ela contém quinhentas pistolas em ouro. Faça o necessário e me diga onde encontrá-lo esta noite às dez horas.

— É preciso que seja num ponto elevado, de onde um sinal possa ser visto de todos os bairros de Paris.

— Quer que lhe dê um passe para o vigário de Saint-Jacques-la-Boucherie?[346] Ele lhe dará acesso a um dos quartos da torre.

— Perfeito — disse o mendigo.

— Até logo mais, então, às dez. E se tudo correr bem, porei a seu dispor outro saco de quinhentas pistolas.

Os olhos do mendigo faiscaram de avidez, mas ele conteve a emoção.

— Até lá, senhor — ele respondeu. — Tudo estará pronto.

E levou sua cadeira para dentro do prédio, arrumou perto dela seu pote e o borrifador, molhou os dedos na pia de água benta como se não confiasse muito na sua e saiu da igreja.

---

345. Josué 6:20. Instruído pelo Senhor, Josué, o sucessor de Moisés na conquista da Terra Prometida, mandou que seus guerreiros por sete dias tocassem suas trombetas em volta da cidade inimiga de Jericó, e isso fez com que as muralhas que a protegiam caíssem por si mesmas.

346. Da igreja, construída em 1060 e destruída em 1797, resta apenas a conhecida torre Saint-Jacques, na rua de Rivoli.

49. *A torre de Saint-Jacques-la-Boucherie*

Faltando um quarto para as seis horas, o sr. de Gondy tinha feito tudo que precisava fazer e estava de volta ao arcebispado.

Às seis horas foi anunciado o cura de Saint-Merri.

O coadjutor olhou ansioso e viu que, atrás do sacerdote, havia outro homem.

— Mande-o entrar — disse ele.

O padre entrou, trazendo consigo Planchet.

— Monsenhor, aqui está a pessoa de quem tive a honra de lhe falar.

Planchet fez sua saudação com ares de quem já frequentou ambientes ilustres.

— E está disposto a servir à causa do povo? — perguntou Gondy.

— Com certeza — assegurou Planchet. — Tenho a Fronda na alma. Este que monsenhor tem à sua frente foi condenado à forca.

— E por qual motivo?

— Tirei das garras dos homens de Mazarino um nobre senhor que estava sendo levado de volta à Bastilha, onde ele mofava há cinco anos.

— Qual o nome dele?

— Ah! Monsenhor o conhece bem: o conde de Rochefort.

— É, de fato! Ouvi falar do caso. O senhor agitou o bairro inteiro, me disseram.

— Mais ou menos isso — disse Planchet, satisfeito de si.

— E sua ocupação...?

— Confeiteiro, na rua dos Lombardos.

— Explique-me como, exercendo uma profissão tão pacífica, o senhor tenha propensões tão belicosas.

— E como monsenhor, sendo da Igreja, me recebe em trajes de cavaleiro, com espada na cinta e esporas nas botas?

— Boa resposta, admito! — disse Gondy, rindo. — O senhor sabe que eu, apesar da batina, sempre tive inclinações aguerridas.

— Pois é mais ou menos o meu caso, monsenhor. Antes de ser confeiteiro, fui sargento por três anos no regimento do Piemonte e, antes disso, fui por dezoito meses escudeiro do sr. d'Artagnan.[347]

— O tenente dos mosqueteiros?

— O próprio, monsenhor.

— Mas dizem que está decididamente do lado de Mazarino.

— Bem... — hesitou Planchet.

— O que quer dizer?

— Nada, monsenhor. O tenente d'Artagnan está na ativa. É sua função defender Mazarino, que o paga, como é nossa função, dos burgueses, atacar Mazarino, que nos rouba.

— É um homem perspicaz, meu amigo. Podemos contar com o senhor?

— Achei que nosso padre já houvesse respondido por mim.

— É verdade, mas gostaria de ouvir da sua boca.

— Pode contar comigo, monsenhor, se for para tumultuar a cidade.

— É exatamente do que se trata. Quantos homens acha poder juntar essa noite?

— Duzentos mosquetes e quinhentas alabardas.

— Se um homem em cada bairro conseguir o mesmo, amanhã temos um exército fortíssimo.

— Com certeza.

— Estaria disposto a receber ordens do conde de Rochefort?

— Sigo-o até no inferno. E não falo por falar, pois acho que ele é capaz disso.

— Ótimo!

— Como distinguir amanhã os amigos dos inimigos?

— Os da Fronda podem pôr um nó de palha no chapéu.

— Entendo. Passarei a senha.

— Precisa de dinheiro?

— Dinheiro nunca é demais em coisa alguma, monsenhor. Não havendo, não tem problema, mas havendo, tudo anda mais rápido e melhor.

Gondy foi a uma arca e pegou um saco.

— Tem aqui quinhentas pistolas. Se tudo correr bem, pode contar com igual quantia amanhã.

— Prestarei contas em detalhe a monsenhor — disse Planchet, colocando o saco debaixo do braço.

— Muito bem, cuide do cardeal.

— Monsenhor esteja tranquilo, ele estará em boas mãos.

---

347. Em *Os três mosqueteiros*, Planchet começou a trabalhar para d'Artagnan em abril de 1625 e se tornou sargento no final de 1628 ou início de 1629, ou seja, bem mais do que dezoito meses.

Planchet saiu, o padre aguardou um pouco:

— Satisfeito, monsenhor?

— Muito, parece alguém decidido.

— E que fará mais do que prometeu.

— Será ótimo, então.

O padre se apressou e alcançou Planchet, que o esperava na escada. Dez minutos depois, o cura de Saint-Sulpice foi anunciado.

Assim que a porta do gabinete foi aberta, um homem se precipitou em seu interior. Era o conde de Rochefort.

— Meu querido conde, o senhor então veio! — exclamou Gondy, estendendo a mão.

— Quer dizer que afinal tomou a decisão, monsenhor? — perguntou Rochefort.

— Nunca foi outra.

— Não falemos mais disso. Se é o que diz, acredito. Vamos dar uma festa para o Mazarino.

— É o que espero.

— E quando começa a dança?

— Os convites estão sendo distribuídos para esta noite — disse o coadjutor —, mas os violinos só entram em cena amanhã de manhã.

— Pode contar comigo e com cinquenta soldados que o cavaleiro de Humières me prometeu, para quando eu precisar.

— Cinquenta soldados?

— Cinquenta. Ele prepara recrutas e pode emprestá-los. Terminada a festa, se faltarem alguns, prometi substituí-los.

— Ótimo, meu caro Rochefort, mas quero mais.

— E o que mais? — perguntou Rochefort com um sorriso.

— O sr. de Beaufort, o que fez dele?

— Está na região de Vendôme e espera que eu lhe escreva para voltar a Paris.

— Pois escreva, está na hora.

— Tem tanta certeza assim?

— Tenho, mas ele precisa vir rápido. Assim que o povo de Paris se revoltar, aparecerão dez príncipes que vão querer estar à frente. Se ele demorar, o lugar vai ser pego.

— Posso confirmar isso de sua parte?

— Pode, perfeitamente.

— Posso dizer que ele pode contar com o senhor?

— Totalmente.

— E ele terá plenos poderes?

— Na guerra sim; já na política...

— Sabemos não ser um ponto forte dele.

— Terá que me deixar à vontade para negociar meu gorro de cardeal.
— Quer isso tanto assim?
— Já que sou obrigado a um chapéu que não adoro, que ele pelo menos seja vermelho.
— Gostos e cores não se discutem — disse Rochefort rindo. — Desde já posso responder afirmativamente por ele.
— Escreverá ainda essa noite?
— Melhor que isso, envio um mensageiro.
— Em quantos dias ele pode estar aqui?
— Em cinco dias.
— Que venha então. Encontrará algumas mudanças.
— Assim espero.
— Garanto.
— E então?
— Reúna seus cinquenta homens e esteja pronto.
— Para quê?
— Para tudo.
— Há um sinal de identificação?
— Um nó de palha no chapéu.
— Entendido. Até breve, monsenhor.
— Até breve, meu caro Rochefort.
— Ah! *Mons* Mazarino, *mons* Mazarino![348] — dizia Rochefort levando para fora o padre, que não tivera como acrescentar uma palavra àquele diálogo. — Verá se estou velho demais para a ação!

Eram nove e meia da noite, o coadjutor precisava de boa meia hora para ir do arcebispado à torre de Saint-Jacques-la-Boucherie.

Chegando, ele notou haver luz numa das janelas da torre e pensou: "Bom, nosso síndico já assumiu o seu posto."

Bateu à porta e vieram abrir. O próprio vigário o esperava e iluminou a escada até o alto. Lá chegando, apontou para uma portinhola, deixou o candeeiro num canto da muralha para o coadjutor quando saísse e desceu.

Mesmo estando a chave na fechadura, ele bateu.

— Entre — disse uma voz que facilmente se reconhecia.

De Gondy entrou e lá estava o distribuidor de água benta da escadaria de Saint-Eustache, que esperava, deitado numa espécie de colchão de palha.

Ao ver o coadjutor, ele se levantou.

Dez horas soaram.

— E então? — perguntou Gondy. — Cumpriu o prometido?

— Não exatamente — respondeu o mendigo.

---

348. Apócope de *monsieur* (senhor), em voga apenas à época de Dumas.

— Como assim?
— Pediu-me quinhentos homens, não?
— Foi o que combinamos.
— Pois terá dois mil.
— Não está contando vantagem?
— Quer uma prova?
— Gostaria.

Três velas estavam acesas diante das três janelas, uma dando para a Cité, outra para o Palais Royal e a última para a rua Saint-Denis.

O homem foi em silêncio até cada uma das velas e sucessivamente as apagou.

O cômodo ficou às escuras, iluminado apenas pelos raios inseguros de uma lua perdida entre espessas nuvens negras, às quais ela enfeitava com uma franja prateada nas extremidades.

— O que fez? — perguntou o coadjutor.
— Dei o sinal.
— Qual?
— O das barricadas.
— Ah!
— Quando sair daqui verá meu pessoal trabalhando. Tome cuidado para não quebrar uma perna esbarrando numa corrente atravessada ou caindo em algum buraco.
— Muito bom! Aqui está o restante, uma quantia igual à que já recebeu. Mas lembre-se que é um chefe e não vá beber.
— Há vinte anos que bebo apenas água.

Dito isso, ele pegou o saco das mãos do coadjutor, que notou o barulho que faziam seus dedos mergulhando nas moedas de ouro.

— Ah! Vejo que é apegado ao dinheiro, meu amigo.

O mendigo deu um suspiro e afastou o saco.

— Será que continuo o mesmo e nunca vou me livrar do homem que fui? Ah, miséria! Ah, vaidade!

— Quer o saco, mesmo assim.
— Quero, mas faço aqui a promessa de empregar tudo que restar em obras caridosas.

O seu rosto estava lívido e contraído como o de alguém que acaba de travar uma luta interior.

— Estranho personagem! — murmurou para si mesmo Gondy, pegando seu chapéu para se retirar.

Ao se virar, viu o mendigo entre ele e a porta. Sua primeira impressão foi a de que seria agredido. Rapidamente, porém, viu-o juntar as mãos e cair de joelhos.

— Monsenhor — disse ele —, antes de me deixar, vossa bênção, por favor.

— Monsenhor? — exclamou Gondy. — Creio que o amigo está me confundindo.

— Não, monsenhor. Reconheci-o no primeiro instante, sei que é o sr. coadjutor.

Gondy sorriu.

— E quer minha bênção?

— Preciso muito dela.

O mendigo disse isso num tom de tão grande humildade e tão profundo arrependimento que Gondy estendeu a mão sobre a sua cabeça e, com toda a unção de que era capaz, o abençoou.

— Agora há comunhão entre nós — disse o religioso. — Eu o abençoei e você se tornou sagrado para mim, como eu mesmo para você. Diga: cometeu algum crime que a justiça humana persiga e do qual eu possa garanti-lo?

O mendigo negou com a cabeça:

— O crime que cometi não se remete à justiça humana e só poderei dele me libertar se monsenhor me abençoar outras vezes como acaba de fazer.

— Seja sincero, não teve a vida toda a profissão que tem agora...

— Não, monsenhor. Sou mendigo há apenas seis anos.

— E antes disso, onde estava?

— Na Bastilha.

— E antes da Bastilha?

— Contarei, monsenhor, no dia em que aceitar ouvir minha confissão.

— Entendo. A qualquer hora do dia ou da noite em que me procurar, saiba que me disponho a dar minha absolvição.

— Obrigado, monsenhor — disse o mendigo com uma voz cava —, não estou pronto ainda para recebê-la.

— Aguardarei. Até lá.

— Até, monsenhor — despediu-se o homem, abrindo a porta e curvando-se diante do prelado.

O coadjutor pegou o candeeiro, desceu e saiu bem pensativo.

50. *A insurreição*

Eram mais ou menos onze horas da noite. Mal tinha dado cem passos por Paris e Gondy percebeu que uma estranha mudança havia acontecido.

A cidade inteira parecia habitada por seres fantásticos. Sombras silenciosas arrancavam a pavimentação das ruas, arrastavam e faziam tombar carroças, e outras abriam valas capazes de engolir companhias inteiras de cavaleiros. As diligentes criaturas iam, vinham, corriam como demônios que cumprissem alguma obra desconhecida: eram os mendigos do Pátio dos Milagres,[349] agentes do distribuidor de água benta da Saint-Eustache, preparando as barricadas para o dia seguinte.

Gondy olhava com algum temor aquelas pessoas do lado obscuro da cidade, aqueles trabalhadores noturnos, perguntando-se se, depois de fazer tantos seres imundos saírem das suas tocas, teria o poder de mandá-los de volta. Quando um deles se aproximava, seu ímpeto era o de fazer o sinal da cruz

Mas chegou à rua Saint-Honoré e tomou-a na direção da rua da Ferronnerie. Ali o aspecto era outro, com comerciantes que corriam de loja em loja. As portas pareciam trancadas, mas estavam apenas encostadas e se abriam e fechavam dando passagem a homens que pareciam querer esconder o que carregavam. Eram lojistas que, tendo armas, emprestavam aos que não tinham.

Um deles ia de porta em porta, dobrado sob o peso de espadas, arcabuzes, mosquetes, instrumentos bélicos de todo tipo, que eram distribuídos na medida em que ele passava. À luz de um lampião, Gondy reconheceu Planchet.

---

349. Era como se chamavam alguns centros, dentro de Paris, dominados por bandidos e mendigos. O mais famoso se situava entre as atuais rua Réaumur e praça do Cairo, e somente sob Luís XIV foi reurbanizado e policiado. A igreja de Saint-Eustache se situa, aliás, na periferia dessa área, no Halles.

O coadjutor voltou às margens do Sena pela rua de la Monnaie. Grupos de burgueses de capa preta ou cinza, indicando sua origem na alta ou na baixa burguesia, respectivamente, por ali estavam parados imóveis, enquanto alguns indivíduos isolados iam de um grupo a outro. Todas aquelas capas cinza ou pretas deixavam que se visse, pelas costas ou pela frente, a ponta de uma espada ou o cano de um arcabuz ou mosquete.

Chegando à ponte Neuf, Gondy descobriu haver uma barreira de controle. Um homem se aproximou dele.

— Quem é? Não o reconheço como um dos nossos.

— Então não reconhece os próprios amigos, meu caro sr. Louvières — disse o coadjutor erguendo o chapéu.

O rapaz o reconheceu e se inclinou.

Gondy continuou seu caminho até a torre de Nesle,[350] onde percebeu uma longa fila de pessoas que deslizavam ao longo dos muros. Era como uma procissão de fantasmas, pois estavam todas cobertas por capas brancas. Quando chegavam a determinado ponto, pareciam sucessivamente se evaporar como se a terra se abrisse a seus pés. Gondy se acotovelou numa quina do parapeito e as viu desaparecer, da primeira à penúltima.

A última, justamente, ergueu os olhos, provavelmente para confirmar não estarem sendo observadas e, apesar da pouca claridade, notou o intruso. Dirigiu-se até ele e encostou-lhe uma pistola na garganta.

— Calma, sr. de Rochefort — pediu Gondy com um tom alegre. — Não se brinca com armas de fogo.

Rochefort reconheceu a voz.

— Monsenhor?

— Eu mesmo. E quem são essas pessoas que estão sendo levadas para as entranhas da terra?

— Meus cinquenta recrutas emprestados pelo cavaleiro de Humières e que se preparam para o corpo da guarda montada do rei. Mas o único equipamento que receberam foi essa capa branca.

— E aonde estão indo?

— Ao atelier de um escultor amigo meu. Estamos descendo pelo alçapão por onde entram os seus mármores.

— Muito bem — disse Gondy estendendo a mão a Rochefort, que voltou ao alçapão e fechou a tampa ao descer.

O coadjutor voltou para o arcebispado. Era uma hora da manhã. Abriu uma janela e se debruçou para ouvir.

---

[350]. A torre ficava mais ou menos onde se situa, hoje, a faculdade de Jussieu. Era remanescente da antiga muralha Philippe Auguste, do séc.XII-XIII, com 25 metros de altura, para o controle da navegação fluvial.

Por toda a cidade se espalhava um rumor estranho, inédito, desconhecido. Sentia-se que algo inusitado e terrível se passava em todas as ruas, escuras como abismos. De vez em quando ouvia-se um estrondo como o de uma tempestade que se prepara ou de vagalhões que crescem. Mas nada muito claro, distinto ou explicável vinha em mente, como os sons misteriosos e subterrâneos que antecedem os terremotos.

A obra da revolta se prolongou assim pela noite inteira. Com o dia amanhecendo, Paris ao despertar pareceu se assustar com o próprio aspecto. Era como uma cidade sitiada. Homens armados estavam postados em barricadas, com olhares ameaçadores e mosquetes no ombro. Expressões de comando, patrulhas, prisões e até execuções eram o que o transeunte encontrava a cada passo. Qualquer um com chapéu de penacho e espada dourada era parado e forçado a gritar "Viva Broussel!, Abaixo Mazarino!". Quem se negasse ao ritual era vaiado, insultado, às vezes espancado. Ainda não havia mortes, mas estava claro não faltar vontade para tanto.

Barricadas tinham sido erguidas até as proximidades do Palais Royal. Da rua de Bons-Enfants à da Ferronnerie, da Saint-Thomas-du-Louvre à ponte Neuf, da rua de Richelieu à porta Saint-Honoré, mais de dez mil homens armados se mantinham preparados. Os mais próximos das grades de proteção gritavam provocações às sentinelas impassíveis do regimento da guarda, postadas ao redor de todo o Palais Royal. Como esses soldados ficavam perto dessas grades fechadas, a situação deles era bastante precária. No meio de tudo isso, circulavam bandos de cem, de cento e cinquenta ou até duzentos indivíduos esquálidos, lívidos, esfarrapados carregando espécies de faixas em que se lia: "Vejam a miséria do povo!" E por todo lugar em que esses grupos passavam, gritos frenéticos se levantavam. Como eram muitos os bandos desse tipo, a gritaria era incessante.

Foi grande o espanto de Ana da Áustria e Mazarino ao acordarem e serem informados de que a Cité, tranquila na véspera, despertara febril e agitada. Nenhum dos dois levou a sério os relatos e disseram só acreditar nos próprios olhos e ouvidos. Então viram, ouviram e se convenceram.

Mazarino deu de ombros e fez como se desprezasse plenamente aquele populacho, mas ficou visivelmente pálido e, trêmulo, correu ao gabinete, escondendo melhor seu ouro e joias em caixas, além de enfiar nos dedos os diamantes mais valiosos. Já a rainha, furiosa e abandonada às próprias decisões, mandou chamar o marechal de La Meilleraie, ordenando-lhe que se pusesse à frente de quantos homens quisesse e fosse ver que *brincadeira* era aquela.

O marechal era normalmente bastante ousado e não imaginou o pior, imbuído do descaso que os homens de armas tinham pelo populacho. Convocou cento e cinquenta homens e quis sair pela ponte do Louvre, mas ali se deparou com Rochefort e seus cinquenta cavaleiros, acompanhados por mais de mil e quinhentas pessoas. Não havia como forçar semelhante barreira. O marechal então nem mesmo tentou passar e subiu ao longo do rio.

Mas na ponte Neuf ele encontrou Louvières e seus burgueses. O marechal quis atacar, porém foi recebido a tiros de mosquete, enquanto pedras caíam como granizo de todas as janelas. No confronto, ele acabou perdendo três homens.

A tropa bateu em retirada na direção do bairro do Halles, encontrando, porém, Planchet e seus alabardeiros. As armas foram apontadas ameaçadoras contra o marechal, que pensou em passar por cima daquelas capas cinza, mas as capas cinza não se moveram e teve, o militar, que recuar na direção da rua Saint-Honoré, deixando para trás quatro de seus guardas que tinham sido mortos sem muito alarde, por arma branca.

Tomou então a rua Saint-Honoré, onde encontrou as barricadas do mendigo da Saint-Eustache, guardadas não só por homens armados, mas também por mulheres e crianças. Mestre Friquet, na posse de uma espada e uma pistola que Louvières lhe dera, havia organizado um bando de pivetes como ele e fazia uma barulheira dos infernos.

O marechal julgou esse ponto mais vulnerável que os anteriores e resolveu forçá-lo. Mandou vinte homens atacarem a pé e derrubarem a barricada, enquanto ele e o restante da tropa a cavalo os protegeriam. Os vinte soldados seguiram em linha reta contra o obstáculo, mas lá chegando, de trás das vigas, de entre as rodas das charretes, do alto dos montes de pedra, uma resistência terrível se desencadeou e, ouvindo o barulho, os alabardeiros de Planchet apareceram na esquina do cemitério dos Inocentes e os burgueses de Louvières na esquina da rua de la Monnaie.

De La Meilleraie se viu preso entre dois fogos.

O marechal era um bravo e resolveu morrer onde estava. Devolveu cada pancada e gritos de dor começaram a ser ouvidos na multidão. Os guardas, mais bem treinados, atiravam com mais precisão, mas os burgueses, mais numerosos, os esmagavam debaixo de um verdadeiro furacão de ferro. Homens caíam à sua volta como teriam caído nas batalhas de Rocroy ou de Lérida. Fontrailles, seu lugar-tenente, já estava com o braço quebrado e o seu cavalo levou um tiro no pescoço, tornando o controle muito difícil, pois a dor o levava à loucura. Enfim, o oficial estava naquele momento supremo em que mesmo o mais corajoso sente um calafrio passar por suas veias e o suor gotejar pela testa, quando, de repente, a multidão se abriu do lado da rua Arbre-Sec, aos gritos de "Viva o coadjutor!".

Trajando sobrepeliz episcopal e capuz de malhas, Gondy apareceu, passando tranquilo através do tiroteio e distribuindo à volta suas bênçãos, com a mesma placidez de quando conduzia a procissão de Corpus Christi.

Todos caíram de joelhos.

O marechal o reconheceu e correu até ele.

— Tire-me daqui, pelo amor de Deus, ou meus homens e eu estamos com os minutos contados.

O tumulto era tal que não se ouviria um trovão no céu. Gondy ergueu a mão e pediu silêncio. Todos se calaram.

— Meus filhos — disse ele —, houve engano quanto às intenções do sr. marechal de La Meilleraie. Ele se compromete a, voltando ao Louvre, pedir pessoalmente à rainha a liberdade do nosso Broussel. Não se compromete, marechal? — Gondy acrescentou, virando-se para o militar.

— Diacho! Como não me comprometeria?! Não esperava me livrar tão fácil.

— Ele nos dá sua palavra de fidalgo — confirmou Gondy.

O marechal ergueu a mão mostrando concordar.

"Viva o coadjutor!", gritou a multidão. Alguns inclusive acrescentaram "Viva o marechal!", mas todos retomaram em coro: "Abaixo Mazarino!"

A multidão abriu passagem e o caminho pela rua Saint-Honoré seria o mais curto. As barricadas foram afastadas e o marechal, com o restante da tropa, bateu em retirada, precedido por Friquet e seus meliantes, uns fingindo bater tambor, outros imitando o som de clarins.

Foi quase uma marcha triunfal, só que assim que os guardas passavam, as barricadas voltavam a se fechar. O marechal se sentia bem intranquilo.

Enquanto isso, como foi dito, Mazarino estava em seu gabinete, organizando seus negócios pessoais. Mandara chamar d'Artagnan, mas no meio de todo aquele tumulto não esperava vê-lo, pois o tenente não estava de serviço. Após dez minutos, no entanto, ele apareceu à porta, com seu inseparável Porthos.

— Ah! Entre, entre, *monsou*[351] d'Artagnan — exclamou o cardeal —, são muito bem-vindos, o senhor e o seu amigo. O que está acontecendo nessa maldita Paris?

— O que está acontecendo? Nada bom, monsenhor! — disse d'Artagnan balançando a cabeça. — A cidade está em plena efervescência e, ainda há pouco, eu e meu amigo, sr. du Vallon aqui presente, seu servidor, atravessando a rua Montorgueil, apesar do meu uniforme ou talvez até por causa dele, fomos cercados e queriam que gritássemos "Viva Broussel!". E monsenhor quer saber o que mais queriam que gritássemos?

— Por favor, por favor.

— "Abaixo Mazarino!" É quase uma senha.

Mazarino sorriu, mas ficou bem branco.

— E gritaram?

— É claro que não! Não estava disposto e o sr. du Vallon anda meio gripado, também não quis. E então, monsenhor...

---

351. Provável corruptela de *monsieur*, ironizando o sotaque italiano do ministro.

— Então o quê?

— Basta olhar meu chapéu e minha capa.

E ele mostrou quatro buracos de bala na capa e dois no feltro do chapéu. Já nas roupas de Porthos, uma alabarda havia rasgado um dos lados e um tiro de pistola cortado ao meio o penacho.

— *Diavolo!* — exclamou o cardeal, pensativo e olhando os dois amigos com ingênua admiração. — Eu teria gritado!

Nesse momento o tumulto soou mais próximo.

Mazarino enxugou a testa, olhando ao redor. Tinha muita vontade de ir até a janela, mas teve medo.

— Dê uma olhada para ver o que está acontecendo, sr. d'Artagnan — ele pediu.

O mosqueteiro foi até lá, despreocupado como sempre.

— Ai, ai, ai! O que é isso? O marechal de La Meilleraie está voltando, mas sem chapéu. Fontrailles tem um braço na tipoia, alguns guardas estão feridos, cavalos sujos de sangue... Ei! O que estão fazendo as sentinelas? Estão apontando armas, vão atirar!

— Têm ordem de atirar se o povo se aproximar do Palais Royal — disse Mazarino.

— Se atirarem, está tudo perdido! — exclamou d'Artagnan.

— Temos as grades.

— As grades?! Não duram cinco minutos. Vão ser arrancadas, entortadas, trituradas! Não atirem, diabo! — berrou d'Artagnan abrindo a janela.

Apesar do aviso, que no meio do tumulto nem foi ouvido, três ou quatro tiros de mosquete foram disparados e houve depois uma terrível saraivada. Ouviam-se as balas ricochetear na fachada do palácio. Uma delas passou por baixo do braço de d'Artagnan e foi espatifar um espelho em que Porthos se admirava satisfeito.

— *Ohimé!*[352] — exclamou o cardeal. — Um espelho de Veneza!

— É cedo ainda para se lamentar, não vale a pena, pois é provável que dentro de uma hora não reste mais espelho nenhum no Palais Royal, sejam de Veneza ou de Paris.

— Mas o que fazer? — perguntou, trêmulo, o cardeal.

— Ora, é simples! Entregar a eles Broussel, já que insistem. Que diabos foi querer com um conselheiro do Parlamento? Não serve para nada!

— E o sr. du Vallon, também acha? O que faria?

— Devolveria Broussel — confirmou Porthos.

— Venham comigo, venham. Vou falar disso com a rainha.

---

352. Em italiano no original: "Ai de mim!"

No final do corredor, ele parou e perguntou.

— Posso contar com os senhores, não posso?

— Não damos palavra duas vezes — disse d'Artagnan —, e já nos apalavramos com monsenhor. Ordenai e obedeceremos.

— Pois então entrem nesse gabinete e esperem — disse ele, que deu a volta e entrou no cômodo por outra porta.

51. A insurreição cresce

O gabinete em que d'Artagnan e Porthos entraram era separado da sala onde se encontrava a rainha apenas por tapeçarias. Essa tênue divisória permitia assim que ouvissem tudo que se passava lá, e podiam também ver pela abertura entre as duas cortinas, apesar de bem estreita.

A rainha estava de pé na sala, branca de raiva, mas seu autocontrole era tal que não demonstrava qualquer emoção. Atrás dela estavam Comminges, Villequier e Guitaut. Atrás deles, suas mulheres.

À frente da rainha, o chanceler Séguier, o mesmo que, vinte anos antes,[353] tanto a perseguira, contava que sua carruagem havia sido quebrada e, vendo-se ameaçado, ele entrou de qualquer maneira no palacete de O..., que foi então imediatamente invadido, saqueado, devastado. Por felicidade, ele e o seu irmão, o bispo de Meaux, que o acompanhava, escondendo-se nas tapeçarias, conseguiram chegar a um cômodo, onde uma velha lhes deu abrigo. O perigo era tão real, com os vândalos tão próximos, que o chanceler pensou ter chegado a sua hora e se confessou com o irmão, preparando-se para morrer, caso fosse descoberto. Só que isso não aconteceu e a multidão, achando que ele havia saído por alguma porta dos fundos, se retirou, deixando livre o refúgio. Ele então se disfarçou com roupas do marquês de O... e deixou a residência, passando por cima dos corpos de um suboficial e de dois guardas que tinham sido mortos defendendo a porta de entrada.

Mazarino havia chegado durante essa narrativa e, discretamente, se pôs ao lado da rainha para ouvir.

---

353. Pierre Séguier (1588-1672). A referência é ao cap. 16 de *Os três mosqueteiros*. O título de chanceler, na época, estava ligado à pasta da Justiça e não à das Relações Exteriores, remetendo-se ao latim *cancellarius*, "que guarda a cancela separando o público de um tribunal de justiça".

— E então? — ela perguntou, no final dessa narrativa. — O que deduz de tudo isso?

— Que a coisa é muito grave, senhora.

— Sim, mas que conselho tem a dar?

— Teria um, mas cometendo certa ousadia.

— Pois ouse, ouse, meu senhor — disse a rainha com um sorriso amargo. — Já foi ousado antes.

O chanceler ficou vermelho e tentou dizer alguma coisa.

— Não se trata do passado, mas do presente — disse a rainha. — O senhor disse ter um conselho a propor. Qual?

— Senhora — disse o chanceler com hesitação —, seria o de libertar Broussel.

Apesar de bem branca, a rainha visivelmente empalideceu ainda mais e toda a sua expressão se crispou.

— Libertar Broussel? Nunca!

Nesse momento, ouviram-se passadas na antessala e, sem ser anunciado, apareceu o marechal de La Meilleraie.

— Ah, até que enfim, marechal! — exclamou Ana da Áustria com alegria. — Fez toda aquela gentalha pensar melhor, não?

— Senhora, perdi três homens na ponte Neuf, quatro no Halles, seis na esquina da rua Arbre-Sec e dois já à porta do palácio. Ao todo quinze. E dez ou quinze voltaram feridos. Meu chapéu foi perdido não sei onde, carregado por uma bala e, segundo toda probabilidade, eu teria ficado com ele, não fosse a interferência do sr. coadjutor, que apareceu e me tirou da enrascada.

— Ah! Seria mesmo estranho se aquele bassê de pernas tortas não estivesse metido nisso — explodiu a rainha.

— Majestade — não pôde deixar de rir La Meilleraie —, por favor, não falemos muito mal dele por enquanto, pois a ajuda que me deu ainda é bem recente.

— Que seja. Mantenha-se grato, então, o quanto quiser, mas não espere o mesmo de mim. O importante, em todo caso, é que aqui está, são e salvo. Feliz regresso, além das nossas boas-vindas.

— Obrigado, senhora, mas só estou a salvo e de volta para poder transmitir as vontades do povo.

— Vontades?! — exclamou Ana da Áustria, levantando as sobrancelhas. — Ora, sr. marechal, deve mesmo ter estado em grande perigo, para se encarregar de tão absurda embaixada.

Essas palavras foram ditas com um tom de ironia que La Meilleraie não deixou de notar.

— Desculpe, senhora — ele respondeu —, não sou advogado, sou homem de guerra e, com isso, entendo mal o valor das palavras. Devia ter dito o *desejo* e não a vontade do povo. Quanto ao restante da resposta que tive a honra de receber da senhora, creio subentender que tive medo...

A rainha sorriu.

— E é verdade, majestade, tive medo. Pela terceira vez na vida e, entretanto, participei de doze batalhas organizadas e de não sei quantos combates e escaramuças. É verdade, tive medo e prefiro estar aqui, diante de Vossa Majestade, por mais ameaçador que seja seu sorriso, que diante daqueles demônios do inferno que me acompanharam até aqui e que saem não se sabe de onde.

— Muito bem! Boa resposta — disse baixinho d'Artagnan a Porthos.

— Continuando então — disse a rainha, mordendo os lábios, enquanto os cortesãos a olhavam surpresos —, qual é o desejo do meu povo?

— Que lhe devolvam Broussel, senhora.

— Nunca! Nunca!

— A decisão é de Vossa Majestade — disse La Meilleraie com uma reverência e dando um passo atrás.

— Aonde vai, marechal? — perguntou a rainha.

— Dar a resposta de Vossa Majestade a quem a espera.

— Fique, marechal. Não quero dar a impressão de parlamentar com rebeldes.

— Dei minha palavra, senhora.

— Isso significa que...

— ...Que se não mandar me prender, serei forçado a ir.

Os olhos de Ana da Áustria lançaram faíscas.

— Que não seja por isso, marechal. Já mandei prender pessoas mais importantes. Guitaut!

Mazarino tomou a dianteira:

— Senhora, permitir-me-íeis também uma opinião?

— Será também para libertar Broussel? Se for o caso, não precisa continuar, ministro.

— Não. Mesmo achando que esta opinião igualmente valha a outra.

— O que tem a sugerir, então?

— Que convoque o sr. coadjutor.

— O coadjutor?! — exclamou a rainha. — Aquele borrão infame? Foi quem fomentou toda essa revolta!

— É um motivo a mais. Se deu origem, pode também terminá-la.

— Senhora — disse Comminges, que estava junto de uma janela e olhava para fora —, a ocasião é boa, ele está logo ali, distribuindo bênçãos na praça do Palais Royal.

A rainha correu à janela.

— É mesmo o rei dos hipócritas! Basta ver!

— O que vejo — disse Mazarino — é que todo mundo se ajoelha, mesmo sendo apenas coadjutor. Fosse eu que estivesse ali, seria estraçalhado, mesmo sendo cardeal. Insisto então, senhora, com o meu *desejo* — Mazarino sublinhou bem a palavra — de que Vossa Majestade o receba.

— E por que não diz também *vontade*? — perguntou a rainha em voz baixa.

Mazarino se inclinou com todo respeito.

Ela permaneceu pensativa por um momento e depois, erguendo a cabeça, disse:

— Sr. marechal, vá até o sr. coadjutor e traga-o aqui.

— E o que direi ao povo?

— Que tenha um pouco de paciência. Não é o que estou fazendo?

Havia na voz da orgulhosa espanhola um tom tão imperativo que o marechal nada mais disse, apenas fez uma reverência e se retirou.

D'Artagnan aproximou-se bem de Porthos:

— Como tudo isso vai acabar? — perguntou.

— Logo saberemos — respondeu o outro, com a tranquilidade de sempre.

Enquanto isso, Ana da Áustria havia se aproximado de Comminges e lhe dizia alguma coisa baixinho.

Preocupado, Mazarino olhava para o lado onde estavam d'Artagnan e Porthos.

Os demais presentes trocavam impressões em voz baixa.

A porta voltou a se abrir e o marechal entrou, seguido pelo coadjutor.

— Pronto, senhora, o sr. de Gondy imediatamente seguiu as ordens de Vossa Majestade.

A rainha deu alguns passos na direção deles e parou fria, severa, imóvel, com o lábio inferior avançado, deixando claro o seu desdém.

Gondy curvou-se com respeito.

— E então, sr. coadjutor, o que diz desse motim?

— Que não é mais um motim, senhora, e sim uma rebelião.

— A rebelião está naqueles que pensam que meu povo pode se rebelar! — exclamou a rainha, sem conseguir esconder que o considerava, provavelmente com razão, o promotor de tudo aquilo. — Rebelião é como chamam os que almejam um tumulto por eles preparado. Mas espere, espere, e a autoridade do rei logo restabelecerá a ordem.

— Foi para me dizer isso, senhora — respondeu friamente Gondy —, que Vossa Majestade me deu a honra de ser trazido à sua presença?

— Não, meu caro coadjutor — interferiu Mazarino —, foi para pedir sua opinião sobre a desagradável conjuntura em que nos encontramos.

— Sua Majestade então mandou me chamar para pedir um conselho? — perguntou de Gondy, fingindo espanto.

— Mandei — confirmou a rainha. — Seguindo o conselho dos que aqui estão.

O coadjutor novamente se curvou.

— Sua Majestade deseja então...

— Que diga o que faria em seu lugar — apressou-se a dizer Mazarino.

O coadjutor olhou para a rainha, que fez um sinal de concordância.

— No lugar de Sua Majestade — disse friamente Gondy —, eu não pensaria duas vezes, soltaria Broussel.

— E se eu não fizer isso — irritou-se a rainha —, o que vai acontecer?

— Não haverá amanhã pedra sobre pedra em Paris — disse o marechal.

— Não foi ao senhor que perguntei — disse a rainha com um tom seco, sem nem sequer se voltar —, foi ao sr. de Gondy.

— Sendo a mim que Sua Majestade interroga — respondeu o coadjutor, mantendo a calma —, só tenho a dizer que concordo plenamente com o sr. marechal.

O sangue subiu às faces da rainha, os belos olhos azuis pareciam prestes a saltar das órbitas, os lábios carmim, que todos os poetas da época comparavam a romãs em flor, perderam a cor e tremeram de raiva. Ela quase assustou o próprio Mazarino, apesar de habituado aos furores domésticos daquele casal atormentado.

— Soltar Broussel! — ela repetiu com um sorriso arrepiante. — Que belo conselho, santo Deus! Só podia mesmo vir de um padre!

Gondy se manteve impassível. Os insultos daquele dia pareciam deslizar por seu corpo como os sarcasmos do dia anterior, mas o ódio e o desejo de vingança silenciosamente se juntavam, gota a gota, no fundo de seu coração. Ele olhou com frieza a rainha, que pressionava Mazarino para que também dissesse alguma coisa.

O ministro, segundo seu hábito, pensava muito e falava pouco.

— Ora, ora! — disse ele afinal. — É um bom conselho de amigo. Também entregaria esse bom *monsou* Broussel, morto ou vivo, e tudo estaria acabado.

— Se o entregar morto, tudo estará de fato acabado, como diz monsenhor, mas não como imagina.

— Eu disse morto ou vivo? — retomou Mazarino. — É maneira de falar. Como sabe, compreendo mal o francês, que *monsou* coadjutor fala e escreve tão bem.

— Eis um conselho de Estado — disse d'Artagnan a Porthos —, mas tivemos melhores em La Rochelle, com Athos e Aramis.

— No reduto Saint-Gervais — lembrou Porthos.

— E não só lá.

O coadjutor deixou passar a tempestade e insistiu, sempre com a mesma fleuma:

— Se Vossa Majestade não aprecia a opinião que apresento, é provavelmente por ter outras que pode seguir. Conheço suficientemente a sabedoria da rainha, e de seus conselheiros, para imaginar que a capital não será deixada por muito tempo nesse estado de agitação, que pode levar a uma revolução.

— Então acredita — continuou a espanhola, que mordia os lábios de tanta raiva — que a arruaça de ontem, que hoje já se apresenta como motim, pode amanhã se tornar revolução?

A insurreição cresce 445

— Acredito, senhora — disse gravemente o coadjutor.

— Se dermos ouvido ao que diz o senhor, terá o povo perdido todo tipo de freio?

— Trata-se de um ano ruim para os reis — disse Gondy, balançando a cabeça. — Basta olhar para o lado da Inglaterra, Majestade.

— Pode ser, mas felizmente não temos, na França, um Oliver Cromwell — respondeu a rainha.

— Como saber? Homens assim são como o raio: só se revelam quando destroem.

Um arrepio generalizado percorreu a sala e houve um momento de silêncio.

Durante todo esse tempo, a rainha mantinha as duas mãos descansando em seu peito; via-se que tentava controlar as batidas aceleradas do coração.

— Porthos — disse d'Artagnan —, preste atenção nesse padre.

— Estou prestando, o que tem?

— É um homem!

Porthos olhou, surpreso, para o amigo, com toda evidência sem compreender muito bem o que ele queria dizer.

— Vossa Majestade tomará então as medidas adequadas — continuou impiedosamente o coadjutor —, que calculo terríveis e passíveis de irritar ainda mais os amotinados.

— Nesse caso, o sr. coadjutor, que goza de tanto prestígio com eles e é nosso amigo — disse ironicamente a rainha —, os acalmará com suas bênçãos.

— Talvez já seja tarde demais para isso e talvez eu mesmo tenha perdido toda influência — contrapôs Gondy com o mesmo tom glacial. — Mas se Vossa Majestade lhes devolver Broussel, cortará pela raiz a sedição e terá o direito de castigar duramente qualquer recrudescência revoltosa.

— E por acaso não tenho agora esse direito? — exclamou a rainha.

— Se o tem, por que não usá-lo? — respondeu Gondy.

— Droga! — voltou d'Artagnan a comentar com Porthos. — É o tipo de sujeito que admiro. Por que não é ele o ministro, sendo eu o seu d'Artagnan, em vez de servir a esse pilantra do Mazarino?! Posso imaginar as grandes coisas que faríamos juntos!

— Tem razão — disse Porthos.

Com um gesto, a rainha liberou a Corte, com exceção de Mazarino. Gondy curvou-se e quis se retirar com os demais.

— Por favor, fique — disse a ele a rainha.

"Ótimo, ela vai ceder", pensou Gondy.

— Vai mandar matá-lo — disse d'Artagnan a Porthos. — Não serei eu a fazer o trabalho. Juro por Deus que se chegarem a isso, vou inclusive entrar na briga.

— Eu também — disse Porthos.

— Bom! — murmurou Mazarino, pegando uma poltrona. — Vamos ter alguma novidade.

A rainha seguia com os olhos os que se retiravam. Quando o último fechou a porta, ela se virou. Era visível o formidável esforço que fazia para dominar a raiva. Abanava-se, buscava o defumador de perfumes, ia e vinha. Mazarino permanecia na poltrona em que se sentara e parecia pensar. Gondy, que começava a se preocupar, escrutava todas a tapeçarias, apalpava, para se tranquilizar, a couraça que usava sob a batina longa e algumas vezes procurou confirmar, sob a malha metálica, se o cabo de um bom punhal espanhol ali escondido estava bem à mão.

— Vejamos então — começou afinal Ana da Áustria, interrompendo sua movimentação —, agora que estamos só nós. Repita seu conselho, sr. coadjutor.

— É simples, senhora: dar a impressão de que pensou melhor e reconhecer publicamente um erro. É a força dos governos fortes. Depois tirar Broussel da prisão e devolvê-lo ao povo.

— Ah! E me humilhar! Sou ou não sou rainha? Toda essa gentalha aos berros está ou não sujeitada a mim? Não tenho amigos, não tenho guarda? Por Nossa Senhora!, como dizia a rainha Catarina[354] — e ela se empolgava com as próprias frases —, prefiro, em vez de entregar esse infame Broussel, estrangulá-lo com minhas mãos!

E Ana da Áustria partiu de punhos fechados contra Gondy, a quem ela, naquele momento, provavelmente detestava tanto quanto a Broussel.

Gondy não se moveu, músculo nenhum do seu rosto se contraiu e apenas o olhar glacial cruzou como um gládio o da rainha, enfurecido.

— Eis um homem morto, caso ainda haja na Corte algum Vitry[355] e esse Vitry entre nesse momento — observou o gascão. — Antes porém que chegue até esse bom prelado eu o mato, e sem pensar duas vezes! E nosso cardeal Mazarino ainda ficará infinitamente agradecido.

— Psiu! — fez Porthos. — Vamos ouvir.

— Senhora! — gritou o cardeal, segurando Ana da Áustria e puxando-a para trás. — O que está fazendo?!

E acrescentou em espanhol:

— Ana, enlouqueceu? Isso é a atitude de uma burguesa, lembre-se de que é rainha! Não vê que esse padre representa o povo inteiro de Paris? É perigoso insultá-lo. Se ele quiser, você em uma hora perde a coroa! Pense bem, num outro momento, mais tarde, poderá ser firme e forte, mas agora não. Agora, saiba ser afável e fazer agrados, ou será apenas uma mulher vulgar.

---

354. Catarina de Médici (1519-89), casada com o rei Henrique II, da França.
355. Nicolas de L'Hospital (1581-1644), duque de Vitry, chefe da guarda real na época de Luís XIII. A mando do rei, assassinou Concino Concini (ver nota 6).

Logo que começou essa fala, d'Artagnan pegou Porthos pelo braço, apertando-o progressivamente, e depois, quando Mazarino se calou, ele disse baixinho:

— Porthos, nunca mencione diante de Mazarino que falo espanhol, ou serei um homem morto. E você também.

— Entendi — disse Porthos.

Essa dura chamada, carregada de uma eloquência que tão bem caracterizava Mazarino quando falava italiano ou espanhol, mas que se perdia totalmente em francês, foi dita com um rosto impenetrável que Gondy, por mais hábil fisionomista que eventualmente fosse, não poderia distinguir de um simples pedido de maior moderação.

A rainha repreendida, por sua vez, bruscamente se acalmou. Abrandou, por assim dizer, as chamas do olhar, o sangue das faces, a ira verborrágica dos lábios. Sentou-se e, com a voz úmida de choro, deixando caírem os braços, disse:

— Perdoe-me, sr. coadjutor, e atribua tal violência a meu sofrimento. Sendo mulher, e consequentemente sujeita às fraquezas da minha condição, apavora-me a possibilidade de uma guerra civil. Sendo rainha, e acostumada a ser obedecida, excedo-me assim que sinto qualquer resistência.

— Senhora — respondeu Gondy com uma reverência —, Vossa Majestade se engana ao qualificar de resistência minha sincera opinião. Vossa Majestade conta apenas com súditos obedientes e respeitosos. Não é contra a rainha que o povo se coloca, ele quer Broussel, somente isso, feliz de viver sob as leis de Vossa Majestade. Se Vossa Majestade entregar Broussel... — acrescentou ele com um sorriso.

Mazarino, que ao ouvir "Não é contra a rainha que o povo se coloca" já havia ficado de orelha em pé, achando que o coadjutor mencionaria os gritos "Abaixo Mazarino!", ficou grato por essa supressão e disse, com seu tom mais suave e sua mais doce expressão:

— Senhora, ouvi o coadjutor, que é um dos mais hábeis políticos que temos. O primeiro gorro de cardeal que vagar caberá sob medida em sua nobre cabeça.

"O patife está mesmo precisando muito de mim! E é bem esperto", pensou de Gondy.

— E o que ele não vai prometer a nós — brincou d'Artagnan —, no dia em que quiserem matá-lo? Se sai distribuindo gorros dessa maneira, é bom nos prepararmos, Porthos, e amanhã mesmo vamos pedir um regimento para cada um. Caramba! Que ela dure um ano, essa guerra civil, e mando redourar para mim a espada de condestável.[356]

---

356. Era, na França, o chefe supremo do exército.

— E eu? — quis saber Porthos.
— Para você vou providenciar o bastão de marechal do sr. de La Meilleraie, que me parece meio em baixa nesse momento.
— Quer dizer então que o senhor seriamente teme uma comoção popular? — perguntava a rainha ao coadjutor.
— Seriamente, senhora — respondeu Gondy, surpreso com o pouco avanço da conversa. — Temo que, quando a torrente rompe, o dique cause sempre grandes estragos.
— Pois acho eu que, nesse caso, devem se erguer novos diques. Pode ir, vou pensar nisso.
Gondy olhou espantado para Mazarino e o ministro se aproximou da rainha para dizer alguma coisa. Mas, nesse momento, houve um tumulto terrível na praça do Palais Royal.
O coadjutor sorriu, o olhar de Ana da Áustria voltou a se inflamar, Mazarino empalideceu.
— O que pode ter sido agora? — ele perguntou.
Comminges entrou às pressas na sala e foi diretamente à rainha:
— Desculpe, senhora, o povo esmagou as sentinelas contra as grades e, nesse momento, está forçando as portas: o que ordena fazer?
— Senhora... — tentou Gondy.
O tumulto das águas, o barulho do raio, o rugido de um vulcão não se comparam à tempestade de gritos que subiu ao céu nesse momento.
— O que ordeno? — ela perguntou.
— Sim, o tempo é curto.
— De quantos homens, mais ou menos, dispõe no Palais Royal?
— De seiscentos homens.
— Deixe cem deles em volta de mim e com o resto faça desaparecer o populacho.
— Senhora — tentou também Mazarino —, o que está fazendo?
— Vá! — exigiu a rainha.
Comminges se retirou, com a obediência passiva do soldado.
Ouviu-se um estalo terrível, era um dos portões que começava a ceder.
— Por favor, senhora — pediu Mazarino —, está nos levando todos à perdição, ao rei, à senhora, a mim.
Diante daquele pedido que vinha do fundo da alma do cardeal apavorado, Ana da Áustria também se assustou e chamou Comminges de volta.
— Tarde demais! — desesperou-se Mazarino, arrancando os cabelos. — Tarde demais!
O portão cedeu e puderam ser ouvidos os urros comemorativos do povaréu. D'Artagnan sacou a espada e, com um gesto, indicou que Porthos fizesse o mesmo.

A insurreição cresce 449

— Salve a rainha! — exclamou Mazarino dirigindo-se ao coadjutor.

Gondy apressou-se a abrir a janela, reconhecendo Louvières à frente de uma tropa de três ou até quatro mil homens, e gritou:

— Nem um passo mais! A rainha vai assinar.

— O que está dizendo? — ela reagiu.

— A verdade, senhora, é preciso — disse Mazarino, apresentando uma pena e um papel. E acrescentou: — Assine, Ana, por favor; eu quero!

A rainha despencou numa cadeira, mas aceitou a pena e o papel.

Contido por Louvières, o povo de fato não avançara mais. O terrível murmúrio que acompanha a cólera da multidão, entretanto, continuava.

A rainha escreveu:

"O zelador da prisão de Saint-Germain porá em liberdade o conselheiro Broussel."

E assinou.

O coadjutor, que devorava com os olhos seus menores movimentos, se apoderou do documento assim que foi assinado, voltou à janela e, agitando a mão, gritou:

— Aqui está a ordem de soltura!

Paris inteira pareceu ecoar um grande clamor de alegria. Em seguida gritos de "Viva Broussel! Viva o coadjutor!" se distinguiram.

— Viva a rainha! — gritou o coadjutor.

Alguns gritos iguais foram ouvidos, mas fracos e poucos.

É possível que o coadjutor tivesse tomado a iniciativa apenas para mostrar a Ana da Áustria a sua fraqueza.

— Agora que tem o que queria, sr. de Gondy, por favor, pode ir — disse ela.

— Quando a rainha precisar de mim — disse o religioso curvando-se —, deve saber que continuo às suas ordens.

Ela fez um sinal com a cabeça e Gondy se retirou.

— Padre maldito! — ela explodiu, estendendo a mão na direção da porta que mal se fechara. — Farei com que, um dia, beba o resto do fel que me prodigou hoje.

Mazarino quis se aproximar.

— Afaste-se! Você está longe de ser um homem — disse ela, saindo porta afora.

— Você é que está longe de ser uma mulher — murmurou Mazarino.

Depois disso, após um instante pensativo, ele lembrou-se de que provavelmente d'Artagnan e Porthos ainda estariam ali e teriam ouvido tudo. Teve um gesto de preocupação e foi diretamente à tapeçaria, afastando-a. A saleta estava vazia.

Ao ouvir a maneira como a rainha se retirara, d'Artagnan havia pegado Porthos pelo braço e o levado para o corredor.

— *Aqui está a ordem de soltura!*

Mazarino, por sua vez, tomou a galeria e encontrou os dois amigos que perambulavam.

— Por que deixou o local, sr. d'Artagnan? — perguntou o cardeal.

— A rainha ordenou que todos saíssem e achei que a ordem nos incluía.

— Os senhores então estão aqui desde...

— Há mais ou menos quinze minutos — respondeu d'Artagnan olhando para Porthos e fazendo sinal para que não o desmentisse.

Mazarino percebeu o sinal e se convenceu de que o tenente havia visto e ouvido, mas ficou grato pela mentira:

— Decididamente, sr. d'Artagnan, é a pessoa certa de que eu preciso e pode contar comigo, assim como o seu amigo.

Dito isso, cumprimentou os dois com um amável sorriso e tranquilamente voltou a seu gabinete, pois com a saída de Gondy o tumulto lá fora havia cessado como por encanto.

52. *A infelicidade ajuda a memória*

Ana havia entrado furiosa em sua capela.
— Como?! — ela exclamava, contorcendo os belos braços. — Como?! O povo viu o sr. de Condé, o principal príncipe de sangue, ser preso por minha sogra, Maria de Médici; viu minha sogra, a ex-regente, ser escorraçada pelo cardeal; viu o sr. de Vendôme, filho de Henrique IV, encarcerado em Vincennes.[357] Nada disse quando essas grandes personalidades foram insultadas, encarceradas! E agora reclama por causa de um Broussel?! Santo Deus, para onde está indo a realeza?
    Sem se dar conta, Ana abordava uma questão efervescente. O povo não reagira com relação aos príncipes e se revoltava por Broussel, que era um plebeu, porque, ao defendê-lo, instintivamente sentia estar defendendo a si mesmo.
    Mazarino, enquanto isso, caminhava de um lado para outro em seu gabinete, lançando às vezes olhares para o belo espelho de Veneza todo estilhaçado.
    — É claro, é bem chato ter que ceder dessa maneira, concordo — ele dizia para si mesmo —, mas o que fazer? Iremos à forra; que importância tem Broussel? É só um nome, não uma coisa.
    Por mais hábil político que fosse, Mazarino se enganava: Broussel era uma coisa e não só um nome.
    Desse modo, quando, na manhã do dia seguinte, Broussel chegou a Paris numa grande carruagem, tendo o filho Louvières a seu lado e Friquet na traseira do coche, o povo inteiro, brandindo armas, acorreu para aclamá-lo. Gritos de "Viva Broussel! Viva nosso pai!" ecoaram

---

357. Henrique II de Bourbon, então príncipe de Condé, foi preso em 1616 e ficou por três anos em Vincennes. Maria de Médici, depois da tentativa de golpe de 12 de novembro de 1630, foi presa e fugiu para a Holanda. César de Bourbon, duque de Vendôme, foi preso após o complô de Chalais, em 1626.

por todos os lados e anunciavam morte aos ouvidos de Mazarino. De todos os lados, espiões do cardeal e da rainha traziam notícias ruins, recebidas pelo ministro em estado de grande agitação e, pela rainha, com perfeita tranquilidade. Ela parecia amadurecer em sua cabeça uma grande decisão, o que só aumentava, se possível fosse, as preocupações de Mazarino, que conhecia bem o orgulho de Ana da Áustria e por isso temia suas decisões.

O coadjutor apresentou-se no Parlamento, mais rei que o próprio rei, a rainha e o cardeal juntos. A pedido seu, um édito formalmente pediu que os burgueses recolhessem as armas e desmontassem as barricadas: agora já sabiam precisar de apenas uma hora para voltar a estar armados e que uma noite bastava para erguer barricadas.

Planchet voltou à sua loja. A vitória dá anistia e Planchet não temia mais ser enforcado. Estava convencido de que, se tentassem prendê-lo, o povo se rebelaria como se rebelara em apoio a Broussel.

Rochefort devolveu sua tropa ao cavaleiro de Humières. É bem verdade que faltavam dois à chamada, mas o cavaleiro, simpatizante da Fronda, nem quis ouvir falar em pagamento.

O mendigo retomou seu lugar na Saint-Eustache, ainda distribuindo água benta com uma mão e pedindo esmola com a outra, sem que ninguém desconfiasse que, juntas, aquelas duas mãos acabavam de ajudar a retirar, do edifício social, a pedra fundamental da monarquia.

Louvières estava orgulhoso e contente, pois se vingara de Mazarino, a quem detestava, e muito contribuíra para a soltura de Broussel. Seu nome era pronunciado com terror no Palais Royal e ele, rindo, perguntava ao conselheiro, reintegrado ao seio familiar:

— Não acha, meu pai, que se eu pedir agora à rainha o comando de uma companhia ela me dá?

D'Artagnan aproveitou o momento de calma para se despedir de Raoul, a quem fora muito difícil manter quieto durante os últimos acontecimentos, uma vez que ele, a todo custo, queria desembainhar espada, para qualquer lado que fosse. De fato, no início foi complicado, mas era em nome do conde de La Fère que ele falava. O rapazote foi visitar a sra. de Chevreuse e, em seguida, partiu para se juntar à sua tropa.

Rochefort era o único a achar insatisfatória a maneira como tudo aquilo terminava: havia escrito ao sr. duque de Beaufort, que chegaria a Paris e encontraria a cidade tranquila.

Foi então procurar o coadjutor, para perguntar se não era melhor mandar avisar ao príncipe que interrompesse a viagem. Gondy pensou por um momento e disse:

— Deixe-o vir.

— Mas não está tudo terminado? — surpreendeu-se Rochefort.

— Acredite, querido conde, o que vimos foi apenas o início.

— Por que acha isso?
— Por conhecer os ímpetos da rainha. Ela não vai querer aceitar a derrota.
— Será que prepara alguma coisa?
— Assim espero.
— Está sabendo de algo que não sei?
— Sei que escreveu ao sr. Príncipe para que deixasse a tropa e viesse com toda urgência.
— Ah! — disse Rochefort. — Tem razão, é melhor que o sr. Beaufort venha.

Na mesma noite em que ocorreu essa conversa, espalhou-se o boato da chegada do sr. Príncipe.

Seria uma notícia bem simples e natural, mas teve grande repercussão. Comentava-se que indiscrições haviam sido cometidas pela sra. de Longueville, a quem o sr. Príncipe — suspeito de ter pela irmã um carinho que ultrapassava os limites da amizade fraterna — fizera confidências.

Confidências que revelavam sinistros projetos por parte da rainha.

Nessa mesma noite da chegada do sr. Príncipe, líderes burgueses, magistrados municipais e capitães de milícias locais procuravam seus conhecidos e diziam:

— Por que não pegar o rei e mantê-lo na Prefeitura?[358] É um erro deixar que seja criado por nossos inimigos, que dão maus conselhos. Dirigido pelo sr. coadjutor, por exemplo, se imbuiria dos princípios nacionais e aprenderia a apreciar o povo.

A noite foi surdamente agitada e, no dia seguinte, voltaram a aparecer as capas cinza e negras, as patrulhas de comerciantes armados e os bandos de mendigos.

A rainha tinha passado a noite a confabular em *tête-à-tête* com o sr. Príncipe, que, à meia-noite, fora levado à sua pequena capela, só se retirando às cinco horas.

Às cinco horas a rainha foi ao gabinete do cardeal. Se ela ainda não havia dormido, ele já tinha se levantado.

Escrevia uma resposta a Cromwell, no sexto dos dez dias que havia pedido a Mordaunt.

— É verdade que estou um tanto atrasado — ele se justificava —, mas o sr. Cromwell sabe muito bem como se passam as revoluções e me desculpará.

Estava justamente relendo, bastante satisfeito, o primeiro parágrafo da sua argumentação, quando ouviu uma leve batida na porta que levava aos aposentos da rainha. Apenas Ana da Áustria se servia daquela porta. Ele levantou-se e foi abrir.

---

358. O Hôtel de Ville, prefeitura ou, literalmente, "Palácio da Cidade", era a sede do poder municipal, constituído pelos diferentes prebostes das diversas funções de produção, essencialmente burguesas, não aristocráticas.

A rainha vestia um *négligé* que lhe caía bastante bem, pois assim como Diana de Poitiers e Ninon,[359] Ana da Áustria tinha o dom de se manter bela. Só que, naquela manhã, estava ainda mais, pois os olhos tinham o brilho que causa a alegria interior.

— O que houve, Madame? — perguntou Mazarino surpreso. — Parece bem animada.

— E estou, Giulio. Animada e feliz, pois descobri como estrangular essa hidra.

— Tem muito talento político, minha rainha. Conte-me o que encontrou — disse ele, escondendo o que escrevia e encobrindo a carta começada, sob uma folha em branco.

— Eles querem tirar o rei de mim, sabia disso?

— Infelizmente sim. E a mim, enforcar!

— Não ficarão com o rei.

— E nem me enforcarão, *benone*.[360]

— Escute: vamos sair, meu filho e eu, do alcance deles; e você também. De um dia para outro, isso mudará a ordem das coisas, e quero agir sem que ninguém mais saiba, além de nós e uma terceira pessoa.

— E quem é essa terceira pessoa?

— O sr. Príncipe.

— Ele então veio, como andam dizendo?

— Ontem à noite.

— Já esteve com ele?

— Acaba de sair.

— E ele apoia o projeto?

— Foi dele a ideia.

— E Paris?

— Será deixada sem suprimentos e forçada à rendição.

— É um projeto bem grandioso, vejo só um porém.

— Qual?

— Sua impossibilidade.

— Fala por falar. Nada é impossível.

— Enquanto projeto.

— Enquanto execução. Temos dinheiro?

— Algum — disse Mazarino, temendo que Ana da Áustria pedisse que usasse seus bens privados.

— Temos tropa?

---

359. Diana de Poitiers (1499-1566) foi favorita do rei Henrique II, a quem muito influenciou; tinha vinte anos a mais que ele. Ninon de Lenclos (1620-1705) foi uma cortesã de muito sucesso, bonita, inteligente e culta.

360. Em italiano no original: literalmente "bem", no caso, "ora!".

— Cinco ou seis mil homens.
— E coragem?
— Muita.
— Então é coisa fácil. Não vê, Giulio? Paris, essa odiosa Paris, despertando pela manhã sem rainha e sem rei, cercada, sitiada, faminta, tendo como único recurso seu estúpido Parlamento e aquele magrelo coadjutor de pernas tortas!
— Bonito! Muito bonito! Vejo perfeitamente o quadro, só não vejo como chegar lá.
— Encontrarei como!
— Percebe que será a guerra, a guerra civil ardente, dura, implacável?
— Sim, sim, isso mesmo! Guerra! Vou reduzir essa cidade rebelde a cinzas. Apagar o fogo com sangue. Quero que um exemplo assustador eternize o crime e o castigo. Paris! Como a odeio e detesto.
— Belo programa, Ana, tornou-se sanguinária! Tome cuidado, não estamos mais no tempo dos Malatesta e dos Castruccio Castracani.[361] Vai acabar decapitada, minha bela rainha, e será uma pena.
— Não está levando a sério.
— Levo tudo a sério. Guerras contra um povo inteiro são perigosas. Basta ver seu irmão Carlos I, está mal, muito mal.
— Estamos na França e sou espanhola.
— Pior ainda, *per Baccho*, pior ainda. Preferiria que fosse francesa e eu também: seríamos menos detestados.
— Mesmo assim, concorda comigo?
— Concordo, se a coisa for minimamente factível.
— É perfeitamente factível, garanto. Prepare-se para partir.
— Estou sempre preparado, mas, como sabe, nunca precisei... e dessa vez provavelmente também não.
— Se eu for, virá também?
— Vou tentar.
— Está me matando com esse seu medo, Giulio, e de que tem tanto medo?
— De muita coisa.
— Por exemplo?
A fisionomia de Mazarino, até então irônica, ficou sombria.
— Sendo mulher, Ana, você insulta os homens à vontade, certa da impunidade. Acusa-me de ter medo: não tanto quanto você, já que não penso em fugir. Contra quem são os gritos? Contra a rainha ou contra o cardeal? A quem querem enforcar? À rainha ou ao cardeal? No entanto, eu, a quem você acusa

---

361. Implacáveis *condottieri* italianos da Idade Média. Os Malatesta foram senhores de Rimini até perderem poder e se colocarem a serviço de diferentes Estados italianos. Castruccio Castracani (1281-1328) foi *condottiere* a serviço de Filipe IV da França e da família Visconti, de Milão.

de ser medroso, faço frente à tempestade. E não por bravata, não é do meu feitio, mas enfrento. Faça o mesmo, sem tanto alarde e com mais eficiência. Você grita alto, mas sem chegar a nada. E por falar em fugir...

Mazarino deu de ombros, tomou a rainha pela mão e levou-a até a janela:
— Olhe!
— O quê? — perguntou a rainha, cega em sua teimosia.
— O que vê dessa janela? São, se não me engano, burgueses com couraças e capacetes, armados com bons mosquetes, como no tempo da Liga, com boa visão dessa janela por onde os olhamos e que nos verão, se erguermos a cortina como você está erguendo. Venha agora até essa outra: o que vê? Gente do povo, com alabardas, vigiando suas portas. A cada abertura desse palácio em que eu a levar, verá o mesmo; as portas estão sendo vigiadas, as passagens de ar dos subterrâneos também e posso repetir para você o que o nosso La Ramée dizia ao sr. de Beaufort: a menos que se transforme em passarinho ou camundongo, não sairá daqui.
— E ele, no entanto, saiu.
— Está pensando em sair da mesma maneira?
— Sou uma prisioneira, então?
— Até que enfim! É o que há uma hora estou mostrando — disse Mazarino, que tranquilamente voltou à carta começada, no mesmo ponto em que fora interrompida.

Trêmula de raiva e vermelha de humilhação, Ana deixou o gabinete, batendo a porta com violência.

Mazarino nem sequer ergueu a cabeça.

De volta a seus aposentos, a rainha se jogou numa poltrona e começou a chorar.

De repente, teve uma súbita ideia:
— Estou salva — disse, se pondo de pé. — Exatamente! Sei de alguém que conseguirá me tirar de Paris, um homem a quem por tempo demais deixei de lado.

Em devaneio, mas com uma sensação de alegria, continuou:
— Ingrata que sou, por vinte anos me esqueci de quem eu deveria ter tornado marechal da França. Minha sogra esbanjou ouro, honrarias e demonstrações de carinho por Concini, que a levou à perdição; o rei promoveu Vitry a marechal, por um assassinato;[362] e deixei no esquecimento e na miséria aquele nobre d'Artagnan, que me salvou.

E ela correu a uma escrivaninha com papel e tinta, pondo-se a escrever.

---

362. Ver nota 355.

53. A audiência

Naquela noite, d'Artagnan havia dormido no quarto de Porthos. Desde que haviam começado as agitações na cidade, os dois amigos vinham assumindo esse hábito. À cabeceira ficavam as respectivas espadas e, nas mesinhas, ao alcance da mão, as pistolas.

D'Artagnan ainda dormia e sonhava que uma grande nuvem amarela havia encoberto o céu e dessa nuvem caía uma chuva de ouro. E ele estendia o chapéu no escoadouro de uma calha.

Porthos, por sua vez, sonhava que a lateral inteira de sua carruagem não era grande o suficiente para o brasão que ele mandara pintar.

Os dois foram acordados às sete horas por um lacaio sem libré que trazia uma carta para d'Artagnan.

— Da parte de quem? — perguntou o gascão.

— Da parte da rainha — respondeu o mensageiro.

— Epa! — exclamou Porthos pulando da cama. — O que ele disse?

D'Artagnan pediu ao lacaio que passasse para um cômodo ao lado e, assim que a porta foi fechada, levantou-se e rapidamente leu, enquanto Porthos o observava com olhos arregalados, sem se atrever a fazer qualquer pergunta.

— Companheiro Porthos — disse d'Artagnan, passando a carta para o amigo —, aqui temos o seu título de barão e meu certificado de capitão. Tome, leia e diga o que acha.

Porthos estendeu a mão, pegou a carta e, com voz insegura, leu o seguinte:

"A rainha quer falar com o sr. d'Artagnan. Que ele acompanhe o mensageiro."

— Não entendi — disse Porthos. — Não vejo nisso nada tão extraordinário.

— Pois eu sim. Se estão me chamando é porque as coisas se complicaram. Pense um pouco a confusão que não se armou na cabeça da rainha para que se lembre de mim, vinte anos depois.

— Isso é verdade — concordou o outro.

— Afie a espada, barão, carregue as pistolas, dê aveia aos cavalos, garanto que até amanhã teremos novidades. E bico calado!

— Não sei não. E se for uma armadilha para se livrar de nós? — alarmou-se Porthos, pensando na inveja que sua grandeza futura devia causar em alguns.

— Se for o caso, vou perceber, não se preocupe. Mazarino pode ser italiano, mas sou gascão.

E d'Artagnan se vestiu num piscar de olhos.

Ainda na cama, Porthos prendia para ele a capa, quando bateram pela segunda vez na porta.

— Pode entrar — gritou d'Artagnan.

Um outro lacaio se apresentou:

— Da parte de Sua Eminência, o cardeal Mazarino.

D'Artagnan olhou para o amigo.

— Agora as coisas se complicam — observou Porthos. — Por onde começar?

— Tudo corre às maravilhas — respondeu d'Artagnan. — Sua Eminência marcou audiência dentro de meia hora.

— Ótimo.

— Meu amigo — disse o tenente virando-se para o lacaio —, diga a Sua Eminência que dentro de meia hora estarei a seu dispor.

O mensageiro fez uma saudação e se retirou.

— Felizmente ele não viu o colega — comentou d'Artagnan.

— Acha que não foi para a mesma coisa que o chamaram?

— Tenho certeza que não.

— Então se apresse! Lembre-se de que a rainha o espera, depois da rainha o cardeal e, depois do cardeal, eu.

D'Artagnan chamou o lacaio de Ana da Áustria:

— Estou pronto para acompanhá-lo, amigo.

O mensageiro tomou a rua des Petits-Champs e, virando à esquerda, o fez entrar pela portinhola do jardim, dando para a rua de Richelieu. Subiram em seguida por uma escada disfarçada e chegaram à capela.

Uma emoção da qual ele não se dava conta fazia o coração do oficial bater mais rápido. Não tinha mais a despreocupação da juventude e a experiência o fizera perceber toda a gravidade dos acontecimentos passados. Aprendera muito sobre a nobreza dos príncipes e a majestade dos reis, habituando-se a classificar a mediocridade a partir do lustre das fortunas e do berço. Naquele tempo, ele se dirigira a Ana da Áustria como qualquer homem se dirige a uma mulher. Isso havia mudado e ele agora se apresentava como humilde soldado, diante de um ilustre chefe.

Um leve ruído perturbou o silêncio da capela. D'Artagnan moveu-se e viu uma delicada mão erguer a tapeçaria. Por sua forma, alvura e graça ele reconheceu aquela mão real que um dia já lhe fora dada a beijar.

A rainha entrou.

— Ah, é o senhor, tenente d'Artagnan — disse ela, olhando-o com afetuosa melancolia. — Reconheço-o perfeitamente. Veja, sou a rainha, me reconhece?

— Não, senhora — ele respondeu.

— Não se lembra então — continuou Ana da Áustria, com o delicioso sotaque de que ela sabia, quando queria, tão bem se servir — de que, um dia, a rainha precisou e encontrou um jovem servidor bravo e leal? Mesmo que as impressões o tenham levado a crer que foi esquecido, um lugar sempre lhe esteve guardado no fundo do meu coração.

— Ignoro tudo a que se refere, senhora.

— É pena, é pena. Pelo menos para a rainha, que hoje precisa daquela mesma coragem e mesmo espírito de sacrifício.

— Como? — respondeu o mosqueteiro. — Cercada como está a rainha por tão leais servidores, por tão sábios conselheiros, homens, enfim, tão importantes por seus méritos e suas posições, como poderia precisar de um obscuro soldado?

Ana entendeu a queixa indireta e mais se sensibilizou do que se irritou. Tanta abnegação e desinteresse por parte do fidalgo gascão chegara até a humilhá-la; ela fora vencida em termos de generosidade.

— O que diz a respeito dos que me cercam, tenente d'Artagnan, é provavelmente verdadeiro, mas somente no senhor confio. Sei que está ligado ao sr. cardeal, mas esteja também a meu serviço e me encarregarei de sua fortuna. Acha que faria por mim, hoje, o que há tempos fez pela rainha o fidalgo que o senhor não conhece?

— Farei tudo que Vossa Majestade ordenar.

A rainha pensou por um momento e, observando a atitude circunspecta do mosqueteiro, perguntou:

— Talvez prefira estar em repouso?

— Não sei dizer, nunca me repousei, senhora.

— Tem amigos?

— Tinha três. Dois deixaram Paris sem que eu saiba para onde foram. Sobra-me então um só, mas é um daqueles que conheciam, creio eu, o cavaleiro ao qual Vossa Majestade me deu a honra de se referir.

— Ótimo — disse a rainha. — O senhor e o seu amigo valem por um exército.

— O que será preciso fazer, senhora?

— Volte às cinco horas e lhe direi. Mas não comente com ninguém esse encontro que estou marcando.

— Não comentarei, senhora.

— Jure pelo Cristo.

— Nunca faltei à minha palavra, senhora. Quando digo não, é não.

Mesmo que estranhando essa linguagem a que não estava habituada tratando com seus cortesãos, a rainha viu nisso um bom presságio no referente à dedicação com que d'Artagnan a serviria no cumprimento dos seus projetos. Era um dos truques do gascão, esconder, às vezes, sua profunda sutileza por trás de uma fachada de leal brutalidade.

— A rainha tem algo mais a ordenar por agora? — ele perguntou.

— Nada mais, e o senhor pode se retirar até a hora marcada.

D'Artagnan cumprimentou-a e saiu.

— Maldição! — suspirou ele, assim que atravessou a porta. — Tudo indica que precisam muito de mim por aqui.

Como meia hora já havia passado, ele atravessou a galeria e foi bater à porta do cardeal.

Bernouin o fez entrar.

— Estou às suas ordens, monsenhor — disse ele.

Como estava habituado a fazer, d'Artagnan lançou uma olhada rápida a seu redor e notou que Mazarino tinha à sua frente uma carta lacrada. Só que estava na mesa, com o lado escrito para baixo, sendo impossível, então, saber a quem se endereçava.

— Está vindo dos aposentos da rainha? — perguntou Mazarino, olhando diretamente o visitante.

— Eu, monsenhor?! Quem disse isso?

— Ninguém; mesmo assim, sei.

— É terrível ter de dizer que monsenhor se engana — respondeu impudentemente o gascão, dada a promessa que acabava de fazer a Ana da Áustria.

— Eu mesmo abri a antecâmara e o vi chegar do fundo da galeria.

— É que me fizeram passar por uma escada escondida.

— Como assim?

— Não sei dizer. Algum mal-entendido.

Mazarino sabia da dificuldade de se extrair de d'Artagnan algo que ele quisesse ocultar e desistiu de descobrir, por enquanto, a razão do mistério.

— Falemos então dos meus negócios, já que não quer falar dos seus.

D'Artagnan se curvou.

— Gosta de viajar? — perguntou o cardeal.

— Passei a vida percorrendo estradas.

— Alguma coisa o prende em Paris?

— A única coisa seria uma ordem superior.

— Bem. Temos aqui uma carta, que é preciso entregar em seu endereço.

— Em seu endereço, monsenhor? Não há nenhum.

De fato, nada estava escrito no envelope lacrado.

— Isso se explica, há um envelope duplo.

— Entendo, e devo rasgar o primeiro, mas somente ao chegar a determinado lugar.

— Exato. Pegue-o e vá. E o seu amigo, sr. du Vallon, gosto muito dele, leve-o também.

— *Nunca faltei à minha palavra, senhora.*

"Maldição!", pensou d'Artagnan. "Ele sabe que ouvimos a conversa de ontem e quer nos afastar de Paris."

— Alguma dúvida?

— De forma alguma, monsenhor, e vou agora mesmo. Mas pediria um único favor...

— Qual? É só dizer.

— Que Vossa Eminência passe nos aposentos da rainha.

— Quando?

— Agora mesmo.

— Para quê?

— Apenas para dizer: "Estou enviando o sr. d'Artagnan a um lugar e ele já está de partida."

— Então concorda — observou Mazarino — que esteve com a rainha?

— Como tive a honra de dizer a Vossa Eminência, talvez tenha havido algum mal-entendido.

— O que isso quer dizer?

— Devo me atrever a repetir o pedido que fiz a Sua Eminência?

— Entendo, estou indo. Espere-me aqui.

Mazarino olhou com atenção para ver se não tinha esquecido alguma chave nos armários e saiu.

Dez minutos se passaram, tempo que d'Artagnan gastou fazendo o possível para ler, através do primeiro envelope, o que estava escrito no segundo. Sem resultado.

Mazarino voltou, pálido e nitidamente preocupado, indo sentar-se à escrivaninha. D'Artagnan o examinava como acabava de fazer com o documento em suas mãos, mas o rosto de Sua Eminência se mostrava tão impenetrável quanto o envelope da carta.

"Ai, ai, ai!", pensou o gascão, "ele não parece muito contente. Será comigo? Está bem meditativo. Pensando em me mandar para a Bastilha? Não há de ser nada, monsenhor! Assim que disser alguma coisa eu o estrangulo e passo para a Fronda. Serei carregado em triunfo com o sr. Broussel e Athos vai me proclamar o Brutus francês.[363] Vai ser até engraçado."

Com a imaginação sempre galopante, o gascão já calculava a vantagem que podia tirar da situação.

Mas Mazarino não tomou nenhuma iniciativa naquela direção e, pelo contrário, disse manhosamente:

---

363. Marcus Junius Brutus Caepio (c.85-42 a.C.), senador romano, participou da conspiração que assassinou Júlio César. Foi quem lhe deu a última punhalada. É descrito tanto como traidor quanto como virtuoso cidadão, que sempre preferiu a salvação da República em detrimento dos interesses pessoais.

— O senhor estava certo, querido *monsou* d'Artagnan, é melhor que não parta de imediato.

— Ah!

— Devolva-me então o documento, por favor.

D'Artagnan obedeceu. Mazarino averiguou o lacre, para ver se continuava intacto.

— Precisarei do senhor logo mais — continuou o cardeal. — Volte dentro de duas horas.

— Tenho um compromisso nesse horário, monsenhor, ao qual não posso deixar de comparecer.

— Não se preocupe — tranquilizou Mazarino —, é o mesmo.

"Tinha certeza disso", pensou d'Artagnan.

— Venha então às cinco horas e traga junto nosso querido sr. du Vallon. Mas deixe-o na antecâmara, quero antes falar com o senhor.

D'Artagnan inclinou-se. E enquanto se inclinava, dizia a si mesmo: "Dos dois a mesma ordem, para os dois o mesmo horário, os dois no Palais Royal; já posso adivinhar. Veja só, é um segredo pelo qual o sr. de Gondy se disporia a pagar cem mil libras.

— Está pensando? — inquietou-se Mazarino.

— Ah! Perguntava-me se devemos vir armados ou não.

— Até os dentes — respondeu o cardeal.

— Ótimo, monsenhor, assim será.

O mosqueteiro se despediu, saiu e correu para repetir ao amigo as lisonjeiras promessas de Mazarino, que, diga-se, causaram nele uma alegria extrema.

54. A fuga

Por volta das cinco horas da tarde, quando d'Artagnan chegou, o Palais Royal, apesar dos sinais de agitação que ainda abalavam a cidade, apresentava um espetáculo dos mais agradáveis. E não era para menos, pois a rainha havia devolvido Broussel e Blancmesnil ao povo. Com isso, nada mais a temer, uma vez que nada mais tinha o povo a exigir. A tensão que ainda percorria as ruas se acalmaria com o tempo, como, após uma tempestade, às vezes vários dias são necessários para que volte a bonança.

Promovera-se uma pequena festa a pretexto da volta do vencedor da batalha de Lens. Príncipes e princesas tinham sido convidados e desde o meio-dia todos os pátios estavam repletos de carruagens. Depois do almoço haveria sessão de jogos nos aposentos da rainha.

Ana da Áustria, naquele dia, estava encantadora e, tanto por sua graça como pelo espírito, nunca se mostrara mais alegre. A vingança desabrochava florida em seus lábios e fazia brilharem os seus olhos.

No momento em que todos começavam a deixar a mesa, Mazarino desapareceu. D'Artagnan já se encontrava a postos e o esperava na antecâmara. O cardeal apareceu sorridente e tomou-o pela mão, para que o acompanhasse a seu gabinete.

— Meu querido *monsou* d'Artagnan — começou ele acomodando-se —, vou lhe dar a maior prova de confiança que um ministro pode dar a um oficial.

D'Artagnan inclinou-se e disse:

— Espero que monsenhor o faça sem segundas intenções e por acreditar que a mereço.

— É quem mais a merece, caro amigo, visto ser ao senhor que me dirijo.

— Pois fico contente, monsenhor! E confesso que há muito tempo esperava tal ocasião. Por favor, então, diga o que tem a me dizer.

— O senhor, meu caro *monsou* d'Artagnan, terá essa noite, em suas mãos, a salvação do Estado.

Ele parou.

— Uma explicação, monsenhor, por favor.

— A rainha resolveu partir com o rei numa pequena viagem até Saint-Germain.

— Ah! A rainha quer deixar Paris.

— Entenda, são caprichos femininos.

— Entendo perfeitamente — disse d'Artagnan.

— Por esse motivo ela o convocou pela manhã e disse que voltasse às cinco horas.

— Para que, então, me fazer jurar que não falaria desse encontro com ninguém? — disse d'Artagnan bem baixinho. — Ah, as mulheres! Podem ser rainhas, mas são, antes de tudo, mulheres.

— Seria contra essa pequena viagem, meu querido *monsou*? — preocupou-se Mazarino.

— Eu, monsenhor? Por que seria?

— Notei que deu de ombros.

— É só uma maneira de falar comigo mesmo, monsenhor.

— Então aprova essa viagem?

— Não tenho que aprovar ou desaprovar, monsenhor, apenas espero as suas ordens.

— Ótimo. Foi no senhor que pensei para levar o rei e a rainha a Saint-Germain.

"Sonso e finório", pensou o gascão.

— Como vê — continuou Mazarino, incomodado com a impassibilidade de d'Artagnan —, eu tinha razão ao dizer que a salvação do Estado estará em suas mãos.

— Sem dúvida, monsenhor, e sinto toda a responsabilidade da missão.

— Mas aceita mesmo assim?

— Sempre aceito.

— Acha possível, a coisa?

— Tudo é.

— Será atacado no caminho?

— É provável.

— E o que fará nesse caso?

— Passarei através dos que me atacarem.

— E se não passar através?

— Pior para eles, passarei por cima.

— E levará sãos e salvos o rei e a rainha a Saint-Germain?

— Levarei.

— A custo da própria vida?

— A custo da minha própria vida.

— O senhor, meu caro, é um herói! — disse Mazarino, olhando, cheio de admiração, o mosqueteiro.

D'Artagnan sorriu.

— E eu? — perguntou Mazarino após um momento de silêncio e com os olhos fixos no seu interlocutor.

— Como assim, monsenhor?

— Se eu quiser também partir?

— Será mais difícil.

— Por quê?

— Vossa Eminência pode ser reconhecida.

— Mesmo com esse disfarce?

E Mazarino ergueu uma capa que cobria uma poltrona, deixando que se visse um traje completo de cavaleiro, cinza-pérola e grená, com bordaduras prateadas.

— Com esse disfarce será mais fácil.

— Ah! — respirou aliviado Mazarino.

— Mas será preciso fazer o que Vossa Eminência, outro dia, disse que faria no nosso lugar.

— O quê?

— Gritar: "Abaixo Mazarino!"

— Gritarei.

— Em francês e com boa pronúncia, monsenhor. É preciso estar atento a isso. Mataram seis mil franceses na Sicília por causa do sotaque ao falar italiano. Que Vossa Eminência tome cuidado para que os daqui agora não se desforrem das Vésperas Sicilianas.[364]

— Farei o possível.

— Há muita gente armada nas ruas, tem certeza de ninguém ter conhecimento desse projeto da rainha?

Mazarino pensou e d'Artagnan então continuou:

— O que monsenhor me propõe seria um ótimo negócio para um traidor. Os imprevistos de um ataque poderiam ser pretexto para qualquer coisa.

Mazarino estremeceu. Alguém, no entanto, que tivesse a intenção de trair não o estaria prevenindo.

— É claro — ele acrescentou rápido —, não confio em qualquer pessoa. Prova disso é tê-lo escolhido para me escoltar.

— Não irá com a rainha?

— Não.

---

364. No episódio, na Páscoa de 1282, franceses comandados por Charles d'Anjou foram massacrados. Dumas narra a chacina em *Le Speronare*, primeiro volume da trilogia *Impressions de Voyage dans le Royaume de Naples*.

— Então o senhor vai seguir a rainha?
— Não — respondeu novamente Mazarino.
— Ah! — exclamou d'Artagnan, que começava a compreender.
— Tenho também meus planos — continuou o cardeal. — Indo com a rainha, duplico as suas dificuldades. Indo depois, as minhas é que duplicam. Além disso, com a Corte a salvo, podem perfeitamente se esquecer de mim: são ingratos, os grandes desse mundo.
— Tem razão — concordou d'Artagnan, fixando sem querer os olhos no diamante da rainha que Mazarino ostentava no dedo.
O cardeal, que havia seguido a direção do olhar, devagar girou o anel, escondendo a pedra.
— Quero apenas — completou Mazarino, com seu sorriso fino — impedir que sejam ingratos comigo.
— Faz parte da caridade cristã — ironizou d'Artagnan — não induzir o próximo à tentação.
— E é exatamente por esse motivo que quero partir antes deles.
D'Artagnan sorriu, capaz de perfeitamente entender a astúcia italiana.
Vendo o sorriso, Mazarino aproveitou para dizer:
— O senhor começará então por me ajudar a sair de Paris, não é, meu caro *monsou* d'Artagnan?
— É uma árdua tarefa, monsenhor! — disse ele, voltando a se mostrar sério.
— No entanto — quis entender Mazarino, olhando-o bem atento, para não deixar escapar nenhuma expressão facial —, não fez tais observações com relação ao rei e à rainha.
— O rei e a rainha são minha rainha e meu rei, monsenhor. Minha vida lhes pertence, devo-a a eles. Se a pedirem, não tenho como negar.
— É justo — murmurou baixinho Mazarino. — E como não pertence a mim, preciso comprá-la, não é?
Com um fundo suspiro, ele voltou a girar o anel, expondo a pedra.
D'Artagnan sorria.
Os dois homens tinham em comum a astúcia. Caso compartilhassem também a coragem, cada um teria levado o outro a realizar grandes coisas.
— É claro que, pedindo tamanha ajuda — continuou Mazarino —, tenho a intenção de me mostrar reconhecido.
— Monsenhor se manterá apenas na intenção? — perguntou d'Artagnan.
— Veja — disse Mazarino tirando o anel do dedo —, meu caro *monsou* d'Artagnan, é um diamante que já lhe pertenceu e é justo que volte ao senhor. Aceite-o, por favor.
D'Artagnan não se fez de rogado, averiguou se a pedra era de fato a mesma e, comprovando a sua pureza, com indescritível prazer enfiou o anel no dedo.

— Era muito apegado a essa joia — disse Mazarino, lançando-lhe um derradeiro olhar —, mas não há de ser nada, dou com todo prazer.

— E eu, monsenhor, da mesma forma recebo-a. Mas voltemos a seus negócios. Quer então partir antes de todo mundo?

— Sim, é importante.

— A que horas?

— Às dez horas.

— E a rainha? A que horas?

— À meia-noite.

— Então é perfeitamente viável. Levo-o primeiro até o lado de fora da barreira e volto para buscá-la.

— Perfeito, mas como vai me levar para fora de Paris?

— Ah! Isso pode deixar por minha conta.

— Dou-lhe plenos poderes, requisite a escolta que quiser.

D'Artagnan balançou a cabeça negativamente.

— Parece-me a maneira mais segura — disse Mazarino.

— Para Vossa Eminência, mas não para a rainha.

Mazarino mordeu os lábios.

— Nesse caso, como agiremos?

— Deixe por minha conta, monsenhor.

— Hum! — ele resmungou.

— É preciso que me dê o pleno comando da ação.

— Mas...

— Ou procure outra pessoa — completou d'Artagnan, virando-se para sair.

— Ei! — murmurou baixinho o cardeal. — Ele vai embora e levando o diamante.

Então o chamou, procurando ser o mais suave possível:

— *Monsou* d'Artagnan, meu caro *monsou* d'Artagnan...

— Monsenhor?

— Pode me garantir?

— Não, posso apenas fazer o melhor que estiver ao meu alcance.

— Ao seu alcance?

— Exato.

— Bom, confio no senhor.

"Sorte sua", disse para si mesmo o mosqueteiro.

— Esteja aqui às nove e meia.

— Vossa Eminência já estará pronta?

— Com certeza.

— Combinado, então. E agora monsenhor me levaria até a rainha?

— Para quê?

— Gostaria de receber, pessoalmente, as ordens de Sua Majestade.

— Ela me encarregou disso.

— Mas pode ter se esquecido de alguma coisa.
— Quer mesmo vê-la?
— É indispensável, monsenhor.

Mazarino hesitou um pouco, d'Artagnan permanecia irremovível em sua vontade.

— Vamos, então. Vou levá-lo, mas não comente a conversa que tivemos.
— O que foi dito em particular só a nós diz respeito, monsenhor.
— Jura?
— Eu nunca juro, monsenhor. Digo sim ou digo não e, como sou fidalgo, mantenho minha palavra.
— Bom, estou vendo que preciso confiar no senhor sem restrições.
— É o melhor a se fazer, monsenhor.
— Venha.

Mazarino levou d'Artagnan à capela da rainha e disse que aguardasse ali.

Não foi longa a espera. Cinco minutos depois, a rainha chegou, em traje de grande gala. Vestida assim, mal parecia ter trinta e cinco anos e continuava muito bonita.

— Ah, sr. d'Artagnan — disse ela, com um sorriso gracioso —, agradeço muito que tenha insistido em me ver.
— Que Vossa Majestade me perdoe, mas quis receber diretamente vossas ordens.
— Sabe do que se trata?
— Sim, majestade.
— E aceita a missão que lhe confio?
— Fico grato por isso.
— Ótimo. Esteja aqui à meia-noite.
— Estarei.
— Sr. d'Artagnan, conheço bem demais o seu desprendimento para falar de gratidão num momento como esse, mas juro que não esquecerei esse segundo favor como esqueci o primeiro.
— Vossa Majestade está livre de se lembrar e de se esquecer, e não sei a que ela se refere — disse o mosqueteiro, fazendo uma reverência.
— Então vá, sr. d'Artagnan — despediu-se a rainha, com seu mais encantador sorriso. — Vá e volte à meia-noite.

Ela acenou com a mão e d'Artagnan retirou-se. Mas, retirando-se, olhou ainda para a porta por onde a rainha havia entrado e no chão, por trás da tapeçaria, notou a ponta de um sapato de veludo e pensou:

"Bom, nosso Mazarino espionava para ver se eu não o traía. Esse fantoche italiano na verdade não merece o serviço de um homem digno."

Nem por isso d'Artagnan foi menos pontual em seu compromisso e, às nove e meia, chegou à antecâmara.

Bernouin o esperava e o fez entrar.

Encontrou o cardeal vestido como cavaleiro. Mostrava-se com ótima aparência nesses trajes, pois, como já dissemos, ele os envergava com elegância. Mas estava bem pálido e tremia um pouco.

— Está sozinho? — perguntou Mazarino.

— Estou, monsenhor.

— E o nosso bom sr. du Vallon não nos dará o prazer de sua companhia?

— Dará sim, monsenhor. Ele nos espera em sua carruagem.

— Onde?

— Na porta do jardim do Palais Royal.

— É na carruagem dele, então, que sairemos?

— Exatamente, monsenhor.

— Sem outra escolta, além dos senhores?

— Não acha suficiente? Um de nós já bastaria!

— Na verdade, meu caro sr. d'Artagnan, o seu sangue-frio me assusta.

— Achei que, pelo contrário, inspirasse confiança.

— E Bernouin, não irá comigo?

— Não há lugar para ele, que poderá ir mais tarde encontrar Vossa Eminência.

— Em frente, então — decidiu-se Mazarino. — Já que é preciso seguir a sua vontade.

— Monsenhor ainda pode voltar atrás — ponderou d'Artagnan. — Vossa Eminência tem toda liberdade.

— Não, não! Vamos em frente.

Os dois desceram pela escada secreta, com o cardeal apoiando o braço, que tremia, no do mosqueteiro.

Atravessaram os pátios do Palais Royal, onde algumas carruagens de convidados continuavam estacionadas, à espera dos que se demoravam ainda nos festejos. Chegaram ao jardim e dirigiram-se à portinhola lateral.

Mazarino tentou abri-la com uma chave que tirou do bolso, mas sua mão tremia tanto que não encontrava o buraco da fechadura.

— Eu abro — disse d'Artagnan.

A chave foi-lhe entregue e ele, depois de abrir a porta, guardou-a no próprio bolso, pois contava entrar por ali mesmo.

O degrau da carruagem estava abaixado, Mousqueton junto à porta e Porthos no fundo do veículo.

— Subi, monsenhor — disse o tenente.

Mazarino não esperou segundo convite e lançou-se para dentro da carruagem.

D'Artagnan entrou em seguida, Mousqueton fechou a porta e, com muitos gemidos, alçou-se na traseira do carro. Ele tinha resmungado um pouco, contra a ideia de fazer essa viagem, pois se dizia ainda debilitado pelo ferimento, mas d'Artagnan dissera-lhe:

— Se preferir fique, meu querido sr. Mouston, mas saiba que Paris será incendiada esta noite.

Dada a informação, ele não quis mais saber de não ir e declarou-se pronto para seguir seu amo e o sr. d'Artagnan até o fim do mundo.

A carruagem partiu num trote razoável, sem de forma alguma parecer que transportava pessoas com alguma pressa. O cardeal enxugava a testa com um lenço e olhava em volta.

Tinha Porthos à sua esquerda e d'Artagnan à direita, cada um guardando uma porta e servindo de escudo.

À sua frente, no assento dianteiro, repousavam dois pares de pistolas, um diante de Porthos e outro de d'Artagnan. Os dois amigos tinham, além disso, cada um sua espada presa à cintura.

A cem passos do Palais Royal, uma patrulha mandou a carruagem parar.

— Quem está aí? — perguntou o chefe.

— Mazarino! — respondeu d'Artagnan, com uma gargalhada.

O cardeal sentiu os cabelos ficarem de pé, na cabeça.

A piada pareceu ótima aos burgueses da patrulha, que, vendo não haver brasão algum na carruagem, nem escolta, não acreditaram em tamanha imprudência.

— Boa viagem! — eles gritaram, e os deixaram passar.

— Que tal? — divertiu-se d'Artagnan. — O que achou monsenhor da resposta?

— Muito espirituosa!

— Entendi — disse Porthos. — Na verdade...

Na metade da rua des Petits-Champs, outra patrulha mandou a carruagem parar.

— Quem está aí? — perguntou o chefe.

— Procure se esconder, monsenhor — disse d'Artagnan.

Mazarino se enfiou de tal maneira entre os dois amigos que praticamente desapareceu.

— Quem está aí? — repetiu a mesma voz, já impaciente.

E d'Artagnan sentiu que alguém se colocava à frente dos cavalos.

Ele pôs quase meio corpo para fora da janela e gritou:

— O que que há, Planchet?

O chefe se aproximou e, de fato, era Planchet, cuja voz o antigo amo havia reconhecido.

— Puxa! É o senhor?

— E como não, meu caro amigo? Nosso querido Porthos acaba de se ferir à espada e estou levando-o para a sua casa de campo em Saint-Cloud.

— Não! É mesmo?

— Porthos — retomou d'Artagnan —, se ainda puder falar, meu querido Porthos, cumprimente o nosso bom Planchet.

— Planchet, meu amigo — disse Porthos com uma voz apagada. — Estou bem mal. E se souber de algum médico, por favor, diga que venha me ver.

— Ai, Deus do céu! — exclamou Planchet. — Que desgraça! Como foi que aconteceu?

— Contarei depois — disse Mousqueton.

Porthos soltou um profundo gemido.

— Diga que nos abram caminho, Planchet — pediu baixinho d'Artagnan —, senão ele não chega vivo: um pulmão foi perfurado, meu amigo.

Planchet balançou a cabeça como quem diz: quando é assim, as coisas não acabam bem.

Depois, virando-se para a patrulha:

— Deem passagem, são amigos.

O carro voltou a avançar e Mazarino, que havia prendido a respiração, aventurou-se a respirar novamente.

— *Bricconi!*[365] — ele murmurou.

A poucos passos da porta Saint-Honoré, encontraram uma terceira barreira, agora composta por pessoas de pior aspecto e que pareciam mais bandidos do que outra coisa: era o pessoal do mendigo da Saint-Eustache.

— Fique atento, amigo! — avisou d'Artagnan.

Porthos esticou o braço na direção do seu par de pistolas.

— O que há? — inquietou-se Mazarino.

— Parece que temos má companhia, monsenhor.

Um homem se aproximou da porta com uma espécie de foice na mão e perguntou:

— Quem está aí?

— Ei, engraçadinho! Não reconhece a carruagem do sr. Príncipe?

— Príncipe ou não, abram! Nós somos a guarda dessa passagem e ninguém atravessa sem sabermos quem é.

— Fazemos o quê? — perguntou Porthos.

— Bom, atravessamos! — respondeu d'Artagnan.

— Mas como? — quis saber Mazarino.

— Através ou por cima. Cocheiro, galope!

O cocheiro ergueu o chicote.

— Não deem nem mais um passo ou corto as pernas dos cavalos — disse o sujeito que parecia ser o chefe.

— Droga! — chateou-se Porthos. — Seria pena, são animais que custam cem pistolas cada um.

— Pago duzentas — prometeu Mazarino.

---

365. Em italiano no original: "patifes".

— Pode ser, mas se cortarem as pernas deles, depois nos cortarão o pescoço — lembrou d'Artagnan.

— Está vindo um aqui perto de mim — disse Porthos —, mato-o?

— Mata, mas com um soco, se puder; vamos atirar somente em último caso.

— Posso.

— Abra então a porta — disse d'Artagnan ao homem com a foice, pegando uma das pistolas pelo cano e se preparando para dar uma coronhada.

Ele aproximou-se.

Enquanto se aproximava, d'Artagnan, para ter mais liberdade, debruçou-se bem para o lado de fora e seu olhar cruzou o do mendigo, iluminado por um lampião.

Ele provavelmente reconheceu o mosqueteiro, pois ficou bem pálido, e provavelmente d'Artagnan o reconheceu, pois seus cabelos se arrepiaram na cabeça.

— Sr. d'Artagnan! — ele exclamou, dando um passo atrás. — Sr. d'Artagnan! Deem passagem!

Quem sabe d'Artagnan ia também dizer alguma coisa, quando ouviu um som como o de uma maça que se abate na cabeça de um boi: Porthos acabava de demolir o homem que se aproximara.

D'Artagnan se virou e viu o infeliz estirado a quatro passos de distância.

— A galope, agora! — ele gritou para o cocheiro. — Rápido, rápido!

Da boleia estalou uma grande chicotada e os nobres animais saltaram à frente. Ouviram-se gritos parecendo os de pessoas atropeladas. Em seguida houve um duplo abalo: duas rodas acabavam de passar por cima de um corpo flexível e redondo.

Houve um momento de silêncio. A carro atravessou a porta Saint-Honoré.

— Para o Cours-la-Reine![366] — d'Artagnan ordenou ao cocheiro.

Em seguida voltou-se se para Mazarino:

— Pode rezar cinco padres-nossos e cinco ave-marias para agradecer a Deus a liberdade. Monsenhor está a salvo, livre!

Mazarino respondeu apenas com uma espécie de gemido, nem conseguia acreditar em semelhante milagre.

Cinco minutos depois o carro parou, já no Cours-la-Reine.

— Monsenhor está satisfeito com sua escolha? — perguntou o mosqueteiro.

— Muito, *monsou* — respondeu Mazarino, arriscando-se a passar a cabeça por uma das portas. — Agora precisa fazer o mesmo para a rainha.

— Não será tão difícil — disse d'Artagnan descendo da carruagem. — Sr. du Vallon, recomendo-lhe Sua Eminência.

---

366. A avenida ainda existe, à margem do Sena, e na época era um local de passeio.

— Esteja tranquilo — respondeu Porthos estendendo-lhe a mão.

D'Artagnan pegou-a e sacudiu.

— Ai! — reclamou Porthos.

O amigo olhou para ele com surpresa:

— O que houve?

— Acho que destronquei o pulso.

— Diabos! Mas também, bateu com uma força de doido.

— Foi preciso, o homem ia disparar a pistola em mim; mas e você, como se livrou do seu?

— O meu não era um homem.

— E era o quê?

— Um fantasma.

— E...?

— Exorcizei-o.

Sem mais explicar, d'Artagnan pegou as pistolas que estavam na banqueta da carruagem, enfiou-as na cinta, enrolou-se na capa e, não querendo passar pela mesma barreira de onde vinham, tomou a direção da porta Richelieu.

55. *A carruagem do sr. coadjutor*

Em vez de passar pela porta Saint-Honoré, d'Artagnan, que tinha bastante tempo à sua frente, deu a volta e preferiu a porta Richelieu. No momento do controle, ao verem seu chapéu emplumado e capa com insígnias que o distinguiam como oficial dos mosqueteiros, cercaram-no com a intenção de fazê-lo gritar "Abaixo Mazarino!". Essa primeira abordagem não deixou de criar uma tensão, mas quando ele se lembrou de tudo que estava em jogo, gritou com tanta convicção que mesmo os mais exigentes se deram por satisfeitos.

Em seguida, tomou a rua de Richelieu, elucubrando como, por sua vez, levaria para fora de Paris a rainha, pois não seria possível usar um transporte com o brasão da França. Foi quando, à porta do palacete da sra. de Guéménée, ele viu uma carruagem.[367]

Uma ideia subitamente o iluminou.

— Ah, por Deus! Seria um lance justo...

Aproximou-se do veículo, observou as armas estampadas na lateral e a libré do cocheiro sentado à boleia:

— Para o Palais Royal! — ele ordenou.

Acordando assustado, o homem tomou a direção indicada, sem que lhe passasse pela cabeça que a ordem pudesse vir de outra pessoa e não de seu patrão. O guarda suíço já ia fechar o portão, mas vendo todo aquele aparato, não teve a menor dúvida que se tratava de uma visita importante e deixou passar a carruagem, que parou sob a colunada do pátio.

Somente aí o cocheiro notou a ausência dos criados na traseira do veículo.

Achou que o sr. coadjutor os havia liberado e desceu de seu posto sem nem sequer largar as rédeas, vindo abrir a porta.

---

367. Ver nota 87.

D'Artagnan saltou para fora e, no momento em que o cocheiro, assustando-se por não ver o seu patrão, deu um passo atrás, ele o pegou pela gola com a mão esquerda, enquanto, com a direita, pressionava a pistola contra o pescoço do pobre coitado:

— Tente dizer uma só palavra e será um homem morto!

Já pela expressão do intruso, o cocheiro havia percebido ter caído num logro e ali ficou, boquiaberto e de olhos arregalados.

Dois mosqueteiros passavam pelo pátio e d'Artagnan chamou-os pelo nome.

— Sr. de Bellière — disse a um deles —, por favor, tome as rédeas das mãos desse bom sujeito, suba à boleia, conduza o coche até a porta da escada secreta e me espere lá. É para algo de suma importância, de interesse do rei.

O mosqueteiro, sabendo que seu tenente seria incapaz de fazer alguma brincadeira de mau gosto com relação ao serviço, obedeceu sem nada dizer, mesmo que a ordem parecesse um tanto estranha.

Virando-se para o outro mosqueteiro, d'Artagnan continuou:

— Sr. du Verger, ajude-me a levar esse homem a um local seguro.

O subalterno, achando se tratar de algum príncipe disfarçado que acabava de ser preso, inclinou-se e, sacando a espada, pôs-se à disposição.

D'Artagnan subiu a escada principal, seguido pelo preso e pelo mosqueteiro, atravessou o vestíbulo e entrou na antecâmara de Mazarino.

Bernouin aguardava com impaciência notícias de seu amo:

— E então, tenente?

— Tudo se passou muito bem, meu caro sr. Bernouin, mas, por favor, temos aqui alguém que deve ser deixado num lugar seguro...

— Qual lugar, tenente?

— Onde quiser, contanto que tenha janelas em que se possa passar um cadeado e porta que se tranque a chave.

— Temos um lugar assim, tenente.

E o pobre cocheiro foi levado a uma sala, cujas janelas tinham grades e parecia muito uma prisão.

— E agora, caro amigo, agradeceria que me passasse seu chapéu e sua capa — disse d'Artagnan.

O cocheiro, como se pode imaginar, não se opôs e, aliás, estava tão espantado com tudo aquilo, que seus movimentos e sua voz eram inseguros como os de um bêbado. D'Artagnan entregou as peças de vestuário ao camareiro e disse ao mosqueteiro:

— Agora, sr. du Verger, faça companhia a esse homem até que o sr. Bernouin venha abrir a porta. A tarefa será provavelmente demorada e pouco divertida, reconheço, mas, compreenda — ele acrescentou com gravidade —, estará servindo ao rei.

— Às suas ordens, tenente — respondeu o militar, vendo tratar-se de um assunto sério.

— Aliás — acrescentou d'Artagnan —, se o nosso homem tentar fugir ou gritar, fure o seu corpo com a espada.

O mosqueteiro fez sinal com a cabeça, indicando que seguiria minuciosamente a ordem.

D'Artagnan se retirou, levando Bernouin com ele.

Soava meia-noite.

— Conduza-me à capela da rainha, avise-a que estou lá e deixe esse chapéu e essa capa, com um mosquetão bem municiado, no banco da carruagem que se encontra junto à escada secreta.

Na capela, d'Artagnan acomodou-se e lá ficou, bem pensativo.

No Palais Royal, tudo tinha se passado como sempre. Às dez horas, como foi dito, quase todos os convivas tinham ido embora. Os que deviam fugir com a rainha foram avisados e deveriam se encontrar, entre meia-noite e uma da manhã, no Cours-la-Reine.

Ainda às dez horas, Ana da Áustria tinha ido aos aposentos do rei. Acabavam de levar Monsieur[368] para dormir e o jovem Luís, que ficara para depois, organizava batalhas com soldadinhos de chumbo, algo que sempre o divertia muito. Dois pequenos acompanhantes de honra brincavam com ele.

— Laporte — dissera a rainha —, já é hora de levar Sua Majestade para dormir.

O rei pediu para ficar ainda um pouco, sem a menor vontade de ir se deitar, mas a mãe o lembrou:

— Não quer ir amanhã, Luís, às seis horas, nadar em Conflans?[369] Foi pedido seu, pelo que eu me lembro.

— Tem razão — concordou o rei —, e estarei pronto a ir, depois de receber um beijo da senhora. Laporte, pode passar o castiçal ao sr. cavaleiro de Coislin.[370]

A rainha beijou a testa alva e lisa que a augusta criança lhe apresentava, com uma gravidade ditada pela etiqueta.

— Procure dormir logo, Luís, pois será acordado cedo.

— Farei o possível, senhora, mesmo sem sono.

— Laporte — disse bem baixinho Ana da Áustria —, dê a Sua Majestade um livro bem maçante a ler, mas mantenha-o vestido como está.

O rei saiu acompanhado pelo cavaleiro de Coislin, que carregava o castiçal. O outro pajem foi encaminhado à sua própria família.

A rainha, então, voltou aos seus aposentos. Suas damas de companhia, ou seja, a sra. de Brégy, a srta. de Beaumont, a sra. de Motteville e Socratina,[371]

---

368. Com a subida de Luís XIV ao trono, Monsieur (ver nota 85), nesse momento, era o duque de Anjou, Philippe de Orléans (1640-1701).

369. Conflans-l'Archevêque, perto da confluência dos rios Sena e Marne.

370. Armand du Cambout (1635-1702), 1º duque de Coislin.

371. Apelido de Magdeleine-Eugénie Bertaut.

sua irmã, assim chamada por sua ponderada sabedoria, trouxeram ao quarto de vestir sobras do jantar, com as quais ela normalmente ceava.

Depois, a rainha distribuiu suas ordens, mencionando um almoço que o marquês de Villequier lhe ofereceria dali a dois dias, designando as pessoas às quais ela daria a honra de convidar; anunciou, já para o dia seguinte, uma visita ao Val-de-Grâce,[372] onde tinha a intenção de cumprir seus deveres religiosos, e deu a Béringhen, o camareiro-mor, ordem para que a acompanhasse.

Terminada a ceia, a rainha disse estar muito cansada e passou para seu quarto de dormir. A sra. de Motteville, que estava no serviço particular naquela noite, acompanhou-a e ajudou-a a se trocar. A rainha foi para a cama, trocou com ela algumas palavras carinhosas e dispensou-a.

Nesse momento, d'Artagnan entrava no pátio do Palais Royal, no carro do coadjutor.

Pouco depois, as carruagens das damas de honra saíam e o portão gradeado se fechou.

Deu meia-noite.

Cinco minutos depois, Bernouin bateu à porta do quarto da rainha, vindo pela passagem secreta do cardeal.

Já vestida, quer dizer, novamente de meias e coberta por um penhoar longo, Ana da Áustria foi pessoalmente abrir.

— Olá, Bernouin. O sr. d'Artagnan já chegou?

— Está na capela, senhora, e espera por Vossa Majestade.

— Estou pronta. Diga a Laporte que acorde e vista o rei. Depois vá até o marechal de Villeroy, preveni-lo da minha partida.

Bernouin curvou-se e saiu.

A rainha foi à pequena capela, iluminada apenas por um candeeiro em vidro de Veneza, e d'Artagnan, de pé, esperava.

— É o senhor?

— Eu mesmo, senhora.

— Tudo pronto?

— Tudo.

— E o sr. cardeal?

— Saiu sem maiores acidentes. Espera Vossa Majestade no Cours-la-Reine.

— Mas em que carro seguiremos?

— Já preparei tudo, uma carruagem espera Vossa Majestade.

— Vamos aos aposentos do rei.

D'Artagnan inclinou-se e seguiu-a.

---

372. A abadia do Val-de-Grâce tinha sido criada por iniciativa de Ana da Áustria. A igreja de Notre-Dame du Val-de-Grâce estava sendo construída desde 1645, com obras concluídas em 1667.

O jovem Luís já estava vestido, à exceção dos sapatos e do gibão. Apesar de resignado, parecia surpreso, repetindo mil perguntas a Laporte, que apenas respondia:

— Sire, são ordens da rainha.

A cama estava desfeita e viam-se os lençóis do rei, tão desgastados que em certos pontos estavam puídos.

Era um dos efeitos da avareza de Mazarino.

A rainha entrou e d'Artagnan manteve-se à porta. Ao ver a mãe, o menino escapou das mãos de Laporte e correu para ela, que fez sinal para que d'Artagnan se aproximasse.

Ele obedeceu.

— Meu filho — disse Ana da Áustria, indicando o mosqueteiro, calmo, de pé e com o chapéu na mão —, este é o sr. d'Artagnan, corajoso como um daqueles bravos de antigamente, cujas histórias, contadas por minhas acompanhantes, tanto lhe agradam. Lembre-se do seu nome e olhe-o bem para não esquecer seu rosto, pois ele está nos prestando um grande serviço esta noite.

O jovem rei fitou o oficial com seus olhos grandes e altivos, repetindo então:

— Sr. d'Artagnan?

— Isso mesmo, filho.

O menino lentamente ergueu a mãozinha e a estendeu ao mosqueteiro que, pondo um joelho no chão, beijou-a.

— Sr. d'Artagnan — repetiu Luís. — Vou me lembrar, senhora.

Nesse momento, ouviu-se um rumor crescente.

— O que é isso? — estranhou a rainha.

— Hum! — respondeu d'Artagnan, com seu olhar inteligente e ouvido fino —, é o povo em tumulto.

— Temos que fugir — disse a rainha.

— Vossa Majestade me concedeu a direção dessa empreitada. Temos que ficar e saber o que querem.

— Sr. d'Artagnan!

— Assumo a responsabilidade.

Nada comunica melhor do que a autoconfiança. A rainha, que tinha muita força e coragem, reconhecia perfeitamente essas duas virtudes nos outros.

— Faça o necessário, sigo o que disser.

— Vossa Majestade permite que eu, em toda essa ação, dê ordens em seu nome?

— Tem minha permissão.

— O que ainda quer o povo? — perguntou o rei.

— Já vamos saber, Sire — tranquilizou-o d'Artagnan, que, em seguida, se retirou do quarto.

O tumulto crescia, parecendo cercar o Palais Royal inteiro. De dentro, ouviam-se gritos, sem que se pudesse, entretanto, compreender o sentido. Era evidente ser um clamor revoltoso. O rei, não totalmente vestido, a rainha e Laporte permaneceram, cada qual como estava e quase no mesmo lugar, ouvindo e esperando.

Comminges, de plantão naquela noite, acorreu. Contava com mais ou menos duzentos homens nos pátios e nas cavalariças, que ele punha à disposição da rainha.

— O que diz? — perguntou Ana da Áustria, vendo d'Artagnan voltar. — O que há?

— O que há, senhora, é que se espalhou o boato de que a rainha deixou o Palais Royal, levando junto o rei. O povo quer ter uma prova que contradiga isso, ou ameaça destruir o palácio.

— Ah! Dessa vez passaram dos limites — exclamou a rainha. — Vão ter a prova de que ainda estou aqui.

Pela expressão da rainha, d'Artagnan viu que seria ordenado um ataque violento. Aproximou-se e perguntou baixinho:

— Vossa Majestade ainda confia em mim?

O tom fez com que ela estremecesse.

— Ainda. Tem toda minha confiança. Pode falar.

— A rainha aceitaria seguir minha opinião?

— Diga.

— Que Vossa Majestade mande de volta o sr. de Comminges e que ele se mantenha com sua tropa no corpo de guarda e na cavalariça.

Comminges olhou para d'Artagnan daquela maneira característica do cortesão, carregada de inveja, que vê despontar um novo favorito.

— Ouviu, Comminges? — perguntou a rainha.

Tendo percebido o olhar de que falamos, com sua sagacidade costumeira d'Artagnan foi até o oficial e disse:

— Sr. de Comminges, me desculpe. Somos ambos servidores da rainha, não é? É a minha vez de ser útil a Sua Majestade, não me queira mal por tal felicidade.

Comminges curvou-se e saiu.

"Pronto", pensou d'Artagnan, "ganhei mais um inimigo!"

— E agora? — inquietou-se a rainha. — O que fazer? Pois, como podemos ouvir, em vez de se acalmar, o tumulto cresce.

— Senhora, o povo quer ver o rei. Que ele então o veja — respondeu o mosqueteiro.

— Como assim, que ele então o veja? Onde? Na varanda?

— Não, senhora. Aqui mesmo, na cama, dormindo.

— Majestade, o sr. d'Artagnan tem toda razão! — não se conteve Laporte.

A rainha pensou e sorriu, familiarizada que era com a duplicidade.

— Nada mau — ela murmurou.

— Conheço o povo: é uma criança grande, à qual basta um afago.

— Sr. Laporte, vá até as grades do Palais Royal e anuncie ao povo que ele poderá, em cinco minutos, não só ver o rei, mas vê-lo em sua cama. Acrescente que Sua Majestade dorme e que a rainha pede que venham em silêncio, para não perturbá-lo.
— Não todo mundo, uma delegação de dois ou quatro representantes?
— Todo mundo, senhora.
— Mas isso vai durar até o amanhecer, não vê?
— Será coisa de quinze minutos. Posso garantir, senhora. Conheço o povo: é uma criança grande, à qual basta um afago. Vendo o rei dormir, ficarão quietos, dóceis e tímidos como um carneirinho.
— Pode ir, Laporte — disse a rainha.
 O jovem rei se aproximou da mãe:
— Por que fazer o que essas pessoas pedem?
— É preciso, meu filho — disse Ana da Áustria.
— Mas se me dizem "é preciso", não deixo de ser rei?
A rainha manteve-se calada.
— Sire — interpôs-se d'Artagnan —, Vossa Majestade permitiria uma pergunta?
Luís XIV voltou-se para ele, surpreso que ousassem lhe dirigir a palavra. A rainha apertou a mão do menino.
— Pois não, senhor.

A carruagem do sr. coadjutor   483

— Brincando no parque de Fontainebleau ou nos pátios do palácio de Versalhes, Vossa Majestade não se lembra de ter visto o céu bruscamente se cobrir e de ouvir também o barulho do trovão?

— Algumas vezes.

— Aquelas trovoadas, por mais que Vossa Majestade quisesse continuar brincando, diziam: "Entrai, Sire, é preciso."

— O cavalheiro está certo; por outro lado, me diziam que o barulho do trovão é a voz de Deus.

— Pois ouvi, Sire, o barulho do povo e vereis que se parece muito com o do trovão.

E, de fato, naquele exato momento a brisa da noite trouxe até eles um surdo clamor, que de repente cessou.

— Sem dúvida, Sire, acabam de dizer ao povo que Vossa Majestade dorme. Como podeis ver, sois sempre rei.

A rainha admirava com espanto aquele homem estranho, cuja coragem o igualava aos mais bravos e cuja inteligência fina e perspicaz a todos igualava.

Laporte entrou.

— E então? — perguntou a rainha.

— Senhora, foi como previu o sr. d'Artagnan, todos se acalmaram como por um passe de mágica. Os portões serão abertos e em cinco minutos estarão aqui.

— Basta, Laporte — disse a rainha —, que o senhor bote um dos seus filhos no lugar do rei e podemos partir enquanto isso.

— Se Sua Majestade assim ordenar — ele respondeu —, meus filhos, como eu, estão a serviço da rainha.

— Não — atalhou d'Artagnan —, pois se alguém conhecer Vossa Majestade e perceber o subterfúgio, será o fim de tudo.

— O senhor tem razão, tem sempre razão — reconheceu Ana da Áustria. — Laporte, ponha o rei na cama.

Laporte deitou o menino vestido como estava e cobriu-o com o lençol.

A rainha debruçou-se e beijou o filho na testa:

— Finja que está dormindo, Luís.

— Farei isso, mas não quero que nenhuma daquelas pessoas encoste em mim.

— Sire, estarei aqui — disse d'Artagnan — e prometo que se alguém tiver semelhante audácia, pagará com a própria vida.

— E agora, o que devemos fazer? — perguntou a rainha. — Pois ouço que se aproximam.

— Sr. Laporte, vá até eles e insista para que venham em silêncio. Ficai, a senhora, junto à porta, e eu à cabeceira do rei, disposto a morrer por ele, se preciso.

Laporte saiu, a rainha pôs-se de pé, perto da tapeçaria, e d'Artagnan escondeu-se atrás das cortinas.

Logo se pôde ouvir o avanço grave e contido de um grande número de pessoas. A rainha afastou, ela própria, a tapeçaria, cruzando um dedo à frente da boca.

Ao vê-la, os homens pararam, num gesto de respeito.

— Entrem, senhores, podem entrar — disse Ana da Áustria.

Percorreu então uma hesitação de constrangimento e vergonha por todo aquele povo: imaginava-se encontrar resistência e oposição, ter que forçar as grades e enfrentar a guarda, no entanto, as grades tinham sido abertas e o rei, pelo menos aparentemente, tinha seu sono velado apenas pela mãe.

Os que estavam mais à frente balbuciaram e tentaram recuar.

— Entrem, senhores — juntou-se a eles Laporte —, a rainha os está convidando.

Um deles, mais ousado, aventurou então e atravessou a entrada, avançando na ponta dos pés. Outros o imitaram e o quarto se encheu em silêncio, como se aqueles homens fossem simples e dedicados cortesãos. Para bem além da porta, viam-se as cabeças daqueles que, sem poder entrar, punham-se nas pontas dos pés para conseguir ver. D'Artagnan acompanhava toda essa movimentação por uma fresta aberta na cortina e reconheceu o homem que fora o primeiro a entrar: era Planchet.

— Cavalheiro — dirigiu-se a ele a rainha, compreendendo que era o chefe de todo aquele bando —, os senhores quiseram ver o rei e eu quis mostrá-lo pessoalmente. Aproximem-se, olhem e diga se parecemos querer fugir.

— Com certeza não parecem — respondeu Planchet, um tanto espantado pela inesperada honra que recebia.

— Vá então dizer a meus bons e fiéis parisienses — continuou Ana da Áustria, com um sorriso cujo significado não iludia d'Artagnan — que os senhores viram o rei deitado e dormindo, assim como a rainha já prestes também a se recolher.

— Farei isso, senhora, e os que me acompanham farão o mesmo, mas...

— Mas o quê?

— Que Vossa Majestade me perdoe — disse Planchet —, mas é mesmo o rei que está dormindo nessa cama?

Ana da Áustria estremeceu.

— Se algum dos senhores já tiver visto o rei, que se aproxime e confirme se não estão na presença de Sua Majestade.

Um homem, coberto por uma capa, que ele usava também para ocultar o rosto, aproximou-se, debruçou-se na cama e olhou.

Por um curto instante, d'Artagnan achou que o desconhecido pudesse ter má intenção e levou a mão à espada. No movimento, porém, que o homem fez ao se abaixar, uma parte do seu rosto ficou à mostra e o mosqueteiro reconheceu o coadjutor.

— É de fato o rei — disse ele se endireitando. — Que Deus abençoe Sua Majestade!

— Sim — disse à meia-voz o chefe —, que Deus abençoe Sua Majestade!

E todas aquelas pessoas, que haviam chegado furiosas, passando da cólera à consternação, abençoaram também a criança real.

— Agradeçamos agora à rainha, meus amigos — disse Planchet —, e vamos embora.

Todos curvaram-se e saíram pouco a pouco, sem fazer barulho, como haviam entrado. Planchet, que fora o primeiro a chegar, foi o último a sair.

A rainha dirigiu-se a ele:

— Como se chama, meu amigo?

Ele parou, surpreso com a pergunta.

— Sinto-me honrada como se fosse um príncipe que nos houvesse visitado, e gostaria de saber o seu nome.

"Claro! Para me tratar como um príncipe, muito obrigado", pensou Planchet.

D'Artagnan temeu que Planchet, seduzido como o corvo da fábula,[373] dissesse seu nome e a rainha viesse a saber que ele fora seu criado.

— Dulaurier, senhora, a vosso dispor — ele respondeu, com todo respeito.

— Obrigada, sr. Dulaurier. E o que faz?

— Trabalho no comércio de tecidos, na rua dos Bourdonnais.

— É tudo que eu precisava saber — disse a rainha. — Agradeço, meu caro sr. Dulaurier, terá notícias minhas.

"Ora, ora; vê-se que mestre Planchet realmente não é bobo. Foi criado numa boa escola", disse para si mesmo d'Artagnan, saindo de seu esconderijo.

Os diversos participantes dessa estranha cena ficaram por um instante sem nada dizer, a rainha junto à porta, d'Artagnan ainda meio escondido na cortina e o rei apoiado num cotovelo, mas pronto a se deitar ao menor barulho que indicasse a volta da multidão. O rumor, no entanto, em vez de se aproximar, se afastava cada vez mais, até sumir por completo.

A rainha respirou mais livremente, d'Artagnan enxugou a testa úmida e o rei saltou da cama, dizendo:

— Vamos.

Nesse momento, voltou Laporte.

— E então? — perguntou a rainha.

— Acompanhei-os até as grades, senhora, e eles anunciaram aos que esperavam que viram o rei e que a rainha os recebera. Todos então se foram, cheios de orgulho e satisfeitos.

— Miseráveis! — murmurou a rainha. — Prometo que pagarão caro o atrevimento!

E, em seguida, virando-se para d'Artagnan:

---

373. Em "O corvo e a raposa", La Fontaine, *Fábulas*, livro I, II.

— O senhor, esta noite, deu os melhores conselhos que já recebi na vida. Continue: o que devemos fazer agora?
— Que o sr. Laporte, então, acabe de vestir Sua Majestade.
— Vamos poder partir? — perguntou a rainha.
— Quando Vossa Majestade quiser. Basta que desça pela escada secreta e me encontrará na porta.
— Ótimo, logo estaremos lá.

D'Artagnan desceu, a carruagem estava em seu devido lugar, com o mosqueteiro na boleia.

D'Artagnan pegou o material que Bernouin havia deixado lá. Tratava-se, como devemos lembrar, do chapéu e da capa do cocheiro do sr. de Gondy.

Ele próprio vestiu a capa e colocou na cabeça o chapéu.

O mosqueteiro desceu da carruagem e recebeu as seguintes instruções de d'Artagnan:
— O senhor vá liberar seu companheiro que está guardando o cocheiro. Peguem seus respectivos cavalos e busquem, no hotel La Chevrette, à rua Tiquetonne, o meu e o do sr. du Vallon. Selem e preparem os animais como se fosse para a guerra e depois saiam de Paris, levando-os pelo cabresto até o Cours-la-Reine. Se, lá chegando, não encontrarem mais ninguém, continuem até Saint-Germain. É a serviço do rei.

O mosqueteiro levou a mão à aba do chapéu e se foi, para cumprir as ordens.

D'Artagnan subiu à boleia. Tinha um par de pistolas na cintura, um mosquetão junto aos pés e a espada desembainhada atrás.

A rainha apareceu. Logo em seguida vinham o rei e o sr. duque de Anjou, seu irmão.
— A carruagem do sr. coadjutor! — ela se assustou, recuando um pouco.
— Isso mesmo, senhora, mas podem se acomodar, sou eu que a conduzo.

A rainha continuava surpresa, mas subiu a bordo, seguida pelo rei e por Monsieur, que se sentaram a seu lado.
— Venha, Laporte — ela chamou.
— Como, senhora, no mesmo carro que Vossas Majestades? — estranhou o camareiro.
— Não se trata, esta noite, de protocolo real, mas da salvação do rei. Suba!

Ele obedeceu.
— Fechem as cortinas das janelas — disse d'Artagnan.
— Isso não vai provocar desconfiança? — perguntou a rainha.
— Que Vossa Majestade esteja tranquila, tenho minha resposta já preparada — disse d'Artagnan.

As janelas foram fechadas e os cavalos partiram a galope pela rua de Richelieu. Chegando à porta da cidade, o sargento de serviço se adiantou, à frente de uma dúzia de homens, segurando uma lanterna.

D'Artagnan fez sinal para que se aproximasse.

— Reconhece o carro? — ele perguntou.

— Não.

— Olhe o brasão.

O homem iluminou a lateral da carruagem.

— É o do sr. coadjutor!

— Psss! Ele está com a sra. de Guéménée.

O sargento riu.

— Sei como são essas coisas. Deem passagem! — ele ordenou.

Em seguida, aproximando-se da janelinha, disse baixinho:

— Divirta-se, monsenhor!

— Seu indiscreto, serei despedido! — brincou d'Artagnan.

A barreira rangeu se abrindo e d'Artagnan, vendo o caminho livre, chicoteou com vontade os cavalos, que partiram num trote rápido.

Cinco minutos depois, chegaram onde já se encontrava o coche com o cardeal.

— Mousqueton! — gritou d'Artagnan. — Erga as cortinas da carruagem de Sua Majestade.

— É ele! — disse Porthos.

— De cocheiro! — acrescentou Mazarino.

— E com a carruagem do coadjutor! — completou a rainha.

— *Corpo de Dio!*,[374] *monsou* d'Artagnan. O senhor vale o seu peso em ouro! — exclamou Mazarino.

---

374. Em italiano no original: "Corpo de Deus!"

56. Como d'Artagnan e Porthos ganharam um duzentos e dezenove e o outro duzentos e quinze luíses vendendo palha

Mazarino queria imediatamente partir para Saint-Germain, mas a rainha declarou que esperaria as pessoas com quem marcara de se encontrar. Ela ofereceu ao cardeal o lugar de Laporte. Ele aceitou e passou de um carro para outro.

Não à toa a notícia de que o rei deixaria Paris naquela noite se espalhara: dez ou doze pessoas estavam sabendo da fuga desde as seis da tarde e, por mais que fossem discretas, não poderiam organizar suas viagens sem que alguma coisa transparecesse. Cada uma dessas pessoas, aliás, tinha duas ou três outras com as quais se preocupavam e, imaginando que a rainha deixasse Paris com terríveis projetos de vingança, avisaram amigos e parentes, fazendo com que o boato corresse as ruas da cidade como um rastilho de pólvora.

A primeira carruagem a chegar, depois da que trouxe a rainha, foi a do sr. Príncipe. Dentro estavam o sr. de Condé, a sra. princesa e a sra. princesa *douairière*.[375] As duas tinham sido acordadas em plena noite e não sabiam muito bem por que estavam ali.

A segunda carruagem trazia o sr. duque de Orléans, a sra. duquesa, a grande Mademoiselle e o padre de La Rivière, favorito inseparável e conselheiro íntimo do duque.

Na terceira chegaram o sr. de Longueville e o sr. príncipe de Conti, que eram, respectivamente, cunhado e irmão do sr. Príncipe. Desembarcaram, aproximaram-se da carruagem em que estavam o rei e a rainha e fizeram suas reverências.

A rainha olhou para dentro do carro recém-chegado, cuja porta tinha ficado aberta, e viu não haver mais ninguém.

---

375. Literalmente a princesa viúva, mãe do sr. de Condé, o qual herdara o título de sr. Príncipe à morte do pai.

— Mas onde está a sra. de Longueville? — ela perguntou.

— É verdade, onde está minha irmã? — lembrou-se o sr. Príncipe.

— A sra. de Longueville não se sentia bem — disse o duque — e pediu que a desculpasse perante Vossa Majestade.

Ana deu uma rápida olhada na direção de Mazarino, que respondeu com um imperceptível aceno da cabeça.

— O que acha? — perguntou a rainha.

— Que é uma refém para os parisienses — respondeu o cardeal.

— Por que ela não veio? — perguntou discretamente o sr. Príncipe a seu irmão.

— Não insista nisso! Ela provavelmente tinha seus motivos.

— Vai nos perder — murmurou ainda o príncipe.

— Vai nos salvar — disse Conti.[376]

Coches chegavam em quantidade, trazendo em fila o marechal de La Meilleraie, o marechal de Villeroy, Guitaut, Villequier e Comminges. Os dois mosqueteiros também se apresentaram, puxando pelo cabresto os cavalos pedidos por d'Artagnan. Ele e o amigo se puseram em sela, com o cocheiro de Porthos assumindo as rédeas da carruagem real e Mousqueton as da outra viatura, mas ambos de pé na boleia, pelas razões que conhecemos, tal como Automedonte, na Antiguidade.[377]

A rainha, mesmo que preocupada com mil detalhes, procurava d'Artagnan, mas o gascão, sempre prudente, já se misturara em toda aquela multidão.

— Vamos tomar a dianteira — ele sugeriu a Porthos — e tratemos de conseguir um bom alojamento em Saint-Germain, pois ninguém vai cuidar de nós e estou morto de cansaço.

— É, eu também estou caindo de sono. E pensar que não tivemos o menor combate. Esses parisienses são mesmo uns bobos.

— Não acha que nós é que somos espertos?

— Pode ser.

— E o seu pulso, como vai?

— Melhor, mas acha que agora conseguimos?

— O quê?

— Você a sua promoção e eu o meu título.

— Vai saber! Mas quase posso apostar. Aliás, se eles não se lembrarem, eu me encarrego disso.

— Estou ouvindo a voz da rainha — disse Porthos. — Acho que quer montar a cavalo.

---

376. A sra. de Longueville (ver nota 128), irmã de Conti, lembremos, participava ativamente da Fronda.

377. Na história legendária grega, Automedonte conduzia — de pé, como se fazia então — o carro do herói Aquiles, na guerra de Troia. Passou a significar um cocheiro muito hábil.

— Ela pode até querer, mas...

— Mas o quê?

— O cardeal não. Cavalheiros — continuou d'Artagnan se dirigindo aos dois mosqueteiros —, acompanhem a carruagem da rainha e não se afastem das portas. Vamos providenciar nossos alojamentos.

E d'Artagnan tomou o rumo de Saint-Germain, acompanhado por Porthos.

— Vamos, meus amigos! — comandou mais atrás a rainha.

A carruagem real se moveu, seguida por todas as outras e mais de cinquenta cavaleiros.

A chegada em Saint-Germain ocorreu sem incidentes e, ao descer a escadinha do carro, a rainha encontrou o sr. Príncipe a esperá-la de pé e sem chapéu, oferecendo-lhe a mão.

— Que amanhecer para os parisienses! — exclamou Ana da Áustria, radiante.

— É a guerra — disse o príncipe.

— Que seja! Não está conosco o vencedor de Rocroy, de Nordlingen e de Lens?

O príncipe curvou-se, agradecendo.

Eram três horas da manhã. A rainha foi a primeira a entrar no castelo e todos a seguiram: duzentas pessoas, mais ou menos, haviam participado da fuga.

— Senhores — disse a rainha, rindo —, acomodem-se no castelo, ele é amplo e não falta espaço, mas como não éramos esperados, acabo de saber que há apenas três camas disponíveis, uma para o rei, uma para mim...

— E uma para Mazarino — disse baixinho o sr. Príncipe.

— E eu? Vou dormir no chão duro? — quis saber Gastão de Orléans, com um sorriso bem inquieto.

— Não, monsenhor, pois a terceira cama está destinada a Vossa Alteza — disse Mazarino.

— E o senhor?

— Não vou dormir, tenho que trabalhar.

Gastão pediu que lhe indicassem o quarto em que estava a cama, sem se preocupar com a mulher e a filha.

— Pois eu vou dormir — disse d'Artagnan. — Venha comigo, Porthos.

Porthos o seguiu, com a profunda confiança que tinha na astúcia do amigo.

Andaram lado a lado pela praça do castelo, com Porthos olhando admirado o companheiro, que fazia contas nos dedos da mão:

— Quatrocentas pistolas cada, quatrocentas pistolas.

— Sei — disse Porthos —, quatrocentas pistolas. Mas o que custa quatrocentas pistolas?

— Uma pistola é pouco — continuou d'Artagnan —, isso vale um luís.
— O que vale um luís?
— Quatrocentos, a um luís, são quatrocentos luíses.
— Quatrocentos o quê?
— Veja só...

E como havia, em volta, todo tipo de gente, que assistia admirada a chegada da Corte, ele terminou a frase aos cochichos, no ouvido de Porthos.

— Entendo, entendo perfeitamente, com os diabos! Duzentos luíses para cada um é muito bom, mas o que vão dizer as pessoas?
— O que quiserem. E, aliás, como vão saber que somos nós?
— Quem vai se encarregar da distribuição?
— Não temos Mousqueton?
— E a libré? Vão reconhecer minha libré.
— Basta virá-la do avesso.
— Você sempre tem razão, meu amigo. Onde, diabos, encontra tanta ideia?

D'Artagnan sorriu.

Os dois amigos tomaram a primeira rua que apareceu. Porthos bateu na casa da direita e d'Artagnan na da esquerda.

— Precisamos de palha — disseram às pessoas que atenderam à porta.
— Não temos, mas procurem o vendedor de forragens.
— Onde ele fica?
— É o último portão, nessa rua.
— À direita ou à esquerda?
— À esquerda.
— E há, em Saint-Germain, outras pessoas que possam nos fornecer?
— O estalajadeiro do Carneiro Coroado e também o fazendeiro Luís Gordo.
— Onde posso encontrá-los?
— Rua das Ursulines.
— Os dois?
— Os dois.
— Obrigado.

A dupla de amigos fez que indicassem o segundo e o terceiro endereços com a mesma exatidão com que indicaram o primeiro. D'Artagnan foi ao vendedor de forragens e negociou com ele a venda de cento e cinquenta feixes de palha, por um total de três pistolas. Procurou, em seguida, o estalajadeiro, onde já se encontrava Porthos, que acabava de fechar a compra de duzentos feixes por mais ou menos a mesma soma. Depois foi a vez do fazendeiro Luís, que pôde dispor de mais cento e oitenta feixes. Um total de quatrocentos e trinta.[378]

---

378. Um total (se somarmos 150 + 200 + 180) de 530 feixes, ou 530 luíses, já que a palha seria vendida a um luís o feixe.

E mais palha não havia em Saint-Germain.

Toda essa aquisição se fizera em menos de meia hora. Devidamente instruído, Mousqueton foi posto à frente do comércio improvisado. Recebeu a recomendação de não entregar um fiapo de palha por menos de um luís o feixe. Ou seja, eram quatrocentos e trinta luíses que lhe eram confiados.

Mousqueton balançou a cabeça, sem nada entender da especulação dos dois amigos.

Carregando três feixes de palha, d'Artagnan voltou ao castelo, onde todos, tremendo de frio e caindo de sono, olhavam cheios de inveja o rei, a rainha e Monsieur em suas camas de campanha.

A entrada do tenente dos mosqueteiros no salão principal causou uma risada geral, mas ele nem parecia se dar conta de ser o motivo central daquela hilaridade e começou a arrumar com tanta habilidade, jeito e alegria sua camada de palha que deu água na boca em todos aqueles pobres mortos de sono que não podiam dormir.

— Palha! — exclamaram muitos deles. — Palha! Onde podemos encontrar palha?

— Posso levá-los até lá — ofereceu-se Porthos.

E ele levou os interessados a Mousqueton, que generosamente distribuiu os feixes, a um luís cada. Parecia um tanto caro, mas quem, com muita vontade de dormir, não paga dois ou três luíses por algumas horas de um bom sono?

D'Artagnan cedia a cada um seu próprio leito, refeito dez vezes seguidas. E como era suposto ter, como todo mundo, pago um luís por seu feixe de palha, conseguiu embolsar cerca de trinta luíses em menos de meia hora. Às cinco horas da manhã, a palha já estava valendo oitenta libras o feixe e, mesmo assim, não era mais encontrada.

Ele tomara o cuidado de reservar quatro feixes para seu próprio uso. Botou no bolso a chave do quarto em que os havia escondido e, na companhia de Porthos, foi fazer as contas com Mousqueton, que, ingenuamente e como digno intendente, entregou a eles quatrocentos e trinta luíses, guardando ainda cem para si.

Sem saber o que tinha acontecido no castelo, ele não entendia como a ideia de vender palha nunca lhe houvesse ocorrido.

D'Artagnan pôs o ouro no chapéu e, no caminho de volta, fez a divisão com Porthos, cabendo a cada um duzentos e quinze luíses.

Somente então Porthos percebeu não ter palha para seu uso e voltou até onde estava Mousqueton, que, entretanto, havia vendido até o último fiapo, sem também nada guardar para ele.

Foi então procurar d'Artagnan, que, graças aos seus quatro feixes, estava preparando — e deliciando-se de antemão — um leito tão macio, tão bem socado na altura da cabeça e tão bem recoberto na altura dos pés, que deixaria até o rei com inveja, não estivesse este último dormindo a sono solto na sua cama.

D'Artagnan por nada nesse mundo aceitou desmanchar sua obra, mas por quatro luíses, que foram pagos, permitiu que Porthos se deitasse com ele.

A espada foi deixada junto à cabeceira, as pistolas ao lado do colchão improvisado, a capa preparada para cobrir os pés, com o chapéu por cima, e ele se estendeu voluptuosamente na palha, que estalava de tão fresca. Já se acalentava pensando nos doces sonhos que a posse de duzentos e dezenove luíses ganhos em quinze minutos engendram, quando uma voz se fez ouvir à porta do quarto e o assustou:

— Sr. d'Artagnan, sr. d'Artagnan!

— Aqui, aqui! — acusou Porthos, percebendo que se o amigo se fosse, teria a cama só para si.

Um oficial se aproximou.

D'Artagnan se apoiou num cotovelo.

— É o sr. d'Artagnan? — perguntou o desconhecido.

— Pois não, o que quer?

— Vim buscá-lo.

— Da parte de quem?

— Da parte de Sua Eminência.

— Diga a monsenhor que vou dormir e que o aconselho, como amigo, a fazer o mesmo.

— Sua Eminência não se deitou nem se deitará, e pede a sua presença imediata.

"Que a peste o carregue, já que não sabe dormir quando deve!", praguejou baixinho d'Artagnan. "O que pode estar querendo? Promover-me a capitão? Se for o caso, eu até o perdoo."

E o mosqueteiro levantou-se resmungando, pegou espada, chapéu, pistolas e capa, seguindo atrás do oficial, enquanto Porthos, dispondo agora de exclusividade na cama, tentava imitar a boa arrumação que vira o amigo fazer na palha.

— *Monsou* d'Artagnan — adiantou-se o cardeal, percebendo a má vontade daquele que chegava —, não esqueci com qual zelo me prestou serviço e quero dar prova disso.

"Bom, as coisas até que começam bem", pensou d'Artagnan.

Mazarino olhou para o mosqueteiro e notou que ele se alegrara.

— Que bom, monsenhor...

— Sr. d'Artagnan, tem mesmo vontade de ser capitão?

— Tenho sim, monsenhor.

— E o seu amigo continua querendo ser barão?

— Nesse momento mesmo ele sonha com isso.

— Então — disse Mazarino, tirando de uma pasta a carta que já mostrara antes a d'Artagnan —, pegue esse documento e leve-o à Inglaterra.

D'Artagnan olhou o envelope: ainda sem endereço.

— Não posso saber a quem devo entregá-lo?

— Saberá ao chegar em Londres. Somente lá deve rasgar o envelope externo.

— E quais são as instruções?

— Obedecer à pessoa a quem a carta se destina.

D'Artagnan ia fazer outras perguntas, mas o ministro acrescentou:

— Partam para Boulogne. Encontrarão, no Aux Armes d'Angleterre, um jovem fidalgo chamado Mordaunt.

— Entendo, monsenhor. E o que faço com esse jovem?

— Siga-o aonde ele o levar.

Espantadíssimo, d'Artagnan olhou para o cardeal, que concluiu:

— É só isso, pode ir!

— Pode ir? É fácil dizer, mas preciso de dinheiro para isso, e não tenho.

— Não tem? — estranhou Mazarino, coçando a orelha. — Disse não ter dinheiro?

— Não tenho, monsenhor.

— E o diamante que lhe dei ontem à noite?

— Quero guardá-lo como lembrança de Vossa Eminência.

Mazarino soltou um suspiro.

— É cara a vida na Inglaterra, monsenhor, sobretudo como enviado especial.

— Pelo contrário. É um país bem sóbrio, que vive na simplicidade desde a revolução, mas pouco importa — ele disse, abrindo uma gaveta e pegando uma bolsa. — O que diz desses mil escudos?

D'Artagnan esticou à frente o beiço inferior.

— Acho pouco, monsenhor, pois provavelmente não partirei sozinho.

— Assim espero, imagino que o sr. du Vallon estará a seu lado. Depois do senhor, meu caro *monsou* d'Artagnan, esse digno fidalgo talvez seja, na França, o homem que mais aprecio e estimo.

— Então, monsenhor — aproveitou-se d'Artagnan, apontando para a bolsa, que continuava na mão do cardeal —, já que tanto o aprecia e estima, há de compreender...

— Que seja! Em consideração a ele, acrescento duzentos escudos.

— Diabos! — praguejou baixinho d'Artagnan, acrescentando em voz alta: — Mas quando voltarmos podemos contar, o sr. Porthos com seu baronato e eu com minha promoção, não é?

— Palavra de Mazarino!

— Preferiria outra garantia — disse para si mesmo d'Artagnan e depois, de maneira audível: — Posso ir apresentar minhas homenagens a Sua Majestade, a rainha?

— Sua Majestade dorme — respondeu com firmeza o cardeal — e é preciso que o senhor parta de imediato. Aliás, pode ir, meu amigo.

— Só mais uma coisa, monsenhor: se houver combates aonde vou, devo participar?

— O senhor fará o que mandar a pessoa a quem o encaminho.

— Muito bem, monsenhor — disse d'Artagnan, estendendo a mão para pegar a bolsa —, meus respeitos.

Ele guardou sem pressa o dinheiro em seu bolso maior e, dirigindo-se ao oficial:

— O senhor, por favor, poderia acordar o sr. du Vallon também da parte de Sua Eminência e avisar que o espero nas estrebarias?

O oficial partiu ligeiro, com uma boa vontade que pareceu a d'Artagnan encobrir algum interesse.

Porthos acabava de se esticar na cama e começava a harmoniosamente roncar, como era seu hábito, quando sentiu um toque num ombro.

Achou ser d'Artagnan e nem se mexeu.

— É da parte do cardeal — disse o oficial.

— Hein!? — Porthos arregalou os olhos. — O que disse?

— Vim avisar que Sua Eminência os envia à Inglaterra e o sr. d'Artagnan já o espera nas cavalariças.

Porthos deu um fundo suspiro, se ergueu, pegou o chapéu, suas pistolas, espada, capa e foi-se, deitando um último olhar ao leito que devia lhe proporcionar tão reparador sono.

Nem bem ele atravessara o umbral da porta, o oficial já se apoderara do colchão e, por sua vez, roncava de fazer tremerem as paredes. Nada mais natural, era o único em toda aquela caravana, além do rei, da rainha e do sr. Gastão de Orléans, a dormir de graça.

57. Chegam notícias de Aramis

D'Artagnan fora diretamente à estrebaria. Acabava de amanhecer. Ele reconheceu seu cavalo e o de Porthos presos a uma manjedoura, mas uma manjedoura vazia. Com pena dos pobres animais, foi até um canto em que se via uma bonita palha, provável sobra das negociações daquela noite e, juntando com o pé a forragem, a ponta da sua bota encontrou um corpo rotundo, o qual, provavelmente atingido num ponto sensível, soltou um grito e levantou-se, apoiado nos joelhos e esfregando os olhos. Era Mousqueton, que, ficando sem palha para si mesmo, se arranjara com a dos cavalos.

— Ei, Mousqueton! — disse d'Artagnan. — De pé! Vamos pegar a estrada!

O criado, reconhecendo a voz do amigo do seu patrão, ergueu-se às pressas e, nessa precipitação, deixou alguns luíses caírem, um dinheiro ilegalmente ganho naquela noite.

— Ai, ai, ai! — exclamou d'Artagnan, pegando um luís e levando-o ao nariz —, veja só, ouro com um cheiro bem particular, de palha.

Mousqueton ficou tão sinceramente ruborizado e sem graça que o gascão deu uma risada e disse:

— Porthos ficaria furioso, meu querido Mousqueton, mas eu o desculpo. Só que esse ouro deve bastar para curar aquele nosso ferimento. Então, um pouco mais de alegria, vamos lá!

Mousqueton na mesma hora assumiu ares mais animados, selou ligeiro o cavalo de seu patrão e montou no seu sem muita queixa. Nesse ínterim, Porthos chegou com aparência bem contrafeita e ficou muito surpreso de encontrar d'Artagnan resignado e Mousqueton quase alegre.

— Ah, estou vendo! Conseguimos capitania e baronato?

— Vamos atrás dos respectivos diplomas — respondeu d'Artagnan — e, na volta, mestre *Mazarini* os assina.

— E aonde vamos?

— Primeiro a Paris. Preciso acertar algumas coisas.
— Paris! — alegrou-se Porthos.

E partiram para a capital.

Chegando às portas da cidade, foi uma surpresa constatar o ambiente ameaçador que pairava no ar. Ao redor de uma carruagem em pedaços, pessoas do povo vociferavam, enquanto seus ocupantes, um velho e duas mulheres que tentavam fugir da capital, eram detidos.

Quando, pelo contrário, d'Artagnan e Porthos pediram passagem, foram muito festejados. Acharam se tratar de desertores do partido real e procuravam então trazê-los para a Fronda.

— O que faz o rei? — perguntaram.
— Dorme.
— E a espanhola?
— Sonha.
— E o maldito italiano?
— Sempre acordado. Fiquem atentos, pois é certamente com alguma intenção que eles se foram. Mas como, no final das contas, vocês é que são mais fortes — continuou d'Artagnan —, parem de perseguir mulheres e velhos, cuidem das causas verdadeiras.

As pessoas aprovaram com prazer essa opinião e deixaram que os prisioneiros se fossem. As duas senhoras agradeceram o mosqueteiro com um eloquente olhar.

— Em frente! — disse d'Artagnan.

Continuaram então seu caminho, atravessando barricadas, passando por cima de correntes,[379] sendo empurrados e interrogados, interrogando também.

Na praça do Palais Royal, ele viu um chefe que comandava um exercício para quinhentos ou seiscentos burgueses: era Planchet, que preparava sua milícia urbana, usando a experiência adquirida no regimento do Piemonte.

Passando à frente de d'Artagnan, ele reconheceu seu ex-patrão e o cumprimentou, cheio de orgulho:

— Bom dia, sr. tenente.
— Bom dia, sr. Dulaurier — foi a resposta.

Planchet interrompeu o que fazia, olhando d'Artagnan sem entender. A primeira fileira, vendo o chefe parar, parou também, e assim sucessivamente, até a última fileira.

— Esses burgueses são de um ridículo... — disse d'Artagnan a Porthos.

E continuou seu caminho.

Cinco minutos depois, apeou no hotel La Chevrette.

A bela Madeleine correu até ele.

---

379. Correntes eram esticadas nas ruas para dificultar a passagem de cavalos e impedir a de coches.

— Minha querida sra. Turquaine — disse o hóspede —, se tiver dinheiro, enterre-o rápido, se tiver joias, esconda-as agora mesmo, se tiver devedores, cobre o que lhe devem, se tiver dívidas, não as pague.

— Por que tudo isso? — perguntou a patroa.

— Porque Paris será reduzida a cinzas como foi Babilônia, cidade da qual já deve ter ouvido falar.[380]

— E me abandona num momento assim?

— Nesse exato instante.

— E aonde vai?

— Ah! Pudesse a senhora me dizer, estaria me fazendo um enorme favor.

— Ai! Deus meu! Deus do céu!

— Tem correspondência para mim? — perguntou d'Artagnan, fazendo sinal para que a dona do hotel não perdesse tempo numa inútil choradeira.

Ela entregou uma carta.

— Esta, justamente, acaba de chegar.

— É de Athos! — ele exclamou, reconhecendo a letra firme e alongada do amigo.

— Que bom! — disse Porthos. — Vejamos o que ele conta.

D'Artagnan abriu o envelope e leu:

Caro d'Artagnan, caro du Vallon, meus bons amigos. Talvez estejam recebendo notícias minhas pela última vez. Aramis e eu não estamos em boa situação, mas Deus, nossa coragem e a lembrança de nossa amizade nos consolam. Lembrem-se de Raoul. Deixo aos seus cuidados os papéis que se encontram em Blois, e se em dois meses e meio não tiverem mais notícias nossas, tomem conhecimento deles. Abracem o visconde de todo coração, da parte desse amigo de vocês,

ATHOS

— Que vou abraçá-lo, pode estar certo disso! — exclamou d'Artagnan. — Ainda mais porque ele vai estar no nosso caminho. E se tivermos a infelicidade de perder nosso querido Athos, no mesmo dia faço dele meu filho.

— E torno-o meu legatário universal — acrescentou Porthos.

— Vejamos o que mais ele diz.

Se encontrarem, no caminho de vocês, um certo sr. Mordaunt, tomem cuidado. Mais não posso dizer por carta.

— Mordaunt! — surpreendeu-se d'Artagnan.

---

380. Descrita simbolicamente como uma prostituta que tem tatuados na testa os dizeres "Babilônia, a grande", a cidade na Bíblia representa o mal, a corrupção, a religião falsa (Apocalipse 16:8; 16:19; 17:5; 18:2, 10, 21).

— Mordaunt. É bom saber — disse Porthos. — Vou me lembrar. Mas veja, há um post-scriptum de Aramis.

— É verdade — disse d'Artagnan, que continuou lendo:

Não dizemos onde estamos, caros amigos, conscientes da fraternal dedicação que reciprocamente temos e sabendo que viriam morrer conosco.

— Com mil demônios! — interrompeu Porthos, com uma explosão de raiva que fez Mousqueton, do outro lado do quarto, dar um pulo. — Estão em perigo de vida?

D'Artagnan continuou:

Athos pede que cuidem de Raoul e eu, de uma vingança. Se por felicidade puserem as mãos num tal Mordaunt, que Porthos leve-o a um canto e torça-lhe o pescoço. Mais não posso dizer, por carta.

ARAMIS

— Que não seja por isso — disse Porthos. — É fácil cumprir.
— Pelo contrário — corrigiu d'Artagnan, pensativo. — É impossível.
— Por quê?
— É justamente quem vamos encontrar em Boulogne e com quem iremos à Inglaterra.
— Pois veja só! E se em vez de irmos encontrar esse sr. Mordaunt, fôssemos procurar nossos amigos? — propôs Porthos, com um gesto capaz de afugentar um exército.
— Pensei nisso, mas a carta não tem data nem selo.
— É verdade — concordou o gigante, andando de um lado para outro no cômodo como alguém desnorteado, gesticulando e, o tempo todo, puxando a espada até a metade da bainha.

Já d'Artagnan mantinha-se parado em profundo pesar, com a mais dolorosa aflição estampando-se em seu rosto.

— Não está certo — ele murmurou. — Athos nos insulta, quer morrer sem nós. Isso não é certo.

Assistindo àquele duplo desespero, Mousqueton, no seu canto, se debulhava em lágrimas.

— Vamos lá — sacudiu-se d'Artagnan. — Isso não nos leva a nada. Vamos abraçar Raoul, como dissemos. Quem sabe ele tem notícias de Athos.
— Que boa ideia! Na verdade, meu amigo, não sei como consegue, mas tem sempre alguma ideia. Vamos abraçar Raoul.
— Pobre de quem olhar torto meu patrão nesse momento — observou Mousqueton —, eu não daria um centavo por sua pele.

Montaram a cavalo e se foram. Chegando à rua Saint-Denis, depararam-se com uma grande afluência de gente. Era o sr. de Beaufort que acabava de chegar de Vendôme, e o coadjutor o apresentava aos parisienses, maravilhados e contentes.

Com o sr. de Beaufort, eles agora se imaginavam invencíveis.

Os dois amigos tomaram uma rua menor para não encontrar o príncipe e alcançaram a barreira Saint-Denis.

— É verdade — quiseram saber os guardas dos dois cavaleiros — que o sr. de Beaufort está em Paris?

— Nada mais verdadeiro — respondeu d'Artagnan —, tanto que nos enviou ao encontro do sr. de Vendôme, seu pai, que também está chegando.

— Viva o sr. de Beaufort! — gritaram os guardas, que em seguida se afastaram respeitosamente para que passassem os enviados do príncipe.

Atravessada a barreira, aqueles homens que desconheciam o cansaço e o abatimento devoraram quilômetros de estrada. Os cavalos pareciam voar e eles só falavam de Athos e Aramis.

Mousqueton passava por todos os tormentos que se possa imaginar, mas o excelente escudeiro se consolava sabendo que seus dois amos também tinham seus sofrimentos próprios. Ele, na verdade, passara a ver d'Artagnan como seu segundo patrão e o obedecia até mais prestamente e de forma mais correta que a Porthos.

A tropa se encontrava acampada entre Saint-Omer e Lambres e os dois amigos fizeram um desvio até lá, contando em detalhe aos militares a notícia da fuga do rei e da rainha, informação que somente de maneira vaga havia chegado a eles. Encontraram Raoul perto de sua tenda, deitado num monte de feno, do qual seu cavalo arrancava distraidamente algumas palhas. O rapaz tinha os olhos vermelhos e parecia desanimado. O marechal de Grammont e o conde de Guiche tinham voltado para Paris e o pobre rapazinho se sentia só.

Quando então ergueu os olhos e viu os dois cavaleiros bem à sua frente, reconheceu-os e correu para eles de braços abertos.

— Meus queridos amigos! Vêm me buscar? Vão me levar com os senhores? Trazem notícias do meu tutor?

— Você não as tem? — perguntou d'Artagnan ao jovem.

— Nenhuma, infelizmente. E nem sequer sei onde se encontra. De forma que me sinto preocupado e choro.

De fato, duas pesadas lágrimas rolaram pelas faces bronzeadas do rapaz.

Porthos virou o rosto, para não deixar transparecer em sua boa e desprendida expressão o que se passava no coração.

— Com os diabos! — não se conteve d'Artagnan, emocionado como há muito tempo não se sentia. — Não se desespere, meu amigo. Não recebeu carta, mas nós sim, uma... uma...

— Verdade?! — animou-se Raoul.

— Tranquilizadora, inclusive — continuou o mosqueteiro, vendo a alegria que a notícia provocava no jovem.

— Está com ela?

— Certamente. Quer dizer, estava — disse d'Artagnan, fingindo procurar. — Um minuto, deve estar aqui no meu bolso. Ele fala da sua volta, não é, Porthos?

Como bom gascão que era, d'Artagnan não queria arcar sozinho com o peso da mentira.

— Isso mesmo — concordou Porthos, tossindo.

— Ah, deixe-me vê-la.

— Estava lendo agora mesmo. Será que a perdi? Ah, diabos! O bolso está furado.

— É verdade, sr. Raoul — juntou-se também Mousqueton. — Era uma carta bem animadora. Pude ouvir a leitura e chorei de alegria.

— Mas pelo menos, sr. d'Artagnan, sabe onde ele se encontra? — perguntou Raoul, não totalmente sossegado.

— Sei, claro que sei, como não? Mas é segredo.

— Talvez não para mim.

— Acho que não, vou dizer.

Porthos olhava para o amigo, com olhos arregalados de surpresa.

"Onde é que vou dizer que Athos se encontra para que ele não tente ir?", dizia para si mesmo d'Artagnan.

— Onde, onde ele está? — insistia Raoul, com a sua voz doce e agradável.

— Em Constantinopla!

— Com os turcos? — assustou-se Raoul. — Deus do céu, o que está dizendo?

— E isso o alarma? Ora! O que são os turcos para homens como o conde de La Fère e o padre d'Herblay?

— Ah, o padre d'Herblay está com ele? Isso já me tranquiliza um pouco.

"Como é esperto, esse danado do d'Artagnan!", pensava Porthos, encantado com os subterfúgios do amigo.

— E agora — continuou d'Artagnan, querendo logo mudar de assunto —, aqui estão cinquenta pistolas que o sr. conde lhe enviou na mesma carta. Imagino que já esteja sem dinheiro e que elas são bem-vindas.

— Ainda me restam vinte pistolas...

— Ótimo! Junte a essas cinquenta e terá setenta.

— Se precisar de mais... — acrescentou Porthos, levando a mão à sua bolsa.

— Obrigado — disse Raoul, todo vermelho —, mil vezes obrigado.

Nesse momento, Olivain aparecia à vista.

— E, aliás — perguntou d'Artagnan, de forma a que o criado ouvisse —, está satisfeito com Olivain?

— Sim, o suficiente.

Olivain fez-se de desentendido e entrou na tenda.

— E que crítica teria a fazer ao malandro?
— É um comilão — disse Raoul.
— Patrão! — disse Olivain, ressurgindo ao ouvir a acusação.
— Meio ladrão.
— Ai, patrão!
— E, o mais grave, medroso.
— Miséria, patrão, está me ofendendo.
— Saiba, mestre Olivain, que gente como nós não quer medrosos a seu serviço — disse d'Artagnan. — Roube seu patrão, coma a sua geleia e beba o seu vinho, mas, com mil demônios, não seja covarde ou arranco-lhe as orelhas. Veja o sr. Mousqueton, peça que mostre seus ilustres ferimentos e repare quanta dignidade a bravura acrescentou à sua imagem.

Mousqueton foi ao sétimo céu e teria abraçado d'Artagnan se lhe fosse permitido. De qualquer forma, jurou que se mataria por ele se por acaso isso viesse a ser necessário.

— Desfaça-se do sujeito, Raoul — continuou o mosqueteiro. — Sendo covarde, um dia ou outro cairá em desonra.

— O patrão diz que sou covarde por ter querido, outro dia, ir contra um oficial do regimento de Grammont e me neguei a acompanhá-lo.

— Sr. Olivain, um escudeiro nunca deve desobedecer — declarou severamente d'Artagnan.

E logo em seguida, puxando-o de lado:

— Fez muito bem, se o patrão estava errado, e fique com essa moeda por isso. Mas se ele por acaso for insultado e você não aceitar ser feito em pedaços ao lado dele, corto-lhe a língua e esfrego-a na sua cara. Lembre-se disso.

Olivain inclinou-se e colocou no bolso a moeda, que era de um escudo.

— Mas agora, amigo Raoul — disse d'Artagnan —, o sr. du Vallon e eu temos que ir. Estamos em embaixada, não posso dizer com qual finalidade, pois nem mesmo sei. Se, porém, precisar de alguma coisa, escreva para sra. Madelon Turquaine, no La Chevrette, rua Tiquetonne. Disponha desse caixa como se fosse o de um banqueiro. Com parcimônia, todavia, pois não é tão opulento quando o do sr. d'Emery.

Depois de abraçar o pupilo por interinidade, ele o transferiu para os robustos braços de Porthos, que o tiraram do chão e o mantiveram por um momento suspenso, junto ao nobre coração do temível gigante.

— De volta à estrada — disse d'Artagnan.

E tomaram a direção de Boulogne, onde chegaram à noitinha, com os cavalos inundados de suor e espuma branca.

A dez passos do lugar onde fariam uma pausa, antes de entrar na cidade, estava um jovem vestido de negro. Ele parecia esperar alguém e, assim que os viu surgir, não despregou mais os olhos deles.

D'Artagnan aproximou-se e, vendo que o rapaz não desviava o olhar, disse:

— Ei, amigo! Não gosto que me encarem.

— Por favor — disse o rapaz, sem responder à advertência —, os senhores vêm de Paris?

D'Artagnan achou se tratar de algum curioso querendo notícias da capital e concordou, com um tom mais ameno:

— Isso mesmo.

— Não devem se hospedar no Aux Armes d'Angleterre?

— Exato.

— Não estão encarregados de uma missão, da parte de Sua Eminência, o cardeal de Mazarino?

— Correto.

— Nesse caso, é a mim que procuram, sou o sr. Mordaunt.

"Ah! Aquele com quem Athos disse que eu me preocupasse", pensou d'Artagnan.

"Ah! Aquele a quem Aramis pediu que eu estrangulasse", pensou Porthos.

Os dois olharam atentamente o jovem, que se enganou quanto à expressão daqueles olhares:

— Estariam duvidando do que digo? Se for o caso, posso dar a prova.

— De forma alguma — disse d'Artagnan —, e nos colocamos à sua disposição.

— Pois bem, cavalheiros, partiremos sem demora. Hoje é o último dia do prazo que me pediu o cardeal. Meu veleiro está pronto. Se não tivessem chegado, eu partiria sem os senhores, pois o general Oliver Cromwell deve aguardar minha volta com impaciência.

— Ah, ah! — exclamou d'Artagnan. — É então ao general Oliver Cromwell que fomos enviados?

— Não têm uma carta para ele?

— Tenho uma carta, da qual só deveria rasgar o primeiro envelope em Londres, mas já que me disse a quem está endereçada, não preciso esperar mais.

E ele abriu o envelope, constando, com efeito, no segundo:

"Para o sr. Oliver Cromwell, general das tropas da nação inglesa."

— É mesmo uma estranha comissão! — observou d'Artagnan.

— Quem é esse Oliver Cromwell? — perguntou baixinho Porthos.

— Um ex-fabricante de cerveja — respondeu o amigo.

— Será que o Mazarino está pensando fazer uma especulação com a cerveja, do mesmo tipo que a nossa, com a palha?

— Basta, cavalheiros — cortou Mordaunt com impaciência —, é hora de partir.

— Ei, ei! — esbravejou Porthos. — Sem janta? Será que o sr. Cromwell não pode esperar um pouco?

— Ele sim, mas e eu? — respondeu Mordaunt.

— E o senhor o quê?

— Tenho pressa.

— Ah, se é só isso, não tem problema. Vou jantar, queira o senhor ou não.

O olhar displicente do rapaz se alterou e parecia prestes a lançar raios, mas ele se conteve.

— Que o cavalheiro desculpe os viajantes famintos — procurou amenizar a conversa d'Artagnan. — Nosso jantar, aliás, nem vai atrasá-lo muito, vamos direto ao albergue. Pode ir a pé até o porto, matamos a fome e vamos chegar ao mesmo tempo.

— Como queiram, contanto que partamos.

— Que ótimo! — resmungou Porthos.

— Qual o nome do barco? — perguntou d'Artagnan.

— *Standard*.

— Está bem. Em meia hora estaremos a bordo.

E os dois amigos, esporeando as montarias, dirigiram-se ao hotel Aux Armes d'Angleterre.

— O que achou do nosso jovem? — perguntou d'Artagnan sem diminuir o passo dos animais.

— O que achei é que não gosto nada dele. Tive uma tremenda vontade de seguir o conselho de Aramis.

— Evite fazer isso, meu querido Porthos, o homem é um enviado do general Cromwell e não seria uma boa apresentação nossa, creio, dizer que torcemos o pescoço do seu embaixador.

— Pouco me importa, sempre notei que Aramis dá bons conselhos.

— Ouça, quando nossa missão terminar...

— Sim?

— Se ele nos levar de volta para a França...

— O que que tem?

— Bom, veremos!

Eles encontraram o hotel Aux Armes d'Angleterre, jantaram com ótimo apetite e em seguida, sem intervalo, dirigiram-se ao porto. Um veleiro de dois mastros estava pronto para ganhar o largo e, no convés, Mordaunt caminhava com impaciência.

— É incrivelmente estranha a maneira como esse rapaz me parece familiar, mas não consigo me lembrar com quem se parece — disse d'Artagnan, enquanto o bote os levava ao *Standard*.

Chegaram à escadinha da embarcação e, pouco depois, estavam a bordo. Mas o embarque dos cavalos foi mais demorado e o navio só pôde levantar ferros às oito horas da noite.

Mordaunt não controlava mais a impaciência e mandou que as velas fossem abertas.

Exausto por três noites sem dormir e por uma cavalgada de setenta léguas, Porthos se retirara à cabine e dormia.

D'Artagnan, dominando a aversão que o jovem lhe causava, foi caminhar com ele pelo convés, dando mil voltas para fazê-lo falar.

Mousqueton sofria de enjoos.

58. O escocês, perjuro da fé, vende por um tostão o seu rei

Que os nossos leitores deixem tranquilamente navegar o *Standard*, não na direção de Londres, para onde d'Artagnan e Porthos achavam que iam, mas rumo a Durham, para onde cartas que Mordaunt havia recebido, na temporada que passou em Boulogne, o mandavam. Nesse meio-tempo, vamos juntos ao acampamento das tropas aliadas do rei, situado para cá do rio Tyne, perto da cidade de Newcastle.

É onde estão armadas as tendas de um pequeno exército, entre dois rios, perto da fronteira com a Escócia, mas em solo inglês. É meia-noite. Homens que podemos identificar pelas pernas nuas e pelos saiotes, pelas mantas quadriculadas mas também pela pluma que adorna o gorro dos *highlanders*,[381] displicentemente fazem a guarda. A lua, passando entre duas nuvens densas, a cada nesga que consegue iluminar, no caminho, os mosquetões das sentinelas e realça as muralhas, os telhados e campanários da cidade que Carlos I acaba de devolver às tropas do Parlamento, assim como Oxford e Newark, que ainda o apoiavam, tudo na esperança de um acordo.

Numa das extremidades do acampamento, junto de uma tenda imensa, dorme um homem na relva, vestido com roupas de montaria e tendo a mão direita descansando em sua espada. Nessa tenda estão vários oficiais escoceses, reunidos numa espécie de conselho presidido pelo velho conde de Loewen, que os lidera.

A cinquenta passos de lá, outro homem, também vestido como cavaleiro, conversa com uma sentinela escocesa. Graças à familiaridade que ele, mesmo sendo estrangeiro, parece ter com a língua inglesa, o personagem compreende o que diz o soldado, num dialeto do condado de Perth.

---

[381]. Como são chamados os habitantes das "terras altas", vasta área montanhosa do noroeste da Escócia. No séc.XVII era ainda uma região bastante pobre e tradicionalista.

Na cidade de Newcastle soou uma hora da manhã e o homem que dormia acordou. Depois de fazer todos os gestos e movimentos de quem abre os olhos ao despertar de um sono profundo, ele olhou em volta com atenção. Percebendo que estava sozinho, levantou-se e, fazendo um desvio, passou perto do cavaleiro que conversava com a sentinela. Provavelmente acabaram suas perguntas, pois ele logo depois se despediu e tomou casualmente a mesma direção que o primeiro cavaleiro que vimos passar. Este último o esperava, à sombra de uma tenda erguida à beira do caminho.

— E então, meu amigo? — ele perguntou, no francês mais puro já falado entre as cidades de Rouen e Tours.[382]

— E então? Não há tempo a perder, é preciso avisar o rei.

— O que está acontecendo?

— Seria demorado explicar. Aliás, vai ouvir tudo daqui a pouco. Além disso, qualquer palavra dita aqui pode pôr tudo a perder. Vamos procurar lorde de Winter.

Os dois se encaminharam para o lado oposto do acampamento, mas como este não se estendia por mais que uns quinhentos passos, logo chegaram à tenda que procuravam.

— O patrão está dormindo, Tony? — perguntou em inglês um dos cavaleiros a um criado, deitado num compartimento que servia de antecâmara.

— Não, sr. conde, não creio, ou então há pouquíssimo tempo, pois andou de um lado para outro por mais de duas horas, depois de deixar o rei. Parei de ouvi-lo não tem dez minutos. Aliás — ele acrescentou, erguendo uma aba da tenda —, é só averiguar.

De Winter, com efeito, estava sentado diante de uma abertura que servia de janela, deixando penetrar a brisa noturna. Observava melancolicamente a lua, perdida, como dissemos pouco antes, no meio de pesadas nuvens escuras.

Os dois amigos se aproximaram do fidalgo inglês que, cabeça apoiada nas mãos, olhava o céu. Ele não os ouviu chegar e se manteve nessa posição até sentir um toque de mão no ombro. Virou-se e estendeu-lhes a mão, vendo se tratar de Athos e Aramis.

— Notaram — ele perguntou — como a lua está com cor de sangue esta noite?

— Não — respondeu Athos. — Pareceu-me que está como sempre.

— Veja o senhor — disse ele, dirigindo-se a Aramis.

— Confesso concordar com o conde de La Fère, sem nada ver de estranho.

— Conde — observou Athos —, na situação precária em que nos encontramos, é a terra que devemos examinar e não o céu. Conhece bem os escoceses de que dispomos e confia neles?

---

382. Ou seja, com um falar parisiense, em oposição ao francês falado em regiões mais distantes da capital.

— Escoceses, quais escoceses?

— Os nossos, ora! Esses nas mãos de quem o rei se colocou, os escoceses do conde Loewen.

— Não — disse o inglês, para em seguida acrescentar: — Então não veem mesmo essa mancha avermelhada cobrindo o céu?

— Mancha nenhuma — disseram ao mesmo tempo Athos e Aramis.

— Não dizem, na França, que Henrique IV, jogando xadrez com o sr. de Bassompierre na véspera de ser assassinado, viu manchas de sangue no tabuleiro?

— É verdade, ouvi o próprio marechal contar isso várias vezes — disse Athos.

— Exato — murmurou de Winter —, e no dia seguinte Henrique IV foi morto.

— Mas o que tem a ver aquela visão de Henrique IV com a sua, conde? — perguntou Aramis.

— Nada. É loucura minha falar com os senhores de coisas assim, pois é claro que se vieram à minha tenda a essa hora é por terem alguma notícia importante.

— Temos, milorde, e eu gostaria de falar com o rei — disse Athos.

— Com o rei? Mas ele está dormindo...

— Tenho informações importantes.

— Que não podem ser deixadas para amanhã?

— Ele precisa saber agora mesmo. Talvez, inclusive, já seja tarde.

— Entrem, senhores — disse de Winter.

A sua tenda era colada à do rei e uma espécie de corredor servia de ligação entre as duas. Essa passagem era guardada não por uma sentinela, mas por um criado de confiança de Carlos I, para que, em caso de urgência, o rei pudesse imediatamente se comunicar com o fiel seguidor.

— Esses cavalheiros estão comigo — disse de Winter.

O criado se inclinou e deu passagem.

De fato, numa cama de campanha, vestido com um gibão preto e calçando botas de cano longo, o cinto afrouxado e o chapéu ao lado, o rei Carlos se entregara a um sono irresistível e dormia. Os três foram até ele e Athos, mais à frente, por um instante contemplou em silêncio o nobre e pálido rosto, envolto em compridos cabelos escuros que o suor, causado por algum sonho ruim, colava às têmporas, marmoreadas estas por grossas veias azuladas que, mais abaixo dos olhos cansados, pareciam inchadas de lágrimas.

Um profundo suspiro de Athos acordou o rei, tão leve era seu sono.

Ele abriu os olhos.

— Ah! É o senhor, conde de La Fère?

— Eu mesmo, Sire.

— Está acordado enquanto durmo e trouxe alguma notícia?

— Isso mesmo, Sire. Vossa Majestade adivinhou exatamente.
— Uma notícia ruim, então? — sorriu com melancolia o rei.
— Exato, Sire.
— Que seja! Mas é bem-vindo o mensageiro, sua visita sempre me causa prazer. O senhor, cuja lealdade se coloca além das fronteiras e das adversidades, foi enviado por Henriqueta: qualquer que seja a notícia, fale com segurança.
— Sire, o sr. Cromwell chegou essa noite a Newcastle.
— Ah! Para me combater?
— Não, Sire, para vos comprar.
— O que diz?
— Digo, Sire, que as tropas escocesas têm quatrocentas mil libras esterlinas a receber.
— Por soldo atrasado, eu sei. Há quase um ano meus bravos e fiéis escoceses guerreiam pela honra.
Athos sorriu.
— Bem, Sire, por mais que a honra seja uma bela coisa, eles se cansaram e, essa noite, venderam Vossa Majestade por duzentas mil libras, ou seja, pela metade do que teriam a receber.[383]
— Não pode ser! Os escoceses venderem o seu rei por duzentas mil libras?
— Os judeus não venderam seu próprio Deus por trinta moedas?[384]
— E quem foi o Judas que agora concluiu essa negociata infame?
— O conde Loewen.
— O senhor tem certeza?
— Ouvi com meus ouvidos.

O rei deu um fundo suspiro e o seu coração parecia se partir. Ele deixou a cabeça cair entre as mãos.

— Por Deus, os escoceses! Os escoceses, que eu considerava fiéis! Eles, em quem confiei, podendo ter fugido para Oxford. Os escoceses, meus compatriotas,[385] meus irmãos! Tem mesmo certeza, senhor?
— Deitado junto à tenda do conde de Loewen, da qual levantei um pouco um pano, vi e ouvi.
— E quando deve se dar o odioso acerto?
— Hoje, pela manhã. Não há tempo a perder.
— Para quê, se já me venderam?

~~~~~~

383. Em 30 de janeiro de 1647, depois de negociar com Cromwell, o parlamento escocês, sob cuja guarda o rei se colocara, decidiu entregá-lo contra um pagamento de duzentas mil libras.

384. Segundo o Novo Testamento (Mateus 26:14-16), os sacerdotes judeus teriam dado trinta moedas de prata a Judas, que traiu Jesus.

385. Carlos I era escocês de nascimento.

— Para atravessar o Tyne, ganhar a Escócia e juntar-se a lorde Montrose, que não o trairá.

— E fazer o que, na Escócia? Uma guerra de guerrilhas? Seria indigna de um rei.

— O exemplo de Robert Bruce[386] o redime, Sire.

— Não quero! Luto há tempo demais. Se me venderam, que me entreguem e assumam a vergonha eterna dessa traição.

— Sire — continuou Athos —, talvez seja assim que deva agir o rei, mas não o marido e o pai. Vim aqui em nome de vossas esposa e filha. Em nome delas e dos dois outros filhos que estão em Londres, aconselho: vivei, Sire, é o que Deus quer!

O rei levantou-se, afivelou o cinto, cingiu a espada e, enxugando a testa banhada de suor, perguntou:

— Bom, e o que devo fazer?

— Sire, tem algum regimento com o qual possa realmente contar?

— Acredita, de Winter, na fidelidade do seu?

— Sire, são apenas homens e os homens são às vezes fracos, às vezes maus. Acredito nessa fidelidade, mas não posso garantir. Confiaria a eles a minha própria vida, mas hesito em confiar a de Vossa Majestade.

— Bom — concluiu Athos. — Sem um regimento, somos três homens leais e será o bastante. Que Vossa Majestade monte a cavalo e se posicione entre nós. Atravessaremos o Tyne e estaremos a salvo na Escócia.

— Concorda com isso, de Winter? — perguntou o rei.

— Concordo, Sire.

— E o sr. d'Herblay?

— Também, Sire.

— Que seja então como querem. Providencie o necessário, de Winter.

Ele saiu e, enquanto isso, o rei acabou de se preparar. Os primeiros raios do dia começavam a atravessar as aberturas da tenda, quando de Winter voltou.

— Tudo pronto, Sire.

— E quanto a nós? — perguntou Athos.

— Grimaud e Blaisois estão com os seus cavalos já selados.

— Nesse caso, não percamos um só instante e partamos — disse Athos.

— Partamos — confirmou o rei.

— Sire — interrompeu Aramis —, Vossa Majestade não previne seus amigos?

---

386. Robert Bruce (1274-1329), rei da Escócia. Logo no início do seu reinado, precisou se esconder e foi dado como morto, ressurgindo um ano depois para dar início a pequenas campanhas locais, conquistando pouco a pouco a Escócia, até uma vitória decisiva contra os ingleses, em 1314.

— Meus amigos — disse Carlos I, balançando com tristeza a cabeça — são apenas os senhores. Um que nunca se esqueceu de mim nos últimos vinte anos, e dois que tenho há somente oito dias, mas dos quais nunca me esquecerei. Venham, cavalheiros, vamos.

O rei deixou a tenda e, de fato, encontrou seu cavalo isabel arreado e pronto. Era, há três anos, o seu favorito.

Vendo-o, o animal relinchou de satisfação.

— Ah, como fui injusto! Aqui está, não posso dizer um amigo, mas um ser que me ama. Meu caro Arthus continuará sempre fiel, não é?

Como se tivesse ouvido essas palavras, o cavalo aproximou as narinas fumegantes do rosto do rei, erguendo a beiçola e mostrando com alegria os dentes alvos.

— Eu sei, eu sei — continuou o monarca, alisando-o com a mão —, tudo está bem, Arthus, gosto muito de ti.

Com a leveza que fazia dele um dos melhores cavaleiros da Europa, Carlos subiu à sela e, dirigindo-se a Athos, Aramis e de Winter, brincou:

— Muito bem, senhores! Posso esperá-los.

Mas Athos estava de pé, imóvel, de olhos fixos e a mão estendida na direção de uma linha escura que seguia a margem do Tyne e se estendia por uma extensão duas vezes maior que a do acampamento.

— Que linha é aquela? — disse ele, sem poder ainda distinguir bem, no lusco-fusco em que as últimas trevas da noite lutavam contra os primeiros raios do dia. — Que linha é aquela? Ontem não estava ali.

— Provavelmente a bruma que se ergue a partir do rio — disse o rei.

— Sire, é algo mais compacto que o vapor.

— É verdade, algo como uma barreira avermelhada — disse de Winter.

— É o inimigo que sai de Newcastle e nos cerca — alarmou-se Athos.

— O inimigo! — exclamou o rei.

— O inimigo. Tarde demais. Vejam! Vejam! Para os lados da cidade, não veem brilhar as couraças de ferro?

Era como se distinguiam os soldados com que Cromwell formara a sua guarda.[387]

— Vamos saber se meus escoceses realmente me traíram — disse o rei.

— O que fareis? — assustou-se Athos.

— Dar ordem de ataque, para que liquidem esses rebeldes miseráveis.

E o rei, esporeando o cavalo, partiu na direção da tenda de Loewen.

— Vamos atrás dele — disse Athos.

— Vamos — concordou Aramis.

— O rei foi ferido? — perguntou de Winter. — Vejo manchas de sangue no chão.

---

387. Eram chamados *ironsides*, "costelas de ferro", na verdade mais pela coragem e disciplina que demonstravam do que pela couraça.

Mesmo assim, ele partiu atrás dos dois amigos. Athos o fez parar:
— Chame seu regimento, precisaremos dele logo mais.

De Winter manobrou as rédeas e os outros seguiram em frente. Em dois segundos o rei havia chegado à tenda do general-comandante do exército escocês. Desmontou e entrou.

O oficial estava reunido com os principais chefes.
— O rei! — exclamaram, pondo-se de pé e entreolhando-se surpresos.

E, efetivamente, Carlos estava à frente deles, de chapéu na cabeça, cenho franzido e batendo na bota a chibata.

— Sim, o rei em pessoa — ele disse —, que vem para que prestem conta do que está acontecendo.

— O que houve, Sire? — perguntou o conde Loewen.

— O que há — disse o rei, deixando-se levar pela raiva — é que o general Cromwell chegou esta noite a Newcastle; é que os senhores sabiam e não me preveniram; é que o inimigo sai da cidade e fecha a passagem para o Tyne, e que as suas sentinelas não podem ter deixado de ver essa movimentação e não nos alertaram. Some-se a isso que os senhores, num infame tratado, me venderam por duzentas mil libras esterlinas ao Parlamento. Mas pelo menos disso fui avisado. É o que há. Respondam ou se justifiquem, pois estou fazendo uma acusação.

— Sire — balbuciou o conde Loewen —, Sire, Vossa Majestade foi enganada por algum relatório falso.

— Vi com meus olhos o exército inimigo estendendo-se junto à fronteira da Escócia. Mas posso quase acrescentar: com meus ouvidos, ouvi serem negociadas as cláusulas da combinação.

Os chefes escoceses entreolharam-se preocupados.

— Sire — murmurou o conde Loewen, esmagado pelo peso da vergonha —, Sire, estamos prontos a vos dar todas as provas.

— Peço uma só: chamem o exército à luta e marchemos contra o inimigo.

— Não podemos fazer o que pedis, Sire.

— Como não podem? O que os impede?

— Há uma trégua assinada entre nós e o exército inglês, como sabe Vossa Majestade.

— Se trégua havia, foi rompida pelo exército inglês ao sair da cidade, contra as convenções que dispunham que ele lá permanecesse. Insisto, é preciso que atravessemos esse obstáculo e voltemos à Escócia. Se não fizerem isso, podem escolher entre os dois qualificativos que os homens utilizam para o desprezo e a execração dos seus semelhantes: são covardes ou traidores!

Os olhos dos escoceses dardejaram e, como frequentemente acontece em situações desse tipo, eles passaram do extremo embaraço à extrema imprudência. Dois chefes de clã avançaram, um de cada lado do rei:

— Pois bem, é verdade. Prometemos libertar a Escócia e a Inglaterra daquele que há vinte e cinco anos bebe o sangue e o ouro dos dois países. Prometemos e sustentamos a promessa. Rei Carlos Stuart, sois nosso prisioneiro.

Os dois estenderam ao mesmo tempo a mão contra o rei, mas antes que a ponta de algum dedo tocasse em Sua Majestade, ambos foram ao chão, um desacordado e o outro morto.

Athos havia abatido um com a coronha da pistola e Aramis atravessara o corpo do outro com a espada.

Em seguida, como o conde Loewen e os demais chefes recuavam, diante daquele socorro inesperado que parecia cair do céu, favorecendo a quem já consideram seu prisioneiro, os dois franceses levaram o rei para fora daquela tenda do perjúrio, onde tão imprudentemente o rei se aventurara. Saltando nos cavalos que os criados mantinham preparados, os três partiram a galope para a tenda real.

De passagem, viram de Winter, que se aproximava, à frente do seu regimento, e o rei fez sinal para que os acompanhasse.

59. O vingador

Os quatro entraram na tenda. Não havia plano, era preciso traçar um.
Carlos I desabou numa poltrona e disse:
— Estou perdido.
— Não, Sire, apenas traído — emendou Athos.
O rei deu um profundo suspiro.
— Traído, traído pelos escoceses, entre os quais nasci, aos quais sempre preferi contra os ingleses! Ah, miseráveis!
— Sire, não é hora para recriminações, mas para demonstrar que sois rei e fidalgo. De pé, Sire, de pé! Ao menos aqui estão três servidores que não vos trairão, isso é certo. Ah, se fôssemos cinco! — continuou Athos num murmúrio e pensando em d'Artagnan e Porthos.
— O que diz? — perguntou Carlos, levantando-se.
— Digo, Sire, haver um único meio. Milorde de Winter responde por seu regimento, ou quase, não vamos perder tempo com a escolha das palavras. Ele se porá à frente de seus homens e estaremos, nós, junto de Sua Majestade. Forçaremos uma investida contra o exército de Cromwell, tentando abrir uma passagem para a Escócia.
— Penso num outro meio — acrescentou Aramis —, com um de nós usando as roupas e o cavalo do rei. Como todos se concentrarão nele, Sua Majestade talvez consiga passar.
— A ideia é boa — concordou Athos. — Se Sua Majestade conceder a um de nós essa honra, ficaremos gratos.
— O que pensa disso, de Winter? — consultou o rei, olhando com admiração aqueles dois homens, cuja única preocupação era a de atrair para si os perigos que o ameaçavam.
— Acredito, Sire, que se há um meio de salvar Vossa Majestade, provavelmente é esse que o sr. d'Herblay acaba de sugerir. Muito humildemente peço que Vossa Majestade faça logo a escolha, pois não temos tempo a perder.

— Se eu aceitar será a morte, ou no mínimo a prisão, para aquele que tomar o meu lugar.

— E a honra de ter salvado o seu rei! — exclamou de Winter.

O rei olhou com lágrimas nos olhos seu velho amigo, desprendeu o cordão da ordem do Espírito Santo[388] que ele estava usando em homenagem aos dois franceses que o acompanhavam e colocou-o no pescoço do lorde inglês, que recebeu de joelhos a terrível demonstração de amizade e confiança do seu soberano.

— É justo — concordou Athos —, é ele quem vos serve há mais tempo.

Ouvindo isso, o rei virou-se, com lágrimas nos olhos, e disse:

— Cavalheiros, esperem, tenho igualmente um cordão para os senhores.

Ele foi até o armário em que guardava suas comendas e pegou dois cordões da ordem da Jarreteira.[389]

— Tais insígnias não podem ser para nós — disse Athos.

— E por quê, sr. conde?

— São distinções quase reais e somos simples fidalgos.

— Passe em revista todos os tronos da Terra — disse o rei — e encontre corações mais nobres. De forma alguma está sendo justo consigo mesmo, mas estou aqui para corrigi-lo. De joelhos, conde.

Athos se ajoelhou. Seguindo a tradição, o rei colocou nele, da esquerda para a direita, o cordão e, erguendo a espada, em vez de repetir a fórmula usual — "eu o nomeio cavaleiro, seja bravo, fiel e leal" —, ele disse:

— Sendo o sr. conde bravo, fiel e leal, eu o nomeio cavaleiro.

Depois, voltando-se para Aramis:

— Sua vez, sr. d'Herblay.

A mesma cerimônia recomeçou, com as mesmas palavras, enquanto de Winter, ajudado por escudeiros, retirava sua couraça de cobre para melhor se confundir com o rei.

Em seguida, encerrada a consagração, o rei beijou os dois franceses.

— Sire — disse de Winter, que, demonstrando sua dedicação, recuperara toda força e coragem —, estamos prontos.

O rei olhou para os três fidalgos.

— Será, então, preciso fugir? — ele se afligiu.

— Fugir avançando contra um exército, Sire — disse Athos. — Em qualquer país do mundo isso se chama atacar.

— Morrerei de espada em punho — prometeu Carlos. — Sr. conde, sr. cavaleiro, se me considerarem mesmo rei...

---

388. A ordem do Espírito Santo, criada em 31 de dezembro de 1578, foi a mais prestigiosa ordem de cavalaria da Coroa francesa. Foi oficialmente extinta em 1830 (Ver também nota 172).

389. A mais prestigiosa ordem de cavalaria inglesa, instituída em 1348, por Eduardo III.

— Sire, já tivemos honrarias que estão além da nossa condição de simples fidalgos, o agradecimento é nosso. Apressemo-nos, pois já perdemos muito tempo.

O rei estendeu mais uma vez a mão aos três, trocou de chapéu com de Winter e saiu.

O regimento que se mantivera fiel estava em formação numa parte mais alta do terreno. O rei, seguido por seus três amigos, dirigiu-se para lá.

O acampamento escocês parecia finalmente desperto e os homens, deixando suas tendas, enfileiravam-se como para uma batalha.

— Estão vendo — conjecturou o rei —, talvez tenham se arrependido e se dispõem a avançar.

— Se for o caso, Sire, eles nos seguirão — disse Athos.

— Bom! E o que fazemos? — perguntou o rei.

— Vamos examinar o exército inimigo.

Os olhos do pequeno grupo imediatamente se fixaram naquela linha que o amanhecer do dia podia ter confundido com bruma, mas que os primeiros raios de sol demonstraram ser um exército enfileirado para a batalha. O ar estava puro e claro, como normalmente está a essa hora do dia. Era perfeitamente possível distinguir os regimentos, as bandeiras e até a cor dos uniformes e dos cavalos.

Viu-se então, numa pequena colina, ligeiramente avançada com relação à frente inimiga, surgir um homenzinho atarracado e pesado, com alguns oficiais em volta. Ele dirigiu sua luneta para o grupo de que fazia parte o rei.

— Esse homem conhece Vossa Majestade pessoalmente? — perguntou Aramis.

Charles sorriu.

— Esse homem é Cromwell.

— Abaixe então o chapéu, Sire, para que ele não perceba a substituição.

— Já perdemos muito tempo — lembrou Athos.

— Então, em frente! Partamos — disse o rei.

— Guardais o comando, Sire? — perguntou Athos.

— Não, eu o nomeio meu general — disse o rei.

— Ouça então, milorde de Winter. E afastai-vos, Sire, por favor, pois o que vamos combinar não interessa Vossa Majestade.

Sorrindo, o rei deu três passos atrás.

— Eis o que proponho — continuou Athos. — Dividimos nosso regimento em duas esquadras, o senhor à frente da primeira, Sua Majestade e nós à frente da segunda. Se nada nos impedir o avanço, atacamos em conjunto para forçar a linha inimiga e nos lançarmos no Tyne, que atravessaremos a pé, se pudermos, ou a nado. Se, pelo contrário, houver um obstáculo no caminho, o senhor e até o último dos seus homens terão que aceitar a morte, enquanto nós e o rei continuaremos em frente: chegando à margem do rio, mesmo havendo três fileiras consecutivas, se a sua esquadra cumprir o seu dever, cumpriremos o nosso.

— A cavalo! — disse de Winter.

— A cavalo! Tudo está previsto e resolvido — disse Athos.

— Em frente, então, senhores! — completou o rei. — Adotemos o antigo brado da França: *Montjoie et Saint-Denis!*[390] O brado da Inglaterra agora é repetido por muitos traidores.

Montaram todos, o rei no cavalo de lorde de Winter, lorde de Winter no cavalo do rei. Em seguida, o fidalgo inglês tomou a primeira fila da primeira esquadra e o rei, tendo Athos à direita e Aramis à esquerda, a primeira fila da segunda.

O exército escocês inteiro via esses preparativos na imobilidade e no silêncio da desonra.

Alguns chefes destacaram-se de suas fileiras e quebraram suas espadas.

— Pronto — disse o rei. — Isso me consola. Nem todos são traidores.

Nesse momento, ouviu-se de Winter gritar:

— Em frente!

A primeira esquadra moveu-se, a segunda acompanhou-a e desceu do elevado. Mais ou menos em igual número, um regimento de soldados com couraças avançava rastejando, por trás da colina, vindo na sua direção.

O rei chamou a atenção de Athos e Aramis para o que se passava.

— Esperávamos por isso, Sire. Se a primeira esquadra fizer o que deve, isso nos salva, em vez de nos perder — explicou Athos.

Ouviu-se, então, encobrindo todo o barulho que faziam os cavalos a galope e os relinchos, de Winter, que comandava:

— Sabre na mão!

No mesmo instante, todos os sabres saíram das suas bainhas e surgiram como relâmpagos.

— Vamos, senhores — gritou por sua vez o rei, embriagado pelo clamor e pelo que via. — Vamos, sabre na mão!

Mas a essa voz de comando, com o rei dando o exemplo, apenas Athos e Aramis obedeceram.

— Fomos traídos — disse baixinho o rei.

— Não nos precipitemos — disse Athos —, talvez não tenham reconhecido a voz de Vossa Majestade e estejam esperando a ordem do chefe de esquadra.

— E não deram ouvidos à do seu coronel?! Vejam! — exasperou-se o rei, parando sua montaria com uma brusquidão que a obrigou a dobrar as patas, e tomando as rédeas do cavalo de Athos.

---

390. De origem obscura, era o grito de guerra das tropas do rei da França até o fim do séc. XVI. O poema *A canção de Rolando* (séc.XI) cita-o, associando "*montjoie*" à espada do imperador Carlos Magno (a "*joyeuse*"), mas são muitas e incertas as versões. Saint-Denis, são Denis de Paris, martirizado em 250, foi o primeiro bispo da cidade e é venerado como seu padroeiro, junto com santa Genoveva.

— Ah, covardes! Ah, miseráveis traidores! — ouvia-se de Winter gritar, enquanto seus soldados, abandonando as fileiras, espalhavam-se pelo campo.

Apenas uns quinze homens permaneceram com ele, esperando a carga dos soldados encouraçados de Cromwell.

— Vamos lá, morrer com ele! — disse o rei.

— À morte! — concordaram Athos e Aramis.

— Comigo, corações fiéis! — bradou de Winter, cuja voz chegou até os dois amigos, que partiram a galope.

— Sem pena nem piedade! — gritou em francês, respondendo ao apelo do fidalgo inglês, uma voz que os fez gelar.

Ao ouvi-la, de Winter ficou lívido e parou como se tivesse sido petrificado.

O comando viera de um cavaleiro montado num magnífico cavalo negro, que atacava à frente do regimento inglês que ele, no seu ímpeto, havia deixado dez passos atrás.

"É ele!", disse para si mesmo de Winter, com o olhar fixo e deixando cair a espada de lado.

— O rei! O rei! — várias vozes gritaram, iludidas pelo cordão azul e pelo cavalo isabel. — Peguem-no vivo!

— Não, não é o rei! — avisou o cavaleiro. — Não se deixem enganar. Não é mesmo, milorde de Winter, o senhor não é o rei. É apenas meu tio, não é?

Ao mesmo tempo, Mordaunt, pois outro não era, apontou o cano da sua pistola para de Winter. Ouviu-se o disparo e a bala atravessou o peito do velho fidalgo, que deu um salto na sela e caiu nos braços de Athos, murmurando:

— O vingador!

— Lembre-se da minha mãe — berrou Mordaunt, passando por eles, carregado pelo furioso galope do seu cavalo.

— Miserável! — gritou Aramis, disparando um tiro de pistola quase a queima-roupa, com o rapaz passando a seu lado. Mas apenas a espoleta queimou, sem disparar a bala.

Nesse momento, o regimento em peso caiu sobre os poucos homens que haviam permanecido e os dois franceses foram cercados, imprensados, envolvidos. Tendo confirmado que de Winter estava de fato morto, Athos largou o cadáver e gritou, sacando a espada:

— Vamos, Aramis, pela honra da França.

Os dois ingleses mais próximos deles caíram, ambos atingidos mortalmente.

No mesmo momento, uma comemoração terrível ecoou e trinta lâminas faiscaram acima de suas cabeças.

Um homem destacou-se das fileiras inglesas aos empurrões, saltou em cima de Athos agarrando seus braços vigorosos, tirou-lhe a espada da mão e disse a seu ouvido:

— Silêncio! Renda-se. Rendendo-se para mim não estará se rendendo.

— Fomos traídos — disse baixinho o rei.

Um gigante também travou os punhos de Aramis, que em vão tentava se livrar da formidável empunhadura.

— Renda-se — disse ele, olhando-o fixamente.

Aramis ergueu a cabeça, Athos virou-se.

— D'Art... — espantou-se Athos, de quem o gascão fechou a boca com a mão.

— Rendo-me — disse Aramis, entregando a espada a Porthos.

— Fogo! Fogo! — gritava Mordaunt, voltando-se para o grupo em que estavam os dois amigos.

— E por quê? — quis saber o coronel. — Todos se renderam.

— É o filho de Milady — disse Athos a d'Artagnan.

— Eu o reconheci.

— É o monge — disse Porthos a Aramis.

— Eu sei.

Enquanto isso, as fileiras começaram a se abrir. D'Artagnan conduzia pelas rédeas o cavalo de Athos, Porthos o de Aramis, cada qual tentando levar seu prisioneiro para longe do campo de batalha.

Esse deslocamento deixou que se visse melhor o lugar em que havia tombado de Winter. Com instinto de ódio, Mordaunt o encontrou e o olhava, do alto de seu cavalo, com um sorriso hediondo.

Calmo como sempre, Athos levou a mão às suas cartucheiras, ainda com as pistolas.

— O que está fazendo? — perguntou d'Artagnan.

— Deixe-me matá-lo.

— Não faça um gesto mostrando que o conhece, ou estaremos perdidos, os quatro.

Em seguida, virando-se para Mordaunt, ele gritou:

— Belo tiro! Muito bom, meu amigo! O sr. du Vallon e eu temos os nossos: nada menos que cavaleiros da Jarreteira.

— Mas... — estranhou Mordaunt, olhando com olhos injetados de sangue os dois prisioneiros — eles são franceses, não são?

— Não faço ideia. O senhor é francês? — ele perguntou a Athos.

— Sou — a resposta foi dada com gravidade.

— Pois veja, meu caro, o senhor é prisioneiro de um compatriota.

— E o rei? — perguntou Athos com aflição. — O rei?

D'Artagnan apertou com força o braço do amigo e disse:

— Está em nossas mãos, o rei!

— Por uma infame traição — não se conteve Aramis.

Foi a vez de Porthos quase esmagar o punho do amigo, para depois dizer, com um sorriso.

— Ora, cavalheiro! A guerra é ganha tanto pela esperteza quanto pela força: veja!

De fato, naquele momento, os soldados que deviam proteger a retirada de Carlos avançavam na direção do regimento inglês, em torno do rei, sozinho e a pé, num grande espaço vazio. O monarca estava aparentemente calmo, mas era de se imaginar o quanto lhe custava manter essa aparência. O suor escorria da sua testa e ele enxugava as têmporas e os lábios com um lenço que, a cada vez, se afastava da boca mais manchado de sangue.

— Lá está Nabucodonosor[391] — gritou um dos couraçados do velho puritano que era Cromwell, com olhos a se inflamarem diante do aspecto daquele a quem chamavam tirano.

— Como assim, Nabucodonosor? — ironizou Mordaunt com seu horripilante sorriso. — Não, é o rei Carlos I, o bom rei Carlos que espolia seus súditos para ficar com a herança.

Carlos ergueu os olhos para o insolente que assim falava e não o reconheceu. Mas a majestosa e religiosa calma de seu rosto fez com que Mordaunt abaixasse o olhar.

— Olá, meus amigos — cumprimentou o rei os dois fidalgos que ele via, um nas mãos de d'Artagnan, outro nas de Porthos. — A manhã foi nefasta, mas não por culpa dos senhores, agradeço a Deus! Onde está meu velho de Winter?

Os dois fidalgos desviaram o rosto e ficaram em silêncio.

— Está com Strafford[392] — gritou a voz estridente de Mordaunt.

Carlos estremeceu: o demônio acertara no alvo. Strafford era o seu remorso eterno, o aspecto sombrio dos seus dias, o fantasma das suas noites.

O rei olhou em volta daquele que havia proferido a blasfêmia e viu um cadáver a seus pés. Era de Winter.

Não deixou escapar um grito nem derramou uma lágrima, apenas uma maior lividez tomou conta do seu rosto. Apoiou um joelho no chão, ergueu a cabeça do amigo, beijou a sua testa e, retomando o cordão da ordem do Espírito Santo com que ele o havia consagrado, colocou-o religiosamente de volta no próprio peito.

— De Winter foi morto? — perguntou d'Artagnan, fitando o cadáver.

— Foi — disse Athos. — Pelo sobrinho.

— Deus! É o primeiro de nós que se vai — murmurou d'Artagnan. — Que descanse em paz, era um bravo.

---

391. Rei da Babilônia de 604 a 562 a.C., desenvolveu em seu reinado o comércio, a arquitetura, a arte e a astronomia. É provável que tenha tardiamente sofrido de alguma forma de loucura que o levou a se imaginar como um animal. Autores judeus criaram a conhecida imagem de Nabucodonosor andando de quatro e pastando. Os puritanos frequentemente identificavam seus inimigos com os inimigos do povo hebreu, na Bíblia.

392. Ver nota 181.

— Carlos Stuart — disse então o coronel do regimento inglês, indo até o rei, que acabava de reaver as insígnias da realeza. — Rende-se como nosso prisioneiro?

— Coronel Thomlison[393] — respondeu Carlos —, o rei não se rende, mas o homem cede à força, apenas isso.

— Sua espada.

O rei sacou a espada e quebrou-a no próprio joelho.

Nesse momento, um cavalo sem cavaleiro, gotejando espuma, olhos flamejantes, narinas arreganhadas, aproximou-se e, reconhecendo seu dono, foi até ele, relinchando de alegria: era Arthus.

O rei sorriu, fez um afago em seu pescoço e subiu com leveza à sela, dizendo:

— Estejam à vontade, cavalheiros, podem me levar para onde quiserem.

Depois, virando-se de repente, acrescentou:

— Esperem, tive a impressão de ver de Winter se mexer. Se ainda estiver vivo, pelo que houver de mais sagrado, não abandonem o nobre fidalgo.

— Não se preocupe, rei Carlos — disse Mordaunt —, a bala atravessou o coração.

— Não digam uma palavra, não façam gesto algum e nem sequer olhem significativamente para nós — disse d'Artagnan a Athos e Aramis. — Mas Milady não está morta, sua alma vive no corpo desse demônio!

O destacamento tomou o caminho da cidade, levando o real prisioneiro. No meio do trajeto, entretanto, um ajudante de ordens do general Cromwell trouxe a ordem, para o coronel Thomlison, de conduzir o rei a Holdenby-Castle.

Ao mesmo tempo, mensageiros partiam em todas as direções, para anunciar à Inglaterra e à Europa que o rei Carlos Stuart era prisioneiro do general Oliver Cromwell.

---

393. Matthew Thomlinson (1617-81) foi o coronel inglês que teve o rei sob a sua custódia, mas a rendição é fictícia.

60. *Oliver Cromwell*

—Vêm até o general? — perguntou Mordaunt a d'Artagnan e Porthos. — Ele pediu para vê-los, terminada a batalha.

— Antes levaremos nossos prisioneiros a um lugar seguro. Esses fidalgos valem, cada um, mil e quinhentas pistolas.

— Não se preocupem — disse Mordaunt, que não conseguia reprimir a ferocidade com que os olhava. — Meus homens os guardarão e farão isso muito bem. Posso garantir.

— Farei ainda melhor — insistiu d'Artagnan. — Aliás, de que preciso? Um bom quarto com duas sentinelas ou a simples palavra deles de que não tentarão fugir. Vou organizar tudo isso e depois teremos a honra de ir ver o general e receber suas ordens, que transmitiremos a Sua Eminência.

— Pretendem então partir em breve? — perguntou Mordaunt.

— Nossa missão se concluiu e nada nos prende mais à Inglaterra, à exceção da vontade do grande homem ao qual fomos enviados.

O jovem mordeu os lábios e disse ao ouvido do seu ajudante:

— Siga-os sem perdê-los de vista. Quando souber onde estão alojados, vá me esperar na porta da cidade.

O sargento fez sinal de obediência.

Assim, em vez de acompanhar a maior parte dos prisioneiros que era levada à cidade, Mordaunt se dirigiu para a colina de onde Cromwell havia observado a batalha e onde estava erguida sua tenda.

O general havia proibido que se deixasse qualquer pessoa se aproximar dele, mas a sentinela, sabendo se tratar de um dos seus mais íntimos confidentes, achou que a proibição não se aplicava ao rapaz.

Mordaunt então afastou a tela da barraca e viu Cromwell sentado à frente de uma mesa, com a cabeça apoiada nas duas mãos. Ou seja, estava de costas para a entrada.

O jovem manteve-se de pé onde estava.

No final de algum tempo, Cromwell enfim ergueu o rosto atormentado e, como se instintivamente tivesse percebido a presença de alguém, devagar foi virando a cabeça.

— Eu disse que quero estar só! — ele gritou.

— Acharam que a proibição não me incluía, general. Se não for o caso, posso sair.

— Ah! É o senhor, Mordaunt — disse Cromwell, desfazendo, como se fosse por pura força da vontade, o véu que cobria os seus olhos. — Já que está aqui, ótimo, fique.

— Vim trazer meus cumprimentos.

— E por quê?

— Pela prisão de Carlos Stuart. O senhor tem o domínio da Inglaterra.

— Sentia-me bem melhor há duas horas — disse Cromwell.

— Como assim, general?

— A Inglaterra precisava de mim para abater o tirano e agora o tirano foi abatido. O senhor o viu?

— Vi sim.

— Qual sua atitude?

Mordaunt hesitou, mas a verdade pareceu sair à força da sua boca.

— Calma e digna.

— O que ele disse?

— Algumas palavras de adeus aos amigos.

— Amigos? — murmurou Cromwell. — Será, então, que tem amigos?

Em seguida, em voz alta, continuou:

— Ele se defendeu?

— Não, Excelência. Foi abandonado por todos, à exceção de três ou quatro homens. Não tinha como se defender.

— A quem ele entregou a espada?

— Não entregou, partiu-a.

— Fez bem. Mas em vez disso, seria melhor que dela tivesse se servido de forma mais proveitosa.

Houve um instante de silêncio.

— O coronel do regimento que servia de escolta ao rei, a Carlos, foi morto, não é? — quis confirmação Cromwell, olhando fixamente para Mordaunt.

— Foi, Excelência.

— Por quem?

— Por mim.

— Como ele se chamava?

— Lorde de Winter.

— O seu tio? — exclamou Cromwell.

— Meu tio! — continuou Mordaunt. — Os traidores da Inglaterra não pertencem à minha família.

— *Eu disse quero estar só!* — *Cromwell gritou.*

Cromwell manteve-se pensativo, olhando para o jovem. Em seguida, com aquele profundo desencanto, tão bem descrito por Shakespeare,[394] observou:

— Mordaunt, o senhor é um terrível assessor.

— Quando o Senhor ordena, não se discutem as Suas ordens. Abraão ergueu a faca contra Isaque, e Isaque era seu filho.

— Mas o Senhor não permitiu que concluísse o sacrifício — lembrou Cromwell.

— Olhei em volta — disse Mordaunt. — Não vi bode nem cabrito[395] nas matas da planície.

Cromwell fez uma reverência e continuou:

— O senhor é um forte entre os fortes, Mordaunt. E como se comportaram os franceses?

— Como homens de fibra, Excelência.

— Com certeza — murmurou Cromwell. — Franceses combatem bem. Se minha luneta não me enganou, acho que os vi na fileira da frente.

— Foi onde se colocaram.

— Depois do senhor, então.

— Culpa dos cavalos que têm, não deles.

Houve ainda um momento de silêncio.

— E os escoceses? — perguntou Cromwell.

— Mantiveram a palavra. Nada fizeram.

— Miseráveis! — disse baixinho o general.

— Os oficiais deles pedem para vê-lo.

— Não tenho tempo. Já foram pagos?

— Essa noite.

— Que partam, então. Que voltem às suas montanhas e lá escondam o opróbio, se é que elas são suficientemente altas para isso. Nada mais tenho a tratar com eles, nem eles comigo. Pode ir, Mordaunt.

— Antes de ir, gostaria de fazer algumas perguntas. E um pedido.

— A mim?

Mordaunt se inclinou.

— Venho ao senhor, que é meu herói, meu protetor, meu pai, e pergunto: está contente comigo?

Cromwell olhou para ele com surpresa.

O jovem permanecia impassível.

---

394. Em *Hamlet*, Shakespeare descreve esse sentimento do herói, torturado pelo assassinato de seu pai, a traição de sua mãe, a morte da jovem Ofélia — tudo isso levando-o a cair numa sensação de predestinação negativa e irremediável.

395. Na Bíblia (Gênese 22:1-13), Abraão olha em volta e vê um carneiro preso pelos chifres numa moita, e entende poder oferecê-lo em holocausto no lugar de Isaque, seu filho.

— Estou. Desde que o conheço o senhor não só cumpriu o seu dever, mas foi além, sendo um amigo fiel, um hábil negociador, um bom soldado.

— Lembra-se, senhor, de que foi minha a ideia inicial de tratar com os escoceses para que abandonassem o rei?

— Sem dúvida. A ideia foi sua. Eu não tinha, até então, tanto desprezo pelos homens.

— Fui bom embaixador na França?

— Foi, e conseguiu de Mazarino tudo que pedi.

— Não combati sempre com ardor por sua glória e seus interesses?

— Talvez até excessivo, é o que eu ainda há pouco critiquei no senhor. Mas aonde quer chegar com essas perguntas?

— A dizer que é chegada a hora em que, com uma só palavra, milorde pode recompensar todos os meus serviços.

— Ah! — Oliver não controlou um ligeiro gesto de desdém. — É verdade, estava esquecendo que todo serviço merece a sua recompensa, que o senhor me serviu e não foi ainda recompensado.

— Posso ser nesse exato momento, senhor, e até para além dos meus desejos.

— Como assim?

— Tenho o prêmio ao alcance da mão, quase posso tocá-lo.

— E que prêmio é esse? Ofereceram-lhe ouro? Está pedindo uma patente militar? Quer um governo?

— Aceitará meu pedido?

— Vejamos antes que pedido é esse.

— Alguma vez, quando milorde me deu alguma ordem, respondi: vejamos que ordem é essa?

— O que deseja pode ser impossível de se realizar.

— Alguma vez disse eu ser impossível a realização de algum desejo de milorde?

— Um pedido formulado com tanto preparativo...

— Ah! Que milorde não se preocupe — disse Mordaunt com simplicidade. — Não será algo que o abale.

— Pois então prometo satisfazer seu pedido, se for algo que esteja em meu poder. Peça.

— Peço dois prisioneiros dessa manhã.

— Há um resgate considerável em jogo?

— Pelo contrário, creio que são pobres.

— Então são amigos seus?

— Isso mesmo! Amigos, amigos queridos, por cujas vidas eu daria a minha.

— Muito bem, Mordaunt — disse Cromwell, recuperando, com certo alívio, uma boa impressão do jovem. — Eles são seus, nem preciso saber quem são, faça deles o que quiser.

— Obrigado, milorde, obrigado! Minha vida passa a lhe pertencer e, mesmo que a perca, ainda estarei em débito. Obrigado, o senhor acaba de pagar magnificamente meus serviços.

Ele se lançou aos joelhos de Cromwell e, apesar dos esforços do general puritano, que não aceitava, ou fingia não aceitar, essa homenagem quase monárquica, pegando a sua mão, beijou-a.

— Como!? — espantou-se Cromwell, parando-o no momento em que ele se levantava. — Nenhuma outra recompensa? Ouro? Patente militar?

— Deu-me tudo que eu queria, milorde, e considero-me amplamente pago — explodiu Mordaunt, deixando a tenda do general com uma alegria que transbordava de seu coração e de seus olhos.

Cromwell seguiu-o com o olhar.

— Ele matou o tio! Deus meu, quem são os homens que me servem? Este que nada pede, ou parece nada pedir, talvez diante de Deus tenha pedido mais do que o ouro das províncias e o pão dos infelizes. Ninguém serve a mim gratuitamente. Carlos, que é meu prisioneiro, talvez ainda tenha amigos, eu não.

E, com um suspiro, o general voltou à meditação interrompida por Mordaunt.

61. Os fidalgos

Enquanto Mordaunt se dirigia à tenda de Cromwell, d'Artagnan e Porthos levaram seus prisioneiros para a casa que lhes servia de alojamento em Newcastle.

A recomendação que Mordaunt fizera ao sargento não havia passado despercebida e o gascão, por isso, recomendou que Athos se mantivesse de olho vivo e Aramis guardasse extrema prudência. Os dois, então, acompanharam em silêncio os vencedores, o que não chegava a ser um sacrifício, pois estavam bastante ocupados com os próprios pensamentos.

Se alguém um dia realmente se espantou, essa pessoa foi Mousqueton quando, na entrada da casa, viu chegarem os quatro amigos, seguidos pelo sargento e mais uma dezena de soldados. Ele esfregou os olhos, sem acreditar que se tratava de Athos e Aramis, mas foi afinal obrigado a aceitar a evidência. De forma que já estava prestes a desencadear uma série de exclamações, mas Porthos, com um daqueles olhares que não admitem discussão, fez com que se calasse.

Porém Mousqueton permaneceu colado à porta, esperando descobrir alguma explicação para tão estranha situação. O mais chocante é que os quatro amigos pareciam não se conhecer.

D'Artagnan e Porthos haviam levado Athos e Aramis para a casa em que estavam desde o dia anterior e lhes fora designada pelo general Cromwell: era numa esquina, tinha uma espécie de jardinzinho à frente e estábulos em ângulo reto com a rua lateral.

As janelas do térreo, como é frequente nas cidadezinhas do interior, tinham barras de ferro, de forma que pareciam muito com as de uma prisão.

Os dois amigos disseram aos prisioneiros que entrassem e ficaram junto à porta, depois de mandar Mousqueton levar os quatro cavalos para a cocheira.

— Por que não entramos também? — estranhou Porthos.

— Precisamos, antes, saber o que querem esse sargento e os oito ou dez soldados que o acompanham.

O sargento e os oito ou dez soldados se instalaram no jardinzinho.

D'Artagnan perguntou o que queriam e por que estavam ali.

— Recebemos ordem de ajudar a guardar os prisioneiros — explicou o sargento.

Não podiam reclamar, pois, pelo contrário, era uma delicadeza e deviam inclusive se mostrar gratos. D'Artagnan então agradeceu e deu uma moeda de uma coroa ao sargento, para que bebessem à saúde do general Cromwell.

O militar observou que os puritanos não bebem, mas guardou, mesmo assim, a moeda no bolso.

— Ai! — disse Porthos. — Que manhã horrível, meu caro d'Artagnan!

— O que está dizendo, Porthos? Manhã horrível, essa em que encontramos nossos amigos?

— É verdade, mas em que circunstâncias!

— A conjuntura é mesmo embaraçosa, mas pouco importa, vamos vê-los e tentar enxergar mais de perto nossa posição.

— Ela é bem complicada. E agora entendo por que Aramis me dizia com tanta insistência que estrangulasse o horroroso Mordaunt.

— Psss! — fez d'Artagnan. — Não diga esse nome.

— Por que, se estou falando em francês e eles são ingleses?

D'Artagnan olhou para o amigo com essa admiração que a sensatez não pode deixar de manifestar diante dos absurdos de todo tipo.

E como Porthos também o olhava sem entender por que tanto espanto, d'Artagnan preferiu simplesmente dizer:

— É melhor entrarmos.

Porthos tomou a frente e d'Artagnan em seguida, para fechar bem a porta, e, só depois, abraçou os dois amigos presos.

Athos estava terrivelmente triste. Sem nada dizer, Aramis olhou para Porthos, em seguida para d'Artagnan, e seu olhar era tão expressivo que o gascão compreendeu.

— Quer saber como viemos parar aqui, não é? Bem, não é tão difícil adivinhar! Mazarino nos encarregou de levar uma carta ao general Cromwell.

— Mas por que, justamente, com Mordaunt, de quem eu disse que desconfiasse, d'Artagnan? — perguntou Athos.

— E a quem eu disse que estrangulasse, Porthos — completou Aramis.

— Ainda Mazarino. Foi enviado por Cromwell ao cardeal, que nos enviou a Cromwell. Obra da fatalidade.

— Tem razão, d'Artagnan, uma fatalidade que nos divide e causa nossa perdição. Não falemos mais disso, meu caro Aramis, e aceitemos o que nos espera.

— Ei, diabos! Muito pelo contrário, falemos disso. Combinamos, de uma vez por todas, nos mantermos juntos, mesmo que em partidos opostos.

— E põe opostos nisso! — disse sorrindo Athos. — Pois eu me pergunto, a que partido estão servindo? Ai, d'Artagnan, veja a que o miserável Mazarino os obriga. Sabe de qual crime vocês se tornaram culpados hoje? Da prisão do rei, de sua humilhação e morte.

— Ei, ei! — reagiu Porthos. — Acha mesmo?

— Exagero seu, Athos — disse d'Artagnan. — Estamos longe disso.

— Deus do céu, pelo contrário! Por que prender um rei? Quem pretende ainda respeitá-lo como senhor não o compra como a um escravo. Acha mesmo que foi para colocá-lo de volta no trono que Cromwell pagou duzentas mil libras esterlinas? Vão matá-lo, meus amigos, estejam certos disso. E será ainda um crime menor dentre os que podem cometer. Para um rei, é melhor ser decapitado do que esbofeteado.

— Não nego que, no final, seja mesmo possível — aceitou d'Artagnan. — Mas o que temos a ver com isso? Estou aqui como soldado que sou, servindo a quem paga meu soldo. Fiz juramento de obediência e então obedeço. Vocês, no entanto, que não fizeram juramentos, por que estão aqui? A qual partido servem?

— Ao mais sagrado que há no mundo — afirmou Athos. — O da desgraça, da realeza e da religião. Um amigo, uma esposa e uma filha nos deram a honra de pedir nossa ajuda. Servimos então, com os fracos meios de que dispomos, e Deus levará em conta nossa vontade e não nossa incapacidade. Você, d'Artagnan, pode pensar de outra maneira, ver as coisas sob outro ângulo, não o critico, mas lamento.

— Ei, vamos com calma! — reagiu d'Artagnan. — Afinal, por que me incomodar com a revolta do sr. Cromwell, que é inglês, contra o seu rei, que é escocês? Sou francês, e nada disso tem a ver comigo. Por que tenta me tornar responsável por isso?

— Também acho — disse Porthos.

— Porque todos os fidalgos são irmãos e vocês são fidalgos. Porque os reis de todos os países são os primeiros dos fidalgos. Porque à plebe cega, ingrata e estúpida agrada sempre abaixar o que é superior. E você, d'Artagnan, homem de velha cepa senhorial, homem de sobrenome ilustre e boa espada, contribuiu para que um rei fosse entregue a vendedores de cerveja, alfaiates e carroceiros! Ah, meu amigo! Como soldado, pode ter cumprido seu dever, mas como fidalgo, você tem culpa, é o que tenho a dizer.

Mordiscando a haste de uma flor, d'Artagnan não respondeu, mas se sentia bem pouco à vontade, pois quando desviava o olhar, evitando Athos, encontrava Aramis.

— Já você, Porthos — continuou o conde, parecendo ter pena do embaraço de d'Artagnan. — Você que tem o melhor coração, é o melhor amigo e melhor soldado que já conheci, você, cuja alma seria digna de ter nascido nos degraus de um trono, mas que cedo ou tarde será recompensada por um rei inteligente, você, meu querido Porthos, fidalgo em suas maneiras, gostos e coragem, é tão culpado quanto d'Artagnan.

Porthos ficou vermelho, mas de prazer e não por embaraço. No entanto, abaixando a cabeça como se tivesse sido humilhado, respondeu:

— É, é, acho que tem razão, meu estimado conde.

Athos levantou-se e foi até d'Artagnan, estendendo a mão:

— Não, não se mexa, filho querido, pois tudo isso que eu disse, se não foi com a voz, foi com o coração de um pai. Acredite, teria sido mais fácil agradecer por ter me salvado a vida, sem nada mencionar dos meus sentimentos.

— Tem razão, tem toda razão, Athos — respondeu d'Artagnan, aceitando a mão estendida e apertando-a. — O problema é que você tem uns sentimentos que nem a todo mundo é dado ter. Quem poderia imaginar que um sujeito sensato deixasse a sua casa, a França, o seu pupilo, um jovem encantador, pois fomos vê-lo no acampamento em que está, para ir aonde? Socorrer uma realeza podre e carcomida que vai desmoronar um dia desses como uma casa velha. O sentimento a que se referiu é sem dúvida belo, tão belo que é sobre-humano.

— Seja como for, amigo — respondeu Athos, sem cair na cilada que, com sua astúcia, o gascão preparava, sabendo de sua paternal afeição por Raoul —, de um jeito ou de outro, você, no fundo do coração, sabe que é um sentimento justo. Mas estou errado, ao falar como falei, na situação em que me encontro. Sou seu prisioneiro, d'Artagnan, trate-me como tal.

— Ah, diabos! Sabe muito bem que não será meu prisioneiro por muito tempo.

— Não — observou Aramis. — Provavelmente seremos tratados como aqueles de Philiphaugh.[396]

— Ou seja?

— A metade foi enforcada, a outra fuzilada — ele respondeu.

— Pois garanto — respondeu d'Artagnan — que enquanto me restar uma gota de sangue nas veias, não serão enforcados nem fuzilados. Mil demônios! Que venham! Aliás, está vendo essa porta, Athos?

— O que tem ela?

— Podem atravessá-la quando bem entenderem. A partir desse momento, você e Aramis estão livres como o vento.

— Não esperaria menos de você, meu bravo amigo, mas não é mais você o nosso carcereiro: essa porta está sob vigilância, d'Artagnan, como você muito bem sabe.

— É só forçar passagem — estranhou Porthos. — O que tem ali? No máximo uns dez homens.

---

[396] Após a batalha de Philiphaugh, em 13 de setembro de 1645, seis dos mais ilustres companheiros do marquês de Montrose (ver nota 304) foram presos, condenados e executados.

— Não é muito para nós quatro, mas demais para dois. Vejam, divididos como agora estamos, necessariamente caminhamos para o nosso fim. Basta lembrar um exemplo fatal: na estrada para a região de Vendôme, vocês mesmos, d'Artagnan, tão corajoso, e Porthos, forte além de corajoso, foram batidos. Hoje foi a nossa vez. Isso nunca aconteceu quando estávamos os quatro reunidos. Morramos, então, como morreu de Winter. No que me concerne, só fujo se formos juntos, os quatro.

— Não podemos — disse d'Artagnan —, estamos sob as ordens de Mazarino.

— Sei disso, e não os pressiono mais. Meus argumentos não surtiram efeito, provavelmente não eram bons, já que não influenciaram espíritos justos como os seus.

— Aliás, houvessem surtido efeito — ponderou Aramis —, melhor seria não comprometer os dois excelentes amigos. Fiquem tranquilos, terão orgulho de nós ao morrermos. Pessoalmente, sinto-me honrado de enfrentar as balas, ou até a corda, com o amigo Athos, que nunca me pareceu tão grande quanto agora.

D'Artagnan permanecia calado. Depois de roer a haste de flor, era aos dedos que ele roía.

— Acham então que vão matá-los? — ele voltou finalmente a falar. — Para quê? Que interesse têm? Além do mais, são prisioneiros nossos.

— Louco! Três vezes louco! — explodiu Athos. — Não conhece Mordaunt? Pois troquei um único olhar com ele e vi, nesse olhar, que estamos condenados.

— É verdade que me sinto chateado por não tê-lo estrangulado como você aconselhou, Aramis — disse Porthos.

— Pois não estou nem aí para Mordaunt! — foi a vez de d'Artagnan se irritar. — Santo Deus! Se esse inseto me encher muito a paciência eu o esmago! Não fujam, então, não precisam, pois estão em segurança aqui, juro, como estavam há vinte anos, um na rua Férou e outro na Vaugirard.[397]

— Bom — disse Athos, apontando para uma das duas janelas gradeadas que iluminavam o cômodo —, já vai saber o que fazer, pois aí vem ele.

— Quem?

— Mordaunt.

De fato, seguindo a direção que Athos apontava, d'Artagnan viu um cavaleiro que chegava a galope.

Era mesmo Mordaunt.

D'Artagnan se precipitou para fora da sala.

Porthos quis ir atrás.

— Fique, venha somente quando me ouvir tamborilar na porta.

---

397. Ver nota 227.

62. Jesus Senhor

Quando Mordaunt chegou diante da casa, d'Artagnan já estava à porta e os soldados desordenadamente deitados com suas armas pela grama do jardim.

— Ei! — ele gritou, com a voz abalada pela correria em que vinha. — Os prisioneiros estão lá dentro?

— Estão sim, senhor — disse o sargento erguendo-se rápido, assim como os soldados, que imediatamente levaram a mão a seus chapéus.

— Perfeito, quatro de vocês levem-nos imediatamente a meu alojamento.

Quatro homens se apresentaram.

— Como é que é? — perguntou d'Artagnan com aquele tom debochado com que os nossos leitores já se familiarizaram, desde que o conhecem. — O que está havendo, por favor?

— O que está havendo, senhor, é que ordenei a quatro soldados que busquem os prisioneiros dessa manhã e os levem a meu alojamento.

— E por quê? Perdoe a curiosidade, mas, entenda, é para a minha edificação.

— Porque os prisioneiros passaram a ser meus — respondeu Mordaunt altivamente — e faço deles o que quiser.

— Queira desculpar, queira desculpar, meu jovem cavalheiro, está cometendo um erro, tenho a impressão. Os prisioneiros, em geral, são de quem os aprisiona e não de quem os viu serem presos. Poderia ter ficado com milorde de Winter, que era seu tio, pelo que me disseram, mas preferiu matá-lo. Tudo bem. Poderíamos, o sr. du Vallon e eu, ter matado nossos dois fidalgos, mas preferimos aprisioná-los. Cada um age à sua maneira.

Os lábios de Mordaunt ficaram brancos.

D'Artagnan percebeu que as coisas não demorariam a piorar e começou a tamborilar na porta avisando da caminhada dos soldados.

Já ao primeiro toque, Porthos saiu e se colocou do outro lado da porta, que ele ocupava de cima a baixo.

Mordaunt percebeu a intenção dos dois.

— Cavalheiro — ele disse, com uma raiva difícil de ser controlada —, seria uma resistência inútil, acabo de obter os prisioneiros, agora mesmo, dados pelo general comandante, meu ilustre chefe, o sr. Oliver Cromwell.

Tais palavras se abateram sobre d'Artagnan como um raio. O sangue palpitou em suas têmporas, uma nuvem obscureceu seu olhar, ele entendeu a feroz intenção do rapaz. Instintivamente, sua mão desceu à empunhadura da espada.

Porthos, por sua vez, observava o parceiro para saber o que deveria fazer, adequando seus movimentos aos dele.

O seu olhar mais preocupou do que tranquilizou d'Artagnan, que começava a lamentar ter acionado a força bruta do amigo, num caso que parecia poder ser conduzido pela astúcia. Ele pensou:

"A violência vai nos levar, aos quatro, à perdição. D'Artagnan, meu amigo, prove a esse aprendiz de serpente que você é não só mais forte, mas também mais esperto."

E então ele disse, com um profundo cumprimento:

— Ah, sr. Mordaunt! Como? Por que não disse logo vir da parte do sr. Oliver Cromwell, o mais ilustre capitão dos tempos atuais?

— Acabo de deixá-lo, cavalheiro — disse Mordaunt apeando e passando sua montaria a um soldado —, nesse momento mesmo.

— Deveria ter dito logo de início, meu caro amigo. A Inglaterra inteira pertence ao sr. Cromwell, e se vem pedir meus prisioneiros em seu nome, me inclino. São seus, pode ficar com eles.

Mordaunt avançou, aliviado, e Porthos, sem entender e olhando para o amigo com profundo estupor, abriu a boca para dizer alguma coisa.

D'Artagnan deu uma pisada no seu pé, e ele então percebeu se tratar de uma simples encenação.

Mordaunt subiu o primeiro degrau da entrada, de chapéu na mão, pretendendo passar entre os dois amigos e fazendo sinal para que os quatro homens o seguissem.

— Mas me desculpe uma vez ainda — disse d'Artagnan, com o mais encantador sorriso e descansando a mão no ombro do rapaz —, se o ilustre general Oliver Cromwell dispôs dos nossos prisioneiros a seu favor, ele certamente oficializou por escrito essa doação.

Mordaunt parou.

— Entregou alguma cartinha para mim, um pedaço de papel qualquer, enfim, comprovando que o senhor vem em seu nome? Queira me confiar o documento para que eu possa me desculpar por abandonar meus compatriotas. De outra forma, entenda, mesmo estando certo de que o general Oliver Cromwell não tem por que lhes querer mal, não pareceria correto.

Mordaunt recuou e, frustrado, lançou um olhar terrível a d'Artagnan, recebido com a mais amável e amigável expressão que jamais tenha se esboçado num rosto.

— Eu afirmei, cavalheiro, estaria cometendo a injúria de duvidar?

— Eu? Eu? Duvidar do que diz? Deus me guarde, meu caro sr. Mordaunt! Pelo contrário, considero-o um digno e completo fidalgo, pelas aparências. Além disso, amigo, posso falar com franqueza?

— Fale.

— O sr. du Vallon, aqui presente, é rico, tem quarenta mil libras de renda. Por isso, não se importa com dinheiro. É o caso dele, não o meu.

— E daí?

— E daí é que não sou rico. Na Gasconha isso não é uma desonra. Ninguém lá é rico e o próprio Henrique IV, de gloriosa memória, que era o rei dos gascões, como Sua Majestade Filipe IV é o rei de todas as Espanhas,[398] nunca tinha um centavo no bolso.

— Conclua, cavalheiro, estou vendo aonde quer chegar, e se é o que imagino, podemos eliminar essa dificuldade.

— Ah! Eu sabia estar tratando com um jovem de alta inteligência. Pois bem, a questão é essa, é onde a porca torce o rabo, como dizemos na França, sou apenas um militar profissional, nada mais; ganho o que me garante a espada, ou seja, mais ferimentos do que cédulas de banco. E veja, ao me apoderar pela manhã dos dois franceses que me parecem vir de berço importante, dois cavaleiros da Jarreteira, eu pensei: minha fortuna está garantida. Digo dois porque, em circunstância assim, o sr. du Vallon, que é rico, sempre me cede os seus prisioneiros.

Mordaunt, totalmente convencido pela verborrágica bonomia de d'Artagnan, sorriu como quem perfeitamente compreendia os motivos dados e respondeu com simpatia:

— Apresentarei daqui a pouco a ordem assinada, cavalheiro, e com ela duas mil pistolas. Enquanto isso, deixe-me levar os prisioneiros.

— É melhor não. Que diferença faz para o senhor um atraso de meia hora? Sou alguém que segue as regras, cavalheiro, sigamos as regras.

— Seria bom se lembrar que posso forçá-lo, sou eu que tenho o comando aqui.

— Ah, meu querido! — continuou d'Artagnan com amigável sorriso. — Vê-se logo que, apesar de termos tido, o sr. du Vallon e eu, a honra de viajar na sua companhia, o senhor não nos conhece. Somos fidalgos, somos capazes, os dois

---

[398]. Henrique IV já era rei de Navarra, que frequentemente se confunde com a Gasconha, antes de ser rei da França. Filipe IV (1605-65) foi rei da Espanha, mas também de Portugal e Algarves (como Filipe III, até 1640) e do Império Espanhol, abrangendo os Países Baixos e as colônias das Américas, África, Ásia e Oceania.

sozinhos, de matar o senhor e os seus oito ajudantes. Santo Deus, sr. Mordaunt! Não seja tão cabeçudo, pois quando me vejo diante de alguém assim, começo a ser cabeçudo também e posso chegar aos cúmulos da pirraça. E meu amigo aqui, em casos desse tipo, é ainda mais birrento e exagerado que eu. Isso sem lembrar que somos enviados do sr. cardeal Mazarino, que representa o rei da França. Daí resulta que, nesse momento, representamos o rei e o cardeal, o que nos torna, em nossa qualidade de embaixadores, invioláveis, coisa que o sr. Oliver Cromwell, certamente tão hábil político quanto é bom general, deve perfeitamente compreender. Peça então uma ordem escrita. O que lhe custa, sr. Mordaunt?

— Isso, uma ordem escrita — disse Porthos, que começava a entender a intenção de d'Artagnan. — É só o que pedimos.

Por maior que fosse a vontade de Mordaunt de recorrer à violência, ele reconheceu que os motivos apresentados por d'Artagnan se sustentavam. Aliás, a reputação que tinha o mosqueteiro pesava a seu favor e o que havia feito naquela manhã só confirmava tal reputação. Ele então ponderou. Além disso, desconhecendo as relações de profunda amizade que havia entre os quatro franceses, todas as suas preocupações desapareceram diante do alegado interesse, muito plausível, de cobrança de um resgate.

Ele resolveu então não só ir buscar a ordem, mas também as duas mil pistolas pelas quais tinha avaliado os dois prisioneiros. Montou a cavalo e, depois de recomendar ao sargento que ficasse de vigia, manobrou as rédeas e se foi.

— Bom — calculou d'Artagnan —, quinze minutos para ir até a barraca do general, mais quinze para voltar, é mais do que precisamos.

Em seguida, sem que o seu rosto denotasse qualquer mudança, de modo a que quem os visse acreditasse que continuavam a mesma conversa, ele acrescentou, olhando de frente o companheiro:

— Querido Porthos, ouça bem... Antes de tudo, nada comente com nossos amigos sobre tudo isso que acaba de ouvir. Eles não precisam saber do que estamos fazendo a favor deles.

— Entendo.

— Vá às cocheiras, chame Mousqueton, selem os cavalos, colocando as pistolas nas cartucheiras, e levem-nos para a rua de baixo, de forma que tenhamos apenas que montá-los. O resto, deixe por minha conta.

Porthos não fez a menor observação, obedecendo com a sublime confiança que tinha no amigo.

— Estou indo. Só uma coisa. Voltarei ao quarto em que estão aqueles senhores?

— Não, não tem por quê.

— Então, por favor, pegue a minha bolsa, que deixei em cima da lareira.

— Pode deixar.

Com seus passos calmos e tranquilos, Porthos se encaminhou para a estrebaria, passando entre os soldados que não puderam, mesmo se tratando de um francês, deixar de admirar a sua estatura e compleição. Na esquina ele encontrou Mousqueton e pediu que o acompanhasse.

Assoviando uma musiquinha começada à saída de Porthos, d'Artagnan entrou na casa.

— Meu querido Athos — ele começou. — Pensei muito no que disse e você tem razão. Realmente lamento ter me envolvido em tudo isso. E você está certo, Mazarino é um patife. Resolvi então fugir com vocês. Sem perder tempo, estejam prontos. Suas espadas estão ali no canto, não as esqueçam, é um instrumento que, nessas circunstâncias, pode ser bem útil. Aliás, isso me fez lembrar da bolsa de Porthos. Bom! Cá está.

D'Artagnan colocou no bolso o saquinho de moedas do amigo. Os dois outros permaneciam no mesmo lugar, espantados.

— O que há? O que tem isso de tão surpreendente? Estava cego e Athos me fez ver com clareza, só isso. Venham cá.

Os dois se aproximaram.

— Estão vendo aquela rua? É onde vão estar os cavalos. Saiam pela porta, virem à esquerda, pulem nas suas selas e pronto. Não se preocupem com nada a não ser em ouvir bem o sinal. E o sinal estará dado quando eu gritar: Jesus Senhor!

— E você? Dá sua palavra de que virá, d'Artagnan?

— Por Deus, juro.

— Então, combinado — exclamou Aramis. — Ouvindo o grito "Jesus Senhor!" nós saímos, derrubamos tudo que se opuser à frente, corremos aos cavalos, pulamos nas selas e partimos em velocidade. É isso?

— Perfeito!

— Está vendo, Aramis — emocionou-se Athos —, como eu sempre digo, de todos nós d'Artagnan é o melhor.

— Bom, dos cumprimentos, quero eu escapar. Até logo.

— E você foge conosco, não é?

— Claro. Não esqueçam o sinal: Jesus Senhor!

Dito isso, ele saiu, tão descontraído quanto havia entrado, retomando o assovio no mesmo ponto em que o havia interrompido.

Os soldados jogavam ou dormiam. Dois cantavam desafinados, um pouco adiante, o salmo *Super flumina Babylonis*.[399]

D'Artagnan chamou o sargento e disse:

— Meu caro senhor, o general Cromwell, pelo sr. Mordaunt, me chamou. Queira, por favor, vigiar os prisioneiros.

O sargento fez sinal, mostrando não compreender a língua.

D'Artagnan, então, tentou fazê-lo compreender por gestos o que ele não compreendia com palavras.

---

[399]. "Sentamo-nos à beira dos rios de Babilônia e lá choramos, à lembrança de Sião" (Salmos 137).

O sargento mostrou ter entendido.

Ele então se dirigiu à cocheira, onde encontrou os cinco cavalos selados, o seu e os demais.

— Peguem um cavalo cada um, pela rédea, e virem à esquerda, para que Athos e Aramis os vejam da janela.

— Eles vão vir? — perguntou Porthos.

— Daqui a pouco.

— Não esqueceu minha bolsa?

— Não, fique tranquilo.

— Ótimo.

Porthos e Mousqueton, cada um com um cavalo, dirigiram-se então ao local indicado.

Sozinho, d'Artagnan usou uma pederneira para acender um pedaço de pavio do tamanho de dois grãos de lentilha, montou a cavalo e foi parar bem entre os soldados à frente da porta.

Parecendo apenas fazer um afago no animal, enfiou o pequeno pedaço de pavio numa das orelhas.

Precisava ser muito bom cavaleiro para se arriscar a isso, pois assim que o quadrúpede sentiu a queimadura, deu um relincho de dor, corcoveou e saltou como se tivesse enlouquecido.

Os soldados, ameaçados de atropelamento, afastaram-se às pressas.

— Socorro! Socorro! — gritava o cavaleiro. — Segurem-no! O cavalo está tendo uma alucinação.

Realmente, sangue parecia sair dos olhos do animal, que ficou branco de espuma.

— Socorro! — continuava aos berros d'Artagnan, sem que os soldados se atrevessem a ajudar. — Socorro! Vão me deixar morrer? Jesus Senhor!

Assim que se ouviu esse último grito, Athos e Aramis lançaram-se de espada em punho porta afora. Graças, porém, à tramoia do amigo, o caminho estava livre.

— Os prisioneiros estão fugindo! Os prisioneiros estão fugindo! — gritou o sargento.

— Pare! Pare! — berrou d'Artagnan, deixando o cavalo com as rédeas livres e, com isso, derrubando dois ou três homens.

— *Stop! Stop!* — gritavam os soldados, correndo em busca de suas armas.

Os prisioneiros, no entanto, já estavam montados e não perderam tempo, partindo na direção da porta mais próxima da cidade. No meio da rua, eles avistaram Grimaud e Blaisois, que andavam à procura dos seus patrões.

Com um simples gesto de Athos, Grimaud compreendeu a situação e partiu atrás do pequeno grupo, que parecia um turbilhão e que d'Artagnan, vindo por último, incitava ainda mais, aos gritos. Atravessaram a porta da cidade como sombras, sem que os guardas nem sequer pensassem em pará-los. Num instante estavam em campo aberto.

Enquanto isso, os soldados continuavam a gritar "*Stop! Stop!*" e o sargento, começando a perceber que tinham sido enganados, arrancava os cabelos.

Nisso, chegava a galope um cavaleiro, com um papel na mão.

Era Mordaunt, com a ordem por escrito.

— Os prisioneiros? — ele foi logo perguntando, enquanto descia do cavalo.

Sem forças para responder, o sargento mostrou a porta escancarada e a casa vazia. Mordaunt foi até os degraus, entendeu, deu um grito como se lhe arrancassem as vísceras e caiu desmaiado no chão.

63. Uma prova de que, mesmo nas mais difíceis situações, os grandes corações nunca perdem o ânimo, nem os bons estômagos o apetite

A pequena tropa, sem trocar palavras, sem olhar para trás, manteve-se em pleno galope, atravessando um riozinho do qual ninguém sabia o nome e deixando à esquerda uma cidade que Athos dizia ser Durham.

Surgindo mais adiante um pequeno bosque, deram nessa direção uma última esporeada nos cavalos.

Assim que desapareceram atrás de uma cortina suficientemente espessa de vegetação, escapando da vista de quem porventura os seguisse, eles pararam para uma confabulação. Os cavalos foram entregues a dois dos criados, para que se recuperassem um pouco, mas sem que fossem tirados os arreios e selas, ficando Grimaud de sentinela.

— Antes de tudo, deixe-me abraçá-lo, meu amigo — disse Athos a d'Artagnan. — Você que nos salvou e é o verdadeiro herói entre nós!

— Athos tem razão e eu muito o admiro — concordou Aramis, abraçando-o também. — Do que você não seria capaz sob um soberano inteligente, com visão infalível, braço de ferro e espírito vencedor!

— Agora sim, por mim e por Porthos, aceito tudo que quiserem: abraços e agradecimentos, pois temos tempo — disse o gascão. — Continuem, continuem.

Percebendo a advertência para que se lembrassem também de Porthos, os dois amigos foram apertar-lhe as mãos.

— Temos agora que parar de simplesmente correr como loucos, sem direção, e armar um plano — disse Athos. — O que vamos fazer?

— O que vamos fazer? Diabos! Não é difícil imaginar.

— Então diga, d'Artagnan.

— Procurar o porto marítimo mais próximo, juntar o dinheiro que temos, alugar um barco e atravessar para a França. Coloco nisso até o meu último centavo. O primeiro tesouro é a vida e, devemos reconhecer, a nossa está por um fio.

— O que acha, du Vallon? — perguntou Athos.

— Minha opinião é exatamente a mesma. Não é um bom lugar, essa tal Inglaterra.

— Então quer mesmo ir embora daqui? — perguntou Athos a d'Artagnan.

— Sangue de Cristo! Não vejo o que poderia me prender aqui.

Athos trocou um olhar com Aramis.

— Sigam em frente, meus amigos — ele disse, num suspiro.

— Como assim, sigam em frente? Sigamos, não? — admirou-se d'Artagnan.

— Não, meu amigo. Teremos que nos separar.

— Separar-nos? — exclamou d'Artagnan, paralisado com o que ouvia.

— Ora! — estranhou Porthos. — Por que nos separaríamos, já que estamos juntos?

— Porque a missão de vocês foi cumprida. Daí então poderem, e deverem, voltar à França. A nossa, não.

— Não cumpriram a missão de vocês? — perguntou d'Artagnan, olhando para Athos com surpresa.

— Não — respondeu o amigo, com a sua voz ao mesmo tempo tão suave e firme. — Viemos para defender o rei Carlos e o defendemos mal. Temos então que salvá-lo.

— Salvar o rei? — continuava surpreso d'Artagnan, olhando agora para Aramis, que se limitou a uma afirmação com a cabeça.

O rosto de d'Artagnan assumiu um ar de profunda comiseração, pois começava a achar que lidava com dois loucos.

— Não podem estar falando sério. O rei está aos cuidados de um exército e sendo levado para Londres. Um exército comandado por um açougueiro, ou filho de açougueiro, pouco importa, o coronel Harrison.[400] O processo de Sua Majestade vai ter início assim que eles chegarem. Posso garantir o que digo, ouvi várias vezes o sr. Oliver Cromwell falar disso.

Athos e Aramis se entreolharam mais uma vez.

— Montado o processo, o julgamento rapidamente será levado à execução — continuou d'Artagnan. — Eles são rápidos nesse tipo de coisa, esses senhores puritanos.

— E a qual pena você acha que condenarão o rei? — perguntou Athos.

— Creio que à pena de morte, infelizmente. Já fizeram muito contra ele e não serão perdoados. Resta um só meio: matá-lo. Não sabem o que disse Oliver Cromwell quando foi a Paris e mostraram a ele a torre do castelo de Vincennes, onde estava preso o sr. de Vendôme?

— O quê? — perguntou Porthos.

---

400. Thomas Harrison (1606-60) foi um dos mais ferozes perseguidores de Carlos I. Em 1660 foi condenado por regicídio, sendo enforcado e esquartejado.

— Só na cabeça se deve tocar nos príncipes.[401]

— Já tinha ouvido dizer — confirmou Athos.

— E acha que ele não vai pôr a máxima em execução, agora que prendeu o rei?

— Claro que sim. E é uma razão a mais para não abandonar a augusta cabeça ameaçada.

— Athos, você está louco.

— Não, meu amigo — calmamente respondeu o fidalgo. — De Winter nos procurou na França e nos levou até a sra. Henriqueta. Sua Majestade nos deu a honra, a mim e ao sr. d'Herblay, de pedir nossa ajuda para o seu marido. Demos nossa palavra e nossa palavra abrange tudo: nossa força, inteligência e vida se comprometeram nisso. Nada podemos fazer senão sustentar a palavra dada. Não concorda, d'Herblay?

— Sim, foi o que prometemos.

— Mas temos ainda outro motivo — continuou Athos —, que é o seguinte, ouçam. Tudo, nesse momento, se passa de forma miserável e mesquinha na França. Temos um rei de dez anos de idade, que não pode ainda saber o que quer, uma rainha obnubilada por uma paixão tardia e um ministro que rege o país como se fosse uma vasta propriedade agrícola, isto é, preocupado apenas em como o ouro pode ser colhido, cultivando o terreno com intrigas e astúcias italianas. Temos, além disso, príncipes que fazem uma oposição pessoal e egoísta, sem chegar a nada além de conseguir arrancar das mãos de Mazarino alguns lingotes de ouro, algumas migalhas de poder. Servi a eles não por entusiasmo, apenas por princípio, pois sabe Deus que os avalio pelo que valem, e isso não os coloca num ponto minimamente elevado da minha estima. Aqui me deparo com outra situação, uma alta desventura, a desventura de um rei, uma desventura europeia, e com ela me solidarizo. Se conseguirmos salvar o rei, será uma bela coisa, se morrermos nessa tentativa, será uma morte grandiosa.

— Ou seja, desde já sabem que serão mortos — concluiu d'Artagnan.

— É o mais provável. E só lamentamos morrer longe de vocês.

— Mas o que vão fazer nesse país estrangeiro, inimigo?

— Quando era moço vim à Inglaterra e falo inglês como um inglês. Aramis, por sua vez, conhece também um pouco da língua. Ah! Se tivéssemos vocês conosco, meus amigos! Com vocês, d'Artagnan e Porthos, os quatro juntos e reunidos pela primeira vez em vinte anos, enfrentaríamos não só a Inglaterra, mas os três reinos![402]

— Então prometeram àquela rainha — continuou d'Artagnan, ironizando — forçar a Torre de Londres, matar cem mil soldados, lutar vitoriosamente contra

---

401. A frase seria de Richelieu e não de Cromwell.

402. Inglaterra, Escócia e Irlanda.

Uma prova de que, mesmo nas mais difíceis situações

a vontade de uma nação e a ambição de um homem, chamando-se, esse homem, Cromwell? Vocês, Athos e Aramis, não o viram. Mas garanto, é um homem de gênio, que me lembrou muito nosso cardeal, o outro, o grande! Vocês sabem. Não exagerem os seus deveres. Em nome do céu, querido Athos, não faça um sacrifício inútil! Na verdade, quando olho para você, tenho a impressão de ver um homem sensato e, ouvindo-o falar, tenho a impressão de estar diante de um louco. Vamos, Porthos, me ajude. O que pensa disso tudo, francamente?

— Não é bom — foi a resposta.

— Você nunca se arrependeu dos meus conselhos — continuou d'Artagnan, já impaciente de ver que Athos, em vez de ouvi-lo, parecia ouvir apenas uma voz interior —, pois ouça e acredite, a missão de vocês dignamente chegou ao fim. Voltem para a França conosco.

— Amigo — respondeu Athos —, nossa decisão é irremovível.

— Não há nenhum outro motivo, que desconhecemos?

Athos sorriu.

D'Artagnan bateu na própria perna com raiva e desfiou as motivações mais convincentes que encontrou. A todas, Athos se limitava a responder com um sorriso calmo e amigo, enquanto Aramis apenas balançava a cabeça.

— Droga! — explodiu afinal d'Artagnan, furioso. — Droga! Se é o que querem, vamos todos deixar nossos ossos nesse país miserável, onde faz frio o tempo todo, onde o tempo bom é a bruma, bruma da chuva, a chuva do dilúvio, onde o sol é como a lua e a lua um queijo pastoso. Tudo bem, morrer aqui ou em outro lugar, já que temos que morrer, que se dane!

— Lembre-se, porém, caro amigo, que isso significa morrer mais cedo.

— Dane-se! Mais cedo, mais tarde, não vale a pena calcular.

— O que sempre me espanta — disse sentenciosamente Porthos — é que isso não tenha ainda acontecido.

— Vai acontecer, não se preocupe — disse d'Artagnan. — Então, que seja — concluiu o gascão —, se Porthos concordar...

— Concordo com o que decidirem. Aliás, gostei muito do que disse o conde de La Fère.

— Mas e o seu futuro, d'Artagnan? As suas ambições, Porthos?

— Nosso futuro, nossas ambições! — continuou d'Artagnan seu febril palavrório. — Por que pensar nisso, já que salvamos o rei? Uma vez salvo o rei, reuniremos seus aliados, derrotaremos os puritanos, reconquistaremos a Inglaterra, entraremos em Londres e literalmente o sentaremos no trono...

— Seremos duques e membros do Conselho — disse Porthos, com olhos que relampejavam alegria, vendo o futuro numa fábula.

— Isso se ele não se esquecer de nós — lembrou d'Artagnan.

— Ah! — caiu em si Porthos.

— Já aconteceu antes, amigo Porthos. Lembro que já prestamos à rainha Ana da Áustria um serviço que não ficava muito atrás desse que queremos prestar ao rei Carlos I e isso não impediu que a rainha Ana da Áustria nos esquecesse por quase vinte anos.

— Mesmo assim, d'Artagnan, arrepende-se de ter prestado o serviço? — perguntou Athos.

— Não, é verdade. Confesso inclusive que em certos momentos de mau humor aquelas lembranças muitas vezes me consolam.

— Como vê, os príncipes são frequentemente ingratos, mas Deus nunca.

— Se você, Athos, encontrasse o diabo cá entre nós, na terra, acabaria conseguindo levá-lo para o céu.

— Combinado, então? — perguntou Athos, estendendo a mão ao amigo.

— Combinado — ele respondeu. — E acho a Inglaterra um lindo país. Mas fico sob uma condição.

— Qual?

— Que não me obriguem a aprender inglês.

— Feito. E agora — continuou Athos em triunfo —, juro, meu amigo, pois Deus nos ouve, por meu nome, que acredito sem mácula, creio que uma força olha por nós e tenho a esperança de que voltaremos, os quatro, à França.

— Tomara, mas confesso estar convencido do contrário — disse d'Artagnan.

— Nosso querido d'Artagnan — observou Aramis — representa, em nosso grupo, a oposição dos parlamentos, que sempre diz *não* e sempre age *sim*.

— Pode ser, mas salvam a pátria, enquanto isso — disse Athos.

— Ótimo! Agora que estamos todos de acordo — disse Porthos, esfregando as mãos —, que tal comer? Tenho a impressão de que, mesmo nos momentos mais críticos da vida, nunca deixamos de comer.

— É verdade, falemos então de comer num país em que o maior festim é carne de carneiro cozida na água e sal, em que a cerveja é um regalo! Que diabos vieram fazer num lugar desses, Athos? Quer, dizer, desculpe-me — ele acrescentou com um sorriso —, estava esquecendo que não se chama mais Athos. Bom, deixe estar. Qual é o seu plano para que a gente coma, Porthos?

— Meu plano?

— Isso. Não tem um plano?

— Não. Só fome.

— Santo Deus! Fome também tenho. Só que isso não basta, é preciso encontrar o que comer, e a menos que pastemos grama, como os nossos cavalos…

— Hum! — gemeu Aramis, nem tão desligado dos prazeres terrenos quanto Athos. — Quando íamos ao Parpaillot, não se lembram das belas ostras que serviam?

— E os assados de carneiro dos pântanos salinos! — sonhou Porthos, passando a língua nos beiços.

— Mas não temos nosso amigo Mousqueton, que cuidava tão bem de você em Chantilly,[403] Porthos?

— Temos, temos Mousqueton, mas desde que se tornou intendente, ficou bem menos ágil. Mas vamos chamá-lo.

E para ter certeza de que ele atenderia com boa vontade, gritou:

— Ei! Mouston!

Mouston apareceu, com aparência bem lamentável.

— O que há, meu caro sr. Mouston? — perguntou d'Artagnan. — Estaria doente?

— Apenas morrendo de fome, sr. tenente.

— Pois foi exatamente por isso que o chamamos, caro sr. Mouston. Não poderia agarrar no laço uns daqueles simpáticos coelhos e encantadoras perdizes com que fazia bons guisados lá no palacete... Puxa, não me lembro mais do nome!

— Era o palacete... — tentou Porthos. — Também não me lembro.

— Não faz mal. E pesque também umas garrafas do bom vinho da Borgonha, que tão rapidamente curaram o seu patrão de um arranhão...[404]

— Lamento, tenente, temo que tudo que pede seja muito raro nesse horrível lugar e que melhor seria pedir hospitalidade ao dono de uma casinha que se vê na beirada do bosque.

— Temos uma casa por perto?

— Temos sim, sr. tenente.

— Pois vamos seguir seu conselho, meu amigo, e pedir o que comer ao dono da casa. O que dizem, cavalheiros, não parece transbordar de bom senso o conselho do sr. Mouston?

— Hum... Se o dono for puritano... — lembrou Aramis.

— Melhor ainda, diacho! — animou-se d'Artagnan. — Se for puritano, falamos da prisão do rei e, festejando a notícia, ele nos dará suas belas galinhas brancas.

— E se for cavaleiro?[405] — inquietou-se Porthos.

— Nesse caso, assumimos ares de luto, e depenamos as galinhas pretas.

— Feliz você — disse Athos, sorrindo sem querer e admirado dos malabarismos que fazia o incansável gascão —, que pode rir de qualquer coisa.

— É normal, sou de uma região sem uma nuvem no céu.

---

403. *Os três mosqueteiros*, caps. 46 e 48.

404. *Os três mosqueteiros*, cap. 25.

405. Os partidários do rei eram chamados "cavaleiros", e tinham os cabelos compridos, como os fidalgos em geral. Os de Cromwell se denominavam "convencionalistas", a partir do pacto ou convenção de 1588 entre os presbiterianos da Escócia; "independentes", por recusarem as hierarquias eclesiásticas; ou ainda "cabeças redondas", por causa dos cabelos cortados bem curtos.

— Bem diferente daqui — disse Porthos, esticando a mão para confirmar se a sensação de frescor que acabava de sentir no rosto era mesmo causada por um pingo de chuva.

— Bom, um motivo a mais para irmos andando... Ei, Grimaud!

Grimaud apareceu.

— E então, meu amigo, viu alguma coisa?

— Nada.

— Aqueles idiotas — reclamou Porthos — nem mesmo vieram atrás de nós. Ah, se estivéssemos no lugar deles!

— É pena — disse d'Artagnan. — Eu bem que trocaria umas palavras com o tal Mordaunt, nessa tebaida.[406] É um bonito lugar para se deixar um homem estendido no chão, da maneira mais correta.

— Francamente — observou Aramis —, acho que o filho não está à altura da mãe.

— Calma aí, meu amigo — disse Athos —, nós o deixamos há duas horas apenas e ele nem sabe onde estamos e para que lado fomos. Vamos poder afirmar que ele é mais fraco que a mãe quando pusermos o pé em terra francesa, se até lá não tivermos sido mortos nem envenenados.

— É melhor então tratarmos de comer, enquanto isso — lembrou Porthos.

— Tem toda razão — concordou Athos —, estou com muita fome.

— As galinhas pretas que se cuidem! — brincou Aramis.

E os quatro amigos, guiados por Mousqueton, tomaram a direção da casa, já quase recuperada a antiga descontração, pois estavam agora, os quatro, unidos e de acordo, como tanto quisera Athos.

---

406. Significando lugar ermo, deserto, a partir da região do Egito na qual os ascetas cristãos se retiravam, nos primeiros séculos da nossa era.

64. Brinde à Majestade decaída

À medida que se aproximavam da casa, nossos fugitivos notaram que a terra estava revirada como se uma tropa considerável de cavaleiros tivesse passado por ali antes deles. Diante da porta, as marcas eram ainda mais visíveis, tornando-se evidente que o bando, qualquer que fosse, tinha feito uma pausa ali.

— Santa mãe de Deus! — disse d'Artagnan. — É claro, o rei e a sua escolta passaram por aqui.

— Diabos! — preocupou-se Porthos. — Nesse caso, devoraram tudo que havia.

— Quem sabe? Podem ter deixado uma galinha — respondeu d'Artagnan, descendo do cavalo e batendo à entrada.

Ninguém respondeu, ele empurrou a porta e constatou que não estava trancada. O primeiro cômodo estava vazio e deserto.

— E então? — perguntou Porthos.
— Não vejo ninguém — ele respondeu. — Ah!
— O quê?
— Sangue!

Ouvindo isso, os três amigos saltaram dos seus cavalos e entraram no primeiro quarto, mas d'Artagnan já empurrara a porta do segundo e, pela expressão do seu rosto, era evidente que via algo extraordinário.

Os três se aproximaram e se depararam com um homem, ainda moço, estendido no chão e banhado numa poça de sangue.

Via-se que tentara chegar à cama, mas havia perdido as forças e caído antes de alcançá-la.

Athos foi o primeiro a se aproximar do infeliz: achou tê-lo visto se mexer.

— O que diz? — perguntou d'Artagnan.
— Bom, se estiver morto, não faz muito tempo, ainda está quente. Não, o coração bate. Ei, amigo!

*Depararam-se com um homem estendido no chão,
banhado numa poça de sangue.*

O ferido deu um suspiro. D'Artagnan pegou um pouco d'água com a mão em cuia e molhou o rosto do infeliz.

O homem abriu os olhos, tentou erguer a cabeça, mas ela voltou a tombar.

Athos quis apoiá-la em seu joelho, mas notou que o machucado era um pouco acima do cerebelo e lhe partira o crânio. Era de onde escapava o sangue, abundantemente.

Aramis umedeceu um pano e o aplicou no ferimento, o que fez o homem voltar a si e abrir de novo os olhos.

Com surpresa ele olhou aqueles indivíduos em atitude que parecia amistosa e tentando, dentro das suas possibilidades, socorrê-lo.

— Está entre amigos — disse Athos em inglês —, fique tranquilo. Se puder, conte o que aconteceu.

— O rei — murmurou o ferido —, o rei está preso.

— O senhor o viu? — perguntou Aramis na mesma língua.

O homem não respondeu.

— Não se preocupe — voltou Athos a falar. — Somos cavaleiros fiéis a Sua Majestade.

— É verdade o que está dizendo?

— Tem minha palavra de fidalgo.
— Posso, então, contar?
— Fale.
— Sou irmão do camareiro de Sua Majestade, Parry.

Athos e Aramis lembraram que foi como de Winter havia chamado o criado que controlava o corredor da sua tenda.

— Nós o conhecemos — disse Athos. — Estava sempre com Sua Majestade.

— Exatamente. Pois vendo o rei prisioneiro, ele pensou em mim. Passariam perto daqui e ele pediu, em nome do rei, que parassem. O pedido foi aceito, a pretexto de o rei estar com fome. Ele foi trazido para esse quarto onde estou, para fazer uma refeição, e sentinelas foram deixadas na porta e nas janelas. Parry conhecia bem a casa, pois várias vezes veio me ver, estando Sua Majestade em Newcastle. Sabia então haver um alçapão nesse quarto, levando ao porão, e que do porão se pode chegar ao pomar. Fez um sinal para mim e entendi. Mas provavelmente os guardas perceberam e ficaram mais atentos. Sem saber que estavam já desconfiados, meu único desejo foi o de salvar Sua Majestade. Achando não haver tempo a perder, fingi que saía para buscar lenha e tomei a passagem subterrânea que levava ao porão ligado ao alçapão. Ergui a tampa com a cabeça e, enquanto Parry, sem fazer barulho, passava a tranca na porta, fiz sinal ao rei para que me seguisse. Ele se negou! Disse ser indigna uma fuga assim. Parry suplicou de mãos postas e também implorei para que não perdesse a oportunidade. Ele afinal aceitou. Eu seguia à frente, orgulhoso de estar conduzindo o rei, quando, de repente, vi erguer-se uma sombra volumosa na passagem subterrânea. Quis gritar para avisar o rei, mas não tive tempo. Senti uma pancada na cabeça como se a casa desabasse em cima de mim e desmaiei.

— Bom e leal inglês! Fiel servidor! — disse Athos.

— Quando recuperei os sentidos, estava estirado no mesmo lugar e me arrastei até o pátio. O rei e a escolta tinham ido embora. Devo ter levado uma hora para chegar até aqui, mas acabei perdendo as forças e novamente desmaiei.

— E agora, como se sente?
— Mal.
— Podemos fazer algo para ajudar?
— Ajudem-me a chegar até a cama, acho que será um alívio.
— Tem quem possa socorrê-lo?
— Minha mulher está em Durham, mas deve chegar a qualquer momento. E os senhores, não precisam de alguma coisa?
— Viemos com a intenção de pedir o que comer.
— Infelizmente eles levaram tudo. Não resta um pedaço de pão.
— Ouviu, d'Artagnan? — perguntou Athos. — Temos que procurar nossa janta em outro lugar.

— Já não me importa. Perdi a fome.
— Puxa! Eu também — disse Porthos.

O ferido foi transportado para a cama e Grimaud chamado para fazer um curativo. Servindo aos quatro amigos, ele tantas vezes precisou improvisar ataduras e compressas que acabou ganhando certa experiência médica.

Enquanto isso, os fugitivos fizeram uma reunião na sala.

— Bom — disse Aramis —, pelo menos temos uma informação: o rei e sua escolta passaram por aqui. Precisamos tomar a direção contrária. Não acha, Athos?

Athos não respondeu, estava pensando.

— Isso mesmo, a direção contrária — concordou Porthos. — Se seguirmos a escolta, tudo vai ter sido devorado quando chegarmos e vamos acabar morrendo de fome. Que país mais infeliz, essa Inglaterra! É a primeira vez que pulo o almoço. E o almoço é a principal refeição, para mim.

— O que acha, d'Artagnan? — perguntou Porthos. — Pensa como Aramis?

— Não, penso o contrário.

— Como? Quer seguir a escolta? — assustou-se Porthos.

— Não exatamente, mas seguir com ela.

Os olhos de Athos brilharam de alegria.

— Seguir com a escolta!? — exclamou Aramis.

— Deixe d'Artagnan falar, é quem sempre tem boas ideias — pediu Athos.

— Precisamos ir aonde não nos procurem — ele continuou. — E ninguém vai nos procurar entre os puritanos. Vamos aos puritanos.

— Perfeito, amigo! Excelente conselho — entusiasmou-se Athos. — Ia dizer o mesmo, mas você se adiantou.

— Então é essa também a sua opinião? — perguntou Aramis.

— É. Todos acham que queremos deixar a Inglaterra e vão nos procurar nos portos. Enquanto isso, chegamos a Londres com o rei. Uma vez lá, ninguém nos encontrará. No meio de um milhão de pessoas, não é difícil se esconder. Sem contar — e Athos lançou um olhar para Aramis — com as oportunidades que a viagem pode oferecer.

— É, entendo — disse Aramis.

— Pois eu não — disse Porthos —, mas não faz mal, sendo a opinião tanto de d'Artagnan quanto de Athos, é certamente a melhor.

— Mas será que o coronel Harrison não vai desconfiar de nós?

— Nem um pouco! — disse d'Artagnan. — É com ele mesmo que eu conto. Considera-nos amigos, nos viu duas vezes com o general Cromwell. Sabe que fomos enviados por Mazarino: vai nos receber como irmãos. Aliás, não é filho de açougueiro? Ótimo, Porthos vai mostrar como se mata um boi com um soco e eu como se derruba um touro pelos chifres. Isso vai conquistar a confiança dele.

Athos sorriu e disse a ele, estendendo a mão:

— Você é o melhor companheiro que conheço; fico muito feliz de tê-lo reencontrado, filho.

Era, como se sabe, como Athos chamava d'Artagnan em seus grandes momentos de emoção.

Grimaud saiu do quarto nesse momento. O ferido estava com bons curativos e sentia-se melhor.

Os quatro amigos despediram-se dele e perguntaram se não queria mandar algum recado para o irmão.

— Que ele diga ao rei que não me mataram. Por mais insignificante que eu seja, tenho certeza que Sua Majestade lamenta o acontecido e se culpa pela minha morte — respondeu o bravo camponês.

— Esteja tranquilo, a mensagem será dada ainda hoje — disse d'Artagnan.

A pequena tropa pôs-se a caminho. Não havia como se enganar, a trilha estava visivelmente marcada no campo.

Após duas horas de cavalgada em silêncio, d'Artagnan, que ia de batedor, parou numa curva da estrada, dizendo:

— Ah! Lá estão eles.

Uma tropa considerável de cavaleiros podia de fato ser vista, a meia légua de onde estavam.

— Meus caros amigos — ele continuou —, deem suas espadas ao sr. Mouston, que as devolverá na hora certa, e não se esqueçam de que são nossos prisioneiros.

Os cavalos, que já começavam a ficar cansados, passaram ao trote e rapidamente alcançaram a escolta.

À frente, e cercado por parte do regimento do coronel Harrison, o rei seguia impassível, sempre digno e parecendo cumprir com tranquilidade seu destino.

Ao ver Athos e Aramis, dos quais nem sequer tivera tempo de se despedir, e confirmando, no olhar dos dois fidalgos, ter amigos a poucos passos, um rubor de prazer coloriu as suas faces empalidecidas.

D'Artagnan foi à frente da coluna, deixando os amigos sob a guarda de Porthos. O coronel Harrison efetivamente o reconheceu, por tê-lo visto com Cromwell, e o recebeu tão polidamente quanto um homem da sua condição e com as suas características pode receber alguém. O que d'Artagnan havia previsto ocorreu: o militar não demonstrou — nem tinha por quê — qualquer desconfiança.

Pararam: uma pausa em que o rei faria sua refeição. Só que, dessa vez, novas precauções foram tomadas para que ele não tentasse escapar. Na sala principal do albergue, uma mesinha foi preparada para ele e outra, grande, para os oficiais.

— Janta comigo? — perguntou Harrison a d'Artagnan.

— Puxa! — ele respondeu. — Gostaria muito, mas tenho meu parceiro, o sr. du Vallon, e meus dois prisioneiros, que não posso deixar, e seria gente demais na sua mesa. Façamos melhor: mande preparar outra, num canto, e nos sirvam o que houver de bom na dos senhores. Sem isso, aliás, corremos forte risco de morrer de fome. Não deixa de ser uma forma de jantarmos juntos, pois estaremos na mesma sala.

— Que seja — disse Harrison.

Tudo se organizou como queria d'Artagnan e, quando ele voltou, já encontrou o rei sentado à sua mesinha e servido por Parry, o coronel com seus oficiais numa mesa grande e, num canto, os lugares para ele e seus companheiros.

A mesa em que estavam os oficiais puritanos era redonda e, fosse por acaso ou grosseiro cálculo, Harrison dava as costas a Sua Majestade.

O rei viu os quatro fidalgos entrarem, mas não pareceu dar muita importância ao fato.

Eles foram se sentar à mesa que lhes fora reservada e se colocaram de forma a não ficar de costas para ninguém. Podiam ver a mesa dos oficiais e a do rei.

Por gentileza, Harrison enviou aos recém-chegados os melhores pratos de sua mesa. Infelizmente, para os quatro amigos, faltou o vinho. O detalhe parecia não apresentar o menor inconveniente para Athos, mas d'Artagnan, Porthos e Aramis faziam uma careta toda vez que tinham que beber cerveja, bebida de puritanos.

— Juro, coronel — disse d'Artagnan —, somos muito gratos por esse amável convite. Sem o senhor, corríamos o risco de ficar sem jantar, como já ficamos sem almoço. Meu amigo, o sr. du Vallon, igualmente agradece, pois morria de fome.

— Continuo com fome — disse Porthos, cumprimentando o coronel Harrison.

— E o que provocou tão grave acontecimento, como esse de ficar sem almoço? — perguntou, rindo, o coronel.

— Por uma razão bem simples: a pressa, querendo alcançá-los. Tomamos então o mesmo caminho, algo que normalmente não faria um homem de farda rodado como eu, pois ele sabe que por onde passa um bom e bravo regimento como o seu, não fica muita sobra para trás. O senhor então pode imaginar nossa decepção, chegando a uma bonita casinha à beira de um bosque que, de longe, com seu telhado vermelho e janelas verdes, tinha um ar convidativo que alegraria qualquer viajante cansado. Já imaginávamos as galinhas que assaríamos e os presuntos que esperávamos grelhar, mas tudo que vimos foi um pobre-diabo banhado em sangue... Ai, caramba, coronel! Meus cumprimentos ao oficial que acertou aquela marretada. Foi tão bem aplicada, tão violenta que causou admiração no sr. du Vallon, meu amigo, que também gosta de generosamente distribuir coices desse tipo.

Brinde à Majestade decaída

— Tem razão — riu o coronel, olhando para um dos homens sentados à mesa. — Quando Groslow se encarrega de missões desse tipo, não é preciso ir verificar o resultado.

— Ah!, foi o nosso amigo ali — disse d'Artagnan, cumprimentando o oficial. — É pena que o cavalheiro não fale francês, para que eu possa cumprimentá-lo.

— Não só agradeço, mas devolvo o cumprimento — disse o oficial, num francês correto. — Morei três anos em Paris.

— Pois posso garantir, o golpe foi tão bem aplicado que quase matou o homem.

— Achei que estava bem morto — disse Groslow.

— Não. Faltou pouco para tanto, é verdade, mas não estava morto.

Dizendo isso, d'Artagnan dirigiu um olhar a Parry, de pé junto ao rei e mortalmente pálido, querendo mostrar que a informação era para ele.

Carlos I, por sua vez, prestara atenção em toda aquela conversa, aflito e angustiado, pois não sabia onde o mosqueteiro francês queria chegar e todos aqueles detalhes cruéis, com ares de descontração, revoltavam-no.

Somente ao ouvir aquelas últimas palavras, ele respirou mais à vontade.

— Diabos! — brincou Groslow. — Achei que tivesse trabalhado melhor. Se a distância já não fosse tão grande daqui até a casa do miserável, eu voltaria para terminar o que comecei.

— É o melhor a se fazer quando se acha que a vítima pode sobreviver. Como sabe, pancadas na cabeça que não matam na hora, em oito dias estão curadas.

E d'Artagnan novamente olhou para Parry, no rosto de quem se espalhou uma tal expressão de alegria que o rei estendeu a mão para ele, com um sorriso, mas o camareiro apenas tomou-a e, com todo respeito, beijou.

— Mas diga, d'Artagnan — arriscou-se Athos —, você que é um homem de palavra e perspicaz. O que acha do rei?

— Tem uma postura que me agrada muito. Passa uma impressão, ao mesmo tempo, nobre e boa.

— É, mas se deixou pegar — opinou Porthos. — É um defeito.

— Pois eu gostaria de beber à saúde do rei — propôs Athos.

— Nesse caso, deixe que levanto o brinde — respondeu d'Artagnan.

— Faça isso — aprovou Aramis.

Porthos olhava para o amigo, fascinado, tamanhos eram os recursos com que seu espírito gascão, o tempo todo, encantava a todos.

D'Artagnan pegou sua caneca de estanho, encheu-a e, ficando de pé, disse aos companheiros:

— Senhores, por favor bebamos a quem preside essa refeição. E que ele saiba que estamos a seu serviço até chegarmos a Londres, e também depois.

Como, ao dizer essas palavras, d'Artagnan olhava para Harrison, este último achou que o brinde era para ele, levantou-se e saudou os quatro amigos, que, com os olhos pregados no rei Carlos, beberam juntos, enquanto o coronel, por sua vez, esvaziava o seu caneco sem a menor desconfiança.

Carlos estendeu seu copo na direção de Parry, que nele deixou cair um pouco de cerveja, já que o rei resolvera acompanhar a todos. Levando-o à boca e olhando diretamente para os quatro fidalgos, ele bebeu, com um sorriso cheio de nobreza e gratidão.

— Vamos, cavalheiros — exclamou Harrison, deixando seu copo e sem nenhuma consideração pelo ilustre prisioneiro —, de volta à estrada!

— Onde vamos dormir, coronel?

— Em Tirsk — foi a resposta.

— Parry — disse o rei, também se levantando e dirigindo-se a seu criado —, meu cavalo. Quero ir a Tirsk.

— Tem razão — disse d'Artagnan a Athos —, esse seu rei realmente é agradável e ponho-me inteiramente a seu serviço.

— Se for do fundo do coração que diz isso, sinto que ele não vai chegar a Londres.

— Como assim?

— Porque antes disso vamos raptá-lo.

— Ah, falando sério, Athos, palavra de honra, você é louco!

— Tem algum plano? — perguntou Aramis.

— É verdade — acrescentou Porthos. — Não será impossível, se tivermos um bom plano.

— Não tenho — disse Athos. — Mas nosso amigo cuidará disso.

D'Artagnan deu de ombros, e todos se puseram a caminho.

65. D'Artagnan arma um plano

Athos conhecia d'Artagnan talvez melhor que o próprio. Sabia que, num espírito aventuroso como aquele, bastava semear uma ideia, como numa terra fértil e boa basta deixar cair uma semente.

Foi tranquilamente, pois, que ele viu o amigo dar de ombros e continuou seu caminho falando de Raoul, assunto que ele, em circunstância anterior, como podemos nos lembrar, havia completamente ignorado.

Já era noite caída quando chegaram a Tirsk. Os quatro amigos não demonstraram qualquer interesse pelas medidas de segurança tomadas para a garantia individual do rei. Retiraram-se numa casa particular e, como se temessem a iminência de algum ataque contra eles próprios, ficaram juntos num só quarto, deixando preparada uma saída de emergência. Os criados foram distribuídos em diferentes posições, com Grimaud dormindo num feixe de palha, atravessado na soleira da porta.

O gascão estava pensativo e parecia ter momentaneamente perdido a loquacidade habitual. Não dava uma palavra, assoviava sem parar, ia da cama ao centro do quarto. Porthos, que só percebia as coisas exteriores, continuava a falar normalmente com ele, tendo respostas monossilábicas. Athos e Aramis se entreolhavam com um sorriso.

O dia tinha sido cansativo e, mesmo assim, todos dormiram mal. À exceção de Porthos, que tinha um sono tão inflexível quanto o apetite.

Na manhã seguinte, d'Artagnan foi o primeiro a pôr-se de pé. Desceu ao estábulo, visitou os cavalos, deu as ordens necessárias para o dia, sem que Athos e Aramis tivessem se levantado e com Porthos ainda roncando.

Às oito horas, todos se puseram na mesma marcha do dia anterior. Exceto d'Artagnan, que deixou os amigos e foi colocar-se ao lado do sr. Groslow, a quem conhecera na véspera.

O oficial, ainda satisfeito com os elogios do jantar, recebeu-o com um belo sorriso.

— Confesso, meu senhor — disse a ele d'Artagnan —, que fico feliz de encontrar com quem falar minha pobre língua. O sr. du Vallon, meu parceiro, tem uma personalidade um tanto melancólica e é difícil extrair dele mais do que quatro palavras por dia. Já os dois prisioneiros, é compreensível que não queiram muito jogar conversa fora.

— São monarquistas convictos — observou Groslow.

— É um motivo a mais para que façam cara feia por termos pego o rei, que, assim espero, responderá a um bom e belo processo.

— E como não! É para isso que está sendo levado a Londres.

— E imagino que não o perdem de vista.

— Eh! Nem um pouco! É só olhar, Sua Majestade tem uma escolta realmente digna de um rei.

— Estou vendo. Não há perigo de que possa escapar de dia, mas à noite...

— À noite, dobramos os cuidados.

— É? Qual tipo de vigilância?

— São oito homens, o tempo todo, em seu quarto.

— Caramba! Fica mesmo bem vigiado. Mas imagino que, além desses oito homens, haja alguma vigilância externa, não? Com um prisioneiro desse quilate, precauções nunca são demais.

— Não, pense um pouco: o que podem dois homens, de mãos nuas, contra oito homens armados?

— Como assim, dois homens?

— O rei e o camareiro.

— Permite-se, então, que o camareiro permaneça com ele?

— Pois é, Stuart pediu que lhe fizessem a gentileza e Harrison consentiu. Só porque é rei, parece que não consegue se vestir e se despir sem ajuda.

— Na verdade, capitão — disse d'Artagnan, decidido a continuar com seu sistema de elogios, que já vinha dando tão bons resultados —, quanto mais o ouço, mais me impressionam a facilidade e elegância com que fala francês. O senhor morou em Paris por três anos, sei disso, mas eu poderia morar em Londres a vida inteira e não chegaria, tenho certeza, ao mesmo nível. O que fazia em Paris?

— Meu pai tinha um comércio e mandou-me a um correspondente seu que, por sua vez, mandou o filho para a casa do meu pai. É um hábito, na profissão, fazer esse tipo de intercâmbio.

— E gostou de Paris?

— Gostei, mas vocês precisam muito de uma revolução como a que fizemos. Não contra o rei, que é só uma criança, mas contra esse ladrão italiano que é amante da rainha.

— Concordo plenamente, e como isso aconteceria rápido se tivéssemos doze oficiais como o senhor, sem preconceitos, vigilantes, intratáveis! Rapidamente daríamos cabo de Mazarino e montaríamos um bom processo como esse que vocês farão contra o rei.

— Que estranho, achei que o senhor estivesse a seu serviço e que ele o tivesse enviado ao general Cromwell.

— Estou a serviço do rei e, sabendo que alguém seria enviado à Inglaterra, pleiteei a missão, querendo conhecer melhor o homem de gênio que agora comanda os três reinos. Basta ver como, quando ele propôs ao sr. du Vallon e a mim que brandíssemos a espada pela honra da velha Inglaterra, nos atiramos ao convite.

— É verdade, soube que os senhores estiveram ao lado do sr. Mordaunt.

— De um lado e de outro dele. Com mil demônios, mais um bravo e excelente jovem. Como derrubou o próprio tio! Pôde ver isso?

— O senhor o conhece?

— Muito. Posso inclusive dizer que somos bastante ligados: o sr. du Vallon e eu viemos com ele da França.

— Parece inclusive que o fizeram esperar um bocado em Boulogne.

— O que fazer? Eu estava, como o senhor, tendo que cuidar de um rei.

— É mesmo? Qual rei?

— Ora, o nosso! O pequeno *king*, nosso décimo quarto Luís.

E d'Artagnan tirou o chapéu. O inglês, por educação, fez o mesmo.

— E por quanto tempo o guardou?

— Três noites. E, juro, sempre vou me lembrar com prazer dessas três noites.

— O jovem rei, então, é cordial?

— O rei? Dormia a sono solto.

— E por que, nesse caso, o prazer?

— Porque meus amigos, oficiais da guarda e dos mosqueteiros, vinham me fazer companhia, passávamos as noites a beber e a jogar.

— Ah, entendo — disse o inglês com um suspiro. — Ia me esquecendo, vocês franceses gostam de se divertir.

— Vocês não jogam quando estão de plantão?

— Nunca.

— Devem então se aborrecer tremendamente. É de dar pena.

— Fato é que sempre vejo se aproximar o meu turno com certo terror. Demora muito a passar, uma noite inteira acordado.

— Isso quando se faz plantão sozinho ou com soldados imbecis, mas com um *partner*[407] mais alegre, com moedas e dados rolando na mesa, a noite passa como num sonho. Quer dizer que não gosta de jogar?

— Pelo contrário.

— O lansquenê,[408] por exemplo?

---

407. Em inglês no original: "parceiro".

408. Jogo de cartas parecido com o trinta e um, em voga naquela época. Joga-se com seis baralhos completos, sendo um dos participantes o banqueiro.

— Adoro, jogava quase todas as noites, quando estava na França.
— E depois que voltou para a Inglaterra?
— Não cheguei perto de um copo de dados nem de um baralho.
— Que pena — disse d'Artagnan, com ar de profunda compaixão.
— Veja, por que não faz uma coisa? — animou-se o inglês.
— O quê?
— Amanhã vou estar de guarda.
— Com o Stuart?
— Isso. Venha me fazer companhia.
— Não posso.
— Não pode?
— Não tenho como.
— Por quê?
— Toda noite jogo com o sr. du Vallon. Às vezes nem dormimos... Hoje mesmo, por exemplo, já estava amanhecendo e continuávamos na jogatina.
— E qual o problema?
— Bom, ele vai ficar chateado se não jogarmos.
— Ele é mau perdedor?
— Já o vi perder até duas mil pistolas, rindo de se acabar.
— Então traga-o também.
— Como? E nossos prisioneiros?
— Diabos! É verdade. Podem ficar sob a guarda dos criados.
— Sei! Para que fujam! Não confio.
— São então homens de boa estirpe para o senhor se preocupar tanto?
— E como! Um é um rico senhor da região de Touraine e o outro um cavaleiro da ordem de Malta, de família ilustre. Tratamos um preço de resgate para cada um: duas mil libras esterlinas, assim que chegarmos na França. Não queremos nem por um instante deixar nossas presas com criados que os sabem riquíssimos. Nós os revistamos um pouco quando os prendemos e confesso, inclusive, ser da bolsa deles o que, a cada noite, o sr. du Vallon e eu pomos em jogo. Mas é possível que tenham ainda alguma pedra preciosa escondida, um diamante valioso, de forma que nos comportamos como avarentos, que não se afastam do seu tesouro. Transformamo-nos em guardiões permanentes dos nossos prisioneiros e, quando durmo, o sr. du Vallon vigia.
— Entendo.
— Bem pode ver, então, o que me força a recusar o seu convite. O que lamento, pois nada mais sem graça do que jogar sempre com a mesma pessoa: as chances eternamente se revezam e, no final de um mês, a gente acha que não ganhou nem perdeu.
— Engana-se — disse Groslow com um suspiro. — Existe algo mais sem graça ainda, que é ficar sem jogar.
— Ah! Isso é verdade — concordou d'Artagnan.

— Tenho uma ideia — animou-se de novo o inglês. — São perigosos, esses seus prisioneiros?

— Em que sentido?

— Seriam capazes de tentar algum golpe?

D'Artagnan deu uma risada.

— Santo Cristo! Um deles treme de febre, não conseguindo se acostumar ao seu encantador país, e o outro é um cavaleiro de Malta, tímido como uma mocinha. E por via das dúvidas, tiramos deles até os canivetes e tesourinhas.

— Se é assim — concluiu Groslow —, traga-os quando vierem.

— Isso pode ser — concordou d'Artagnan.

— Claro! Tenho oito soldados.

— Sim?

— Quatro tomarão conta deles e quatro tomarão conta do rei.

— Nada impede. Podemos mesmo combinar, apesar do estorvo que isso lhe causa.

— Não me importo, venham! Verá que tudo vai se passar bem.

— Ah, não estou nem um pouco preocupado. Com alguém como o senhor, vou de olhos fechados.

Esse último agrado tirou do oficial um desses característicos risinhos de satisfação, pois são como uma natural exalação da vaidade, quando lisonjeada por amigos.

— Mas, pensando bem — disse d'Artagnan —, o que impede que comecemos já essa noite?

— O quê?

— Nossa partida.

— Nada no mundo nos impede! — entusiasmou-se Groslow.

— Venha nos ver hoje e amanhã iremos nós, retribuir a visita. Se algo nos nossos prisioneiros o deixar preocupado, pois, como sabe, são monarquistas convictos, bom!, ficamos nisso e pelo menos teremos passado uma noite divertida.

— Formidável! Hoje sou convidado dos senhores, amanhã somos do Stuart e depois de amanhã sou eu que os convido.

— E os dias seguintes em Londres. Caramba! Pode-se realmente levar uma vida boa em qualquer lugar.

— Com certeza, quando encontramos franceses. E franceses como o senhor — disse Groslow.

— E como o sr. du Vallon. Verá que personagem! Um frondista, no fundo da alma, que quase matou Mazarino, vendo-se a portas fechadas com ele. Não perde o emprego apenas porque têm medo dele.

— É verdade, ele dá boa impressão. Mesmo sem conhecê-lo, tenho toda simpatia.

— E verá quando o conhecer. Ah, o amigo, aliás, está me chamando. Somos tão unidos que ele não fica muito tempo sem mim. Pode me desculpar?

— Claro.
— Até logo mais, à noite.
— No alojamento dos senhores?
— Lá mesmo.

Os dois homens se cumprimentaram e d'Artagnan voltou para perto dos companheiros.

— Que diabos tanto conversava com aquele buldogue? — perguntou Porthos.

— Meu caro, não fale assim do sr. Groslow, é meu amigo íntimo.

— Amigo seu? Um sujeito que massacra um camponês?

— Psss! É verdade, o sr. Groslow é meio brusco, mas, no fundo, descobri que tem duas boas qualidades: é burro e orgulhoso.

Porthos arregalou os olhos, espantadíssimo. Athos e Aramis trocaram um olhar e um sorriso. Conheciam o companheiro e sabiam que d'Artagnan não agia sem uma finalidade precisa.

— Mas você vai poder apreciá-lo pessoalmente — continuou d'Artagnan.
— Eu?
— Vou apresentá-los hoje à noite. Virá jogar conosco.
— Ah! — achou compreender Porthos, com olhos que brilharam ouvindo isso. — Ele é rico?
— É filho de um dos mais importantes comerciantes de Londres.
— E conhece o lansquenê?
— Adora.
— O bassette?
— É doido por isso.
— E biribi?[409]
— Com requintes.
— Ótimo. Teremos uma noite agradável.
— Tão agradável que nos promete outra, ainda melhor.
— Como assim?
— Hoje o recebemos para jogar e amanhã será a vez de ele nos receber.
— Onde?
— Depois eu conto. Vamos agora nos preocupar em receber dignamente o sr. Groslow pela honra que nos dá. Pernoitaremos hoje em Derby: que Mousqueton tome a dianteira e se houver uma só garrafa de vinho na cidade, que a compre. Seria bom também que nos prepare uma ceia, da qual vocês, Athos e Aramis, não participarão, um por estar com febre e outro por ser cavaleiro de Malta, a quem o falatório de mercenários como nós desagrada e ruboriza. Está claro?

---

409. O bassette não era muito diferente do lansquenê, mas se jogava com dois baralhos. O biribi se jogava pelas regras do loto, num tabuleiro com setenta casas numeradas, um banqueiro e um número ilimitado de jogadores.

— Está — disse Porthos. — Mas que o diabo me carregue se entendo o que está dizendo.

— Porthos, meu amigo, como sabe, sou descendente dos profetas bíblicos por parte de pai e de sibilas[410] por parte de mãe. Com isso, me exprimo por parábolas e enigmas. Que os que têm ouvidos ouçam, os que têm olhos vejam, e nada mais posso dizer, por enquanto.

— Vá em frente, meu amigo — disse Athos. — Tenho certeza de que, faça o que fizer, fará bem feito.

— E Aramis? Acha o mesmo?

— Assino embaixo, meu caro.

— Que bom serem homens de fé — continuou d'Artagnan —, desses que dão prazer em quem tenta fazer milagres. Não são como esse incréu aqui do Porthos, que, para acreditar, precisa ver e tocar.[411]

— É verdade — disse Porthos com ares finos —, sou mesmo um bocado incréu.

D'Artagnan deu-lhe um tapa no ombro e, como chegavam à pausa do almoço, a conversa ficou nisso.

Por volta das cinco horas da tarde, como combinado, mandaram Mousqueton ir na frente. Ele não falava inglês, mas desde que estava na Inglaterra notava a vantagem de Grimaud ter se habituado a se exprimir por gestos, substituindo perfeitamente a palavra. Buscou ter uma ou duas lições com o mestre e conseguiu chegar a bom resultado. Blaisois o acompanhou na empreitada.

Quando chegaram então a Derby, passando pela rua principal, os quatro amigos viram Blaisois de pé à entrada de uma casa de bela aparência. Era onde passariam a noite.

Durante o dia, tinham evitado se aproximar do rei, temendo despertar suspeitas, e também em vez de jantar na mesa do coronel Harrison, como haviam feito no dia anterior, jantaram entre eles.

Groslow chegou na hora combinada e foi recebido por d'Artagnan como se fosse um amigo de vinte anos. Porthos olhou para ele dos pés à cabeça e sorriu como querendo dizer que, apesar do formidável soco dado no irmão de Parry, não estava à sua altura. Athos e Aramis fizeram o possível para disfarçar a aversão que aquele personagem brutal e grosseiro lhes inspirava.

Resumindo, Groslow ficou contente com a recepção.

Os dois prisioneiros sustentaram seu papel. À meia-noite eles se retiraram para dormir e a porta do quarto foi deixada aberta, a pretexto da vigilância. D'Artagnan os acompanhou, deixando Porthos com Groslow.

---

410. Na Grécia antiga, mulheres com o dom da profecia.
411. Como são Tomé, ver João 20:24-29.

Porthos ganhou cinquenta pistolas do inglês, a quem ele acabou julgando, depois que o visitante se foi, companhia mais agradável do que havia imaginado.

Já Groslow disse que tomaria de d'Artagnan, logo mais, o que havia perdido para Porthos, e se despediu, lembrando aos amigos a jogatina seguinte.

Dizemos "logo mais" porque os jogadores se separaram às quatro horas da manhã.

O dia correu sem que nada chamasse a atenção, com d'Artagnan indo do capitão Groslow ao coronel Harrison e do coronel Harrison a seus amigos. Quem não o conhecesse poderia achar que ele era sempre assim, mas para seus amigos, quer dizer, Athos e Aramis, aquela alegria denunciava um estado de espírito febril.

— O que será que está maquinando? — perguntava Aramis.

— Aguardemos — respondia Athos.

Porthos nada dizia, mas contava uma a uma, na algibeira, com uma satisfação que se via de fora, as cinquenta pistolas que ganhara de Groslow.

Chegando à noite em Ryston, d'Artagnan reuniu os amigos. Sua expressão havia perdido aquela máscara de alegria descontraída que lhe servira de disfarce o dia inteiro. Athos apertou a sua mão, dizendo:

— O momento se aproxima.

— O momento — repetiu d'Artagnan, que havia entendido corretamente. — Sim, o momento se aproxima: esta noite, cavalheiros, salvamos o rei.

Athos estremeceu, seus olhos faiscaram.

— D'Artagnan — ele disse, abalado por dúvidas depois de tanto ter esperado —, não se trata de uma brincadeira, não é? Doeria muito em mim.

— Que estranho, Athos, você duvidar assim do seu amigo. Onde e quando já me viu brincar com os seus sentimentos ou com a vida de um rei? Eu disse, e posso repetir, que hoje à noite salvaremos Carlos I. Você pediu que eu encontrasse um meio e encontrei.

Porthos olhava para ele com profunda admiração e Aramis sorria esperançoso.

Athos estava mortalmente pálido e todos os seus membros tremiam.

— Então diga — ele pediu.

Porthos arregalou os olhos, Aramis era todo ouvidos.

— Temos convite do sr. Groslow para esta noite, vocês sabem.

— Sim — adiantou-se Porthos. — Ele quer uma revanche.

— Isso. Mas sabe onde será essa revanche?

— Não.

— No lugar em que está o rei.

— O rei? — espantou-se Athos.

— Isso mesmo, senhores, estaremos com o rei. O sr. Groslow está de guarda esta noite, vigiando Sua Majestade e, para se distrair no seu plantão, pede nossa companhia.

— Dos quatro? — perguntou Athos.

— Como seria de outra forma? Não podemos perder de vista nossos prisioneiros!

— Ai, ai, ai! — esfregou as mãos Aramis.

— Continue — pediu Athos, agitado.

— Iremos então encontrar Groslow, nós com nossas espadas e vocês com punhais. Os quatro podemos dar conta dos oito imbecis, com seu estúpido comandante. Sr. Porthos, o que diz?

— Digo que é fácil — confirmou Porthos.

— Vestimos o rei; Mousqueton, Grimaud e Blaisois guardam nossos cavalos já selados na esquina da primeira rua, montamos e, antes do amanhecer, estaremos a vinte léguas daqui! É um bom plano, Athos?

Athos colocou as duas mãos nos ombros de d'Artagnan e fixou nele os olhos, com seu calmo e doce sorriso.

— Declaro, meu amigo, não haver sob o céu criatura que se iguale em nobreza e coragem. Enquanto o imaginávamos indiferente à nossa dor, que você podia perfeitamente não compartilhar, foi o único de nós a encontrar o que em vão procurávamos. Digo mais uma vez, d'Artagnan, você é o melhor de nós. Eu o abençoo com todo meu amor, filho.

— Como não pensei nisso? — disse Porthos, batendo na testa. — É tão simples!

— Se entendi bem — quis confirmar Aramis —, mataremos todos, não é?

Athos fez um gesto de recuo, e empalideceu.

— Pois é... — lamentou d'Artagnan. — Será preciso. Procurei um meio de evitar isso, mas confesso que não encontrei.

— Bom — continuou Aramis —, não se trata de complicar a situação. Como agiremos?

— Tenho um plano duplo — respondeu d'Artagnan.

— Vamos ao primeiro.

— Se estivermos os quatro reunidos, quando eu der o sinal, que será a palavra *enfim*, cada um de vocês planta o punhal no coração do soldado mais perto e nós fazemos o mesmo. Serão quatro homens mortos e estaremos em pé de igualdade, pois seremos quatro contra cinco. Se esses cinco se renderem, nós os amordaçamos, se reagirem, nós os matamos. Se por acaso nosso anfitrião mudar de opinião, só recebendo no jogo Porthos e eu, bom, será um pouco mais demorado e barulhento, mas vocês estarão lá fora com espadas e virão quando ouvirem a confusão.

— E se der errado e eles os pegarem? — perguntou Athos.

— Não tem como! Esses bebedores de cerveja são pesadões e desajeitados. Aliás, Porthos, atinja na garganta, a morte é igualmente rápida e quem está sendo morto não grita.

— Até prefiro — disse ele. — Será uma sessão de degola.

— Que horror! — reagiu Athos.

— Bom, sr. Sensibilidade — disse d'Artagnan —, tenho certeza de que isso não o incomodaria tanto numa batalha. Aliás, amigo, se achar que a vida do rei não vale o que vai custar, paramos tudo e aviso ao sr. Groslow que estou doente.

— Não, meu amigo, me desculpe. Tem toda razão, me desculpe.

Nesse momento a porta se abriu, um soldado entrou e disse, num francês ruim:

— O sr. capitão Groslow pede para avisar que espera os srs. d'Artagnan e du Vallon.

— Onde? — perguntou d'Artagnan.

— Nos aposentos do Nabucodonosor inglês — respondeu o soldado, puritano dos pés à cabeça.

— Entendido — respondeu em excelente inglês Athos, com o rosto vermelho pelo insulto à majestade real. — Diga ao capitão Groslow que estamos indo.

O puritano saiu. A ordem já tinha sido dada aos criados para que selassem oito cavalos e esperassem, sem se separarem uns dos outros e sem desmontar, na esquina de uma rua situada a mais ou menos vinte passos da casa em que estava o rei.

66. *A partida de lansquenê*

Assim, eram nove horas da noite, a guarda tinha sido trocada às oito e há uma hora o capitão estava de plantão.

D'Artagnan e Porthos com suas espadas, Athos e Aramis com punhais escondidos no gibão dirigiram-se à casa que, por aquela noite, serviria de prisão a Carlos Stuart. Os dois últimos, humildes e aparentemente desarmados, seguiam seus carcereiros como prisioneiros.

— Puxa! — disse Groslow ao vê-los. — Já estava quase perdendo a esperança de que viessem.

D'Artagnan se aproximou dele e disse baixinho.

— É verdade, pensamos até em não vir.

— E por quê?

D'Artagnan fez sinal com os olhos, indicando Athos e Aramis.

— Ah, sei! Por causa das suas opiniões? Não tem importância. Pelo contrário até — ele acrescentou rindo —, se gostam tanto assim do Stuart, vão poder vê-lo.

— Estaremos no mesmo cômodo que o rei? — perguntou d'Artagnan.

— Não, mas no quarto ao lado. Como a porta vai permanecer aberta, é como se estivéssemos no mesmo. Trouxeram dinheiro? Vou logo avisando que estou muito otimista com o jogo de hoje.

— Pode ouvir? — brincou d'Artagnan, balançando as moedas de ouro no bolso.

— *Very good!*[412] — festejou o inglês, abrindo a porta. — Mostro o caminho, cavalheiros.

Ele entrou na frente.

D'Artagnan virou-se para os amigos. Porthos estava tranquilo como se fosse para um jogo normal; Athos, pálido, mas decidido; Aramis enxugava com um lenço a testa umedecida por um ligeiro suor.

---

412. Em inglês no original: "Muito bom!"

Os oito guardas estavam a postos: quatro no quarto do rei, dois na porta de comunicação, dois na porta pela qual entraram os quatro amigos. Vendo espadas desembainhadas, Athos sorriu; não seria então uma chacina, mas um combate.

A partir daí, ele recuperou o bom humor de sempre.

Carlos, que podia ser visto por uma porta aberta, estava na cama, todo vestido, com apenas um cobertor de lã em cima.

Sentado à cabeceira, Parry lia um capítulo da Bíblia católica em voz baixa, mas suficientemente alta para que Carlos, de olhos fechados, o ouvisse.

Uma vela ordinária de sebo, ardendo numa mesa escura, iluminava o rosto resignado do rei e o outro, infinitamente menos calmo, do fiel servidor.

De vez em quando, Parry interrompia a leitura, achando que o rei dormia, mas ele abria os olhos e dizia, sorrindo:

— Continue, meu bom Parry, estou ouvindo.

Groslow foi até a entrada do quarto do rei, ostensivamente colocou de volta na cabeça o chapéu, retirado para receber os convidados, olhou por um instante, com desprezo, aquele quadro singelo e comovente de um velho criado lendo a Bíblia para o seu rei decaído, confirmou estar, cada homem, em seu devido posto e, virando-se para d'Artagnan, olhou-o triunfantemente, como se esperasse um elogio para a sua tática.

— Fantástico! — disse o francês. — Santo Deus! Que general o senhor há de se tornar.

— E acha que, estando eu de guarda, possa Stuart fugir?

— Impossível — respondeu d'Artagnan. — A menos que chovam do céu amigos dele.

Groslow não cabia em si de orgulho.

O tempo todo que durou essa cena, Carlos Stuart tinha os olhos fechados, de forma que não podemos dizer se percebeu ou não a insolência do capitão puritano. Sem querer, no entanto, assim que ele ouviu o timbre agudo da voz de d'Artagnan, suas pálpebras se abriram.

Parry, por sua vez, interrompeu a leitura.

— Em que está pensando, a ponto de parar? Continue, meu bom Parry, a menos que esteja cansado.

— De forma alguma, Sire — corrigiu-se o camareiro, retomando a leitura.

Uma mesa tinha sido preparada no primeiro cômodo e, nessa mesa, duas velas ardiam, ao lado de baralhos, dados e dois copinhos para jogá-los.

— Por favor, sentem-se, amigos — disse Groslow. — Eu de frente para o Stuart, de tanto que gosto de vê-lo, sobretudo nessa situação em que se encontra. O sr. d'Artagnan à minha frente.

Athos ficou vermelho de raiva e d'Artagnan olhou firme para ele, exigindo que se controlasse.

— Então, vamos começar — disse o mosqueteiro. — Queira o sr. conde de La Fère se colocar à direita do capitão Groslow e o sr. cavaleiro d'Herblay à

A partida de lansquenê 567

sua esquerda. Du Vallon perto de mim, encarregado das minhas apostas. Os dois prisioneiros encarregam-se das apostas do anfitrião.

D'Artagnan conseguira então a seguinte disposição: Porthos à sua esquerda, com quem podia se comunicar por batidas do joelho, Athos e Aramis à frente, com os quais podia trocar olhares.

Ouvindo os nomes de La Fère e d'Herblay, Carlos abriu os olhos e, sem poder evitar, erguendo a nobre cabeça, olhou para o outro cômodo, podendo ver todos que estavam à mesa.

Parry, por sua vez, pulou algumas páginas da Bíblia e leu em voz mais alta esses versículos de Jeremias: "E Deus disse: 'Ouçam as palavras desses meus servidores, os profetas. Eu os tenho sempre enviado para vocês com todo cuidado.'"[413]

Os quatro amigos se entreolharam. As palavras que Parry acabava de declamar mostravam que o rei identificara o verdadeiro motivo da presença deles ali.

Os olhos de d'Artagnan brilharam de alegria:

— Há pouco não perguntou se eu estava bem munido? — ele perguntou, colocando cerca de vinte pistolas em cima da mesa.

— Exato.

— Pois posso também dizer que trate de cuidar do seu tesouro, caro sr. Groslow, pois só sairemos daqui levando-o conosco — anunciou d'Artagnan.

— Não sem que eu o defenda — devolveu Groslow.

— Melhor assim. Lute, querido capitão, lute! Saiba disso ou não, é tudo que queremos.

— Sei muito bem — respondeu Groslow, soltando a sua rude gargalhada. — Mas vocês, franceses, vão ganhar é uma surra e sairão machucados.

Carlos tudo ouviu e entendeu. Um leve rubor subiu às suas faces. Os soldados que o vigiavam viram que ele pouco a pouco distendia os membros cansados. Além disso, a pretexto de estar com calor, provocado pelo aquecedor quase em brasa, ele afastou o cobertor escocês sob o qual, como já dissemos, se deitara sem se trocar.

Athos e Aramis ficaram contentes de ver que o rei já estava vestido.

A partida teve início. Naquela noite, a sorte havia mudado de dono e era Groslow que ganhava. Uma centena de pistolas passou de um lado da mesa para o outro. O inglês estava louco de alegria.

Porthos, que perdeu as cinquenta pistolas ganhas na véspera e mais umas trinta, já começava a ficar de mau humor e cutucava d'Artagnan com o joelho, como se perguntasse não ser hora de passar para outro tipo de jogo. Athos e Aramis, por sua vez, o olhavam na expectativa, mas o amigo se mantinha impassível.

---

413. Jeremias 26:5.

Soaram as dez horas e ouviu-se a ronda que passava.

— Quantas rondas fazem durante a noite? — d'Artagnan perguntou, tirando mais moedas do bolso.

— Cinco, de duas em duas horas — respondeu o capitão.

— É uma boa medida de prudência — ele concordou e deu uma olhada para Athos e Aramis.

A patrulha se afastava e d'Artagnan, pela primeira vez, respondeu às joelhadas de Porthos.

No entanto, conduzidos pela atração que o jogo e o ouro de maneira tão imperativa exercem sobre os homens em geral, os soldados que deviam estar no quarto do rei pouco a pouco tinham se aproximado da porta e de lá, na ponta dos pés, acompanhavam as apostas por cima dos ombros de d'Artagnan e Porthos. Os da porta do quarto tinham também chegado mais para perto da mesa e tudo isso convinha aos quatro amigos, que prefeririam tê-los mais ao alcance das mãos, sem precisar persegui-los pelos quatro cantos da sala. Os dois guardas restantes continuavam com as espadas desembainhadas, mas apoiadas na ponta, e também se distraíam acompanhando o jogo.

Athos parecia se acalmar à medida que o momento se aproximava. Suas mãos brancas e aristocráticas manuseavam luíses, que ele dobrava e desdobrava como se fossem de estanho. Com menos autocontrole, Aramis constantemente levava a mão ao peito e Porthos, impaciente por estar perdendo, continuava a dar pancadas de joelho no vizinho.

D'Artagnan virou-se, olhando maquinalmente para trás, e viu, pelo espaço entre dois soldados, Parry de pé e Carlos apoiado no cotovelo, de mãos juntas e parecendo dirigir a Deus uma prece fervorosa. Ele entendeu ser o momento certo, com cada um em seu devido lugar e apenas aguardando o sinal, a palavra que, como devem se lembrar, servia de senha: "Enfim!".

Um olhar preparatório foi dado a Athos e Aramis, que recuaram um pouco suas cadeiras, para maior liberdade de movimento.

Porthos recebeu uma segunda joelhada e se levantou, como querendo apenas esticar um pouco as pernas, mas, fazendo isso, verificou se a espada sairia com facilidade da bainha.

— Com os diabos! — disse d'Artagnan. — Mais vinte pistolas que perco! Na verdade, capitão, está com sorte demais, mas isso não pode durar para sempre.

E tirou outras moedas do bolso.

— Uma última vez, capitão. Essas vinte pistolas numa única jogada, a última.

— Aceito a aposta — disse Groslow, virando duas cartas, como prevê o jogo: um rei para d'Artagnan e um ás para ele.

— Um rei — disse o francês — é bom sinal. Mestre Groslow — acrescentou —, tome cuidado com o rei.

Apesar de todo autodomínio, a voz de d'Artagnan saiu com uma vibração estranha que despertou a atenção do seu *partner*.

Groslow começou a virar as cartas, uma a uma. Se primeiro aparecesse um ás, ele ganhava; se fosse um rei, ele perdia.[414]

Foi um rei.

— Enfim! — gritou d'Artagnan.

Athos e Aramis imediatamente ficaram de pé, Porthos recuou um passo.

Punhais e espadas iam entrar em ação quando, bruscamente, Harrison apareceu na entrada, acompanhado por um homem envolto numa capa.

Atrás dele, brilhavam os mosquetões de cinco ou seis soldados.

Groslow se levantou rápido, envergonhado de ser pego com vinho, baralho e dados. Mas Harrison não lhe deu atenção e, entrando no quarto do rei com seu acompanhante, disse:

— Carlos Stuart, chegou ordem para que seja levado com urgência a Londres, sem pernoites. Prepare-se então para partir agora mesmo.

— E de quem partiu semelhante ordem? — perguntou o rei. — Do general Oliver Cromwell?

— Exatamente. Trazida pelo sr. Mordaunt, aqui presente, encarregado de conduzi-lo.

"Mordaunt", pensaram os quatro amigos, trocando olhares.

D'Artagnan raspou da mesa todo o dinheiro que Porthos e ele haviam perdido e enfiou-o no seu maior bolso. Athos e Aramis se posicionaram logo atrás dele. Percebendo essa movimentação, Mordaunt se virou, reconheceu-os e soltou uma exclamação de selvagem alegria.

— Acho que fomos pegos — disse d'Artagnan baixinho aos amigos.

— Ainda não — insistiu Porthos.

— Coronel, coronel! — gritou Mordaunt. — Cerque o lugar, há uma traição. Esses quatro franceses fugiram de Newcastle e provavelmente querem libertar o rei. Mande-os prender.

— Ah, meu rapazinho! — disse d'Artagnan, sacando a espada. — É mais fácil mandar do que fazer.

E ele abriu espaço ao redor, com um terrível giro da lâmina, gritando:

— Bater em retirada, amigos, retirada!

Ao mesmo tempo, correu na direção da porta, derrubando os dois soldados que a guardavam, antes que os mosquetões pudessem ser armados. Athos e Aramis o seguiram, com Porthos fechando a retaguarda. Até que soldados, oficiais e o coronel entendessem o que estava acontecendo, os quatro estavam na rua.

— Fogo! — gritou Mordaunt. — Atirem!

---

414. Feita a aposta, as cartas ficam à mostra e o banqueiro vai virando as cartas do baralho até que apareça uma carta igual à de um dos apostadores, que será então o vencedor.

Dois ou três disparos, de fato, foram feitos, mas tendo como única consequência mostrar os quatro fugitivos virando, sãos e salvos, a esquina da rua.

Os cavalos estavam no lugar previsto, os criados tiveram apenas que passar as rédeas aos patrões, que saltaram em sela com a leveza de cavaleiros experientes.

— Em frente! — comandou d'Artagnan. — Esporas nos animais, sem dó!

Partiram todos em alta velocidade, atrás de d'Artagnan, retomando a estrada já percorrida naquele dia, ou seja, na direção da Escócia. A cidadezinha não tinha portas nem muralhas e eles saíram sem maiores dificuldades.

A cinquenta passos da última casa, ele gritou:

— Alto!

— Como assim, alto? — perguntou Porthos. — A galope, você quer dizer?

— Nada disso. Dessa vez vão nos seguir. Deixemos que saiam do vilarejo, seguindo a estrada da Escócia atrás de nós. Depois que passarem, pegamos a direção contrária.

A pouca distância dali corria um riozinho e d'Artagnan foi, com o seu cavalo, colocar-se sob o arco de uma ponte que o cruzava. Os amigos o seguiram.

Nem dez minutos se passaram e eles ouviram, aproximando-se, o tropel veloz de cavaleiros. Cinco minutos depois essa tropa passava acima das suas cabeças, sem imaginar que apenas a espessura do arco da ponte a separava dos foragidos.

67. Londres

Depois de ouvirem o barulho dos cavalos se perder ao longe, d'Artagnan voltou à beira do rio e seguiu pelo campo, procurando, na medida do possível, se orientar no rumo de Londres. Os três companheiros o seguiram em silêncio até que, depois de um desvio em forma de amplo semicírculo, viram a cidadezinha às suas costas.

Achando já estar suficientemente longe do ponto de partida para passar do galope ao trote, ele disse:

— Dessa vez, acho que realmente não tem outro jeito e o melhor a fazer é voltarmos para a França. O que acha, Athos? Não é o mais razoável?

— Sim, caro amigo, mas você, outro dia, disse algo mais razoável ainda, algo nobre e generoso: "Morreremos aqui!", permito-me lembrar.

— Ora — observou Porthos —, a morte não é grande coisa, não deve nos incomodar, já que não sabemos o que é. A derrota é que me aborrece. Da maneira como vão as coisas, vejo que teremos que lutar em Londres, no interior, na Inglaterra inteira e, é claro, no final vamos acabar sendo derrotados.

— Temos que acompanhar essa grande tragédia até o fim — disse Athos. — Qualquer que seja o desfecho, fiquemos na Inglaterra até lá. Não acha o mesmo, Aramis?

— Em tudo, querido conde. E confesso que gostaria de voltar a ver o tal Mordaunt. Acho que temos uma conta a acertar com ele e não é hábito nosso deixar um país sem acertar as dívidas.

— Ah, isso muda tudo! — disse d'Artagnan. — É um motivo que se sustenta. Confesso, no tocante a mim, que para voltar a encontrá-lo eu ficaria mais um ano em Londres, se necessário. Mas precisamos nos hospedar com alguém de confiança e de forma a não levantar suspeitas, pois a essa altura o sr. Cromwell deve estar atrás de nós e, por tudo que vi, não brinca em serviço, o sr. Cromwell. Athos, conhece na cidade um albergue em que se encontrem lençóis limpos, um rosbife minimamente bem cozido e bebida que não seja de lúpulo nem de zimbro?[415]

— Acho que posso resolver isso. De Winter nos levou até um sujeito que ele disse ser um espanhol naturalizado inglês, por questões de dinheiro. O que acha, Aramis?

— Isso de ir para a casa do *señor* Perez me parece um projeto dos mais razoáveis, tem meu voto. Evocaremos a lembrança do pobre de Winter, por quem ele parecia ter verdadeira veneração. Diremos que estamos ali por conta própria para ver o que acontece; gastaremos, cada um, um guinéu por dia e creio que, com algumas precauções, estaremos bastante sossegados.

— Está esquecendo de uma, e bastante importante.

— Qual?

— Mudar nossos trajes.

— Bah! — discordou Porthos. — Mudar para quê? Estamos tão bem neles.

— Para não sermos reconhecidos — ajudou d'Artagnan. — Nossas roupas têm um corte e até uma cor uniforme que denuncia um *frenchman*[416] quase à primeira vista. Não sou tão apegado assim ao talhe do gibão nem à cor das minhas meias para correr o risco, por simples sentimentalismo, de ser enforcado em Tyburn[417] ou ir dar uma volta na Índia.[418] Vou comprar uma roupa marrom; notei que todos os imbecis puritanos adoram essa cor.

— Mas vai conseguir encontrar nosso homem? — perguntou Aramis.

— É fácil, Bedford's Tavern, na rua Green-Hall. Saibam que posso andar de olhos fechados pela cidade.

— Bem que gostaria de já estar lá — disse d'Artagnan. — E minha opinião é que devemos tentar chegar a Londres antes do amanhecer, nem que tenhamos que acabar com os cavalos.

— Então em frente — concordou Athos. — Pelos meus cálculos, se eu não estiver enganado, devemos estar a no máximo oito ou dez léguas.

Os amigos esporearam seus animais e, de fato, chegaram por volta das cinco horas da manhã. Na porta da cidade em que se apresentaram, um guarda mandou que parassem e Athos explicou, em seu excelente inglês, que tinham sido enviados pelo coronel Harrison para avisar a seu colega, o sr. Pride, da

---

415. Usados respectivamente na fabricação da cerveja e do gim.

416. Em inglês no original: "francês".

417. Bairro de Londres que foi, até 1783, o local das execuções capitais.

418. A partir de 1601 a Inglaterra começou a estabelecer postos comerciais na Índia, em detrimento dos portugueses, e ao longo do séc.XVII foi aumentando a sua presença militar e econômica. A administração inglesa procurava a todo custo aumentar seus efetivos na região e muito frequentemente pessoas em dificuldade, às vezes condenadas pela justiça, eram "convocadas" para uma estadia no subcontinente indiano.

iminente chegada do rei. A resposta provocou algumas perguntas sobre a importante prisão e o francês deu detalhes tão precisos e positivos que, se porventura os guardas tivessem alguma suspeita, ela foi completamente desfeita. A passagem foi então aberta, com todo tipo de felicitações puritanas.

Athos realmente não se perdeu na cidade e foi direto à Bedford's Tavern. Lembrando-se dele, o proprietário ficou tão contente de revê-lo, e ainda trazendo novos hóspedes, que na mesma hora mandou que os seus melhores quartos fossem preparados.

Mesmo com o dia ainda não totalmente claro, ao chegar em Londres os viajantes encontraram a cidade em polvorosa. Desde a véspera, se espalhara a notícia de que o rei, trazido pelo coronel Harrison, se aproximava e muitos nem tinham se deitado para dormir, temendo que Stuart, como era chamada Sua Majestade, chegasse durante a noite e eles perdessem sua entrada na capital.

O projeto de troca de vestimentas tinha sido aprovado por unanimidade, apesar, lembremos, de alguma resistência por parte de Porthos. Tratou-se então da sua execução. O taberneiro pediu que lhe trouxessem trajes de todo tipo, como se pretendesse renovar seu guarda-roupa. Athos escolheu um traje negro, que lhe dava a aparência de um honesto burguês. Aramis, não querendo separar da espada, escolheu uma indumentária escura, de corte militar. Porthos encantou-se com um gibão vermelho e meias verdes. D'Artagnan, que já se decidira pela cor, preocupou-se apenas com a nuance e, com o cobiçado traje marrom, achou perfeitamente passar por um negociante aposentado de açúcar.

Já Grimaud e Mousqueton, que não usavam librés, conseguiram ótimos disfarces. O primeiro se confundia com o tipo calmo, seco e rígido do inglês circunspecto, e o segundo com o inglês ventrudo, balofo e desocupado.

— Passemos agora ao principal — sugeriu d'Artagnan. — Um corte de cabelo que não nos faça ser insultados pelo populacho. Não sendo mais fidalgos pela espada, sejamos puritanos pelo penteado. Como sabem, é o ponto primordial que separa o convencionalista do cavaleiro.[419]

Com relação a esse ponto primordial, d'Artagnan enfrentou forte insubmissão de Aramis, que queria absolutamente manter as madeixas, é verdade que muito bonitas e bem tratadas. Foi preciso que Athos, perfeitamente indiferente a essas questões, desse o exemplo. Sem também criar dificuldades, Porthos deixou a cabeça aos cuidados de Mousqueton, que passou a tesoura na sua densa e rude cabeleira. D'Artagnan executou o trabalho em si mesmo, conseguindo uma aparência que o deixava bem semelhante às efígies de medalhas do tempo de Francisco I ou de Carlos IX.

— Estamos horríveis — disse Athos.
— Com um ranço puritano de dar nojo — disse Aramis.

---

419. Ver nota 405.

— Estou com frio na cabeça — disse Porthos.
— E eu com vontade de fazer uma pregação — disse d'Artagnan.
— Agora que nem nós nos reconhecemos, não havendo então perigo de sermos reconhecidos — sugeriu Athos —, vamos assistir à entrada do rei. Se tiver cavalgado a noite inteira, não deve estar longe de Londres.

E, é verdade, os quatro não estavam nem há duas horas no meio da multidão, quando gritos e crescente agitação anunciaram a chegada de Carlos. Uma carruagem havia sido enviada para ele e, de longe, o gigantesco Porthos, com a cabeça acima de todas as demais, avisou estar vendo se aproximar o coche real. D'Artagnan ficou na ponta dos pés, enquanto Athos e Aramis ouviam, tentando ter ideia da opinião geral. A carruagem passou e d'Artagnan reconheceu Harrison e Mordaunt, a cavalo junto às portas. Já o povo, do qual Athos e Aramis analisavam as impressões, xingava o rei à vontade.

Athos fez o caminho de volta arrasado.

— Meu amigo — disse a ele d'Artagnan. — É inútil teimar e insisto que a situação é ruim. No que me concerne, estou nisso só por sua causa e por certa inclinação artística pela política à moda mosqueteira. Acho que seria bem divertido arrancar a presa de uma gente que faz tanto estardalhaço e rir dela. Vou sonhar com isso.

Já no dia seguinte, numa janela que dava para as regiões mais populosas da cidade, Athos ouviu ser proclamada a decisão do Parlamento, de levar ao tribunal o ex-rei Carlos I, acusado de traição e abuso de poder.

D'Artagnan estava ao lado dele, Aramis estudava um mapa e Porthos continuava às voltas com as últimas delícias de um suculento almoço.

— O Parlamento! — exclamou Athos. — Não é possível que o Parlamento tenha chegado a semelhante *bill*.[420]

— Basta ouvir — disse d'Artagnan —, pouco sei de inglês, mas como essa língua não passa de um francês mal pronunciado, estão dizendo: *Parliament's bill*, que quer dizer *bill* do Parlamento, ou que o diabo me dane, como eles praguejam aqui.

Nesse momento, o dono da taverna entrou. Athos fez sinal para que se aproximasse.

— O Parlamento se pronunciou? — ele perguntou em inglês.
— Exatamente, milorde. O Parlamento puro.
— Como, o Parlamento puro? Há dois parlamentos?
— Meu prezado estalajadeiro — interrompeu d'Artagnan. — Como não entendo inglês, mas todos falamos espanhol, faça o favor de passar para essa língua, que é a sua e, assim sendo, provavelmente gostará de usá-la, já que tem a oportunidade.

---

420. Em inglês no original: "projeto de lei parlamentar" e, por extensão, a própria lei.

— Tem razão, ótimo! — disse Aramis.

Porthos, como já foi dito, se concentrava apenas numa costeleta, da qual tentava liberar totalmente a carne do osso.

— E qual era a pergunta? — voltou o anfitrião em espanhol.

— Perguntava — respondeu Athos nessa língua — se há então dois parlamentos, um puro e outro impuro.

— Que estranho! — disse Porthos, erguendo lentamente a cabeça e olhando para os amigos, espantado. — Estou entendendo inglês! Compreendi perfeitamente o que disseram.

— É que passamos a falar espanhol, meu amigo — explicou Athos com a paciência de sempre.

— Ah, droga! Que pena, seria uma língua a mais que falo.

— Quando disse parlamento puro, *señor*, estava me referindo ao que o coronel Pride "purificou".

— Entendo! — observou d'Artagnan. — É uma gente bem engenhosa. Quando voltar à França, vou colocar Mazarino e o sr. coadjutor a par disso. Um purificará em nome da Corte e o outro em nome do povo. No final não teremos mais parlamento nenhum.

— Quem é o coronel Pride? — interessou-se Aramis. — E como fez para purificar o parlamento?

— O coronel Pride é um ex-carroceiro, homem de muito espírito e que conduzindo sua carroça notou que, havendo uma pedra no caminho, é mais fácil tirar a pedra do que tentar passar a roda por cima. E dos duzentos e cinquenta e um membros que compunham o Parlamento, cento e noventa e um o atrapalhavam e poderiam fazer capotar a carroça política. Ele os pegou como antigamente fazia com as pedras e jogou-os para fora da Câmara.[421]

— Um belo trabalho! — disse d'Artagnan, que, sendo homem de espírito acima de tudo, apreciava essa qualidade, sempre que com ela se deparava.

— E todos que foram expulsos eram stuartistas?

— É claro, *señor*, e teriam salvado o rei, como pode imaginar.

— E vejam só! — explicou majestosamente Porthos. — Eram maioria.

— E o senhor acha que o rei aceitará comparecer diante de semelhante tribunal? — perguntou Aramis.

— Terá que fazer isso — respondeu o espanhol —, caso tente recusar, será forçado pelo povo.

— Obrigado, mestre Perez — disse Athos. — Sinto-me já mais bem informado.

---

421. Nos dias 6 e 7 de dezembro de 1648, Pride (ver nota 308) prendeu sessenta parlamentares que haviam rejeitado o relatório do exército e pediam o julgamento do rei e o pagamento de salários. Noventa e seis parlamentares foram afastados por outros motivos e criou-se o parlamento "depurado", o Rump Parliament, com apenas 53 membros.

— E comece a se convencer de que é uma causa perdida, Athos — acrescentou d'Artagnan. — Com tantos Harrisons, Joyces, Prides e Cromwells, nunca vamos estar à altura.

— O rei será entregue a um tribunal — respondeu Athos. — O próprio silêncio de seus aliados indica a existência de um complô.

D'Artagnan deu de ombros.

— Se ousarem condenar o rei — disse Aramis —, será ao exílio ou à prisão, nada mais.

D'Artagnan deu um assovio, mostrando não acreditar.

— De qualquer forma veremos, pois creio que vamos estar presentes — avisou Athos.

— Não vão precisar esperar muito — disse o dono da casa —, as sessões começam amanhã.

— O processo, então, já estava instruído antes da prisão? — estranhou Athos.

— Provavelmente desde o dia em que compraram o rei — concluiu d'Artagnan.

— Vocês sabem que o nosso amigo Mordaunt, se não foi o responsável pela negociata, no mínimo foi quem deu os primeiros passos nessa direção — lembrou Aramis.

— Garanto a vocês — disse d'Artagnan — que onde quer que eu o encontre e o tenha a meu alcance, mato-o.

— Para quê? — reagiu Athos. — Um pobre miserável.

— Justamente, por ser um miserável. Ah, meu amigo! Sigo as suas vontades para que seja indulgente com as minhas. Aliás, quer isso os contrarie ou não, declaro que Mordaunt será morto por mim.

— E por mim — disse Porthos.

— E por mim — disse Aramis.

— Que unanimidade! É comovente — exclamou d'Artagnan — e combina bem com os burgueses que nos tornamos. Vamos dar uma volta pela cidade. Mordaunt não vai nos reconhecer a quatro passos dele, com a neblina que há. Vamos beber um pouco de neblina.

— Acho bom, com isso escapamos um pouco da cerveja — concordou Porthos.

Os quatro amigos, então, saíram para dar uma olhada nas redondezas, como se diz no vulgo.

68. O processo

Uma guarda numerosa conduziu, no dia seguinte, Carlos I à Alta Corte que o devia julgar.[422]

A multidão invadiu as ruas e as casas das proximidades do palácio, fazendo com que os quatro amigos esbarrassem nessa quase intransponível muralha viva. Alguns homens do povo, fortes e de muito maus modos, inclusive empurraram Aramis de forma tão rude que Porthos ergueu seu punho formidável e o desceu nas fuças farinhentas de um padeiro, que imediatamente mudaram de cor, cobrindo-se de sangue, amassadas como um cacho de uvas maduras. A coisa causou barulho e três homens quiseram partir contra Porthos, mas Athos afastou um, d'Artagnan outro e o terceiro o próprio Porthos jogou por cima de sua cabeça. Alguns ingleses, apreciadores do pugilato, admiraram a maneira expedita e fácil com que a manobra fora executada e bateram palmas. De um minuto para outro, em vez de serem massacrados pelo povaréu, como começavam a achar ser possível, Porthos e seus amigos por pouco não foram carregados em triunfo. Os quatro, porém, evitando tudo que pudesse chamar atenção, procuraram escapar da homenagem. Mesmo assim, uma vantagem eles conseguiram com a demonstração hercúlea, pois a multidão se abriu e o que pouco antes parecia impossível, isto é, chegar ao palácio, tornou-se fácil.

Londres inteira acorrera às portas das tribunas e quando os quatro amigos conseguiram passar por uma delas, encontraram as três fileiras da frente com todos os lugares ocupados. Não chegava a ser ruim para pessoas que desejavam passar despercebidas. Tomaram então seus assentos, bem contentes de tê-los, à exceção de Porthos, que esperava

---

[422]. Em 20 de janeiro de 1649, Carlos I foi transferido do palácio Saint James, onde estava preso, para Westminster Hall, onde se deu o processo, que durou uma semana. O coronel Thomlinson foi encarregado dessa transferência.

exibir seu gibão vermelho e meias verdes, e lamentava, assim, não estar na primeira fila.

Os bancos eram dispostos como em um anfiteatro e, de onde estavam, os quatro amigos dominavam o salão inteiro. Quis o acaso que tivessem entrado na tribuna do meio e, com isso, estavam bem à frente da poltrona preparada para Carlos I.

Por volta das onze da manhã, o rei apareceu à entrada da sala. Chegou cercado por guardas, mas de chapéu e com aparência calma. Olhou cheio de segurança para todos os lados, como se estivesse ali convidado a presidir uma assembleia de obedientes súditos e não para responder às acusações de uma corte rebelde.

Os juízes, contentes de dispor de um rei para humilhar, claramente se preparavam para o uso desse direito que haviam conferido a si mesmos. Em consequência disso, um meirinho foi dizer a Sua Majestade ser costume descobrir a cabeça diante deles.

Sem responder, Carlos I afundou ainda mais o chapéu e virou-se para o outro lado. Tendo o funcionário se afastado, ele sentou-se na poltrona preparada à frente do presidente da Corte, batendo no cano da bota com uma varinha de junco que tinha à mão.

Parry, que o acompanhava, se mantinha de pé, logo atrás.

Em vez de acompanhar todo aquele cerimonial, d'Artagnan observava Athos, cujo rosto traía as emoções que o rei, por pura força de vontade, conseguia afastar do si. A agitação do amigo, em geral frio e calmo, o preocupou.

Ele então cochichou a seu ouvido:

— Espero que siga o exemplo de Sua Majestade e não busque uma morte idiota nessa gaiola em que estamos.

— Fique tranquilo.

— Ei, diabos! — alarmou-se d'Artagnan. — Parece que temem alguma coisa. O número de soldados redobra e agora, além das alabardas, surgem mosquetões. Tem para todo mundo: as alabardas para o público em geral e os mosquetões para nós.

— Trinta, quarenta, cinquenta, setenta homens — disse Porthos, contando os recém-chegados.

— Está se esquecendo do oficial, amigo — corrigiu Aramis. — E ele, tenho impressão, vale ser lembrado.

— Ai, ai, ai! — exclamou d'Artagnan, ficando branco de raiva, pois também reconhecera Mordaunt, que, de espada em punho, posicionava os mosqueteiros ingleses atrás do rei, ou seja, de frente para o público.

— Será que nos reconheceu? — ele continuou. — Pergunto porque, se for o caso, bato logo em retirada. Não quero que me imponham um tipo de morte, prefiro morrer como escolher. E minha escolha nunca foi ser fuzilado numa sala fechada.

— Ele não nos viu — disse Aramis. — Está preocupado apenas com o rei. Santo Deus! Com que insolência olha para ele. Será que o odeia tanto quanto a nós?

— Com certeza! — disse Athos. — Tiramos dele apenas a mãe. O rei o espoliou do nome e da fortuna.

— Tem razão — concordou Aramis. — Mas silêncio! O presidente está falando com o rei.

E, com efeito, o presidente Bradshaw[423] interpelava o augusto acusado:

— Stuart, será feita a chamada nominal de seus juízes, dirija às tribunas as observações que quiser fazer.

O rei virou a cabeça de lado, como se aquelas palavras não lhe concernissem.

O presidente esperou e como não veio resposta nenhuma, houve um instante de silêncio.

Dos cento e sessenta e três membros designados, apenas setenta e três tinham se apresentado; os demais, não querendo se tornar cúmplices de semelhante ato, não compareceram.

— Farei então a chamada — disse Bradshaw, sem parecer notar a ausência de três quintos da assembleia.

E começou a declinar os nomes de todos os membros. Os que estavam presentes respondiam com voz firme ou apagada, conforme a coragem que tinham de dar sua opinião. Um curto silêncio seguia o nome dos ausentes, repetido duas vezes.

Quando foi citado o nome do coronel Fairfax,[424] houve um curto, mas solene, silêncio, igual aos que traduziam a ausência dos que não quiseram tomar parte no julgamento.

O presidente repetiu:

— Coronel Fairfax!

— Fairfax? — gritou uma voz em tom de zombaria, parecendo ser, pelo timbre argentino, uma voz feminina. — É honrado demais para estar aqui.

Uma explosão de riso seguiu tais palavras, ditas com essa audácia que as mulheres tiram da própria fraqueza e que as defendem de qualquer vingança.

— É uma mulher — exclamou Aramis. — Ah, santo Deus! Tomara que seja jovem e bonita.

E ele se ergueu no banco, tentando enxergar na tribuna de onde a voz havia saído.

---

423. John Bradshaw (1602-59), jurista. Após a restauração da monarquia, em 1661, seu corpo foi exumado para ser publicamente enforcado.

424. Thomas Fairfax (1612-71), importante general de Cromwell, de fato recusou ser um dos juízes na destituição do rei. Participou, depois da morte de Cromwell, da restauração da monarquia inglesa, reconciliando-se com o novo rei. Era bom orador e poeta.

— Juro, é encantadora! — ele continuou. — Veja, d'Artagnan, todo mundo está virado para ela, que se mantém firme, apesar do olhar de Bradshaw.

— É a própria lady Fairfax — disse d'Artagnan. — Não se lembra, Porthos? Nós a vimos com o marido, junto do general Cromwell.

Depois desse instante de tumulto, causado pelo estranho aparte, a calma voltou e a chamada foi retomada.

— Terão que suspender a sessão, vendo que não têm quórum.

— Você não os conhece, Athos. Repare no sorriso de Mordaunt e na maneira como olha o rei. É o olhar de alguém que teme perder sua vítima? De jeito nenhum, é o sorriso do ódio satisfeito, de vingança certa do sucesso. Ah, demônio maldito! Feliz será o dia em que trocarmos mais do que olhares!

— O rei é mesmo bonito — disse Porthos. — Além disso, por mais prisioneiro que seja, notem com que esmero se vestiu. Só a pluma do chapéu vale no mínimo cinquenta pistolas, veja, Aramis.

Terminada a chamada, o presidente deu ordem para que passassem à leitura da acusação.

Athos se agitou. Mais uma vez se enganara. Mesmo com juízes em número insuficiente, o processo prosseguiria e o rei já estava previamente condenado.

— Como eu disse, Athos — insistiu d'Artagnan, resignado. — Mas você nunca acredita. Agora segure-se firme e ouça, sem que isso o deixe arrasado, por favor, os horrores que o sujeitinho de preto vai dizer do seu rei, tendo licença e privilégios para tanto.

Efetivamente, nunca acusação mais brutal, injúrias mais vis nem mais sangrento requisitório haviam maculado uma majestade real. Até então assassinavam-se reis, mas apenas seus cadáveres recebiam insultos.

Carlos I ouviu o discurso de acusação com particular atenção, registrando alguns pontos, e quando o ódio ultrapassava os limites, quando o promotor já antecipava a função do carrasco, ele respondia com um sorriso de desprezo. Era sem dúvida uma ação capital e terrível essa em que um infortunado rei tinha suas imprudências convertidas em maquinações e seus erros em crimes.

D'Artagnan, que deixava correr essa torrente de injúrias com o desdém que elas merecem, concentrou, no entanto, sua inteligência judiciosa em algumas inculpações da acusação e observou:

— Fato é que, se a punição for por imprudência e certa leviandade, esse pobre rei merece punição, mas esta que ele recebe nesse momento me parece já suficientemente cruel.

— Em todo caso — respondeu Aramis —, a punição não poderia ir contra o rei e sim contra os seus ministros, pois a primeira lei da Constituição diz: *o rei não erra.*[425]

---

425. O Reino Unido não tem uma Constituição reunida num único documento, mas um conjunto de leis e princípios sob os quais o país é governado. O rei não erra (*"The king can do no wrong"*), pode apenas ser enganado, é um princípio visando a inviolabilidade do soberano.

Porthos, enquanto isso, olhando para Mordaunt e interessado apenas nele, pensava: "Se dependesse de mim, e se não fosse perturbar demais a imponência da situação, eu saltaria desse banco, com três passadas chegava até ali e o estrangulava. Pegaria ele pelos pés e com o corpo derrubava esses mosqueteiros de meia-tigela, que são uma paródia dos nossos mosqueteiros franceses. Nesse meio-tempo, d'Artagnan, que é astuto e pensa rápido, talvez encontrasse um meio de salvar o rei. Vou dizer isso a ele."

Athos, no entanto, com as faces em brasa, os punhos cerrados e os lábios sangrando de tanto serem mordidos, estava indócil em seu assento, furioso com aquele permanente insulto parlamentar e a interminável paciência real. Seu braço inflexível e coração inabalável tinham se transformado em mão insegura e corpo trêmulo.

Nesse momento, porém, a acusação terminava seu discurso com as seguintes palavras: "A presente inculpação é por nós apresentada, em nome do povo inglês."

Houve um murmúrio nas tribunas e uma voz, não de mulher, mas de homem, máscula e furiosa, trovejou bem atrás de d'Artagnan:

— Você mente! E a ampla maioria do povo inglês tem horror a tudo que disse![426]

Essa voz era de Athos, que, de pé, fora de si, interpelava o promotor público.

Com isso, rei, juízes, espectadores, todo mundo fixou os olhos no ponto da tribuna em que estavam os quatro amigos. Mordaunt fez como todo mundo e reconheceu o fidalgo, junto do qual já se tinham também posto de pé os três outros franceses, pálidos e ameaçadores. Seus olhos flamejaram de alegria, pois acabava de encontrar aqueles à procura dos quais ele havia dedicado a vida, para matá-los. Com um movimento furioso, chamou vinte de seus mosqueteiros e, apontando para o local em que estavam os inimigos, ordenou:

— Disparem na tribuna!

Rápidos como o pensamento, d'Artagnan agarrou Athos pelo meio do corpo, Porthos fez o mesmo com Aramis, eles saltaram por cima de bancos, atravessaram corredores, desceram às carreiras a escadaria e se perderam na multidão. No interior da sala, enquanto isso, os mosquetões ameaçavam três mil espectadores, cujos pedidos de misericórdia e ruidosas manifestações de terror conseguiram paralisar o impulso já iniciado para uma carnificina.

Carlos também reconheceu os quatro franceses; levou a mão direita ao coração para comprimir seus batimentos e a esquerda aos olhos, para não ver os fiéis amigos serem degolados.

Lívido e trêmulo de raiva, Mordaunt correu para fora da sala com a espada desembainhada em punho, revistando com dez alabardeiros a multidão, interrogando ofegante, até finalmente voltar, sem nada ter encontrado.

---

426. A frase na realidade foi ainda de lady Fairfax, que acabou sendo expulsa da sala.

A confusão era geral. Mais de meia hora se passou sem que ninguém pudesse se fazer entender. Os juízes acharam que cada tribuna estava prestes a explodir. O público via os mosquetões virados em sua direção e, dividido entre o medo e a curiosidade, permanecia tumultuado e rumoroso.

A calma finalmente voltou.

— O que tem a dizer em sua defesa? — perguntou Bradshaw ao rei.

Com um tom de juiz e não de acusado, com a cabeça ainda coberta e levantando-se, não por humildade, mas por ímpeto, disse Carlos:

— Antes de me interrogar, responda-me. Eu estava livre em Newcastle, tendo firmado um tratado com as duas câmaras. Em vez de cumprir a sua parte, enquanto eu cumpria a minha, os senhores preferiram me comprar dos escoceses. Não pagaram caro, sei disso, o que se mantém coerente com a economia do governo dos senhores. Mas por ter me comprado pelo preço de um escravo, esperam que eu deixe de ser rei? Não é possível. Responder ao senhor seria me esquecer disso. Só responderei, então, quando o senhor justificar o direito que tem de me interrogar. Responder seria reconhecê-los como meus juízes, e os reconheço apenas como meus carrascos.

Dentro do silêncio mortal que se fez, Carlos, calmo, altivo e ainda de chapéu, voltou a se sentar em sua poltrona.

— É pena que os franceses não estejam aqui — ele murmurou com orgulho, olhando para o local da tribuna em que os quatro haviam rapidamente aparecido. — Veriam que este amigo deles, vivo, é digno de ser defendido, e, morto, de ser pranteado.

Por mais, porém, que sondasse as profundezas da multidão e pedisse a Deus aquelas doces e consoladoras presenças, pôde apenas constatar fisionomias pasmas e temerosas, sentindo-se entregue ao ódio e à ferocidade.

— Bom — disse finalmente o presidente, vendo Carlos decidido a se calar, de forma impreterível. — Que seja! Será julgado apesar do silêncio. O senhor é acusado de traição, de abuso de poder e de assassinato. Os testemunhos bastarão. Pode ir, uma próxima sessão terminará o que se recusou a dar início nesta.

Carlos se levantou e, voltando-se para Parry, que estava pálido e com as têmporas molhadas de suor:

— O que há, meu caro Parry? Por que está tão agitado assim?

— Sire! — disse o camareiro, com lágrimas nos olhos e voz suplicante. — Ao sair da sala, não olheis à esquerda.

— E por quê, Parry?

— Imploro, meu rei, não olheis!

— Mas o que há? Fale! — disse Carlos, tentando ver através da cortina de guardas que o cercava.

— Trouxeram, mas não olhareis, Sire, não é? Está em cima de uma mesa, o machado usado na execução de criminosos. A visão é horrenda; não olheis, Sire, por favor.

— Que idiotas! Acham então que sou covarde como eles? Fez bem em me avisar, Parry, obrigado.

O momento de se retirar de fato havia chegado e o rei saiu, seguindo seus guardas.

À esquerda da porta, é verdade, brilhava um reflexo sinistro, causado pela toalha vermelha em que repousava o machado branco, com cabo longo, polido pela mão do verdugo.

Passando por perto, Carlos parou e, virando-se, riu:

— Ah! O machado! Engenhoso espantalho, bastante digno de quem não tem ideia de fidalguia. Não me assustas, machado do carrasco — ele acrescentou, batendo na cunha com a vareta de junco que tinha na mão. — Dou-lhe essa vergastada, esperando com paciência cristã o seu revide.

Dando de ombros com majestoso desdém, ele continuou seu caminho, deixando estupefatos os que se comprimiam em volta da mesa para ver a fisionomia do rei ao se deparar com o instrumento que devia separar do corpo a sua cabeça.

— Veja só, Parry — continuou o rei, afastando-se —, essas pessoas me confundem, que Deus me perdoe!, com um negociante de algodão da Índia. Não veem que sou um fidalgo acostumado com o brilho do ferro. Acham que valho menos que um açougueiro?

Dizendo isso, haviam chegado à porta. Uma grande quantidade de gente do povo se juntara ali, sem conseguir lugar nas tribunas, mas querendo pelo menos usufruir do final do espetáculo, depois de ter perdido a parte mais interessante. Essa incontável multidão, em que se viam, aqui e ali, caras e gestos ameaçadores, arrancou do rei um ligeiro suspiro.

"Tantas pessoas, e nenhum amigo fiel!", ele pensou.

Dizendo para si mesmo essas palavras de incerteza e desânimo, ouviu bem perto uma voz que parecia lhe responder:

— Saudações à Majestade decaída!

O rei voltou-se rápido, com lágrimas que lhe inundavam os olhos e o coração.

Era um velho soldado da sua guarda, que não pôde ver passar à sua frente o rei prisioneiro sem prestar essa última homenagem.

Mas na mesma hora o coitado foi quase morto a pancadas com o punho de espadas.

Entre os agressores, estava o capitão Groslow, que o rei reconheceu, e disse a ele:

— Que infelicidade! Um castigo tão enorme para tão pequena falta.

Com o coração pesado, Carlos seguiu seu caminho, mas antes que desse mais cem passos, um idiota mais violento, debruçando-se entre dois soldados

—*Ah! O machado! Não me assustas.*

da guarda, deu uma cusparada em seu rosto, como outrora um judeu infame e maldito cuspiu no rosto de Jesus Nazareno.[427]

Grandes risadas e sombrios murmúrios acompanharam o gesto: a multidão se afastou, se aproximou, ondulou como o mar tempestuoso e o rei teve a impressão de ver reluzirem, naquele ir e vir agitado, os olhos dardejantes de Athos.

Ele enxugou o rosto e comentou com um sorriso triste:

— Pobre miserável! Por meia coroa faria o mesmo contra o próprio pai.

O rei não se enganara. Athos e seus amigos estavam misturados de novo entre as pessoas, tinham voltado para um último adeus ao rei mártir.

Quando o soldado saudou Carlos, o coração de Athos se desfez de alegria e, ao recuperar os sentidos, o infeliz deve ter encontrado em seu bolso dez guinéus ali deixados pelo fidalgo francês. Quando, porém, o autor do covarde insulto cuspiu no rosto do rei indefeso, Athos levou a mão ao punhal.

Mas d'Artagnan impediu o gesto e disse, com uma voz rouca:

— Espera.

Nunca antes ele havia falado assim com Athos ou com o conde de La Fère, com tanta intimidade.

O amigo imediatamente parou.

Retendo ainda a sua mão, d'Artagnan fez sinal a Porthos e Aramis para que os acompanhassem, indo atrás do homem, que tinha os braços nus e ria ainda da infame brincadeira, sendo felicitado por outros iguais a ele.

O indivíduo tomou a direção do centro da cidade e d'Artagnan, ainda segurando Athos, o seguiu, sinalizando sempre para que os dois outros amigos, por sua vez, viessem atrás.

O homem de braços nus, que parecia ser aprendiz de açougueiro, desceu com dois companheiros por uma ruela breve e deserta que ia dar no rio.

D'Artagnan largou o braço de Athos e se aproximou mais do fanfarrão.

Já perto do rio, os três indivíduos perceberam que estavam sendo seguidos, pararam, olharam provocadoramente os franceses e trocaram brincadeiras entre si.

— Não sei inglês, mas você sim, Athos — disse d'Artagnan —, sirva-me então de intérprete.

Depois disso, apertando o passo, eles passaram ao lado dos três homens. Virando-se de repente, d'Artagnan foi direto ao aprendiz de açougueiro e, apoiando a ponta do dedo no seu peito, disse, pedindo que Athos o traduzisse:

— Você é um covarde, insultou um homem sem defesa, maculou o seu rei e vai morrer...

Athos, pálido como um fantasma e com o amigo a contê-lo pelo pulso, traduziu essas estranhas palavras e o homem, diante desses preparativos sinis-

---

[427] No Novo Testamento, em Mateus 26:67 e 27:30, cospem no rosto de Jesus a caminho da crucificação.

tros e do olhar terrível de d'Artagnan, se pôs em defesa. Vendo isso, Aramis levou a mão à espada.

— Não, não use arma! — disse d'Artagnan, segurando o açougueiro pela garganta. — Só fidalgos a merecem.

E continuou:

— Porthos, mate esse miserável com um único soco.

O amigo ergueu seu braço assustador, que em seguida assoviou no ar como um galho de árvore, e essa massa pesada se abateu com um barulho surdo no crânio do covarde, que se espatifou.

O homem caiu como cai um boi sob a marreta.

Seus companheiros quiseram gritar, quiseram fugir, mas faltou-lhes voz e as pernas, trêmulas, falharam.

— Diga ainda para eles: assim morre quem esquece que um homem acorrentado é uma cabeça sagrada e um rei aprisionado representa duplamente o Senhor.

Athos repetiu em inglês essas palavras.

Os dois rapazes, mudos e de cabelos em pé, olharam para o corpo do companheiro, mergulhado numa poça de sangue escuro. Conseguiram, afinal, recuperar voz e força nas pernas, fugindo aos berros e de mãos juntas.

— Fez-se justiça! — disse Porthos, limpando a testa.

— E agora — completou d'Artagnan, dirigindo-se a Athos —, confie em mim e mantenha-se calmo. Eu me encarrego de tudo que se referir ao rei.

69. *White Hall*

O parlamento condenou Carlos Stuart à morte, como era fácil de se prever.⁴²⁸ Os julgamentos políticos nunca passam de meras formalidades, pois as paixões da acusação são as mesmas que condenam. É a terrível lógica das revoluções.

Mesmo que nossos amigos já imaginassem tal condenação, ela os encheu de dor. D'Artagnan, cuja inteligência chegava ao auge dos seus recursos nos momentos extremos, novamente jurou que tentaria de tudo para impedir aquele desfecho para a sangrenta tragédia. Mas como? Era algo que ele só muito vagamente podia entrever. Tudo dependeria da natureza das circunstâncias. Esperando que um plano completo se estabelecesse, era preciso a todo custo ganhar tempo, criando obstáculos para que a execução não ocorresse já no dia seguinte, como haviam decidido os juízes. E o único meio para isso era fazer sumir o carrasco de Londres.

Sem ele, a sentença não poderia ser executada. Provavelmente o carrasco da cidade mais próxima seria chamado, mas com isso se ganharia pelo menos um dia e um dia, em casos assim, pode significar, quem sabe, a salvação! D'Artagnan se encarregou então dessa tarefa para lá de difícil.

Algo não menos essencial seria prevenir Carlos Stuart de que se tentaria raptá-lo, para que ele ajudasse, na medida do possível, seus defensores ou, pelo menos, não agisse de maneira a contrariar os esforços. Aramis se incumbiu desse perigoso serviço. Carlos Stuart havia pedido

---

428. O processo havia começado no dia 20 de janeiro e a condenação do rei foi votada no dia 25, após leitura do ato de acusação e depoimento de testemunhas. A execução foi marcada para o dia 30 do mesmo mês. Carlos I ficou em Saint James e só foi transferido para White Hall no dia da sua morte.

que se permitisse ao bispo Juxon[429] visitá-lo na prisão de White Hall. Na mesma noite, Mordaunt foi à casa do bispo para avisá-lo do desejo religioso do rei, autorizado por Cromwell. Aramis resolveu obter do bispo, pela persuasão ou pelo terror, que ele o deixasse ir em seu lugar a White Hall, ostentando suas insígnias sacerdotais.

Athos, por sua vez, tomou para si a tarefa de preparar o necessário para que os quatro logo depois deixassem a Inglaterra, quer tudo desse certo, quer não.

Caída a noite, eles marcaram de se encontrar às onze horas no hotel e cada um partiu para o cumprimento da perigosa missão.

O palácio de White Hall era guardado por três regimentos de cavalaria e, além disso, com crescente inquietude, Cromwell ia e vinha de lá, ou enviava seus generais e agentes.

Sozinho e em seu quarto habitual, iluminado pelas chamas de duas velas, o monarca condenado à morte tristemente admirava o luxo de sua grandeza passada, como na última hora se vê, mais brilhante e suave do que nunca, a imagem da vida.

Parry não se afastara do amo e, desde a condenação, não parava de chorar.

Carlos Stuart, com os cotovelos apoiados numa mesa, olhava um medalhão em que figuravam, um ao lado do outro, os retratos da mulher e da filha. Ele assim aguardava, primeiro Juxon, e depois o martírio.

Algumas vezes seu pensamento se fixara nos quatro bravos fidalgos franceses, que já lhe pareciam a cem léguas de distância, fabulosos e quiméricos, semelhantes às figuras que vemos em sonho e desaparecem ao despertarmos.

E é verdade que Carlos inclusive se perguntava se tudo que estava acontecendo não era um sonho ou, no mínimo, um delírio da febre.

Com essa esperança, levantava-se, dava alguns passos como para sair do torpor, ia até a janela, mas logo embaixo reluziam os mosquetões dos guardas. Forçoso era então reconhecer que estava bem acordado e que o sonho sangrento que ele vivia era real.

Carlos voltava então em silêncio à poltrona, acotovelava-se de novo à mesa, deixava cair a cabeça na mão e pensava.

"É pena! Se eu pelo menos tivesse como confessor um desses luminares da Igreja, cuja alma já sondou todos os mistérios da vida, todas as pequenezas da grandeza, talvez a sua voz abafasse essa que se lamenta em minha alma!", ele dizia a si mesmo, para depois continuar: "Em vez disso, terei um padre de espírito vulgar, cuja carreira e fortuna prejudiquei, para minha infelicidade. Ele falará de Deus e da morte, como já falou a outros prestes a morrer, sem

---

429. William Juxon (1582-1663), bispo de Londres, foi destituído por Cromwell e, após a volta da monarquia, designado arcebispo da Cantuária, em 1660. Assistiu a Carlos I no patíbulo e coroou Carlos II, em Westminster, em 1661.

compreender que o condenado à sua frente deixa o trono a um usurpador, com seus filhos à míngua."

Depois, aproximando o medalhão dos lábios, ele sucessivamente murmurou o nome de cada filho.

Como foi dito, era uma noite escura e brumosa. A hora lentamente batia no relógio da igreja vizinha. A incerta claridade das duas velas semeava, naquele grande e alto aposento, fantasmas avivados por estranhos reflexos. Eram os antepassados do rei Carlos que se libertavam de suas molduras de ouro, em reflexos provocados pelos últimos clarões azulados e luzentes de um fogo de carvão que se extinguia.

Uma imensa tristeza tomou conta de Carlos. Ele afundou o rosto entre as duas mãos e pensou no mundo, tão bonito quando o deixamos, ou melhor, quando ele nos deixa. Pensou nos afagos das crianças, tão meigos e carinhosos, sobretudo para quem está longe dos filhos, não devendo mais revê-los. Pensou na esposa, nobre e corajosa criatura que lhe deu apoio até o último momento. Tirou do peito a cruz de diamantes e a inscrição da Jarreteira que lhe foram trazidas por aqueles valorosos franceses e beijou-as. Em seguida, lembrando que a esposa só voltaria a ver esses objetos com ele já deitado, frio e mutilado, numa tumba, sentiu passar um desses calafrios intensos em que a morte nos envolve, em seu primeiro abraço.

Naquele quarto que trazia à lembrança tantas recordações reais, visitado por tantos cortesãos, tantas adulações, sozinho com um criado, cuja fraqueza d'alma não podia servir de consolo à sua, o rei sentiu esvair-se a coragem, caindo a um nível de fragilidade, de trevas, de frio invernal. E esse rei que, pode-se dizer, morreu tão imenso e sublime, com o sorriso da resignação nos lábios, enxugou, no escuro, uma lágrima que havia caído na mesa e tremelicava ainda na toalha bordada de ouro que a cobria.

Ouviram-se de repente passadas nos corredores, a porta foi aberta, archotes encheram o aposento de claridade fumacenta e um eclesiástico com trajes episcopais entrou, seguido por dois guardas, para os quais Carlos fez um gesto imperioso com a mão.

Os dois soldados se retiraram, o quarto voltou à obscuridade.

— Juxon! — exclamou Carlos. — Juxon, obrigado, meu derradeiro amigo. Chegou a tempo.

O bispo lançou um olhar de viés e preocupado ao homem que soluçava junto à lareira.

— Vamos, Parry — disse o rei. — Não chore mais, Deus vem até nós.

— Sendo Parry — disse o bispo —, não há o que temer, mas, Sire, permiti-me saudar Vossa Majestade e revelar quem sou e por qual razão estou aqui.

Diante disso e ouvindo essa voz, Carlos ia provavelmente externar o seu espanto, mas Aramis pediu silêncio e fez uma profunda reverência ao rei da Inglaterra.

— Cavaleiro!... — ia dizendo Carlos.

— Sim, Sire — interrompeu Aramis, erguendo a voz —, sim, o bispo Juxon, fiel cavaleiro de Cristo, que atende aos apelos de Vossa Majestade.

Carlos juntou as mãos. Tendo reconhecido d'Herblay, sentia-se estarrecido, pasmo diante daqueles homens que, estrangeiros, sem outra motivação além do dever que lhes impunha a consciência, lutavam contra a vontade de um povo e contra o destino de um rei.

— O senhor? Como chegou aqui? Meu Deus, se o reconhecerem está perdido.

Parry continuava de pé e todo o seu corpo exprimia o sentimento de ingênua e profunda admiração.

— Não vos preocupeis comigo, Sire — disse Aramis, recomendando, ainda com um gesto, que o rei guardasse o silêncio —, pensai apenas em vossa pessoa. Os amigos continuam presentes, podeis ver. Não sei ainda o que faremos, mas quatro homens determinados podem muito. Assim sendo, estai desperto, não vos espanteis de nada, podendo tudo acontecer.

Carlos balançou a cabeça:

— Amigo, não há tempo a perder e, se quiserem agir, terão que ser rápidos. Não sabem que devo morrer amanhã, às dez horas?

— Até lá algo vai acontecer, Sire, que impossibilitará a execução.

O rei olhou para o francês, com espanto.

Nesse mesmo momento ouviu-se, abaixo da janela do quarto, um barulho estranho, como o de uma carroça sendo descarregada.

— Não ouviu? — perguntou o rei.

Um grito de dor seguiu aquele primeiro barulho.

— Ouvi, mas não entendo o que o causou e menos ainda o grito.

— O grito não sei de quem foi, mas o barulho, vou lhe dizer. Não sabe que serei executado bem diante dessa janela? — acrescentou Carlos, estendendo a mão para a praça escura e deserta, povoada apenas por soldados e sentinelas.

— Sei, Sire, infelizmente.

— Pois isso que trazem são as vigas e traves com que construirão o patíbulo. Algum operário deve ter se machucado ao descarregar o carro.

Aramis não teve como controlar um arrepio e o rei prosseguiu:

— Como vê, é inútil que ainda se obstinem. Estou condenado, aceitem que eu sofra a minha sorte.

— Sire — disse Aramis, recuperando a tranquilidade ainda há pouco abalada —, o estrado pode ser montado, mas não terão quem execute a pena.

— O que quer dizer?

— Que nesse momento, Sire, o carrasco já foi sequestrado ou, de algum modo, afastado. Amanhã o patíbulo vai estar pronto, mas o executante não se apresentará. A execução será adiada para o dia seguinte.

— E o que isso muda?

— Muda tudo — respondeu Aramis —, porque amanhã à noite vos tiraremos daqui.

— Como assim? — exclamou o rei, com o rosto iluminado por irreprimível lampejo de alegria.

— Ah, senhor — murmurou Parry, juntando as mãos —, que Deus o abençoe, e também aos seus amigos.

— Como assim? — repetiu o rei. — Preciso saber, para fazer alguma coisa, se eu puder ajudar.

— Não sei dizer, Sire. Tudo que sei é que o mais hábil, corajoso e dedicado de nós me pediu: "Avise ao rei que amanhã, às dez horas da noite, nós o raptaremos". E quando ele diz, ele faz.

— Diga-me o nome desse generoso amigo, para que eu o guarde com eterna gratidão, tenhamos ou não sucesso.

— D'Artagnan, Sire. Foi também quem quase o salvou, quando o coronel Harrison chegou tão inesperadamente.

— Os quatro são pessoas maravilhosas! Eu não teria acreditado em algo assim, se me contassem.

— Agora, Sire, ouvi. Em momento algum deveis esquecer que buscamos vossa libertação. Qualquer gesto, qualquer canto, qualquer sinal de alguém que se aproxime, olhai e ouvi com atenção, respondendo alguma coisa.

— Ah, cavaleiro! O que posso dizer? Palavra alguma, mesmo vinda das profundezas do coração, exprimiria minha gratidão. Se formos bem-sucedidos, não direi que salvaram um rei, pois, vista do cadafalso como a vejo, a realeza, juro, é pouca coisa. Estarão sobretudo devolvendo um marido à sua mulher e um pai a seus filhos. Cavaleiro, me dê a mão, é a de um amigo que assim o considerará até o seu último suspiro.

Aramis quis beijar a mão do rei, mas ele tomou a dianteira, pegou a sua e levou-a ao coração.

Nesse momento, um homem entrou sem nem mesmo bater à porta. Aramis quis retirar a sua mão, mas o rei a reteve.

O recém-chegado era um daqueles puritanos meio padres, meio soldados, um dos muitos em torno de Cromwell.

— O que quer, cavalheiro? — perguntou o rei.

— Saber se está terminada a confissão de Carlos Stuart.

— Por que quer saber? Não temos a mesma religião.

— Somos todos irmãos — respondeu o puritano. — Um dos meus irmãos vai morrer e vim exortá-lo na morte.

— Fora! — irritou-se Parry. — O rei não precisa das suas exortações.

— Sire — disse baixinho Aramis —, sede atencioso, é provavelmente um espião.

— Assim que terminar com o reverendo bispo — disse então o rei —, terei prazer de ouvir o senhor.

O homem com olhar suspeito retirou-se, depois de observar Juxon com um interesse que não escapou ao rei.

— Cavaleiro — ele continuou, assim que a porta se fechou —, creio que estava certo, esse homem veio aqui com más intenções. Cuidado ao se retirar, para que nada de ruim lhe aconteça.

— Sire, agradeço a Vossa Majestade, mas estou preparado, por baixo da batina tenho uma cota de malha e um punhal.

— Então vá, e que Deus o tenha em sua santa proteção, como eu dizia quando era rei.

Carlos acompanhou-o até a porta e Aramis saiu, distribuindo a sua bênção, que fez com que os guardas se inclinassem. Em seguida, atravessou antecâmaras repletas de soldados, subiu na carruagem em que viera e partiu, escoltado por seus dois guardas, dirigindo-se ao bispado, onde se despediu da equipagem episcopal.

Juxon o esperava ansioso.

— Como foi? — ele perguntou, assim que viu Aramis.

— Bom! Tudo se passou da melhor forma. Espiões, guardas, inclusive os seus, me confundiram com o senhor. O rei o abençoa, esperando a sua bênção.

— Que Deus o proteja, meu filho, pois o seu exemplo me trouxe de volta esperança e ânimo.

Aramis recuperou suas roupas e capa, avisando a Juxon, ao se despedir, que ainda teria que apelar a ele mais uma vez.

Mal andou dez passos na rua, notou que estava sendo seguido por um homem envolto numa ampla capa. Ele então parou, com a mão já no punhal. O desconhecido veio diretamente até ele. Era Porthos.

— Meu caro amigo! — cumprimentou-o Aramis, estendendo a mão.

— Como vê, cada um tinha a sua missão. A minha era guardá-lo e foi o que fiz. Esteve com o rei?

— Estive, e tudo se passou bem. E os nossos amigos, onde estão?

— Marcamos encontro no hotel, às onze horas.

— Então não podemos perder tempo.

Com efeito, soavam as dez horas e meia, na igreja São Paulo.[430]

Apressaram-se e foram, na verdade, os primeiros a chegar.

Depois deles, Athos.

— Tudo ótimo — foi logo dizendo, antes que perguntassem.

— O que fez? — perguntou Aramis.

---

430. A Saint Paul's Cathedral, sede do bispado anglicano de Londres, começou a ser construída em 604 e passou por inúmeras reformas e ampliações, datando a última de 1677. É um dos locais mais visitados da cidade, sendo a sua cúpula a segunda maior do mundo, superada apenas pela da basílica de São Pedro, no Vaticano.

— Aluguei uma pequena faluca.[431] Fina como uma piroga, leve como uma andorinha. Espera-nos em Greenwich, frente à ilha dos Cachorros. Conta com um patrão e quatro homens que, por cinquenta libras esterlinas, estarão a nossa disposição por três noites seguidas. Com o rei a bordo e aproveitando a maré, desceremos o Tâmisa e em duas horas estaremos em pleno mar. Daí, como bons piratas, seguiremos a costa, nos escondendo nos penedos ou, se o mar estiver calmo, tomamos o rumo de Boulogne. Se eu porventura morrer, o patrão se chama capitão Roggers e a faluca, *Relâmpago*. Sabendo disso, será fácil encontrar. Um lenço com os quatro cantos amarrados é o sinal de identificação.

Pouco depois, chegou d'Artagnan.

— Esvaziem os bolsos até juntarmos cem libras esterlinas, pois as minhas... — ele disse, revirando seus próprios bolsos bem vazios.

Rapidamente chegaram ao necessário. D'Artagnan saiu e voltou logo depois.

— Pronto! Acabou. Ufa! Não foi fácil.

— O carrasco saiu de Londres? — perguntou Athos.

— Bem... saiu! Mas não era muito garantido, afinal. Podia sair por uma porta da cidade e entrar por outra.

— E onde ele está?

— Na adega.

— Que adega?

— Na do nosso taberneiro! Mousqueton está sentado na entrada. Cá está a chave.

— Parabéns! — disse Aramis. Mas como convenceu o sujeito a desaparecer?

— Como a gente convence todo mundo: dinheiro. Custou caro, mas ele concordou.

— E quanto custou isso, meu amigo? — quis saber Athos. — Pois, sabe, agora que não somos mais pobres mosqueteiros sem eira nem beira, as despesas devem ser comuns.

— Doze mil libras.

— E onde encontrou tudo isso? Tinha tanto dinheiro com você?

— O famoso diamante da rainha — lamentou d'Artagnan com um suspiro.

— É verdade! — disse Aramis. — Eu o tinha reconhecido no seu dedo.

— Você então o comprou de volta do sr. des Essarts? — perguntou Porthos.

— É, mais ou menos isso! Mas está escrito, lá no alto, que não posso ficar com ele. O que fazer? Os diamantes, pelo que dizem, têm suas simpatias e antipatias, como as pessoas. E aquele deve me detestar.

---

431. Veleiro de dois mastros inclinados para a proa, de origem marroquina, longo, leve e estreito, podendo funcionar também a remo.

— Bom — continuou Athos —, está resolvido o problema do carrasco. Só que, infelizmente, todos têm um ajudante, um criado, sei lá como se chama.

— O nosso também tem o seu, mas tivemos sorte.

— Como assim?

— Eu já achava que teria um segundo caso a resolver, quando esse fulano chegou com o fêmur quebrado. Como auxiliar dedicado, ele foi acompanhar até as janelas do rei a carroça que transportava o madeiramento do patíbulo. Uma viga caiu em cima dele e quebrou-lhe a perna.

— Ah! — lembrou-se Aramis. — Foi ele, então, que deu o grito que ouvi quando estava no quarto do rei.

— É provável — prosseguiu d'Artagnan —, mas como é um rapaz esclarecido, ele prometeu, indo embora, enviar no seu lugar quatro operários experientes e hábeis, para ajudar os que já estão no local. Chegando à casa do patrão, mesmo tão machucado, quis na mesma hora escrever a mestre Tom Low, um carpinteiro amigo seu, para que fosse a White Hall cumprir seu trato. Aqui está a carta que ele mandou por um mensageiro que a entregaria por dez pennys e me vendeu por um luís.

— E que diabo quer fazer com isso? — perguntou Athos.

— Não vê? — estranhou d'Artagnan com os olhos que faiscavam de inteligência.

— Juro que não.

— Nada mais simples, meu amigo. Você fala inglês como John Bull[432] em pessoa e passa a ser mestre Tom Low, tendo nós três como auxiliares. Não disse que é simples?

Athos deu um grito de alegria e admiração, correu até um depósito, pegou roupas de operário, que os quatro imediatamente vestiram, e deixaram o hotel. Ele próprio carregando um serrote, Porthos uma torquês, Aramis um machado e d'Artagnan um martelo e pregos.

A carta do ajudante de carrasco comprovaria ao carpinteiro chefe serem eles os trabalhadores esperados.

---

432. John Bull encarna a teimosia e rigidez do povo britânico. O personagem foi criado apenas em 1712, por John Arbuthnot, mas passou a ser utilizado, depois disso, por diversos escritores e popularizado em cartazes impressos.

70. *Os operários*

Em plena noite, Carlos ouviu barulhenta atividade sob sua janela: eram marteladas e machadadas, torções de torquês e rangidos de serrote.

Ele havia se deitado todo vestido e começava já a pegar no sono, mas o tumulto o fez acordar assustado. E como o barulho, além da sua materialidade, tinha uma representação psicológica e terrível na alma, as lembranças horríveis da véspera voltaram à sua mente. Sozinho nas trevas e no isolamento, ele não teve força para enfrentar essa nova tortura, que não constava no seu programa de suplícios, e mandou Parry dizer à sentinela que pedisse aos operários para bater menos violentamente, com pena do último sono de quem já fora o seu rei.

A sentinela não quis deixar seu posto, mas permitiu que Parry fosse pessoalmente falar com eles.

Chegando sob a janela, depois de dar a volta no palácio, o camareiro do rei viu, na mesma altura da varanda, que já tivera a grade retirada, um amplo andaime inacabado, mas no qual começavam a pregar uma cobertura de pano escuro.

O andaime, erguido à altura da porta-balcão, ou seja, a cerca de vinte pés, tinha dois pisos inferiores. Parry, por mais odioso que fosse aquele espetáculo, procurou, entre os oito ou dez operários que montavam o sombrio aparato, aqueles que faziam mais barulho e incomodavam o rei. No segundo piso, ele notou dois deles que desmontavam com uma torquês as últimas partes da varanda de ferro. Um, que parecia um verdadeiro colosso, cumpria o papel do antigo aríete que derrubava muralhas. A cada pancada da sua ferramenta, a pedra voava em pedaços. O outro se mantinha de joelhos e ia puxando as pedras deslocadas.

Era evidente serem eles os responsáveis pela barulheira que impedia o rei de dormir.

Parry subiu a escada e foi até eles.

— Meus amigos, não poderiam trabalhar com mais cuidado, por favor? O rei quer dormir e precisa muito desse sono.

O homem que batia forte parou o que fazia e virou-se um pouco, mas como estava de pé, Parry não pôde ver o seu rosto, perdido na escuridão que se tornava mais densa perto do piso.

O que estava de joelhos também se virou e, sendo menor que o companheiro, tinha o rosto iluminado pela lanterna e Parry pôde vê-lo.

Esse homem olhou para ele fixamente e atravessou um dedo à frente da boca.

Com a surpresa, Parry recuou um passo.

— Não seja por isso, não seja por isso — disse o operário, num inglês perfeito —, diga ao rei que se ele dormir mal esta noite, dormirá melhor na próxima.

Essas palavras duras que, tomadas ao pé da letra, tinham um sentido bastante violento, foram recebidas pelos operários que trabalhavam perto ou no andar de baixo com uma explosão de infame alegria.

Parry se retirou, achando que sonhava.

Carlos o esperava com impaciência.

No momento em que ele entrou, a sentinela que guardava a porta, por curiosidade, passou a cabeça pela abertura para ver o que fazia o rei.

Sua Majestade estava na cama, com o corpo apoiado nos cotovelos.

Parry fechou a porta e foi até o rei, visivelmente feliz, perguntando em voz baixa:

— Sire, sabeis quem são os operários que fazem tanto barulho?

— Como saberia? — respondeu Carlos, sacudindo melancolicamente a cabeça. — Por acaso os conheço?

— Sire — disse Parry num tom ainda mais baixo —, são o conde de La Fère e um outro francês.

— Que erguem meu patíbulo? — espantou-se o rei.

— E, ao mesmo tempo, abrem um buraco na muralha.

— Psss! — fez o rei, olhando assustado ao redor. — Você os viu?

— Falei com eles.

O rei juntou as mãos e ergueu os olhos ao céu. Depois de uma curta e fervorosa oração, ele pulou da cama e foi à janela, afastando as cortinas. As sentinelas da varanda continuavam ali e, mais além, se estendia uma escura plataforma, sobre a qual elas deslizavam como sombras.

Carlos nada podia distinguir com clareza, mas sentiu sob os pés o tremor das pancadas desferidas pelos amigos. Cada uma delas, agora, falava ao seu coração.

Parry não se engara e era mesmo Athos que ele havia visto. Com a ajuda de Porthos, o francês abria o buraco em que se apoiaria uma das vigas transversais.

Esse buraco dava para um espaço que se estendia por baixo do piso do quarto real. Uma vez nesse espaço, uma espécie de porão bem rebaixado, era possível, com uma torquês e ombros fortes — como os de Porthos, por exemplo —, arrancar uma tábua do assoalho. O rei passaria por essa abertura, se encaminharia com seus salvadores a um dos compartimentos do patíbulo, totalmente encoberto pela lona escura, enfiar-se-ia numa roupa de operário já prevista e, sem chamar atenção e sem receio, desceria com os quatro colegas de trabalho.

Sem desconfiar, as sentinelas, vendo os operários que acabavam de trabalhar no patíbulo, os deixariam passar.

Como já foi dito, a faluca os aguardava no Tâmisa.

O plano era ambicioso, simples e fácil, como os que brotam de uma determinação ousada.

Athos, então, dilacerava suas belas mãos, tão alvas e finas, a arrastar pedras que Porthos arrancava de sua base. Já era possível passar a cabeça por baixo dos ornamentos que decoravam um aparador da varanda. Mais duas horas e poderia passar o corpo inteiro. Antes do amanhecer, o buraco estaria concluído e ficaria disfarçado sob as dobras de um pano que d'Artagnan estenderia. Este último se fazia passar por operário francês e fixava pregos com a regularidade de um hábil estofador. Aramis cortava o excedente da lona, que descia até o chão e por trás da qual se erguia a viga-mestra do patíbulo.

O dia começou a surgir no alto das casas. Uma grande fogueira de turfa e carvão havia ajudado os operários a atravessar aquela fria noite de 29 a 30 de janeiro. O tempo todo, mesmo os mais dedicados ao trabalho o interrompiam para ir se aquecer. Apenas Athos e Porthos não se afastavam da labuta, de forma que, aos primeiros fulgores do amanhecer, o buraco estava terminado. Athos entrou, levando as roupas que o rei vestiria, embrulhadas num pedaço da lona escura. Porthos passou para ele a torquês e d'Artagnan pregou — era supérfluo, mas bem útil — um pedaço de sarja que escondia o buraco e quem por ele penetrara.

Faltavam apenas duas horas de trabalho para que Athos conseguisse se comunicar com o rei e, pela previsão dos quatro amigos, eles disporiam do dia inteiro, uma vez que, dada a ausência do carrasco, teriam que mandar vir o de Bristol.

D'Artagnan retomou o seu traje marrom e Porthos o seu gibão vermelho. Já Aramis foi à casa de Juxon, pensando em tentar, se possível, voltar com ele ao quarto do rei.

Os três marcaram de se encontrar ao meio-dia, na praça de White Hall, para ver como tudo estava se passando.

Antes de deixar o patíbulo, Aramis se aproximou da abertura em que Athos se escondera, para lhe dizer que tentaria novamente visitar Carlos.

— Até logo então, e boa sorte — disse Athos. — Conte ao rei o andamento das coisas. Diga-lhe que, estando sozinho, bata com o pé no chão, para que eu possa continuar meu trabalho com segurança. Se Parry puder ajudar, despregando logo a placa inferior da lareira, que provavelmente é uma laje de mármore, já me adiantará o serviço. Você, Aramis, tente se manter com o rei. Fale alto, bem alto, para que o ouçam do outro lado da porta. Se houver uma sentinela no interior do quarto, mate-a sem pensar muito. Se houver duas, que Parry mate uma e você outra. Se houver três, morram, mas salvem o rei.

— Entendido. Levarei dois punhais e deixo um com Parry. Mais alguma coisa?

— Não. Insista com o rei para que não pense em generosidades. Se vocês tiverem que lutar, que ele fuja. Com a placa de volta a seu lugar, estejam você e Parry mortos ou vivos, eles levarão no mínimo dez minutos para descobrir o buraco por onde se deu a fuga. Nesses dez minutos já estaremos longe e o rei salvo.

— Combinado. Dê-me sua mão, pois, quem sabe, não nos vejamos mais.

Athos passou os braços pelo pescoço de Aramis e o beijou.

— Se eu morrer — ele pediu —, diga a d'Artagnan que gosto dele como de um filho e o abrace por mim. Abrace também o bom e bravo Porthos. Agora vá.

— Até logo — respondeu Aramis. — Tenho tanta certeza agora de que o rei se salvará quanto tenho de estar apertando a mais leal mão que possa haver no mundo.

Aramis deixou o amigo, desceu do patíbulo e foi para o hotel, assobiando uma canção homenageando Cromwell. Encontrou os dois outros companheiros à mesa, diante de um bom fogo, bebendo uma garrafa de vinho do Porto e devorando um frango frio. Porthos comia ao mesmo tempo que xingava a rodo os infames parlamentares. D'Artagnan comia em silêncio, matutando em seu cérebro os planos mais audaciosos.

Aramis relatou tudo que se passara, d'Artagnan aprovou com a cabeça e Porthos com a voz:

— Formidável! Aliás, vamos estar presentes no momento da fuga. Dá para nos escondermos muito bem debaixo daquele patíbulo e podemos ficar lá enquanto vocês fogem. D'Artagnan, eu, Grimaud e Mousqueton podemos matar pelo menos oito. Não falo de Blaisois, que só serve para guardar os cavalos. Gastando dois minutos por cabeça, são quatro minutos. Mousqueton vai levar um a mais, contemos então cinco. Nesses cinco minutos vocês podem estar a um quarto de légua.

Aramis comeu rapidamente alguma coisa, tomou um copo de vinho e mudou de roupa.

— Vou então à casa de Sua Grandeza. Encarregue-se de preparar as armas, Porthos, e fique de olho no carrasco, d'Artagnan.

— Não se preocupe, Grimaud substituiu Mousqueton e não descola de lá.

— Mesmo assim. Dobre a vigilância e não fique nem um minuto à toa.

— À toa? Meu querido, pergunte a Porthos. Nem vivo mais, o tempo todo de pé, pareço um bailarino. Diabos! Como estou gostando mais da França e como é bom ter uma pátria, quando a gente se sente tão mal na dos outros.

Os operários 599

Aramis se despediu deles como se despedira de Athos, com um abraço e um beijo. Seguiu depois para a casa do bispo Juxon e pediu para acompanhá-lo na ida a White Hall. O pedido foi facilmente aceito, pois o prelado já avisara que levaria com ele um padre, caso o rei quisesse comungar e, mais ainda, diante de um provável desejo de Sua Majestade para que se rezasse uma missa.

Com o mesmo traje que Aramis usara na véspera, o bispo embarcou em sua carruagem. Aramis, disfarçado mais pela palidez e tristeza do que pela vestimenta de diácono, subiu a seu lado. O coche parou à frente de White Hall mais ou menos às nove horas. Nada parecia ter mudado, as antecâmaras e os corredores, como no dia anterior, estavam repletos de guardas. Havia duas sentinelas à porta do rei e duas outras andavam à frente da varanda, em cima da plataforma do patíbulo, onde o cepo já fora assentado.

O rei estava cheio de esperança e, ao rever Aramis, a esperança se transformou em alegria. Ele abraçou Juxon, apertou a mão do francês. O bispo mencionou em voz alta, diante de todos, o encontro da véspera. O monarca respondeu que as palavras ditas naquele encontro se revelaram frutíferas e ele ansiava por outra conversa igual. Juxon se voltou para os que estavam no quarto e pediu que saíssem. Todos se retiraram.

Assim que a porta se fechou, Aramis rapidamente disse:

— Sire, estais salvo! O carrasco de Londres desapareceu e seu auxiliar quebrou a perna ontem, sob a janela de Vossa Majestade. O grito que ouvimos era dele. Provavelmente já se deram conta do desaparecimento do responsável pela execução, mas só há outro em Bristol e precisarão de, no mínimo, um dia para que ele chegue. Dispomos de algum tempo, então.

— E o conde de La Fère?

— Está dois pés abaixo de nós. Se Vossa Majestade der com o atiçador da lareira três pancadas no assoalho, poderá ouvi-lo responder.

Emocionado, o rei pegou o instrumento e deu três batidas seguidas e regulares. De imediato, sinais surdos e claros soaram sob o piso, respondendo ao sinal.

— Quem está respondendo, então, é...

— O conde de La Fère, Sire, que prepara o caminho por onde Vossa Majestade poderá escapar. Parry pode erguer essa laje de mármore e a passagem estará aberta.

— Posso sim — animou-se Parry —, mas não tenho com quê.

— Pegue esse punhal, mas não estrague demais a ponta, pois pode precisar dele para algo mais, que não seja pedra.

— Por favor, Juxon — disse Carlos, voltando-se para o bispo e pegando suas duas mãos —, ouça o pedido deste que foi seu rei...

— Que ainda é e sempre será — respondeu o bispo, beijando-lhe a mão.

— Por toda a sua vida, reze por esse fidalgo aqui presente e esse que ouvimos sob os nossos pés. Sem nos esquecermos dos dois outros, que, onde quer que estejam, trabalham, tenho certeza, por minha salvação.

— Obedecerei a Vossa Majestade. Diariamente, enquanto eu viver, haverá uma prece oferecida a Deus, homenageando vossos fiéis amigos.

O mineiro improvisado continuou por algum tempo ainda sua atividade, que parecia cada vez mais próxima. De repente, porém, ouviu-se um barulho inesperado do lado de fora. Aramis pegou o atiçador e deu sinal para que se interrompesse a escavação.

O barulho se aproximava: era o de passadas iguais e regulares. Os quatro homens dentro do quarto ficaram imóveis, com os olhos fixos na porta, que foi lentamente aberta, com alguma solenidade.

Guardas estavam enfileirados no cômodo anterior ao do rei. Um comissário do Parlamento, vestido de negro e cheio de agourenta gravidade, entrou, cumprimentou Sua Majestade e, desenrolando um pergaminho, leu as decisões escritas, seguindo o ritual que se repete diante dos condenados que se encaminham ao patíbulo.

— O que é isso? — perguntou Aramis a Juxon.

O bispo fez sinal, mostrando também ignorar.

— Será hoje, então? — perguntou o rei, com emoção perceptível apenas para Juxon e Aramis.

— Não foi avisado, Sire, que seria esta manhã? — respondeu o homem vestido de negro.

— E serei morto como um criminoso ordinário, pelas mãos do carrasco de Londres?

— O carrasco de Londres desapareceu, Sire — informou o comissário do Parlamento. — Mas um voluntário se apresentou. A execução sofrerá apenas o atraso necessário para que vos organizeis temporal e espiritualmente.

O ligeiro suor que brotou à raiz dos cabelos de Carlos foi a única demonstração por ele apresentada de emoção.

Mas Aramis ficou lívido. Seu coração parou de bater. Ele fechou os olhos e se apoiou na mesa. Vendo a sua profunda dor, Carlos pareceu esquecer a sua.

Foi até ele, pegou-lhe a mão, beijou-a e disse, com um doce e triste sorriso.

— Vamos, meu amigo, coragem.

Em seguida, virando-se para o comissário, continuou:

— Estou pronto. Desejo apenas duas coisas, que não nos atrasarão muito. A primeira, comungar, e a segunda, beijar meus filhos e dizer-lhes adeus. Terei permissão?

— Perfeitamente, Sire — respondeu o comissário do Parlamento, que se retirou.

Aramis, procurando recuperar o sangue-frio, enterrou as unhas na própria pele. Um imenso gemido saiu do seu peito.

— Ah, monsenhor! — ele exclamou, pegando as mãos de Juxon. — Onde está Deus? Onde está Deus?

— Meu filho — disse com firmeza o bispo —, não o vemos porque as paixões da terra o ocultam.

— Amigo — disse, por sua vez, o rei —, não te desoles tanto. Perguntas por Deus? Ele vê tua dedicação e meu martírio. Acredita, ambos seremos recompensados. Os homens, e não Deus, são responsáveis pelo que acontece. Eles me fazem morrer, eles te fazem chorar.

— Estais certo, Sire. Os homens são responsáveis e contra eles é que devo me revoltar.

— Sente-se, Juxon — pediu o rei, pondo-se de joelhos —, terá que me ouvir e, eu, me confessar. Fique, cavalheiro — ele disse a Aramis, que se preparava para sair —, e você também, Parry. Nada tenho a dizer que não possam saber, mesmo no segredo da confissão. Fiquem e só lamento que o mundo inteiro não possa, como vocês e com vocês, me ouvir.

Juxon sentou-se e o rei, ajoelhado à sua frente como o mais humilde fiel, começou sua confissão.

71. Remember

Terminada a confissão, Carlos comungou e depois pediu para ver os filhos. Soavam as dez horas. Como dissera o rei, não chegava a ser um atraso tão grande.

O povo, no entanto, já estava a postos e, sabendo que a execução fora marcada para essa hora, juntara-se nas ruas adjacentes. O rei já podia distinguir aquele murmúrio indefinido, característico tanto da multidão como do mar, a primeira quando sacudida pelas emoções, o segundo quando agitado por tempestades.

Os filhos do rei foram vê-lo, a princesa Charlotte e o duque de Glocester, ou seja uma menininha loura, bonita e com os olhos banhados de lágrimas e um menino de oito ou nove anos, com os olhos secos e os lábios erguidos, cheios de desdém, revelando já a soberba nascente.[433] Ele havia chorado a noite toda, mas não em público.

Carlos sentiu o coração se desmanchar, ao ver aquelas crianças das quais estava afastado há dois anos e que só pôde beijar no momento de morrer. Lágrimas brotaram em seus olhos e ele disfarçou para enxugá-las, pois queria se manter forte diante daqueles a quem legava uma tão pesada herança de sofrimento e infortúnio.

Dirigiu-se primeiro à menina e, puxando-a para si, recomendou que guardasse a piedade, a resignação e o amor filial. Depois foi a vez do duque de Glocester, que Carlos sentou em seu colo para poder, ao mesmo tempo, tê-lo contra o peito e beijar seu rosto.

---

433. A filha que visitou o pai pouco antes da sua morte, com o irmão, se chamava Elisabeth (1635-50), tinha então treze anos e deixou um relato dessa despedida, encontrado entre os seus pertences, depois de sua morte prematura. O duque de Gloucester, Henry Stuart (1640-60), então preso com a irmã na Torre de Londres, teve permissão de Cromwell, em 1652, para ir se juntar à mãe, refugiada na França; morreu de varíola aos vinte anos, logo que voltou a Londres, após a morte de Cromwell.

— Meu filho — disse ele —, deve ter visto muitas pessoas nas ruas e nas antecâmaras, ao vir para cá. São pessoas que vão cortar a cabeça do seu pai, nunca se esqueça. Talvez um dia, por estar aqui e sob o poder dessas mesmas pessoas, elas queiram torná-lo rei, em detrimento do príncipe de Gales e do duque de York, seus irmãos mais velhos, que estão um na França e o outro nem sei onde. Mas o duque de Glocester não é rei, meu filho, e só poderia sê-lo pela morte deles. Jure, então, não deixar que o coroem, pois não tem, legitimamente, direito a isso. Caso o permita, meu filho, essas pessoas um dia derrubarão tudo, cabeça e coroa, sem que você possa morrer calmo e sem remorsos, como morro. Jure, meu filho.

O menino estendeu a mãozinha na do pai e disse:

— Juro a Vossa Majestade, Sire...

Carlos o interrompeu.

— Chame-me pai, Henrique.

— Pai — retomou o menino —, juro que me matarão mas não me tornarão rei.

— Obrigado, filho. Agora beije-me, e você também, Charlotte. E não se esqueçam de mim.

— Nunca, nunca! — exclamaram as duas crianças, agarrando-se no pescoço do rei.

— Adeus, filhos, adeus. Leve-os, Juxon, suas lágrimas vão me tirar a coragem para morrer.

O bispo arrancou as crianças dos braços paternos e entregou-as a quem as havia trazido.

Em seguida, as portas foram abertas e todo mundo pôde entrar.

Vendo-se só no meio da multidão de guardas e de curiosos que começou a invadir o quarto, o rei se lembrou de que o conde de La Fère estava bem perto, sob o piso, sem poder ver o que acontecia e tendo ainda esperanças, talvez.

Receava que algum barulho pudesse lhe parecer um sinal e que ele, retomando o trabalho, acabasse por se trair. Procurou então se manter estático, fazendo com que todos ali presentes o imitassem.

E não se enganara, Athos estava realmente logo abaixo e procurava entender o que acontecia, estranhando não ouvir o sinal. Em sua impaciência, voltava a tentar deslocar uma pedra, mas temendo chamar atenção, de novo parava.

A aflitiva inação durou duas horas. Um silêncio mortal reinava no aposento real.

Ele resolveu então descobrir a causa daquela sombria e muda tranquilidade, perturbada apenas pelo imenso rumor da multidão. Entreabriu a cortina que escondia o buraco aberto e desceu para o primeiro andar da estrutura de madeira. Acima da sua cabeça, a apenas quatro polegadas, estava o piso da plataforma, com o patíbulo propriamente.

O barulho, até então abafado e indefinido, mostrou-se sombrio e ameaçador, deixando-o tenso de terror. Ele foi até a beira do patíbulo, entreabriu o

— *Não se esqueçam de mim. Adeus, filhos, adeus.*

pano negro à altura do seu olho e viu cavaleiros junto da terrível aparelhagem. Depois deles, uma fileira de alabardeiros; depois dos alabardeiros, mosqueteiros, e depois dos mosqueteiros, as primeiras fileiras do público, que, à semelhança de um escuro oceano, fervilhava e retumbava.

"O que pode ter acontecido?", perguntou-se Athos, mais trêmulo que o pano, cujas dobras ele amassava. "O povo pressiona, querendo aproximar-se mais, os soldados atentos com suas armas e, entre os espectadores, todos olhando para a janela... Estou vendo d'Artagnan! O que está esperando? O que está olhando? Deus do céu! Será que deixaram o carrasco escapar?"

De repente, o tambor começou um rufar fúnebre na praça e o barulho de amplas e pesadas passadas soou acima da sua cabeça. Ele teve a impressão de uma procissão imensa percorrer os assoalhos de White Hall. Logo depois, foi a vez de as próprias tábuas do patíbulo estalarem. Uma última olhada para a praça, e a atitude dos espectadores o convenceu daquilo que uma insistente esperança, no fundo do coração, o impedia ainda de aceitar.

O murmúrio cessou por completo. Todos os olhos estavam fixos na sacada do quarto do rei. As bocas entreabertas e as respirações interrompidas indicavam a expectativa de algum terrível espetáculo.

O barulho de passos que, do lugar em que ele estava antes, sob o assoalho do quarto do rei, Athos ouvira acima da sua cabeça reproduzia-se agora no patíbulo, que vergava sob o peso, fazendo com que as tábuas quase encostassem no infeliz fidalgo. Com toda evidência, eram duas fileiras de soldados que se alinhavam em seus lugares.

No mesmo momento, uma voz que o francês conhecia bem, uma nobre voz, claramente disse, acima da sua cabeça:

— Sr. coronel, gostaria de me dirigir ao povo.

Athos sentiu um arrepio, era mesmo o rei que falava, no cadafalso.

De fato, depois de beber alguns goles de vinho e comer um pedaço de pão, cansando-se de esperar a morte, Carlos bruscamente resolvera enfrentá-la, dando o sinal para a marcha.

Foram então abertos os dois batentes do balcão que dava para a praça e, vindo do fundo do amplo aposento, o povo pôde ver chegar, em silêncio, um homem com máscara, que pelo machado que tinha na mão foi reconhecido como o carrasco. Ele se aproximou do cepo e ali encostou seu instrumento.

Foi o primeiro barulho que Athos ouviu.

Em seguida, atrás desse homem, provavelmente pálido, mas andando com passos firmes, Carlos Stuart, que avançou entre dois padres, seguidos por alguns oficiais superiores que presidiriam a execução. Toda essa gente vinha escoltada por duas fileiras de alabardeiros, que se colocaram nas duas laterais do estrado.

A entrada do homem com máscara provocara um rumor insistente. Todos estavam curiosos para saber quem seria o carrasco desconhecido que se apresentara tão providencialmente, para que o terrível espetáculo prometido ao povo pudesse acontecer, pois já se dava como certo seu adiamento para o dia seguinte. Todos então o devoravam com os olhos, mas tudo que se pôde ver é que se tratava de um homem de médio porte, vestido de negro e que parecia ter certa idade, pois a ponta de uma barba já começando a ficar grisalha ultrapassava a parte inferior da máscara que escondia seu rosto.

Ao ver, porém, o rei tão calmo, nobre e digno, o silêncio imediatamente voltou, de forma que foi possível ouvi-lo expressar sua vontade de falar ao povo.

Feito o pedido, aquele que tinha o poder de decisão provavelmente fez um gesto de assentimento com a cabeça, pois com voz firme e clara, que vibrou até nas profundezas do coração de Athos, o rei começou a falar.

Explicou seu comportamento à população e deu conselhos visando o bem da Inglaterra.

"Será mesmo possível que eu ouça o que estou ouvindo e veja o que estou vendo?", perguntou a si mesmo o conde francês. "Será possível que Deus tenha a tal ponto abandonado o seu representante na terra, deixando-o morrer tão miseravelmente? E eu que nem o vi! Nem pude lhe dizer adeus!"

Um barulho de lâmina contra o lenho do cepo interrompeu o rei, que ordenou:

— Largue esse machado![434]

E retomou a sua fala no ponto em que havia parado.

Terminado o discurso, fez-se um silêncio glacial acima da cabeça do conde. Ele tinha a mão na testa, e entre a mão e a testa corriam gotas de suor, apesar do frio que fazia.

Esse silêncio indicava os últimos preparativos.

Depois de falar, o rei estendeu, sobre a multidão, um olhar cheio de misericórdia. Soltando a insígnia que ele tinha no peito, aquela mesma placa cravejada de diamantes que a rainha lhe enviara, ele a entregou ao padre que acompanhava Juxon. Depois tirou uma pequena cruz, também enfeitada por diamantes e que, como a placa, fora igualmente ofertada pela sra. Henriqueta.

— Cavalheiro — ele disse ao mesmo padre —, vou guardar essa cruz na minha mão até o último instante. Por favor pegue-a quanto eu estiver morto.

— Farei isso, Sire — disse uma voz que Athos reconheceu como sendo a de Aramis.

Carlos, que até então havia mantido a cabeça coberta, tirou finalmente o chapéu e jogou-o ao lado. Depois desabotoou o gibão, despiu-o e deixou-o junto ao chapéu. Como estava frio, ele pediu a sua capa, que lhe foi entregue.[435]

---

434. A cena, verídica, ficou célebre. O temor de Carlos I era que o fio do machado fosse prejudicado, tornando a morte mais dolorosa.

435. Vários detalhes da execução, como este da capa e, logo mais adiante, o dos cabelos, foram historicamente registrados. O pedido da capa seria por uma preocupação com o frio, que poderia fazê-lo tremer e com isso aparentar medo.

Todos esses preparativos foram feitos com uma calma assustadora.

Era como se o rei fosse se deitar na sua cama e não no caixão.

Por último, erguendo os cabelos com a mão, perguntou ao carrasco:

— Eles o atrapalham? Se for o caso, podem prendê-los com uma fita.

Ao mesmo tempo que dizia essas palavras, Carlos lançou um olhar que parecia querer atravessar a máscara do desconhecido. Esse olhar, tão nobre, calmo e seguro, forçou o homem a desviar a cabeça. Mas escapando do olhar profundo do rei, ele se deparou com o olhar ardente de Aramis.

Vendo que o carrasco nada dizia, o rei repetiu a pergunta.

— Basta afastá-los do pescoço — respondeu finalmente o homem, com uma voz abafada.

Com as duas mãos, Carlos afastou os cabelos e, apontando para o cepo, disse:

— Ele parece bem baixo, não haveria outro, mais alto?

— É o de sempre — disse o mascarado.

— Acha que pode cortar a cabeça de uma só vez? — preocupou-se o rei.

— Assim pretendo — foi a resposta.

Havia nessas duas palavras, "Assim pretendo", uma entonação estranha que causou um calafrio em todos que as ouviram, à exceção do rei.

— Ótimo. Mas agora, carrasco, preste atenção.

O mascarado deu um passo na direção do rei e apoiou-se no machado.

— Não quero ser pego de surpresa — disse Carlos. — Ajoelhar-me-ei para rezar, não me execute ainda.

— E quando devo fazê-lo?

— Quando eu apoiar o pescoço no cepo e abrir os braços, dizendo "Remember".[436] Então desfira o golpe com decisão.

O homem mascarado curvou-se ligeiramente.

— Eis chegado o momento de partir desse mundo — disse o rei aos que estavam em volta. — Deixo-os, senhores, em plena tempestade, e os antecedo nessa pátria que desconhece qualquer borrasca. Adeus.

Em seguida ele olhou para Aramis, que fez um sinal particular com a cabeça.

— Agora — ele continuou — afastem-se e permitam que eu faça em voz baixa minhas preces, por favor. Afaste-se também — ele disse ao mascarado. — Será por um curto momento, e então serei todo seu, mas lembre-se de descer o machado apenas ao meu sinal.

Carlos se ajoelhou, fez o sinal da cruz, aproximou a boca das tábuas do chão como se quisesse beijar a plataforma, apoiando uma mão no piso e a outra no cepo.

---

436. "Lembrai-vos." (Nota do autor)

— Conde de La Fère — ele perguntou em francês —, o senhor está aí e posso lhe falar?

Essas palavras foram direto ao coração de Athos e o atravessaram como um ferro frio.

— Estou, Majestade — ele respondeu trêmulo.

— Amigo fiel, coração generoso, não pude ser salvo, não era para ser. Agora, mesmo que assim esteja cometendo sacrilégio, posso dizer: falei aos homens, falei a Deus e lhe falo agora. Para sustentar uma causa que considerei sagrada, perdi o trono dos meus pais e me apossei da herança dos meus filhos. Resta-me ainda um milhão em ouro, que enterrei nas adegas subterrâneas do castelo de Newcastle, no momento em que deixei a cidade. Desse dinheiro, ninguém tem conhecimento; use-o quando achar conveniente às necessidades do meu filho mais velho. Agora, conde de La Fère, diga-me adeus.

— Adeus, Majestade santa e mártir — balbuciou Athos, gelado de terror.

Houve um silêncio, durante o qual Athos teve a impressão de que o rei se endireitava e mudava de posição.

Em seguida, com um tom firme e claro, de maneira a que se ouvisse não só no patíbulo, mas na praça, ele disse:

— *Remember*.

Mal pronunciou essa palavra, uma pancada terrível abalou o piso do estrado. Com isso, o pano escuro que escondia a estrutura do cadafalso foi sacudido e a poeira cegou o infeliz fidalgo. Num gesto automático ele olhou para o alto e uma gota morna caiu na sua testa, fazendo com que ele recuasse horrorizado. No mesmo instante, as gotas se tornaram uma negra cascata que descia entre as tábuas do piso.

Caindo de joelhos, Athos permaneceu por algum tempo num misto de loucura e impotência. Pouco depois, pela diminuição do rumor, ele percebeu que a multidão se desfazia. Continuou ainda imóvel, mudo e consternado. Recuperando-se, molhou uma ponta do seu lenço no sangue do mártir e, com o público cada vez mais disperso, ele desceu, ergueu o pano, passou entre dois cavalos, misturou-se a pessoas das quais ele não destoava na maneira de se vestir e foi o primeiro a chegar à hospedaria.

Já no quarto, ele se olhou no espelho, viu a mancha vermelha na testa, levou a mão até ela e, quando a olhou, os dedos estavam cheios de sangue do rei. Ele desmaiou.

72. O mascarado

Mesmo sendo apenas quatro da tarde, parecia ser noite fechada, com uma neve densa e gelada caindo. Aramis chegou em seguida, encontrando Athos já recuperado, mas ainda arrasado.

Assim que ouviu o amigo, o conde saiu da espécie de estupor em que havia caído.

— O que fazer? — disse Aramis. — Fomos vencidos pela fatalidade.

— Vencidos! Nobre e infeliz rei!

— Machucou-se?

— Não, esse sangue é dele — explicou o conde, limpando a testa.

— Onde você estava?

— Onde vocês me deixaram, sob o patíbulo.

— E pôde ver?

— Não, apenas ouvir. Que Deus me livre de outra hora igual à que passei! Meus cabelos não ficaram brancos?

— Então sabe que eu estava com ele?

— Ouvi a sua voz até o último minuto.

— Tenho comigo a placa que ele me entregou e a cruz que peguei de sua mão. Ele pediu que sejam entregues à rainha.

— Pode embrulhá-las nesse lenço — disse Athos, tirando do bolso o quadrado de pano que ele molhara no sangue do rei. — E o que vão fazer daquele pobre cadáver?

— Por ordem de Cromwell, serão prestadas as homenagens reais. Colocamos o corpo num caixão de chumbo, os médicos estão embalsamando seus restos e, depois disso, o rei será levado a uma capela para o velório.

— Que escárnio! — murmurou sombriamente Athos. — Homenagens reais depois do assassinato!

— Isso prova que morre o rei, mas não a realeza.

— Infelizmente, talvez tenha sido o último rei cavaleiro, no mundo inteiro.

— Vamos, não fique desolado, conde — disse uma voz grave vindo da escada, que rangia sob as passadas pesadas de Porthos —, somos todos mortais, meus pobres amigos.

— Está chegando tarde, companheiro — respondeu Athos.

— Estou. Havia muita gente no caminho e isso me atrasou. Festejavam, os miseráveis! Agarrei um pelo pescoço, posso tê-lo estrangulado um pouco. Bem nesse momento passou uma patrulha. Felizmente esse tal com quem eu tinha me estranhado ficou uns minutos sem poder falar. Aproveitei para escapar por uma ruela, que acabou me levando a outra ainda menor e, quando fui ver, estava perdido. Sem conhecer Londres e sem falar inglês, achei que não os encontraria mais. Mas cá estou.

— E d'Artagnan? — lembrou-se Aramis. — Não o viu? Será que teve algum problema?

— Com tanta gente, acabamos nos perdendo de vista e, por mais que o procurasse, não o encontrei.

— Bem — disse Athos amargamente —, eu o vi. Estava na primeira fila dos espectadores, em ótima posição para nada perder. E como o espetáculo, afinal, era curioso, deve ter querido ficar até o fim.

— Ai, ai, ai! — disse uma voz calma, apesar de abafada por alguma correria. — Será mesmo o conde de La Fère que calunia quem está ausente?

A crítica calou fundo em Athos. Mas como não era boa a impressão que o amigo havia deixado, ocupando um lugar privilegiado naquela massa estúpida e feroz, ele se limitou a dizer:

— Não o estou caluniando, meu caro. Os amigos estavam preocupados e eu disse onde o vi. Você não conhecia o rei Carlos, era apenas um estranho e não tinha, então, por que admirá-lo.

Dizendo isso, ele estendeu a mão ao amigo, mas d'Artagnan fingiu não perceber o gesto, mantendo o braço dentro da capa.

Athos, lentamente, desistiu do cumprimento.

— Ufa! Estou cansado — disse d'Artagnan, sentando-se.

— Beba um copo de vinho do Porto — disse Aramis, pegando a garrafa em cima da mesa e enchendo uma taça. — Beba, isso reanima.

— Isso, bebamos todos — emendou Athos, notando o descontentamento do gascão e querendo um pretexto para a confraternização. — Bebamos e deixemos esse país abominável. A faluca nos espera, como sabem. Vamos ainda essa noite, não temos mais o que fazer aqui.

— Por que tanta pressa, sr. conde? — perguntou d'Artagnan.

— Esse chão sangrento me queima os pés — disse Athos.

— A neve não me causa esse efeito — continuou tranquilamente o gascão.

— Mas o que mais vai querer fazer, agora que o rei morreu?

— Quer dizer que o sr. conde não percebe que ainda temos o que fazer na Inglaterra? — perguntou d'Artagnan como quem não quer nada.

— Não, de fato não percebo — respondeu Athos. — Tudo que faço é pôr em dúvida a bondade divina e desprezar minha própria força.

— Pois eu — disse d'Artagnan —, fracote, desocupado sanguinário que foi se colocar a trinta passos do cadafalso para ver cair a cabeça do rei que eu não conhecia e a quem, pelo que se diz, eu não dava a mínima, vejo as coisas de forma diferente do sr. conde... e vou ficar!

Athos empalideceu, cada censura do amigo indo fundo em seu coração.

— É? Vai ficar em Londres? — perguntou Porthos.

— Vou. E você?

— Droga! — disse Porthos, meio sem graça com Athos e Aramis. — Se você ficar, como viemos juntos, só irei embora se formos juntos. Não o deixaria sozinho nesse país abominável.

— Obrigado, excelente amigo. Terei então um servicinho a propor e o levaremos adiante assim que o sr. conde se for. A ideia me veio enquanto admirava o tal espetáculo.

— Que ideia é?

— A de saber quem é o mascarado que se prestou tão diligentemente a cortar a cabeça do rei.

— Mascarado? — estranhou Athos. — Não era então o carrasco que conseguiu fugir?

— O carrasco? — brincou d'Artagnan. — Continua na adega, onde imagino que deve ter conversado um bocado com as garrafas do anfitrião. Mas foi bom me lembrar...

Ele foi até a porta e gritou:

— Mousqueton!

— Sim! — respondeu uma voz que parecia vir das entranhas da terra.

— Pode soltar o prisioneiro, acabou tudo.

— Mas quem foi o miserável que ergueu a mão contra o seu rei? — perguntou Athos.

— Um carrasco amador que, aliás, maneja o machado com facilidade, pois, conforme ele *pretendia* — lembrou-se Aramis —, precisou dar um único golpe.

— Não viram o rosto? — perguntou Athos.

— Usava máscara — respondeu d'Artagnan.

— E você, Aramis, que estava tão perto?

— Vi apenas uma barba grisalha que aparecia por baixo da máscara.

— Um homem, então, de certa idade? — perguntou Athos.

— Bem — disse d'Artagnan —, isso não garante nada. Quem coloca máscara pode muito bem colocar barba.

— Eu bem que poderia tê-lo seguido — lamentou Porthos.

— Pois, justamente, meu caro Porthos, foi a ideia que tive.

Athos compreendeu e pôs-se de pé.

— Peço que me perdoe, d'Artagnan. Duvidei de Deus, podia também duvidar de ti. Perdoe-me, amigo.

— Isso a gente vê depois — respondeu d'Artagnan com um meio sorriso.

— Resumindo? — propôs Aramis.

— Bom — começou d'Artagnan —, enquanto eu olhava não o rei, como acha o sr. conde, pois sei o que é um homem que vai morrer e, mesmo que devesse estar habituado a esse tipo de coisa, isso sempre me incomoda, e sim o carrasco mascarado, veio-me a curiosidade, como disse, de saber quem era. Visto que normalmente nos completamos uns aos outros, pedindo ajuda uns aos outros assim como nossa segunda mão ajuda a primeira, automaticamente olhei ao meu redor procurando Porthos, pois havia visto Aramis ao lado do rei e imaginava o nosso conde debaixo do patíbulo. O que me leva a perdoá-lo — ele acrescentou, estendendo a mão para Athos —, pois sei o quanto deve ter sofrido. Olhei então em volta e vi, à minha direita, uma cabeça que tinha sido rachada e que, de um jeito ou de outro, se aguentava, enrolada num pano escuro. "Santo Deus", pensei com meus botões, "isso até que parece um remendo meu e acho que emendei essa cabeça em algum lugar." Estava certo, pois outro não era senão aquele infeliz escocês, irmão de Parry, não se lembram?, em quem Groslow resolveu testar sua força e que tinha apenas a metade da cabeça, quando o encontramos.

— Claro que me lembro, o homem das galinhas pretas — disse Porthos.

— Exatamente! O próprio. E ele fazia sinais a outro sujeito, que estava à minha esquerda. Virei-me para ver e era Grimaud, ocupado, como eu, em prestar atenção no nosso carrasco mascarado.

"— Ô! — eu chamei. E como é o monossílabo de que se serve o sr. conde nos dias em que fala com o criado, Grimaud entendeu que o chamavam e virou-se na mesma hora. Ao me reconhecer, ele apontou para o homem do machado:

"— Hein? — o que queria dizer: 'Viu isso?'

"— Diacho! — respondi, ficando claro que tínhamos nos entendido perfeitamente.

"Voltei-me para o lado do escocês, cujo olhar também dizia muito.

"Resumindo, tudo acabou da maneira que sabem, de forma bem lúgubre. O povaréu começou a se afastar e pouco a pouco foi escurecendo. Eu me colocara num canto da praça com Grimaud e o escocês, a quem tinha antes feito sinal para que permanecesse conosco. De lá pude observar o carrasco, que, indo ao aposento real, trocou de roupa, pois a que usava provavelmente se sujara de sangue. Depois disso ele enfiou um chapéu preto na cabeça, enrolou-se numa capa e desapareceu. Imaginei que estava indo embora, corri para a porta e, com efeito, cinco minutos depois o vimos descer a escadaria."

— Vocês o seguiram? — perguntou Athos.

— Diabo! Como não? Mas não foi tão fácil, saiba. O tempo todo ele se virava para trás e tínhamos que nos esconder ou disfarçar. Fosse eu mais egoísta o teria matado, mas não sou e guardei a iguaria para vocês, Aramis e Athos, se consolarem um pouco. Depois, enfim, de meia hora de caminhada pelas ruas mais tortuosas do centro, nosso homem chegou a uma casinha isolada, na qual nenhum barulho ou luz indicava qualquer presença humana.

"Grimaud tirou dos seus amplos bolsos uma pistola.

"— Hein? — ele sugeriu, mostrando-a.

"— Ainda não — eu disse, segurando-lhe o braço, pois começava a ter uma ideia.

"O mascarado parou diante de uma portinha baixa e tirou uma chave, mas, antes de colocá-la na fechadura, virou-se para ver se não estava sendo observado. Enfiei-me atrás de uma árvore, Grimaud atrás de uma baliza de pedra e o escocês, que não tinha onde se esconder, jogou-se no chão.

"Provavelmente o sujeito que seguíamos julgou estar sozinho, porque ouvi o ranger da chave, a porta foi aberta e ele desapareceu."

— Que miserável! — revoltou-se Aramis. — Enquanto você veio ele deve ter ido embora e vamos perdê-lo.

— Por quem me tomas, amigo? Sou eu, d'Artagnan.

— Mas a verdade é que, não estando lá... — observou Athos.

— Não estou, mas não tinha comigo Grimaud e o escocês? Antes que o mascarado pudesse dar dez passos lá dentro eu já havia rodeado a casa. Numa das portas, aquela por onde ele havia entrado, deixei o escocês, explicando por mímica que se o homem da máscara preta saísse ele devia segui-lo, com Grimaud indo atrás dos dois para depois vir nos avisar. Já Grimaud ficou de fazer o mesmo, vigiando uma outra porta. Bom, cá estou. A presa está cercada, quem vai querer ir ao halali?[437]

Athos correu para abraçar d'Artagnan, que enxugava a testa.

— Amigo, é muita bondade sua me perdoar. Foi um erro meu, um erro enorme, pois eu devia conhecê-lo. No fundo de nós resta sempre algo ruim que nos faz o tempo todo duvidar.

— Hum! — refletiu Porthos. — Será que o carrasco não era o próprio sr. Cromwell, querendo ter certeza de que o trabalho seria feito, e bem feito?

— Não tem como. O sr. Cromwell é gordo e baixo, enquanto o carrasco era esguio, elegante e de boa estatura.

— Talvez algum soldado condenado, ganhando o indulto a esse preço — sugeriu Athos. — Foi o que fizeram com aquele infeliz Chalais.[438]

---

437. Tipo de caçada de animais de grande porte, como o veado, em que o "halali" (gritos ou toques de trompa) avisa que a presa está acuada.

438. O carrasco do conde de Chalais (ver nota 72) foi de fato convencido a não cumprir a execução, mas um condenado à morte, em troca do indulto, encarregou-se da tarefa, em

— Não, tenho certeza que não — continuou d'Artagnan. — Não tinha o andar rígido dos infantes nem os passos abertos dos cavaleiros. Além disso, tinha pernas finas e postura distinta. Se não me engano, trata-se de um fidalgo.

— Um fidalgo? — insurgiu-se Athos. — Impossível! Seria desonrar toda a nobreza.

— Que bela caçada! — animou-se Porthos com uma risada que balançou as vidraças. — Que bela caçada, caramba!

— Ainda quer ir embora da Inglaterra, Athos? — ironizou d'Artagnan.

— Vou ficar — respondeu o fidalgo, com um gesto de ameaça que nada prometia de bom a seu destinatário.

— Então, às armas! — animou-se Aramis. — Às armas, sem perda de tempo.

Os quatro amigos retomaram suas roupas de fidalgos, cingiram suas espadas e chamaram Mousqueton e Blaisois para que pagassem a conta da estadia e preparassem tudo para partir, havendo boas probabilidades de que deixassem Londres ainda naquela noite.

Lá fora, a escuridão aumentara, a neve continuava a cair e parecia formar uma vasta mortalha sobre a cidade regicida. Eram mais ou menos sete horas da noite e viam-se poucos transeuntes nas ruas, com a maior parte da população no aconchego do lar, conversando em família sobre os terríveis acontecimentos do dia.

Abrigados em suas capas, eles atravessaram praças e ruas da City,[439] tão tumultuadas durante o dia e tão desertas naquela noite. D'Artagnan os guiava, tentando reconhecer, de vez em quando, as cruzes que havia feito com o punhal nos muros. A noite, porém, estava tão escura que era difícil localizar essas marcas. Mas ele registrara tão bem na cabeça algumas referências, como fontes e placas, que em meia hora de caminhada com os três companheiros já podia avistar a casa isolada.

De início, achou que o irmão de Parry havia desaparecido, mas estava enganado: o robusto escocês, acostumado com o gelo das montanhas, deitara-se em cima de um marco e, como uma estátua abatida do pedestal, insensível às intempéries da estação, cobriu-se de neve. Mas assim que os quatro fidalgos se aproximaram, ele se levantou.

— É realmente um bom sujeito — comentou Athos. — Por Deus!, as boas pessoas são menos raras do que dizem; é animador.

— Não nos apressemos a tecer loas ao nosso escocês — avisou d'Artagnan. — Tenho forte pressentimento de que o amigo está aqui por interesse próprio.

---

praça pública. Inexperiente (era sapateiro), foram necessários 29 golpes para que a cabeça fosse decepada.

439. A City de Londres é o centro histórico, geográfico e econômico da cidade, com um status diferente dos demais bairros londrinos, considerada um condado cerimonial à parte. Mantém-se hoje como o terceiro centro financeiro mundial, atrás apenas de Nova York e Tóquio.

Ouvi dizer que esses senhores que nascem do lado de lá do Tweed[440] são bem rancorosos. Mestre Groslow que se cuide! Pode passar um mau momento se ele o encontrar.

Tomando a dianteira, ele foi até o escocês para ser reconhecido. Depois fez sinal aos outros para se aproximarem.

— E então? — perguntou, em inglês, Athos.

— Ninguém saiu — respondeu o irmão de Parry.

— Fique com ele, Porthos, e você também, Aramis. D'Artagnan vai me levar até Grimaud.

Este último, não menos hábil que o escocês, estava dentro do tronco oco de um salgueiro, que ele havia transformado em guarita. Por um curto momento, assim como havia posto em dúvida a outra sentinela, d'Artagnan achou que o mascarado tivesse saído e que Grimaud partira em seu encalço.

De repente, porém, uma cabeça surgiu e deu um ligeiro assobio.

— Ah! — reconheceu Athos.

— Eu — respondeu Grimaud.

Os dois se aproximaram do salgueiro.

— E então? — perguntou d'Artagnan. — Alguém saiu?

— Não, mas alguém entrou — respondeu Grimaud.

— Homem ou mulher?

— Homem.

— Ah, ah! — exclamou d'Artagnan. — Eles são dois.

— Seria bom que fossem quatro — disse Athos —, estaríamos em igualdade.

— Talvez sejam quatro — respondeu d'Artagnan.

— Como assim?

— Outros podiam já estar na casa, à espera desses dois.

— Podemos averiguar — sugeriu Grimaud, mostrando uma janela da qual, através das venezianas, vinham alguns raios de luz.

— Tem razão — concordou d'Artagnan. — Vamos chamar os outros.

E eles rodearam a casa para fazer sinal a Porthos e Aramis.

Os dois vieram logo.

— Descobriram alguma coisa?

— Não, mas vamos dar uma olhada — respondeu d'Artagnan apontando para Grimaud, que, agarrado às saliências da parede, já se encontrava a cinco ou seis pés do chão.

Os quatro se aproximaram. Grimaud continuava sua escalada com uma destreza de gato e afinal alcançou um desses ganchos que servem para prender as bandas da janela, quando estão abertas. Ao mesmo tempo, um dos pés encontrou um desvão que lhe pareceu ser um apoio suficiente, pois Grimaud

---

440. Rio que faz fronteira entre a Escócia e a Inglaterra.

fez sinal dizendo ter chegado à sua meta. Aproximou então o olho da fenda de uma das venezianas.

— E aí? — perguntou lá de baixo d'Artagnan.

O espião mostrou a mão fechada com apenas dois dedos estendidos.

— Fale — disse Athos. — Ninguém enxerga esses sinais. São quantos?

Grimaud fez um esforço, contrariando a sua natureza:

— Dois. Um está bem de frente para mim. O outro de costas.

— Ótimo. E quem é esse que está de frente?

— O homem que eu vi passar e entrar.

— Conhece ele?

— Achei que sim, quando o vi, e não me enganei; gordinho e baixo.

— Quem é? — perguntaram ao mesmo tempo e em voz baixa os quatro amigos.

— O general Oliver Cromwell.

Os quatro se entreolharam.

— E o outro? — perguntou Athos.

— Magro e esguio.

— É o carrasco — disseram ao mesmo tempo d'Artagnan e Aramis.

— Vejo apenas as costas. Mas esperem, ele está andando. Se tiver tirado a máscara, vou poder ver... Ih!

Como se tivesse sido atingido no coração, Grimaud soltou o gancho de ferro e caiu para trás, com um gemido abafado. Porthos agarrou-o no ar.

— Viu ele? — perguntaram os quatro.

— Vi — respondeu Grimaud, com os cabelos em pé e suor na testa.

— O homem magro e esguio? — insistiu d'Artagnan.

— Ele.

— O carrasco? — perguntou Aramis.

— Ele.

— E quem é? — foi a vez de Porthos perguntar.

— Ele! Ele! — balbuciou Grimaud como um morto-vivo e agarrando com mãos trêmulas as do seu amo.

— Ele quem?

— Mordaunt!

D'Artagnan, Porthos e Aramis soltaram uma exclamação de alegria.

Athos deu um passo atrás e levou a mão à testa:

— É a fatalidade! — ele murmurou.

73. A casa de Cromwell

Era efetivamente Mordaunt que d'Artagnan havia seguido sem reconhecer.

Ao entrar na casa, Mordaunt retirou a máscara e a falsa barba grisalha, subiu a escada, abriu uma porta e, num quarto iluminado por uma lamparina, com paredes cobertas por um tecido escuro, viu-se diante de um homem sentado a uma mesa de trabalho, escrevendo.

Esse homem era Cromwell.

O general tinha, em Londres, dois ou três retiros do mesmo tipo, desconhecidos ou até compartilhados com amigos, mas revelados apenas aos mais íntimos. E Mordaunt, lembremos, figurava entre estes últimos.

Assim que ele entrou, Cromwell ergueu a cabeça.

— É você, Mordaunt — ele disse. — Achei que chegaria mais cedo.

— Quis assistir à cerimônia até o fim, general, e isso me atrasou.

— Ah! Não o imaginava tão curioso.

— Tenho sempre curiosidade de ver a queda de um inimigo de Vossa Senhoria, e este não era dos menores. Meu general não foi a White Hall?

— Não — respondeu Cromwell.

Houve um certo silêncio.

— Soube de algum detalhe? — perguntou Mordaunt.

— Nenhum. Estou aqui desde cedo. Sei apenas que houve um complô para salvar o rei.

— Ah! Foi informado?

— Coisa sem importância. Quatro homens disfarçados entre os operários deviam tirar o rei da prisão e levá-lo a Greenwich, onde uma embarcação os esperava.

— E, sabendo disso, Vossa Senhoria permaneceu aqui, longe da City, tranquilo e inativo?

— Tranquilo sim, mas quem disse que inativo?

— E se o complô tivesse dado certo?
— Eu bem que gostaria.
— Achei que Vossa Senhoria via a morte de Carlos I como uma desgraça necessária para o bem da Inglaterra.
— Pois é! — disse Cromwell. — É o que acho. Era necessário que morresse, mas se não fosse no patíbulo provavelmente teria sido melhor.
— Por quê, Vossa Senhoria?
Cromwell sorriu.
— Peço que o general me desculpe — continuou Mordaunt —, bem sabe que sou aprendiz em política e em todas as circunstâncias quero tirar proveito das lições que o mestre pode me dar.
— Porque diriam que o condenei por justiça e o deixei fugir por misericórdia.
— E se ele, de fato, fugisse?
— Era impossível.
— Impossível?
— Sim. Tomei certas precauções.
— E Vossa Senhoria sabe quem são os quatro homens que pretendiam salvar o rei?
— Os quatro franceses, os dois enviados pela sra. Henriqueta ao marido e os dois que Mazarino mandou para mim.
— Acredita que Mazarino os tenha encarregado de fazer o que fizeram?
— É possível, mas ele negaria.
— Acha mesmo?
— Com certeza.
— Por quê?
— Porque fracassaram.
— Vossa Senhoria concedeu-me dois desses franceses, que até então eram culpados apenas de ter levantado armas a favor de Carlos I. Agora são culpados de complô contra a Inglaterra. Vossa Senhoria me daria os quatro?
— Pode ficar com eles.
Mordaunt se inclinou, com um sorriso de triunfante ferocidade.
— Um momento — disse Cromwell, vendo que Mordaunt se preparava para agradecer. — Voltemos, por favor, ao infeliz Carlos. Houve gritos, no público?
— Raros, a não ser alguns "Viva Cromwell!".
— Onde o senhor estava posicionado?
Mordaunt olhou por um momento o general, tentando descobrir se a pergunta era ingênua ou se ele sabia de tudo.
Mas seu olhar, por mais ardente, não pôde penetrar nas sombrias profundezas do olhar de Cromwell.
— Estava num lugar de onde podia tudo ver e tudo ouvir — respondeu.

Foi a vez de Cromwell olhar fixamente para Mordaunt e este tornar o seu olhar impenetrável. Após alguns segundos de exame, o general desviou os olhos com indiferença.

— Soube que o carrasco improvisado executou muito bem o trabalho. O golpe, pelo menos foi o que me disseram, foi aplicado por mão de mestre.

Mordaunt lembrou que Cromwell dissera não saber de detalhes da execução e se convenceu de que ele assistira a ela, escondido atrás de alguma cortina ou veneziana.

— É verdade — ele então concordou com a voz calma e expressão impassível —, um só golpe bastou.

— Provavelmente alguém da profissão — disse Cromwell.

— Acha mesmo?

— Por que não?

— Não parecia um carrasco.

— E quem mais, a não ser um carrasco, aceitaria cumprir essa horrível tarefa?

— Bem, talvez algum inimigo pessoal do rei Carlos, que tenha feito voto de vingança e quisesse cumpri-lo; talvez algum fidalgo com graves motivos para odiar o rei deposto que, sabendo que ele fugiria e escaparia, se colocou no caminho, encoberto por uma máscara e de machado em punho, não mais como suplente de carrasco, mas como mandatário da fatalidade.

— É possível — disse Cromwell.

— Se fosse esse o caso, Vossa Senhoria condenaria a ação?

— Não cabe a mim julgar. Seria algo entre esse indivíduo e Deus.

— E se Vossa Senhoria conhecesse o tal fidalgo?

— Não o conheço nem quero conhecê-lo — respondeu Cromwell. — Que importância teria, para mim, sua identidade? Uma vez condenado, não foi um homem que cortou a cabeça de Carlos, foi um machado.

— E, entretanto, sem esse homem — retrucou Mordaunt —, o rei teria sido salvo.

Cromwell sorriu.

— Vossa Senhoria mesma disse, tramava-se a sua fuga.

— Até Greenwich, onde ele teria embarcado numa faluca com seus quatro salvadores. Nessa faluca, porém, estariam quatro homens meus, com cinco tonéis de pólvora pertencentes à nação. Em pleno mar, os quatro marinheiros saltariam para uma chalupa e o senhor já possui habilidade política suficiente para entender, sem que eu precise explicar o resto.

— Entendo, tudo explodiria.

— Exatamente. A explosão faria o que o machado não quis fazer. O rei Carlos simplesmente desapareceria. Diriam que, tendo escapado da justiça humana, foi perseguido e fulminado pela vingança divina. Teríamos sido apenas os juízes, e Deus o carrasco. Foi o trunfo que o seu fidalgo mascarado me fez perder, Mordaunt. Entenda, então, por que prefiro não saber quem é, pois, na verdade, apesar de suas excelentes intenções, não posso ser grato pelo que fez.

— Como sempre, senhor, me curvo e me humilho diante do grande pensador. E devo dizer que a ideia da faluca explosiva é sublime — disse Mordaunt.

— Absurda, pois se tornou inútil. Em política, só é sublime a ideia que gera frutos; as que abortam são loucas e estéreis. Vá então essa noite a Greenwich — disse Cromwell se levantando —, procure pelo patrão da faluca *Relâmpago* e mostre um lenço branco com um nó nas quatro pontas, pois era o sinal combinado. Diga que podem desembarcar e leve de volta a pólvora ao arsenal, a menos que...

— A menos que...? — perguntou Mordaunt, com o rosto iluminado por uma alegria selvagem, à medida que Cromwell falava.

— A menos que a faluca, tal como se encontra, possa servir a seus projetos pessoais.

— Ah, milorde, milorde! — exclamou Mordaunt. — Ao tornar-vos Seu eleito, Deus vos emprestou também Seu olhar, do qual nada pode escapar.

— Chamou-me "milorde"? — perguntou Cromwell, rindo. — Não faz mal, pois estamos apenas nós dois, mas tome cuidado para não repetir isso diante dos nossos puritanos imbecis.[441]

— Mas não é como Vossa Senhoria em breve será chamada?

— Espero que sim, mas ainda não é chegada a hora.

Cromwell se levantou e pegou a sua capa.

— Vai sair, senhor? — perguntou Mordaunt.

— Vou. Dormi aqui ontem e anteontem. Como sabe, não tenho o costume de dormir três noites na mesma cama.[442]

— Vossa Senhoria me concede, então, plena liberdade por essa noite?

— E para o dia de amanhã, se achar necessário. Desde a noite de ontem — sorriu Cromwell — o senhor já fez muito por mim e, tendo assuntos pessoais a resolver, é justo que tenha algum tempo para isso.

— Obrigado, senhor, ele será bem empregado, assim espero.

Cromwell fez um aceno com a cabeça, mas depois, detendo-se, perguntou:

— Está armado?

— Tenho minha espada.

---

441. "Milorde" era o tratamento dado aos detentores de altos títulos nobiliárquicos, o que não era o caso de Cromwell, oriundo da pequena nobreza rural. Ele em seguida aceitaria o título de Lorde Protetor da Commonwealth republicana, que se estabeleceu com o fim da monarquia. Quando morreu (de malária, em 1658), o título passou para seu filho, Richard, gerando uma crise, que levou à restauração dos Stuart no trono.

442. Era notória a preocupação de Cromwell com a própria segurança, que o fazia se servir de diversos endereços anônimos na cidade, eventualmente com passagens secretas que lhe permitissem entrar e sair sem chamar a atenção.

— Alguém o espera lá fora?

— Ninguém.

— Deveria então vir comigo, Mordaunt.

— Obrigado, senhor. Os desvios que deveríamos fazer pelos subterrâneos me tomariam tempo e, depois do que me disse, eu talvez já esteja atrasado. Sairei pela porta.

— Então, boa noite — despediu-se Cromwell, apoiando a mão num botão oculto que abriu uma porta tão bem disfarçada na tapeçaria da parede que seria impossível, mesmo ao melhor observador, percebê-la.

Essa porta, acionada por uma mola de aço, fechou-se logo em seguida.

Era uma daquelas passagens secretas que a História conta terem existido em todas as misteriosas casas que serviam de moradia a Cromwell.

Esta, mais precisamente, passava sob a rua deserta e desembocava no fundo de uma gruta, no jardim de outra casa, situada a cem passos daquela que o futuro Protetor[443] acabava de deixar.

Foi na última parte dessa cena que, pela abertura deixada por uma cortina mal fechada, Grimaud viu os dois homens e sucessivamente os reconheceu.

Vimos também qual efeito a notícia causou nos quatro amigos.

D'Artagnan foi o primeiro a recuperar suas plenas faculdades:

— Mordaunt! Ah, por tudo que é sagrado! Deus é quem nos envia.

— Com certeza — emendou Porthos. — Vamos arrombar a porta e cair em cima dele.

— Pelo contrário — disse d'Artagnan. — Não vamos arrombar coisa alguma nem fazer barulho. Isso chamaria atenção. E como Grimaud disse estar também presente o seu digno mestre, a cinquenta passos daqui deve haver também um posto dos Costelas de Ferro. Ei, Grimaud! — ele chamou. — Volte aqui e trate de se aguentar em cima das pernas.

Grimaud se aproximou. Junto com os sentidos, ele tinha recuperado também a raiva, mas estava firme.

— Bom — continuou d'Artagnan —, suba de novo até a janela e diga se Mordaunt ainda está acompanhado, preparando-se para sair ou para dormir. Se estiver com alguém, esperamos que esteja sozinho; caso esteja prestes a sair, pegamos ele do lado de fora; se for ficar, arrombamos a janela, que faz menos barulho e é sempre mais fácil que uma porta.

Em silêncio, Grimaud voltou a escalar a parede.

— Athos e Aramis, tomem conta da outra saída. Porthos e eu ficamos aqui.

Os dois amigos seguiram a indicação e d'Artagnan perguntou:

— E então, Grimaud?

— Ele está sozinho.

— Tem certeza?

---

443. Ver nota anterior.

— Tenho.
— Não vimos sair o outro.
— Talvez tenha saído pela segunda porta.
— O que ele está fazendo?
— Prendendo a capa e calçando as luvas.
— É a nossa vez! — murmurou d'Artagnan.

Porthos levou a mão ao punhal, tirando-o maquinalmente da bainha.

— Guarde isso, amigo. Não tomemos a dianteira. Ele é nosso, vamos seguir na ordem certa. Primeiro, temos mútuas explicações a trocar, será uma continuação da cena de Armentières. Só espero que esse de agora não tenha filhos e que, se o esmagarmos, tudo estará bem esmagado e terminado.

— Psss! — fez Grimaud. — Ele vai sair. Está indo à lamparina. Vai soprar. Não vejo mais nada.

— Então desça, desça!

Grimaud deu um salto para trás e caiu de pé. A neve abafou o barulho e nada se ouviu.

— Vá prevenir Athos e Aramis para que se coloquem um de cada lado da porta, como Porthos e eu faremos desse lado de cá. Que batam palmas se ele sair por lá e nós faremos o mesmo.

Grimaud partiu ligeiro.

— Porthos, meu amigo, trate de disfarçar esses ombros largos para que ele não desconfie de nada ao sair.

— Tomara que seja por aqui que ele saia!

— Psss!

O gigante ficou colado na parede como se fosse entrar nela e d'Artagnan fez o mesmo.

Ouviam-se os passos de Mordaunt na escada de madeira. Uma janelinha na porta, que passara despercebida, rangeu na sua dobradiça. Mordaunt olhou e, graças às precauções dos dois amigos, nada viu. Ele então colocou a chave na fechadura, abriu a porta e saiu.

Na mesma hora, viu-se frente a frente com d'Artagnan.

Quis fechar a porta. Porthos foi mais rápido e não apenas o impediu, segurando a maçaneta, como abriu-a completamente e bateu palmas três vezes. Athos e Aramis vieram correndo.

Com o susto, Mordaunt ficou lívido, sem contudo tentar gritar por socorro.

D'Artagnan foi diretamente até ele e, empurrando-o, por assim dizer, com o peito, fez com que subisse de volta a escada, de costas, iluminado por uma lamparina que permitia ao gascão não perder de vista as suas mãos. Mordaunt, porém, havia entendido que, mesmo que conseguisse matar d'Artagnan, teria ainda três outros inimigos pela frente. Não esboçou então qualquer gesto de defesa ou de ameaça. Chegando à porta, viu-se encurralado e provavelmente achou que era ali que tudo terminaria para ele. Mas estava enganado, d'Artagnan estendeu a mão e abriu a porta. Os dois estavam no mesmo quarto em que, dez minutos antes, o rapaz conversava com Cromwell.

Porthos entrou logo atrás. Esticou o braço e pegou o lampião preso ao teto, usando-o para acender um outro.

Athos e Aramis também apareceram e trancaram a porta à chave.

— Queira se sentar — disse d'Artagnan, apresentando uma cadeira ao rapaz.

Ele pegou a cadeira ainda nas mãos do mosqueteiro e sentou-se, pálido, mas calmo. A três passos dele, Aramis aproximou três outras cadeiras.

Athos foi se colocar no canto mais afastado do quarto, parecendo decidido a se manter simples espectador imóvel do que fosse acontecer.

Porthos sentou-se à esquerda e Aramis à direita de d'Artagnan.

Athos parecia aturdido e Porthos esfregava as mãos com febril impaciência. Já Aramis, mesmo com um sorriso, mordia os lábios até quase sangrarem.

Apenas d'Artagnan, pelo menos aparentemente, mantinha-se calmo.

— Sr. Mordaunt — ele começou —, visto termos passado tantos dias correndo uns atrás dos outros, o acaso finalmente nos reuniu. Vamos conversar um pouco, por favor.

74. *A conversa*

Mordaunt fora surpreendido de modo tão súbito, subira os degraus com impressões ainda tão confusas, que seu raciocínio custava a se completar. De concreto, o que se pode dizer é que o seu primeiro impulso foi totalmente dominado pela emoção, pela surpresa e pelo invencível terror que toma qualquer pessoa que tem o braço agarrado por um inimigo mortal e superior em força, e isso num momento em que ele imaginava esse inimigo em outro lugar e ocupado com outros afazeres.

Mas, vendo que algum tempo lhe fora dado, mesmo sem saber com quais intenções essa trégua era concedida, ele se concentrou mentalmente e buscou reunir suas forças.

O fulgor do olhar de d'Artagnan, em vez de intimidá-lo, por assim dizer o eletrizou, pois era um olhar franco em seu ódio e em sua ira, por mais ardentemente ameaçador que fosse. Disposto a se aproveitar de qualquer oportunidade, pela força ou pela astúcia, Mordaunt recolheu-se em si mesmo, como o urso acuado em sua toca, que segue com um olho aparentemente imóvel os gestos do caçador que o emboscou.

Esse olho, no entanto, num movimento rápido se dirigiu à espada longa e forte que batia em seu quadril e ele, discretamente, descansou a mão esquerda no punho, deixando a espada mais ao alcance da direita. Só depois disso se sentou, seguindo o convite de d'Artagnan.

Este último provavelmente esperava palavras agressivas para começar uma daquelas discussões debochadas ou violentas em que ele era mestre. Aramis pensava consigo mesmo: "Vamos ouvir um monte de baboseiras." Porthos, por sua vez, mordiscava o bigode murmurando: "Quanta delicadeza, diabos!, para esmagar esse filhote de serpente!" Em seu canto, Athos mantinha-se apagado e branco como um baixo-relevo de mármore, além de sentir, apesar da imobilidade, a testa molhada de suor.

Mordaunt ficou calado, e apenas depois de se assegurar que a espada continuava à sua disposição cruzou as pernas, imperturbável, e esperou.

D'Artagnan percebeu que o silêncio não podia se prolongar sem se tornar ridículo, e já que oferecera a cadeira a Mordaunt para *conversar*, achou que devia então tomar a iniciativa.

— Percebi que o senhor troca de roupa — ele começou com sua mortal polidez — quase tão rápido quanto os mímicos italianos que o sr. cardeal Mazarino mandou vir de Bergamo[444] e que provavelmente o aconselhou a ir ver, em sua viagem à França.

Mordaunt não respondeu.

— Ainda há pouco o senhor estava disfarçado, quero dizer, vestido de assassino, e agora...

— E agora, pelo contrário, pareço estar vestido como alguém que vai ser assassinado, não é? — respondeu Mordaunt com sua fala calma e breve.

— Ora, cavalheiro! Como pode dizer algo assim, estando na companhia de homens honrados e tendo uma tão boa espada consigo?

— Não há espada boa o bastante para enfrentar quatro outras espadas e quatro punhais. Sem contar as espadas e punhais dos seus acólitos que os esperam lá fora.

— Desculpe, está cometendo um erro. Os que nos esperam lá fora não são nossos acólitos e sim nossos criados. Quero manter as coisas dentro da mais correta exatidão.

Mordaunt respondeu apenas com um sorriso, que crispou ironicamente seus lábios.

— Mas isso não vem ao caso, e volto à minha pergunta. O que eu respeitosamente queria saber é o motivo de tamanha mudança na aparência do cavalheiro. A máscara não parecia incomodar, a barba grisalha lhe caía bem e até mesmo o machado, que o senhor soube usar de forma tão magistral, seria bem-vindo nesse momento. Por que não o trouxe consigo?

— Por conhecer a cena de Armentières. Seriam quatro machados contra o meu, já que me encontraria com quatro carrascos.

— Senhor — respondeu d'Artagnan com toda calma, apesar de um ligeiro movimento das sobrancelhas indicar que ele estava perto do seu limite —, mesmo que profundamente degenerado e corrompido, o cavalheiro é excessivamente jovem e por isso não me aterei a essas suas frivolidades. O que acaba de dizer sobre Armentières não tem a menor relação com a presente situação. É verdade, não podíamos oferecer uma espada à senhora sua mãe e pedir que esgrimisse conosco. Já ao senhor, um jovem cavaleiro que maneja o punhal e a pistola, como o vimos fazer, e carrega uma espada como essa sua, não há quem não tenha o direito de pedir a honra de um encontro armado.

---

444. Alusão aos espetáculos da Commedia dell'Arte que Mazarino convidava para que se apresentassem em Paris.

— É um duelo que me propõe?

— Entendo! É um duelo que me propõe? — ele disse, pondo-se de pé, com os olhos faiscando, parecendo disposto a responder à provocação na mesma hora.

Porthos igualmente se levantou, pronto, como sempre, a esse tipo de situação.

— Ei, ei! — interrompeu d'Artagnan com o mesmo sangue-frio. — Sem pressa, pois todos certamente queremos que as coisas se passem em conformidade com as regras. Sente-se portanto, meu caro Porthos, e o sr. Mordaunt também. Mantenham-se calmos. Vamos resolver da melhor maneira esse caso e serei franco com o senhor. Confesse, cavalheiro, que quer muito matar um ou outro de nós.

— Um e também os outros — ele respondeu.

D'Artagnan voltou-se para Aramis e disse:

— Há de convir, meu caro Aramis, que é uma felicidade o sr. Mordaunt dominar tão bem as sutilezas da língua francesa. Pelo menos não teremos mal-entendidos entre nós e poderemos tudo pôr em ordem.

E voltando a Mordaunt, ele continuou:

— Meu caro senhor, posso dizer que os amigos aqui presentes retribuem seus bons sentimentos com relação a eles e também vão adorar matá-lo. E digo

A conversa

mais, eles provavelmente vão matá-lo, mas farão isso como leais fidalgos e a melhor prova que podemos dar é esta.

Dizendo isso, d'Artagnan jogou o chapéu no tapete, empurrou sua cadeira contra a parede, fez sinal aos amigos para que fizessem o mesmo e, cumprimentando Mordaunt com uma graça bem francesa, disse:

— A seu dispor, cavalheiro. Se nada tiver a dizer contra a honra que peço, serei o primeiro. Minha espada é mais curta que a sua, é verdade, mas não há de ser nada! Espero que o braço compense a espada.

— Espere aí! — intrometeu-se Porthos, dando um passo à frente. — Eu é que começo, e sem retórica.

— Permita-me, Porthos — foi a vez de Aramis se interpor.

Athos não se moveu. Poderia ser confundido com uma estátua. Inclusive a respiração parecia ter parado.

— Cavalheiros, cavalheiros — voltou d'Artagnan —, fiquem tranquilos, terão a sua vez. Observem os olhos do adversário e notem o bem-aventurado ódio que lhe inspiramos. Observem a habilidade com que desembainhou. Admirem a circunspecção com que procura ao redor os obstáculos que podem atrapalhar sua investida. Tudo isso comprova ser o sr. Mordaunt uma fina lâmina e os senhores terão, em pouco tempo, que me substituir, se eu o deixar agir. Athos é um bom exemplo de calma; permaneçam, como ele, em seus lugares. Deixem-me dar prosseguimento. Aliás — continuou o mosqueteiro, sacando a espada com um gesto apavorante —, tenho uma questão particular com o cavalheiro e serei o primeiro. Eu quero.

Era a primeira vez que d'Artagnan se exprimia tão peremptoriamente diante dos amigos. Até então, ele se limitava a pensar.

Porthos recuou, Aramis deixou a espada debaixo do braço, Athos permaneceu imóvel no canto menos iluminado, não exatamente calmo, como disse d'Artagnan, mas respirando com dificuldade, sentindo-se sem ar.

— Embainhe a espada, amigo — pediu d'Artagnan a Aramis —, meu adversário poderia imaginar intenções que não são suas.

Depois, virando-se para Mordaunt, disse:

— A seu dispor, cavalheiro.

— Pessoalmente, estou muito admirado. Os senhores discutem sobre quem começará e não me consultam. E é algo que me concerne, não? Odeio os quatro, é verdade, mas em diferentes graus. Espero matar todos, mas tenho maiores possibilidades de matar o primeiro do que o segundo, o segundo do que o terceiro, o terceiro do que o último. Exijo, então, o direito de escolher o adversário. Se o negarem, matem-me, pois não lutarei.

Os quatro amigos se entreolharam.

— Acho justo — disseram Porthos e Aramis, com esperança de serem escolhidos.

Athos e d'Artagnan nada disseram, mas tal atitude já demonstrava que concordavam.

— Pois então — Mordaunt quebrou o profundo silêncio que reinava naquela misteriosa casa. — Pois então, escolho como primeiro adversário aquele que, não se achando mais digno do título de conde de La Fère, prefere que o chamem Athos!

O assim indicado levantou-se da cadeira em que estava como impulsionado por uma mola, mas para grande espanto dos amigos, depois de um instante parado e em silêncio, declarou:

— Sr. Mordaunt, o duelo entre nós é impossível, conceda a outro esta honra.

E voltou a se sentar.

— Ótimo! — disse Mordaunt. — O primeiro já desistiu, por medo.

— Com mil trovões! — exclamou d'Artagnan, dando um salto até o rapaz. — Quem disse que Athos tem medo?

— Deixe-o falar, d'Artagnan — disse Athos, com um sorriso cheio de tristeza e desprezo.

— É a sua decisão? — perguntou o gascão.

— Irrevogável.

— Aceito. E não se fala mais nisso.

Em seguida, voltando-se para Mordaunt:

— O senhor ouviu, o conde de La Fère não lhe concede a honra do duelo. Escolha qual de nós o substituirá.

— Não sendo ele, não tenho preferência por nenhum dos senhores. Ponham seus nomes num chapéu e lutarei com o primeiro sorteado.

— É uma ideia — concordou d'Artagnan.

— De fato, conciliaria tudo — observou Aramis.

— Eu nunca teria pensado nisso; no entanto, é bem simples — notou Porthos.

— Então, Aramis — pediu d'Artagnan —, escreva com essas suas bonitas letrinhas miúdas, com as quais mandou um bilhete para Marie Michon avisando que a mãe do cavalheiro aqui presente queria assassinar milorde Buckingham.[445]

Mordaunt aguentou a nova provocação sem reagir. Estava de pé, de braços cruzados, parecendo tão calmo quanto poderia estar alguém em tais circunstâncias. Se não fosse por coragem, era pelo menos por orgulho, e são qualidades que se assemelham muito.

Aramis aproximou-se da escrivaninha de Cromwell, cortou três pedaços de papel iguais, escrevendo no primeiro o seu nome e nos outros os

---

445. Cf. *Os três mosqueteiros*, cap. 58.

dos dois companheiros. Mostrou-os, abertos, a Mordaunt, que, sem ler, fez um sinal com a cabeça dizendo estar de acordo. Os papéis foram dobrados, jogados num chapéu e apresentados ao rapaz, que nele mergulhou a mão, tirou um dos três papéis e deixou-o displicentemente em cima da mesa, sem nem olhar.

— Ah, filhote de serpente! Eu bem que trocaria todas as minhas chances de promoção à patente de capitão dos mosqueteiros por meu nome nesse papelzinho! — murmurou o tenente.

Aramis abriu o papel. Por mais calma e fria que se pretendesse a sua voz, ela soou trêmula de raiva e de frustração:

— D'Artagnan!

O escolhido deu um grito de alegria e exclamou:

— Ah! Temos justiça no céu!

Em seguida, voltando-se para Mordaunt:

— Espero que o cavalheiro não apresente nenhuma objeção...

— Nenhuma — ele respondeu, sacando a espada e apoiando a ponta na sua bota.

Vendo que seu desejo tinha se confirmado e certo de que a presa não lhe escaparia, d'Artagnan recuperou toda a tranquilidade e até lentidão com que habitualmente se preparava para essa grave ação denominada duelo. Prontamente ergueu um pouco as mangas e esfregou a sola do sapato no assoalho, o que não o impediu de notar, pela segunda vez, que Mordaunt lançava ao redor o curioso olhar que ele já observara antes.

— Está pronto? — ele perguntou.

— À sua espera — respondeu Mordaunt, erguendo a cabeça e olhando para o adversário de um modo que seria impossível descrever.

— Tome cuidado, cavalheiro, pois manejo bastante bem a espada.

— Posso dizer o mesmo — respondeu Mordaunt.

— Ótimo. Isso deixa minha consciência descansada. *En garde!*

— Só um momento — pediu o rapaz —, prometam me atacar somente um de cada vez.

— É só pelo prazer de nos insultar que pede algo assim, filhote de serpente! — reagiu Porthos.

— Em absoluto. É só para estar, como disse meu oponente, com a consciência descansada.

"Deve haver outro motivo", pensou d'Artagnan, balançando a cabeça e olhando com atenção o que poderia haver em volta.

— Dou minha palavra! — disseram ao mesmo tempo Aramis e Porthos.

— Nesse caso, senhores, queiram se colocar num canto mais retirado, como o sr. conde de La Fère, que, mesmo sem querer o confronto, deve pelo menos conhecer as regras do combate. Deem-nos espaço, pois precisaremos.

— Que seja! — aceitou Aramis.
— Quanta dificuldade! — reclamou Porthos.
— Façam isso, amigos — pediu d'Artagnan. — Não vamos dar pretextos para que o cavalheiro trapaceie, pois, com todo respeito, parece ser a sua intenção.

A nova provocação se desfez na expressão impassível de Mordaunt.

Porthos e Aramis foram se colocar na paralela ao canto em que se encontrava Athos, de forma que os contendores ocupassem o centro do aposento, ou seja, bem iluminados pelos dois lampiões deixados na escrivaninha de Cromwell. Desnecessário dizer que a claridade diminuía conforme se afastava do seu centro de propagação.

— E então? Pronto, agora? — perguntou d'Artagnan.
— Pronto — respondeu o duelista.

Os dois, simultaneamente, deram um passo à frente e esse simples movimento bastou para que as lâminas se tocassem.

D'Artagnan era espadachim refinado demais para perder tempo, como se diz em termos de escola, a observar o adversário. Aplicou uma finta brilhante e rápida, que foi, entretanto, parada pelo oponente.

— Ah, ah! — ele aprovou com um sorriso.

E rapidamente, achando ver uma brecha para isso, lançou um golpe reto, ligeiro e intenso como um raio.

Mordaunt defendeu um contra de quarta[446] tão justo que não podia ter sido desferido por nenhum incauto.

— Começo a achar que vamos nos divertir — animou-se d'Artagnan.
— Divirta-se, mas jogue duro — murmurou Aramis.
— Que droga, meu amigo! Fique atento! — assustou-se Porthos.

Mordaunt sorriu.

— Que sorriso feio, esse seu! — disse d'Artagnan. — Foi o diabo que o ensinou a sorrir assim, não foi?

A resposta de Mordaunt foi uma tentativa de ligamento[447] sobre a espada do gascão, com uma força surpreendente para um corpo de aparência tão frágil. Graças, porém, a uma parada tão eficiente quanto a que o adversário fizera, d'Artagnan defendeu a tempo o ataque, que não atingiu seu peito.

Mordaunt rapidamente deu um passo atrás.

— Recua? Como queira. Até prefiro: não vejo mais esse seu sorriso infame. E saio também da claridade, melhor ainda. O senhor não imagina o olhar

---

446. Em esgrima, o contra é o bloqueio em que a ponta da espada descreve um movimento circular, buscando a lâmina do adversário. Quarta é a quarta das oito posições clássicas de ataque ou de parada (bloqueio), na linha do braço não armado.

447. Ligamento é a tomada em que o esgrimista tenta se apoderar da lâmina adversária para progressivamente levá-la de uma linha alta para a linha baixa oposta (ou vice-versa).

fingido que tem, principalmente quando está com medo. Olhe para mim, verá algo que o espelho nunca vai lhe mostrar, um olhar leal e franco.

Diante desse palavrório de nem tão bom gosto assim, mas que era típico de d'Artagnan buscando quebrar a concentração do outro, Mordaunt não respondia. Atacava e, girando sempre, conseguiu trocar de lugar com o adversário.

Mas sorria cada vez mais, o que começou a preocupar o gascão.

"Vamos acabar com isso", ele pensou, "o sujeito tem boa movimentação de pernas, preciso ir com tudo."

Voltou então a pressionar Mordaunt, que continuava recuando, mas com boa tática, sem cometer erro do qual o adversário pudesse se aproveitar, sem que sua espada, por momento algum, se desviasse da linha. No entanto, como o combate era travado num cômodo e faltava espaço, o pé de Mordaunt acabou chegando à parede, na qual ele apoiou a mão esquerda.

— Ah, não tem mais como recuar, meu amigo! Senhores — disse aos espectadores o tenente, franzindo as sobrancelhas —, já viram um escorpião pregado numa parede? Não? Pois verão...

E num segundo ele desferiu três estocadas tremendas em Mordaunt. Todas o atingiram, mas de leve. D'Artagnan ficou sem entender por quê. Os três amigos assistiam com a respiração suspensa e suor na testa.

Perto demais do corpo do oponente, foi a vez de d'Artagnan dar um passo atrás para preparar um quarto golpe, ou melhor, a execução, pois para ele os jogos marciais eram, como o de xadrez, uma vasta combinação em que todos os detalhes se encadeiam uns nos outros. Mas no momento em que, depois de uma finta rápida e justa, ele atacou com a velocidade do relâmpago, a parede pareceu se abrir. Mordaunt desapareceu pelo vão escancarado e a espada de d'Artagnan, presa entre as duas abas corrediças, partiu-se como se fosse de vidro.

Ele recuou. A parede voltara a se fechar.

Mordaunt havia manobrado, sem deixar de se defender, de modo a se encostar na porta secreta pela qual vimos Cromwell sair. Identificando o local exato, com a mão esquerda ele procurou e pressionou o botão, para desaparecer como desaparecem os seres malignos que, no teatro, têm o dom de atravessar paredes.

O gascão soltou uma imprecação furiosa e ouviu como resposta, do outro lado do paredão de metal, um riso selvagem, fúnebre, que fez um calafrio percorrer até mesmo o cético Aramis.

— Ajudem! — gritou d'Artagnan. — Vamos arrombar essa porta.

— É o demônio em pessoa — disse Aramis, indo até o amigo.

— Ele está escapando, maldição! Está escapando! — berrou Porthos, lançando os fortes ombros contra a divisória que, bem sustentada do outro lado, nem se mexeu.

— Melhor assim — murmurou Athos.

— Eu sabia, caramba! — disse d'Artagnan, repetindo um inútil esforço. — Eu sabia, quando o miserável olhou em volta do quarto, previ alguma infame manobra, vi que tramava alguma coisa. Mas quem podia imaginar isso?

— Foi uma terrível desgraça enviada por seu aliado, o diabo! — exclamou Aramis.

— Uma graça que Deus nos enviou! — respondeu Athos com evidente alegria.

— Você me decepciona, Athos — disse d'Artagnan, abandonando a porta que, decididamente, não se abria —, como pode dizer coisa assim a pessoas como nós? Santo Deus! Não entende a situação?

— Qual? Que situação? — quis saber Porthos.

— Nesse tipo de jogo, quem não mata é morto — continuou d'Artagnan. — Diga então, meu amigo, faz parte das suas jeremiadas expiatórias sermos sacrificados no altar da piedade filial do sr. Mordaunt? Se é o que quer, diga com franqueza.

— Ah, meu amigo!

— Porque, na verdade, é muito ruim que veja as coisas dessa maneira. O miserável vai nos enviar cem Costelas de Ferro que vão nos triturar como farinha, nesse pilão do sr. Cromwell. Vamos! Vamos sair daqui! Se ficarmos mais cinco minutos, estamos feitos!

— Tem razão, vamos embora! — disseram Athos e Aramis.

— Para onde? — perguntou Porthos.

— Para o hotel, caro amigo. Pegar nossas coisas e nossos cavalos. De lá, se Deus quiser, seguimos para a França, onde pelo menos sei como são feitas as casas. Nosso barco nos espera, ainda bem.

Passando da palavra ao ato, d'Artagnan enfiou na bainha o seu toco de espada, pegou o chapéu, abriu a porta que dava para a escada e desceu rapidamente, seguido pelos três companheiros.

Lá fora, encontraram os criados e perguntaram se tinham visto Mordaunt, mas ninguém havia passado por ali.

75. A faluca Relâmpago

D'Artagnan estava certo: Mordaunt não tinha tempo a perder e não perdeu. Sabendo da rapidez de decisão e de ação dos inimigos, resolveu agir em conformidade. Os quatro amigos haviam encontrado um adversário à altura.

Depois de, com todo cuidado, fechar a porta por onde tinha escapado, Mordaunt tomou o subterrâneo, devolvendo à bainha a espada inútil e, chegando à casa vizinha, fez uma pausa para averiguar seu estado e retomar fôlego.

— Ótimo! — ele constatou. — Não tenho nada, ou quase nada, uns arranhões, só isso. Dois no braço, outro no peito. Já causei ferimentos melhores, que o digam o carrasco de Béthune, meu tio de Winter e o rei Carlos! Mas não posso perder tempo. Qualquer segundo perdido pode salvá-los e é necessário que morram os quatro, ao mesmo tempo, de uma só vez, explodindo graças à força dos homens, se não posso contar com a de Deus. Devem desaparecer em pedaços, estraçalhados sem que nada reste. Que eu corra, então, até que minhas pernas não possam mais me carregar, que o coração estoure em meu peito, mas que eu chegue antes deles.

E ele partiu com passadas rápidas, porém regulares, até a primeira caserna de cavalaria, a mais ou menos um quarto de milha de onde estava. Percorreu essa distância em quatro ou cinco minutos.

Lá chegando, identificou-se, conseguiu o melhor cavalo da estrebaria, saltou à sela e partiu. Quinze minutos depois, estava em Greenwich.

"Estou no porto. Aquele ponto escuro lá longe é a ilha dos Cachorros. Tudo está bem, estou meia hora na frente... talvez uma hora. Fui idiota, quase estourei meus pulmões por pura precipitação desnecessária. E agora, a *Relâmpago*, onde está a *Relâmpago*?", ele continuou, ficando de pé nos estribos, para tentar enxergar alguma coisa no meio de todos aqueles cordames e mastros.

No momento em que dizia para si mesmo essas palavras, como se o ouvisse, um homem deitado num rolo de cabos se levantou e deu alguns passos até ele.

Mordaunt tirou um lenço do bolso e o estendeu por um momento. O desconhecido manteve-se atento, permanecendo porém no mesmo lugar, sem mais avançar nem recuar.

O cavaleiro deu um nó em cada ponta do lenço e o homem então se aproximou mais. Era, como foi dito, o sinal combinado. O marinheiro vestia uma ampla japona de lã que disfarçava o seu tamanho, além de esconder o rosto.

— O cavalheiro por acaso não vem de Londres, para um passeio no mar?

— Exatamente, na direção da ilha dos Cachorros.

— Isso mesmo. E tem alguma preferência com relação ao navio? Um mais pesado, ou principalmente rápido...

— Como o relâmpago — respondeu Mordaunt.

— Nesse caso é do meu que o cavalheiro precisa. Sou o patrão que procura.

— Começo a achar que sim, sobretudo se não tiver esquecido certo sinal de identificação.

— Aqui está — disse o marujo, tirando do bolso da japona um lenço com nó nas quatro pontas.

— Bom! Muito bem! — disse Mordaunt saltando do cavalo. — Não temos tempo a perder. Mande que deixem meu cavalo no albergue mais próximo e leve-me a seu barco.

— E os seus companheiros? — estranhou o homem. — Não seriam quatro, além dos criados?

— Ouça — disse Mordaunt aproximando-se mais do marinheiro. — Não sou quem o senhor espera, como o senhor não é quem eles esperam encontrar. Está no lugar do capitão Roggers, não está? Veio a mando do general Cromwell, da parte de quem também venho.

— Sim, agora o reconheço — disse o patrão —, é o capitão Mordaunt!

O rapaz estremeceu.

— Ah, não se preocupe! — continuou o homem, afastando o capuz do abrigo. — Sou amigo.

— Capitão Groslow! — exclamou Mordaunt.

— Eu mesmo. O general lembrou que já fui oficial da Marinha e me encarregou da expedição. Alguma coisa mudou?

— Não, nada. Tudo se mantém, pelo contrário.

— Por um momento, com a morte do rei, achei que...

— A morte do rei só fez apressar a fuga deles; em dez ou quinze minutos é possível que estejam aqui.

— Nesse caso, por que veio?

— Para embarcar também.

— Ah! Estaria o general pondo em dúvida minha competência?

— Não. Mas é uma vingança pessoal, à qual quero assistir. Não tem alguém que possa me livrar do meu cavalo?

Groslow deu um assobio e logo se apresentou um marinheiro.

— Patrick — disse o oficial —, leve esse cavalo para o estábulo do albergue mais próximo. Se perguntarem de quem é, diga ser de um senhor irlandês.

O marinheiro foi, sem nada acrescentar.

— Não teme que o reconheçam? — perguntou Mordaunt.

— Não tem perigo, com esses trajes, debaixo desse abrigo, nessa noite escura. O senhor, aliás, não me reconheceu. Eles, então, menos ainda.

— É verdade. E estarão longe de pensar no senhor. Está tudo pronto?

— Tudo

— Com a carga a bordo?

— Sim.

— Cinco tonéis cheios?

— E cinquenta vazios.

— Perfeito.

— Transportamos vinho do Porto para Antuérpia.[448]

— Ótimo. Agora leve-me a bordo e volte a seu posto, pois eles não devem tardar.

— Estou pronto.

— É importante que ninguém da tripulação me veja entrar.

— Tenho um só homem a bordo e ponho minha mão no fogo por ele, que, diga-se, não o conhece. Ele e seus companheiros obedecerão nossas ordens, mas ignoram tudo a respeito do plano.

— Então vamos.

Eles desceram na direção do Tâmisa. Um pequeno bote estava amarrado à margem por uma corrente de ferro, presa a uma estaca. Groslow puxou o bote, estabilizou-o até que Mordaunt se sentasse e depois entrou. Quase imediatamente, pegou os remos e começou a manejá-los como se quisesse provar que não se esquecera da profissão anterior, de marinheiro, como dissera.

Em cinco minutos, livraram-se da quantidade de embarcações que, naquele tempo, atravancavam os arredores portuários de Londres, e Mordaunt pôde distinguir, como um borrão mais escuro, a pequena faluca balançando em sua âncora, a umas seiscentas braças da ilha dos Cachorros.

Aproximando-se da *Relâmpago*, Groslow assobiou de uma maneira particular e viu surgir a cabeça de um homem acima da mureta.

— É o senhor, capitão?

— Eu. Jogue a escada.

---

448. O tradicional vinho português começou a ser comercializado no séc.XVII, por empresas inglesas e escocesas, sobretudo.

E Groslow, passando lépido e rápido como uma andorinha sob o gurupés, postou-se ao lado do marinheiro.

— Suba — disse ele ao convidado.

Sem responder, Mordaunt pegou a corda e escalou o casco da embarcação, com uma agilidade e segurança pouco comuns em gente da terra firme. Era o desejo de vingança que agia e o tornava apto a qualquer coisa.

Como Groslow havia previsto, o marujo que guardava a *Relâmpago* nem pareceu notar que o patrão estava acompanhado.

Os dois recém-embarcados dirigiram-se à espécie de cabine privativa do capitão, um compartimento provisório montado com tábuas no convés, pois a cabine mais confortável tinha sido cedida aos passageiros pelo patrão Roggers.

— E os outros — perguntou Mordaunt —, onde estão?

— Na outra ponta do navio.

— Não vêm para esse lado?

— Nunca.

— Ótimo! Fico escondido aqui. Volte para Greenwich para trazê-los. Tem uma chalupa?

— A mesma em que viemos.

— Pareceu-me leve e bem construída.

— Uma verdadeira piroga.

— Amarre-a à popa com uma corda de cânhamo, com os remos dentro, de forma que ela nos siga e tenhamos apenas essa amarra a cortar. Esconda nela uma provisão de rum e de biscoitos. Se por acaso o mar estiver agitado, os homens vão gostar de ter com que se restabelecer.

— Farei isso. Quer dar uma olhada nos tonéis do porão?

— Não. Mais tarde. Quero colocar a mecha pessoalmente, para ter certeza de que não demore muito. O principal agora é que esconda bem o rosto e eles não o reconheçam.

— Fique tranquilo.

— Agora vá. Já batem as dez horas em Greenwich.

De fato, os toques de um sino, repetidos dez vezes, atravessaram tristemente a atmosfera carregada de nuvens pesadas que percorriam o céu, como ondas silenciosas.

Groslow empurrou a porta, que Mordaunt fechou por dentro e, depois de mandar que o marinheiro de guarda se mantivesse bem atento, desceu ao bote e afastou-se rapidamente, batendo a água com seus dois remos.

Quando Groslow amarrou seu bote em Greenwich, o vento estava frio e o embarcadouro deserto, pois vários barcos haviam partido, aproveitando a maré cheia. No momento mesmo em que desembarcava, ele ouviu um tropel de cavalos, no caminho pavimentado de seixos rolados.

— Oh, oh! Mordaunt estava certo ao me apressar. Não tínhamos mesmo tempo a perder. São eles.

Eram, com efeito, nossos amigos, ou melhor, uma vanguarda composta por d'Artagnan e Athos. Chegando ao ponto em que estava o capitão, eles pararam como se adivinhassem ser ele quem procuravam. Athos apeou e tranquilamente abriu um lenço com nós nas quatro pontas, fazendo-o balançar ao vento, enquanto d'Artagnan, mais prudente, mantinha-se meio debruçado no cavalo, com a mão na cartucheira da sela.

Groslow, na dúvida de serem aqueles os cavaleiros esperados, agachara-se atrás de um desses canhões plantados no chão e que servem para enrolar cabos, mas então se levantou e, vendo o sinal combinado, encaminhou-se até os dois fidalgos. Tinha o capuz tão enfiado na cabeça que nada se podia ver de seu rosto. Aliás, a noite estava muito escura e tanta precaução era até desnecessária.

Mesmo assim, o olho experiente de Athos percebeu, com toda escuridão, não ser o capitão Roggers que estava à sua frente.

— O que quer? — ele perguntou a Groslow, recuando um passo.

— Vim dizer, milorde — disse o inglês, fingindo um sotaque irlandês —, que não encontrarão o patrão Roggers.

— Por quê?

— Porque pela manhã ele caiu do mastaréu da gávea e quebrou a perna. Sou seu primo e ele me contou o combinado com os senhores, encarregando-me de fazer o contato e levar, aonde quiserem, os fidalgos que apresentassem um lenço com nós nas quatro pontas, como este em suas mãos e este outro que tenho no bolso — disse Groslow, mostrando o lenço que já mostrara antes a Mordaunt.

— Só isso?

— Não, milorde, pois há ainda setenta e cinco libras a receber se eu os desembarcar sãos e salvos em Boulogne ou outro local da França que os senhores indicarem.

— O que acha, d'Artagnan? — perguntou Athos, em francês.

— O que ele disse, para começar?

— Ah, é verdade! Esqueci que não entende inglês.

Ele então repetiu toda a conversa que tivera.

— Parece razoável — disse o gascão.

— Também achei.

— Aliás, se esse sujeito nos enganar, podemos estourar seus miolos.

— E quem vai levar o barco?

— Você, ora! Sabe tanta coisa que tenho certeza de que é capaz.

— Bom — disse Athos com um sorriso —, está brincando, mas quase acertou. Meu pai me destinou à Marinha e tenho, então, umas vagas noções de pilotagem.

— Está vendo?

— Vá então chamar nossos amigos. São onze horas, não temos tempo a perder.

D'Artagnan foi até dois cavaleiros que, de pistola em punho, estavam de vigia, logo nas primeiras casas da cidade, parados e observando, do outro lado da estrada e ao abrigo de uma espécie de galpão. Três outros cavaleiros pareciam também à espreita e esperando.

Os dois primeiros, na estrada, eram Porthos e Aramis.

Os três cavaleiros do galpão eram Mousqueton, Blaisois e Grimaud. A se olhar mais de perto, este último parecia ser duplo, pois tinha na garupa Parry, que devia levar a Londres as montarias de todos, vendidas ao taverneiro para pagar as dívidas que os franceses tinham na casa. Graças a esse acerto comercial, os quatro amigos tinham conseguido guardar uma soma, quando não considerável, ao menos suficiente para fazer frente a eventuais atrasos e outros incidentes.

D'Artagnan transmitiu a Porthos e Aramis o chamado e estes fizeram sinal aos criados para que deixassem suas montarias e se encarregassem das bagagens.

Com muita pena, Parry despediu-se dos amigos. Haviam proposto que partisse também para França, mas ele categoricamente recusou.

— É fácil de entender — explicou Mousqueton —, ele tem planos para Groslow.

Devemos nos lembrar, o capitão lhe havia rachado a cabeça ao meio.[449]

O pequeno grupo chegou até onde se encontrava Athos. D'Artagnan, porém, havia voltado ao seu natural estado de desconfiança, achando o embarcadouro deserto demais, a noite escura demais, o patrão correto demais.

Ele havia contado a Aramis o incidente ocorrido e o amigo, não menos desconfiado, só fez crescer suas suspeitas.

Um pequeno estalo de língua contra os dentes explicitou, para Athos, os receios do gascão.

— Não temos tempo para isso — ponderou Athos —, o barco nos espera. Vamos.

— E, é bom lembrar — ajudou Aramis —, nada nos impede de embarcar e nos mantermos atentos. Vamos vigiar o patrão.

— Se ele não fizer o que deve, deixem comigo.

— Contamos com isso, Porthos — brincou d'Artagnan. — Para dentro. Vá na frente, Mousqueton.

E ele parou os amigos, deixando que passassem primeiro os criados, para que testassem a tábua que levava do embarcadouro ao bote.

Os três passaram sem problemas.

Athos foi o seguinte, depois Porthos, Aramis e, por último, d'Artagnan, que continuava a balançar a cabeça.

---

449. No caso, devemos ver Parry como sobrenome, pois este que acompanhou Grimaud desde a execução do rei e quase morreu com o soco dado por Groslow não é o camareiro de Carlos I e sim o seu irmão.

— Que diabo está acontecendo contigo, meu amigo? Caramba, deixaria até César preocupado — perguntou Porthos.

— O que acontece — respondeu d'Artagnan — é que não vejo neste porto nenhum inspetor, nenhuma sentinela nem guarda de alfândega.

— E vai reclamar? Tudo está indo como numa alameda florida.

— Está tudo bem demais, Porthos. Bom, vamos lá, seja o que Deus quiser.

Assim que a tábua foi retirada, o patrão assumiu o leme e fez sinal a um dos marinheiros, que, munido de um croque, começou a manobra para sair do emaranhado de embarcações em que estavam.

O outro já se posicionara a bombordo, esperando que se abrisse espaço e, assim que se tornou possível a utilização dos remos, seu colega se juntou a ele e o barco começou a deslizar mais rapidamente.

— Até que enfim, estamos indo! — alegrou-se Porthos.

— Pena que sozinhos! — observou o conde de La Fère.

— É verdade, mas estamos indo os quatro e sem um arranhão. Já é um consolo.

— Ainda não chegamos — lembrou d'Artagnan. — É preciso cuidado com quem encontrarmos no caminho!

— Ei, companheiro! — reclamou Porthos. — Está parecendo ave de mau agouro! Quem vai estar no caminho numa noite escura como essa, em que nada se vê a vinte passos de distância?

— Mesmo assim. E amanhã de manhã?

— Amanhã de manhã estaremos em Boulogne.

— É o que espero, de todo coração — continuou o gascão —, e confesso essa fraqueza. Veja só, Athos, você vai rir, mas enquanto estávamos ao alcance de um tiro de mosquetão a partir do embarcadouro ou dos barcos atracados, minha expectativa era a de que acabaríamos debaixo de um tremendo tiroteio que nos mataria todos.

— Não seria possível — observou Porthos, com seu bom senso particular —, pois matariam também o patrão e os marinheiros.

— Grande coisa para o sr. Mordaunt; acha mesmo que ele se importa com detalhes assim?

— De qualquer maneira — concluiu Porthos —, fico contente de ouvir d'Artagnan confessar que teve medo.

— Não somente confesso, mas até me gabo disso. Não sou nenhum rinoceronte como o senhor. Ei! O que é aquilo?

— A *Relâmpago* — disse o patrão.

— Então chegamos? — perguntou Athos em inglês.

— Estamos chegando — respondeu o capitão.

E com mais umas três remadas eles abordaram o pequeno navio.

Athos foi o primeiro a subir, com uma habilidade de velho homem do mar. Em seguida Aramis, calejado em subir e descer escadas de corda, além de outros meios que existem para atravessar espaços proibidos. Depois d'Artagnan, experiente na caça de cabras-montesas e camurças e, finalmente, Porthos, com a ajuda da força que, para ele, resolvia tudo.

Já na criadagem, a operação foi mais complicada. Não para Grimaud, espécie de gato de telhado, magro e ágil, encontrando como subir em qualquer lugar, mas para Mousqueton e Blaisois, que os marinheiros foram obrigados a erguer nos braços até chegarem às mãos de Porthos, que os agarrou pela gola do gibão e os deixou de pé no convés.

O capitão guiou os passageiros até a cabine reservada, que eles teriam que compartilhar comunitariamente, pois era a única e com um só cômodo. Em seguida, a pretexto de ter ordens a dar, ele tratou de ir saindo. D'Artagnan, porém, interrompeu-o:

— Quantos homens tem a bordo, patrão?
— Não entendo — ele respondeu em inglês.
— Pergunte então a ele, Athos.

A pergunta foi repetida em inglês.
— Três, além de mim, é claro.

A resposta foi compreendida por todos, pois o patrão havia, ao mesmo tempo, mostrado três dedos.

— Ah! Fico mais tranquilo — disse d'Artagnan. — Mesmo assim, enquanto se acomodam, vou dar uma volta lá fora.
— E eu vou tratar da ceia — disse Porthos.
— É uma bela e generosa atitude, amigo, faça isso. Empreste-me Grimaud, Athos, pois na companhia de Parry ele aprendeu a mais ou menos se virar em inglês e pode me servir de intérprete.
— Vá, Grimaud — disse Athos.

Havia uma lanterna no convés. D'Artagnan pegou-a com uma mão, tendo na outra uma pistola, e disse ao patrão:

— *Come*.[450]

Era, além de *Goddam*, tudo que ele havia aprendido da língua inglesa.

Seguindo em frente, d'Artagnan chegou a uma escotilha e desceu ao porão, que se dividia em três compartimentos. Este em que ele chegava se estendia do terceiro mastaréu à extremidade da popa e, consequentemente, tinha como teto o que era o piso da cabine em que Athos, Porthos e Aramis se preparavam para passar a noite. O seguinte, ocupando a parte central da embarcação, estava previsto para servir de alojamento aos criados. Já o último, ia até a proa,

---

450. Em inglês no original: "venha". *Goddam*, logo abaixo, literalmente "danação de Deus!", é interjeição manifestando impaciência ou irritação, e ficou muito popular na França por causa de *As bodas de Fígaro* (1784), de Beaumarchais, que a ironiza (ato III, cena 5) dizendo bastar para se comunicar na Inglaterra.

ou seja, ficava abaixo da cabine improvisada pelo capitão, onde se escondia Mordaunt.

— Ulalá! — exclamou o francês, descendo a escada da escotilha, iluminado pela lanterna, o braço estendido a segurá-la. — Quantos tonéis! Parece a gruta de Ali Babá.

O livro As mil e uma noites acabava de ser traduzido pela primeira vez[451] e estava muito na moda.

— O que diz? — perguntou em inglês o capitão.

D'Artagnan entendeu pela entonação da voz.

— Bem que gostaria de saber o que há nesses barris — ele disse, deixando a lanterna em cima de um deles.

O patrão esboçou um gesto para subir a escada, mas se conteve.

— Vinho do Porto — ele explicou.

— Ah! Fico contente, de sede não morreremos.

E virando-se para Groslow, que secava boas gotas de suor na testa:

— E estão cheios?

Grimaud traduziu a pergunta.

— Uns sim, outros não — respondeu o patrão com uma voz que, apesar do esforço em contrário, traía sua apreensão.

D'Artagnan bateu com o nó dos dedos nos tonéis, reconhecendo os cinco que estavam cheios. Em seguida, assustando de novo o inglês, passou a lanterna pelos barris e, constatando nada haver entre eles, prosseguiu, dirigindo-se à porta que dava para o segundo compartimento:

— Passemos adiante.

— Espere — disse o inglês, que tinha ficado mais atrás, ainda tentando dominar o efeito do susto. — Espere, tenho a chave.

Passando rapidamente à frente de d'Artagnan e Grimaud, com a mão insegura ele enfiou a chave na fechadura do outro compartimento, onde Mousqueton e Blaisois se preparavam para cear.

Ali, com toda evidência, nada havia a procurar ou investigar: todos os cantos e recantos podiam ser vistos à luz do candeeiro utilizado por aqueles dignos companheiros.

Eles, então, simplesmente atravessaram e se dirigiram ao terceiro compartimento.

Era o alojamento dos marinheiros.

Três ou quatro redes presas no teto, um tampo de mesa suspenso por uma corda dupla passando por cada uma das extremidades, dois bancos carcomidos e capengas compunham o mobiliário. D'Artagnan foi ainda olhar de

---

451. A primeira tradução francesa (e em toda a Europa), de Antoine Galland, foi publicada bem mais tarde, em 12 vols., entre 1704 e 1717. As aventuras de Ali Babá e os quarenta ladrões estão entre as histórias que Sherazade conta ao sultão.

perto duas ou três velas fora de uso penduradas nas paredes e voltou para o convés pela escotilha.

— E esse quarto? — perguntou d'Artagnan.

Grimaud traduziu a pergunta.

— Esse quarto é o meu — respondeu o patrão. — Quer entrar?

— Sim, abra a porta.

O inglês fez o que era pedido. D'Artagnan estendeu o braço com a lanterna, passou a cabeça pela porta entreaberta e, vendo ser o espaço realmente limitado, observou:

— Bom, se houver um exército a bordo, não é aqui que se escondeu. Vamos ver se Porthos conseguiu algo para a ceia.

Agradecendo ao patrão com um gesto da cabeça, ele voltou para a cabine principal, onde estavam os amigos.

Porthos nada havia encontrado, pelo que disse, ou, se encontrou, o cansaço foi maior que a fome. Deitado em cima da capa, ele dormia a sono solto.

Athos e Aramis, balançados pelos movimentos suaves das primeiras ondas do mar, começavam também a fechar os olhos, mas abriram-nos ao ouvir a chegada do companheiro.

— Como foi? — perguntou Aramis.

— Tudo em ordem, podemos dormir sossegados.

Com essas palavras tranquilizadoras, Aramis deixou cair a cabeça. Athos fez, com a sua, um aceno afetuoso e d'Artagnan que, como Porthos, estava precisando mais dormir do que comer, dispensou Grimaud e deitou-se em cima da capa, com a espada desembainhada, numa posição em que o seu corpo barrava a passagem, sendo impossível entrar na cabine sem esbarrar nele.

76. O vinho do Porto

Dez minutos depois, os amos dormiam, mas não os lacaios, famintos e, mais ainda, sedentos.

Blaisois e Mousqueton preparavam suas camas, que não passavam de uma tábua e um saco de roupas. Em cima de uma mesa igual à do alojamento ao lado, balançava, ao sabor das ondas do mar, um pote de cerveja e três canecas.

— Maldito balanço! — praguejou Blaisois. — Estou sentindo que vai ser como na viagem de vinda.

— E tendo como remédio para enjoo apenas pão de cevada e esse vinho de lúpulo! — respondeu Mousqueton. — Ergh!

— E a sua garrafa de palha, seu Mousqueton? — perguntou Blaisois, que acabava de arrumar seu canto para dormir e aproximava-se, aos tropeços, da mesa diante da qual Mousqueton já estava sentado e ele afinal conseguiu chegar. — Perdeu aquela sua boa garrafa de palha?

— Não perdi, mas Parry ficou com ela. Esses diabos de escoceses estão sempre com sede. E você, Grimaud? — perguntou ele ao companheiro que, naquele momento, chegava da investigação em que acompanhara d'Artagnan. — Não está com sede?

— Como um escocês — respondeu o lacônico criado.

Dizendo isso, ele se sentou perto de Blaisois e Mousqueton, tirou do bolso um bloquinho e começou a atualizar as contas societárias do trio, pois era ele o responsável.

— Ai, ai, ai! — exclamou Blaisois. — Meu estômago veio até a goela!

— Nesse caso — aconselhou Mousqueton, com ares doutorais — deve-se comer alguma coisa.

— Comer o quê? Isso? — indignou-se Blaisois, com uma expressão de repulsa e um gesto de desdém, apontando para o pão de cevada e o pote de cerveja.

— Blaisois — censurou-o Mousqueton —, lembre-se de que o pão é o verdadeiro alimento do francês. E olha que o francês nem sempre dispõe de um naco como esse, pergunte a Grimaud.

— Pelo pão vá lá — devolveu Blaisois, com uma rapidez que fazia jus à prontidão das suas respostas —, mas a cerveja... Isso é lá bebida que preste?

— Quanto a isso — admitiu Mousqueton, vendo-se num dilema e sentindo-se obrigado a responder —, devo concordar que a cerveja é tão pouco atraente para os franceses quanto o vinho para os ingleses.

— Como assim, seu Mouston? — questionou Blaisois, que quase nunca punha em dúvida os profundos conhecimentos do colega, por quem, nas circunstâncias ordinárias da vida, tinha a mais completa admiração. — Os ingleses não gostam de vinho?

— Detestam.

— No entanto, já os vi beberem.

— Por penitência — continuou Mousqueton, feliz por encontrar um argumento. — E prova disso é que um príncipe inglês morreu, um dia, porque o meteram num barril de malvasia.[452] Ouvi contarem isso ao sr. padre d'Herblay.

— Que bobalhão! Eu bem que gostaria de estar no lugar dele.

— Pode fazer isso — entrou na conversa Grimaud, sem deixar de lado as suas contas.

— Como assim, posso fazer isso?

— Pois é — continuou Grimaud, registrando um quatro e transferindo-o para a coluna seguinte.

— Posso fazer isso? Explique-se, sr. Grimaud.

Mousqueton mantinha-se em silêncio durante as perguntas de Blaisois, mas via-se em seu rosto não ser, de modo algum, por indiferença.

Grimaud continuou seus cálculos e chegou ao resultado.

— Vinho do Porto — ele disse, estendendo a mão na direção do primeiro compartimento visitado por d'Artagnan e ele, na companhia do patrão.

— O quê? Os barris que pude ver pela porta entreaberta?

— Vinho do Porto — repetiu Grimaud, que começava uma nova operação aritmética.

— Ouvi dizer — voltou Blaisois a dirigir-se a Mousqueton — que é um excelente vinho da Espanha.

— Excelente — concordou Mousqueton, passando a ponta da língua nos beiços —, excelente. O sr. barão de Bracieux tem dele em sua adega.

---

452. Jorge Plantageneta (1449-78), duque de Clarence e irmão de Eduardo IV, teria sido condenado por complô e fechado dentro de um tonel de vinho. O duque tinha fama de grande beberrão, provável origem dessa versão para a sua execução. Malvasia é um tipo de uva que produz um vinho suave e licoroso, como o Madeira.

— E se pedíssemos aos ingleses que nos vendessem uma garrafa? — sugeriu o honesto Blaisois.

— Vender? — espantou-se Mousqueton, voltando a seus antigos instintos de esperteza. — Vê-se logo, meu jovem, que não tem ainda experiência nas coisas da vida. Por que comprar, quando se pode pegar?

— Pegar? Cobiçar o bem alheio? É proibido, que eu saiba.

— Por quem?

— Pelos mandamentos de Deus ou da Igreja, não sei mais. Mas sei que se diz: "Ao bem do próximo não cobiçarás./ Nem sua esposa, aliás."[453]

— É um raciocínio bem infantil, meu caro Blaisois — disse, com seu tom mais paternal, Mousqueton. — Infantil, repito a palavra. Onde, nas Escrituras, se diz que os ingleses são nossos próximos?

— Em lugar nenhum, é verdade. Pelo menos que eu me lembre.

— Raciocínio infantil, volto a dizer. Se tivesse vivido dez anos de guerra, como Grimaud e eu, meu caro Blaisois, saberia da diferença que há entre o bem alheio e o bem do inimigo. E um inglês é inimigo. E esse vinho do Porto é dos ingleses. Ou seja, ele é nosso, pois somos franceses. Não conhece o provérbio: Melhor se tomado do inimigo?

Tanta facúndia, apoiada na autoridade que tinha alguém com tão longa experiência, muito impressionou Blaisois. Ele baixou a cabeça como em recolhimento e, de repente, voltou a levantá-la, como quem descobre um argumento irresistível:

— E os amos? Concordariam com isso, seu Mouston?

Cheio de pouco-caso, Mousqueton sorriu.

— Era só o que faltava, eu ir perturbar o sono dos ilustres senhores para dizer: "Este servidor, Mousqueton, está com sede, permitem que ele vá beber?" O que importa ao sr. de Bracieux que eu tenha sede ou não?

— É um vinho caro — lembrou Blaisois, balançando a cabeça.

— Poderia ser ouro líquido, sr. Blaisois, nossos amos não ligam. Saiba que o sr. barão de Bracieux, sozinho, é rico o bastante para beber uma tonelada de vinho do Porto, mesmo que tivesse que pagar uma pistola por gota. Então não vejo por que — continuou Mousqueton, cada vez mais magnífico em seu orgulho —, uma vez que os amos não se proíbem, proibiriam seus lacaios.

Pondo-se de pé, Mousqueton pegou o pote de cerveja e o esvaziou até a última gota num canto do porão. Depois avançou majestosamente na direção da porta que dava para o compartimento ao lado.

— Ai, trancada! — ele disse. — Esses demônios de ingleses, como são desconfiados!

---

453. Deuteronômio 21.

— Trancada! — repetiu Blaisois, num tom igualmente desapontado. — Ah, miséria! Pois sinto o estômago cada vez mais revirado.

Mousqueton olhou para Blaisois com ar tão infeliz que era evidente sua plena solidariedade com o desapontamento do bravo rapaz.

— Trancada! — ele repetiu.

— No entanto — tentou Blaisois —, já o ouvi contar que certa vez, na juventude, acho que em Chantilly, o senhor se alimentou, e ao seu patrão, pegando perdizes pelo pescoço, carpas na linha e garrafas no laço.

— E é a estrita verdade, Grimaud, que aqui está, pode confirmar. Mas havia um respiradouro na adega e o vinho estava em garrafas. Não tenho como jogar o laço através da parede nem puxar com um barbante um barril de vinho que deve pesar uns dois quintais.[454]

— Não, mas pode erguer duas ou três tábuas da divisória e fazer, num dos barris, um buraco com uma verruma — continuou Blaisois.

Estarrecido, Mousqueton arregalou os olhos, maravilhado por encontrar no companheiro qualidades insuspeitas.

— É verdade, podemos fazer isso. Mas com que arrancar as tábuas e furar o barril?

— O rolo de pano — disse Grimaud, sem tirar os olhos do seu balanço contábil.

— É mesmo! — exclamou Mousqueton. — Nem me lembrei!

Efetivamente, Grimaud era o responsável não só pela gerência administrativa do grupo, mas também pelos instrumentos de primeiras necessidades. Além de um livro-caixa, ele tinha um rolo de pano em que guardava ferramentas. Sendo alguém supremamente precavido, isso tudo ficava em sua maleta pessoal.

Havia ali uma verruma de bitola média.

Mousqueton pegou-a.

Já a alavanca, não era preciso quebrar muito a cabeça: o punhal na sua cinta podia perfeitamente preencher a função. Ele então procurou um ponto em que as tábuas estivessem um pouco espaçadas, o que não foi difícil, e começou imediatamente o trabalho.

Blaisois o observava com um misto de admiração e impaciência, interferindo, de vez em quando, quanto à maneira de afrouxar um prego ou de pressionar, com observações inteligentes e lúcidas.

Não demorou muito e Mousqueton conseguiu despregar três tábuas.

— Pronto! — aprovou Blaisois.

Mousqueton era o contrário daquela rã da fábula, que achava ser maior do que era.[455] Ele havia conseguido reduzir seu nome, mas não sua barriga.

---

454. Antiga unidade de medida, equivalente a cerca de oitenta quilos.

455. La Fontaine, *Fábulas*, livro I, III, "A rã que tenta parecer grande como o boi".

Tentou passar pela abertura feita, mas dolorosamente teve que reconhecer ser preciso tirar mais duas ou três tábuas, no mínimo, para poder passar.

Suspirou fundo e preparou-se para continuar o trabalho.

Grimaud, no entanto, havia terminado suas contas e se levantou, transferindo sua atenção à operação que se executava. Aproximou-se dos dois companheiros no momento em que Mousqueton inutilmente se esforçava para chegar à Terra Prometida.

— Eu — disse Grimaud.

Essa única sílaba valia por todo um soneto, o qual, como se sabe, vale pelo poema inteiro.[456]

Mousqueton olhou para ele.

— Eu o quê?

— Passarei.

— É verdade — reconheceu o gorducho, olhando o corpo comprido e fino do amigo. — Passa e até com folga.

— Melhor ainda — lembrou Blaisois —, pois sabe quais são os barris cheios, já que esteve ali com o sr. cavaleiro d'Artagnan. Deixe-o passar.

— Posso fazer isso tão bem quanto Grimaud — disse Mousqueton, um pouco enciumado.

— Certamente, mas será mais demorado e a sede aumenta. O enjoo está piorando.

— Então vá você, Grimaud — disse Mousqueton, passando para quem tentaria a expedição no seu lugar o pote de cerveja e a verruma.

— Lavem os copos — disse Grimaud.

E com um gesto amigo a Mousqueton, desculpando-se por concluir uma missão tão brilhantemente começada, ele atravessou como uma cobra a abertura e desapareceu.

Blaisois estava encantado, em êxtase. De tantas façanhas que presenciara desde que estavam na Inglaterra, com as pessoas extraordinárias a quem eles tinham a felicidade de servir, aquela lhe pareceu, de longe, a mais miraculosa.

— Você vai ver — disse a ele Mousqueton, com uma superioridade que o rapaz totalmente aceitava —, vai ver como nós, velhos soldados, bebemos quando temos sede.

— A capa — lembrou Grimaud do fundo da adega.

— Tem razão — concordou Mousqueton.

— O que ele quer? — perguntou Blaisois.

— Que a gente tape a abertura na parede com a capa.

— Por quê?

— Inocente! — exclamou Mousqueton. — E se alguém entrar?

---

456. Nicolas Boileau (1636-1711), *Arte poética*, canto II: "Um bom soneto vale por um longo poema."

— É verdade! — entendeu Blaisois, cada vez mais admirado. — Mas vai ficar muito escuro para ele.

— Grimaud enxerga de noite tão bem quanto de dia.

— Que bom para ele, se não tenho uma vela, não dou dois passos sem esbarrar em alguma coisa.

— É por não ter servido no exército. Se fosse o caso, seria capaz de encontrar uma agulha num palheiro. Silêncio! Acho que tem gente vindo.

Mousqueton deu um pequeno assobio de alarme, que era familiar aos criados desde os tempos da juventude, voltou a sentar à mesa e fez sinal a Blaisois para que o imitasse.

Blaisois obedeceu.

A porta foi aberta. Dois homens envoltos em suas capas apareceram.

— Ei! — disse um deles. — Ainda não estão dormindo, às onze e quinze? É contra as regras. Que em quinze minutos tudo já esteja apagado e todo mundo roncando.

Os dois homens foram até a porta do compartimento em que se encontrava Grimaud, abriram, entraram e voltaram a fechá-la.

— Ah! — disse Blaisois assustado. — Grimaud está perdido!

— É uma raposa esperta — murmurou Mousqueton.

Os dois esperaram, de orelha em pé, sem respirar.

Dez minutos se passaram. Mousqueton e Blaisois viram a porta se abrir e os dois homens de capa saírem, fechando-a com o mesmo cuidado que tiveram ao entrar. Depois foram embora, lembrando-lhes que deviam se deitar e apagar a luz.

— Devemos obedecer? — perguntou Blaisois. — Tudo isso está parecendo suspeito.

— Disseram quinze minutos, ainda temos cinco.

— E se formos avisar os amos?

— Vamos esperar Grimaud.

— E se o tiverem matado?

— Ele teria gritado.

— Você sabe que ele é quase mudo.

— Teríamos ouvido barulho, de qualquer forma.

— E se ele não vier?

— Já está ali.

É verdade, naquele exato momento Grimaud afastava a capa que disfarçava a abertura, passando por ela lívido e com os olhos esbugalhados pelo susto, deixando que se vissem apenas as pupilas perdidas num amplo círculo branco. Tinha numa mão o pote de cerveja cheio de alguma coisa, aproximou-o do raio de luz emitido pela lamparina fumacenta e murmurou esse simples monossílabo: *Oh!*, com uma expressão de tão profundo pavor que Mousqueton recuou assustado e Blaisois achou que desmaiaria.

Os dois, mesmo assim, deram uma olhada no pote de cerveja: estava cheio de pólvora.

Percebendo que o navio estava cheio de pólvora e não de vinho, Grimaud correu à escotilha e, num pulo, chegou à cabine em que dormiam os quatro amigos. Abriu a porta devagarzinho, mas, mesmo assim, imediatamente acordou d'Artagnan, ali deitado.

Bastou a visão da fisionomia alterada de Grimaud para entender que alguma coisa estava acontecendo, e fez menção de reagir, mas o criado, com um gesto mais rápido que a palavra, encostou um dedo em seus lábios e com um sopro que não se imaginaria em corpo tão frágil, apagou um pequeno candeeiro a três passos dali.

D'Artagnan se apoiou num cotovelo. Ajoelhando-se, com o pescoço esticado e todos os sentidos despertos, Grimaud cochichou no seu ouvido tudo que ocorrera. Era, na verdade, algo dramático demais para não se narrar com a ajuda de gestos e todo um jogo fisionômico.

Enquanto isso, Athos, Porthos e Aramis dormiam como quem não dorme há oito dias e, no porão, Mousqueton, por precaução, preparava suas coisas e Blaisois, apavorado e de cabelo em pé, tentava fazer o mesmo.

Eis o que havia acontecido.

Mal Grimaud desapareceu pela abertura e viu-se no primeiro compartimento, começou a procurar e encontrou um barril. Bateu nele: vazio. Passou para o seguinte, também vazio, mas no terceiro em que repetiu as batidas ele obteve um som pleno e que não deixava sombra de dúvida. Estava cheio.

Procurando com a mão um bom lugar para furar o barril com a verruma, acabou encontrando uma torneirinha.

"Bom", ele pensou, "isso me poupa trabalho."

Aproximou o pote de cerveja, girou a torneirinha e sentiu que o conteúdo escorria bem de um recipiente para o outro.

Depois de precavidamente fechar a torneira, ele já ia levar o pote à boca, consciencioso demais que era e não querendo oferecer aos companheiros uma bebida que ele não houvesse testado. Foi quando ouviu o sinal de alarme dado por Mousqueton. Imaginou tratar-se de uma ronda noturna, enfiou-se num espaço entre dois tonéis e se escondeu atrás de outro.

Bem a tempo, pois pouco depois a porta foi aberta e voltou a se fechar, depois de dar passagem aos dois homens com capas que vimos, na ida e na volta, passar por Blaisois e Mousqueton, mandando que apagassem a luz.

Um deles tinha uma lanterna protegida por laterais de vidro bem altas, de modo que as chamas não as ultrapassassem. Além disso, os próprios vidros tinham sido cobertos por um papel branco que suavizava, ou melhor, absorvia a luz e o calor.

Esse homem era Groslow.

Deram uma olhada no pote de cerveja: estava cheio de pólvora.

O outro tinha em mãos algo que parecia comprido e flexível, enrolado como uma corda esbranquiçada. O rosto estava encoberto por um chapéu de abas largas. Achando que a intenção que os trouxera ali era a mesma que a sua, a de fazer uma visita ao vinho do Porto, Grimaud escondeu-se ainda melhor atrás da pipa, imaginando que, caso fosse descoberto, o crime, afinal, não era tão enorme assim.

Perto do barril em que ele estava escondido, os dois homens pararam.

— Está com a mecha? — perguntou em inglês aquele que carregava o lampião.

— Aqui comigo — respondeu o outro.

Ouvindo a voz desse último, Grimaud estremeceu e sentiu um calafrio percorrer a sua espinha. Ele lentamente se ergueu até que a sua cabeça passasse do barril e, sob o amplo chapéu, reconheceu a figura pálida de Mordaunt.

— Quanto tempo pode durar essa mecha? — ele perguntou.

— Hum... uns cinco minutos, mais ou menos.

Também essa voz era familiar. Grimaud olhou bem e, depois de Mordaunt, reconheceu Groslow.

— Então, vá avisar a seus homens para que estejam prontos, mas sem dizer para quê — disse Mordaunt. — A chalupa está atrás do barco?

— Como um cão segue atrás do seu dono, na ponta de uma coleira de cânhamo.

— Então, quando der o quarto de hora após meia-noite, reúna os seus homens e desçam sem fazer barulho à chalupa...

— Depois de pôr fogo na mecha?

— Isso fica a meu encargo. Quero estar certo da minha vingança. Os remos estão no barco?

— Tudo em ordem.

— Ótimo.

— Combinado.

Mordaunt se ajoelhou e colocou uma ponta da mecha na torneirinha, faltando apenas atear fogo na outra extremidade.

Terminada essa operação, tirou do bolso um relógio.

— Ouviu então? À meia-noite e quinze — ele disse, pondo-se de pé —, ou seja...

Olhou o relógio.

— Dentro de vinte minutos.

— Perfeito — disse Groslow. — Mas lembro ainda, mais uma vez, o perigo que há nessa tarefa. Seria melhor deixar que um dos nossos homens dispare a mecha.

— Meu caro Groslow, há um provérbio francês que diz: ninguém nos serve tão bem quanto nós mesmos. Porei isso em prática.

Grimaud havia ouvido tudo e quase tudo entendido, com os olhos completando a deficiência de compreensão da língua. Tinha visto e reconhecido os dois inimigos mortais dos mosqueteiros, viu Mordaunt colocar a mecha, compreendeu os dizeres do provérbio que, facilitando as coisas, Mordaunt tinha dito em francês. E como se tudo isso não bastasse, podia confirmar, pelo tato e pelo cheiro, que o conteúdo do pote que tinha nas mãos, em vez do cordial aguardado por Mousqueton e Blaisois, era um granulado grosseiro que rilhava e escorria entre os dedos.

Mordaunt foi-se com o capitão. Na porta, ele parou, prestando atenção, e disse:

— Está ouvindo como dormem?

De fato, ouvia-se o ronco de Porthos que atravessava o piso.

— Deus os entregou a nós — disse Groslow.

— E, dessa vez, nem o diabo os salvará! — completou Mordaunt.

Os dois saíram.

77. *O vinho do Porto* (continuação)

Grimaud esperou que a tranca da porta rangesse e, certo de estar sozinho, ergueu-se devagar junto à parede.

"Ah!", ele pensou, enxugando com a manga da camisa as gotas de suor que escorriam pela testa, "que bom que Mousqueton teve sede!"

Voltou rápido à passagem aberta, achando ainda ter sonhado, mas o pote de cerveja provava que o sonho era, na verdade, um mortal pesadelo.

D'Artagnan, como é de se imaginar, ouviu isso tudo com crescente interesse e, sem esperar que Grimaud terminasse, levantou-se com todo cuidado e se aproximou de Aramis, que dormia à sua esquerda. Tocando no ombro dele para evitar qualquer movimento brusco, ao mesmo tempo ele cochichou a seu ouvido:

— Amigo, acorde e não faça o menor barulho.

Repetiu essa frase apertando a sua mão, e Aramis entendeu.

— Athos está à sua esquerda, acorde-o da mesma maneira que o acordei.

Não foi difícil, pois o conde tinha o sono leve como em geral têm pessoas finas e sensíveis. Já com Porthos, a tarefa seria mais árdua. Ele imediatamente perguntaria as causas e motivos de interromperem o seu sono, ato de extrema deselegância, a seu ver. Por isso d'Artagnan apenas tapou a sua boca.

Depois disso, nosso gascão estendeu os braços chamando os companheiros para que se aproximassem, fechando num círculo as suas cabeças, de maneira que elas quase se tocavam.

— Amigos, temos que deixar imediatamente o barco ou morreremos todos.

— Como? De onde tirou isso?

— Sabe quem é o capitão do navio?

— Não.

— Groslow.

O ligeiro tremor que percorreu a roda mostrou a d'Artagnan que sua fala começava a causar efeito nos amigos.

— Groslow? Caramba! — reagiu Aramis.

— O que é Groslow? — perguntou Porthos. — Não me lembro mais.

— Aquele que quebrou a cabeça de Parry e agora quer fazer o mesmo com as nossas.

— Ah!

— E o imediato, sabem quem é?

— Imediato? Não há imediato numa faluca com tripulação de quatro homens — ponderou Athos.

— Pode ser, mas Groslow não é um capitão como outro qualquer e tem um imediato. Que é o sr. Mordaunt.

Dessa vez não foi um arrepio que percorreu os ouvintes, foi quase um grito. Aqueles homens invencíveis se viam sob uma influência misteriosa e fatal que esse simples nome conseguia causar, ficando aterrorizados só de ouvi-lo.

— O que fazer? — perguntou Athos.

— Apoderarmo-nos da faluca — disse Aramis.

— E matá-lo — acrescentou Porthos.

— A faluca está minada — disse d'Artagnan. — Os tonéis que pensei serem de vinho do Porto contêm pólvora. Quando Mordaunt vir que foi descoberto, mandará tudo pelos ares, amigos e inimigos. E, por Deus, ele é má companhia demais para que eu queira me apresentar a seu lado, seja no céu, seja no inferno.

— Tem um plano? — perguntou Athos.

— Tenho.

— Qual?

— Confiam em mim?

— É só dizer — responderam os três.

— Então venham comigo.

E ele foi até uma janela baixa como um embornal,[457] mas suficiente para a passagem de um homem, e abriu-a sem deixar que rangesse.

— É este o caminho.

— Diabos! — reclamou Aramis. — Está bem frio, meu amigo!

— Fique então aqui dentro, mas vou avisando que daqui a pouco vai estar muito quente.

— Mas não vamos poder chegar à terra nadando.

— A chalupa está amarrada à popa. Embarcamos e cortamos a corda, só isso. Vamos lá, amigos.

---

457. Abertura no costado do navio, junto ao convés, para o escoamento da água.

— Ei! — lembrou Athos. — E os criados?

— Estamos aqui — disseram Mousqueton e Blaisois.

Grimaud os tinha chamado para que todos se concentrassem na cabine e eles haviam entrado pela escotilha quase grudada à porta, sem serem vistos.

Os amigos, entretanto, ficaram paralisados diante do espetáculo que se via da estreita abertura.

De fato, quem quer que já o tenha alguma vez admirado sabe não haver nada mais impressionante que um mar em revolta, erguendo com surdos murmúrios suas ondas negras, sob a pálida claridade de uma lua invernal.

— Santo Deus! — disse d'Artagnan. — Não é hora para hesitarmos. Se nos mostrarmos inseguros, imaginem os criados.

— Nenhuma hesitação, eu — afirmou Grimaud.

— Só sei nadar em rios, senhor; gostaria de lembrar — disse Blaisois.

— E eu em água nenhuma — disse Mousqueton.

D'Artagnan, enquanto isso, tinha atravessado a abertura.

— É mesmo o que quer, amigo? — perguntou Athos.

— É o que temos que fazer. Vamos, Athos, você que é o homem perfeito, faça o espírito imperar sobre a matéria. E você, Aramis, diga o mesmo aos criados. Já você, Porthos, destrua o que aparecer de obstáculo pela frente.

Depois de apertar a mão de Athos, d'Artagnan esperou que o balanço da faluca afundasse bem a popa, de maneira a ter quase que apenas deslizar até a água, que já estava à sua cintura.

Athos seguiu-o antes mesmo que a faluca se aprumasse no movimento contrário e, quando isso aconteceu, eles viram se esticar e aparecer fora d'água o cabo que prendia a chalupa.

D'Artagnan nadou até ele e esperou pelo amigo, segurando a amarra com uma mão e somente a cabeça fora da água.

Eles em seguida viram surgir, sempre acompanhando o balançar da faluca, duas outras cabeças. As de Aramis e Grimaud.

— Estou preocupado com Blaisois, que só sabe nadar em rios — disse Athos.

— Quem sabe nadar nada em qualquer lugar — respondeu d'Artagnan. — Para o bote! Para o bote!

— E Porthos? Não o estou vendo.

— Ele vai chegar, pode ficar descansado. Nadando, é o próprio Leviatã.[458]

Mas Porthos de fato não vinha, pois uma cena, meio burlesca, meio dramática, se passava entre ele, Mousqueton e Blaisois.

Os dois últimos, apavorados com o barulho do mar, o assobio do vento e toda aquela água escura a espumar no abismo, recuavam, em vez de avançar.

— Vamos! Vamos! Mergulhem! — dizia Porthos.

---

458. Monstro marinho citado na Bíblia, em Jó (3:8).

— Mas não sei nadar — respondia Mousqueton. — Deixe-me ficar aqui.
— Também prefiro — dizia Blaisois.
— Eu só vou atrapalhá-los naquele botezinho de nada — continuou o primeiro.
— E eu vou certamente me afogar antes de chegar nele — juntou-se o segundo.
— E eu os estrangulo agora mesmo, se não se mexerem — ameaçou Porthos, agarrando-os pela garganta. — Primeiro você, Blaisois!

Um gemido abafado pela mão de ferro de Porthos foi a única resposta do rapaz, pois o gigante, segurando-o pelo pescoço e pelos pés, o fez atravessar a janela como se fosse uma tábua, enviando-o de cabeça para a água.

— E agora, Mouston, espero que não vá abandonar o seu amo.
— Ai, patrão — choramingou Mousqueton. — Por que voltou ao serviço? Estávamos tão bem no castelo de Pierrefonds!

Mas sem outras queixas, pensativo e obediente, por real dedicação ou pelo que já havia sido feito com Blaisois, Mousqueton lançou-se de cabeça no mar.

Ato de fato sublime, pois tinha certeza de que morreria.

Porthos, no entanto, não era alguém que abandonasse assim um fiel companheiro. Seguiu tão imediatamente o criado que a queda dos dois corpos provocou um único barulho, e quando Mousqueton voltou à tona sem nada enxergar, foi agarrado pela mãozona de Porthos e pôde, sem ter que fazer movimento algum, chegar à corda com a elegância de um deus marinho.

Assim que entrou na água, Porthos viu também se debater alguma coisa, ao alcance do seu braço. Agarrou essa coisa pelos cabelos e era Blaisois, na direção de quem Athos já acorria.

— Vamos, vamos, conde — ironizou Porthos —, não preciso da ajuda de Vossa Excelência.

E realmente, com uma pernada vigorosa, ele alçou-se fora d'água como o gigante Adamastor[459] e, com três impulsos, chegou onde estavam os companheiros.

D'Artagnan, Aramis e Grimaud ajudaram Mousqueton e Blaisois a subir a bordo. Depois foi a vez de Porthos, que, passando a perna para fazer o mesmo, quase fez soçobrar a pequena embarcação.

— E Athos? — perguntou d'Artagnan.
— Presente! — exclamou ele, que, como um general supervisionando uma retirada, fez questão de ficar por último e se segurava no rebordo, ainda dentro d'água. — Estão todos aí?
— Estamos — confirmou d'Artagnan. — Tem seu punhal à mão?

---

459. Em *Os Lusíadas* (1572), de Luís de Camões, Adamastor era o gigante que devia impedir o navegador Vasco da Gama de contornar o cabo das Tormentas (depois chamado da Boa Esperança), no extremo sul da África.

— Tenho.

— Então corte o cabo e suba.

Athos sacou da cinta um punhal bem afiado e cortou a corda. A faluca se afastou, ficando o bote no mesmo lugar, ao sabor das ondas.

— Suba, Athos! — disse d'Artagnan estendendo o braço para ele que, em seguida, se sentou com os companheiros na chalupa.

— Foi bem a tempo — observou o gascão —, e vocês vão assistir a uma coisa engraçada.

78. *Fatality*[460]

Com efeito, mal d'Artagnan terminou de dizer aquelas palavras, ouviu-se um assobio na faluca, que começava já a se perder na bruma e na escuridão.

— Como podem imaginar, isso é um sinal, com um significado — continuou o gascão.

Nesse momento, pôde-se ver uma lamparina brilhar no convés, formando sombras atrás dela.

De repente, um grito, um grito de desespero atravessou os ares. Como se esse grito houvesse afastado as nuvens, o véu que cobria a lua se desfez e todos na chalupa puderam ver, contra o horizonte prateado por pálida claridade, o velame cinzento e os cabos escuros da faluca.

Sombras corriam desordenadamente no navio e gritos tremendos acompanhavam essa confusão.

No meio dos gritos, apareceu, no alto da popa, com uma tocha na mão, Mordaunt.

As sombras em tumulto eram as de Groslow e seus homens, reunidos na hora marcada por Mordaunt. Este último, depois de colar o ouvido à porta da cabine, nada ouvindo achou que os franceses dormiam e descera ao porão.

De fato, quem poderia imaginar o que havia acabado de acontecer?

Lá embaixo, Mordaunt abriu a porta do compartimento e foi até a mecha, agitado como sempre está quem é dominado pelo desejo de vingança e seguro de si como aqueles a quem Deus obnubila. Foi como ele ateou fogo ao enxofre.

Enquanto isso, Groslow e seus marinheiros reuniam-se na popa.

— Icem a corda — ele comandou — e aproximem a chalupa.

---

460. Em inglês no original: "fatalidade".

Um dos homens passou a perna por cima da mureta, pegou o cabo e puxou, sem resistência alguma na ponta.

— O cabo se partiu! — ele gritou. — Não temos mais o bote.

— Como, não temos mais o bote? — exclamou o capitão, correndo até a borda. — É impossível!

— Mas assim é — disse o marujo. — Veja o senhor mesmo, nada à ré. Aliás, aqui está a ponta do cabo.

Foi quando Groslow deu o rugido que os mosqueteiros puderam ouvir.

— O que está havendo? — alarmou-se Mordaunt, saindo da escotilha e correndo também para a popa, com a tocha em punho.

— O que está havendo é que os inimigos não só escaparam, mas cortaram a corda e fugiram com o bote.

Num pulo, Mordaunt chegou à porta da cabine, que ele derrubou com um pontapé.

— Ninguém! Malditos demônios!

— Vamos atrás deles — disse Groslow. — Não podem estar longe. Vamos afundá-los.

— Mas o fogo! — disse Mordaunt. — Eu pus fogo!

— Em quê?

— Na mecha!

— Mil diabos! — berrou Groslow correndo para a escotilha. — Quem sabe ainda dá tempo.

Mordaunt apenas soltou sua risada horrível e, com os traços transfigurados pelo ódio, mais até que pelo terror, procurando o céu com seus olhos furiosos para lançar uma derradeira blasfêmia, ele primeiro jogou a tocha no mar e, depois, pulou logo atrás.

Nesse exato momento, quando Groslow chegava à escada da escotilha, o navio se abriu como a cratera de um vulcão; um jato de fogo subiu em direção ao céu, com uma explosão igual à de cem canhões que troassem ao mesmo tempo. O ar se avermelhou, riscado por destroços incandescentes, mas logo o terrível relâmpago se desfez e todo esse material foi caindo, com o barulho de brasa que mergulha no abismo e se apaga. À exceção de uma vibração no ar, em pouco tempo era como se nada houvesse acontecido.

Só que a faluca desaparecera da superfície líquida, com Groslow e seus três homens tendo se desintegrado.

Os quatro amigos tinham acompanhado tudo, sem que detalhe algum do drama lhes escapasse. Por um instante deslumbrados pela claridade ofuscante que havia iluminado o mar por mais de uma légua em volta, teria sido possível vê-los, cada qual numa atitude diferente, exprimindo o horror que, mesmo com os seus corações de bronze, eles não podiam deixar de sentir. Depois a chuva de chamas caiu ao redor deles, mas finalmente o vulcão se extinguiu, como dissemos, e tudo se reduziu à escuridão, ao bote balançante e ao oceano agitado.

Permaneceram todos silenciosos e abatidos. Porthos e d'Artagnan, que tinham pegado os remos, mantinham-nos maquinalmente acima da água, apoiados neles com todo o peso do corpo e agarrando-os com mãos crispadas.

— Puxa! — foi Aramis o primeiro a quebrar o silêncio mortal. — Dessa vez acho que está tudo terminado.

— Socorro, milordes! Ajudem! Socorro! — uma voz lamentável chegou até os quatro amigos, parecendo a de algum espírito do mar.

Todos se entreolharam. Até mesmo Athos estremeceu, dizendo:

— É ele, a voz dele.

Todos continuaram em silêncio, pois também a haviam reconhecido. Apenas seus olhos, com as pupilas dilatadas pelo enorme esforço de tentar penetrar o escuro, se voltaram para a direção em que havia desaparecido a faluca.

Após algum tempo, eles começaram a distinguir um homem que se aproximava, nadando vigorosamente.

Athos lentamente estendeu o braço, mostrando aos companheiros.

— É, eu sei — disse d'Artagnan —, estou vendo.

— Ainda? — esbravejou Porthos, respirando como um fole de ferreiro. — Que incrível! Ele é feito de quê?

— Santo Deus! — murmurou Athos.

Aramis e d'Artagnan trocaram algumas palavras em voz baixa.

Mordaunt deu ainda umas braçadas e, erguendo uma mão em sinal de afogamento, pediu:

— Tenham piedade! Em nome do céu, tenham piedade! Não tenho mais forças, vou morrer!

A voz que implorava socorro era tão vibrante que despertou a compaixão no fundo do peito de Athos:

— O pobre coitado!

— Ótimo! — disse d'Artagnan — Era só o que faltava, ter pena dele! Acho que vem nadando até nós. Como pode achar que vamos deixá-lo subir? Reme, Porthos, reme!

Dando o exemplo, d'Artagnan afundou o remo no mar e dois bons movimentos bastaram para afastar o bote mais vinte braçadas.

— Por favor, não me abandonem! Não me deixem aqui! Tenham piedade! — gritava Mordaunt.

— Ah, ha! — gritou Porthos para ele. — Acho que te pegamos, garoto, as únicas portas aqui para te salvar são as do inferno!

— Não, Porthos! — murmurou o conde de La Fère.

— Não se meta nisso, Athos. Está ficando ridículo com essa sua eterna generosidade! Se ele se aproximar a dez pés do bote, aviso logo que lhe racho a cabeça com o remo.

— Por favor... Não me deixem... Por favor... Tenham piedade! — gritou ainda o rapaz, e sua respiração ofegante fazia borbulhar a água gelada toda vez que a cabeça desaparecia sob as ondas.

Sem tirar o olho de cada movimento de Mordaunt e depois de algumas palavras trocadas com Aramis, d'Artagnan se levantou e disse ao nadador:

— Por favor, afaste-se, meu jovem. Seu arrependimento é recente demais para que inspire confiança. Repare que o navio em que pretendia nos torrar ainda esquenta a água logo abaixo e a sua situação é um mar de rosas, comparada à que queria para nós e a esta em que colocou o sr. Groslow e seus companheiros.

— Senhores, juro que realmente me arrependo — voltou Mordaunt em desespero. — Sou moço, tenho só vinte e três anos! Fui levado por um natural sentimento de querer vingar minha mãe. Os senhores teriam feito o mesmo.

— Pfff! — quis cortar a conversa d'Artagnan, vendo que Athos amolecia cada vez mais. — Isso é muito discutível.

Mordaunt estava a apenas três ou quatro braçadas do bote, pois a proximidade da morte parecia ter dado um vigor sobrenatural a seus músculos.

— Então vão me deixar morrer! Vão matar o filho, como mataram a mãe! No entanto, não sou culpado; segundo todas as leis divinas e humanas, um filho deve vingar a mãe. Além disso — ele acrescentou, juntando as mãos —, mesmo sendo um crime, uma vez que me arrependo e peço perdão, devo ser perdoado.

Nesse momento, como se todas as forças o deixassem, ele pareceu não poder mais se manter à tona e uma onda passou por cima de sua cabeça, impedindo-o de continuar.

— Ah! Não posso aguentar isso! — gemeu Athos.

Mordaunt ressurgiu.

— E eu digo que é preciso acabar com isso — respondeu d'Artagnan. — Sr. assassino do próprio tio, sr. carrasco do rei Carlos e sr. incendiário, é melhor que se afogue; senão, se der uma só braçada na direção do barco, vou quebrar a sua cabeça com esse remo.

Mordaunt, como que por desespero, deu essa braçada. D'Artagnan ergueu o remo com as duas mãos. Athos se levantou.

— D'Artagnan! D'Artagnan, meu filho! Por favor! O infeliz vai morrer e é terrível ver um homem morrer sem estender a mão quando basta isso para salvá-lo. Meu coração não me permite aceitar algo assim, é preciso deixá-lo viver!

— Droga! Por que não se entrega logo ao miserável com os pés e as mãos amarrados? Vai ser mais rápido. É o conde de La Fère que quer ser morto por ele, pois eu, seu filho, como acaba de me chamar, não quero.

Era a primeira vez que d'Artagnan negava um pedido que Athos fizesse dizendo "meu filho".

Aramis sacou friamente a espada, que ele carregara nos dentes quando tivera que nadar.

— Se ele encostar a mão na borda, corto-a como se faz com os regicidas.[461]

— E eu — emendou Porthos —, já sei...

— O que está fazendo?

— Vou entrar na água e estrangulá-lo.

— Amigos! — suplicou Athos de forma irresistível. — Sejamos humanos, sejamos cristãos!

D'Artagnan deu um suspiro que mais parecia um gemido. Aramis guardou a espada. Porthos voltou a se sentar.

— Vejam que a morte já se estampa no rosto dele — continuou Athos. — Está no limite de suas forças, mais um minuto e ele afunda. Por favor, não me causem esse terrível remorso, não me façam também morrer, só que de vergonha. Amigos, concedam-me a vida desse infeliz. Eu os abençoarei, eu...

— Socorro! — murmurou Mordaunt. — Estou morrendo...

— Tratemos de ganhar esse minuto — disse Aramis a d'Artagnan, à sua esquerda. — Dê uma remada mais — ele acrescentou, dirigindo-se a Porthos, à sua direita.

D'Artagnan não respondeu nem com gesto nem com palavras. Começava a ficar impressionado, um pouco pelas súplicas de Athos e um pouco pelo próprio espetáculo à sua frente. Porthos, porém, deu uma remada, mas como o outro remo não se moveu, o bote em vez de se afastar apenas girou no próprio eixo, e aproximou Athos do moribundo.

— Sr. conde de La Fère! — exclamou Mordaunt. — É ao senhor que me dirijo, ao senhor que imploro, tenha piedade de mim... Onde está o senhor, conde de La Fère? Não o vejo mais... estou morrendo... Socorro! Socorro!

— Aqui — disse Athos, debruçando-se e estendendo o braço a Mordaunt, com seu habitual ar de nobreza e dignidade. — Estou aqui, pegue minha mão e suba a bordo.

— Prefiro não ver isso, tanta fraqueza me aflige — disse d'Artagnan, virando-se para os dois outros amigos que se encolhiam num canto do barco, como se temessem a proximidade daquele a quem Athos estendia a mão.

Mordaunt fez um esforço supremo para se erguer na água e aceitou a mão que lhe era dada, com a veemência da última esperança.

— Está seguro. Ponha sua outra mão aqui — disse Athos, oferecendo o ombro como segundo ponto de apoio, de forma que as duas cabeças quase se encostaram uma na outra, parecendo que os dois inimigos mortais abraçavam-se como irmãos.

Mordaunt agarrou com dedos crispados a gola do seu salvador.

— Calma, meu rapaz, já está quase a bordo.

---

461. Não só a mão era cortada como os regicidas eram punidos com a pena de morte por esquartejamento (ver nota 219).

— Ah, minha mãe! — gritou Mordaunt, com um olhar lampejante e uma entonação de ódio impossível de ser descrita. — Só posso oferecer uma vítima, mas justamente aquela a quem a senhora teria escolhido!

D'Artagnan gritou, Porthos ergueu o remo, Aramis procurava onde bater, mas o violento abalo no barco arrastou Athos para a água, enquanto Mordaunt, com um urro de triunfo, apertava o pescoço de sua vítima e, para paralisar seus movimentos, enroscava as pernas dos dois, como faria uma serpente.

Por mais um momento, sem gritar e sem pedir ajuda, Athos tentou se manter à tona, mas, carregado pelo peso, pouco a pouco afundou. Apenas seus cabelos compridos flutuaram ainda e, depois, mais nada. Um fervilhar das águas continuou indicando o lugar em que os dois haviam sido tragados, mas também isso acabou desaparecendo.

Horrorizados, mudos, paralisados, sufocando de indignação e pavor, os três amigos ali permaneciam boquiabertos, olhos esbugalhados e braços caídos. Eram estátuas e no entanto, apesar da imobilidade, os corações batiam disparados. Porthos foi o primeiro a se recuperar e, arrancando os cabelos, chorou, de uma forma dilacerante, sobretudo para um homem como ele:

— Athos! Nobre coração! Que desgraça! Desgraçados nós, que o deixamos morrer!

O corpo de Mordaunt parecia ainda seguir os quatro amigos com um olhar carregado de insultos e ódio.

— Sim, com certeza, que desgraça! — repetiu d'Artagnan.

— Que desgraça! — murmurou Aramis.

Nesse momento, no centro do vasto círculo iluminado pelos raios da lua, a quatro ou cinco braçadas do barco, a mesma agitação que tragara os corpos se renovou e surgiram, primeiro cabelos, depois um rosto pálido com os olhos abertos, mas mortos. Em seguida o corpo que, depois de se alçar acima da superfície até a altura do busto, molemente foi girando de costas, seguindo o capricho das ondas.

No peito desse cadáver estava enfiado um punhal, com o pomo de ouro que reluzia à claridade.

— Mordaunt! Mordaunt! Mordaunt! — exclamaram os três amigos. — É Mordaunt!

— E Athos? — inquietou-se d'Artagnan.

Nisso o barco adernou à esquerda, movido por um peso grande, inesperado. Grimaud deu um grito de alegria. Todos se voltaram e viram Athos exangue, olhar perdido e mão trêmula, apoiado no bordo da chalupa. Oito braços nervosos imediatamente o suspenderam e o trouxeram para dentro da embarcação. Rapidamente ele se sentiu reaquecido e reanimado, sob o carinho e abraços dos amigos, loucos de alegria.

— Não está ferido, nem de leve? — perguntou d'Artagnan.

— Não... E ele?

— Ele, dessa vez, Deus seja louvado, está bem morto. Veja!

E d'Artagnan forçou o amigo a olhar na direção apontada, a do corpo de Mordaunt flutuando de costas e que, ora afundando, ora reemergindo, parecia ainda seguir os quatro amigos com um olhar carregado de insultos e de ódio mortal.

Mas o cadáver finalmente foi engolido pela água. Athos o seguia com um olhar de melancolia e piedade.

— Parabéns, Athos! — disse Aramis, numa efusão que era bem rara nele.

— Que bela estocada! — juntou-se Porthos.

— Tenho um filho[462] — disse Athos —, quis viver.

— Finalmente — disse d'Artagnan. — Foi a vontade de Deus.

— Não o matei — murmurou Athos —, foi o destino.

---

462. É a primeira vez que Athos diz ser pai, e não apenas tutor, de Raoul.

79. De como Mousqueton, depois de quase ser assado, quase foi comido

Um profundo silêncio reinou por bom tempo sobre o barco, depois da cena terrível que acabamos de contar. A lua, que se mostrara por um instante, como se Deus quisesse que detalhe nenhum do ocorrido se ocultasse dos espectadores, novamente desapareceu por trás das nuvens. Tudo voltou àquela assustadora escuridão dos desertos e, mais ainda, desse deserto líquido chamado Oceano. Apenas o assobio do vento oeste era ouvido acima das ondas.

Porthos foi o primeiro a romper o silêncio.

— Já vi muita coisa, mas nada me perturbou tanto quanto o que acabo de assistir. No entanto, por mais abalado que esteja, quero dizer que me sinto muito feliz. Cem libras a menos me pesam no peito e posso, enfim, respirar livremente.

E Porthos aspirou o ar com um barulho digno da potente capacidade dos seus pulmões.

— Não posso dizer o mesmo, Porthos, pois me sinto ainda apavorado — disse Aramis. — A tal ponto que não consigo acreditar no que vi e procuro ainda em volta do barco, na expectativa de a qualquer momento ver ressurgir aquele miserável, brandindo o punhal que tinha plantado no coração.

— Pois quanto a isso me sinto tranquilo — voltou Porthos. — O golpe foi na altura da sexta vértebra e penetrou até o cabo. De forma alguma estou criticando Athos, pelo contrário. Quando a gente fere, é assim que se deve ferir. Então, repito, me sinto viver, respiro e sou feliz.

— É cedo ainda para cantar vitória, Porthos — observou d'Artagnan. — Nunca corremos um perigo tão grande quanto este, pois um homem pode dobrar outro homem, mas não os elementos. Lembre-se que estamos no mar, à noite, sem direção e num bote bem frágil. Uma pancada de vento que faça virar o barco e estamos perdidos.

Mousqueton suspirou fundo.

— Está sendo ingrato, d'Artagnan — observou Athos. — Isso mesmo, ingrato, ao pôr em dúvida a Providência, no momento mesmo em que acabamos de nos salvar de maneira tão miraculosa. Acha que ela nos livrou de tantos perigos, guiando-nos o tempo todo, para depois nos abandonar? De forma alguma. Partimos com um vento de oeste, que continua a soprar. Ali está a Ursa Maior — disse ele, orientando-se pela estrela polar —, consequentemente, é onde está a França. Deixemos o vento nos levar e, enquanto ele não mudar, estaremos indo para as costas de Calais ou de Boulogne. Se o barco virar, somos fortes o suficiente, e bons nadadores, pelo menos cinco de nós, para revirá-lo ou nos amarrarmos nele, se a tarefa estiver acima das nossas forças. Estamos na rota de todos os navios que vão de Dover a Calais e de Portsmouth a Boulogne. Se a água deixasse marcas, os sulcos traçados já teriam aberto um vale exatamente onde nos encontramos. É impossível, então, que quando amanhecer não encontremos algum barco de pescador que nos recolha.

— Mas digamos que não encontremos e que o vento vire para o norte!

— Nesse caso — reconheceu Athos —, as coisas mudam, e só veríamos terra do outro lado do Atlântico.

— O que quer dizer que morreríamos de fome — atalhou Aramis.

— Provavelmente.

Mousqueton deu um segundo suspiro, mais doloroso ainda que o primeiro.

— Ei, Mouston! Por que geme tanto? — perguntou Porthos. — Acaba sendo cansativo.

— É de frio, senhor.

— É impossível.

— Como assim, impossível? — surpreendeu-se Mousqueton.

— É impossível. Você tem o corpo coberto por uma camada de gordura que o torna impenetrável ao ar. Há outro motivo, diga com franqueza.

— Pois bem, senhor, é exatamente essa camada de gordura, para a qual o senhor chama a atenção, que me assusta.

— E por quê, Mouston? Diga sem se preocupar, tem permissão de todos os presentes.

— É por me lembrar, senhor, que na biblioteca do castelo de Bracieux há uma quantidade de livros de viagem, entre os quais os de Jean Mocquet, o famoso aventureiro do rei Henrique IV.[463]

---

463. *Voyages en Afrique, Asie, Indes orientales et occidentales*, de Jean Mocquet (1575-1617), Paris, J. de Hanqueville, 1617, de grande sucesso no séc.XVII. Há poucos dados sobre o autor além daqueles que eventualmente aparecem em seu livro. De origem humilde, ele conseguiu em 1601 expor ao rei Henrique IV seu grande desejo de viajar e foi encarregado de adquirir raridades no estrangeiro para o gabinete real. Nos onze anos seguintes fez cinco grandes viagens, inclusive ao Brasil, levando ao rei, a cada retorno, as curiosidades coletadas. Ao voltar de viagem em 1612, depois da morte de Henrique IV, recebeu o título de "guardião do gabinete de singularidades do rei", no palácio das Tuileries.

— E...?

— Nesses livros são narradas muitas peripécias marítimas e acontecimentos semelhantes a este que nos ameaça nesse momento.

— Continue, Mouston — incentivou Porthos —, essa analogia é muito interessante.

— Pois bem, em casos como o nosso, escreveu Jean Mocquet, os viajantes famintos têm o infame hábito de uns comerem os outros, começando sempre pelo...

— Pelo mais gordinho! — completou d'Artagnan, sem poder deixar de rir, apesar da gravidade da situação.

— Infelizmente — concordou Mousqueton, meio chocado com aquela hilaridade. — Mas permita-me dizer que não vejo o que pode haver de engraçado nisso.

— É a dedicação em pessoa, o nosso bravo Mousqueton! — comentou Porthos. — Imagino que já se vê cortado em bifes para matar a fome do seu patrão.

— Sem dúvida, mas essa alegria que o senhor imagina não deixa, confesso, de se confundir com certa tristeza. Mas eu não lamentaria demais, se morresse sabendo ainda estar sendo útil ao senhor.

— Mouston — disse Porthos comovido —, se voltarmos a meu castelo de Pierrefonds, você terá, com todos os direitos de propriedade, para você e seus descendentes, o vinhedo acima da fazenda.

— Batize-o como vinhedo da Dedicação, Mouston — sugeriu Aramis —, para transmitir às eras futuras a lembrança do seu sacrifício.

— O reverendo provavelmente degustaria um naco de Mouston sem achar ruim, não é? Sobretudo depois de dois ou três dias de dieta — riu d'Artagnan.

— Bom, preferiria sacrificar Blaisois, que conhecemos há menos tempo — ponderou Aramis.

É de se imaginar que durante essa troca de brincadeiras, que tinha como intenção afastar do espírito de Athos a cena que acabava de ocorrer, os criados não se sentiam nada tranquilos, à exceção de Grimaud, sempre seguro de que o perigo, qualquer que fosse, passaria longe da sua cabeça.

E ele, aliás, sem tomar parte na conversa e mudo, como era seu feitio, esforçava-se da melhor maneira, com um remo em cada mão.

— Resolveu remar? — perguntou Athos.

Grimaud fez sinal que sim.

— E por quê?

— Para me aquecer.

E, com efeito, enquanto os náufragos tremiam de frio, o silencioso Grimaud suava abundantemente.

De repente Mousqueton deu um grito de alegria, erguendo acima da cabeça uma garrafa.

— Céus! — ele exclamou, passando a garrafa para Porthos. — Ah, patrão! Estamos salvos! O bote está bem abastecido.

De como Mousqueton, depois de quase ser assado, quase foi comido

Remexendo sob o banco, do lugar em que já havia descoberto aquele precioso vasilhame, ele foi trazendo às vistas de todos uma boa dúzia de garrafas iguais, pão e um bom pedaço de carne de boi salgada.

Desnecessário dizer que o achado deixou todos alegres, à exceção de Athos.

— Diabos! — disse Porthos, que, lembremos, já estava com fome ao pôr o pé na faluca. — É incrível como as emoções abrem o apetite!

E engoliu o conteúdo de uma garrafa de um só trago, além devorar sozinho um terço do pão e da carne seca.

— Agora — disse Athos —, durmam ou tentem dormir. Fico de vigia.

Para outros que não fossem nossos arrojados aventureiros, a sugestão pareceria estranha. De fato, eles estavam molhados até os ossos, soprava um vento glacial e as recentes emoções pareciam impedir que fechassem os olhos, mas para aquelas naturezas privilegiadas, aqueles temperamentos férreos e corpos que já haviam passado por todos os cansaços, o sono, em qualquer circunstância, chegava à sua hora, sem falta.

Assim, em pouco tempo, com plena confiança no piloto, todos se ajeitaram à sua maneira e seguiram o conselho dado. Sentado ao leme e com os olhos pregados no céu, onde provavelmente buscava não só o rumo da França, mas também o rosto de Deus, Athos finalmente viu-se sozinho, como esperava, meditativo e desperto, dirigindo o pequeno barco no caminho que ele devia seguir.

Passadas algumas horas de sono para os passageiros, ele os acordou.

Os primeiros clarões do dia começavam a branquear o mar azulado e, a uma distância aproximada de dez vezes o alcance de um tiro de mosquetão, à proa, via-se uma massa escura, acima da qual se estendia uma vela triangular, fina e alongada como a asa da andorinha.

— Um veleiro! — disseram com o mesmo tom de voz os quatro amigos, enquanto os criados, por sua vez, exprimiam alegria em diferentes diapasões.

Era um navio mercante de Dunquerque a caminho de Boulogne.

Os quatro fidalgos, Blaisois e Mousqueton uniram vozes num só grito, que vibrou na superfície elástica das águas, enquanto Grimaud, sem nada dizer, colocou o chapéu na ponta do remo para chamar atenção de quem ouvisse as vozes.

Quinze minutos depois, o bote do veleiro os rebocava e eles subiram ao convés da pequena embarcação. Grimaud ofereceu vinte guinéus ao patrão, da parte de seu amo, e às nove horas da manhã, com bom vento, nossos franceses pisavam no solo pátrio.

— Santo Deus! Como me sinto forte aqui! — exclamou Porthos, enfiando bem os pés na areia. — Que venham agora procurar barulho, me olhar enviesado ou só implicar comigo e vão ver com quem estão se metendo! Caramba! Posso enfrentar um reino inteiro!

— Mas peço que não grite alto demais o desafio, Porthos. Tenho a impressão de que, logo ali, há quem pareça bem interessado em nós — pediu d'Artagnan.

— Estão só nos admirando, nada mais — ele respondeu.

— Não vejo a coisa pelo ângulo do amor-próprio — insistiu d'Artagnan. — O que me chama a atenção são as becas pretas e, na nossa situação, confesso, becas pretas me assustam.

— São funcionários da alfândega portuária — disse Aramis.

— Na época do outro cardeal, o grande — lembrou Athos —, talvez eles se interessassem mais por nós do que pelas mercadorias. Mas com o atual, podemos ficar tranquilos, interessam-se mais pelas mercadorias.

— Prefiro desconfiar — voltou a insistir d'Artagnan — e vou pelas dunas.

— Por que não pela cidade? — estranhou Porthos. — Um bom albergue será bem melhor do que esses horríveis desertos de areia que Deus criou só para os coelhos. Além disso, estou com fome.

— Faça como quiser, Porthos. Pessoalmente, acho sempre que o mais seguro para pessoas na nossa situação é o campo.

E sem esperar a resposta de Porthos, mas certo de ser apoiado pela maioria, ele tomou o caminho das dunas.

O grupo inteiro foi atrás e logo desapareceu por trás das colinas de areia, sem chamar a atenção pública.

— E agora — disse Aramis, depois de já terem andado bem um quarto de légua —, que tal conversarmos?

— Nada disso — respondeu d'Artagnan —, tratemos de fugir. Escapamos de Cromwell, de Mordaunt, do mar, eram três abismos que queriam nos devorar. Não escaparemos de Mazarino.

— Você está certo. E minha opinião é que, até por segurança, devemos nos separar — disse Aramis.

— Está bem, separemo-nos.

Porthos quis dizer alguma coisa, opondo-se à decisão, mas com um aperto na mão, d'Artagnan o fez entender que era melhor se calar. O gigante obedecia sempre a esses sinais, pois com sua habitual bonomia reconhecia a superioridade intelectual do amigo. Então engoliu de volta as palavras que iam sair da sua boca.

— Por que nos separar? — foi Athos que perguntou.

— Porque Porthos e eu fomos enviados a Cromwell por Mazarino e, em vez disso, servimos ao rei Carlos I, o que é bem diferente. Voltando com os srs. de La Fère e d'Herblay, nosso crime se confirma. Os dois sozinhos permitem alguma dúvida e a dúvida pode nos levar bem longe. E será bom que o sr. de Mazarino conheça melhor algumas regiões do país.

— Puxa, é verdade! — concordou Porthos.

— Você esquece que somos seus prisioneiros, e que nossa palavra continua valendo. Ao nos levarem presos a Paris…

— Francamente, Athos — interrompeu d'Artagnan —, é chato ver alguém preparado como você dizer besteiras que deixariam envergonhado um aluno de colégio. O cavaleiro d'Herblay — ele continuou, virando-se para Aramis, que, altivamente apoiado na espada, parecia, apesar de ter de início expressado opinião contrária, concordar com o companheiro assim que ouviu suas primeiras palavras — há de concordar que, como sempre, minha natureza desconfiada exagera. Porthos e eu, no final das contas, não corremos risco nenhum. Mas se por acaso tentassem nos prender diante dos senhores, bom... Não prenderiam sete homens como poderiam prender três. As espadas viriam à luz e o negócio, ruim para todo mundo, se tornaria enorme e nos levaria todos à perdição. Aliás, se alguma desgraça acontecer a dois de nós, não é melhor que os dois outros estejam em liberdade para ajudar, subindo paredes, minando, escavando até libertá-los? Além disso, quem sabe não conseguimos, em separado, os senhores da rainha, e nós de Mazarino, o perdão que não teríamos reunidos? É isso! Athos e Aramis seguem pela direita, Porthos e eu pela esquerda. Os senhores fazem um desvio pela Normandia e seguimos nós em linha reta, na direção de Paris.

— Mas se uma das duplas for pega no caminho, como nos comunicarmos a catástrofe? — perguntou Aramis.

— Nada mais simples. Combinemos um itinerário do qual não vamos nos afastar. Sigam para Saint-Valéry e em seguida Dieppe. Depois peguem a estrada da direita, de Dieppe a Paris. Do nosso lado, iremos por Abbeville, Amiens, Péronne, Compiège e Senlis. Em cada albergue, em cada casa que pararmos escreveremos numa parede, com a ponta da faca, ou num vidro com um diamante, alguma informação que guie os que estiverem livres.

— Ah, meu amigo! Como eu admiraria os recursos da sua inteligência, se antes não parasse diante desses, mais veneráveis ainda, do seu coração — disse Athos, estendendo a mão.

— Por acaso a raposa é genial, Athos? — perguntou o gascão para atenuar o elogio. — Não. Ela sabe comer galinhas, despistar os caçadores e achar seu caminho, tanto de dia quanto de noite, só isso. Bom, combinado assim?

— Combinado.

— Então vamos dividir o dinheiro, devem restar umas duzentas pistolas. Quanto temos, Grimaud?

— Cento e oitenta luíses e meio, senhor.

— Ótimo. Ah, maravilha! Chegou o sol! Bom dia, amigo! Mesmo não sendo o mesmo da Gasconha eu o reconheço, ou finjo reconhecer. Bom dia. Há muito tempo não o via.

— Vamos, amigo, não banque o durão, seus olhos estão cheios de lágrimas. Sejamos francos entre nós, mesmo que essa franqueza deixe a descoberto nossas boas qualidades — disse Athos.

— Ora, acha possível manter o sangue-frio quando nos separamos, e num momento que não deixa de ainda apresentar perigo, de amigos como você e Aramis?

— Claro que não. Então venha me dar um abraço, filho!

— Que coisa! — disse Porthos. — Acho que estou chorando, que coisa mais besta.

E os quatro amigos jogaram-se uns nos braços dos outros, formando um corpo só. Naquele momento, aqueles quatro homens, reunidos num abraço fraterno, certamente tinham uma só alma.

Blaisois e Grimaud iriam com Athos e Aramis.

Mousqueton bastaria para Porthos e d'Artagnan.

Como sempre haviam feito, o dinheiro foi irmamente dividido e, depois de apertarem as mãos uns dos outros, confirmando uma eterna amizade, os quatro fidalgos se separaram para seguir suas respectivas rotas, não sem olhar para trás, não sem gritar palavras de carinho e amizade que o eco das dunas repetia.

Mas acabaram se perdendo de vista.

— Diabos, d'Artagnan! — reclamou Porthos. — Vou ter que dizer logo uma coisa, pois não poderia guardar comigo uma impressão ruim a seu respeito, mas não o reconheci nisso que acaba de acontecer.

— O que houve? — perguntou o outro, já com um sorriso.

— Como você mesmo disse, Athos e Aramis correm verdadeiro perigo e não era, então, o momento de abandoná-los. Confesso que queria ir com eles, e ainda quero, apesar de todos os Mazarinos da Terra.

— E teria toda razão, Porthos, se assim fosse. Mas considere um pequeno detalhe que, por menor que seja, vai mudar a sua opinião: não são os dois amigos que correm o perigo maior, somos nós. Não os abandonei, foi apenas para não os comprometer.

— É mesmo? — ele se surpreendeu, arregalando os olhos.

— Com certeza. Se forem presos, correm o risco de ir para a Bastilha. No nosso caso, a expectativa é a praça de Grève.[464]

— Puxa! — assustou-se Porthos. — Isso está longe do baronato prometido, d'Artagnan!

— Quem sabe nem tão longe assim. Não conhece o provérbio "Todos os caminhos levam a Roma"?

— Mas por que corremos perigos maiores que Athos e Aramis?

— Por terem, eles, apenas procurado seguir a missão que receberam da rainha Henriqueta, enquanto eu e você fizemos o contrário do que mandou Mazarino. Enviados a Cromwell como mensageiros, aderimos ao rei Carlos; em vez de ajudar a arrancar fora a cabeça real, condenada por impostores chamados Mazarino, Cromwell, Joyce, Pride, Fairfax etc., quase o salvamos.

---

464. Atual praça do Hôtel de Ville, onde se davam as execuções capitais um pouco mais formais e menos sumárias.

— Puxa, é verdade. Mas como vai querer que, no meio de tantas preocupações, o general Cromwell tenha tido tempo de pensar em...

— Cromwell pensa em tudo, tem tempo para tudo. E nós, meu amigo, temos que tratar de não perder o nosso, que é precioso. Só estaremos seguros depois de ver Mazarino, e mesmo assim...

— Diabos! E o que vamos dizer a Mazarino?

— Deixe comigo, tenho um plano. Ri melhor quem ri por último. O sr. Cromwell pode ser bom, o sr. Mazarino bem esperto, mas ainda prefiro bancar o diplomata com eles do que com o falecido sr. Mordaunt.

— Veja só! Como é bom dizer "o falecido sr. Mordaunt".

— É mesmo! Mas chega de conversa.

E os dois, sem perder um minuto, tomaram pelo campo o caminho de Paris, seguidos por Mousqueton, que, depois de passar tanto frio à noite, em quinze minutos já reclamava do calor.

80. *A volta*

Athos e Aramis seguiram o itinerário indicado por d'Artagnan, tão ligeiros quanto podiam. Achavam que, se fossem presos, seria melhor estar o mais perto possível de Paris.

Todas as noites, temendo que isso acontecesse antes do amanhecer, escreviam numa parede ou num vidro o sinal combinado, mas no dia seguinte, surpresos, descobriam ainda estar livres.

À medida que se aproximavam de Paris, os grandes eventos a que haviam assistido se esvaíam como se esvaem os sonhos. Em contrapartida, aqueles que sacudiram a capital e outras regiões da França naquele período vinham ao encontro deles.

Nas seis semanas em que estiveram ausentes, tantas pequenas coisas haviam ocorrido no país que, juntas, quase compunham um grande acontecimento. Os parisienses, naquele dia em que acordaram sem rainha e sem rei, sentiram-se muito abalados e a ausência de Mazarino, tão ardentemente desejada, não compensava a dos dois augustos fugitivos.

A primeira sensação que sacudiu Paris, ao saber da fuga para Saint-Germain, aquela que ensejamos ao leitor acompanhar, foi como o terror que invade as crianças quando acordam durante a noite ou na solidão. O Parlamento agiu e foi decidido que uma comissão iria até a rainha, pedindo que não privasse Paris de sua real presença.

Ana da Áustria, porém, estava ainda sob a dupla impressão de triunfo, o de Lens e o da fuga. Os deputados não só não tiveram a honra de uma audiência, como foram obrigados a esperar na estrada, onde o chanceler, aquele mesmo chanceler Séguier, que no primeiro volume dessa obra[465] vimos tão obstinadamente buscar uma carta, a ponto de revistar o espartilho da rainha, foi entregar a eles um ultimato, dizendo

---

465. Em *Os três mosqueteiros*, cap. 16. É, aliás, a primeira vez que o narrador menciona *a obra* anterior, e não *fatos* anteriores.

que se o Parlamento não se humilhasse perante a majestade real, condenando todas as questões que haviam causado a querela que os afastava, Paris seria sitiada já no dia seguinte. Preparando esse cerco, o duque de Orléans inclusive já ocupava a ponte de Saint-Cloud e o sr. Príncipe, no resplendor ainda da vitória de Lens, controlava Charenton e Saint-Denis.

Infelizmente para a Corte, a quem uma resposta moderada teria devolvido um bom número de aliados, a resposta ameaçadora produziu efeito contrário ao esperado. Feriu o orgulho do Parlamento, que, sentindo-se amplamente apoiado pela burguesia, que tinha se dado conta de sua força graças ao caso Broussel, respondeu a esse manifesto acusando o cardeal Mazarino de ser o notório causador de toda aquela desordem. O italiano foi declarado inimigo do rei e do Estado, com ordem para que se retirasse da Corte naquele dia mesmo e da França uma semana depois. Expirado esse prazo, em caso de desobediência, todos os súditos do rei estavam convocados a ir contra ele.

A resposta enérgica, totalmente inesperada pela Corte, punha Paris e Mazarino, ao mesmo tempo, fora da lei. Restava apenas ver quem ganharia, se o Parlamento ou a Corte.

Esta última se preparou então para o ataque e Paris para a defesa. Os burgueses fizeram o que estavam acostumados a fazer em tempos de tumultos, ou seja, esticar correntes para impedir o trânsito e arrancar o pavimento das ruas, quando viram chegar em apoio, trazidos pelo coadjutor, o sr. príncipe de Conti, irmão do sr. príncipe de Condé, e o sr. duque de Longueville, seu cunhado.[466] Isso os tranquilizou muito, o fato de ter com eles dois príncipes de sangue, além da vantagem numérica. Foi em 10 de janeiro que esse apoio inesperado socorreu os parisienses.

Depois de uma discussão tempestuosa, o sr. príncipe de Conti foi nomeado generalíssimo das tropas do rei[467] fora de Paris, e os srs. duques de Elbeuf e de Bouillon, assim como o marechal de La Mothe, seus generais adjuntos.[468] O duque de Longueville, sem comando nem título, contentou-se em dar assistência ao cunhado.

---

466. Os dois, lembremos, haviam chegado a Cours-la-Reine logo depois da rainha e do rei, na fuga para Saint-Germain.

467. As tropas "parisienses" e do Parlamento, que se consideravam fiéis ao rei, em detrimento da rainha e, sobretudo, de Mazarino.

468. Charles II d'Elbeuf (1596-1657), graças a uma forte atividade política, foi governador das regiões da Normandia, em detrimento do duque de Longueville, e Picardia (mas também passou alguns anos em exílio); ofereceu seus serviços à Fronda e foi nomeado general, porém sob o comando do príncipe de Conti. Frédéric-Maurice de La Tour d'Auvergne (1605-52), duque de Bouillon, participou da conspiração de Cinq-Mars contra Luís XIII e perdeu seu principado de Sedan; aderiu à Fronda, mas também teve que se colocar sob as ordens do príncipe de Conti. Philippe de La Mothe-Houdancourt (1605-57), duque de Cardone, foi nomeado marechal por seus feitos na Guerra dos Trinta Anos, mas caiu em desgraça sob Mazarino e se aliou à Fronda.

Já o sr. de Beaufort, que havia chegado da região de Vendôme, acrescentou, segundo a crônica, sua boa aparência, seus belos e longos cabelos e a popularidade que lhe valeu o reino do Halles.[469]

O exército parisiense se organizara com a prontidão que demonstram os burgueses quando, levados por algum anseio, se vestem de soldados. No dia 19, essa tropa arriscou uma saída, mais como teste e para comprovar a sua existência que para tentar algo mais sério, fazendo esvoaçar à sua frente uma bandeira em que se lia essa singular divisa: *Procuramos nosso rei*.[470]

Os dias seguintes passaram-se com pequenas operações, tendo como resultado apenas a conquista de alguns rebanhos e o incêndio de duas ou três casas.

Chegou-se assim aos primeiros dias de fevereiro, e foi justamente no dia 10 que nossos quatro heróis desembarcaram em Boulogne, iniciando o retorno a Paris, cada dupla por um caminho.

No final do quarto dia de marcha, Athos e Aramis evitaram Nanterre por precaução, sem querer dar de frente com partidários da rainha. O primeiro foi contra fazer o desvio, mas seu companheiro de viagem, muito judiciosamente, observou que não tinham direito à imprudência, pois estavam encarregados, por parte do rei Carlos, de uma missão suprema e sagrada, recebida no pé do cadafalso e que só se concluiria aos pés da rainha.

Só assim Athos cedeu.

Nos subúrbios de Paris, nossos viajantes se depararam com uma cidade fortemente guardada e armada. A sentinela negou-lhes passagem e chamou seu sargento.

Que veio e, com toda a importância que assumem os burgueses quando têm a felicidade de ostentar uma dignidade militar, interrogou:

— Quem são os senhores?

— Dois fidalgos — respondeu Athos.

— De onde vêm?

— De Londres.

— O que vêm fazer em Paris?

— Cumprir uma missão junto a Sua Majestade, a rainha da Inglaterra.

— Ah, entendo. Qualquer um agora vai à rainha da Inglaterra! Temos no posto três fidalgos dos quais averiguamos os passes e que vão a Sua Majestade. Mostrem os seus.

— Não temos.

— Como, não têm?

---

469. Ou seja, o reino do popular, da pequena burguesia trabalhadora, entre o Louvre/Palais Royal e o chamado Pátio dos Milagres (ver nota 349). Ver também nota 35.

470. Segundo uma "mazarinada" de sete páginas distribuída naqueles dias pelo impressor Claude Boudeville.

— Não temos. Estamos chegando da Inglaterra, como já dissemos. Ignoramos completamente a atual situação política, pois deixamos Paris antes da partida do rei.

O sargento assumiu uma postura cheia de sutileza:

— São mazarinianos e querem entrar para espionar.

— Meu caro — disse Athos, que até estão deixara as respostas por conta de Aramis —, se fôssemos mazarinianos, teríamos todos os passes que quiséssemos. Na situação em que o senhor se encontra, deveria desconfiar sobretudo de quem se apresenta perfeitamente em ordem, acredite em mim.

— Venham até o corpo da guarda e exponham seus motivos ao chefe do posto.

Ele fez um sinal à sentinela, que se perfilou. O sargento abriu caminho e os dois viajantes o seguiram.

Eram burgueses e gente do povo que ocupavam o corpo da guarda. Uns jogavam, outros bebiam, os demais conversavam.

Num canto, e quase em prisão preventiva, estavam os três fidalgos chegados pouco antes e dos quais o oficial, que se encontrava numa sala privativa ao lado, dada a importância do seu cargo, verificava os passes.

A primeira atitude dos recém-chegados e dos anteriormente chegados, em pontos opostos do corpo de guarda, foi a de dar uma rápida e recíproca olhada investigatória. Os que já se encontravam no local estavam cuidadosamente abrigados em amplas capas. Um deles, de menor estatura, se mantinha atrás dos companheiros e à sombra.

À notícia que deu o sargento, ao entrar, dizendo trazer dois prováveis mazarinianos, os três fidalgos ficaram atentos e à escuta. O menor dos três, que dera dois passos à frente, logo recuou um, voltando para seu canto menos iluminado.

Quando se acrescentou que os recém-chegados não tinham passes, a unânime opinião do corpo de guarda foi a de que não se devia, então, permitir que entrassem na cidade.

— Pelo contrário, acredito que sim — disse Athos —, pois tratamos com pessoas atiladas. Uma solução rápida seria de passar nossos nomes a Sua Majestade, a rainha da Inglaterra. Caso sejamos confirmados, creio que não terão mais objeções e nos deixarão passar.

A essas palavras, a atenção do fidalgo mais à sombra redobrou e ele fez um tamanho gesto de surpresa que seu chapéu, abalado pelo movimento da capa na qual procurava esconder-se ainda mais, acabou no chão. Ele se abaixou e rapidamente o enfiou de volta na cabeça.

— Santo Deus! Você viu? — disse Aramis, batendo com o cotovelo no amigo.

— O quê?

— O rosto do menor dos três fidalgos.

— Não.

— Tive a impressão... Não, não seria possível...

Nesse momento, o sargento, que tinha ido à sala particular receber ordens do oficial, saiu e, entregando aos três fidalgos um papel, disse:

— Os passes estão em ordem. Deixem passar esses três cavalheiros.

Os três fidalgos fizeram um gesto com a cabeça e se apressaram a sair, já que o caminho, por ordem do sargento, estava livre.

Aramis acompanhou essa movimentação e, no momento em que o menor passou à sua frente, ele apertou com força a mão de Athos.

— O que houve, meu amigo?

— Eu... Foi provavelmente uma visão.

Em seguida, dirigindo-se ao sargento, perguntou:

— Por favor, conhece os cavalheiros que acabam de sair?

— Pelos passes que tinham são os srs. de Flamarens, de Châtillon e de Bruy,[471] três nobres frondistas que vão se unir ao sr. duque de Longueville.

— Que estranho — disse Aramis, mais pensando em voz alta do que se dirigindo ao sargento —, poderia jurar que era Mazarino em pessoa.

O sargento deu uma gargalhada.

— Imagine só! Mazarino vindo até aqui para ser enforcado! Nada mau!

— Bem — resignou-se Aramis —, posso ter me enganado. Não tenho o olho infalível de d'Artagnan.

— Quem mencionou o nome d'Artagnan? — perguntou o oficial que, naquele momento, aparecia à porta da sua sala.

— Nossa! — exclamou Grimaud, arregalando os olhos.

— O quê? — perguntaram Aramis e Athos ao mesmo tempo.

— Planchet! — disse Grimaud. — É Planchet, de meia-lua.[472]

— Srs. de La Fère e d'Herblay! — exclamou o oficial. — De volta a Paris! Que alegria para mim! Pois provavelmente vêm dar apoio aos srs. príncipes.

— Como pode ver, meu caro Planchet — respondeu Aramis, enquanto Athos apenas sorria, vendo o importante grau que ocupava na milícia burguesa o ex-colega de Mousqueton, Bazin e Grimaud.

— E o sr. d'Artagnan, de quem falavam há pouco, sr. d'Herblay, posso perguntar se têm notícias dele?

— Até quatro dias atrás estávamos juntos, meu amigo, e tudo nos leva a crer que tenha chegado antes de nós a Paris.

---

471. Provavelmente Antoine Agesilan de Grossoles Flamarens (?-1652), famoso por seus duelos e por ser amante da srta. de Montpensier (a grande mademoiselle, ver nota 282), morto na batalha do faubourg Saint-Antoine, e Gaspard IV de Coligny (1620-49), duque de Châtillon e irmão de Maurice de Coligny (ver nota 130). Não há referências para sr. de Bruy.

472. Parte da armadura que protege a base do pescoço, usada pelos oficiais de infantaria quando em serviço.

— Não, posso garantir que não entrou na capital. Com tudo que aconteceu, deve estar em Saint-Germain.

— Não foi o que combinamos, devemos nos encontrar no La Chevrette.

— Hoje mesmo passei por lá.

— E a bela Madeleine não tinha notícias dele? — perguntou Aramis com um sorriso.

— Não. E não escondo que, inclusive, parecia bem preocupada.

— É verdade que não perdemos tempo e fomos bem rápidos — disse Aramis. — Meu caro Athos, permita-me cumprimentar o sr. Planchet sem nos prolongarmos falando do nosso amigo.

— Quanta honra, sr. cavaleiro! — agradeceu Planchet, inclinando-se.

— Tenente! — disse Aramis.

— E com promessa para o posto de capitão.

— Que bom — continuou Aramis. — E o que fez para tanta honraria?

— Primeiro, devem saber, fui eu que salvei o sr. de Rochefort...

— É mesmo! Ele nos contou.

— E quase fui enforcado por Mazarino, o que só fez aumentar minha popularidade.

— E graças a essa popularidade...

— Não, graças a algo ainda melhor. Os senhores, aliás, sabem que servi no regimento do Piemonte, onde tive a honra de ser sargento.

— Sabemos.

— Pois bem! Um dia em que ninguém conseguia ordenar em fileiras uma quantidade de burgueses armados que partiam uns com o pé esquerdo e outros com o direito, consegui fazê-los acertar o passo e fui promovido a tenente... de ordem unida.

— Isso explica — disse Aramis.

— Quer dizer — aproveitou-se Athos — que há uma quantidade de nobres do lado de vocês?

— Com certeza! Tínhamos, já de início, como provavelmente sabem, o sr. príncipe de Conti, o sr. duque de Longueville, o sr. duque de Beaufort, o sr. duque de Elbeuf, o duque de Bouillon, o duque de Chevreuse, o sr. de Brissac, o marechal de La Mothe, o sr. de Luynes, o marquês de Vitry, o príncipe de Marcillac, o marquês de Noirmoutiers, o conde de Fiesque, o marquês de Laigues, o conde de Montrésor, o marquês de Sévigné e assim em diante.[473]

---

473. Armand de Bourbon, príncipe de Conti (1629-66), irmão da duquesa de Longueville, aderiu à Fronda pela ambição de se tornar cardeal, mas foi militarmente derrotado pelo assim denominado sr. Príncipe, o "Grande Condé", também seu irmão. Claude de Lorraine, duque de Chevreuse (1578-1657), procurou se manter distante dos complôs dos quais participou sua mulher, Marie de Rohan, duquesa de Chevreuse. Louis de Cossé (1625-61), duque de Brissac, casado com uma prima do coadjutor Gondi e muito ligado a ele. Louis-Charles d'Albert (1620-90), duque de Luynes, filho da duquesa de Chevreuse em seu primeiro casamento. François

— E o sr. Raoul de Bragelonne? — perguntou Athos, com uma voz tensa.
— D'Artagnan me disse que o recomendou a você, meu bom Planchet, quando teve que partir.
— Exatamente, sr. conde, como se fosse filho dele. E posso dizer que não o perdi de vista em momento algum.
— Então — continuou Athos, com um tom já impregnado de alegria —, ele está bem? Nada de ruim aconteceu?
— Nada, sr. conde.
— E onde ele está?
— No Grand-Charlemagne, ainda.
— E como ele passa os seus dias?
— Às vezes com a rainha da Inglaterra, às vezes com a sra. de Chevreuse. Ele e o conde de Guiche não se separam.
— Obrigado, Planchet, muito obrigado! — disse Athos, estendendo a mão.
— Ah, sr. conde! — disse Planchet, aceitando com cerimônia a mão oferecida.
— O que está fazendo, conde? Dando a mão a um ex-lacaio? — inquietou-se Aramis.
— É alguém que me deu notícias de Raoul, meu amigo.
— E o que esperam fazer os senhores? — perguntou Planchet, que não tinha ouvido o último diálogo.
— Entrar em Paris se, é claro, tivermos a permissão do nosso caro Planchet — disse Athos.
— E como não teriam? O sr. conde só pode estar zombando de mim! Serei sempre o seu servidor — ele respondeu curvando-se.
Em seguida, dirigindo-se a seus homens:
— Deixem passar os cavalheiros. Eu os conheço, são amigos do sr. de Beaufort.

Marie (1620-79), duque (desde a geração anterior) de Vitry, filho do então marquês de Vitry, que, a mando de Luís XIII, assassinou Concino Concini (ver nota 6). Francisco VI, duque de La Rochefoucauld, príncipe de Marcillac (1613-80), aliou-se a todas as intrigas da época e aderiu à Fronda instigado pela amante, a duquesa de Longueville, mas tornou-se conhecido, mais tarde, sobretudo como escritor (La Rochefoucauld, *Máximas*). Louis II de La Trémoille (1612-50), marquês e depois duque de Noirmoutier, também próximo do coadjutor Gondi e da duquesa de Longueville, ajudou a convencer o príncipe de Conti a se juntar à causa da Fronda. Falecido em 1658, o conde de Fiesque, militar, era muito ligado ao sr. Príncipe, o "grande Condé". O marquês de Laigues, capitão da guarda do duque de Orléans, casou-se secretamente com a duquesa de Chevreuse e era muito ligado ao coadjutor Gondi; morreu em 1674. Claude de Bourdelle (1606-63), conde de Montrésor, favorito de Gastão de Orléans, participou de todas as conspirações contra Richelieu e contra Mazarino, foi exilado e voltou para participar da Fronda. Henri de Sévigné (1623-51) envolveu-se com entusiasmo em todas as peripécias da Fronda; levou vida agitada e morreu num duelo, deixando uma viúva cujas cartas a tornariam mais conhecida que ele, a Sra. de Sévigné. Para os demais mencionados ver notas 9, 159 e 468.

— Viva o sr. de Beaufort! — gritou em uníssono o posto inteiro, abrindo passagem para Athos e Aramis.

O sargento aproximou-se de Planchet, questionando em voz baixa:

— Como? Sem passaporte?

— Sem passaporte!

— Muito cuidado, capitão — ele prosseguiu, já promovendo Planchet por antecipação —, cuidado porque um daqueles três homens que passaram ainda há pouco me disse baixinho para desconfiarmos desses dois.

— Pois eu os conheço — respondeu Planchet com toda a dignidade de seu cargo — e me responsabilizo.

Dito isso, ele apertou a mão de Grimaud, que pareceu envaidecido com a distinção.

— Então até breve, capitão — despediu-se Aramis com ironia. — Se tivermos algum problema, vamos dá-lo como referência.

— Nisso, como em tudo o mais, sou criado dos senhores.

— É um sujeito esperto — comentou Aramis, montando a cavalo —, e muito.

— E como não seria — respondeu Athos, também se pondo em sela —, depois de tanto tempo escovando os chapéus do seu amo?

81. *Os embaixadores*

Os dois amigos retomaram o caminho, descendo a inclinação rápida do faubourg, mas, chegando à parte mais baixa, com muita surpresa descobriram que as ruas de Paris tinham se transformado em rios e as praças em lagos. Em consequência das chuvas caídas no mês de janeiro, o Sena havia transbordado, suas águas invadindo metade da capital.[474]

Athos e Aramis enfrentaram bravamente a inundação com seus cavalos, mas em pouco tempo os pobres animais estavam cobertos até o peito e os dois fidalgos tiveram que tomar uma barca, recomendando aos criados que os esperassem no Halles.

Assim, foi de barca que chegaram ao Louvre. A noite já havia caído e Paris, vista à luz de alguns pálidos lampiões vacilantes no meio de todo aquele brejo, com barcas carregadas de patrulhas reluzentemente armadas e gritos de comunicação trocados à noite pelos postos, tinha um aspecto que impressionou Aramis, o homem mais sensível aos sentimentos belicosos que se possa imaginar.

Chegaram à rainha, mas tiveram que esperar, pois Sua Majestade concedia audiência a cavalheiros que tinham notícias da Inglaterra.

— Nós também — disse Athos ao lacaio que lhes trouxera a informação. — Trazemos não só notícias, mas estamos chegando de lá.

— Como se chamam os senhores? — perguntou o criado.

— Somos os srs. conde de La Fère e cavaleiro d'Herblay — disse Aramis.

— Assim sendo, cavalheiros — disse o servidor, diante daqueles nomes que ele tantas vezes ouvira a rainha mencionar, com esperanças —, assim sendo as coisas mudam e creio que Sua Majestade não me perdoaria se eu os fizer esperar. Acompanhem-me, por favor.

---

474. Em suas *Mémoires*, a sra. de Motteville diz: "Paris ficou igual à cidade de Veneza. O Sena a inundou inteira e andava-se de barco pelas ruas."

E ele seguiu à frente, sucedido por Athos e Aramis.

Chegando à porta da sala em que se encontrava a rainha, fez sinal para que esperassem e entrou:

— Senhora, espero que Vossa Majestade me perdoe a desobediência, pois venho anunciar os srs. conde de La Fère e cavaleiro d'Herblay.

Ouvindo esses nomes, a rainha deu um grito de alegria que pôde ser ouvido pelos dois fidalgos, de onde estavam.

— Pobre rainha! — murmurou Athos.

— Faça-os entrar! Que entrem! — exclamou, por sua vez, a jovem princesa, precipitando-se à porta.

A malfadada criança não se afastava da mãe, tentando fazê-la esquecer, com seus cuidados filiais, a ausência dos outros dois irmãos e da irmã.

— Entrem, cavalheiros — disse a princesa, abrindo ela mesma a porta.

Athos e Aramis obedeceram. Sentada numa poltrona, a rainha tinha à sua frente dois dos três fidalgos que eles tinham visto no corpo de guarda.

Eram os srs. de Flamarens e Gaspard de Coligny, duque de Châtillon, irmão daquele que tinha sido morto sete ou oito anos antes, num duelo na praça Royale, motivado pela sra. de Longueville.

Ouvindo os nomes dos recém-chegados, eles deram um passo atrás e trocaram algumas palavras em voz baixa, preocupados.

— E então, senhores? — perguntou a rainha, ao ver Athos e Aramis. — Finalmente chegaram, meus fiéis amigos, mas o correio do Estado é mais rápido. A Corte foi informada dos acontecimentos em Londres no momento em que os senhores chegavam às portas de Paris e aqui temos os cavalheiros de Flamarens e de Châtillon, que trazem, da parte da rainha Ana da Áustria, as mais recentes informações.

Aramis e Athos se entreolharam. A tranquilidade e até a alegria que brilhavam nos olhos da rainha os enchiam de surpresa.

— Por favor continuem — dirigiu-se ela aos srs. de Flamarens e de Châtillon —, diziam que Sua Majestade Carlos I, meu augusto senhor, foi condenado à morte contra a vontade da maioria dos súditos ingleses?[475]

— Exato, senhora — balbuciou Châtillon.

Athos e Aramis se olharam, cada vez mais surpresos.

— E que, levado ao cadafalso... Ao cadafalso! Meu senhor! Meu rei! Levado ao cadafalso, foi salvo pelo povo indignado?

— Exato — confirmou Châtillon, com voz tão baixa que os recém-chegados, mesmo prestando muita atenção, mal puderam ouvir a afirmação.

---

475. Em *Mémoires*, a sra. de Motteville conta ter sido esta a primeira versão dada à rainha Henriqueta. Acrescenta que a visita foi um mero "pretexto", pois Flamarens foi a Paris em busca de aliados para a Corte, sobretudo o príncipe de Marcillac, de quem era amigo pessoal.

A rainha juntou as mãos com franca gratidão, enquanto a filha passava um braço ao redor de seu pescoço e beijava-a, com lágrimas de alegria.

— Só nos resta agora apresentar nossos humildes cumprimentos — disse Châtillon, que parecia se sentir pouco à vontade naquele papel e ruborizava visivelmente diante do olhar fixo e penetrante de Athos.

— Só mais um instante, por favor — pediu a rainha, retendo-os com um sinal. — Os srs. de La Fère e d'Herblay, como acabaram de ouvir, chegam de Londres e talvez possam acrescentar, como testemunhas oculares, detalhes que não conheçam. Transmitam-nos à rainha, minha boa irmã. Falem, senhores, falem. Quero ouvi-los. Nada me escondam, não queiram poupar-me. Estando Sua Majestade viva e a dignidade real a salvo, nada mais importa.

Athos empalideceu e levou a mão ao coração.

— Estou ouvindo — insistiu a rainha, que notara o movimento e a palidez. — Por favor.

— Desculpai-me, senhora — disse Athos —, mas nada quero acrescentar ao que disseram os cavalheiros antes de eles reconhecerem que talvez tenham se enganado.

— Como? — alarmou-se a rainha, perdendo o ar. — Tenham se enganado? O que está havendo, por Deus?

— Cavalheiro — disse o sr. de Flamarens a Athos —, se tivermos nos enganado, seria da rainha Ana da Áustria que viria o erro. E não creio que pretenda corrigi-la, pois seria desmentir Sua Majestade.

— Da rainha? — continuou Athos, com sua voz calma e vibrante.

— Sim — murmurou Flamarens, baixando os olhos.

Athos suspirou com tristeza.

— O erro não seria de quem os acompanhava, e que vimos com os senhores no corpo de guarda da barreira do Roule?[476] — emendou Aramis com sua amabilidade insultuosa. — Pois os senhores eram três, ao entrar em Paris, se o conde de La Fère e eu vimos bem.

Châtillon e Flamarens estremeceram.

— Explique-se, conde! — exclamou a rainha, com crescente aflição. — Há desespero em suas faces e a boca hesita em me dar alguma notícia terrível. Suas mãos tremem... Meu Deus! Meu Deus! O que aconteceu?

— Senhor! — suplicou a princesa, caindo de joelhos junto à mãe. — Tenha piedade de nós.

— Se os cavalheiros — disse Châtillon — trazem uma notícia funesta, estarão agindo com crueldade ao anunciar essa notícia à rainha.

Aramis se aproximou dele a ponto de quase tocá-lo e disse, com os lábios repuxados e o olhar chamejante:

---

476. A barreira do Roule se situava à altura do atual nº 114 da rua do Faubourg-Saint-Honoré.

— O senhor não tem a pretensão, assim espero, de ensinar ao sr. conde de La Fère e a mim o que devemos dizer, não é?

Durante essa curta altercação, Athos, ainda com a mão no peito e a cabeça caída, se aproximara da rainha para dizer, com voz emocionada:

— Senhora, os príncipes, por sua natureza, estão acima de seus semelhantes e recebem do céu um coração feito para suportar infortúnios maiores que o comum dos mortais. Está no coração a sua superioridade. Não devemos, portanto, creio eu, agir com uma grande rainha, como Vossa Majestade, da mesma forma que com qualquer outra mulher da nossa posição. Majestade, destinada a todos os martírios desta terra, eis o resultado da missão com que fomos honrados.

E, ajoelhando-se diante da rainha fremente e glacial, ele tirou de junto ao peito, guardados na mesma caixa, a cruz cravejada de diamantes que a rainha entregara, antes da sua partida, a lorde de Winter e o anel nupcial que, quando ia morrer, Carlos entregara a Aramis. Desde então Athos não se separara mais daqueles objetos.

Ele abriu a caixa e os entregou à rainha, com muda e profunda dor.

A rainha estendeu a mão, pegou o anel, levou-o trêmula aos lábios e, sem poder soltar um suspiro, sem poder externar o pranto, largou os braços, perdeu toda cor e caiu inconsciente, amparada por suas aias e a filha.

Athos beijou a bainha do vestido da infeliz viúva e, erguendo-se com uma imponência que causou grande impressão em quem estava presente, declarou:

— Eu, conde de La Fère, que jamais menti, juro, primeiro diante de Deus e depois diante dessa pobre rainha, termos feito, no solo da Inglaterra, tudo que fosse possível para salvar o rei. Agora, cavaleiro — ele disse, voltando-se para d'Herblay —, vamo-nos; nosso dever foi cumprido.

— Só um instante — pediu Aramis. — Temos uma palavra ainda a dizer a esses senhores.

E, voltando-se para Châtillon:

— O cavalheiro se importaria de sair, mesmo que por pouco tempo, para ouvir o que tenho a dizer e que não pode ser dito aqui?

Châtillon se inclinou, concordando. Athos e Aramis saíram à frente, Châtillon e Flamarens atrás. Em silêncio, atravessaram o vestíbulo. Ao se aproximarem, entretanto, de um terraço bastante isolado e para o qual se abria uma janela, Aramis tomou essa direção e disse ao duque de Châtillon:

— O senhor se permitiu, ainda há pouco, falar conosco de forma bastante arrogante. Em nenhum caso algo assim seria aceitável, mas menos ainda vindo de pessoas que trouxeram à rainha a mensagem de um mentiroso.

— Senhor! — reagiu o duque.

— O que fizeram do sr. de Bruy? — perguntou com zombaria Aramis. — Teria ele por acaso ido trocar de aparência, pois se parecia demais com Maza-

— *Juro diante de Deus e dessa pobre rainha termos feito tudo que fosse possível para salvar o rei.*

rino? Sabemos haver no Palais Royal um bom número de máscaras italianas de teatro, de Arlequim a Pantalão.[477]

— Seria uma impressão ou está nos provocando? — perguntou Flamarens.

— Não é só uma impressão, senhor.

— Cavaleiro! Cavaleiro! — chamou Athos.

— Deixe isso comigo — disse Aramis com certa irritação. — Sabe que não gosto que fiquem coisas pendentes.

— Termine então, cavaleiro — disse Châtillon com a mesma altivez de Aramis.

Aramis inclinou-se.

— Outro que não fosse o sr. conde de La Fère ou eu mandaria que os prendessem, pois temos amigos em Paris. Mas oferecemos um meio para que possam partir sem maiores problemas. Venham por cinco minutos conversar conosco, de espada na mão, nesse terraço abandonado.

— Com prazer — disse Châtillon.

— Um momento, senhores — interferiu Flamarens. — Reconheço que a proposta é tentadora, mas não é possível aceitá-la nesse momento.

— E por quê? — perguntou Aramis, com o mesmo tom irreverente. — Terá sido o convívio com Mazarino que o deixou tão prudente?

— Entenda, Flamarens — disse Châtillon —, não responder seria uma afronta ao meu nome e à minha honra.

— É o que também acho — concordou Aramis.

— Não responda e, mesmo assim, tenho certeza, esses senhores logo concordarão comigo.

Aramis balançou a cabeça, num gesto de terrível insolência, que fez com que Châtillon levasse a mão à espada.

— Duque — continuou Flamarens —, não esqueça que amanhã deve comandar uma expedição da mais alta importância e, designado pelo sr. Príncipe, com o aval da rainha, até a noite de amanhã o senhor não é dono de seus atos.

— Que seja! Até depois de amanhã cedo então — aceitou Aramis.

— Até lá — respondeu Châtillon. — Será uma longa espera, senhores.

— Não fui eu a fixar esse termo nem a pedir tal adiamento. Aliás, é possível que nos encontremos nessa expedição.

— Tem razão. E me dará muito prazer, caso se dê ao trabalho de ir até as portas de Charenton.[478]

— Perfeito! Pela honra de encontrá-lo iria ao fim do mundo, será então mais fácil andar uma légua ou duas para isso.

— Nesse caso, até amanhã, cavalheiro.

---

477. Arlequim, *Arlecchino* em italiano, é um personagem da *Commedia dell'arte*, sempre caracterizado com traje feito de retalhos multicoloridos, em geral formando losangos, que representam as variadas facetas da sua personalidade. Para Pantalão, ver nota 149.

478. No lado noroeste de Paris.

— Conto com isso. Vá encontrar o seu cardeal. Mas jure por sua honra não avisá-lo da nossa volta.

— Impõe condições?

— Por que não?

— Em geral são os vencedores que têm esse direito, e não é o caso dos senhores.

— Então passemos às espadas agora mesmo. Para nós, nenhum problema, não comandamos expedição alguma amanhã.

Os dois mazarinianos se entreolharam, mas havia tanta ironia nas palavras e nos gestos de Aramis que Châtillon, principalmente, tinha dificuldade de conter a raiva. Ouvindo Flamarens, no entanto, ele mais uma vez se reprimiu.

— Bom, podemos fazer isso. Nosso amigo, quem quer que seja, nada saberá do ocorrido. Mas promete estar amanhã em Charenton, não é?

— Ah, quanto a isso os senhores podem dormir tranquilos.

Os quatro fidalgos se cumprimentaram, mas foram Châtillon e Flamarens, dessa vez, a sair na frente, com Athos e Aramis atrás.

— Contra quem se dirige todo esse seu furor, Aramis? — perguntou Athos.

— Diabos! Contra quem merece.

— E esses dois, o que fizeram?

— Fizeram... Você não viu?

— Não.

— Riram quando juramos ter cumprido nosso dever na Inglaterra. Não importa se acreditaram ou não. Se acreditaram, foi para nos insultar que riram. Se não acreditaram, continuaram insultando e urge mostrar a eles quem somos. No mais, foi bom que isso tenha sido adiado para amanhã, acho que hoje temos coisa melhor a fazer do que empunhar espadas.

— Que seria...

— Ora bolas! Provocar a prisão de Mazarino.

Athos torceu o nariz.

— Não gosto muito desse tipo de expedição, você sabe.

— Por quê?

— São como surpresas.

— Você, Athos, seria um general bem particular. Só lutaria à luz do dia, avisaria o adversário sobre a hora do ataque e nada faria à noite contra o inimigo, temendo que o acusassem de ter se aproveitado do escuro.

Athos sorriu:

— Como sabe, não podemos ir contra a nossa natureza. Aliás, no ponto em que estamos, nem sabemos se a prisão de Mazarino não causaria mais dano do que lucro, se não seria um problema, mais do que um triunfo.

— Diga logo que não concorda com o que fiz.

— Não é isso, creio que foi bem-intencionado, mas...

— Mas?

— Acho que não deveria tê-los feito jurar que nada diriam a Mazarino, pois com isso praticamente se comprometeu a não agir.

— Não me comprometi a nada, garanto. Sinto-me perfeitamente livre. Vamos, Athos, vamos!

— Onde?

— À casa do sr. de Beaufort ou à do sr. de Bouillon. Falaremos de tudo isso.

— Está bem, mas com uma condição: comecemos pelo coadjutor. É um padre, familiarizado com problemas de consciência, e contaremos o nosso.

— Hum... Ele vai estragar tudo, apropriar-se de tudo. Deixemos para o fim, em vez de começar com ele.

Athos sorriu. Via-se que tinha, no fundo do coração, algo que não dizia.

— Que seja! — ele acabou concordando. — Por qual quer começar?

— Pelo sr. de Bouillon, se não tiver nada contra. Está mais no nosso caminho.

— Mas então me permita uma coisa, pode ser?

— O quê?

— Que eu passe no hotel Grand-Roi-Charlemagne para abraçar Raoul.

— Claro! Vou junto e também o abraço.

Os dois haviam tomado a barca que os levara ao Louvre e pediram que os deixasse no Halles. Lá, encontraram Grimaud e Blaisois com os cavalos e partiram todos para a rua Guénégaud.

Raoul, no entanto, não se encontrava mais no hotel. Recebera, durante o dia, uma mensagem do sr. Príncipe e imediatamente partiu com Olivain.

82. *Os três auxiliares do generalíssimo*

Na sequência que haviam combinado, Athos e Aramis, saindo do hotel Grand-Roi-Charlemagne, dirigiram-se ao palacete do sr. duque de Bouillon.

Era uma noite escura e, apesar de serem horas normalmente silenciosas e solitárias, ouviam-se ainda ressoar aqueles mil ruídos que despertam em sobressalto as cidades sitiadas. A cada passo havia barricadas, a cada esquina correntes esticadas, a cada encruzilhada acampamentos improvisados de soldados. Patrulhas encontravam-se e gritavam suas senhas, mensageiros enviados pelos diferentes chefes iam de um lado para outro e, além disso, discussões animadas, sinal da efervescência social, agitavam os habitantes pacíficos, que se mantinham em suas janelas, e aqueles mais belicosos, que corriam às ruas de alabarda no ombro ou arcabuz debaixo do braço.

Athos e Aramis não deram cem passos sem que fossem parados pela sentinela de uma barricada, que pediu a senha. Eles responderam estar indo à casa do sr. de Bouillon para dar uma notícia importante. Foi-lhes oferecido um guia, que, a pretexto de facilitar a passagem por novas barreiras, na verdade os vigiava. O homem tomou a frente e ia cantando: "*Nosso bravo sr. de Bouillon/ Sofre de gota.*" Era um triolé bem recente, composto de não sei quantas estrofes, com cada chefe recebendo o seu quinhão.[479]

Chegando às proximidades do palacete, passaram por três cavaleiros que conheciam todas as senhas do mundo, pois iam sem guia nem escolta e, nas barricadas, apenas diziam as palavras certas e deixavam-nos

---

[479]. O próprio Dumas cita o triolé (estrofe com triplo refrão) inteiro, em *Luís XIV e seu século*: "Esse bravo sr. de Bouillon/ Sofre muito de gota./ É ousado como um leão/ O bravo sr. de Bouillon./ Mas se for preciso atacar um batalhão/ Ou pôr para correr o Príncipe,/ Esse bravo sr. de Bouillon/ Sofre muito de gota."

passar, com toda a deferência que mereciam por sua condição social. Ao vê-los, Athos e Aramis pararam.

— Eh, eh! Viu isso, conde? — perguntou Aramis.

— Vi sim.

— O que acha desses três cavaleiros?

— E você, Aramis?

— São os nossos homens.

— Os próprios. Reconheci perfeitamente o sr. de Flamarens.

— E eu o sr. de Châtillon.

— Já o cavaleiro de capa marrom...

— É o cardeal.

— Ele mesmo.

— E como se arriscam a vir tão perto do palacete de Bouillon? — perguntou Aramis.

Athos sorriu, mas nada disse. Cinco minutos depois, eles batiam à porta do príncipe.

A entrada era guardada por uma sentinela, por se tratar de uma autoridade superior. Um pequeno posto de guarda inclusive era mantido no pátio, pronto para obedecer às ordens do auxiliar direto do sr. príncipe de Conti.

Como diziam os versos, o sr. duque de Bouillon sofria de gota e estava acamado. Apesar da grave indisposição, que o impedia de montar a cavalo há um mês, ou seja, desde que Paris estava sitiada, ele se dispôs a imediatamente receber os srs. conde de La Fère e cavaleiro d'Herblay.

Os dois foram conduzidos até o doente, que estava em seu quarto, deitado, mas cercado do aparato mais militar que se possa imaginar. Por todo lugar, e pendurados nas paredes, viam-se espadas, pistolas, couraças e arcabuzes. Era fácil de se prever que, assim que se livrasse do mal que o afligia, o sr. de Bouillon daria muito trabalho aos inimigos do Parlamento. Enquanto isso, para o seu pesar, como ele dizia, era forçado a se manter de cama.

— Ah, cavalheiros! — exclamou ele assim que viu os dois visitantes e fazendo menção de se erguer da cama, um esforço que arrancou dele uma careta de dor. — Felizes os senhores, que podem montar a cavalo, ir e vir combatendo pela causa do povo. Enquanto eu, como veem, estou preso a essa cama. Que inferno, essa gota! — ele disse, com novo e sofrido esgar. — Maldita gota!

— Estamos chegando da Inglaterra, monsenhor, e nosso primeiro intento, entrando em Paris, foi o de buscar notícias da sua saúde.

— Muito obrigado, amigos, muito obrigado! Bastante ruim, como veem, minha saúde... Maldita gota! Chegaram então da Inglaterra? E o rei Carlos está bem, pelo que acabei de saber.

— Está morto, monsenhor — disse Aramis.

— Não! — reagiu o duque com espanto.

— Morto no cadafalso, condenado pelo Parlamento.

— Não pode ser!
— Executado à nossa frente.
— E o que me contou, então, o sr. de Flamarens?
— O sr. de Flamarens? — quis confirmar Aramis.
— Sim. Ele acaba de sair.

Athos sorriu e perguntou:
— Com dois companheiros?
— Isso! Com dois companheiros. Os senhores os encontraram? — ele pareceu se preocupar.
— Apenas vimos, acho que na rua — apressou-se a dizer Athos.

E deu um sorriso para Aramis, que o olhava com espanto.
— Maldita gota! — praguejou o sr. de Bouillon, claramente pouco à vontade.
— Monsenhor dá uma grande mostra de dedicação à causa parisiense por se manter, doente como está, à frente das tropas. Tanta perseverança realmente nos impressiona muito, ao sr. d'Heblay e a mim.
— Fazer o quê? É preciso, e os senhores são um exemplo de bravura e lealdade, os senhores a quem meu caro colega, o duque de Beaufort, deve a liberdade e talvez a vida. Temos que nos sacrificar pela coisa pública. Então, como veem, me esforço, mas confesso estar no limite das minhas forças. A vontade e a mente se mantêm, mas essa maldita gota me mata e, confesso, se a Corte aceitasse minha demanda, demanda perfeitamente justa, pois apenas pleiteio a indenização prometida pelo antigo cardeal quando tomaram meu principado de Sedan,[480] realmente, se me dessem domínios do mesmo valor, se me indenizassem pelo não usufruto dessa propriedade desde que me foi retirada, lá se vão oito anos, se o título de príncipe fosse concedido à minha linhagem e se meu irmão de Turenne fosse reintegrado em seu comando, eu imediatamente me retiraria em minhas terras, deixando que a Corte e o Parlamento se arranjassem como bem entendessem.
— E teria toda razão, monsenhor — concordou Athos.
— É o que acha, não é, sr. conde de La Fère?
— Totalmente.
— E o senhor também, cavaleiro d'Herblay?
— Também.
— Pois lhes garanto, cavalheiros, tudo indica que será o partido que adotarei. A Corte me faz propostas neste momento e só depende de mim aceitá-las.

---

480. O principado de Sedan foi negociado em troca da anistia do sr. de Bouillon, após o fracasso do complô de Cinq-Mars, em 1642, do qual ele participou. Somente em março de 1649 o marechal de Turenne (1611-75) seria inculpado por crime de lesa-majestade e obrigado a se refugiar na Holanda, depois de ter suas tropas subornadas por Mazarino.

Até agora eu as recusei, mas já que homens como os senhores me aconselham o contrário e, sobretudo por essa maldita gota deixar-me impossibilitado de prestar qualquer serviço à causa parisiense, bem, estou muito inclinado a seguir o que dizem e aceitar a proposta que acaba de me fazer o sr. de Châtillon.

— Aceite sim, príncipe, aceite — disse Aramis.

— É verdade, têm razão. Estou até arrependido por ter quase definitivamente recusado, essa noite... Mas temos um encontro amanhã e veremos.

Os dois amigos se despediram do duque.

— Boa noite, senhores. Devem estar bem cansados da viagem. Pobre rei Carlos! Mas ele, afinal, tinha alguma culpa nisso tudo e o que nos consola é que a França está acima de qualquer crítica com relação ao ocorrido, tendo feito tudo que podia para salvá-lo.

— Com certeza! Nesse sentido, somos testemunhas. O sr. de Mazarino, sobretudo...

— Que ótimo! Fico contente que prestem esse testemunho. Ele, no fundo, tem coisas boas, o cardeal. Não fosse estrangeiro... Bom, ele seria menos injustiçado. Ai! Maldita gota!

Athos e Aramis saíram, mas os gemidos do sr. de Bouillon os acompanharam até a antecâmara. Era evidente que o pobre príncipe sofria como um condenado.

Chegando à porta da rua, Aramis perguntou ao amigo:

— E então, o que achou?

— De quem?

— Do sr. de Bouillon, de quem mais?

— Meu caro, acho o mesmo que o triolé do nosso guia: "*Nosso bravo sr. de Bouillon/ Sofre de gota.*"

— Como viu, não falei do que, na verdade, nos levou até ele — disse Aramis.

— Foi prudente, teria provocado uma crise no enfermo. Vamos ao sr. de Beaufort.

E os dois tomaram o rumo do palacete de Vendôme.[481]

Soavam as dez horas, quando chegaram.

A residência estava igualmente bem guardada e apresentava o mesmo aspecto bélico que a de Bouillon. Viam-se sentinelas, posto de guarda, armas ensarilhadas, cavalos já aparelhados presos nas argolas. Dois cavaleiros, saindo ao mesmo tempo que Athos e Aramis entravam, foram forçados a fazer suas montarias darem um passo atrás e ceder passagem.

---

481. O palacete de François de Bourbon-Vendôme, duque de Beaufort (ver nota 9), ficava à rua Saint-Honoré e foi demolido no início do séc.XVIII para a abertura da atual praça Vendôme.

— Ora, ora! — exclamou Aramis. — É nossa noite de encontros! Devo dizer que seria realmente uma pena, depois de nos encontrarmos tanto essa noite, não nos vermos amanhã.

— Ah! Esteja tranquilo quanto a isso — devolveu Châtillon (pois era ele que saía da casa do duque de Beaufort, com Flamarens). Se nos encontramos à noite sem nos procurarmos, mais facilmente nos encontraremos de dia e nos procurando.

— Assim espero — disse Aramis.

— E eu tenho certeza — respondeu o duque.

Os srs. de Flamarens e de Châtillon seguiram em frente, Athos e Aramis desceram de suas montarias.

Mal passaram as rédeas aos criados e se livraram das capas, um homem se aproximou deles e, depois de olhá-los por um instante sob a duvidosa claridade de um lampião suspenso no meio do pátio, soltou uma exclamação de surpresa e foi abraçá-los.

— Conde de La Fère, cavaleiro d'Herblay! Estão aqui, em Paris!

— Rochefort! — disseram ao mesmo tempo os dois amigos.

— Eu mesmo! Chegamos há quatro ou cinco dias da região de Vendôme, como devem saber, e nos preparamos para dar trabalho ao Mazarino. Continuam conosco, imagino?

— Mais que nunca. E o duque?

— Furioso com o cardeal. Vocês sabem da popularidade que tem o nosso querido duque. É o verdadeiro rei de Paris. Não pode pôr os pés na rua sem correr o risco de juntar uma multidão a seu redor.

— É formidável! — disse Aramis. — Mas diga, não eram os srs. de Flamarens e Châtillon saindo ainda há pouco?

— Eles mesmos. Pediram audiência ao duque. Provavelmente vieram da parte de Mazarino, mas encontraram um interlocutor difícil, posso garantir.

— É bom saber! — disse Athos. — E poderíamos ter a honra de ver Sua Alteza?

— Como não? Agora mesmo. Para os senhores ela está sempre disponível. Venham comigo, quero ter o prazer de anunciá-los.

Rochefort tomou a frente. Todas as portas se abriram. Encontraram o sr. de Beaufort prestes a se pôr à mesa. As mil ocupações da noite haviam atrasado a ceia até aquela hora. Apesar, no entanto, da gravidade dessa circunstância, assim que ouviu os dois nomes anunciados por Rochefort, o príncipe levantou-se da cadeira que ele já aproximava da mesa e dirigiu-se com entusiasmo aos visitantes:

— Ah, por Deus! Sejam muito bem-vindos, meus amigos. Vêm tomar parte na minha ceia, não é? Boisjoli, avise Noirmont que tenho dois convidados. Os senhores conhecem Noirmont, não é? É o meu chefe de cozinha, o sucessor do velho Marteau, que fabrica as excelentes tortas que os senhores conhecem. Boisjoli, que ele nos mande uma, mas não como a que preparou para La Ramée. Graças a Deus não precisamos mais de escadas de corda, de punhais nem de "pera da aflição".

— Que monsenhor não incomode, por nossa causa, o ilustre chefe de cozinha, apesar de conhecermos seus talentos inúmeros e variados — disse Athos. — Esta noite, com a permissão de Vossa Alteza, pedimos a honra de apenas nos informarmos da sua saúde e ouvir suas ordens.

— Que pena! Minha saúde, como veem, é excelente. Uma saúde que resistiu a cinco anos em Vincennes, na companhia do sr. de Chavigny, é capaz de tudo. E quanto às ordens, por Deus, confesso me sentir pouco à vontade para isso, uma vez que cada um as distribui a gosto e, se continuarmos assim, vou acabar sem poder dar nenhuma.

— É mesmo? Achei ser com essa união que o Parlamento contava — disse Athos.

— Ah... União! Bela união! Com o duque de Bouillon pode ser, ele não sai da cama por causa da gota. Mas com o sr. de Elbeuf e seus elefantes de filhos... Os senhores conhecem o triolé sobre o duque de Elbeuf?

— Não.

— Então ouçam.

E o duque começou a cantar:

O sr. de Elbeuf e seus filhos
Arrasam na praça Royale.
Seguem os quatro pateando,
O sr. de Elbeuf e seus filhos.
Mas assim que é preciso ir lutar no campo,
Adeus ímpeto marcial.
O sr. de Elbeuf e seus filhos
Arrasam na praça Royale.[482]

— Mas não é o que se passa com relação ao coadjutor, espero — continuou Athos.

— Pois com ele é pior ainda. Que Deus os proteja dos prelados que se metem em tudo, ainda mais os que usam couraça por baixo da batina! Em vez de ficar na santa paz de seu bispado cantando *te-déum* por vitórias que não obtemos ou por vitórias em que somos derrotados, sabem o que ele faz?

---

482. O triolé, da autoria de Jacques Carpentier de Marigny (1615-70), foi encomendado pelo coadjutor, querendo afastar Elbeuf do seu comando, e fez muito sucesso. No original: "*Monsieur d'Elbeuf et ses enfants/ Font rage à la place Royale./ Ils vont tous quatre piaffant,/ Monsieur d'Elbeuf et ses enfants./ Mais sitôt qu'il faut battre aux champs,/ Adieu leur humeur martiale./ Monsieur d'Elbeuf et ses enfants/ Font rage à la place Royale.*"

— Não.

— Arma um regimento com o seu nome, o regimento de Corinto.[483] Promove tenentes e capitães como se fosse marechal da França, e coronéis como se fosse rei.

— Mas espero que na hora de lutar ele fique no arcebispado... — disse Aramis.

— Nada disso! É onde o senhor se engana, meu caro d'Herblay! Na hora do combate ele combate. E como a morte do tio garantiu a ele uma cadeira no Parlamento,[484] agora tropeçamos nele em todo lugar: no Parlamento, no Conselho, no combate. O príncipe de Conti é general só para retrato. E que retrato! Um príncipe corcunda! Ah! As coisas não vão nada bem, cavalheiros, nada bem!

— Devemos entender, monsenhor, que Vossa Alteza está descontente? — perguntou Athos, trocando um olhar com Aramis.

— Descontente, conde? Minha Alteza está é furiosa! E a ponto de, veja bem, digo isso aos senhores, não diria a outras pessoas, se a rainha, reconhecendo seus erros, chamasse do exílio a minha mãe e me garantisse a continuidade do almirantado de meu pai, como prometeu na hora de sua morte, bem!, eu não estaria longe de amestrar cachorros para que digam haver, na França, ladrões ainda maiores que o sr. de Mazarino.

Não foi apenas um olhar que Athos e Aramis trocaram e sim um olhar e um sorriso. Mesmo que não os tivessem visto, poderiam dizer que os srs. de Châtillon e de Flamarens tinham passado por ali. Assim sendo, não falaram da presença do sr. de Mazarino em Paris.

— Obrigado, monsenhor. Vindo a essa hora à residência de Vossa Alteza, a intenção era apenas demonstrar nossa dedicação e dizer que estamos à disposição, como fiéis servidores.

— Como fiéis amigos, senhores, meus fiéis amigos! Deram prova disso, e se vier a me entender com a Corte provarei, assim espero, que continuo amigo dos senhores, assim como daqueles cavalheiros... Como, diabos, se chamavam? D'Artagnan e Porthos?

— D'Artagnan e Porthos.

— Isso mesmo. Então lembre-se, conde de La Fère, e lembre-se, cavaleiro d'Herblay, estou inteiro, e sempre ao dispor de ambos.

Athos e Aramis se curvaram e saíram.

— Meu caro Athos — disse Aramis —, que Deus me perdoe, mas creio que só aceitou vir comigo para me dar uma lição.

---

483. O coadjutor era arcebispo *in partibus infidelium* de Corinto, título honorífico (significando "em países infiéis") em referência a antigas dioceses perdidas pela Igreja católica romana (no caso a de Corinto, na Grécia).

484. O arcebispo de Paris, tio do coadjutor, só morrerá em 1654. Em 18 de janeiro de 1649 ele ocupou o seu lugar no Parlamento apenas pela ausência do titular.

— Não terminamos ainda, caro amigo. Verá quando deixarmos a casa do coadjutor.

— Ao arcebispado, então.

E os dois tomaram o rumo da Cité.

Estavam também inundadas as ruas do berço de Paris,[485] e tiveram, outra vez, que tomar uma barca.

Eram passadas as onze horas, mas todos sabiam que se podia chegar à casa do coadjutor a qualquer instante. Seu incrível ritmo de trabalho transformava a noite em dia e o dia em noite.

O palácio arcebispal emergia das águas e o visitante podia achar, pelo número de embarcações atracadas por todos os lados, que estava em Veneza e não em Paris. Elas iam e vinham, cruzavam-se em todas as direções, metendo-se pelo emaranhado de ruas da Cité ou se afastando rumo ao Arsenal ou o cais Saint-Victor, tranquilas como se estivessem num lago. Algumas corriam mudas e misteriosas, outras ruidosas e iluminadas. Os dois amigos conseguiram passagem nesse mundo de embarcações e, por sua vez, atracaram.

Todo o andar térreo do arcebispado estava alagado, mas algumas escadas tinham sido improvisadas junto às muralhas, resultando de toda aquela inundação que a entrada para os cômodos se fazia pelas janelas e não pelas portas.

E foi como Athos e Aramis chegaram à antecâmara do prelado. O cômodo estava repleto de lacaios, pois uma dúzia de senhores se espremia na sala de espera.

— Santo Deus! — alarmou-se Aramis. — Olhe só isso! Será que esse coadjutor pretensioso vai ter o prazer de nos deixar mofar numa antecâmara?

Athos sorriu.

— Meu amigo, temos que aceitar as pessoas com os inconvenientes da sua posição. O coadjutor é, nesse momento, um dos sete ou oito reis de Paris. Ele tem a sua Corte.

— Que tenha, mas não somos cortesãos.

— Vamos fazer chegar a ele nossos nomes e se a recepção a isso não for adequada, bem... nós o deixamos cuidar dos negócios da França e dos seus próprios. Temos apenas que chamar um lacaio e colocar meia pistola na sua mão.

— Aliás, ei! — chamou Aramis. — Se não me engano... não, é ele mesmo... Bazin, venha cá, seu malandro!

Bazin, que atravessava naquele momento a antecâmara, majestosamente vestido com seus trajes eclesiásticos, virou-se de cara feia, procurando o impertinente que o chamava daquela maneira. Mas assim que viu Aramis, o lobo virou cordeiro e ele foi até os dois fidalgos:

---

485. Ver nota 340.

— Que surpresa, sr. cavaleiro! E o sr. conde! Os dois, num momento em que nos preocupávamos tanto com os senhores! Como estou contente de vê-los!

— Está bem, está bem, mestre Bazin — disse Aramis. — Chega de prosopopeia. Viemos para ver o sr. coadjutor, mas estamos com pressa, precisamos vê-lo agora mesmo.

— Perfeitamente! Agora mesmo, claro. Não se deixam pessoas como os senhores esperar numa antecâmara. Mas ele está nesse momento em conferência secreta com um tal sr. de Bruy.

— De Bruy! — exclamaram ao mesmo tempo Athos e Aramis.

— Exato. Fui eu quem o anunciou e me lembro bem do nome. O senhor o conhece? — perguntou Bazin.

— Tenho muita impressão de que sim.

— Não posso dizer o mesmo. Estava tão enrolado na capa que, por mais que eu tentasse, nada pude ver de seu rosto. Mas vou entrar para anunciá-los e quem sabe, agora, eu consiga ver.

— Não é preciso — disse Aramis. — Desistimos de ver o sr. coadjutor essa noite, não concorda, Athos?

— Como queira.

— Ele tem coisas importantes demais a tratar com esse sr. de Bruy.

— E digo a ele que os senhores vieram ao arcebispado?

— Não, não é necessário. Vamos embora, Athos.

E os dois amigos, atravessando a multidão de lacaios, deixaram o palácio seguidos por Bazin, que, esbanjando saudações, demonstrava o quanto eram importantes.

— E então? — perguntou Athos, quando os dois já se encontravam na barca. — Concorda agora que teríamos atrapalhado toda essa gente se provocássemos a prisão do sr. de Mazarino?

— Você é a encarnação da sabedoria, Athos.

O que mais incomodava os dois amigos era a pouca importância que a Corte da França dava aos acontecimentos terríveis ocorridos na Inglaterra e que, a eles, pareciam dever chamar a atenção da Europa inteira.

De fato, à exceção de uma pobre viúva e uma órfã que choravam num canto do Louvre, ninguém parecia se lembrar da existência do rei Carlos I, que acabava de morrer num patíbulo.

Os dois marcaram de se encontrar na manhã seguinte, às dez horas, pois Aramis, apesar do avançado da hora ao chegarem à porta do hotel, disse ter ainda algumas visitas a fazer e deixou que Athos entrasse sozinho.

No dia seguinte, à hora marcada, voltaram a se encontrar. Athos, por sua vez, havia saído às seis da manhã.

— E então? Alguma novidade? — ele perguntou.

— Nenhuma. D'Artagnan não foi visto e Porthos também não apareceu. E você?

— Nada.

— Miséria!

— É verdade que esse atraso não parece natural. Eles pegaram o caminho mais direto e deviam chegar antes de nós.

— Acrescente-se que d'Artagnan é rápido em suas ações, como sabemos, e não perderia uma hora sequer, sabendo que o esperávamos...

— Lembre-se de que ele contava estar aqui no dia 5.

— E já estamos no 9. O prazo termina essa noite.

— O que pensa fazer, se não tivermos notícias até lá?

— Bom, sair à procura dele.

— Certo — concordou Athos.

— E Raoul?

Uma ligeira sombra obscureceu o rosto do conde.

— Raoul me preocupa. Recebeu uma mensagem do príncipe de Condé, foi encontrá-lo em Saint-Cloud[486] e até agora não voltou.

— Procurou a sra. de Chevreuse?

— Não estava em casa. E você? Imagino que tenha estado com a sra. de Longueville.

— Passei, de fato, na sua casa.

— E?

— Também não estava, mas pelo menos deixou seu novo endereço.

— Onde?

— Adivinhe, duvido.

— Imagino que tenha ido procurá-la logo que nos despedimos. Como, então, vai querer que eu adivinhe onde se encontrava, à meia-noite, a mais bela e mais ativa das frondistas?

— No palácio da Prefeitura!

— Como assim, no palácio da Prefeitura? Foi nomeada preboste dos comerciantes?

— Não, mas declarou-se rainha interina de Paris. Como não ousou se mudar logo para o Palais Royal ou para as Tuileries, foi para o palácio da Prefeitura, onde não vai demorar a dar um herdeiro ou herdeira ao querido duque.[487]

— Não me havia contado esse detalhe, Aramis.

— Bah! É mesmo? Então foi por ter esquecido, mil desculpas.

— E agora, o que vamos fazer até a noite? Estamos bem à toa, tenho a impressão.

---

486. A oeste da capital, município que hoje se inclui na Grande Paris, logo depois do Bois de Boulogne.

487. A duquesa de Longueville dera à luz um filho, Charles-Paris, em 29 de janeiro; o pai era o príncipe de Marcillac, La Rochefoucauld. O irmão da duquesa, príncipe de Conti, a havia deixado na Prefeitura, "sob a guarda do povo", julgando assim ganhar a confiança da população.

— O amigo esquece que temos um trabalhinho que vem a calhar?
— Onde?
— Para os lados de Charenton, ora bolas! Espero, pelo que ele prometeu, encontrar um certo sr. de Châtillon, a quem detesto há uma eternidade.
— E por quê?
— É irmão de um certo sr. de Coligny.
— Ah! É verdade, tinha esquecido... aquele que pretendeu a honra de ser seu rival.[488] Mas foi duramente punido pela audácia, meu caro. Na verdade, isso já deveria bastar.
— Pode ser, mas fazer o quê? Não bastou. Sou rancoroso. É o único ponto que me liga à Igreja. Dito isso, é claro, não se sinta forçado a me acompanhar.
— Como? Não está falando sério!
— Nesse caso, meu caro, se está decidido a me secundar, não temos tempo a perder. O tambor já bateu, vi canhões sendo deslocados e burgueses enfileirando-se na praça da Prefeitura. Haverá batalha na área de Charenton, provavelmente, como disse ontem o duque de Châtillon.
— Achei que as conversas da última noite fossem mudar as disposições guerreiras.
— E devem ter mudado, mas nem por isso deixará de haver batalha, nem que seja para, justamente, esconder essas conversas.
— Pobres daqueles que vão morrer para que se devolva Sedan ao sr. de Bouillon, para que se mantenha o almirantado do sr. de Beaufort e para que o coadjutor seja cardeal!
— Vamos, meu amigo! Sabe muito bem que não estaria sendo tão filósofo se Raoul não fosse estar na batalha.
— É, talvez tenha razão, Aramis.
— Pois então vamos para onde ela deve ser travada. É o meio mais seguro de encontrar d'Artagnan, Porthos e, talvez, até mesmo Raoul.
— Infelizmente!
— Meu caro Athos, agora que estamos em Paris, você tem que perder essa mania de suspirar o tempo todo. As coisas são como são! Nem parece mais um homem de espada, é quase homem de Igreja. Mexa-se! Veja aqueles dois burgueses que passam; é animador, caramba! E aquele capitão, olhe só, tem quase uma postura militar!
— Saem da rua do Mouton.
— Tambor à frente, como soldados de verdade! Veja só o fulano, quanto garbo, leva jeito!
— Eh! — chamou atenção Grimaud.
— O quê? — perguntou Athos.

---

488. Maurice de Coligny (ver nota 130), que era amante da sra. de Longueville, como, no romance, também Aramis.

— Planchet, senhor.

— Ontem tenente, hoje capitão — disse Aramis. — Amanhã, provavelmente coronel. Em oito dias será marechal da França.

— Vamos pedir informações — sugeriu Athos.

Os dois amigos se aproximaram de Planchet, que, mais brioso do que nunca, satisfeito de ser visto em atividade, consentiu contar que recebera ordem de se posicionar na praça Royale com duzentos homens, formando a retaguarda do exército parisiense, e de acorrer a Charenton, se necessário.

Como os dois fidalgos seguiam na mesma direção, acompanharam Planchet até a sua área de concentração.

O capitão enfileirou bastante corretamente seus homens na praça e os escalonou por trás de uma longa fila de burgueses, disposta nas ruas Saint-Antoine e do Faubourg Saint-Antoine, aguardando o sinal de combate.

— O dia será quente — comentou Planchet, com um tom aguerrido.

— Provavelmente — respondeu Aramis —, mas a distância é grande entre nós e o inimigo.

— Encurtaremos essa distância — disse um chefe de pelotão.

Aramis agradeceu e, em seguida, dirigindo-se a Athos, disse:

— Não vejo por que acampar aqui na praça Royale com toda essa gente. Que tal seguir mais adiante? Teremos melhor visão das coisas.

— E o sr. de Châtillon não virá buscá-lo aqui na praça, não é? Vamos, meu amigo, vamos em frente.

— Não gostaria também de trocar umas palavras com o sr. de Flamarens?

— Amigo, tomei a decisão de só sacar a espada se me sentir absolutamente forçado.

— Desde quando?

— Desde que saquei o punhal.

— Entendo! Ainda a lembrança do sr. Mordaunt! Pois veja, meu caro, só falta agora dizer que tem remorsos por ter matado aquele sujeito.

— Psss! — fez Athos, pondo o dedo diante dos lábios, com aquele sorriso triste que era só dele. — Não falemos mais de Mordaunt, isso só traz desgraça.

E Athos esporeou o cavalo na direção de Charenton, percorrendo o faubourg e depois o vale de Fécamp,[489] atravancado de burgueses em armas. Nem é preciso dizer que Aramis o seguia a uma distância de meio corpo.

---

[489] No lugar da atual rua de Charenton. Na época, era um pequeno vale entre os riachos de Montreuil e dos Orgulhosos.

83. O combate de Charenton[490]

À medida que Athos e Aramis seguiam, passando pelos diversos regimentos que avançavam pela estrada, começaram a ver couraças lustrosas e brilhantes no lugar das armas enferrujadas da retaguarda, assim como mosquetões luzidios em vez de alabardas desiguais.

— Acho que será este o verdadeiro campo de batalha — disse Aramis. — Veja aquele corpo de cavalaria distribuído em frente à ponte, de pistola em punho. Ah, cuidado! Um canhão está sendo posicionado.

— Eh, meu caro! Olhe só onde nos meteu. Tenho a impressão de reconhecer à nossa volta oficiais das tropas reais. Não é o próprio sr. de Châtillon que se aproxima, ali, com dois artilheiros?

Dizendo isso, Athos levou a mão à espada, enquanto Aramis, achando de fato ter ultrapassado os limites do campo parisiense, procurou suas cartucheiras.

— Bom dia, senhores — disse o duque, chegando perto deles. — Vejo que não estão entendendo o que está acontecendo. Posso rapidamente explicar. Há uma conferência: o sr. Príncipe, o sr. de Retz, o sr. de Beaufort e o sr. de Bouillon discutem política. Então, das duas uma: ou não se entendem e nós nos encontramos, cavaleiro, ou se entendem e, como estarei livre do meu posto de comando, nos encontramos de qualquer maneira.

— O senhor se exprime maravilhosamente bem. Permita-me então uma pergunta.

— Pois não.

— Onde se encontram os plenipotenciários?

— Em Charenton, na segunda casa à direita, de quem vem de Paris.

— E essa tal conferência, não estava prevista?

---

490. O combate ocorreu em 8 de fevereiro de 1649. Dumas mescla elementos fantasiosos, sobretudo irônicos, a detalhes muito exatos.

— Não, senhores. Resultou, tudo indica, de novas propostas que o sr. de Mazarino fez, ontem à noite, aos parisienses.

Athos e Aramis se entreolharam rindo. Melhor do que ninguém, sabiam dessas propostas, a quem foram feitas e por quem.

— E essa casa em que estão os agentes diplomáticos — perguntou Athos —, pertence...?

— Ao sr. de Clanleu,[491] que comanda as tropas dos senhores em Charenton. Digo dos senhores por supor que sejam frondistas.

— Hum... mais ou menos — disse Aramis.

— Como assim, mais ou menos?

— Bem... o senhor sabe melhor que ninguém que nos tempos que correm não se pode ter muita certeza do que somos.

— Somos a favor do rei e dos srs. príncipes — disse Athos.

— Seria preciso nos entendermos sobre o que isso significa — disse Châtillon. — O rei está conosco e tem como generalíssimos os srs. de Orléans e de Condé.

— É verdade — retrucou Athos —, mas o lugar de Sua Majestade é ao nosso lado, com os srs. de Conti, de Beaufort, de Elbeuf e de Bouillon.

— Pode ser. Pessoalmente, não escondo minha pouca simpatia pelo sr. de Mazarino. Meus interesses pessoais estão em Paris, onde tenho um importante processo, do qual depende minha fortuna e, neste momento, acabo de consultar meu advogado...

— Em Paris?

— Não, em Charenton... O sr. Viole,[492] que os senhores conhecem de nome. Excelente homem, um pouco teimoso, ou não estaria no Parlamento. Eu devia vê-lo ontem à noite, mas nosso encontro não permitiu que eu me ocupasse dos meus próprios negócios. Mas como não devemos também deixá-los de lado, aproveitei essa trégua e por isso estou aqui, no campo dos senhores.

— O sr. Viole dá consultas ao ar livre? — perguntou rindo Aramis.

— Exatamente. E até a cavalo. Ele hoje comanda quinhentos pistoleiros e levei comigo esses dois pequenos canhões, para impressioná-lo e à frente dos quais os senhores pareceram surpresos de me ver. Confesso que nem o reconheci de imediato, com uma espada comprida por cima da toga e pistolas na cinta, o que acaba dando a ele uma aparência formidável, que os senhores apreciarão, se tiverem a felicidade de encontrá-lo.

— Sendo tão interessante assim, vale a pena ir ver — disse Aramis.

— Teriam que se apressar, pois as conferências não devem durar muito tempo mais.

---

491. Bertrand d'Ostove (?-1649), marquês de Clanleu, morrerá nessa batalha.

492. O magistrado aparece em atas do Parlamento apenas como presidente (de tribunal) Viole, mas sempre como um dos mais radicais frondistas.

— E, se terminarem sem resultado algum — perguntou Athos —, tentarão tomar Charenton?

— É a minha missão. Comando as tropas de ataque e farei o possível para conseguir.

— Já que comanda a cavalaria... — disse Athos.

— Tenho o comando geral.

— Melhor ainda. Certamente conhece todos os seus oficiais, pelo menos aqueles que mais se distinguem.

— Sim, mais ou menos.

— Poderia me dizer se tem, sob as suas ordens, o tenente d'Artagnan, dos mosqueteiros?

— Ele não está conosco. Há mais de seis semanas deixou Paris e encontra-se, pelo que soube, em missão na Inglaterra.

— Achei que já estaria de volta.

— Não. E creio que ninguém o viu. Mas os mosqueteiros estão conosco e é o sr. de Cambon quem, interinamente, tem o comando do sr. d'Artagnan.

Athos e Aramis trocaram um olhar.

— Está vendo? — disse um.

— É estranho — disse o outro.

— Certamente aconteceu algo ruim no caminho.

— Hoje é dia 8 e à noite expira o prazo que nos demos. Se até lá não tivermos notícia, partimos amanhã cedo.

Athos concordou com um gesto e depois, voltando-se para o duque, continuou:

— E o sr. de Bragelonne, um jovem de quinze anos, ligado ao sr. Príncipe — perguntou Athos, sem graça por demonstrar, diante do cético Aramis, suas preocupações paternais —, teria a honra de ser conhecido do sr. duque?

— Sim, claro. Chegou essa manhã com o sr. Príncipe. Um rapazinho encantador! Seria amigo do sr. conde?

— Sim... — respondeu Athos emocionado. — E eu gostaria muito de poder vê-lo. Seria possível?

— Sem a menor dificuldade. Queira me acompanhar e levo-o ao quartel-general.

— Epa! — exclamou Aramis virando-se. — Creio que temos um bom tropel atrás de nós.

— Sem dúvida, uma tropa de cavaleiros vem nessa direção! — disse Châtillon.

— Reconheço o sr. coadjutor pelo chapéu da Fronda.

— E eu o sr. de Beaufort pelo penacho branco.

— Vêm a galope. O sr. Príncipe também. Ah! Separaram-se.

— Toque de reunir, estão ouvindo? — exclamou Châtillon. — Precisamos nos informar.

É verdade, soldados corriam às suas armas, os cavaleiros desmontados voltavam às selas, clarins soavam, tambores rufavam. O sr. de Beaufort brandiu a espada.

O sr. Príncipe, por sua vez, fez o gesto de reunir e todos os oficiais do exército real, momentaneamente misturados às tropas parisienses, acorreram ao chamado.

— Senhores — disse Châtillon —, é evidente que a trégua foi rompida. Temos combate. Voltem para Charenton, pois atacarei em breve, é o sinal que o sr. Príncipe mandou que me fizessem.

Com efeito, a flâmula do sr. Príncipe tinha sido três vezes erguida no ar, pelo porta-bandeira.

— Até breve, sr. cavaleiro! — gritou Châtillon, que partiu a galope para se juntar aos seus.

Athos e Aramis giraram então seus cavalos e foram cumprimentar o coadjutor e o sr. de Beaufort. Já o sr. de Bouillon, no final da conferência tivera uma crise de gota tão violenta que foi forçado a voltar a Paris de maca.

O sr. duque de Elbeuf, por sua vez, cercado pelos quatro filhos como por um estado-maior, percorria as fileiras do exército parisiense.

Nesse meio-tempo, entre Charenton e o exército real formou-se um amplo vazio, que parecia se preparar como último repouso para os cadáveres.

— Mazarino envergonha a França — disse o coadjutor, apertando o cinturão da espada, carregada à maneira dos antigos prelados militares, por cima da veste arcebispal. — Um joão-ninguém, querendo governar a França como meeiro. E a França só pode voltar a esperar felicidade e paz depois de se livrar dele.

— Parece que não se entenderam quanto à cor do gorro — comentou Aramis.

No mesmo instante, o sr. de Beaufort ergueu a espada.

— Senhores — disse ele —, fizemos uma diplomacia inútil, queríamos nos livrar do poltrão do Mazarini, mas a rainha tem uma queda por ele e quer mantê-lo ministro. Resta-nos então um único caminho, derrotá-lo apropriadamente.

— Bom! — disse o coadjutor. — A eloquência de praxe do sr. de Beaufort.

— Felizmente ele compensa, na ponta da espada, os lapsos de linguagem — disse Aramis.

— Bah! — desdenhou o coadjutor. — Garanto que em toda essa guerra ele se mantém bem apagado.

E sacou também a espada, acrescentando:

— Senhores, o inimigo vem em nossa direção. Vamos poupá-lo da metade do caminho.

E sem se preocupar em confirmar se seus comandados o seguiam ou não, ele partiu. O regimento, com o nome de Corinto, do seu arcebispado lançou-se atrás dele e deu início à batalha.

O sr. de Beaufort, por sua vez, mandou sua cavalaria, sob o comando de Noirmoutiers, para os lados de Étampes,[493] onde encontraria um comboio de víveres impacientemente esperado pelos parisienses, que ele pretendia garantir.

O sr. de Clanleu, que tinha o comando local, mantinha-se com o grosso das tropas, disposto a resistir ao assalto e inclusive, caso o inimigo fosse rechaçado, tentar uma incursão fora.

Em meia hora, o combate já tivera início em todas as frentes. O coadjutor, que se irritava com a reputação de coragem do sr. de Beaufort, lançara-se na dianteira, com uma atuação pessoal de formidável bravura.[494] Sua vocação, como sabemos, era a espada, e ele se sentia feliz toda vez que podia desembainhá-la, pouco importando por quem ou por quê. Mas naquela ocasião, mesmo tendo cumprido bem sua função de soldado, cumpriu mal a de coronel. Com setecentos ou oitocentos homens, ele atacou uma frente de três mil inimigos, que se movimentou compactamente, enfrentando, na batida do tambor, as forças do coadjutor, que chegaram em desordem. O fogo da artilharia de Clanleu, entretanto, abalou a tropa real, que pareceu por um momento se dispersar. Mas isso durou pouco e ela se reorganizou, atrás de um grupo de casas e um pequeno bosque.

Clanleu acreditou que o momento havia chegado e lançou-se com dois regimentos a perseguir o exército inimigo. Só que este último, como dissemos, se reorganizara e voltou ao ataque, conduzido pelo próprio sr. de Châtillon. A carga foi tão violenta e habilmente manobrada que Clanleu e seus homens viram-se praticamente cercados. Foi ordenada a retirada, que começou aos poucos, passo a passo. Infelizmente, logo depois Clanleu caiu mortalmente ferido.

O sr. de Châtillon percebeu essa baixa e anunciou-a aos brados, o que redobrou o ânimo de seus homens e desmoralizou por completo os dois regimentos com que Clanleu partira ao ataque. Com isso, cada um pensou somente em se salvar, procurando voltar a seu território, onde o coadjutor tentava reagrupar seu regimento destroçado.

De repente, um esquadrão de cavalaria surgiu contra os homens de Châtillon, que invadiam, misturados aos fugitivos, o terreno adversário. Athos e Aramis vinham à frente, este com espada e pistola na mão, aquele com espada embainhada e pistola na cartucheira. Athos estava calmo e frio como num desfile, apenas seu belo e nobre olhar se entristecia, vendo se entrematarem tantos homens, sacrificados pela teimosia real, de um lado, e pelo rancor dos príncipes, de outro. Aramis, pelo contrário, matava e embriagava-se com isso, como de hábito. Seus olhos vivos tornavam-se ardentes, a boca, tão finamente talhada,

---

493. Comuna cerca de 50 quilômetros a sudoeste de Paris. Um grande rebanho era aguardado e uma importante tropa de cavaleiros aproveitou a confusão da batalha para garantir a chegada desse gado à capital sitiada.

494. Em suas memórias, já como cardeal de Retz, ele nem sequer cita a presença do duque na batalha.

crispava-se num sorriso lúgubre, e as narinas, dilatadas, sorviam o cheiro do sangue. Cada golpe seu de espada era dado com justeza e a coronha da pistola terminava de derrubar o ferido que tentasse se levantar.

Do lado oposto, nas fileiras do exército real, dois cavaleiros, um protegido por uma couraça dourada e outro por um simples couro de búfalo, do qual saíam as mangas de um gibão de veludo azul, lutavam na primeira fileira. O cavaleiro da couraça dourada foi contra Aramis e aplicou um golpe de espada, que foi defendido com a habilidade que conhecemos.

— Ora se não é o sr. de Châtillon! — exclamou Aramis. — Bem-vindo seja, eu o procurava!

— Espero não tê-lo desanimado com a demora. Em todo caso, aqui estou.

— Sr. de Châtillon — avisou Aramis, tirando da cartucheira uma segunda pistola, reservada para essa ocasião —, creio que se a sua pistola estiver descarregada, o senhor é um homem morto.

— Com a graça de Deus, não é o caso.

O duque ergueu a arma, apontou e atirou. Aramis, entretanto, desviou a cabeça no momento em que viu o adversário apertar o gatilho e a bala passou acima dele, sem atingi-lo.

— Errou — gritou Aramis. — Mas, por Deus, garanto que não errarei.

— Se tiver tempo de atirar! — respondeu o sr. de Châtillon, esporeando o cavalo e investindo de espada em riste.

Aramis o esperou com aquele sorriso terrível, sua marca em semelhantes situações, e Athos, vendo o duque atacar com a rapidez de um raio, abriu a boca para gritar: "Atire! Atire logo!" Quando afinal ouviu o disparo, o sr. de Châtillon abriu os braços e desabou na anca do seu cavalo.

A bala tinha penetrado no peito, por uma junta da couraça.

— Fui atingido! — o duque ainda teve tempo de dizer, escorregando do cavalo, até o chão.[495]

— Eu tinha avisado, duque, mas agora lamento ter cumprido assim o que disse. Posso fazer alguma coisa pelo senhor?

Châtillon esboçou um gesto com a mão e Aramis preparava-se para descer do cavalo, mas recebeu uma violenta pancada na altura da costela: um golpe de espada, do qual a couraça o protegeu.

Ele prontamente se virou e agarrou o agressor pelo punho. Dois gritos partiram ao mesmo tempo, um dele próprio e o outro de Athos:

— Raoul!

O rapaz, reconhecendo ao mesmo tempo o rosto do cavaleiro d'Herblay e a voz de seu pai, abaixou a espada. Vários cavaleiros do exército parisiense lançaram-se contra ele, mas Aramis protegeu-o com a espada:

---

495. Durante a batalha, o duque de Châtillon realmente levou um tiro que atravessou o seu tórax. Morreu no dia seguinte, aos 28 anos, e foi nomeado marechal, *in extremis*.

— Fui atingido!

— O prisioneiro é meu! Afastem-se!
Athos, enquanto isso, pegava o cavalo do filho pela rédea, para afastá-lo dali. O sr. Príncipe, que dava apoio ao sr. de Châtillon na segunda linha, apareceu nesse momento. Viu-se seu olho de águia brilhar e ele pôde ser reconhecido pelos golpes que distribuía ao redor.

Nesse momento, o regimento de Corinto, que o coadjutor, apesar dos seus esforços, não conseguira reorganizar, recuou atropeladamente no meio das tropas parisienses, derrubando o que encontrasse pela frente e procurando voltar a Charenton. Atravessou a localidade sem nem mesmo parar. Arrastado nessa fuga, o coadjutor voltou a passar junto ao grupo formado por Athos, Aramis e Raoul.

— Ah, ah! — exclamou Aramis, que, com a mágoa que guardava do coadjutor, não podia deixar de se alegrar com seu fracasso. — Sendo arcebispo, monsenhor devia conhecer as Santas Escrituras.

— E o que elas têm a ver com isso?

— O sr. Príncipe o trata neste momento como são Paulo, é "a primeira aos Coríntios".[496]

---

[496]. Foi uma *boutade* da época, em alusão à "primeira epístola aos coríntios" de são Paulo, na qual o apóstolo repreende a igreja da cidade de Corinto, que passava por dissensões e desordens.

— Vamos, chega! — disse Athos. — A tirada pode ser boa, mas não vamos ficar esperando os aplausos. Em frente; ou melhor, para trás, pois a batalha parece perdida para a Fronda.

— Pouco me importa! Vim apenas para encontrar o sr. de Châtillon. Como encontrei, estou satisfeito. Um duelo com um Châtillon, tenho do que me orgulhar!

— E ainda com um prisioneiro — acrescentou Athos, mostrando Raoul.

Os três seguiram a galope pelo caminho.

O rapazote estava muito contente de encontrar o pai e eles seguiam lado a lado, a mão esquerda de um na mão direita do outro.

Já longe do campo de batalha, Athos perguntou a ele:

— O que foi fazer tão à frente do combate, meu amigo? Não era o seu lugar, tenho a impressão, não estava armado para isso.

— Eu, na verdade, nem devia participar da ação de hoje. Estava encarregado de uma missão para o cardeal, a caminho de Rueil, quando vi o sr. de Châtillon partir ao ataque e quis acompanhá-lo. Ele me disse então que dois cavaleiros do exército parisiense me procuravam e que um deles era o conde de La Fère.

— Como!? Sabia que estávamos ali e quis matar o seu amigo d'Herblay?

— Não reconheci o sr. cavaleiro com a armadura — respondeu Raoul, corando. — Deveria, no entanto, pela habilidade e sangue-frio.

— Agradeço o elogio — disse Aramis — e sei com quem teve aulas de cortesia. Mas está indo a Rueil, então?

— Estou.

— Encontrar o cardeal?

— Provavelmente. Tenho uma mensagem do sr. Príncipe para Sua Eminência.

— Tem que levá-la — disse Athos.

— Hum! Espere um pouco, conde, devagar com a generosidade. Diabos! Nosso destino e, mais importante ainda, o dos nossos amigos, talvez esteja nessa mensagem.

— Mas Raoul não pode deixar de cumprir seu dever.

— Para começar, conde, esquece que este jovem é prisioneiro? O que fazemos está dentro das regras. Aliás, os vencidos não podem se mostrar difíceis na escolha dos meios. Passe para cá essa mensagem, Raoul.

O rapaz hesitou, procurando nos olhos de Athos alguma indicação sobre o que fazer.

— Entregue o documento, Raoul, você é prisioneiro do cavaleiro d'Herblay.

Raoul cedeu com relutância, mas Aramis, menos cheio de questões de consciência que o conde de La Fère, imediatamente pegou o papel, leu e o entregou a Athos, dizendo:

— Você, que é um homem de fé, leia com atenção e veja se não há, nessa carta, algo que a Providência julgou que precisávamos saber.

Franzindo as belas sobrancelhas, Athos pegou o papel, pois a ideia de que a mensagem pudesse ter a ver com d'Artagnan ajudou-o a vencer a aversão que sentia ao fazer aquilo.

Eis o que havia no bilhete:

Monsenhor, enviarei hoje à noite a Vossa Eminência, para reforçar a tropa do sr. de Comminges, os dez homens solicitados. São bons soldados, aptos a controlar os dois duros adversários cujas habilidade e decisão preocupam Vossa Eminência.

— Hum...
— Viu? O que acha de dois adversários contra os quais é preciso, além da tropa de Comminges, dez bons soldados? Não parece, sem tirar nem pôr, se tratar de d'Artagnan e Porthos?
— Vamos revirar Paris pelo resto do dia — decidiu Athos — e se até a noite não tivermos notícia deles, tomamos a estrada para a Picardia. Tenho certeza, graças à imaginação de d'Artagnan, que não vamos demorar a encontrar alguma indicação que esclarecerá as dúvidas.
— Reviremos então Paris atrás de informação. Comecemos por Planchet, que pode ter ouvido alguma coisa sobre o antigo patrão.
— Pobre Planchet! Você fala como se nada tivesse acontecido, mas é possível que tenha sido trucidado. Com seus guerreiros burgueses em campo, pode ter havido um massacre.

Como a hipótese era bem provável, foi com preocupação que os dois amigos entraram em Paris pela porta do Temple e dirigiram-se à praça Royale, onde esperavam ter notícias daqueles pobres burgueses. Mas a surpresa foi grande, vendo-os a beber e conversar, inclusive o capitão, ainda acampados na praça e possivelmente pranteados por seus familiares, que teriam ouvido o canhão de Charenton e os imaginavam no calor da batalha.

Athos e Aramis procuraram se informar com Planchet, mas ele nada soubera sobre d'Artagnan. Quiseram levá-lo com eles, mas o capitão não podia deixar seu posto sem ordem superior.

Somente às cinco horas todos voltaram para suas casas, dizendo que chegavam da batalha; não tinham perdido de vista o cavalo de bronze de Luís XIII.[497]

— Com mil trovões! — praguejou Planchet ao entrar na sua loja da rua dos Lombardos. — Fomos vergonhosamente batidos. Nunca vou me refazer disso!

---

[497]. Estátua equestre inaugurada em 27 de setembro de 1639. Obra do escultor Pierre Biard, foi fundida à época da Revolução e substituída, no reinado de Luís Filipe, pela que se vê ainda hoje, no centro da atual praça des Vosges, obra dos escultores Charles Dupaty e Jean-Pierre Cortot.

84. A estrada para a Picardia

Athos e Aramis, seguros em Paris, entendiam muito bem que, assim que pusessem os pés fora da cidade, correriam os maiores perigos. Mas sabemos como homens assim tratam essa questão do perigo. Eles sentiam, aliás, que o desfecho dessa segunda odisseia estava próximo, faltando apenas, como se diz, um último empurrão.

Diga-se que mesmo a cidade de Paris não estava nem um pouco tranquila. Víveres começavam a faltar e, quando um dos generais do sr. príncipe de Conti precisava recuperar influência, ele próprio organizava um pequeno motim e o controlava, ação que por algum tempo lhe garantia a superioridade sobre os colegas.

Num desses motins, o sr. de Beaufort incentivou a pilhagem da casa e da biblioteca do sr. de Mazarino, para que o pobre povo tivesse algo a roer, justificou-se.[498]

Athos e Aramis deixaram Paris sob esse golpe de Estado que aconteceu na noite mesmo do dia em que os parisienses foram derrotados em Charenton.

E foi, assim, uma cidade na miséria, beirando a fome, agitada pelos temores e dilacerada entre as facções, que Athos e Aramis deixaram. Como parisienses e frondistas, eles imaginavam encontrar a mesma miséria, os mesmos temores e as mesmas intrigas no campo inimigo. Qual não foi a surpresa deles quando, passando por Saint-Denis, souberam que em Saint-Germain ria-se, cantava-se e levava-se vida bastante alegre.

Os dois fidalgos preferiram tomar caminhos mais tortuosos, primeiro para não cair nas mãos de mazarinianos espalhados pela região da Île-de-France, e depois para evitar os frondistas que controlavam a

---

498. Na verdade, o Parlamento leiloou móveis de Mazarino.

Normandia e que os levariam até o sr. de Longueville, para que ele os reconhecesse como amigos ou inimigos.[499] Livres desses dois perigos, voltaram à estrada de Boulogne a Abbeville, seguindo-a passo a passo, traço a traço.

De início, porém, ficaram indecisos. Dois ou três estalajadeiros foram interrogados sem que indício algum esclarecesse as dúvidas ou direcionasse as buscas. Em Montreuil,[500] porém, com seus dedos delicados, Athos sentiu numa mesa algo áspero. Afastou a toalha e decifrou esses hieróglifos inscritos na madeira com a lâmina de uma faca: "Port... — d'Art... — 2 de fevereiro".

— Maravilha! — ele exclamou, mostrando a inscrição ao companheiro. — Íamos pernoitar aqui, mas é bobagem, vamos seguir adiante.

Montaram nos cavalos novamente e chegaram a Abbeville, onde se surpreenderam com a quantidade de estalagens locais. Seria impossível visitar todas. Como adivinhar em qual tinham se hospedado quem procuravam?

— Pense bem, Athos, não vamos encontrar nada por aqui. Se estamos perdidos diante de tanta opção, o mesmo aconteceu com nossos amigos. Se fosse somente Porthos, ele teria se hospedado no melhor hotel e seria certo encontrar algum traço da sua passagem. Mas d'Artagnan não tem esse tipo de fraqueza. Por mais que Porthos tenha reclamado de estar morrendo de fome, ele provavelmente seguiu caminho, inexorável como o destino. É fora daqui que temos que procurar.

Eles continuaram seu caminho, porém nada de novo surgiu. Era uma tarefa das mais sem graça e, sobretudo, das mais tediosas que já tinham empreendido. Sem a tripla motivação do compromisso, da amizade e da gratidão incrustada na alma, nossos dois viajantes inúmeras vezes teriam desistido de procurar vestígios na areia, interrogar moradores, comentar sinais, perscrutar rostos.

Mas seguiram assim até Péronne.

Athos começava a se desesperar. Sua nobre e curiosa natureza culpava-se pela situação em que Aramis e ele se encontravam. Provavelmente não haviam procurado direito, provavelmente não haviam feito as perguntas com a persistência necessária nem sido perspicazes nas investigações. Já se dispunham a voltar atrás quando, atravessando o subúrbio que levava às portas da cidade, num muro branco que formava ângulo com uma rua acompanhando a muralha, Athos percebeu um desenho feito com pedra escura e que representava, com a inocência das primeiras tentativas de uma criança, dois cavaleiros galopando frenéticos. Um deles mostrava um cartaz em que estavam escritas, em espanhol, essas palavras: "Seguem-nos".

---

499. O sr. de Longueville era o governador do ducado normando.

500. Montreuil-sur-Mer, a cerca de 25 quilômetros de Boulogne, onde os quatro tinham se separado.

— Ei, ei! — Athos falou. — Não há como ser mais claro. Sabendo que os perseguiam, d'Artagnan parou por cinco minutos. Isso prova que não era seguido tão de perto ou talvez eles tivessem conseguido escapar.

Aramis balançou a cabeça:

— Se fosse o caso, já o teríamos visto ou, pelo menos, ouvido falar.

— Tem razão, Aramis, vamos em frente.

É impossível descrever a preocupação e a impaciência dos dois fidalgos. A inquietação afligia sobretudo o coração compassivo e afetuoso de Athos e a impaciência o espírito agitado, e que tão facilmente se extraviava, de Aramis. De forma que galoparam por três ou quatro horas com o frenesi dos dois cavaleiros desenhados na parede. De repente, numa passagem estreita e apertada entre dois barrancos, depararam-se com uma enorme pedra que bloqueava meia estrada. Podia-se adivinhar seu lugar primitivo pela marca deixada num dos barrancos, com traços que comprovavam que não fora acidental a queda, enquanto o seu peso indicava ter sido necessário, para movê-la, o braço de um Encélado ou de um Briareu.[501]

Aramis freou sua montaria e exclamou, olhando a pedra:

— Ah! Isso é obra de Ájax, filho de Télamon,[502] ou do nosso Porthos. Vamos examinar mais de perto esse rochedo, conde.

Os dois desmontaram. Com toda evidência, a pedra tinha sido derrubada para barrar o avanço de cavaleiros. Estava, de início, atravessada, mas os cavaleiros seguintes, ao esbarrar no obstáculo, apearam e a deslocaram.

Athos e Aramis examinaram a pedra por todos os lados expostos à luz, sem nada encontrar que chamasse atenção. Pediram então ajuda a Blaisois e Grimaud, e os quatro conseguiram movê-la. No lado que estava para baixo, puderam ler: "Oito guardas do rei nos perseguem. Se chegarmos a Compiègne, vamos parar no Pavão Coroado, o dono é amigo."

— Até que enfim, algo mais concreto — disse Athos. — Tenham ou não chegado, já será um avanço para nós. Vamos ao Pavão Coroado.

— Concordo. Mas se quisermos chegar, deixemos os cavalos descansar um pouco; estão quase mortos.

Era bem verdade. Eles pararam na primeira taverna, fizeram cada animal engolir uma ração dupla de aveia embebida em vinho e os deixaram descansar três horas, antes de retomar a estrada. Também os cavaleiros estavam exaustos, mas a esperança os mantinha de pé.

---

501. Na mitologia grega, dois dos incontáveis filhos de Gaia, a Terra. Encélado (ver nota 145) foi o menor e mais fraco dos quatro gigantes, porém o mais inteligente, e Briareu era um dos três hecatônquiros, gigantes com cem braços e cinquenta cabeças.

502. Na mitologia grega, Ájax, filho do rei de Salamina, ilha bem próxima da capital Atenas, participou da guerra de Troia, onde se destacou como um dos mais fortes guerreiros gregos.

Seis horas depois, chegaram em Compiègne e perguntaram pelo Pavão Coroado. Apontaram para uma placa representando o deus Pã[503] com uma coroa na cabeça.

Os dois amigos desceram de seus cavalos sem dar maior atenção às pretensões da placa, que em outra situação Aramis teria logo criticado. Encontraram um bom e bravo estalajadeiro, careca e barrigudo como os personagens chineses de porcelana, a quem perguntaram se não havia hospedado por algum tempo dois fidalgos perseguidos por guardas do rei. O homem, sem nada dizer, foi buscar numa arca um pedaço de lâmina de uma espada.

— Conhece isso? — ele perguntou.

Assim que viu a lâmina, Athos respondeu:

— A espada de d'Artagnan.

— Do grande ou do pequeno?

— Do pequeno.

— Então são amigos daqueles cavalheiros.

— Somos. E o que aconteceu?

— Chegaram em meu pátio com cavalos esfalfados e antes que tivessem tempo de fechar o portão, oito guardas que os perseguiam entraram também.

— Oito? É estranho que d'Artagnan e Porthos, dois sujeitos como eles, sejam presos por oito homens.

— Com certeza, se os oito não tivessem ido buscar uns vinte soldados do regimento Royal-Italien[504] aquartelados na cidade. De forma que seus dois amigos acabaram subjugados pelo número.

— Presos? E por qual motivo, sabe dizer?

— Não, senhor. Foram levados imediatamente e não tiveram tempo de me dizer nada. Mas depois que se foram, encontrei esse pedaço de espada onde se travou a luta, ajudando a recolher dois mortos e cinco ou seis feridos.

— E eles — perguntou Aramis —, sofreram algum ferimento?

— Não que eu tenha visto.

— Bom, é sempre um consolo.

— E sabe para onde foram levados? — perguntou Athos.

— Tomaram a direção de Louvres.

— Vamos deixar Blaisois e Grimaud aqui — sugeriu Athos — e eles amanhã voltam a Paris com os cavalos, que hoje não podem mais seguir adiante. Enquanto isso, seguimos com animais de aluguel.

— Boa ideia.

---

503. Brincadeira com as palavras "pavão" e "Pã", deus grego dos bosques, campos, rebanhos e pastores, que em francês são homófonas.

504. O regimento foi criado somente em 1671, por Luís XIV, com soldados do Piemonte. Foi dissolvido em 1788 quando, há muito tempo, de italiano tinha apenas o nome.

Mandaram então buscar os cavalos e aproveitaram a espera para jantar às pressas. Dependendo das informações que conseguissem em Louvres, talvez ainda continuassem adiante.

Havia um só albergue em Louvres. Já se bebia ali o licor[505] que até hoje guardou sua fama e que já se fabricava naquele tempo.

— Vamos parar aqui — disse Athos —, d'Artagnan certamente não deixou escapar a oportunidade, não de beber um copo de licor, mas de nos deixar uma mensagem.

Eles então entraram e pediram dois copos de licor no balcão, como provavelmente teriam pedido d'Artagnan e Porthos. O balcão em que se apoiavam era coberto por uma placa de estanho e nela podia-se ler, traçado com a ponta rombuda de um alfinete ou coisa assim: "Rueil, D."

— Estão em Rueil! — exclamou Aramis, que fora o primeiro a notar a inscrição.

— Vamos para lá — disse Athos imediatamente.

— Estamos nos jogando na goela do lobo — lembrou Aramis.

— Se eu fosse amigo de Jonas[506] como sou de d'Artagnan, eu o teria seguido na barriga da baleia, Aramis; e você faria o mesmo.

— Realmente, o querido conde me imagina melhor do que sou. Estivesse sozinho, não sei se iria a Rueil sem muitas precauções anteriores, mas aonde você for, irei.

Os dois voltaram a seus cavalos e partiram para Rueil.

Sem saber, Athos havia tomado a melhor decisão. Os deputados do Parlamento acabavam de chegar a Rueil para as famosas conferências que acabaram durante três semanas e levaram a uma paz instável, durante a qual o sr. Príncipe foi preso.[507] Pelo lado dos parisienses, a cidade estava cheia de advogados, de presidentes de tribunal, de conselheiros, de togas de todo tipo. Pelo lado da Corte, eram fidalgos, oficiais e guardas. Resumindo, era fácil, no meio de toda aquela multidão, passar despercebido. Os encontros, aliás, haviam instaurado uma trégua, e prender dois fidalgos, naquele momento, mesmo que declaradamente frondistas, seria uma agressão ao direito público.

---

505. O ratafia, obtido através da maceração, no álcool, de diversos ingredientes e açúcar.

506. Na Bíblia (Jonas 2:1-11), Jonas, tentando escapar de uma perigosa missão de que Deus o incumbira, foge num navio, mas é lançado ao mar pelos marinheiros e devorado inteiro por uma baleia, no interior da qual ele passa três dias, até se arrepender da fuga, sendo então vomitado numa praia e retomando o caminho que o Senhor lhe indicara.

507. As conferências de Rueil tiveram início em 4 de março de 1649 e um primeiro acordo entre a Corte e o Parlamento foi assinado no dia 11. As negociações foram retomadas em Saint-Germain entre 17 e 30 de março. Em 18 de janeiro de 1650, por ordem da rainha, não só Condé, mas também Conti e Longueville, foram presos.

Os dois amigos imaginaram que todos teriam a mesma preocupação que os atormentava. Infiltraram-se nos diferentes grupos, achando que ouviriam algum comentário sobre d'Artagnan e Porthos, mas só se falava de artigos e de emendas. Athos deu a ideia de irem diretamente ao ministro.

— Meu caro, o que propõe é bonito, mas, lembre-se, nossa segurança depende do fato de passarmos despercebidos. Se, de um modo ou de outro, nos mostrarmos muito, iremos na mesma hora encontrar os amigos, mas no mesmo buraco perdido em que estiverem e do qual nem o diabo nos tirará. Vamos tratar de encontrá-los não dessa maneira, mas da nossa. Presos em Compiègne, foram levados a Rueil, como descobrimos em Louvres. Aqui, foram interrogados pelo cardeal, que, depois disso, manteve-os por perto ou os enviou a Saint-Germain. Na Bastilha eles não estão, pois ela está com os frondistas, sob o comando do filho de Broussel.[508] Não foram mortos, pois a morte de d'Artagnan chamaria a atenção. E Porthos, tenho muita impressão de que é eterno como Deus, apesar de menos paciente. Não nos desesperemos, fiquemos por aqui, pois estou convencido de que estão em Rueil. O que houve? Ficou pálido.

— Lembrei — disse Athos, com voz quase trêmula — que foi no castelo de Rueil que o sr. de Richelieu mandou construir uma terrível masmorra,[509] da qual...

— Fique tranquilo, o sr. de Richelieu era um fidalgo, em tudo nosso semelhante pelo berço, superior pela posição. Podia, como um rei, atingir até os maiores de nós na cabeça e, fazendo isso, deixar essa cabeça pouco segura em cima dos ombros. Já o sr. de Mazarino é um grosseirão que pode, no máximo, nos acertar a garganta como qualquer arqueiro. Então não se preocupe tanto, amigo, insisto em dizer que d'Artagnan e Porthos estão vivos em Rueil, e bem vivos.

— Pouco importa, precisamos conseguir com o coadjutor permissão para participar das conferências. Com isso entramos em Rueil.

— Com toda essa gente horrível de toga? Está falando sério? E acha que vão estar discutindo sobre a liberdade ou a prisão de d'Artagnan e Porthos? Não, creio que devemos procurar outro meio.

— Pois então volto à minha primeira ideia. Nada vejo de melhor do que agir franca e lealmente. Procurarei não Mazarino, mas a rainha, e direi a ela: "Senhora, devolvei-nos seus dois servidores, nossos amigos."

Aramis balançou a cabeça.

— É um último recurso que você estará livre de usar, Athos, mas, acredite, sirva-se apenas em caso extremo. Pode ser que se chegue a isso, mas, até lá, continuemos as buscas.

---

508. Louvières havia "tomado" a Bastilha, sem encontrar resistência, em janeiro de 1649.

509. Uma *oubliette*, como eram chamadas as masmorras em que o preso era "esquecido". Essa de Rueil era tristemente famosa.

Foi então o que fizeram e colheram tanta informação, usando mil pretextos, cada um mais engenhoso que o outro, fizeram tantas pessoas falarem, que acabaram encontrando um guarda do rei que confessou ter participado da escolta que conduzira d'Artagnan e Porthos de Compiègne a Rueil. Sem os guardas, ninguém nem saberia que eles tinham entrado na cidade.

Athos voltava, o tempo todo, a seu projeto de ir ver a rainha.

— Para ver a rainha — lembrou Aramis — terá que passar, antes, pelo cardeal, e volto a dizer que, com isso, encontraremos nossos amigos, mas não da maneira que esperamos. E confesso que essa maneira de voltar a estar com eles pouco me apetece. Vamos nos manter livres, para agir bem e rápidos.

— Verei a rainha — resolveu Athos.

— Bom, meu amigo, se estiver decidido a essa loucura, me avise um dia antes.

— Por quê?

— Porque aproveitarei a ocasião para uma visita em Paris.

— A quem?

— Vai saber!? Talvez à sra. de Longueville. Ela é todo-poderosa por lá. Pode me ajudar. Mas mande alguém me avisar se for preso, que tentarei fazer o que puder.

— Por que não se arrisca a ser preso também, Aramis?

— Não gosto da ideia.

— Presos os quatro, e juntos, creio que não estaremos mais correndo perigo. Em vinte e quatro horas estamos todos os quatro do lado de fora.

— Meu caro, desde que matei Châtillon, o queridinho das senhoras de Saint-Germain, minha pessoa goza de atrativos demais para não temer, em dobro, a prisão. A rainha, nessa ocasião, seria capaz de seguir os conselhos de Mazarino, e o conselho de Mazarino será o de me mandar a julgamento.

— Acha mesmo, Aramis, que ela gosta desse italiano como dizem?

— Bem, já gostou de um inglês![510]

— Ora, meu amigo, ela é mulher!

— De forma alguma, Athos, ela é rainha!

— Caro amigo, sinto, mas vou pedir audiência a Ana da Áustria.

— Combinado, Athos. Vou organizar um exército.

— Por quê?

— Para vir sitiar Rueil.

— Onde podemos nos encontrar?

— Ao pé da forca do cardeal.

Os dois amigos separaram-se, Aramis voltando a Paris e Athos para abrir, seguindo certas medidas preparatórias, um caminho até a rainha.

---

510. Alusão ao duque de Buckingham; ver *Os três mosqueteiros*.

85. O reconhecimento de Ana da Áustria

Athos teve muito menos dificuldade do que esperava para chegar até Ana da Áustria. A seu primeiro pedido, tudo se resolveu da melhor maneira e a audiência solicitada foi fixada para o dia seguinte, na sequência do despertar,[511] ao qual sua linhagem dava o direito de assistir.

Verdadeira multidão comprimia-se nos aposentos de Saint-Germain. Nunca, no Louvre ou no Palais Royal, Ana da Áustria tivera tantos cortesãos. Com uma diferença, porém, nessa afluência: ali, tratava-se de uma nobreza de segunda linha, já que o primeiro escalão da fidalguia francesa se encontrava com o sr. de Conti, o sr. de Beaufort e o coadjutor.

No mais, uma grande alegria reinava nessa Corte. A grande particularidade daquela guerra foi terem sido disparadas mais estrofes e cançonetas que tiros de canhão. A Corte fazia sonetos contra os parisienses, que faziam sonetos contra a Corte. Os ferimentos podiam não ser mortais, mas não deixavam de ser muito dolorosos, provocados pela arma do ridículo.

Entretanto, em meio a essa hilaridade geral e aparente futilidade, uma grande preocupação fixara-se no fundo de todas aquelas mentes: Mazarino continuaria ministro e favorito? Ou Mazarino, vindo do Sul como uma nuvem, seria carregado pelo vento que o trouxera? Era o que todos esperavam, todos desejavam. O ministro, então, sentia que a seu redor todas as homenagens, todas aquelas cortesanices, encobriam um fundo de ódio, mal disfarçado sob o medo e o oportunismo. Sentia-se pouco à vontade, sem saber com o que contar nem em quem se apoiar.

---

511. O "despertar do rei" ganhou importância sobretudo sob Luís XIV, com convidados escolhidos podendo assistir à cerimônia que dava início a um teatral e agendado cotidiano real.

O próprio sr. Príncipe, que por ele combatia, nunca perdia a oportunidade de uma ironia que o humilhasse. Duas ou três vezes em que Mazarino quis persistir em algum ato de vontade pessoal, o vencedor de Rocroy fez com que ele compreendesse que o defendia, mas sem qualquer convicção ou entusiasmo.

O cardeal, então, se remetia à rainha, seu único apoio. Mas duas ou três vezes ele sentira esse apoio vacilar.

Chegada a hora da audiência, avisaram ao conde de La Fère que ele seria recebido, mas que devia esperar, pois Sua Majestade estava em reunião com o ministro.

E era verdade. Paris acabava de enviar uma nova comissão para que se tentasse, enfim, dar prosseguimento às negociações e a rainha consultava Mazarino para se decidir quanto à acolhida que daria aos deputados.

Era grande a preocupação entre os altos personagens do Estado e Athos não podia ter escolhido pior momento para falar de seus amigos, simples átomos perdidos naquele turbilhão desencadeado.

Mas nosso herói era inflexível e não titubeava diante de uma decisão tomada, se tal decisão lhe parecesse enraizada na consciência e ditada pelo dever. Ele então insistiu, alegando que, mesmo sem ser deputado do sr. de Conti, do sr. de Beaufort, do sr. de Bouillon, do sr. de Elbeuf, do coadjutor, da sra. de Longueville, de Broussel ou do Parlamento e estivesse ali por conta própria, mesmo assim tinha coisas importantíssimas a dizer à rainha.

Terminada a reunião, ela então o convocou a seu gabinete.

Athos entrou e se apresentou. Era um nome que fora tantas vezes pronunciado diante de Sua Majestade e tanto fizera vibrar seu coração que ela não poderia deixar de reconhecê-lo. No entanto, permaneceu impassível, limitando-se a olhar o fidalgo com a firmeza só permitida às rainhas, seja pela beleza, seja pelo sangue.

— Seria então algum préstimo que o senhor nos oferece, conde? — perguntou Ana da Áustria, após um instante de silêncio.

— Sim, Majestade, um préstimo — respondeu Athos, chocado por, aparentemente, não ter sido reconhecido.

Era um temperamento digno demais, o conde de La Fère, e isso o tornava um lamentável cortesão.

Ana arqueou as sobrancelhas. Mazarino, que folheava documentos à mesa como simples secretário de Estado, ergueu a cabeça.

— Pois fale! — disse a rainha.

Mazarino voltou a seus papéis.

— Senhora, dois amigos nossos, dois dos mais intrépidos servidores de Vossa Majestade, os srs. d'Artagnan e du Vallon, enviados à Inglaterra pelo sr. cardeal, desapareceram repentinamente, no momento em que punham o pé na França, e não se sabe o que aconteceu com eles.

— E daí?

— E daí que peço a atenção de Vossa Majestade para saber o que aconteceu aos dois fidalgos, reservando-me a possibilidade de, se necessário, me dirigir em seguida à Justiça.

— Cavalheiro — disse Ana da Áustria com a altivez que, diante de certas pessoas, tornava-se impertinência —, é esse então o motivo pelo qual vem nos perturbar em meio às muitas preocupações do presente momento? Um caso de polícia? O senhor bem sabe, ou deveria saber, que não temos mais polícia, desde que saímos de Paris.

— Creio que Vossa Majestade — respondeu Athos, inclinando-se com um frio respeito — não precisaria da polícia para saber o que aconteceu aos srs. d'Artagnan e du Vallon. Se consentir interrogar o sr. cardeal sobre os dois fidalgos, Sua Eminência poderá responder sem nada consultar além da própria memória.

— Mas pelo amor de Deus! — exclamou Ana da Áustria, com o movimento labial de desprezo que lhe era particular. — O senhor já o está interrogando.

— Estou, senhora, e quase tenho o direito, pois se trata do sr. d'Artagnan. Do sr. d'Artagnan, repito — ele insistiu, achando poder dobrar, às lembranças da mulher, a arrogância da rainha.

Mazarino entendeu ser preciso interferir.

— *Monsou* conde, não vejo por que não dizer algo que Sua Majestade ignora, isto é, o paradeiro desses dois fidalgos. Eles desobedeceram minhas ordens e estão presos.

— Suplico que Vossa Majestade — disse Athos, impassível e sem se dirigir a Mazarino — suspenda essa ordem de prisão contra os srs. d'Artagnan e du Vallon.

— O que o cavalheiro me pede é da alçada da disciplina e não me concerne — deu por concluída a conversa a rainha.

— O sr. d'Artagnan nunca respondeu assim a qualquer pedido de Vossa Majestade — lembrou Athos, cumprimentando-a com dignidade e dando dois passos atrás, para ganhar a porta.

Mazarino interrompeu-o.

— O sr. conde também está vindo da Inglaterra? — ele perguntou, fazendo um sinal para a rainha, que visivelmente empalidecera e se dispunha a dar alguma ordem rigorosa.

— Assisti aos últimos momentos do rei Carlos I — respondeu Athos. — Pobre rei! Culpado, no máximo, de fraqueza, mas seus súditos o puniram bem severamente. Os tronos ficam bem frágeis em momentos assim e não é vantajoso, para pessoas dedicadas, servirem aos interesses dos príncipes. Foi a segunda vez que o sr. d'Artagnan esteve na Inglaterra: a primeira foi pela honra de uma grande rainha, a segunda pela vida de um grande rei.

— Sr. ministro — disse Ana da Áustria, com um tom do qual o seu hábito da dissimulação não conseguiu abafar a verdadeira expressão —, veja se é possível fazer alguma coisa por esses dois fidalgos.

— Farei tudo que agradar a Vossa Majestade — curvou-se Mazarino.
— Faça então o que pede o sr. conde de La Fère. É como se chama, não?
— Tenho também um outro nome, Majestade: Athos.
— Senhora — disse Mazarino, com um sorriso que mostrava bem sua capacidade para compreender meias palavras. — Podeis estar tranquila, vossa vontade será atendida.
— Ouviu isso, cavalheiro? — perguntou a rainha.
— Ouvi, senhora. E não esperava menos da justiça de Vossa Majestade. Reverei, então, meus amigos, não é? É o que determina Vossa Majestade?
— O senhor os reverá. Aliás, o senhor é partidário da Fronda, não é?
— Sirvo ao rei, senhora.
— Sei, à sua maneira.
— Minha maneira é a de todos os verdadeiros fidalgos, e conheço poucos — respondeu Athos com altivez.
— Pode ir, cavalheiro — disse a rainha, com um gesto. — Obteve o que queria obter e sabemos o que queríamos saber.

Depois que a porta se fechou, ela disse a Mazarino:
— Mande prender esse insolente antes que ele deixe o pátio.
— Foi o que pensei, e fico feliz de receber a ordem que ia solicitar. Esses atrevidos que trazem para a nossa época tradições do outro reinado só aborrecem. Já que temos dois deles presos, juntemos um terceiro.

Athos não estava inteiramente iludido. Havia, no tom da rainha, algo que chamara a sua atenção e parecia ameaçar, mesmo fazendo promessas. Mas não era alguém que procurasse escapar diante de simples suspeita, sobretudo depois de claramente lhe dizerem que reveria os amigos. Ele então esperou, numa das salas contíguas ao gabinete, que trouxessem d'Artagnan e Porthos ou que o chamassem para levá-lo até eles.

Nessa expectativa, aproximou-se da janela e maquinalmente olhou para o pátio. Viu chegar a comissão parisiense que vinha cumprimentar a rainha e decidir o local definitivo das conferências. Havia conselheiros do Parlamento, presidentes de tribunais, advogados e, perdidos entre eles, alguns homens de espada. Uma imponente escolta os esperava fora das grades.

Athos olhou mais atentamente pois, no meio de toda aquela gente, pensou reconhecer alguém, mas sentiu um leve toque no seu ombro e virou-se.
— Ah! Sr. de Comminges!
— Eu mesmo, sr. conde, e encarregado de uma missão para a qual peço que me desculpe.
— Qual, senhor?
— Queira me entregar sua espada, conde.
Athos sorriu e, abrindo a janela, gritou:
— Aramis!

— *Estou sendo preso. Para onde estou sendo levado?*

Um fidalgo se virou e era mesmo quem Athos julgara reconhecer. Era Aramis! Ele saudou de volta o amigo.

— Aramis, estou sendo preso.

— Entendo — respondeu, fleumático, o cavaleiro.

Voltando-se então para Comminges, Athos polidamente entregou a espada pela empunhadura, dizendo:

— Aqui está. Por favor, guarde-a com cuidado, para me devolver quando eu sair da prisão. Tenho muito apreço por ela, foi dada pelo rei Francisco I a um antepassado meu, num tempo em que se armavam os fidalgos e não o contrário. Para onde estou sendo levado?

— Bem... a princípio para o meu quarto. A rainha decidirá posteriormente para onde irá.

Athos seguiu Comminges sem nada mais dizer.

86. A realeza do sr. de Mazarino

A prisão não fizera barulho, não causara escândalo algum e passou mesmo bastante despercebida. Em nada, então, prejudicou o andamento dos acontecimentos, e a comissão enviada pela cidade de Paris foi avisada formalmente que seria recebida pela rainha.

A rainha recebeu-a calada e soberba como sempre. Ouviu as queixas e súplicas dos deputados, mas depois de terminadas ninguém poderia afirmar, de tal modo tinha permanecido indiferente o rosto da rainha, que as tivesse realmente escutado.

Presente à audiência, Mazarino, no entanto, prestava toda atenção ao que pediam os deputados: era, pura e simplesmente, a sua demissão, em termos claros e precisos.

Como a rainha continuava muda, disse o ministro:

— Cavalheiros, junto-me aos senhores implorando que a rainha dê um fim aos males de seus súditos. Fiz tudo que pude para amenizá-los e, dizem os senhores, a crença pública vê, neste pobre estrangeiro que não conseguiu agradar aos franceses, o seu causador. Infelizmente não fui compreendido e não é de se estranhar, uma vez que sucedi ao mais sublime personagem que já deu apoio ao cetro dos reis da França. É a lembrança do sr. de Richelieu que me esmaga. Fosse eu ambicioso, em vão lutaria contra essa lembrança, mas não é o caso e quero dar disto a prova. Declaro-me vencido. Farei o que pede o povo. Se porventura os parisienses cometeram alguns erros, quem não os comete? Paris já sofreu demais, sangue demais já correu, miséria demais tortura uma cidade privada de seu rei e da justiça. Não serei eu, simples indivíduo, que assumirei tanta importância, a ponto de separar uma rainha de seu reino. Uma vez que exigem que eu me retire, muito bem, eu me retiro.

— Nesse caso — disse Aramis ao ouvido do seu vizinho —, a paz está garantida e essas conferências são inúteis. Temos só que enviar, sob boa escolta, o sr. de Mazarino à fronteira mais distante e cuidar para que ele não volte por esta nem por qualquer outra.

— Alto lá, senhor, um momento — respondeu o homem de toga a quem Aramis se dirigira. — Santo Deus! Como vai rápido! Vê-se que é homem de espada. Há o artigo das remunerações e indenizações que deve ser esclarecido.

— O sr. chanceler — disse a rainha, voltando-se para aquele mesmo Séguier, nosso velho conhecido — abrirá as conferências, que serão em Rueil. O sr. cardeal fez declarações que muito me comovem. Por isso não lhe respondo mais demoradamente. No que concerne à sua partida ou permanência, sou reconhecida demais a ele para não o deixar livre, agindo da forma que melhor lhe aprouver.

Uma fugidia palidez nuançou o rosto inteligente do primeiro-ministro. Ele olhou preocupado para a rainha, que mantinha expressão tão impassível que ele, como os demais presentes, não conseguiu decifrar o que se passava em seu coração.

— Enquanto aguardamos a decisão do sr. de Mazarino — continuou a rainha — tratemos apenas das questões relativas ao rei.

Os deputados cumprimentaram-na e saíram.

— Como assim? — perguntou a rainha quando o último deles se retirou da sala. — Cede diante dessa gente de toga e desses advogados?

— Pela felicidade de Vossa Majestade — respondeu Mazarino, fitando a rainha com seu olhar penetrante —, não há sacrifício a que eu não me disponha.

Ana abaixou a cabeça e caiu num daqueles devaneios que lhe eram tão comuns. A lembrança de Athos voltou a seu espírito. Suas maneiras audaciosas, a fala digna e firme, os fantasmas que ele, com uma só palavra, havia evocado, traziam à memória todo um passado de embriagante poesia: a juventude, a beleza, o brilho dos amores dos seus vinte anos, os rudes combates dos que a apoiavam e o final sangrento de Buckingham, o único homem que ela realmente amou, e também o heroísmo de seus obscuros defensores, que a salvaram do duplo ódio de Richelieu e do rei.

Mazarino a observava e, agora que ela se imaginava sozinha, sem todo um mundo de inimigos a espiá-la, ele podia seguir em seu rosto os sonhos que a atravessavam, como é possível ver nos lagos transparentes passarem as nuvens, reflexos do céu, como os pensamentos.

— Será preciso então ceder à tempestade — ela murmurou —, comprar a paz, paciente e religiosamente esperar tempos melhores?

Mazarino sorriu com amargor, ouvindo essa proposta, que mostrava que a rainha levara a sério seu discurso.

Ana tinha a cabeça inclinada e não viu esse sorriso, mas notando que sua pergunta não tivera resposta ela ergueu os olhos.

— Não me responde, cardeal? O que pensa?

— O sr. chanceler — disse a rainha, voltando-se para aquele mesmo Séguier, nosso velho conhecido — abrirá as conferências.

— Penso, senhora, que o insolente fidalgo que mandamos Comminges prender mencionou o sr. de Buckingham que Vossa Majestade deixou assassinar, a sra. de Chevreuse que Vossa Majestade deixou exilar e o sr. de Beaufort que Vossa Majestade mandou à prisão. Mas se fez alusão à minha pessoa, foi por não saber o que sou para Vossa Majestade.

Ana da Áustria estremeceu, como sempre que se sentia atingida em seu orgulho. Ficou vermelha e enterrou, para não responder, as unhas afiadas em suas belas mãos.

— Ele é um atilado conselheiro, com honradez e espírito, sem contar que é também um homem de decisão. Disso sabe a senhora, não é? Gostaria então de dizer a ele, seria um obséquio pessoal meu, que se enganou a meu respeito. Pois, realmente, o que me propõem é quase uma abdicação; e uma abdicação exige maior reflexão.

— Abdicação! — exclamou Ana. — Creio que apenas reis abdicam, senhor.

— E então? Não sou quase rei? E inclusive rei da França? Jogadas aos pés de um leito real, posso dizer, minhas vestes de ministro parecem-se muito, à noite, com uma capa de rei.

Era uma das humilhações que mais frequentemente lhe impunha Mazarino e diante da qual ela constantemente curvava a cabeça. Apenas Elisabeth e Catarina II puderam manter-se mulheres e rainhas para seus amantes.[512]

Ana da Áustria então olhou com uma espécie de terror a fisionomia ameaçadora do cardeal que, em momentos assim, não deixava de apresentar certa grandeza.

— Não disse eu, e não me ouviu o senhor dizer àquela gente, que o ministro faria o que escolhesse fazer?

— Nesse caso, creio que escolho ficar. É não só meu interesse, mas atrevo-me também a acreditar ser isso a vossa salvação.

— Pois fique, não desejo outra coisa, mas, nesse caso, não permita que me insultem.

— Refere-se às pretensões dos rebeldes e ao tom com que as exprimem? Paciência! Escolheram um terreno em que sou um general mais hábil do que eles, as conferências. Venceremos com temporizações. Estão com fome; será pior dentro de oito dias.

— Ah! Por Deus! Tem razão, sei que isso se prolongará assim. Mas não se trata apenas deles, não vieram deles as ofensas mais injuriosas.

---

512. Elisabeth da Inglaterra (1533-1603) nunca se casou, mas teve como amantes notórios Robert Dudley, Robert Devereux e Walter Raleigh. Catarina II da Rússia (1729-96) chegou ao trono depois de se casar com o duque de Holstein-Gottorp, que se tornou Pedro III, afastado do poder por um golpe de Estado orquestrado pela esposa e morrendo dias depois, provavelmente assassinado. A imperadora manteve uma vida amorosa intensa e seus amantes mais conhecidos foram Grigori Orlov, Grigori Potemkin, Alexandre Lanskoy e Platon Zubov.

— Entendo. Vossa Majestade fala das lembranças que eternamente lhe trazem esses três ou quatro fidalgos. Mas estão presos e têm culpa suficiente para que assim os deixemos o tempo que quisermos. Apenas um deles está ainda fora do nosso poder e nos provoca. Mas, que diabo!, vamos conseguir juntá-lo aos companheiros. Já fizemos coisas mais difíceis, com certeza. Por enquanto, por precaução, tranquei os dois mais intratáveis em Rueil, ou seja, perto de mim, ou seja, à minha vista, ou seja, ao alcance das minhas mãos. Hoje mesmo o terceiro vai se juntar a eles.

— Enquanto estiverem presos, tudo bem, mas um dia eles vão sair.

— Só se Vossa Majestade os puser em liberdade.

— Ah! — continuou Ana da Áustria, como se falasse consigo mesma. — É nesses momentos que sinto falta de Paris!

— Por quê?

— Pela Bastilha, ora! Tão segura e tão discreta.

— Com as conferências, senhora, temos a paz. Com a paz temos Paris. Com Paris temos a Bastilha! E é onde os nossos quatro valentões vão apodrecer.

Ana da Áustria fez um gesto ligeiramente inquieto, enquanto o ministro beijava a sua mão, para se retirar.

Mazarino se foi depois desse misto de humildade e galantaria. A rainha seguiu-o com os olhos e, à medida que ele se afastava, pôde-se ver um sorriso de desprezo esboçar-se em seus lábios.

— Ignorei — ela murmurou — o amor de um cardeal que nunca dizia "Farei", mas apenas "Fiz". Ele, sim, conhecia covis mais seguros que Rueil, mais sombrios e ignotos que a Bastilha. Realmente, o mundo degenera!

87. Precauções

Depois de deixar Ana da Áustria, Mazarino retomou o caminho de Rueil, onde estava morando. Naqueles tempos agitados, ele andava sempre acompanhado e muito frequentemente disfarçado. Trajando roupas de homem de espada, já dissemos, o cardeal parecia um belo fidalgo.

No pátio do antigo castelo,[513] ele tomou uma carruagem e atravessou o Sena em Chatou. O sr. Príncipe dera-lhe como escolta cinquenta guardas do rei, nem tanto para protegê-lo, mas para mostrar aos deputados o quanto os generais da rainha podiam tranquilamente dispor de suas tropas a seu bel-prazer.

Athos, conduzido de perto por Comminges, a cavalo e sem espada, seguia o cardeal sem nada dizer. Grimaud, deixado à porta do castelo, ouvira o aviso gritado da janela para Aramis e, seguindo um sinal de seu amo, foi para junto do cavaleiro, no pátio, como se nada houvesse acontecido e sem nada dizer.

É verdade que, depois de vinte e dois anos servindo ao conde, já o vira se safar de tantas enrascadas que nada mais o preocupava.

Logo depois da audiência, os deputados tomaram o caminho de Paris, o que quer dizer que iam cerca de quinhentos passos à frente do cardeal. Athos, então, olhando à sua frente, podia ver as costas de Aramis, cujo cinturão dourado e postura elegante facilmente o identificavam no meio de toda aquela multidão. Ou talvez seus olhos tenham logo se fixado nele pela esperança de liberdade, pelo hábito, pela convivência e pela espécie de magnetização que resulta da amizade.

Aramis, pelo contrário, não parecia minimamente preocupado em saber se o amigo o seguia ou não. Uma única vez ele olhou para trás, é

---

513. O castelo de Saint-Germain-en-Laye (ver nota 342) contava com duas edificações: essa em cujo pátio Mazarino toma a carruagem, construída a partir do séc.XII, e o "castelo novo", erguido a partir do séc.XVI e demolido à época da Revolução.

verdade que já chegando ao pequeno castelo fortificado que guardava a ponte e era governado por um capitão da rainha. Achou que Mazarino talvez deixasse ali seu novo prisioneiro. Mas não foi o que aconteceu e Athos atravessou Chatou ainda na companhia do cardeal.

Na bifurcação que separava os caminhos de Rueil e Paris, Aramis novamente se virou. Dessa vez suas previsões não o enganaram, com Mazarino tomando a direita, e ele pôde ver o prisioneiro desaparecer por trás das árvores. Na mesma hora e movido por idêntico pensamento, Athos também olhou, os dois trocaram um discreto gesto com a cabeça e Aramis levou um dedo à aba do chapéu, como se o cumprimentasse. Apenas Athos entendeu ser um sinal de seu companheiro para dizer que já havia um plano.

Dez minutos depois, Mazarino entrava no pátio do castelo que Richelieu havia preparado para si em Rueil.

No momento em que descia da carruagem junto à escadaria externa, Comminges foi até ele:

— Monsenhor, onde devemos deixar o sr. de La Fère?

— No pavilhão da estufa, de frente para o corpo da guarda. Quero tratar bem do sr. conde de La Fère, mesmo sendo prisioneiro de Sua Majestade, a rainha.

— Ele pede, monsenhor, a bondade de ser levado para junto do sr. d'Artagnan, que ocupa, por ordem de Vossa Eminência, o pavilhão de caça à frente da estufa.

Mazarino pensou por um momento.

Vendo que ele estava em dúvida, Comminges continuou:

— É um posto de guarda bem seguro, com quarenta soldados experientes, quase todos alemães e, consequentemente, sem qualquer relação com os rebeldes ou qualquer interesse na Fronda.

— Se pusermos esses três homens juntos, *monsou* de Comminges, será preciso dobrar o corpo de guarda e não dispomos de tantos defensores assim para tais prodigalidades.

Comminges sorriu. Mazarino percebeu e acrescentou:

— O senhor não os conhece, *monsou* Comminges, mas eu sim. Pelo que são e pela tradição. Eu os encarreguei de socorrerem o rei Carlos e eles fizeram coisas miraculosas. Foi preciso que o destino interferisse para que o nosso querido rei Carlos não estivesse, nesse momento, em segurança entre nós.

— Mas se corretamente serviram a Vossa Eminência, por que Vossa Eminência os mantém presos?

— Presos? E desde quando Rueil é uma prisão?

— Desde que passou a abrigar prisioneiros.

— Esses cavalheiros não são meus prisioneiros, Comminges — disse o cardeal, com seu sorriso malicioso —, são hóspedes. Hóspedes tão preciosos que mandei colocar grades nas janelas e trancas nas portas dos cômodos que ocupam, com medo de perder tal companhia. De qualquer forma, por mais que, à primeira vista, pareçam ser prisioneiros, estimo-os muito. Prova disso é que penso em ir ver o sr. de La Fère para conversar com ele a sós. Assim sendo, para não sermos incomodados nesse encontro, leve-o, como disse, ao pavilhão da estufa, que, como sabe, é meu passeio habitual. Pois é o que farei, dando meu passeio. Irei até os seus aposentos e conversaremos. Por mais que, em princípio, seja meu inimigo, tenho simpatia pelo conde e, se ele se mostrar sensato, talvez possamos fazer alguma coisa.

Comminges cumprimentou-o e voltou para onde estava Athos, que esperava com aparente calma, mas um tanto preocupado, o resultado da conversa.

— E então? — ele perguntou ao tenente da guarda.

— Será impossível, sr. conde — ele respondeu.

— Sr. de Comminges, a vida inteira fui soldado e sei, então, o que é uma ordem. Sem ferir essa ordem, o senhor poderia, no entanto, fazer-me um favor.

— De bom grado, senhor, desde que soube quem é o senhor e os serviços que prestou, no passado, a Sua Majestade. E desde que soube o quanto é ligado ao jovem que tão corajosamente me deu apoio no dia da prisão daquele tal Broussel, declaro-me inteiramente a seu dispor, para tudo que não ferir meus deveres.

— Obrigado, tenente. É tudo que espero e o que vou pedir de forma alguma o comprometerá.

— E caso não me comprometa excessivamente, senhor — disse o oficial sorrindo —, pode mesmo assim pedir. Aprecio tão pouco o ministro quanto o senhor. Sirvo à rainha e isso naturalmente me põe a serviço do cardeal. Mas uma coisa faço com alegria e a outra com amargura. Diga, então, quero muito ouvir.

— Como não fui impedido de saber que o sr. d'Artagnan encontra-se aqui, creio não haver empecilho para que ele saiba que igualmente estou.

— Não recebi nenhuma ordem nesse sentido.

— Ótimo! Por favor, então, apresente a ele meus cumprimentos e diga que sou seu vizinho. Ao mesmo tempo, conte o que me disse ainda há pouco, isto é, que o sr. de Mazarino colocou-me no pavilhão da estufa para poder me visitar e que aproveitarei a honra dessa visita para pedir algum abrandamento na nossa carceragem.

— Ela não deve durar; o sr. cardeal mesmo disse que não temos, aqui, uma prisão.

— Há masmorras — sorriu Athos.

— Bom, seria outra coisa. Sei que há uma tradição nesse sentido, mas alguém com origens obscuras como o cardeal, um italiano vindo buscar fortuna na França, não se atreveria a chegar a tal excesso contra pessoas como os senhores. Seria um escândalo. Isso poderia acontecer no tempo do outro cardeal, que era um grande senhor; já *mons* Mazarino... É impensável! Essas masmorras em que as vítimas são esquecidas são vinganças de reis, longe do poder do atual ministro. Sabe-se que o senhor foi preso, em breve se saberá também dos seus amigos. Toda a nobreza da França cobraria dele um desaparecimento desse nível. Não, o senhor pode ficar sossegado, as masmorras de Rueil nos últimos dez anos tornaram-se uma história para assustar crianças. Fique tranquilo quanto a isso. Do meu lado, avisarei ao sr. d'Artagnan da sua presença. Quem sabe daqui a quinze dias o senhor não me prestará algum favor do mesmo tipo.

— Eu?

— É possível. Não posso me tornar prisioneiro do sr. coadjutor?

— Creia que, se for o caso, me esforçarei para ajudar.

— Aceitaria cear comigo, sr. conde?

— Agradeço, mas estou com humor bastante sombrio e não seria boa companhia. Obrigado.

Comminges então conduziu o conde a um quarto no térreo de um pavilhão contíguo à estufa e no mesmo plano que ela. Chegava-se à estufa por um pátio cheio de soldados e de cortesãos. Essa área, em forma de U, tinha no centro o apartamento ocupado pelo sr. de Mazarino; numa das laterais, o pavilhão de caça em que se encontrava d'Artagnan; e, na outra, o da estufa, em que Athos acabava de entrar. Para além das extremidades de cada uma das pontas do U, estendia-se o parque.

Ao chegar ao aposento em que ficaria, Athos viu pela janela, cuidadosamente gradeada, paredes e telhados.

— O que é esse prédio? — ele perguntou.

— Os fundos do pavilhão de caça em que seus amigos estão presos — respondeu Comminges. — Mas as janelas que dão para cá foram, infelizmente, vedadas ainda à época do outro cardeal, pois mais de uma vez esses edifícios serviram de prisão. Ao trazê-los para cá, o sr. de Mazarino apenas renova essa antiga serventia. Se as janelas não estivessem bloqueadas, o senhor teria o consolo de poder se comunicar por gestos com seus amigos.

— E acha mesmo, sr. de Comminges, que o cardeal me dará a honra da sua visita?

— Foi o que ele me assegurou.

Athos suspirou, olhando as janelas gradeadas.

— É verdade — disse Comminges —, é quase uma prisão. Não falta nada, nem mesmo as grades. Mas, também, que ideia mais estranha essa do senhor, uma flor da nobreza, desperdiçar sua bravura e dignidade no meio das plantas rasteiras da Fronda! Realmente, conde, se eu fosse ter um amigo nas fileiras do exército real, no senhor é que eu pensaria. Um frondista, o senhor, conde de La Fère? Do partido de um Broussel, um Blancmesnil, um Viole! Como pode? Como se fosse filho de uma família de toga. É um frondista!

— É simples, meu caro, foi preciso escolher entre ser mazariniano ou frondista. Por bastante tempo essas duas palavras soaram em meus ouvidos e preferi a segunda. É mais francesa, pelo menos. Além disso, estou na Fronda na companhia não dos srs. Broussel, Blancmesnil e Viole, mas dos srs. de Beaufort, de Bouillon e de Elbeuf. Com príncipes e não com presidentes de tribunal, conselheiros ou homens de toga. Aliás, temos aqui o resultado de servir ao sr. cardeal! Basta ver essa parede sem janelas, sr. de Comminges, ela diz muito sobre a gratidão mazariniana.

— É verdade — disse rindo Comminges —, sobretudo se repetir as mesmas maldições que o sr. d'Artagnan, nos últimos oito dias.

— Pobre d'Artagnan! — disse Athos com aquela melancolia que era uma das facetas da sua personalidade. — Tão valente, bom e terrível com quem não gosta de quem ele gosta! São dois duros prisioneiros, sr. de Comminges, e lamento a sua sorte se tiver sob a sua responsabilidade esses dois homens indomáveis.

— Indomáveis? — sorriu Comminges. — O senhor está querendo me assustar. No primeiro dia de prisão, o sr. d'Artagnan provocou todos os soldados e oficiais subalternos, provavelmente para conseguir uma espada. Isso se prolongou pelo dia seguinte e ainda no outro, mas depois ele ficou calmo e manso como um cordeiro. Agora canta canções da Gasconha que nos matam de rir.

— E o sr. du Vallon?

— Ah, é um caso diferente. Confesso ser um sujeito assustador. No primeiro dia, abalou todas as portas a ombradas e eu já o imaginava escapando de Rueil como Sansão escapou de Gaza.[514] Mas esse gênio furioso acompanhou o ritmo de humor do colega. Ele agora parece não só ter se acostumado com o encarceramento, mas até brinca com isso.

— Melhor assim — disse Athos —, melhor assim.

— Esperava outra coisa? — perguntou Comminges, que, juntando a observação do conde ao que dissera Mazarino a respeito dos prisioneiros, começava a se preocupar.

Athos, por sua vez, achava que muito provavelmente a atitude mais calma dos amigos tinha a ver com algum plano de d'Artagnan. Não quis então prejudicar o que estivesse em curso, elogiando-os demais.

— Deles? São cabeças quentes. Um é da Gasconha e o outro da Picardia. Inflamam-se com facilidade, mas a chama não dura muito. É mais um exemplo disso, e o que o senhor contou só comprova minha teoria.

Era essa a opinião de Comminges e ele então se retirou mais tranquilo. Athos permaneceu sozinho naquele amplo quarto e foi, seguindo as instruções do cardeal, tratado com as atenções que se devem a um fidalgo.

E passou a esperar, para ter uma ideia mais precisa da situação, a visita prometida pelo próprio Mazarino.

---

514. Cercado por inimigos nos portões da cidade de Gaza, Sansão escapou, levando junto portões e umbrais (Juízes 16).

88. O espírito e o braço

Passemos agora da estufa ao pavilhão de caça.

No fundo do pátio, no qual se entrava atravessando um pórtico sustentado por colunas jônicas, viam-se os canis e uma construção oblonga que parecia se estender como um braço à frente daquele outro braço que era o pavilhão da estufa, formando um semicírculo ao redor do pátio principal.[515]

No andar térreo desse pavilhão estavam presos Porthos e d'Artagnan, compartilhando as longas horas de encarceramento que aqueles dois temperamentos tanto detestavam.

D'Artagnan andava como um tigre, olhar fixo, e, às vezes, rugia surdamente junto às barras de uma janela grande que dava para o pátio de serviço.

Porthos fazia, em silêncio, a digestão de uma excelente refeição, da qual acabavam de levar embora os restos.

Um parecia ter perdido a razão e, no entanto, pensava. O outro parecia pensar profundamente e, no entanto, dormia. Mas seu sono abrigava algum pesadelo, que se podia adivinhar pela maneira incoerente e entrecortada com que roncava.

— Pronto! — disse d'Artagnan —, a tarde já acaba. Devem ser umas quatro horas, no mínimo. Há quase cento e oitenta e três horas estamos aqui.

— Hum... — resmungou Porthos para fingir algum interesse.

— Ouviu isso, seu eterno dorminhoco? — impacientou-se d'Artagnan, vendo que o outro dormia de dia, enquanto ele, mesmo à noite, tinha toda dificuldade do mundo em fechar os olhos.

---

515. O castelo do Val de Rueil já não existia à época de Alexandre Dumas. Construído em 1606, foi uma das residências do cardeal de Richelieu, comprada por sua proximidade de Saint-Germain-en-Laye. Foi deixado em abandono e destruído no início do séc.XIX.

— O quê?

— O que eu disse.

— O que disse?

— Disse que há quase cento e oitenta e três horas estamos aqui.

— Por culpa sua.

— Como assim, por culpa minha?

— Isso mesmo, propus que fôssemos embora.

— Arrancando uma barra da grade ou derrubando uma porta?

— Exato.

— Porthos, gente como nós não vai embora assim, pura e simplesmente.

— Pois eu iria, com essa pureza e simplicidade de que você parece desdenhar um pouco demais.

D'Artagnan deu de ombros.

— Além do mais, não basta apenas sair desse quarto.

— Caro amigo, você parece hoje estar de melhor humor que ontem. Explique por que não basta apenas sair desse quarto.

— Não basta porque não temos armas nem sabemos as senhas. Não daremos cinquenta passos no pátio sem topar com uma sentinela.

— Ótimo! Liquidamos a sentinela e pegamos suas armas.

— Claro, mas antes que apaguemos o sujeito, pois esses suíços estão acostumados com a vida dura, ele vai dar um grito, ou pelo menos um gemido, que vai trazer o corpo de guarda inteiro. Vamos ser encurralados e pegos como raposas, nós que somos leões. Depois seremos jogados em algum buraco em que nem sequer teremos o consolo de ver esse horrível céu cinzento de Rueil, que se parece com o céu de Tarbes[516] como a lua se parece com o sol. Caramba! Se tivéssemos alguém lá fora, alguém que pudesse nos dar informações sobre a topografia moral e física desse castelo, sobre aquilo que César chamava os *costumes* e os *locais*, ao menos pelo que ouvi dizer...[517] E pensar que por vinte anos, nos quais não tinha muito o que fazer, nem tive a ideia de gastar uma daquelas horas vindo ver Rueil de perto...

— Para quê? Vamos só embora daqui.

— Meu querido, sabe por que os grandes chefes de cozinha nunca se servem das próprias mãos?

— Não — disse Porthos. — Mas adoraria saber, é claro.

— Por temerem, diante dos aprendizes, fazer algumas tortas que passem do ponto ou alguns molhos desandados.

— E daí?

---

516. Tarbes, cidade da ensolarada região de d'Artagnan, nos Pirineus.

517. Em *A guerra da Gália*, o imperador romano sempre menciona a importância, para suas conquistas, não só do conhecimento topográfico do terreno, mas também dos costumes dos habitantes.

— Daí que ririam dele e nunca se deve rir dos chefes de cozinha.
— E o que os chefes de cozinha têm a ver conosco?
— Mostram que não devemos, em matéria de aventuras, jamais falhar nem deixar que riam de nós. Na Inglaterra, recentemente, fracassamos, fomos derrotados. E isso já feriu a nossa reputação.
— E quem nos derrotou?
— Mordaunt.
— É, mas afogamos o Mordaunt.
— Certo, e isso deve nos reabilitar um pouco diante da posteridade, se é que a posteridade vá se interessar por nós. Mas veja só, Porthos, mesmo que o sr. Mordaunt não fosse adversário a se desprezar, o sr. Mazarino me parece bem mais forte e não conseguiremos afogá-lo com tanta facilidade. Precisamos então observar bem, sem arriscar muito; pois — acrescentou d'Artagnan com um suspiro — os dois valemos por oito, pode ser, mas não valemos o mesmo que quando somos quatro.
— Isso é verdade — suspirou Porthos, acompanhando o suspiro do companheiro.
— Pois faça então como eu e ande de um lado para o outro até que tenhamos notícia dos nossos amigos ou até que nos venha alguma boa ideia, mas não durma o tempo todo como vem fazendo. Nada embrutece tanto o espírito quanto o sono. Quanto ao que nos espera, talvez seja menos grave do que pensamos de início. Não creio que o sr. de Mazarino queira mandar cortar nossas cabeças, pois não fariam isso conosco sem um processo. E um processo dá o que falar, chamaria a atenção dos amigos, que não deixariam o sr. de Mazarino agir.
— Como você raciocina bem! — disse Porthos cheio de admiração.
— Isso é verdade, raciocino mesmo. E veja, se não houver processo, se não nos cortarem a cabeça, vão ter que nos manter aqui ou transportar para outro lugar.
— Sim, necessariamente.
— E, nesse caso, é impossível que mestre Aramis, que é um fino farejador, e Athos, um fidalgo dos mais perspicazes, não descubram nosso paradeiro. E aí sim, caramba, será o momento.
— Isso mesmo. Ainda mais que nem estamos tão mal aqui. À exceção apenas de uma coisa.
— Qual?
— Não notou, d'Artagnan, que nos serviram carneiro grelhado por três dias consecutivos?
— Não, mas se isso acontecer de novo pode deixar que me queixarei, não se preocupe.
— E às vezes sinto falta de casa. Há muito tempo não visito meus castelos.
— Bah, não pense nisso agora! Vamos revê-los em breve. A menos que o sr. de Mazarino os tenha mandado destruir.

— Acha que seria possível tanta tirania? — preocupou-se Porthos.
— Não, isso era coisa do outro cardeal. O nosso é mesquinho demais para assumir riscos assim.
— Puxa, fico mais tranquilo!
— Bom, agora trate de apresentar uma cara boa, como eu. Faça piadas com os guardas, comentários que interessem os soldados, já que não podemos corrompê-los. Procure ser agradável, quando estiverem por perto das nossas grades. Até agora você só fez mostrar o punho fechado para eles, e o que o seu punho tem de respeitável, tem de pouco atraente. Ah! Quanto eu não daria para ter uns quinhentos luíses comigo.
— Eu também — disse Porthos, não querendo parecer menos generoso —, bem que daria cem pistolas.
Os dois prisioneiros estavam nessa conversa quando Comminges entrou, com um sargento e dois homens que traziam a ceia num cesto cheio de travessas e pratos.

89. *O espírito e o braço* (continuação)

— Viu só? — esbravejou Porthos. — Carneiro!
— Caro sr. de Comminges — disse d'Artagnan. — Meu amigo, o sr. du Vallon, está decidido a ir aos mais radicais extremos se o sr. de Mazarino insistir em alimentá-lo apenas com esse tipo de carne.
— Inclusive declaro — acrescentou Porthos — que não comerei mais nada se não levarem isso embora.
— Levem o carneiro — disse Comminges —, quero que o sr. du Vallon ceie agradavelmente. Ainda mais porque tenho uma notícia que, tenho certeza, vai lhe trazer de volta o apetite.
— O sr. de Mazarino morreu? — perguntou Porthos.
— Não. E infelizmente posso dizer que passa muitíssimo bem.
— Que chato! — lamentou Porthos.
— E que notícia é essa? — perguntou d'Artagnan. — Notícia é iguaria tão rara numa prisão que o senhor há de desculpar, não é?, minha impaciência. Sobretudo porque deixou transparecer tratar-se de uma notícia boa.
— Não lhe agradaria saber que o sr. conde de La Fère está bem? — respondeu Comminges.
Os olhinhos de d'Artagnan se arregalaram.
— Agradaria? Muito mais que isso, ficaria muito feliz.
— Pois ele me encarregou de cumprimentá-los da sua parte e dizer que está com boa saúde.
D'Artagnan quase deu um pulo de alegria. Uma rápida olhada para Porthos resumiu seu pensamento: "Se Athos sabe onde estamos, se está nos fazendo falar, é porque em pouco tempo vai agir."
Porthos não era tão hábil em decifrar olhares, mas dessa vez, como o nome de Athos causou nele a mesma impressão que em d'Artagnan, ele compreendeu.

— Então — perguntou timidamente o gascão —, o sr. conde de La Fère o encarregou de todos esses cumprimentos para o sr. du Vallon e para mim?
— Isso mesmo.
— O senhor, então, esteve com ele?
— Evidentemente.
— Onde? Sem querer ser indiscreto.
— Bem perto daqui — sorriu Comminges.
— Bem perto daqui! — repetiu d'Artagnan, com os olhos brilhando.
— Tão perto que se as janelas que dão para a estufa não tivessem sido tapadas o senhor o veria do lugar em que se encontra.
"Está rondando em volta do castelo", pensou o mosqueteiro, que, em seguida, perguntou:
— Encontraram-se na caça, talvez no parque?
— Não, mais perto ainda. Do outro lado dessa parede — disse Comminges, batendo nela.
— Do outro lado dessa parede? O que há do outro lado dessa parede? Trouxeram-me para cá à noite e que o diabo me carregue se sei onde estou.
— Pois imagine uma coisa...
— Imagino tudo que quiser.
— Imagine uma janela nessa parede.
— Sim?
— Dessa janela poderia ver o sr. de La Fère na dele.
— O sr. de La Fère está hospedado no castelo?
— Está.
— A título de quê?
— Como os senhores.
— Athos está preso?
— Como o senhor sabe — riu Comminges —, não há prisioneiros em Rueil, já que não há prisão.
— Não vamos brincar com as palavras; Athos foi preso?
— Ontem, em Saint-Germain, deixando a rainha.
Os braços de d'Artagnan caíram inertes, como se ele tivesse sido fulminado.
Uma lividez percorreu como uma nuvem branca as suas faces bronzeadas, mas quase imediatamente desapareceu.
— Preso! — ele repetiu.
— Preso! — repetiu também Porthos, cabisbaixo.
De repente d'Artagnan ergueu a cabeça e brilhou em seus olhos um clarão, imperceptível inclusive para Porthos. Depois, o mesmo abatimento anterior afastou o fugidio lampejo.
— Vamos, o que é isso? — disse Comminges, que tinha um real apreço pelo mosqueteiro desde a ajuda que ele lhe dera no dia da prisão de Broussel,

salvando-o das garras dos parisienses. — Não se deixe abater, não quis trazer uma notícia triste, de forma alguma. Do jeito que essa guerra vai, nenhum de nós está seguro de nada. Em vez de se desesperar, riam desse acaso, que aproximou dos senhores o amigo.

O incentivo, porém, não teve qualquer resultado e d'Artagnan continuou taciturno.

— E com que aparência ele estava? — perguntou Porthos, querendo dizer alguma coisa, já que d'Artagnan interrompera a conversa.

— Ótima aparência. De início, como os senhores, também pareceu se desesperar, mas quando soube que o sr. cardeal irá vê-lo ainda essa noite…

— Ah! O cardeal deve ir ver o conde de La Fère? — interessou-se d'Artagnan.

— Deve. Pediu que o avisasse. E o sr. conde, ao saber disso, encarregou-me de também dizer aos amigos que aproveitaria a honra concedida para defender a causa dos senhores, ao mesmo tempo que a dele.

— Ah! Esse nosso querido conde!

— Grande coisa! — resmungou Porthos. — Que honra! Era só o que faltava! O sr. conde de La Fère é de uma família que foi aliada dos Montmorency e dos Rohan, enquanto o sr. de Mazarino…

— Pouco importa — cortou d'Artagnan, com seu tom mais persuasivo —, se pensarmos bem, meu caro sr. du Vallon, é uma grande homenagem ao sr. conde de La Fère. Além disso, uma visita sempre traz esperança! Na minha opinião, é uma honra tão enorme para um prisioneiro que talvez o sr. de Comminges esteja enganado.

— Como assim, estou enganado?

— Talvez não seja o sr. de Mazarino a visitar o conde de La Fère, mas o conde de La Fère que seja chamado para ir ver o sr. de Mazarino.

— Não, não — reagiu Comminges, que queria transmitir a notícia com toda exatidão. — Ouvi perfeitamente o que disse o cardeal. Ele é que visitará o conde de La Fère.

D'Artagnan tentou surpreender algum olhar de Porthos para ver se o companheiro compreendia a importância daquela visita, mas ele nem olhava para o seu lado.

— Deve então ser um hábito do cardeal, passear na sua estufa? — perguntou d'Artagnan.

— Toda noite ele se isola ali. Parece ser onde medita sobre os problemas do Estado.

— Nesse caso, acredito mesmo que seja o sr. de La Fère que receba a visita de Sua Eminência; que provavelmente irá acompanhada?

— Sempre, com dois soldados.

— E acha que vai falar de negócios diante de dois estranhos?

O espírito e o braço (continuação)

— São soldados que vêm de pequenos cantões da Suíça e só falam alemão. Além disso, provavelmente ficarão esperando na porta, do lado de fora.

D'Artagnan enfiava as unhas na palma da mão, para que seu rosto não exprimisse nada além do que ele queria que exprimisse.

— Que o sr. de Mazarino tome cuidado entrando sozinho onde está o sr. conde de La Fère. Ele, muito provavelmente, está furioso.

Comminges riu.

— Chega a ser engraçado! Parece até que estamos lidando com antropófagos! O sr. de La Fère é educado, de qualquer forma está sem armas e, ao primeiro grito de Sua Eminência, os dois soldados que o acompanham entrariam correndo.

— Dois soldados — fingiu d'Artagnan tentar se lembrar —, é verdade, dois soldados. É por isso então que toda noite ouço dois homens serem chamados e, às vezes, vejo-os andando por meia hora debaixo da minha janela.

— Isso mesmo, estão esperando o cardeal. Ou melhor, esperando Bernouin, que vem chamá-los quando o cardeal sai.

— São belos soldados! — elogiou d'Artagnan.

— Vêm do regimento que estava em Lens e que o sr. Príncipe mandou ao cardeal, homenageando-o.

— Ah, sr. de Comminges! — disse d'Artagnan, como querendo resumir toda aquela longa conversa. — Tomara que Sua Eminência se abrande e conceda nossa liberdade ao sr. de La Fère.

— É o que espero, de todo coração.

— Se ele por acaso esquecer, o senhor veria algum inconveniente em lembrá-lo?

— Nenhum, pelo contrário.

— Ah! Isso já me tranquiliza um pouco.

Quem pudesse ver o que ia na alma do gascão se daria conta do quanto foi sublime aquela hábil mudança de assunto. E ele continuou:

— Agora um último favor, meu caro sr. de Comminges.

— A seu dispor, cavalheiro.

— O senhor ainda verá o conde de La Fère?

— Amanhã de manhã.

— Poderia desejar-lhe um bom dia, da nossa parte, e pedir que solicite para mim a mesma graça que lhe foi concedida?

— Quer que o cardeal venha aqui?

— Não. Sei quem sou e não posso me mostrar tão exigente. Que Sua Eminência se digne a me ouvir, é só o que peço.

— Miséria! — murmurou Porthos, balançando a cabeça. — Nunca poderia ter imaginado coisa assim. Como a desgraça pode abater um homem!

— Farei isso — disse Comminges.

— Diga também ao conde que estou bem-disposto e que me viu triste, mas resignado.
— Fico feliz de ouvir isso, senhor.
— Diga o mesmo a respeito do sr. du Vallon.
— De jeito nenhum! — revoltou-se Porthos. — Não estou nada resignado.
— Mas se resignará, amigo.
— Nunca!
— Ele se resignará, sr. de Comminges. Conheço-o melhor que ele mesmo e sei de mil qualidades suas das quais ele nem desconfia. Cale-se, caro du Vallon, e resigne-se.
— Adeus, cavalheiros. Boa noite!
— Tentaremos.

Comminges despediu-se e saiu. D'Artagnan acompanhou-o com os olhos na mesma postura humilde e mesma expressão resignada. Mas assim que a porta se fechou atrás do tenente da guarda, ele foi abraçar Porthos, numa demonstração de alegria que não podia deixar de se extravasar.
— Ei, ei! — estranhou Porthos. — O que é isso? Ficou louco, pobre amigo?
— O que há é que estamos salvos!
— Não é o que vejo. Acho, pelo contrário, que fomos todos pegos, à exceção de Aramis, e nossas chances de sair diminuíram com mais um de nós preso na ratoeira do sr. de Mazarino.
— Nada disso, meu amigo. A ratoeira podia prender dois, mas não vai aguentar três.
— Não estou entendendo nada do que diz.
— Nem precisa. Vamos nos pôr à mesa e recuperar bem as forças, pois vamos precisar delas esta noite.
— Para fazer o quê? — interessou-se o gigante, já intrigado.
— Uma viagem, provavelmente.
— Mas...
— À mesa, caro amigo. Comendo vêm ideias. Depois da ceia, com as ideias bem arrumadas, conto para você.

Apesar da vontade de Porthos de saber do projeto do companheiro, como ele conhecia seu modo de agir, pôs-se à mesa sem maiores insistências e comeu com um apetite à altura da confiança que tinha na criatividade de d'Artagnan.

90. *O braço e o espírito*

A ceia foi silenciosa, mas não triste, pois de vez em quando um daqueles finos sorrisos, habituais em seus momentos de bom humor, iluminava o rosto de d'Artagnan. Porthos não perdia um desses sorrisos e, a cada vez, por meio de alguma exclamação, procurava indicar que, mesmo ser entender exatamente, ele não deixava de acompanhar a efervescência cerebral do amigo.

No momento da sobremesa, d'Artagnan tomou uma postura mais relaxada na cadeira, cruzou as pernas e se balançou como alguém perfeitamente satisfeito de si.

Porthos apoiou o queixo nas duas mãos e os cotovelos na mesa, olhando para o amigo daquela maneira confiante que lhe dava, colossal como ele era, uma expressão de tão surpreendente bonomia.

— E então? — perguntou d'Artagnan após um instante.

— E então? — repetiu Porthos.

— O que dizia o amigo?

— Eu? Não disse nada...

— Sim, teve uma hora que disse querer ir embora daqui.

— Ah, isso, sem dúvida! Não falta vontade.

— E acrescentou que, para ir embora, bastava arrombar uma porta ou uma parede.

— É verdade, dizia e digo de novo.

— E eu respondi não ser um bom momento para isso, pois não daríamos cem passos sem sermos pegos e derrubados, a menos que tenhamos roupas para nos disfarçar e armas para nos defender.

— É verdade, faltam-nos roupas e armas.

— Pois veja só, amigo Porthos, nós temos isso — disse d'Artagnan levantando-se. — E até coisa melhor.

— Onde? — Porthos olhou em volta.

— *Formidável! Você é realmente talentoso, Porthos.*

— Não perca tempo procurando, tudo virá a nós no momento certo. A que horas, mais ou menos, vimos ontem os guardas suíços?

— Acho que uma hora depois que caiu a noite.

— Se eles hoje saírem à mesma hora, temos somente quinze minutos para o prazer de voltar a vê-los.

— No máximo.

— Continua tendo bons braços, não é?

Porthos desabotoou e arregaçou a manga da camisa, olhando satisfeito o braço com as veias saltadas, da grossura da coxa de um homem comum.

— É, continuam bons.

— Sente-se capaz de, sem muita dificuldade, fazer um arco desse pegador de brasas e um saca-rolhas dessa pazinha?

— Fácil.

— Vejamos, então.

O gigante pegou os dois objetos da lareira e, sem aparentar nenhum esforço, operou as duas metamorfoses sugeridas.

— Pronto.

— Formidável! Você é realmente talentoso, Porthos.

— Ouvi falar de um tal Mílon de Crotona,[518] que fazia coisas extraordinárias, como amarrar uma corda ao redor da cabeça e fazê-la estourar com a pressão das veias, matar um boi com um soco e levá-lo para casa nas costas, parar um cavalo pelas patas de trás etc. etc. Soube dessas proezas lá em Pierrefonds e fiz tudo que ele fez. Só não consegui arrebentar a corda.

— É porque a sua força não está na cabeça, Porthos.

— Não. Está nos braços e nos ombros — ele respondeu ingenuamente.

— Pois bem, amigo. Vamos até a janela e use essa sua força para deslocar uma barra. Espere que eu apague o lampião.

---

[518]. Célebre atleta grego, morto em 510 a.C., doze vezes vencedor das competições de luta nos jogos antigos.

91. *O braço e o espírito* (continuação)

Porthos aproximou-se da janela, pegou uma das barras com as duas mãos, agarrou-a bem, puxou e dobrou-a como um arco, fazendo com que as duas pontas saíssem da pedra em que há trinta anos o cimento as mantinha fixadas.

— Veja só, meu amigo — cumprimentou-o d'Artagnan —, isso é obra que o cardeal, por mais gênio que seja, nunca conseguiria realizar.

— Arranco as outras?

— Não é preciso, essa já basta; um homem pode passar pelo espaço que se abriu.

Porthos tentou, passando o tronco inteiro para fora.

— Pode sim.

— Com certeza. É uma bela abertura. Agora passe o braço.

— Por onde?

— Pela abertura.

— Por quê?

— Logo vai saber. Passe.

Obediente como um soldado, Porthos passou o braço entre as barras.

— Perfeito! — aplaudiu d'Artagnan.

— Tudo funcionou bem?

— Às maravilhas, amigo.

— Bom. E agora, faço o quê?

— Nada.

— Acabou?

— Ainda não.

— Eu queria entender o que está acontecendo.

— Ouça, meu amigo, e com duas palavras vai saber de tudo. A porta do posto está se abrindo, como pode ver.

— Estou vendo.

— Vão enviar para o nosso pátio, que o sr. de Mazarino atravessa para ir à estufa, os dois guardas que o acompanham.

— Já estão saindo.

— Tomara que fechem a porta do posto. Ótimo, fecharam!

— E agora?

— Vamos ficar em silêncio, eles podem ouvir.

— Não vou saber de nada, então.

— Claro que vai, pois, à medida que agir, entenderá.

— Mas preferiria...

— Terá o prazer da surpresa.

— Ah, é verdade!

— Psss!

Porthos calou-se e ficou imóvel.

Os dois guardas vinham, de fato, para os lados da janela, esfregando as mãos, pois, como dissemos, era o mês de fevereiro e fazia frio.

Nesse momento, a porta do corpo de guarda foi aberta e um dos soldados foi chamado. Ele deixou o colega e voltou para lá.

— Está correndo tudo bem? — perguntou Porthos.

— Melhor que nunca. Agora, ouça. Vou chamar esse soldado e falar com ele, como fiz ontem com um dos seus camaradas, lembra?

— Lembro, mas não entendi nada do que ele disse.

— Eles têm um sotaque muito forte. Mas não deixe de entender o que eu vou dizer. O segredo está na execução, Porthos.

— Ótimo, execução é o meu forte.

— E eu não sei? Por isso conto com você.

— Diga.

— Vou chamar o soldado e falar com ele.

— Já tinha dito.

— Vou me virar para a esquerda e, com isso, ele vai estar à sua direita quando subir no banco.

— E se ele não subir?

— Vai subir, não se preocupe. No momento em que subir no banco, você estende esse seu braço formidável e o agarra pelo pescoço. Erguendo-o como Tobias ergueu o peixe,[519] puxe-o para dentro, tendo o cuidado de apertar forte o bastante para que não grite.

— E se eu, sem querer, o estrangular?

— Seria um suíço a menos, mas espero que não o estrangule. Coloque-o com toda suavidade aqui dentro e ele será amordaçado e amarrado a qualquer coisa, não importa. Com isso já teremos um uniforme e uma espada.

---

519. Tobias 4:4: "Agarra o peixe e puxa-o para a terra".

— Puxa! — exclamou Porthos, olhando o amigo com a mais profunda admiração.
— Viu?
— Vi — concordou Porthos maravilhado. — Mas um uniforme e uma espada não basta para dois.
— Tem o companheiro dele.
— É verdade.
— Então, quando eu tossir, será a hora.
— Entendi.

Os dois se posicionaram da maneira combinada. De onde estava, Porthos ficava completamente oculto pelo ângulo da janela.

— Boa noite, amigo — disse d'Artagnan com sua voz mais simpática e o timbre mais moderado.
— *Poanoite, siôr* — respondeu o suíço.[520]
— Pouco calor para passear, não?
— Brrrrrrrrrr.
— Acho que um taça de vinho lhe cairia bem.
— *Uma faça de finho feria benfinda.*
— O peixe está beliscando! O peixe está beliscando! — disse baixinho d'Artagnan a Porthos.
— Entendi — ele respondeu.
— Tenho uma garrafa aqui — voltou d'Artagnan a falar com o soldado.
— *Uma farrafa?*
— Isso.
— *Uma farrafa intera?*
— Inteira. E será sua, se beber à minha saúde.
— Eh! *Compinado* — disse o soldado aproximando-se.
— Pegue aqui, meu amigo — convidou o gascão.
— *Com prazê. Tem aqui um panco.*
— Veja só, até parece que foi colocado aí para isso. Suba nele... Aí está ótimo, amigo.

D'Artagnan tossiu.

No mesmo instante, o braço de Porthos surgiu, com seu punho de aço agarrando, rápido como um raio e firme como um torno, o pescoço do soldado, que foi erguido sem poder respirar e puxado para dentro, com o risco de deixar, pobre homem, a pele no caminho. Deitado no chão, foi-lhe dado tempo apenas para que recuperasse a respiração e d'Artagnan amordaçou-o com a sua echarpe. Ele imediatamente começou a despir o infeliz, com a habilidade de quem aprendeu sua profissão no campo de batalha.

---

520. O autor ironiza o sotaque carregado do francês falado em alguns cantões da Suíça.

Amarrado e amordaçado, o soldado foi levado para dentro da lareira, cujo fogo os dois amigos haviam previamente apagado.

— Já temos uma espada e um uniforme — disse Porthos.

— Fico com eles. Se quiser outra espada e outro uniforme, precisamos recomeçar tudo. E agora! O outro soldado está justamente saindo do corpo de guarda e vindo para cá.

— Acho imprudente fazer a mesma coisa. Dizem que coisas assim não dão certo duas vezes seguidas. Se eu não o agarrar direito, tudo vai estar perdido. Vou descer e pegá-lo quando menos esperar. Depois passo-o para você já amordaçado.

— É melhor, sim.

— Fique preparado — disse Porthos passando pela abertura.

Tudo se passou como ele tinha dito. O gigante se escondeu no caminho, e quando o soldado passou à sua frente ele o agarrou pelo pescoço. O homem foi amordaçado e atravessado como se fosse uma múmia pelas barras abertas da janela, com Porthos entrando em seguida.

O segundo prisioneiro foi despido como o primeiro. Depois, deitaram-no na cama e prenderam-no com correias. Como a cama era de carvalho maciço e as correias reforçadas, ele pareceu tão sob controle quanto o outro.

— Pronto — disse d'Artagnan. — Tudo ótimo. Experimente a roupa do sujeito. Não deve caber em você, mas não se preocupe que fique apertada, o boldrié já basta e, mais ainda, esse chapéu com penacho vermelho.

Por acaso o segundo suíço era enorme e, com exceção de alguns pontos de costura que estouraram, tudo correu da melhor forma.

Por algum tempo só se ouviu o ruge-ruge do pano, com Porthos e d'Artagnan se vestindo às pressas.

— Acabei! — disseram os dois ao mesmo tempo. — Quanto a vocês, companheiros — eles acrescentaram, dirigindo-se aos dois soldados —, nada lhes acontecerá se ficarem comportados. Senão, serão mortos.

Os dois ficaram quietos. Pela empunhadura de Porthos, haviam entendido que a coisa era das mais sérias e que a hora não era boa para brincadeiras.

— Bom — disse d'Artagnan —, você agora quer saber o resto, não é?

— Gostaria muito.

— Vamos descer para o pátio.

— Vamos.

— Pegamos o lugar desses dois aí.

— Pegamos.

— Ficamos andando de um lado para outro.

— Ainda bem, pois não está nada quente.

— Daqui a pouco o camareiro vai nos chamar, como ontem e anteontem.

— Respondemos?

— Não, não respondemos, pelo contrário.

— Como quiser. Não faço questão de responder.

— Não respondemos, apenas enfiamos bem o chapéu na cabeça e escoltamos Sua Eminência.
— Para onde?
— Ela vai visitar Athos. Acha que o conde vai gostar de nos ver?
— Caramba! Entendi!
— Espere mais um pouco para festejar, Porthos, pois, acredite, não chegou ao fim — disse o gascão todo alegre.
— E o que mais vai acontecer?
— Venha comigo. Quem viver verá.

Passando pela janela, ele escorregou com suavidade até o pátio. Porthos fez o mesmo, com um pouco mais de dificuldade e menos rapidez.

Podiam-se ouvir os soldados amarrados no quarto, tremendo de medo.

Mal d'Artagnan e Porthos aterrissaram, uma porta foi aberta e ouviu-se a voz do camareiro:

— Escolta!

Ao mesmo tempo, o posto de guarda também se abriu e alguém gritou:
— La Bruyère e du Barthois, escolta!
— Acho que me chamo La Bruyère — disse d'Artagnan.
— E eu du Barthois — disse Porthos.
— Onde estão os senhores? — perguntou o camareiro, que, estando sob a luz, provavelmente não conseguia ver nossos dois heróis no escuro.
— Aqui — gritou d'Artagnan.

Depois, virando-se para Porthos, perguntou baixinho:
— O que acha disso, sr. du Vallon?
— Nossa! Se tudo continuar assim, vai ser bonito!

Os dois soldados improvisados marcharam com gravidade atrás do camareiro, que abriu para eles uma porta do vestíbulo e depois outra que parecia ser a de uma sala de espera, mostrando dois banquinhos:

— O que têm a fazer é bem simples: só deixem entrar uma pessoa aqui, uma só, entenderam? Ninguém mais. E obedeçam ao que disser essa pessoa. Quanto à volta, não haverá engano, apenas esperem que eu venha buscá-los.

O camareiro em questão, que outro não era senão Bernouin, conhecia muito bem d'Artagnan por tê-lo, nos últimos seis ou oito meses, várias vezes guiado até o cardeal. O gascão contentou-se então de, em vez de responder, balbuciar um *ja*[521] o menos gascão e o mais germânico possível.

De Porthos, o amigo havia exigido e obtido dele a promessa de que em hipótese nenhuma falaria. Em caso de extrema necessidade, poderia pronunciar, qualquer que fosse a situação, o proverbial e solene *tarteifle*.[522]

---

521. Em alemão no original: "sim".

522. Do alemão *Der teufel*, "Diabo!", como exclamação que serve mais ou menos para tudo, e ainda ironizando o sotaque suíço.

Bernouin saiu, fechando a porta.

— Oh, oh! — exclamou Porthos, ouvindo a chave na fechadura. — Parece ser moda, aqui, trancar as pessoas. Tudo que fizemos foi trocar de prisão, só que em vez de prisioneiros onde estávamos, passamos para a estufa. Não sei se lucramos com isso.

— Porthos, amigo querido, não ponha em dúvida a Providência e deixe-me meditar e refletir.

— Pois medite e reflita — respondeu ele de mau humor, vendo que as coisas progrediam daquela forma e não de outra.

— Demos oitenta passos — calculava baixinho d'Artagnan —, subimos seis degraus. É aqui, como disse há pouco o ilustre du Vallon, o outro pavilhão paralelo ao nosso e chamado pavilhão da estufa. O conde de La Fère não deve estar longe, só que as portas estão trancadas.

— Grande coisa! Com uma ombrada...

— Santo Deus, amigo, controle essa mania ou suas demonstrações de força deixarão de ser valorizadas como merecem, na sua devida ocasião. Não ouviu dizer que alguém vai vir aqui?

— É verdade.

— Pois esse alguém abrirá as portas.

— Lembre-se, meu caro, de que se esse alguém nos reconhecer e, nos reconhecendo, começar a gritar, estamos perdidos. Você não pretende, espero, que eu nocauteie ou estrangule um homem de Igreja. São coisas que só podemos fazer com ingleses ou alemães.

— Ai! Que Deus me guarde e a você também! O jovem rei talvez até nos agradecesse, mas a rainha não nos perdoaria e é a ela que precisamos agradar. Além disso, derramar sangue inutilmente, nunca, jamais! Tenho um plano. Deixe comigo e vamos dar boa risada.

— Tomara. Estou mesmo precisando.

— Psss! O alguém esperado está chegando.

Ouviu-se então, no cômodo anterior, ou seja, no vestíbulo, o som de passadas leves. As dobradiças da porta rangeram e entrou um homem vestindo trajes de cavaleiro, encoberto por uma capa marrom, um amplo chapéu enfiado até os olhos e uma lanterna na mão.

Porthos procurou camuflar-se ao máximo junto à parede. Mesmo assim, o homem da capa o notou, entregou a ele a lanterna e disse:

— Acenda o lampião do teto.

Em seguida, dirigindo-se a d'Artagnan:

— Sabe o que tem que fazer.

— *Ja* — respondeu o gascão, decidido a se limitar a essa sílaba da língua alemã.

— *Tedesco, va bene*.[523]

---

523. Em italiano no original: "Alemão, melhor assim".

Indo até a porta defronte àquela pela qual havia entrado, abriu-a, entrou e voltou a fechar.

— E agora — perguntou Porthos —, fazemos o quê?

— Agora sim usaremos o seu ombro se a porta estiver trancada, amigo Porthos. Cada coisa na sua hora e tudo vem a calhar para quem sabe esperar. Antes de tudo, vamos impedir que entrem pela primeira porta e depois seguimos o cavaleiro.

Os dois puseram-se ao trabalho, colocando diante da porta todos os móveis que havia na sala, obstáculo que tornava a passagem impraticável, pois a porta se abria para dentro.

— Pronto — disse d'Artagnan —, podemos ter certeza de não sermos surpreendidos pela retaguarda. Vamos em frente.

92. As masmorras do sr. de Mazarino

Chegaram à porta pela qual Mazarino havia desaparecido, estava trancada. Inutilmente d'Artagnan tentou abri-la.

— É onde vamos ter que apelar para seus ombros, amigo Porthos. Abra, mas com suavidade, sem fazer barulho. Não saia derrubando nem arrancando tudo, só abra.

Porthos apoiou o ombro vigoroso contra um dos lados da porta dupla, que cedeu, e d'Artagnan então passou pela brecha a ponta da espada, entre a lingueta e a casa da tranca. A lingueta correu e a porta se abriu.

— Já lhe disse, Porthos: das mulheres, como das portas, tudo se consegue pela brandura.

— O amigo não passa é de um grande moralista, isso sim.

— Em frente.

Entraram. Atrás de uma vidraça, à luz da lanterna do cardeal, deixada no chão no meio da galeria, viam-se as laranjeiras e romãzeiras do castelo de Rueil, alinhadas em compridas filas e formando uma grande alameda central e duas outras menores, laterais.

— Nada do cardeal, somente a lanterna. Onde pode ter se metido? — perguntou-se d'Artagnan.

Explorando uma das aleias laterais, tendo feito sinal para que Porthos explorasse a outra, ele viu, à sua esquerda, uma caixa de terra afastada de sua fileira e, no lugar dessa caixa, um buraco escancarado.

Dez homens, só com muita dificuldade, teriam movido aquela caixa, mas algum mecanismo a havia feito girar, junto com a laje que a sustentava.

Como dissemos, d'Artagnan viu um buraco nesse lugar e, nesse buraco, degraus de uma escada em caracol.

Ele chamou Porthos com um gesto, mostrou o buraco e os degraus.

Os dois se entreolharam assombrados.

— Se fosse só ouro o que queremos — disse baixinho d'Artagnan —, estaríamos feitos, ricos para sempre.

— Por quê?

— Não vê que lá embaixo, muito provavelmente, está o famoso tesouro do cardeal, de que tanto se fala? Basta descer, esvaziar um baú, fechar dentro o cardeal bem trancado e ir embora levando o que pudermos carregar de ouro e colocando de volta a laranjeira. Ninguém no mundo viria nos perguntar de onde vinha a nossa fortuna, nem mesmo o cardeal.

— Seria um belo golpe para aventureiros comuns, mas indigno de dois fidalgos, tenho a impressão — disse Porthos.

— É também a minha. Aliás, eu disse "Se fosse só ouro...", mas queremos outra coisa.

Naquele mesmo instante, com d'Artagnan mergulhando a cabeça no subterrâneo, um som metálico e seco como o que faz um saco de ouro que se remexe veio a seus ouvidos. Ele sentiu um arrepio. Logo em seguida uma porta se fechou e os primeiros reflexos de uma claridade apareceram na escada.

Mazarino tinha deixado sua lanterna na estufa para que achassem que passeava, mas usava uma vela de cera para explorar seu misterioso cofre.

— He, he! Tenho aqui com que pagar cinco conselheiros do Parlamento e dois generais de Paris — vinha ele dizendo em italiano e examinando um saco bem cheio de reais.[524] — Sou também um grande capitão, na minha maneira particular de travar uma guerra...

D'Artagnan e Porthos haviam se escondido, cada um numa alameda lateral, atrás de uma caixa, e esperavam.

A três passos de d'Artagnan, Mazarino foi acionar um dispositivo escondido na parede. A laje girou, levando junto, para voltar a seu lugar, a caixa com a laranjeira que ela sustentava.

O cardeal apagou a vela e guardou-a no bolso. Pegando a sua lanterna, disse:

— E agora vamos ver o sr. de La Fère.

"Ótimo, é o nosso caminho, vamos juntos", pensou d'Artagnan.

Os três seguiam ao mesmo tempo, Mazarino na aleia central, Porthos e d'Artagnan nas aleias paralelas. Os dois últimos tomavam o cuidado de evitar as longas linhas luminosas que, a cada passo, a lanterna do cardeal traçava entre as caixas.

Ele chegou a uma segunda porta envidraçada sem perceber que estava sendo seguido, pois a areia macia amortecia o barulho dos passos.

Virando à esquerda, tomou um corredor que Porthos e d'Artagnan não haviam ainda notado, mas no momento de abrir a porta, ele parou pensativo.

---

524. Antiga moeda espanhola.

— Ah! *Diavolo!* Comminges recomendou que eu deixasse os dois soldados aqui nessa porta, para não ficar à mercê desse demônio. Vamos lá.

Com um gesto de impaciência, ele se virou para fazer o caminho de volta.

— Que monsenhor não se dê ao trabalho — disse d'Artagnan com um pé à frente, chapéu na mão e rosto sorridente —, seguimos Vossa Eminência passo a passo e aqui estamos.

— Aqui estamos — confirmou Porthos, com o mesmo gesto de polida saudação.

Mazarino olhou assustado para um e para outro, reconhecendo-os, e deixou cair a lanterna, com um gemido de pavor.

D'Artagnan pegou-a no chão e, felizmente, a chama não se apagara na queda.

— Francamente, que imprudência, monsenhor! Não é seguro andar por aqui sem luz. Vossa Eminência poderia esbarrar numa dessas caixas ou cair num buraco.

— Sr. d'Artagnan! — murmurou Mazarino, que não conseguia se recuperar da surpresa.

— Eu mesmo, monsenhor, e tenho a honra de apresentar o sr. du Vallon, esse excelente amigo meu, por quem Vossa Eminência teve a bondade de tanto se interessar há algum tempo.

Dizendo isso, d'Artagnan clareou com a lanterna o rosto alegre de Porthos, que começava a compreender e estava todo contente.

— Monsenhor ia ver o sr. de La Fère. Que nossa presença não o incomode. Por favor mostrai o caminho e vos seguimos.

Pouco a pouco, Mazarino recuperava o sangue-frio.

— Há muito tempo estão na estufa, cavalheiros? — ele perguntou, com voz trêmula e pensando na visita que acabava de fazer a seu tesouro.

Porthos animou-se a responder, mas d'Artagnan fez um sinal e ele se calou, com a boca voltando gradativamente a se fechar.

— Chegamos neste instante, monsenhor.

Mazarino respirou aliviado. Não temia mais pelo tesouro, temia apenas por si mesmo. Uma espécie de sorriso passou por seus lábios.

— Vamos, reconheço que me pegaram e me declaro vencido. Querem a liberdade, não é? Eu lhes dou.

— É muita bondade, monsenhor, mas a liberdade já temos. Gostaríamos de pedir outra coisa.

— Têm a liberdade? — voltou a se assustar Mazarino.

— Certamente. Ao contrário de monsenhor, que acaba de perder a sua. O que fazer? É a lei da guerra, vai precisar comprá-la.

Um tremor invadiu Mazarino até o fundo do coração. Seu olhar penetrante em vão se fixou no rosto zombeteiro do gascão e na expressão impassível

— Seguimos Vossa Eminência passo a passo e aqui estamos.

de Porthos. Os dois estavam ocultos pela sombra e nem a sibila de Cumes[525] teria podido desvendar alguma coisa.

— Comprar minha liberdade? — repetiu Mazarino.

— Exato, monsenhor.

— E quanto isso me custará, sr. d'Artagnan?

— Droga, monsenhor, não calculei ainda. Vamos perguntar ao conde de La Fère, se Vossa Eminência concordar. Que aceite, então, abrir a porta que leva até ele e em dez minutos teremos o valor.

Mazarino estremeceu.

— Monsenhor deve ter reparado que temos agido formalmente, mas somos obrigados a dizer que não temos tempo a perder. É preciso alguma pressa, monsenhor, e, por favor, de uma vez por todas, lembrai-vos de que, ao menor movimento de fuga ou o menor grito para escapar, como nossa situação é bem excepcional, Vossa Eminência não deve nos querer mal se chegarmos a atitudes extremadas.

— Estejam tranquilos, senhores, nada tentarei. Têm minha palavra de honra.

D'Artagnan fez sinal a Porthos de dobrar a vigilância e disse a Mazarino:

— Por favor, agora entremos, monsenhor.

---

525. Na mitologia greco-romana, a sibila de Cumes era a mais conhecida das doze sibilas (ver nota 410). Ela vendeu a Tarquínio o Soberbo, o último rei de Roma, os "livros sibilinos", com profecias importantes para o Estado e que eram consultados em tempos de perigo. Os três últimos livros (eram inicialmente nove) foram destruídos num incêndio, em 83 a.C.

93. Conferências

Mazarino acionou a tranca de uma porta dupla, junto à qual já se encontrava Athos, pronto para receber o ilustre visitante, informado que fora por Comminges.
Vendo Mazarino, inclinou-se.
— Vossa Eminência poderia ter dispensado seus acompanhantes. A honra que me faz é grande demais para que eu a esqueça.
— Sua Eminência, meu caro conde — disse d'Artagnan —, de forma alguma queria nossa companhia. O sr. du Vallon e eu tivemos que insistir, talvez até de maneira indelicada, pois grande era o nosso desejo de vê-lo.
Ouvindo aquela voz e o tom debochado, além do gesto tão familiar que acompanhava essas duas expressões, Athos deu um pulo de surpresa.
— D'Artagnan! Porthos!
— Em pessoa, caro amigo.
— Em pessoa — repetiu Porthos.
— O que significa isso? — perguntou o conde.
— Significa — respondeu Mazarino, tentando, como já foi dito, sorrir, mas mordendo os lábios para isso —, significa que os papéis se inverteram e, em vez de serem, esses cavalheiros, meus prisioneiros, sou eu prisioneiro deles. Tanto que aqui estou, forçado de me submeter à lei, sem poder impô-la. Porém, senhores, aviso que, a menos que me degolem, essa vitória é de pouca duração, chegará a minha vez, virão...
— Ah, monsenhor! — cortou d'Artagnan. — Sem ameaças, é um mau exemplo. Estamos sendo tão gentis e agradáveis com Vossa Eminência! Vamos deixar de lado qualquer mau humor, afastar todo rancor e conversar civilizadamente.
— É tudo que peço, cavalheiros, mas no momento de discutir meu resgate, não quero que creiam ter uma posição melhor do que têm.

Prendendo-me aqui, estão presos também. Como sairão? Vejam essas grades, vejam essas portas, vejam, ou melhor, imaginem as sentinelas por trás dessas portas e grades, a quantidade de soldados nos pátios e, então, negociemos. Pronto! Vou dar uma prova de que estou sendo leal.

"Lá vem ele", pensou d'Artagnan, "vai querer aprontar alguma coisa."

— Ofereci a liberdade aos senhores e isso se mantém. Não querem? Em menos de uma hora serão descobertos, presos, forçados a me matar, o que será um crime hediondo e totalmente indigno dos leais fidalgos que são.

"Ele tem razão", pensou Athos. E como apenas nobres pensamentos brotavam em sua alma, esse pensamento se refletiu nos olhos.

— O fato é — acrescentou d'Artagnan, para corrigir a esperança que a adesão tácita de Athos havia dado a Mazarino — que só chegaríamos a essa violência como último recurso.

— Se, pelo contrário, me deixarem ir — continuou Mazarino —, aceitando a liberdade...

D'Artagnan o interrompeu:

— Como podemos aceitar a liberdade, se monsenhor pode nos tomá-la de volta, como disse, cinco minutos depois de concedê-la? E por tudo que sei de monsenhor, é o que faria.

— Palavra de cardeal... Não farei isso. Não acreditam?

— Monsenhor, não acredito em cardeais que nunca foram padres.

— Entendo. Palavra de ministro!

— Não é mais ministro, monsenhor, é prisioneiro.

— Então, palavra de Mazarino! Que sou e sempre serei, assim espero.

— Hum! — considerou d'Artagnan. — Já ouvi falar de um Mazarino que tinha pouca religiosidade com sua palavra... Temo que talvez fosse algum antepassado de Vossa Eminência...

— Tem muito espírito, tenente d'Artagnan, realmente lamento ter me indisposto com o senhor.

— Pois façamos as pazes, monsenhor, é também tudo que peço.

— Pois bem! — começou Mazarino. — Se eu os puser em segurança de uma forma evidente, palpável?

— Ah! Assim é outra coisa — disse Porthos.

— Vejamos como — disse Athos.

— Vejamos — disse d'Artagnan.

— Antes de mais nada, aceitam?

— Que monsenhor explique o plano, e veremos.

— Lembrem-se de que estão trancados, presos.

— Lembre-se monsenhor que restará sempre o último recurso.

— Qual?

— Morrermos todos juntos.

Mazarino sentiu um calafrio e continuou:

— Vejam, no final do corredor há uma porta, da qual tenho a chave. Ela dá para o parque. Levem-na. Os senhores são perspicazes, fortes e estão armados. A cem passos, virando à esquerda, verão o muro do parque, passem por ele e, num instante, estarão na estrada e livres. E eu agora os conheço suficientemente bem para saber que, se os atacarem, isso não será um obstáculo para a fuga.

— Puxa, monsenhor! Isso sim é falar. Cadê essa chave? — pareceu animar-se d'Artagnan.

— Aqui comigo.

— Ah! Seria bom que monsenhor nos levasse até a porta.

— Com prazer, se isso os deixar mais tranquilos.

Mazarino, que não esperava se livrar tão facilmente, dirigiu-se, radiante, ao corredor e abriu a porta.

Ela dava mesmo para o parque, e os três fugitivos compreenderam isso pelo vento da noite que corria através do corredor, trazendo até o rosto deles alguns salpicos de neve.

— Diabos! — disse d'Artagnan. — Está muito escuro, monsenhor. Não conhecemos o local e não vamos achar o caminho. Já que Vossa Eminência veio até aqui, por que não dá uns passos a mais e nos leva até o muro?

— Pode ser — concordou o cardeal, tomando com passos rápidos a direção do muro, ao qual num instante eles chegaram.

— Satisfeitos?

— Como não estaríamos? Só se fôssemos realmente muito difíceis! Diacho! Quanta honra! Três pobres fidalgos escoltados por um príncipe da Igreja! Aliás, monsenhor dizia, ainda há pouco, que somos bravos, perspicazes e estamos armados?

— Disse.

— Está enganado. Só o sr. du Vallon e eu temos armas, o sr. conde não. Se esbarrarmos em alguma patrulha, vamos precisar nos defender.

— Mas onde encontrar uma espada? — perguntou Porthos.

— Monsenhor emprestará a sua ao conde, pois não precisa dela — respondeu d'Artagnan.

— Claro — concordou o cardeal. — Inclusive peço que o sr. conde a aceite como lembrança minha.

— Achei isso muito elegante, conde — disse d'Artagnan.

— Eu também — respondeu Athos — e prometo a monsenhor nunca me separar dela.

— Bom — continuou d'Artagnan —, é uma bela e comovente troca de cortesias. Não lhe vieram lágrimas aos olhos, Porthos?

— Sim, mas na verdade não sei se foi por isso ou se é o vento que me faz chorar. Talvez seja mais o vento.

— Agora suba, Athos, rápido — disse d'Artagnan.

Porthos o ajudou, erguendo-o como se fosse uma pena, e ele chegou lá em cima.

— Pule, Athos.

Ele fez isso, desaparecendo do outro lado do muro.

— Chegou no chão? — perguntou d'Artagnan.

— Cheguei.

— Sem problema?

— Perfeitamente, são e salvo.

— Porthos, observe o cardeal enquanto subo. Não, não preciso de ajuda, posso ir sozinho. Apenas observe o cardeal.

— Estou observando. E agora?

— Você tem razão, é mais difícil do que pensei. Empreste as suas costas, mas sem largar o cardeal.

— Não vou largá-lo — disse Porthos, curvando-se de modo que d'Artgnan, graças a esse apoio, em um instante estava sentado a cavalo no muro. Mazarino fingia estar achando graça.

— Tudo bem? — perguntou Porthos.

— Tudo, meu amigo, e agora...

— Agora o quê?

— Agora passe-me o sr. cardeal. Ao menor grito dele, aperte-lhe a garganta.

Mazarino quis reclamar, mas Porthos o agarrou com as duas mãos, erguendo-o até d'Artagnan, que, por sua vez, puxou-o pela gola e o fez sentar-se a seu lado. Depois, com um tom ameaçador, ordenou:

— Salte agora para junto do sr. de La Fère ou eu o mato, palavra de fidalgo!

— *Monsou, monsou*, não está cumprindo o que prometeu.

— Eu? E quando prometi alguma coisa a monsenhor?

Mazarino deu um gemido.

— Eu dei a liberdade dos senhores e era este o meu resgate.

— Concordo, mas e o resgate pelo imenso tesouro enterrado na galeria, ao qual se desce empurrando um dispositivo escondido na parede e que gira uma caixa de terra, abrindo acesso a uma escada? Quer falar disso, monsenhor?

— *Gesù!*[526] — exclamou Mazarino quase asfixiado e juntando as mãos. — Jesus do céu! Estou perdido.

Sem se incomodar com as queixas, d'Artagnan pegou-o por baixo dos braços e o fez suavemente descer até as mãos de Athos, que continuava impassível junto ao muro. Em seguida, se virando para Porthos, disse a ele:

— Segure a minha mão, estou bem firme aqui.

O esforço do gigante fez tremer o muro e chegou também ao alto.

---

526. Em italiano no original: "Jesus!"

— Eu não tinha entendido bem, mas agora sim. É bem engraçado — ele comentou.

— Não é? Que bom! Mas para que continue engraçado até o fim, não podemos perder tempo — disse d'Artagnan, descendo do muro.

Porthos fez o mesmo.

— Acompanhem o sr. cardeal, amigos, vou sondar o terreno — avisou o gascão, sacando a espada e tomando a dianteira, mas antes perguntando: — Monsenhor, onde precisamos virar para chegar à estrada principal? É bom que Vossa Eminência pense bem antes de responder, pois qualquer engano pode gerar graves inconvenientes e não só para nós.

— Acompanhe o muro, não há como se perder.

Os três amigos apertaram o passo, mas após alguns minutos foram obrigados a diminuir o ritmo, pois mesmo com toda boa vontade o cardeal não conseguia acompanhá-los.

De repente, d'Artagnan esbarrou em alguma coisa morna, que se mexeu.

— Caramba! Um cavalo! Acabo de encontrar um cavalo, amigos!

— Eu também! — disse Athos.

— Eu também! — disse Porthos que, fiel às intruções dadas, não largava o braço do cardeal.

— Isso é o que podemos chamar de sorte, monsenhor. No exato momento em que Vossa Eminência se queixava de ter que seguir à pé... — disse d'Artagnan.

Mas no instante em que dizia isso, o cano de uma pistola encostou em seu peito e ele ouviu essas palavras, pronunciadas com toda gravidade:

— Não encoste neles!

— Grimaud! Grimaud, o que está fazendo aqui? Foi o céu que o enviou?

— Não, senhor, foi o cavaleiro d'Herblay que me mandou tomar conta dos cavalos.

— Aramis está aqui?

— Está sim, desde ontem.

— Fazendo o quê?

— Vigiando.

— Como? Aramis está aqui? — repetiu Athos.

— Na porta secundária do castelo. É o posto dele.

— Vocês são muitos?

— Sessenta.

— Vá avisá-lo.

— Agora mesmo, patrão.

Achando que ninguém, de qualquer forma, faria isso melhor que ele mesmo, Grimaud partiu correndo, enquanto, finalmente prestes a estarem novamente reunidos, os três amigos ficaram aguardando.

No grupo todo, apenas o sr. de Mazarino continuava com muito mau humor.

94. De como começam a achar que finalmente Porthos será barão e d'Artagnan, capitão

Dez minutos depois, Aramis chegou com Grimaud e oito ou dez fidalgos. Estava radiante e abraçou efusivamente os amigos.

— Estão livres, meus irmãos! Sem minha ajuda! Nada pude fazer por vocês, apesar do esforço!

— Não fique desapontado, amigo. O que se adia não se perde. Se você ainda não fez, ainda fará.

— Estava, no entanto, tudo acertado — explicou Aramis. — Consegui sessenta homens com o sr. coadjutor. Vinte vigiam os muros do parque, vinte a estrada de Rueil a Saint-Germain e vinte estão espalhados nos bosques. Graças a esses dispositivos estratégicos interceptei dois correios de Mazarino para a rainha.

Mazarino ficou de orelha em pé.

— Mas espero que você, com sua honestidade, os tenha devolvido ao sr. cardeal — brincou d'Artagnan.

— Ah, com certeza! É a pessoa com a qual se deve ter delicadezas assim! Numa das mensagens, o cardeal declara à rainha que os cofres estão vazios e que Sua Majestade não tem mais dinheiro. Na outra, diz que vai mandar seus prisioneiros para Melun,[527] pois Rueil não lhe parece um local seguro. Os amigos podem imaginar que essa última mensagem me deu esperanças. Embosquei-me com meus sessenta homens, cercando o castelo. Deixei cavalos sobressalentes com o astuto Grimaud e esperei a saída de vocês, achando que isso não se daria antes das primeiras horas de amanhã. Não esperava vê-los livres sem alguma escaramuça. Mas estão aqui e sem combate, bem melhor! Como escaparam desse impostor de ministro? Devem ter sofrido, presos ali.

— Nem tanto — disse d'Artagnan.

---

527. Cidade fortificada, a sudeste de Paris, que se manteve fiel à Corte.

— Mesmo?
— Digo até mais, tivemos que elogiá-lo.
— Não é possível!
— Mas é verdade. E é graças a ele que estamos em liberdade.
— Graças a ele?
— Exato. Ele nos fez entrar no pavilhão da estufa, levados pelo sr. Bernouin, seu camareiro, e de lá nós o seguimos até o conde de La Fère. Ele então nos ofereceu a liberdade, que nós aceitamos e ele chegou ao cúmulo de nos guiar até o muro do parque, que acabávamos de escalar com facilidade, quando encontramos Grimaud.
— Quem diria! — disse Aramis. — Isso muda a imagem que tenho dele. Gostaria que estivesse aqui para dizer pessoalmente que não o considerava capaz de tão bela ação.
— Monsenhor — disse d'Artagnan, sem poder mais se conter. — Permiti-me apresentar o cavaleiro d'Herblay, que deseja apresentar, como Vossa Eminência deve ter ouvido, suas respeitosas felicitações.
Dizendo isso, ele se afastou um pouco, deixando Mazarino, todo confuso, diante de um incrédulo Aramis.
— Como? Como? O cardeal? Refém? Ei! Ei! Amigos! Os cavalos, rápido! Os cavalos!
Alguns homens vieram correndo.
— Santo Deus! — ele continuou, perplexo. — Então, até que fui útil. Que Vossa Eminência aceite receber minhas homenagens! Aposto que foi esse são Cristóvão, que é o Porthos, que conseguiu isso.[528] Aliás, ia esquecendo...
E, em voz baixa, disse alguma coisa a um cavaleiro.
— Acho que seria prudente partirmos — aconselhou d'Artagnan.
— Certamente, mas estou esperando alguém... um amigo de Athos.
— Um amigo? — estranhou o conde.
— Pronto, está chegando a galope pelo mato.
— Sr. conde! Sr. conde! — uma voz jovem que fez Athos estremecer de fato se aproximava.
— Raoul! Raoul!
Por um instante o rapaz esqueceu as formalidades habituais e se lançou ao pescoço do pai.
— Veja, sr. cardeal, não seria uma pena separar pessoas que se amam como nos amamos? Senhores — continuou Aramis, dirigindo-se aos cavaleiros que se reuniam em número cada vez maior —, senhores, juntem-se em torno de

---

[528]. São Cristóvão foi um mártir cristão do séc.III. Muito forte, reza a lenda que, após várias provações, passou a ajudar pessoas a atravessarem um rio. Uma delas, um dia, apareceu como criança à margem do rio e, durante a travessia no seu ombro, foi se tornando um adulto, bastante pesado. Era Jesus Cristo, que o testava.

Sua Eminência, que nos dará a honra de sua companhia, para prestigiá-la. Sejam gratos, é o que espero. Porthos, não perca Sua Eminência de vista.

E Aramis foi até d'Artagnan e Athos, que confabulavam, entrando na discussão.

— Vamos — comandou d'Artagnan, após cinco minutos de conferência —, em frente!

— Para onde? — perguntou Porthos.

— Para a sua casa em Pierrefonds, meu amigo. Seu belo castelo dignamente poderá oferecer hospitalidade senhorial a Sua Eminência. Além disso, é muito bem situado, nem perto nem longe demais de Paris. De lá teremos como estabelecer fácil comunicação com a capital e monsenhor poderá ser recebido como o príncipe que é.

— Príncipe decaído — lamentou-se Mazarino.

— A guerra tem suas idas e vindas, monsenhor — concordou Athos —, mas garanto que não abusaremos da situação.

— Apenas a usaremos — emendou d'Artagnan.

Por todo o resto da noite, sequestradores e refém cavalgaram, com a mesma e incansável rapidez que tinham no passado. Mazarino, sombrio e pensativo, deixava-se levar naquela corrida de fantasmas.

Quando o dia começou a raiar, tinham percorrido doze léguas numa só arrancada. Boa parte da escolta estava esgotada, alguns cavalos tombaram.

— Essas montarias de hoje não valem as de antigamente, são todas degeneradas — observou Porthos.

— Enviei Grimaud a Dammartin — disse Aramis. — Deve nos trazer cinco cavalos descansados, um para o cardeal e quatro para nós. O principal é que não percamos monsenhor de vista, o resto da escolta vai se juntar a nós mais tarde. Depois de passarmos por Saint-Denis, nada teremos a temer.

E lá estavam, efetivamente, Grimaud e os cinco animais. O nobre a quem ele fizera apelo era amigo de Porthos e dispusera-se a nem mesmo vendê-los, mas a ofertá-los. Dez minutos depois, o grupo todo chegava a Ermenonville, mas os quatro amigos seguiam com renovado ardor, escoltando o sr. de Mazarino.

Ao meio-dia, entraram pela alameda do castelo de Porthos.

— Ah! — suspirou Mousqueton, que estava ao lado de d'Artagnan e não havia aberto a boca durante todo o trajeto. — O senhor acredite se quiser, mas é a primeira vez que realmente respiro desde que partimos de Pierrefonds.

E ele esporeou o cavalo, partindo a galope para avisar à criadagem a iminente chegada do sr. du Vallon e de seus acompanhantes.

— Somos quatro — disse d'Artagnan aos amigos —, vamos nos revezar para vigiar monsenhor, cada um com um turno de três horas. Athos fará o reconhecimento do castelo, para torná-lo invulnerável a um cerco. Porthos cuidará das provisões e Aramis da entrada das guarnições. Ou seja, Athos será o engenheiro-chefe, Porthos o municiador-geral e Aramis o alcaide local.

Mazarino foi hospedado no mais belo apartamento do castelo.

— Os senhores, imagino, não acham possível me manter incógnito aqui por muito tempo... — ele disse.

— Não, monsenhor. Pelo contrário, contamos logo espalhar que está em nosso poder — respondeu d'Artagnan.

— Serão sitiados.

— Contamos com isso.

— E o que farão?

— Defenderemos a posição. Se o falecido cardeal de Richelieu estivesse vivo, poderia lhe contar a história de um certo reduto Saint-Gervais, em que nós quatro, nossos quatro criados e doze cadáveres enfrentamos um exército inteiro.

— Proezas assim só acontecem uma vez, não se repetem.

— Ainda bem, pois não precisaremos ser tão heroicos. Amanhã o exército parisiense será avisado e depois de amanhã estará aqui. A batalha, em vez de acontecer em Saint-Denis ou Charenton, será travada na altura de Compiègne ou Villers-Cotterêts.

— O sr. Príncipe os derrotará, como sempre os derrota.

— É possível, monsenhor. Mas antes da batalha vamos transferi-lo a outro castelo do nosso amigo du Vallon, que tem três como este em que nos encontramos. Não queremos expor Vossa Eminência às incertezas da guerra.

— Entendo. Vejo que é preciso capitular.

— Antes do cerco?

— Antes, quem sabe, as condições sejam melhores.

— Sobre as condições, monsenhor verá que somos moderados.

— Vejamos isso, quais são as condições?

— Primeiro descansai, monsenhor, enquanto discutimos isso.

— Não preciso de descanso, preciso é saber se estou em mãos amigas ou inimigas.

— Amigas, monsenhor, amigas!

— Se é o caso, digam o que querem, para que eu veja se é possível um acordo. Fale o senhor, conde de La Fère.

— Monsenhor — respondeu Athos —, nada tenho a pedir para mim, mas muito para a França. Passo então a palavra ao sr. cavaleiro d'Herblay.

Com uma mesura, ele deu um passo atrás e permaneceu de pé, encostado na lareira, simples espectador da conferência.

— Fale então o senhor, cavaleiro d'Herblay. O que deseja? Sem meias palavras nem ambiguidades. Seja claro, conciso e preciso.

— Porei as cartas na mesa, monsenhor.

— Mostre então o seu jogo.

— Tenho no bolso o programa que a comissão de deputados, da qual fiz parte, apresentou anteontem em Saint-Germain. Respeitemos, antes de tudo, os direitos antigos e que sejam deferidas as requisições do programa.

— Estávamos quase de acordo quanto a isso — disse Mazarino. — Passemos às condições particulares.

— Acreditais que haja? — perguntou sorrindo Aramis.

— Nem todos são desinteressados como o sr. conde de La Fère — respondeu o ministro, virando-se para Athos e cumprimentando-o.

— Monsenhor tem razão — continuou Aramis —, e fico feliz de ver que faz justiça ao conde. O sr. de La Fère é um espírito superior que plana acima das pretensões vulgares e das paixões humanas. É uma alma antiga e orgulhosa. Um homem especial. Vossa Eminência tem razão, não podemos nos comparar a ele e somos os primeiros a confessá-lo.

— Está zombando de mim, Aramis? — perguntou Athos.

— De forma alguma, querido conde, digo o que pensamos e o que pensam todos que o conhecem. Mas de fato não é de você que se trata e sim de monsenhor e deste indigno servidor que sou.

— E então, o que deseja o cavaleiro d'Herblay, além das condições gerais sobre as quais voltaremos?

— Desejo, monsenhor, que entreguem a Normandia à sra. de Longueville,[529] com sua plena e total anistia, além de quinhentas mil libras. Desejo que Sua Majestade, o rei, aceite ser padrinho do filho que ela acaba de dar à luz e que monsenhor, depois de assistir ao batismo, vá apresentar suas homenagens a nosso santo pai, o papa.[530]

— Isso quer dizer que pede minha demissão das funções de ministro e que eu deixe a França, que me exile?

— Quero que monsenhor seja papa à primeira vaga que aparecer, reservando-me o direito de vos pedir, nessa ocasião, plena remissão dos pecados para mim e para meus amigos.

Mazarino fez uma careta intraduzível e, voltando-se para d'Artagnan, perguntou:

— E o senhor?

— Pessoalmente, monsenhor, concordo em tudo com o cavaleiro d'Herblay, exceto na última parte, em que me distancio por inteiro dele. Em vez de querer que monsenhor deixe a França, prefiro que continue primeiro-ministro, pois monsenhor é um grande político. Inclusive me esforçarei, no que depender de mim, para que ele se imponha à Fronda, à condição de que se lembre um pouco dos fiéis servidores do rei e dê a primeira companhia dos mosqueteiros a alguém que indicarei. E o sr. du Vallon?

— É a sua vez, fale — disse Mazarino a Porthos.

---

529. O sr. de Longueville havia tentado socorrer Paris com seu exército normando, mas foi derrotado e fora destituído do seu governo ducal.

530. Inocêncio X, Giambattista Pamphili (1574-1655), que era papa desde 1644.

— Gostaria que o sr. cardeal, prestigiando a casa que lhe dá asilo, aceitasse, como lembrança dessa aventura, declarar baronia essa minha propriedade, com a promessa de uma ordem clerical para um dos meus amigos, na primeira promoção que fizer Sua Majestade.[531]

— O senhor deve saber que para isso é preciso ter passado por provas.

— O amigo em questão as fará. Aliás, se for realmente muito necessário, monsenhor ensinará a ele como evitar essa formalidade.

Mazarino mordeu um lábio, pois o golpe fora bastante direto, e retomou de maneira bem seca:

— Nada do que pedem combina entre si. Satisfazendo uns, os outros necessariamente ficarão descontentes. Se ficar em Paris, não posso ir a Roma; se me tornar papa, não posso continuar ministro, e não sendo ministro, não posso tornar o sr. d'Artagnan capitão e o sr. du Vallon barão.

— É verdade — concordou Aramis. — Estando em minoria, retiro minha proposta no referente à viagem a Roma e à demissão de monsenhor.

— Então continuo ministro?

— Continua, é claro — disse d'Artagnan. — A França precisa do senhor.

— Desisto então de minhas pretensões — voltou Aramis. — Sua Eminência continua primeiro-ministro e favorito de Sua Majestade, se concordar em conceder a mim e a meus amigos o que pedimos para a França e para nós.

— Tratem do que lhes concerne, senhores, e deixe que a França se arranje comigo como bem entender.

— Não, não! — continuou Aramis. — Os frondistas exigem um tratado, que Vossa Eminência deverá redigir e assinar à nossa frente, incluindo, nesse tratado, a sua intenção de obter a ratificação da rainha.

— Só posso falar por mim — alegou Mazarino —, e não pela rainha. E se Sua Majestade negar?

— Monsenhor há de concordar que a rainha nada lhe recusa — disse d'Artagnan.

— Aqui está, monsenhor, o tratado proposto pela delegação dos rebeldes. Queira Vossa Eminência ler e examinar.

— Eu o conheço.

— Nesse caso, apenas assine.

— Pensem um pouco, senhores, uma assinatura minha, nas circunstâncias em que nos encontramos, seria considerada como arrancada por coação.

— Monsenhor estará presente para dizer que foi por vontade própria que assinou.

— E se eu me negar?

---

[531] Os altos títulos clericais, como é o caso de Mazarino, cardeal (que nunca foi ordenado padre), eram mais políticos que religiosos. À época, o rei indicava o seu candidato, que devia ser aprovado por Roma.

— Vossa Eminência teria apenas a si mesma para responsabilizar pelas consequências dessa recusa — disse d'Artagnan.

— Ousariam erguer a mão contra um cardeal?

— Monsenhor ergueu a sua contra os mosqueteiros de Sua Majestade.

— A rainha me vingará, senhores!

— Não creio, mesmo sabendo que vontade não lhe falta, mas iremos a Paris com Vossa Eminência e provavelmente os parisienses nos defenderão...

— Como devem se preocupar, neste momento, em Rueil e em Saint-Germain! — observou Aramis. — Como devem se perguntar onde se encontra o cardeal, o que aconteceu ao ministro, por onde anda o favorito! Devem procurar monsenhor por todo lugar! Como devem circular boatos! E se a Fronda souber do desaparecimento de monsenhor, como deve se sentir triunfante!

— É vergonhoso — murmurou Mazarino.

— Assine então o tratado, monsenhor.

— E se eu assinar e a rainha não ratificar?

— Encarrego-me de ir ver Sua Majestade — tomou a iniciativa d'Artagnan — e obter sua assinatura.

— Cuidado, pois talvez tenha, em Saint-Germain, uma acolhida diferente da que espera.

— Ora, vou conseguir algum meio para me tornar bem-vindo. Sei como.

— Como?

— Levarei a Sua Majestade a carta em que monsenhor lhe anuncia o total colapso das finanças.

— E depois? — perguntou Mazarino, já empalidecendo.

— Depois, vendo Sua Majestade no auge do constrangimento, levarei-a a Rueil, à estufa, mais precisamente, e mostrarei um sistema que faz mover certa caixa.

— Chega! Vamos acabar com isso. Onde está o tratado?

— Aqui! — disse Aramis.

— Observe que somos generosos — lembrou d'Artagnan —, poderíamos conseguir muito mais com semelhante segredo.

— Então, assine — disse Aramis, apresentando uma pena.

Mazarino levantou-se, andou por um momento, mais em devaneio do que abatido. Em seguida, parando de repente, perguntou:

— Depois de assinar, cavalheiros, que garantias terei?

— Minha palavra de honra — interveio Athos.

Mazarino estremeceu, voltou-se para o conde de La Fère, examinou por um instante seu rosto nobre e digno, e aceitou a pena:

— Isso me basta, sr. conde.

E assinou.

— Agora, sr. d'Artagnan — ele acrescentou —, prepare-se para ir a Saint-Germain e levar uma carta minha à rainha.

95. Como uma pena e uma ameaça são mais eficientes que a espada e a lealdade

D'Artagnan conhecia um pouco de mitologia: sabia que a oportunidade tem apenas um tufo de cabelos pelo qual ser agarrada e o mosqueteiro não era alguém que a deixasse escapar sem lhe desgrenhar o topete.[532] Organizou um programa de viagem rápido e seguro, enviando cavalos de muda a Chantilly, para poder, em cinco ou seis horas, chegar a Paris. Antes de partir, pensou também que, para alguém com inteligência e experiência, era bem estranho aventurar-se no duvidoso, deixando o seguro para trás.

"É verdade", ele pensou, no momento em que montava a cavalo para cumprir a perigosa missão, "Athos, pela generosidade, é um herói de romance, Porthos tem excelente índole, mas facilmente se deixa influenciar, Aramis tem um rosto hieroglífico, ou seja, ilegível. O que farão essas três personalidades, se eu não estiver presente como traço de união? A soltura do cardeal, quem sabe. E a soltura do cardeal liquida nossas esperanças, e as esperanças são, até agora, a única recompensa para vinte anos de trabalhos, comparados aos quais os de Hércules parecem obra de um pigmeu."

Ele foi então falar com Aramis:

— O senhor, meu caro cavaleiro d'Herblay, é a encarnação da Fronda. Preocupe-se então com Athos, que não aceita que se tire partido da situação, nem para si mesmo. E mais ainda com Porthos, que, para agradar ao conde, a quem ele considera Deus na Terra, pode ajudá-lo a deixar Mazarino fugir, se Mazarino tiver a esperteza de choramingar ou bancar o nobre cavaleiro.

Aramis deu seu sorriso fino e, ao mesmo tempo, decidido.

— Fique tranquilo, tenho minhas exigências. Não é por mim que trabalho, é pelos outros. Minha pequena ambição pessoal tem que resultar em vantagem para quem de direito.

---

532. Na mitologia grega, Kairós, a deusa da oportunidade, do instante não cronológico, é representada com apenas um chumaço de cabelos na cabeça.

"Bom", pensou d'Artagnan, "desse lado posso ficar descansado."

Ele apertou a mão de Aramis e foi procurar Porthos:

— Amigo, você e eu nos esforçamos tanto no encaminhamento das nossas ambições e estamos prestes a colher os frutos desse trabalho. Seria então ridículo que se deixe influenciar por Aramis, de quem você conhece a fineza, qualidade que, entre nós podemos dizer, nem sempre está isenta de egoísmo. Ou por Athos, que é nobre e desinteressado, mas também um tanto indiferente pois, sem nada mais desejar para si mesmo, não compreende que os outros tenham desejos. O que diria se um ou outro dos nossos amigos vier propor que deixe Mazarino ir embora?

— Diria que foi difícil demais pegá-lo, para deixar que se vá assim.

— Ótimo, Porthos! E estaria coberto de razão, pois com ele iria embora também a baronia, que agora está a seu alcance. Sem contar que, uma vez fora daqui, Mazarino o mandaria enforcar.

— É mesmo? Acha isso?

— Tenho certeza.

— Então será mais fácil matá-lo do que deixar que escape.

— E estaria certíssimo. Quando procuramos resolver nosso problema, você deve entender, não se tratava de resolver o dos frondistas, que aliás não entendem das questões políticas como nós, que somos velhos soldados.

— Não se preocupe, meu amigo. Vou ver pela janela você montar a cavalo, acompanhá-lo com os olhos até sumir no horizonte e volto para ficar na porta do cardeal, uma porta de vidro que dá para o quarto. Dali verei tudo e, ao menor movimento suspeito, liquido-o.

"Perfeito!", pensou d'Artagnan. "Acho que, nesse sentido, o cardeal vai estar bem guardado."

Ele então apertou a mão do sr. de Pierrefonds e foi atrás de Athos.

— Meu caro amigo, estou de partida. Gostaria de lembrar apenas uma coisa: você conhece Ana da Áustria. Só a captura do sr. de Mazarino garante a minha vida. Se o soltarem, estou morto.

— Basta essa observação para que eu me dedique inteiro à função de carcereiro, querido d'Artagnan. Dou minha palavra de que vai encontrar o cardeal onde o deixou.

"Isso me deixa mais tranquilo do que qualquer assinatura real", pensou d'Artagnan. "Agora que tenho a palavra de Athos, posso ir."

E ele partiu só, sem outra companhia além da sua espada e um simples salvo-conduto de Mazarino para ter acesso à rainha.

Seis horas depois de deixar Pierrefonds, chegou em Saint-Germain.

O desaparecimento de Mazarino era ainda ignorado. Apenas Ana da Áustria tinha conhecimento e escondia sua ansiedade até dos seus mais próximos. Os dois soldados amordaçados e amarrados tinham sido encontrados no quarto de d'Artagnan e Porthos. Recuperaram fala e movimentos, mas nada puderam dizer além do que sabiam, ou seja, como tinham sido fisgados, amarrados e despidos. Mas o que haviam feito os dois prisioneiros, depois de saírem por onde tinham entrado, eles ignoravam, tanto quanto os demais que se encontravam no castelo.

Apenas Bernouin sabia um pouco mais. O camareiro, não vendo voltar o seu amo e ouvindo bater meia-noite, resolveu entrar na estufa. A primeira porta, atravancada por dentro com móveis, já lhe pusera a pulga atrás da orelha. Mas ele não quis comunicar a ninguém sua preocupação. Com paciência, conseguiu passagem através de todos aqueles obstáculos. Chegando ao corredor, encontrou as portas abertas. Mesma coisa com a porta do quarto de Athos e a do parque. Lá chegando, foi fácil seguir os passos na neve. Viu que as pegadas se interrompiam no muro. Do outro lado, encontrou as mesmas marcas, depois as de cavalos e, mais tarde, os vestígios de toda uma tropa de cavalaria, que partiu na direção de Enghien. Não ficou então dúvida alguma de que o cardeal fora sequestrado pelos três prisioneiros, pois haviam desaparecido ao mesmo tempo. Ele então correu a Saint-Germain para avisar a rainha.

Ana da Áustria pediu que guardasse silêncio, ordem que Bernouin obedeceu escrupulosamente. Apenas ao sr. Príncipe ela contou tudo e ele imediatamente mandou que partissem quinhentos ou seiscentos cavaleiros, com ordem de revirar as redondezas e trazer a Saint-Germain qualquer tropa suspeita que se afastasse de Rueil, em qualquer direção que fosse.

Como, no entanto, d'Artagnan não era uma tropa, estava sozinho e não se afastava de Rueil, já que se dirigia a Saint-Germain, ninguém prestou atenção nele e a sua viagem transcorreu sem o menor obstáculo.

Entrando no pátio do castelo antigo, a primeira pessoa a notar nosso embaixador foi mestre Bernouin em pessoa, que, de pé à entrada, aguardava notícias do amo desaparecido.

Ao ver d'Artagnan entrar a cavalo no pátio principal, Bernouin esfregou os olhos, acreditando estar vendo coisas. Mas o cavaleiro fez um rápido e amigável sinal com a cabeça, apeou e, entregando as rédeas do animal a um criado que passava, foi até o camareiro com um sorriso nos lábios.

— Sr. d'Artagnan! Sr. d'Artagnan! — repetia o atônito serviçal, como alguém que está tendo um pesadelo e fala dormindo.

— Eu mesmo, sr. Bernouin.
— E o que faz aqui?
— Trago notícias frescas do sr. de Mazarino.
— O que aconteceu com ele?
— Está tão bem quanto o senhor e eu.
— Nada de ruim, então?
— Absolutamente nada. Ele apenas teve vontade de dar uma volta pela região e nos pediu, ao sr. conde de La Fère, o sr. du Vallon e eu, que o acom-

panhássemos. Somos dedicados demais ao ministro para recusar semelhante pedido; partimos ontem à noite e cá estamos.

— Cá está o senhor.

— Sua Eminência tem algo a dizer a Sua Majestade, algo secreto e íntimo, uma missão que ele só poderia incumbir a uma pessoa de confiança e então me enviou a Saint-Germain. De forma, meu caro Bernouin, que se quiser ser agradável a seu amo, previna Sua Majestade de que estou aqui e com qual finalidade.

Fosse uma atitude séria ou apenas brincadeira, como era evidente que naquele momento d'Artagnan era a única pessoa capaz de tirar Ana da Áustria do estado de inquietação em que se encontrava, Bernouin não viu por que não ir imediatamente informar a rainha sobre aquela curiosa embaixada. Aliás, como ele previu, Sua Majestade na mesma hora mandou que o trouxesse à sua presença.

O mosqueteiro aproximou-se da soberana com todas as reverências do mais profundo respeito.

A três passos de distância, levou um dos joelhos ao chão e apresentou a carta.

Era, como já dissemos, uma simples carta introdutória, apenas comprovando a situação. A rainha leu, reconheceu perfeitamente a letra do cardeal, apesar de ligeiramente tremida e, como a carta nada dizia do que havia acontecido, pediu detalhes.

D'Artagnan contou tudo, com o ar ingênuo e simples que ele tão bem sabia fingir em certas circunstâncias.

Conforme ele falava, a rainha o olhava com crescente espanto. Não compreendia que alguém ousasse nem sequer imaginar tal proeza e menos ainda que tivesse a audácia de vir contá-la a quem tinha o interesse e quase o dever de puni-la.

Terminada a narrativa, vermelha de indignação, ela exclamou:

— E o senhor, cavalheiro, tem o atrevimento de vir confessar o seu crime! Vir aqui contar a sua traição!

— Perdoai-me, senhora, mas tudo indica que me expliquei mal ou que Vossa Majestade compreendeu mal. Não houve nisso crime nem traição. O sr. de Mazarino mantinha prisioneiros a mim e ao sr. du Vallon, por não termos podido acreditar que nos enviara à Inglaterra para tranquilamente assistirmos à decapitação do rei Carlos I, cunhado do vosso falecido marido, casado com a sra. Henriqueta, vossa irmã e hóspede, e por termos feito o possível para salvar a vida do mártir real. Meu amigo e eu nos convencemos de ter havido algum erro do qual fomos vítimas e de que uma explicação entre nós e Sua Eminência era necessária. E para que uma explicação seja proveitosa, é preciso que transcorra na tranquilidade, longe dos barulhos inoportunos. Por isso levamos o cardeal ao castelo do meu amigo e lá nos explicamos. E o que havíamos imaginado aconteceu. De fato ocorreu um erro. O sr. de Mazarino achou que havíamos servido ao general Cromwell, em vez de servirmos ao rei Carlos, o que teria sido uma vergonha que, de nós, salpicaria nele, e dele em Vossa Majestade. Uma covardia que mancharia, em sua essência, a realeza de vosso ilustre filho. Mas fornecemos a ele a prova do contrário e essa prova nos dispomos a também apresentar a Vossa Majestade, fazendo apelo à ilustre viúva que chora naquele Louvre em que a hospedou vossa real munificência. Tal prova o satisfez tanto que me enviou a Vossa Majestade, para as reparações que naturalmente se devem a fidalgos mal apreciados e equivocadamente perseguidos.

— Eu o ouço e admiro, cavalheiro. Na verdade, raramente assisti a semelhante abuso de impudência.

— Pronto! Vossa Majestade também se engana quanto às nossas intenções, como já fez o sr. de Mazarino.

— Erra o senhor, e tanto não me engano que dentro de dez minutos estará preso e uma hora depois estarei partindo, à frente do meu exército, para libertar o meu ministro.

— Tenho certeza de que Vossa Majestade não cometerá tamanha temeridade, primeiro por sua inutilidade, e, depois, porque traria graves resultados. Antes de ser libertado, o cardeal seria morto. Sua Eminência está tão convencida dessa verdade que, pelo contrário, me pediu, caso Vossa Majestade se inclinasse em tal direção, que fizesse o possível para que ela mudasse seus planos.

— Farei isso! Contentar-me-ei em prendê-lo.

— Nem isso, senhora, pois previu-se minha prisão, tanto quanto a libertação do cardeal. Se amanhã, em determinada hora, eu não estiver de volta, depois de amanhã o sr. cardeal será levado a Paris.

— Nota-se que o senhor, dada a sua posição, vive longe dos homens e das coisas. Não fosse assim, saberia que o sr. cardeal foi cinco ou seis vezes a Paris, desde que partimos de lá. Esteve com o sr. de Beaufort, o sr. de Bouillon, o sr. coadjutor, o sr. de Elbeuf e nenhum deles pensou em prendê-lo.

— Mil desculpas, senhora, mas sei disso. E não é ao sr. de Beaufort, ao sr. de Bouillon, ao sr. coadjutor ou ao sr. de Elbeuf que meus amigos levarão o sr. cardeal, sabendo que esses cavalheiros estão em guerra por interesses próprios e que, dando a eles o que pedem, o sr. cardeal se safaria sem pagar muito. Ele será entregue ao Parlamento, que certamente pode ser comprado isoladamente, mas nem mesmo o sr. de Mazarino é rico o bastante para comprá-lo em massa.

— Creio, cavalheiro — disse Ana da Áustria fixando nele um olhar que seria de desprezo numa mulher mas que numa rainha se torna terrível —, que está fazendo uma ameaça à mãe do seu rei.

— Se ameaço, senhora, é apenas por me sentir forçado. Dou-me uma importância que não tenho, para estar à altura dos acontecimentos e das pessoas. Mas, que Vossa Majestade acredite, neste peito bate por ela, que foi o permanente ídolo da nossa vida, um coração. Coração este que, por Deus, vinte vezes se colocou em risco por sua rainha. Não se apieda, Vossa Majestade, dos seus criados que há vinte anos vegetam à sombra, sem jamais deixar escapar segredos sagrados e solenes que eles têm a felicidade de haver compartilhado com ela? Olhai para este que vos fala, a quem acusais de erguer a voz e assumir um tom ameaçador. O que sou? Um pobre oficial sem fortuna, sem abrigo e sem futuro, caso o olhar de minha rainha, que por tanto tempo busquei, não se fixe um pouco em mim. Que Vossa Majestade se digne a olhar para o sr. conde de La Fère, um exemplo de nobreza, uma flor da cavalaria que tomou o partido contrário a sua rainha, ou melhor, a seu ministro, e não faz qualquer exigência. Que olhe para o sr. du Vallon, uma alma fiel, um braço de aço e que há vinte anos espera uma palavra que o torne, pelo brasão, o que ele é pelo sentimento e pelo valor. Que, enfim, olhe para seu povo, que deve significar algo para uma rainha, um povo que a ama e que, no entanto, sofre; um povo que Vossa Majestade ama e que, no entanto, passa fome, mas que nada quer senão abençoá-la e que, contudo... Não, minto, nunca vosso povo vos amaldiçoará. É tão simples, dizei uma só palavra e tudo se termina, a paz sucederá à guerra, a alegria às lágrimas, a felicidade às calamidades.

Ana da Áustria olhou com certo espanto o rosto marcial de d'Artagnan, em que se podia distinguir uma singular expressão de ternura.

— Por que não disse isso tudo antes de agir?! — ela lamentou.

— Porque tratava-se de provar a Vossa Majestade algo que, tenho a impressão, ela não considerava; que temos ainda algum valor e é justo que se faça ainda algum caso de nós.

— E tal valor diante de nada recua, pelo que vejo?

— Diante de nada recuou no passado, por que não faria o mesmo no futuro?

— E tal valor, em caso de recusa e, consequentemente, em caso de luta, poderia sequestrar até a mim, no meio de minha Corte, para me entregar à Fronda, como está querendo entregar meu ministro?

— Nunca pensamos nisso, senhora — respondeu d'Artagnan com sua quase fanfarronice gascã, que nele era pura ingenuidade —, mas se nós quatro tivéssemos resolvido algo assim teríamos feito.

— Posso imaginar — ela murmurou —, são homens de ferro.

— É pena, senhora, isso prova que apenas hoje Vossa Majestade tem uma ideia justa de nós.

— Está bem, mas essa ideia, se eu realmente enfim a tenho...

— Vossa Majestade nos fará justiça. Fazendo isso, não nos tratará mais como pessoas vulgares. Verá em mim um embaixador digno dos altos interesses que o encarregaram de apresentar.

— Onde está o tratado?

— Aqui.

96. Como uma pena e uma ameaça são mais eficientes que a espada e a lealdade (continuação)

Ana da Áustria olhou o tratado que d'Artagnan lhe apresentava.

— Vejo apenas condições gerais — ela disse. — Os interesses do sr. de Conti, do sr. de Beaufort, do sr. de Bouillon, do sr. de Elbeuf e do sr. coadjutor estão presentes. Mas e os dos senhores?

— Reconhecemos nossos limites, senhora, mesmo quando lembramos nossa devida estatura. E achamos que nossos sobrenomes não são dignos de figurar ao lado de tão grandes patronímicos.

— Mas nem por isso deixarão, imagino, de expor pessoalmente suas pretensões.

— Sois uma grande e poderosa rainha e seria indigno de vossa grandeza e poder não recompensar dignamente os braços que trarão Sua Eminência a Saint-Germain.

— É esta a minha intenção; vamos, fale!

— Este que diretamente tratou (sinto muito começar por mim, mas preciso me dar essa importância, não por querê-la, mas por me ter sido dada) do resgate do sr. cardeal, para que a recompensa não diminua Vossa Majestade, deve ser promovido a chefe dos guardas, algo como capitão dos mosqueteiros.

— É o posto do sr. de Tréville que está pedindo!

— O posto está vago, senhora. Há um ano o sr. de Tréville afastou-se e não foi substituído.

— Mas é um dos primeiros cargos militares da casa real![533]

— O sr. de Tréville era um simples filho mais moço de uma família da Gasconha, como eu, e ocupou por vinte anos a função.

---

533. O conde de Tréville foi nomeado governador de Foix em 1646, com a extinção da companhia dos mosqueteiros. A companhia voltou a existir em 1657, sob o comando nominal de um sobrinho de Mazarino e sob o comando efetivo do d'Artagnan histórico.

— O senhor tem resposta para tudo — disse Ana da Áustria, pegando numa escrivaninha um documento real que ela completou e assinou.

— Obrigado, senhora — agradeceu d'Artagnan pegando o papel e curvando-se —, é uma bela e nobre recompensa. Mas as coisas desse mundo são cheias de instabilidades e o contemplado por Vossa Majestade que cair em desgraça logo perderia esse posto.

— E o que quer, então? — perguntou a rainha, ruborizando por sentir seu pensamento desvendado por uma inteligência tão sutil quanto a sua.

— Cem mil libras para este pobre capitão dos mosqueteiros, a serem pagas no dia em que os seus serviços não agradarem mais a Vossa Majestade.

Ana hesitou.

— E pensar que os parisienses — insistiu então d'Artagnan — ofereceram há alguns dias, por decisão parlamentar, seiscentas mil libras a quem lhes entregasse o cardeal vivo ou morto. Se vivo para enforcá-lo, se morto para arrastá-lo ao lixão!

— Então é razoável, já que pede a uma rainha apenas a sexta parte do que oferece o Parlamento!

E assinou uma promessa de cem mil libras, perguntando em seguida:

— E agora?

— Meu amigo du Vallon, senhora, é rico e por isso nada mais deseja nesse sentido, mas creio que ele e o sr. de Mazarino falaram em intitular sua terra como baronia. Trata-se inclusive, se bem me lembro, de algo já prometido.

— Um plebeu! Vão rir dele.

— Que seja. Mas de uma coisa tenho certeza: quem rir na sua frente não rirá duas vezes.

— Que seja, baronia! — exclamou Ana da Áustria, e assinou um documento.

— Resta ainda o cavaleiro ou padre d'Herblay, como Vossa Majestade preferir.

— Ele quer ser bispo?

— Não. Pede algo mais fácil.

— O quê?

— Que o rei aceite ser padrinho do filho da sra. de Longueville.

A rainha sorriu.

— A sra. de Longueville tem sangue real — continuou d'Artagnan.

— Pode ser — disse a rainha —, mas e o filho?

— O filho, senhora... também deve ter, pois o marido da sua mãe tem.

— E seu amigo nada mais tem a pedir para a sra. de Longueville?

— Não, senhora, pois é de se imaginar que Sua Majestade, o rei, aceitando ser padrinho da criança, não poderá deixar de oferecer, na cerimônia, um presente de pelo menos quinhentas mil libras à mãe. Além de devolver ao pai, é claro, o governo da Normandia.

— O governo da Normandia creio poder garantir, mas quanto às quinhentas mil libras, o cardeal não para de repetir não haver mais dinheiro nos cofres do Estado.

— Procuraremos juntos, se Vossa Majestade permitir, e encontraremos.

— E agora?

— Agora?

— Sim.

— É só isso.

— Não tem um quarto companheiro?

— Sim, claro, o sr. conde de La Fère.

— E o que ele pede?

— Nada.

— Nada?

— Exato.

— Há no mundo um ser humano que, podendo pedir, não pede?

— Há o sr. conde de La Fère, senhora. Mas o sr. conde de La Fère não é um ser humano.

— É o quê?

— O sr. conde de La Fère é um semideus.

— Ele não tem um filho, um rapaz, um parente ou sobrinho de quem Comminges me falou como sendo um bravo menino e que trouxe, com o sr. de Châtillon, os estandartes de Lens?

— Ele tem, como Vossa Majestade diz, um pupilo chamado visconde de Bragelonne.

— E se dermos a esse rapazinho o comando de um regimento, o que diria seu tutor?

— Ele talvez aceite.

— Talvez?

— Sim, se Vossa Majestade pessoalmente pedir que ele aceite.

— O senhor tem razão, é alguém especial. Bom, pensaremos nisso e talvez peçamos. O senhor está satisfeito?

— Estou, Vossa Majestade. Mas há algo que a rainha não assinou.

— O quê?

— Exatamente o mais importante.

— Minha aceitação do tratado?

— Sim.

— Para quê? Assino o tratado amanhã.

— Uma coisa creio poder afirmar a Vossa Majestade: é que se ela não der seu aval hoje, não terá tempo de dar mais tarde. Por favor, então, assinai abaixo da frase redigida de próprio punho pelo sr. de Mazarino, abaixo do programa: "Ratifico o tratado proposto pelos parisienses."

Ana viu-se acuada, sem poder recuar, e assinou. Mas logo em seguida o orgulho ferido falou mais alto e ela começou a chorar. D'Artagnan estremeceu vendo aquelas lágrimas. Já naqueles tempos, rainhas choravam como simples mortais.

O gascão balançou a cabeça. As lágrimas reais pareciam queimar seu coração.

— Senhora — ele disse, ajoelhando-se —, olhai para o infeliz fidalgo a vossos pés. Ele suplica que acrediteis que ao menor gesto de Vossa Majestade tudo lhe será possível. Ele crê em si mesmo, crê em seus amigos e quer igualmente crer em sua rainha. A prova de que ele nada teme nem especula sobre coisa alguma é que ele trará o sr. de Mazarino a Vossa Majestade sem impor qualquer condição. Por favor, senhora, aqui estão as assinaturas sagradas de Vossa Majestade. Se Vossa Majestade crê dever me devolvê-las, que faça. Mas a partir desse momento elas não vos obrigam mais.

E, ainda de joelhos d'Artagnan, com um olhar de flamejante orgulho e viril intrepidez, entregou a Ana da Áustria todos os papéis conseguidos com tanta dificuldade.

Se nem tudo é bom nesse mundo, nem tudo é mau. Há momentos em que, mesmo nos corações mais secos e mais frios, germina, orvalhado pelas lágrimas de uma extremada emoção, um sentimento de generosidade que o cálculo e o orgulho sufocam, se um outro sentimento não o proteger, desde o seu nascimento. Ana encontrava-se num momento assim. Ao ceder à sua própria emoção, conjugada à dela, d'Artagnan efetuou obra de profunda diplomacia e foi imediatamente recompensado por sua habilidade ou desinteresse, dependendo de querermos, nós, homenagear sua sagacidade ou seu coração por seu ato.

— O senhor estava certo ao dizer que não lhe dei o devido valor. Fique com esses documentos assinados que livremente lhe devolvo. Vá e traga logo de volta o cardeal.

— Senhora, tenho boa memória e há vinte anos tive a honra de beijar essas belas mãos, oculto por uma tapeçaria do palácio da Prefeitura.[534]

— Ofereço a outra — disse a rainha —, e para que a esquerda não seja menos liberal que a direita (ela tirou do dedo um diamante parecido com o primeiro), aceite esse anel que o fará se lembrar de mim.

— Só me resta um desejo, senhora — disse d'Artagnan pondo-se de pé —, é que a primeira coisa que Vossa Majestade venha a me pedir seja a minha vida.

E com a elegância que era a sua marca, ele cumprimentou a rainha e saiu.

"Eu desprezei esses homens", pensou Ana da Áustria, vendo o mosqueteiro afastar-se, "e agora é tarde demais para utilizá-los: dentro de um ano o rei terá sua maioridade!"

---

534. *Os três mosqueteiros*, cap. 22.

Quinze horas depois, d'Artagnan e Porthos levavam Mazarino para a rainha e recebiam um sua patente de tenente-capitão dos mosqueteiros e o outro o seu diploma de barão.

— E então, contentes? — perguntou Ana da Áustria.

D'Artagnan inclinou-se. Porthos girava sem parar seu diploma entre os dedos, olhando para Mazarino.

— Algo mais? — perguntou a ele o ministro.

— Havia ainda, monsenhor, uma promessa de cavaleiro da Ordem,[535] à primeira oportunidade.

— Mas o sr. barão deve saber, não se pode ser cavaleiro da Ordem sem ter passado por provas.

— Sei. Mas não foi para mim, monsenhor, que pedi o cordão azul.

— Foi para quem?

— Para o meu amigo, o sr. conde de La Fère.

— Para ele abre-se uma exceção — interpôs-se a rainha —, as provas estão feitas.

— Ele vai obtê-lo?

— Já o tem.

No mesmo dia o tratado de Paris foi assinado e por toda parte espalhou-se a notícia de que o cardeal se recolhera por três dias para uma elaboração mais cuidadosa.

Eis o que cada um ganhou com o tratado:

O sr. de Conti ficou com Damvilliers e, tendo já experiência como general, preferiu continuar homem de espada em vez de se tornar cardeal. Além disso, insinuou-se a possibilidade de um casamento seu com uma sobrinha de Mazarino e a proposta foi bem aceita pelo príncipe, que pouco se importava com quem o casassem, contanto que o casassem.[536]

O sr. duque de Beaufort voltava à Corte com todas as devidas reparações às ofensas que lhe haviam sido feitas e todas as honrarias que sua posição familiar podia exigir. Foram plena e totalmente agraciados os que o haviam ajudado a fugir e garantida a hereditariedade do almirantado de seu pai, o duque de Vendôme, além de uma indenização por suas casas e castelos que o Parlamento da Bretanha mandara demolir.

O duque de Bouillon recebeu áreas de valor igual ao do principado de Sedan, uma indenização pelos oito anos de não usufruto desse principado e o título de príncipe, concedido a ele e aos seus.

---

535. Provavelmente da ordem do Epírito Santo, mas anteriormente se insinuara o pedido de um bispado para Aramis.

536. Conti acabou ficando com o governo da Champagne e se casou, em 1654, com Anne-Marie Martinozzi, sobrinha de Mazarino. Damvillers ficou para o príncipe de Marcillac.

O sr. duque de Longueville obteve o governo de Pont-de-l'Arche,[537] quinhentas mil libras para a sua esposa e a honra de ver seu filho seguro, na pia batismal, pelo jovem rei e pela jovem Henriette da Inglaterra.

Aramis estipulou que Bazin oficiaria a solenidade e Planchet forneceria as iguarias.

O duque de Elbeuf obteve o pagamento de certas somas devidas à sua esposa, cem mil libras para seu filho mais velho e vinte e cinco mil para cada um dos outros três.

Apenas o coadjutor nada ganhou, além da promessa de empenho nas negociações com o papa, relativas ao seu gorro, mas ele bem sabia o que esperar de tais promessas, vindas da rainha e de Mazarino. Ao contrário do sr. de Conti, sem poder se tornar cardeal, ele se via forçado a continuar homem de espada.[538]

Por isso, enquanto Paris inteira se regozijava pela volta do rei, fixada para dois dias depois, apenas Gondy, no meio da alegria geral, estava num extremo mau humor, a ponto de mandar chamar dois homens que ele se acostumara a procurar em momentos assim.

Um era o conde de Rochefort, o outro o mendigo da Saint-Eustache.

Com a pontualidade de sempre, eles se apresentaram e o coadjutor passou parte da noite com eles.

---

537. Município no norte da França, era uma importante praça-forte, estrategicamente bem posicionada, frente às tensões políticas com a Inglaterra.

538. O coadjutor, na verdade, nada pediu, preferindo manter sua oposição. Nem sequer quis que seu nome fosse incluído na lista das anistias.

97. Onde se prova que aos reis é às vezes mais difícil entrar na capital do seu reino do que dela sair

Enquanto d'Artagnan e Porthos foram levar o cardeal a Saint-Germain, Athos e Aramis, que os deixaram em Saint-Denis, dirigiram-se a Paris.

Cada qual tinha uma visita a fazer.

Mal descalçou as botas, Aramis correu ao palácio da Prefeitura, onde se encontrava a sra. de Longueville. Ao saber da paz, a bela duquesa esperneou. A guerra fizera dela rainha e a paz implicava a sua abdicação. Declarou então que não assinaria o tratado e queria uma guerra eterna.

Mas quando Aramis detalhou tudo que vinha junto com a paz, isto é, suas vantagens, quando mostrou que, em troca da realeza precária e contestada de Paris, ganharia a vice-realeza de Pont-de-l'Arche, ou seja, da Normandia inteira, quando fez tilintarem a seus ouvidos as quinhentas mil libras prometidas pelo cardeal, quando fez cintilar a seus olhos a honra que lhe prestaria o rei, levando seu filho à pia batismal, a sra. de Longueville continuou a reclamar apenas por força de hábito, como reclamam as belas mulheres, e só contestou ainda para valorizar a rendição.

Aramis fingiu acreditar em tanta oposição e também não quis, por vaidade, diminuir seu mérito por tê-la persuadido.

— A senhora quis, de uma vez por todas, vencer o sr. Príncipe, seu irmão, ou seja, o maior capitão da época. E quando as mulheres de gênio querem, sempre conseguem. Ganhou, o sr. Príncipe foi derrotado, pois não vai poder continuar a guerra. Procure agora atraí-lo para o nosso partido. Afaste-o pouco a pouco da rainha, que ele não adora, e do sr. de Mazarino, que ele despreza. A Fronda é uma comédia, da qual até agora representamos apenas o primeiro ato. Vamos pegar o sr. de Mazarino no final, isto é, no dia em que o sr. Príncipe, graças à senhora, voltar-se contra a Corte.

A sra. de Longueville convenceu-se. Confiava tanto no poder de seus belos olhos, a duquesa rebelde, que não teve mais dúvidas quanto ao seu poder de sedução, inclusive sobre o sr. de Condé. A crônica escandalosa da época, aliás, diz não ter sido mera presunção.[539]

Athos, ao deixar Aramis na praça Royale, dirigiu-se à casa da sra. de Chevreuse. Era mais uma frondista a ser persuadida, mas mais difícil que a sua jovem rival. Compensação alguma havia sido programada a seu favor, não fora nomeada governadora de uma província, e se a rainha concordasse em ser madrinha, só poderia ser de um neto seu, ou neta.

De forma que, assim que ouviu a palavra paz, a sra. de Chevreuse fechou a cara e, apesar de toda a lógica de Athos, querendo mostrar a impossibilidade de uma guerra mais longa, ela insistiu em prolongar as hostilidades.

— Bela amiga, permita-me dizer que todos estão cansados dessa guerra e, com exceção, talvez, da senhora e do sr. coadjutor, todo mundo quer a paz — disse Athos. — Acabará sendo exilada, como no tempo do rei Luís XIII. Acredite, não temos mais idade para vitórias por intrigas, e seus belos olhos não foram feitos para desvanecer chorando saudades de Paris, onde sempre haverá duas rainhas enquanto a senhora aqui estiver.

— Concordo que não posso permanecer em guerra sozinha, mas posso me vingar dessa rainha ingrata e de seu ambicioso favorito... E, palavra de duquesa, me vingarei!

— Senhora, peço encarecidamente, não comprometa o futuro do sr. de Bragelonne, que começa bem a sua carreira. O sr. Príncipe o aprecia, ele é jovem, deixemos um jovem rei começar também o seu reinado! Desculpe, por favor, minha fraqueza, senhora, mas chega um momento em que voltamos a viver e rejuvenescemos através dos filhos.

A duquesa sorriu, meio por ternura, meio por ironia.

— Conde, começo a achar que aderiu ao partido da Corte. Não teria algum cordão azul no bolso?

— Tenho, senhora, o da Jarreteira, que o rei Carlos I me deu poucos dias antes de morrer.

E era verdade, ele ignorava o pedido de Porthos e não sabia possuir outro, além do que citava.

— Pode ser. Tenho que aceitar, sou uma idosa — disse a duquesa em devaneio.

Athos pegou sua mão e beijou-a. Ela suspirou, enquanto o olhava, e disse:

— Conde, deve ser uma bela moradia, Bragelonne. O senhor é homem de bom gosto. Deve ter um curso d'água, bosques, flores.

---

539. Em suas memórias, o cardeal de Retz diz que "havia, nessa família, um ar de incesto", mas afirma não acreditar pessoalmente no boato que circulava. O sr. Príncipe (Condé) de fato se voltará contra a Corte e será preso em 1650.

E novamente suspirou, apoiando a encantadora cabeça na mão dengosamente curvada e ainda admirável pela forma e pela alvura.

— O que dizia a senhora, ainda há pouco? — replicou o conde. — Nunca a vi tão jovem, nunca a vi tão bela.

A duquesa balançou a cabeça.

— O sr. de Bragelonne vai permanecer em Paris?

— Em que está pensando? — preocupou-se Athos.

— Deixe-o comigo.

— Não acho boa ideia. A senhora pode ter esquecido a história de Édipo,[540] mas eu não.

— O senhor realmente é interessante, conde, eu gostaria de passar um mês em Bragelonne.

— Não teme deixar muitas pessoas enciumadas, duquesa? — respondeu galantemente Athos.

— Não, eu iria incógnita, com o nome Marie Michon.

— A senhora é adorável.

— Não mantenha Raoul tão perto do senhor.

— Por quê?

— Ele está apaixonado.

— Mas é um menino!

— E é a uma criança que ele ama!

Athos ficou pensativo.

— Tem razão, duquesa, esse amor singular, por uma criança de sete anos, pode deixá-lo um dia bem infeliz. Vai haver batalha em Flandres,[541] ele irá.

— E quando voltar, envie-o para mim. Vou encorajá-lo contra o amor.

— Infelizmente, senhora, o amor, hoje em dia, é como a guerra, as couraças não protegem mais.

Raoul entrou nesse momento. Vinha contar ao conde e à duquesa que o conde de Guiche, seu amigo, dissera que a entrada solene do rei, da rainha e do ministro aconteceria no dia seguinte.

E, com efeito, no dia seguinte, logo ao amanhecer, a Corte fez todos os preparativos para deixar Saint-Germain.

Na noite anterior, a rainha mandara chamar d'Artagnan:

— Dizem-me que Paris não voltou à tranquilidade. Temo pela segurança do rei, mantenha-se na portinhola direita da carruagem.

— Que Vossa Majestade não se preocupe; assumo toda a responsabilidade.

Saudando a rainha, ele se retirou.

---

540. Personagem da mitologia grega, imortalizado por Sófocles, famoso por matar o pai e casar-se com a própria mãe.

541. Com a chamada a Paris de boa parte das tropas, os espanhóis haviam começado nova investida, procurando se recuperar da derrota de Lens.

Ao sair, Bernouin foi dizer a ele que o cardeal o aguardava para um assunto importante.

Ele imediatamente se dirigiu para lá.

— Falam de um tumulto em Paris. Estarei à esquerda do rei e, sendo eu o mais ameaçado, mantenha-se na portinhola esquerda da carruagem.

— Que o sr. cardeal não se preocupe, não tocarão num fio de cabelo de Vossa Eminência.

"Diabos!", ele disse para si mesmo, já na antecâmara. "Como sair dessa? Não posso estar ao mesmo tempo na portinhola da esquerda e na da direita. Bom, guardarei o rei e Porthos guardará o cardeal."

Esse arranjo acabou agradando a todos, o que é bastante raro. A rainha confiava na coragem de d'Artagnan, por conhecê-la, e o cardeal na força de Porthos, por tê-la experimentado.

O cortejo se pôs a caminho de Paris numa ordem previamente estabelecida: Guitaut e Comminges, à frente dos guardas, abriam a marcha, depois vinha o coche real, tendo de um lado d'Artagnan e do outro Porthos, em seguida os mosqueteiros, velhos companheiros de d'Artagnan há vinte e dois anos, tenente há vinte e capitão desde a véspera.

Chegando à barreira, a carruagem foi saudada por muitos gritos de "Viva o rei!", "Viva a rainha!". Alguns "Viva Mazarino!" também foram ouvidos, mas sem grande repercussão.

Dirigiram-se à catedral de Notre-Dame, onde seria cantado o *te-déum*.

O povo inteiro de Paris estava nas ruas. Os suíços foram postados ao longo de todo o caminho, mas como o trajeto era extenso, distribuíram-se os guardas a oito passos de distância um do outro, e numa só linha. Era então um cordão de isolamento bastante insuficiente e, num ponto ou noutro, essa muralha era rompida pelo fluxo de gente, tendo toda dificuldade do mundo para se recompor.

A cada ruptura — bem-comportada, aliás, motivada apenas pelo desejo dos parisienses de reverem o seu rei e a sua rainha, dos quais estavam longe há um ano — Ana da Áustria olhava preocupada para d'Artagnan, que a tranquilizava com um sorriso.

Mazarino, que havia pagado mil luíses para que gritassem "Viva Mazarino!", achava o que ouvira não valer mais que vinte pistolas e também olhava inquieto para Porthos, mas o gigantesco guarda-costas respondia: "Monsenhor pode ficar tranquilo", com voz tão bela e grave que o ministro pouco a pouco se tranquilizou.

Chegando ao Palais Royal, a multidão era maior ainda. Afluíra à praça por todas as ruas adjacentes e podia-se ver, como um largo rio tempestuoso, toda essa maré humana vir na direção do carro, movendo-se tumultuosamente pela rua Saint-Honoré.

Já na praça, gritos "Vivam Suas Majestades!" ecoaram. Mazarino debruçou-se à janela. Dois ou três gritos de "Viva o cardeal!" saudaram sua aparição, mas quase imediatamente assobios e vaias implacavelmente os abafaram. Assustado, ele voltou a afundar no banco.

— Canalhas! — murmurou Porthos.

D'Artagnan nada disse, mas torceu uma ponta do bigode com um gesto particular, significando que começava a perder seu bom humor gascão.

Ana da Áustria aproximou-se mais do jovem rei e disse baixinho:

— Faça um gesto simpático e diga algumas palavras ao sr. d'Artagnan, meu filho.

O jovem rei debruçou-se à janela:

— Não lhe disse ainda bom dia, sr. d'Artagnan, mas o reconheci. Era o senhor atrás das cortinas da minha cama, naquela noite em que os parisienses quiseram me ver dormindo.

— E se o rei assim permitir — respondeu ele — estarei a seu lado sempre que houver algum perigo.

— O que faria o senhor — perguntou Mazarino a Porthos — se toda essa multidão viesse contra nós?

— Mataria o máximo que pudesse, monsenhor.

— Hum... — ponderou Mazarino. — Por mais bravo e vigoroso que seja, não poderia matar todos.

Pondo-se de pé nos estribos da sua montaria para melhor avaliar a imensidão, ele concordou.

— É verdade, tem muita gente.

"Acho que teria preferido o outro", disse para si mesmo Mazarino, metendo-se bem no fundo do carro.

A rainha e seu ministro tinham motivos para tanta apreensão, pelo menos ele. O povaréu, mesmo mantendo ares de respeito e até de afeto pelo rei e pela regente, começava a se agitar desordenadamente. Ouviam-se aqueles rumores surdos que, percorrendo as ondas, indicam tempestade e, percorrendo a multidão, prenunciam o motim.

D'Artagnan voltou-se para os mosqueteiros e, com uma piscada de olho, fez um sinal imperceptível para os civis, mas perfeitamente compreensível para aquela brava elite.

As fileiras de cavalos estreitaram-se e uma vaga vibração percorreu os cavaleiros.

Na barreira dos Sargentos, o cortejo foi obrigado a parar. Comminges deixou a frente da escolta e foi à carruagem da rainha, que olhou interrogativamente d'Artagnan, recebendo resposta na mesma linguagem.

— Siga em frente — disse a rainha a Comminges.

O oficial voltou a seu posto. A barreira humana foi rompida após algum esforço, e com certa violência.

Alguns murmúrios se ergueram na massa, dirigidos agora tanto ao rei quanto ao ministro.

— Em frente! — gritou d'Artagnan a plenos pulmões.

— Em frente! — repetiu Porthos.

Como se toda aquela gente esperasse exatamente essa demonstração para explodir, os sentimentos de hostilidade guardados vieram à tona de uma só vez. Os gritos "Abaixo Mazarino! À morte o cardeal!" ecoaram por todo lado.

Ao mesmo tempo, pelas ruas de Grenelle-Saint-Honoré e do Coq, um duplo fluxo precipitou-se e rompeu a frágil corrente da guarda suíça, vindo turbilhonar junto das patas dos cavalos de d'Artagnan e Porthos.

Essa nova irrupção foi mais perigosa que as anteriores, pois trazia gente armada e inclusive mais bem armada do que se mostram os homens do povo em tais ocasiões. Via-se não ser mero efeito do acaso, que reunira certo número de descontentes num mesmo ponto, e sim combinação de algum espírito hostil, que organizara um ataque.

As duas massas eram conduzidas cada qual por um chefe. Um parecia nem mesmo pertencer ao povo, mas à digna corporação dos mendigos. O outro, apesar do esforço em imitar maneiras populares, era visivelmente fidalgo.

Evidentemente, os dois agiam seguindo um mesmo intuito.

Houve um forte atropelo que abalou até mesmo a carruagem real. Em seguida, milhares de gritos formaram um verdadeiro clamor, entrecortado por dois ou três disparos de armas de fogo.

— Comigo os mosqueteiros! — gritou d'Artagnan.

A escolta separou-se em duas fileiras. Uma passou à direita da carruagem, a outra à esquerda. Uma socorrendo d'Artagnan e a outra Porthos.

Um tumulto teve início, piorado pelo fato de não haver um objetivo e tornado mais funesto por não se saber por que, exatamente, se lutava.

98. Onde se prova que aos reis é às vezes mais difícil entrar na capital do seu reino do que dela sair (continuação)

Como sempre acontece em situações assim, o choque daquela massa de gente foi terrível. Os mosqueteiros, em número insuficiente, não conseguiam formar linha nem fazer com que seus cavalos se movimentassem no meio daquele mundaréu e começaram a ficar acuados.

D'Artagnan quis baixar a cortina da janela do coche, mas o jovem rei estendeu o braço e disse:

— Não, sr. d'Artagnan, eu quero ver.

— Se Vossa Majestade quer ver — disse ele —, que veja!

E com aquela fúria que o tornava tão terrível, ele partiu contra o chefe dos arruaceiros, que, de pistola numa mão e uma espada larga na outra, tentava abrir caminho até a portinhola, lutando contra dois mosqueteiros.

— Abram espaço, em nome de Deus! Abram espaço!

Ouvindo esse grito, o homem da pistola e da espada larga ergueu a cabeça, mas tarde demais: o capitão dos mosqueteiros havia desferido seu golpe e o espadagão atravessou-lhe o peito.

— Ai, com mil diabos! — gritou d'Artagnan, tentando inutilmente conter o golpe. — O que está fazendo aqui, conde?

— Cumprindo meu destino — disse Rochefort, caindo de joelhos. — Já me ergui de três dos seus golpes de espada, mas não me erguerei deste.

— Conde — disse d'Artagnan com certa emoção —, eu o feri sem o reconhecer. Não quero que morra com sentimento de ódio por mim.

Rochefort estendeu a mão e d'Artagnan tomou-a. O moribundo quis falar, mas uma golfada de sangue abafou qualquer palavra. Seu corpo crispou-se numa última convulsão e ele morreu.

— Para trás, cretinos! — gritou d'Artagnan. — O chefe está morto, não têm mais o que fazer aqui.

De fato, como se o conde de Rochefort fosse a alma do ataque contra aquele lado da carruagem do rei, a multidão que o havia seguido e a ele obedecia, vendo-o cair, fugiu. D'Artagnan encabeçou uma carga com uns vinte mosqueteiros pela rua do Coq e essa parte do tumulto se desfez como fumaça, espalhando-se pela praça Saint-Germain-l'Auxerrois e confluindo na direção do Sena.

D'Artagnan voltou para ver se Porthos precisava de ajuda. Ele, no entanto, havia feito sua parte com igual competência. A esquerda da carruagem estava tão livre quanto a direita e foi levantada a cortininha que Mazarino, menos belicoso que o rei, tinha tido a precaução de abaixar.

O barão parecia decepcionado.

— Que cara é essa, Porthos? Nem parece a de alguém que acaba de conseguir uma grande vitória!

— Mas você mesmo parece bem estranho!

— Mas tenho por quê, diabos! Acabo de matar um velho amigo.

— É mesmo? Quem?

— O pobre conde de Rochefort...

— Bom! Foi a mesma coisa comigo, acabo de matar um sujeito cujo rosto me pareceu familiar. Mas acertei-o na cabeça e ele ficou todo sujo de sangue.

— E ele nada disse, morrendo?

— Disse. Disse: uf!

— Entendo — concordou d'Artagnan, não podendo deixar de rir. — Não esclarece grandes coisas.

— E então, senhores? — perguntou a rainha.

— O caminho está perfeitamente livre, senhora. Vossa Majestade pode seguir.

E o cortejo, com efeito, chegou sem outros incidentes à igreja de Notre-Dame, onde todo o clero, com o coadjutor à frente, aguardava a feliz chegada do rei, da rainha e do ministro para os quais cantariam o *te-déum*.

Antes de o ofício terminar, mas já perto do fim, um menino todo agitado entrou na igreja, correu à sacristia, vestiu-se às pressas como garoto de coro e atravessou, graças ao respeitável traje que acabava de envergar, a multidão que atravancava o templo. Ele se aproximou de Bazin, que, com sua batina azul e seu baldinho de água benta ornado em prata, gravemente se postara diante de um suíço à entrada do coro.

O irmão leigo sentiu que o puxavam pela manga. Desceu ao chão os olhos bem-aventuradamente voltados para o céu e viu Friquet.

— O que é isso, seu malandro? Atreve-se a me perturbar no exercício das minhas funções?

— Houve uma coisa, seu Bazin, foi que o sr. Maillard, sabe?, que distribui água benta na Saint-Eustache...

— O que tem ele?

— Na confusão, teve a cabeça rachada pela espada daquele gigante que está ali, de roupa toda bordada, está vendo?

— É mesmo? Nesse caso deve estar bem mal.

— Tão mal que está morrendo e quer se confessar com o sr. coadjutor, que, pelo que dizem, tem o poder de redimir grandes pecados.

— E ele acha que o sr. coadjutor vai se abalar por tão pouco?

— Vai, pois parece que prometeu.

— E quem te disse isso?

— O próprio sr. Maillard.

— Você então o viu?

— Claro! Estava com ele quando caiu.

— Fazendo o quê?

— Ora, gritando "Abaixo Mazarino! Morte ao cardeal! Forca para o italiano!". Não foi o que me mandou fazer?

— Não repita isso, imbecil! — disse Bazin, olhando assustado em volta.

— O pobre do Maillard então me disse: "Vá procurar o sr. coadjutor, Friquet, se o trouxer será meu herdeiro." O que diz, seu Bazin? Herdeiro do sr. Maillard, distribuidor de água benta na Saint-Eustache! Hein? Vou poder ficar de braços cruzados! De qualquer forma, queria prestar esse favor a ele, o que acha?

— Vou avisar o sr. coadjutor — disse Bazin.

E lá foi ele, aproximando-se lentamente do prelado, com todo respeito, e cochichou algumas palavras a seu ouvido, obtendo como resposta um gesto afirmativo. Em seguida voltou no mesmo ritmo.

— Diga ao moribundo que tenha um pouco de paciência, monsenhor irá encontrá-lo dentro de uma hora.

— Ótimo! Minha fortuna está garantida.

— Aliás, para onde ele foi levado?

— Para a torre Saint-Jacques-la-Boucherie.

Feliz da vida com o sucesso de sua embaixada, Friquet, sem tirar seu traje de menino de coro, que aliás deixava boa liberdade de movimento, saiu da basílica e tomou, com a ligeireza de que era capaz, o caminho para a torre Saint-Jacques-la-Boucherie.

E realmente, assim que terminou o *te-déum*, o coadjutor, como havia prometido, sem despir as vestes sacerdotais, encaminhou-se também para a velha torre que ele muito bem conhecia.

Chegou a tempo. Mesmo que cada vez mais debilitado, o ferido sobrevivia.

Abriram a porta do cômodo em que agonizava o mendigo.

Logo em seguida Friquet saía, carregando um bom saco de couro, que ele abriu mal se viu do lado de fora. Para sua grande surpresa, estava cheio de moedas de ouro.

O mendigo mantivera a palavra e fizera dele seu herdeiro.

Onde se prova que aos reis é às vezes mais difícil (continuação)

— Ah, mãe Nanette! — exclamou Friquet quase sufocando. — Ah, mãe Nanette!

Mais não conseguiu dizer, porém a força que faltava para falar sobrava para correr. Ele tomou a rua numa carreira desesperada e, como o grego de Maratona, caindo na praça de Atenas com seu louro na mão,[542] chegou à porta do conselheiro Broussel e caiu à entrada, espalhando no piso os luíses que transbordavam do saco.

Mãe Nanette começou recolhendo as moedas e depois recolheu Friquet.

Enquanto isso, o cortejo voltava ao Palais Royal.

— É bem valente, mãe, esse sr. d'Artagnan — disse o jovem rei.

— Com certeza, meu filho, ele prestou grandes serviços a seu pai. Lembre-se dele no futuro.

— Sr. capitão — disse o jovem rei a d'Artagnan ao descer da carruagem —, a sra. minha mãe me propõe que o convide para jantar hoje, com o seu amigo, o barão du Vallon.

Era uma grande honra para d'Artagnan e Porthos, que ficou extasiado. O digno fidalgo, porém, pareceu preocupado ao longo de todo o jantar.

— O que tanto incomodava o barão? — perguntou d'Artagnan, quando os dois já desciam a escadaria do Palais Royal. — Foi a impressão que deu à mesa.

— Estava tentando me lembrar de onde conheço o mendigo que devo ter matado — ele respondeu.

— E conseguiu?

— Não.

— Pois continue, amigo. E quando souber vai me contar, não é?

— Com certeza!

---

542. Algumas histórias lendárias homenageiam a importante vitória ateniense sobre os persas na batalha de Maratona, em 490 a.C. Esta a que se refere Dumas vem do historiador grego Plutarco, contando que o chefe grego teria enviado para dar a notícia da vitória um certo Euclés, jovem que correu sem parar os 42,195 quilômetros que separam Maratona de Atenas, morrendo ao cumprir a missão.

Conclusão

Chegando ao hotel, os dois amigos encontraram um bilhete de Athos, marcando de se encontrarem no Grand-Charlemagne na manhã seguinte.

Deitaram-se cedo, mas nem um nem outro dormiu. Ninguém alcança tudo que quer sem que isso acabe por lhe roubar o sono, pelo menos na primeira noite.

No dia seguinte, à hora marcada, foram encontrar Athos, que estava na companhia de Aramis, ambos vestidos para viagem.

— Que coincidência! — exclamou Porthos. — Estamos todos indo embora? Também fiz meus preparativos essa manhã.

— Ora, diabos! — respondeu Aramis. — O que fazer em Paris, não tendo mais a Fronda? A sra. de Longueville convidou-me a passar uns dias na Normandia e encarregou-me, enquanto batizam seu filho, de ir a Rouen preparar a nova moradia. Farei isso e depois, se não houver novidade, volto a me retirar em meu convento de Noisy-le-Sec.

— E eu volto a Bragelonne — disse Athos. — Como sabe, meu bom d'Artagnan, agora sou apenas um bom e tranquilo homem do campo. A única fortuna com que Raoul pode contar é a minha, pobre menino! Preciso então cuidar disso, pois agora me sinto mais como seu mandatário.

— E Raoul, o que vai fazer com ele?

— Deixá-lo aos seus cuidados, meu amigo. Vai haver guerra em Flandres, leve-o com você. Temo que estar em Blois não faça bem à sua jovem cabeça. Leve-o e ensine a ele como ser bravo e leal feito você.

— Então não terei mais a sua companhia — respondeu d'Artagnan —, mas terei a dessa querida cabecinha loura. Mesmo sendo só um menino, como a sua alma toda está nele, meu caro amigo, vou ter a impressão de que continua por perto, acompanhando-me e dando-me seu apoio.

Os quatro amigos se abraçaram com lágrimas nos olhos.

Depois se separaram, sem saber se ainda voltariam a se ver.

D'Artagnan voltou para a rua Tiquetonne com Porthos, ainda preocupado e perguntando-se quem seria o homem que ele havia matado. Chegando diante do hotel La Chevrette, já encontraram tudo preparado para a partida do barão e Mousqueton em sela.

— Pense, d'Artagnan — disse Porthos. — Deixe a espada e venha comigo para Pierrefonds, Bracieux ou Vallon. Vamos envelhecer juntos, falando dos companheiros.

— Nada disso! Caramba! Vamos ter batalha e quero estar lá. E espero ainda ganhar alguma coisa!

— O que ainda quer ser?

— Marechal da França, ora!

— Ah, entendo! — acreditou Porthos, que nunca conseguiu acompanhar muito bem as gasconadas do amigo.

— Venha você comigo — disse d'Artagnan. — Farei de você duque.

— Não — respondeu Porthos. — Mouston não quer mais saber de guerra. Aliás, já mandou preparar uma chegada para mim que vai matar de inveja os vizinhos.

— Contra algo assim não tenho argumentos — disse d'Artagnan, que conhecia bem esse lado vaidoso do novo barão. — Então até a próxima, meu amigo.

— Até, meu caro capitão. Você sabe que quando quiser vir, será sempre bem-vindo em minha baronia.

— Sei disso. Irei quando voltar da guerra.

— Os equipamentos do sr. barão o esperam — disse Mousqueton.

Os dois amigos se separaram depois dos apertos de mão. D'Artagnan continuou na porta, acompanhando melancolicamente Porthos, que se afastava.

Mas após vinte passos, Porthos de repente parou, bateu na testa e voltou.

— Eu me lembrei — ele disse.

— De quê? — perguntou d'Artagnan.

— Do mendigo que eu matei.

— É mesmo? E quem era?

— Aquele canalha do Bonacieux.[543]

E, satisfeito por voltar a ter o espírito livre, dirigiu o cavalo até onde estava Mousqueton e os dois desapareceram na primeira esquina.

D'Artagnan permaneceu por um instante parado e pensativo, mas depois, virando-se, viu a bela Madeleine, que, preocupada com as novas pompas que o hóspede assumia, estava de pé junto à porta.

— Madeleine — disse o gascão —, reserve para mim o apartamento do primeiro andar. Serei obrigado a receber pessoas, agora que sou capitão dos mosqueteiros. Mas mantenha disponível o quartinho do quinto, nunca se sabe.

---

543. Em *Os três mosqueteiros*, senhorio de d'Artagnan e marido de Constance (ver nota 105).

CRONOLOGIA

Vida e obra de Alexandre Dumas

1802 | 24 jul: Nascimento em Villers-Cotterêts, a cerca de duzentos quilômetros de Paris, de Alexandre Dumas, filho do general de divisão Alexandre Dumas-Davy de la Pailleterie e de Marie-Louise Elisabeth Labouret. "Minhas raízes estão em Villers-Cotterêts, cidadezinha do departamento de Aisne, situada na estrada entre Paris e Laon ... a dez quilômetros de La Ferté-Milon, onde nasceu Racine, e a trinta quilômetros de Château-Thierry, onde nasceu La Fontaine."

1806: Morte do general Dumas. Marie Labouret passa por dificuldades financeiras e permanece junto a seus pais em Villers-Cotterêts.

1815: Durante os Cem Dias de Napoleão, Alexandre Dumas entrevê o imperador no albergue de sua cidade natal.

1816: A sra. Dumas obtém a concessão de uma tabacaria. Dumas conclui sua formação numa escola católica particular e trabalha como contínuo num cartório da cidade.

1818: Torna-se amante de Adèle Tellier. Paixão pelo teatro. Conhece Leuven, futuro autor dramático e diretor do Opéra-Comique. Escrevem juntos dois *vaudevilles* e um drama.

1823: Vai para Paris e, por intermédio de ex-colegas do general Dumas, é nomeado secretário do duque de Orléans. Sua amante na época é a vizinha Marie-Catherine-Laure Labay, que não demora a engravidar.

1823 | 27 jul: Nascimento de seu filho Alexandre Dumas, reconhecido por ele em 17 de março de 1831. Lê Walter Scott, Byron, Fenimore Cooper. Sua mãe instala-se em Paris, onde passam a morar juntos.

1825: Escreve, em colaboração com Leuven e Pierre-Joseph Rousseau, um *vaudeville*, que assina como "Davy", encenado sem maiores repercussões no Ambigu.

1826: Publica *Novelas contemporâneas*, que consiste em três narrativas e alguns poemas.

1827: Assiste entusiasmado à turnê parisiense de uma companhia inglesa que representa Shakespeare (muito pouco conhecido na França até essa época). Torna-se amante de Mélanie Waldor, jovem que sonha ser escritora.

1828: Escreve *Christine em Fontainebleau*, tragédia recusada pela Comédie-Française, e o drama histórico *Henrique III e sua corte*, aceito. Conhece o célebre escritor Charles Nodier, em cuja casa é apresentado aos escritores Victor Hugo, Lamartine, Vigny, Musset e ao pintor Louis Boulanger.

1829: Triunfo de *Henrique III e sua corte*. Dumas aloja sua mãe doente na rua Madame, instala Catherine Labay e seu filho em Passy e aluga para seu uso um apartamento na rua de l'Université. É nomeado bibliotecário-adjunto do duque de Orléans.

1830: Estreia de *Christine* no Odéon. A atriz Belle Krelsamer torna-se sua amante. Participa da Revolução de Julho, da qual faz um amplo relato em suas *Memórias* e correspondência (a Mélanie Waldor, com a habitual imodéstia: "Tive a felicidade de desempenhar um papel digno de ser notado por La Fayette e pelo duque de Orléans … tendo me apoderado de um paiol de pólvora. Provavelmente o duque será o rei.").

1831: Pede demissão do cargo de bibliotecário. | **5 mar:** Belle Krelsamer dá à luz uma filha, Marie-Alexandrine, que Dumas reconhece em 7 de março. Consegue na Justiça a guarda do filho, que, depois de uma briga com Belle Krelsamer, passará por diversos internatos. | **3 mai:** Estreia de *Antony*, no teatro da Porte Saint-Martin, sucesso extraordinário. | **20 out:** Estreia, no Odéon, de *Carlos VII*, sucesso popular. | **10 dez:** Estreia, na Porte Saint-Martin, de *Richard Darlington*.

1832: Grande sucesso de *Teresa*. A atriz Ida Ferrier torna-se sua amante. | **29 mai:** Triunfo de *A torre de Nesle*, escrita por Frédéric Gaillardet e retrabalhada por Dumas. | **5-6 jun:** Depois de se envolver nos levantes republicanos, viaja para a Suíça.

1834: Publica os tomos I e II de suas *Impressões de viagem à Suíça*. Viaja com os pintores Godefroy Jadin e Amaury Duval para o sul da França.

1835: Viaja à Itália com Ida Ferrier e o pintor Jadin. Publica novelas e poemas.

1836: Publica compilações das *Crônicas* de Froissart e uma tradução em versos do *Inferno*, de Dante. Estreia na Porte Saint-Martin de *Don Juan de Marana* e, no Variétés, de *Kean*, grande sucesso.

1837: É nomeado cavaleiro da Legião de Honra. Estreia, no Opéra-Comique, de *Piquillo*, ópera-cômica escrita em colaboração com Gérard de Nerval. Estreia, na Comédie-Française, de *Calígula*, um fracasso.

1838: Publica dois romances: *O capitão Paul* e *O mestre de armas*. | **10 ago:** Morte da mãe. Viagem com Nerval à Alemanha. Escrevem *Léo Burckart*, que Nerval retrabalhou mais tarde e foi encenada em abril de 1839. | **Dez:** Por intermédio do próprio Nerval, conhece aquele que será o seu maior colaborador literário, Auguste Maquet, então com vinte e cinco anos.

1839: Publica *Novas impressões de viagem: quinze dias no Sinai* (nunca estivera lá, escrevendo a obra de acordo com as recordações e desenhos de Adrien Dauzats). Publica *Acteu*, romance histórico sobre o reinado de Nero. Estreia na Comédie-Française de *Mademoiselle de Belle-Isle*, encenada mais de quatrocentas vezes entre 1880 e 1884. Instala-se na rua de Rivoli.

1840: Publica cinco romances. Casa-se com Ida Ferrier em fevereiro, partindo para Florença, onde o casal ficará até setembro.

1841: Publica *Novas impressões de viagem: o Speronare*. | **Jun:** Em companhia do príncipe Napoleão (filho de Jerônimo Bonaparte), visita a ilha de Elba, a Córsega, e, durante uma expedição de barco, vislumbra a ilha de Monte Cristo, um rochedo perdido no mar. Breve passagem pela França, onde comparece ao enterro do duque de Orléans.

1843: Publica quatro romances e *Impressões de viagem: o Corricolo*. Passa a morar num palacete da rua de Richelieu. Aluga, em Saint-Germain, a *villa* Médicis, onde residirá até 1846.

1844: Escreve *Os três mosqueteiros* e o início de *O conde de Monte Cristo*, que será publicado em 1844-45. Separa-se amigavelmente de Ida Ferrier. Compra em Marly um terreno onde irá construir o castelo de Monte Cristo.

1845: Publica *A rainha Margot* e *Vinte anos depois*. Estreia no Ambigu o drama *A juventude dos três mosqueteiros*, baseado no romance.

1846: Publica quatro romances: *O cavaleiro da Casa Vermelha*, *A dama de Monsoreau*, *As duas Dianas*, *O bastardo de Mauléon*. Início da publicação de *José Bálsamo* (primeiro romance da série *Memórias de um médico*). Funda o Théâtre Historique, que ergue num terreno por ele adquirido no bulevar do Temple. Parte para a Argélia em missão de relações públicas para o governo francês, em companhia do filho, de Maquet e Boulanger, viagem que foi alvo de intensas críticas por parte da oposição.

1847: Retorna a Paris. Inauguração do Théâtre Historique. Tem um caso com a atriz Béatrix Parson. Estreia de *A rainha Margot*. Conhece Dickens. Instala-se no castelo de Monte Cristo. Publica a continuação de *José Bálsamo* e o final de *As duas Dianas*.

1848: Publica o final de *José Bálsamo* e *Os quarenta e cinco*; início da publicação de *O visconde de Bragelonne* e de *Impressões de viagem: De Paris ao Tânger*. Tem um caso com a atriz Celeste Scrivaneck. Participa de diversas manifestações republicanas. Estreia, no Théâtre Historique, de *Monte Cristo*. Venda do castelo de Monte Cristo. Publicação do primeiro número de *Mois*, revista dedicada à história e à política inteiramente redigida por Dumas. Fracasso de sua candidatura nas eleições para a Assembleia Constituinte. Graves dificuldades financeiras, com o Théâtre Historique cheio de dívidas. Estreia de *Catilina*.

1849: Continuação do *Visconde de Bragelonne*, relatos de viagem, *O colar da rainha*. No teatro, montagens de *A juventude dos mosqueteiros*, *O cavaleiro de Harmental*, *A guerra das mulheres*, *O testamento de César*, *O conde Hermann*, entre outras.

1850: Publica *A tulipa negra*, *A boca do inferno* e os finais do *Visconde de Bragelonne* e do *Colar da rainha*. No teatro: *Urbain Grandier*, *O vinte e quatro de fevereiro*, *Paulina*. | **Out:** Falência do Théâtre Historique. Caso com a sra. Anna Bauër, com quem tem um filho não reconhecido.

1851: Montagens de *O conde de Morcerf* e *Villefort*, derivadas de *O conde de Monte Cristo*. | **Dez:** Parte para Bruxelas, em consequência do golpe de Estado de Luís Napoleão. Embora as razões sejam políticas, Dumas também pretende escapar de seus credores (153 listados). Início da publicação de suas *Memórias* (até outubro de 1853) pelo jornal *La Presse*.

1852: Publica *Olympe de Clèves* e *Os dramas do mar*. Estreia de *Benvenuto Cellini*. É assediado pelos credores e vai com Victor Hugo para a Antuérpia.

1853: Publicação de *Ângelo Pitou*, *A condessa de Charny* e *Isaac Laquedem*. Instala-se definitivamente em Paris. Cria *Le Mousquetaire*, jornal diário que será publicado até 1857.

1854: Publica *Os moicanos de Paris*. Estreia de *Rômulo*, *A juventude de Luís XIV* e *A consciência*.

1855: Termina a publicação de *Os moicanos de Paris*.

1856: Estreia de *Oréstia*, *A torre Saint-Jacques* e *O ferrolho da rainha*. Vai a Varennes para se informar sobre a fuga de Luís XVI.

1857: Auguste Maquet move processo contra Dumas por acertos atrasados de direitos autorais e para "recuperar sua propriedade" sobre livros escritos em colaboração. Dumas faz uma curta viagem à Inglaterra com seu filho para assistir às corridas em Epsom. Criação do *Monte Cristo*, "semanário dedicado a romances, história, viagem e poesia" (último número em 1862), redigido por ele.

1858: Publica *O capitão Richard*. Processo Dumas-Maquet: o tribunal concede a Maquet 25% dos direitos autorais, mas não reconhece seu direito de propriedade sobre as obras escritas em colaboração com Dumas. | **Jun:** Partida para a Rússia, convidado por amigos.

1859 | **Mar:** Retorna à França. Publica suas *Impressões de viagem* no *Monte Cristo* e no *Constitutionnel*. Ida Ferrier morre em Gênova. Curta visita a Victor Hugo, então exilado na ilha de Guernsey. Caso com a jovem atriz Emélie Cordier.

1860: Publica *A casa de gelo*, *A estrada de Varennes* e *Conversas*. Estreia de diversas peças. Faz uma viagem à Itália acompanhado por Emélie Cordier, com quem tem uma filha, não reconhecida por ele. | **Set:** Embarca na pequena escuna que mandara construir em Marselha e participa da expedição à Sicília ao lado de Garibaldi, que o nomeia curador dos museus de Nápoles.

1861: Estreia de *O prisioneiro da Bastilha*.

1862: Fracasso de uma segunda peça sobre *Monte Cristo*.

1864: Retorna a Paris, acompanhado de sua amante, a cantora italiana Fanny Gordosa. Estreia de *Os moicanos de Paris*. Viagem ao sul da França.

1865: Publicação da edição definitiva das *Impressões da viagem à Rússia*. Encena *Os forasteiros em Lyon* quando assume a direção do Grande Teatro Parisiense.

1866: Aluga no bulevar Malesherbes o apartamento que será sua última residência em Paris. | **Jun:** Temporada em Nápoles e Florença. | **Jul:** Viaja à Alemanha e à Áustria para preparar um romance. Relança *O Mosqueteiro*, que será publicado até abril de 1867.

1867: Publica *Os brancos e os azuis*, *O terror prussiano* e *Os homens de ferro*. Caso com a atriz norte-americana Adah Menken.

1868: Publica *História de meus animais* e *Recordações dramáticas*. | **Fev:** Primeiro número de *D'Artagnan*, "jornal de Alexandre Dumas". Estreia de *Madame de Chamblay*. Morte de Catherine Labay, mãe de Dumas filho.

1869: Trabalha no *Grande dicionário de culinária*.

1870 | Set: Já com a saúde debilitada, sofre um derrame cerebral que o deixa semiparalítico. Instala-se então na casa de campo do filho, em Puys, região balneária de Dieppe. | **5 dez:** Morre em Neuville-les-Pollet, lugarejo próximo, onde é provisoriamente sepultado.

1872: Sepultamento oficial em Villers-Cotterêts.

1872-73: Publicação póstuma dos dois volumes de *As aventuras de Robin Hood*.

1883: Inauguração na praça Malesherbes, em Paris, da estátua de Alexandre Dumas, tendo a seus pés d'Artagnan e uma constelação de leitores, de autoria de Gustave Doré.

2002 | 30 nov: No ano do bicentenário de seu nascimento, seus restos mortais são trasladados para o Panthéon, em Paris.

A marca FSC® é a garantia de que a madeira utilizada na fabricação do papel deste livro provém de florestas de origem controlada e que foram gerenciadas de maneira ambientalmente correta, socialmente justa e economicamente viável.

Este livro foi composto em IM FELL English e Minion Pro 10,7/12,7 e impresso em papel offwhite 80g/m² e couché matte 150g/m² por Geográfica Editora em novembro de 2017.

Publicado no ano do 60º aniversário da Zahar, editora fundada sob o lema "A cultura a serviço do progresso social".